萧　红

1911 — 1942

從異鄉又奔向異鄉，
這願望該多麼渺茫！
而況送着我的是海上的波浪，
迎接着我的是異鄉的風霜。

萧红手迹

从异乡又奔向异乡，
这愿望该多么渺茫！
而况送着我的是海上的波浪，
迎接着我的是异乡的风霜。

萧 红 著/袁 权 主编

萧红全集①

小说卷（上）

金城出版社
GOLD WALL PRESS

图书在版编目（CIP）数据

萧红全集：全 4 卷 / 萧红著；袁权主编 . —北京：
金城出版社有限公司，2021.6
ISBN 978-7-5155-1952-4

Ⅰ. ①萧… Ⅱ. ①萧… ②袁… Ⅲ. ①萧红（1911-
1942）—全集 Ⅳ. ① I216.2

中国版本图书馆 CIP 数据核字（2019）第 281035 号

萧红全集（全 4 卷）
XIAOHONG QUANJI

责任编辑 王媛媛
责任印制 李仕杰
责任校对 王秋月
开　　本 880 毫米 ×1230 毫米 1/32
印　　张 52
字　　数 1188 千字
版　　次 2021 年 6 月第 1 版
印　　次 2021 年 6 月第 1 次印刷
印　　刷 鑫艺佳利（天津）印刷有限公司
书　　号 ISBN 978-7-5155-1952-4
定　　价 256.00 元（全 4 卷）

出版发行 **金城出版社有限公司** 北京市朝阳区利泽东二路 3 号 邮编：100102
发 行 部 （010）84254364
编 辑 部 （010）64210080
总 编 室 （010）88637122
网　　址 http：//www. jccb. com. cn
电子邮箱 jinchengchuban@ 163. com
法律顾问 北京市安理律师事务所（电话）18911105819

凡　例

一、本全集收录迄今为止能搜集到的所有萧红作品，创作时间为 1932 年至 1942 年间。

二、作品按体裁分为中短篇小说、长篇小说、散文、诗歌、剧作和书信等。

三、本全集作品的校订，概以作者作品的初刊文本或作者生前最后一次入集出版的文本为底本校勘，并据首发报刊及入集文本参校。作者生前未公开发表者，则依据作者手稿。

四、本全集为所有作品建立“题注”，为各篇作品标注其最初发表时间、发表报刊、篇名演变的相关信息和入集情况，截止时间为 1942 年 1 月作者病逝之前。

五、本全集为简体横排版。由于作者作品的所有底本均为繁体竖排，故对文内所涉书刊、文章等均添加了书名号，书中竖式标点一律改为横式标点，对于原文中存在的明显遗漏、误植、错讹之处和作者的手误等等径予添改或订正，并附必要说明。漏字、脱文或衍文用

〔 〕标出。

六、为尽量保存作者的创作风格、呈现其作品原貌，对于作者所处年代的惯常用法和作者本人特殊的书写方式及用字习惯，如方言俚语、人文地理和动植物名称等等之旧时说法，除少量与现代汉语用法易产生歧义者外，包括原有标点符号一般不做改动。易生歧义者，如多数“那能”“那儿”“那里”根据上下文语境改为“哪能”“哪儿”“哪里”；“倒底”径改为“到底”；“（车）箱”改为“（车）厢”等。有些用法虽与现代汉语规范不尽一致，但语言富有特色，通俗贴切，故保留原貌，未作修改。如“多们”“年青”“幽美”“靡”“底”“大卯星”“破乱”“叫化子”并未改作“多么”“年轻”“优美”“没”“的”“大昴星”“破烂”“叫花子”等等。

七、为便于读者更好地理解作者及其作品，本全集附有部分注释，对作品相关内容予以说明。本全集在附录中收有《萧红生平和创作年表简编》和《萧红作品篇目首字笔画索引》。

八、自 1991 年到 2020 年，先后有不同出版社出版的八种《萧红全集》问世。本全集遵循增补不足、修正错讹的原则，吸纳萧红研究的最新成果，摒弃伪作，收入迄今为止所能见到的作者的全部文本。

《萧红全集》（校订版）的编校注释涉及范围广泛，资料庞杂，编者虽已尽心尽力，疏漏错讹之处仍在所难免。敬希方家不吝赐教，以期全集渐趋完善。

分卷提要及说明

第1卷 [小说卷 上]

本卷为中短篇小说卷。共收入小说三十五篇；除中篇小说《生死场》之外，其余均为短篇小说。三十四部短篇小说均以作品的初刊报刊或作者生前最后一次出版的文本为底本校勘。中篇小说《生死场》1934 年 9 月 9 日完成于青岛；1935 年 12 月作为“奴隶丛书”之三，假上海容光书局的名义自费出版。前有鲁迅的序言，后有胡风的读后记。全书共十七章，其中前两章《麦场》《菜圃》曾于 1934 年 4 月 29 日至 5 月 17 日在（哈尔滨）《国际协报》“国际公园”副刊连载。成书后的前两章与刊发于《国际协报》的前两章部分文字略有不同。《生死场》依据 1935 年 12 月初版校勘。

第2卷 ［小说卷下］

本卷为长篇小说卷。收入《呼兰河传》和《马伯乐》两部长篇小说。其中《呼兰河传》以1941年5月（桂林）上海杂志公司初版为底本。《马伯乐》（第一部）以1941年1月（重庆）大时代书局之初版为依据；《马伯乐》（第二部）以1941年2月—11月连载于（香港）《时代批评》杂志的初刊为底本。

第3卷 ［散文卷］

本卷共收入作者全部散文作品九十篇。

所有散文均以作品的初刊报刊或作者生前最后一次结集出版的文本为底本校勘。其中《祖父死了的时候》原篇名《祖父死的时候》,《一天》原篇名《烦扰的一日》,《皮球》原篇名《蹲在洋车上》，收入《萧红散文》的《搬家》原篇名《小六》,《黑夜》原篇名《过夜》,《鲁迅先生记（一）》原篇名《万年青》,《鲁迅先生记（二）》原篇名《在东京》,《放火者》一度易名《轰炸前后》。所有改动篇名的作品在篇名改动前后，文本均有不同程度修改。

第4卷 [诗歌 书信 戏剧卷]

本卷共收入作者诗歌六十四首、信函五十一通和剧本一部。

附录中收入：

曾先后发表在不同报刊或结集成书且改动较大的四篇散文：《夏夜》《饿》《记忆中的鲁迅先生》和《轰炸前后》。

转发友人来信的《来信》。

参与创作的剧本《突击》。

《致白朗》（摘录）。

《萧红谈话录》（一）和《萧红谈话录》（二）。

另有刊于（上海）《大沪晚报》副刊的散文两篇《长白山的血迹？》《女子装饰的心理》和题名《亚丽》的小说一篇，此三篇作品疑似伪作，暂列集后。

《萧红生平和创作年表简编》。

《萧红作品篇目首字笔画索引》。

诗歌部分，《幻觉》《八月天》分别依据（哈尔滨）《国际协报》“国际公园”副刊、（长春）《大同报》“夜哨”周刊校勘。《沙粒》（三十七首）依据（上海）《文丛》（月刊）初刊并参照手稿校勘。其余诸诗均按手稿校订。

书信部分，除《致许广平》按照初刊本校订外，其余诸信一律依据手稿校勘。

哑剧剧本《民族魂鲁迅》依据（香港）《大公报》副刊并参照手稿校勘。

附录部分，《夏夜》《饿》《记忆中的鲁迅先生》和《轰炸前后》四篇，正文收录的是作者生前最后一次入集出版的文本，这里补录的是这四篇散文的初刊文字。因改动甚大，为便于对照特刊于集后。

《来信》参照（上海）《中流》（半月刊）。

《突击》依据（武汉）《七月》（半月刊）。

《致白朗》底本源自（延安）《文艺月报》第 15 期“纪念萧红逝世特辑”中白朗：《遥祭——纪念知友萧红》。

《萧红谈话录》（一）和《萧红谈话录》（二）的底本是（武汉）《七月》（半月刊）。

目录 CONTENTS

王阿嫂的死 *

一

草叶和菜叶都蒙盖上灰白色霜。山上黄了叶子的树，在等候太阳。太阳出来了，又走进朝霞去。野甸上的花花草草，在飘送着秋天零落凄迷的香气。

雾气像云烟一样蒙蔽了野花，小河，草屋，蒙蔽了一切声息，蒙蔽了远近的山岗。

王阿嫂拉着小环每天在太阳将出来的时候，到前村广场上给地主们流着汗；小环虽是七岁，她也学着给地主们流着小孩子的汗。现在春天过了，夏天过了……王阿嫂什么活计都做过，拔苗插秧。秋天一来到，王阿嫂和别的村妇们都坐在茅檐下用麻绳把茄子穿成长串长串的，一直穿着。不管蚊虫把脸和手搔得怎样红肿，也不管孩子们在屋里喊叫妈妈吵断了喉咙。只是穿着，穿啊，两只手像纺纱车一样，在旋转着穿。

第二天早晨，茄子就和紫色成串的铃铛一样，挂满了王阿嫂的前檐；就连用柳条编成的短墙上也挂满着紫色的铃铛。别的村

---

* 本文完成于 1933 年 5 月 21 日；同年 10 月收入（哈尔滨）五画印刷社初版小说散文集《跋涉》（与三郎合著），署名悄吟。

妇也和王阿嫂一样，檐前尽是茄子。

可是过不了几天，茄子晒成干菜了！家家都从房檐把茄子解下来，送到地主的收藏室去。王阿嫂到冬天只吃着地主用以喂猪的乱土豆[1]，连一片干菜也不曾进过王阿嫂的嘴。

太阳在东边放射着劳工的眼睛。满山的雾气退去，男人和女人，在田庄上忙碌着。羊群和牛群在野甸子间，在山坡间，践踏并且寻食着秋天半憔悴的野花。

田庄上只是没有王阿嫂的影子，这却不知为了什么？竹三爷每天到广场上替张地主支配工人。现在竹三爷派一个正在拾土豆的小姑娘去找王阿嫂。

工人的头目，愣三抢着说：

“不如我去的好，我是男人走得快。”

得到竹三爷的允许，不到两分钟的工夫，愣三跑到王阿嫂的窗前了：

“王阿嫂，为什么不去做工呢？”

里面接着就是回答声：

“叔叔来得正好，求你到前村把王妹子叫来，我头痛，今天不去做工。”

小环坐在王阿嫂的身边，她哭着，响着鼻子说：“不是呀！我妈妈扯谎，她的肚子太大了！不能做工，昨夜又是整夜的哭，不知是肚子痛还是想我的爸爸？”

王阿嫂的伤心处被小环击打着，猛烈的击打着，眼泪都从眼眶转到嗓子方面去，她只是用手拍打着小环，她急性的，意思是不叫小环再说下去。

1　乱土豆，即烂土豆。东北部分地区方言中，“乱”往往是“烂”的意思。后文同。

李愣三是王阿嫂男人的表弟。听了小环的话，像动了亲属情感似的，跑到前村去了！

小环爬上窗台，用她不会梳头的小手，在给自己梳着毛蓬蓬的小辫。邻家的小猫跳上窗台，蹲踞在小环的腿上，猫像取暖似的迟缓的把眼睛睁开，又合拢来。

远处的山反映着种种样的朝霞的彩色。山坡上的羊群，牛群就像小黑点似的，在云霞里爬走。

小环不管这些，只是在梳自己毛蓬蓬的小辫。

二

在村里，王妹子，愣三，竹三爷，这都是公共的名称。是凡佣工阶级都是这样简单，而不变化的名字。这就是工人阶级一个天然的标识。

王妹子坐在王阿嫂的身边，炕里蹲着小环，三个人寂寞着在。后山上不知是什么虫子，一到中午，就吵叫出一种不可忍耐的幽默和凄怨的情绪来。

小环虽是七岁，但是就和一个少女般的会忧愁，会思量。她听着秋虫吵叫的声音，只是用她的小嘴在学着大人叹气。这个孩子也许因为母亲死得太早的缘故？

小环的父亲是一个雇工，在她还不生下来的时候，她的父亲就死了！在她五岁的时候她的母亲又死了！她的母亲是被张地主的大儿子张胡琦强奸而后气愤死了的。

五岁的小环，开始做个小流浪者了！从她贫苦的姑家，又转到更贫苦的姨家。结果为了贫苦，不能养育她，最后她在张地主家过了一年煎熬的生活。竹三爷看不惯小环被虐待的苦处。当一天王阿嫂到张家去取米，小环正被张家的孩子们将鼻子打破，满脸是血。王阿嫂把米袋子丢落在院心，她走近小环，给她擦着眼泪和血。小环哭着，王阿嫂也哭了！

有竹三爷作主，小环从那天起，就叫王阿嫂做妈妈了。那天小环是扯着王阿嫂的衣襟来到王阿嫂的家里。

后山的虫子，不间断的，不曾间断地在叫。王阿嫂拧着鼻涕，两腮抽动，若不是肚子突出，她简直瘦得像一条龙。她的手也正和爪一样，因为拔苗割草而骨节突出。她的悲哀像沉淀了的淀粉似的，浓重并且不可分解。她在说着她自己的话：

“王妹子，你想我还能再活下去吗？昨天在田庄上张地主是踢了我一脚。那个野兽，踢得我简直发昏了！你猜他为什么踢我呢？早晨太阳一出就做工，好身子倒没妨碍，我只是再也带不动我的肚子了！又是个正午时候，我坐在地梢的一端喘两口气，他就来踢了我一脚。”

拧一拧鼻涕又说下去：

“眼看着他爸爸死了三个月了，那是刚过了五月节的时候，那时仅四个月，现在这个孩子快生下来了！咳！什么孩子，就是冤家，他爸爸的性命是丧在张地主的手里，我也非死在他们的手里不可，我想谁也逃不出地主们的手去。”

王妹子扶她一下，把身子翻动一下：

“哟！可难为你了！肚子这样你可怎么在田庄上爬走啊？”

王阿嫂的肩头抽动得加速起来。王妹子的心跳着，她在悔恨的跳着，她开始在悔恨：

“自己太不会说话，在人家最悲哀的时节，怎能用得着十分体贴的话语来激动人家悲哀的感情呢？”

王妹子又转过话头来：

“人一辈子就是这样，都是你忙我忙，结果谁也不是一个死吗？早死晚死不是一样吗？”

说着她用手巾给王阿嫂擦着眼泪，揩着她一生流不尽的眼泪：“嫂子你别太想不开呀！身子这种样，一劲忧愁，并且你看着小环也该宽心。那个孩子太知好歹了！你忧愁，你哭，孩子也跟着忧愁，跟着哭。倒是让我做点饭给你吃，看外边的日影快晌午了。”

王妹子心里这样相信着：

“她的肚子被踢得儿胎活动了！危险……死……”

她打开米桶，米桶是空着。

王妹子打算到张地主家去取米，从桶盖上拿下个小盆。王阿嫂叹息着说：

“不要去呀！我不愿看他家那种脸色，叫小环到后山竹三爷家去借点吧！”

小环捧着瓦盆爬上坡，小辫在脖子上甩搭甩搭的走向山后去了！山上的虫子在憔悴的野花间，叫着憔悴的声音啊！

三

王大哥在三个月前给张地主赶着起粪的车，因为马腿给石头折断，张地主扣留他一年的工钱。王大哥气愤之极，整天醉酒，夜里不回家，睡在人家的草堆。后来他简直是疯了！看着小孩也打，狗也打，并且在田庄上乱跑，乱骂。张地主趁他睡在草堆的时候，遣人偷着把草堆点着了。王大哥在火焰里翻滚，在张地主的火焰里翻滚；他的舌头伸在嘴唇以外，他嚎叫出不是人的声音来。

有谁来救他呢？穷人连妻子都不是自己的。王阿嫂只是在前村田庄上拾土豆，她的男人却在后村给人家烧死了。

当王阿嫂奔到火堆旁边，王大哥的骨头已经烧断了！四肢脱落，脑壳直和半个破葫芦一样，火虽熄灭，但王大哥的气味却在全村飘漾。

四围看热闹的人群们，有的擦着眼睛说：

“死得太可怜！”

也有的说：

“死了倒好，不然我们的孩子要被这个疯子打死呢！”

王阿嫂拾起王大哥的骨头来，裹在衣襟里，她紧紧的抱着，发出啕天的哭声来。她这凄惨泌血的声音，遮过草原，穿过树林的老树，直接到远处的山间，发出回响来。

每个看热闹的女人，都被这个滴着血的声音诱惑得哭了。每个在哭的妇人都在生着错觉，就像自己的男人被烧死一样。

别的女人把王阿嫂的怀里紧抱着的骨头，强迫的丢开，并且劝说着：

“王阿嫂你不要这样啊！你抱着骨头又有什么用呢？要想后事。”

王阿嫂不听别人，她看不见别人，她只有自己。把骨头又抢着疯狂的包在衣襟下，她不知道这骨头没灵魂，也没有肉体，一切她都不能辨明。她在王大哥死尸被烧的气味里打滚，她向不可解脱的悲痛里用尽了她的全力攒啊！

满是眼泪小环的脸转向王阿嫂说：

“妈妈，你不要哭疯了啊！爸爸不是因为疯才被人烧死的吗？”

王阿嫂，她听不到小环的话，鼓着肚子，涨开肺叶般的哭。

她的手撕着衣裳，她的牙齿在咬嘴唇。她和一匹吼叫的狮子一样。

后来张地主手提着苍蝇拂，和一只阴毒的老鹰一样，振动着翅膀，眼睛突出，鼻子向里勾曲，调着他有尺寸有阶级的步调从前村走来。用他压迫的口腔来劝说王阿嫂：

"天快黑了！还一劲哭什么！一个疯子死就死了吧！他的骨头有什么值钱。你回家做你以后的打算好了！现在我遣人把他埋到西岗子去。"

说着他向四周的男人们下个口令：

"这种气味……越快越好！"

妇人们的集团在低语：

"总是张老爷子，有多么慈心，什么事情，张老爷子都是帮忙的。"

王大哥是张老爷子烧死的，这事情妇人们不知道，一点不知道。田庄上的麦草打起流水样的波纹，烟筒里吐出来的炊烟，在人家的房顶上旋卷。

苍蝇拂子摆动着吸人血的姿式，张地主走回前村去。

穷汉们，和王大哥同类的穷汉们，摇煽着阔大的肩膀，王大哥的骨头被运到西岗上了！

四

三天过了！五天过了！田庄上不见王阿嫂的影子，拾土豆和割草的妇人们嘴里念道这样的话：

"她太难苦了！肚子那么大，真是不能做工了！"

"那天张地主踢了她一脚，五天没到田庄上来。大概是孩子生了！我晚上去看看。"

“王大哥被烧死以后，我看王阿嫂就没心思过日子了！一天东哭一场，西哭一场的，最近更厉害了！哪天不是一面拾土豆，一面流着眼泪？”

又一个妇人皱起眉毛来说：

“真的，她流的眼泪比土豆还多。”

别一个又接着说：

“可不是吗？王阿嫂拾得的土豆，是用眼泪换得的。”

在激动着热情，一个抱着孩子拾土豆的妇人说：

“今天晚上我们都该到王阿嫂家去看看，她是我们的同类呀！”

田庄上十几个妇人用响亮的嗓子在表示赞同。

张地主走来了！她们都低下头去工作着。张地主走开，她们又都抬起头来；就像被风刮倒的麦草一样，风一过去，草梢又都伸立起来；她们说着方才的话：

“她怎能不伤心呢？王大哥死时，什么也没给她留下。眼看又来到冬天，我们虽是有男人，怕是棉衣也预备不齐。她又怎么办呢？小孩子若生下来她可怎么养活呢？我算知道，有钱人的儿女是儿女，穷人的儿女，分明就是孽障。”

“谁不说呢？听说王阿嫂有过三个孩子都死了！”

其中有两个死去男人，一个是年轻的，一个是老太婆。她们在想起自己的事，老太婆想着自己男人被车轧死的事，年轻的妇人想着自己的男人吐血而死的事，只有这俩妇人什么也不说。

张地主来了，她们的头就和向日葵般的在田庄上弯弯的垂下去。

小环〔的〕叫喊声在田庄上，在妇人们的头上响起来：

“快……快来呀！我妈妈不……不能，不会说话了！”

小环是一个被大风吹着的蝴蝶，不知方向，她惊恐的翅膀痉挛在振动；她的眼泪在眼眶里急得和水银似的不定形的滚转。手在捉住自己的小辫，跺着脚破着声音喊：

“我妈……妈怎么了？……她不说话呀……不会呀！”

五

等到村妇挤进王阿嫂屋门的时候，王阿嫂自己在炕上发出她最后沉重的嚎声，她的身子是被自己的血浸染着，同时在血泊里也有一个小的，新的动物在挣扎。

王阿嫂的眼睛像一个大块的亮珠，虽然闪光而不能活动。她的嘴张得怕人，像猿猴一样，牙齿拼命地向外突出。

村妇们有的哭着，也有的躲到窗外去，屋子里散散乱乱，扫帚水壶、破鞋，满地乱摆。

邻家的小猫蹲缩在窗台上。小环低垂着头在墙角间站着，她哭，她是没有声音的在哭。

王阿嫂就这样的死了！新生下来的小孩，不到五分钟也死了！

六

月亮穿透树林的时节，棺材带着哭声向西岗子移动。村妇们都来相送，拖拖落落，穿着种种样样擦满油泥的衣服，这正表示和王阿嫂同一个阶级。

竹三爷手携着小环，走在前面。村狗在远处受惊的在叫。小环并不哭，她依持别人，她的悲哀似乎分给大家担负似的，她只是随了竹三爷踏着贴在地上的树影走。

王阿嫂的棺材被抬到西岗子树林里。男人们在地面上掘坑。

小环，这个小幽灵，坐在树根下睡了！林间的月光细碎的飘落在小环的脸上。她两手扣在膝盖间，头搭在手上，小辫在脖子上给风吹动着，她是个天然的小流浪者。

棺材合着月光埋到土里了！像完成一件工作似的，人们扰攘着。

竹三爷走到树根下摸着小环的头发：

“醒醒吧！孩子！回家了。”

小环闭着眼睛说：

“妈妈，我冷呀！”

竹三爷说：

“回家吧！你哪里还有妈妈？可怜的孩子别说梦话！”

醒过来了，小环才明白妈妈今天是不再搂着她睡了！她在树林里，月光下，妈妈的坟前，打着滚哭啊！……

“妈妈！……你不要……我了！让我跟跟跟谁睡……睡觉呀？”

“我……还要回到……张……张张地主家去挨打吗？”她咬住嘴唇哭。

“妈妈！跟……跟我回……回家吧！……”

远近处颤动这小姑娘的哭声，树叶和小环的哭声一样交接的在响，竹三爷同别的人一样的在擦揉眼睛。

林中睡着王大哥和王阿嫂的坟墓。

村狗在远近的人家吠叫着断续的声音……

1933，5，21。

看风筝[*]

一

拖着鞋，头上没有帽子，鼻涕在胡须上结起网罗似的冰条来，纵横的网罗着胡须。在夜间，在冰雪闪着光芒的时候，老人依着街头电线杆，他的黑色影子缠住电杆。他在想着这样的事：

“穷人活着没有用，不如死了！”

老人的女儿三天前死了，死在工厂里。

老人希望得几个赡养费，他奔波了三天了！拖着鞋奔波，夜间也是奔波，他到工厂，从工厂又要到工厂主家去。他三天没有吃饭，实在不能再走了！他不觉得冷，因为他整个的灵魂在缠住他的女儿，已死了的女儿。

半夜了！老人才一步一挨的把自己运到家门，这是一件多么不容易的事：胡须颤抖，他走起路来谁看着都要联想起被大风吹摇就要坍塌的土墙，或是房屋。眼望砖瓦四下分离的游动起来。老人在冰天雪地里，在夜间没人走的道路上筛着他的胡须，筛着全身在游离的筋肉。他走着，他的灵魂也像解了体的房屋一样，

* 本文发表于 1933 年 6 月 30 日（哈尔滨）《哈尔滨公报》“公田”副刊，署名悄吟。同年 10 月收入（哈尔滨）五画印刷社初版小说散文集《跋涉》（与三郎合著）。

一面在走，一面摊落。

老人自己把身子再运到炕上，然后他喘着牛马似的呼吸，他全身的肉体摊落尽了，为了他的女儿而摊落尽的，因为在他女儿的背后埋着这样的事：

“女儿死了！自己不能作工，赡养费没有，儿子出外三年不见回来。”

老人哭了！他想着他的女儿哭，但哭的却不是他的女儿，是哭着他女儿死了以后的事。

屋子里没有灯火，黑暗是一个大轮廓，没有线条，也没有颜色的大轮廓。老人的眼泪在他有皱纹的脸上爬，横顺的在黑暗里爬，他的眼泪变成了无数的爬虫了，个个从老人的内心出发。

外面的风在嚎叫，夹着冬天枯树的声音。风卷起地上的积雪，扑向窗纸打来，唰唰的响。

二

刘成在他父亲给人做雇农的时候，他在中学里读过书，不到毕业他就混进某个团体了！他到农村去过。不知他潜伏着什么作用，他也曾进过工厂。后来他没有踪影了！三年没有踪影。关于他妹妹的死，他不知道，关于他父亲的流浪，他不知道，同时他父亲也不知道他的流浪。

刘成下狱的第三个年头被释放出来，他依然是一个没有感情的人，他的脸色还是和从前一样，冷静、沉着。他内心从没有念及他父亲一次过。不是没念及，因为他有无数的父亲，一切受难者的父亲他都当作他的父亲，他一想到这些父亲，只有走向一条路，一条根本的路。

他明白他自己的感情，他有一个定义：热情一到用得着的时候，就非冷静不可，所以冷静是有用的热情。

这是他被释放的第三天了！看起来只是额际的皱纹算是入狱的痕迹，别的没有两样。当他在农村和农民们谈话的时候，比从前似乎更有力，更坚决，他的手高举起来又落下去，这大概是表示压榨的意思，也有时把手从低处用着猛力抬到高处，这大概是表示不受压迫的意思。

每个字从他的嘴里跳出来，就和石子一样坚实并且钢硬，这石子也一个一个投进农民的脑袋里，也是永久不化的石子。

坐在马棚旁边开着衣钮的老农妇，她发起从没有这样愉快的笑，她触了她的男人李福一下，用着例外的声音边说边笑：

“我做了一辈子牛马，哈哈！那时候可该做人了！我做牛马做够了！”

老农妇在说没尾[1]这句话时，也许她是想起了生在农村最痛苦的事。她顿时脸色都跟着不笑了！冷落下去。

别的人都大笑一阵，带着奚落的意思大笑，妇人们借着机会似的向老农妇奚落去：

“老婆婆从来是规矩的，笑话我们年青多嘴，老婆婆这是为了什么呢？”

过了一个时间安静下去。刘成还是把手一举一落的说下去，马在马棚里吃草的声音，夹杂着鼻子声在响，其余都在安静里浸沉着。只是刘成的谈话沉重的字眼连绵的从他齿间往外挤，不知什么话把农民们击打着了！男人们在抹眼睛，女人们却响着鼻子，和在马棚里吃草的马一样。

1　没尾，即末尾、最后。

人们散去了，院子里的蚊虫四下的飞，结团的飞，天空有圆圆的月，这是一个夏天的夜，这是刘成出狱三天在乡村的第一夜。

三

刘成当夜是住在农妇王大婶的家里，王大婶的男人和刘成谈着话，桌上的油灯暗得昏黄，坐在炕沿他们说着，不绝的在说，直到最后才停止，直到王大婶的男人说出这样的话来：

“啊！刘成这个名字。东村住着孤独的老人常提到这个名字，你可认识他吗？”

刘成他不回答，也不问下去，只是眼光和不会转弯的箭一样，对准什么东西似的在放射，在一分钟内他的脸色转变了又转！

王大婶抱着孩子，在考察刘成的脸色，她在下断语：

“一定是他爹爹，我听老人坐在树荫常提到这个名字，并且每当他提到的时候，他是伤着心。”

王大婶男人的袖子在摇振，院心蚊虫的群给他冲散了！圆月在天空随着他跑。他跑向一家脊背弯曲的草房去，在没有纸的窗棂上鼓打，急剧的鼓打。睡在月光里整个东村的夜被他惊醒了！睡在篱笆下的狗，和鸡雀吵叫。

老人睡在土炕的一端，把自己的帽子包着破鞋当作枕头，身下铺着的是一条麻袋。满炕是干稻草，这就是老人的财产，其余什么事都不属于他的。他照顾自己，保护自己。月光映满了窗棂，〔老〕人的枕头上，胡须上。……

睡在土炕的另一端也是一个老人，他俩是同一阶级，因为他也是枕着破鞋睡，他们在朦胧的月影中，直和两捆干草或是两个粪堆一样，他们睡着，在梦中他们的灵魂是彼此的看守着，窗棂上残破的窗纸在作响。

其中的一个老人的神经被鼓打醒了！他坐起来，抖擞着他满身的月光，抖擞着满身的窗棂，他不睁眼睛，把胡须抬得高高的盲目的问：

“什么够当？”

“刘成不是你的儿吗？他今夜住在我家。”老人听了这话，他的胡须在蹀躞。三年前离家的儿子，在眼前飞转，他心里生了无数的蝴蝶，白色的空中翻着金色闪着光的翅膀在空中飘着飞。此刻凡是在他耳边的空气，都变成大的小的音波，他能看见这音波，又能听见这音波。平日不会动的村庄和草堆现在都在活动，沿着旁边的大树，他在梦中走着。向着王大婶的家里，向着他儿子方向走。老人像一个要会见妈妈的小孩子一样，被一种感情追逐在大路上跑，但他不是孩子，他蹀躞着胡须，他的腿笨重，他有满脸的皱纹。

老人又联想到女儿死的事情，工厂怎样的不给恤金，他怎样的飘流到乡间，乡间更艰苦，他想到饿和冻的滋味。他需要躺在他妈妈怀里哭诉。可是他去会见儿子。

老人像拾得意外的东西，珍珠似的东西，一种极度的欣欢使他恐惧。他体验着惊险，走在去会见他儿子的路上。

王大婶的男人在老人旁边走，看着自家的短墙处有个人的影像，模糊不清，走近一点只见那里有人在摆手。再走近点：知道是王大婶在那里摆手。

老人追着他希望的梦，抬举他兴奋的腿，一心要去会见儿子，其余的什么，他不能觉察，王大婶的男人跑了几步，王大婶对他皱竖眼眉低声慌张的说：

“那个人走了！抢着走了！”

老人还是追着他的梦向前走，向王大婶的篱笆走，老人带着一颗充血的心来会见他的儿子。

四

刘成抢着走了！还不待他父亲走来他先跑了！他父亲充了血的心给他摔碎了！他是一个野兽，是一条狼，一条没有心肠的狼。

刘成不管他父亲，他怕他父亲，为的是把整个的心，整个的身体献给众人。他没有家，什么也没有，他为着农人，工人，为着这样的阶级而下过狱。

五

半年过后，大领袖被捕的消息传来了！也就是刘成被捕的消息传来了！乡间也传来了！那是一个初春正月的早晨，乡村里的土场上，小孩子们群集着，天空里飘起颜色鲜明的风筝来，三个五个，近处飘着大的风筝远处飘着小的风筝，孩子们在拍手，在笑。老人——刘成的父亲也在土场上依着拐杖同孩子们看风筝。就是这个时候消息传来了！

刘成被捕的消息传到老人的耳边了！

1933，6，9

腿上的绷带 *

一

老齐站在操场，腿上扎着绷带，这是个天空长起彩霞的傍晚，墙头的枫树动荡得恋恋爱人。老齐自己沉思着这次到河南去的失败，在河南工作的失败，他恼闷着。但最使他恼闷的，是逸影方才对他谈话的表情，和她身体的渐瘦；她谈话的声音和面色都有些异样，虽是每句话照常的热情。老齐怀疑着，他不能决定逸影现在的热情是没有几分假造或是有别的背景，当逸影把大眼睛转送给他，身子却躲着他的时候。但他想到逸影的憔悴，他高兴了，他觉得这是一笔收入，他当作逸影为了思念他而憔悴的，在爱情上是一笔巨大的收入。可是仍然恼闷，他想："为什么这次她不给我接吻就去了。"

墙头的枫树悲哀的动荡，老齐望着地面，他沉思过一切。

校门口两个披绒巾子的女同学走来，披绿色绒巾的向老齐说："许多日不见了，到什么地方去来？"

别的披着青蓝色绒巾的跳耀着向老齐握手并且问：

---

* 本文发表于1933年7月18、19、20、21日（长春）《大同报》"大同俱乐部"副刊，署名悄吟。

“受了伤么，腿上的绷带？”

捧不住自己的心，老齐以为这个带着青春的姑娘，是在向他输送青春，他愉快的在笑。可是老齐一想到逸影，他又急忙的转变了，他又伤心的在笑。

女同学向着操场那边的树荫走去，影子给树荫淹没了，不见了。

老齐坐在墙角的小凳上，仍是沉思着方才沉思过的一切。墙头的枫树勉强摆着叶柯[1]，因为是天晚了，空中挂起苍白的月亮，在月下枫树和老齐一样没有颜色，也像丢失了爱人似的，失意的徘徊着在墙头上倦怠，幽怨徘徊着。

宿舍是临靠校园，荷池上面有柳枝从天空倒垂下来，长长短短的像麻丝相互牵连着倒垂下来，荷叶到水面上……小的圆荷叶，风来了柳条在风中摇动，荷叶在池面浮走。

围住荷池的同学们，男人们抽缩着肩头笑，女人们拍着手笑。有的在池畔读小说，有的在吃青枣，也有的男人坐在女人的阳伞下，说着小声的话。宿舍的窗子都打开着，坐在窗沿的也有。

但，老齐的窗帘子没有掀起，深长的垂着，带有阴郁气息的垂着。

达生听说老齐回来，去看他，顺便买了几个苹果。达生抱着苹果窗下绕起圈子来。他不敢打老齐的窗子，因为他们是老友，老齐的一切他都知道，他怕是逸影又在房里。因为逸影若在老齐房里，窗帘什么时候都是放下的。达生的记忆使他不能打门，他坐在池畔自己吃苹果。别的同学来和达生说话，亲热说话，其实是他的苹果把同学引来的。结果每人一个，在倒垂的柳枝下，他们谈起关于女人的话，关于自己的话，最后他们说到老齐了。有

1　叶柯，树木的叶子和枝茎。

的在叹气，有的表示自己说话的身份，似乎说一个字停两停。

“就是……这样……事为……什么不、不苦恼呢？哼！”

苹果吃完了，别的同学走开了，达生猜想着别的同学所说关于老齐的话，他以为老齐这次出去是受了什么打击了么？他站起来走到老齐的窗前去，他的手触到玻璃了但没作响，他的记忆使他的手指没有作响。

二

达生向后院女生宿舍走去。每次都是这样，一看到老齐放下窗帘，他就走向女生宿舍去看一次，他觉得这是一条聪明的计划。他走着，他听着后院的蝉吵，女生宿舍摆在眼前了。

逸影的窗帘深深的垂下，和老齐一样，完全使达生不能明白，因为他从不遇见过这事。他心想：

“若是逸影在老齐的房里，为什么她的窗帘子也放下？”

达生把持住自己的疑惑，又走回男生宿舍去，他的手指在玻璃窗上作响。里面没有回声，响声来得大些，也是没有回声。再去拉门，门闭得紧紧的，他用沉重而急躁的声音喊：

“老齐，老齐，老齐！”

宿舍里的伙计，拖拉着鞋，身上的背心被汗水湿透了，费力的半张开他的眼睛，显然是没睡醒的神情，站在达生的面前说：

“齐先生吗？病了，大概还没起来。”

老齐没有睡，他醒着，他晓得是达生来了。他不回答友人的呼喊，同时一种爱人的情绪压倒友人的情绪，所以一直迟延着，不去开门。

腿上扎着绷带，脊背曲作弓形，头发蓬着，脸色直像一张秋天晒成的干菜，纠皱，面带绿色，衬衫的领子没有扣，并且在领子下扯一个大的裂口。最使达生奇怪的是，看见老齐的眼睛红肿过。不管怎样难解决的事，老齐从没哭过，任凭哪一个同学也没看过他哭，虽是他坐过囚受过刑。

日光透过窗帘针般的刺在床的一角和半壁墙，墙上的照片少了几张。达生认识逸影的照片一张也没有了，凡是女人的照片一张都不见了。

蝉在树梢上吵闹，人们坐在树下坐着，荷池上的一切声音，透进老齐的窗间来，都是穿着忧悒不可思议的外套。老齐烦扰着。

老齐眼睛看住墙上的日光在玩弄自己的手。达生问了他几句关于这次到河南去的情况。老齐只很简单的回答了几句："很不好。"

"失败，大失败！"

达生几次不愿意这样默默的坐着，想问一问关于照片的事，就想有什么不可触的悲哀似的，每句话达生都是躲着这个，躲着这个要暴发的悲哀的炸弹。

全屋的空气，是个不可抵抗的梦境，在恼闷人。老齐把床头的一封信抛给达生，也坐在椅子上看：

"我处处给你做累，我是一个不中用的女子，我自己知道，大概我和你所走的道路不一样，所以对你是不中用的。过去的一切，叫它没有痕迹的都过去罢，希望你以后更努力，找你所最心爱的人去，我在向你庆祝……"

达生他不晓得逸影的这封信为何如此浅淡，同时老齐眼睛红着，只是不流眼泪。他在玩弄着头发，他无意识，他痴呆，为了逸影，为了大众，他倦怠了。

三

达生方才读过的信，是一早逸影遣人给老齐送来的，在读这封信的时候，老齐是用着希望和失望的感情，现在完全失望了。

他把墙上女人的照片都撕掉了，他以为女人是生着毒刺的玫瑰，或是泛着香气的迷魂汤。不是终生被迷醉，而不能转醒过来，就是被毒刺刺伤了，早年死去。总之，现在女人在老齐心里，都是些不可推测的恶物，蓬头散发的一些妖魔。老齐把所有逸影的照片和旧信都撕掉了，丢掉垃圾箱去。

当逸影给他的信一封比一封有趣味，有感情，他在逸影的信里，找到了他所希望的安慰。那时候他觉得一个美丽的想象快成为事实了，美丽的事是近着他了。但这是一个短的梦，夭亡的梦，在梦中他的玫瑰落了，残落了。

老齐一个人倒在床上。北平的秋天，蝉吵得厉害，他尽量地听着蝉吵，腿上的绷带时时有淡红色的血沁出来，也正和他的心一样，他的心也正在流着血。

老齐的腿是受了枪伤，老齐的心是受了逸影伤。

到河南去了半年，什么东西都没有带，逃亡似的老齐走了，在一个落着春雨的风间他走了，他准备去受伤，在车上他的心缠绵着逸影，那是怎样悲苦的事，当逸影在站上，在混着电灯的雨丝中招摇她手帕的时候，车行远了。不可分辨。

现在老齐是回来了，腿是受了枪伤了，可是逸影并没到车站去接他，在老齐这较比是颗有力的子弹，暗中投到他的怀里了。

当老齐在河南受了伤的那夜，草地上旷野的气味迷茫着他，远近还是枪声在响，老齐就在这个时候，他还拿出逸影的照片看。

现在老齐是回来了，他一人倒在床上看着自己腿上的绷带。

逸影的窗帘，一天，两天，永久的下垂，她和新识爱人整天在窗帘里边。

老齐他以为自然自己的爱人分明是和自己走了分路，丢开不是非常有价值得吗？他在检查条箱，把所有逸影的痕迹都要扫除似的。小手帕撕碎了，他从前以为生命似的事物撕碎了。可是他一看到床上的被子，他未敢动手去撕，他感到寒冷。因为回忆，他的眼睛晕花了，这都是一些快意的事，在北海夜游，西山看枫叶，最后一件宏大的事业使他兴奋了，就是那次在城外他和逸影被密探捕获的事，因为没有证据，第二天释放了。

床上这张被子就是那天逸影送给他的，做一个共同遇难的标记。老齐想到这里，他觉得逸影的伟大、可爱，她是一个时代的女性，她是一个时代最前线的女性。老齐摇着头骄傲的微笑着，

这是一道烟雾，他的回想飘散了去，他还是在检查条箱。

地板上满落了日影，在日影的斜线里有细尘飞扬，屋里苦闷的蒸热。逸影的笑声在窗外震着过去了。

缓长的昼迟长的拖走，在午睡中，逸影变做了一只蝴蝶重新落在老齐的心上。他梦着同逸影又到城外去，但处处都使他危险，有密探和警察在环绕着他们。逸影和从前也不一样，不和从前并着肩头走，只是疏远着。总之，他在梦中是将要窒息了。

荷池上柳树趁起清风在摆荡，蝉在满院的枣树上吵。达生穿过蝉的吵声，而向老齐的宿舍走去，别的同学们向他喊道：“不要去打搅他呀！”

“老齐这次回来，不管谁去看他，他都是带着烦厌的心思向你讲话。”

他们说话的声音，老齐在梦中醒转来。达生坐在床沿，老齐的手在摸弄腿上的绷带。

老齐的眼睛模糊，不明亮，神经质的他的眉紧皱在一起和两

条牵连的锁链一样，达生知道他是给悲哀在毁坏着。

他伴老齐去北海，坐在树荫里，老齐说着把腿上的绷带举给达生看：

“我受的伤很轻，连胫骨都没有穿折。”

他有点骄傲的气慨，“别的人，头颅粉碎的也有，折了臂的也有，什么样的也有，伤重的都是在草地上滚转，后来自己死了。”

老齐的脸为了愤恨的热情，遮上一层赤红的纱幕。他继续地说下去：

“这算不了什么，我计算着，我的头颅也献给他们，不然我们的血也是慢慢给对方吸吮了去。”

逸影从石桥边走过来，现在她是换上了红花纱衫，和一个男人，男人是老齐的同班，他们打了个招呼走过去了。

老齐勉强的把持住自己，他想接着方才的话说下去。但这是不可能。他忘了方才说的是什么，他把持不住自己了，他脸红着。后来还是达生提起方才的话来，老齐又接着说下去，所说的却是没有气力和错的句法。

他们开始在树荫里度荡。达生说了一些这样那样的话，可是老齐一句不曾理会。他像一个发疟疾的人似的，血管觉得火热一阵，接着又寒冷下去，血液凝结似的寒冷下去。

一直到天色暗黑下去，老齐才回到宿舍。现在他是全然明白了，他知道逸影就是为了纱衫才去恋爱那个同学，谁都知道那个同学的父亲是一个工厂的厂主。

老齐愿意把床上的被子撕掉，他觉得保存这些是没有意义。

同时他一想到逸影给人做过丫环，他的眼泪流下来了。同时他又想到，这被子是象征着两个受难者，老齐狂吻着被子哭，他又想到送被子的那天夜里，逸影的眼睛是有多么生动而悦人。

老齐狂吻着被子，哭着，腿上的绷带有血沁了出来。

太太与西瓜*

五小姐在街上转了三个圈子，想走进电影院去，可是这是最末的一张免票了，从手包中取出来看了又看，仍然是放进手包中。

现在她是回到家里，坐在门前的软椅上，幻想着她新制的那件衣服。

门栏处有个人影，还不真切，四小姐坐在一边的长椅上咕哝着："没有脸的，总来有什么事？"

一个大西瓜，淡绿色的，听差的抱着来到眼前了。四小姐假装不笑，其实早已笑了：

"为什么要买这个，很贵呢！"

心里是想，为什么不买两个。

四小姐把瓜接过来，吩咐使女小红道：

"刀在厨房里磨一磨。"

淡绿色的西瓜抱进屋去，四小姐是照样的像抱着别人给送来的礼物那样笑着，满屋是烟火味。妈妈从一个小灯旁边支起身来摇了摇手，四小姐当然用不着想，把西瓜抱出房来。她像患着什

* 本文发表于1933年8月4日（长春）《大同报》"大同俱乐部"副刊，署名悄吟。

么慢性病似的，身子瘦小得不能再瘦，被个大西瓜累得可怜脸儿发红，嘴唇却白。她又坐在门前的长椅上。

五小姐暂先把新制的衣裳停止了幻想，把那个同玩的男人送给的电影免票忘下，红宝石的戒指在西瓜上闪光：

“小红，把刀拿来呀！”

小红在那里喂猫，喂那个天生就是性情冷酷黑色的猫，她没有听见谁在呼喊她。

“你，你耳聋死……”

“不是呀，刘行长的三太太，男人被银行辞了职，那次来抽着烟就不起来，妈妈怕她吃了西瓜又要抽烟。”

四小姐忙说着，小红这次勉强算是没有挨骂。

西瓜想放在身后，四小姐为了慌张没有躲藏方便，那个女客人走出来看着西瓜了。妈妈说着：

“不要吃西瓜再走吗？”

小姐们也站起来，笑着把客人送走。

她们这回该集拢到厅堂分食西瓜来，第一声五小姐便嚷着：

“我不吃这样的东西，黄瓜也不如。”

抛到地板上，小红去拾。太太下着命令叫小红去到冰箱里取那个更大的田科员送来的那个。

她们的架子是送来的礼物摆起来的！她们借着别人来养自己的脾气。做小姐非常容易，做太太也没有难处。

小红去取那个更大的去，已经拾到手的西瓜被叱呵，舍不得的又丢在地板上。

站在门栏处送来礼物的人也在苦恼着。

“为我找了十元一月薪金厨夫的职业，上手就消费了三元。”

但是他还没听见五小姐说的“黄瓜也不如”呢！

两个青蛙*

一

楼上的声音从窗洞飘落下来了。

“让我们都来看吧，秦铮又回来了？又是同平野一道。”

秋雨过后，天色变做深蓝，静悄的那边就是校园的林丛。校园像幅画似的，绘着小堆小堆的黄花，地平线以上，是些散散乱乱的枝柯，在晚风里取暖；拥挤着树叶上跳跃着金光。

秦铮提篮里的青蛙，跳到地面，平野在阳光里笑着，惊惧的肩头缩动着，把青蛙装进篮里。

裙襟被折卷一下，秦铮坐在水池旁愉快着，她的眼睛向平野羞涩的笑，别离使她羞涩了。

平野和她的肩头相依，但只是坐着，他躲避着热情似的坐着。一种初会的喜悦常常是变做悲哀的箭，连贯的穿了两个心颗，水珠在树叶上闪起金光滚动着。风来了，水珠落了；也和水珠一样，秦铮的眼泪落了，落到平野的衣襟上、手上、唇上，这情人的泪，水银似的在平野的灵魂里滚转。

---

* 本文发表于1933年8月6日（长春）《大同报》“夜哨”周刊试刊号。署名悄吟。

平野觉得自己的生命这算是第一次有意义。

“不要哭啊，小妹妹。”

楼上的声音响震着玻璃窗时，秦铮扭动她的肩头，但不看上去，她知道这又是她的妹妹秦华在作怪。

提篮里的青蛙要去寻水，粗糙地呼吸着。

秦铮从来爱玩小孩子的事，从乡间回来特地带回两个青蛙，现在青蛙是放在水池了。

晚天染着紫色红色的颜料，各自划分着，划分得不清晰了，越加模糊下去。

“这次我到乡下去，受罪极了，猩红热[1]、虎列拉[2]，……各样的传染病都有。只有传染病，没有医生，患病者只有死。——在这样的世界上，我也真希望死了。因为你，我死的希望破碎了。你不是常说吗？想要死的人，那是自私，或是个人主义的变态。”

平野吻了她手一下，并且问：

“那里工作怎样？”

平野又像恢复了自己似的，人像又涌上他的心来，他不再觉得自己是在喊口号了。

他们的声音低下来，暗下来，和苍茫的暮色一样，苍茫下去。

南楼宿舍睡在夜里了，北楼也睡在夜里，久别的情绪苍白着，不可顿挫的强硬起来，纠结起来。

踱荡着他们的热情似的，穿着林丛踱荡，踏着月光踱荡，秦

---

1 猩红热，急性呼吸道传染病，由 A 组溶血性链球菌感染引起；经由空气飞沫传播，发病多见于未成年人。

2 虎列拉，即霍乱（Cholera），烈性肠道传染病，早期译作虎力拉；由霍乱弧菌所致。病发多在夏季，患者往往会在数小时内脱水甚至死亡。

铮是愉快着，讲了一些流水似的话，别离不再压紧她了。她轻松的跳着步武，可是平野的心情正相反，他徘徊着，他作窘，平野为了她的青春所激动。

关于这个，秦铮是忽略了，她永不知道她的青春可能激动了别人，在一个少女这是一件平常的事。

平野引她到树丛的深处去，他颤慄的走着，激动的走着，同时秦铮也不会觉察这个。

两个影子，深藏在树丛里了。

南楼的影子倒在水池里，太空镶着无数的星座，秋夜静得和水晶似的透明。

从树丛那里颤巍着走出来了。秦铮的头发毛散了，衣裙不整齐了，怕羞的背影走上楼梯去。

平野站在月光中的池旁，目送她。每次他送秦铮回宿舍时，她都是倒踏着梯级向他微笑着，缓缓的走进去。现在，秦铮没有回头，她为了新的体验淹没了。

平野的心思平静下来，满足同时而倦怠的转向北楼去。

青蛙叫了，要吵破这个秘密似的叫了。

二

这是一个回忆，完全是一个梦中的回忆。

平野醒转了来，铁窗外石壁的顶端，模糊着苍白的星座。深邃的院宇，永恒是刮着阴惨的风，住在这里的人，有的是单身房，有的是群居，有的在等候宣告死刑，也有些在挨混刑期。

等候大刑的人他们终夜不能睡着，他们吼叫出不是人的声音来，但是他们腿上的铁锁和手上的木枷并不因为吼号而脱落，依然严紧的在枷锁着。五个人中的两个人是瘫落在墙角里，不喊叫也不挣脱。使你看到，你可以联想起那是两个年老的胡匪被死恐吓住了？但，他们不是，那两张面孔，并不苍白；手足安然的，并不颤索。

提着枪打着裹腿的人，整夜是在看守着这五个人，这是为了某种事体。提枪的人，总是不间断的在袖口间探望自己手表，就像希望着天快亮起来似的。但，天亮起来又有什么事体要发生呢？这个事件，看守人和被看守人都像明白似的。被看守人嚎叫着，他们不能滚转，提枪的人在那里踱来踱过。

其中的一个向着那两个永不知嚎叫的人说：

“怎么你们的不是行抢，只为了几张碎纸在身上就……”

说话的那个人被提着枪的绞断了话声，但是他现在一点都不知惧怕什么叫枪，他大骂了一阵，没有法治他。提枪的那个人，仍然是走来走去，一面看他袖口间的表。

平野，他是个永久要住在这里的一个犯人，因为法律判断他是这样。

因为三年前的那天晚间，他同秦铮在校园里谈一些关于乡间和工作的事，第二天，秦铮的父亲处死刑了，第三天，秦铮被捕了。接着就是平野。

现在秦铮和平野是住在同一个铁包的院里，现在已三年了。放在水池里的两个青蛙变作了一群小青蛙，在校园里仍是叫着。

在三年之中，他们总是追随三年前的旧梦，平野醒转来了。醒来他寻觅不见秦铮，他又闭起眼睛，窗之铁栏外，有不转动的白色的月轮，外面嚷着这样的声音，平野听到了：“又是五个：两个政治犯，三个强盗犯，提出去。”过了一刻，车轮的声音轧过了，渐远了。

哑老人 *

孙女——小岚大概是回来了吧，门响了下。秋晨的风洁静得有些空凉，老人没有在意，他的烟管燃着，可是烟纹不再作环形了，他知道这又是风刮开了门。他面向外转，从门口看到了荒凉的街道。

他睡在地板的草帘上，也许麻袋就是他的被褥吧，堆在他的左近，他是前月才患着半身肢体不能运动的病，他更可怜了。满窗碎纸都在鸣叫，老人好像睡在坟墓里似的，任意野甸[1]上是春光也好，秋光也好，但他并不在意，抽着他的烟管。

秋凉毁灭着一切，老人的烟管转走出来的烟纹也被秋凉毁灭着。

这就是小岚吧，她沿着破落的街走，一边扭着她的肩头，走到门口，她想为什么门开着，——可是她进来了，没有惊疑。

老人的烟管没有烟纹走出，也像老人一样的睡了。小岚站在老人的背后，沉思了一刻，好像在打主意——唤醒祖父呢！还是让他睡着。

地上两张草帘是别的两个老丐的铺位，可是空闲着。小岚在

---

* 本文发表于1933年8月27日、9月3日（长春）《大同报》“夜哨”周刊第三、四期，署名悄吟女士。

1 野甸，即指郊外，旷野。

空虚的地板上绕走，她想着工厂的事吧。

非常沉重的老人的鼾声停住了，他衰老的灵魂震动了一下。那是门声，门又被风刮开了，老人真的以为是孙女回来给他送饭。他歪起头来望一望，孙女跟着他的眼睛走过来了。

小岚看着爷爷震颤的胡须，她美丽、凄凉的眼笑了，说：

“好了些吧？右半身活动得更自由了些吗？”

这话是用眼睛问的，并没有声音。只有她的祖父，别人不会明白或懂得这无声的话，因为哑老人的耳朵也随着他的喉咙有些哑了，小岚把手递过去，抬动老人的右臂。

老人哑着——咔……咔……哇……

老人的右臂仍是不大自由，有些痛，他开始寻望小岚的周身。小岚自愧的火烧般地心跳了，她只为思索工厂要裁她的事，从街上带回来的包子被忘弃着，冰凉了。

包子交给爷爷：“爷爷，饿了吧？”

其实，她的心一看到包子早已惭愧着，恼恨着，可是不会意想到的，老人就拿着这冰冷的包子已经在笑了。

可爱的包子倒惹他生气，老人关于他自己吃包子，感觉十分有些不必须。他开始作手势，扁扁的，长圆的，大树叶样的；他头摇着，他的手不意的、困难而费力的在比作。

小岚在习惯上她是明白，这是一定要她给买大饼子（玉米饼）。小岚也作手势，她的手向着天，比作月亮大小的圆环，又把手指张开作一个西瓜形，送到嘴边去假吃。她说：

“爷爷，今天是过八月节啦，所以爷爷要吃包子的。”

这时老人的胡须荡动着，包子已经是吞掉了两个。

也许是为着过节，小岚要到街上去倒壶开水来。她知道自家是没有水壶，老人有病，罐子也摆在窗沿，好像是休息，小岚提着罐子去倒水。

窗纸自然的鸣叫，老人点起他的烟管了。

这是十分难能的事，五个包子却留下一个。小岚把水罐放在老人的身边，老人用烟管点给她，……咔……哇……

小岚看着白白的小小的包子，用她凄怆的眼睛，快乐的笑了，又惘然的哭了，她为这个包子伟大的爱，唤起了她内心脆弱得差不多彻底的悲哀。

小岚的哭惊慌的停止。这时老人哑着的嗓子更哑了，头伏在枕上摇摇，或者他的眼泪没有流下来，胡须震荡着，窗纸鸣得更响了。

“岚姐，我来找你。”

一个女孩子，小岚工厂的同伴，进门来，她接着说：

“你不知道工厂要裁你吗？我抢着跑来找你。”

小岚回转头向门口作手势，怕祖父听了这话，平常她知道祖父是听〔不〕清的，可是现在她神经质了，她过于神经质了。

可是那个女孩子还在说：

“岚姐，女工头说你夜工做得不好，并且每天要回家两次。女工头说小岚不是没有父母吗？她到工厂来，不说她是个孤儿么？所以才留下了她，——也许不会裁了你！你快走吧。”

老人的眼睛看什么似的那样自揣着，他只当又是邻家姑娘来同小岚上工去。

使老人生疑的是小岚临行时对他的摇手，为什么她今天不作手势，也不说一句话呢？

老人又在自解，也许是工厂太忙。

老人的烟管是点起来的，幽闲的他望着烟纹，也望着空虚的天花板。凉滄的秋的气味像侵袭似的，老人把麻袋盖了盖，他一天的工作只有等孙女。孙女走了，再就是他的烟管。现在他又像是睡了，又像等候他孙女晚上回来似的睡了。

当别的两个老丐在草帘上吃着饭类东西的时候，不管他们的铁罐搬得怎样响，老人仍是睡着，直到别的老丐去取那个盛热水的罐时，他算是醒了！可是打了个招呼，他又睡了。

“他是有福气的，他有孙女来养活他，假若是我患着半身不随的病，老早就该死在阴沟了。”

“我也是一样。”

两个老丐说着，也要点着他们的烟管，可是没有烟了，要去取哑老人的。

忽然一个包子被发现了，拿过来，说给另一个听：

“三哥，给你吃吧，这一定是他剩下来的。”

回答着：“我不要，你吃吧。”

可是另一个在说“我不要”这三个字以前，包子已经落进他的嘴里，好像他让三哥吃的话是含着包子说的。

他们谈着关于哑老人的话：

“在一月以前，那时你还不是没住在这里吗，他讨要过活，和我们一样。那时孙女缝穷，后来孙女入了工厂，工厂为了做夜工是不许女工回家的，记得老人一夜没有回来。第二天早晨，我到街头看他，已睡在墙根，差不多和死尸一样了。我把他拖回房里，可是他已经不醒人事了。后来他的孙女每天回来看护他，从那时起，他是患着病了。”

“他没有家人么？”

“他的儿子死啦，媳妇嫁了人。”

两个老丐也睡在草帘上，止住了他们的讲话，直到哑老人睡得够了，他们凑到一起讲说着，哑老人虽然不能说话，但也笑着。

这是怎么样呢？天快黑了，小岚该到回来的时候了。老人觉到饿，可是只得等着。那两个又出去寻食，他们临出去的时〔候〕，罐子撞到门框发响，可是哑老人只得等着。

一夜在思量，第二个早晨，哑老人的烟管不间断地燃着，望望门口。听听风声，都好像他孙女回来的声音。秋风竟忍心欺骗哑老人，不把孙女带给他。

又燃着了烟管，望着天花板，他咳嗽着。这咳嗽声经过空冷的地板，就像一块铜掷到冰山上一样，响出透亮而凌寒的声来。当老人一想到孙女为了工厂忙，虽然他是怎样的饿，也就耐心地望着烟纹在等。

窗纸也像同情老人似的，耐心地鸣着。

小岚死了，遭了女工厂头的毒打而死，老人却不知道他的希望已经断了路。他后来自己扶着自己颤颤的身子，把经日讨饭的家伙从窗沿取来，挂了满身，那样会活动的罐子，配着他直挺的身体，在作出痛心的可笑的模样。他又向门口走了两步，架了长杖，他年老而蹀躞的身子上有几只罐子在凑趣般地摇动着，那更可笑了，可笑得会更痛心。

蓦然的，他的两个老伙伴开门了，这是一个奇异的表情，似一朵鲜红的花突然飞到落了叶的枯枝上去。走进来的两个老乞丐正是这样，他们悲惨而酸心的脸上，突然作笑。他们说：

“老哥，不要到街上去，小岚是为了工厂忙，你的病还没好，你是七十多岁的人了，这里有我们三个人的饭呢，坐下来先吃吧，小岚会回来的。”

讲这些话的声音，有些特别。并且嘴唇是不自然的起落，哑老人听不清他们究竟说的是什么，就坐下来吃。

哑老人算是吃饱了，其余的两个，是假装着吃，知道饭是不够的。他不能走路，他颤颤着腿，像爬似的走回他的铺位。

“女工头太狠了。”

“那样的被打死，太可怜，太惨。”

哑老人还没睡着的时候，他们的议论好像在提醒他。他支住腰身坐起来，皱着眉想——死……谁死了呢？

哑老人的动作呆得笑人，仿佛是个笨拙的侦探，在侦查一个难解的案件。眉皱着，眼瞪着，心却糊涂着。

那两个老乞丐，蹑着脚，拿着烟管想走。

依旧是破落的家屋，地板有洞，三张草帘仍在地板上，可是都空着，窗户用麻袋或是破衣塞堵着，有阴风在屋里飘走。终年没有阳光，终年黑灰着，哑老人就在这洞中过他残老的生活。

一

现在冬天，孙女死了，冬天比较更寒冷起来。

门开处，老人幽灵般地出现〔在〕门口了，他是爬着，手脚一起落地的在爬着，正像个大爬虫一样。他的手插进雪地去，而且大雪仍然是飘飘落，这是怎样一个悲惨的夜呀，天空挂着寒月。

并没有什么吃的，他的罐子空着，什么也没讨到。

别的两个老丐，同样是这洞里爬虫的一分子，回来了说：

“不要出去呀，我们讨回来的东西只管吃，这么大的年纪。”

哑老人没有回答，用呵气来温暖他的手，自己肿得萝卜似的手。饭是给哑老人吃了，别人只得又出去。

屋子和从前一样破落，阴沉的老人也和从前一样吸着他的烟管。可是老人他只剩烟管了，他更孤独了。

草帘下取出一张照片来，不敢看似的他哭了，他绝望的哭，把躯体来偎作个绝望的团。

当窗纸不作鸣的时候，他又在抽烟。

只要抡动一次胳膊，在他全像搬转一只铁钟似的，要费几分钟。

在他模糊中，烟火坠到草帘上，火烧到胡须时，他还没有觉查。

他的孙女死了，伙伴没在身边，他又哑，又聋，又患病，无处不是充备给火烧死的条件。就这样子，窗纸不作鸣声，老人滚着，他的胡须在烟里飞着，白白的。

夜　风*

一

老祖母几夜没有安睡，现在又是抖着她的小棉袄了！小棉袄一拿在祖母的手里，就怪形地在作恐吓相。仿佛小棉袄会说出祖母所不敢说出的话似的，外面风声又起了！"……唰——唰……"

祖母变得那样可怜，小棉袄在手里终那样拿着，窗纸也响了！没有什么，是远村的狗吠，身影在壁间摇摇，祖母，灭下烛，睡了！她的小棉袄又放在被边，可是这也没有什么，祖母几夜都是这样睡的。

屋中并不黑沉，虽是祖母熄了烛。披着衣裳的五婶娘，从里间走出来，这时阴惨的月光照在五婶娘的脸上，她站在地心用微而颤的声音说：

"妈妈，远处许是来了马队，听，有马蹄响呢！"

老祖母还没忘掉做婆婆特有的口语向五婶娘说：

"可恶的 ××× 又在寻死。不碍事，睡觉吧。"

五婶娘回到自己的房里，想唤醒她的丈夫，可是又不敢。因

---

* 本文发表于 1933 年 9 月 24 日、10 月 1 日、10 月 8 日（长春）《大同报》"夜哨"周刊第六、七、八期，署名悄吟。同年 10 月收入（哈尔滨）五画印刷社初版小说散文集《跋涉》（与三郎合著）。

为他的丈夫从来英勇，在村中著名的，而不怕过什么人。枪放得好，马骑得好。前夜五婶娘吵着 ××× 是挨了丈夫的骂。

不碍事，这话正是碍事，祖母的小棉袄又在手中颠倒了！她把袖子当作领来穿。没有燃烛，斜歪着站起来，可是又坐了下。这时已经把壁间满着灰尘的铅弹枪取下来，在装子弹。她想走出去上炮台望一下，其实她的腿早已不中用了，她并不敢放枪。

远村的狗吠得更甚了！像人马一般的风声也上来了。院中的几个炮手，还有老婆婆的七个儿子通〔通〕起来了。她最小的儿子还没上炮台，在他自己的房中抱着他新生的小宝宝。

老祖母骂着：

“呵！太不懂事务了，这是什么时候？还没有急性呀！”

这个儿子，平常从没挨过骂，现在也挨骂了。接着小宝宝哭叫起来。别的房中，别的宝宝，也哭叫起来。

可不是吗？马蹄响近了，风声更恶，站在炮台上的男人们持着枪杆，伏在地下的女人们抱着孩子。不管哪一个房中都不敢点灯，听说 ××× 是找光明的。

大院子里的马棚和牛棚，安静着，像等候恶运似的。可是不然了！鸡、狗和鸭鹅们，都闹起，就连放羊的童子也在院中乱跑。

马，认清是马形了！人，却分不清是什么人。天空是月，满山白雪，风在回转着，白色的山无止境的牵连着。在浩荡的天空下，南山坡口，游动着马队，蛇般地爬来了！二叔叔在炮台里看见这个，他想灾难算是临头了！一定是来攻村子。他跑向下房去，每个雇农给一支枪，雇农们欢喜着，他们想：

“地主多们好呵！张二叔叔多们仁慈！老早就把我们当作家人看待的！现在我们共同来御敌吧！”

往日地主苛待他们，就连他们最反对的减工资，现在也不恨了！只有御敌是当前要作的。不管厨夫，也不管是别的役人，都喜欢着提起枪跑进炮台去。因为枪是主人从不放松给他们拿在手里。尤其欢喜的是牧羊的那个童子——长青。他想，我有一支枪了！我也和地主的儿子们一样的拿着枪了。长青的衣裳太破，裤子上的一个小孔，在抢着上炮台时裂了个大洞。

人马近了，大道上飘着白烟，白色的山和远天相结，天空的月澈底地照着，马像跑在空中似的。这也许是开了火吧！……砰！砰……炮手们看得清是几个探兵作的枪声。

长青在炮台的一角，把住他的枪，也许是不会放，站起来，把枪嘴伸出去，朝着前边的马队。这马队就是地主的敌人。他想这是机会了！二叔叔在后面止住他：

“不要！等近些放！”

绕路去了！数不尽的马的尾巴渐渐消失在月夜中了！墙外的马响着鼻子。马棚里的马听了也在响鼻子，这时，老祖母欢喜的喊着孙儿们：

“不要尽在冷风里，你们要进屋来暖暖，喝杯热茶。”

她的孙儿们强健地回答：

“奶奶，我们全穿皮袄，我们在看守着，怕贼东西们再转回来。”

炮台里的人稀疏了！是凡地主和他们的儿子都转回屋去，可是长青仍蹲在那里，作一个小炮手的模样，枪嘴向前伸着，但棉裤后身作了个大洞，他冷得几乎是不能耐，要想回房去睡。没有当真那么作。因为想起了张二叔叔——地主平常对他的训话了：“为人要忠，你没看见古来有忠臣孝子吗？忍饿受寒，生死不怕，真是可佩服的。”

长青觉得这正是尽忠，也是尽孝的时候，恐怕错了机会似的，他在捧着枪，也在作一个可佩服的模样。裤子在屁股间一个大洞裂着。

二

这人是谁呢？头发蓬着，脸没有轮廓，下垂的头遮盖住，暗色的房间破乱得正像地主们的马棚。那人在啼着，好像失去巢的乌鸦一般。屋里的灯灭了！窗上的影子飘忽失去。

两棵立在门前的大树，光着身子在嚎叫已失去的它的生命。风止了！篱笆也不响了！整个的村庄，默得不能再默。儿子，长青。回来了。

在屋里啼哭着，穷困的妈妈听得外面有踏雪声，她想这是她的儿子吧！可是她又想，儿子十五天才可以回一次家，现在才十天，并且脚步也不对，她想这是一个过路人。

柴门开了！柴门又关了！篱笆上的积雪，被振动落下来，发响。

妈妈出去像往日一样，把儿子接进来，长青腿软得支不住自己的身子，他是斜歪着走回来，所以脚步差错得使妈妈不能听出。现在是躺在炕上，脸儿青青的流着鼻涕；妈妈不晓得是发生了什么事？

心痛的妈妈急问：

“儿呀！你又牧失了羊吗？主人打了你吗？”

长青闭着眼睛摇头，妈妈又问：

“那是发生了什么事？来对妈妈说吧！”

长青是前夜看守炮台冻病了的，他说：

“妈妈，前夜你没听着马队走过吗？张二叔叔说××党是万恶之极的，又说专来杀小户人家。我举着枪在炮台里站了半夜。”

“站了半夜又怎么样呢？张二叔打了你吗？”

“妈妈，没有，人家都称我们是小户人家，我怕马队来杀妈妈，所以我在等候着打他们！”

“我的孩子，你说吧！你怎么会弄得这样呢？”

“我的裤子不知怎么弄破了！于是我就病了！”

妈妈的心好像是碎了！她想丈夫死去三年，家里从没买过一尺布，和一斤棉。于是她把儿子的棉袄脱了下来，面着灯照了照，一块很厚的，另一块是透着亮。

长青抽着鼻子哭，也许想起了爸爸。妈妈放下了棉袄，把儿子抱过来。

豆油灯像在打寒颤似的火苗哆嗦着，唉，穷妈妈抱着病孩子。

三

张老太太又在抖着她的小棉袄了！因为她的儿子们不知辛苦了多少年，才做了个地主；几次没把财产破坏在土匪，叛兵的手里，现在又闹 × 军[1]，她当然要抖她的小棉袄罗！

张二叔叔走过来，看着妈妈抖得怪可怜的，他安慰着：

“妈妈，这算不了什么，您想，我们的炮手都很能干呢！并且恶霸们有天理来昭张，妈妈您睡下吧！不要起来，没有什么事！”

“可是我不能呢？我不放心。”

张老太说着外面枪响了！全家的人，像上次一样，男的提着枪，女的抱着孩子。风声似乎更紧，树林在啸。

1　× 军，原作为“胡匪”。

这是一次虚惊，前村捉着个小偷。一阵风云又过了！在乡间这样的风云是常常闹的。老祖母的惊慌似乎成了癖。全家的人，管谁都在暗笑她的小棉袄。结果就是什么事没发生，但，她的小棉袄仍是不留意地拿在手里，虽然是她只穿着件睡觉的单衫。

张二叔叔同他所有的弟兄们坐在老太太的炕沿，老六开始说：

“长青那个孩子，怕不行，可以给他结账的，有病不能干活计的孩子，活着又有什么用？”

说着把烟卷放在嘴里，抱起他三年前就患着瘫病的儿子走回自己的房子去了。

张老太说：

“长青那是我叫他来的，多做活少做活的不说，就算我们行善，给他碗饭吃，他那样贫寒。”

大媳妇含着烟袋，她是四十多岁的婆子。二媳妇是个独腿人，坐在她自己的房里。三媳妇也含着烟袋在喊三叔叔回房去睡觉。老四，老五，以至于老七这许多儿媳妇都向老太太问了晚安才退去。老太太也觉得困了似的，合起眼睛抽她的长烟袋。

长青的妈妈——洗衣裳的婆子来打门，温声地说：

“老太太，上次给我吃的咳嗽药再给我点吃吧！”

张老太太也是温和着说：

“给你这片吃了！今夜不会咳嗽的，可是再给你一片吧！”

洗衣裳的婆子暗自非常感谢张太太，退回那间靠近草棚的黑屋子去睡了！

第二天是个天将黑的时候，在大院里的绳子上，挂满了黑色的白色的，地主的小孩的衣裳，以及女人的裤子。就是这个时候吧！晒在绳子上的衣服有浓霜透出来，冻得挺硬，风刮得有铿锵声。洗衣裳的婆子咳嗽着，她实在不能再洗了！于是走到张老太太的房里：

“张老太，真是废物呢，穷人又生病！”

一面说一面咳嗽：

“过几天我一定来把所有余下的衣服洗完。”

她到地心那个桌子下，取她的包袱，里面是张老太给她的破毡鞋；二婶子和别的婶子〔给〕她的一些碎棉花，和裤子之类。这时，张老太在炕里，含着她的长烟袋。

洗衣裳的婆子有个破落无光的家屋，穿的是张老太穿剩的破毡鞋。可是张老太有着明亮的镶着玻璃的温暖的家，穿的是从城市里新买回来的毡鞋。这两个老婆婆比在一起，是非常有趣的。很巧，牧羊的长青走进来，张二叔叔也走进来。老婆婆是这样两个不同形的，生出来的儿子当然两样，一个是掷着鞭子的牧人，一个是把着算盘的地主。

张老太扭着她不是心思的嘴角问：

“我说，老李，你一定要回去吗？明天不能再洗一天吗？”

用她努力的眼睛望着老李。老李：

“老太太，不要怪我，我实在做不下去了！”

“穷人的骨头想不到这样值钱，我想你的儿子，不知是谁的力量才在这里呆得住。也好。那么，昨夜给你那药片，为着今夜你咳嗽来吃它。现在你可以回家去养着去了！把药片给我，那是很贵呢！不要白废了！”

老李把深藏在包袱里那片预备今夜回家吃的药拿出来。

老李每月要来给张地主洗五次衣服，每次都是给她一些萝卜，或土豆，这次都没给。

老婆子夹着几件地主的媳妇们给她的一些破衣服，这也就是她的工银。

老李走在有月光的大道上，冰雪闪着寂寂的光，她寡妇的脚踏在雪地上，就像一只单身雁在哽咽着她孤飞的寞寞。这树为着空的枝干，没有鸟雀。什么人全睡了！尽树儿的那端有她的家屋出现。

打开了柴门，连个狗儿也没有，谁出来迎接她呢？！

四

两天过后风声又紧了！真的胡匪要杀小户人家吗？怎么都潜进破落村户去？李婆子家也曾住过那样的人。

长青真的结了账了！背着自己的小行李走在风雪的路上。好像一个流浪的，丧失了家的小狗，一进家屋他就哭着。他觉得绝望。吃饭妈妈是没有米的，他不用妈妈问他就自己诉说怎样结了账，怎样赶他出来，他越想越没路可走，哭到委屈的时候，脚在炕上跳，用哀惨的声音呼着他的妈妈：

“妈妈，我们吊死在爹爹坟前的树上吧！”

可是这次，出乎意料的，妈妈没有哭，没有同情他，只是说：

“孩子，不要胡说了，我们有办法的。”

长青拉着妈妈的手，奇怪的，怎么妈妈会变了呢？怎么变得和男人一样有主意呢？

五

前村的消息传来的时候，张二叔叔的家里还没吃早饭。

整个的前村和胡匪混成一团了！有的说是在宣传，有的说是在焚房屋，屠杀贫农。

张二叔叔放探出去，两个炮手背上大枪，小枪，用鞭子打着马，刺面的严冬的风夺面而过。可是他们没有走到地点，就回来了，报告是这样：

“不可知这是什么埋伏，村民安静着，鸡犬不惊的不知在做些什么？”

张二叔叔问：“那末你们看见些什么呢？”

“我们是站在山坡往下看的，没有马槽，把草摊在院心，马匹在急吃着草，那些恶棍们和家人一样在院心搭着炉，自己做饭。”

全家的人，挤在老祖母的门里门外，眼睛瞪着。全家好像窒息了似的。张二叔叔点着他的头：“唔！你们去吧！”

这话除了他自己，别人似乎没有听见。关闭的大门外面有重车轮轧轧经过的声音。

可不是吗？敌人来了！方才吓得像木雕一般地张老太也扭走起来。

张二叔叔和一群小地主们捧着枪不放，希望着马队可以绕道过去。马队是过去了一半，这次比上次的马匹更多。使张二叔叔纳闷的是后半部的马队也夹杂着爬犁小车！并且车上也像有妇女们坐着？更近了，二叔叔是千真万真看见了一些雇农，李三、刘福、小秃……一些熟识的佃农。

二叔叔气得仍要动起他地主的怒来大骂。

兵们从东墙回转来，把张二叔叔的房舍包围了！开了枪。

这不是夜，没有风，这是光明的朝阳下，张二叔叔是第一个倒地。在他一秒钟清明的时候，他看见了长青和他的妈妈——李婆子，也坐在爬犁上，在挥动着拳头……

—完—　　1933，8，27。

叶　子*

园中开着艳艳的花，有蝴蝶飞，也有鸟儿叫。小姑娘——叶子，唱着歌，在打旋风舞。为了捕蝴蝶把裙子扯破，妈妈站在门口：

“叶子，你这样孩子。”可是她什么都不听见，花枝一排一排的倒在脚下，把蝴蝶捉在手里。

一

太阳把雪照成水了，从房檐滴到了满阶。后来树技发青，树叶成荫了，后园里又飞着去年的蝴蝶。五月来到，后园和去年一样，蝴蝶戏着小姑娘们玩，蝴蝶被捕着。可是叶子，她不捕蝴蝶了，尽坐在那儿幽思，望着天上多彩的云，望着插向云中的树枝，一会用扇子遮住她幽思的眼。

妈妈站在门口。

“叶子，你为什么总坐在那儿想啊？脸儿怕瘦了。”

她常常在园里静思，暑假慢慢的来到，表哥——莺，回来了。以后花园里，又是旋风舞，捕蝴蝶。叶子的歌声天天在后园里鲜明着。莺哥和叶子坐在树下，树叶有时落在腿上，后来树叶绕着腿飞。

---

* 本文发表于1933年10月15日（长春）《大同报》“夜哨”周刊第九期，署名悄吟。

暑假过去，莺哥回学校了。

园里飞发树叶。只因没有花儿，鸟雀回巢，蝴蝶飞过墙东不再回来，一切被莺哥带了去似的。叶子倒在床上有病，脸儿渐渐黄，爸妈着慌，医生来了一个又一个，药瓶子摆在床头，脸儿更黄更瘦。

外面飘起白白的雪，妈妈问：

“为什么病呢？对妈妈说。”

叶子只是默默的等着寒假，常常翻着日历，十号，十一，……十五号了，她想莺哥是近着她了，穿得干净的衣裳，坐在窗里望。真的有人在叫门，叶子心跳着。妈妈去开了门，穿着青制服，青呢帽，踏着雪响，莺哥微笑着。他问：

“叶子呢？”

说话时他看着叶子在窗里，他笑了笑。妈妈说着关于叶子的话走进客厅了。妈妈又说：

“叶子，半年是闹着病，只见黄瘦。”

莺哥慌忙着去见叶子，可是他走进内室了，衣上带着冷气。走近叶子的床，向她问：

“病了吗？很弱。”

她感到茫然了，眼睛无力地往床看，没有答话，把头低住。他没有再问，心痛着走出内室去。妈妈在客厅里，说着叶子的病时，叶子在屋里听着哭了，面向飞着雪的窗外。

—

在东房莺哥常常〔发〕闷，有时整夜不灭灯，后来咳嗽，都说孩子大了应该定亲。他的叔叔来，说谁家的女子好，问他：

“你愿意不？我想你的学费都是舅家供给，又是住在舅家，不能信意[1]吧？”他的叔叔又指着叶子的爸爸和妈妈说：“并且舅父和舅母也同意。”

就是那夜，他整夜寻思着。第二天他的爸爸戴着没有耳朵的帽子背着包袱来了，没有进客厅，简直[2]到东房去。唉，莺哥怎不难过呢，妈妈死了，爸爸上山去打柴，自己住在舅家。于是他哭了，爸爸也哭了。

叶子走进东房，火炉在地心，没生火，窗上全是冰霜。她招呼别人，把炉子生火，又到自己房里拿了厚的被子给莺哥。妈妈骂了她：

“什么事都用得着你！”

穷人没有亲戚。到晚间，他的爸爸又戴着没有耳朵的帽子走了，去经风霜。

一

叶子在莺哥的房里，可是莺哥一天比一天病重。叶子常常挨骂，可是莺哥的病只有沉重。妈妈说：

“不要以为你还是小孩子，你是十四五岁啦，莺哥都该娶媳妇了，不可以总在一块。”妈妈又接着说：

“自己该明白吧，他那样穷，并且亲已订妥。”

莺哥八天不能起床，可怜的莺哥，连叶子也不能多见。

在那间空洞的房里，只有爸爸陪着他。起先舅母拿钱给请医生，现不给他请医生了。于是可怜的莺哥走在死路上。

每天夜里，别人都睡了的时候，那个管家——王四要给东房

---

1 信意，指主观任性不受约束，想怎样就怎样。

2 简直，北方某些地区方言，用于指路或走路时表示直接、一直，不转弯。

送书，这是叶子背着妈妈叫送的。

昨夜特别的，莺哥总是不睡，想说的话，又像不愿意说似的。肺痛得也像轻了些，但是他的眼睛想哭。

“爸爸，叶子怎么总不过来呢？我还拿她几本书，怎么还不来取呀？又病了吗？爸爸叫叶子来，呵，叶子一定要来。”他说时把眼泪滴到枕头上。

爸爸只得答应了去找叶子：

“好吧，不要为难，你再睡一会，亮了天我去叫她。”

天是大亮了，还不去叫叶子，让老头子怎样去找叶子呢？住在别人家里，自己的儿子有病。怎敢扰乱别人呢？

还不到中午，莺哥被装进棺材里。

送棺材的人们站到大门口，只有莺哥的爸爸和棺材往东下去。

蝶儿飞着，鸟儿叫着，又到五月了。

叶子坐在后园冥想，莺哥的爸爸担着柴草经过后门了。

九，二〇

清晨的马路上 *

一

“耕种烟……双鹤……大号……粉刀烟。”

“粉刀……双鹤……耕种烟。”

小孩子的声音脆得和玻璃似的，凉水似的侵透着睡在街头上的人间，在清晨活着的马路，就像已死去好久了。人们为着使它再活转来，所以街商们靠住墙根，在人行道侧开始罗列着一切他们的宝藏财富。卖浆汁的王老头把担子落下，每天是这样，占据着他自己有的土地。他是在阴沟的旁侧，搭起一张布篷，是那样有趣的，用着他的独臂工作一切。现在烧浆汁的小锅在吐气，王老头也坐在那布篷里吐着气，是在休息。他同别的街商们一样，感到一种把生命安置得妥适的舒快。

卖烟童们响着：

“粉刀——双鹤——耕种烟……”

“大号双鹤烟……”

小胸膛们响着，已死的马路会被孩子们的呼唤活转来，街车

* 本文发表于 1933 年 11 月 5 日、12 日（长春）《大同报》“夜哨”周刊第十二、十三期，署名悄吟。

渐多，行人渐多，被孩子们召集来的赛会，蚂蚁样的。叫化子出街了，残废们没有小腿，把鞋子穿到手上用胳膊来帮助行走，所以变成四条腿的独特的人形。这独特的人形和爬虫样，从什么洞里爬出来，在街上是晒太阳吗？闲走吗？许多人没有替他想过，他是自己愿意活，就爬着活，愿意死就死在洞里。

一辆汽车飞过来，这多腿人灰白了，一刻他不知怎样做，好像一只受了伤的老熊遇到猎人。他震惊，他许多腿没有用，他的一切神经折破。于是汽车过去了，大家笑，大家都为这个多腿人静止了。等他靠近侧道时，他自己也笑了。可是不晓得为什么要笑？眼睛望到马路的中央去，帽子在那变成一个破裂的瓜皮样，于是多腿人探出蒸气的头，他怨笑。

在布篷看守小锅的王老头，用他的独臂装好一碗浆汁，并且说，露出他残废的牙齿来：

“你吃吧！热的。”

但是帽子给汽车轧破的人却无心吃，他忧虑着。仅仅一〔个〕污秽的帽子他还忧虑着。王老头的袖子用扣针扣在衣襟，热情的替别人去拾帽子。终于那个人拿到破裂的瓜皮，对王老头讲，这帽子怎样缝缝还不碍事。王老头说：

“不碍事，不碍事，把这碗喝下吧，不要钱的！”

二

为着有阳光的街，繁忙的街，卖烟童们的声音渐哑了。

正午时，王老头子喝他的浆汁，但是他怕要吃烧饼，因为烧饼太值钱。

卖馒头的小伙子走近人行道，打开肩箱，卖给街商们以馒头。有时是彼此交换的，把馒头换成袜子，或是什么碎的布片，就是这样吧。

小林的妈妈在等小林回来吃中饭。可是小林回来了，在饭桌上父亲说着：

“小林下午你要休息了，怕是嗓子太哑了，爸爸来替你。”

小林的爸爸患着咳嗽病，终年不能停息，遇到了秋天的季节，病患更烦恼他。于是，爸爸一个月没有卖报去。

小林在炕上把每盒烟卷打开，像片取出来。听说别的卖烟童们用像片换得的金表或钞票。有时就连妈妈也来帮助儿子来做这种事。可是，从来没换取过什么。

—

小林的哥哥大林回来了，他把两元钱给母亲，他向弟弟说：

“不要总玩弄那些。”

弟弟生气：

“那么玩弄什么呢？我觉得很有意思。”

妈妈把钱藏在小箱中，并且望着小林：

“明天可以多买〔烟〕卷呢。”

他显然回到家中是苦闷了。妈妈是慈爱的：

“把烟给哥哥吸。”

小林取过一盒烟来，他爱惜烟卷好比生命似〔的〕。因为做哥哥的没有这样残忍的情感来吸这烟。大林想：

“一盒便宜的烟卷要五分钱，卖一盒烟卷才赚一分钱。一盒烟要弟弟多少喊声呢？”

他总是十几天或者一个月才回家一次，也不在家住过。这夜他是挨着善于咳嗽的爸爸睡下的。爸爸是那样惹人怜，彻夜咳嗽。大林知道西药铺有止咳药，可是爸爸和妈妈一起止住他。

“林儿，今夜你是住在家中，那么明夜呢？长久了是没有钱的。”

大林显然这又烦恼着了，夜里他失眠，奇怪的爸爸虽是咳嗽，同时要给他盖过被子无数次。同院的人们起来了，大街上仍是静悄，连太阳都没有。大林没有洗他的脸，走向他要去的地方去。

三

这是多么沉重的夜呀，大林在昏闷中经过长短街。一间客厅里许多朋友，从窗子看进去，知道这又是星期日了。这是朋友家的一间客厅，也是许多熟人的一个闲荡处，好比一个杂货间，有穿长袍马褂的朋友，有穿西服的，有头发毛毛的，并且脸色枯黄的朋友。患着胃病吗？大林坐在那里是个已定蚌壳，假若有雨雪在他身上，他不会感觉。别的朋友拿给他一支烟，对于烟好比是一条有毒的小白蛇，大林看它是这样。等他十分无兴致的时候，他徘徊在街上，街心的一切，对他是没有意义，他坐在椅上。

父亲和小弟弟奇怪的却来到近前。

“哥哥，你今晚回家吧！妈妈说，我若能用像片换得来什么的时候，今晚就吃鱼。现在我是十元钱得到的。”

父亲也为了意外的成功充塞着：

“今晚你要吃鱼的，大林。”

老头子走在人群里，消失了……

四

是冬天，是夜间，在那个朋友的客厅里，连意想也没有意想，当他听到别人讲说关于烟像片换钱的时候。

“实在的，可以换到钱的，我可以给你一个证明。”

朋友说。

“证明吧！”

大林却把眼睛沉静着，没有证明这事。

当夜他是住在朋友的宿舍里，在梦里，他是这样可怕：“全个房屋给风雪刮倒了。妈妈在风雪中哭泣。因为弟弟没有了，爸爸不见了，她不能寻到他们。”

这是早晨吧，大林回家去看妈妈了。大街上骚闹一切，卖浆的王老头，他的头从白布篷里探出来，把大林唤进去：

“小林现在住在我家的，前夜你的父母是被一些什么人带走的，理由是因为你，北钟已是几天不敢回家了。”

北钟是王老头的儿子，在中学里和大林同学，现在是邻居，他同大林一样，常常不归家，使父母们，渺茫中担着忧。

小林为着失掉了妈妈，卖烟童们也失掉了他，街上再寻不到他的小声音了。

渺茫中 *

“两天不曾家来，他是遇到了什么事呢？”

街灯完全萎顿了，行人在绿光里忙着，倦怠着归去，远近的车声为着夜而困疲。冬天驱逐叫化子们，冬天给穷人们以饥寒交迫。现在街灯它不快乐，寒冷着的行人送尽了！可是大名并不归来。

“宝宝，睡睡呵！小宝宝呵！”

楼窗里的小母亲唱着，去看看乳粉，盒子空了！去看看表，是十二点了！

“宝宝呵！睡睡。”

小母亲唱着，睇视着窗外，白月照满窗口，像是不能说出大名的消息来。小宝宝他不晓得人间的事，他睡在摇篮里。过道有人步声，大名么？母亲在焦听这足音，宝宝却哭了！他不晓得母亲的心。

一夜这样过着，两夜这样过着，隔壁彻夜有人说话声。这声音来得很小，一会又响着动静了。什么都像是大名的声音，皮鞋响也像，再细心点听，寂静了！窗之内外，一切在夜语着。

偶然一声女人的尖笑响在隔壁，再细心听些，妇人知道那却

---

* 本文发表于 1933 年 11 月 26 日（长春）《大同报》“夜哨”周刊第十四期，署名悄吟。

是自己的丈夫睡到隔壁去了！

枕、床都在变迁，甚至联想到结婚之夜，战兢着的小妇人呀！好像自己的秘密已经摆在人们的眼前了。听着自己的丈夫睡在别人的房里，该从心孔中生出些什么来呢？这不过是一瞬间，再细心听下去，什么声音都没有了，一切在夜语着。对于妇人，这是个渺茫的隔壁，妇人幻想着：

“他不是说过吗？在不曾结婚以前，他为着世界，工作一切，现在，也许……”

第三天了！过道上的妇人们，关于这渺茫的隔壁传说着一切：

“那个房间里的妇人走了，是同一个男人走的。都知她是很能干的，可是谁也没看见。总之，她的房里常常有人住宿和夜里讲话，她是犯了罪。”

小母亲呀！你哭吧！

“宝宝，睡呵！呵！……”

过去这个时代小宝宝会跑了，又过几年，妈妈哭他会问：

“妈妈！为什么要哭呢？”

孩子仍是不晓得母亲的心，问着、问着，在污浊的阴沟旁投射石子。他还是没出巢的小鸟，他不晓得人间的事。

妇人的衣襟被风吹着，她望着生活在这小街上同一命运的孩子们击石子。宝宝回过头来问着：

“妈妈，你不常常说爸爸上山追猴子，怎么总不回来呢？”

夕阳照过每家的屋顶，小街在黄昏里，母亲回想着结婚的片片，渺茫中好像三月的花踏下泥污去。

十一，十五日

离　去*

黎文近两天尽是幻想着海洋；白色的潮呵！惊天的潮呵！拍上红日去了！海船像只大鸟似的行走在浪潮中；海震撼着，滚动着，自己渺小得被埋在海中似的！

黎文他似乎不能再想！他走在路中，他向朋友家走去，朋友家的窗子忽然闪过一个影子。

黎文开门了！黎文进来了！即是不进来，也知道是他来了！因为他每天开门是那种声音，急速而响动。站到门栏，他的面色不如往日。他说话声，更沉埋了。

“昨晚我来，你们不在家，我明天走。”

“决定了吗？”

“决定。”

“集到多少钱？”

“三十块。”

这在朋友的心中非常刺痛，连一元钱路费也不能帮助！他的朋友看一看自己的床，看一看自己的全身，连一件衣服为着行路人也没有。在地板上黎文拿起他行路用的小提包，他检查着；灰

---

* 本文发表于1934年3月10、11日（哈尔滨）《国际协报》“国际公园”副刊，署名悄吟。1936年11月收入（上海）文化生活出版社初版作品集《桥》。有改动。

色的衬衫，白色的衬衫，再翻一翻，再翻一翻，没有什么了！碎纸和本子在里面。

一件棉外套，领子的皮毛张起着，里面露着棉花，黎文他现在穿一件夹的，他说：

“我拿这件大氅，送回主人去。”

“为什么要送回去？他们是有衣服穿的，把它当了去，或是卖，都好。”

“这太不值钱，连一元钱也卖不到。”

“那么你送回家去好啦！”

“家吗？我不回家。”

黎文的脸为着突然的心跳，而充血，而转白，他的眼睛像是要流泪样，假若谁再多说一句话关于他的家。

二

昨天黎文回家取衬衣。在街口遇见了小弟弟。小弟弟一看见哥哥回来，就像报喜信似的叫喊着：“哥哥回来了！”每次回家，每次是这样，小弟弟颤动着卖烟卷的托盘在胸前，先跑回家去。

妈妈在厨房里问着：“事忙吗？怎么五六天不回家？”

因为他近两个月每天回家。妈妈欣喜着儿子找到了职业。黎文的职业被辞退已是一星期，妈妈仍是欣喜着。又问下去：

“你的事忙吗？你的脸色都不很好，太累了吧！”

他愿意快些，找到他的衬衫，他愿快些离开这个家庭。

“你又是想要走吗？这回可不许你走，你走到哪，就跟到你哪！”

他像个哑人，不回答什么！后来妈妈一面缝着儿子的衣裳，一面把眼泪抹到袖边，她是偷偷抹着。

他哄骗着母亲：“米快要吃完了吧！过几天我能买回一袋子

面。是不是？那够吃多半个月呢？”

妈妈的悲哀像是孩子的悲哀似的，受着骗，岔过去了！

他这次离家是最后的一次离家，将来或者能够再看见妈妈，或者不能够。因为妈妈现在就够衰老的了！就是不衰老，或者会被忧烦压倒。

黎文的心就像被摇着的铃心似的，要把持也不能把持住。任意的摇吧！疯狂的摇吧！他就这样别开家门，弟弟，妈妈并没出来相送，妈妈知道儿子是常常回家的。

黎文他坐在朋友家中，他又幻想着海了！他走在马路上，他仿佛自己的脚是踏在浪上。仿佛自己是一只船浮在马路上。街市一切的声音，好像海的声音。

他向前走着，他惊怕这海洋，同时他愿意早些临近这可惊怕的海洋。

二一，三。

患难中 *

…………

沈明和木村谈着仿佛是秘密的话。一个女人走进来，当她停住门口时，沈明笑了，他嘻笑一般说："木村，这是我的嫂嫂。"

那女人咳嗽一声，高声笑出，眉毛像飞起一般，看来她非常愉悦。她没有说几句话。她走了！沈明耳语着，木村摇动一下身子，仍是把视像凝结起来。

沈明说："她是真干，那家伙我哥哥真爱她。她一天从早起盛满肚子，就是往外跑。一切分她的工作很好，可是她把左近的男人，都迷恋过，那家伙，……我不该这样说，她是我的嫂嫂哩！"

木村心中烦厌着沈明："你该回校了！快关城门了吧？"

他说："那不要紧，我可以住在你这里。"

就这样沈明杂噪了半夜。

后来木村和那个女人接近的机会渐多，女人评论说他太灰色，可是木村仍是和她常常争论。

在这样的期间，冬梅完全躲避着木村。一天在途中他们三个

---

* 本文发表于 1934 年 3 月 8 日至 5 月 3 日（哈尔滨）《国际协报》"文艺"周刊第 5 至 13 期，署名田娣。现仅存 5 月 3 日部分文本。

人偶然相遇，和姐姐一般那个女人抚弄着冬梅的头发，冬梅气愤的推却了她，像骂着一样，背过身子走了！

木村说："这个孩子很怪的脾气。"

他只想冬梅是个怪脾气的孩子！但她会妒恨，她感到自己被抛弃一样的滋味，好像他从前是她的爱人，现在不是了。

她走回家中，哭泣一般地面孔："奶奶，我不上学了！我们还是搬到城外去住吧。"

她寻不到祖母，于是她呼唤起来，她害怕起来，忽然想起祖父的跳河，大声叫出：

"奶奶，……奶奶，……"

什么地方也寻不到奶奶，她的裙子转起旋风。院中的枣树好像生着针，锐得她的心会被刺破，小狗跟在后面，瞎跑瞎忙着。冬梅从胡同跑出去，她去告诉木村，祖母没有了！祖母不见了！她一边说着一边不能自持，自己抓住头发她哭起来。方才她妒恨那个女人，现在她是被她扶着走。到家中仍不见祖母，冬梅狂人一样的，坐不安牢。

祖母从街上徐徐着踱来，手杖肩在肩上，末端系住两条小鱼，小鱼不住地摆动着。祖母经过厨房时，把鲜鱼解下预备放一点水，聋婆听不见屋里的哭声，忽然她看见木村和一个生人。她笑着，脸上的皱纹立刻增多而深刻起来，嘴唇在说话的时候，像风在鼓动两面旗帜："你们来了多少时候了？我看小鱼很便宜买了两条。冬梅这孩子，客人在家里，你怎么不好好陪着说话！"

木村笑出来了说："老太太，冬梅，找不到祖母哭起来了。"

"是呀！天气很好。"她回答着不相关的话语，她又说：

"冬梅快下地来洗下鱼吧！今晚留木先生他们吃鱼。"

大家都笑了！冬梅翻着身从床跳起来了！只有祖母一个人痴

然的立着，她什么也不知道，她什么也听不着。

（九）

训育课高张着一块牌子，写着：“国文课木村先生因事长期请假，史地王先生暂且随班上课。”学校当局辞退了他，谣言说他为着某个党，努力给学生们讲着一些不相当的功课。

木村走进校门看见这个字样回家去了！在房中他胡乱的收拾东西，他想：这样的社会还有什么畏缩的呢？早就不应该无意识的停在这里。

张妈走来，他把一些零碎东西给了张妈，写一封信叫张妈交给沈明。他提一个小箱子走了，他和沈明的哥哥一样消失到什么地方去了。

冬梅慌张着探寻了几日，没有人晓得他的行踪，沈明对她说：“你不要慌张，他要你好好念书，过些日子，或者他来看看你，明天我给你带来十元票子，以后你什么事都要向我告诉。”

以后很长的日子这条街和一个无风的树一般，太阳和从前一样，太阳晒在屋顶，晒在短墙，一些碎纸在墙根，扑来扑去。

从前那个王伙计，带杖子带着小孩儿在路南土箱旁边拾取煤渣。冬梅的祖母出来倾倒一些赃物，她动着手中的土铲，她走近箱旁的时候，想认识弯着腰的那个孩子是小魁，等她看见那个老头，伏在煤渣上时，她用愉悦的喉音说：“老王是你吗？”

王伙计点着头，他褴褛着笑了！破坏不堪了！脸完全没有血色，但是他仍笑着。

出　嫁*

秋日，枯黄的秋日，在炕上我同菱姑吃着萝卜。小妹妹跑来了！偎着我，似乎是用眼睛说：

“姐姐，不要吃萝卜，厨房不是炸鱼吗？”

她打开门帘，厨房的鱼味和油香进来了！乡间的厨房，多是不很讲究，挨着住屋。这是吃饭时节，桌下饭碗蒸着汽。盘里黄色炸焦的鱼；这时候全家预备着晚餐，盘声，勺子声，厨房的柴堆上，小孩们坐着，咬着鱼。婶娘们说笑着，但是许多鱼不见了！她们一面说笑，嘴里却嚼着鱼；许多鱼被她们咽下。

三婶娘的孩子同五婶娘的孩子打起来了，从板凳推滚在柴堆中。大概是鼻子流了血，于是五婶娘在腋下夹着孩子，嘴突起着，走回自己房里去吃；五婶娘是小脚，她一走道，地板总是有节律的咚咚，她又到厨房去拿鱼，她又到厨房去拿饭碗，于是地板不停歇的咚咚着。

一

我有点像客人，每天同祖母一桌吃饭，祖母是炕桌，为着我在炕桌，家中的姊妹们常常有些气愤：

---

* 本文发表于 1934 年 3 月 20 日（哈尔滨）《国际协报》“国际公园”副刊，署名悄吟。

“人家那是识字念书的人，咱们比不上。”

今天我又听见她们说我了！我又看见那种怪脸色了！在厨房我装满我的饭碗时，我想同她们吵一架，我非常生气。

当我望着长桌的时候，三婶娘也不在了！她一定也是回到自己房里去吃饭。常常是这样，孩子们吵架，母亲们也吵架。五婶娘又出来了！五婶娘有许多特征，不但走路咚咚的，并且头也颤歪，手也颤歪，她嘴里又说些不平的小话。可是无论怎样她总不忘掉拿鱼，她拿鱼回自己的房去。

五婶娘又能吃鱼又能说小话。

孩子们吃鱼，把鱼骨留在嗓中啦！汤碗弄翻啦！哭啦！母亲们为着这个，不知道怎样咒咒呢？厨房烟和气，哭和闹，好像六月里被太阳蒸发着的猪窝。

—

墙外吹喇叭了！菱姑偷着推我：

“走！快点上炮台，看娶媳妇的去。”

小妹妹——莲儿也跟在后面：

“姐姐，等一会我！”

我的妈妈叫：“小莲不许你去！你快回来抱小弟弟，我吃饭。”

小莲终于跑上炮台了！从炮台眼看出去那好像看电影似的，原野，山坡，黄叶树，红缨的鞭子，束着红绳。

我问菱姑：“新娘子，哪个是？”

“新娘子在被里包着哩！”

我以为菱姑取笑我，我不相信她，莲妹妹对我讲了：“姐姐，你连这个都不懂吗？新媳妇把眼睛都哭红啦！怕人笑话。”

锣声响了！那种声音撼人心魄，红缨的鞭子驱着车走向黄叶林去了！

在下炮台时小妹妹频频说着：

“新媳妇怕老婆婆，她不愿意出门子！”

我戏说：“你怕老婆婆不怕？你愿意出门子不愿意？”

小妹妹摇头，眯着眼睛跑进屋去。母亲在怒狠：

“你什么是小孩子了！七八岁了！一点不听话，以后也不叫你到前屋去念书，给我抱孩子！不听说就打你。”

母亲说这话，似乎是对我，小妹妹她怎样回答的，她怎样使母亲更生气？

“我跟我姐姐走，上南京！”

三月八日。

生死场 *

一 麦 场

一只山羊在大道边啮嚼榆树的根端。

城外一条长长的大道，被榆树打成荫片。走在大道中，像是走进一个荡动遮天的大伞。

山羊嘴嚼榆树皮，黏沫从山羊的胡子流延着。被刮起的这些黏沫，仿佛是胰子[1]的泡沫，又像粗重浮游着的丝条；黏沫挂满羊腿，榆树显然是生了疮疖，榆树带着偌大的疤痕。山羊却睡在荫中，白囊一样的肚皮起起落落……

菜田里一个小孩慢慢地踱走。在草帽的盖伏下，像是一棵大形的菌类。捕蝴蝶吗？捉蚱虫吗？小孩在正午的太阳下。

很短时间以内，跌步[2]的农夫也出现在菜田里。一片白菜的颜色有些相近山羊的颜色。

毗连着菜田的南端生着青穗的高粱的林。小孩钻入高粱之群里，许多穗子被撞着在头顶打坠下来。有时也打在脸上。叶子们

---

* 中篇小说《生死场》1935 年 12 月作为“奴隶丛书之三”，自费由上海“容光书局”初版。署名萧红。

1 胰子，东北方言中肥皂、香皂的统称、俗称。

2 跌步，指腿脚有疾患者走路时步履起伏，控制不住平衡。

交结着响，有时刺痛着皮肤。那里是绿色的甜味的世界，显然凉爽一些。时间不久小孩子争斗着又走出最末的那棵植物。立刻太阳烧着他的头发，急灵的他把帽子扣起来。高空的蓝天，遮覆住菜田上跳跃着的太阳，没有一块行云。一株柳条的短枝，小孩夹在腋下，走路他的两腿膝盖远远的分开，两只脚尖向里勾着，勾得腿在抱着个盆样。跌脚的农夫早已看清是自己的孩子了，他远远地完全用喉音在问着：

“罗圈腿，唉呀！……不能找到？”

这个孩子的名字十分象征着他。他说：“没有。”

菜田的边道，小小的地盘，绣着野菜。经过这条短道，前面就是二里半的房窝，他家门前种着一株杨树，杨树翻摆着自己的叶子。每日二里半走在杨树下，总是听一听杨树的叶子怎样响；看一看杨树的叶子怎样动摆？杨树每天这样……他也每天停脚。今天是他第一次破例，什么他都忘记，只见跌脚跌得更深了！每一步像在踏下一个坑去。

土屋周围，树条编做成墙，杨树一半荫影洒落到院中；麻面婆在荫影中洗濯衣裳。正午田圃间只留着寂静，惟有蝴蝶们为着花，远近的翩飞，不怕太阳烧毁它们的翅膀。一切都回藏起来，一只狗也寻着有荫的地方睡了！虫子们也回藏不鸣！

汗水在麻面婆的脸上，如珠如豆，渐渐浸着每个麻痕而下流。麻面婆不是一只蝴蝶，她生不出磷膀来，只有印就的麻痕。

两只蝴蝶飞戏着闪过麻面婆，她用湿的手把飞着的蝴蝶打下来，一个落到盆中溺死了！她的身子向前继续伏动，汗流到嘴了，她舐尝一点盐的味，汗流到眼睛的时候，那是非常辣，她急切用湿手揩拭一下，但仍不停的洗濯。她的眼睛好像哭过一样，揉擦出脏污可笑的圈子，若远看一点，那正合乎戏台上的丑角；眼睛大得那样可怕，比起牛的眼睛来更大，而且脸上也有不定的花纹。

土房的窗子，门，望去那和洞一样。麻面婆踏进门，她去找另一件要洗的衣服，可是在炕上，她抓到了日影，但是不能拿起，她知道她的眼睛是晕花了！好像在光明中忽然走进灭了灯的夜。她休息下来。感到非常凉爽。过了一会在席子下面她抽出一条自己的裤子。她用裤子抹着头上的汗，一面走回树荫放着盆的地方，她把裤子也浸进泥浆去。

裤子在盆中大概还没有洗完，可是挂到篱墙了！也许已经洗完？麻面婆做事是一件跟紧一件，有必要时，她放下一件又去做别的。

邻屋的烟筒，浓烟冲出，被风吹散着，布满全院。烟迷着她的眼睛了！她知道家人要回来吃饭，慌张着心弦，她用泥浆浸过的手去墙角拿茅草，她贴了满手的茅草，就那样，她烧饭，她的手从来不用清水洗过。她家的烟筒也走着烟了。过了一会，她又出来取柴，茅草在手中，一半拖在地面，另一半在围裙下，她是摇拥着走。头发飘了满脸，那样，麻面婆是一只母熊了！母熊带着草类进洞。

浓烟遮住太阳，院中一霎明暗，在空中烟和云似的。

篱墙上的衣裳在滴水滴，蒸着污浊的气。全个村庄在火中窒息。午间的太阳权威着一切了！

“他妈的，给人家偷着走了吧？”

二里半跌脚厉害的时候，都是把屁股向后面斜着，跌出一定的角度来。他去拍一拍山羊睡觉的草棚，可是羊在哪里？

“他妈的，谁偷了羊……混账种子！”

麻面婆听着丈夫骂，她走出来凹着眼睛：

“饭晚啦吗？看你不回来，我就洗些个衣裳。”

让麻面婆说话，就像让猪说话一样，也许她喉咙组织法和猪相同，她总是发着猪声。

“唉呀！羊丢啦！我骂你那个傻老婆干什么？”

听说羊丢，她去扬翻柴堆，她记得有一次羊是钻过柴堆。但，那在冬天，羊为着取暖。她没有想一想，六月天气，只有和她一样傻的羊才要钻柴堆取暖。她翻着，她没有想。全头发洒着一些细草，她丈夫想止住她，问她什么理由，她始终不说。她为着要作出一点奇迹，为着从这奇迹，今后要人看重她。表明她不傻，表明她的智慧是在必要的时节出现，于是像狗在柴堆上耍得疲乏了！手在扒着发间的草杆，她坐下来。她意外的感到自己的聪明不够用，她意外的向自己失望。

过了一会邻人们在太阳底下四面出发，四面寻羊；麻面婆的饭锅冒着气，但，她也跟在后面。

二里半走出家门不远，遇见罗圈腿，孩子说：

“爸爸，我饿！”

二里半说：“回家去吃饭吧！”

可是二里半转身时老婆和一捆稻草似的跟在后面。

“你这老婆，来干什么？领他回家去吃饭！”

他说着不停的向前跌走。

黄色的，近黄色的，麦地只留下短短的根苗。远看来麦地使人悲伤。在麦地尽端，井边什么人在汲水。二里半一只手遮在眉上，东西眺望，他忽然决定到那井的地方，在井沿看下去，什么也没有，用井上汲水的桶子向水底深深的探试，什么也没有，最后，绞上水桶，他伏身到井边喝水，水在喉中有声，像是马在喝。

老王婆在门前草场上休息。

“麦子打得怎样啦？我的羊丢了！”

二里半青色的面孔为了丢羊更青色了！

咩……咩……羊叫，不是羊叫，寻羊的人叫。

林荫一排砖车经过，车夫们哗闹着。山羊的午睡醒转过来，它迷茫着用犄角在周身剔毛。为着树叶绿色的反映，山羊变成浅黄。卖瓜的人在道旁自己吃瓜。那一排砖车扬起浪般的灰尘，从林荫走上进城的大道。

山羊寂寞着，山羊完成了它的午睡，完成了它的树皮餐，而归家去了。山羊没有归家，它经过每棵高树，也听遍了每张叶子的刷鸣，山羊也要进城吗！它奔向进城的大道。

咩……咩……羊叫，不是羊叫，寻羊的人叫，二里半比别人叫出来更大声，那不像是羊叫，像是一条牛了！

最后，二里半和地邻动打，那样，他的帽子，像断了线的风筝，飘摇着下降，从他头上飘摇到远处。

“你踏碎了俺的白菜！——你……你……”

那个红脸长人，像是魔王一样，二里半被打得眼睛晕花起来，他去抽拔身边的一棵小树，小树无由的被害了，那家的女人出来，送出一支搅酱缸的耙子，耙子滴着酱。

他看见耙子来了，拔着一棵小树跑回家去，草帽是那般孤独的丢在井边，草帽他不知戴过了多少年头。

二里半骂着妻子：“混蛋，谁吃你的焦饭！”

他的面孔和马脸一样长。麻面婆惊惶着，带着愚蠢的举动，她知道山羊一定没能寻到。

过了一会，她到饭盆那里哭了！“我的……羊，我一天一天喂喂……大的，我抚摸着长起来的！”

麻面婆的性情不会抱怨。她一遇到不快时，或是丈夫骂了她，或是邻人与她拌嘴，就连小孩子们扰烦她时，她都是像一摊蜡消融下来。她的性情不好反抗，不好争斗，她的心像永远贮藏着悲哀似的，她的心永远像一块衰弱的白棉。她哭抽着，任意走到外面把晒干的衣裳搭进来，但她绝对没有心思注意到羊。

可是会旅行的山羊在草棚不断的搔痒，弄得板房的门扇快要掉落下来，门扇摔摆的响着。

下午了，二里半仍在炕上坐着。

“妈的，羊丢了就丢了吧！留着它不是好兆相。”

但是妻子不晓得养羊会有什么不好的兆相，她说：

“哼！那么白白地丢了？我一会去找，我想一定在高粱地里。”

“你还去找？你别找啦！丢就丢了吧！”

“我能找到它呢！”

“唉呀，找羊会出别的事哩！”

他脑中回旋着挨打的时候：——草帽像断了线的风筝飘摇着下落，酱耙子滴着酱。快抓住小树，快抓住小树。……二里半心中翻着这不好的兆相。

他的妻不知道这事。她朝向高粱地去了：蝴蝶和别的虫子热闹着，田地上有人工作了。她不和田上的妇女们搭话，经过留着根的麦地时，她像微点的爬虫在那里。阳光比正午钝了些，虫鸣渐多了；渐飞渐多了！

老王婆工作剩余的时间，尽是述说她无穷的命运。她的牙齿为着述说常常切得发响，那样她表示她的愤恨和潜怒。在星光下，她的脸纹绿了些，眼睛发青，她的眼睛是大的圆形。有时她讲到兴奋的话句，她发着嘎而没有曲折的直声。邻居的孩子们会说她是一头“猫头鹰”，她常常为着小孩子们说她“猫头鹰”而愤激，她想自己怎么会成个那样的怪物呢？像啐着一件什么东西似的，她开始吐痰。

孩子们的妈妈打了他们，孩子跑到一边去哭了！这时王婆她该终止她的讲说，她从窗洞爬进屋去过夜。但有时她并不注意孩子们哭，她不听见似地，她仍说着那一年麦子好；她多买了一条牛，牛又生了小牛，小牛后来又怎样？……她的讲话总是有起有落；关于一条牛，她能有无量的言词：牛是什么颜色？每天要吃多少水草？甚至要说到牛睡觉是怎样的姿势。

但是今夜院中一个讨厌的孩子也没有，王婆领着两个邻妇，坐在一条喂猪的槽子上，她们的故事便流水一般地在夜空里延展开。

天空一些云忙走，月亮陷进云围时，云和烟样，和煤山样，快要燃烧似地。再过一会，月亮埋进云山，四面听不见蛙鸣；只是萤虫闪闪着。

屋里，像是洞里，响起鼾声来，布遍了的声波旋走了满院。天边小的闪光不住的在闪合。王婆的故事对比着天空的云：

“……一个孩子三岁了，我把她摔死了，要小孩子我会成了个废物。……那天早晨……我想一想！……是早晨，我把她坐在草堆，我去喂牛；草堆是在房后。等我想起孩子来，我跑去抱她，我看见草堆上没有孩子；我看见草堆下有铁犁的时候，我知道，这是恶兆，偏偏孩子跌在铁犁一起，我以为她还活着呀！等我抱起来的时候……啊呀！”

一条闪光裂开来，看得清王婆是一个兴奋的幽灵。全麦田，高粱地，菜圃，都在闪光下出现。妇人们被惶憾着，像是有什么冷的东西，扑向她们的脸去。闪光一过，王婆的话声又连续下去：

"……啊呀！……我把她丢到草堆上，血尽是向草堆上流呀！她的小手颤颤着，血在冒着汽从鼻子流出，从嘴也流出，好像喉管被切断了。我听一听她的肚子还有响；那和一条小狗给车轮辘死一样。我也亲眼看过小狗被车轮轧死，我什么都看过。这庄上的谁家养小孩，一遇到孩子不能养下来，我就去拿着钩子，也许用那个掘菜的刀子，把孩子从娘的肚子里硬搅出来。孩子死，不算一回事，你们以为我会暴跳着哭吧？我会嚎叫吧？起先我心也觉得发颤，可是我一看见麦田在我眼前时，我一点都不后悔，我一滴眼泪都没淌下。以后麦子收成很好，麦子是我割倒的，在场上一粒一粒我把麦子拾起来，就是那年我整个秋天没有停脚，没讲闲话，像连口气也没得喘似的，冬天就来了！到冬天我和邻人比着麦粒，我的麦粒是那样大呀！到冬天我的背曲得有些厉害，在手里拿着大的麦粒。可是，邻人的孩子却长起来了！……到那时候，我好像忽然才想起我的小钟。"

王婆推一推邻妇，荡一荡头：

"我的孩子小名叫小钟呀！……我接连着煞苦了几夜没能睡，什么麦粒？从那时起，我连麦粒也不怎样看重了！就是如今，我也不把什么看重。那时我才二十几岁。"

闪光相连起来，能言的幽灵默默坐在闪光中。邻妇互望着，感到有些寒冷。

狗在麦场张狂着咬过来，多云的夜什么也不能告诉人们。忽然一道闪光，看见的黄狗卷着尾巴向二里半叫去，闪光一过，黄狗又回到麦堆，草茎折动出细微的声音。

"三哥不在家里？"

"他睡着哩！"王婆又回到她的默默中，她的答话像是从一个空瓶子或是从什么空的东西发出。猪槽上她一个人化石一般地留着。

“三哥！你又和三嫂闹嘴吗？你常常和她闹嘴，那会败坏了平安的日子的。”

二里半，能宽容妻子，以他的感觉去衡量别人。

赵三点起烟火来，他红色的脸笑了笑：“我没和谁闹嘴哩！”

二里半他从腰间解下烟袋，从容着说：

“我的羊丢了！你不知道吧？它又走了回来。要替我说出买主去，这条羊留着不是什么好兆相。”

赵三用粗嘎的声音大笑，大手和红色脸在闪光中伸现出来：

“哈……哈，倒不错，听说你的帽子飞到井边团团转呢！”

忽然二里半又看见身边长着一棵小树，快抓住小树，快抓住小树。他幻想终了，他知道被打的消息是传布出来，他捻一捻烟灰，解辩着说：

“那家子不通人情，哪有丢了羊不许找的勾当？他硬说踏了他的白菜，你看，我不能和他动打。”

摇一摇头，受着辱一般的冷没下去，他吸烟管，切心地感到羊不是好兆相，羊会伤着自己的脸面。

来了一道闪光，大手的高大的赵三，从炕沿站起，用手掌擦着眼睛。他忽然响叫：

“怕是要落雨吧！——坏啦！麦子还没打完，在场上堆着！”

赵三感到养牛和种地不足，必须到城里去发展。他每日进城，他渐渐不注意麦子，他梦想着另一桩有望的事业。

“那老婆，怎不去看麦子？麦子一定要给水冲走呢？”

赵三习惯的总以为她会坐在院心，闪光更来了！雷响，风声。一切翻动着黑夜的庄村。

“我在这里呀！到草棚拿席子来，把麦子盖起吧！”

喊声在有闪光的麦场响出，声音像碰着什么似的，好像在天上响出，王婆又震动着喉咙："快些，没有用的，睡觉睡昏啦！你是摸不到门啦！"

赵三为着未来的大雨所恐吓，没有同她拌嘴。

高粱地像要倒折，地端的榆树吹啸起来，有点像金属的声音，为着闪的原故，全庄忽然裸现，忽然又沉埋下去。全庄像是海上浮着的泡沫。邻家和距离远一点的邻家有孩子的哭声，大人在嚷吵，什么酱缸没有盖啦！驱赶着鸡雏啦！种麦田的人家嚷着麦子还没有打完啦，农家好比鸡笼，向着鸡笼投下火去，鸡们会翻腾着。

黄狗在草堆开始做窝，用腿扒草，用嘴扯草。王婆一边颤动，一边手里拿着耙子：

"该死的，麦子今天就应该打完，你进城就不见回来，麦子算是可惜啦！"

二里半在电光中走近家门，有雨点打下来，在植物的叶子上稀疏的响着。雨点打在他的头上时，他摸一下头顶而没有了草帽。关于草帽，二里半一边走路一边怨恨山羊。

早晨了，雨还没有落下。东边一道长虹悬起来；感到湿的气味的云掠过人头，东边高粱头上，太阳走在云后，那过于艳明，像红色的水晶，像红色的梦。远看高粱和小树林一般森严着；村家在早晨趁着气候的凉爽，各自在田间忙。

赵三门前，麦场上小孩子牵着马，因为是一条年青的马，它跳着荡着尾巴跟它的小主人走上场来。小马欢喜用嘴撞一撞停在场上的"石磙"，它的前腿在平滑的地上踩打几下，接着它必然像索求什么似的叫起不很好听的声来。

王婆穿的宽袖的短袄，走上平场。她的头发毛乱而且绞卷着，朝晨的红光照着她，她的头发恰像田上成熟的玉米缨穗，红色并且蔫卷。

马儿把主人呼唤出来，它等待给它装置“石碇”，“石碇”装好的时候，小马摇着尾巴，不断的摇着尾巴，它十分驯顺和愉快。

王婆摸一摸席子潮湿一点，席子被拉在一边了；孩子跑过去，帮助她，麦穗布满平场，王婆拿着耙子站到一边。小孩欢跑着立到场子中央，马儿开始转跑。小孩在中心地点也是转着。好像画圆周时用的圆规一样，无论马儿怎样跑，孩子总在圆心的位置。因为小马发疯着，飘扬着跑，它和孩子一般地贪玩，弄得麦穗溅出场外。王婆用耙子打着马，可是走了一会它游戏够了，就和断耍着的小狗需要休息一样，休息下来。王婆着了疯一般地又挥着耙子，马暴跳起来，它跑了两个圈子，把“石碇”带着离开铺着麦穗的平场；并且嘴里咬嚼一些麦穗。系住马勒带的孩子挨骂着：

“呵！你总偷着把它拉上场，你看这样的马能打麦子吗？死了去吧！别烦我吧！”

小孩子拉马走出平场的门；到马槽子那里，去拉那个老马。把小马束好在杆子间。老马差不多完全脱了毛，小孩子不爱它，用勒带打着它走，可是它仍和一块石头或是一棵生了根的植物那样不容搬运。老马是小马的妈妈，它停下来，用鼻头偎着小马肚皮间破裂的流着血的伤口。小孩子看见他爱的小马流血，心中惨惨的眼泪要落出来，但是他没能晓得母子之情，因为他还没能看见妈妈，他是私生子。脱着光毛的老动物，催逼着离开小马，鼻头染着一些血，走上麦场。

村前火车经过河桥，看不见火车，听见隆隆的声响。王婆注意着旋上天空的黑烟。前村的人家，驱着白菜车去进城，走过王婆的场子时，从车上抛下几个柿子来，一面说："你们是不种柿子的，这是贱东西，不值钱的东西，麦子是发财之道呀！"驱着车子的青年结实的汉子过去了；鞭子甩响着。

老马看着墙外的马不叫一声，也不响鼻子。小孩去拿柿子吃，柿子还不十分成熟，半青色的柿子，永远被人们摘取下来。

马静静地停在那里，连尾巴也不甩摆一下。也不去用嘴触一触石磙；就连眼睛它也不远看一下，同时它也不怕什么工作，工作来的时候，它就安心去开始；一些绳锁束上身时，它就跟住主人的鞭子。主人的鞭子很少落到它的皮骨，有时它过分疲惫而不能支持，行走过分缓慢；主人打了它，用鞭子，或是用别的什么，但是它并不暴跳，因为一切过去的年代规定了它。

麦穗在场上渐渐不成形了！

"来呀！在这儿拉一会马呀！平儿！"

"我不愿意和老马在一起，老马整天像睡着。"

平儿囊中带着柿子走到一边去吃，王婆怨怒着：

"好孩子呀！我管不好你，你还有爹哩！"

平儿没有理谁，走出场子，向着东边种着花的地端走去。他看着红花，吃着柿子走。

灰色的老幽灵暴怒了："我去唤你的爹爹来管教你呀！"

她像一只灰色的大鸟走出场去。

清早的叶子们！树的叶子们，花的叶子们，闪着银珠了！太阳不着边际地轮圆在高粱棵的上端，左近的家屋在预备早饭了。

老马自己在滚压麦穗，勒带在嘴下拖着，它不偷食麦粒，它不走脱了轨，转过一个圈，再转过一个，绳子和皮条有次序的向它光皮的身子摩擦，老动物自己无声的动在那里。

种麦的人家，麦草堆得高涨起来了！福发家的草堆也涨过墙头。福发的女人吸起烟管。她是健壮而短小，烟管随意冒着烟；手中的耙子，不住的耙在平场。

侄儿打着鞭子经行在前面的林荫，静静悄悄地他唱着寞默的歌声；她为歌声感动了！耙子快要停下来，歌声仍起在林端：

“昨晨落着毛毛雨，……小姑娘，披蓑衣……小姑娘，……去打鱼。”

二　菜　圃

菜圃上寂寞的大红的西红柿，红着了。小姑娘们摘取着柿子，大红大红的柿子，盛满她们的筐篮；也有的在拔青萝卜，红萝卜。

金枝听着鞭子响，听着口哨响，她猛然站起来，提好她的筐子惊惊怕怕的走出菜圃。在菜田东边，柳条墙的那个地方停下，她听一听口笛渐渐远了！鞭子的响声与她隔离着了！她忍耐着等了一会，口笛婉转地从背后的方向透过来；她又将与他接近着了！菜田上一些女人望见她，远远的呼唤：

“你不来摘柿子，干什么站到那儿？”

她摇一摇她成双的辫子，她大声摆着手说：“我要回家了！”

姑娘假装着回家，绕过人家的篱墙，躲避一切菜田上的眼睛，朝向河湾去了。筐子挂在腕上，摇摇搭搭。口笛不住的在远方催逼她，仿佛她是一块被引的铁跟住了磁石。

静静的河湾有水湿的气味，男人等在那里。

五分钟过后，姑娘仍和小鸡一般，被野兽压在那里。男人着了疯了！他的大手敌意一般地捉紧另一块肉体，想要吞食那块肉体，想要破坏那块热的肉。尽量的充涨了血管，仿佛他是在一条白的死尸上面跳动，女人赤白的圆形的腿子，不能盘结住他。于是一切音响从两个贪婪着的怪物身上创造出来。

迷迷荡荡的一些花穗颤在那里，背后的长茎草倒折了！不远的地方打柴的老人在割野草。他们受着惊扰了，发育完强的青年的汉子，带着姑娘，像猎犬带着捕捉物似的，又走下高粱地去。他的手是在姑娘的衣裳下面展开着走。

吹口哨，响着鞭子，他觉得人间是温存而愉快。他的灵魂和肉体完全充实着，婶婶远远的望见他，走近一点婶婶说：

“你和那个姑娘又遇见吗？她真是个好姑娘。……唉……唉！”

婶婶像是烦躁一般紧紧靠住篱墙。侄儿向她说：

“婶婶你唉唉什么呢？我要娶她哩！”

“唉……唉……”

婶婶完全悲伤下去，她说：

“等你娶过来，她会变样，她不和原来一样，她的脸是青白色；你也再不把她放在心上，你会打骂她呀！男人们心上放着女人，也就是你这样的年纪吧！”

婶婶表示出她的伤感，用手按住胸膛，她防止着心脏起什么变化，她又说：

“那姑娘我想该有了孩子吧？你要娶她，就快些娶她。”

侄儿回答：“她娘还不知道哩！要寻一个做媒的人。”

牵着一条牛，福发回来。婶婶望见了，她急旋着走回院中，假意收拾柴栏。叔叔到井边给牛喝水，他又拉着牛走了！婶婶好像小鼠一般又抬起头来，又和侄儿讲话：

“成业，我对你告诉吧！年青的时候，姑娘的时候，我也到河边去钓鱼，九月里落着毛毛雨的早晨，我披着蓑衣坐在河沿，没有想到，我也不愿意那样；我知道给男人做老婆是坏事，可是你叔叔，他从河沿把我拉到马房去，在马房里，我什么都完啦！可是我心也不害怕，我欢喜给你叔叔做老婆。这时节你看：我怕男人，男人和石块一般硬，叫我不敢触一触他。”

“你总是唱什么落着毛毛雨，披蓑衣去打鱼……我再也不愿听这曲子，年青人什么也不可靠，你叔叔也唱这曲子哩！这时他再也不想从前了！那和死过的树一样不能再活。”

年青的男人不愿意听婶婶的话，转走到屋里，去喝一点酒。他为着酒，大胆把一切告诉了叔叔。福发起初只是摇头，后来慢慢的问着：

“那姑娘是十七岁吗？你是廿岁。小姑娘到咱们家里，会做什么活计？”

争夺着一般的，成业说：

“她长得好看哩！她有一双亮油油的黑辫子。什么活计她也能做，很有气力呢！”

成业的一些话，叔叔觉得他是喝醉了，往下叔叔没有说什么，坐在那里沉思过一会，他笑着望着他的女人：

“啊呀……我们从前也是这样哩！你忘记吗？那些事情，你忘记了吧！……哈……哈，有趣的呢，回想年青真有趣的哩。”

女人过去拉着福发的臂，去抚媚他。但是没有动，她感到男人的笑脸不是从前的笑脸，她心中被他无数生气的面孔充塞住，她没有动，她笑一下赶忙又把笑脸收了回去。她怕笑得时间长，会要挨骂。男人叫把酒杯拿过去，女人听了这话，听了命令一般把杯子拿给他。于是丈夫也昏沉的睡在炕上。

女人悄悄地蹑脚着走出了停在门边，她听着纸窗在耳边鸣，她完全无力，完全灰色下去。场院前，蜻蜓们闹着向日葵的花。但这与年青的妇人绝对隔碍着。

纸窗渐渐的发白，渐渐可以分辨出窗棂来了！进过高粱地的姑娘一边幻想着一边哭，她是那样的低声，还不如窗纸的鸣响。

她的母亲翻转身时，哼着，有时也挫响牙齿。金枝怕要挨打，连在黑暗中把眼泪也拭得干净。老鼠一般地整夜好像睡在猫的尾巴下。通夜都是这样，每次母亲翻动时，像爆裂一般地，向自己的女孩的枕头的地方骂了一句：

“该死的！”

接着她便要吐痰，通夜是这样，她吐痰，可是她并不把痰吐到地上；她愿意把痰吐到女儿的脸上。这次转身她什么也没有吐，也没骂。

可是清早，当女儿梳好头辫，要走上田的时候，她疯着一般夺下她的筐子：

“你还想摘柿子吗？金枝，你不像摘柿子吧？你把筐子都丢啦！我看你好像一点心肠也没有，打柴的人幸好是朱大爷，若是别人拾去还能找出来吗？若是别人拾得了筐子，名声也不能好听哩！福发的媳妇，不就是在河沿坏的事吗？全村就连孩子们也是传说。唉！……那是怎样的人呀？以后婆家也找不出去。她有了孩子，没法做了福发的老婆，她娘为这事羞死了似的，在村子里见人，都不能抬起头来。”

母亲看着金枝的脸色马上苍白起来，脸色变成那样脆弱。母亲以为女儿可怜了，但是她没晓得女儿的手从她自己的衣裳里边偷偷的按着肚子，金枝感到自己有了孩子一般恐怖。母亲说：

“你去吧！你可再别和小姑娘们到河沿去玩，记住，不许到河边去。”

母亲在门外看着姑娘走，她没立刻转回去，她停住在门前许多时间，姑娘眼望着加入田间的人群，母亲回到屋中一边烧饭，一边叹气，她体内像染着什么病患似的。

农家每天从田间回来才能吃早饭。金枝走回来时，母亲看见她手在按着肚子：

“你肚子疼吗？”

她被惊着了，手从衣裳里边抽出来，连忙摇着头：“肚子不疼。”

“有病吗？”

“没有病。”

于是她们吃饭。金枝什么也没有吃下去，只吃过粥饭就离开饭桌了！母亲自己收拾了桌子说：

“连一片白菜叶也没吃呢！你是病了吧？”

等金枝出门时，母亲呼唤着：

“回来，再多穿一件夹袄，你一定是着了寒，才肚子疼。”

母亲加一件衣服给她，并且又说：

“你不要上地吧？我去吧！”

金枝一面摇着头走了！披在肩上的母亲的小袄没有扣钮子，被风吹飘着。

金枝家的一片柿地，和一个院宇那样大的一片。走进柿地嗅到辣的气味，刺人而说不定是什么气味。柿秧最高的有两尺高，在枝间挂着金红色的果实。每棵，每棵挂着许多，也挂着绿色或是半绿色的一些。除了另一块柿地和金枝家的柿地接连着，左近全是菜田了！八月里人们忙着扒“土豆”；也有的砍着白菜，装好车子进城去卖。

二里半就是种菜田的人。麻面婆来回地搬着大头菜，送到地端的车子上。罗圈腿也是来回向地端跑着，有时他抱了两棵大形的圆白菜，走起来两臂像是架着两块石头样。

麻面婆看见身旁别人家的倭瓜[1]红了。她看一下，近处没有人，起始把靠菜地长着的四个大倭瓜都摘落下来了。两个和小西瓜一样大的，她叫孩子抱着。罗圈腿脸累得涨红和倭瓜一般红，他不能再抱动了！两臂像要被什么压掉一般。还没能到地端，刚走过金枝身旁，他大声求救似的：

“爹呀，西……西瓜快要摔啦，快要摔碎啦！”

他着忙把倭瓜叫西瓜。菜田许多人，看见这个孩子都笑了！凤姐望着金枝说：

“你看这个孩子，把倭瓜叫成西瓜。”

金枝看了一下，用面孔无心的笑了一下。二里半走过来，踢了孩子一脚；两个大的果实坠地了！孩子没有哭，发愣地站到一边。二里半骂他：

“混蛋，狗娘养的，叫你抱白菜，谁叫你摘倭瓜啦？……”

麻面婆在后面走着，她看到儿子遇了事，她巧妙的弯下身去，把两个更大的倭瓜丢进柿秧中。谁都看见她作这种事，只是她自己感到巧妙。二里半问她：

“你干的吗？胡突虫[2]！错非你……”

麻面婆哆嗦了一下，口齿比平常更不清楚了：“……我没……”

1　倭瓜，即南瓜。

2　胡突虫，方言，即糊涂虫，比喻不明事理之人。

孩子站在一边尖锐地嚷着："不是你摘下来叫我抱着送上车去吗？不认账！"

麻面婆她使着眼神，她急得要说出口来："我是偷的呢！该死的……别嚷叫啦，要被人抓住啦！"

平常最没有心肠看热闹的，不管田上发生了什么事，也沉埋在那里的人们，现在也来围住她们了！这里好像唱着武戏，戏台上耍着他们一家三人。二里半骂着孩子：

"他妈的混账，不能干活，就能败坏，谁叫你摘倭瓜？"

罗圈腿那个孩子，一点也不服气的跑过去，从柿秧中把倭瓜滚弄出来了！大家都笑了，笑声超过人头。可是金枝好像患着传染病的小鸡一般，霎着眼睛蹲在柿秧下，她什么也没有理会，她逃出了眼前的世界。

二里半气愤得几乎不能呼吸，等他说出"倭瓜"是自家种的，为着留种子时候，麻面婆站在那里才松了一口气。她以为这没有什么过错，偷摘自己的倭瓜。她仰起头来向大家表白："你们看，我不知道，实在不知道倭瓜是自家的呢！"

麻面婆不管自己说话好笑不好笑，挤过人围，结果把倭瓜抱到车子那里。于是车子走向进城的大道，弯腿的孩子拐歪着跑在后面。马，车，人渐渐消失在道口了！

田间不断的讲着偷菜棵的事。关于金枝也起着流言：

"那个丫头也算完啦！"

"我早看她起了邪心，看她摘一个柿子要半天工夫；昨天把柿筐都忘在河沿！"

"河沿不是好人去的地方。"

凤姐身后，两个中年的妇人坐在那里扒胡萝卜。可是议论着，有时也说出一些淫污的话，使凤姐不大明白。

金枝的心总是悸动着，时间和苍蝇缕着丝线那样绵长；心境坏到极点。金枝脸色脆弱朦胧得像罩着一块面纱。她听一听口哨还没有响。辽阔的可以看到福发家的围墙，可是她心中的哥儿却永不见出来。她又继续摘柿子，无论青色的柿子她也摘下。她没能注意到柿子的颜色，并且筐子也满着了！她不把柿子送回家去，一些杂色的柿子，被她散乱的铺了满地。那边又有女人故意大声议论她：

"上河沿去跟男人，没羞的，男人扯开她的裤子？……"

金枝关于眼前的一切景物和声音，她忽略过去；她把肚子按得那样紧，仿佛肚子里面跳动了！忽然口哨传来了！她站起来，一个柿子被踏碎，像是被踏碎的蛤蟆一样，发出水声。她被跌倒了，口哨也跟着消灭了！以后无论她怎样听，口哨也不再响了。

金枝和男人接触过三次：第一次还是在两个月以前，可是那时母亲什么也不知道，直到昨天筐子落到打柴人手里，母亲算是渺渺茫茫的猜度着一些。

金枝过于痛苦了，觉得肚子变成个可怕的怪物，觉得里面有一块硬的地方，手按得紧些，硬的地方更明显。等她确信肚子有了孩子的时候，她的心立刻发呕一般颤索起来，她被恐怖把握着了。奇怪的，两个蝴蝶叠落着贴落在她的膝头。金枝看着这邪恶的一对虫子而不拂去它。金枝仿佛是米田上的稻草人。

母亲来了，母亲的心远远就系在女儿的身上。可是她安静的走来，远看她的身体几乎呈出一个完整的方形，渐渐可以辨得出她尖形的脚在袋口一般的衣襟下起伏的动作。在全村的老妇人中什么是她的特征呢？她发怒和笑着一般，眼角集着愉悦的多形的纹皱。嘴角也完全愉快着，只是上唇有些差别，在她真正愉快的时候，她的上唇短了一些。在她生气的时候，上唇特别长，而且唇的中央那一小部分尖尖的，完全像鸟雀的嘴。

母亲停住了。她的嘴是显着她的特征，——全脸笑着，只是嘴和鸟雀的嘴一般。因为无数青色的柿子惹怒她了！金枝在沉想的深渊中被母亲踢打了：

“你发傻了吗？啊……你失掉了魂啦？我撕掉你的辫子……”

金枝没有挣扎，倒了下来：母亲和老虎一般捕住自己的女儿。金枝的鼻子立刻流血。

她小声骂她，大怒的时候她的脸色更畅快笑着，慢慢的掀着尖唇，眼角的线条更加多的组织起来。

“小老婆，你真能败毁。摘青柿子。昨夜我骂了你，不服气吗？”

母亲一向是这样，很爱护女儿，可是当女儿败坏了菜棵，母亲便去爱护菜棵了。农家无论是菜棵，或是一株茅草也要超过人的价值。

该睡觉的时候了！火绳从门边挂手巾的铁丝线倒垂下来，屋中听不着一个蚊虫飞了！夏夜每家挂着火绳。那绳子缓慢而绵长的燃着。惯常了，那像庙堂中燃着的香火，沉沉的一切使人无所听闻，渐渐催人入睡。艾蒿的气味渐渐织入一些疲乏的梦魂去。蚊虫被艾蒿烟驱走。金枝同母亲还没有睡的时候，有人来在窗外，轻慢的咳嗽着。

母亲忙点灯火，门响开了！是二里半来了。无论怎样母亲不能把灯点着，灯心处，着水的炸响，母亲手中举着一枝火柴，把小灯列得和眉头一般高，她说：

“一点点油也没有了呢！”

金枝到外房去倒油。这个期间，他们谈说一些突然的事情。母亲关于这事惊恐似的，坚决的，感到羞辱一般的荡着头：

“那是不行，我的女儿不能配到那家子人家。”

二里半听着姑娘在外房盖好油罐子的声音，他往下没有说什么。金枝站在门限向妈妈问：“豆油没有了，装一点水吧？”

金枝把小灯装好，摆在炕沿，燃着了！可是二里半到她家来的意义是为着她，她一点不知道，二里半为着烟袋向倒悬的火绳取火。

母亲，手在按住枕头，她像是想什么，两条直眉几乎相连起来。女儿在她身边向着小灯垂下头。二里半的烟火每当他吸过了一口便红了一阵。艾蒿烟混加着烟叶的气味，使小屋变做地下的窖子一样黑重！二里半作窘一般的咳嗽了几声。金枝把流血的鼻子换上另一块棉花。因为没有言语，每个人起着微小的潜意识的动作。

就这样坐着，灯火又响了。水上的浮油烧尽的时候，小灯又要灭，二里半沉闷着走了！二里半为人说媒被拒绝，羞辱一般的走了。

中秋节过去，田间变成残败的田间；太阳的光线渐渐从高空忧郁下来，阴湿的气息在田间到处撩走。南部的高粱完全睡倒下来，接接连连的望去，黄豆秧和揉乱的头发一样蓬蓬在地面，也有的地面完全拔秃着的。

早晨和晚间都是一样，田间憔悴起来。只见车子，牛车和马车轮轮滚滚的载满高粱的穗头，和大豆的杆秧。牛们流着口涎愚直的挂下着，发出响动的车子前进。

福发的侄子驱着一条青色的牛，向自家的场院载拖高粱。他故意绕走一条曲道，那里是金枝的家门，她心胀裂一般的惊慌，鞭子于是响来了。

金枝放下手中红色的辣椒，向母亲说：

“我去一趟茅屋。”

于是老太太自己串辣椒，她串辣椒和纺织一般快。

金枝的辫子毛毛着，脸是完全充了血。但是她患着病的现象，把她变成和纸人似的，像被风飘着似的出现在房后的围墙。

你害病吗？倒是为什么呢？但是成业是乡村长大的孩子，他什么也不懂得问。他丢下鞭子，从围墙宛如飞鸟落过墙头，用腕力掳住病的姑娘；把她压在墙角的灰堆上，那样他不是想要接吻她，也不是想要热情的讲些情话，他只是被本能支使着想要动作一切。金枝打断着一般的说：

“不行啦！娘也许知道啦，怎么媒人还不见来？”

男人回答：

“嗳，李大叔不是来过吗？你一点不知道！他说你娘不愿意。明天他和我叔叔一道来。”

金枝按着肚子给他看，一面摇头：“不是呀！……不是呀！你看到这个样子啦！”

男人完全不关心，他小声响起：“管他妈的，活该愿意不愿意，反正是干啦！”

他的眼光又失常了，男人仍被本能不停的要求着。

母亲的咳嗽声，轻轻的从薄墙透出来。墙外青牛的角上挂着秋空的游丝。

母亲和女儿在吃晚饭，金枝呕吐起来，母亲问她：“你吃了苍蝇吗？”

她摇头，母亲又问：“是着了寒吧！怎么你总有病呢？你连饭都咽不下去。不是有痨病啦！？”

母亲说着去按女儿的腹部，手在夹衣上来回的摸了阵。手指四张着在肚子上思索了又思索：

“你有了痨病吧？肚子里有一块硬呢！有痨病人的肚子才是硬一块。”

女儿的眼泪要垂流一般的挂到眼毛的边缘。最后滚动着从眼毛走下来了！就是在夜里，金枝也起来到外边去呕吐，母亲迷蒙中听着叫娘的声音。窗上的月光差不多和白昼一般明，看得清金枝的半身拖在炕下，另半身是弯在枕上。头发完全埋没着脸面。等母亲拉她手的时候，她抽扭着说起：

“娘……把女儿嫁给福发的侄子吧！我肚里不是……病，是……”

到这样时节母亲更要打骂女儿了吧？可不是那样，母亲好像本身有了罪恶，听了这话，立刻麻木着了，很长的时间她像不存在一样。过了一刻母亲用她从不用过温和的声调说：

“你要嫁过去吗？二里半那天来说媒，我是顶走他的，到如今这事怎么办呢？”

母亲似乎是平息了一下她又想说，但是泪水塞住了她的嗓子，像是女儿窒息了她的生命似的，好像女儿把她羞辱死了！

三　老马走进屠场

老马走上进城的大道，“私宰场”就在城门的东边。那里的屠刀正张着，在等待这个残老的动物。

老王婆不牵着她的马儿，在后面用一条短枝驱着它前进。

大树林子里有黄叶回旋着，那是些呼叫着的黄叶。望向林子的那端，全林的树棵，仿佛是关落下来的大伞。凄沉的阳光，晒着所有的秃树。田间望遍了远近的人家。深秋的田地好像没有感觉的光了毛的皮革远近平铺着。夏季埋在植物里的家屋，现在明显的好像突出地面一般，好像新从地面突出。

深秋带来的黄叶，赶走了夏季的蝴蝶。一张叶子落到王婆的头上，叶子是安静的伏贴在那里。王婆驱着她的老马，头上顶着飘落的黄叶；老马，老人，配着一张老的叶子，他们走在进城的大道。

道口渐渐看见人影，渐渐看见那个人吸烟，二里半迎面来了。他长形的脸孔配起摆动的身子来，有点像一个驯顺的猿猴。他说："唉呀！起得太早啦！进城去有事吗？怎么驱着马进城，不装车粮拉着？"

振一振袖子，把耳边的头发向后抚弄一下，王婆的手颤抖着说了："到日子了呢！下汤锅去吧！"王婆什么心情也没有，她看着马在吃道旁的叶子，她用短枝驱着又前进了。

二里半感到非常悲痛。他痉挛着了。过了一个时刻转过身来，他赶上去说："下汤锅是下不得的，……下汤锅是下不得……"但是怎样办呢？二里半连半句语言也没有了！他扭歪着身子跨到前面，用手摸一摸马儿的鬃发。老马立刻响着鼻子了！它的眼睛哭着一般，湿润而模糊。悲伤立刻掠过王婆的心孔。哑着嗓子，王婆说："算了吧！算了吧！不下汤锅，还不是等着饿死吗？"

深秋秃叶的树，为了惨厉的风变，脱去了灵魂一般吹啸着。马行在前面，王婆随在后面，一步一步屠场近着了；一步一步风声送着老马归去。

王婆她自己想着：一个人怎么变得这样厉害？年青的时候，不是常常为着送老马或是老牛进过屠场吗？她颤寒起来，幻想着屠刀要像穿过自己的背脊，于是，手中的短枝脱落了！她茫然晕昏地停在道旁，头发舞着好像个鬼魂样。等她重新拾起短枝来，老马不见了！它到前面小水沟的地方喝水去了！这是它最末一次饮水吧！老马需要饮水，它也需要休息，在水沟旁倒卧下了！它慢慢呼吸着。王婆用低音，慈和的音调呼唤着："起来吧！走进城去吧，有什么法子呢？"马仍然仰卧着。王婆看一看日午了，还要赶回去烧午饭，但，任她怎样拉缰绳，马仍是没有移动。

王婆恼怒着了！她用短枝打着它起来。虽是起来，老马仍然贪恋着小水沟。王婆因为苦痛的人生，使她易于暴怒，树枝在马儿的脊骨上断成条块。

又安然走在大道上了！经过一些荒凉的家屋，经过几座颓败的小庙。一个小庙前躺着个死了的小孩，那是用一捆谷草束扎着的。孩子小小的头顶露在外面，可怜的小脚从草梢直伸出来；他是谁家的孩子睡在这旷野的小庙前？

屠场近着了，城门就在眼前；王婆的心更翻着不停了。

五年前它也是一匹年青的马，为了耕种，伤害得只有毛皮蒙遮着骨架。现在它是老了！秋末了！收割完了！无有用处了！只为一张马皮，主人忍心把它送进屠场。就是一张马皮的价值，地主又要从王婆的手里夺去。

王婆的心自己感觉得好像悬起来；好像要掉落一般，当她看见板墙钉着一张牛皮的时候。那一条小街尽是一些要坍落的房屋；女人啦，孩子啦，散集在两旁。地面踏起的灰粉，污没着鞋子；冲上人的鼻孔。孩子们拾起土块，或是垃圾团打击着马儿，王婆骂道：

"该死的呀！你们这该死的一群。"

这是一条短短的街。就在短街的尽头，张开两张黑色的门扇。再走近一点，可以发见门扇斑斑点点的血印。被血痕所恐吓的老太婆好像自己踏在刑场了！她努力镇压着自己，不让一些年青时所见到刑场上的回忆翻动。但，那回忆却连续的开始织张：——一个小伙子倒下来了，一个老头也倒下来了！挥刀的人又向第三个人作着式子。

仿佛是箭，又像火刺烧着王婆，她看不见那一群孩子在打马，她忘记怎样去骂那一群顽皮的孩子。走着，走着，立在院心了。四面板墙钉住无数张毛皮。靠近房檐立了两条高杆，高杆中央横着横梁；马蹄或是牛蹄折下来用麻绳把两只蹄端扎连在一起，做一个叉形挂在上面，一团一团的肠子也搅在上面；肠子因为日久了，干成黑色不动而僵直的片状的绳索。并且那些折断的腿骨，有的从折断处涔滴着血。

在南面靠墙的地方也立着高杆，杆头晒着在蒸气的肠索。这是说，那个动物是被杀死不久哩！肠子还热着呀！

满院在蒸发腥气，在这腥味的人间，王婆快要变做一块铅了！沉重而没有感觉了！

老马——棕色的马，它孤独的站在板墙下，它借助那张钉好的毛皮在搔痒。此刻它仍是马，过一会它将也是一张皮了！

一个大眼睛的恶面孔跑出来。裂着胸襟。说话时，可见他胸膛在起伏：

“牵来了吗？啊！价钱好说，我好来看一下。”

王婆说：“给几个钱我就走了！不要麻烦啦。”

那个人打一打马的尾巴，用脚踢一踢马蹄；这是怎样难忍的一刻呀！

王婆得到三张票子，这可以充纳一亩地租。看着钱比较自慰些，她低着头向大门出去，她想还余下一点钱到酒店去买一点酒带回去，她已经跨出大门，后面发着响声：

“不行，不行，……马走啦！”

王婆回过头来，马又走在后面；马什么也不知道，仍想回家。屠场中出来一些男人，那些恶面孔们，想要把马抬回去，终于马躺在道旁了！像树根盘结在地中。无法，王婆又走回院中，马也跟回院中。她给马搔着头顶，它渐渐卧在地面了！渐渐想睡着了！忽然王婆站起来向大门奔走。在道口听见一阵关门声。

她哪有心肠买酒？她哭着回家，两只袖子完全湿透。那好像是送葬归来一般。

家中地主的使人早等在门前，地主们就连一块铜板也从不舍弃在贫农们的身上，那个使人取了钱走去。

王婆半日的痛苦没有代价了！王婆一生的痛苦也都是没有代价。

四　荒　山

冬天，女人们像松树子那样容易结聚，在王婆家里满炕坐着女人。五姑姑在编麻鞋，她为着笑，弄得一条针丢在席缝里，她寻找针的时候，做出可笑的姿式来，她像一个灵活的小鸽子站起来在炕上跳着走，她说：

“谁偷了我的针？小狗偷了我的针？”

“不是呀！小姑爷偷了你的针！”

新娶来的菱芝嫂嫂，总是爱说这一类的话。五姑姑走过去要打她。

“莫要打，打人将要找一个麻面的姑爷。”

王婆在厨房里这样搭起声来；王婆永久是一阵忧默，一阵欢喜，与乡村中别的老妇们不同。她的声音又从厨房打来：

“五姑姑编成几双麻鞋了？给小丈夫要多多编几双呀！”

五姑姑坐在那里做出表情来，她说：

“哪里有你这样的老太婆，快五十岁了，还说这样话！”

王婆又庄严点说：

“你们都年青，哪里懂得什么，多多编几双吧！小丈夫才会希罕哩。”

大家哗笑着了！但五姑姑不敢笑，心里笑，垂下头去，假装在席上找针。等菱芝嫂把针还给五姑姑的时候，屋子安然下来，厨房里王婆用刀刮着鱼鳞的声响，和窗外雪擦着窗纸的声响，混杂在一起了。

王婆用冷水洗着冻冰的鱼，两只手像个胡萝卜样。她走到炕沿，在火盆边烘手。生着斑点在鼻子上新死去丈夫的妇人放下那张小破布，在一堆乱布里去寻更小的一块；她速速的穿补。她的面孔有点像王婆，腮骨很高，眼睛和琉璃一般深嵌在好像小洞似的眼眶里。并且也和王婆一样，眉峰是突出的。那个女人不喜欢听一些妖艳的词句，她开始追问王婆：

“你的第一家那个丈夫还活着吗？”

两只在烘着的手，有点腥气；一颗鱼鳞掉下去，小小发出响声，微微上腾着烟。她用盆边的灰把烟埋住，她慢慢摇着头，没有回答那个问话。鱼鳞烧的烟有点难耐，每个人皱一下鼻头，或是用手揉一揉鼻头。生着斑点的寡妇，有点后悔，觉得不应该问这话。墙角坐着五姑姑的姐姐，她用麻绳穿着鞋底的沙音单调地起落着。

厨房的门，因为结了冰，破裂一般地鸣叫。

“呀！怎么买这些黑鱼？”

大家都知道是打鱼村的李二婶子来了。听了声音，就可以想像她梢长的身子。

“真是快过年了？真有钱买这些鱼？”

在冷空气中，音波响得很脆；刚踏进里屋，她就看见炕上坐满着人：“都在这儿聚堆呢！小老婆们！”

她生得这般瘦，腰，临风就要折断似的；她的奶子那样高，好像两个对立的小岭。斜面看她的肚子似乎有些不平起来。靠着墙给孩子吃奶的中年的妇人，望察着而后问：

“二婶子，不是又有了呵？”

二婶子看一看自己的腰身说：

“像你们呢！怀里抱着，肚子还装着……”

她故意在讲骗话，过了一会她坦白地告诉大家：

“那是三个月了呢！你们还看不出？”

菱芝嫂在她肚皮上摸了一下，她邪昵地浅浅地笑了：

“真没出息，整夜尽搂着男人睡吧？”

“谁说？你们新媳妇，才那样。”

“新媳妇……？哼！倒不见得！”

“像我们都老了！那不算一回事啦，你们年青，那才了不得哪！小丈夫才会新鲜哩！”

每个人为了言词的引诱，都在幻想着自己，每个人都有些心跳；或是每个人的脸发烧。就连没出嫁的五姑姑都感着神秘而不安了！她羞羞迷迷地经过厨房回家去了！只留下妇人们在一起，她们言调更无边际了！王婆也加入这一群妇人的队伍，她却不说什么，只是帮助着笑。

在乡村，永久不晓得，永久体验不到灵魂，只有物质来充实她们。

李二婶子小声问菱芝嫂；其实小声人们听得更清！

“一夜几回呢？”

菱芝嫂她毕竟是新嫁娘，她猛然羞着了！不能开口。李二婶子的奶子颤动着，用手去推动菱芝嫂：

“说呀！你们年青，每夜要有那事吧？”

在这样的当儿二里半的婆子进来了！二婶子推撞菱芝嫂一下：

“你快问问她！”

“你们一夜几回？”

那个傻婆娘一向说话是有头无尾：

“十多回。”

全屋人都笑得流着眼泪了！孩子从母亲的怀中起来，大声的哭号。

李二婶子静默一会，她站起来说：

“月英要吃咸黄瓜，我还忘了，我是来拿黄瓜。”

李二婶子，拿了黄瓜走了，王婆去烧晚饭，别人也陆续着回家了。王婆自己在厨房里炸鱼。为了烟，房中也不觉得寂寞。

鱼摆在桌子上，平儿也不回来，平儿的爹爹也不回来，暗色的光中王婆自己吃饭，热气作伴着她。

月英是打鱼村最美丽的女人。她家也最贫穷，和李二婶子隔壁住着。她是如此温和，从不听她高声笑过，或是高声吵嚷。生就的一对多情的眼睛，每个人接触她的眼光，好比落到绵绒中那样愉快和温暖。

可是现在那完全消失了！每夜李二婶子听到隔壁惨厉的哭

声；十二月严寒的夜，隔壁的哼声愈见浓重了！

山上的雪被风吹着像要埋蔽这傍山的小房似的。大树号叫，风雪向小房遮蒙下来。一株山边斜歪着的大树，倒折下来。寒月怕被一切声音扑碎似的，退缩到天边去了！这时候隔壁透出来的声音，更哀楚。

“你……你给我一点水吧！我渴死了！”

声音弱得柔惨欲断似的：

“嘴干死了！……把水碗给我呀！”

一个短时间内仍没有回应，于是那孱靡哀楚的小响不再作了！啜泣着哼着，隔壁像是听到她流泪一般，滴滴点点地。

日间孩子们集聚在山坡，缘着树枝爬上去，顺着结冰的小道滑下来，他们有各样不同的姿式：——倒滚着下来，两腿分张着下来，也有冒险的孩子，把头向下，脚伸向空中溜下来。常常他们要跌破流血回家。冬天，对于村中的孩子们，和对于花果同样暴虐。他们每人的耳朵春天要脓涨起来，手或是脚都裂开条口，乡村的母亲们对于孩子们永远和对敌人一般。当孩子把爹爹的棉帽偷着戴起跑出去的时候，妈妈追在后面打骂着夺回来，妈妈们摧残孩子永久疯狂着。

王婆约会五姑姑来探望月英。正走过山坡，平儿在那里。平儿偷穿着爹爹的大毡靴子；他从山坡逃奔了！靴子好像两只大熊掌样挂在那个孩子的脚上。平儿蹒跚着了！从上坡滚落着了！可怜的孩子带着那样黑大不相称的脚，球一般滚转下来，跌在山根的大树杆上。王婆宛如一阵风落到平儿的身上；那样好像山间的野兽要猎食小兽一般凶暴。终于王婆提了靴子，平儿赤着脚回家，使平儿走在雪上，好像使他走在火上一般不能停留。任孩子走得怎样远，王婆仍是说着：

“一双靴子要穿过三冬，踏破了哪里有钱买？你爹进城去都没穿哩！”

月英看见王婆还不及说话，她先哑了嗓子，王婆把靴子放在炕下，手在抹擦鼻涕：

“你好了一点？脸孔有一点血色了！”

月英把被子推动一下，但被子仍然伏盖在肩上，她说：

“我算完了，你看我连被子都拿不动了！”

月英坐在炕的当心。那幽黑的屋子好像佛龛，月英好像佛龛中坐着的女佛。用枕头四面围住她，就这样过了一年。一年月英没能倒下睡过。她患着瘫病，起初她的丈夫替她请神，烧香，也跑到土地庙前索药。后来就连城里的庙也去烧香；但是奇怪的是月英的病并不为这些香烟和神鬼所治好。以后做丈夫的觉得责任尽到了，并且月英一个月比一个月加病，做丈夫的感着伤心！他嘴里骂：

“娶了你这样老婆，真算不走运气！好像娶家个小祖宗来，供奉着你吧！”

起初因为她和他分辩，他还打她。现在不然了，绝望了！晚间他从城里卖完青柴回来，烧饭自己吃，吃完便睡下，一夜睡到天明；坐在一边那个受罪的女人一夜呼唤到天明。宛如一个人和一个鬼安放在一起，彼此不相关联。

月英说话只有舌尖在转动。王婆靠近她，同时那一种难忍的气味更强烈了！更强烈的从那一堆污浊的东西，发散出来。月英指点身后说：

“你们看看，这是那死鬼给我弄来的砖，他说我快死了！用不着被子了！用砖依住我，我全身一点肉都瘦空。那个没有天良的，他想法折磨我呀！”

五姑姑觉得男人太残忍，把砖块完全抛下炕去。月英的声音欲断一般又说：

“我不行啦！我怎么能行，我快死啦！”

她的眼睛，白眼珠完全变绿，整齐的一排前齿也完全变绿，她的头发烧焦了似的，紧贴住头皮。她像一头患病的猫儿，孤独而无望。

王婆给月英围好一张被子在腰间，月英说：

“看看我的身下，脏污死啦！”

王婆下地用条枝拢了盆火，火盆腾着烟放在月英身后。王婆打开她的被子时，看见那一些排泄物淹浸了那座小小的骨盆。五姑姑扶住月英的腰，但是她仍然使人心楚的在呼唤！

“唉哟，我的娘！……唉哟疼呀！”

她的腿像两只白色的竹竿平行着伸在前面。她的骨架在炕上正确的做成一个直角，这完全用线条组成的人形，只有头阔大些，头在身子上仿佛是一个灯笼挂在杆头。

王婆用麦草揩着她的身子，最后用一块湿布为她擦着。五姑姑在背后把她抱起来，当擦臀部下时，王婆觉得有小小白色的东西落到手上，会蠕行似的。借着火盆边的火光去细看，知道那是一些小蛆虫，也知道月英的臀下是腐了，小虫在那里活跃。月英的身体将变成小虫们的洞穴！王婆问月英：

“你的腿觉得有点痛没有？”

月英摇头。王婆用冷水洗她的腿骨，但她没有感觉，整个下体在那个瘫人像是外接的，是另外的一件物体。当给她一杯水喝的时候，王婆问：

“牙怎么绿了？”

终于五姑姑到隔壁借一面镜子来，同时她看了镜子，悲痛沁人心魂地她大哭起来。但面孔上不见一点泪珠，仿佛是猫忽然被斩轧，她难忍的声音，没有温情的声音，开始低嘎。

她说："我是个鬼啦！快些死了吧！活埋了我吧！"

她用手来撕头发，脊骨摇扭着。一个长久的时间她忙乱不停。现在停下了，她是那样无力，头是歪地横在肩上；她又那样微微的睡去。

王婆提了靴子走出这个傍山的小房。荒寂的山上有行人走在天边，她昏旋了！为着强的光线，为着瘫人的气味，为着生，老，病，死的烦恼，她的思路被一些烦恼的波所遮拦。

五姑姑当走进大门时向王婆打了个招呼。留下一段更长的路途，给那个经验过多样人生的老太婆去走吧！

王婆束紧头上的蓝布巾，加快了速度，雪在脚下也相伴而狂速地呼叫。

三天以后，月英的棺材抬着横过荒山而奔着埋葬去，葬在荒山下。

死人死了！活人计算着怎样活下去。冬天女人们预备夏季的衣裳；男人们计虑着怎样开始明年的耕种。

那天赵三进城回来，他披着两张羊皮回家，王婆问他：

"哪里来的羊皮？——你买的吗？……哪来的钱呢……？"

赵三有什么事在心中似的，他什么也没言语。摇闪的经过炉灶，通红的火光立刻鲜明着他，走出去了。

夜深的时候他还没有回来。王婆命令平儿去找他。平儿的脚已是难于行动，于是王婆就到二里半家去，他不在二里半家。他到打鱼村去了。赵三阔大的喉咙从李青山家的窗纸透出，王婆知道他又是喝过了酒。当她推门的时候她就说：

“什么时候了？还不回家去睡？”

这样立刻全屋别的男人们也把嘴角合起来。王婆感到不能意料了。青山的女人也没在家，孩子也不见。赵三说：

“你来干么？回去睡吧！我就去……去……”

王婆看一看赵三的脸神，看一看周围也没有可坐的地方，她转身出来，她的心徘徊着：

——青山的媳妇怎么不在家呢？这些人是在做什么？

又是一个晚间。赵三穿好新制成的羊皮小袄出去。夜半才回来。披着月亮敲门。王婆知道他又是喝过了酒，但他睡的时候，王婆一点酒味也没嗅到。那么出去做些什么呢？总是愤怒的归来。

李二婶子拖了她的孩子来了，她问：

“是地租加了价吗？”

王婆说：“我还没听说。”

李二婶子做出一个确定的表情：

“是的呀！你还不知道吗？三哥天天到我家去和他爹商量这事。我看这种情形非出事不可，他们天天夜晚计算着，就连我，他们也躲着。昨夜我站在窗外才听到他们说哩！‘打死他吧！那是一块恶祸。’你想他们是要打死谁呢？这不是要出人命吗？”

李二婶子抚着孩子的头顶，有一点哀怜的样子：

“你要劝说三哥，他们若是出了事，像我们怎样活？孩子还都小着哩！”

五姑姑和别的村妇们带着她们的小包袱，约会着来的，踏进来的时候，她们是满脸盈笑。可是立刻她们转变了，当她们看见李二婶子和王婆默无言语的时候。

也把事件告诉了她们，她们也立刻忧郁起来，一点闲情也没有！一点笑声也没有，每个人痴呆地想了想，惊恐地探问了几句。五姑姑的姐姐，她是第一个扭着大圆的肚子走出去，就这样一个连着一个寂寞的走去。她们好像群聚的鱼似的，忽然有钓竿投下来，她们四下分行去了！

李二婶子仍没有走，她为的是扎靠[1]王婆怎样破坏这件险事。

赵三这几天常常不在家吃饭；李二婶子一天来过三四次：

“三哥还没回来？他爹爹也没回来。”

一直到第二天下午赵三回来了，当进门的时候，他打了平儿，因为平儿的脚病着，一群孩子集到家来玩。在院心放了一点米，一块长板用短条棍架着，条棍上系着根长绳，绳子从门限拉进去，雀子们去啄食谷粮，孩子们蹲在门限守望，什么时候雀子满集成堆时，那时候，孩子们就抽动绳索。许多饥饿的麻雀丧亡在长板下。厨房里充满了雀毛的气味，孩子们在灶堂里熟食过许多雀子。

赵三焦烦着，他看见一只鸡被孩子们打住。他把板子给踢翻了！他坐在炕沿上燃着小烟袋，王婆把早饭从锅里摆出来。他说：

“我吃过了！”

于是平儿来吃这些残饭。

“你们的事情预备得怎样了？能下手便下手。”

他惊疑。怎么会走漏消息呢？王婆又说：

“我知道的，我还能弄只枪来。”

他无从想像自己的老婆有这样的胆量。王婆真的找来一只老洋炮。可是赵三还从没用过枪。晚上平儿睡了以后王婆教他怎样

1　扎靠，本意特指一种穿着轻便的紧身服，此处用了引申义，反复强调、叮嘱牢靠之意。

装火药，怎样上炮子。

赵三对于他的女人慢慢感着可以敬重！但是更秘密一点的事情总不向她说。

忽然从牛棚里发现五个新镰刀。王婆意度这事情是不远了！

李二婶子和别的村妇们挤上门来探听消息的时候，王婆的头沉埋一下，她说：

“没有这回事，他们想到一百里路外去打围，弄得几张兽皮大家分用。”

是在过年的前夜，事情终于发生了！北地端鲜红的血染着雪地；但事情做错了！赵三近些日子有些失常，一条梨木杆打折了小偷的腿骨。他去呼唤二里半，想要把那小偷丢在土坑去，用雪埋起来。二里半说：

“不行，开春时节，土坑发见死尸，传出风声，那是人命哩！”

村中人听着极痛的呼叫，四面出来寻找。赵三拖着独腿人转着弯跑，但他不能把他掩藏起来。在赵三惶恐的心情下，他愿意寻到一个井把他放下去。赵三弄了满手血。

惊动了全村的人，村长进城去报告警所。

于是赵三去坐监狱，李青山他们的“镰刀会”少了赵三也就衰弱了！消灭了！

正月末赵三受了主人的帮忙，把他从监狱提放出来。那时他头发很长，脸也灰白了些，他有点苍老。

为着给那个折腿的小偷做赔偿，他牵了那条仅有的牛上市去卖；小羊皮袄也许是卖了？再不见他穿了！

晚间李青山他们来的时候，赵三忏悔一般地说：

“我做错了！也许是我该招的灾祸：那是一个天将黑的时候，我正喝酒，听着平儿大喊有人丢柴。刘二爷前些日子来说要加地租，我不答应，我说我们联合起来不给他加，于是他走了！过了几天他又来，说：非加不可。再不然叫你们滚蛋！我说好啊！等着你吧！那个管事的，他说：你还要造反？不滚蛋，你们的草堆，就要着火！我只当是那个小子来点着我的柴堆呢！拿着杆子跑出去就把腿给打断了！打断了也甘心，谁想那是一个小偷？哈哈！小偷倒霉了！就是治好，那也是跌子了！”

关于“镰刀会”的事情他像忘记了一般，李青山问他：

“我们应该怎样铲锄刘二爷那恶棍？”

是赵三说的话：

“打死他吧！那个恶祸。”

这是从前他说的话，现在他又不那样说了：

“铲锄他又能怎样？我招灾祸，刘二爷也向东家（地主）说了不少好话。从前我是错了！也许现在是受了责罚！”

他说话时不像从前那样英气了！脸上有点带着忏悔的意味。羞惭和不安了。王婆坐在一边，听了这话她后脑上的小发卷也像生着气：

“我没见过这样的汉子，起初看来还像一块铁，后来越看越是一堆泥了！”

赵三笑了：“人不能没有良心！”

于是好良心的赵三天天进城，弄一点白菜担着给东家送去，弄一点地豆也给东家送去。为着送这一类菜，王婆同他激烈地吵打，但他绝对保持着他的良心。

有一天少东家出来，站在门阶上像训诲着他一般：

“好险！若不为你说一句话，三年大狱你可怎么蹲呢？那个小偷他算没走好运吧！你看我来着手给你办，用不着给他接腿，让他死了就完啦。你把卖牛的钱也好省下，我们是‘地东’‘地户’哪有看着过去的……”

说话的中间，间断了一会，少东家把话尾落到别处去：

“不过今年地租是得加。左近地邻不都是加了价吗？地东地户年头多了，不过得……少加一点。”

过不了几天小偷从医院抬出来，可真的死了就完了！把赵三的牛钱归还一半，另一半少东家说是用做杂费了。

二月了。山上的积雪现出毁灭的色调。但荒山上却有行人来往。渐渐有送粪的人担着担子行过荒凉的山岭。农民们蜇伏的虫子样又醒过来。渐渐送粪的车子也忙着了！只有赵三的车子没有牛挽，平儿冒着汗和爹爹并架着车辕。

地租就这样加成了！

五　羊　群

平儿被雇做了牧羊童。他追打群羊跑遍山坡。山顶像是开着小花一般，绿了！而变红了！山顶拾野菜的孩子，平儿不断的戏弄她们，他单独的赶着一只羊去吃她们筐子里拾得的野菜。有时他选一条大身体的羊，像骑马一样的骑着来了！小的女孩们吓得哭着，她们看他像个猴子坐在羊背上。平儿从牧羊时起，他的本领渐渐得以发展。他把羊赶到荒凉的地方去，招集村中所有的孩子练习骑羊。每天那些羊和不喜欢行动的猪一样散遍在旷野。

行在归途上，前面白茫茫的一片，他在最后的一个羊背上，仿佛是大将统治着兵卒一般，他手耍着鞭子，觉得十分得意。

“你吃饱了吗？午饭。”

赵三对儿子温和了许多。从遇事以后他好像是温顺了。

那天平儿正戏耍在羊背上，在进大门的时候，羊疯狂的跑着，使他不能从羊背跳下，那样他像耍着的羊背上张狂的猴子。一个下雨的天气，在羊背上进大门的时候，他把小孩撞倒，主人用拾柴的耙子把他打下羊背来。仍是不停，像打着一块死肉一般。

夜里，平儿不能睡，辗翻着不能睡，爹爹动着他庞大的手掌拍抚他：

“跑了一天！还不困倦，快快睡吧！早早起来好上工！”

平儿在爹爹温顺的手下，感到委屈了！

“我挨打了！屁股疼。”

爹爹起来，在一个纸包里取出一点红色的药粉给他涂擦破口的地方。

爹爹是老了！孩子还那样小，赵三感到人活着没有什么意趣了。第二天平儿去上工被辞退回来，赵三坐在厨房用谷草正织鸡笼，他说：

“好啊！明天跟爹爹去卖鸡笼吧！”

天将明，他叫着孩子：

“起来吧，跟爹爹去卖鸡笼。”

王婆把米饭用手打成坚实的团子，进城的父子装进衣袋去，算做午餐。

第一天卖出去的鸡笼很少，晚间又都背着回来。王婆弄着米缸响：

“我说多留些米吃，你偏要卖出去……又吃什么呢？……又吃什么呢？”

老头子把怀中的铜板给她，她说：

“不是今天没有吃的，是明天呀？”

赵三说：“明天，那好说，明天多卖出几个笼子就有了！”

一个上午，十个鸡笼卖出去了！只剩三个大些的，堆在那里。爹爹手心上数着票子，平儿在吃饭团。

“一百枚还多着，我们该去喝碗豆腐脑来！”

他们就到不远的那个布棚下，蹲在担子旁吃着冒气的食品。是平儿先吃，爹爹的那碗才正在上面倒醋。平儿对于这食品是怎样新鲜呀！一碗豆腐脑是怎样舒畅着平儿的小肠子呀！他的眼睛圆圆地把一碗豆腐脑吞食完了！

那个叫卖人说：“孩子再来一碗吧！”

爹爹惊奇着：“吃完了？”

那个叫卖人把勺子放下锅去说：“再来一碗算半碗的钱吧！”

平儿的眼睛溜着爹爹把碗给过去。他喝豆腐脑作出大大的抽响来。赵三却不那样，他把眼光放在鸡笼的地方，慢慢吃，慢慢吃终于也吃完了！他说：

“平儿，你吃不下吧？倒给我碗点。”

平儿倒给爹爹很少很少。给过钱爹爹去看守鸡笼。平儿仍在那里，孩子贪恋着一点点最末的汤水，头仰向天，把碗扣在脸上一般。

菜市上买菜的人经过，若注意一下鸡笼，赵三就说：

“买吧！仅是十个铜板。”

终于三个鸡笼没有人买，两个分给爹爹，留下的一个，在平儿的背上突起着。经过牛马市，平儿指嚷着：

“爹爹，咱们的青牛在那儿。”

大鸡笼在背上荡动着，孩子去看青牛。赵三笑了，向那个卖牛人说：

“又出卖吗？”

说着这话，赵三无缘的感到酸心。到家他向王婆说：

“方才看见那条青牛在市上。”

“人家的了，就别提了。”王婆整天地不耐烦。

卖鸡笼渐渐的赵三会说价了；慢慢的坐在墙根他会招呼了！也常常给平儿买一两块红绿的糖球吃。后来连饭团也不用带。

他弄些铜板每天交给王婆，可是她总不喜欢，就像无意之中把钱放起来。

二里半又给说妥一家，叫平儿去做小伙计。孩子听了这话，就生气。

“我不去，我不能去，他们好打我呀！”平儿为了卖鸡笼所迷恋：

“我还是跟爹爹进城。”

王婆绝对主张孩子去做小伙计。她说：

“你爹爹卖鸡笼你跟着做什么？”

赵三说：“算了吧，不去就不去吧。”

铜板兴奋着赵三，半夜他也是织鸡笼，他向王婆说：

“你就不好也来学学，一种营生呢？还好多织几个。”

但是王婆仍是去睡，就像对于他织鸡笼，怀着不满似的，就像反对他织鸡笼似的。

平儿同情着父亲，他愿意背鸡笼，多背一个。爹爹说：

“不要背了！够了！”

他又背一个，临出门时他又找个小一点的提在手里。爹爹问：

“你能拿动吗？送回两个去吧，卖不完啊！”

有一次从城里割一斤肉回来，吃了一顿像样的晚餐。

村中妇人羡慕王婆：

“三哥真能干哩！把一条牛卖掉，不能再种粮食，可是这比种粮食更好，更能得钱。”

经过二里半门前，平儿把罗圈腿也领进城去。平儿向爹爹要了铜板给小朋友买两片油煎馒头。又走到敲铜锣搭着小棚的地方去挤撞，每人花一个铜板看一看“西洋景”(街头影戏)。那是从一个嵌着小玻璃镜，只容一个眼睛的地方看进去，里面有一张放大的画片活动着。打仗的，拿着枪的，很快又换上一张别样的。耍画片的人一面唱；一面讲：

“这又是一片洋人打仗。你看‘老毛子’夺城，那真是哗啦啦！打死的不知多少……”

罗圈腿嚷着看不清，平儿告诉他：“你把眼睛闭起一个来！”

可是不久这就完了！从热闹的，孩子热爱着的城里把他们又赶出来，平儿又被装进这睡着一般的乡村。原因，小鸡初生卵的时节已经过去。家家把鸡笼全预备好了。

平儿不愿跟着，赵三自己进城，减价出卖。后来折本卖。最后他也不去了。厨房里鸡笼靠墙高摆起来。这些东西从前会使赵三欢喜，现在会使他生气。

平儿又骑在羊背上去牧羊。但是赵三是受了挫伤！

六　刑罚的日子

房后的草堆上，温暖在那里蒸腾起了。全个农村跳跃着泛滥的阳光。小风开始荡漾田禾。夏天又来到人间，叶子上树了！假使树会开花，那么花也上树了！

房后草堆上，狗在那里生产。大狗四肢在颤颤，全身抖擞着。经过一个长时间，小狗生出来。

暖和的季节，全村忙着生产。大猪带着成群的小猪喳喳的跑过，也有的母猪肚子那样大，走路时快要接触着地面，它多数的乳房有什么在充实起来。

那是黄昏时候，五姑姑的姐姐她不能再延迟，她到婆婆屋中去说：

“找个老太太来吧！觉得不好。”

回到房中放下窗帘和幔帐。她开始不能坐稳，她把席子卷起来，就在草上爬行。收生婆来时，她乍望见这房中，她就把头扭着。她说：

“我没见过，像你们这样大户人家，把孩子还要养到草上。‘压柴，压柴，不能发财。’”

家中的婆婆把席下的柴草又都卷起来，土炕上掘起着灰尘。光着身子的女人，和一条鱼似的，她趴那里。

黄昏以后，屋中起着烛光。那女人是快生产了，她小声叫号了一阵，收生婆和一个邻居的老太婆架扶着她，让她坐起来，在炕上微微的移动。可是罪恶的孩子，总不能生产，闹着夜半过去，外面鸡叫的时候，女人忽然苦痛得脸色灰白，脸色转黄，全家人不能安定。为她开始预备葬衣，在恐怖的烛光里四下翻寻衣裳，全家为了死的黑影所骚动。

赤身的女人，她一点不能爬动，她不能为生死再挣扎最后的一刻。天渐亮了。恐怖仿佛是僵尸，直伸在家屋。

五姑姑知道姐姐的消息，来了，正在探询：

“不喝一口水吗？她从什么时候起？”

一个男人撞进来，看形象是一个酒疯子。他的半面脸，红而肿起，走到幔帐的地方，他吼叫：

“快给我的靴子！”

女人没有应声，他用手撕扯幔帐，动着他厚肿的嘴唇：

“装死吗？我看看你还装不装死！”

说着他拿起身边的长烟袋来投向那个死尸。母亲过来把他拖出去。每年是这样，一看见妻子生产他便反对。

日间苦痛减轻了些，使她清明了！她流着大汗坐在幔帐中，忽然那个红脸鬼，又撞进来，什么也不讲，只见他怕人的手中举起大水盆向着帐子抛来。最后人们拖出去他。

大肚子的女人，仍涨着肚皮，带着满身冷水无言的坐在那里。她几乎一动不敢动，她仿佛是在父权下的孩子一般怕着她的男人。

她又不能再坐住，她受着折磨，产婆给换下她着水的上衣。门响了她又慌张了，要有神经病似的。一点声音不许她哼叫，受罪的女人，身边若有洞，她将跳进去！身边若有毒药，她将吞下去。她仇视着一切，窗台要被她踢翻。她愿意把自己的腿弄断，宛如进了蒸笼，全身将被热力所撕碎一般呀！

产婆用手推她的肚子：

“你再刚强一点，站起来走走，孩子马上就会下来的，到了时候啦！”

走过一个时间，她的腿颤颤得可怜。患着病的马一般，倒了下来。产婆有些失神色，她说：

“媳妇子怕要闹事，再去找一个老太太来吧！”

五姑姑回家去找妈妈。

这边孩子落产了，孩子当时就死去！用人拖着产妇站起来，立刻孩子掉在炕上，像投一块什么东西在炕上响着。女人横在血光中，用肉体来浸着血。

窗外，阳光洒满窗子，屋内妇人为了生产疲乏着。

田庄上绿色的世界里，人们洒着汗滴。

四月里，鸟雀们也孵雏了！常常看见黄嘴的小雀飞下来，在檐下跳跃着啄食。小猪的队伍逐渐肥起来，只有女人在乡村夏季更贫瘦，和耕种的马一般。

刑罚，眼看降临到金枝的身上，使她短的身材，配着那样大的肚子，十分不相称。金枝还不像个妇人，仍和一个小女孩一般。但是肚子膨涨起了！快做妈妈了，妇人们的刑罚快擒着她。

并且她出嫁还不到四个月，就渐渐会诅咒丈夫，渐渐感到男人是严凉的人类！那正和别的村妇一样。

坐在河边沙滩上，金枝在洗衣服。红日斜照着河水，对岸林子的倒影，随逐着红波模糊下去！

成业在后边，站在远远的地方：

“天黑了呀！你洗衣裳，懒老婆，白天你做什么来？”

天还不明，金枝就摸索着穿起衣裳。在厨房，这大肚子的小女人开始弄得厨房蒸着气。太阳出来，铲地的工人肩着锄头回来。堂屋挤满着黑黑的人头，吞饭，吞汤的声音，无纪律地在响。

中午又烧饭；晚间烧饭，金枝过于疲乏了！腿子痛得折断一般。天黑下来卧倒休息一刻。在她迷茫中她坐起来，知道成业回来了！努力掀起在睡的眼睛，她问：

“才回来？”

过了几分钟，她没有得到答话。只看男人解脱衣裳，她知道又要挨骂了！正相反，没有骂，金枝感到背后温热一些，男人努力低音向她说话：

“…………”

金枝被男人朦胧着了！

立刻，那和灾难一般，跟着快乐而痛苦追来了。金枝不能烧饭。村中的产婆来了！她在炕角苦痛着脸色，她在那里受着刑罚，王婆来帮助她把孩子生下来。王婆摇着她多经验的头颅：

“危险，昨夜你们必定是不安着的。年轻什么也不晓得，肚子大了，是不许那样的。容易丧掉性命！”

十几天以后金枝又行动在院中了！小金枝在屋中哭唤她。

牛或是马在不知觉中忙着栽培自己的痛苦。夜间乘凉的时候，可以听见马或是牛棚做出异样的声音来。牛也许是为了自己的妻子而角斗，从牛棚撞出来了。木杆被撞掉，狂张着，成业去拾了耙子猛打疯牛，于是又安然被赶回棚里。

在乡村，人和动物一起忙着生，忙着死……

—

二里半的婆子和李二婶子在地端相遇。

“啊呀！你还能弯下腰去？”

“你怎么样？”

“我可不行了呢？”

“你什么时候的日子？”

“就是这几天。”

外面落着毛毛雨。忽然二里半的家屋吵叫起来！傻婆娘一向生孩子是闹惯了的，她大声哭，她怨恨男人：

“我说再不要孩子啦！没有心肝的，这不都是你吗？我算死在你身上！”

惹得老王婆扭着身子闭住嘴笑。过了一会傻婆娘又滚转着高声嚷叫：

“肚子疼死了，拿刀快把我肚子给割开吧！”

吵叫声中看得见孩子的圆头顶。

在这时候，五姑姑变青脸色，走进门来，她似乎不会说话，两手不住的扭绞：

“没有气了！小产了，李二婶子快死了呀！”

王婆就这样丢下麻面婆赶向打鱼村去。另一个产婆来时，麻面婆的孩子已在土炕上哭着。产婆洗着刚会哭的小孩。

等王婆回来时，窗外墙根下，不知谁家的猪也正在生小猪。

七　罪恶的五月节

五月节来临，催逼着两件事情发生：王婆服毒，小金枝惨死。

弯月相同弯刀刺上林端。王婆散开头发，她走向房后柴栏，在那儿她轻开篱门。柴栏外是墨沉沉的静甜的，微风不敢惊动这黑色的夜画；黄瓜爬上架了！玉米响着雄宽的叶子，没有蛙鸣，也少虫声。

王婆披着散发，幽魂一般的，跪在柴草上，手中的杯子放到嘴边。一切涌上心头，一切诱惑她。她平身向草堆倒卧过去。被悲哀汹淘着大哭了。

赵三从睡床上起来，他什么都不清楚，柴栏里，他带点愤怒对待王婆：

“为什么？在发疯！”

他以为她是闷着刺到柴栏去哭。

赵三撞到草中的杯子了，使他立刻停止一切思惟。他跑到屋中，灯光下，发现黑色浓重的液体东西在杯底。他先用手拭一拭，再用舌尖拭一拭，那是苦味。

“王婆服毒了！”

次晨村中嚷着这样的新闻。村人凄静的断续的来看她。

赵三不在家，他跑出去，乱坟岗子上，给她寻个位置。

乱坟岗子上活人为死人掘着坑子了，坑子深了些，二里半先跌下去。下层的湿土，翻到坑子旁边，坑子更深了！大了！几个人都跳下去，铲子不住的翻着，坑子埋过人腰。外面的土堆涨过人头。

坟场是死的城廓，没有花香，没有虫鸣，即使有花，即使有虫，那都是唱奏着别离歌，陪伴着说不尽的死者永久的寂寞。

乱坟岗子是地主施舍给贫农民们死后的住宅。但活着的农民，常常被地主们驱逐，使他们提着包袱，提着小孩，从破房子再走进更破的房子去。有时被逐着在马棚里借宿。孩子们哭闹着马棚里的妈妈。

赵三去进城，突然的事情打击着他，使他怎样柔弱呵！遇见了打鱼村进城卖菜的车子，那个驱车人麻麻烦烦的讲一些：

“菜价低了，钱帖毛荒[1]。粮食也不值钱。”

那个车夫打着鞭子，他又说：

“只有布匹贵，盐贵。慢慢一家子连咸盐都吃不起啦！地租是增加，还叫老庄活不活呢？”

赵三跳上车，低了头坐在车尾的辕边。两条衰乏的腿子，凄凉的挂下，并且摇荡。车轮在辙道上哐啷的摔响。

城里，大街上拥挤着了！菜市过量的纷嚷。围着肉铺，人们吵架一般。忙乱的叫卖童，手中花色的葫芦，随着空气而跳荡，

1　钱帖毛荒，钱帖指钱票，是一种代用货币。毛，指货币贬值。毛荒是说贬值得厉害。

他们为了“五月节”而癫狂。

赵三他什么也没看见，好像街上的人都没有了！好像街是空街。但是一个小孩跟在后面：

“过节了，买回家去，给小孩玩吧！”

赵三不听见这话，那个卖葫芦的孩子，好像自己不是孩子，自己是大人了一般，他追逐。

“过节了，买回家去给小孩玩吧！”

柳条枝上各色花样的葫芦好像一些被系住的蝴蝶跟住赵三在后面跑。

一家棺材铺，红色的，白色的，门口摆了多多少少，他停在那里。孩子也停止追随。

一切预备好！棺材停在门前，掘坑的铲子停止翻扬了！

窗子打开，使死者见一见最后的阳光。王婆跳突着胸口，微微尚有一点呼吸，明亮的光线照拂着她素静的打扮。已经为她换上一件黑色棉裤和一件浅色短单衫。除了脸是紫色，临死她没有什么怪异的现象，人们吵嚷说：

“抬吧！抬她吧！”

她微微尚有一点呼吸，嘴里吐出一点点的白沫，这时候她已经被抬起来了。外面平儿急叫：

“冯丫头来了！冯丫头！”

母女们相逢太迟了！母女们永远永远不会再相逢了！那个孩子手中提了小〔包〕袱，慢慢慢慢走到妈妈面前。她细看一看，她的脸孔快要接触到妈妈脸孔的时候，一阵清脆的爆裂的声浪嘶叫开来。她的小包袱滚滚着落地。

四围的人，眼睛和鼻子感到酸楚和湿浸。谁能止住被这小女孩唤起的难忍的酸痛而不哭呢？不相关联的人混同着女孩哭她的母亲。

其中新死去丈夫的寡妇哭得最利害，也最哀伤。她几乎完全哭着自己的丈夫，她完全幻想是坐在她丈夫的坟前。

男人们嚷叫：“抬呀！该抬了。收拾妥当再哭！”

那个小女孩感到不是自己家，身边没有一个亲人，她不哭了。

服毒的母亲眼睛始终是张着，但她不认识女儿，她什么也不认识了！停在厨房板块上，口吐白沫，她微微心坎尚有一点跳动。

赵三坐在炕沿，点上烟袋。女人们找一条白布给女孩包在头上，平儿把白带束在腰间。

赵三不在屋的时候，女人们便开始问那个女孩：

“你姓冯的那个爹爹多咱死的？”

“死两年多。”

“你亲爹呢？”

“早回山东了！”

“为什么不带你们回去？”

“他打娘，娘领着哥哥和我到了冯叔叔家。”

女人们探问王婆旧日的生活，她们为王婆感动。那个寡妇又说：

“你哥怎不来？回家去找他来看看娘吧！”

包白头的女孩，把头转向墙壁，小脸孔又爬着眼泪了！她努力咬住嘴唇，小嘴唇偏张开，她又张着嘴哭了！接受女人们的温情使她大胆一点，走到娘的近边，紧紧捏住娘的冰寒的手指，又用手给妈妈抹擦唇上的泡沫。小心孔只为母亲所惊扰，她带来的包袱踏在脚下。女人们又说：

“家去找哥哥来看看你娘吧！”

一听说哥哥，她就要大哭，又勉强止住。那个寡妇又问：

“你哥哥不在家吗？”

她终于用白色的包头布拢络住脸孔大哭起来了。借了哭势，她才敢说到哥哥：

“哥哥前天死了呀，官项[1]捉去枪毙的。”

包头布从头上扯掉。孤独的孩子癫痫着一般用头摇着母亲的心窝哭：

“娘呀……娘呀……”

她再什么也不会哭诉，她还小呢！

女人们彼此说：“哥哥多咱死的？怎么没听……”

赵三的烟袋出现在门口，他听清她们议论王婆的儿子。赵三晓得那小子是个“红胡子”。怎样死的，王婆服毒不是听说儿子枪毙才自杀吗？这只有赵三晓得。他不愿意叫别人知道，老婆自杀还关联着某个匪案，他觉得当土匪无论如何是有些不光明。

摇起他的烟袋来，他僵直的空的声音响起，用烟袋催逼着女孩：

“你走好啦！她已死啦！没有什么看的，你快走回你家去！”

小女孩被爹爹抛弃，哥哥又被枪毙了，带来包袱和妈妈同住，妈妈又死了，妈妈不在，让她和谁生活呢？

她昏迷地忘掉包袱，只顶了一块白布，离开妈妈的门庭。离开妈妈的门庭。那有点像丢开她的心让她远走一般。

赵三因为他年老。他心中裁判着年青人：

“私姘妇人，有钱可以，无钱怎么也去姘？没见过。到过节，那个淫妇无法过节，使他去抢，年青人就这样丧掉性命。”

当他看到也要丧掉性命的自己的老婆的时候，他非常仇恨那

1　官项，本意是官府的钱款，此处代指官府。

个枪毙的小子。当他想起去年冬天，王婆借来老洋炮的那回事，他又佩服人了：

“久当胡子哩！不受欺侮哩！”

妇人们燃柴，锅渐渐冒气。赵三捻着烟袋他来去踱走。过一会他看看王婆仍少少有一点气息，气息仍不断绝。他好像为了她的死等待得不耐烦似的，他困倦了，依着墙瞌睡。

长时间死的恐怖，人们不感到恐怖！人们集聚着吃饭，喝酒，这时候王婆在地下作出声音，看起来，她紫色的脸变成淡紫。人们放下杯子，说她又要活了吧？

不是那样，忽然从她的嘴角流出一些黑血，并且她的嘴唇有点像是起动，终于她大吼两声，人们瞪住眼睛说她就要断气了吧！

许多条视线围着她的时候，她活动着想要起来了！人们惊慌了！女人跑在窗外去了！男人跑去拿挑水的扁担。说她是死尸还魂。

喝过酒的赵三勇猛着：

“若让她起来，她会抱住小孩死去，或是抱住树，就是大人她也有力量抱住。”

赵三用他的大红手贪婪着把扁担压过去。扎实的刀一般的切在王婆的腰间。她的肚子和胸膛突然增涨，像是鱼泡似的。她立刻眼睛圆起来，像发着电光。她的黑嘴角也动了起来，好像说话，可是没有说话，血从口腔直喷，射了赵三的满单衫。赵三命令那个人：

“快轻一点压吧！弄得满身血。”

王婆就算连一点气息也没有了！她被装进等在门口的棺材里。

后村的庙前，两个村中无家可归老头，一个打着红灯笼，一个手提水壶，领着平儿去报庙[1]。绕庙走了三周，他们顺着毛毛的行人小道回来，老人念一套成谱调的话，红灯笼伴了孩子头上的白布，他们回家去。平儿一点也不哭，他只记住那年妈妈死的时候不也是这样报庙吗？

王婆的女儿却没能同来。

王婆的死信传遍全村，女人们坐在棺材边大大的哭起！扭着鼻涕，号啕着：哭孩子的，哭丈夫的，哭自己命苦的，总之，无管有什么冤屈都到这里来送了！村中一有年岁大的人死，她们，女人之群们，就这样做。

将送棺材上坟场！要钉棺材盖了！

王婆终于没有死，她感到寒凉，感到口渴，她轻轻说：

“我要喝水！”

但她不知道，她是睡在什么地方。

五月节了，家家门上挂起葫芦。二里半那个傻婆子屋里有孩子哭着，她却蹲在门口拿刷马的铁耙子给羊刷毛。

二里半跛着脚。过节，带给他的感觉非常愉快。他在白菜地里看见白菜被虫子吃倒几棵。若在平日他会用短句咒骂虫子，或是生气把白菜用脚踢着。但是现在过节了，他一切愉快着，他觉得自己是应该愉快。走在地边他看一看柿子还没红，他想摘几个青柿子给孩子吃吧！过节了！

全村表示着过节，菜田和麦地，无管什么地方都是静静的，甜美的。虫子们也仿佛比平日会唱了些。

---

1 报庙，北方部分地区丧葬习俗：家人去世后亲属到土地庙报告消息。人刚死，灵魂暂寄土地庙中，祈祷神灵关照亡魂。

过节渲染着整个二里半的灵魂。他经过家门没有进去，把柿子扔给孩子又走了！他要趁起这样愉快的日子会一会朋友。

左近邻居的门上都挂了纸葫芦，他经过王婆家，那个门上摆荡着的是绿的葫芦。再走，就是金枝家。金枝家，门外没有葫芦，门里没有人了！二里半张望好久：孩子的尿布在锅灶旁被风吹着，飘飘的在浮游。

小金枝来到人家才够一月，就被爹爹摔死了：婴儿为什么来到这样的人间？使她带了怨悒回去！仅仅是这样短促呀！仅仅是几天的小生命！

小小的孩子睡在许多死人中，她不觉得害怕吗？妈妈走远了！妈妈啜泣听不见了！

天黑了！月亮也不来为孩子做伴。

一

五月节的前些日子，成业总是进城跑来跑去。家来和妻子吵打。他说：

“米价落了！三月里买的米现在卖出去折本一少半。卖了还债也不足，不卖又怎么能过节？”

并且他渐渐不爱小金枝，当孩子夜里把他吵醒的时候，他说：

“拼命吧！闹死吧！”

过节的前一天，他家什么也没预备，连一斤面粉也没买。烧饭的时候豆油罐子什么也倒流不出。

成业带着怒气回家，看一看还没有烧菜。他厉声嚷叫：

“啊！像我……该饿死啦，连饭也没得吃……我进城……我进城。”

孩子在金枝怀中吃奶。他又说：

“我还有好的日子吗？你们累得我，是我做强盗都没有机会。”

金枝垂了头把饭摆好，孩子在旁边哭。

成业看着桌上的咸菜和粥饭，他想了一刻又不住的说起：

“哭吧！败家鬼，我卖掉你去还债！”

孩子仍哭着，妈妈在厨房里，不知是扫地，还是收拾柴堆。爹爹发火了：

“把你们都一块卖掉，要你们这些吵家鬼有什么用……”

厨房里的妈妈和火柴一般被燃着：

“你像个什么？回来吵打，我不是你的冤家，你会卖掉，看你卖吧！”

爹爹飞着饭碗！妈妈暴跳起来。

“我卖：我摔死她吧！……我卖什么！”

就这样小生命被截止了！

王婆听说金枝的孩子死，她要来看看，可是她只扶了杖子立起又倒卧下来。她的腿骨被毒质所侵还不能行走。

年青的妈妈过了三天她到乱坟岗子去看孩子。但那能看到什么呢？被狗扯得什么也没有。

成业他看到一堆草染了血，他幻想是捆小金枝的草吧！他俩背向着流过眼泪。

乱坟岗子不知晒干多少悲惨的眼泪？永年悲惨的地带，连个乌鸦也不落下。

成业又看见一个坟窟，头骨在那里重见天日。

走出坟场，一些棺材，坟堆，死寂死寂的印象催迫着他们加快着步速。

八　蚊虫繁忙着

她的女儿来了！王婆的女儿来了！

王婆能够拿着鱼竿坐在河沿钓鱼了！她脸上的纹褶没有什么增多或减少，这证明她依然没有什么变动，她还必须活下去。

晚间河边蛙声震耳。蚊子从河边的草丛出发，嗡声喧闹的阵伍，迷漫着每个家庭。日间太阳也炎热起来！太阳烧上人们的皮肤，夏天，田庄上人们怨恨太阳和怨恨一个恶毒的暴力者一般。全个田间，一个大火球在那里滚转。

但是王婆永久欢迎夏天。因为夏天有肥绿的叶子，肥的园林，更有夏夜会唤起王婆诗意的心田，她该开始向着夏夜述说故事。今夏她什么也不说了！她偎在窗下和睡了似的，对向幽邃的天空。

蛙鸣震碎人人的寂寞；蚊虫骚扰着不能停息。

这相同平常的六月，这又是去年割麦的时节。王婆家今年没种麦田。她更忧伤而悄默了！当举着钓竿经过作浪的麦田时，她把竿头的绳线缭绕起来，她仰了头，望着高空，就这样睬也不睬地经过麦田。

王婆的性情更恶劣了！她又酗酒起来。她每天钓鱼。全家人的衣服她不补洗，她只每夜烧鱼，吃酒，吃得醉疯疯地，满院，满屋她旋走；她渐渐要到树林里去旋走。

有时在酒杯中她想起从前的丈夫；她痛心看见来在身边孤独的女儿，总之在喝酒以后她更爱烦想。

现在她近于可笑，和石块一般沉在院心，夜里她习惯于院中睡觉。

在院中睡觉被蚊虫迷绕着，正像蚂蚁群拖着已腐的苍蝇。她是再也没有心情了吧！再也没有心情生活！

王婆被蚊虫所食，满脸起着云片，皮肤肿起来。

王婆在酒杯中也回想着女儿初来的那天，女儿横在王婆怀中：

“妈呀！我想你是死了！你的嘴吐着白沫，你的手指都凉了呀！……哥哥死了，妈妈也死了，让我到哪里去讨饭吃呀！……他们把我赶出时，带来的包袱都忘下啦，我哭……哭昏啦……妈妈，他们坏心肠，他们不叫我多看你一刻……”

后来孩子从妈妈怀中站起来时，她说出更有意义的话：

“我恨死他们了！若是哥哥活着，我一定告诉哥哥把他打死。”

最后那个女孩，拭干眼泪说：

“我必定要像哥哥，……”

说完她咬一下嘴唇。

王婆思想着女孩怎么会这样烈性呢？或者是个中用的孩子？

王婆忽然停止酗酒，她每夜，开始在林中教训女儿，在静的林里，她严峻的说：

“要报仇。要为哥哥报仇，谁杀死你的哥哥？”

女孩子想：“官项杀死哥哥的。”她又听妈妈说：

“谁杀死哥哥，你要杀死谁，……”

女孩子想过十几天以后，她向妈妈蹽蹶着：

“是谁杀死哥哥？妈妈明天领我去进城，找到那个仇人，等后来什么时候遇见他我好杀死他。”

孩子说了孩子话，使妈妈笑了！使妈妈心痛。

王婆同赵三吵架的那天晚上，南河的河水涨出了河床。南河沿嚷着：

“涨大水啦！涨大水啦！”

人们来往在河边，赵三在家里也嚷着：

“你快叫她走，她不是我家的孩子，你的崽子我不招留。快——”

第二天家家的麦子送上麦场。第一场割麦，人们要吃一顿酒来庆祝。赵三第一年不种麦，他家是静悄悄的。有人来请他，他坐到别人欢说着的酒桌前，看见别人欢说，看见别人收麦，他红色的大手在人前窘迫着了！不住的胡乱的扭搅，可是没有人注意他，种麦人和种麦人彼此谈说。

河水落了却带来众多的蚊虫。夜里蛤蟆的叫声，好像被蚊子的嗡嗡压住似的。日间蚊群也是忙飞。只有赵三非常哑默。

九　传染病

乱坟岗子，死尸狼藉在那里。无人掩埋，野狗活跃在尸群里。

太阳血一般昏红；从朝至暮蚊虫混同着蒙雾充塞天空。高粱，玉米和一切菜类被人丢弃在田圃，每个家庭是病的家庭。是将要绝灭的家庭。

全村静悄了。植物也没有风摇动它们。一切沉浸在雾中。

赵三坐在南地端出卖五把新镰刀。那是组织“镰刀会”时剩下的。他正看着那伤心的遗留物，村中的老太太来问他：

“我说……天象，这是什么天象？要天崩地陷了。老天爷叫人全死吗？嗳……”

老太婆离去赵三，曲背立即消失在雾中，她的语声也像隔远了似的：

"天要灭人呀！……老天早该灭人啦！人世尽是强盗，打仗，杀害，这是人自己招的罪……"

渐渐远了！远处听见一个驴子在号叫，驴子号叫在山坡吗？驴子号叫在河沟吗？

什么也看不见，只能听闻：那是，二里半的女人作嘎的不愉悦的声音来近赵三。赵三为着镰刀所烦恼，他坐在雾中，他用烦恼的心思在妒恨镰刀。他想：

"青牛是卖掉了！麦田没能种起来。"

那个婆子向他说话，但他没有注意到。那个婆子被脚下的土块跌倒，她起来时张慌着，在雾层中看不清她怎样张惶。她的音波织起了网状的波纹，和老大的蚊音一般：

"三哥，还坐在这里？家怕是有'鬼子'来了，就连小孩子，'鬼子'也要给打针。你看我把孩子抱出来，就是孩子病死也甘心，打针可不甘心。"

麻面婆离开赵三去了！抱着她未死的，连哭也不会哭的孩子沉没在雾中。

太阳变成暗红的放大而无光的圆轮，当在人头。昏茫的村庄埋着天然灾难的种子，渐渐种子在滋生。

传染病和放大的太阳一般勃发起来，茂盛起来！

赵三踏着死蛤蟆走路；人们抬着棺材在他身边暂时现露而滑过去！一个歪斜面孔的小脚女人跟在后面，她小小的声音哭着。又听到驴子叫，不一会驴子闪过去，背上驮着一个重病的老人。

西洋人，人们叫他"洋鬼子"，身穿白外套，第二天雾退时，白衣女人来到赵三的窗外，她嘴上挂着白囊，说起难懂的中国话：

"你的，病人的有？我的治病好，来。快快的。"

那个老的胖一些的，动一动胡子，眼睛胖得和猪眼一般，把头探着窗子望。

赵三着慌说没有病人，可是终于给平儿打针了！

“老鬼子”向那个“小鬼子”说话，嘴上的白囊一动一动的。管子，药瓶和亮刀从提包倾出，赵三去井边提一壶冷水。那个“鬼子”开始擦他通孔的玻璃管。

平儿被停在窗前的一块板上，用白布给他蒙住眼睛。隔院的人们都来看着，因为要晓得“鬼子”怎样治病，“鬼子”治病究竟怎样可怕。

玻璃管从肚脐下一寸的地方插下，五寸长的玻璃管只有半段在肚皮外闪光。于是人们捉紧孩子，使他仰卧不得摇动。“鬼子”开始一个人提起冷水壶，另一个对准那个长长的橡皮管顶端的漏水器。看起来“鬼子”像修理一架机器。四面围观的人好像有叹气的，好像大家一起在缩肩膀。孩子只是作出“呀！呀”的短叫，很快一壶水灌完了！最后在滚涨的肚子上擦一点黄色药水，用小剪子剪一块白棉贴住破口。就这样白衣“鬼子”提了提包轻便的走了！又到别人家去。

又是一天晴朗的日子，传染病患到绝顶的时候！女人们抱着半死的小孩子，女人们始终惧怕打针，惧怕白衣的“鬼子”用水壶向小孩肚里灌水。她们不忍看那肿涨起来奇怪的肚子。

恶劣的传闻布遍着：

“李家的全家死了！”“城里派人来验查，有病象的都用车子拉进城去，老太婆也拉，孩子也拉，拉去打药针。”

人死了听不见哭声，静悄地抬着草捆或是棺材向着乱坟岗子走去，接接连连的，不断……

过午二里半的婆子把小孩送到乱坟岗子去！她看到别的几个小孩有的头发蒙住白膜，有的被野狗拖断了四肢，也有几个好好的睡在那里。

野狗在远的地方安然的嚼着碎骨发响。狗感到满足，狗不再为着追求食物而疯狂，也不再猎取活人。

平儿整夜呕着黄色的水，绿色的水，白眼球满织着红色的丝纹。

赵三喃喃着走出家门，虽然全村的人死了不少，虽然庄稼在那里衰败，镰刀他却总想出卖，镰刀放在家里永久刺着他的心。

十　十　年

十年前村中的山，山下的小河，而今依旧十年前，河水静静的在流，山坡随着季节而更换衣裳；大片的村庄生死轮回着和十年前一样。

屋顶的麻雀仍是那样繁多。太阳也照样暖和。山下有牧童在唱童谣，那是十年前的旧调："秋夜长，秋风凉，谁家的孩儿没有娘，谁家的孩儿没有娘，……月亮满西窗。"

什么都和十年前一样，王婆也似没有改变，只是平儿长大了！平儿和罗圈腿都是大人了！

王婆被凉风飞着头发，在篱墙外远听从山坡传来的童谣。

十一　年盘转动了

雪天里，村人们永没见过的旗子飘扬起，升上天空！

全村寂静下去，只有日本旗子在山岗临时军营门前，振荡的响着。

村人们在想：这是什么年月？中华国改了国号吗？

十二　黑色的舌头

宣传“王道”的旗子来了！带着尘烟和骚闹来的。

宽宏的夹树道；汽车闹嚣着了！

田间无际限的浅苗湛着青色。但这不再是静穆的村庄，人们已经失去了心的平衡。草地上汽车突起着飞尘跑过，一些红色绿色的纸片播着种子一般落下来。小茅房屋顶有花色的纸片在起落。附近大道旁的枝头挂住纸片，在飞舞嘶嘎。从城里出发的汽车又追踪着驰来。车上站着威风飘扬的日本人，高丽人，也站着威扬的中国人。车轮突飞的时候，车上每人手中的旗子摆摆有声，车上的人好像生了翅膀齐飞过去。那一些举着日本旗子作出媚笑杂样的人，消失在道口。

那一些“王道”的书篇飞到山腰去，河边去……

王婆立在门前，二里半的山羊下垂它的胡子。老羊轻轻走过正在繁茂的树下。山羊不再寻什么食物，它倦困了！它过于老，全身变成土一般地色毛。它的眼神模糊好像垂泪似的。山羊完全幽默和可怜起来；拂摆着长胡子走向洼地。

对着前面的洼地，对着山羊，王婆追踪过去痛苦的日子。她想把那些日子捉回，因为今日的日子还不如昨日。洼地没人种，上岗那些往日的麦田荒乱在那里。她在伤心的追想。

日本飞机拖起狂大的沙鸣飞过，接着天空翻飞着纸片。一张纸片落在王婆头顶的树枝，她取下看了看丢在脚下。飞机又过去时留下更多的纸片。她不再理睬一下那些纸片，丢在脚下来复的乱踏。

过了一会，金枝的母亲经过王婆，她手中捉住两只公鸡，她问王婆说：

“日子算是没法过了！可怎么过？就剩两只鸡，还得快快去卖掉！”

王婆问她：“你进城去卖吗？”

“不进城谁家肯买？全村也没有几只鸡了！”

她向王婆耳语了一阵：

“日本子恶得很！村子里的姑娘都跑空了！年青的媳妇也是一样。我听说王家屯一个十三岁的小丫头叫日本子弄去了！半夜三更弄走的。”

“歇一歇腿再走吧！”王婆说。

她俩坐在树下。大地上的虫子并不鸣叫，只是她俩惨淡而忧伤的谈着。

公鸡在手下不时振动着膀子。太阳有点正中了！树影做成圆形。

村中添设出异样的风光，日本旗子，日本兵。人们开始讲究这一些：“王道”啦！日“满”亲善啦！快有“真龙天子”啦！

在“王道”之下，村中的废田多起来，人们在广场上忧郁着徘徊。

那老婆说到最后：

“我这些年来，都是养鸡，如今连个鸡毛也不能留，连个‘啼明’的公鸡也不让留下。这是什么年头……”

她震动一下袖子，有点癫狂似的，她立起来，踏过前面一块不耕的废田，废田患着病似的，短草在那婆婆的脚下不愉快的没有弹力的被踏过。

走得很远，仍可辨出两只公鸡是用那个挂下的手提着，另外一只手在面部不住的抹擦。

王婆睡下的时候，她听见远处好像有女人尖叫。打开窗子听一听……

再听一会警笛嚣叫起来，枪鸣起来，远处的人家闯入什么魔鬼了吗?

“你家有人没有？”

当夜日本兵，中国警察搜遍全村。这是搜到王婆家。她回答：

“有什么人？没有。”

他们掩住鼻子在屋中转了一个弯出去了。手电灯发青的光线乱闪着，临走出门栏，一个日本兵在铜帽子下面说中国话：

“也带走她。”

王婆完全听见他说的是什么：

“怎么也带女人吗？”她想，“女人也要捉去枪毙吗？”

“谁稀罕她，一个老婆子！”那个中国警察说。

中国人都笑了！日本人也盲笑。可是他们不晓得这话是什么意思，别人笑，他们也笑。

真的，不知他们牵了谁家的女人，曲背和猪一般被他们牵走。在稀薄乱动的手电灯绿色的光线里面，分辨不出这女人是谁!

还没走出栏门他们就调笑那个女人。并且王婆看见那个日本“铜帽子”的手在女人的屁股上急忙的爬了一下。

十三　你要死灭吗？

王婆以为又是假装搜查到村中捉女人，于是她不想到什么恶劣的事情上去，安然的睡了！

赵三那老头子也非常老了！他回来没有惊动谁也睡了！

过了夜，日本宪兵在门外轻轻敲门，走进来的，看样像个中国人，他的长靴染了湿淋的露水，从口袋取出手巾，摆出泰然的样子坐在炕沿慢慢擦他的靴子，访问就在这时开始：

“你家昨夜没有人来过？不要紧。你要说实话。”

赵三刚起来，意识有点不清，不晓得这是什么事情要发生。于是那个宪兵把手中的帽子用力抖了一下，不是柔和而不在意的态度了：“浑蛋！你怎么不知道？等带去你就知道了！”

说了这样话并没带他去。王婆一面在扣衣钮一面抢说：

“问的是什么人？昨夜来过几个‘老总’，搜查没有什么就走了！”

那个军官样的把态度完全是对着王婆，用一种亲昵的声音问：

“老太太请告诉吧！有赏哩！”

王婆的样子仍是没有改变。那人又说：

“我们是捉胡子，有胡子乡民也是同样受害，你没见着昨天汽车来到村子宣传‘王道’吗？‘王道’叫人诚实。老太太说了吧！有赏呢？”

王婆面对着窗子照上来的红日影，她说：

“我不知道这回事。”

那个军官又想大叫，可是停住了，他的嘴唇困难的又动几下：

"'满洲国'要把害民的胡子扫清，知道胡子不去报告，查出来枪毙！"这时那个长靴人用斜眼神侮辱赵三一下。接着他再不说什么，等待答复，终于他什么也没得到答复。

还不到中午，乱坟岗子多了三个死尸，其中一个是女尸。

人们都知道那个女尸，就是在北村一个寡妇家搜出的那个"女学生"。

赵三听得别人说"女学生"是什么"党"。但是他不晓得什么"党"做什么解释。当夜在喝酒以后把这一切密事告诉了王婆，他也不知道那"女学生"倒有什么密事，到底为什么才死？他只感到不许传说的事情神秘，他也必定要说。

王婆她十分不愿意听，因为这件事发生，她担心她的女儿，她怕是女儿的命运和那个"女学生"一般样。

赵三的胡子白了！也更稀疏，喝过酒，脸更是发红，他任意把自己摊散在炕角。

平儿担了大捆的绿草回来，晒干可以成柴，在院心他把绿草铺平。进屋他不立刻吃饭，透汗的短衫脱在身边，他好像愤怒似的，用力来拍响他多肉的肩头，嘴里长长的吐着呼吸。过了长时间爹爹说：

"你们年青人应该有些胆量。这不是叫人死吗？亡国了！麦地不能种了，鸡犬也要死净。"

老头子说话像吵架一般。王婆给平儿缝汗衫上的大口，她感动了，想到亡国，把汗衫缝错了！她把两个袖口完全缝住。

赵三和一个老牛般样，年青时的气力全都消泯，只回想"镰刀会"，又告诉平儿：

"那时候你还小着哩！我和李青山他们弄了个'镰刀会'。勇得很！可是我受了打击，那一次使我碰壁了，你娘去借只洋炮来，谁知还没用洋炮，就是一条棍子出了人命，从那时起就倒霉了！一年不如一年活到如今。”

“狗，到底不是狼，你爹从出事以后，对‘镰刀会’就没趣了！青牛就是那年卖的。”

她这样抢白着，使赵三感到羞耻和愤恨。同时自己为什么当时就那样卑小？心脏发燃了一刻，他说着使自己满意的话：

“这下子东家也不东家了！有日本子，东家也不好干什么！”

他为着充血的轻便的身子，他向树林那面去散步，那儿有树林，林梢在青色的天边图出美调的和舒卷着的云一般的弧线。青的天幕在前面直垂下来，曲卷的树梢花边一般地嵌上天幕。田间往日的蝶儿在飞，一切野花还不曾开。小草房一座一座的摊落着，有的留下残墙在晒阳光，有的也许是被炸弹带走了屋盖。房身整整齐齐地摆在那里。

赵三阔大开胸膛，他呼吸田间透明的空气。他不愿意走了，停脚在一片荒芜的，过去的麦地旁。就这样不多一时，他又感到烦恼，因为他想起往日自己的麦田而今丧尽在炮火下，在日本兵的足下必定不能够再长起来，他带着麦田的忧伤又走过一片瓜田，瓜田也不见了种瓜的人，瓜田尽被一些蒿草充塞。去年看守瓜地的小房，依然存在；赵三倒在小房下的短草梢头。他欲睡了！朦朦中看见一些“高丽”人从大树林穿过。视线从地平面直发过去，那一些“高丽”人仿佛是走在天边。

假如没有乱插在地面的家屋，那么赵三他觉得自己是躺在天边了！

阳光迷住他的眼睛，使他不能再远看了！听得见村狗在远方无聊的吠叫。

如此荒凉的旷野，野狗也不到这里巡行。独有酒烧胸膛的赵三到这里巡行，但是他无有目的，任意足尖踏到什么地点，他走过无数秃田，他觉得过于可惜，点一点头，摆一摆手，不住的叹着气走回家去。

村中的寡妇们多起来，前面是三个寡妇，其中的一个尚拉着她的孩子走。

红脸的老赵三走近家门又转弯了！他是那样信步而无主的走！忧伤在前面招示他，忽然间一个大凹洞，踏下脚去。他未曾注意这个，好像他一心要完成长途似的，继续前进。那里更有炸弹的洞穴，但不能阻碍他的去路，因为喝酒，壮年的血气鼓动他。

在一间破房子里，一只母猫正在哺乳一群小猫。他不愿看这些，他更走，没有一个熟人与他遇见。直到天西烧红着云彩，他滴血的心，垂泪的眼睛竟来到死去的年青时伙伴们的坟上，不带酒祭奠他们，只是无话坐在朋友们之前。

亡国后的老赵三，蓦然念起那些死去的英勇的伙伴！留下活着的老的，只有悲愤而不能走险了，老赵三不能走险了！

那是个繁星的夜，李青山发着疯了！他的哑喉咙，使他讲话带着神秘而紧张的声色。这是第一次他们大型的集会。在赵三家里，他们像在举行什么盛大的典礼，庄严与静肃。人们感到缺乏空气一般，人们连鼻子也没有一个作响。屋子不燃灯，人们的眼睛和夜里的猫眼一般，闪闪有粼光而发绿。

王婆的尖脚，不住的踏在窗外，她安静的手下提了一只破洋灯罩，她时时准备着把玻璃灯罩摔碎。她是个守夜的老鼠，时时防备猫来。她到篱笆外绕走一趟，站在篱笆外听一听他们的谈论高低，有没有危险性？手中的灯罩她时刻不能忘记。

屋中青山固执而且浊重的声音继续下去：

“在这半月里，我才真知道人民革命军真是不行，要干人民革命军那就必得倒霉，他们尽是些‘洋学生’，上马还得用人抬上去。他们嘴里就会狂喊‘退却’。廿八日那夜外面下小雨，我们十个同志正吃饭，饭碗被炸碎了哩！派两个出去寻炸弹的来路。大家来想一想，两个‘洋学生’跑出去，唉！丧气，被敌人追着连帽子都跑丢了，‘学生’们常常给敌人打死。……”

罗圈腿插嘴了：“革命军还不如红胡子有用？”

月光照进窗来太暗了！当时没有人能发见罗圈腿发问时是个什么奇怪的神情。

李青山又在开始：

“革命军纪律可真厉害，你们懂吗？什么叫纪律？那就是规矩。规矩太紧，我们也受不了。比方吧：屯子里年青青的姑娘眼望着不准去……哈哈！我吃了一回苦，同志打了我十下枪柄哩！”

他说到这里，自己停下笑起来，但是没敢大声。他继续下去。

二里半对于这些事情始终是缺乏兴致，他在一边瞌睡，老赵三用他的烟袋锅撞一下在睡的缺乏政治思想的二里半，并且赵三大不满意起来：

“听着呀！听着，这是什么年头还睡觉？”

王婆的尖脚乱踏着地面作响一阵，人们听一听，没听到灯罩的响声，知道日本兵没有来，同时人们感到严重的气氛。青山的计划严重着发表。

李青山是个农人，他尚分不清该怎样把事弄起来，只说着：

“屯子里的小伙子招集起来，起来救国吧！革命军那一群‘学生’是不行。只有红胡子才有胆量。”

老赵三他的烟袋没有燃着，丢在炕上，急快的拍一下手他说：

“对！招集小伙子们，起名也叫革命军。”

其实赵三完全不能明白，因为他还不曾听说什么叫做革命军，他无由得到安慰，他的大手掌快乐的不停的捋着胡子。对于赵三这完全和十年前组织“镰刀会”同样兴致，也是暗室，也是静悄悄的讲话。

老赵三快乐得终夜不能睡觉，大手掌翻了个终夜。

同时站在二里半的墙外可以数清他鼾声的拍子。

乡间，日本人的毒手努力毒化农民，就说要恢复“大清国”，要做“忠臣”，“孝子”，“节妇”。可是另一方面，正相反的势力也增长着。

天一黑下来就有人越墙藏在王婆家中，那个黑胡子的人每夜来，成为王婆的熟人。在王婆家吃夜饭，那人向她说：

“你的女儿能干得很，背着步枪爬山爬得快呢！可是……已经……”

平儿蹲在炕下，他吸爹爹的烟袋。轻微的一点妒嫉横过心面。他有意弄响烟袋在门扇上，他走出去了。外面是阴沉全黑的夜，他在黑色中消灭了自己。等他恍惚着转回来时，王婆已是在垂泪的境况。

那夜老赵三回来得很晚，那是因为他逢人便讲亡国，救国，义勇军，革命军，……这一些出奇的字眼，所以弄得回来这样晚。快鸡叫的时候了！赵三的家没有鸡，全村听不见往日的鸡鸣。只有褪色的月光在窗上，“三星”不见了，知道天快明了。

他把儿子从梦中唤醒，他告诉他得意的宣传工作：东村那个寡妇怎样把孩子送回娘家预备去投义勇军。小伙子们怎样准备集合。老头子好像已在衙门里做了官员一样，摇摇摆摆着他讲话时的姿势，摇摇摆摆着他自己的心情，他整个的灵魂在阔步！

稍微沉静一刻，他问平儿：

“那个人来了没有？那个黑胡子的人？”

平儿仍回到睡中，爹爹正鼓动着生力，他却睡了！爹爹的话在他耳边，像蚊虫嗡叫一般的无意义。赵三立刻动怒起来，他觉得他光荣的事业，不能有人承受下去，感到养了这样的儿子没用，他失望。

王婆一点声息也不作出，像是在睡般地。

明朝，黑胡子的人，忽然走来，王婆又问他：

“那孩子死的时候，你到底是亲眼看见她没有？”

他弄着骗术一般：

“老太太你怎么还不明白？不是老早就对你讲么？死了就死了吧！革命就不怕死，那是露脸的死啊……比当日本狗的奴隶活着强得多哪！”

王婆常常听他们这一类人说“死”说“活”……她也想死是应该，于是安静下去，用她昨夜为着泪水所浸蚀的眼睛观查那熟人急转的面孔。终于她接受了！那所有那人从囊中取出来的小本子和小字，充满在上面像黑点一般的零散的纸张，她全接受了！另外还有发亮的小枪一只也递给王婆。那个人急忙着要走，这时王婆又不自禁问：

“她也是枪打死的吗？”

那人开门急走出去了！因为急走，那人没有注意到王婆。

王婆往日里，她不知恐怖，常常把那一些别人带来的小本子放在厨房里。有时她竟任意丢在席子下面。今天她却减少了胆量，她想那些东西若被搜查着，日本兵的刺刀会通刺了自己。她好像觉着自己的遭遇要和女儿一样似的，尤其是手掌里的小枪。她被恫吓着慢慢颤栗起来。女儿也一定被同样的枪杀死。她终止了想，她知道当前的事情开始紧急。

赵三仓皇了脸回来，王婆没有理他走向后面柴堆那儿。柴草不似每年，那是烧空了！在一片平地上稀疏的生着马蛇菜。她开始掘地洞；听村狗狂咬，她有些心慌意乱，把镰刀头插进土去无力拔出。她好像要倒落一般：全身受着什么压迫要把肉体解散了一般。过了一刻难忍昏迷的时间，她跑去呼唤她的老同伴。可是当走到房门又急转回来，她想起别人的训告：

——重要的事情谁也不能告诉，两口子也不能告诉。

那个黑胡子的人，向她说过的话也使她回想了一遍：

——你不要叫赵三知道，那老头子说不定和小孩子似的。

等她埋好之后，日本兵连续来过十几个。多半只戴了铜帽，连长靴都没穿就来了。人们知道他们又是在弄女人。

王婆什么观察力也失去了！不自觉地退缩在赵三的背后，就连那永久带着笑脸，常来王婆家搜查的日本官长，她也不认识了。临走时那人向王婆说“再见”，她直直迟疑着而不回答一声。

“拔”——“拔”，就是出发的意思，老婆们给男人在搜集衣裳或是鞋袜。

李青山派人到每家去寻个公鸡，没得寻到，有人提议把二里半的老山羊杀了吧！山羊正走在李青山门前，或者是歇凉，或者是它走不动了！它的一只独角塞进篱墙的缝际，小伙子们去抬它，但是无法把独角弄出。

二里半从门口经过，山羊就跟在后面回家去了！二里半说：

“你们要杀就杀吧！早晚还不是给日本子留着吗！”

李二婶子在一边说：

“日本子可不要它，老得不成样。”

二里半说：“日本子不要它，老也老死了！”

人们宣誓的日子到了！没有寻到公鸡，决定拿老山羊来代替。小伙子们把山羊抬着，在杆上四脚倒挂下去，山羊不住哀叫。二里半可笑的悲哀的形色跟着山羊走来，他的跌脚仿佛是一步一步把地面踏陷。波浪状的行走，愈走愈快；他的老婆疯狂的想把他拖回去，然而不能做到，二里半惶惶的走了一路。山羊被抬过一个山腰的小曲道。山羊被升上院心铺好红布的方桌。

东村的寡妇也来了！她在桌前跪下祷告了一阵，又到桌前点着两只红蜡烛。蜡烛一点着，二里半知道快要杀羊了。

院心除了老赵三，那尽是一些年青的小伙子在走转。他们袒露胸臂，强壮而且凶横。

赵三总是向那个东村的寡妇说，他一看见她便宣传她。他一遇见事情，就不像往日那样贪婪吸他的烟袋。说话表示出庄严，连胡子也不动荡一下：

“救国的日子就要来到。有血气的人不肯当亡国奴，甘愿做日本刺刀下的屈死鬼。”

赵三只知道自己是中国人。无论别人〔对〕他解讲了多少遍，他总不能明白他在中国人中是站在怎样的阶级。虽然这样，老赵三也是非常进步，他可以代表整个的村人在进步着，那就是他从前不晓得什么叫国家，从前也许忘掉了自己是哪国的国民！

他不开言了！静站在院心，等待宏壮悲愤的典礼来临。

来到三十多人，带来重压的大会，可真的触到赵三了！使他的胡子也感到非常重要而不可挫碰一下。

四月里晴朗的天空从山脊流照下来，房周的大树群在正午垂曲的立在太阳下。畅明的天光与人们共同宣誓。

寡妇们和亡家的独身汉在青山喊过口号之后完全用膝头曲倒在天光之下。羊的脊背流过天光，桌前的大红蜡烛在壮默的人头前面燃烧。李青山的大个子直立在桌前："弟兄们！今天是什么日子！知道吗？今天……我们去敢死……决定了……就是把我们的脑袋挂满了整个村子所有的树梢也情愿，是不是啊？……是不是……？弟兄们……？"

回声先从寡妇们传出："是呀！千刀万剐也愿意！"

尖声刺心一般痛，尖声方锥一般落进每个人的胸膛。一刻强烈的悲酸掠过低垂的人头，苍苍然蓝天欲坠了！

老赵三立到桌子前面，他不发声，先流泪：

"国……国亡了！我……我也……老了！你们还年青，你们去救国吧！我的老骨头再……再也不中用了！我是个老亡国奴，我不会眼见你们把日本旗撕碎，等着我埋在坟里……也要把中国旗子插在坟顶，我是中国人……我要中国旗子，我不当亡国奴，生是中国人，死是中国鬼……不……不是亡……亡国奴……"

浓重不可分解的悲酸，使树叶垂头。赵三在红蜡烛前用力鼓了桌子两下，人们一起哭向苍天了！人们一起向苍天哭泣。大群的人起着号啕！

就这样把一只匣枪装好子弹摆在众人前面。每人走到那只枪口就跪倒下去"盟誓"：

"若是心不诚，天杀我，枪杀我，枪子是有灵有圣有眼睛的啊！”

寡妇们也是盟誓。也是把枪口对准心窝说话。只有二里半在人们宣誓之后快要杀羊时他才回来。从什么地方他捉一只公鸡来！只有他没曾宣誓，对于国亡，他似乎没什么伤心，他领着山羊，就回家去。

别人的眼睛，尤其是老赵三的眼睛在骂他：

“你个老跛脚的物，你，你不想活吗？……”

十四　到都市里去

临行的前夜，金枝在水缸沿上磨剪刀，而后用剪刀撕破死去孩子的尿巾。年青的寡妇是住在妈妈家里。

“你明天一定走吗？”

在睡的身边的妈妈被灯光照醒，带着无限怜情在已决定的命运中求得安慰似的。

“我不走，过两天再走。”金枝答她。

又过了不多时老太太醒来，她再不能睡，当她看见女儿不在身边而在地心洗濯什么的时候，她坐起来问着：

“你是明天走吗？再住三两天不能够吧！”

金枝在夜里收拾东西，母亲知道她是要走。金枝说：

“娘，我走两天，就回来，娘……不要着急！”

老太太像在摸索什么，不再发声音。

太阳很高很高了，金枝尚偎在病母亲的身边，母亲说：

“要走吗？金枝！走就走吧！去赚些钱吧！娘不阻碍你。”母亲的声音有些惨然：

“可是要学好，不许跟着别人学，不许和男人打交道。”

女人们再也不怨恨丈夫。她向娘哭着：

“这不都是小日本子吗？挨千刀的小日本子！不走等死吗？”

金枝听老人讲，女人独自行路要扮个老相，或丑相，束上一条腰带，她把油罐子挂在身边，盛米的小桶也挂在腰带上，包着针线和一些碎布的小包袱塞进米桶去，装做讨饭的老婆，用灰尘把脸涂得很脏并有条纹。

临走时妈妈把自己耳上的银环摘下，并且说：

“你把这个带去吧！放在包袱里，别叫人给你抢去，娘一个钱也没有，若饿肚时，你就去卖掉，买个干粮吃吧！”走出门去还听母亲说：“遇见日本子，你快伏在蒿子下。”

金枝走得很远，走下斜坡，但是娘的话仍是那样在耳边反复：“买个干粮吃。”她心中乱乱的幻想，她不知走了多远，她像从家向外逃跑一般，速步而不回头。小道也尽是生着短草，即便是短草也障碍金枝赶路的脚。

日本兵坐着马车，口里吸烟，从大道跑过。金枝有点颤抖了！她想起母亲的话，很快躺在小道旁的蒿子里。日本兵走过，她心跳着站起，她四面惶惶在望：母亲在哪里？家乡离开她很远，前面又来到一个生疏的村子，使她感觉到走过无数人间。

红日快要落过天边去，人影横到地面杆子一般瘦长。踏过去一条小河桥，再没有多少路途了！

哈尔滨城渺茫中有工厂的烟囱插入云天。

金枝在河边喝水，她回头望向家乡，家乡遥远而不可见。只是高高的山头，山下分辨不清是烟是树，母亲就在烟树荫中。

她对于家乡的山是那般难舍，心脏在胸中飞起了！金枝感到自己的心已被摘掉不知抛向何处！她不愿走了，强行过河桥又入小道。前面哈尔滨城在招示她，背后家山向她送别。

小道不生蒿草，日本兵来时，让她躲身到地缝中去吗？她四面寻找，为了心脏不能平衡，脸面过量的流汗，她终于被日本兵寻到：

“你的！……站住。”

金枝好比中了枪弹，滚下小沟去，日本兵走近，看一看她脏污的样子。他们和肥鸭一般，嘴里发响摆动着身子没有理她走过去了！他们走了许久许久，她仍没起来，以后她哭着，木桶扬翻在那里，小包袱从木桶滚出。她重新走起时身影在地面越瘦越长起来，和细线似的。

金枝在夜的哈尔滨，睡在一条小街阴沟板上。那条街是小工人和洋车夫们的街道。有小饭馆，有最下等的妓女，妓女们的大红裤子时时在小土房的门前出现。闲散的人，做出特别姿态，慢慢和大红裤子们说笑，后来走进小房去，过一会又走出来。但没有一个人理会破乱的金枝，她好像一个垃圾桶，好像一个病狗似的堆偎在那里。

这条街连警察也没有，讨饭的老婆和小饭馆的伙计吵架。

满天星火，但那都疏远了！那是与金枝绝缘的物体。半夜过后金枝身边来了一条小狗，也许小狗是个受难的小狗？这流浪的狗它进木桶去睡。金枝醒来仍没出太阳，天空多星充塞着。

许多街头流浪人，尚挤在小饭馆门前，等候着最后的施舍。

金枝腿骨断了一般酸痛，不敢站起。最后她也挤进要饭人堆去，等了好久，伙计不见送饭出来，四月里露天宿睡打着透心的寒颤，别人看她的时候，她觉得这个样子难看，忍了饿又来在原处。

夜的街头，这是怎样的人间？金枝小声喊着娘，身体在阴沟板上不住的抽拍。绝望着，哭着，但是她和木桶里在睡的小狗一般同样不被人注意，人间好像没有他们存在。天明，她不觉得饿，只是空虚，她的头脑空空尽尽了！在街树下，一个缝补的婆子，她遇见对面去问：

“我是新来的，新从乡下来的……”

看她作窘的样子那个缝婆没理她，面色在清凉的早晨发着淡白走去。

卷尾的小狗偎依着木桶好像偎依妈妈一般，早晨小狗大约感到太寒。

小饭馆渐渐有人来往。一堆白热的馒头从窗口堆出。

“老婶娘，我新从乡下来，……我跟你去，去赚几个钱吧！”

第二次，金枝成功了，那个婆子领她走，一些搅扰的街道，发出浊气的街道，她们走过。金枝好像才明白，这里不是乡间了，这里只是生疏，隔膜，无情感。一路除了饭馆门前的鸡，鱼，和香味，其余她都没有看见似的，都没有听闻似的。

“你就这样把袜子缝起来。”

在一个挂金牌的“鸦片专卖所”的门前，金枝打开小包，用剪刀剪了块布角，缝补不认识的男人的破袜。那婆子又在教她：

“你要快缝，不管好坏，缝住，就算。”

金枝一点力量也没有，好像愿意赶快死似的，无论怎样努力眼睛也不能张开，一部汽车擦着她的身边驶过，跟着警察来了，指挥她说：

“到那边去！这里也是你们缝穷的地方？”

金枝忙仰头说：“老总，我刚从乡下来，还不懂得规矩。”

在乡下叫惯了老总，她叫警察也是老总，因为她看警察也是庄严的样子，也是腰间佩枪。别人都笑她，那个警察也笑了。老缝婆又教说她：

“不要理他，也不必说话，他说你，你躲后一步就完。”

她，金枝立刻觉得自己发羞，看一看自己的衣裳也不和别人同样，她立刻讨厌从乡下带来的破罐子，用脚踢了罐子一下。

袜子补完，肚子空虚的滋味不见终止，假若得法，她要到无论什么地方去偷一点东西吃，很长时间她停住针，细看那个立在街头吃饼干的孩子，一直孩子把饼干的最末一块送进嘴去，她仍在看。

“你快缝，缝完吃午饭，……可是你吃了早饭没有？”

金枝感到过于亲热，好像要哭出来似的，她想说：

“从昨夜就没吃一点东西，连水也没喝过。”

中午来到，她们和从“鸦片馆”出来那些游魂似的人们同行着。女工店有一种特别不流通的气息，使金枝想到这又不是乡村，但是那一些停滞的眼睛，黄色脸，直到吃过饭，大家用水盆洗脸时她才注意到，全屋五丈多长，没有隔壁，墙的四周涂满了臭虫血，满墙拖长着黑色紫色的血点。一些污秽发酵的包袱围墙堆集着。这些多样的女人，好像每个患着病似的，就在包袱上枕了头讲话：

“我那家子的太太，待我不错，吃饭都是一样吃，哪怕吃包子我也一样吃包子。”

别人跟住声音去羡慕她。过了一阵又是谁说她被公馆里的听差扭一下嘴巴。她说她气病了一场，接着还是不断的乱说。这一些烦烦乱乱的话金枝尚不能明白，她正在细想什么叫公馆呢？什么是太太？她用遍了思想而后问一个身边在吸烟的剪发的妇人：

“‘太太’不就是老太太吗？”

那个妇人没答她，丢下烟袋就去呕吐。她说吃饭吃了苍蝇。可是全屋通长的板炕，那一些城市的女人她们笑得使金枝生厌，她们是前仆后折的笑。她们为着笑这个乡下女人彼此兴奋得拍响着肩膀，笑得过甚的竟流起眼泪来。金枝却静静坐在一边。等夜晚睡觉时，她向初识那个老太太说：

“我看哈尔滨倒不如乡下好，乡下姊妹很和气，你看午间她们笑我拍着掌哩！”

说着她卷紧一点包袱，因为包袱里面藏着赚得的两角钱纸票，金枝枕了包袱，在都市里的臭虫堆中开始睡觉。

金枝赚钱赚得很多了！在裤腰上缝了一个小口袋，把两元钱的票子放进去，而后缝住袋口。女工店向她收费用时她同那人说：

“晚几天给不行吗？我还没赚到钱。”她无法又说：

“晚上给吧！我是新从乡下来的。”

终于那个人不走，她的手摆在金枝眼下。女人们也越集越多，把金枝围起来。她好像在耍把戏一般招来这许多观众，其中有一个三十多岁的胖子，头发完全脱掉，粉红色闪光的头皮，独超出人前，她的脖子装好颤丝一般，使闪光的头颅轻便而随意的在转，在颤，她就向金枝说：

“你快给人家！怎么你没有钱？你把钱放在什么地方我都知道。”

金枝生气，当着大众把口袋撕开，她的票子四分之三觉得是损失了！被人夺走了！她只剩五角钱。她想：

“五角钱怎样送给妈妈？两元要多少日子再赚得？”

她到街上去上工很晚。晚间一些臭虫被打破，发出袭人的臭味，金枝坐起来全身搔痒，直到搔出血来为止。

楼上她听着两个女人骂架，后来又听见女人哭，孩子也哭。

母亲病好了没有？母亲自己拾柴烧吗？下雨房子流水吗？渐渐想得恶化起来：她若死了不就是自己死在炕上无人知道吗？

金枝正在走路，脚踏车响着铃子驶过她，立刻心脏膨胀起来，好像汽车要轧上身体，她终止一切幻想了。

金枝知道怎样赚钱，她去过几次独身汉的房舍，她替人缝被，男人们问她：

“你丈夫多大岁数咧？”

“死啦！”

“你多大岁数？”

“二十七。”

一个男人拖着拖鞋，散着裤口，用他奇怪的眼睛向金枝扫了一下，奇怪的嘴唇跳动着：

“年青青的小寡妇哩！”

她不懂在意这个，缝完，带了钱走了。有一次走出门时有人喊她：

“你回来……你回来。”

给人以奇怪感觉的急切的呼叫，金枝也懂得应该快走，不该回头。晚间睡下时，她向身边的周大娘说：

“为什么缝完，拿钱走时他们叫我？”

周大娘说：“你拿人家多少钱？”

“缝一个被子，给我五角钱。”

“怪不得他们叫你！不然为什么给你那么多钱？普通一张被两角。”

周大娘在倦乏中只告诉她一句。

“缝穷婆谁也逃不了他们的手。”

那个全秃的亮头皮的妇人在对面的长炕上类似尖巧的呼叫，

她一面走到金枝头顶，好像要去抽拔金枝的头发。弄着她的胖手指：

“唉呀！我说小寡妇，你的好运气来了！那是又来财又开心。”

别人被吵醒开始骂那个秃头：

“你该死的，有本领的野兽，一百个男人也不怕，一百个男人你也不够。”

女人骂着，彼此在交谈，有人在大笑，不知谁在一边重复了好几遍：

“还怕！一百个男人还不够哩！”

好像闹着的蜂群静了下去，女人们一点嗡声也停住了，她们全体到梦中去。

“还怕！一百个男人还不够哩！”不知谁，她的声音没有人接受，空洞的在屋中走了一周，最后声音消灭在白月的窗纸上。

金枝站在一家俄国点心铺的纱窗外。里面格子上各式各样的油黄色的点心，肠子，猪腿，小鸡，这些吃的东西，在那里发出油亮。最后她发现一个整个的肥胖的小猪，竖起耳朵伏在一个长盘里。小猪四周摆了一些小白菜和红辣椒。她要立刻上去连盘子都抱住，抱回家去快给母亲看。不能那样做，她又恨小日本子，若不是小日本子搅闹乡村，自家的母猪不是早生了小猪吗？“布包”在肘间渐渐脱落，她不自觉的在铺门前站不安定，行人道上人多起来，她碰撞着行人。一个漂亮的俄国女人从点心铺出来，金枝连忙注意到她透孔的鞋子下面染红的脚趾甲；女人走得很快，比男人还快，使她不能再看。

人行道上：咣——咣——的大响，大队的人经过，金枝一看见铜帽子就知道是日本兵，日本兵使她离开点心铺快快跑走。

她遇到周大娘向她说：

“一点活计也没有，我穿这一件短衫，再没有替换的，连买几尺布钱也留不下，十天一交费用，那就是一块五角。又老，眼睛又花，缝的也慢，从没人领我到家里去缝。一个月的饭钱还是欠着，我住得年头多了！若是新来，那就非被赶出去不可。”她走一条横道又说：“新来的一个张婆，她有病都被赶走了。”

经过肉铺，金枝对肉铺也很留恋，她想买一斤肉回家也满足。母亲半年多没尝过肉味。

松花江，江水不住的流，早晨还没有游人，舟子在江沿无聊的彼此骂笑。

周大娘坐在江边。怅然了一刻，接着擦着她的眼睛，眼泪是为着她末日的命运在流。江水轻轻拍着江岸。

金枝没被感动，因为她刚来到都市，她还不晓得都市。

金枝为着钱，为着生活，她小心的跟了一个独身汉去到他的房舍。刚踏进门，金枝看见那张床，就害怕，她不坐在床边，坐在椅子上先缝被褥。那个男人开始慢慢和他说话，每一句话使她心跳。可是没有什么，金枝觉得那人很同情她。接着就缝一件夹衣的袖口，夹衣是从那个人身上立刻脱下的，等到袖口缝完时，那男人从腰带间一个小口袋取出一元钱给她，那男人一面把钱送过去，一面用他短胡子的嘴向金枝扭了一下，他说：

“寡妇有谁可怜你？”

金枝是乡下女人，她还看不清那人是假意同情，她轻轻受了“可怜”字眼的感动，她心有些波荡，停在门口，想说一句感谢的话，但是她不懂说什么，终于走了！她听道旁大水壶的笛子在耳边叫，面包作坊门前取面包的车子停在道边，俄国老太太花红的头巾驰过她。

“嗳！回来……你来，还有衣裳要缝。”

那个男人涨红了脖子追在后面。等来到房中，没有事可做，那个男人像猿猴一般，袒露出多毛的胸膛，去用厚手掌闩门去了！而后他开始解他的裤子，最后他叫金枝：

“快来呀……小宝贝。”他看一看金枝吓住了，没动：“我叫你是缝裤子，你怕什么？”

缝完了，那人给她一元票，可是不把票子放到她的手里，把票子摔到床底，让她弯腰去取，又当她取得票子时夺过来让她再取一次。

金枝完全摆在男人怀中，她不是正音嘶叫：

“对不起娘呀！……对不起娘……”

她无助的嘶狂着，圆眼睛望一望锁住的门不能自开，她不能逃走，事情必然要发生。

女工店吃过晚饭，金枝好像踏着泪浪行走，她的头过分的迷昏，心脏落进污水沟中似的，她的腿骨软了，松懈了，爬上炕取她的旧鞋，和一条手巾，她要回乡，马上躺到娘身上去哭。

炕尾一个病婆，垂死时被店主赶走，她们停下那件事不去议论，金枝把她们的趣味都集中来。

“什么勾当？这样着急？”第一个是周大娘问她。

“她一定进财了！”第二个是秃顶胖子猜说。

周大娘也一定知道金枝赚到钱了，因为每个新来的第一次“赚钱”都是过分的羞恨。羞恨摧毁她，忽然患着传染病一般。

“惯了就好了！那怕什么！弄钱是真的，我连金耳环都赚到手里。”

秃胖子用好心劝她，并且手在扯着耳朵。别人骂她：

“不要脸，一天就是你不要脸！”

旁边那些女人看见金枝的痛苦，就是自己的痛苦，人们慢慢四散，去睡觉了，对于这件事情并不表示新奇和注意。

金枝勇敢的走进都市，羞恨又把她赶回了乡村，在村头的大树上发现人头。一种感觉通过骨髓麻寒她全身的皮肤，那是怎样可怕血浸的人头！

母亲拿着金枝的一元票子，她的牙齿在嘴里埋没不住，完全外露。她一面细看票子上的花纹，一面快乐有点不能自制的说：

“来家住一夜明日就走吧！”

金枝在炕沿捶打酸痛的腿骨；母亲不注意女儿为什么不欢喜，她只跟了一张票子想到另一张，在她想许多票子不都可以到手吗？她必须鼓励女儿。

“你应该洗洗衣裳收拾一下，明天一早必得要行路的，在村子里是没有出头露面之日。”

为了心切她好像责备着女儿一般，简直对于女儿没有热情。

一扇窗子立刻打开，拿着枪的黑脸孔的人竟跳进来，踏了金枝的左腿一下。那个黑人向棚顶望了望，他熟习的爬向棚顶去，王婆也跟着走来，她多日不见金枝而没说一句话，宛如她什么也看不见似的。一直爬上棚顶去。金枝和母亲什么也不晓得，只是爬上去。直到黄昏恶消息仍没传来，他们和爬虫样才从棚顶爬下。王婆说：“哈尔滨一定比乡下好，你再去就在那里不要回来，村子里日本子越来越恶，他们捉大肚女人，破开肚子去破‘红枪会’（义勇军的一种），活显显的小孩从肚皮流出来。为这事，李青山把两个日本子的脑袋割下挂到树上。”

金枝鼻子作出哼声：

“从前恨男人，现在恨小日本子。”最后她转到伤心的路上去：“我恨中国人呢？除外我什么也不恨。”

王婆的学识有点不如金枝了！

十五　失败的黄色药包

开拔的队伍在南山道转弯时，孩子在母亲怀中向父亲送别。行过大树道，人们滑过河边。他们的衣装和步伐看起来不像一个队伍，但衣服下藏着猛壮的心。这些心把他们带走，他们的心铜一般凝结着出发。最末一刻大山坡还未曾遮没最后的一个人，一个抱在妈妈怀中的小孩他呼叫“爹爹”。孩子的呼叫什么也没得到，父亲连手臂也没摇动一下，孩子好像把声响撞到了岩石。

女人们一进家屋，屋子好像空了！房屋好像修造在天空，素白的阳光在窗上，却不带来一点意义。她们不需要男人回来，只需要好消息。消息来时，是五天过后，老赵三赤着他显露筋骨的脚奔向李二婶子去告诉：

“听说青山他们被打散啦！”显然赵三是手足无措，他的胡子也震惊起来，似乎忙着要从他的嘴巴跳下。

“真的有人回来了吗？”

李二婶子的喉咙变做细长的管道，使声音出来做出多角形。

“真的平儿回来啦！”赵三说。

严重的夜，从天上走下。日本兵团剿打鱼村，白旗屯，和三家子……

平儿正在王寡妇家，他休息在情妇的心怀中。外面狗叫，听到日本人说话，平儿越墙逃走；他埋进一片蒿草中，蛤蟆在脚间跳。

“非拿住这小子不可，怕是他们和义勇军接连。”

在蒿草中他听清这是谁们在说：“走狗们。”

平儿也听清他的情妇被拷打：

“男人哪里去啦？——快说，再不说枪毙！”

他们不住骂：“你们这些母狗，猪养的。”

平儿完全赤身，他走了很远。他去扯衣襟拭汗，衣襟没有了，在腿上扒了一下，于是才发现自己的身影落在地面和光身的孩子一般。

二里半的麻婆子被杀。罗圈腿被杀，死了两个人，村中安息两天。第三天又是要死人的日子。日本兵满村窜走，平儿到金枝家棚顶去过夜。金枝说：

“不行呀！棚顶方才也来小鬼子翻过。”

平儿于是在田间跑着，枪弹不住向他放射，平儿的眼睛不会转弯，他听有人近处叫：

“拿活的，拿活的。……”

他错觉的听到了一切，他遇见一扇门推进去，一个老头在烧饭，平儿快流眼泪了：

“老伯伯，救命，把我藏起来吧！快救命吧！”

老头子说：“什么事？”

“日本子捉我。”

平儿鼻子流血，好像他说到日本子才流血。他向全屋四面张望，就像连一条缝也没寻到似的，他转身要跑，老人捉住他，出了后门，盛粪的长形的笼子在门旁，掀起粪笼老人说：

“你就爬进去，轻轻喘气。”

老人用粥饭涂上纸条把后门封起来，他到锅边吃饭。粪笼下的平儿听见来人和老人讲话，接着他便听到有人在弄门闩，门就要开了，自己就要被捉了！他想要从笼子跳出来。但，很快那些人，那些魔鬼去了！

平儿从安全的粪笼出来，满脸粪屑，白脸染着红血条，鼻子仍然流血，他的样子已经很可惨。

李青山这次他信任“革命军”有用，逃回村来他不同别人一样带回衰丧的样子，他在王婆家说：

“革命军所好是他不胡乱干事，他们有纪律，这回我算相信，红胡子算完蛋：自己纷争，乱撞胡撞。”

这次听众很少，人们不相信青山。村人天生容易失望，每个人容易失望。每个人觉得完了！只有老赵三，他不失望，他说：

“那么再组织起来去当革命军吧！”

王婆觉得赵三说话和孩子一般可笑。但是她没笑他。她的身边坐着戴男人帽子的当过胡子救过国的女英雄说：

“死的就丢下，那么受伤的怎么样了？”

“受微伤的不都回来了吗！受重伤那就管不了，死就是啦！”

正这时北村一个老婆婆疯了似的哭着跑来和李青山拼命。她捧住头，像捧住一块石头般地投向墙壁，嘴中发出短句：

“李青山。……仇人……我的儿子让你领走去丧命。”

人们拉开她，她有力挣扎，比一条疯牛更有力：

“就这样不行，你把我给小日本子送去吧！我要死，……到应死的时候了……！”

她就这样不住的捉她的头发，慢慢她倒下来，她换不上气来，她轻轻拍着王婆的膝盖：

"老姐姐，你也许知道我的心，十九岁守寡，守了几十年，守这个儿子；……我那些挨饿的日子呀！我跟孩子到山坡去割毛草，大雨来了，雨从山坡把娘儿两个拍滚下来，我的头，在我想是碎了，谁知道？还没死……早死早完事。"

她的眼泪一阵湿热湿透王婆的膝盖，她开始轻轻哭：

"你说我还守什么？……我死了吧！有日本子等着，菱花那丫头也长不大，死了吧！"

果然死了，房梁上吊死的。三岁孩子菱花小脖颈和祖母并排悬着，高挂起正像两条瘦鱼。

死亡率在村中又在开始快速，但是人们不怎样觉察，患着传染病一般地全乡村又在昏迷中挣扎。

"爱国军"从三家子经过，张着黄色旗，旗上有红字"爱国军"。人们有的跟着去了！他们不知道怎么爱国，爱国又有什么用处，只是他们没有饭吃啊！

李青山不去，他说那也是胡子编成的。老赵三为着"爱国军"和儿子吵架：

"我看你是应该去，在家若是传出风声去有人捉拿你。跟去混混，到最末就是杀死一个日本鬼子也上算，也出出气。年青气壮，出一口气也是好的。"

老赵三一点见识也没有，他这样盲动的说话使儿子不佩服，平儿同爹爹讲话总是把眼睛绕着圈子斜视一下，或是不调协的抖一两下肩头，这样对待他，他非常不愿意接受，有时老赵三自己想：

"老赵三怎不是个小赵三呢！"

十六 尼 姑

金枝要做尼姑去。尼姑庵红砖房子就在山尾那端。她去开门没能开，成群的麻雀在院心啄食，石阶生满绿色的苔藓，她问一个邻妇，邻妇说：

“尼姑在事变以后，就不见，听说跟造房子的木匠跑走的。”

从铁门栏看进去，房子还未上好窗子，一些长短的木块尚在院心，显然可以看见正房里，凄凉的小泥佛在坐着。

金枝看见那个女人肚子大起来，金枝告诉她说：

“这样大的肚子你还敢出来？你没听说小日本子把大肚女人弄去破‘红枪会’吗？日本子把大肚子割开，去带着上阵，他们说红枪会什么也不怕，就怕女人；日本子叫‘红枪会’做‘铁孩子’呢！”

那个女人立刻哭起来。

“我说不嫁出去，妈妈不许，她说日本子就要姑娘，看看，这回怎么办？孩子的爹爹走就没见回来，他是去当‘义勇军’。”

有人从庙后爬出来，金枝她们吓着跑。

“你们见了鬼吗？我是鬼吗？……”

往日美丽的年青的小伙子，和死蛇一般爬回来。五姑姑出来看见自己的男人，她想到往日受伤的马，五姑姑问他：“‘义勇军’全散了吗？”

“全散啦！全死啦！就连我也死啦！”他用一只胳膊打着草梢轮回：

“养汉老婆，我弄得这个样子，你就一句亲热的话也没有吗？”

五姑姑垂下头，和睡了的向日葵花一般。大肚子的女人回家去了！金枝又走向哪里去？她想出家庙庵早已空了！

十七　不健全的腿

“‘人民革命军’在哪里？”二里半突然问起赵三说。这使赵三想：“二里半当了走狗吧？”他没对他告诉。二里半又去问青山。青山说：

“你不要问，再等几天跟着我走好了！”

二里半急迫着好像他就要跑到革命军去。青山长声告诉他：

“革命军在磐石，你去得了吗？我看你一点胆量也没有，杀一只羊都不能够。”接着他故意羞辱他似的：

“你的山羊还好啊？”

二里半为了生气，他的白眼球立刻多过黑眼球，他的热情立刻在心里结成冰。李青山不与他再多说一句，望向窗外天边的树，小声摇着头，他唱起小调来。二里半临出门，青山的女人流汗在厨房向他说：

“李大叔，吃了饭走吧。”

青山看到二里半可怜的样子，他笑说：

“回家做什么，老婆也没有了，吃了饭再说吧！”

他自己没有了家庭，他贪恋别人的家庭。当他拾起筷子时，很快一碗麦饭吃下去了，接连他又吃两大碗，别人还不吃完，他已经在抽烟了！他一点汤也没喝，只吃了饭就去抽烟。

“喝些汤，白菜汤很好。”

“不喝，老婆死了三天，三天没吃干饭哩！”二里半摇着头。

青山忙问：“你的山羊吃了干饭没有？”

二里半吃饱饭，好像一切都有希望。他没生气，照例自己笑起来。他感到满意离开青山家。在小道不断的抽他的烟火。天色茫茫的并不引他悲哀，蛤蟆在小河边一声声的哇叫。河边的小树随了风在骚闹，他踏着往日自己的菜田，他振动着往日的心波。菜田连棵菜也不生长。

那边的人家老太太和小孩子们载起暮色来在田上匍匐。他们相遇在地端，二里半说：

“你们在掘地吗？地下可有宝物？若有我也蹲下掘吧！”

一个很小的孩子发出脆声：“拾麦穗呀！”孩子似乎是快乐，老祖母在那边已叹息了：

“有宝物？……我的老天爷？孩子饿得乱叫，领他们来拾几粒麦穗，回家给他们做干粮吃。”

二里半把烟袋给老太太吸，她拿过烟袋，连擦都没有擦，就放进嘴去。显然她是熟习吸烟，并且十分需要。她把肩膀抬得高高，她紧合了眼睛，浓烟不住从嘴冒出，从鼻孔冒出。那样很危险，好像她的鼻子快要着火。

“一个月也多了，没得摸到烟袋。”

她像仍不愿意舍弃烟袋，理智勉强了她。二里半接过去把烟袋在地面响着。

人间已是那般寂寞了，天边的红霞没有鸟儿翻飞，人家的篱墙没有狗儿吠叫。

老太太从腰间慢慢取出一个纸团，纸团慢慢在手下舒展开，而后又折平。

“你回家去看看吧！老婆，孩子都死了！谁能救你，你回家去看看吧！看看就明白啦！”

她指点那张纸，好似指点符咒似的。

天更黑了！黑得和帐幕紧逼住人脸。最小的孩子，走几步，就抱住祖母的大腿，他不住的嚷着：

“奶奶，我的筐满了，我提不动呀！”

祖母为他提筐，拉着他。那几个大一些的孩子卫队似的跑在前面。到家，祖母点灯看时，满筐蒿草，蒿草从筐沿要流出来，而没有麦穗。祖母打着孩子的头笑了：

“这都是你拾得的麦穗吗？”祖母把笑脸转换哀伤的脸，她想：“孩子还不能认识麦穗，难为了孩子！”

五月节，虽然是夏天，却像吹起秋风来。二里半熄了灯，凶壮着从屋檐出现，他提起切菜刀，在墙角，在羊棚，就是院外白树下，他也搜遍。他要使自己无牵无挂，好像非立刻杀死老羊不可。

这是二里半临行的前夜：

老羊鸣叫着回来，胡子间挂了野草，在栏棚处擦得栏栅响。二里半手中的刀，举得比头还高，他朝向栏杆走去。

菜刀飞出去，喳啦的砍倒了小树。

老羊走过来，在他的腿间搔痒。二里半许久许久的摸抚羊头，他十分羞愧：好像耶稣教徒一般向羊祷告。

清早他像对羊说话，在羊棚喃喃了一阵，关好羊栏，羊在栏中吃草。

五月节，晴明的青空。老赵三看这不像个五月节样：麦子没长起来，嗅不到麦香，家家门前没挂纸葫芦。他想这一切是变了！变得这样速！去年五月节，清清明明的，就在眼前似的，孩子们不是捕蝴蝶吗？他不是喝酒吗？

他坐在门前一棵倒折的树干上，凭吊这已失去的一切。

李青山的身子经过他，他扮成“小工”模样，赤足卷起裤口，他说给赵三：

“我走了！城里有人候着，我就要去……”

青山没提到五月节。

二里半远远跛脚奔来，他青色马一样的脸孔，好像带着笑容。他说：

“你在这里坐着，我看你快要朽在这根木头上……”

二里半回头看时，被关在栏中的老羊，居然随在身后，立刻他的脸更拖长起来：

“这条老羊……替我养着吧！赵三哥！你活一天替我养一天吧！……”

二里半的手，在羊毛上惜别，他流泪的手，最后一刻摸着羊毛。

他快走，跟上前面李青山去。身后老羊不住哀叫，羊的胡子慢慢在摆动……

二里半不健全的腿颠跌着颠跌着，远了！模糊了！山岗和树林，渐去渐遥。羊声在遥远处伴着老赵三茫然的嘶鸣。

一九三四，九，九日。

桥*

夏天和秋天，桥下的积水和水沟一般平了。

“黄良子，黄良子……孩子哭啦！”

也许是夜晚，也许是早晨，桥头上喊着这样的声音。久了！住在桥头的人家都听惯了，听熟了。

“黄良子，孩子要吃奶啦！黄良子……黄良……子。”

尤其是在雨夜或刮风的早晨，静穆里的这声音受着桥下的水的共鸣或者借助于风声，也送进远处的人家去。

“黄……良子。黄……良……子……”听来和歌声一般了。

月亮完全沉没下去，只有天西最后的一颗星还在挂着。从桥东的空场上黄良子走了出来。

黄良是她男人的名字，从她做了乳娘那天起，不知是谁把“黄良”的末尾加上个“子”字，就算她的名字。

“啊？这么早就饿了吗？昨晚上吃得那么晚！”

开始的几天，她是要跑到桥边去，她向着桥西来唤她的人颤一颤那古旧的桥栏，她的声音也就仿佛在桥下的水上打着回旋：

* 本文发表于1936年3月15日（天津）（上海）《大公报》“文艺”副刊第一百一十期，署名悄吟；同年11月收入（上海）文化生活出版社初版作品集《桥》。

“这么早吗！……啊？”

现在她完全不再那样做。“黄良子”，这字眼好像号码一般，只要一触到她，她就紧跟着这字眼去了。

在初醒的朦胧中，她的呼吸还不能够平稳，她走着，她差不多是跑着，顺着水沟向北面跑去。停在桥西第一个大门楼下面，用手盘卷着松落下来的头发。

——怎么！门还关着？……怎么！

“开门呀！开门呀！”她弯下腰去，几乎是把脸伏在地面。从门槛下面的缝际看进去，大白狗还睡在那里。

因为头部过度下垂，院子里的房屋似乎旋转了一阵，门和窗子也都旋转着；向天的方向设备着：“开门呀！开门来——”

——怎么！鬼喊了，我来吗？不，……有人喊的，我听得清清楚楚吗……一定，那一定……

但是，她只得回来，桥西和桥东一个人也没有遇到。她感到潮湿的背脊凉下去。

——这不就是百八十步……多说二百步……可是必得绕出去一里多！

起初她试验过，要想扶着桥栏爬过去。但是，那桥完全没有底了，只剩两条栏杆还没有被偷儿拔走。假若连栏杆也不见了，那她会安心些，她会相信那水沟是天然的水沟，她会相信人没有办法把水沟消灭。

……不是吗？搭上两块木头就能走人的……就差两块木头……这桥，这桥，就隔一道桥……

她在桥边站了一会儿，想了一会儿：

——往南去，往北去呢？都一样，往北吧！

她家的草屋正对着这桥，她看见门上的纸片被风吹动。在她理想中，好像一伸手她就能摸到那小土丘上面去似的。

当她顺着沟沿往北走时，她滑过那小土丘去，远了，到半里路远的地方——水沟的尽头——再折回来。

——谁还在喊我？哪一方面喊我？

她的头发又散落下来，她一面走着一面挽卷着。

“黄良子，黄良子……”她仍然好像听到有人在喊她。

“黄……瓜茄……子……黄……瓜茄……子……”菜担子迎着黄良子走来了。

“黄瓜茄子，黄……瓜茄子……”

黄良子笑了！她向着那个卖菜的人笑了。

主人家的墙头上的狗尾草肥壮起来了，桥东黄良子的孩子哭声也大起来了！那孩子的哭声会飞到桥西来。

“走——走——推着宝宝上桥头，

桥头捉住个大蝴蝶，

妈妈坐下来歇一歇，

走——走——推着宝宝上桥头。”

黄良子再不像夏天那样在榆树下扶着小车打瞌睡，虽然阳光仍是暖暖的，虽然这秋天的天空比夏天更好。

小主人睡在小车里面，轮子呱啦呱啦的响着，那白嫩的圆面孔，眉毛上面齐着和霜一样白的帽边，满身穿着洁净的可爱的衣裳。

黄良子感到不安了，她的心开始像铃铛似的摇了起来：

“喜欢哭吗？不要哭啦……爹爹抱着跳一跳，跑一跑……”

爹爹抱着，隔着桥站着的，自己那个孩子，黄瘦，眼圈发一点蓝，脖子略微长一些，看起来很像一条枯了的树枝。但是黄良子总觉得比车里的孩子更可爱一点，哪里可爱呢？他的笑也和哭差不多，他哭的时候也从不滚着发亮的肥大的泪珠，并且他对着隔着桥的妈妈一点也不亲热，他看着她也并不拍一下手。托在爹爹手上的脚连跳也不跳。

但她总觉得比车里的孩子更可爱些，哪里可爱呢？她自己不知道。

“走——走，推着宝宝上桥头，

走——走，推着宝宝上桥头。”

她对小主人说的话，已经缺少了一句：

——桥头捉个大蝴蝶，妈妈坐下来歇一歇。

在这句子里边感不到什么灵魂的契合，不必要了。

“走——走——上桥头，上桥头……”

她的歌词渐渐的干枯了，她没有注意到这样的几个字孩子喜欢听不喜欢听。同时在车轮呱啦呱啦的离开桥头时，她同样唱着：

“上桥头，上桥头……”

后来连小主人躺在床上睡觉的时候，她还是哼着：“上桥头，上桥头……”

“啊？你给他擦一擦呀……那鼻涕流过嘴啦……怎么！看不见吗？唉唉……”

黄良子，她简直忘记了她是站在桥这边，她有些暴躁了。当她的手隔着桥伸出去的时候，那差不多要使她流眼泪了！她的脸为着着急完全是涨红的。

“爹，爹是不行的呀……到底不中用！可是这桥，这桥……若不有这桥隔着……”借着桥下的水的反应，黄良子响出来的声音很空洞，并且横在桥下面的影子有些震撼：“你抱他过来呀！

就这么看着他哭！绕一点路，男人的腿算什么？我……我是推着车的呀！”

桥下面的水上浮着三个人影和一辆小车。但分不出站在桥东的和站在桥西的。

从这一天起，“桥”好像把黄良子的生命缩短了。但她又感到太阳挂在空中整天也没有落下去似的……究竟日子长了，短了？她也不知道，天气寒了，暖了？她也不能够识别。虽然她也换上了夹衣，对于衣裳的增加，似乎别人增加起来，她也就增加起来。

沿街扫着落叶的时候，她仍推着那辆呱啦呱啦的小车。

主人家墙头上的狗尾草，一些水分也没有了，全枯了，只有很少数的还站在风里面摇着；桥东孩子的哭声一点也没有瘦弱，随着风声送到桥头的人家去，特别是送进黄良子的耳里，那声音扩大起来，显微镜下面苍蝇翅膀似的……

她把馒头，饼干，有时就连那包着馅，发着油香不知名的点心，也从桥西抛到桥东去。

——只隔一道桥，若不……这不是随时可以吃得到东西吗？这小穷鬼，你的命上该有一道桥啊！

每次她抛的东西若落下水的时候，她就向着桥东的孩子说：

“小穷鬼，你的命上该有一道桥啊！”

向桥东抛着这些东西，主人一次也没有看到过。可是当水面上闪着一条线的时候，她总是害怕的，好像她的心上已经照着一面镜子了。

——这明明是啊……这是偷的东西……老天爷也知道的。

因为在水面上反映着蓝天，反映着白云，并且这蓝天里她很接近，就在她抛着东西的手底下。

有一天，她得到无数东西，月饼，梨子，还有早饭剩下的饺子。这都不是公开的，这都是主人不看见她才包起来的。

她推着车，站在桥头了，那东西放在车箱里孩子摆着玩物的地方。

“他爹爹……他爹爹……黄良，黄良！”

但是什么人也没有，土丘的后面闹着两只野狗。门关着，好像是正在睡觉。

她决心到桥东去，推着车子跑得快时，车里面孩子的头都颠起来，她最怕车轮响。

——到哪里去啦？推着车子跑……这是干么推着车子跑……跑什么？……跑什么？往哪里跑？

就像女主人在她的后面喊起来：

——站住，站住——她自己把她自己吓得出了汗，心脏快要跑到喉咙边来。

孩子被颠得要哭，她就说：

“老虎！老虎！”

她亲手把睡在炕上的孩子唤醒起来，她亲眼看着孩子去动手吃东西。

不知道怎样的愉快从她的心上开始着，当那孩子把梨子举起来的时候，当那孩子一粒一粒把葡萄触破了两三粒的时候。

“呀！这是吃的呀，你这小败家子！暴殄天物……还不懂得是吃的吗？妈，让妈给你放进嘴里去，张嘴，张嘴。嘿……酸哩！看这小样。酸的眼睛像一条缝了……吃这月饼吧！快到一岁的孩子什么都能吃的……吃吧……这都是第一次吃呢……”

她笑着。她总觉得这好哭的连笑也笑不完整的孩子比坐在车里边的孩子更可爱些。

她走回桥西去的时候，心平静极了；顺着水沟向北去，生在水沟旁的紫小菊，被她看到了，她兴致很好，想要伸手去折下去插到头上去。

“小宝宝！哎呀，好不好？”花穗在她的一只手里面摇着，她喊着小宝宝，那是完全从内心喊出来的，只有这样喊着，在她临时的幸福上才能够闪光。心上一点什么隔线也脱掉了，第一次，她感到小主人和自己的孩子一样可爱了！她在他的脸上扭了一下，车轮在那不平坦的道上呱啦呱啦的响……

她偶然看到孩子坐着的车是在水沟里颠乱着，于是她才想到她是来到桥东了。不安起来，车子在水沟里的倒影跑得快了，闪过去了。

——百八十步……可是偏偏要绕一里多路……眼看着桥就过不去……

——黄良子，黄良子！把孩子推到哪里去啦！——就像女主人已经喊她了：——你偷了什么东西回家的？我说黄良子！

她自己的名字在她的心上跳着。

她的手没有把握的使着小车在水沟旁乱跑起来，跑得太与水沟接近的时候，要撞进水沟去似的。车轮子两只高了，两只低了，孩子要从里面被颠出来了。

还没有跑到水沟的尽端，车轮脱落了一只，脱落的车轮，像用力抛着一般旋进水沟里去了。

黄良子停下来看一看，桥头的栏杆还模糊的可以看得见。

——这桥！不都是这桥吗？

她觉到她应该哭了！但那肺叶在她的胸内颤了两下她又停止住。

——这还算是站在桥东啊！应该快到桥西去。

她推起三个轮子的车来，从水沟的东面，绕到水沟的西面。

——这可怎么说？就说在水旁走走，轮子就掉了；就说抓蝴蝶吧？这时候没有蝴蝶了。就说抓蜻蜓吧……瞎说吧！反正车子站在桥西，可没到桥东去……

“黄良……黄良……”一切忘掉了，在她好像一切都不怕了。

“黄良，黄良……”她推着三个轮子的小车顺着水沟走到桥边去招呼。

当她的手拿到那车轮的时候，黄良的泥污已经沾满到腰的部分。

推着三个轮子的车走进主人家的大门去，她的头发是挂下来的，在她苍白的脸上划着条痕。

——这不就是这轮子吗？掉了……是掉了的，滚下水沟去的……

她依着大门扇，哭了！

桥头上没有底的桥栏杆，在东边好像看着她哭！

第二年的夏天，桥头仍响着“黄良子，黄良子”的喊声。尤其是在天还未明的时候，简直和鸡啼一样。

第三年，桥头上“黄良子”的喊声没有了，像是同那颤抖的桥栏一同消灭下去。黄良子已经住到主人家里。

在三月里，新桥就开始建造起来。夏天，那桥上已经走着车马和行人。

黄良子一看到那红漆的桥杆，比所有她看到过的在夏天里开着的红花更新鲜。

“跑跑吧！你这孩子！”她每次看到她的孩子从桥东跑过来

的时候，无论隔着多远，不管听见听不见，不管她的声音怎样小，她却总要说的：

“跑跑吧！这样宽大的桥啊！”

爹爹抱着他，也许牵着他，每天过桥好几次。桥上面平坦和发着哄声，若在上面跺一下脚，桥会咚咚的响起来。

主人家，墙头上的狗尾草又是肥壮的，墙根下面有的地方也长着同样的狗尾草，墙根下也长着别样的草：野罂粟和洋雀草，还有不知名的草。

黄良子拔着洋雀草做起哨子来，给瘦孩子一个，给胖孩子一个。他们两个都到墙根的地方去拔草，拔得过量的多，她的膝盖上尽是些草了。于是他们也拔着野罂粟。

“嗞嗞，嗞嗞！”在院子的榆树下闹着，笑着和响着哨子。

桥头上孩子的哭声，不复出现了。在妈妈的膝头前，变成了欢笑和歌声。

黄良子，两个孩子都觉得可爱，她的两个膝头前一边站着一个，有时候，他们两个装着哭，就一边膝头上伏着一个。

黄良子把“桥”渐渐地遗忘了，虽然她有时走在桥上，但她不记起还是一条桥，和走在大道上一般平常，一点也没有两样。

有一天，黄良子发现她的孩子的手上划着两条血痕。

“去吧！去跟爹爹回家睡一觉再来……”有时候，她也亲手把他牵过桥去。

以后，那孩子在她膝盖前就不怎样活泼了，并且常常哭，并且脸上也发现着伤痕。

“不许这样打的呀！这是干什么……干什么？”在墙外，或是在道口，总之，在没有人的地方，黄良子才把小主人的木枪夺下来。

小主人立刻倒在地上，哭和骂，有时候立刻就去打着黄良子，用玩物，或者用街上的泥块。

“妈！我也要那个……”

小主人吃着肉包子的样子，一只手上抓着一个，有油流出来了，小手上面发着光。并且那肉包子的香味，不管站得怎样远也像绕着小良子的鼻管似的：

“妈……我也要……要……”

“你要什么？小良子！不该要呀……羞不羞？馋嘴巴！没有脸皮了？”

当小主人吃着水果的时候，那是歪着头，很圆的黑眼睛，慢慢的转着。

小良子看到别人吃，他拾了一片树叶舐一舐，或者把树枝放在舌头上，用舌头卷着，用舌尖吮着。

小主人吃杏的时候，很快地把杏核吐在地上，又另吃第二个。他围裙的口袋里边，装着满满的黄色的大杏。

“好孩子！给小良子一个……有多好呢……”黄良子伸手去摸他的口袋，那孩子摆脱开，跑到很远的地方把两个杏子抛到地上。

“吞吧！小良子，小鬼头……”黄良子的眼睛弯曲的看到小良子的身上。

小良子吃杏，把杏核使嘴和牙齿相撞着，撞得发响，并且他很久很久的吮着这杏核。后来他在地上拾起那胖孩子吐出来的杏核。

有一天，黄良子看到她的孩子把手插进一个泥洼子里摸着。

妈妈第一次打他，那孩子倒下来，把两只手都插进泥坑去时，他喊着：

“妈！杏核呀……摸到的杏核丢了……”

黄良子常常送她的孩子过桥：

“黄良！黄良……把孩子叫回去……黄良！不再叫他跑过桥来……”

也许是黄昏，也许是晌午，桥头上黄良的名字开始送进人家去。两年前人们听惯了的“黄良子”这歌好像又复活了。

“黄良，黄良，把这小死鬼绑起来吧！他又跑过桥来啦……”

小良子把小主人的嘴唇打破的那天早晨，桥头上闹着黄良的全家。

黄良子喊着，小良子跑着叫着：

“爹爹呀……爹爹呀……呵……呵……”

到晚间，终于小良子的嘴也流着血了。在他原有的，小主人给他打破的伤痕上又流着血了。这次却是妈妈给打破的。

小主人给打破的伤口，是妈妈给揩干的；给妈妈打破的伤口，爹爹也不去揩干它。

黄良子带着东西，从桥西走回来了。

她家好像生了病一样，静下去了，哑了，几乎门扇整日都没有开动，屋顶上也好像不曾冒烟。

这寂寞也波及到桥头，桥头附近的人家，在这个六月里失去了他们的音乐。

“黄良，黄良，小良子……”这声音再也听不到了。

桥下面的水，静静的流着。

桥上和桥下再没有黄良子的影子和声音了。

黄良子重新被主人唤回去上工的时候，那是秋末，也许是初冬，总之，道路上的雨水已经开始结集着闪光的冰花。但水沟还没有结冰，桥上的栏杆还是照样的红。她停在桥头，横在面前的水沟，伸到南面去的也没有延展，伸到北面去的也不见得缩短。桥西，人家的房顶，照旧发着灰色。门楼，院墙。墙头的萎黄狗尾草也和去年秋末一样的在风里摇动。

只有桥，她忽然感到高了！使她踏不上去似的。一种软弱和怕惧贯穿着她。

——还是没有这桥吧！若没有这桥，小良子不就是跑不到桥西来了吗？算是没有挡他腿的啦！这桥，不都是这桥吗？

她怀念起旧桥来，同时，她用怨恨过旧桥的情感再建设起旧桥来。

小良子一次也没有踏过桥西去，爹爹在桥头上张开两只胳臂。笑着，哭着，小良子在桥边一直被阻挡下来，他流着过量的鼻涕的时候，爹爹把他抱了起来，用手掌给暖一暖他冻得很凉的耳朵的轮边。于是桥东的空场上有个很长的人影在踱着。

也许是黄昏了，也许是孩子终于睡在他的肩上，这时候，这曲背的，长的影子不见了。桥东空场上完全空旷下来。

可是空场上的土丘透出了一片灯火，土丘里面有时候也起着燃料的爆炸。

小良子吃晚饭的碗举到嘴边去，同时，桥头上的夜色流来了！深色的天，好像广大的帘子从桥头挂到小良子的门前。

第二天小良子又是照样向桥头奔跑。

“找妈去……吃……馒头……她有馒头……妈有呵……妈有糖……”一面奔跑着，一面叫着……头顶上留着的一堆毛发，逆着风，吹得竖起来了。他看到爹爹的大手就跟在他的后面。

桥头上喊着“妈”和哭声……

这哭声借着风声，借着桥下水的共鸣，也送进远处的人家去。

等这桥头又安息下来的时候，那是从一年中落着最末的一次雨的那天起。

小良子从此丢失了。

冬天，桥西和桥东都飘着雪，红色的栏杆被雪花遮断了。

桥上面走着行人和车马，到桥东去的，到桥西去的。

那天，黄良子听到她的孩子掉下水沟去，她赶忙奔到了水沟边去。看到那被捞在沟沿上的孩子连呼吸也没有的时候，她站起来，她从那些围观的人们的头上面望到桥的方向去。

那颤抖的桥栏，那红色的桥栏，在模糊中她似乎看到了两道桥栏。

于是肺叶在她胸的内面颤动和放大。

这次，她真的哭了。

十月十九日

手 *

在我们的同学中，从来没有见过这样的手：蓝的，黑的，又好像紫的；从指甲一直变色到手腕以上。

她初来的几天，我们叫她“怪物”。下课以后大家在地板上跑着也总是绕着她。关于她的手，但也没有一个人去问过。

教师在点名，使我们越忍越忍不住了，非笑不可了：

“李洁！”“到。”

“张楚芳！”“到。”

“徐桂真！”“到。”

迅速而有规律性的站起来一个，又坐下去一个。但每次一喊到王亚明的地方，就要费一些时间了。

“王亚明，王亚明……叫到你啦！”别的同学有时要催促她，于是她才站起来，把两只青手垂得很直，肩头落下去，面向着棚顶说：

“到，到，到。”

不管同学们怎样笑她，她一点也不感到慌乱，仍旧弄着椅子

---

* 本文发表于 1936 年 4 月 15 日（上海）《作家》月刊第一卷第一号，署名萧红。同年 11 月收入（上海）文化生活出版社初版作品集《桥》。1937 年 5 月（上海）《天下》（英文月刊）第四卷第五期登载，任玲逊英译。1940 年 1 月（日本）《中国文学月报》再刊，长野贤日译。

响，庄严的，似乎费掉了几分钟才坐下去。

有一天上英文课的时候，英文教师笑得把眼镜脱下来在擦着眼睛：

“你下次不要再答‘黑耳’了，就答‘到’吧！”

全班的同学都在笑，把地板擦得很响。

第二天的英文课，又喊到王亚明时，我们又听到了“黑耳——黑——耳。”

“你从前学过英文没有？”英文教师把眼镜移动了一下。

“不就是那英国话吗？学是学过的，是个麻子脸先生教的……铅笔叫‘喷丝儿’，钢笔叫‘盆’。可是没学过‘黑耳’。”

“here就是‘这里’的意思，你读：here！here！”

“喜儿！喜儿。”她又读起“喜儿”来了。这样的怪读法，全课堂都笑得颤慄起来。可是王亚明，她自己却安然的坐下去，青色的手开始翻转着书页。并且低声读了起来：

“华提……贼死……阿儿……”

数学课上，她读起算题来也和读文章一样：

“$2x+y=\cdots\cdots x^2=\cdots\cdots$”

午餐的桌上，那青色的手已经抓到了馒头，她还想着“地理”课本：“墨西哥产白银……云南……唔，云南的大理石。”

夜里她躲在厕所里边读书，天将明的时候，她就坐在楼梯口。只要有一点光亮的地方，我常遇到过她。有一天落着大雪的早晨，窗外的树枝挂着白绒似的穗头，在宿舍的那边，长筒过道的尽头，窗台上似乎有人睡在那里了。

“谁呢？这地方多么凉！”我的皮鞋拍打着地板，发出一种空洞洞的嗡声，因是星期日的早晨，全个学校出现在特有的安宁里。一部分的同学在化着装；一部分的同学还睡在眠床上。

还没走到她的旁边，我看到那摊在膝头上的书页被风翻动着。

“这是谁呢？礼拜日还这样用功！”正要唤醒她，忽然看到那青色的手了。

“王亚明，哎……醒醒吧……”我还没有直接招呼过她的名字，感到生涩和直硬。

“喝喝……睡着啦！”她每逢说话总是开始钝重的笑笑。

“华提……贼死，右……爱……”她还没找到书上的字就读起来。

“华提……贼死，这英国话，真难……不像咱们中国字：什么字旁，什么字头……这个：委曲拐弯的，好像长虫爬在脑子里，越爬越胡涂，越爬越记不住。英文先生也说不难，不难，我看你们也不难。我的脑筋笨，乡下人的脑筋没有你们那样灵活。我的父亲还不如我，他说他年青的时候，就记他这个‘王’字，记了半顿饭的工夫还没记住。右……爱……右……阿儿……”说完一句话，在末尾不相干的她又读起单字来。

风车哗啦，哗啦的响在壁上，通气窗时时有小的雪片飞进来，在窗台上结着些水珠。

她的眼睛完全爬满着红丝条，贪婪，把持，和那青色的手一样在争取她那不能满足的愿望。

在角落里，在只有一点灯光的地方我都看到过她，好像老鼠在啃嚼什么东西似的。

她的父亲第一次来看她的时候，说她胖了：

“妈的，吃胖了，这里吃的比自家吃的好，是不是？好好干吧！干下三年来，不成圣人吧，也总算明白明白人情大道理。”在课堂上，一个星期之内人们都是学着王亚明的父亲。第二次，她的父亲又来看他，她向她父亲要一双手套：

"就把我这付给你吧！书，好好念书，要一付手套还没有吗？等一等，不用忙……要戴就先戴这付，开春啦！我又不常出什么门，明子，上冬咱们再买，是不是？明子！"在"接见室"的门口嚷嚷着，四周已经是围满着同学，于是他又喊着明子明子的又说了一些事情：

"三妹妹到二姨家去串门啦，去啦两三天啦！小肥猪每天又多加两把豆子，胖得那样你没看见，耳朵都挣挣起来了，……姐姐又来家腌了两罐子咸葱……"

正讲得他流汗的时候，女校长穿着人群站到前面去：

"请到接见室里面坐吧——"

"不用了，不用了，耽搁工夫，我也是不行的，我还就要去赶火车……赶回去，家里一群孩子，放不下心……"他把皮帽子放在手上，向校长点着头，头上冒着气，他就推开门出去了。好像校长把他赶走似的。可是他又转回身来，把手套脱下来。

"爹，你戴着吧，我戴手套本来是没用的。"

她的父亲也是青色的手，比王亚明的手更大更黑。

在阅报室里，王亚明问我：

"你说，是吗？到接见室去坐下谈话就要钱的吗？"

"哪里要钱！要的什么钱！"

"你小点声说，叫她们听见，她们又谈笑话了。"她用手掌指点着我读着的报纸："我父亲说的，他说接见室里摆着茶壶和茶碗，若进去，怕是校役就给倒茶了，倒茶就要钱了。我说不要，他可是不信，他说连小店房进去喝一碗水也多少得赏点钱，何况学堂呢？你想学堂是多么大的地方！"

校长已说过她几次：

“你的手，就洗不净了吗？多加点肥皂！好好洗洗，用热水烫一烫。早操的时候，在操场上竖起来的几百条手臂都是白的，就是你，特别呀！真特别。”女校长用她贫血的和化石一般透明的手指去触动王亚明的青色手，看那样子，她好像是害怕，好像微微有点抑止着呼吸，就如同让她去接触黑色的已经死掉的鸟类似的：“是褪得很多了，手心可以看到皮肤了。比你来的时候强得多，那时候，那简直是铁手……你的功课赶得上了吗？多用点功，以后，早操你就不用上，学校的墙很低，春天里散步的外国人又多，他们常常停在墙外看的。等你的手褪掉颜色再上早操吧！”校长告诉她，停止了她的早操。

“我已经向父亲要到了手套，戴起手套来不就看不见了吗？”打开了书箱；取出她父亲的手套来。

校长笑得发着咳嗽，那贫血的面孔立刻旋动着红的颜色：“不必了！既然是不整齐，戴手套也是不整齐。”

假山上面的雪消融了去，校役把铃子也打得似乎更响些，窗前的杨树抽着芽，操场好像冒着烟似的，被太阳蒸发着。上早操的时候，那指挥官的口笛振鸣得也远了，和墙外树丛中的人家起着回应。

我们在跑在跳，和群鸟似的在噪杂。带着糖质的空气迷漫着我们，从树梢上面吹下来的风混和着嫩芽的香味。被冬天枷锁了的灵魂和被束掩的棉花一样舒展开来。

正当早操刚收场的时候，忽然听到楼窗口有人在招呼什么，那声音被空气负载着向天空响去似的：

“好和暖的太阳！你们热了吧？你们……”在抽芽的杨树后面，那窗口站着王亚明。

等杨树已经长了绿叶，满院结成了荫影的时候，王亚明却渐渐变成了干缩，眼睛的边缘发着绿色，耳朵也似乎薄了一些，至于她的肩头一点也不再显出蛮野和强壮。当她偶然出现在树荫下，那开始陷下的胸部使我立刻从她想到了生肺病的人。

“我的功课，校长还说跟不上，倒也是跟不上，到年底若再跟不上，喝喝！真会留级的吗？”她讲话虽然仍和从前一样“喝喝”的，但她的手却开始畏缩起来，左手背在背后，右手在衣襟下面突出个小丘。

我们从来没有看到她哭过，大风在窗外倒拔着杨树的那天，她背向着教室，也背向着我们，对着窗外的大风哭了。那是那些参观的人走了以后的事情，她用那已经开始在褪着色的青手捧着眼泪。

“还哭！还哭什么？来了参观的人，还不躲开。你自己看看，谁像你这样特别！两只蓝手还不说，你看看，你这件上衣，快变成灰的了！别人都是蓝上衣，哪有你这样特别，太旧的衣裳颜色是不整齐的……不能因为你一个人而破坏了制服的规律性……”她一面嘴唇与嘴唇切合着，一面用她惨白的手指去撕着王亚明的领口：“我是叫你下楼，等参观的走了再上来，谁叫你就站在过道呢？在过道，你想想：他们看不到你吗？你倒戴起了这样大的一付手套……”

说到“手套”的地方，校长的黑色漆皮鞋，那亮晶的鞋尖去踢了一下已经落到地板上的一只：

“你觉得你戴上了手套站在这地方就十分好了吗？这叫什么玩艺？”她又在手套上踏了一下，她看到那和马车夫一样肥大的手套，抑止不住的笑出声来了。

王亚明哭了这一次，好像风声都停止了，她还没有停止。

暑假以后，她又来了。夏末简直和秋天一样凉爽，黄昏以前的太阳染在马路上使那些铺路的石块都变成了朱红色。我们集着群在校门里的山丁树[1]下吃着山丁。就是这时候，王亚明坐着的马车从“喇嘛台”那边哗啦，哗啦的跑来了。只要马车一停下，那就全然寂静下去，她的父亲搬着行李，她抱着面盆和一些零碎。走上台阶来了，我们并不立刻为她闪开，有的说着：“来啦！”“你来啦！”有的完全向她张着嘴。

等她父亲腰带上挂着的白毛巾一抖动一抖的走上了台阶，就有人在说：

“怎么！在家住了一个暑假，她的手又黑了呢？那不是和铁一样了吗？”

秋季以后，宿舍搬家的那天，我才真正注意到这铁手：我似乎已经睡着了，但能听到隔壁在吵叫着：

“我不要她，我不和她并床……”

“我也不和她并床。”

我再细听了一些时候，就什么也听不清了，只听到嗡嗡的笑声和绞成一团的吵嚷。夜里我偶然起来到过道去喝了一次水。长椅上睡着一个人，立刻就被我认出来，那是王亚明。两只黑手遮着脸孔，被子一半脱落在地板上，一半挂在她的脚上。我想她一定又是借着过道的灯光在夜里读书，可是她的旁边也没有什么书本，并且她的包袱和一些零碎就在地板上围绕着她。

第二天的夜晚，校长走在王亚明的前面，一面走一面响着鼻

1　山丁树，又名山荆子，落叶乔木，树高可达10米以上，灰褐色，光滑不易开裂；6月开花，果实9月中下旬成熟。

子，她穿着床位，她用她的细手推动那一些连成排的铺平的白床单：

“这里，这里的一排七张床，只睡八个人，六张床还睡九个呢！”她翻着那被子，把它排开一点，让王亚明把被子就夹在这地方。

王亚明的被子展开了，为着高兴的缘故，她还一边铺着床铺，一边嘴里似乎打着哨子，我还从没听到过这个，在女学校里边，没有人用嘴打过哨子。

她已经铺好了，她坐在床上张着嘴，把下颚微微向前抬起一点，像是安然和舒畅在镇压着她似的。校长已经下楼了，或者已经离开了宿舍，回家去了。但，舍监这老太太，鞋子在地板上擦擦着，头发完全失掉了光泽，她跑来跑去：

“我说，这也不行……不讲卫生，身上生着虫类，什么人还不想躲开她呢？”她又向角落里走了几步，我看到她的白眼球好像对着我似的：“看这被子吧！你们去嗅一嗅！隔着二尺远都有气味了……挨着她睡觉，滑稽不滑稽！谁知道……虫类不会爬了满身吗？去看看，那棉花都黑得什么样子啦！”

舍监常常讲她自己的事情，她的丈夫在日本留学的时候，她也在日本，也算是留学。同学们问她：

“学的什么呢？”

“不用专学什么！在日本说日本话，看看日本风俗，这不也是留学吗？”她说话总离不了“不卫生，滑稽不滑稽……腌脏”，她叫虱子特别要叫虫类。

“人腌脏手也腌脏。”她的肩头很宽，说着“腌脏”她把肩头故意抬高了一下，好像寒风忽然吹到她似的，她跑出去了。

“这样的学生，我看校长可真是……可真是多余要……”打过熄灯铃之后，舍监还在过道里和别的一些同学在讲说着。

第三天夜晚，王亚明又提着包袱，卷着行李，前面又是走着白脸的校长。

“我们不要，我们的人数够啦！”

校长的指甲还没接触到她们的被边时，她们就嚷了起来，并且换了一排床铺也是嚷了起来：

“我们的人数也够啦！还多了呢！六张床，九个人，还能再加了吗？”

“一二三四……”校长开始计算：“不够，还可以再加一个，四张床，应该六个人，你们只有五个……来！王亚明！”

“不，那是留给我妹妹的，她明天就来……”那个同学跑过去，把被子用手按住。

最后，校长把她带到别的宿舍去了。

“她有虱子，我不挨着她……”

“我也不挨着她……”

“王亚明的被子没有被里，棉花贴着身子睡，不信，校长看看！”

后来她们就开着玩笑，至于说出害怕王亚明的黑手而不敢接近她。

以后，这黑手人就睡在过道的长椅上。我起得早的时候，就遇到她在卷着行李，并且提着行李下楼去，我有时也在地下“储藏室”遇到她，那当然是夜晚，所以她和我谈话的时候，我都是看看墙上的影子，她搔着头发的手，那影子印在墙上也和头发一样颜色。

“惯了，椅子也一样睡，就是地板也一样，睡觉的地方，就是睡觉，管什么好歹！念书是要紧的……我的英文，不知在考试的时候，马先生能给我多少分数？不够六十分，年底要留级的吗？”

“不要紧，一门不能够留级。”我说。

“爹爹可是说啦！三年毕业，再多半年，他也不能供给我学费……这英国话，我的舌头可真转不过弯来。喝喝……”

全宿舍的人都在厌烦她，虽然她是住在过道里。因为她夜里总是咳嗽着……同时在宿舍里边她开始用颜料染着袜子和上衣。

“衣裳旧了，染染差不多和新的一样。比方：夏季制服，染成灰色就可以当秋季制服穿……比方：买白袜子，把它染成黑色，这都可以……”

“为什么你不买黑袜子呢？”我问她。

“黑袜子，他们是用机器染的，矾太多……不结实，一穿就破的……还是咱们自己家染的好……一双袜子好几毛钱……破了就破了还得了吗？”

礼拜六的晚上，同学们用小铁锅煮着鸡子[1]。每个礼拜六差不多总是这样，她们要动手烧一点东西来吃。从小铁锅煮好的鸡子，我也看到的，是黑的，我以为那是中了毒。那端着鸡子的同学，几乎把眼镜咆哮得掉落下来：

“谁干的好事！谁？这是谁？”

王亚明把面孔向着她们来到了厨房，她拥挤着别人，嘴里喝喝的：

“是我，我不知道这锅还有人用，我用它煮了两双袜子……喝喝……我去……”

“你去干什么？你去……”

1　鸡子，鸡蛋的别称，有些地区也称鸡子儿。

“我去洗洗它！”

“染臭袜子的锅还能煮鸡子吃！还要它？”铁锅就当着众人在地板上光郎，光郎的跳着，人咆哮着，戴眼镜的同学把黑色的鸡子好像抛着石头似的用力抛在地上。

人们都散开的时候，王亚明一边拾着地板上的鸡子，一边在自己说着话：

“哟！染了两双新袜子，铁锅就不要了！新袜子怎么会臭呢？”

冬天，落雪的夜里，从学校出发到宿舍去，所经过的小街完全被雪片占据了。我们向前冲着，捕着，若遇到大风，我们就风雪中打着转，倒退着走，或者是横着走。清早，照例又要从宿舍出发，在十二月里，每个人的脚都冻木了，虽然是跑着也要冻木的。所以我们咒诅和怨恨，甚至于有的同学已经在骂着，骂着校长是“混蛋”，不应该把宿舍离开学校这样远，不应该在天还不亮就让学生们从宿舍出发。

有些天，在路上我单独的遇到王亚明。远处的天空和远处的雪都在闪着光，月亮使得我和她踏着影子前进。大街和小街都看不见行人。风吹着路旁的树枝在发响，也时时听到路旁的玻璃窗被雪扫着在呻叫。我和她谈话的声音，被零度以下的气温所反应也增加了硬度。等我们的嘴唇也和我们的腿部一样感到了不灵活，这时候，我们总是终止了谈话，只听着脚下被踏着的雪，乍乍乍的响。

手在按着门铃，腿好像就要自己脱离开，膝盖向前时时要跪了下去似的。

我记不得哪一个早晨，腋下带着还没有读过的小说，走出了宿舍，我转过身去，把栏栅门拉紧。但心上总有些恐惧，越看远处模糊不清的房子，越听后面在扫着的风雪，就越害怕起来。星光是那样微小，月亮也许落下去了，也许被灰色的和土色的云彩所遮避。

走过一丈远，又像增加了一丈似的，希望有一个过路的人出现，但又害怕那过路人，因为在没有月亮的夜里，只能听到声音而看不见人，等一看见人影那就从地面突然长了起来似的。

我踏上了学校门前的石阶，心脏仍在发热，我在按铃的手，似乎已经失去了力量。突然石阶又有一个人走上来了：

"谁？谁？"

"我！是我。"

"你就走在我的后面吗？"因为一路上我并没听到有另外的脚步声，这使我更害怕起来。

"不，我没走在你的后面，我来了好半天了。校役他是不给开门的，我招呼了不知道多大工夫了。"

"你没按过铃吗？"

"按铃没有用，喝喝，校役开了灯，来到门口，隔着玻璃向外看看……可是到底他不给开。"

里边的灯亮起来，一边骂着似的光郎郎郎的把门给闪开了：

"半夜三更叫门……该考背榜[1]不是一样考背榜吗？"

"干什么？你说什么？"我这话还没有说出来，校役就改变了态度：

"萧先生，您叫门叫了好半天了吧？"

我和王亚明一直走进了地下室，她咳嗽着，她的脸苍黄得几

1　背榜，指考试成绩的名次排在最后。

乎是打着皱纹似的颤索了一些时候。被风吹得而挂下来的眼泪还停留在脸上，她就打开了课本。

“校役为什么不给你开门？”我问。

“谁知道？他说来得太早，让我回去，后来他又说校长的命令。”

“你等了多少时候了？”

“不算多大工夫，等一会，就等一会，一顿饭这个样子。喝喝……”

她读书的样子完全和刚来的时候不一样，那喉咙渐渐窄小了似的，只是喃喃着，并且那两边摇动的肩头也显着紧缩和偏狭，背脊已经弓了起来，胸部却平了下去。

我读着小说，很小的声音读着，怕是搅扰了她，但，这是第一次，我不知道为什么这只是第一次？

她问我读的什么小说，读没读过《三国演义》？有时她也拿到手里看看书面，或是翻翻书页：“像你们多聪明！功课连看也不看，到考试的时候也一点不怕。我就不行，也想歇一会，看看别的书……可是那就不成了……”

有一个星期日，宿舍里面空朗的，我就大声读着《屠场》[1] 上正是女工马利亚昏倒在雪地上的那段，我一面看着窗外的雪地一面读着，觉得很感动。王亚明站在我的背后，我一点也不知道：

“你有什么看过的书，也借给我一本，下雪天气，实在沉闷，

1 《屠场》，美国作家厄普顿·辛克莱（1878—1968）完成于1906年的长篇小说。作品描述立陶宛移民日格斯一家在肉联厂作工的悲惨生活，揭露工人们遭受的非人道待遇，并揭开肉食安全可怕内幕的冰山一角。作者为此曾深入屠场体验生活。作品近乎纪实的爆料震惊美国并改变了美国的食品安全历史，最终催生了美国食品和药物安全的守护神FDA（美国食品药品监督管理局）。

本地又没有亲戚，上街又没有什么买的，又要花车钱……”

“你父亲很久不来看你了吗？”我以为她是想家了。

“哪能来！火车钱，一来回就是两元多……再说家里也没有人……”

我就把《屠场》放在她的手上，因为我已经读过了。

她笑着，“喝喝”着，她把床沿颤了两下，她开始研究着那书的封面。等她走出去时，我听在过道里她也学着我把那书开头的第一句读得很响。

以后，我又不记得是哪一天，也许又是什么假日，总之，宿舍是空朗朗的，一直到月亮已经照上窗子，全宿舍依然被剩在寂静中。我听到床头上有沙沙的声音，好像什么人在我的床头摸索着，我仰过头去，在月光下我看到了是王亚明的黑手，并且把我借给她的那本书放在我的旁边。

我问她：“看得有趣吗？好吗？”

起初，她并不回答我，后来她把脸孔用手掩住，她的头发也像在抖着似的，她说：

“好。”

我听她的声音也像在抖着，于是我坐了起来。她却逃开了，用着那和头发一样颜色的手横在脸上。

过道的长廊空朗朗的，我看着沉在月光里的地板的花纹：

“马利亚，真像有这个人一样，她倒在雪地上，我想她没有死吧！她不会死吧……那医生知道她是没有钱的人，就不给她看病……喝喝！”很高的声音她笑了，借着笑的抖动眼泪才滚落下来：“我也去请过医生，我母亲生病的时候，你看那医生他来吗？他先向我要马车钱，我说钱在家里，先坐车来吧！人要不行了……你看他来吗？他站在院心问我：‘你家是干什么的？你家开“染缸房”（染衣店）吗？’不知为什么，一告诉他是开‘染缸房’的，他就拉开门进屋去了……我等他，他没有出来，我又去敲门，他在门里面说：‘不能去看这病，你回去吧！’我回来了……”她又擦了擦眼睛才说下去：“从这时候我就照顾着两个弟弟和两个妹妹。爹爹染黑的和蓝的，姐姐染红的……姐姐定亲的那年，上冬[1]的时候，她的婆婆从乡下来住在我们家里，一看到姐姐她就说：‘唉呀！那杀人的手！’从这起，爹爹就说不许某个人专染红的；某个人专染蓝的。我的手是黑的，细看才带点紫色，那两个妹妹也都和我一样。”

“你的妹妹没有读书？”

“没有，我将来教她们，可是我也不知道我读得好不好，读不好连妹妹都对不起……染一匹布多不过三毛钱……一个月能有几匹布来染呢？衣裳每件一毛钱，又不论大小，送来染的都是大衣裳居多……去掉火柴钱，去掉颜料钱……那不是吗！我的学费……把他们在家吃咸盐的钱都给我拿来啦……我哪能不用心念书，我哪能？”她又去摸触那书本。

我仍然看着地板上的花纹，我想她的眼泪比我的同情高贵得多。

还不到放寒假时，王亚明在一天的早晨，整理着手提箱和零碎，她的行李已经束得很紧，立在墙根的地方。

并没有人和她去告别，也没有人和她说一声再见。我们从宿舍出发，一个一个的经过夜里王亚明睡觉的长椅，她向我们每个人笑着，同时也好像从窗口在望着远方。我们使过道起着沉重的

1　上冬的时候，上冬指初冬，即农历十月。

骚音，我们下着楼梯，经过了院宇，在栏栅门口，王亚明也赶到了，并且呼喘，并且张着嘴：

“我的父亲还没有来，多学一点钟是一点钟……”她向着大家在说话一样。

这最后的每一点钟都使她流着汗，在英文课上她忙着用小册子记下来黑板上所有的生字。同时读着，同时连教师随手写的已经是不必要的读过的熟字她也记了下来。在第二点钟“地理”课上她又费着力气模仿着黑板上教师画的地图，她在小册子上也画了起来……好像所有这最末一天经过她的思想都重要起来，都必得留下一个痕迹。

在下课的时间，我看了她的小册子，那完全记错了：英文字母，有的脱落一个，有的她多加上一个……她的心情已经慌乱了。

夜里，她的父亲也没有来接她，她又在那长椅上展了被褥。只有这一次，她睡得这样早，睡得超过平常以上的安然。头发接近着被边，肩头随着呼吸放宽了一些。今天她的左右并不摆着书本。

早晨，太阳停在颤抖的挂着雪的树枝上面，鸟雀刚出巢的时候，她的父亲来了。停在楼梯口，他放下肩上背来的大毡靴，他用围着脖子的白毛巾掳去胡须上的冰溜：

“你落了榜吗？你……”冰溜在楼梯上溶成小小的水珠。

“没有，还没考试，校长告诉我，说我不用考啦，不能及格的……”

她的父亲站在楼梯口，把脸向着墙壁，腰间挂着的白手巾动也不动。

行李拖到楼梯口了，王亚明又去提着手提箱，抱着面盆和一些零碎，她把大手套还给她的父亲。

“我不要，你戴吧！”她父亲的毡靴一移动就在地板上压了几个泥圈圈。

因为是早晨，来围观的同学们很少。王亚明就在轻微的笑声里边戴起了手套。

“穿上毡靴吧！书没念好，别再冻掉了两只脚。”她的父亲把两只靴子相连的皮条解开。

靴子一直掩过了她的膝盖，她和一个赶马车的人一样，头部也用白色的绒布包起。

“再来，把书回家好好读读再来。喝……喝。”不知道她向谁在说着。当她又提起了手提箱，她问她的父亲：

“叫来的马车就在门外吗？”

“马车，什么马车，走着上站吧……我背着行李……”

王亚明的毡靴在楼梯上扑扑地拍着。父亲走在前面，变了颜色的手抓着行李的角落。

那被朝阳拖得苗长的影子，跳动着在人的前面先爬上了木栅门。从窗子看去，人也好像和影子一般轻浮，只能看到他们，而听不到关于他们的一点声音。

出了木栅门，他们就向着远方，向着迷漫着朝阳的方向走去。

雪地好像碎玻璃似的，越远那闪光就越刚强。我一直看到那远处的雪地刺痛了我的眼睛。

一九三六，三月

马房之夜 *

等他看见了马颈上的那串铜铃，他的眼睛就早已昏盲了，已经分辨不出那坐在马背上的就是他少年时的同伴。

冯山——十年前他还算是老猎人。可是现在他只坐在马房里细心的剥着山兔的皮毛……鹿和狍子是近年来不常有的兽类，所以只有这山兔每天不断的翻转在他的手里。他常常把刀子放下，向着身边的翻看着山兔：

“这样的射法，还能算个打猎的！这正是肉厚的地方就是一枪……这叫打猎？打什么猎呢！这叫开后堵……照着屁股就是一枪……”

“会打山兔的是打腿……杨老三，那真是……真是独手……连点血都不染……这可倒好……打个牢实，跑不了……”他一说到杨老三，就不立刻接下去。

“我也是差一点呢！怎样好的打手也怕犯事。杨老三去当胡子那年，我才二十三岁，真是差一芝麻粒，若不是五东家，我也到不了今天。三翻四覆的想要去……五东家劝我：还是就这样干吧！吃劳金[1]，别看捞钱少。年青青的……当胡子是逃不了那最

---

* 本文发表于 1936 年 5 月 15 日（上海）《作家》（月刊）第一卷第二号，署名萧红。

1 吃劳金，劳金，旧时地主给长工或雇主给雇员的工钱；也代指长工。吃劳金，意指某人靠做长工为生。

后的一条路。若不是五东家就可真干了，年青的那一伙人，到现在怕是只有五东家和我了。那时候，他开烧锅……见一见，三十多年没有见面。老弟兄……从小就在一块……”他越说越没有力量，手下剥着的山兔皮，用小刀在肚子上划开了，他开始撕着：“这他妈的还算回事！去吧！没有这好的心肠剥你们了……”拉着凳子，他坐到门外去抽烟。

飞着清雪的黄昏，什么也看不见，他一只手摸着自己的长统毡靴，另一只手举着他的烟袋。

从他身边经过的拉柴的老头向他说：

“老冯，你在喝西北风吗？”

帮助厨夫烧火的冻破了脚的孩子向他说：

“冯二爷，这冷的天，你摸你的胡子都上霜啦。”

冯山的肩头很宽，个子很高，他站起来几乎是触到了房檐。在马房里他仍然是坐在原来的地方。他的左边有一条板凳，摆着已经剥好了的山兔；右边靠墙的钉子上挂着一排一排的毛皮。这次他再动手工作就什么也不讲了，一直到天黑，一直到夜里他困在炕上。假若有人问他：“冯二爷，你喝酒吗？”这时候，他也是把头摇摇，连一个“不”字也不想再说。并且在他摇头的时候，看得出他的牙齿在嘴里边一定咬得很紧。

在鸡鸣以前，那些猎犬被人们挂了颈铃，霜唧唧的走上了旷野。那铃子的声音好像隔着村子，隔着树林，隔着山坡那样遥远了去。

冯山捞着胡子，使头和枕头离开一点，他听听：

“半里路以外啦……”他点燃了烟袋，那铃声还没有完全消失。

“嗯……许家村过去啦！嗯……也许停在白河口上，嗯！嗯……白河……”他感到了颤索，于是把两臂缩进被子里边。烟袋就自由的横在枕头旁边，冒着烟，发着小红的火光，为着多日不洗刷的烟管，吱吱的，像是鸣唱似的叫着。在他用力吸着的时候，烟管就好像蹲在房脊上的鸽子在睡觉似的……咕……咕……咕……

假若在人们准备着出发的时候他醒来，他就说：“慢慢的，不要忘记了干粮，人还多少能挨住一会，狗可不行……一饿它就随时要吃，不管野鸡，不管兔子。也说不定，人若肚子空了，那就更糟，走几步，就满身是汗，再走几步，那就不行了……怕是遇到了狼也逃不脱啦……”

假若他醒，只看到被人们换下来的毡鞋，连铃子也听不到的时候，他就越感到孤独，好像被人们遗弃了似的。

今夜，虽然不是完全没有听到一点铃声，但是孤独的感觉却无缘故的被响亮的旷野上的铃子所唤起……在冯山的心上经过的是：远方，山，河……树林……枪声……他想到了杨老三，想到了年青时的那一群伙伴：

“就只剩五东家了……见一见……”

他换了一袋烟的时间，铃声完全断绝下去。

“嗯！说不定过了白河啦……”因为他想不出昏沉的旷野上猎犬们跑着的踪迹。

“四十来年没再见到，怕是不认识了……”他无意识的又捞了一下胡子，摸摸鼻头和眼睛。

烟管伴着他那辽远的幻想，嘶嘶的鸣叫时时要断落下来，于是他下唇和绵绒一般白胡子也就紧靠住了被边。

三月里的早晨，冯山一推开马房的门扇，就撞掉了几颗挂在檐头的冰溜。

他看一看猎犬们完全没有上锁，任意跑在前面的平原上，孩子们也咆哮在平原上。

他拖着毡靴向平原奔去。他想在那里问问孩子们，五东家要来是不是真事？马官[1]这野孩子是不是扯谎？

白河在前边横着了。他在河面上几次都是要跪了下去，那些冰排，那些发着响的，灰色的，亮晶晶的被他踏碎了的一块一块的冰泡，使他疑心到："不会被这河葬埋了吧？"

他跑到平原，随意抓到一个结着辫子的孩子，他们在融解掉白雪的冰地上丢着铜钱。

"小五子是要来吗？多少时候来？马官不扯谎？"小五子是五东家年青的时候留给他的称呼。

"干什么呀？冯二爷……你给人家踏破了界线！"小姑娘推开了他，用一只脚跳着去取她的铜钱。

"回家去问问你娘，五东家要来吗？多少时候来？你爹是赶车的，他是来回跑北荒的，他准知道。"

他从平原上回来的时候，连自己也不知道为什么一路上总是向北方看去，那一层一层的小山岭，山后面被云彩所弥漫着，山后面的远方，他是想看也看不到的，因为有山隔着。就是没有山，他的眼睛也不能看得那么远了。于是他想着通到北荒去的大道，多年了……几十年……从和小五子分开，就没再到北荒去，那道路……嗯……恐怕也改变啦……手里拿着四耳帽子，膝盖向前一弓一弓地过了白河，河冰在下面格吱的呻叫。

1　马官，泛指牧畜管马的人。

他自己说："雁要来了，白河也要开了。"

大风的下午，冯山看着那黄澄澄的天色。

马官联着几匹马在檐下遇到了他：

"你还不信吗？你到院里去问问，五东家明天晌午不到，晚饭的时候一定到……"在马身上他高抬着右手，恰巧大门洞里走进去一匹骑马，又加上马官那摆摆的袖子，冯山感到有什么在心上爆裂了一阵。

"扯谎的小东西，你不骗我？你这小鬼头，你的话，我总是信一半，疑一半……"冯山向大门洞的方向走去，已经走了一丈路他还说："你这小子，扯谎的毛头……五东家，他就能来啦！也是六十岁的人了……出门不容易……"他回头去看看马官坐在马背上连头也不回的跑去了。

冯山也跑了起来："可是真的？明天就来！"他越跑，大风就好像潮水似的越阻止着他的膝盖。

第一个，他问的少东家，少东家说："是，来的。"

他又去问倒脏水的老头，他也说："是。"

可是他总有点不相信："这是和我开玩笑的圈套吧？"于是他又去问赶马爬犁的马夫："李山东，我说……北荒的五东家明天来？可是真的？你听见老太太也是说吗？"

"俺山东不知道这个，"他用宽大的扫帚，扫着爬犁上的草末绞着风，扑上了人脸。

冯山想："这爬犁也许就是进城的吧？"但是他离了他，他想去问问井口正在饮马的闹嚷嚷的一群人，他向马群里去的时候，他听到的冯厨子在什么地方招呼他："冯二爷，冯二爷……你的老老朋友明明天天就来到啦！"

他反过身来，从马群撞出来，他看到马群也好像有几百匹似的在阻拦着他。

“这是真的了！冯厨子，那么报信的已经来啦！”

“来啦！在在，在在上房里吃吃饭！”

冯山在厨房的门口打着转，烟袋插在烟口袋里去，他要给冯厨子吃一袋烟，冯厨子的络腮胡子在他看来也比平日更庄严了些。

“这真是正经人，不瞎开玩笑……”他点燃了一根火柴，又燃了一根火柴。

在他们旁边的窗子啌哐的摔落下来。这时候他们走进厨房去，坐在那靠墙壁的小凳上，他正要打听冯厨子关于五东家今夜是停在河西还是河东？这时候，他听到上房门口有人为着那报信的人而唤着：“冯厨子，来热一热酒！”

冯山，他总想站到一群孩子的前面，右手齐到眉头的地方，向远方照着。虽然他是颤抖着胡子，但那哭却和孩子们的一样。

中午的时候，连东家里的太太们也都来到了高岗，高岗下面就临着大路，只要车子或是马匹一转过那个山腰，用不了半里路，就可以跑到人们的脚下。人们都望着那山腰发白的道路。冯山也望着山腰也望着太阳，眼睛终于有些花了起来，他一抬头好像那高处的太阳就变成了无数个。眼睛起了金花，好像那山腰的大道也再看不见了。太阳快要靠近了山边的时候，就更红了起来，并且也大了，好像大盆一样停在山头上。他一看那山腰，他就看到了那大红的太阳，连山腰也不能再看了。于是低下头去，扯着腰间的蓝布腰带的一端揩着眼睛。

孩子们说：“冯二爷哭啦！冯二爷哭哩，……”

他连忙把腰带放下去，为的是给孩子们看看：“哪里哭……

把眼睛看花啦……”

山腰上出现了两辆车子和一匹骑马。

“来啦！来啦！……黑骑马……”

“正正是，去接的不就是两辆车子吗？”

“是……是……”

孩子们，有的下了高岗顺着大道跑去了，冯山的白胡子像是混杂了金丝似的闪光，他扶了孩子们的肩头，好像要把自己来伸高一点：“来到什么地方了呢？来到……”有人说：“过了太平沟的桥了！”有人说：“不对……那不是有一排小树吗？树后面不就是井家岗吗？井家岗，是在桥这边。”

“井家岗也不过就是两袋烟的工夫。”

看得见骑黑马的人是戴着土黄色的风帽。并且骑马渐渐离开车子而走在前边，并且那马串铃的声响也听得到了。

冯山的两只手都一齐的遮上了眉头，等他看见了马颈上的那串铜铃，他的眼睛就早已昏盲了，已经分辨不出那坐在马背上的就是他少年时的同伴。

他走了一步，他再走了一步，已经走下了高岗，他过去，他扒住了那马的嚼头，他说：“老五……”他就再什么也不说了。

太阳在西边，在山顶上的，只划着半个盆边的形状，扯扯拖拖的，冯山伴着一些孩子们和五东家走进了上房。

在吃酒的时候他和五东家是对面坐着，他们说着杨老三是哪年死的，单明德是哪年死的……还有张国光……这一些都是他们年青时的同伴。酒喝得多了一些的时候，冯山想要告诉他某年某年他还勾搭了一个寡妇。但他看看周围站着的东家的太太们或姑娘们，他又感觉得这是不方便说了。

五东家走了的那天夜晚，他好像只记住了那红色的鞍，那土黄色的风帽，他送他过了太平沟的时候，他才看到站在桥上的都是五东家的家族……他后悔自己就没有一个家族。

马房里的特有的气味一到春天就渐渐的恢复起来。那夜又是刮着狂风的夜，所有的近处的旷野都在发着啸……他又像被人们遗忘了，又好像年青的时候出去打猎在旷野上迷失了。

他好像听到送马匹的人不知在什么地方喊着："啊喔呼……长冬来在白河口……啊噢……长冬来在白河口。……"

马官喂马的时候，他喊着马官："给老冯来烫两盅酒。"

等他端起酒杯来，他又不想喝了，从那深陷下去的眼巢里，却安详地逃出两条寂寞的泪流。

五月六日

红的果园*

五月一开头这果园就完全变成了深绿。在寂寞的市梢上，游人也渐渐增多了起来。那河流的声音，好像暗哑了去，交组着的是树声，虫声和人语的声音。

园前切着一条细长的闪光的河水，园后，那白色楼房的中学里边常常有钢琴的声音在夜晚散布到这未熟的果子们的中间。

从五月到六月，到七月，甚至于到八月，这园子才荒凉下来。那些树，有的在三月里开花，有的在四月里开花。但，一到五月，这整个的园子就完全是绿色的了，所有的果子就在这期间肥大了起来。后来，果子开始变红，后来全红，再后来——七月里——果子们就被看园人完全摘掉了，再后来，就是看园人开始扫着那些从树上自己落下的黄叶的时候。

园子在风声里面又收拾起来了。

但那没有和果子一起成熟的恋爱，继续到九月也是可能的。

园后那学校的教员室里的男子的恋爱，虽然没有完结，也就算完结了。

他在教员休息室里也看到这园子，在教室里站在黑板前面也

---

* 本文发表于1936年9月15日（上海）《作家》（月刊）第一卷第六号，署名萧红。1937年5月收入（上海）文化生活出版社初版作品集《牛车上》。

看到这园子，因此他就想到那可怕的白色的冬天。他希望刚走去了的冬天接着再来，但那是不可能。

果园一天一天地在他的旁边成熟，他嗅到果子的气味就像坐在园里的一样。他看见果子从青色变成红色，就像拿在手里看得那么清楚。同时园门上插着的那张旗子，也好像更鲜明了起来，那黄黄的颜色使他对着那旗子起着一种生疏，反感和没有习惯的那种感觉。所以还不等果子红起来，他就把他的窗子换上了一张蓝色的窗围。

他怕那果子会一个一个的透进他的房里来，因此他怕感到什么不安。

果园终于全红起来了，一个礼拜，两个礼拜，差不多三个礼拜，园子还是红的。

他想去问问那看园子的人，果子究竟要红到什么时候。但他一走上那去果园的小路，他就心跳，好像园子在眼前也要颤抖起来。于是他背向着那红色的园子擦擦眼睛，又顺着小路回来了。

在他走上楼梯时，他的胸膛被幻想猛烈的攻击了一阵：他看见她就站在那小道上，蝴蝶在她旁边的青草上飞来飞去。“我在这里……”他好像听到她的喊声似的那么震动。他又看到她等在小夹树道的木凳上，他还回想着，他是跑了过去的，把她牵住了，于是声音和人影一起消灭到树丛里去了。他又想到通夜在园子里走着的那景况……有时热情来了的时候，他们和虫子似的就靠着那树丛接吻了。朝阳还没有来到之前，他们的头发和衣裳就被夜露完全打湿了。

他在桌上翻开了学生作文的卷子，但那上面写着些什么呢？

“皇帝登极，万民安乐……”

他又看看另一本，每一本开头都有这么一段……他细看时，那并不是学生们写的，是用铅字已经替学生们印好了的，他翻了所有的卷子，但铅字是完全一样。

他走过去，把蓝色的窗围放下来，他看到那已经熟识了的看园人在他的窗口下面扫着园地。

看园人说："先生！不常过来园里走走？总也看不见先生呢？"

"嗯！"他点着头，"怎么样？市价还好？"

"不行啦。先生，你看……这不是吗？"那人用竹帚的把柄指着太阳快要落下来的方向，那面飘着一些女人的花花的好像口袋一样大的袖子。

"这年头，不行了啊！不是年头……都让他们……让那些东西们摘了去啦！……"他又用竹帚的把柄指打着树枝："先生……看这里……真的难以栽培，折的折，掉枝的掉枝……招呼她们不听，又哪敢招呼呢？人家是日本二大爷……"他又问："女先生，那位，怎么今年也好像总也没有看见？"

他想告诉他："女先生当××[1]军去了。"但他没有说。他听到了园门上旗子的响声，他向着旗子的方向看了看，也许是什么假日，园门来换了一张大的旗……黄色的……好像完全黄色的。

看园子的人已经走远了，他的指甲还在敲着窗上的玻璃。他看着，他听着，他对着这"园子"和"旗"起着兴奋的情感，于是被敲着的玻璃更响了，假若游园的人经过他的窗下，也能够听到他的声音。

一九三六，九月，东京

1　××军，此处代指"人民军"或"革命军"，或"义勇军"。

王四的故事 *

红眼睛的，走路时总爱把下巴抬得很高的王四，只要他一走进院门来，那沿路的草茎或是孩子们丢下来的玩物，就塞满了他的两只手。有时他把拾到了的铜元塞到耳洞里：

“他妈的……是谁的呀？快来拿去！若不快些来，它就要钻到我的耳朵不出来啦……”他一面摇着那尖顶的草帽一边蹲下来。

孩子们抢着铜元的时候，撕痛了他的耳朵。

“啊哈！这些小东西们，他妈的，不拾起来，谁也不要，看成一块烂泥土，拾起来，就都来啦！你也要，他也要……好像一块金宝啦……”

他仍把下巴抬得很高，走进厨房去。他住在主人家里十年或者也超出了。但在他的感觉上，他一走进这厨房就好像走进他自己的家里那么一种感觉，也好像这厨房在他管理之下不止十年或二十年，已经觉察不出这厨房是被他管理的意思，已经是他的所有了！这厨房，就好像从主人的手里割给了他似的。

……碗橱的二层格上扣着几只碗和几只盘子，三重格上就完

---

* 本文发表于 1936 年 9 月 20（上海）《中流》（半月刊）第一卷第二期，署名萧红。1937 年 5 月收入（上海）文化生活出版社初版作品集《牛车上》。

全是蓝花的大海碗了。至于最下一层，那些瓦盆，哪一个破了一个边，哪一个盆底出了一道纹，他都记得清清楚楚。

有时候吃完晚饭在他洗碗的时候，他就把灯灭掉，他说是可以省下一些灯油。别人若问他：

“不能把家俱碰碎啦？”

他就说：

“也不就是一个碗橱吗？好大一块事情……碗橱里哪个角落爬着个蟑螂，伸手就摸到……那是有方向的，有尺寸的……耳朵一听吗！就知道多远了。”

他的生活就和溪水上的波浪一样：安然，平静，有规律。主人好像在几年前已经不叫他“王四”了，叫他“四先生”。从这以后，他就把自己看成和主人家的人差不多了。

但，在吃饭的时候，总是最末他一个人吃，支取工钱的时候，总是必须拿着手折[1]。有一次他对少主人说：

“我看手折……也用不着了吧！这些年……还用画什么押？都是一家人一样，谁还信不着谁……”

他的提议并没有被人接受。再支工钱时，仍是拿着手折。

“唉……这东西，放放倒不占地方，就是……哼……就是这东西不同别的，是银钱上的……挂心是真的。”

他展开了行李，他看看四面有没有人，他的样子简直像在偷东西。

“哼！好啦！”他自己说，一面用手压住褥子的一角，虽然手折还没有完全放好，但他的习惯是这样，到夜深，再取出来，把它换个地方，常常是塞在枕头里边。十几年他都是这样保护

1　手折，旧时商业活动中记载交易的折子，此处概指标有领取工钱记录的凭据。

着他的手折。手折也换过了两三个，因为都是画满了押，盖满了图章。

另外一次，他又去支取工钱，少主人说：

“王老四……真是上了年纪……眼睛也花了，你看，你把这押画在什么地方去了呢？画到线外去呢！画到上次支钱的地方去啦。……”

王四拿起手折来，一看到那已经歪到一边去的押号，他就哈哈的张着嘴。“他妈……”他刚想要说，可是想到这是和少主人说话，于是停住了。他站在少主人的一边，想了一些时候，把视线经过了鼻子之后，四面扫了一下，难以确定他是在看什么：“‘王老四’……不是多少年就‘四先生’了吗？怎么又‘王老四’呢？”

他走进厨房去，坐在长桌的一头，一面喝着烧酒，一面想着：“这可不对……”他随手把青辣椒在酱碗里触了触：“他妈的……”好像他骂着的时候顺便就把辣椒吃下去了。

多吃了几盅烧酒的缘故，他觉得碗橱也好像换了地方，米缸……水桶……甚至连房梁上终年挂着的那块腊肉也像变小了一些。他说：“不好……少主人也怕变了心肠……今年一定有变。”于是又看了看手折：

“若把手折丢了，我看事情可就不好办！没有支过来的……那些前几年就没有支清的工钱就要……我看就要算不清。”这次他没有把手折塞进枕头去，就放在腰带上的荷包里了。

王四好像真的老了，院子里的细草，他不看见，下雨时，就在院心孩子们的车子他也不管了。夜里很早他就睡下，早晨又起得很晚。牵牛花的影子，被太阳一个一个的印在纸窗上。他想得很远，他想到了十多年前在山上伐木头的时候……他就像又看到那白杨树倒下来一样……哗哗的……也好像听到了锯齿的声音。他又想到在渔船上当水手的时候：那桅杆……那桅杆上挂着的大鱼……真是银鱼一样，“他妈的……”他伸手去摸，只是手背在眼前划了一下，什么也没有摸到。他又接着想：十五岁离开家的那年……在半路上遇到了野狗的那回事……他摸一摸小腿：“他妈的，这疤，……”他确实的感觉到手下的疤了。

他常常检点着自己的东西，应该不要的，就把它丢掉……破毯子和一双破毡鞋他向换破东西的人换了几块糖球来分给孩子们吃了。

他在扫院子时候，遇到了棍棒之类，他就拿在手里试一试结实不结实……有时他竟把棍子扛在肩上试一试挑着行李可够长短？若遇到绳子之类，也总把它挂在腰带上。

他一看那厨房里的东西，总不像原来的位置，他就不愿意再看下去似的。所以闲下来他就坐在井台旁边去，一边结起那些拾得的绳头，就一边算计着手折上面的还存着的工钱的数目。

秋天的晚上，他听到天空一阵阵的乌鸦的叫声，他想：“鸟也是飞来飞去的……人也总是要移动移动……”于是他的下巴抬得很高，视线经过了鼻子之后，看到墙角上去了，正好他的眼睛看到墙角上挂的一张香烟牌子的大画，他把它取了下来，压在行李下面。

王四的眼睛更红了，抬起来的下巴，比从前抬得更高了一些。后来他就总是想着：

“到渔船上去，还是到山上去？到山上去，怕是老伙伴还有呢！渔船，一时可怕找不到熟人，可不知道人家要不要……张帆……要快……”他站在席子上面，作着张帆的样子，全身痉挛一般地振摇着：

“还行吗？”他自己问着自己。

河上涨水的那天，王四好像又感觉自己是变成和主人家的人一样了。

他扛着主人家的包袱，扛着主人家的孩子，把他们送到高岗上去。

“老四先生……真是个力气人……”他恍恍忽忽的听着人们说的就是他，后来他留一留意，那是真的……不只是“四先生”，还说“老四先生”呢！他想：“这是多么被人尊敬啊！”于是他更快的跑着。直到那水涨得比腰还深的时候，他还是在水里面走着。一个下午他也没有停下来。主人们说：

“四先生，那些零碎东西不必着急去拿它，要拿，明天慢慢的拿……”

他说：“那怎么行？一夜不是让人偷光了吗？”他又不停的，来回的跑着。

他的手折不知在什么时候离开了他的荷包沉到水底去了。

他发现了自己的空荷包，他就想：“这算完了。”他就把头顶也淹在水里，那手折是红色的，可是他总也看不到那红色的东西。

他说：“这算完了。”他站起来，向着高岗走过来。水湿的衣服，冰凉的黏住了皮肤，他抖擞着，他感到了异样的寒冷，他看不清那站在高岗上屋前的人们。只听到从那些人们传来的笑声：

“王四摸鱼回来啦！”

“王四摸鱼回来啦。”

一九三六，东京。

牛车上*

金花菜在三月的末梢就开遍了溪边。我们的车子在朝阳里轧着山下的红绿颜色的小草，走出了外祖父的村梢。

车夫是远族上的舅父，他打着鞭子，但那不是打在牛的背上，只是鞭梢在空中绕来绕去。

“想睡了吗？车刚走出村子呢！喝点梅子汤吧！等过了前面的那道溪水再睡。”外祖父家的女用人，是到城里去看她的儿子的。

“什么溪水，刚才不是过的吗？”从外祖父家带回来的黄猫也好像要在我的膝头上睡觉了。

“后塘溪。”她说。

“什么后塘溪？”我并没有注意她，因为外祖父家留在我们的后面什么也看不见了，只有村梢上庙堂前的红旗杆还露着两个金顶。

“喝一碗梅子汤吧，提一提精神。”她已经端了一杯深黄色的梅子汤在手里，一边又去盖着瓶口。

“我不提，提什么精神，你自己提吧！”

---

* 本文发表于1936年10月1日（上海）《文季月刊》第一卷第五期，署名萧红。1937年5月收入（上海）文化生活出版社初版作品集《牛车上》。

他们都笑了起来，车夫立刻把鞭子抽响了一下。

“你这姑娘……玩皮，巧舌头……我……我……”他从车辕转过身来，伸手要抓我的头发。

我缩着肩头跑到车尾上去。村里的孩子没有不怕他的，说他当过兵，说他捏人的耳朵也很痛。

五云嫂下车去给我采了这样的花，又采了那样的花，旷野上的风吹得更强些，所以她的头巾好像是在飘着。因为乡村留给我尚没有忘却的记忆，我时时把她的头巾看成乌鸦或是鹊雀。她几乎是跳着，几乎和孩子一样。回到车上，她就唱着各种花朵的名字，我从来没有看到过她像这样放肆一般地欢喜。

车夫也在前面哼着低粗的声音，但那分不清是什么词句。那短小的烟管顺着风时时送着烟氛。我们的路途刚一开始，希望和期待都还离得很远。

我终于睡了，不知是过了后塘溪，是什么地方，我醒过一次，模模糊糊的好像那管鸭的孩子仍和我打着招呼，也看到了坐在牛背上的小根和我告别的情景……也好像外祖父拉住我的手又在说：“回家告诉你爷爷，秋凉的时候让他来乡下走走……你就说你姥爷腌的鹌鹑和顶好的高粱酒等着他来一块喝呢……你就说我动不了，若不然，这两年，我总也去……”

—

唤醒我的不是什么人，而是那空空响的车轮。我醒来，第一下看到的是那黄牛自己走在大道上，车夫并不坐在车辕。在我寻找的时候，他被我发现在车尾上，手上的鞭子被他的烟管代替着，左手不住的在擦着下颚，他的眼睛顺着地平线望着辽阔的远方。

我寻找黄猫的时候，黄猫坐到五云嫂的膝头上去了，并且她还抚摸猫的尾巴。我看看她的蓝布头巾已经盖过了眉头，鼻子上显明的皱纹因为挂了尘土，更显明起来。

他们并没有注意到我的醒转。

“到第三年他就不来信啦！你们这当兵的人……”

我就问她：“你丈夫也是当兵的吗？”

赶车的舅舅，抓了我的辫发，把我向后拉了一下。

“那么以后……就总也没有信来？”他问她。

“你听我说呀！八月节刚过，……可记不得哪一年啦，吃完了早饭，我就在门前喂猪，一边啌啌的敲着槽子，一边嘀唠嘀唠的叫着猪……哪里听得着呢？南村王家的二姑娘喊着：‘五云嫂，五云嫂……’一边跑着一边喊：‘我娘说，许是五云哥给你捎来的信。’真是，在我眼前的真是一封信，等我把信拿到手哇！看看……我不知为什么就止不住心酸起来……他还活着吗！他……眼泪就掉在那红签条上，我就用手去擦，一擦这红圈子就印到白的上面去。把猪食就丢在院心……进屋换了件干净衣裳。我就赶紧跑，跑到南村的学房见了学房的先生，我一面笑着就一面流着眼泪……我说：‘是外头人来的信，请先生看看……一年来的没来过一个字。’学房先生接到手里一看，就说不是我的。那信我就丢在学房里跑回来啦……猪也没有喂，鸡也没有上架，我就躺在炕上啦……好几天，我像失了魂似的。”

“从此就没有来信？”

“没有。”她打开了梅子汤的瓶口，喝了一碗，又喝一碗。

“你们这当兵的人，只说三年二载……可是回来……回来个什么呢！回来个魂灵给人看看吧……”

“什么？”车夫说：“莫不是阵亡在外吗……”

“是，就算吧！音信皆无过了一年多。”

“是阵亡？”车夫从车上跳下去，拿了鞭子，在空中抽了两下，似乎是什么爆裂的声音。

“还问什么……这当兵的人真是凶多吉少。”她折皱的嘴唇好像撕裂了的绸片似的，显着轻浮和单薄。

车子一过黄村，太阳就开始斜了下去，青青的麦田上飞着鹊雀。

“五云哥阵亡的时候，你哭吗？”我一面捉弄着黄猫的尾巴，一面看着她，但她没有睬我，自己在整理着头巾。

等车夫颠跳着来在了车尾，扶了车栏，他一跳就坐在了车辕，在他没有抽烟之前，他的厚嘴唇好像关紧了的瓶口似的严密。

五云嫂的说话，好像落着小雨似的，我又顺着车栏睡下了。

等我再醒来，车子停在一个小村头的井口边，牛在饮着水，五云嫂也许是哭过，她陷下的眼睛高起了，并且眼角的皱纹也张开来。车夫从井口搅了一桶水提到车子旁边：

“不喝点吗？清凉清凉……”

“不喝。”她说。

“喝点吧，不喝就是用凉水洗洗脸也是好的。”他从腰带上取下手巾来，浸了浸水：“揩一揩！尘土迷了眼睛……”

当兵的人，怎么也会替人拿手巾？我感到了惊奇。我知道的当兵的人就会打仗，就会打女人，就会捏孩子们的耳朵。

“那年冬天，我去赶年市……我到城里去卖猪鬃，我在年市上喊着：‘好硬的猪鬃来……好长的猪鬃来……’后一年，我好像把他爹忘下啦……心上也不牵挂……想想那没有个好，这些年，人还会活着！到秋天，我也到田上去割高粱，看我这手，也吃过气力……春天就带着孩子去做长工，两个月三个月的就把家拆了。冬天又把家归拢起来。什么牛毛啦……猪毛啦……还有些收拾来的鸟雀的毛。冬天就在家里收拾，收拾干净啦呀……就选一个暖和的天气进城去卖。若有顺便进城去的车呢！把秃子也就带着……那一次没有带秃子。偏偏天气又不好，天天下清雪，年市上不怎么热闹；没有几捆猪鬃也总卖不完。一早就蹲在市上，一直蹲到太阳偏西。在十字街口，一家大买卖的墙头上贴着一张大纸，人们来来往往的在那里看，像是从一早那张纸就贴出来了！也许是晌午贴的……有的还一边看，一边念出来几句。我不懂得那一套……人们说是：'告示，告示'。可是告的什么，我也不懂那一套……'告示'，倒知道是官家的事情，与我们做小民的有什么长短！可不知为什么看的人就那么多……听说么，是捉逃兵的'告示'……又听说么……又听说么……几天就要送到县城来枪毙……"

"哪一年？民国十年枪毙逃兵二十多个的那回事吗？"车夫把卷起的衣袖在下意识里把它放下来，又用手扫着下颚。

"我不知道那叫什么年……反正枪毙不枪毙与我何干，反正我的猪鬃卖不完就不走运气……"她把手掌互相擦了一会，猛然，像是拍着蚊虫似的，凭空打了一下：

"有人念着逃兵的名字……我看着那穿黑马褂的人……我就说：'你再念一遍。'起先猪毛还拿在我的手上……我听到了姜五云姜五云的；好像那名字响了好几遍……我过了一些时候才想要呕吐……喉管里像有什么腥气的东西喷上来，我想咽下去……又咽不下去……眼睛冒着火苗……那些看'告示'的人往上挤着，我就退在了旁边，我再上前去看看，腿就不做主啦！看'告示'的人越多，我就退下来了！越退越远啦……"

她的前额和鼻头都流下汗来。

"跟了车，回到乡里，就快半夜了。一下车的时候，我才想起了猪毛……哪里还记得起猪毛……耳朵和两张木片似的啦……包头巾也许是掉在路上，也许是掉在城里……”

她把头巾掀起来，两个耳朵的下梢完全丢失了。

“看看，这是当兵的老婆……”

这回她把头巾束得更紧了一些，所以随着她的讲话那头巾的角部也起着小小的跳动。

“五云倒还活着，我就想看看他，也算夫妇一回……

“……二月里，我就背着秃子，今天进城，明天进城……‘告示’听说又贴过了几回，我不去看那玩艺儿，我到衙门去问，他们说：‘这里不管这事。’让我到兵营里去……我从小就怕见官……乡下孩子，没有见过。那些带刀挂枪的，我一看到就发颤……去吧！反正他们也不是见人就杀……后来常常去问，也就不怕了。反正一家三口，已经有一口拿在他们的手心里……他们告诉我，逃兵还没有送过来。我说什么时候才送过来呢？他们说：‘再过一个月吧！’……等我一回到乡下就听说逃兵已从什么县城，那是什么县城？到今天我也记不住那是什么县城……就是听说送过来啦就是啦……都说若不快点去看，人可就没有了。我再背着秃子，再进城……去问问兵营的人说：‘好心急，你还要问个百八十回。不知道，也许就不送过来的。’……有一天，我看着一个大官，坐着马车，钉东钉东的响着铃子，从营房走出来了……我把秃子放在地上，我就跑过去，正好马车是向着这边来的，我就跪下了，也不怕马蹄就踏在我的头上。

“‘大老爷，我的丈夫……姜五……’我还没有说出来，就觉得肩膀上很沉重……那赶马车的把我往后面推倒了，好像跌了交似的我爬在道边去。只看到那赶马车的也戴着兵帽子。

“我站起来，把秃子又背在背上……营房的前边，就是一条河，一个下半天都在河边上看着河水。有些钓鱼的，也有些洗衣裳的。远一点，在那河湾上，那水就深了，看着那浪头一排排的从眼前过去。不知道几百条浪头都坐着看过去了。我想把秃子放在河边上，我一跳就下去吧！留他一条小命，他一哭就会有人把他收了去。

“我拍着那小胸脯，我好像说：‘秃儿，睡吧。’我还摸摸那圆圆的耳朵，那孩子的耳朵，真是，长得肥满，和他爹的一模一样。一看到那孩子的耳朵，就看到他爹了。”

她为了赞美而笑了笑。

“我又拍着那小胸脯，我又说：‘睡吧！秃儿。’我想起了，我还有几吊钱，也放在孩子的胸脯里吧！正在伸，伸手去放……放的时节……孩子睁开眼睛了……又加上一只风船转过河湾来，船上的孩子喊妈的声音我一听到，我就从沙摊上面……把秃子抱抱在……怀里了……”

她用包头巾像是紧了紧她的喉咙，随着她的手，眼泪就流了下来。

“还是……还是背着他回家吧！哪怕讨饭，也是有个亲娘……亲娘的好……”

那蓝色头巾的角部，也随着她的下颚颤抖了起来。

我们车子的前面正过着一堆羊群，放羊的孩子口里响着用柳条做成的叫子，野地在斜过去的太阳里边分不出什么是花，什么是草了！只是混混黄黄的一片。

车夫跟着车子走在旁边，把鞭梢在地上荡起着一条条的烟尘。

“……一直到五月，营房的人才说：‘就要来的，就要来的。’

"……五月的末梢，一只大轮船就停在了营房门前的河沿上。不知怎么这样多的人！比七月十五看河灯的人还多……"

她的两只袖子在招摇着。

"逃兵的家属，站在右边……我也站过去，走过一个带兵帽子的人，还每人给挂了一张牌子……谁知道，我也不认识那字。……

"要搭跳板的时候，就来了一群兵队，把我们这些挂牌子的……就圈了起来……'离开河沿远点，远点……'他们用枪把手把我们赶到离开那轮船有三四丈远……站在我旁边的，一个白胡子的老头，他一只手下提着一个包裹，我问他：'老伯，为啥还带来这东西？'……'哼！不！……我有一个儿子和一个侄子……一人一包……回阴曹地府，不穿洁净衣裳是不上高的。'

"跳板搭起来了……一看跳板搭起来就有哭的……我是不哭，我把脚跟立得稳稳当当的，眼睛往船上看着……可是，总不见出来……过了一会，一个兵官，挎着洋刀，手扶着栏杆说：'让家属们再往后退退……就要下船……'听着嗃唠一声，那些兵队又用枪把手把我们向后赶了过去，一直赶上了道旁的豆田，我们就站在豆秧上，跳板又呼隆隆的搭起了一块……走下来了，一个兵官领头……那脚镣子，哗拉哗拉的……我还记得，第一个还是个小矮个……走下来五六个啦……没有一个像秃子他爹宽宽肩膀的，是真的，很难看……两条胳臂直伸伸的……我看了半天工夫才看出手上都是带了铐子的。旁边的人越哭，我就格外更安静。我只把眼睛看着那跳板……我要问问他爹'为啥当兵不好好当，要当逃兵……你看看，你的儿子，对得起吗？'

"二十来个，我不知道哪个是他爹，远看都是那么个样儿。一个青年的媳妇……还穿了件绿衣裳，发疯了似的，穿开了兵队抢过去了……当兵的哪肯叫她过去……就把她抓回来，她就在地上打滚，她喊：‘当了兵还不到三个月呀……还不到……’两个兵队的人，就把她抬回来，那头发都披散开啦。又过了一袋烟的工夫，才把我们这些挂牌子的人带过去……越走越近了，越近也就越看不清楚哪个是秃子他爹……眼睛起了白濛……又加上别人都呜呜啕啕的，哭得我多少也有点心慌……

“还有的嘴上抽着烟卷，还有的骂着……就是笑的也有。当兵的这种人……不怪说，当兵的不惜命……

“我看看，真是没有秃子他爹，哼！这可怪事……我一回身就把一个兵官的皮带抓住：‘姜五云呢？’‘他是你的什么人？’‘是我的丈夫。’我把秃子可就放在地上啦……放在地上那不做美的就哭起来，我拍的一声，给秃子一个嘴巴……接着我就打了那兵官：‘你们把人消灭到什么地方去啦？’

“‘好的……好家伙……够朋友……’那些逃兵们就连起声来跺着脚喊。兵官看看这情形，赶快叫当兵的把我拖开啦……他们说：‘不只姜五云一个人，还有两个没有送过来，明后天，下一班船就送来……逃兵里他们三个是头目。’

“我背着孩子就离开了河沿：我就挂着牌子走下去了，我一路走，一路两条腿发颤。奔来看热闹的人满街满道啦……我走过了营房的背后，兵营的墙根下坐着那提着两个包裹的老头，他的包裹只剩了一个。我说：‘老伯，你的儿子也没来吗？’我一问他，他就把背脊弓了起来，用手把胡子放在嘴唇上，咬着胡子就哭啦！

“他还说：‘因为是头目，就当地正法了咧！’当时我还不知道这‘正法’是什么……”

她再说下去，那是完全不相接连的话头。

“又过三年，秃子八岁的那年，把他送进了豆腐房……就是这样：一年我来看他两回。二年他回家一趟……回来也就是十天半月的……”

车夫离开车子，在小毛道上走着，两只手放在背后，太阳从横面把他拖成一条长影，他每走一步，那影子就分成了一个叉形。

“我也有家小……”他的话从嘴唇上流了下来似的，好像他对着旷野说的一般。

“哟！”五云嫂把头巾放松了些。

“什么！”她鼻子上的折皱纠动了一些时候：“可是真的……兵不当啦也不回家……”

“哼！回家！就背着两条腿回家？”车夫把肥大的手揩扭着自己的鼻子笑了。

“这几年，还没多少赚几个？”

“都是想赚几个呀！才当逃兵去啦！”他把腰带更束紧了一些。

我加了一件棉衣，五云嫂披了一张毯子。

“嗯！还有三里路……这若是套的马……嗯！一颠搭就到啦，牛就不行！这牲口性子没紧没慢，上阵打仗，牛就不行……”车夫从草包取出棉袄来，那棉袄顺着风飞着草末，他就穿上了。

黄昏的风，却是和二月里的一样。车夫在车尾上打开了外祖父给祖父带来的酒坛。

“喝吧！半路开酒坛，穷人好赌钱……喝上两杯……”他喝了几杯之后，把胸膛就完全露在外面。他一面啮嚼着肉干，一边嘴上起着泡沫，风从他的嘴边走过时，他唇上的泡沫也宏大了一些。

我们将奔到的那座城，在一种灰色的气候里，只能够辨别那不是旷野，也不是山岗，又不是海边，又不是树林……

车子越往前进，城座看来越退越远。脸孔和手上，都有一种黏黏的感觉……再往前看，连道路也看不到尽头……

车夫收拾了酒坛，拾起了鞭子……这时候，牛角也模糊了去。

“你从出来就没回过家？家也不来信？”五云嫂的问话，车夫一定没有听到，他打着口哨，招呼着牛。后来他跳下车去，跟着牛在前面走着。

对面走过一辆空车，车辕上挂着红色的灯笼。

“大雾！”

“好大的雾！”车夫彼此招呼着。

“三月里大雾……不是兵灾，就是荒年……”

两个车子又过去了。

一九三六年。

家族以外的人*

我蹲在树上，渐渐有点害怕，太阳也落下去了；树叶的声响也唰唰的了；墙外街道上走着的行人也都和影子似的黑丛丛的；院里房屋的门窗变成黑洞了。并且野猫在我旁边的墙头上跑着叫着。

我从树上溜下来，虽然后门是开着的，但我不敢进去，我要看看母亲睡了还是没有睡？还没经过她的窗口，我就听到了席子的声音：

“小死鬼……你还敢回来！”

我折回去，就顺着厢房的墙根又溜走了。

在院心空场上的草丛里边站了一些时候，连自己也没有注意到我是折碎了一些草叶咬在嘴里。白天那些所熟识的虫子，也都停止了鸣叫；在夜里叫的是另外一些虫子，它们的声音沉静，清脆而悠长。那埋着我的高草，和我的头顶一平，它们平滑，它们在我的耳边唱着那么微细的小歌，使我不能相信倒是听到还是没有听到。

“去吧……去……跳跳攒攒的……谁喜欢你……”

---

* 本文发表于1936年10月15、11月15日（上海）《作家》（月刊）第二卷第一、第二号，署名萧红。1937年5月收入（上海）文化生活出版社初版作品集《牛车上》。

有二伯回来了，那喊狗的声音一直继续到厢房的那面。

我听到有二伯那拍响着的失掉了后跟的鞋子的声音，又听到厢房门扇的响声。

“妈睡了没睡呢？”我推着草叶，走出了草丛。

有二伯住着的厢房，纸窗好像闪着火光似的明亮。我推开门，就站在门口。

“还没睡？”

我说：“没睡。”

他在灶口烧着火，火叉的尖端插着玉米。

“你还没有吃饭？”我问他。

“吃什……么……饭？谁给留饭！”

我说：“我也没吃呢！”

“不吃，怎么不吃？你是家里人哪……”他的脖子比平日喝过酒之后更红，并且那脉管和那正在烧着的小树枝差不多。

“去吧……睡睡……觉去吧！”好像不是对我说似的。

“我也没吃饭呢！”我看着已经开始发黄的玉米。

“不吃饭，干什么来的……”

“我妈打我……”

“打你！为什么打你？”

孩子的心上所感到的温暖是和大人不同的，我要哭了，我看着他嘴角上流下来的笑痕。只有他才是偏着我这方面的人，他比妈妈还好。立刻我后悔起来，我觉得我的手在他身旁抓起一些柴草来，抓得很紧，并且许多时候没有把手松开，我的眼睛不敢再看到他的脸上去，只看到他腰带的地方和那脚边的火堆。我想说：

“二伯……再下雨时我不说你‘下雨冒泡，王八戴草帽’

啦……”

“你妈打你……我看该打……”

“怎么……”我说：“你看……她不让我吃饭！”

“不让你吃饭……你这孩子也太好去啦……”

“你看，我在树上蹲着，她拿火叉子往下叉我……你看……把胳臂都给叉破皮啦……”我把手里的柴草放下，一只手卷着袖子给他看。

“叉破皮……为啥叉的呢……还有个缘由没有呢？”

“因为拿了馒头。”

“还说呢……有出息！我没见过七八岁的姑娘还偷东西……还从家里偷东西往外边送！”他把玉米从叉子上拔下来了。

火堆仍没有灭；他的胡子在玉米上，我看得很清楚是扫来扫去的。

“就拿三个……没多拿……”

“嗯！”把眼睛斜着看我一下，想要说什么，但又没有说。只是胡子在玉米上像小刷子似的来往着。

“我也没吃饭呢！”我咬着指甲。

“不吃……你愿意不吃……你是家里人！”好像抛给狗吃的东西一样，他把半段玉米打在我的脚上。

有一天，我看到母亲的头发在枕头上已经蓬乱起来，我知道她是睡熟了，我就从木格子下面提着鸡蛋筐子跑了。

那些邻居家的孩子就等在后院的空磨房里边。我顺着墙根走了回来的时候，安全，毫没有意外，我轻轻的招呼他们一声，他们就从窗口把篮子提了进去，其中有一个比我们大一些的，叫他小哥哥的，他一看见鸡蛋就抬一抬肩膀，伸一下舌头。小哑巴姑娘，她还为了特殊的得意啊啊了两声。

“嗳！小点声……花姐她妈剥她的皮呀……”

把窗子关了，就在碾盘上开始烧起火来，树枝和干草的烟围蒸腾了起来；老鼠在碾盘底下跑来跑去；风车站在墙角的地方，那大轮子上边盖着蛛网，罗柜旁边余留下来的谷类的粉末，那上面挂着许多种类虫子的皮壳。

“咱们来分分吧……一人几个，自家烧自家的。”

火苗旺盛起来了，伙伴们的脸孔，完全照红了。

“烧吧！放上去吧……一人三个……”

“可是多一个给谁呢？”

“给哑巴吧！”

她接过去，啊啊的。

“小点声，别吵！别把到肚的东西吵靡啦[1]。”

“多吃一个鸡蛋……下回别用手指画着骂人啦！啊！哑巴？”

蛋皮开始发黄的时候，我们为着这心上的满足，几乎要冒险叫喊了。

“唉呀！快要吃啦！”

“预备着吧，说熟就快的……”

“我的鸡蛋比你们的全大……像个大鸭蛋……”

“别叫……别叫。花姐她妈这半天一定睡醒啦……”

窗外有哽哽的声音，我们知道是大白狗在扒着墙皮的泥土。但同时似乎听到了母亲的声音。

母亲终于在叫我了！鸡蛋开始爆裂的时候，母亲的喊声也在尖利的刺着纸窗了。

1　吵靡啦，靡：无；没有。

等她停止了喊声，我才慢慢从窗子跳出去，我走得很慢，好像没有睡醒的样子，等我站到她面前的那一刻，无论如何再也压制不住那种心跳。

“妈！叫我干什么？”我一定惨白了脸。

“等一会……”她回身去找什么东西的样子。

我想她一定去拿什么东西来打我，我想要逃，但我又强制着忍耐了一刻。

“去把这孩子也带去玩……”把小妹妹放在我的怀中。

我几乎要抱不动她了，我流了汗。

“去吧！还站在这干什么……”其实磨房的声音，一点也传不到母亲这里来，她到镜子前面去梳她的头发。

我绕了一个圈子，在磨房的前面，那锁着的门边告诉了他们：

“没有事……不要紧……妈什么也不知道。”

我离开那门前，走了几步，就有一种异样的香味扑了来，并且飘满了院子。等我把小妹妹放在炕上，这种气味就满屋都是了。

“这是谁家炒鸡蛋，炒得这样香……”母亲很高的鼻子在镜子里使我有点害怕。

“不是炒鸡蛋……明明是烧的，哈！这蛋皮味，谁家……呆老婆烧鸡蛋……五里香。”

“许是吴大婶她们家？”我说这话的时候，隔着菜园子看到磨房的窗口冒着烟。

等我跑回了磨房，火完全灭了。我站在他们当中，他们几乎是摸着我的头发。

“我妈说谁家烧鸡蛋呢？谁家烧鸡蛋呢？我就告诉她，许是吴大婶她们家。哈！这是吴大婶？这是一群小鬼……"

我们就开朗的笑着。站在碾盘上往下跳着，甚至于多事起来，他们就在磨房里捉耗子。因为我告诉他们，我妈抱着小妹妹出去串门去了。

"什么人啊！"我们知道是有二伯在敲着窗棂。

"要进来，你就爬上来！还招呼什么？"我们之中有人回答他。

起初，他什么也没有看到，他站在窗口，摆着手。后来他说：

"看吧！"他把鼻子用力抽了两下："一定有点故事……哪来的这种气味？"

他开始爬到窗台上面来，他那短小健康的身子从窗台跳进来时，好像一张磨盘滚了下来似的，土地发着响。他围着磨盘走了两圈。他上唇的红色的小胡为着鼻子时时抽动的缘故，像是一条秋天里的毛虫在他的唇上不住的滚动。

"你们烧火吗？看这碾盘上的灰……花子……这又是你领头！我要不告诉你妈的……整天家领一群野孩子来作祸……"他要爬上窗口去了，可是他看到了那只筐子："这是什么人提出来的呢？这不是咱家装鸡蛋的吗？花子……你不定又偷了什么东西……你妈没看见！"

他提着筐子走的时候，我们还嘲笑着他的草帽。"像个小瓦盆……像个小水桶……"

但夜里，我是挨打了。我伏在窗台上用舌尖舐着自己的眼泪。

"有二伯……有老虎……什么东西……坏老头子……"我一边哭着一边咒诅着他。

但过不多久，我又把他忘记了，我和许多孩子们一道去抽开了他的腰带，或是用杆子从后面掀掉了他的没有边沿的草帽。我们嘲笑他和嘲笑院心的大白狗一样。

秋末：我们寂寞了一个长久的时间。

那些空房子里充满了冷风和黑暗；长在空场上的高草，干败了而倒了下来；房后菜园上的各种秧棵完全挂满了白霜；老榆树在墙根边仍旧随风摇摆它那还没有落完的叶子；天空是发灰色的，云彩也失去了形状，有时带来了雨点，有时又带来了细雪。

我为着一种疲倦，也为着一点新的发现，我登着箱子和柜子，爬上了装旧东西的屋子的棚顶。

那上面，黑暗，有一种完全不可知的感觉，我摸到了一个小木箱，来捧着它，来到棚顶洞口的地方，借着洞口的光亮，看到木箱是锁着一个发光的小铁锁，我把它在耳边摇了摇，又用手掌拍一拍……那里面冬郎冬郎的响着。

我很失望，因为我打不开这箱子，我又把它送了回去。于是我又往更深和更黑的角落处去探爬。因为我不能站起来走，这黑洞洞的地方一点也不规则，走在上面时时有跌倒的可能。所以在爬着的当儿，手指所触到的东西，可以随时把它们摸一摸。当我摸到了一个小琉璃罐，我又回到了亮光的地方……我该多么高兴，那里面完全是黑枣，我一点也没有再迟疑，就抱着这宝物下来了，脚尖刚接触到那箱子的盖顶，我又和小蛇一样把自己落下去的身子缩了回来，我又在棚顶蹲了好些时候。

我看着有二伯打开了就是我上来的时候登着的那个箱子。我看着他开了很多时候，他用牙齿咬着他手里的那块小东西……他歪着头，咬得咯啦啦的发响，咬了之后又放在手里扭着它，而后又把它触到箱子上去试一试。最后一次那箱子上的铜锁发着弹响的时候，我才知道他扭着的是一断铁丝。他把帽子脱下来，把那块盘卷的小东西就压在帽顶里面。

他把箱子翻了好几次：红色的椅垫子，蓝色粗布的绣花围裙……女人的绣花鞋子……还有一团滚乱的花色的线，在箱子底上还躺着一只湛黄的铜酒壶。

后来他伸出那布满了筋络的两臂，震撼着那箱子。

我想他可不是把这箱子搬开！搬开我可怎么下去？

他抱起好几次，又放下好几次，我几乎要招呼住他。

等一会，他从身上解下腰带来了，他弯下腰去，把腰带横在地上，一张一张的把椅垫子堆起来，压到腰带上去，而后打着结，椅垫子被束起来了。他喘着呼喘，试着去提一提。

他怎么还不快点出去呢？我想到了哑巴，也想到了别人，好像他们就在我的眼前吃着这东西似的使我得意。

"啊哈……这些……这些都是油乌乌的黑枣……"

我要向他们说的话都已想好了。

同时这些枣在我的眼睛里闪光，并且很滑，又好像已经在我的喉咙里上下的跳着。

他并没有把箱子搬开，他是开始锁着它。他把铜酒壶立在箱子的盖上，而后他出去了。

我把身子用力去拖长，使两个脚掌完全牢牢实实的踏到了箱子，因为过于用力抱着那琉璃罐，胸脯感到了发痛。

有二伯又走来了，他先提起门旁的椅垫子，而后又来拿箱盖上的铜酒壶，等他把铜酒壶压在肚子上面，他才看到墙角站着的是我。

他立刻就笑了，我还从来没有看到过他笑得这样过分，把牙齿完全露在外面，嘴唇像是缺少了一个边。

“你不说么？”他的头顶站着无数很大的汗珠。

“说什么……”

“不说，好孩子……”他拍着我的头顶。

“那么，你让我把这个琉璃罐拿出去？”

“拿吧！”

他一点也没有看到我，我另外又在门旁的筐子里抓了五个馒头跑了。

等母亲说丢了东西的那天，我也站到她的旁边去。

我说：“那我也不知道。”

“这可怪啦……明明是锁着……可哪儿来的钥匙呢？”母亲的尖尖的下颚是向着家里的别的人说的。后来那歪脖的年青的厨夫也说：

“哼！这是谁呢？”

我又说：“那我也不知道。”

可是我脑子上走着的，是有二伯怎样用腰带捆了那些椅垫子，怎样把铜酒壶压在肚子上，并且那酒壶就贴着肉的。并且有二伯好像在我的身体里边咬着那铁丝咖郎郎的响着似的。我的耳朵一阵阵的发烧，我把眼睛闭了一会。可是一睁开眼睛，我就向着那敞开的箱子又说：

“那我也不知道。”

后来我竟说出了：“那我可没看见。”

等母亲找来一条铁丝，试着怎样可以做成钥匙，她扭了一些时候，那铁丝并没有扭弯。

“不对的……要用牙咬，就这样……一咬……再一扭……再一咬……”很危险，舌头若一滑转的时候，就要说了出来。我看见我的手已经在作着式子。

我开始把嘴唇咬得很紧，把手臂放在背后在看着他们。

“这可怪啦……这东西，又不是小东西……怎么能从院子走得出？除非是晚上……可是晚上就是来贼也偷不出去的……”母亲很尖的下颚使我害怕，她说的时候，用手推了推旁边的那张窗子：

“是啊！这东西是从前门走的，你们看……这窗子一夏就没有打开过……你们看……这还是去年秋天糊的窗缝子。”

“别绊脚！过去……”她用手推着我。

她又把这屋子的四边都看了看。

“不信……这东西去路也没有几条……我也能摸到一点边……不信……看着吧……这也不行啦。春天丢了一个铜火锅……说是放忘了地方啦……说是慢慢找，又是……也许借出去啦！哪有那么一回事……早还了输赢账啦……当他家里人看待……还说不拿他当家里人看待，好哇……慢慢把房梁也拆走啦……”

“啊……啊！”那厨夫抓住了自己的围裙，擦着嘴角。那歪了的脖子和一根蜡签似的，好像就要折断下来。

母亲和别人完全走完了时，他还站在那个地方。

晚饭的桌上，厨夫问着有二伯：

“都说你不吃羊肉，那么羊肠你吃不吃呢？”

“羊肠也是不能吃。”他看着他自己的饭碗说。

“我说，有二爷，这炒辣椒里边，可就有一段羊肠，我可告诉你！”

“怎么早不说，这……这……这……”他把筷子放下来，他运动着又要红起来的脖颈，把头掉转过去，转得很慢，看起来就和用手去转动一只瓦盆那样迟滞。

“有二是个粗人，一辈子……什么都吃……就……是……不吃……这……羊……身上……的……不戴……羊……皮帽……子……不穿……羊……皮……衣裳……”他一个字一个字平板的说下去：

“下回……他说……杨安……你炒什么……不管菜汤里头……若有那羊身上的呀……先告诉我一声……有二不是那嘴馋的人！吃不吃不要紧……就是吃口咸菜……我也不吃那……羊……身……上……的……”

“可是有二爷，我问你一件事……你喝酒用什么酒壶喝呢？非用铜酒壶不可？”杨厨子的下巴举得很高。

“什么酒壶……还不一样……”他又放下了筷子，把旁边的锡酒壶格格的蹲了两下：“这不是吗？……锡酒壶……喝的是酒……酒好……就不在壶上……哼！也不……年青的时候，就总爱……这个……锡酒壶……把它擦得闪光湛亮……”

“我说有二爷……铜酒壶好不好呢？”

“怎么不好……一擦比什么都亮堂……”

“对了，还是铜酒壶好喔……哈……哈哈……”厨子笑了起来。他笑得在给我装饭的时候，几乎是抢掉了我的饭碗。

母亲把下唇拉长着，她的舌头往外边吹一点风，有几颗饭粒落在我的手上。

“哼！杨安……你笑我……不吃……羊肉，那真是吃不得：比方，我三个月就……没有了娘……羊奶把我长大的……若不是……还活了六十多岁……”

杨安拍着膝盖：“你真算是个有良心的人，为人没作过昧良心的事？是不是？我说，有二爷……”

“你们年青人，不信这话……这都不好……人要知道自家的来路……不好反回头去倒咬一口……人要知恩报恩……说书讲古上都说……比方羊……就是我的娘……不是……不是……我可活六十多岁？”他挺直了背脊，把那盘羊肠炒辣椒用筷子推开了一点。

吃完了饭，他退了出去，手里拿着那没有边沿的草帽。沿着砖路，他走下去了，那泥污的，好像两块朽木头似的……他的脚后跟随着那挂在脚尖上的鞋片在砖路上拖拖着；而那头顶就完全像个小锅似的冒着气。

母亲跟那厨夫在起着高笑。

“铜酒壶……啊哈……还有椅垫子呢……问问他……他知道不知道？”杨厨夫，他的脖子上的那块疤痕，我看也大了一些。

我有点害怕母亲，她的完全露着骨节的手指，把一条很胖的鸡腿送到嘴上去，撕着，并且还露着牙齿。

又是一回母亲打我，我又跑到树上去，因为树枝完全没有了叶子，母亲向我飞来的小石子差不多每颗都像小钻子似的刺痛着我的全身。

“你再往上爬……再往上爬……拿杆子把你绞下来。”

母亲说着的时候，我觉得抱在胸前的那树干有些颤了，因为我已经爬到了顶梢，差不多就要爬到枝子上去了。

“你这小贴树皮，你这小妖精……我可真就算治不了你……”她就在树下徘徊着……许多工夫没有向我打着石子。

许多天，我没有上树，这感觉很新奇，我向四面望着，觉得只有我才比一切高了一点，街道上走着的人，车，附近的房子都在我的下面，就连后街上卖豆芽菜的那家的幌杆，我也和它一般高了。

“小死鬼……你滚下来不滚下来呀……”母亲说着“小死鬼”的时候，就好像叫着我的名字那般平常。

“啊！怎样的？”只要她没有牢牢实实的抓到我，我总不十分怕她。

她一没有留心，我就从树干跑到墙头上去：“啊哈……看我站在什么地方？”

“好孩子啊……要站到老爷庙的旗杆上去啦……”回答着我的，不是母亲，是站在墙外的一个人。

“快下来……墙头不都是踏坏了吗？我去叫你妈来打你。”是有二伯。

“我下不来啦，你看，这不是吗？我妈在树根下等着我……”

“等你干什么？”他从墙下的板门走了进来。

“等着打我！”

“为啥打你？”

“尿了裤子。”

“还说呢……还有脸？七八岁的姑娘……尿裤子……滚下来？墙头踏坏啦！”他好像一只猪在叫唤着。

“把她抓下来……今天我让她认识认识我！”

母亲说着的时候，有二伯就开始卷着裤脚。

我想：这是做什么呢？

“好！小花子，你看着……这还无法无天啦呢……你可等着……”

等我看见他真的爬上了那最低级的树叉，我开始要流出眼泪来，喉管感到特别发涨。

“我要……我要说……我要说……”

母亲好像没有听懂我的话，可是有二伯没有再进一步，他就蹲在那很粗的树叉上：

“下来……好孩子……不碍事的，你妈打不着你，快下来，明天吃完早饭二伯领你上公园……省得在家里她们打你……”

他抱着我，从墙头上把我抱到树上，又从树上把我抱下来。

我一边抹着眼泪一边听着他说：

“好孩子……明天咱们上公园。”

第二天早晨，我就等在大门洞里边，可是等到他走过我的时候，他也并不向我说一声：“走吧！”我从身后赶了上去，我拉住他的腰带：

“你不说今天领我上公园吗？”

“上什么公园……去玩去吧！去吧……”只看着前面的道路，他并不看着我。昨天说的话好像不是他。

后来我就挂在他的腰带上，他摇着身子，他好像摆着贴在他身上的虫子似的摆脱着我。

“那我要说，我说铜酒壶……”

他向四边看了看，好像是叹着气：

“走吧？绊脚星……”

一路上他也不看我，不管我怎样看中了那商店窗子里摆着的小橡皮人，我也不能多看一会，因为一转眼……他就走远了。等走在公园门外的板桥上，我就跑在他的前面。

“到了！到了啊……”我张开了两只胳臂，几乎自己要飞起来那么轻快。

没有叶子的树，公园里面的凉亭，都在我的前面招呼着我。一步进公园去，那跑马戏的锣鼓的声音，就震着我的耳朵，几乎把耳朵震聋了的样子，我有点不辨方向了。我拉着有二伯烟荷包上的小圆葫芦向前走。经过白色布棚的时候，我听到里面喊着：

“怕不怕？”

“不怕。”

“敢不敢？”

“敢哪……”

不知道有二伯要走到什么地方去？

棚棚戏，西洋景……耍猴的……耍熊瞎子[1]的……唱木偶戏的。这一些我们都走过来了，再往那边去，就什么也看不见了。并且地上的落叶也厚了起来，树叶子完全盖着我们在走着的路径。

“二伯！我们不看跑马戏的？”

我把烟荷包上的小圆葫芦放开，我和他距离开一点，我看着他的脸色：

“那里头有老虎……老虎我看过。我还没有看过大象。人家说这伙马戏班子是有三匹象：一匹大的两匹小的，大的……大的……人家说，那鼻子，就只一根鼻子比咱家烧火的叉子还长……”

他的脸色完全没有变动。我从他的左边跑到他的右边。又从右边跑到左边：

“是不是呢？有二伯，你说是不是……你也没看见过？”

因为我是倒退着走，被一条露在地面上的树根绊倒了。

“好好走！”他也并没有拉我。

我自己起来了。

1　熊瞎子，黑熊的别称，熊科、熊属类动物。相貌似狗，也叫狗熊，因视力较差，亦被称为“黑瞎子”。

公园的末角上，有一座茶亭，我想他到这个地方来，他是渴了！但他没有走进茶亭去，在茶亭后边，有和房子差不多，是席子搭起来的小房。

他把我领进去了，那里边黑洞洞的，最里边站着一个人，比画着，还打着什么竹板。有二伯一进门，就靠边坐在长板凳上，我就站在他的膝盖前，我的腿站得麻木了的时候，我也不能懂得那人是在干什么？他还和姑娘似的带着一条辫子，他把腿伸开了一只，像打拳的样子，又缩了回来，又把一只手往外推着……就这样走了一圈，接着又“叭”打了一下竹板。唱戏不像唱戏，耍猴不像耍猴，好像卖膏药的，可是我也看不见有人买膏药。

后来我就不向前边看，而向四面看，一个小孩也没有。前面的板凳一空下来，有二伯就带着我升到前面去，我也坐下来，但我坐不住，我总想看那大象。

“二伯，咱们看大象去吧，不看这个。”

他说：“别闹，别闹，好好听……”

“听什么，那是什么？”

“他说的是关公斩蔡阳……”

“什么关公哇？”

“关老爷，你没去过关老爷庙吗？”

我想起来了，关老爷庙里，关老爷骑着红色的马。

“对吧！关老爷骑着红色……”

“你听着……”他把我的话截断了。

我听了一会还是不懂，于是我转过身来，面向后坐着，还有一个瞎子，他的每一个眼球上盖着一个白泡。还有一个一条腿的人，手里还拿着木杖。坐在我旁边的人，那人的手包了起来，用一条布带挂到脖子上去。

等我听到“叭叭叭”的响了一阵竹板之后，有二伯还流了几颗眼泪。

我是一定要看大象的，回来的时候再经过白布棚我就站着不动了。

“要看，吃完晌饭再来看……”有二伯离开我慢慢的走着：“回去，回去吃完晌饭再来看。”

“不嘛！饭我不吃，我不饿，看了再回去。”我拉住他的烟荷包。

“人家不让进，要买‘票’的，你没看见……那不是把门的人吗？”

“那咱们不好也买‘票！’”

“哪来的钱……买‘票’两个人要好几拾吊钱。”

“我看见啦，你有钱，刚才在那棚子里你不是还给那个人钱来吗？”我贴到他的身上去。

“那才给几个铜钱！多啦没有，你二伯多啦没有。”

“我不信，我看有一大堆！”我跷着脚尖！掀开了他的衣襟，把手探进他的衣兜里去。

“是吧！多啦没有吧！你二伯多啦没有，没有进财的道……也就是个月七成的[1]看个小牌，赢两吊……可是输的时候也不少。哼哼。”他看着拿在我手里的五六个铜元。

“信了吧！孩子，你二伯多啦没有……不能有……”一边走下了木桥，他一边说着。

那马戏班子的喊声还是那么热烈的在我们的背后反复着。

有二伯在木桥下那围着一群孩子，抽签子的地方也替我抛上

1 个月七成的，俗语，意为隔三岔五的。

两个铜元去。

我一伸手就在铁丝上拉下一张纸条来，纸条在水碗里面立刻变出一个通红的“五”字。

“是个几？”

“那不明明是个五吗？”我用肘部击撞着他。

“我哪认得呀！你二伯一个字也不识，一天书也没念过。”

回来的路上，我就不断的吃着这五个糖球。

第二次，我看到有二伯偷东西，好像是第二年的夏天，因为那马蛇菜[1]的花，开得过于鲜红，院心空场上的高草，长得比我的年龄还快，它超过我了，那草场上的蜂子，蜻蜓，还更来了一些不知名的小虫，也来了一些特殊的草种，它们还会开着花，淡紫色的，一串一串的，站在草场中，它们还特别的高，所以那花穗和小旗子一样动荡在草场上。

吃完了午饭，我是什么也不做，专等着小朋友们来，可是他们一个也不来。于是我就跑到粮食房子去，因为母亲在清早端了一个方盘走进去过。我想那方盘中……哼……一定是有点什么东西？

母亲把方盘藏得很巧妙，也不把它放在米柜上，也不放在粮食仓子上，她把它用绳子吊在房梁上了。我正在看着那奇怪的方盘的时候，我听到板仓里好像有耗子，也或者墙里面有耗子……总之，我是听到了一点响动……过了一会竟有了喘气的声音，我想不会是黄鼠狼子？我有点害怕，就故意用手拍着板仓，拍了两

1　马蛇菜，学名马齿苋，别称马苋、五行草、长命菜、五方草、瓜子菜、麻绳菜、马齿菜、蚂蚱菜、马蜂菜等等。一年生草本。生命力顽强，营养丰富，生于菜园、路旁，为田间常见杂草，可食用可药用。

下，听听就什么也没有了……可是很快又有什么东西在喘气……嗞嗞的……好像肺管里面起着泡沫。

这次我有点暴躁：

“去！什么东西……”

有二伯的胸部和他红色的脖子从板仓伸出来一段……当时，我疑心我也许是在看着木偶戏！但那顶窗透进来的太阳证明给我，被那金红色液体的东西染着的正是有二伯尖长的突出的鼻子……他的胸膛在白色的单衫下面不能够再压制得住，好像小波浪似的在雨点里面任意的跳着。

他一点声音也没有作，只是站着，站着……他完全和一只受惊的公羊那般愚傻！

我和小朋友们，捉着甲虫，捕着蜻蜓，我们做这种事情，永不会厌倦。野草，野花，野的虫子，它们完全经营在我们的手里，从早晨到黄昏。

假若是个晴好的夜，我就单独留在草丛里边，那里有闪光的甲虫，有虫子低微的吟鸣，有高草摇着的夜影。

有时我竟压倒了蒿草，躺在上面，我爱那天空，我爱那星子……听人说过的海洋，我想也就和这天空差不多了。

晚饭的时候，我抱着一些装满了虫子的盒子，从草丛回来，经过粮食房子的旁边，使我惊奇的是有二伯还站在那里，破了的窗洞口露着他发青的嘴角和灰白的眼圈。

“院子里没有人吗？”好像是生病的人喑哑的喉咙。

“有！我妈在台阶上抽烟。”

“去吧！”

他完全没有笑容，他苍白，那头发好像墙头上跑着的野猫的毛皮。

饭桌上，有二伯的位置，那木凳上蹲着一匹小花狗。它戏耍着的时候，那卷尾巴和那铜铃完全引人可爱。

母亲投了一块肉给它。歪脖的厨子从汤锅里取出一块很大的骨头来……花狗跳到地上去，追了那骨头发了狂，那铜铃暴躁起来……

小妹妹笑得用筷子打着碗边，厨夫拉起围裙来擦着眼睛，母亲却把汤碗倒翻在桌子上了。

“快拿……快拿抹布来，快……流下来啦……”她用手按着嘴，可是总有些些饭粒喷出来。

厨夫收拾桌子的时候，就点起煤油灯来，我面向着菜园坐在门槛上，从门道流出来的黄色的灯光当中，砌着我圆圆的头部和肩膀，我时时举动着手，揩着额头的汗水，每揩了一下，那影子也学着我揩了一下。透过我单衫的晚风，像是青蓝色的河水似的清凉……后街，粮米店的胡琴的声音也响了起来，幽远的回音，东边也在叫着，西边也在叫着……日里黄色的花变成白色的了，红色的花，变成黑色的了。

火一样红的马蛇菜的花也变成黑色的了。同时，那盘结着墙根的野马蛇菜的小花，就完全看不见了。

有二伯也许就踏着那些小花走去的，因为他太接近了墙根，我看着他……看着他……他走出了菜园的板门。

他一点也不知道，我从后面跟了上去。因为我觉得奇怪。他偷这东西做什么呢？也不好吃，也不好玩。

我追到了板门，他已经过了桥，奔向着东边的高冈。高冈上的去路，宽宏而明亮。两边排着的门楼在月亮下面，我把它们当成庙堂一般想像。

有二伯的背上那圆圆的小袋子我还看得见的时候，远处，在他的前方，就起着狗叫了。

第三次我看见他偷东西，也许是第四次……但这也就是最后的一次。

他掮了大澡盆从菜园的边上横穿了过去，一些龙头花[1]被他撞掉下来。这次好像他一点也不害怕，那白洋铁的澡盆刚郎刚郎的埋没着他的头部在呻叫。

并且好像大块的白银似的，那闪光照耀得我很害怕，我靠到墙根上去，我几乎是发呆的站着。

我想：母亲抓到了他，是不是会打他呢？同时我又起了一种佩服他的心情："我将来也敢和他这样偷东西吗？"

但我又想：我是不偷这东西的，偷这东西干什么呢？这样大，放到哪里母亲也会捉到的。

但有二伯却顶着它，像是故事里银色的大蛇似的走去了。

以后，我就没有看到他再偷过。但我又看到了别样的事情，那更危险，而且又常常发生，比方我在高草中正捏住了蜻蜓的尾巴……鼓冬……板墙上有一块大石头似的抛了过来，蜻蜓无疑的是飞了。比方夜里，我就不敢再沿着那道板墙去捉蟋蟀，因为不知什么时候有二伯会从墙顶落下来。

丢了澡盆之后，母亲把三道门都下了锁。

所以小朋友们之中，我的蟋蟀捉得最少。因此我就怨恨有二伯：

"你总是跳墙，跳墙……人家蟋蟀都不能捉了！"

1　龙头花，金鱼草的别称，多年生草本植物。原产地中海地区，因花状似金鱼而得名。花色艳丽，适合观赏。

“不跳墙……说得好，有谁给开门呢？”他的脖子挺得很直。

“杨厨子开吧……”

“杨……厨子……哼……你们是家里人……支使得动他……你二伯……”

“你不会喊！叫他……叫他听不着，你就不会打门……”我的两只手，向两边摆着。

“哼……打门……”他的眼睛用力往低处看去。

“打门再听不着，你不会用脚踢……”

“踢……锁上啦……踢他干什么！”

“那你就非跳墙不可，是不是？跳也不轻轻跳，跳得那样吓人？”

“怎么轻轻的？”

“像我跳墙的时候，谁也听不着，落下来的时候，是蹲着……两只膀子张开……”我平地就跳了一下给他看。

“小的时候是行啊……老了，不行啦！骨头都硬啦！你二伯比你大六十岁，哪儿还比得了？”

他嘴角上流下来一点点的笑来。右手拿抓着烟荷包，左手摸着站在旁边的大白狗的耳朵……狗的舌头舐着他。

可是我总也不相信，怎么骨头还会硬与不硬？骨头不就是骨头吗？猪骨头我也咬不动，羊骨头我也咬不动，怎么我的骨头就和有二伯的骨头不一样？

所以，以后我拾到了骨头，就常常彼此把它们磕一磕。遇到同伴比我大几岁的，或是小一岁的，我都要和他们试试，怎样试呢？撞一撞拳头的骨节，倒是软多少硬多少？但总也觉不出来。若用力些就撞得很痛，第一次来撞的是哑巴——管事的女儿。起先她不肯，我就告诉她：

“你比我小一岁，来试试，人小骨头是软的，看看你软不软？”

当时，她的骨节就红了，我想：她的一定比我软。可是，看看自己的也红了。

有一次，有二伯从板墙上掉下来。他摔破了鼻子。

“哼！没加小心……一只腿下来……一只腿挂在墙上……哼！闹个大头朝下……”

他好像在嘲笑着他自己，并不用衣襟或是什么揩去那血，看起来，在流血的似乎不是他自己的鼻子，他挺着很直的背脊走向厢房去，血条一面走着一面更多的画着他的前襟。已经染了血的手是垂着，而不去按住鼻子。

厨夫歪着脖子站在院心，他说：

“有二爷，你这血真新鲜……我看你多摔两个也不要紧……”

“哼！小伙子，谁也从年青过过！就不用挖苦……慢慢就有啦……”他的嘴还在血条里面笑着。

过一会，有二伯裸着胸脯和肩头，站在厢房门口，鼻子孔塞着两块小东西，他喊着：

“老杨……杨安……有单褂子借给穿穿……明天这件干啦！就把你的脱下来……我那件掉啦膀子。夹的送去做，还没倒出工夫去拿……”他手里抖着那件洗过的衣裳。

“你说什么？”杨安几乎是喊着：“你送去做的夹衣裳还没倒出工夫去拿？有二爷真是忙人！衣服做都做好啦……拿一趟就没有工夫去拿……有二爷真是二爷，将来要用个跟班的啦……”

我爬着梯子，上了厢房的房顶，听着街上是有打架的，上去看一看。房顶上的风很大，我打着颤子下来了。有二伯还赤着臂膀站在檐下。那件湿的衣裳在绳子上啪啪的被风吹着。

点灯的时候，我进屋去加了件衣裳，很例外我看到有二伯单独的坐在饭桌的屋子里喝酒，并且更奇怪的是杨厨子给他盛着汤。

“我各自盛吧！你去歇歇吧……”有二伯和杨安争夺着汤盆里的勺子。

我走去看看，酒壶旁边的小碟子里还有两片肉。

有二伯穿着杨安的小黑马褂，腰带几乎是束到胸脯上去。他从来不穿这样小的衣裳，我看他不像个有二伯，像谁呢？也说不出来？他嘴在嚼着东西，鼻子上的小塞还会动着。

本来只有父亲晚上回来的时候，才单独的坐在洋灯下吃饭。在有二伯，就很新奇，所以我站着看了一会。

杨安像个弯腰的瘦甲虫，他跑到客室的门口去……

“快看看……”他歪着脖子：“都说他不吃羊肉……不吃羊肉……肚子太小，怕是胀破了……三大碗羊汤喝完啦……完啦……哈哈哈……”他小声的笑着，做着手势，放下了门帘。

又一次，完全不是羊肉汤……而是牛肉汤……可是当有二伯拿起了勺子，杨安就说：

“羊肉汤……”

他就把勺子放下了，用筷子夹着盘子里的炒茄子，杨安又告诉他：

“羊肝炒茄子。”

他把筷子去洗了洗，他自己到碗橱去拿出了一碟酱咸菜，他还没有拿到桌子上，杨安又说：

“羊……”他说不下去了。

“羊什么呢……”有二伯看着他。

“羊……羊……唔……是咸菜呀……嗯！咸菜里边说干净也

不干净……”

“怎么不干净？”

“用切羊肉的刀切的咸菜。”

“我说杨安，你可不能这样……”有二伯离着桌子很远，就把碟子摔了上去，桌面过于光滑，小碟在上面呱呱的跑着，撞在另一个盘子上才停住。

“你杨安……可不用欺生……姓姜的家里没有你……你和我也是一样，是个外棵秧！年轻人好好学……怪模怪样的……将来还要有个后成……”

“呃呀呀！后成！就算绝后一辈子吧……不吃羊肠……麻花铺子炸面鱼，假腥气……不吃羊肠，可吃羊肉……别装扮着啦……”杨安的脖子因为生气直了一点。

“兔羔子……你他妈……阳气什么？”有二伯站起来向前走去。

“有二爷，不要动那样大的气……气大伤身不养家……我说，咱爷俩都是跑腿子……说个笑话……开个心……”厨子嗷嗷的笑着，“哪里有羊肠呢……说着玩……你看你就不得了啦……”

好像站在公园里的石人似的，有二伯站在地心。

“……别的我不生气……闹笑话，也不怕闹……可是我就忌讳这手……这不是好闹笑话的……前年我不知道吃过一回……后来知道啦，病啦半个多月……后来这脖上生了一块疮算是好啦……吃一回羊肉倒不算什么……就是心里头放不下，总好像背了自己的良心……背良心的事不做……做了那后悔是受不住的，有二不吃羊肉也就是为的这个……”喝了一口冷水之后，他还是抽烟。

别人一个一个的开始离开了桌子……

从此有二伯的鼻子常常塞着小塞，后来又说腰痛，后来又说腿痛。他走过院心，不像从前那么挺直，有时身子向一边歪着，有时用手拉住自己的腰带……大白狗跟着他前后的跳着的时候，他躲闪着它：

“去吧……去吧！”他把手梢缩在袖子里面，用袖口向后扫摆着。

但，他开始诅骂更小的东西，比方一块砖头打在他的脚上，他就坐下来，用手按住那砖头，好像他疑心那砖头会自己走到他脚上来的一样。若当鸟雀们飞着时，有什么脏污的东西落在他的袖子或是什么地方，他就一面抖掉它，一面对着那已经飞过去的小东西讲着话：

“这东西……啊哈！会找地方，往袖子上掉……你也是个瞎眼睛，掉，就往那个穿绸穿缎的身上掉！往我这掉也是白……穷跑腿子……”

他擦净了袖子，又向他头顶上那块天空看了一会，才重新走路。

板墙下的蟋蟀没有了，有二伯也好像不再跳板墙了。早晨厨子挑水的时候，他就跟着水桶通过板门去，而后向着井沿走，就坐在井沿旁的空着的碾盘上。差不多每天我拿了钥匙放小朋友们进来时，他总是在碾盘上招呼着：

“花子……等一等你二伯……”我看他像鸭子在走路似的。“你二伯真是不行了……眼看着……眼看着孩子们往这面来，可是你二伯就追不上……”

他一进了板门，又坐在门边的木樽上。他的一只脚穿着袜子，另一只的脚趾捆了一段麻绳，他把麻绳抖开，在小布片下面，那肿胀的脚趾上还腐了一小块。好像茄子似的脚趾，他又把它包扎起来。

“今年的运气十分不好……小毛病紧着添……”他取下来咬在嘴上的麻绳。

以后当我放小朋友进来的时候，不是有二伯招呼着我，而是我招呼着他。因为关了门，他再走到门口，给他开门的人也还是我。

在碾盘上不但坐着，他后来就常常睡觉，他睡得就像完全没有了感觉似的，有一个花鸭子伸着脖颈啄着他的脚心，可是他没有醒，他还是把脚伸在原来的地方。碾盘在太阳下闪着光，他像是睡在圆镜子上边。

我们这些孩子们抛着石子和飞着沙土，我们从板门冲出来，跑到井沿上去，因为井沿上有更多的石子，我把我的衣袋装满了它们，我就蹲在碾盘后和他们作战，石子在碾盘上“叭”，“叭”，好像还冒着一道烟。

有二伯闭着眼睛，忽然抓了他的烟袋：

“王八蛋，干什么……还敢来……还敢上……”

他打着他的左边和右边，等我们都集拢来看他的时候，他才坐起来。

“……妈的……做了一个梦……那条道上的狗真多……连小狗崽也上来啦……让我几烟袋锅子就全数打了回去……”他揉一揉手骨节，嘴角上流下笑来：“妈的……真是那么个滋味……做梦狗咬啦呢……醒啦还有点疼……”

明明是我们打来的石子，他说是小狗崽，我们都为这事吃惊而得意。跑开了，好像散开的鸡群，吵叫着，展着翅膀。

他打着呵欠：“呵……呵呵……”在我们背后像小驴子似的

叫着。

我们回头看他，他和要吞食什么一样，向着太阳张着嘴。

那下着毛毛雨的早晨，有二伯就坐到碾盘上去了。杨安担着水桶从板门来来往往的走了好几回……杨安锁着板门的时候，他就说：

“有二爷子这几天可真变样……那神气，我看几天就得进庙啦……”

我从板缝往西边看看，看不清是有二伯，好像小草堆似的，在雨里边浇着。

“有二伯……吃饭啦！”我试着喊了一声。

回答我的，只是我自己的回响：“呜呜”的在我的背后传来。

“有二伯，吃饭啦！”这次把嘴唇对准了板缝。

可是回答我的又是“呜呜”。

下雨的天气永远和夜晚一样，到处好像空瓶子似的，随时被吹着随时发着响。

“不用理他……”母亲在开窗子：“他是找死……你爸爸这几天就想收拾他呢……”

我知道这“收拾”是什么意思：打孩子们叫“打”，打大人就叫“收拾”。

我看到一次，因为看纸牌的事情，有二伯被管事的“收拾”了一回。可是父亲，我还没有看见过，母亲向杨厨子说：

“这几年来，他爸爸不屑理他……总也没在他身上动过手……可是他的骄毛越长越长……贱骨头，非得收拾不可……若不然……他就不自在。”

母亲越说“收拾”我就越有点害怕，在什么地方“收拾”呢？在院心，管事的那回可不是在院心，是在厢房的炕上。那么这回也要在厢房里！是不是要拿着烧火的叉子？那回管事的可是拿着。我又想起来小哑巴，小哑巴让他们踏了一脚，手指差一点没有踏断。到现在那小手指还不是弯着吗？

有二伯一面敲着门一面说着：

“大白……大白……你是没心肝的……你早晚……”等大白狗从板墙跳出去，他又说：“去……去……”

“开门！没有人吗？”

我要跑去的时候，母亲按住了我的头顶：“不用你显勤快！让他站一会吧，不是吃他饭长的……”

那声音越来越大了，真是好像用脚踢着。

“没有人吗？”每个字的声音完全喊得一平。

“人倒是有，倒不是侍候你的……你这份老爷子不中用……”母亲的说话，不知有二伯听到没有听到？

但那板门暴乱起来：

“死绝了吗？人都死绝啦……”

“你可不用假装疯魔……有二，你骂谁呀……对不住你吗？”母亲在厨房里叫着：“你的后半辈吃谁的饭来的……你想想，睡不着觉思量思量……有骨头，别吃人家的饭？讨饭吃，还嫌酸……”

并没有回答的声音，板墙隆隆的响着，等我们看到他，他已经是站在墙这边了。

“我……我说……四妹子……你二哥说的是杨安，家里人……我是不说的……你二哥，没能耐不是假的，可是吃这碗饭，你可也不用委曲……”我奇怪要打架的时候，他还笑着：“有四兄弟在……算账咱们和四兄弟算……”

“四兄弟……四兄弟屑得跟你算……”母亲向后推着我。

“不屑得跟你二哥算……哼！哪天咱们就算算看……哪天四兄弟不上学堂……咱们就算算看……”他哼哼的，好像水洗过的小瓦盆似的没有边沿的草帽切着他的前额。

他走过的院心上，一个一个的留下了泥窝。

“这死鬼……也不死……脚烂啦！还一样会跳墙……”母亲像是故意让他听到。

“我说四妹子……你们说的是你二哥……哼哼……你们能说出口来？我死……人不好那样，谁都是爹娘养的，吃饭长的……”他拉开了厢房的门扇，就和拉着一片石头似的那样用力，但他并不走进去。“你二哥，在你家住了三十多年……哪一点对不住你们；拍拍良心……一根草棍也没给你们糟蹋过……唉……四妹子……这年头……没处说去……没处说去……人心看不见……”

我拿着满手的柿子，在院心滑着跳着跑到厢房去，有二伯在烤着一个温暖的火堆，他坐得那么刚直，和门旁那只空着的大坛子一样。

“滚……鬼头鬼脑的……干什么事？你们家里头尽是些耗子。”我站在门口还没有进去，他就这样的骂着我。

我想：可真是，不怪杨厨子说，有二伯真有点变了。他骂人也骂得那么奇怪，尽是些我不懂的话，“耗子”，“耗子”与我有什么关系！说它干什么？

我还是站在门边，他又说：

“王八羔子……兔羔子……穷命……狗命……不是人……在人里头缺点什么……”他说的是一套一套的，我一点也记不住。

我也学着他，把鞋脱下来，两个鞋底相对起来，坐在下面。

“这你孩子……人家什么样，你也什么样！看着葫芦就画瓢……那好的……新新的鞋子就坐……”他的眼睛就像坛子上没有烧好的小坑似的向着我。

“那你怎么坐呢！”我把手伸到火上去。

“你二伯坐……你看看你二伯这鞋……坐不坐都是一样，不能要啦！穿啦它二年整。”把鞋从身下抽出来，向着火看了许多工夫。他忽然又生起气来……

“你们……这都是天堂的呀……你二伯像你那大……靡穿过鞋……哪来的鞋呢？放猪去，拿着个小鞭子就走……一天跟着太阳出去……又跟着太阳回来……带着两个饭团就算是晌饭……你看看你们……馒头干粮，满院子滚！我若一扫院子就准能捡着几个……你二伯小时候连馒头边都……都摸不着哇！如今……连大白狗都不去吃啦……”

他的这些话若不去打断他，他就会永久说下去：从幼小说到长大，再说到锅台上的瓦盆……再从瓦盆回到他幼年吃过的那个饭团上去。我知道他又是这一套，很使我起反感，我讨厌他，我就把红柿子放在火上去烧着，看一看烧熟是个什么样？

“去去……哪有你这样的孩子呢？人家烘点火暖暖……你也必得弄灭它……去，上一边去烧去……”他看着火堆喊着。

我穿上鞋就跑了，房门是开着，所以那骂的声音很大：

“鬼头鬼脑的，干些什么事？你们家里……尽是些耗子……”

有二伯和后园里的老茄子一样，是灰白了，然而老茄子一天比一天静默下去，好像完全任凭了命运。可是有二伯从东墙骂到西墙，从扫地的扫帚骂到水桶……而后他骂着他自己的草帽……

“……王八蛋……这是什么东西……去你的吧……没有人心！夏不遮凉，冬不抗寒……”

后来他还是把草帽戴上，跟着杨厨子的水桶走到井沿上去，他并不坐到石碾上，跟着水桶又回来了。

“王八蛋……你还算个牲口……你黑心粒……”他看看墙根的猪说。

他一转身又看到了一群鸭子：

“哪天都杀了你们……一天到晚呱呱的……他妈的若是个人，也是个闲人。都杀了你们……别享福……吃得溜溜胖……溜溜肥……”

后园里的葵花子，完全成熟了，那过重的头柄几乎折断了它自己的身子。玉米有的只带了叶子站在那里，有的还挂着稀少的玉米棒。黄瓜老在架上了，赫黄色的，麻裂了皮，有的束上了红色的带子，母亲规定了它们：来年作为种子。葵花子也是一样，在它们的颈间也有的是挂了红布条。只有已经发了灰白的老茄子还都自由的吊在枝棵上，因为它们的内面，完全是黑色的子粒，孩子们既然不吃它，厨子也总不采它。

只有红柿子，红得更快，一个跟着一个，一堆跟着一堆。好像捣衣裳的声音，从四面八方传来了一样。

有二伯在一个清凉的早晨，和那捣衣裳的声音一道倒在院心了。

我们这些孩子们围绕着他，邻人们也围绕着他。但当他爬起来的时候，邻人们又都向他让开了路。

他跑过去，又倒下来了。父亲好像什么也没做，只在有二伯的头上拍了一下。

照这样做了好几次，有二伯只是和一条卷虫似的滚着。

父亲却和一部机器似的那么灵巧。他读书看报时的眼镜也还戴着，他叉着腿，有二伯来了的时候，我看见他的白绸衫的襟角很和谐的抖了一下。

“有二……你这小子混蛋……一天到晚，你骂什么……有吃有喝，你还要挣命……你个祖宗的！”

有二伯什么声音也没有。倒了的时候，他想法子爬起来，爬起来他就向前走着，走到父亲的地方他又倒了下来。

等他再倒了下来的时候，邻人们也不去围绕着他。母亲始终是站在台阶上。杨安在柴堆旁边，胸前立着竹帚……邻家的老祖母在板门外被风吹着她头上的蓝色的花。还有管事的……还有小哑巴……还有我不认识的人，他们都靠到墙根上去。

到后来有二伯枕着他自己的血，不再起来了，脚趾上扎着的那块麻绳脱落在旁边，烟荷包上的小圆葫芦，只留了一些片沫在他的左近。鸡叫着，但是跑得那么远……只有鸭子来啄食那地上的血液。

我看到一个绿头顶的鸭子和一个花脖子的。

一

冬天一来了的时候，那榆树的叶子，连一棵也不能够存在，因为是一棵孤树，所有从四面来的风，都摇得到它。所以每夜听着火炉盖上茶壶嗞嗞的声音的时候，我就从后窗看着那棵大树，白的，穿起了鹅毛似的……连那顶小的枝子也胖了一些。太阳来了的时候，榆树也会闪光，和闪光的房顶，闪光的地面一样。

起初，我们是玩着堆雪人，后来就厌倦了，改为拖狗爬犁了，大白狗的脖子上每天束着绳子。杨安给我们做起来的爬犁。起初，大白狗完全不走正路，它往狗窝里面跑，往厨房里面跑。我们打着它，终于使它习惯下来，但也常常兜着圈子，把我们全数扣在雪地上。它每这样做了一次，我们就一天不许它吃东西，嘴上给它挂了龙头。

但这它又受不惯，总是闹着，叫着……用腿抓着雪地，所以我们把它束到马桩子上。

不知为什么？有二伯把它解了下来，他的手又颤颤得那么厉害。

而后他把狗牵到厢房里去，好像牵着一匹小马一样……

过了一会出来了，白狗的背上压着不少东西：草帽顶，铜水壶，豆油灯碗，方枕头，团蒲扇……小圆筐……好像一辆搬家的小车。

有二伯则挟着他的棉被。

"二伯！你要回家吗？"

他总常说"走走"。我想"走"就是回家的意思。

"你二伯……嗯……"那被子流下来的棉花一块一块的沾污了雪地，黑灰似的在雪地上滚着。

还没走到板门，白狗就停下了，并且打着，他有些牵不住它了。

"你不走吗？你……大白……"

我取来钥匙给他开了门。

在井沿的地方，狗背上的东西，就全都弄翻了。在石碾上摆着小圆筐和铜茶壶这一切。

"有二伯……你回家吗？"若是不回家为什么带着这些东西呢！

"嗯……你二伯……"

白狗跑得很远的了。

"这儿不是你二伯的家，你二伯别处也没有家。"

"来……"他招呼着大白狗："不让你背东西……就来吧……"

他好像要去抱那狗似的张开了两臂。

"我要等到开春……就不行……"他拿起了铜水壶和别的

一切。

我想他是一定要走了。

我看着远处白雪里边的大门。

但他转回身去，又向着板门走了回来，他走动的时候，好像肩上担着水桶的人一样，东边摇着，西边摇着。

“二伯，你是忘下了什么东西？”

但回答着我的只有水壶盖上的铜环……咯铃铃咯铃铃……

他是去牵大白狗吧？对这件事我很感到趣味，所以我抛弃了小朋友们，跟在有二伯的背后。

走到厢房门口，他就进去了，戴着龙头的白狗，他像没有看见它。

他是忘下了什么东西？

但他什么也不去拿，坐在炕沿上，那所有的全套的零碎完全照样在背上和胸上压着他。

他开始说话的时候，连自己也不能知道我是已经向着他的旁边走去。

“花子！你关上门……来……”他按着从身上退下来的东西……“你来看看！”

我看到的是些什么呢？

掀起席子来，他抓了一把：

“就是这个……”而后他把谷粒抛到地上：“这不明明是往外撵我吗……腰疼……腿疼没有人看见……这炕暖倒记住啦！说是没有米吃，这谷子又潮湿……垫在这炕下炀几天……十几天啦……一寸多厚……烧点火还能热上来……暖！……想是等到开春……这衣裳不抗风……”

他拿起扫帚来，扫着窗棂上的霜雪，又扫着墙壁：

"这是些什么？吃糖可就不用花钱？"

随后他烧起火来，柴草就着在灶口外边，他的胡子上小白冰溜变成了水，而我的眼睛流着泪……那烟遮没了他和我。

他说他七岁上被狼咬了一口，八岁上被驴子踢掉一个脚趾……我问他：

"老虎，真的，山上的你看见过吗？"

他说："那倒没有。"

我又问他：

"大象你看见过吗？"

而他就不说到这上面来。他说他放牛放了几年，放猪放了几年……

"你二伯三个月没有娘……六个月没有爹……在叔叔家里住到整整七岁，就像你这么大……"

"像我这么大怎么的呢？"他不说到狼和虎我就不愿意听。

"像你那么大就给人家放猪去啦吧……"

"狼咬你就是像我那大咬的？咬完啦，你还敢再上山不敢啦……"

"不敢，哼……在自家里是孩子……在别人就当大人看……不敢……不敢……回家去……你二伯也是怕呀……为此哭过一些……好打也挨过一些……"

我再问他："狼就咬过一回？"

他就不说狼，而说一些别的：又是那年他给人家当过喂马的……又是我爷爷怎么把他领到家里来的……又是什么五月里樱桃开花啦……又是："你二伯前些年也想给你娶个二大娘……"

我知道他又是从前那一套，我冲开了门站在院心去了。被烟所伤痛的眼睛什么也不能看了，只是流着泪……

但有二伯摊在火堆旁边，幽幽的起着哭声……

我走向上房去了，太阳晒着我，还有别的白色的闪光，它们都来包围了我；或是在前面迎接着，或是从后面追赶着。我站在台阶上，向四面看看，那么多纯白而闪光的房顶！那么多闪光的树枝！它们好像白石雕成的珊瑚树似的站在一些房子中间。

有二伯的哭声更高了的时候，我就对着这眼前的一切更爱：它们多么接近，比方雪地是踏在我的脚下，那些房顶和树枝就是我的邻家，太阳虽然远一点，然而也来照在我的头上。

春天，我进了附近的小学校。

有二伯从此也就不见了。

九月四日，一九三六年，东京

两朋友 *

金珠才十三岁，穿一双水红色的袜子，在院心和华子拍皮球。华子是个没有亲母亲的孩子。

生疏的金珠被母亲带着来到华子家里才是第二天：

“你念几年书了？”

“四年，你呢？”

“我没上过学——”金珠把皮球在地上丢了一下又抓住。

“你怎么不念书呢？十三岁了，还不上学？我十岁就上学的……”

金珠说：“我不是没有爹吗！妈说：等她积下钱让我念书。”

于是又拍着皮球，金珠和华子差不多一般高，可是华子叫她金珠姐。

华子一放学回来，把书包丢在箱子上或是炕上，就跑出去和金珠姐拍皮球。夜里就挨着睡，白天就一道玩。

金珠把被褥搬到里屋去睡了！从那天起她不和华子交谈一句话；叫她：“金珠姐，金珠姐。”她把嘴唇突起来不应声。华子伤心的，她不知道新来的小朋友怎么会这样对她。

---

* 本文发表于 1937 年 5 月 10 日（上海）《新少年》（半月刊）第三卷第九期，署名悄吟。

再过几天华子就挨骂起来——孩崽子，什么玩意儿呢！——金珠走在地板，华子丢了一下皮球撞了她，她也是这样骂。连华子的弟弟金珠也骂他。

那孩子叫她："金珠子，小金珠子！"

"小，我比你小多少？孩崽子！"

小弟弟说完了，跑到爷爷身边去，他怕金珠要打他。

夏天晚上，太阳刚落下去，在太阳下蒸热的地面还没有消灭了热。全家就坐在开着窗子的窗台，或坐在门前的木凳。

"不要弄跌了啊！慢慢推……慢慢推！"祖父招呼小珂。

金珠跑过来，小母鸡一般地，把小车夺过去，小珂被夺着，哭着。祖父叫他：

"来吧！别哭，小珂听说，不要那个。"

为这事，华子和金珠吵起来了：

"这也不是你家的，你管得着？不要脸！"

"什么东西，硬装不错。"

"我看你也是硬装不错，'帮虎吃食'。"

"我怎么'帮虎吃食'？我怎么'帮虎吃食'？"

华子的后母亲和金珠是一道战线，她气得只是重复着一句话：

"小华子，我也没见过你这样孩子，你爹你妈是虎？是野兽？我可没见过你这样孩子。"

"是'帮虎吃食'，是'帮虎吃食'。"华子不住说。

后母亲和金珠完全是一道战线，她叫着她：

"金珠，进来关上窗子睡觉吧！别理那小疯狗。"

"小疯狗，看也不知谁是小疯狗，不讲理才是小疯狗。"

妈妈的权威吵满了院子：

“你爸爸回来，我要不告诉你爸爸才怪的呢？还了得啦！骂她妈是‘小疯狗’。我管不了你，我也不是你亲娘，你还有亲爹哩！叫你亲爹来管你。你早没把我看到眼里。骂吧！也不怕伤天理！”

小珂和祖父都进屋去睡了！祖父叫华子也进来睡吧！可是华子始终依着门呆想，夜在她的眼前，蚊子在她的耳边。

第二天金珠更大胆，故意借着事由来屈服华子，她觉得她必定胜利，她做着鬼脸：

“小华子，看谁丢人，看谁挨骂？你爸爸要打你呢！我先告诉你一声，你好预备着点！”

“别不要脸！”

“骂谁不要脸？我怎么不要脸？把你美的？你个小老婆，我告诉你爹爹去，走，你敢跟我去……”

金珠的母亲，那个胖老太太说金珠：

“都是一般大，好好玩，别打架。干什么金珠？不好那样！”

华子被扯住肩膀；“走就走，我不怕你，还怕你个小穷鬼！都穷不起了，才跑到别人家来，混饭吃还不够，还瞎厉害。”

金珠感到羞辱了，软弱了！眼泪流了满脸：

“娘，我们走吧！不住她家，再不住……”

金珠的母亲也和金珠一样哭。

“金珠，把孩子抱去玩玩。”她应着这呼声，每日肩上抱着孩子。

华子每日上学，放学就拍皮球。

金珠的母亲，是个寡妇母亲，来到亲戚家里，是来做帮工，华子和金珠吵架，并没有人伤心，就连华子的母亲也不把这事放在心上，华子的祖父和小珂也不把这事记在心上，一到傍晚又都到院子去乘凉，吸着烟，用扇子扑着蚊虫……看一看多星的天幕。

华子一经过金珠面前，金珠的母亲的心就跳了，她心跳谁也不晓得，孩子们吵架是平常事，如像鸡和鸡斗架一般。

正午时候，人影落在地面那样短，狗睡到墙根去了！炎夏在午间只听到蜂子飞，只听到狗在墙根喘。

金珠和华子从正门冲出来，两匹狗似的，两匹小狼似的，太阳晒在头上不觉到热；一个跑着，一个追着，华子停下来斗一阵再跑，一直跑到柴栏里去。拾起高粱茎打着，金珠狂笑，但那是变样的狂笑。脸嘴已经不是平日的脸嘴了，嘴斗着，脸是青色的，但仍狂笑。

谁也没有流血，只是头发上贴住一些高粱叶子。已经累了！双方面都不愿意再打，都没有力量再打。

“进屋去吧，怎么样？”华子问。

“进屋！不打死你这小鬼头对不住你。”金珠又分开两腿，两臂抱住肩头。

“好，让你打死我。”一条木板落到金珠的腿上去。

金珠的母亲完全颤傈，她全身颤傈，当金珠去夺她正在手中切菜的菜刀时。眼看打得要动起刀来。

做帮工也怕做不长的。

金珠的母亲，洗尿布、切菜、洗碗、洗衣裳，因为是小脚，一天到晚，到晚间，脚就疼了。

“娘，你脚疼吗？”金珠就去打一盆水为她洗脚。

娘起先是恨金珠的，为什么这样不听说？为什么这样不知好歹？和华子一天打到晚。可是她一看到女儿打一盆水给她，她就不恨金珠而自己伤心。若有金珠的爹爹活着哪能这样？自己不是也有家吗？

金珠的母亲失眠了一夜，蚊子成群的在她的耳边飞；飞着，叫着，她坐起来搔一搔又倒下去，终夜她没有睡着，玻璃窗子发着白了！这时候她才一粒一粒的流着眼泪，十年前就是这个天刚亮的时候，金珠的爹爹从炕上抬到床上，那白色的脸，连一句话也没说而死去的人……十年前了！在外面帮工，住亲戚也是十年了！

她把枕头和眼角相接近，使眼泪流到枕头上去，而不去擦它一下，天色更白了！这是金珠爹爹抬进木棺的时候，那打开的木棺。可怕的，一点感情也没有的早晨又要到来似的，……她带泪的眼睛合起来，紧紧的压在枕头上。

起床时，金珠问：

“娘，你的眼睛怎么肿了呢！”

“不怎的。”

“告诉我！娘！”

“告诉你什么！都是你不听说，和华子打仗气得我……”

金珠两天没和华子打仗，到第三天她也并不想立刻打仗，因为华子的母亲翻着箱子，一面找些旧衣裳给金珠，一面告诉金珠：

“你和那丫头打仗，就狠点打，我给你作主，不会出乱子的，那丫头最能气人没有的啦！我有衣裳也不能给她穿，这都给你。跟你娘到别处去受气，到我家我可不能让你受气，多可怜哪！从小就没有了爹。……”

金珠把一些衣裳送给娘去，以后金珠在一家中比谁都可靠，把锁柜箱的钥匙也交给了她。她常常就在华子和小珂面前随便吃梨子，可是华子和小珂不能吃；小珂去找祖父。祖父说：

“你是没有娘的孩子，少吃一口吧！”

小珂哭起来了！

在一家中，华子和母亲起着冲突，爷爷也和母亲起着冲突。

被华子的母亲追使着，金珠又和华子吵了几回架。居然，有这么一天，金耳环挂上了金珠的耳朵了。

金珠受人这样同情，比爹爹活转来或者更幸运，饱饱满满的过着日子。

“你多可怜哪！从小就没有了爹！……”金珠常常被同情着。

华子每天上学；放学就拍皮球。金珠每天背着孩子，几乎连一点玩的工夫也没有了。

秋天，附近小学里开了一个“平民教育”班。

“我也上‘平民学校’去吧！一天两点钟，四个月读四本书。”

华子的母亲没有答应金珠，说认字不认字都没有用，认字也吃饭。不认字也吃饭。

邻居的小姑娘和妇人们都去进“平民学校”，只有金珠没能去，只有金珠剩在家中抱着孩子。

金珠就很忧愁了，她想和华子交谈几句，她想借华子的书来看一下，她想让华子替她抱一下小孩，她拍几下皮球，但这都没有做，她多少有一点自尊心存在。

有一天家中只剩华子、金珠、金珠的母亲；孩子睡觉了。

“华子，把你的铅笔借给我写两个字，我会写我的姓。”金珠说完话，很不好意思，嘴唇没有立刻就合起来。

华子把皮球向地面丢了一下，掉过头来，把眼睛斜着从金珠的脚下一直打量到她的头顶。

为着这事金珠把眼睛哭肿。

“娘，我们走吧，不再住她家。”

金珠想要进“平民学校”进不得，想要和华子玩玩，又玩不得，虽然是耳朵上挂着金圈，金圈也并不带来同情给她。

她患着眼病了！最厉害的时候，饭都吃不下。

“金珠啊！来抱抱孩子，我吃饭。”华子的后母亲叫她。

眼睛疼得厉害的时候，可怎样抱孩子？华子就去抱。

“金珠啊！打盆脸水。”

华子就去打。

金珠的眼睛还没好，她和华子的感情可好起来。她们两个从朋友变成仇人，又从仇人变成朋友了！又搬到一个房间去睡，被子接着被子。在睡觉时金珠说：“我把耳环还给她吧！我不要这东西！”她已不爱那样闪光的耳环。

没等金珠把耳环摘掉，那边已经向她要了：

“小金珠，把耳环摘下来吧！我告诉你说吧，一个人若没有良心，那可真算个人！我说，小金珠子，我对得起你，我给你多少衣裳？我给你金耳环，你不和我一条心眼，我告诉你吧！你后悔的日子在后头呢！眼看你就要带上手镯了！可是我不能给你买了……”

金珠的母亲听到这些话比看到金珠和华子打架更难过：帮工是帮不成的啦！

华子放学回来，她就抱着孩子等在大门外，笑迷迷的，永久是那个样子，后来连晚饭也不吃，等华子一起吃。若买一件东西，华子同意她就同意，比方买一个扣发的针啦，或是一块小手帕啦！若金珠同意华子也同意。夜里华子为着学校忙着编织物，她也伴着她不睡，华子也教她识字。

金珠不像从前可以任意吃着水果，现在她和小珂、华子同样，依在门外嗅一些水果香。华子的母亲和父亲骂华子，骂小珂，也同样骂着金珠。

终久又有这样的一天，金珠和母亲被驱着走了。

两个朋友，哭着分开。

汾河的圆月 *

黄叶满地落着，小玉的祖母虽然是瞎子，她也确确实实承认这已经好久就是秋天了。因为手杖的尖端触到那地上的黄叶时，就起着她的手杖在初冬的早晨踏破了地面上结着的薄薄的冰片暴裂的声音似的。

“你爹今天还不回来吗？”祖母全白的头发，就和白铜丝似的在月亮下边走起路来微微地颤抖着。

“你爹今天还不回来吗？”她的手杖格格的打着地面，落叶或瓦砾或沙土都在她的手杖下发着响或冒着烟。

“你爹，你爹，还不回来吗？”

她沿着小巷子向左边走。邻家没有不说她是疯子的，所以她一走到谁家的门前就听到纸窗里边咯咯的笑声，或是问她：

“你儿子去练兵去了吗？”

她说：“是去了啦，不是吗！就为着那芦沟桥……后来人家又都说不是，说是为着‘三一八’什么还是‘八一三’………”

“你儿子练兵打谁呢？”

假若再接着问她，她就这样说：

---

* 本文发表于1938年8月26日（汉口）《大公报》“战线”副刊第一百七十七期；同年9月6日再刊于（香港）《大公报》“文艺”副刊第四百零七期，署名萧红。

“××……××××××……”[1]

“你看过小日本子吗？”

“小日本子，可没见过……反正还不是黄眼珠，卷头发……说话滴拉都鲁地……像人不像人，像兽不像兽。”

“你没见过，怎么知道是黄眼珠？”

“那还用看，一想就是那么一回事，……××××……××××[2]一想就都是那么一回事……看见！有眼睛的要看，没有眼睛也必得要看吗？不看见，还没听人说过……”

“你听谁说的……”

“听谁说的！你们这睁着眼睛的人，比我这瞎子还瞎……人家都说，瞎子有耳朵就行……我看你们这耳眼皆全的……耳眼皆全……皆全……”

“全不全你怎么知道日本子是卷头发……”

“嘎！别瞎说啦！把我的儿子都给卷了去啦……”

汾河边上的人对于这疯子起初感到趣味，慢慢地厌倦下来，接着就对她非常冷淡。也许偶尔对她又感到趣味，但那是不常有的。今天这白头发的疯子就空索索地一边嘴在咕鲁咕鲁地像是鱼在池塘里吐着沫似的，一边向着汾河。

小玉的父亲是在军中病死的，这消息传到小玉家是在他父亲离开家还不到一个月的时候。祖母从那个时候就在夜里开始摸

1　再刊时为避港英当局报刊审查或引起纠纷，有些敏感词语会用隐晦符号代替，据当年8月26日（汉口）《大公报》副刊《战线》初刊之本文，此处文字为：“打谁……打小日本子吧……”

2　此处文字为“……东洋鬼子……西洋鬼子”。

索，嘴里就开始不断的什么时候想起来就什么时候说着她的儿子是去练兵练死了。

可是从小玉的母亲出嫁的那一天起，她就再不说她的儿子是死了，她忽然说她的儿子是活着，并且说他就快回来了。

“你爹还不回来吗？你妈眼看着就把你们都丢下啦！”

夜里小玉家就开着门过的夜，祖父那和马铃薯一样的脸孔，好像是浮肿了，突起来的地方突得更高了。

“你爹还不回来吗？”祖母那夜依着门扇站着，她的手杖就在蟋蟀叫的地方打下去。

祖父提着水桶，到马棚里去了一次再去一次。那呼呼地，气喘的声音，就和马棚里的马差不多了。他说：

“这还像个家吗？你半夜三更的还不睡觉！”

祖母听了他这话带着手杖就跑到汾河边上去，那夜她就睡在汾河边上了。

一

小玉从妈妈走后，那胖胖的有点发黑的脸孔常常出现在那七八家取水的井口边，尤其是在黄昏的时候，他跟着祖父饮马的水桶一块来了。马在喝水时水桶里发着响，并且那马还响着鼻子。而小玉只是静静地站着，看着……有的时候他竟站到黄昏以后。假若有人问他：

“小玉怎么还不回去睡觉呢？”

那孩子就用黑黑的小手搔一搔遮在额前的那片头发，而后反过来手掌向外，把手背压在脸上，或者压在眼睛上。

“妈没有啦！”他说。

直到黄叶满地飞着的秋天，小玉仍是常常站在井边，祖母仍是常常嘴里叨叨着摸索着走向汾河。

汾河永久是那么寂寞，潺潺地流着，中间隔着一片沙滩，横在高高城墙下，在圆月的夜里，城墙背后衬着深蓝色的天空，经过河上用柴草架起的浮桥，在沙滩上印着日里经行过的战士们的脚印。天空是辽远的，高的，不可及的深远在圆月的背后，在城墙的上方悬着。

小玉的祖母坐在河边上，曲着她的两膝，好像又要说到她的儿子，这时她听到一些狗叫，一些掌声。她不知道什么是掌声，她想是一片震耳的蛙鸣。

一个救亡的小团体的话剧在村中开演了。

然而汾河的边上仍坐着小玉的祖母，圆月把她画着深黑色的影子落在地上。

一九三八，八，二十日。

黄　河*

悲壮的黄土层茫茫的顺着黄河的北岸延展下去，河水在辽远的转弯的地方完全是银白色，而在近处，它们则扭绞着旋卷着和鱼鳞一样。帆船，那么奇怪的帆船！简直和蝴蝶的翅子一样：在边沿上，一条白的，一条蓝的，再一条灰色的，而后也许全帆是白的，也许全帆是灰色的或蓝色的，这些帆船一只排着一只，它们的行走特别迟缓，看上去就像停止了一样，除非天空的太阳，就再没有比这些镶着花边的帆更明朗的了，更能够眩惑人的感官的了。

载客的船也从这边继续的出发，大的，小的，还有载着货物的，载着马匹的。还有些响着铃子的，呼叫着的，乱翻着绳索的。等两只船在河心相遇的时候，水手们用着过高的喉咙，他们说些个普通话：太阳大不大，风紧不紧，或者说水流急不急，但也有时用过高的声音彼此约定下谁先行，谁后行。总之他们都是用着最响亮的声音，这不是为了必要，是对于黄河他们在实行着一种约束。或者对于河水起着不能控制的心情，而过高的提拔着自己。

在潼关下边，在黄土层上垒荡着的城围下边，孩子们和妇人

* 本文发表于 1939 年 2 月 1 日（香港）《文艺阵地》（半月刊）第二卷第八期，署名萧红。1940 年 2 月 7 日至 16 日（重庆）《国民公报》“文群”副刊分五期转载。1940 年 3 月收入（桂林）上海杂志公司“每月文库”一辑之十《旷野的呼喊》。

用着和狗尾巴差不多的小得可怜的扫帚在扫着军队的运输队撒留下来稀零的，被人纷争着的，滚在平平的河滩上的几颗豆粒或麦棵。河的对面，就像孩子们的玩具似的，在层层叠叠生着绒毛似的黄土层上爬着一串微黑色的小火车。小火车，平和的，又急喘的吐着白汽，仿佛一队受了伤的小母猪样的在摇摇摆摆地走着。车上同猪印子一样打上两个淡褐色的字印：同蒲。

黄河的惟一的特征，就是它是黄土的流，而不是水的流。照在河面上的阳光反射的也不强烈。船是四方形的，如同在泥土上滑行，所以运行的迟滞是有理由的。

早晨，太阳也许带着风沙，也许带着晴朗来到潼关的上空，它抚摸遍了那广大的土层，它在那终年昏迷着的静止在风沙里边的土层上，用晴朗给摊上一种透明和纱一样的光彩，又好像月光在八月里照在森林上一样，起着远古的，悠久的，永不能够磨灭的悲哀的雾障。在夹对的黄土床中流走的河水相同它是偷渡着敌军的关口，所以昼夜的匆忙，不停的和泥沙争斗着。年年月月，日日夜夜，时时刻刻，到后来它自己本身就绞进泥沙去了。河里只见了泥沙。所以常常被诅咒成泥河呀！野蛮的河，可怕的河，簇卷着而来的河，它会卷走一切生命的河，这河本身就是一个不幸。

现在是上午，太阳还与人的视线取着平视的角度，河面上是没有雾的，只有劳动和争渡。

正月完了，发酥的冰排流下来，互相击撞着，也像船似的，一片一片的。可是船上又像堆着雪，是堆起来的面袋子，白色的洋面。从这边河岸运转到那边河岸上去。

阎胡子的船，正上满了肥硕的袋子，预备开船了。

可是他又犯了他的老毛病，提着砂做的酒壶去打酒去了。他不放心别的撑篙的给他打酒，因为他们常常走在半路矜持不住，空嘴白舌，就仰起脖儿呷了一口，或者把钱吞下一点儿去喝碗羊汤，不足的份量，用水来补足。阎胡子只消用舌头板一压，就会发现这些年青人们的花头来的，所以回回是他自己去打酒。

水手们，备好了纤绳，备好了篙子，便攀起膝盖来坐下来等。

凡是水手没有不愿意靠岸的，不管是海航或是河航。但是，凡是水手，也就没有一个愿意等人的。

因为是阎胡子的船，非等不可。

"尿骚桶，喝尿骚，一等等到骆锅腰[1]！"一个小伙子直挺挺的靠在桅杆上立着，说完了话，便忙着脊背向下溜，直到坐在船板上，咧开大嘴在笑着。

忽然，一个人，满头大汗的，背着个小包，也没打招呼，踏上了五寸宽那条小踏板，就跳上船来了。

"下去，下去！上水船，不让客！"

"老乡……"

"下去，下去，上水船，不让客！"

"让一让吧，我帮着你们打船。"

"这可不是打野鸭子呀，下去！"水手看看上来的是一个灰色的兵。

"老乡……"

"是，老乡，上水船，吃力气，这黄河可不同别的河……撑杆一下去就是一身汗。"

1　骆锅腰，即罗锅腰，泛指驼背的人。

“老乡们！我不是白坐船，当兵的还怕出力气吗！我是过河去赶队伍的。天太早，摆渡的船哪里有呢！老乡，我早早过河赶路的……”他说着就在洋面袋子上靠着身子，那近乎圆形的脸还有一点发光，那过于长的头发在帽子下面像是帽子被镶了一道黑边。

“八路军怎么单人出发的呢？”

“我是因为老婆死啦，误了几天……所以着急要快赶的！”

“哈哈！老婆死啦还上前线，”于是许多笑声跳跃在绳索和撑杆之间。

水手们因为趣味的关系，互相的高声的骂着。同时准备着张帆，准备着脱离开河岸，把这兵士似乎是忘记了，也似乎允许了他的过渡。

“这老头子打酒在酒店里睡了一觉啦……你看他那个才睡醒的样子……腿好像是经石头绊住啦……”

“不对。你说的不对，石头就挂在他的脚跟上。”

那老头子的小酒壶像一块镜子或是一片蛤蜊壳闪烁在他的胸前。微微有点温暖的阳光和黄河上常有的缭乱而没有方向的风丝在他的周围裹荡。于是他混着沙土的头发跳荡得和干草似的失去了光彩。

“往上放罢！”

这是黄河上专有的名词，若想横渡，必得先上行，而后下行。因为河水没有正路的缘故。

阎胡子的脚板一踏上船身，那种安适，把握，丝毫其他的欲望可使他不宁静的可能都不能够捉住他的。他只发了和号令似的这一句话，而后笑纹就自由的在他皱纹不太多的眼角边流展开来。而后他走下舵室去，那是一个黑黑的小屋，在船尾的舱里，里面像是供着什么神位，一个小龛子前有两条红色的小对联。

“往上放罢！”

这声音因为河上的冰排格凌凌地作响的反应显得特别粗壮和苍老。

“这船上有坐闲船的，老阎，你没看见？”

“那得让他下去，多出一分力量可不是闹着玩的……在哪地方？他在哪地方？”

那灰色的兵士，他向着阳光微笑：

“在这里，在这里……”他手中拿着撑船的长杆站在船头上。

“去，去去……”阎胡子从舱里伸出一只手来：“去去去……快下去……快下去……你是官兵，是保卫国家的，可是这河上也不是没有兵船。”

阎胡子是山东人，十多年以前因为黄河涨大水逃到关东又逃到山西的。所以山东人的火性和粗鲁还在他身上常常出现。

“你是哪个军队上的？”

“我是八路的。”

“八路的兵，是单个出发的吗？”

“我的老婆生病，她死啦。……我是过河去赶队伍的。”

“唔！”阎胡子的小酒壶还捏在左手上。

“那么你是山西的游击队啦……是不是？”阎胡子把酒壶放下了。

在那士兵安然的回答着的时候，那船板上完全流动着笑声，并且分不清楚那笑声是恶意的还是善意的。

“老婆死啦还打仗！这年头……”

阎胡子走上船板来：

“你们，你们这些东西！七嘴八舌头，赶快开船吧！”他亲手把一只面粉口袋抬起来，他说那放的不是地方，“你们可不知道，这面粉本来三十斤，因为放的不是地方，它会让你费上六十斤的力量。”他把手遮在额前，向着东方照了一下：

“天不早啦，该开船啦。”

于是撑起花色的帆来。那帆像翡翠鸟的翅子，像蓝蝴蝶的翅子。

水流和绳子似的在撑杆之间扭绞着。在船板上来回跑着的水手们把汗珠被风扫成碎沫而掠着河面。

阎胡子的船和别的运着军粮的船遥远的相距着。尾巴似的这只孤船系在那排成队的十几只船的最后。

黄河的土层是那么原始的，单纯的，干枯的，完全缺乏光彩的站在两岸。正和阎胡子那没有光彩的胡子一样，土层是被河水，风沙和年代所造成，而阎胡子那没有光彩的胡子则是受这风沙的迷漫的缘故。

“你是八路的……可是你的部队在山西的哪一方面？俺家就在山西。”

“老乡！听你说话是山东口音。过来多年啦？”

“没多少年，十几年……俺家那边就是游击队保卫着……都是八路的，都是八路的……”阎胡子把棕色的酒杯在嘴唇上湿润了一下，嘴唇不断的发着光，他的喝酒，像是并没有走进喉咙去，完全和一种形式一样。但是他不断的浸染着他的嘴唇。那嘴唇在说话的时候好像两块小锡片在跳动着：

“都是八路的……俺家那方面都是八路的……”

他的胡子和春天快要脱落的牛毛似的疏散和松放。他的红的近乎赭色的脸像是用泥土塑成的，又像是在窑里边被烧炼过，显着结实，坚硬。阎胡子像是已经变成了陶器。

“八路上的……”他招呼着那兵士：“你放下那撑杆吧，我看你不会撑，白费力气……这边来坐坐，喝一碗茶，……”方才他说过的那些去去去……现在变成来来来了：“你来吧，这河的水性特别，与众不同，……你是白费气力，多你一个人坐船不算么！”

船行到了河心，冰排从上边流下来的声音好像古琴在骚闹着似的。阎胡子坐在舱里佛龛旁边，舵柄虽然拿在他的手中，而他留意的并不是这河上的买卖，而是“家”的回念。直到水手们提醒他船已走上了急流，他才把他关于家的谈话放下。但是没多久，又零零乱乱地继续下去……

“赵城，赵城俺住了八年啦！你说那地方要紧不要紧？去年冬天太原下来之后，说是临汾也不行了……赵城也更不行啦……说是非到风陵渡不可……这时候……就有赵城的老乡去当兵的……还有一个邻居姓王的那小伙子跟着八路军游击队去当火夫去啦……八路军不就是你们这一路的吗？……那小伙子我还见着他来的呢！胳臂上挂着这‘八路’两个字。后来又听说他也跟着出发到别的地方去了呢！……可是你说……赵城要紧不要紧？俺倒没有别的牵挂，就是俺那孩子太小，带他到这河上来吧，他又太小，不能做什么……跟他娘在家吧……又怕日本兵来到杀了他。这过河逃难的整天有，俺这船就是载面粉过来，再载着难民回去……看看那哭哭啼啼的老的小的……真是除了去当兵，干什么都没有心思！”

“老乡！在赵城你算是安家立业的人啦，那么也一定有二亩地啦？”兵士面前的茶杯在冒着气。

“哪能够说到房子和地，跑了这些年还是穷跑腿……所好的就是没把老婆孩子跑去。”

“那么山东家还有双亲吗？”

“哪里有啦？都给黄河的水卷去啦！”阎胡子擦了一下自己的胡子，把他旁边的酒杯放在酒壶口上，他对着舱口说：

“你见过黄河的大水吗？那是民国几年……那就铺天盖地的来了！白亮亮地，哗哗地……和野牛那么叫着……山东那黄河可不比这潼关……几百里，几十里一漫平。黄河一到潼关就没有气力啦……看这山……这大土崖子……就是它想要铺天盖地又怎能……可是山东就不行啦！……你家是哪里？你到过山东？”

“我没到过，我家就是山西……洪洞……”

“家里还有什么人？咱两家是不远的……喝茶，喝茶……呵……呵……”老头子为着高兴，大声的向着河水吐了一口痰。

“我这回要赶的部队就是在赵城……洪洞的家也都搬过河来了……”

“你去的就是赵城，好！那么……”他从舵柄探出船外的那个孔道口看出去……河简直就是黄色的泥浆，滚着，翻着……绞绕着……舵就在这浊流上打击着。

“好！那么……”他站起来摇着舵柄，船就快靠岸了。

这一次渡河，阎胡子觉得渡得太快。他擦一擦眼睛，看一看对面的土层，是否来到了河岸？

“好，那么。”他想让那兵士给他的家带一个信回去，但又觉得没有什么可说的。

他们走下船来，沿着河身旁的沙地向着太阳的方向进发。无数条的光的反刺击撞着阎胡子古铜色的脸面，他的宽大的近乎方形的脚掌把沙滩印着一些圆圆洼陷。

“你说赵城可不要紧？我本想让你带一个回信去……等到饭馆喝两盅，咱二人谈说谈说……”

风陵渡车站附近，层层转转的是一些板棚或席棚，里边冒着气，响着勺子，还有一种油香夹杂着一种咸味在那地方缭绕着。

一盘炒豆腐，一壶四两酒，蹲在阎胡子的桌面上。

“你要吃什么，你只管吃……俺在这河上多少总比你们当兵的多赚两个……你只管吃……来一碗面片汤，再加半斤锅饼……先吃着，不够再来。……”

风沙的卷荡在太阳高了起来的时候，是要加甚的。席棚子像有扫帚在扫着似的，嚓嚓地在凸出凹进的响着。

阎胡子的话，和一串珠子似的咯拉咯拉的被玩弄着，大风只在席棚子间旋转，并没有把阎胡子的故事给穿着。

“……黄河的大水一来到俺山东那地方，就像几十万大军已经到了……连小孩子夜晚吵着不睡的时候，你若说‘来大水啦’，他就安静了一刻。用大水吓唬孩子就像用老虎一样使他们害怕。在一个黑沉沉的夜里，大水可真的来啦；爷和娘站在房顶上，爷说‘……怕不要紧，我活四十多岁，大水也来过几次，并没有卷去什么。’我和姐姐拉着娘的手……第一声我听着叫的是猪，许是那猪快到要命的时候啦，哽哽的……以后就是狗，狗跳到柴堆上……在那上头叫着……再以后就是鸡……它们那些东西乱飞着……柴堆上，墙头上，狗栏子上……反正看不见，都听得见的……别人家的也是一样。还有孩子哭，大人骂。只有鸭子，那一夜到天明也没有休息一会，比平常不涨大水的时候还高兴……鸭子不怕大水，狗也不怕，可是狗到第二天就瘦啦，……也不愿睁眼睛啦……鸭子正不一样，胖啦！新鲜啦……呱呱的叫声更大了！可是爹爹那天晚上就死啦；娘也许是第二天死的……”

阎胡子从席棚通过了那在锅底上乱响着的炒菜的勺子而看到黄河上去。

“这边，这河并不凶。”他喝了一盅酒，筷子在辣椒酱的小碟里点了一下。他脸上的筋肉好像棕色的浮雕经过了陶器的制作那么坚硬，那么没有变动。

“小孩子的时候，就听人家说，离开这河远一点吧！去跑关东吧（即东三省）！一直到第二次的大水……那时候，我已经二十六岁……也成了家……听人说，关东是块福地，俺山东人跑关东的年年有，俺就带着老婆跑到关东去……关东俺有三间房，两三亩地……关东又变成了‘满洲国’。赵城俺原本有一个叔叔，打一封信给俺，他说那边，慢慢地日本人都想法子把中国人治死，还说先治死这些穷人，依着我就不怕，可是俺老婆说俺们还有孩子啦，因此就跑到俺叔叔这里来，俺叔叔做个小买卖，俺就在叔叔家帮着照料照料……慢慢地活转几个钱，租两亩地种种……俺还有个儿，俺儿一年一年的眼看着长成人啦！这几个钱没有活转着，俺叔要回山东，把小买卖也收拾啦。剩下俺一个人，这心里头可就转了圈子……山西原来和山东一样，人们也只有跑关东……要想在此地谋个生活，就好比苍蝇落在针尖上，俺山东人体性粗，这山西人体性慢……干啥事干不惯……”

“俺想，赵城可还离火线两三百里，许是不要紧……”他向着兵士：“咱中国的局面怎么样？听说日本人要夺风陵渡……俺在山西没有别的东西，就是这一只破船……”

兵士站起来，挂上他的洋瓷碗，油亮的发着光的嘴唇点燃着一支香烟，那有点胖的手骨节凹着小坑的手又在整理着他的背包。黑色的裤子，灰色的上衣，衣襟上涂着油渍和灰尘。但他脸上的表情是开展的，愉快的，平坦和希望的。他讲话的声音并不高朗，温和而宽弛，就像他在草原上生长起来的一样：

“我要赶路的，老乡！要给你家带个信吗？”

"带个信……"阎胡子感到一阵忙乱，这忙乱是从他的心底出发的。带什么呢？这河上没有什么可告诉的。"带一个口信说……"好像这饭铺炒菜的勺子又搅乱了他。"你坐下等一等，俺想一想……"

他的头垂在他的一只手上，好像已经成熟了的转茎莲垂下头来一样。席棚子被风吸着凸进凸出的好像一大张海蜇飘在海面上。勺子声，菜刀声，被洗着的碗的声音，前前后后响着鞭子声。小驴车，马车和骡子车拖拖搭搭的载着军火或食粮来往着。车轮带起来的飞沙并不狂猖，而那狂猖着的，是跟着黄河而来的，在空中它漫卷着太阳和蓝天，在地面它则漫卷着沙尘和黄土，漫卷着所有黄河地带生长着的一切，以及死亡的一切。

潼关，背着太阳的方向站着，因为土层起伏高下，看起来，那是微黑的一大群，像是烟雾停止了，又像黑云下降，又像一大群兽类堆集着蹲伏下来。那些巨兽，并没有毛皮，并没有面貌，只相同读了埃及大沙漠的故事之后偶尔出现在夏夜的梦中的一个可怕的记忆。

风陵渡侧面向着太阳站着，所以土层的颜色有些微黄，及有些发灰，总之有一种相同在病中那种苍白的感觉，看上去，干涩，无光，无论如何不能把它制伏的那种念头，会立刻压住了你。

站在长城上会使人感到一种恐惧，那恐惧是人类历史的血流又鼓荡起来了！而站在黄河边上所起的并不是恐惧，而是对人类的一种默泣，对于病痛和荒凉永远的诅咒。

同蒲路的火车，好像几匹还没有睡醒的小蛇似的慢慢地来了一串，又慢慢地去了一串。

那兵士站起来向阎胡子说：

"我就要赶火车去……你慢慢地喝吧……再会啦……"

阎胡子把酒杯又倒满了。他看着杯子底上有些泥土，他想，这应该倒掉而不应该喝下去，但当他说完了给他带一个家信，就说他在这河上还好的时候，他忘记了那杯酒是不想喝的也就走下喉咙去了。同时他赶快撕了一块锅饼放在嘴里，喉咙像是有什么东西在胀塞着有些发痛。于是他就抚弄着那块锅饼上突起的花纹，那花纹是画的“八卦”。他还识出了哪是“乾卦”，哪是“坤卦”。

奔向同蒲站的兵士，听到背后有呼唤他的声音：

“站住……站住……”

他回头看时，那老头好像一只小熊似的奔在沙滩上：

“我问你，是不是中国这回打胜仗，老百姓就得日子过啦？”

八路的兵士走回来，好像是沉思了一会，而后拍着那老头的肩膀。

“是的，我们这回必胜……老百姓一定有好日子过的。”

那兵士都模糊得像画面上的粗壮的小人一样了。可是阎胡子仍旧在沙滩上站着。

阎胡子的两脚深深地陷进沙滩去，那圆圆的涡旋埋没了他的两脚了。

〔一九三八，八，六日汉口〕

朦胧的期待 *

一年之中三百六十日，
日日在愁苦之中，
还不如那山上的飞鸟，
还不如那田上的蚱虫。

李妈从那天晚上就唱着曲子，就是当她听说金立之也要出发到前方去之后。金立之是主人家的卫兵。这事可并没有人知道，或者那另外的一个卫兵有点知道，但也说不定是李妈自己的神经过敏。

“李妈，李妈……”

当太太的声音从黑黑的树荫下面传来时，李妈就应着回答了两三声。因为她是性急爽快的人，从来是这样，现在仍是这样。可是当她刚一抬脚，为着身旁的一个小竹方凳，差一点没有跌倒，于是她感到自己是流汗了，耳朵热起来，眼前冒了一阵花，她想说：

“倒霉！倒霉！”她一看她旁边站着那个另外的卫兵，她就

* 本文发表于1938年11月18日（重庆）《文摘战时旬刊》第三十六期，署名萧红。1940年3月收入（桂林）上海杂志公司“每月文库”一辑之十《旷野的呼喊》。

没有说。

等她从太太那边拿了两个茶杯回来，刚要放在水里边去洗，那姓王的卫兵把头偏着：

“李妈，别心慌，心慌什么，打碎了杯子。”

“你说心慌什么……”她来到嘴边上的话没有说，像是生气的样子，把两个杯子故意的撞出叮当的响声来。

院心的草地上，太太和老爷的纸烟的火光和一朵小花似的忽然开放得红了，忽然又收缩得像一片在萎落下去的花片。萤火虫在树叶上闪飞，看起来就像凭空的毫没有依靠的被风吹着似的那么轻飘。

“今天晚上绝对不会来警报的，……”太太的椅背向后靠着，看着天空。她不大相信这天阴得十分沉重，她想要寻找空中是否还留着一个星子。

“太太，警报不是多少日子夜里不来了么？”李妈站在黑夜里就像被消灭了一样。

“不对，这几天要来的，战事一过九江，武汉的空袭就多起来……”

“太太，那么这仗要打到哪里？也打到湖北？”

“打到湖北是要打到湖北的，你没看见金立之都要到前方去了吗？”

“到大冶，太太，这大冶是什么地方？多远？”

“没多远，出铁的地方，金立之他们整个的特务连都到那边去。”

李妈又问：“特务连也打仗，也冲锋，就和别的兵一样？特务连不是在长官旁边保卫长官的吗？好比金立之不是保卫太太和老爷的吗？”

"紧急的时候，他们也打仗，和别的兵一样啊！你还没听金立之说在大场他也作战过吗！"

李妈又问："到大冶是打仗去！"又隔了一会她又说："金立之就是作战去？"

"是的，打仗去，保卫我们的国家！"

太太没有十分回答她，她就在太太旁边静静的站了一会，听着太太和老爷谈着她所不大理解的战局，又是田家镇……又是什么镇……

李妈离开了院心经过有灯光的地方，她忽然感到自己是变大了，变得就像和院子一般大，她自己觉得她自己已经赤裸裸的摆在人们的面前。又仿佛自己偷了什么东西被人发觉了一样，她慌忙的躲在了暗处。尤其是那个姓王的卫兵，正站在老爷的门厅旁边，手里拿着个牙刷，像是在刷牙。

"讨厌鬼，天黑了，刷的什么牙……"她在心里骂着，就走进厨房去。

一年之中三百六十日，
日日在愁苦之中，
还不如那山上的飞鸟，
还不如那田上的蚱虫。
还不如那山上的飞鸟，
还不如那田上的蚱虫……

李妈在饭锅旁边这样唱着，在水筒旁边这样唱着，在晒衣服的竹竿子旁边也是这样唱着。从她的粗手指骨节流下来的水滴，把她的裤腿和她的玉蓝麻布的上衣都印着圈子。在她的深红而微黑的嘴唇上闪着一点光，好像一只油亮的甲虫伏在那里。

刺玫树的荫影在太阳下边，好像用布剪的，用笔画出来的一样爬在石阶前的砖柱上。而那葡萄藤，从架子上边倒垂下来的缠绕的枝梢，上面结着和纽扣一般大的微绿色和小琉璃似的圆葡萄，风来的时候，还有些颤抖。

李妈若是前些日子从这边走过，必得用手触一触它们，或者拿在手上，向她旁边的人招呼着：

“要吃得啦……多快呀！长得多快呀！……”

可是现在她就像没有看见它们，来往的拿着竹竿子经过的时候，她不经意的把竹竿子撞了葡萄藤，那浮浮沉沉的摇着的叶子，虽是李妈已经走过，而那荫影还在地上摇了多时。

李妈的忧郁的声音，不但从曲子声发出，就是从勺子，盘子，碗的声音，也都知道李妈是忧郁了，因为这些家具一点也不响亮。往常那响亮的厨房，好像一座音乐室的光荣的日子，只落在回忆之中。

白嫩的豆芽菜，有的还带着很长的须子，她就连须子一同煎炒起来，油菜或是白菜，她把它带着水就放在锅底上，油炸着菜的声音就像水煮的一样。而后浅浅的白色盘子的四边向外流着淡绿色的菜汤。

用围裙揩着汗，在她正对面她平日挂在墙上的那块镜子里边，反映着仿佛是受惊的，仿佛是生病的，仿佛是刚刚被幸福离弃了的年青的山羊那么沉寂。

一

李妈才二十五岁，头发是黑的，皮肤是坚实的，心脏的跳动也和她的健康成和谐。她的鞋尖常常是破的，因为她走路永远来不及举平她的脚，门坎上，煤堆上，石阶的边沿上，她随时随地的畅快的踢着。而现在反映在镜子里的李妈不是那个原来的李妈，而是另外的李妈了，黑了，沉重了，哑暗了。

把吃饭的家具摆齐之后，她就从桌子边退了去，她说："不大舒服，头痛。"

她面向着栏栅外的平静的湖水站着，而后荡着。已经爬上了架的倭瓜在黄色的花上，有蜜蜂在带着粉的花瓣上来来去去。而湖上打成片的肥大的莲花叶子，每一张的中心顶着一个圆圆的水珠，这些水珠和水银的珠子似的向着太阳，淡绿色的莲花苞和挂着红嘴的莲花苞，从肥大的叶子的旁边站了出来。

湖边上有人为着一点点家常的菜蔬除着草，房东的老仆人指着那边竹墙上冒着气一张排着一张的东西向李妈说：

"看吧！这些当兵的都是些可怜人，受了伤，自己不能动手，都是弟兄们在湖里给洗这东西，这大的毯子，不会洗净的。不信，过到那边去看看，又腥又有别的味……"

西边竹墙上晒着军用毯，还有些草绿色的，近乎黄色的军衣。李妈知道那是伤兵医院，从这几天起，她非常厌恶那医院，从医院走出来的用棍子当做腿的伤兵们，现在她一看了就有些害怕。所以那老头指给她看的东西，她只假装着笑笑。隔着湖，在那边湖边上洗衣服的也是兵士，并且在石头上打着洗着的衣裳发出沉重的水声来。……"金立之裹腿上的带子，我不是没给他钉起吗？真是发昏了，他一会不是来取吗？"

等她取了针线又来到湖边，隔湖的马路上，正过着军队，唱着歌的，混着灰尘的行列，金立之不就在那行列里边吗？李妈神经质的，自己也觉得这想头非常可笑。

各种流行的军歌，李妈都会唱，尤其是那句：中华民族到了最危险的时候。她每唱到这一句，她就学着军人的步伐走了几步。她非常喜欢这个歌，因为金立之喜欢。

可是今天她厌恶他们，她把头低下去，用眼角去看他们，而那歌声，就像黄昏时成团在空气中飞的小虫子似的，使她不能躲避。

“李妈……李妈。”姓王的卫兵喊着她，她假装没有听到。

“李妈！金立之来了。”

李妈相信这是骗她的话，她走到院心的草地上去，呆呆的站在那里。王卫兵和太太都看着她：

“李妈没有吃饭吗？”

她手里卷着一半裹腿，她的嘴唇发黑，她的眼睛和钉子一样的坚实，不知道钉在她面前的什么。而另外的一半裹腿，比草的颜色稍微黄一点，长长的拖在草地上，拖在李妈的脚下。

二

金立之晚上八点多钟来的。红的领章上又多了一点金花，原来是两个，现在是三个。在太太的房里，为着他出发到前方去，太太赏给他一杯柠檬茶。

“我不吃这茶，我只到这里……我只回来看一下。连长和我一同到街上买连里用的东西。我不吃这茶……连长在八点一刻来看老爷的。”他灵敏的看一下袖口的表：“现在八点，连长一来我就得跟连长一同归连……”

接着他就谈些个他出发到前方，到什么地方，做什么职务，特务连的连长是怎样一个好人，又是带兵多么真诚……太太和他热诚的谈着，李妈在旁边又拿太太的纸烟给金立之，她说：

“现在你来是客人了，抽一支吧！”

她又跑去把裹腿拿来，摆在桌子上，又拿在手里又打开，又卷起来……在地板上，她几乎不能停稳，就像有风的水池里走着的一张叶子。

他为什么还不来到厨房里呢？李妈故意先退出来，站在门坎旁边咳嗽了两声，而后又大声和那个王卫兵讲着连她自己也不知道是什么意思的话，她看金立之仍不出来，她又走进房去，她说：

“三个金花了，等从前方回来，大概要五个金花了。金立之今天也换了新衣裳，这衣裳也是新发的吗？”

金立之说，“新发的。”

李妈要的并不是这样的回答。李妈又说：

“现在八点五分了，太太的表准吗？”

太太只向着表看了一下，点一点头，金立之仍旧没有注意。

“这次，我们打仗全是为了国家，连长说，宁做战死鬼，勿做亡国奴，我们为了妻子，家庭，儿女，我们必须抗战到底。……”

金立之站得笔直在和太太讲话。

趁着这功夫，她从太太房子里溜了出来，下了台阶，转了一个弯，她就出了小门，她去买两包烟送给他。听说，战壕里烟最宝贵。她在小巷子里一边跑着，一边想着她所要说的话：“你若回来的时候，可以先找到老爷的官厅，就一定能找到我。太太走到哪里，说一定带着我走，”再告诉他：“回来的时候，你可不就忘了我，要做个有心的人，可不能够高升了忘了我。……”

她在黑黑的巷子里跑着，她并不知道她自己是在发烧。她想起来到夜里就越热了，真是湖北的讨厌的天气。她的背脊完全浸在潮湿里面。

“还得把这块钱给他，我留着这个有什么用呢！下月的工钱又是五元。可是上前线去的，钱是有数的……”她隔着衣裳捏着口袋里一元钱的票子。

等李妈回来，金立之的影子都早消灭在小巷子里了，她站在小巷子里喊着：

“金立之……金立之……”

远近都没有回声，她的声音还不如落在山涧里边还能得到一个空虚的反响。

和几年前的事情一样，那就是九江的家乡，她送一个年青的当红军的走了，他说他当完了红军回来娶她，他说那时一切就都好了。临走时还送给她一匹印花布，过去她在家里一看到那印花布她就要啼哭。现在她又送走这个特务连的兵士走了，他说抗战胜利了回来娶她，他说那时一切就都好了。

还得告诉他：“把我工钱都留着将来安排我们的家。”我们的家。

但是金立之已经走了，想是连长已经来了，他归连了。

等她拿着纸烟，想起这最末的一句话的时候，她的背脊被凉风拍着，好像浸在凉水里一样，因为她站定了，她停止了，热度离开了她，跳跃和翻腾的情绪离开了她。徘徊，鼓荡着的要破裂的那一刻的人生，只是一刻把其余的人生都带走了。人在静止的时候常常冷的。所以是她不期的打了个激灵的冷战。

李妈回头看一看那黑黑的院子，她不想再走进去，可是在她前面的那黑黑的小巷子，招引着她的更没有方向。

她终归是转回身来，在那显着一点苍白的铺砖的小路上，她摸索着回来了。房间里的灯光和窗帘子的颜色，单调得就像飘在空中的一块布和闪在空中的一道光线。

李妈打开了女仆的房门，坐在她自己的床头上，她觉得虫子今夜都没有叫过，空的，什么都是不着边际的，电灯是无缘无故的悬着，床铺是无缘无故的放着，窗子和门也是无缘无故的设着……总之，一切都没有理由存在，也没有理由消灭。……

李妈最末想起来的那一句话，她不愿意反复，可是她又反复了一遍：

“把我的工钱，都留着将来安排我们的家。”

李妈早早地休息了，这是第一次，在全院子的女仆休息之前她是第一次睡得这样早，两盒红锡包香烟就睡在她枕头的旁边。

湖边上战士们的歌声，虽然是已经黄昏以后，有时候隐现的还可以听到。

夜里她梦见金立之从前线上回来了。“我回来安家来了，从今我们一切都好了。”他打胜了。

而且金立之的头发还和从前一样的黑。

他说：“我们一定得胜利的，我们为什么不胜利呢。没道理！”

李妈在梦中很温顺的笑了。

〔一九三八，十，卅一。〕

逃难*

这火车可怎能上去？要带东西是不可能，就单说人吧！也得从下边用人抬。

何南生在抗战之前做小学教员，他从南京逃难到陕西遇到一个朋友是做中学校长的，于是他就做了中学教员。做中学教员这回事先不提。就单说何南生这面貌，一看上去真使你替他发愁，两个眼睛非常光亮而又时时在留神，凡是别人要看的东西，他却躲避着，而别人不要看的东西，他却偷着看，他还没开口说话，他的嘴先向四边咧着，几几乎把嘴咧成一个火柴盒形，那样子使人疑心他吃了黄连。除了这之外，他的脸上还有点特别的地方，就是下眼睑之下那两块豆腐块样突起的方形筋肉，无管他在说话的时候，在笑的时候，在发愁的时候，那两块筋肉永久不会运动，就连他最好的好朋友，不用说，就连他的太太吧！也从没有看到他那两块砖头似的筋肉运动过。

"这是干什么……这些人，我说：中国人若有出息真他妈的……"

何南生一向反对中国人，就好像他自己不是中国人似的。抗

---

* 本文发表于1939年1月（重庆）《文摘战时旬刊》第四十一期、四十二期合刊，署名萧红。当年4月（上海）《文献》月刊附刊《妇女文献》转载。1940年3月收入（桂林）上海杂志公司"每月文库"一辑之十《旷野的呼喊》。有改动。

战之前反对得更厉害，抗战之后稍稍好了一点，不过有时候仍旧来了他的老毛病。

什么是他的老毛病呢？就是他本身将要发生点困难的事情，也许这事情不一定发生，只要他一想到关于他本身的一点不痛快的事，他就对全世界怀着不满。好比他的袜子晚上脱的时候掉在地板上，差一点没给耗子咬了一个洞，又好比临走下讲台的当儿，一脚踏在一只粉笔头上，粉笔头一滚，好险没有跌了一交。总之，危险的事情若没有发生就过去了，他就越感到那危险得了不得，所以他的嘴上除掉常常说中国人怎样怎样之外，还有一句常说的就是：

“到那时候可怎么办哪……”

他一回头，又看到了那塞满着人的好像鸭笼似的火车。

“到那时候可怎么办哪？”现在他所说的“到那时候可怎么办”是指着到他们逃难的时候可怎么办。

何南生和他的太太送走了一个同事，还没有离开站台，他就开始不满意，他的眼睛离开那火车第一眼看到他的太太，就觉得自己的太太胖得像笨猪，这在逃难的时候多麻烦。

“看吧，到那时候可怎么办！”他心里想着；“再胖点就是一辆火车都要装不下啦！”可是他并没有说。

他又想到，还有两个孩子，还有一只柳条箱，一只猪皮箱，一个网篮、三床被子也得都带着……网篮里边还能装得下两个白铁锅。到哪里还不是得烧饭呢！逃难，逃到哪里还不是得先吃饭呢！不用说逃难，就说抗战吧，我看天天说抗战的逃起难来比谁都来得快，而且带着孩子老婆锅碗瓢盆一大堆。

在路上他走在他太太的前边，因为他心里一烦乱，就什么也不愿意看。他的脖子向前探着，两个肩头低落下来，两只胳臂就像用稻草做的似的，一路上连手指尖都没有弹一下。若不是看到他的两只脚还在一前一后的移进着，真要相信他是画匠铺里的纸彩人了。

这几天来何南生就替他们的家庭忧着心，而忧心得最厉害的就是从他送走那个同事，那快要压瘫人的火车的印象总不能去掉。可是也难说，就是不逃难，不抗战，什么事也没有的时候，他也总是胆战心惊的。这一抗战，他就觉得个人的幸福算完全不用希望了，他就开始做着倒霉的准备。倒霉也要准备的吗？读者们可不要稀奇，现在何南生就要做给我们看了：一九三八年三月十五日，何南生从床上起来了，第一眼他看到的，就是墙上他已准备好的日历。

"对的，是今天，今天是十五……"

一夜他没有好好睡，凡是他能够想起的，他就一件一件的无管大事小事都把它想一遍，一直听到了潼关的炮声。

敌人占了风陵渡和我们隔河炮战已经好几天了，这炮声夜里就停息，天一亮就开始。本来这炮声也没有什么可怕的，何南生也不怕，虽然他教书的那个学校离潼关几十里路，照理他应该害怕，可是因为他的东西都通通整理好了，就要走了，还管他炮战不炮战呢！

他第二眼看到的就是他太太给他摆在枕头旁边的一双袜子。

"这是干什么？这是逃难哪……不是上任去呀……你知道现在袜子多少钱一双……"他喊着他的太太："快把旧袜子给我拿来！把这新袜子给我放起来。"

他把脚尖伸进拖鞋里去，没有看见说破袜子破到什么程度，那露在后边的脚跟，他太太一看到就咧起嘴来。

"你笑什么，你笑！这有什么好笑的……还不快给孩子穿衣裳，天不早啦……上火车比登天还难，那天你还没看见。袜子破有什么好笑的，你没看到前线上的士兵呢！都光着脚。”这样说，好像他看见了，其实他也没看见。

十一点钟还有他的一点钟历史课，他没有去上，两点钟他要上车站。

他吃午饭的时候，一会看看钟，一会揩揩汗，心里一着急，所以他就出汗。学生问他几点钟开车，他就说：

“六点一班车，八点还有一班车，我是预备六点的，现在的事难说，要早去，而况我是带着他们…… ”他所说的“他们”是指的孩子，老婆和箱子。

因为他是学生们组织的“抗战救国团”的指导，临走之前还得给学生们讲几句话，他讲的什么，他没有准备，他一开头就说，他说他三五天就回来，其实他是一去就不回来的。最后的一句说的是最后的胜利是我们的……其余的他说，他与陕西共存亡，他绝不逃难。

何南生的一家，在五点二十分钟的时候，算是全来到了车站：太太，孩子——一个男孩，一个女孩。——一个柳条箱，一个猪皮箱，一只网篮，三个行李包。为什么行李包这样多呢？因为他把雨伞，字纸篓，旧报纸都用一条被子裹着，算作一件行李；又把抗战救国团所发的棉制服，还有一双破棉鞋，又用一条被子包着，这又是一个行李；那第三个行李，一条被子，那里边包的东西可非常多：电灯泡，粉笔箱，羊毛刷子，扫床的扫帚，破揩布两三块，洋蜡头一大堆，算盘子一个，细铁丝两丈多，还有一团白线，还有肥皂盒盖一个，剩下又都是旧报纸。

只旧报纸他就带了五十多斤，他说：到哪里还不得烧饭呢？还不得吃呢？而点火还有比报纸再好的吗？这逃难的时候，能俭省就俭省，肚子不饿就行了。

除掉这三个行李，网篮也最丰富：白铁锅，黑瓦罐，空饼干盒子，挂西装的弓形的木架，洗衣裳时挂衣裳的绳子，还有一个掉了半个边的陕西土产的痰盂，还有一张小油布，是他那个两岁的女孩夜里铺在床上怕尿了褥子用的，还有两个破洗脸盆，一个洗脸的。一个洗脚的。还有油乌的筷子笼一个，切菜刀一把，筷子一大堆，吃饭的饭碗三十多个，切菜墩三个。切菜墩和饭碗是一个朋友走留给他的。他说：逃难的时候，东西只有越逃越少，是不会越逃越多的，若可能就多带些个，没有错，丢了这个还有那个，就是扔也能够多扔几天呀！还有好几条破裤子都在网篮的底上，这个他也有准备。

他太太在装网篮的时候问他：

“这破裤子要它做什么呢？”

他说：“你看你，万事没有打算，若有到难民所去的那一天，这个不都是好的吗？”

所以何南生这一家人，在他领导之下，五点二十分钟才全体到了车站，差一点没有赶上火车——火车六点开。

何南生一边流着汗珠一边觉得这回可万事齐全了，他的心上有八分快乐，他再也想不起什么要拿而没有拿的，因为他已经跑回去三次，第一次取了一个花瓶，第二次又在灯头上拧下一个灯伞来，第三次他又取了忘记在灶台上的半盒刀牌烟。

火车站离他家很近，他回头看看那前些日子还是白的，为着怕飞机昨天才染成灰色的小房。他点起一支烟来，在站台上来回地喷着，反正就等火车来，就等这一上了。

“到那时候可怎么办哪！”照理他正该说这句话的时候。站台上不知堆了多少箱子，包裹，还有那么一大批流着血的伤兵，还有那么一大堆吵叫着的难民。这都是要上六点钟开往西安的车。但何南生的习惯不是这样，凡事一开头，他最害怕，总之一开头他就绝望，等到事情真来了，或是越来越近了，或是就在眼前，一到这时候，你看他就安闲得多。

火车就要来了，站台的大钟已经五点四十一分。

他又把他所有的东西看了一遍，一共是大小六件，外加热水瓶一个。

"实在没有什么东西忘记的吧！你再好好想想！"他问他的太太说。

他的女孩跌了一交，正在哭着，他太太就用手给那孩子抹着鼻涕：

"哟！我的小手帕忘下了呀！今天早晨洗的，就挂在院心的绳子上。我想着想着，说可别忘了，可是到底忘了，我觉得还有点什么东西，有点什么东西，可就想不起来。"

何南生早就离开太太往回跑了。

"怎么能够丢呢？你知道现在的手帕多少钱一条？"他就用那手揩着脸上的汗，"这逃难的时候，我没说过吗！东西少了可得节约，添不起。"

他刚喘上一口气来，他用手一摸口袋；早晨那双没有舍得穿的新袜子又没有了。

"这是丢在什么地方啦？他妈的……火车就要到啦……三四毛钱，又算白扔啦！"

火车误了点，六点五分钟还没到，他就趁这机会又跑回去一趟，袜子果然找到了，托在他的掌心上，他正在研究着袜子上的花纹，他听他的太太说：

"你的眼镜呀……"

可不是，他一摸眼镜又没有了，本来他也不近视，也许为了好看，他戴眼镜。

他正想回去找眼镜，这时候，火车到了。

他提起箱子来，向车门奔去，他挤了半天没有挤进去，他看别人都比他来的快，也许别人的东西轻些，自己不是最先奔到车门口的吗？怎么上不去，却让别人上去了呢？大概过了十分钟，他的箱子和他仍旧站在车厢外边。

“中国人真他妈的……真是天生中国人！”他的帽子被挤下去时，他这样骂着。

火车开出去好远了，何南生的全家仍旧完完全全地留在站台上。

“他妈的，中国人要逃不要命，还抗战呢！不如说逃战吧！”他说完了“逃战”还四边看一看，这车站上是否有自己的学生或熟人，他一看没有，于是又抖着他那被撕裂的长衫：“这还行，这还没有见个敌人的影，就吓靡魂啦！要挤死啦！好像屁股后边有大炮轰着。”

八点钟的那次开往西安的列车进站了，何南生又率领着他的全家向车厢冲去，女人叫着，孩子哭着，箱子和网篮又挤得吱咯的乱响。何南生恍恍惚惚地觉得自己是跌倒了，等他站起来，他的鼻子早就流了不少的血，血染着长衫的前胸。他太太报告说，他们只有一只猪皮箱子在人们的头顶上被挤进了车厢去。

“那里装的都是什么东西？”他着急，所以连那猪皮箱子装的什么东西都弄不清了。

“你还不知道吗？不都是你的衣裳？你的西装……”

他一听这个还了得！他就向着他太太所指的那个车厢奔去，火车就开了，起初开得很慢，他还跟着跑，他还招呼着，而后只得安然的退下来。

他的全家仍旧留在站台上，和别的那些没有上得车的人们留在一起。只是他的猪皮箱子自己跑上火车去走了。

“走不了，走不了，谁让你带这些破东西呢？我看……”太太说。

“不带，不带，什么也不带……到那时候可怎么办哪！”

“让你带吧！我看你现在还带什么！”

猪皮箱不跟着主人而自己跑了，饱满的网篮在枕木旁边裂着肚子，小白铁锅瘪得非常可怜，若不是它的主人，就不能认识它了。而那个黑瓦罐竟碎成一片一片的。三个行李只剩下一个完整的，他们的两个孩子正坐在那上面休息。其余的一个行李不见了，另一个被撕裂了，那些旧报纸在站台上飞，柳条箱也不见了，记不清是别人给拿去了，还是他们自己抬上车去了。

等到第三次开往西安的车，何南生的全家总算全上去了。到了西安一下火车先到他们的朋友家。

“你们来了呵！都很好！车上没有挤着？”

“没有，没有，就是丢点东西……还好，还好，人总算平安。”何南生的下眼睑之下的那两块不会运动的筋肉，仍旧没有运动。

“到那时候……”他又想要说到那时候可怎么办，没有说，他想算了吧！抗战胜利之前，什么能是自己的呢？抗战胜利之后什么不都有了吗？

何南生平静的把那一路上抱来的热水瓶放在了桌子上。

孩子的讲演*

这一个欢迎会，出席的有五六百人，站着的，坐着的，还有挤在窗台上的。这些人多半穿着灰色的制服，因为除了教授之外，其余的都是这学校的学生，而被欢迎的则是另外一批人，这小讲演者就是被欢迎之中的一个。

第一个上来了一个花胡子的，两只手扶着台子的边沿，好像山羊一样，他垂着头讲话，讲了一段话，而后把头抬了一会，若计算起来大概有半分钟，在这半分钟之内，他的头特别向前伸出，会叫人立刻想起在图画上曾看过的长颈鹿。等他的声音再一开始，连他的颈子，连他额上的皱纹都一齐摇震了一下，就像有人在他的背后用针刺了他的样子。再说他的花胡子，虽然站在这大厅的最末的一排，也能够看到是已经花的了。因为他的下巴过于喜欢运动，那胡子就和什么活的东西挂在他的下巴上似的，但他的胡子可并不长。

"……他……那人说的是什么？为什么这些人都笑！"

在掌声中人们就笑得哄哄的，也用脚擦着地板。因为这大厅四面都开着窗子，外边的风声和这几百人的哄声，把别的一切会

* 本文发表于1939年3月15日（上海）《大路》（综合图画月刊）第二号，署名萧红。1940年3月收入（桂林）上海杂志公司"每月文库"一辑之十《旷野的呼喊》。

发响的都止息了；咳嗽声，剥着落花生的声音，还有别的悉悉索索的从群众发出来的特有的声音，也都听不见了。

当然那孩子所问的也没有人听见。

“告诉我！笑什么……笑什么……”他拉住了他旁边的那女同志，他摇着她的胳臂。

“可笑呵……笑他滑稽，笑他那样子。”那女同志一边用手按住嘴，一边告诉那孩子，“你看吧……在那边，在那个桌子角上还没有坐下来呢……他讲演的时候，他说日本人呵哈你们说，你们说……中国人呵哈，你们说，你们说……高丽人呵哈……你们说，‘你们说……你们说，你们说’他说了一大串呀……”

那孩子站起来看看，他是这大厅中最小的一个，大概也没看见什么，就把手里剥好的花生米放在嘴里，一边嚼着一边拍着那又黑又厚的小肥手掌，等他团体里的人叫着：

“王根！小王根……”

他才缩一缩脖颈，把眼睛往四边溜一下，接着又去吃落花生，吃别的在风沙地带所产的干干的果子，吃一些混着沙土的点心和芝麻糖。

王根他记得从出生以来，还没有这样大量的吃过，虽然他从加入了战地服务团，在别处的晚会或欢迎会上也吃过糖果，但没有这样多并且也没有这许多人，所以他回想着刚才他排着队来赴这个欢迎会路上的情景，他越想越有意思，比方那高高的城门楼子，走在城门楼子里说话那种空洞的声音，一出城门楼子，就看到那么一个圆圆的月亮，而且可以随时听到满街的歌声，这些歌子，他也都会唱。并且他还骄傲着；他觉得他所会的歌比他所听到的还多着哩！他还会唱小曲子，还会打莲花落[1]……这些都是来到战地服务团里学的。

“……别看我年纪小，抗日的道理可知道得并不少……唾登唾……唾登唾……”他在冒着尘土的队尾上，偷着用脚尖转了个圈，他一边走路一边作着唱莲花落时的姿式。

现在他又吃着这许多东西，又看着这许多人。他的柔和的眼光，好像幼稚的兔子在它幸福饱满的时候所发出的眼光一样。

讲演者一个接着一个，女讲演者，老讲演者，多数的是年青的讲演者。

由于开着窗子和门的关系，所有的讲演者的声音，都不十分响亮，平凡的，拖长的……因为那些所讲的悲惨的事情都没有变样，一个说日本帝国主义，另一个也说日本帝国主义。那些过于庄严的脸孔，在一个欢迎会是不大相宜。只有蜡烛的火苗抖擞得使人起了一点宗教感。觉得客人和主人都是虔诚的。

被欢迎的宾客，是一个战地服务团。当那团里的几个代表讲演完毕，一阵暴风雨似的掌声，不知道是谁提议叫孩子王根也走上讲台。

王根发烧了，立刻停止了所吃的东西，血管里的血液开始不平凡的流动起来。好像全身就连耳朵都侵进了虫子，热，昏花。他对自己的讲演，平常很有把握，在别的地方也说过几次话，虽然不能够证明自己的声音大小，但是并不恐惧，就像在台上唱莲花落时一样没有恐惧，这次，他也并不是恐惧，因为这地方人

1　莲花落，一种传统的曲艺艺术，说唱兼有。据称起源于“瞎子戏”，多是盲人乞讨而唱。内容多为劝世、扬善惩恶和因果报应或历史故事、民间传说；通俗风趣，流传较广。

多，又都是会讲演的，他想他特别要说得好一点。

他没有走上讲台去，人们就使他站上他的木凳。

于是王根站上了自己的木凳。

人们一看到他就喜欢他，他的小脸一边圆圆的红着一块，穿着短小的，好像小兵似的衣服，戴着灰色的小军帽，他一站上木凳来，第一件事是他手放在帽沿前行着军人的敬礼。而后为着稳定一下自己，他还稍稍地站了一会还向四边看看，他刚开口，人们禁止不住对他贯注的热情就笑了起来。这种热情并不怎样尊敬他，多半把他看成一个小玩物，一种蔑视的爱起浮在这整个的大厅。

“你也会讲演吗？你这孩子……你这小东西……”人们都用这种眼光看看他，并且张着嘴，好像要吃了他。他全身都热起来了。

王根刚一开始，就听到周围哄哄的笑声，他把自己检点了一下：

“是不是说错啦？”因为他一直还没有开口。

他证明自己没有说错，于是，接着说下去，他说他家在赵城……

“我离开家的时候，我家还剩三个人，父亲，母亲和妹妹，现在赵城被敌人占了，家里还有几个人，我就不知道了。我跑到服务团来，父亲还到服务团来找我回家，他说母亲让我回去，母亲想我，我不回去，我说日本鬼子来把我杀了，还想不想？我就在服务团里当了勤务。我太小，打日本鬼子不分男女老幼。我当勤务在宣传的时候我也上台唱莲花落……”

又当勤务，又唱莲花落，不是没有人笑，不知为什么反而平静下去，大厅中人们的呼吸和游丝似的轻微。蜡烛在每张桌子上抖擞着，人们之中有的咬着嘴唇，有的咬着指甲，有的把眼睛掠过人头而投视着窗外，站在后边的那一堆灰色的人，就像木刻图上所刻的一样，笨重，粗糙，又是完全一类型，他们的眼光都像反映在海面上的天空那么深沉，那么无底。窗外则站着更冷静的月亮。

那稀薄的白色的光，扫遍着全院子的房顶，就是说扫遍了这全个学校的校舍，它停在古旧的屋瓦上，停在四周的围墙上。在风里边卷着的沙土和寒带的雪粒似的，不住的扫着墙根，扫着纸窗，有时更弥补了阶前房后不平的坑坑洼洼。

一九三八年的春天，月亮引走在山西的某一座城上，它和每年的春天一样。但是今夜它在一个孩子的面前做了一个伟大的听众。

一

那稀薄的白光就站在门外五尺远的地方，从房檐倒下来的影子，切了整整齐齐的一排花纹横在大厅的后边。

大厅里像排着什么宗教的仪式。

小讲演者虽然站在凳子上，并不比人高出多少。

“父亲让我回家，我不回家，让我回家，我……我不回家……我就在服务团里当了勤务，我就当了服务团里的勤务。”

他听到四边有猛烈的鼓掌的声音，向他潮水似的涌来，他就心慌起来，他想他的讲演还没有完，人们为什么鼓掌？或者是说错了！又想，没有错，还不是有一大段吗？还不是有日本帝国主义没有加上吗？他特别用力镇定着自己，把手插在口袋去，他的肚子好像涨了起来，向左边和右边摇了几下，小嘴好像含着糖球涨得圆圆地。

“我当了勤务……当了服务团里的勤务……我……我……”

人们接着掌声，就来了笑声，笑声又接起着掌声。王根说不下去了，他想一定是自己出了笑话，他要哭：他想马上发现出自己的弱点以便即刻纠正，但是不成，他只能在讲完之后，才能检点出来，或者是衣服的不齐整，或者是自己的呆样子，他不能理解这笑是人们对他多大的爱悦。

“讲下去呀！王根……”他本团的同志喊着他。

“日本帝国主义……日本鬼子。”他就像喝过酒的孩子，从木凳上跌落下来的一样。

他的眼泪已经浸上了睫毛，他什么也看不见，他不知道他是站在什么地方，他不知道他自己是在做什么。他觉得就像玩着的时候从高处跌落下来一样的瘫软，他觉得自己的手肥大到可怕而举不动的程度，当他用手背揩抹着滚热的眼泪的时候。

人们的笑声更不可制止了。看见他哭了。

王根想：这讲演是失败了，完了，光荣在他完全变成了懊悔，而且是自己破坏了自己的光荣，他没有勇气再作第三次的修正，他要从木凳坐下来，他刚一开始弯曲他的膝盖，就听到人们向他的呼喊！

“……讲得好，别哭啊……再讲再讲……没有完，没有完……”

其余的别的安慰他的话，他就听不见了，他觉得这都是嘲笑，于是更感到自己的耻辱，更感到不可逃避，他几乎哭出声来，他便自跌到不知道是什么人的怀里大哭起来。

这天晚上的欢迎会，一直继续到半夜。

王根再也不吃摆在他面前的糖果了。他把头压在桌边上，就像小牛把头撞在栏栅上那么粗蛮，他手里握着一个红色上面带着黄点的山楂，那山楂，就像用热水洗过的一样。当他用右手抹着眼泪的时候，那小果子就在左手的手心里冒着气，当他用左手抹着眼泪的时候，那山楂就在他右手的手心里冒着气。

为什么人家笑呢？他自己还不大知道，大概是自己什么地方说错了，可是又想不起来，好比家住在赵城，这没有错，来到服务团，也没有错，当了勤务也没有错，打倒日本帝国主义也没说错……这他自己也不敢确信了，因为那时候在笑声中，把自己实在闹昏了。

退出大厅时，王根照着来时的样子排在队尾上，这回在路上他没有唱莲花落，他也没有听到四处的歌声，但也实在是静了。只有脚下踢起来的尘土还是冒着烟儿的。

这欢迎会开过了，就被人们忘记了，若不去想，就像没有这么回事存在过。

可是在王根，一个礼拜之内，他常常从夜梦里边坐起来，但永远梦到他讲演，并且每次讲到他当勤务的地方，就讲不下去了，于是他害怕，他想逃走，可是总逃走不了，于是他叫喊着醒来了，和他同屋睡觉的另外两个比他年纪大一点的小勤务的鼾声，证明了他自己也是和别人一样的在睡觉，而不是在讲演。

但是那害怕的情绪，把他在小床上缩做了一个团子，就仿佛在家里的时候为着夜梦所恐惧缩在母亲的身边一样。

“妈妈……”这是他往日自己做孩子时候的呼喊。

现在王根一点声音也没有就又睡了，虽然他才九岁，因为他做了服务团的勤务，他就把自己也变作大人。

〔一九三八年十月〕

旷野的呼喊 *

风撒欢了。

在旷野，在远方，在看也看不见的地方，在听也听不清的地方，人声，狗叫声，糟糟杂杂地喧哗了起来。屋顶的草被拔脱，墙囤头上的泥土在翻花，狗毛在起着一个一个的圆穴，鸡和鸭子们被刮得要想站也站不住。平常喂鸡撒在地上的谷粒，那金黄的，闪亮的，好像黄金的小粒，一个跟着一个被大风扫向墙根去，而后又被扫了回来，又被扫到房檐根下。而后混同着不知从什么地方飘来的从未见过的大树叶，混同着和高粱粒一般大四方的或多棱的沙土。混同着刚刚被大风拔落下来的红的黑的，或杂色的鸡毛。还混同着破布片，还混同着刷啦刷啦的高粱叶。还混同着灰倭瓜色的豆杆，豆杆上零零乱乱地挂着豆粒已经脱掉了的空敞的豆荚。一些红纸片，那是过新年时门前粘贴的红对联——三阳开泰，四喜临门——或是“出门见喜”的红条子，也都被大风撕得一条一条的一块一块的，这一些干燥的，毫没有水分的拉杂的一堆，刷刷啦，呼离离在人间任意的扫着。刷着豆油的平滑

---

* 本文 1939 年 4 月 17 日至 5 月 7 日连载于（香港）《星岛日报》“星座”副刊第二五二号—二七二号；1940 年 1 月 20 日—2 月 13 日（重庆）《国民公报》“文群”副刊分十期转载，署名萧红。1940 年 3 月收入（桂林）上海杂志公司“每月文库”一辑之十《旷野的呼喊》。

得和小鼓似的乡下人家的纸窗，一阵一阵的被沙粒击打着发出铃铃的铜声来。而后，鸡毛或纸片，飞得离开地面更高。若遇着毛草，或树枝，就把它们障碍住了，于是房檐上站着鸡毛，鸡毛随着风东摆一下，西摆一下，又被风从四面裹着，站得完全笔直，好像大森林里边，用野草插的标记，而那些零乱的纸片，刮在椽头上时，却呜呜呜地它也付着生命似的叫喊。

陈公公一推开房门，刚把头探出来，他的帽子就被大风卷跑了，在那光滑滑的被大风完全扫干净了的门前平场上滚着，滚得像一个小西瓜，像一个小车轮，而最像还是像一个小风车。陈公公追着它的时候，它还扑拉拉的不让陈公公追上它。

“这刮的是什么风啊！这还叫风了吗？简直他妈的……”

陈公公的儿子，出去已经两天了，第三天就是这刮大风的天气。

“这小子到底是干什么去啦？纳闷……这事真纳闷，……”于是又带着沉吟和失望的口气。“纳闷！”

陈公公跑到瓜田上才抓住了他的帽子，帽耳朵上滚着不少的草沫。他站在垄陌上，顺着风用手拍着那四个耳朵的帽子，而拍也拍不掉的是苍子[1]的小刺球，他必须把它们打掉，这是多么讨厌啊！手触去时，它会把手刺痛。看起来又像小虫子，一个一个的钉在那帽沿上。

“这小子到底是干什么去啦！”帽子已经戴在头上，前边的帽耳，完全探伸在大风里，遮盖了他的眼睛。他向前走时，他的头好像公鸡的头向前探着，那顽强挣扎着的样子，就像他要钻进

1　苍子，中药牛蒡的别称，菊科牛蒡属植物牛蒡的果实和根。分布于东北、西北，果实常用于风热感冒、头痛和痈疖疮疡等。

大风里去似的。

“这小子到底……！他妈的……”这话是从昨天晚上他就不停止地反复着。他抓掉了刚才在腿上摔着帽子时刺在裤子上的苌子，把它们在风里丢了下去。

“他真随了义勇队了吗？纳闷！明年一开春，就是这时候，就要给他娶妇了，若今年收成好，上秋也可以娶过来呀！当了义勇队，打日本……哎哎，总是年青人哪，……”当他看到村头庙堂的大旗杆，仍旧挺直的站在大风里的时候，他就向着旗杆的方向骂了一句：“小鬼子……”而后他把全身的筋肉抖擞一下，他所想的他觉得都是使他生气，尤其是那旗杆，因为插着一对旗杆的庙堂，驻着新近才开来的日本兵。

“你看这村子还像一个样子了吗？”大风已经遮掩了他嘟嘟着的嘴。他看见左边有一堆柴草，是日本兵征发去的。右边又是一堆柴草，而前村，一直到村子边上，一排一排的堆着柴草。这柴草也都是征发给日本兵的。大风刮着它们，飞起来的草沫就和打谷子扬场的时候一样，每个草堆在大风里边变成了一个一个的土堆似的在冒着烟。陈公公向前冲着时，有一团谷草好像整捆的滚在他的脚前，障碍了他。他用了全身的力量，想要把那谷草踢得远一点，然而实在不能够做到。因为风的方向和那谷草滚来的方向是一致的，而他就正和它们相反。

“这是一块石头吗？真没见过！这是什么年头，……一捆谷草比他妈一块石头还硬！……”

他还想要骂一些别的话，就是关于日本子的。他一抬头看见两匹大马和一匹小白马从西边跑来。几乎不能看清那两匹大马是棕色的或是黑色的，只好像那马的周围裹着一团烟跑来，又加上陈公公的眼睛不能够抵抗那紧逼着他而刮来的风。按着帽子，他招呼着：

“站住……嘞……嘞……”他用舌尖，不，用了整个的舌头打着嘟噜。而这种唤马的声音只有他自己能够听到，他把声音完全灌进他自己的袖管里去。于是他放下按着帽子的手来，使那宽大的袖管离开他的嘴。把舌头在嘴里边整理一下。让它完全露在大风里，准备发出响亮的声音。他想这马一定是谁家来了客人骑来的，在马桩上没有拴住。还没等他再发出嘞嘞的唤马声，那马已经跑到他的前边，他想要把它们拦住而抓住它，当他一伸手，他就把手缩回来，他看见马身上盖着的圆的日本军营里的火印：

“这哪里是客人的马呀！这明明是他妈……”

陈公公的胡子挂上了几颗谷草叶，他一边掠着它们就打开了房门。

“听不见吧？不见得就是……”

陈姑妈的话就像落在一大锅开水里的微小的冰块，立刻就被消融了，因为一打开房门，大风和海潮似的，立刻喷了进来烟尘和吼叫的一团，陈姑妈像被扑灭了似的。她的话陈公公没有听到。非常危险，陈公公挤进门来，差一点没有撞在她身上，原来陈姑妈的手上拿着一把切菜刀。

“是不是什么也听不见？风太大啦，前河套听说可有那么一伙，那还是前些日子，……西寨子，西水泡子我看那地方也不能不有，那边都是柳条通……一人多高。刚开春还说不定没有，若到夏天，青纱帐起的时候，那就是好地方啊……”陈姑妈把正在切着的一颗胡萝卜放在切菜墩上。

“啰啰唆唆的叨叨些个什么！你就切你的菜吧！你的好儿子你就别提啦。”

陈姑妈从昨天晚上就知道陈公公开始不耐烦。关于儿子没有回来这件事，把他们的家都像通通变更了。好像房子忽然透了洞，好像水瓶忽然漏了水，好像太阳也不从东边出来，好像月亮也不从西边落。陈姑妈还勉勉强强的像是照常在过着日子，而陈公公在她看来：那完全是可怕的。儿子走了两夜，第一夜还算安静静地过来了，第二夜忽然就可怕起来。他通夜坐着，抽着烟，拉着衣襟，用笤帚扫着行李，扫着四耳帽子，扫着炕沿。上半夜嘴里任意叨叨着，随便想起什么来就说什么，说到他儿子的左腿上生下来时就有一块青誌：

“你忘了吗？老娘婆（即产婆）不是说过，这孩子要好好看着他，腿上有誌，是主走星照命……可就真忍心走下去啦！……他也不想想，留下他爹他娘，又是这年头，出外有个好歹的，干那勾当，若是犯在人家手里……那还说什么呢！就连他爹也逃不出法网……义勇队，义勇队，好汉子是要干的，可是他也得想想爹和娘啊！爹娘就你一个……”

上半夜他一直叨叨着，使陈姑妈也不能睡觉。下半夜他就开始一句话也不说，忽然他像变成了哑子，同时也变成了聋子似的。从清早起来，他就不说一句话。陈姑妈问他早饭煮点高粱米粥吃吧，可是连一个字的回答，也没有从他嘴里吐出来。他扎好腰带，戴起帽子就走了，大概是在外边转了一弯又回来了。那工夫，陈姑妈在涮一个锅都没有涮完，她一边淘着涮锅水，一边又问一声：

“早晨就吃高粱米粥好不好呢？”

他没有回答她，两次他都并没听见的样子。第三次，她就不敢问了。

晚饭又吃什么呢？又这么大的风。她想还是先把萝卜丝切出来，烧汤也好，炒着吃也好。一向她做饭，是做三个人吃的，现在要做两个人吃的，只少了一个人，连下米也不知道该下多少。

那一点米，在盆底上，洗起来简直是拿不上手来。

“那孩子，真能吃，一顿饭三四碗……可不吗，二十多岁的大小伙子是正能吃的时候……”

她用饭勺子搅了一下那剩在瓦盆里的早晨的高粱米粥，高粱米粥凝了一个明光光的大锤。饭勺子在上面触破了它，它还发出有弹性的触在猪皮冻上似的响声：“稀饭就是这样，剩下来的扔了又可惜，吃吧，又不好吃，一热就粥不是粥，饭不是饭……”

她想要决定这个问题，勺子就在小瓦盆边上沉吟了两下。她好像思想家似的，很困难的感到她的思维方法全不够用。

陈公公又跑出去了，随着打开的门扇扑进来的风尘又遮盖了陈姑妈。

他们的儿子前天一出去就没有回来。不是当了土匪就是当了义勇军，也许就是当了义勇军。陈公公记得清清楚楚的，那孩子从去年冬天就说做棉裤要做厚一点，还让他的母亲把四耳帽子换上两块新皮子，他说：

“要干，拍拍屁股就去干，弄得利利索索的。”

陈公公就为着这话问过他：

“你要干什么呢？”

当时他只反问他父亲一句没有结论的话，可是陈公公听了儿子的话只答应了两声：“唉！唉！”也是同样的没有结论。

“爹！你想想要干什么去！”儿子说的只是这一句。

陈公公在房檐下扑着一颗打在他脸上的鸡毛，他顺手把它就扔在风里边。看起来那鸡毛简直是被风夺走的，并不像他把它丢开的。因它一离开手边，要想抓也抓不住，要想看也看不见，好像它早已决定了方向就等着奔去的样子。陈公公正在想着儿子那句话，他的鼻子上又打来了第二颗鸡毛，说不定是一团狗毛，他只觉得毛茸茸地他就用手把它扑掉了。他又接着想，同时望着西方，他把脚跟抬起来，把全身的力量都站在他的脚尖上。假若有太阳，他就像孩子似的看着太阳是怎样落山的，假若有晚霞，他就像孩子似的翘起脚尖来要看到晚霞的后面究竟还有什么。而现在西方和东方一样，南方和北方也都一样，混混溶溶地，黄的色素遮迷过眼睛所能看到的旷野，除非有山或是有海会把这大风遮住，不然它就永远要没有止境的刮过去似的。无论清早，无论晌午和黄昏，无论有天河横在天上的夜，无论过年或过节，无论春夏和秋冬。

现在大风像在洗刷着什么似的，房顶没有麻雀飞在上面，大田上看不见一个人影，大道上也断绝了车马和行人。而人家的烟囱里更没有一家冒着烟的，一切都被大风吹干了。这活的村庄变成了刚刚被掘出土地的化石的村庄了。一切活动着的都停止了，一切响叫着的都哑默了，一切歌唱着的都在叹息了，一切发光的都变成混浊的了，一切颜色，都变成没有颜色了。

陈姑妈抵抗着大风的威胁，抵抗着儿子跑了的恐怖，又抵抗着陈公公为着儿子跑走的焦烦。

她坐在条凳上，手里折着经过一个冬天还未十分干的柳条枝，折起四五节来。她就放在她面前临时生起的火堆里，火堆为着刚刚丢进去的树枝随时起着爆炸，黑烟充满着全屋，好像暴雨快要来临时天空的黑云似的。这黑烟和黑云不一样，它十分会刺激人的鼻子，眼睛和喉咙，……

“加小心哪！离灶火腔远一点呵……大风会从灶火门把柴火抽进去的……”

陈公公一边说着，一边拿起树枝来也折几棵。

“我看晚上就吃点面片汤吧……连汤带饭的，省事。”

这话在陈姑妈，就好像小孩子刚一学说话时，先把每个字在心里想了好几遍，而说时又每个字用心考虑着。她怕又像早饭时一样，问他，他不回答，吃高粱米粥时，他又吃不下去。

“什么都行，你快做吧，吃了好让我也出去走一趟。”

陈姑妈一听说让她快做，拿起瓦盆来就放在炕沿上，小面口袋里只剩一碗多面，通通搅和在瓦盆底上。

“这不太少了吗……反正多少就这些，不够吃，我就不吃。”她想。

陈公公一会跑进来，一会跑出去，只要他的眼睛看了她一下，她总觉得就要问她：

“还没做好吗？还没做好吗？”

她越怕他在她身边走来走去，他就越在她身边走来走去。燃烧着的柳条枝丝拉丝拉的发出水声来，她赶快放下手里在撕着的面片，抓起扫地扫帚来煽着火，锅里的汤连响边都不响边，汤水丝毫没有滚动声，她非常着急。

“好啦吧？好啦就快端来吃……天不早啦……吃完啦我也许出去绕一圈……”

“好啦，好啦！用不了一袋烟的工夫就好啦……”

她打开锅盖吹着气看看，那面片和死了的小白鱼似的，一动也不动的漂在水皮。

“好啦就端来呀！吃呵！”

“好啦……好啦……”

陈姑妈答应着，又开开锅盖，虽然汤还不翻花，她又勉强的丢进几条面片去。并且尝一尝汤或咸或淡，铁勺子的边刚一贴到嘴唇……

“哟哟！”汤里还忘记了放油。

陈姑妈有两个油罐，一个装豆油一个装棉花子油，两个油罐永远并排的摆在碗橱最下的一层，怎么会弄错呢！一年一年的这样摆着，没有弄错过一次。但现在这错误不能挽回了，已经把点灯的棉花子油撒在汤锅里了，虽然还没有散开，用勺子是淘不起的，勺子一触上就把油圈触破了，立刻变成无数的小油圈，假若用手去抓也不见得会抓起来。

“好啦就吃呵！”

“好啦，好啦！”她非常害怕，自己也不知道她回答的声音特别响亮。

她一边吃着一边留心陈公公的眼睛。

“要加点汤吗？还是要加点面……”

她只怕陈公公亲手去盛面，而盛了满碗的棉花子油来，要她盛时，她可以用嘴吹跑了浮在皮上的棉花子油，尽量去盛锅底上的。

一放下饭碗，陈公公就往外跑。一开房门，他想起来他没有戴帽子：

“我的帽子呢？”

“这儿呢，这儿呢。”

其实她真的没有见他的帽子，过于担心了的缘故，顺口答应了他。

陈公公吃完了棉花子油的面片汤，出来一见到风，感到非常凉爽，他用脚尖站着，他望着西方，并不是他知道他的儿子在西方或是要从西方回来，而是西方有一条大路可以通到城里。

旷野，远方，大平原上，看也看不见的地方，听也听不清的地方，狗叫声，人声，风声，土地声，山林声，一切喧哗，一切好像落在火焰里的那种暴乱，在黄昏的晚霞之后，完全停息了。

西方平静得连地面都有被什么割据去了的感觉，而东方也是一样。好像刚刚被大旋风扫过的柴栏，又好像被暴雨洗刷过的庭院，狂乱的和暴躁的完全停息了。停息得那么斩然，像是在远方并没有发生过什么事情。今天的夜，和昨天的夜完全一样，仍旧能够焕发着黄昏以前的记忆的，一点也没有留存。地平线远处或近处完全和昨夜一样平坦的展放着，天河的繁星仍旧和小银片似的成群的从东北方列到西南方去。地面和昨夜一样的哑默，而天河和昨夜一样的繁华。一切完全和昨夜一样。

豆油灯照例是先从前村点起，而后是中间的那个村子，而再后是最末的那个村子。前村最大，中间的村子不太大，而最末的一个最不大。这三个村子好像祖父，父亲和儿子，他们一个牵着一个的站在平原上，冬天落雪的天气，这三个村子就一齐变白了。而后用扫帚打扫出一条小道来，前村的人经过后村的时候，必须说一声：

“好大的雪呀！”

后村的人走过中村时，也必须关于这大雪问候一声，这雪是烟雪[1]或棉花雪[2]，或清雪[3]。

春天雁来的晌午，他们这三个村子就一齐听着雁鸣。秋天乌鸦经过天空的早晨，这三个村子也一齐看着遮天的黑色的大群。

陈姑妈住在最后的村子边上，她的门前一棵树也没有。一头

1　烟雪，烟雾般的飞雪；泛指大雪、暴风雪。东北地区每到寒冬“三九”前后，大雪后起风时，暴风雪刮得天昏地暗，与沙尘暴相似，这种现象被称作“大烟炮儿”。

2　棉花雪，像棉絮一样飘动的雪，风不大的情况下随风飘落。

3　清雪，落到地上薄薄的一层，相对来说是较小的雪。

牛，一匹马，一个狗或是几只猪，这些她都没有养，只有一对红公鸡在鸡架上蹲着，或是在房前寻食小虫或米粒。那火红的鸡冠子迎着太阳向左摆一下，向右荡一下，而后闭着眼睛用一只腿站在房前或柴堆上，那实在是一对小红鹤。而现在它们早就钻进鸡架去，和昨夜一样也早就睡着了。

陈姑妈的灯碗子也不是最末一个点起，也不是最先一个点起。陈姑妈记得，在一年之中，她没有点几次灯，灯碗完全被蛛丝蒙盖着，灯芯落到灯碗里了，尚未用完的一点灯油混了尘土都黏在灯碗上。

陈姑妈站在锅台上把摆在灶王爷板上的灯碗取下来，用剪刀的尖端搅着灯碗底，那一点点棉花子油虽然变得浆糊一样，但仍旧发着一点油光，又加上一点新从罐子倒出来的棉花子油，小灯于是噼噼拉拉的站在炕沿上了。

陈姑妈在烧香之前，先洗了手。平日很少用过的家制的肥皂，今天她存心多擦一些，冬天因为风吹而麻皮了的手，一开春就横横竖竖地裂着满手的小口，相同冬天里被冻裂的大地，虽然春风昼夜地吹击，想要弥补了这缺隙。不但没有弥补，反而更把它们吹得深陷而裸露了。陈姑妈又用原来那块过年时写对联剩下的红纸把肥皂包好。肥皂因为被空气的消蚀，还落了白花花的碱沫在陈姑妈的大襟上。她用扫帚扫掉了那些。又从梳头匣子摸出黑乎乎的一面玻璃砖镜子来。她一照那镜子，她的脸就在镜子里被切成横横竖竖地许多方格子。那块镜子在十年前被打碎了以后，就缠上了四五尺长的红头绳，现在仍旧是那块镜子。她想要照一照碎头发丝是否还有垂在额前，结果什么也没有看见，只恍恍惚惚地她还认识镜子里边的确是她自己的脸。她记得近几年来镜子就不常用，只有在过新年的时候，四月十八上庙的时候。再就是前村娶媳妇或是丧事，她才把镜子拿出来照照，所以那红头绳若不是她自己还记得，谁看了敢说原来那头绳是红的！因为发霉和油腻得使手触上去时感到了是触到胶上似的。陈姑妈连更远一点的集会也没有参加过，所以她养成了习惯，怕过河，怕下坡路，怕经过树林，更怕的还有坟场，尤其是坟场里枭鸟的叫声，无论白天或夜里，什么时候听了，她就什么时候害怕。

陈姑妈洗完了手，扣好了小铜盆在柜底下。她在灶王爷板上的香炉里，插了三炷香。接着她就跪下去，向着那三个并排的小红火点叩了三个头。她想要念一段“上香头”，因为那经文并没有全记住，她想若不念了成套的，那更是对神的不敬，更是没有诚心。于是胸前扣着紧紧的一双掌心，她虔诚的跪着。

灶王爷不晓得知不知道陈姑妈的儿子到底哪里去了，只在香火后边静静的坐着。蛛丝混着油烟，从新年他和灶王奶奶并排的被浆糊贴在一张木板上那一天起，就无间断的蒙在他的脸上。大概什么他也看不着了，虽然陈姑妈的眼睛为着儿子就要挂下眼泪来。

外边的风一停下来，空气宁静得连针尖都不敢触上去。充满着人的感觉的都是极脆弱而又极完整的东西。村庄又恢复了它原来的生命。脱落了草的房脊静静的在那里躺着。几乎被拔走了的小树垂着头在休息。鸭子呱呱的在叫，相同喜欢大笑的人遇到了一起。白狗，黄狗，黑花狗……也许两条平日一见到非咬架不可的狗，风一静下来，它们都前村后村的跑在一起。完全是一个平静的夜晚，远处传来的人声清澈得使人疑心是从山涧里发出来的。

陈公公在窗外来回的踱走，他的思想系在他儿子的身上，仿佛让他把思想系在一颗陨星上一样。陨星将要沉落到哪里去，谁知道呢？

陈姑妈因为过度的虔诚而感动了她自己，她觉得自己的眼睛是湿了。让孩子从自己手里长到二十岁，是多么不容易！而最酸心的，不知是什么无缘无故把孩子夺了去。她跪在灶王爷前边回想着她的一生，过去的她觉得就是那样了。人一过了五十，只等着往六十上数。还未到的岁数，她一想还不是就要来了吗？这不是眼前就开头了吗？她想要问一问灶王爷她的儿子还能回来不能！因为这烧香的仪式过于感动了她，她只觉得背上有点寒冷，眼睛有点发花。她一连用手背揩了三次眼睛，可是仍旧不能看见香炉碗里的三炷香火。

她站起来，到柜盖上去取火柴盒时，她才想起来，那香是隔年的，因为潮湿而灭了。

“这是多么不敬呵！”

陈姑妈又站上锅台去，打算把香从新点起，因为她不常站在高处，多少还有点害怕。正这时候，房门忽然打开了。

陈姑妈受着惊，几乎从锅台上跌下来。回头一看，她说：

“哟哟！”

陈公公的儿子回来了，身上背着一对野鸡。

一对野鸡当他往炕上一摔的时候，他的大笑和翻滚的开水卡拉卡拉似的开始了，又加上水缸和窗纸都被震动着，所以他的声音还带着回声似的，和冬天从雪地上传来的打猎人的笑声一样。但这并不是他今天特别出奇的笑，他笑的习惯就是这样。从小孩子时候起，在蚕豆花和豌豆花之间，他和会叫的大鸟似的叫着。他从会走路的那天起，就跟陈公公跑在瓜田上，他的眼睛真的明亮得和瓜田的黄花似的，他的腿因为刚学着走路，常常耽不起那丝丝拉拉的瓜秧的缠绕，跌倒是他每天的工课。而他不哭也不呻吟，假若擦破了膝盖的皮肤而流了血，那血简直不是他的一样。

他只是跑着，笑着，同时嚷嚷着。若全身不穿衣裳，只戴一个蓝麻花布的兜肚，那就像野鸭子跑在瓜田上了，东颠西摇的，同时嚷着和笑着。并且这孩子一生下来陈姑妈就说：

“好大嗓门！长大了还不是个吹鼓手的脚色！”

对于这初来的生命，不知道怎样去喜欢他才好，往往用被人蔑视的行业或形容词来形容。这孩子的哭声实在大，老娘婆想说：

“真是一张好锣鼓！”

可是他又不是女孩，男孩是不准骂他锣鼓的，被骂了破锣之类，传说上不会起家……

今天他一进门就照着他的习惯大笑起来，若让邻居们听了，一定不会奇怪。若让他的舅母或姑母听了，也一定不会奇怪。她们都要说：

“这孩子就是这样长大的呀！”

但是做父亲的和做母亲的反而奇怪起来。他笑得在陈公公的眼里简直和黄昏之前大风似的，不能够控制，无法控制，简直是一种多余，是一种浪费。

“这不是疯子吗……这……这……”

这是第一次陈姑妈对儿子起的坏的联想。本来她想说：

“我这孩子啊！你可跑到哪儿去了呢！你……你可把你爹……”

她对她的儿子起了反感。他那么坦荡荡的笑声，就像他并没有离开过家一样。但是母亲心里想：

“他是偷着跑的呀！”

父亲站到红躺箱的旁边，离开儿子五六步远，背脊靠在红躺箱上。那红躺箱还是随着陈姑妈陪嫁来的，现在不能分清还是红的还是黑的了。正像现在不能分清陈姑妈的头发是白的还是黑的一样。

陈公公和生客似的站在那里。陈姑妈也和生客一样。只有儿子才像这家的主人，他活跃的，夸张的，漠视了别的一切，他用嘴吹着野鸡身上的花毛，用手指尖扫着野鸡尾巴上的漂亮的长翎。

“这东西最容易打，钻头不顾腚……若一开枪，它就插猛子……这俩都是这么打住的。爹！你不记得么！我还是小的时候，你领着我一块出去拜年去……那不是，那不是……”他又笑起来：“那不是么！就用砖头打住一个。趁它把头插进雪堆去。”

陈公公的反感一直没有减消，所以他对于那一对野鸡就像没看见一样，虽然他平常是怎么喜欢吃野鸡。鸡丁炒芥菜缨，鸡块炖土豆。但是他并不向前一步，去触触那花的毛翎。

“这小子到底是去干的什么？”

在那棉花子油灯还点燃着的时候，陈公公只是向自己在反复。

“你到底跑出去干什么去了呢？”

陈公公第一句问了他的儿子，是在小油灯噼噼拉拉的灭了之后。他静静的把腰伸开，使整个的背脊接近了火炕的温热的感觉。他充满着庄严而胆小的情绪等待儿子的回答。他最怕就怕的是儿子说出他加入了义勇队，而最怕的又怕他儿子不向他说老实话。所以已经来到喉咙的咳嗽也被他压下去了，他抑止着可能抑止的从他自己发出的任何声音。三天以来的苦闷和急躁，陈公公觉得一辈子只有过这一次。也许还有过，不过那都提起来远了，忘记了。就是这三天，他觉得比活了半辈子还长。平常他就怕他早死，因为早死，使他不得兴家立业，不得看见他的儿孙的繁荣。而这三天，他想还是算了吧！活着大概是没啥指望。关于儿子加入义勇队没有！对于陈公公是一种新的生命，比儿子加入了义勇队的新的生命的价格更高。

儿子回答他的，偏偏是欺骗了他。

“爹，我不是打回一对野鸡来么！跟前村的李二小子一块……跑出去一百多里……”

“打猎哪有这样打的呢！一跑就是一百多里……”陈公公的眼睛注视着纸窗微黑的窗棂。脱离他嘴唇的声音并不是这句话，而是轻微的和将要熄灭的灯火那样的无力叹息。

春天的夜里，静穆得带着温暖的气息，尤其是当柔软的月光照在窗子上，使人的感觉像是看见了鹅毛在空中游着似的，又像刚刚睡醒，由于温暖而眼睛所起的惰懒的金花在腾起。

陈公公想要证明儿子非加入了义勇队不可的，一想到“义勇队”这三个字，他就想到“小日本”那三个字。

“××××××××××××××××××，××××。”[1]一想到这个，他就怕再想下去，再想下去，就是小日本枪毙义勇队。所以赶快把思想集中在纸窗上，他无用处的计算着纸窗被窗棂所格开的方块到底有多少。两次他都是数到第七块上就被“义勇队”这三个字撞进脑子来而搅混了。

睡在他旁边的儿子，和他完全是两个隔离的灵魂。陈公公转了一个身，在转身时他看到了儿子在微光里边所反映的蜡明的脸面和他长拖拖的身子。只有儿子那瘦高的身子和挺直的鼻梁还和自己一样。其余的，陈公公觉得，完全都变了，只有三天的工夫，儿子和他完全两样了。两样得就像儿子根本没有和他一块生活过，根本他就不认识他，还不如一个刚来的生客。因为对一个刚来的生客最多也不过生疏，而绝没有忌妒。对儿子，他却忽然

1　1939年4月28日（香港）《星岛日报》“星座”副刊初刊同此。据1940年2月3日（重庆）《国民公报》“文群”副刊所载，此处文字为“小日本是多么恶的呀……杀人不见血，不留尸首。”

存在了忌妒的感情。秘密一对谁隐藏了，谁就忌妒，而秘密又是最自私的，非隐藏不可。

陈公公的儿子没有去打猎，没有加入义勇队。那一对野鸡是用了三天的工钱在松花江的北沿铁道旁买的。他给日本人修了三天铁道。对于工钱，还是他生下来第一次拿过。他没有做过佣工，没有做过零散的铲地的工人，没有做过帮忙的工人。他的父亲差不多半生都是给人家看守瓜田。他随着父亲从夏天就开始住在三角形的瓜窝堡里。瓜窝堡春天是在绿色的瓜秧当中，夏天是在黄色的瓜花里边，秋天则和西瓜或香瓜在一块了。夏天一开始，所有的西瓜和香瓜的花完全开了，这些花并不完全每个结果子，有些个是谎花。这谎花只有谎骗人，一两天就蔫落了。这谎花要随时摘掉的。他问父亲说：

"这谎花为什么要摘掉呢？"

父亲只说：

"摘掉吧！它没有用处。"

长大了他才知道，谎花若不摘掉，后来越开越多。那时候他不知道，但也同父亲一样的把谎花一朵一朵的摘落在垄沟里。小时候他就在父亲给人家管理的那块瓜田上，长大了仍旧是在父亲给人家管理的瓜田上。他从来没有直接给人家佣工，工钱从没有落过他的手上。这修铁道是第一次。况且他又不是专为着修铁道拿工钱而来的。所以三天的工钱就买了一对野鸡。第一：可以使父亲欢喜。第二：可以借着野鸡撒一套谎。

现在他安安然然的睡着了，他以为父亲对他的谎话完全信任了。他给日本人修铁道，预备偷着拔出铁道钉子来，弄翻了火车这个企图，仍旧是秘密的。在梦中他也像看见了日本兵的子弹车和食品车。

“这虽然不是当的义勇军，可是干的事情不也是对着小日本吗？洋酒，盒子肉（罐头），我是没看见，只有听说，说上次让他们弄翻了车。就是义勇军派人弄的。东西不是通通被义勇军得去了吗……他妈的……就不用说吃，用脚踢着玩吧，也开心。”

他翻了一个身，他擦一擦手掌。白天他是这样想的，夜里他也就这样想着就睡了。他擦着手掌的时候，可觉得手掌与平常有点不一样，有点僵硬和发热。两只胳臂仍旧抬着铁轨似的有点发酸。

陈公公张着嘴，他怕呼吸从鼻孔进出，他怕一切声音，他怕听到他自己的呼吸。偏偏他的鼻子有点窒塞。每当他吸进一口气来，就像有风的天气，纸窗破了一个洞似的，呜呜地在叫。虽然那声音很小，只有留心才能听到。但到底是讨厌的，所以陈公公张着嘴预备着睡觉。他的右边是陈姑妈，左边是不知从哪里弄来一对野鸡莫名其妙的儿子。

棉花子油灯熄灭后，灯芯继续发散出胡香的气味。陈公公偶尔从鼻子吸了一口气时，他就嗅到那灯芯的气味。因为他讨厌那气味，并不觉得是胡香的，而觉得是辣酥酥的引他咳嗽的气味。所以他不能不张着嘴呼吸。好像他讨厌那油烟，反而大口的吞着那油烟一样。

第二天，他的儿子照着前回的例子，又是没有声响的就走了。这次他去了五天，比第一次又多了两天。

陈公公应付着他自己的痛苦非常沉着的。他向陈姑妈说：

“这也是命呵……命理当然……”

春天的黄昏，照常存在着那种静穆得就要浮腾起来的感觉。陈姑妈的一对红公鸡，又像一对小红鹤似的用一只腿在房前站住了。

“这不是命是什么！算命打卦的，说这孩子不能得他的继……你看，不信是不行呵，我就一次没有信过。可是不信又怎样，要落在头上的事情，就非落上不可。”

黄昏的时候，陈姑妈在檐下整理着豆杆，凡是豆荚里还存在一粒或两粒豆子的，她就一粒不能跑过的把那豆粒留下，她右手拿着豆杆，左手摘下豆粒来，摘下来的豆粒被她丢进身旁的小瓦盆去，每颗豆子都在小瓦盆里跳了几下。陈姑妈左手里的豆杆也就丢在一边了。越堆越高起来的豆杆堆，超过了陈姑妈坐在地上的高度。必须到黄昏之后，那豆粒滚在地上也找不着的时候，陈姑妈才把豆杆抱进屋去。明天早晨，这豆杆就在灶火门里边变成红忽忽的火。陈姑妈围绕着火，好像六月里的太阳围绕着菜园。谁最热烈呢？陈姑妈呢！还是火呢！这个分不清了。火是红的，可是陈姑妈的脸也是红的。正像六月的太阳是金黄的，六月的菜花也是金黄的一样。

春天的黄昏是短的，并不因为人们喜欢而拉长，和其余三个季节的黄昏一般长。养猪的人家喂一喂猪，放马的人家饮一饮马……若是什么也不做，只是抽一袋烟的工夫呵，陈公公就是什么也没有做，拿着他的烟袋站在房檐底下。黄昏一过去，陈公公就变成一个长拖拖的影子，好像一个黑色的长柱支持着房檐。他的身子的高度，超出了这一连排三个村子所有的男人。只有他的儿子说不定在这一两年中要超过他的。现在儿子和他完全一般高，走进房门的时候，儿子担心着父亲，怕父亲碰了头顶。父亲担心着儿子，怕是儿子无止境的高起来，进门时，就要顶在门梁上。其实不会的，因为父亲心里特别喜欢儿子也长了那么高的身子而常常说着相反的话。

陈公公一进房门，帽子撞在上门梁上，上门梁把帽子擦歪了。这是从来也没有过的事情。一辈子就这么高，一辈子也总戴着帽子。因此立刻又想起来儿子那么高的身子，而现在完全无用了，高有什么用呢！现在是他自己任意出去瞎跑，陈公公的悲哀，他自己觉得完全是因为儿子长大了的缘故。

“人小，胆子也小，人大胆子也大……”

所以当他看到陈姑妈的小瓦盆里泡了水的黄豆粒，一夜就裂嘴了，两夜芽子就长过豆粒子。他心里就恨那豆芽。他说：

“新的长过老的了，老的完蛋了。”

陈姑妈并不知道这话什么意思，她一边梳着头一边答应着：

“可不是么……人也是这样……个人家的孩子，撒手就跟老子一般高了。”

第七天上，儿子又回来了，这回并不带着野鸡，而带着一条号码：三百八十一号。

陈公公从这一天可再不说什么“老的完蛋了”这一类的话。有几次儿子刚一放下饭碗，他就说：

“擦擦汗就去吧！”

更可笑的他有的时候还说：

“扒拉扒拉饭粒就去吧！”

这本是对三岁五岁的小孩子说的，因为不大会用筷子，弄了满嘴的饭粒的缘故。

别人若问他：

“你儿子呢？”

他就说：

“人家修铁道去啦……”

他的儿子修了铁道，他自己就像在修着铁道一样。是凡来到他家的：卖豆腐的，卖馒头的，收买猪毛的，收买碎铜乱铁的，就连走在前村子边上的不知道哪个村子的小猪倌有一天问他：

“大叔，你儿子听说修了铁道吗？”

陈公公一听，立刻向小猪倌摆着手：

“你站住……你停一下……你等一等，你别忙，你好好听着！人家修了铁道啦……是真的。连号单都有：三百八十一。”

他本来打算还要说。有许多事情必得见人就说，而且要说就说得详细。关于儿子修铁道这件事情，是属于见人就说而要说得详细这一种的。他想要说给小猪倌的，正像他要说给早晨担着担子来到他门口收买碎铜乱铁那个一只眼的一样多。可是小猪倌走过去了。手里打着个小破鞭子。陈公公心里不大愉快。他顺口说了一句：

“你看你那鞭子吧，没有了鞭梢，你还打呢！”

走了好远了，陈公公才听明白，放猪的那孩子唱的正是他在修着铁道的儿子的号码“三百八十一”。

陈公公是一个和善人，对于一个孩子他不会多生气。不过他觉得孩子终归是孩子。不长成大人，能懂得什么呢？他说给那收买碎铜乱铁的，说给卖豆腐的，他们都好好的听着，而且问来问去。他们真是关于铁道一点常识也没有。陈公公也和那卖豆腐的差不多，等他一问到连陈公公也不大晓得的地方，陈公公就笑起来，用手拔下一棵前些日子被大风吹散下来的房檐的草梢：

“哪儿知道呢！等修铁道的回来讲给咱们听吧！”

比方那卖豆腐的问：

“我说那火车就在铁道上，一天走了千八百里也不停下来喘一口气！真是了不得呀……陈大叔，你说，也就不喘一口气！”

陈公公就大笑着说：

“等修铁道的回来再说吧！”

这问的多么详细呀！多么难以回答呀！因为陈公公也是连火车见也没见过。但是越问得详细，陈公公就越喜欢，他的道理是：人非长成人不可，不成人……小孩子有什么用……小孩子一切没有计算！于是陈公公觉得自己的儿子幸好已经二十多岁；不然，就好比这修铁道的事情吧，若不是他自己有主意，若不是他自己偷着跑去的。这样的事情，一天五角多钱，怎么能有他的份呢?

陈公公也不一定怎样爱钱，只要儿子没有加入义勇军，他就放心了。不但没有加入义勇军，反而拿钱回来，几次他一看到儿子放在他手里的崭新的纸票，他立刻想到三百八十一号。再一想又一定想到那天大风停了的晚上，儿子背回来的那一对野鸡。再一想就是儿子会偷着跑出去，这是多么有主意的事呵。这孩子从小没有离开过他的爹妈。可是这下子他跑了，虽然说是跑的把人吓一跳。可到底跑得对。没有出过门的孩子，就像没有出过飞的麻雀；没有出过洞的小耗子。等一出来啦！飞得比大雀还快。

到四月十八，陈姑妈在庙会上所烧的香比哪一年烧的都多。娘娘庙烧了三大子线香[1]，老爷庙也是三大子线香。同时买了些毫无用处的只是看着玩的一些东西。她竟买起假脸来，这是多少年没有买过的啦！她曲着手指一算，已经是十八九年了。儿子四岁那年她给他买过一次，以后再没买过。

陈姑妈从儿子修了铁道以后，表面上没有什么改变，她并不和陈公公一样，好像这小房已经装不下他似的，见人就告诉儿子修了铁道。她刚刚相反，一句话也不说，只是围绕着她的又多了

1　三大子线香——线香，指直条香，用多种香料末制成，一般都细长如线。三大子线香意为三大把或三大缕线香，以示虔诚。

些东西。在柴栏子旁边除了鸡架又多了个猪栏子。里边养着一对小黑猪。陈姑妈什么都喜欢一对，就因为现在养的小花狗只有一个而没有一对的那件事，使她一休息下来，小狗一在她的腿上擦着时，她就说：

“可惜这小花狗就不能再讨到一个。一对也有个伴呵！单个总是孤单单的。”

陈姑妈已经买了一个透明的化学品的肥皂盒。买了一把新剪刀，她每次用那剪刀，都忘不了用手摸摸剪刃。她想：这孩子什么都出息了，买东西也会买，是真钢的。六角钱，价钱也好。陈姑妈的东西已经增添了许多，但是那还要不断的增添下去。因为儿子修铁道每天五角多钱。陈姑妈新添的东西，不是儿子给她买的，就是儿子给她钱她自己买的。从心说她是喜欢儿子买给她东西，可是有时当着东西从儿子的手上接过来时她却说：

“别再买给你妈这个那个的啦……会赚钱可别学着会花钱……”

陈姑妈的梳头镜子也换了。并不是说那个旧的已经扔掉，而是说新的钻亮的已经站在红躺箱上了。陈姑妈一擦箱盖，擦到镜子旁边，她就像发现了一个新的小天地一样。那镜子实在比旧的明亮到不可计算那些倍。

陈公公也说过：

“这镜子简直像个小天河。”

儿子为什么刚一跑出去修铁道，要说谎呢？为什么要说是去打猎呢！关于这个，儿子解释了几回。他说修铁道这事，怕父亲不愿意，他也没打算久干这事，三天两日的，干干试试。长了怎么能不告诉父亲呢，可是陈公公放下饭碗说：

“这都不要紧，这都不要紧……到时候了吧，咱们家也没有钟。擦擦汗去吧！”到后来，他对儿子竟催促了起来。

陈公公讨厌的大风又来了。从房顶上，从枯树上来的，从瓜田上来的，从西南大道上来的。而这些都不对，说不定是从哪儿来的。浩浩荡荡地，滚滚旋旋地，使一切都吼叫起来，而那些吼叫又淹灭在大风里。大风包括着种种声音，好像大海包括着海星，海草一样。谁能够先看到海星海草而还没看到大海？谁能够先听到因大风而起的这个那个的吼叫而还没有听到大风？天空好像一张土黄色的大牛皮，被大风鼓着，荡着，撕着，扯着，来回的拉着。从大地卷起来的一切干燥的，拉杂的，零乱的，都向天空扑去，而后再落下来，落到安静的地方，落到可以避风的墙根，落到坑坑凹凹的不平的地方，而添满了那些不平。所以大地在大风里边被洗得干干净净的，平平坦坦地。而天空则完全相反，混沌了，冒烟了，刮黄天了，天地刚好吹倒转了个。人站在那里就要把人吹跑，狗跑着就要把狗吹得站住，使向前的不能向前，使退后不能退后。小猪在栏子里边不愿意哽叫，而它必须哽叫，孩子唤母亲的声音，母亲应该听到，而她必不能听到。

陈姑妈一推开房门，就被房门带着跑出去了。她把门扇只推一个小缝就不能控制那房门了。

陈公公说：

“那又算什么呢！不冒烟就不冒烟。拢火就用铁大勺下面片汤，连汤带菜的，吃着又热和。”

陈姑妈又说：

“柴火也没抱进来，我只以为这风不会越刮越大……抱一抱柴火不等进屋，从怀里都被吹跑啦……”

陈公公说：

“我来抱。”

陈姑妈又说：

“水缸的水也没有了呀……”

陈公公说：

“我去挑，我去挑。”

讨厌的大风要拉去陈公公的帽子，要拔去陈公公的胡子。他从井沿挑到家里的水，被大风吹去了一半，两只水桶，每只剩了半桶水。

陈公公讨厌的大风，并不像那次儿子跑了没有回来的那次的那样讨厌。而今天最讨厌大风的像是陈姑妈。所以当陈姑妈发现了大风把房脊抬起来了的时候，陈公公说：

“那算什么……你看我的……”

他说着就蹬了房檐下酱缸的边沿上了房。陈公公对大风十分有把握的样子，他从房檐走到房脊去是直着腰走。虽然中间被风压迫着弯过几次腰。

陈姑妈把砖头或石块传给陈公公。他用石头或砖头压着房脊上已经飞起来的草。他一边压着一边骂着。乡下人自言自语的习惯，陈公公也有！

“你早晚还不得走这条道吗！你和我过不去，你偏要飞，飞吧！看你这几根草我就制服不了你……你看着，你他妈的，我若让你能够从我手里飞走一棵草刺也算你能耐。”

陈公公一直吵叫着，好像风越大，他的吵叫也越大。

住在前村卖豆腐的老李来了，因为是顶着风，老李跑了满身是汗。他喊着陈公公：

“你下来一会，我有点事，我告……告诉你。”

陈公公说：

“有什么要紧的事，你等一等吧，你看我这房子的房脊，都给大风吹靡啦！若不是我手脚勤俭，这房子住不得，刮风也怕，下雨也怕。”

陈公公得意的在房顶上故意的迟延了一会。他还说着：

“你们先进屋去抽一袋烟……我就来，就来……”

卖豆腐的老李把嘴塞在袖口里边，大风大得连呼吸都困难了。他在袖口里边招呼着：

“这是要紧的事，陈大叔……陈大叔你快下来吧……”

“什么要紧的事！还有房盖被大风抬走了的事要紧……”

“陈大叔，你下来，我有一句话说……”

“你要说就那儿说吧！你总是火烧屁股似的……”

一

老李和陈姑妈走进屋去了。老李仍旧用袖口堵着嘴像在院子里说话一样。陈姑妈靠着炕沿听着李二小子被日本抓去啦……

“什么！什么！是么！是么！”陈姑妈的黑眼珠向上翻着，要翻到眉毛里去似的。

“我就是来告诉这事……修铁道的抓了三百多……你们那孩子……”

“为着啥事抓的？”

“弄翻了日本人的火车罢啦！”

陈公公一听说儿子被抓去了，当天的夜里就非向着西南大道上跑不可。那天的风是连夜刮着，前边是黑滚滚的，后边是黑滚滚的。远处是黑滚滚的，近处是黑滚滚的。分不出头上是天，脚下是地。分不出东南西北。陈公公打开了小钱柜，带了所有儿子修铁道赚来的钱。

就是这样黑滚滚的夜，陈公公离开了他的家，离开了他管理的瓜田，离开了他的小草房，离开了陈姑妈。他向着西南大道向着儿子的方向，他向着连他自己也辨别不清的远方跑去，他好像发疯了，他的胡子，他的小袄，他的四耳帽子的耳朵，他都用手扯着它们。他好像一只野兽，大风要撕裂了他，他也要撕裂了大风。陈公公在前边跑着。陈姑妈在后边喊着。“你回来吧！你回来吧！你没有了儿子，你不能活。你也跑了，剩下我一个人我也怎么活……”

大风浩浩荡荡的，把陈姑妈的话卷走了，好像卷着一根毛草一样，不知卷向什么的地方去了。

一

陈公公倒下来了。

第一次他倒下来，是倒在一棵大树的旁边。第二次倒下来是倒在什么也没存在的空空场场平平坦坦的地方。

现在是第三次，他实在不能再走了，他倒下了，倒在大道上。

他的膝盖流着血，有几处都擦破了皮肉，四耳帽子跑丢了。眼睛的周遭全是在翻花。全身都在痉挛，抖擞。血液停止了。鼻子流着清冷的鼻涕。眼睛流着眼泪。两腿转着筋。他的小袄被树枝撕破，裤子扯了半尺长一条大口子，尘土和风就都从这里向里灌，全身马上僵冷了。他恨命的一喘气，心窝一热，便倒下去了。

等他重新爬起来，他仍旧向旷野里跑去，他凶狂的呼喊着，连他自己都不知道叫的是什么。风在四周捆绑着他，风在大道上毫无倦意的吹啸，树在摇摆，连根拔起来，摔在路旁，地平线在混沌里完全消融，风便做了一切的主宰。

（二八年一月卅日[1]）

1　二八年一月卅日，即1939年1月30日；此标注系用民国纪年。

花　狗*

在一个深奥的，很小的院心上，集聚几个邻人。这院子种着两棵大芭蕉，人们就在芭蕉叶子下边谈论着李寡妇的大花狗。

有的说：

“看吧，这大狗又倒霉了。”

有的说：

“不见得，上回还不是闹到终归儿子没有回来，花狗也饿病了，因此李寡妇哭了好几回……”

“唉，你就别说啦，这两天还不是么，那大花狗都站不住了，若是人一定要扶着墙走路……”

人们正说着，李寡妇的大花狗就来了。它是一条虎狗[1]，头是大的，嘴是方的，走起路来很威严，全身是黄毛带着白花。它从芭蕉叶里露出来了，站在许多人的面前，还勉强的摇一摇尾巴。

但那原来的姿态完全不对了，眼睛没有一点光亮，全身的毛好像要脱落似的在它的身上飘浮着。而最可笑的是它的脚掌很稳

---

* 本文发表于 1939 年 8 月 15 日（香港）《星岛日报》“星座”副刊第三七一号，署名萧红。

1　虎狗，斗牛犬，又名老虎狗、牛头犬，面部有皱褶，属中型犬，品种源于英国。美国海军陆战队等都视其为吉祥物。

的抬起来，端得平平的再放下去，正好像希特勒的在操演的军队的脚掌似的。

人们正想要说些什么，看到李寡妇戴着大帽子从屋里出来，大家就停止了，都把眼睛落到李寡妇的身上。她手里拿着一把黄香，身上背着一个黄布口袋。

“听说少爷来信了，倒是吗？”

“是的，是的，没有多少日子，就要换防回来的……是的……亲手写的信来……我是到佛堂去烧香，是我应许下的，只要老佛爷保佑我那孩子有了信，从那天起，我就从那天三遍香烧着，一直到他回来……”

那大花狗仍照着它平常的习惯，一看到主人出街，它就跟上去，李寡妇一边骂着就走远了。

那班谈论的人，也都谈论一会各自回家了。

留下了大花狗自己在芭蕉叶下蹲着。

大花狗，李寡妇养了它十几年，李老头子活着的时候，和她吵架，她一生气坐在椅子上哭半天会一动不动的，大花狗就陪着她蹲在她的脚尖旁。她生病的时候，大花狗也不出屋，就在她旁边转着。她和邻居骂架时，大花狗就上去撕人家的衣服。她夜里失眠时，大花狗摇着尾巴一直陪她到天明。

所以她爱这狗胜过于一切了，冬天给这狗做一张小棉被，夏天给它铺一张小凉席。

李寡妇的儿子随军出发了以后，她对这狗更是一时也不能离开的，她把这狗看成个什么都能了解的能懂人性的了。

有几次她听了前线上恶劣的消息，她竟拍着那大花狗哭了好几次，有的时候像枕头似的枕着那大花狗哭。

大花狗也实在惹人怜爱，卷着尾巴，虎头虎脑的，虽然它忧愁了，寂寞了，眼睛无光了，但这更显得它柔顺，显得它温和。所以每当晚饭以后，它挨着家是凡里院外院的人家，它都用嘴推开门进去拜访一次，有剩饭的给它，它就吃了，无有剩饭，它就在人家屋里绕了一个圈就静静的出来了。这狗流浪了半个月了，它到主人旁边，主人也不打它，也不骂它，只是什么也不表示，冷静的接待了它，而并不是按着一定的时候给东西吃，想起来就给它，忘记了也就算了。

大花狗落雨也在外边，刮风也在外边，李寡妇整天锁着门到东城门外的佛堂去。

有一天她的邻居告诉她：

“你的大花狗，昨夜在街上被别的狗咬了，腿流了血……”

“是的，是的，给它包扎包扎。”

“那狗实在可怜呢，满院子寻食……”邻人又说。

“唉，你没听在前线上呢，那真可怜……咱家里这一只狗算什么呢？”她忙着话没有说完，又背着黄布口袋上佛堂烧香去了。

等邻人第二次告诉她，说：

“你去看看你那狗吧！”

那时候大花狗已经躺在外院的大门口了，躺着动也不动，那只被咬伤了的前腿，晒在太阳下。

本来李寡妇一看了也多少引起些悲哀来，也就想喊人来花两角钱埋了它。但因为刚刚又收到儿子一封信，是广州退却时写的，看信上说儿子就该到家了。于是她逢人便讲，竟把花狗又忘记了。

这花狗一直在外院的门口，躺了三两天。

是凡经过的人都说这狗老死了，或是被咬死了。其实不是，它是被冷落死了。

梧 桐*

张家老太太缝着一件小袄，越缝越懊丧。拿起水烟袋来抽烟了，一口烟还没有抽进去，她就骂起来：

“这是什么年头，这烟我没抽过，我活了这么大岁数，还跑到四川这地方……王八的。”

她拔出烟管来对着那烟管吹了一口：

“唾……好辣呀，我又喝了一口汤。”她把水烟袋一蹲就蹲在桌边上。

手里的纸火捻，可仍旧没有灭，她用手指甲一弹，巧妙的就把火弹灭了。

“这叫什么房子呢，没有见过，四面露天。冬天我看……这还没过八月节呢，我这寒腿就有点疼了，看冬天可怎么过，不饿死，也要冻死。”

张家老太太是从关外逃来的，逃到上海，逃到汉口，现在是逃到重庆的乡下来了。

她正在缝着的那件小袄，是清朝做的，团花裤缎面，古铜雨

---

* 本文发表于1939年8月18日（香港）《星岛日报》“星座”副刊第三七五号，署名萧红。

绸里。现在是旧了，破了。经过几次的洗染，那团花都起毛了。

她又缝了几针，她越缝越生气，眼睛也老花了，屋子又黑，手也哆嗦，若是线从针孔脱掉，她费了三五分钟也穿不起。因为这房子没有窗子，只有两个小天窗。下雨的时候，那天窗的玻璃，打得拍拉拍拉的响。

夜里她想着一些过去的事情，睡不熟时，翻转的就总听着玻璃上是落着雨点。因为已经是秋天了，四川一到秋天是天天下雨的。

还有门外的两棵梧桐，也总是欺骗着那老太太，总是像落雨似的滴答滴答的滴着夜里的露水。从高处树叶掉到低处树叶上的水滴，是拍拍的，水滴答滴在地上，扑扑的，简直和落雨一样。夜里她常常起来看看外边是否有东西在院子里，其实她是一半寂寞，一半对这雨声的厌烦而起来的。偏偏她起来推开门去看的那几次，又都是露水。

过了这一阴雨的天，冬天就来了，冬天仍旧是下着雨，而且那梧桐叶子也一片一片的落了。又像下雨一样，因为有风才能落叶，风一来那干枯的叶子彼此磕碰的声音，简直和下雨一样。那老太太，又睡不着了。她的思乡的情绪，因为异地的风雨，时时波动着她。

但是竟有这么一天，她从街上回来了，抱着她的孙儿，一开门她就说：

“打胜仗了，就要打胜仗了。”她还没来得及说：这回可能回家了。

她的眼睛发亮了，她的心跳着，她说满街的茶馆都在闹嚷嚷的谈论。说苏联出兵了。

她的儿子告诉她：

“妈，没有的事，那是谣言。你老擦一擦头发上的雨吧。”

她想，怎么，下雨了吗？她伸手一摸，手就湿了。摸摸小孙儿，那小头顶也湿了。

她骂着：“王八旦的……可不是真的吗！”

她推开房门，看一看那两丈多高的梧桐树，的确，这回不是露水或落叶，而是真真的雨点了。

七月廿四日

莲花池 *

全屋子都是黄澄澄的。一夜之中那孩子醒了好几次，每天都是这样，他一睁开眼睛，屋子总是黄澄澄的，而爷爷就坐在那黄澄澄的灯光里。爷爷手里拿着一张破布，用那东西在裹着什么，裹得起劲的时候连胳臂都颤抖着，并且胡子也哆嗦起来。有的时候他手里拿一块放着白光的，有的时候是一块放着黄光的，也有小酒壶，也有小铜盆。有一次爷爷摩擦着一个长得可怕的大烟袋，这东西，小豆这孩子从来未见过，他夸张的想象着它和挑水的扁担一样长了。他们屋子的靠着门的那个角上，修着一个小地洞，爷爷在夜里有时爬进去，那洞上盖着一块方板，板上堆着柳条枝和别的柴草，因为锅灶就在柴堆的旁边。从地洞取出来的东西都不很大，都不好看，也一点没有用处，要玩也不好玩。带在女人耳朵上的银耳环，撇在老太太头上的方扁簪[1]，铜蜡台，白洋铁香炉碗……可是爷爷却很喜欢这些东西。他半夜三更的擦着它们，往往还擦出声来，沙沙沙地，好像爷爷的手永远是一块大砂纸似的。

---

* 本文1939年9月16日、10月16日、11月5日在（重庆）《妇女生活》杂志第八卷第一、二、三期连载，署名萧红。1940年3月收入（桂林）上海杂志公司“每月文库”一辑之十《旷野的呼喊》。有改动。

1 方扁簪，旧时女子绾头发时所用饰品，多由白银制作。

小豆糊里糊涂的睁开眼睛看了一下就又睡了。但这都是前半夜，而后半夜，就通通是黑的了，什么也没有了，什么也看不见了。

爷爷到底是去做什么，小豆并不知道这个。

那孩子翻了一个身或是错磨着他小小的牙齿，就又睡着了。

他的夜梦永久是荒凉的窄狭的，多少还有点害怕，他常常梦到白云在他头上飞，有一次还掠走他的帽子。梦到过一个蝴蝶挂到一个蛛网上，那蛛网是悬在一个小黑洞里。梦到一群孩子们要打他。梦到过一群狗在后面追着他。有一次他梦到爷爷进了那黑洞就不再出来了。那一次，他全身都出了汗，他的眼睛冒着绿色的火花，他张着嘴，几乎是断了气似的可怕的瘫在那里了。

永久是那样，一个梦接着一个梦，虽然他不愿意再做了，可是非做不可，就像他白天蹲在窗口里，虽然他不愿意蹲了，可是不能出去，就非蹲在那里不可。

湖边上那小莲花池，周围都长起来了小草，毛烘烘的，厚敦敦的，饱满得像是那小草之中浸了水似的。可是风来的时候，那草梢也会随着风卷动，风从南边来，它就一齐向北低了头。一会又顺着风一齐向南把头低下。油亮亮的，绿森森的，在它们来回摆着的时候，迎着太阳的方向，绿色就浅了，背着太阳的方向，绿色就深了。偶尔也可以看到那绿色的草里有一两棵小花，那小花朵受着草丛的拥挤是想站也站不住，想倒也倒不下，完全被青草包围了，完全跟着青草一齐倒来倒去。但看上去，那小花朵就顶在青草的头上似的。

那孩子想：这若伸手去摸摸有多么好呢。

但他知道他一步不能离开他的窗口，他一推开门出去，邻家的孩子就打他。他很瘦弱，很苍白，腿和手都没有邻家孩子那么粗。有一回出去了，围着房子散步了半天，本来他不打算往远处走。在那时候就有一个小黄蝴蝶飘飘的在他前边飞着，他觉得走上前去一两步就可以捉到它。那蝴蝶落在离他家一丈远的土堆上，落在离他家比那土堆更远一点的柳树根底下……又落在这儿，又落在那儿。都离得他很近，落在他的脚尖那里，又飞过他的头顶，可是总不让他捉住。他上火了，他生气了，同时也觉得害羞，他想这蝴蝶一定是在捉弄他。于是他脱下来了衣服，他光着背脊乱追着。一边追，一边小声的喊：

“你站住，你站住。”

这样不知扑了多少时候。他扯着衣裳的领子，把衣裳抡了出去，好像打鱼的人撒网一样。可是那小黄蝴蝶越飞越高了。他仰着颈子看它，天空有无数太阳的针刺刺了他的眼睛，致使他看不见那蝴蝶了。他的眼睛翻花了，他的头晕转了一阵，他的腿软了，他觉得一点力量也没有了。他想坐下来，房子和那小莲花池却在旋转，好像瓦盆窑里做瓦盆的人看到瓦盆在架子上旋转一样。就在这时候，黄蝴蝶早就不见了。至于他离开家门多远了呢，他回头一看，他家的敞开着的门口，变得黑洞洞的了，屋里边的什么也看不见了。他赶快往回跑，那些小流氓，那些坏东西，立刻反映在他的头脑里，邻居孩子打他的事情，他想起来了。他手里扯着扑蝴蝶时脱下来的衣裳，衣裳的襟飘在后边，他一跑起来它还可拉可拉的响。他一害怕，心脏就过度的跳，不但胸中觉得非常饱满，就连嘴里边也像含了东西。这东西塞满了他的嘴就和浸进水去的海绵似的。吞也吞不下去，可是也吐不出来。

就是扑蝴蝶的这一天，他又受了伤。邻家的孩子追上他来了，用棍子，用拳头，用脚打了他。他的腿和小狼的腿那么细，被打倒时在膝盖上擦破了很大的一张皮。那些孩子简直是一些小虎，简直是些疯狗，完全没有孩子样，完全是些黑沉沉的影子。他于是被压倒了，被埋没了。他的哭声他知道是没有用处，他昏迷了。

经过这一次，他就再不敢离开他的窗口了，虽然那莲花池边上还长着他看不清楚的富于幻想的飘渺的小花。

他一直在窗口蹲到黄昏以后，和一匹小猫似的，静穆，安闲，但多少带些无聊的蹲着。有一次他竟睡着了，从不大宽的窗台上滚下来了。他没有害怕，只觉得打断了一个很好的梦是不应该，他用手背揉一揉眼睛，而后睁开眼睛看一看，果然方才那是一个梦呢！自己始终是在屋子里面，而不像梦里那样，悠闲的溜荡在蓝色的天空下，而更不敢想是在莲花池边上了。他自己觉得仍旧落到空虚之中，眼前都是空虚的，冷清的，灰色的，伸出手去似乎什么也不会触到，眼睛看上去什么也看不到，空虚的也就是恐怖的，他又回到窗台上蹲着时，他往后缩一缩，把背脊紧紧的靠住窗框，一直靠到背脊骨有些发痛的时候。

小豆一天天的望着莲花池，莲花池里的莲花开了，开得和七月十五盂兰盆会所放的河灯那么红堂堂的了。那不大健康的小豆，从未离开过他的窗口到池边去脚踏实地的去看过一次。只让那意想诱惑着他把那莲花池夸大了，相同一个小世界，相同一个小城。那里什么都有：蝴蝶，蜻蜓，蚱蜢……虫子们还笑着，唱着歌。草和花就像听着故事的孩子似的点着头。下雨时莲花叶扇抖得和许多大扇子似的。莲花池上就满都是这些大扇子了。那孩子说：

“爷爷领我去看看那大莲花。……”

他说完了就靠着爷爷的腿，而后抱住爷爷的腿，同时轻轻的摇着。

“要看……那没什么好看的。爷爷明天领你去。”

爷爷总是夜里不在家，白天在家就睡觉。睡醒了就昏头昏脑的抽烟，从黄昏之前就抽起，接着开始烧晚饭。

爷爷的烟袋锅子咕噜咕噜的响，小豆伏在他膝盖上，听得那烟袋锅子更清晰了，懒洋洋的晒在太阳里的小猫似的。又摇了爷爷两下，他还是希望能去到莲花池。但他没有理他。空虚的悲哀很快的袭击了他，因为他自己觉得也没有理由一定坚持要去，内心又觉得非去不可。所以他悲哀了，他闭着眼睛，他的眼泪要从眼角流下来，鼻子又辣又痛，好像刚刚吃过了芥末。他心里起了一阵憎恨那莲花池的感情：莲花池有什么好看的！一点也不想去看。他离开了爷爷的膝盖，在屋子里来回的好像小马驹撒欢儿似的跑了几趟。他的眼泪被自己欺骗着总算没有流下来。

他很瘦弱，他的眼球白的多黑的少，面色不大好，很容易高兴，也很容易悲哀。高兴时用他歪歪斜斜的小腿跳着舞，并且嘴里也像唱着歌。等他悲哀的时候，他的眼球一转也不转。他向来不哭，他自己想：哭什么呢，哭有什么用呢。但一哭起来，就像永远不会停止，哭声也很大，他故意把周围的什么都要震破似的。一哭起来常常是躺在地上滚着，爷爷呼止不住他，爷爷从来不打他。他一哭起来，爷爷就蹲在他的旁边，用手摸着他的头顶，或者用腰带子的一端给他揩一揩汗，其余什么也不做，只有看着他。

他的父亲是木匠，在他三岁的时候，父亲就死了。母亲又过两年嫁了人。对于母亲离开他的印象，他模模糊糊的记得一点。母亲是跟了那个大胡子的王木匠走的，王木匠提着母亲的东西，还一拐一拐的。因为王木匠是个三条腿，除了两只真腿之外，还用木头给他自己做了一只假腿。他一想起来他就觉得好笑，为什么一个人还有一条腿不敢落地呢，还要用一个木头腿来帮忙。母亲那天是黄昏时候走的，她好像上街去买东西的一样，可是从那时就没有回来过。

小豆从那一夜起，就睡在祖父旁边了。这孩子没有独立的一张被子，跟父亲睡时就盖父亲的一个被角，再跟母亲睡时，母亲就抱着他，这回跟祖父睡了，祖父的被子连他的头都蒙住了。

“你出汗吗？热吗？为什么不盖被呢？”

他刚搬到爷爷旁边那几天，爷爷半夜里总是问他。因为爷爷没有和孩子睡在一起的习惯，用被子整整的把他包住了。他因此不能够喘气，常常从被子里逃到一边，就光着身子睡。

这孩子睡在爷爷的被子里没有多久，爷爷就把整张的被子全部让给他。爷爷在夜里就不见了。他招呼了几声，听听没有回应，他也就盖着那张大被子开始自己单独的睡了。

从那时候起，爷爷就开始了他自己的职业，盗墓子去了。

银白色的夜。瓦灰色的夜。触着什么什么发响的夜。盗墓子的人背了斧子，刀子和必须的小麻绳，另外有几根皮鞭梢。而火柴在盗墓子的人是主宰他们的灵魂的东西。但带着火柴的这件事情，并没有多久，是从清朝开始，在那以前都是带着打火石。他们对于这一件事情很庄严，带着宗教感的崇高的情绪装配了这种随时可以发光的东西在他们身上。

盗墓子的人先打开了火柴盒，划着了一根，再划一很。划到三四根上，证明了这火柴是一些些儿也没有潮湿，每根每根都是保险会划着的。他开始放几棵在内衣的口袋里，还必须塞进帽边里几棵，塞完了还用手捻着，看看是否塞得坚实，是不是会半路脱掉的。

五月的一个夜里，那长胡子的老头，就是小豆的祖父，他在污黑的桌子边上放下了他的烟袋。他把火柴到处放着，还放在裤脚的腿带缝里几棵。把火柴头先插进去，而后用手向里推。他的手涨着不少的血管，他的眉毛像两条小刷子似的，他的一张方形的脸有的地方筋肉突起，有的地方凹下，他的白了一半的头发高丛丛的，从他的前额相同河岸上长着的密草似的直立着。可是他的影子落到墙上就只是个影子了，平滑的，黑灰色的，薄得和纸片似的，消灭了他生活的年代的尊严。不过那影子为着那耸高的头发和拖长的胡子，正好像《伊索寓言》里为山人在河下寻找斧子的大胡子河神。

前一刻那长烟管还嗞嗞啦啦的叫着。那红色的江石大烟袋嘴，刚一离那老头厚厚的嘴唇，一会工夫就不响了，烟袋锅子也不冒烟了。和睡在炕上的小豆一样，烟袋是睡在桌子边上了。

火柴不但能够点灯，能够吸烟，能够燃起炉灶来，能够在山林里驱走了狼。传说上还能够赶鬼。盗墓子的人他不说带着火柴是为了赶鬼（因为他们怕鬼，所以不那么说）。他说在忌日，就是他们从师父那里学来的，好比信佛教的人吃素一样。他们也有他们的忌日，好比下九[1]和二十三[2]。在这样的日子上若是他们身上不带着发火器具，鬼就追随着他们跟到家里来，和他们的儿孙生活在一起。传说上有一个女鬼，头上带着五把钢叉，就在这忌日的夜晚出来巡行，走一步拔下钢叉来丢一把，一直丢到最末的一把。若是从死人那里回来的人遇到她，她就要叉死那个人，唯有身上带着会发火的东西的，她则不敢。从前多少年代盗墓子的人是带着打火石的，这火石是他们的师父一边念着咒语而传给他们的。他们记得很清晰，师父说过："人是有眼睛的，鬼是没有

1　下九，指每月的农历十九日。古时以每月二十九日为"上九"，初九日为"中九"，十九日为"下九"。

2　二十三，阴历每月初五、十四、廿三日为月忌日；世俗要回避，不避则祸生。尤其婚嫁、起屋、做生意和动工，最为忌讳。

眼睛的，要给他一个亮，顺着这亮他就走他自己的路了。”然而他们不能够打着灯笼。

还必须带着几根皮鞭梢，这是做什么用的，他们自己也没有用过。把皮鞭梢挂在腰带上的右手边，准备用得着它时，方便得随手可以抽下来。但成了装饰品了，都磨得油滑滑的，腻得污黑了。传说上就是那带着五把钢叉的女鬼被一个骑马的人用马鞭子的鞭梢勒住过一次。

小豆的爷爷挂起皮鞭梢来，就走出去。在月光里那不甚亮的小板门，在外边他扣起来铁门环。那铁门环过于粗大，过于笨重，它规规矩矩的蹲在门上。那房子里想象不到还有一个七八岁的孩子睡在里边。

夜里爷爷不在家，白天他也多半不在家。他拿着从死人那里得来的东西到镇上去卖。在旧货商人那里为了争着价钱常常是回来得很晚的。

“爷爷！”小豆看着爷爷从四五丈远的地方回来了，他向那方向招呼着。

老头走到他的旁边，摸着他的头顶。就像带着一匹小狗一样他把孙子带到屋子里。一进门小豆就单调的喊着。他虽然坐在窗口等了一下午爷爷才回来，他还是照样的高兴。

“爷爷，这大绿豆青……这大蚂蚱……是从窗洞进来的……”他说着就跳上炕去，破窗框上的纸被他的小手一片一片的撕下来。“这不是，就从这儿跳进来的……我就用这手心一扣就扣住它啦。”他凭空在窗台上扣了一下。“它还跳呢，看吧，这么跳……”

爷爷没有理他。他仍旧问着：

“是不是，爷爷……是不是大绿豆青……”

“是不是这蚂蚱吃的肚子太大了，跳不快，一抓就抓住……”

“爷爷你看，它在我左手上一跳会跳到右手上，还会跳回来。”

“爷爷看哪，爷爷看……爷爷。”

“爷……”

最末后他看出来爷爷早就不理他了。

爷爷坐在离他很远的灶门口的木墩上，满头都是汗珠，手里揉擦着那柔软的帽头。

爷爷的鞋底踏住了一根草棍，还咕噜咕噜的在脚心下滚着它。爷爷的眼睛静静地看着那草棍所打起来的土灰，关于跳在他眼前的绿豆青蚂蚱，他连理也没有理。到太阳落他也不拿起他的老菜刀来劈柴，好像连晚饭都不吃了。窗口照进来的夕阳从白色变成了黄色，再变成金黄，而后简直就是金红的了。爷爷的头并不在这阳光里，只是两只手伸进阳光里去。并且在红澄澄的红得像混着金粉似的光辉里把他的两手翻洗着。太阳一刻一刻的沉下去了，那块红光在墙壁上拉长了，扯歪了。爷爷的手的黑影也随着长了，歪了，慢慢的不成形了，那怪样子的手指长得比手掌还要长了好几倍，爷爷的手指有一尺多长了。

小豆远远的看着爷爷。他坐在东窗的窗口。绿豆青色的大蚂蚱紧紧的握在手心里，像握着几根草杆似的稍稍还刺痒着他的手心。前一刻那么热烈的情绪，那么富于幻想，他打算从湖边上一看到爷爷的影子他就躲在门后，爷爷进屋时他大叫一声，同时跑出来。跟着把大绿豆青放出来。最好是能放在爷爷的胡子上，让那蚂蚱咬爷爷的嘴唇。他想到这里欢喜得把自己都感动了，为着这奇迹他要笑出眼泪来了，他抑止不住的用小手揉着他自己发酸的鼻头。可是现在他静静的望着那红窗影，望着太阳消逝得那么快，它在面前走过去的一样。红色的影子渐渐缩短，缩短，而最后的那一条条，消逝得更快，好比用指布一下子就把它揩抹了去了。

爷爷一声也不咳嗽，一点要站起来活动的意思也没有。

天色从黄昏渐渐变到昏黑。小豆感到爷爷的模样也随着天色可怕起来，像一只蹲着的老虎，像一个瞎话里的大魔鬼。

“小豆。”爷爷忽然在那边叫了他一声。

这声音把他吓得跳了一下，因为他很久很久的不知不觉的思想集中在想着一些什么。他放下了大蚂蚱，他回应了一声：

“爷爷！”

那声音在他的前边已经跑到爷爷的身边去，而后他才离开了窗台。同时顽皮的用手拍了一下大蚂蚱的后腿，使它自动的跳开去。他才慢斯斯的一边回头看那蚂蚱一边走转向了祖父的面前去。

这孩子本来是一向不热情的，脸色永久是苍白的，笑的时节只露出两颗小牙齿，哭的时节，眼泪也并不怎样多，走路和小老人一样。虽然方才他兴奋了一阵，但现在他仍旧恢复了原样。一步一步的斯斯稳稳的向了祖父那边走过去。

祖父拉了他一把，那苍白的小脸什么也没有表示的望着祖父的眼睛看了一下。他一点也想不到会有什么变化会发生。从他有了记忆那天起，他们的小房里没有来过一个生人，没有发生过一件新鲜事。甚至于连一顶新的帽子也没有买过。炕上的那张席子原来可是新的，现在已有了个大洞，但那已经记不得是什么时候开始破的，就像是一开头就破了这么大的一个洞。还有房顶空的蛛丝，连那蛛丝上挂的尘土也没有多，也没有少，其中长的蛛丝长得和湖边上倒垂的柳丝似的有十多挂，那短的罗罗索索的在胶糊着墙角。这一切都是有这个房子就有这些东西，什么也没有变更过，什么也没有多过，什么也没有少过。这一切都是从存在那一天起便是今天这个老样子。家里没有请过客人，吃饭的时候桌上永久是摆着两双筷子。屋子里是凡有一些些声音就没有不是单调的。总之是单调惯了，很难说他们的生活过得单调不单调，或寂寞不寂寞，说话的声音反应在墙上而后那回响也是清清朗朗的，比如爷爷喊着小豆，在小豆没有答应之前，他自己就先听到了自己音波的共震。在他烧饭时偶尔把铁勺子掉到锅底上去，那响声会把小豆震得好像睡觉时做了一个恶梦那样的跳起。可见他家只站着四座墙了。也可见他家的屋子是很大的，本来儿子活着时这屋子住着一家五个人的。墙上仍旧挂着那从前装过很多筷子的筷子笼，现在虽然变样了，但仍旧挂着。因为早就不用了，那筷子笼发霉了，几乎看不出来那是用柳条编的或是用的藤子，因为被油烟和尘土的黏腻已经变得绒毛毛的黑绿色的海藻似的了。但那里边依然装着一大把旧时用过的筷子。筷子已经脏得不像样子，看不出来那还是筷子了。但总算没有动过，让一年接一年的跟着过去。

连爷爷的胡子也一向就那么长，也一向就那么密重重的一堆。到现在仍旧是密得好像用人工栽上去的一样。

小豆抬起手来，触了一下爷爷的胡子梢，爷爷也就温柔的用胡子梢触了一下小豆头顶心的缨缨发。他想爷爷张嘴了，爷爷要说什么话了吧，可是不然，爷爷只把嘴唇上下的吻合着吮了一下。小豆似乎听到爷爷在咂舌了。

有什么变更了呢，小豆连想也不往这边想。他没看到过什么变更过，祖父夜里出去和白天睡，还照着老样子，他自己蹲在窗台上，一天蹲到晚，也是一惯的老样子。变更了什么，到底是变更了什么。那孩子关于这个连一些些儿预感也没有。

爷爷招呼他来，并不吩咐他什么。他对于这个，他完全习惯的，他不能明白的，他从来也不问。他不懂得的就让他不懂得。

他能够看见的，他就看，看不见的也就算了。比方他总想去到那莲花池，他为着这个也是很久很久的和别的一般的孩子的脾气似的，对于他要求的达不到目的就放不下。但最后不去也就算了。他的问题都是在没提出来之前在他自己心里搅闹得很不舒服，一提出来之后，也就马马虎虎的算了。他多半猜得到他要求的事情就没有一件成功的。所以关于爷爷招呼他来并不吩咐他这事，他并不去追问。他自己悠闲的闪着他不大明亮的小眼睛在四外的看着，他看到了墙上爬着一个多脚虫，还爬得萨拉萨拉的响。他一仰头又看到个小黑蜘蛛缀在它自己的网上。

天就要全黑，窗外的蓝天，开初是蓝得明蓝，透蓝。再就是蓝得蓝缎子似的，显出天空有无限的深远。而现在这一刻，天气宁静了，像要凝结了似的，蓝得黑乎乎的了。

爷爷把他的手骨节一个一个的捏过，发出脆骨折断了似的响声。爷爷仍旧什么也不说，只把头仰起看一看房顶空，小豆也跟着看了看。

那蜘蛛沉重得和一块饱满的铅锤似的；时时有从网上掉落下来的可能。和蛛网平行的是一条房梁上挂下来的绳头，模糊中还看得出绳头还结着一个圈，同时还有墙角上的木格子，那木格子上从前摆着斧子摆着墨斗，墨尺和墨线……那是儿子做木匠时亲手做起来的。老头子忽然想起了他死去的儿子，那不是他学徒满期回来的第二天就开头做了个木格子吗？他不是说做手艺人，家伙要紧，怕是耗子给他咬了才做了这木格子。他想起了房梁上那垂着的绳子也是儿子结的。五月初一媳妇出去采了一大堆艾蒿，儿子亲手把它挂在房梁上，想起来这事情都在眼前，像是还可以嗅到那艾蒿的气味。可是房梁上的绳子却污黑了，好像生了锈的沉重的锁链，垂在那里哀慕得一动也不动。老头子又看了那绳头子一眼，他的心脏立刻翻了一个面，脸开始发烧，接着就冒凉风。儿子死去也三四年了，从来没有像今天这样捉心的难过。

从前他自信，他有把握，他想他拼掉了自己最后的力量，孙儿是不会饿死的。只要爷爷多活几年，孙儿是不会饿死的。媳妇再嫁了，他想那也好的，年青的人，让她也过这样的日子有什么意思，缺柴少米，家里又没有人手。但这都是他过去的想头，现在一切都悬了空。此后怎么能吃饭呢，他不知道了，孙儿到底是能够眼看着他长大或是不能，他都不能十分确定，一些过去的感伤的场面，一段连着一段，他的思路和海上遇了风那翻花的波浪似的。从前无管怎样忧愁时也没有这样困疲过他的，现在来了。他昏迷，他心跳，他的血管暴涨，他的耳朵发热，他的喉咙发干，他摸自己两手的骨节，那骨节又开始噼拍的发响。他觉得这骨节也像变大了，变得突出而讨厌了。他要站起来走动一下，摆脱了这一切。但像有什么东西锤着他使他站不起来。

“这是干么？”

在他痛苦得不能支持，不能再任着那回想折磨下去时，他自己叫了这一个口号，同时站起身来。

“小豆，醒醒，爷爷煮绿豆粥给你吃。”他想借着和孩子的谈话把自己平伏一下，“小豆，快别迷迷糊糊的……看跌倒了……你的大蝴蝶飞了没有？”

“爷爷，你说错啦，哪里是大蝴蝶，是大蚂蚱。”小豆离开了爷爷的膝盖，努力睁开眼睛。抬起腿来就想要跑，想把那大绿豆青拿给爷爷看看。

原来爷爷连看也没有看那大绿豆青一眼，所以把蚂蚱当作蝴蝶了。他伸出手去拉住了要跑开的小豆：

“吃了饭爷爷再看。”

他伸手在自己的腰怀里取出一个小包包来，正在他取出来时，那纸包被撕破而漏了，扑拉拉的往地上落着豆粒。跟着绿豆的滚落，小豆就伏下身去，在地上拾着绿豆粒。那小手掌连掌心都和地上的灰土扣得伏贴贴的，地上好像有无数滚圆的小石子。那孩子一边拾着还一边玩着，他用手心按住许多豆粒在地上轱辘着。

爷爷看了这样的情景，心上来了一阵激动的欢喜：

"这孩子怎样能够饿死，知道吃的中用了。"

爷爷心上又来了一阵酸楚，他想到这可怜的孩子，他父亲死的时候，他才刚刚会走路，虽然那时他已四岁了，但因身体特别衰弱，外边若多少下一点雨，只怕几步路也要背在爷爷的背上。三天或五日就要生一次病。看他病的样子，实在可怜，他不哼，不叫，也不吃东西，也不要什么，只是隔了一会工夫便叫一声"爷"。问他要水吗？

"不要。"

要吃的吗？

"不要。"

眼睛半开不开的又昏昏沉沉的睡了。

睡了三五天，起来了，好了。看见什么都表示欢喜。可是过不了几天就又病了。

"病没有病死，还能饿死吗！"为了这个，晚上熄了灯之后，爷爷还是烦扰着。

过去的事情又一件一件的向他涌来，他想到媳妇出嫁的那天晚上，那个开着盖的描金柜……媳妇临出门时的那哭声。在他回想起来，比在当时还感动了他。他自己也奇怪，都是些过去的，想他干么。但接着又想到了他死去的儿子。

一切房里的和外边的都黑掉了，莲花池也黑沉沉的看不见了，消磨得用手去摸也摸不到，用脚去踏也踏不到似的。莲花池也和那些平凡的大地一般平凡。

大绿豆青蚂蚱也早被孩子忘记了。那孩子睡得很平稳，和一条卷着的小虫似的了。

但醒在他旁边的爷爷，从小豆的鼻孔里隔一会可以听到一声受了什么委屈似的叹息。

一

老头子从儿子死了之后，他就开始偷盗死人。这职业起初他不愿意干，不肯干。他想也袭用着儿子的斧子和锯，也去做一个木匠。他还可笑的在家里练习了三两天，但是毫无成绩，他利用了一块厚板片，做了一个小方凳，但那是多么滑稽，四条腿一个比一个短。他想这也没有关系，用锯锯齐了就是了。在他锯时那锯齿无论怎样也不合用，锯了半天，把凳腿都锯乱了，可是还没有锯下来。更出乎他意料之外的，他眼看着他自己做的凳开始被锯得散花了。他知道木匠是当不成了，所以把儿子的家具该卖掉的都卖掉了。还有几样东西，他就用来盗墓子了。

从死人那里得来的，顶值钱的他盗得一对银杯，两副银耳环，一副带大头的，一副光圈。还有一个包金的戒指。还有铜水烟袋一个，锡花瓶一个，银扁簪一个，其余都是些不值钱的东西，衣裳鞋帽，或是陪葬的小花玻璃杯，铜方孔钱之类。还有铜烟袋嘴，铜烟袋锅，檀香木的大扇子，也都是不值钱的东西。

夜里他出去挖掘，白天便到小镇上旧货商人那里去兜卖。从日本人一来，他的货色常常被日本人扣劫，昨天晚上就是被检查了回来的。白天有日本宪兵把守着从村子到镇上的去路，夜里有侦探穿着便衣在镇上走着，行路随时都要被检查。问那老头怀里是什么东西，那东西从哪里来的。他说不出是从哪里来的了。问他什么职业，他说不出他是什么职业。他的东西被没收了两三次，他并没有害怕，昨天他在街上看到了一大队中国人被日本人拉去当兵。又听说没有职业的人，日本人都要拉的。

旧货商人告诉他，若想不让拉去当兵，那就赶快顺了日本人。他若愿意顺了日本，那旧货商人就带着他去。昨天就把他送到了一个地方，也见过了日本人。

为着这个事，昨天晚上，他通夜没有睡，因为是盗墓子的人，夜里工作惯了，所以今天一起来精神并不特别坏，他又下到小地窖里去。他出来时，脸上划着一条一条的灰尘。

小豆站在墙角上静静的看着爷爷。

那老头把几张小铜片塞在帽头的顶上，把一些碎铁钉包在腰带头上，苍苍惶惶的拿着一条针在缝着，而后不知把什么发亮的小片片放在手心恍了几下。小豆没有看清楚这东西到底是放在什么地方。爷爷简直像变戏法一样神秘了。一根银牙签捏了半天才插进袖边里去。他一抬头看见小豆溜圆的眼睛和小钉子似的盯着他。

“你看什么，你看爷爷吗？”

小豆没敢答言，兜着小嘴羞惭惭的回过头去了。

爷爷也红了脸，推开了独板门，又到旧货商人那里去了。

有这么一天，爷爷忽然喊着小豆，那喊声非常平静，平静到了哑的地步。

“孩子，来吧，跟爷爷去。”

他用手指尖搔着小豆头顶上的那座毛毛发，搔了半天工夫。

那天他给孩子穿上那双青竹布的夹鞋，鞋后跟上钉着一条窄小的分带。祖父低下头去，用着粗大的呼吸给孙儿结了起来。

“爷爷，去看莲花池？”小豆和小绵羊似的站到爷爷的旁边。

“走吧，跟爷爷去……”

这一天爷爷并不带上他的刀子剪子，并不像夜里出去的那样。也不走进小地窖去，也不去找他那些铜片和碎铁。只听爷爷说了好几次：

“走吧，跟爷爷去。……”

跟爷爷到哪里去呢？小豆也就不问了，他一条小绵羊似的站到爷爷的旁边。

“就只这一回了，就再不去了……”

爷爷自己说着这样的话，小豆听着没有什么意思。或者是带他去看外祖母吗？或者是去看姑母吗？或者去进庙会吗？小豆根本就不往这边想，他没有出门去看过一位亲戚，在他小的时候，外祖母是到他家里来看过他的，那时他还不记事，所以他不知道。镇上赶集的日子，他没有去过。正月十五看花灯，他没看过。八月节他连月饼都没有吃过。那好吃的东西，他连认识都不认识。他没有见过的东西非常多，等一会走到小镇上，爷爷买给他粽子时，他就不晓得怎样剥开吃。他没有看过驴皮影，他没有看过社戏。这回他将到哪里去呢？将看到一些什么，他无法想像了，他只打算跟着就走。越快越好，立刻就出发他更满意。

他觉得爷爷那是麻烦得很，给他穿上这个，穿上那个，还要给他戴一顶大帽子，说是怕太阳晒着头，那帽子太大了，爷爷还教给他，说风来时就用手先去拉住帽沿。给他洗了脸，又给他洗了手，洗脸时他才看到孙子的颈子是那么黑了，面巾打上去，立刻就起了和菜棵上黑色的一堆一堆的腻虫似的泥棍。正在擦着耳朵，耳洞里就掉出一些白色的碎末来。看看手指甲也像鸟爪那么长了。爷爷还想给剪一剪，因为找剪刀而没有找到，他想从街上回来再好好的连头也得剪一剪。

小豆等得实在不耐烦了，爷爷找不到剪刀，他就嚷嚷着：

“爷爷，你不是前天把剪子和……和……把剪子撇到腰带里出去的吗？”

老头子感到很大的羞辱，立刻红了脸。他想：这孩子可怎么看见的呢？我一切不都是背着他吗？于是他招呼着：

“走吧！”

他们就出了门。

天是晴的，耀眼的。空气发散着从野草里边蒸腾出来的甜味。地平线的四边都是绿色，绿得那么新鲜，翠绿，湛绿，油亮亮的绿。地平线边沿上的绿，绿得冒烟了，绿得像是那边下着小雨似的。而近处，就在半里路之内，都绿得完全像玻璃。

好像有什么在迷了小豆的眼睛，对于这样大的太阳，他昏花了，这样清楚的天气，他想要看的什么都看不清了。比方那幻想了好久的莲花他，就一时找不到了。他好像土拨鼠被带到太阳下那样瞎了他自己的眼睛。小豆实在是个小土拨鼠，他不但眼睛花，而腿也站不住，就像他只配永久蹲在土洞里。

“小豆，小豆。”爷爷在后边喊他。

“裤子露屁股了，快回去，换上再来。”爷爷已经转回身去向着家的方面。等他想起小豆只有一条裤子，他就又同孩子一同往前走了。

镇上是赶集的日子，爷爷就是带了孙儿来看看热闹，同时一会就有钱了，可以给他买点什么。

“小豆要买什么，什么他喜欢，带他自己来，让他选一选。”祖父一边走着一边想着。可是必得扯几尺布，做一条裤子给他。

绕过了莲花湖，顺着那条从湖边延展开去的小道，他们向前去走。现在小豆的眼睛也不花了，腿也充满了力量。那孩子在蓝色的天空里好像是唱着幽美的歌似的。他一路走一路向着草地给草起了各种的名字。他周围的一切在他看来，也都是喧闹的带着各种的声息在等候他的呼应。由于他心脏比平时加快的跳跃，他的嘴唇也像一朵小花似的微微在他脸上突起了一点，还变了一点淡红色。他随处弯着腰，随处把小手指抚压到各种野草上。刚一开头时，他是选他喜欢的小花把它摘在手里。开初都是些颜色鲜明的，到后来他就越摘越多，无管什么大的小的黄的紫的或白的……就连野生的大麻果的小黄花，他也摘在手里，可是这条小路是很短的。一走出了小路就是一条黄色飞着灰尘的街道。

“爷爷到哪儿去呢？”小豆抬起他苍白的小脸。

“跟着爷爷走吧。”

往下他也就不问了，好像一条小狗似的跟在爷爷的后边。

市镇的声音，闹嚷嚷，在五百步外听到人声哄哄得就有些震耳了。祖父心情是烦扰的而也是宁静的。他把他自己沉在一种庄严的喜悦里，他对孙儿这是第一次想要花费，想要开销一笔钱。他的心上时时活动着一种温暖，很快的这温暖变成了一种体贴，当他看到小豆今天格外快活的样子，他幸福的从眼梢上开启着微笑。小豆的不大健康可爱的小腿，一跳一跳的做出伶俐的姿态来。爷爷几次想要跟他说几句话，但是为了内心的喜爱，他张不开嘴，他不愿意凭空的惊动了那可爱的小羊。等小豆真正的走到市镇上来，小镇的两旁，都是些卖吃食东西的，红山楂片，压得扁扁的墨枣，香色的橄榄。再过去也是卖吃食东西的，在小豆看来这小镇上，全都是可吃的了。他并没有向爷爷要什么，也不表示他对这吃的很留意，他表面上很平淡的样子就在人缝里往前挤，但心里头，或是嘴里边，随时感到一种例外的从来所未有的感觉。尤其是那卖酸梅汤的，敲着铜茶托发出来那清凉的声音，他越听那声音越凉快，虽然不能够端起一碗来就喝下去，但总觉得一看就凉快。可是他又不好意思停下来多看一会，因他平常没有这习惯，他一刻也不敢单独的随心所欲的停在哪里多停一刻，他总怕有人要打他。但这是在市镇上并非在家里，这里的人多得很，怎能够有人打他呢？这个连他自己也不想得十分彻底，是一种下意识的存在。所以紧跟着爷爷，走到人多的地方，他竟伸出手来拉着爷爷。卖豌豆的，卖大圆白菜的，卖青辣椒的……这些他都没有看见。有一个女人举着一个长杆，杆子头上挂着各种颜色的绵线。小豆竟被这绵线挂住了颈子。他神经质的十分恐怖的喊了一声，爷爷把线从他颈子上取下来，他看到孙儿的眼睛里呈现着一种清明的可爱的过于怜人的神色。于是小豆听到了爷爷的嘴里吐出来一种带香味的声音：

“你要吃点什么吗？这粽子，你喜欢吗？”

小豆不知道那是什么东西，也许五六年前他父亲活着时他吃过，但那早就忘掉了。

爷爷从那瓦盆里提出来一个，是三角的，或者是六角的，总之在小豆看来这生疏的东西，带着很多尖尖。爷爷问他，指着瓦盆子旁边在翻开着的锅：

“你要吃热的吗？”

小豆忘了，那时候是点点头，还是摇摇头。总之他手里已经提着一个尖尖的小玩艺了。

爷爷想要买的东西，都不能买，反正一会回来买，所以他带的钱只有几个铜板，但是他并不觉得怎样少，他很自满的向前走着。

小豆的裤子正在屁股上破了一大块，他每向前抬一下腿，那屁股就有一块微黄色的皮肤透露了一下。这更使祖父对他起着怜惜。

“这孩子，和三月的小葱似的，只要沾着一点点雨水就马上会肥起来的……”一想到这里，他就快走了几步，因为过了这市镇前边就是他取钱的地方。

小豆提着粽子还没有打开吃，虽然他在卖粽子的地方，看过了别人都是剥了皮吃的，但他到底不能确定，不剥皮是否也可以吃。最后他用牙齿撕破了一个大角，他吃着，吸着，还用两只手来帮着忙开始吃了。

他那采了满手的野花丢在市镇上被几百几十的人踏着，而他和爷爷走出市镇了。

走了很多弯路，爷爷把他带到一个好像小兵营的门口。

孩子四外看一看，想不出这是什么地方，门口站着穿大靴子的兵士，头上戴着好像小铁盆似的帽子。他想问爷爷：这是日本兵吗？因为爷爷推着他，让他在前边走，他也就算了。

日本兵刚来到镇上时，小豆常听舅父说“汉奸”，他不大明白，不大知道舅父所说的是什么话。可是日本兵的样子和舅父说的一点也不差，他一看了就害怕。但因为爷爷推着他往前走，他也就进去了。

正是里边吃午饭的时候，日本人也给了他一个饭盒子，他胆怯的站在门边把那一尺来长三寸多宽的盒子接在手里，爷爷替他打开了，白饭上还有两片火腿，这东西，油亮亮的特别香。他从来没见过。因为爷爷也吃，他也就把它吃完了。

他想问爷爷，这是在什么地方，在人多的地方，他更不敢说话，所以也就算了。但这个地方总不大对，过了不大一会工夫，那边来一个不戴铁帽子也不穿大靴子的平常人把爷爷招呼着走了。他立时就跟上去，但是被门岗挡住了，他喊：

“爷爷，爷爷。”他的小头盖上冒了汗珠，好像喊着救命似的那么喊着。

等他也跟着走上了审堂时，他就站在爷爷的背后，还用手在后边紧紧的勾住爷爷的腰带。

这间房子的墙上挂着马鞭，挂着木棍，还有绳子和长杆，还有皮条。地当心还架着两根木头架子，和秋千架子似的环着两个大铁环，环子上系着用来把牛缚在犁杖上那么粗的大绳子。

他听爷爷说：“中国”，又说“日本”。

问爷爷的人一边还拍着桌子，他看出来爷爷也有点害怕的样子，他就在后边拉着爷爷的腰带，他说：

“爷爷，回家吧。”

“回什么家，小混蛋，他妈的，你家在哪里！”那拍桌子的人就向他拍了一下。

正是这时候，从门口推进大厅来一个和爷爷差不多的老头，戴铁帽子的腰上挂着小刀子的（即刺刀），还有些穿着平常人的衣裳的。这一群都推着那个老头，老头一边叫着就一边被那些人用绳子吊了上去，就吊在那木头架子上。那老头的脚一边打着旋转，一边就停在空中了。小豆眼看着日本兵从墙上摘下了鞭子。

那孩子并没有听到爷爷说了什么，他好像从舅父那里听来的，中国人到日本人家里就是“汉奸”。于是他喊着：

“汉奸，汉奸……爷回家吧……”

说着躺在地上就大哭起来。因为他拉爷爷，爷爷不动的缘故。他又发了他大哭的脾气。

还没等爷爷回过头来，小豆被日本兵一脚踢到一丈多远的墙根上去，嘴和鼻子立刻流了血，和被损害了的小猫似的，不能证明他还在呼吸或没有，可是喊叫的声音一点也没有了。

爷爷站起来，就要去抱他的孙儿。

“混蛋，不能动，你绝不是好东西。……”

审问的中国人变了脸色的缘故，脸上的阴影，特别的黑了起来，从鼻子的另一面全然变成铁青了。而后说着日本话，那老头虽然听了许多天了也一句不懂。只听说“带斯内……带斯内……”日本兵就到墙上去摘鞭子。

那边悬起来的那个人，已开始用鞭子打了。

小豆的爷爷也同样的昏了过去。他的全身没有一点痛的地方。他发了一阵热，又发了一阵冷，就达到了这样一种沉沉静静的境地。一秒钟以前那难以忍受的火剌剌的感觉，完全消逝了，只这么快就忘得干干净净。孩儿怎样了，死了还是活着，他不能记起，他好像走到了另一世界，没有痛苦，没有恐怖，没有变动，是一种永恒的。这样他不知过了多久，像海边的岩石他不能被世界晓得它是睡在波浪上多久一样。

他刚一明白了过来，全身疲乏得好像刚刚到远处去旅行了一次，口渴，想睡觉，想伸一伸腰。但不知为什么伸不开，想睁开眼睛看一看，但也睁不开。他站了好几次，也站不起来。等他的眼睛可能看到他的孙儿，他向着他的方向爬去了。他一点没有怀疑他的孙儿是死了还是活着，他抱起他来，他把孙儿软条条的横在自己的膝盖上。

这景况和他昏迷过去的那景况完全不同，挂起来的那老头没有了，那一些周围的沉沉的面孔也都没有了，屋子里安静得连尘土都在他的眼前飞，光线一条条的从窗棂跌进来，尘土在光线里边变得白花花的。他的耳朵里边，起着幽幽的鸣叫，鸣叫声似乎离得很远，又似乎听也听不见了。一切是静的，静得使他想要回忆点什么也不可能。若不是厅堂外边那些日本兵的大靴子叮当的响，他真的不能分辨他是处在什么地方了。

孙儿因为病没有病死，还能够让他饿死吗？来时经过那小市镇，祖父是这样想着，打算回来时，一定要扯几尺布给他先做一条裤子。

现在小豆和爷爷从那来时走过的市镇上回来了。小豆的鞋子和一颗硬壳似的为着一根带子的连系尚且挂在那细小的腿上，他的屁股露在爷爷的手上。嘴和鼻子上的血尚且没有揩。爷爷的膝盖每向前走一步那孩子的胳臂和腿也跟着游荡一下。祖父把孩子拖长的摊展在他的两手上。仿佛在端着什么液体的可以流走的东西，时时在担心他会自然的掉落，可见那孩子绵软到什么程度了。简直和面条一样了。

祖父第一个感觉知道孙儿还活着的时候，那是回到家里，已经摆在炕上，他用手掌贴住了孩子的心窝，那心窝是热的，是跳的，比别的身上其余的部分带着活的意思。

这孩子若是死了好像是应该的，活着使祖父反而把眼睛瞪圆了。他望着房顶，他捏着自己的胡子，他和白痴似的，完全像个呆子了。他怎样也想不明白。

“这孩子还活着吗？唉呀，还有气吗？”

他又伸出手来，触到了那是热的，并且在跳，他稍微用一点力，那跳就加速了。

他怕他活转来似的，用一种格外沉重的忌恨的眼光看住他。

直到小豆的嘴唇自动的张合了几下，他才承认孙儿是活了。

他感谢天，感谢佛爷，感谢神鬼。他伏在孙儿的耳朵上，他把嘴压住了那还在冰凉的耳朵：

“小豆小豆小豆小豆小……”

他一连串和珠子落了般的叫着孙儿。

那孩子并不能答应。只像苍蝇咬了他的耳朵一下似的使他轻轻地动弹一下。

他又连着串叫：

“小豆，看看爷爷，看……看爷一眼。”

小豆刚把眼睛睁开一道小缝，爷爷立刻扑了过去。

“爷……”那孩子很小的声音叫了一声。

这声音多么乖巧，多么顺从，多么柔软。他打动了爷爷的心窝了。爷爷的眼泪经过了胡子往下滚，没有声音的，和一个老牛哭了的时候一样。

并且爷爷的眼睛特别大，两张小窗户似的。通过了那玻璃般的眼泪而能看得很深远。

那孩子若看到了爷爷这样大的眼睛，一定害怕而要哭起来的。但他只把眼开了个缝而又平平坦坦的昏昏沉沉的睡了。

他是活着的，那小嘴，那小眼睛，小鼻子……

爷爷的血流又开始为着孙儿而活跃。他想起来了，应该把那嘴上的血揩掉，应该放一张凉水浸过的手巾在孙儿的头上。

他开始忙着这个，他心里是有计划的，而他做起来还颠三倒四，他找不到他自己的水缸，他似乎不认识他已经取在水盆里的是水。他对什么都加以思量的样子，他对什么都像是犹疑不决。他的举动说明着他是个多心的十分有规律的做一件事的人。其实，他都不是，而且正相反，他是为了过度的喜欢使他把周围的一切都淹没了，都看不见了，而也看不清，他失掉了记忆。恍恍惚惚的他自己也不知道他自己是怎么着了。

可笑的，他的手里拿着水盆还在四面的找水盆。

他从小地窖里取出一点碎布片来，那是他盗墓子时拾得的死人的零碎的衣裳。他点了一把火，在灶口把它烧成了灰。把灰拾起来放在饭碗里，再浇上一点冷水，而后用手指捏着摊放在小豆的心口上。

传说这样可以救命。

左近一切人家都睡了的时候，祖父仍在小灶腔里燃着火，仍旧煮着绿豆汤……

他把木板碗橱拆开来烧火，他举起斧子来。听到炕上有哼声他就把斧子抬得很高很高的举着而不落。

“他不能死吧？”他想。

斧子的响声脆快得很，一声声的在劈着黑沉沉的夜。

“爷……”

里边的孩子又叫了爷爷一声。

爷爷走进去，低低的答应着。

过一会又喊着，爷爷又走进去低低的答应着，接着他就翻了个身喊了一声，那声音是急促的，微弱的。接着又喊了几声，那声音越来越弱。声音是松散的，几乎听不出来喊的是爷爷，不过在爷爷听来就是喊着他了。

鸡鸣是报晓了。

莲花池的小虫子们仍旧唧唧的叫着……间或有青蛙叫了一阵。

无定向的，天边上打着露水闪。

那孩子的性命，谁知道会继续下去，还是会断绝的。

露水闪不十分明亮，但天上的云也被它分得出远近和种种的层次来，而那莲花池上小豆所最喜欢的大绿豆青蚂蚱，也一闪一闪的在闪光里出现在莲花叶上。

小豆死了。……

爷爷以为他是死了，不呼吸，也不叫……没有哼声，不睁眼睛，一动也不动。

爷爷劈柴的斧子，在门外举起来而落不下去了。他把斧子和木板一齐安安然然的放在地上。静悄悄的靠住门框他站着了。

他的眼光看到了墙上活动着的蜘蛛，看到了沉静的蛛网，又看到了地上三条腿的板凳，看到了掉了底的碗橱，看到了儿子亲手结的挂艾蒿的悬在房梁上的绳子，看到了灶腔里跳着的火。

他的眼睛是从低处往高处看，看了一圈，而后还落到低处。但他就不见他的孙儿。

而后他把眼睛闭起来了，他好似怕那闪闪耀耀的火光会迷了他的眼睛，他闭了眼睛是表示他对了火关了门。他看不到火了，他就以为火也看不到他了。

可是火仍看得到他，把他的脸炫耀得通红，接着他就把通红的脸埋没到自己阔大的胸前，而后用两只袖子包围起来。

然而他的胡子梢仍没有包围住，就在他一会高涨，一会低抽的胸前骚动……他喉管里像吞住一颗过大的珠子，时上时下的而咕噜咕噜的在鸣。而且喉管也和泪线一样起着爆痛。

这时候莲花池仍旧是莲花池。露水闪仍旧不断的闪合。鸡鸣远近都有了。

但在莲花池的旁边，那灶口生着火的小房子门口，却划着一个黑大的人影。

那就是小豆的祖父。

〔一九三九年五月十六日嘉陵江居〕

山　下*

清早起，嘉陵江边上的风是凉爽的，带着甜味的朝阳的光辉，凉爽得可以摸到的微黄的纸片似的，混着朝露向这个四围都是山而中间这三个小镇蒙下来。

从重庆来的汽船，五颜六色的，好像一只大的花花绿绿的饱满的包裹，慢慢吞吞的从水上就拥来了。林姑娘看到，其实她不用看，她一听到那啌啌啌响声，就喊着她母亲："奶妈，洋船来啦……"她拍着手，她的微笑是甜蜜的，充满着温暖和爱抚。

她是从母亲旁边单独的接受着母亲整个所有的爱而长起来的，她没有姐妹或兄弟，只有一个哥哥，是从别处讨来的，所以不算是兄弟，她的父亲整年不在家，就是顺着这条江坐木船下去，多半天工夫可以到的那么远的一个镇上去做窑工。林姑娘偶然在过节或过年看到父亲回来，还带羞的和见到生人似的，躲到一边去。母亲嘴里的呼唤，从来不呼唤另外的名字，一开口就是林姑娘，再一开口又是林姑娘。母亲的左腿，在儿时受了毛病的，所以她走起路来，永远要用一只手托着膝盖。哪怕她洗了衣

---

* 本文发表于 1940 年 2 月 15 日（重庆）《理论与现实》（季刊）第一卷第四期，署名萧红。1940 年 3 月收入（桂林）上海杂志公司"每月文库"一辑之十《旷野的呼喊》。

裳，要想晒在竹杆上，也要喊林姑娘。因为母亲虽然有两只手，其实就和一只手一样。一只手虽然把竹杆子举到房檐那么高，但结在房檐上的那个棕绳的圈套，若不再用一只手拿住它，那就大半天工夫套不进去。等林姑娘一跑到跟前，那一长串衣裳，立刻在房檐下晒着太阳了。母亲烧柴时是坐在一个一尺高的小板凳上，因为是坐着，她的左腿任意可以不必管它，所以她这时候是两只手了，左手拿柴，右手拿着火剪子，她烤的通红的脸。小女孩用不到帮她的忙就到门前去看那从重庆开来的汽船。

那船沉重得可怕了，歪歪着走，机器咵隆咵隆的响，而且船尾巴上冒着那么黑的烟。

"奶妈，洋船来啦。"

她站在门口喊着她的母亲，她甜蜜的对着那汽船微笑。她拍着手，她想要往前跑几步。可是母亲在这时候又在喊着林姑娘。

锅里的水已经烧得翻滚了，母亲招呼她把那盛着麦粉的小泥盆递给她。其实母亲并不是绝对不能用一只手把那小盆拿到锅台上去，因为林姑娘是非常乖的孩子，母亲爱她，她也爱母亲。是凡母亲招呼她时，她没有不听从的。虽然她没能详细的看一看那汽船，她仍是满脸带着笑容。把小泥盆交到母亲手里，她还问母亲：

"要不要别个啦，还要啥子呀？"

那洋船也没有什么好看的，从城中大轰炸时起，天天还不是把洋船载得满满的，和胖得翻不过身来的小猪似的载了一个多月。开初那是多么惊人呀，就连跌腿的妈妈，有时也左手按着那脱了筋的膝盖，右手抓着女儿的肩膀，也一拐一拐的往江边上跑。跑着去看那听说是完全载着下江人[1]的汽船。

传说那下江人（四川以东的，他们皆谓之下江）和他们不同，吃得好，穿得好，钱多得很。包裹和行李就更多，因此这船才挤得风雨不透。又听说下江人到哪里，先把房子刷上石灰，黑洞洞的屋子，他们说他们一天也不能住，若是有用人，无缘无故的，就赏钱，三角五角的，一块八角的，都不算什么。听说就隔着一道江的对面……也不是有一个姓什么的，今天给那雇来的婆婆两角钱，说让她买一个草帽儿戴；明天又给一吊钱，说让她买一双草鞋，下雨天好穿。下江人，这就是下江人哪……站在江边上的，无管谁，林姑娘的妈妈，或是林姑娘的邻居，若一看到汽船来，就都一边指着一边儿喊着。

清早起林姑娘提着篮子，赤着脚走在江边清凉的沙滩上。洋船在这么早，一只也不会来的，就连过河的板船也没有几只。推船的孩子睡在船板上，睡得那么香甜，还把两只手从头顶伸出垂到船外边去，那手像要在水里抓点什么似的，而那每天在水里洗得很干净的小脚，只在脚掌上染着点沙土，那脚在梦中偶尔擦着船板一两下。

过河的人很稀少，好久好久没有一个，板船是左等也不开，右等也不开。有的人看着另外的一只也上了客人，他就跳到那只船上，他以为那只船或者会先开，谁知这样一来，两只船就都不能开了。两只船都弄得人数不够。撑船的人看看老远的江堤上走下一个人来，他们对着那人大声的喊起：

“过河……过河……”

1　下江人，原本是四川人对来自长江中下游的客商的称谓，凡四川以东他们皆谓之下江。当时各路难民逃至四川（其中以到陪都重庆居多），被当地人统称为“下江人”。

同时每个船客也都把眼睛放在江堤上。

林姑娘就在这冷清的早晨，不是到河上来担水，就是到河上来洗衣裳。她把要洗的衣裳从提兜里取出来，摊在清清凉凉的透明的水里，江水冰凉的带着甜味舐着林姑娘的小黑手。她的衣裳鼓涨得鱼胞[1]似的浮在她的手边，她把两只脚也放在水里，她寻着一块很干净的石头坐在下面。这江平得没有一个波浪，林姑娘一低头，水里还有一个林姑娘。

这江静得除了推船的人喊着过河的声音，就连对岸这三个市镇中最大的一个也还在睡觉呢。

打铁的声音，没有，修房子的声音，没有，或者一四七赶场的闹嚷嚷的声音，一切都听不到。在那江对面的大沙滩坡上，一漫平的是沙灰色，干净得连一个黑点或一个白点都不存在。偶尔发现那沙滩上走着一个人，那就只和小蚂蚁似的渺小得十分可怜了。

好像翻过这四围的无论哪一个山去，也不见得会有人家似的，又像除了这三个小镇，而世界也没有什么别的东西了。

这条江经过这三镇，是从西往东流，看起来没有多远，好像十丈八丈之外（其实是四五里路之外）这江就转弯了。

林姑娘住的这东阳镇在三个镇中最没有名气，是和 ×× 镇[2]对面，和 ××× 镇[3]站在一条线上。

这江转弯的地方黑虎虎的是两个山的峡缝。

林姑娘顺着这江，看一看上游，又看一看下游，又低头去洗她的衣裳。她洗衣裳时不用肥皂，也不用四川土产的皂荚。她就

---

1 鱼胞，即鱼泡。

2 ×× 镇，应为北碚镇。

3 ××× 镇，应是黄桷树镇。

和玩似的把衣裳放在水里而后用手牵着一个角，仿佛在牵着一条活的东西似的，从左边游到右边，又从右边游到左边，母亲选了顶容易洗的东西才叫她到河边来洗，所以她很悠闲。她有意把衣裳按到水底去，满衣都擦满了黄宁宁的沙子，她觉得这很好玩，这多有意思呵，她又微笑着赶快把那沙子洗掉了，她又把手伸到水底去，抓起一把沙子来，丢到水皮上，水上立刻起了不少的圆圈，这小圆圈一个压着一个，彼此互相的乱七八糟的切着，很快就都抖擞着破坏了，水面又归于原来那样平静。她又抬起头来向上游看看，向下游看看。

下游江水就在两山夹缝中转弯了，而上游比较开敞，白亮亮的，一看看到很远。但是就在她的旁边有一串横在江中好像大桥似的大石头，水流到这石头旁边，就翻江似的搅混着。在涨水时江水一流到此地就哇哇地响叫。因为是落了水了，那石头记的水上标尺的记号，一个白圈一个白圈的，从石头的顶高处排到水里去，在高处的白圈白得十分漂亮，在低处的，常常受着江水的洗淹，发灰了，看不清了。

林姑娘要回去了，那筐子比提来时重了好几倍，所以她歪着身子走，她的发辫的梢头，一摇一摇的，跟她的筐子总是一个方向，她走过那块大石板石，筐子里衣裳流下来的水，滴了不少水点在大石板上。石板的石缝里是前两天涨水带来的小白鱼，已经死在石缝当中了，她放了筐子，伸手去触它，看看是死了的，拿起筐子来她又走了。

她已走上江堤去了，而那大石板上仍旧留着林姑娘长形提筐的印子，可见清早的风是多么凉快，竟连个小印一时也吹扫不去。

林姑娘的脚掌，踏着冰凉的沙子走上高坡了。经过小镇上的一段石板路，经过江岸边一段包谷林。太阳仍旧稀薄的微弱的向这山中的小镇照着。

林姑娘离家门很远便喊着：

“奶妈，晒衣裳啦。”

奶妈一拐一跌的站到门口等着她。

隔壁王家那丫头比林姑娘高，比林姑娘大两三岁，她招呼着她，她说她要下河去洗被单，请林姑娘陪着她一道去。她问了奶妈一声，就跟着一道又走了。这回是那王丫头领头跑得飞快，一边跑，一边笑，致使林姑娘的母亲问她给下江人洗被单好多钱一张，她都没有听到。

河边上有一只板船正要下水，不少的人在推着，呼喊着；而那只船在一阵大喊之后，向前走了一点点，等一接近着水，人们一阵狂喊，船就滑下水去了。连看热闹的人也都欢喜的说：

“下水了，下水了。”

林姑娘她们正走在河边上，她们也拍着手笑了。她们飞跑起来，沿着那前几天才退了水被水洗劫出来的大崖坡跑去了。一边跑着一边模仿着船夫用宽宏的嗓子喊起：

“过河……过河……”

王丫头弯了腰，捡了个圆石子，抛到河心去，林姑娘也同样抛了一个。

林姑娘悠闲的快活的，无所挂碍的在江边上用沙子洗着脚，用淡金色的阳光洗着头发。呼吸着含着露珠的新鲜的空气。远山蓝绿蓝绿的躺着。近处的山带着微黄的绿色，可以看得出哪一块是种的田，哪一堆长的黄桷树。

等林姑娘回到家里母亲早在锅里煮好了麦粑，在等着她。

林姑娘和她母亲的生活，安闲，平静，简单。

麦粑是用整个的麦子连皮也不去磨成粉，用水搅一搅，就放在开水的锅里来煮，不用胡椒，花椒，也不用葱，也不用姜，不用猪油或菜油，连盐也不用。

林姑娘端起碗来吃了一口，吃到一种甜丝丝的香味。母亲说：

“你吃饱吧，盆里还有呢！”

母亲拿了一个带着缺口的蓝花碗，放在灶边上，一只手按住左腿的膝盖，一只手拿了那已经用了好几年的掉了尾巴的木瓢儿为她自己装了一碗。她的腿拐拉拐拉的向床边走，那手上的麦粑汤顺着蓝花碗的缺口往下滴溜着。她刚一挨到炕沿，就告诉林姑娘。

“昨天儿王丫头，一个下半天儿就割了陇多（那样多）柴，那山上不晓得好多呀！等一下吃了饭啦，你也背着背兜去喊王丫头一道……”

她们的烧柴，就烧山上的野草，买起来一吊钱二十五把，一个月烧两角钱的柴，可是两角钱也不能烧，都是林姑娘到山上去自己采，母亲把它在门前晒干，打好了把子藏在屋里。她们住的是一个没有窗子，下雨天就滴水的六尺宽一丈长的黑屋子。三块钱一年的房租，沿着壁根有一串串的老鼠的洞，地土是黑黏的，房顶露着蓝天不知多少处。从亲戚那里借来一个大碗橱，这只碗橱老得不堪再老了，横格子，竖架子，通通掉落了，但是过去这碗橱一看就是个很结实的。现在只在柜的底层摆着一个盛水盆子，林姑娘的母亲连水缸也没有买，水盆上也没有盖儿，任意着虫子或是蜘蛛在上边乱爬，想用水时必得先用指甲把浮在水上淹死的小虫挑出去。

当邻居说布匹贵得怎样厉害，买不得了，林姑娘的母亲也说，她就因为盐巴贵，也没有买盐巴。

但这都是十天以前的事了，现在林姑娘晚饭和中饭，都吃的是白米饭，肉丝炒杂菜[1]，鸡丝豌豆汤，虽然还有几样不认识的，但那滋味是特别香。已经有好几天了，那跌脚的母亲也没有在灶口烧一根柴火了，自己什么也没浪费过，完全是现成的。这是多么幸福的生活，林姑娘和母亲不但没有吃过这样的饭，就连见也不常见过。不但林姑娘和母亲是这样，就连邻居们也没看见过这样经常吃着的繁华的饭。所以都非常惊奇。

刘二妹一早起来，毛着头就跑过来问长问短，刘二妹的母亲拿起饭勺子来就在林姑娘刚刚端过来的稀饭上搅了两下，好像要查看一下林姑娘吃的稀饭是不是那米里还夹着沙子似的。午饭王丫头的祖母也过来了，林姑娘的母亲很客气的让着他们，请他们吃点，反正娘儿两个也吃不了的。说着她就把菜碗倒出来一个，就用碗插进饭盆装了一碗饭来，就往王太婆的怀里推。王太婆起初还不肯吃，过了半天才把碗接过来，她点着头，她又摇着头。她老得连眼眉都白了。她说："要得么！"

王丫头也在林姑娘这边吃过饭。有的时候，饭剩下来，林姑娘就端着饭送给王丫头去。中饭吃不完，晚饭又来了，晚饭剩了一大碗在那里，早饭又来了。这些饭，过夜就酸了，虽然酸了，开初几天，母亲还是可惜，也就把酸饭吃下去了。林姑娘和她母亲都是不常见到米粒的，大半的日子，都是吃麦粑。

林姑娘到河边也不是从前那样悠闲的样子了，她慌慌张张的，脚步走得比从前快，水桶时时有水翻撒出来。王丫头在半路上喊她，她简直不愿意搭理她了。王丫头在门口买了两个小鸭，她喊着让林姑娘来看，林姑娘也没有来。林姑娘并不是帮了下江

1 肉丝炒杂菜，"杂菜"似应为"榨菜"。

人就傲慢了，谁也不理了。其实她觉得她自己实在是忙得很。本来那下江人并没有许多事情好做，只是扫一扫地，偶而让她到东阳镇上去买一点如火柴，灯油之类，再就是每天到那小镇上去取三次饭。因为是在饭馆里边包的伙食。再就是把要洗的衣裳拿给她奶妈洗了再送回来，再就是把余下的饭端到家里去。

但是过了两个钟头，她就自动的来问问：

“有事没有？没有事我回去啦。”

这生活虽然是幸福的，刚一开初还觉得不十分固定，好像不这么生活，仍回到原来的生活也是一样的。母亲一天到晚连一根柴也不烧，还觉得没有依靠，总觉得有些寂寞，到晚上她总是拢起火来，烧一点开水，一方面也让林姑娘洗一洗脚，一方面也留下一点开水来喝，有的时候，她竟多余的把端回来的饭菜又都重热一遍，夏天为什么必得吃滚热的饭呢？就是因为生活忽然想也想不到的就单纯起来，使她反而起了一种没有依靠的感觉。

这生活一直过了半个月，林姑娘的母亲才算熟习下来。

可是在林姑娘，这时候，已经开始有点骄傲了。她在一群小同伴之中，只有她一个月可以拿到四块钱。连母亲也是吃她的饭。而那一群孩子，飞三小，李二牛，刘二妹……还不仍旧去到山上打柴去，就连那王丫头，已经十五岁了，也不过只给下江人洗一洗衣裳，一个月还不到一块钱。还没有饭吃。

因此林姑娘受了大家的忌妒了。

她发了疟疾不能下河去担水，想找王丫头替她担一担。王丫头却坚决的站在房檐底下，鼓着嘴无论如何她不肯。

王丫头白眼眉的祖母，从房檐头取下晒衣服的杆子来吓着要打她。可是倒底她不担，她扯起衣襟来，抬起她的大脚就跑了。那白头发的老太婆急得不得了，回到屋里跟她的儿媳妇说：

“陇格多[1]的饭，你没吃到！二天林婆婆送过饭来，你不张嘴吃吗？”

王丫头顺着包谷林跑下去了，一边跑着还一边回头张着嘴大笑。

林姑娘睡在帐子里边，正是冷得发抖，牙齿碰着牙齿，她喊她的奶妈，奶妈没有听到，只看着那连跑带笑的王丫头，她感到点羞，于是也就按着那拐腿的膝盖，走回屋来了。

林姑娘这一病，病了五六天。她自己躺在床上十分上火。

她的妈妈东家去找药，西家去问药方。她的热度一来时，她就在床上翻滚着，她几乎是发昏了。但奶妈一从外边回来，她第一声告诉她奶妈的就是：

“奶妈，你到先生家里去看看……是不是喊我？”

奶妈坐在她旁边，拿起她的手来。

“林姑娘，陇格热哟，你喝口水，把这药吃到，吃到就好啦。”

林姑娘把药碗推开了。母亲又端到她嘴上，她就把药推撒了。

“奶妈，你去看看先生来，先生喊我不喊我。”

林姑娘比母亲更像个大人了。

而母亲只有这一次对于疟疾非常忌恨，从前她总是说，打摆子，哪个娃儿不打摆子呢？这不算好大事。所以林姑娘一发热发冷，母亲就说，打摆子是这样的，说完了她再不说别的了。并不说这孩子多么可怜哪，或是体贴的在她旁边多坐一会。冷和热都是当然的。林姑娘有时一边喊着奶妈一边哭。母亲听了也并不十

1　陇格多，重庆方言，那么多。

分感动。她觉得奶妈有什么办法呢？但是这一次病，与以前许多次，或是几十次都不同了。母亲忌恨这疟疾比忌恨别的一切的病都甚。她有一个观念，她觉得非把这顽强东西给扫除不可，怎样能呢，一点点年纪就发这个病，可得发到什么时候为止呢？发了这病人是多么受罪呵！这种折磨使娃儿多么可怜。

小唇儿烧得发黑，两个眼睛烧得通红，小手滚烫滚烫的。

母亲试想用她的两臂救助这可怜的娃儿，她东边去找药，西边去找偏方。她流着汗。她的腿开初感到沉重，到后来就痛起来了，并且在膝盖那早年跌转了筋的地方，又开始发炎，这腿三十来年就总是这样，一累了就发炎的，一发炎就用红花之类混着白酒涂在腿上，可是这次，她不去涂它。

她把女儿的价值抬高了，高到高过了一切，只不过下意识的把自己的腿不当做怎样值钱了。无形中母亲把林姑娘看成是最优秀的孩子了，是最不可损害的了。所以当她到别人家去讨药时，人家若一问她谁吃呢？她就站在人家门口，她开始详细的解说。是她的娃儿害了病，打摆子，打得多可怜，嘴都烧黑了呢，眼睛都烧红了呢！

她一点也不提是因为她女儿给下江人帮了工，怕是生病人家辞退了她。但在她的梦中，她梦到过两次，都是那下江人辞了她的女儿了。

母亲早晨一醒来，更着急了。于是又出去找药，又要随时到那下江人的门口去看。

那糊着白纱的窗子，从外边往里看，是什么也看不见。她想要敲一敲门，不知为什么又不敢动手，想要喊一声，又怕惊动了人家，于是她把眼睛触到那纱窗上，她企图从那细密的纱缝中间看到里边的人是睡了还是醒着，若是醒着，她就敲门进去，若睡着，好转身回来。

她把两只手按着窗纱，眼睛黑洞洞的塞在手掌中间，她还没能看到里边，可是里边先看到她了，里边立刻喊着：

“干什么的，去……”

这突然的袭来，把她吓得一闪就闪开了。

主人一看还是她，问她：

“林姑娘好了没有……”

听到这里她知道这算完了，一定要辞她的女儿了。她没有细听下去，她就赶忙说：

“是……是陇格的，……好了点啦，先生们要喊她，下半天就来啦……”

过了一会她才明白了，先生说的是若没有好，想要向××学校的医药处去弄两粒金鸡纳霜来。

于是她开颜的笑了：

“还不好，人烧得滚烫。那个金鸡纳霜，前次去找了两颗，吃到就断到啦。先生去找，谢谢先生。”

她临去时还说，人还不好，人还不好的……

等走在小薄荷田里，她才后悔方才不该把病得那样厉害也说出来。可是不说又怕先生不给找那个金鸡纳霜来。她烦恼了一阵，又一想，说了也就算了。

她一抬头，看见了王丫头飞着大脚从屋里跑出来，那粗壮的手臂腿子，她看了十分羡慕，林姑娘若也像王丫头似的，就这么说吧，王丫头就是自己的女儿吧……那么一个月四块，说不定五六块洋钱好赚到手哩。……

王丫头在她感觉上起了一种亲切的情绪，真像看到了自己的女儿似的，她想喊她一声。

但前天求她担水她不担那带着侮辱的狂笑，她立刻记起了。

于是她没有喊她。就在薄荷田中，她拐拉拐拉的向她自己的房子走去了。

林姑娘病了十天就好了，这次发疟疾给她的焦急超过所有她生病的苦楚。但一好了，那特有的，新鲜的感觉也是每次生病所预料不到的，她看到什么都是新鲜的。竹林里的竹子，山上的野草，还有包谷林里那刚刚冒缨的包裹，那缨穗有的淡黄色，有的微红，一大座粗亮的丝线似的，一个个的独立的卷卷着。林姑娘用手指尖去摸一摸它，用嘴向着它吹一口气，她看见了她的小朋友，她就甜蜜蜜的微笑，好像她心里头有不知多少的快乐，这快乐是秘密的，并不说出来，只有在嘴角的微笑里可以体会得到。她觉得走起路来，连自己的腿也有无限的轻捷，她的女主人给她买了一个大草帽，还说过二天买一件麻布衣料给她。

她天天来回的跑着，从她家到她主人的家，只有半里路的一半那么远。这距离的中间种着薄荷田，在她跑来跑去时，她无意的用脚尖踢着薄荷叶，偶尔也弯下腰来，扯下一枚薄荷叶咬在嘴里。薄荷的气味，小孩子是不大喜欢的，她赶快吐了出来。可是风一吹，嘴里仍旧冒着凉风。她的小朋友们开初对她都怀着敌意，到后来看看她是不可动摇的了，于是也就上赶着和她谈话。说那下江人，就是林姑娘的主人穿的是什么花条子衣服。那衣服林姑娘也没有见过，也叫不上名来。那是什么料子？也不是绸子的，也不是缎子的，当然一定也不是布的。

她们谈着谈着没有结果的纷争了起来。最后还是别个让了林姑娘，别人一声不响的让林姑娘自己说。

开初那王丫头每天早晨和林姑娘吵架，天刚一亮，林姑娘从先生那里扫地回来，她们两个就在门前连吵带骂的，结果大半都是林姑娘哭着跑进屋去。而现在这不同了，王丫头走到那下江人门口，正碰到林姑娘在那里洗着那么白白的茶杯。她就问她：

“林姑娘，你的……你先生买给你的草帽怎么不戴起？”

林姑娘说：

“我不戴，我留着赶场戴。”

王丫头一看她脚上穿的新草鞋，她又问她：

“新草鞋，也是你先生买给你的吗？”

“不是，”林姑娘鼓着嘴，全然否认的样子，“不是，是先生给钱我自己去买的。”

林姑娘一边说着还一边得意的歪着嘴。

王丫头寂寞的绕了一个圈就走开了。

别的孩子也常常跟在后边了，有时竟帮起她的忙来，帮她下河去抬水，抬回来还帮她把主人的水缸洗得干干净净的，但林姑娘有时还多少加一点批判，她说：

“这样怎可以呢？也不揩净，这沙泥多脏。”她拿起揩布来，自己亲手把缸底揩了一遍。

林姑娘会讲下江话了，东西打“乱”了，她随着下江人说打“破”了，她母亲给她梳头时，拉着她的小辫发就说：

“林姑娘，有多乖，她懂得陇多下江话哩。”

邻居对她，也都慢慢尊敬起来了，把她看成所有孩子中的模范。

她母亲也不像从前那样随时随地喊她做这样做那样，母亲喊她担水来洗衣裳，她说：

“我没得空，等一下下吧。”

她看看她先生家没有灯碗，她就把灯碗答应送给她先生了，没有通过她母亲。

俨俨乎她家里，她就是小主人了。

母亲坐在那里不用动，就可以吃三餐饭。她去赶场，很多东西从前没有留心过，而现在都看在眼睛里了，同时也问了问价目。

下个月林姑娘的四块钱工钱，一定要给她做一件白短衫，林姑娘好几年就没有做一件衣裳了。

她一打听，实在贵，去年六分钱一尺的布，一张嘴就要一角七分。

她又问一下那大红的头绳好多钱一尺。

林姑娘的头绳也实在旧了。但听那价钱，也没有买。她想下个月就都一齐买算了。

四块洋钱，给林姑娘花一块洋钱买东西，还剩三块呢。

那一天她赶场，虽然觉着没有花钱，也已经花了两三角，她买了点敬神的香纸，她说她好几年都因为手里紧没有买香敬神了。

到家里，艾婆婆、王婆婆都走过来看的。并且说她的姑儿[1]会赚钱了，做奶妈的该亨福了。

林姑娘的母亲还好像害羞了似的，其实她受人家的赞美，心里边感到十分慰安哩！

总之林姑娘的家常生活，没有几天就都变了，在邻居们之中，她高贵了不知多少倍。洗衣裳不用皂荚了，就拿先生们洗衣裳的白洋碱来洗了。桃子或是玉米时常吃着，都是先生给她的。皮蛋，咸鸭蛋，花生米每天早晨吃稀饭时都有，中饭和晚饭有时那菜连动也没有动过，就整碗的端过来了。方块肉，炸排骨，肉丝炒榨菜，肉片炒木耳，鸡块山芋汤。这些东西经常吃了起来。而且饭一剩得少，先生们就给她钱，让她去买东西去吃。

1　姑儿，西南方言，女儿的意思。

这钱算起来，不到几天也有半块多了。赶场她母亲花了两三角，就是这个钱。

还没等到第二次赶场，人家就把林姑娘的工钱减了。这个母亲和她都想也想不到。

那下江人家里，不到饭馆去包饭了，自己在家请了个厨子，因为用不到林姑娘到镇上去取饭，就把她的工钱从四元减到二元。

林婆婆一回到家里，艾婆婆，王婆婆，刘婆婆，都说这怎么可以呢？下江人都非常老实的，从下边来的，都是带着钱来的，逃难来，没有钱行吗？不多要两块，不是傻子吗。看人家吃的是什么，穿的是什么。每天大洋钱就和纸片似的往外飘。她们告诉林婆婆为什么眼看着四块钱跑了呢？这可是混乱的年头，千载也遇不到的机会，就是要他五块，他不也得给吗？不看他刚搬来那两天没有水吃，五分钱一担，王丫头不担，八分钱还不担，非要一角钱不可。他没有法子，也就得给一角钱。下江人，他逃难到这里，他啥钱不得花呢？

林姑娘才十一岁的娃儿，会做啥事情，她还能赚到两块钱。若不是这混乱的年头，还不是在家里天天吃她奶妈的饭吗？城里大轰炸，日本飞机天天来，就是官厅不也发下告示来说疏散人口。城里只准搬出不准搬入。

王婆婆指点着一个从前边过去的滑竿（轿子）：

“你不看到吗？林婆婆，那不是下江人戴着眼镜抬着东西不断的往东阳镇搬吗，下江人穿的衣裳，多白，多干净……多用几个洋钱算个什么。”

说着说着，嘉陵江里那花花绿绿的汽船也来了，小汽船那么饱满，几几乎喘不出气来，在江心啌啌啌啌的响，而不见向前走。载的东西太多，歪斜的挣扎的，因此那声音特别大，很像发了警报之后日本飞机在头上飞似的。

王丫头喊林姑娘去看洋船，林姑娘听了给她减了工钱心里不乐，哪里肯去。

王丫头拉起刘二妹就跑了。王婆婆也拿着她的大芭蕉扇一扑一扑的，一边跟艾婆婆交谈些什么喂鸡喂鸭的几句家常事也就走进屋去了。

只有林姑娘和她的奶妈仍坐在石头上，坐了半天半天工夫，林姑娘才跑进去拿了一穗包谷啃着，她问奶妈吃不吃。

奶妈本想也吃一穗。立刻心里一搅划，也就不吃了。她想：是不是要向那下江人去说，非四块钱不可。

林姑娘的母亲是个很老实的乡下人，经艾婆婆和王婆婆的劝诱，她觉得也有点道理。四块钱一个月到冬天还好给林姑娘做起大棉袍来，棉花一块钱一斤，一斤棉花，做一个厚点的。丈二青蓝布，一尺一角四，丈二是好多钱哩……她自己算了一会可没有算明白。但她只觉得棉花这一打仗，穷人就买不起了，前年棉花是两角五，去年夏天是六角，冬天是九角，腊月天就涨到一块一。今年若买，就早点买，夏天买棉花便宜些……

林姑娘把包谷在尖尖上折了一段递在母亲手里，母亲还吓了一跳，因为她正想这事情到底怎么解决呢？若林姑娘的爸爸在家，也好出个主意。所以那包谷咬在嘴里并不知道是什么味道就下去了。

母亲的心绪很烦乱，想要洗衣裳，懒得动，想把那件破夹袄拿来缝一缝，又懒得动……吃完了包谷，把包谷棒子远远的抛出去之后，还在石头上呆坐了半天，才叫林姑娘把她的针线给拿过来。可是对着针线懒洋洋的，十分不想动手，她呆呆的往远处看着，不知看的什么，林姑娘说：“奶妈你不洗衣裳吗？我去担水。”

奶妈点一点头，说："是那个样的。"

林姑娘的小水桶穿过了包谷林下河去了，母亲还呆呆的在那里想。不一会那小水桶就回来了，远看那小桶好像两个小圆胖胖的小鼓似的。

母亲还是坐在石头上想得发呆。

就是这一夜，母亲一夜没有睡觉，第二天早晨一起来，两个眼眶子就发黑了。她想两块钱就两块钱吧。一个小女儿又不会什么事情，娘儿两个吃人家的饭，若不是先生们好，怎能洗洗衣裳就白白的给两个人白饭吃呢，两块钱还不是白得的吗？还去要什么钱。

林婆婆是乡下老实人，她觉得她难以开口了；她自己果断的想把这事情放下去。她拿起瓦盆来，倒一点水自己洗洗脸。洗了脸之后，她想紧接着就要洗衣裳，强烈的生活的欲望和工作的喜悦又在鼓动着她了，于是她一拐一拐的更加严厉的内心批判着昨天想去再要两块钱的不应该。

她把林姑娘唤起来，起来下河去担水。

这女孩正睡得香甜，糊里糊涂的睁开眼睛，用很大的眼珠子看住她的母亲，她说：

"奶妈，先生叫我吗？"

那孩子在梦里觉得有人推她，有人喊她，但她就是醒不来。后来她听是先生喊她了，她一翻身起来了。

母亲说：

"先生没喊你。你去担水，担水洗衣裳。"

她担了水来，太阳还出来不很高。这天林姑娘起得又是特别早，邻居们都还一点声音没有的睡着。林姑娘担了第二担水来，王婆婆她们才起来。她们一起来看到林婆婆在那里洗衣裳了，她们就说：

“林婆婆，陇格早洗衣裳，先生们给你好多钱！给八块洋钱吗？”

林婆婆刚刚忘记了这痛苦的思想，又被她们提起了。可不是吗？

林姑娘担水又回来了，那孩子的小肩膀也露在外边，多丑。女娃不比男娃，一天比一天大，大姑娘哩，十一岁也不小了，那孩子又长得那么高。林婆婆看到自己的孩子，那衣服破得连肩膀都遮不住了，于是她又想到那四块钱，四块钱也不多吗，几块钱在下江人算个什么。为什么不去说一下呢？她又取了很多事实证明下江人是很容易欺侮的，她一定会成功的。

比方让王丫头担水那件事吧，本来一担水是三分钱，给她五分钱，她不担，就给她八分钱，并且问她商量着，“八分钱你担不担呢？”她说她不担，到底给她一角钱的。

哪能看到钱不要呢，那不是傻子吗？

林姑娘帮着她奶妈把衣裳晒起，就跑到先生那边去，去了就回来了。先生给她一件白麻布的长衫，让她剪短了来穿。母亲一看了心想，下江人真是拿东西不当东西，拿钱不当钱。

这衣裳给她增加了不少的勇气，她把自己坚定起来了，心里非常平静，对于这件事情，连想也不用再想了，就是那么办，还有什么好想的呢？吃了中饭就去见先生。

女儿拿回来的那白麻布长衫，她没有仔细看，顺手就压在床角落里了。等一下就去见先生吧，还有什么呢？

午饭之后，她竟站在先生的门口了，门是开着的，向前边的小花园开着的。

不管这来的一路上心绪是多么翻搅，多么热血向上边冲，多么心跳，还好像害羞似的，耳脸都一齐发烧，怎么开口呢？开口说什么呢？不是连第一个字先说什么都想好吗？怎么都忘了呢？

她越走越近，越近越心跳，心跳把眼睛也跳花了，什么薄荷田，什么豆田，都看不清楚了，只是绿茸茸的一片。

但不管在路上是怎样的昏乱，等她一站在先生门口，她完全清醒了，心里开始感到过份的平静，一刻时间以前那旋转转的一切退去了，烟消火灭了，她把握住她自己了，得到了感情自主那夸耀的心情，使她坦荡荡的，大大方方的变成一个很安定的，内心十分平静的，理直气壮的人，居然这样的平坦，连她自己也想像不到。

她打算开口说了，在开口之前，她把身子先靠住了门框。

“先生，我的腿不好，要找药来吃，没得钱，问先生借两块钱。”

她是这样转弯抹角的把话开了头，说完了这话，她就等着先生拿钱给她。

两块钱拿到手了，她翻动着手上的一张蓝色花的票子，一张红色花的票子。她的内心仍旧是照样的平静，没有忧虑，没有恐惧。折磨了她一天一夜的那强烈的要求，成功或者失败，全然不关重要似的。她把她仍旧要四块一个月的工钱那话说出来了。她还是拿她的腿来开头，她说她的腿不大好，因为日本飞机来轰炸城里，下江人都到乡下来了，她租的房子，房租也抬高了，从前是三块钱一年，现在一个月就要五角钱了。

她说了这番话，当时先生就给她添了五角算做替她出了房钱。

但是她站在门口，她胜利的还不走，她又说林姑娘一点点年纪，下河去担水洗衣裳好不容易……若是给别人担，一担水要好多钱哩……她说着还表示出委屈和冤枉的神气，故意把尾音拉长，慢吞吞的非常沉着的在讲着，她那善良的厚嘴唇，故意拉得往下突出着，眼睛还把白眼珠向旁边一抹一抹的看着，黑眼珠向旁边一滚，白眼珠露出来那么一大半。

先生说：

“你十一岁的小女孩能做什么呢，擦张桌子都不会。一个月连房钱两块半，还给你们两个人的饭吃。你想想两个人的饭钱要几块？一个月你算算你给我做些个什么事情？两块半钱行了吧。……”

她听了这话，她觉得这是向她商量，为什么不吓吓他一下，说帮不来呢？她想着想着就照样说出来了。

“两块半钱帮不来的。”

她说完了看一看下江人并不十分坚决，只是说：

“两块半钱不少了，帮得来了。林姑娘帮我们正好是半个月，这半个月的两块钱你已拿去，下半个月再来拿两块。因为我和你讲的是四块，这个月就照四块给你。下月就是两块半了。”

林婆婆站在那里仍是不走，她想王丫头担水，三分不担，问她五分钱担不担，五分钱不担，问她八分钱她担不担，到底是一角钱担的。

她一定不放过去，两块钱不做，两块半钱还不做，就是四块钱才做。

所以她扯长串的慢慢吞吞的从她的腿说起，一直说到照灯的油也贵了，咸盐也贵了，连针带线都贵了。

下江人站起来截住了她：

“不用多说了，两块半钱，你想想，你帮来帮不来。”

“帮不来。”连想也没有想，她是早决心这样说的。

说时她把手上的钞票举得很高的，像是连这钱都不要了，她表示着很坚决的样子。

怎么能够想到呢，那下江人站起来，就说：

“帮不来算啦，晚饭就不要林姑娘来拿饭你们吃了。也不要林姑娘到这边来。半个月的钱我已给你啦。”

所以过了一刻钟之后，林婆婆仍旧站在那门口，她说：

“哪个说帮不来的，帮得来的……先生……”

但是那一点用处也没有了，人家连听也不听了。人家关了门，把她关在门外边。

龙头花和石竹子[1]在正午的时候，各自单独的向着火似的太阳开着，蝴蝶煽煽的飞来，在那红色的花上，在那水黄色的花上，在那水红色的花上，从龙头花群飞到石竹子花群，来回的飞着。

石竹子无管是红的是粉的，每一朵上都镶着带有锯齿的白边。晚香玉[2]连一朵也没有开，但都打了苞了。

林姑娘的母亲背转过身来，左手支着自己的膝盖，右手捏着两块钱的纸票。她的脖子如同绛色的猪肝似的，从领口一直红到耳根。

她打算回家了，她一迈步才知道全身一点力量也没有了，就像要摊倒的房架子似的，松了，散了。她的每个骨节都像失去了筋的联系，很危险的就要倒了下来。但是她没有倒，她相反的想要迈出两个大步去，她恨不能够一步迈到家里，她想要休息，她

1　石竹子，别名兴安石竹、蒙古石竹、石竹子花等，多年生草本，是很好的观赏花卉。根和全草入药，清热消肿，破血通经。

2　晚香玉，别称夜来香、月下香等，多年生草本，原产墨西哥。插花常用，亦能提取香精；入药可清热解毒。

口渴，她要喝水，她疲乏到极点，好像二三十年的劳苦在这一天才吃不消了，才抵抗不住了。但她并不是单纯的疲劳，她心里羞愧。懊悔打算谋杀了她似的捉住了她，羞愧有意煎熬到她无处可以立足的地步。她自己做了什么大的错事，她自己一点也不知道。但那么深刻的损害着她的信心，这是一点也不可以消磨的，一些些也不会冲淡的。永久存在的，永久不会忘却的。

羞辱是多么难忍的一种感情，但是已经占有了她了，它就不会退去了。

在混扰之中，她重新用左手按住了膝盖，她打算走回家去。

回到家里，女孩正在那儿洗着那用来每日到先生家去拿饭的那个瓢儿。她告诉林姑娘，消夜饭不能到先生家去拿了，她说：

“林姑娘，不要到先生家拿饭了，你上山去打柴吧。”

林姑娘听了觉得很奇怪，她正想要回问，奶妈先说了：

“先生不用你帮他……”

林姑娘听了就傻了，一动不动的站在那里翻着眼睛。手里洗湿的瓢儿，溜明的闪光的抱在胸前。

母亲给她背好了背兜，还嘱咐她要拾干草，绿的草一时点不燃的。

立时晚饭就没有烧的，也没有吃的。

林婆婆靠着门框，看着走去的女儿。她想晚饭吃什么呢？麦子在泥罐子里虽然有些，但因为不吃，也就没有想着把它磨成粉，白米是一粒也没有的。就吃老玉米吧。艾婆婆种着不少玉米，拿着几百钱去攀几棵去吧。但是钱怎么可以用呢？从今后有去路没来路了。

她看了自己女儿一眼，那背上的背兜儿还是先生给买的，应该送还回去才对。

女儿走得没有影子了，她也就回到屋里来。她看一看锅儿，上面满都是锈；她翻了翻那柴堆上，还剩几棵草刺。偏偏那柴堆底下也生了毛虫，还把她吓了一下。她想她平生没有这么胆小过，于是她又理智的翻了两下，下面竟有一条蚯蚓，踞踞练练的在动。她平常本来不怕这个，可以用手拿，还可以用手把它撕成几段。她小的时候帮着她父亲在河上钓鱼尽是这样做，但今天她也并不是害怕它，她是讨厌它，这什么东西，无头无尾的，难看得很，她抬起脚来踏它，踏了好几下没有踏到，原来她用的是那只残废的左脚，那脚游游动动的不听她使用，等她一回身打开了那盛麦子的泥罐子，那可真的把她吓着了，罐子盖从手上掉下去了。她瞪了眼睛，她张了嘴，这是什么呢？满罐长出来青青的长草，这罐子究竟是装的什么把她吓忘了。她感到这是很不祥，家屋又不是坟墓，怎么会长半尺多高的草呢！

她忍着，她极端憎恶的把那罐子抱到门外。因为是刚刚偏午，大家正睡午觉，所以没有人看到她的麦芽子。

她把麦芽子扭断了，还用一根竹棍向里边挖掘才把罐子里的东西挖出来，没有生芽子的没有多少了，只有罐子底上两寸多厚是一层整粒的麦子。

罐子的东西一倒出来，满地爬着小虫，围绕着她四下窜起。她用手指抿着，她用那只还可以用的脚踩着，平时，她并不伤害这类的小虫，她对于小虫也像对于一个小生命似的，让它们各自的活着。可是今天她用着不可压抑的憎恶，敌视了它们。

她把那个并排摆在灶边的从前有一个时期曾经盛过米的空罐子，也用怀疑的眼光打开来看，那里边积了一罐子底水。她扬起头来看一看房顶，就在头上有一块亮洞洞的白缝。这她才想起是下雨房子漏了。

把她的麦子给发了芽了。

恰巧在木盖边上被耗子啮了一寸大的豁牙。水是从木盖漏进去的。

她去刷锅，锅边上的红锈有马莲叶子那么厚。

她才知道，这半个月来是什么都荒废了。

这时林姑娘正在山坡上，背脊的汗一边湿着一边就干了。她丢开了那小竹耙，她用手像梳子似的梳着那干草，因为干了的草都挂在绿草上。

她对于工作永远那么热情，永远没有厌倦。她从七岁时开始担水，打柴，给哥哥送饭。哥哥和父亲一样的是一个窑工。哥哥烧砖的窑离她家三里远，也是挨着嘉陵江边。晚上送了饭，回来天总是黑了的。一个人顺着江边走时，就总听到江水格棱格棱的向下流，若是跟着别的窑工，就是哥哥的朋友一道回来，路上会听到他们讲的各种故事，所以林姑娘若和大人谈起来，什么她都懂得。关于娃儿们的，关于婆婆的，关于蛇或蚯蚓的，从大肚子的青蛙，她能够讲到和针孔一样小的麦蚊。还有野草和山上长的果子，她也都认得。她把金边兰叫成菖蒲，她天真的用那小黑手摸着下江人种在花盆里的一棵鸡冠花，她喊着："这大线〔苋〕菜，多乖呀。……"她的认识有许多错误，但正因为这样，她才是孩子。关于嘉陵江的涨水，她有不少的神话。关于父亲和哥哥那等窑工们，她知道得别人不能比她再多了。从七岁到十岁这中间，每天到哥哥那窑上去送三次饭。她对于那小砖窑熟习得老远的她一看到那窑口上升起了蓝烟，她就感到亲切，多少有点像走到家里那种温暖的滋味。天黑了，她单个人沿着那格棱格棱的江水，把脚踏进沙窝里去，一步步的拔着回来。

林姑娘对于生活没有不满意过，对于工作没有怨言，对于母亲是听从的。她赤着两只小脚，梳了一个一尺多长的辫子，走起路来很规距，说起话来慢吞吞，她的笑总是甜蜜蜜的。

她在山坡上一边抓草，一边还嘟嘟的唱了些什么。

嘉陵江的汽船来了，林姑娘一听了那汽船的哨子，她站起来了，背上背筐就往山下跑。这正是到先生家拿钱到东阳镇买鸡蛋做点心的时候，因为汽船一叫，她就到那边去，已经成为习惯了。她下山下得那么快，几乎是往下滑着。已经快滑到平地，她想起来了，她不能再到先生那里去了。她站在山坡上，她满脸发烧，她想回头来再上山去采柴时，她看着那高坡觉得可怕起来，她觉得自己是上不去了，她累了。一点力量没有了。那高坡就是上也上不去了。她在半山腰又采了一阵。若没有这柴，奶妈用什么烧麦粑，没有麦粑，晚饭吃什么，她心里一急，她觉得眼前一迷花，口一渴。

打摆子不是吗？

于是她更紧急的扒着无管干的或不干的草。她想这怎么可以呢？用什么来烧麦粑？不是奶妈让我来打柴吗？她只恍恍惚惚的记住这回事，其余的就连自己是在什么地方也不晓得了。奶妈是在哪里，她自己的家是在哪里，她都不晓得了。

她在山坡上倒下来了。

林姑娘这一病病了一个来月。

病后她完全像个大姑娘了。担着担子下河去担水，寂寞的走了一路，寂寞的去，寂寞的来。低了头，眼睛只是看着脚尖走。河边上的那些沙子石头，她连一眼也不睬。那大石板的石窝落了水之后，生了小鱼没有，这个她更没有注意。虽然是来到了六月天，早起仍是清凉的，但她不爱这个了。似乎颜色，声音，都得不到她的喜欢。大洋船来时，她再不像从前那样到江边上去看了。从前一看洋船来连喊带叫的那记忆，若一记起，就有羞耻的情绪向她袭来。若小同伴们喊她，她用了深宏的海水似的眼光向她们摇头。上山打柴时，她改变了从前的习惯，她喜欢一个人去。奶妈怕山上有狼，让她多约几个同伴，她觉得狼怕什么，狼又有什么可怕。这性情连奶妈也觉得女儿变大了。

奶妈答应给她做的白短衫，为着安慰她生病，虽然是下江人辞了她，但也给她做起了。问她穿不穿，她说："穿它做啥子哟，上山去打柴。"

红头绳也给她买了，她也说她先不缚起。

有一天大家正在乘凉，王丫头傻里傻气的跑来了，一边跑，一边喊着林姑娘。王丫头手里拿着一朵大花。她是来喊林姑娘去看花的。

走在半路上，林姑娘觉得有点不对，先生那里从辞了她连那门口都不经过，她绕着弯走过去，问王丫头在哪里那花。王丫头说：

"你没看见吗？不就是那下江人，你先生那里吗？"

林姑娘转回身来就回头走，她脸色苍白的，凄清的，郁郁不乐的在她奶妈的旁边沉默的坐到半夜。

林姑娘变成小大人了，邻居们和她的奶妈都说她。

〔二八年七月二十日[1]〕

1　二八年七月二十日，此为民国纪年，即 1939 年 7 月 20 日。

后花园 *

后花园五月里就开花的，六月里就结果子，黄瓜、茄子、玉蜀黍[1]、大芸豆、冬瓜、西瓜、西红柿，还有爬着蔓子的倭瓜。这倭瓜秧往往会爬到墙头上去，而后从墙头它出去了，出到院子外边去了。就向着大街，这倭瓜蔓上开了一朵大黄花。

一

正临着这热闹闹的后花园，有一座冷清清的黑洞洞的磨房，磨房的后窗子就向着花园。刚巧沿着窗外的一排种的就是黄瓜。这黄瓜虽然不是倭瓜，但同样会爬蔓子的，于是就在磨房的窗棂上开了花，而且巧妙的结了果子。

在朝露里那样嫩弱的须蔓的梢头，好像淡绿色的玻璃抽成的，不敢去触，一触非断不可的样子。同时一边结着果子，一边绕着窗棂往高处伸张，好像它们彼此学着样，一个跟着一个都爬上窗子来了。到六月窗子就被封满了，而且就在窗棂上挂着滴滴

---

* 本文 1940 年 4 月 10—25 日初刊于（香港）《大公报》“文艺”及“学生界”副刊，署名萧红。1940 年 9 月 20 日、10 月 5 日再刊于（桂林）《中学生》（战时半月刊）第三十一—三十二期。

1 玉蜀黍，玉米的学名，也叫苞谷、棒子、包米等，一年生雌雄同株异花授粉植物，是最重要的粮食作物和饲料作物，也是世界上总产量最高的农作物。

都都的大黄瓜、小黄瓜、瘦黄瓜、胖黄瓜，还有最小的小黄瓜纽儿，头顶上还正在顶着一朵黄花还没有落呢。

于是随着磨房里打着铜筛罗的震抖，而这些黄瓜也就在窗子上摇摆起来了。铜罗在磨夫的脚下东踏一下它就“咚”，西踏一下它就“咚”。这些黄瓜也就在窗子上滴滴都都的跟着东边“咚”，西边“咚”。

六月里后花园更热闹起来了，蝴蝶飞，蜻蜓飞，螎蝸[1]跳，蚂蚱跳。大红的外国柿子[2]都红了，茄子青的青、紫的紫、溜明湛亮，又肥又胖，每一棵茄秧上结着三四个、四五个。玉蜀黍的缨子刚刚才茁芽，就各色不同，好比女人绣花的丝线夹子打开了，红的绿的，深的浅的，干净得过分了，简直不知道它为什么那样干净，不知怎样它才那样干净的，不知怎样才做到那样的，或者说它是刚刚用水洗过，或者说它是用膏油涂过。但是又都不像，那简直是干净得连手都没有上过。

然而这样漂亮的缨子并不发出什么香气，所以蜂子、蝴蝶永久不在它上边搔一搔，或是吮一吮。

却是那些蝴蝶乱纷纷的在那些正开着的花上闹着。

后花园沿着主人住屋的一方面，种着一大片花草。因为这园主并非怎样精细的人，而是一位厚敦敦的老头。所以他的花园多半变成菜园了。其余种花的部分也没有什么好花，比如马蛇菜、

1　螎蝸，即蝈蝈，一种昆虫，身体呈绿色或褐色，腹部大，翅膀短，善于跳跃；雄的前翅有发音器，能发出清脆的声音。有的地区称哥哥。

2　外国柿子，即西红柿，因最初是从外国引进，果实多为红色，样子像柿子，故称西红柿，洋柿子。

爬山虎、胭粉豆[1]、小龙头[2]……这都是些草本植物，没有什么高贵的。到冬天就都埋在大雪里边，它们就都死去了。春天打扫干净了这个地盘，再重种起来。有的甚或不用下种，它就自己出来了，好比大菽茨[3]，那就是每年也不用种它就自己出来的。

它自己的种子，今年落在地上没有人去拾它，明年它就出来了。明年落了子，又没有人去采它，它就又自己出来了。

这样年年代代，这花园无处不长着大花。墙根上，花架边，人行道的两旁，有的竟长在倭瓜或者黄瓜一块儿去了。那讨厌的倭瓜的丝蔓竟缠绕在它的身上，缠得多了，把它拉倒了。

可是它就倒在地上仍旧开着花。

铲地的人一遇到它，总是把它拔了，可是越拔它越生得快，那第一班开过的花子落下，落在地上，不久它就生出新的来。所以铲也铲不尽，拔也拔不尽，简直成了一种讨厌的东西了。还有那些被倭瓜缠住了的，若想拔它，把倭瓜也拔掉了。所以只得让它横躺竖卧的在地上也不能不开花。

长得非常之高，五六尺高，和玉蜀黍差不多一般高，比人还

1　胭粉豆，学名紫茉莉，俗称胭脂花、粉豆花、状元花、野丁香、草茉莉、懒老婆、夜晚花、官粉花、潮来花等等。因其花里面白色粉状物质像胭脂粉而得名。多年生草本花卉，午后开花，喇叭形，有白、黄、红、粉、紫等色，次日午前凋萎。花期 6—10 月。其种子为黑色卵圆形、表面皱缩有棱，外形与地雷相似，故亦有“地雷花”之称。

2　小龙头，学名大花金鱼草，别名龙头花、随意草、棉铃花、芝麻花、虎尾花、伪龙头等。花期 5—6 月。花型奇特硕大像游动的金鱼；花色艳丽迷人，极具观赏价值。

3　大菽茨，学名蜀葵，原产于四川，别称一丈红、大蜀季、斗蓬花、秫秸花、熟季花、麻杆花、戎葵、吴葵、卫足葵、胡葵。二年生直立草本，高可近两米，有紫、粉、红、白等色；花期 2—8 月。耐盐碱，耐寒冷。呼兰一带方言亦称大熟球或大熟游。全株可入药。

高了一点。红辣辣的开满了一片。

人们并不把它当作花看待，要折就折，要断就断，要连根拔也都随便。到这园子里来玩的孩子随便折了一堆去，女人折了插满了一头。

这花园从园主一直到来游园的人没有一个人是爱护这花的，这些花从来不浇水，任着风吹，任着太阳晒，可是却越开越红，越开越旺盛，把园子煊耀得闪眼，把六月夸奖得和水滚着那么热。

胭粉豆、金荷叶[1]、马蛇菜都开得像火一般。

其中尤其是马蛇菜，红得鲜明晃眼，红得它自己随时要破裂流下红色汁液来。

从磨房看这园子，这园子更不知鲜明了多少倍，简直是金属的了，简直像在火里边烧着那么热烈。

可是磨房里的磨倌是寂寞的。

他终天没有朋友来访他，他也不去访别人，他记忆中的那些生活也模糊下去了，新的一样也没有。他三十多岁了，尚未结过婚，可是他的头发白了许多，牙齿脱落了好几个，看起来像是个青年的老头。阴天下雨，他不晓得。春夏秋冬，在他都是一样。和他同院的住些什么人，他不去留心，他的邻居和他住得多久了，他没有记得，住的是什么人，他没有记得。

他什么都忘了，他什么都记不得，因为他觉得没有一件事情是新鲜的。人间在他是全然呆板的了。他只知道他自己是个磨倌，磨倌就是拉磨，拉磨之外的事情都与他毫无关系。

所以邻家的女儿，他好像没有见过；见过是见过的，因为他

1 金荷叶，即金丝荷叶，因为叶子像荷叶，长在陆地上，又叫旱金莲。是毛茛科、金莲花属稀有野生植物，一年生或多年生攀缘性植物，夏季可供观赏；花可入药。

没有印象，就像没见过差不多。

磨房里一匹小驴子围着一盘青白的圆石转着。磨道下面，被驴子经年的踢踏，已经陷下去一圈小洼槽。小驴的眼睛是戴了眼罩的，所以它什么也看不见，只是绕着圈瞎走。嘴也给戴上了笼头，怕它偷吃磨盘上的麦子。

小驴知道，一上了磨道就该开始转了，所以走起来一声不响，两个耳朵尖尖的竖得笔直。

磨倌坐在罗架上，身子有点向前探着。他的面前竖了一只木架，架上横着一个用木做成的乐器，那乐器的名字叫：“梆子”。

每一个磨倌都用一个，也就是每一个磨房都有一个。旧的磨倌走了，新的磨倌来了仍然打着原来的梆子。梆子渐渐变成个元宝的形状，两端高而中间陷下，所发出来的音响也就不好听了，不响亮，不脆快，而且“踏踏”的沉闷的调子。

冯二成的梆子正是已经旧了的。他自己说：

“这梆子有什么用，打在这梆子上就像打在老牛身上一样。”

说尽管如此说，梆子他仍旧是打的。

磨眼上的麦子没有了，他去添一添。从磨漏下来的麦粉流了一磨盘，他过去扫了扫。小驴的眼罩松了，他替它紧一紧。若是麦粉磨得太多了，应该上风车子了，他就把风车添满，摇着风车的大手轮，吹了起来，把麦皮都从风车的后部吹了出去。那风车是很大的，好像大象那么大。尤其是当那手轮摇起来的时候，呼呼的作响，麦皮混着冷风从洞口喷出来。这风车摇起来是很好看的，同时很好听。可是风车并不常吹，一天或两天才吹一次。

除了这一点点工作，冯二成子多半是站在罗架上，身子向前探着，他的左脚踏一下，右脚踏一下，罗底磕着罗床，那力量是很大的，连地皮都抖动了，和盖新房子时打地基的工夫差不多，啌啌的，又沉重，又闷气，使人听了要睡觉的样子。

所有磨房里的设备都说过了，只不过还有一件东西没有说，那就是冯二成子的小炕了。那小炕没有什么好记载的。总之这磨房是简单、寂静、呆板。看那小驴竖着两个尖尖的耳朵，好像也不吃草也不喝水只晓得拉磨的样子。

冯二成子一看就看到小驴那两个直竖竖的耳朵，再看就看到墙下跑出的耗子，那滴溜溜亮的眼睛好像两棵小油灯似的。再看也看不见别的，仍旧是小驴的耳朵。

所以他不能不打梆子，从午间打起，一打打个通宵。

花儿和鸟儿睡着了，太阳回去了。大地变得清凉了好些。

从后花园透进来的夜气，凉爽爽的，风也不吹了，树也不摇了。

窗外虫子的鸣叫，远处狗的夜吠和冯二成子的梆子混在一起，好像三种乐器似的。

磨房的小油灯忽咧咧的燃着（那小灯是刻在墙壁中间的，好像古墓里边点的长明灯似的），和有风吹着它似的。这磨房只有一扇窗子，还被挂满了黄瓜，把窗子遮得风雨不透。可是从哪里来的风？小驴也在响着鼻子抖擞着毛，好像小驴也着了寒了。

每天是如此：东方快启明的时候，朝露就先下来了，伴随着朝露而来的，是一种阴森森的冷气，这冷气冒着白烟似的沉重重的压到地面上来了。

落到屋瓦上，屋瓦从浅灰变到深灰色。落到茅屋上，那本来是浅黄的草，就变成深黄的了。因为露珠把它们打湿了，它们吸收了露珠的缘故。

惟有落到花上、草上、叶子上，那露珠是原形不变，并且由小聚大。大叶子上聚着大露珠，小叶子上聚着小露珠。

玉蜀黍的缨穗挂上了霜似的，毛绒绒的。

倭瓜花的中心抱着一颗大水晶球。

剑形草是又细又长的一种野草，这野草顶不住太大的露珠，所以它的遍身都是一点点的小粒。

等到太阳一出来时，那亮晶晶的后花园无异于昨夜洒了银水了。

冯二成子看一看墙上的灯碗，在灯芯上结了一个红橙橙的大灯花。他又伸手去摸一摸那生长在窗棂上的黄瓜，黄瓜跟水洗的一样。

他知道天快亮了，露水已经下来了。

这时候正是人们睡得正熟的时候。而冯二成子就像更焕发了起来。他的梆子就更响了，他拼命的打，他用了全身的力量，使那梆子响得爆豆似的。不但如此，那磨房唱了起来了，他大声急呼的。好像他是照着民间所流传的，他是招了鬼了。他有意要把远近的人家都惊动起来，他竟乱打起来，他不把梆子打断了，他不甘心停止似的。

有一天下雨了。

雨下得很大，青蛙跳进磨房来好几个，有些蛾子就不断的往小油灯上扑，扑了几下之后，被烧坏了翅膀就掉在油碗里溺死了，而且不久蛾子就把油灯碗给掉满了，所以油灯渐渐的不亮下去。几乎连小驴的耳朵都看不清楚。

冯二成子想要添些灯油，但是灯油在上房里，在主人的屋里。

他推开门一看，雨真是大得不得了，瓢泼的一样，而且上房里也怕是睡下了，灯光不很大，只是影影绰绰的。也许是因为下雨上了风窗的关系，才那样黑混混的。

——十步八步跑过去，拿了灯油就跑回来。——冯二成子想。

但雨也是太大了，衣裳非都湿了不可；湿了衣裳不要紧，湿了鞋子可得什么时候干。

他推开门看了好几次，也都是把门关上了没有跑过去。

可是墙上的灯又一会一会的要灭了，小驴的耳朵简直看不见了。他又打开门向上房看看，上房灭了灯了，院子里什么也看不见，只有隔壁赵老太太那屋还亮通通的。窗里还有格格的笑声。

那笑的是赵老太太的女儿。冯二成子不知为什么心里好不平静，他赶快关了门，赶快去拨灯碗，赶快走到磨架上，开始很慌张的打动着筛罗。可是无论如何那窗里的笑声好像还在那儿笑。

冯二成子打起梆子来，打了不几下，很自然地就会停住，又好像很愿意再听到那笑声似的。

——这可奇怪了，怎么像第一天那边住着人。——他自己想。

第二天早晨雨过天晴了。

冯二成子在院子里晒他的那双湿得透透的鞋子时，偶一抬头见了赵老太太的女儿，跟他站了个对面。

冯二成子从来没和女人接近过，他赶快低下头去。

那邻家女儿是从井边来，提了满满的一桶水，走得非常慢，等她完全走过去了，冯二成子才抬起头来。

她那向日葵花似的大眼睛，似笑非笑的样子，冯二成子一想起来就无缘无故的心跳。

有一天冯二成子用一个大盆在院子里洗他自己的衣裳，洗着洗着一不小心，大盆从木凳滑落而打碎了。

赵老太太也在窗下缝着针线，连忙就喊她的女儿，把自家的大盆搬出来，借给他用。

冯二成子接过那大盆时，他连看都没看赵姑娘一眼，连抬头都没敢抬头，但是赵姑娘的眼睛像向日葵花那么大，在想象之中他比看见来得清晰。于是他的手好像抖着似的把大盆接过来了。他又重新打了点水，没有打很多的，只打了一大盆底。

恍恍忽忽的衣裳也没有洗干净，他就晒起来了。

从那之后，他也并不常见赵姑娘，但他觉得好像天天见面的一样，尤其是到了夜深，他常常听到隔壁的笑声。

有一天，他打了一夜梆子。天亮了，他的全身都酸了。他把小驴子解下来，拉到下过朝露的潮湿的院子里，看着那小驴打了几个滚，而后把小驴拴到槽子上去吃草。他也该睡觉的时候了。

他刚躺下就听到隔壁女孩的笑声，他赶快抓住被边把耳朵掩盖起来。

但那笑声仍旧在笑。

他翻了一个身，把背脊向着墙壁，可是仍旧不能睡。

他和那女孩相邻的住了两年多了，好像他听到她的笑还是最近的事情。他自己也奇怪起来。

那边虽是笑声停止了，但是又有别的声音了，刷锅，劈柴发火的声音，件件样样都听得清清晰晰。而后吃早饭的声音他都感觉得到了。

这一天，他实在睡不着，他躺在那里心中十分悲哀，他把这两年来的生活都回想了一遍。

刚来的那年，母亲来看过他一次。从乡下给他带来一筐子黄米豆包。母亲临走的时候还流了眼泪说：“孩儿你在外边好好给东家做事，东家错待不了你的……你老娘这两年身子不大硬实。一旦有个一口气不来，只让你哥哥把老娘埋起来就算了事。人死如灯灭，你就是跑到家又能怎样，……可千万要听娘的话，人家拉磨，一天拉好多麦子，是一定的，耽误不得，可要记住老娘的话。……”

那时冯二成子已经三十六岁了，他仍很小似的，听了那话就哭了。他抬起头看看母亲，母亲确是瘦得厉害，而且也咳嗽得厉害。

“不要这样傻气，你老娘说是这样说，哪就真会离开了你们的。你和你哥哥都是三十多岁了，还没成家，你老娘还要看到你们……”

冯二成子想到“成家”两个字，脸红了一阵。

母亲回到乡下去，不久就死了。

他没有照着母亲的话做，他回去了，他和哥哥亲自送的葬。

是八月里辣椒红了的时候，送葬回来沿路还摘了许多红辣椒炒着吃了。

以后再想一想，就想不起什么来了。拉磨的小驴子仍旧是原来的小驴子。磨房也一点没有改变，风车也是和他刚来时一样，黑洞洞地站在那里，连个方向也没改换。筛罗子一踏起来它就“咚咚”响。他向筛罗子看了一眼，宛如他不去踏它，它也在响的样子。

一切都习惯了，一切都照着老样子。他想来想去什么也没有变。什么也没有多，什么也没有少。这两年是怎样生活的呢？他自己也不知道，好像他没有活过的一样。他伸出自己的手来，看看也没有什么变化，捏一捏手指的骨节，骨节也是原来的样子，尖锐而突出。

他又回想到他更远的幼小的时候去，在沙滩上煎着小鱼，在河里脱光了衣裳洗澡。冬天堆了雪人，用绿豆给雪人做了眼睛，用红豆做了嘴唇。下雨的天气，妈妈打来了，就往水堆中跑……妈妈因此而打不着他。

再想又想不起什么来，这时候他昏昏沉沉的要睡了去。

刚要睡着，他又被惊醒了，好几次都是这样。也许是炕下的耗子，也许是院子里什么人说话。

但他每次睁开眼睛，都觉得是邻家女儿惊动了他。他在梦中羞怯怯的红了好几次脸。

从这以后，他早晨睡觉时，他先站在地中心听一听，邻家是否有了声音。若是有了声音，他就到院子里拿着一把马刷子刷那小驴。

但是巧得很，那女孩子一清早就到院子来走动，一会出来拿一捆柴，一会出来泼一瓢水。总之他与她从这以后，好像天天相见。

这一天八月十五，冯二成子穿了崭新的衣裳。刚刚理过了头发回来，上房就嚷着：

“喝酒了，喝酒啦……”

因为过节是和东家同桌吃的饭。什么腊肉，什么松花蛋，样样皆有。其中下酒最好的要算凉拌粉皮，粉皮上外加着一束黄瓜丝，还有辣椒油洒在上面。

冯二成子喝足了酒，退出来了，连饭也没有吃，他打算到磨房去睡一觉。常年也不喝酒，喝了酒头有些昏。他从上房走出来，走到院子里碰到了赵老太太，她手里拿着一包月饼，正要到亲戚家去。她一见了冯二成子，她连忙喊着女儿说：

“你快拿月饼给老冯吃。过节了，在外边的跑腿人，不要客气。”

说完了，赵老太太就走了。

冯二成子接过月饼在手里，他看那姑娘满身都穿了新衣裳，脸上涂着胭脂和香粉。因为他怕难为情，他想说一声谢谢也没有说出来，回身就进了磨房。

磨房比平日更冷清了，小驴也没有拉磨，磨盘上供着一块黄色的牌位，上面写着“白虎神之位”[1]，燃了两根红蜡烛，烧着三炷香。

冯二成子迷迷昏昏吃完了月饼，靠着罗架站着，眼睛望着窗外的花园。他一无所思的往外看着，正这时又有了女人的笑声，并且这笑声是熟习的，但不知这笑声是从哪方面来的，后花园还是隔壁？

他一回身就看见了邻家的女儿站在大开着的门口。

她的嘴是红的，她的眼睛是黑的，她的周身发着光辉带着吸力。

他怕了，低了头不敢再看。

那姑娘自言自语地说：

“这儿还供着白虎神呢！”

说着她的一个小同伴招呼着她就跑了。

冯二成子几乎要昏倒了，他坚持着自己，他睁大了眼睛，看一看自己的周遭，看一看是否在做梦。

这哪里是在做梦，小驴站在院子里吃草，上房还没有喝完酒的划拳的吵闹声仍还没有完结，他站到磨房外边，向着远处都看了一遍，远处的人家，有的在树林中，有的在白云中露着屋角，

1 “白虎神之位”，白虎是远古汉族神话传说中四大神兽（青龙、白虎、朱雀、玄武）之一，传说是掌管西方之神，同时也是战伐之神，具有避邪禳灾、惩恶扬善等多种神力。

而附近的人家，就是同院子住着的也都甜静的在节日里边升腾着一种看不见的欢喜，流荡着一种听不见的笑声。

但冯二成子看着什么都是空虚的。寂寞的秋空的游丝，飞了他满脸，挂住了他的鼻子，绕住了他的头发。他用手把游丝揉擦断了，他还是往前看去。

他的眼睛充满了亮晶晶的眼泪，他的心中起了一阵莫名其妙的悲哀。

他羡慕在他左右跳着活泼的麻雀，他妒恨房脊上咕咕叫的悠闲的鸽子。

他的感情软弱得像要瘫了的蜡烛似的。他心里想：鸽子你为什么叫，你叫得人心慌！你不能不叫吗？游丝你为什么绕了我满脸，你多可恨！

恍恍忽忽他又听到那女孩子的笑声。

而且和闪电一般，那女孩来到他的面前了。从他面前跑过去了。一转眼跑得无影无踪的。

冯二成子仿佛被卷在旋风里似的，迷迷离离的被卷了半天，而后旋风把他丢弃了。旋风自己跑去了，他仍旧是站在磨房外边。

从这以后，可怜的冯二成子害了相思病，脸色灰白，眼圈发紫，茶也不想吃，饭也咽不下，他一心一意的想着那邻家的姑娘。

读者们，你们读到这里，一定以为那磨房里的磨倌必得要和邻家女儿发生一点关系。其实不然的。后来是另外的一位寡妇。

世界上竟有这样谦卑的人，他爱了她，他又怕自己的身份太低，怕毁坏了她。他偷着对她寄托一种心思，好像他在信仰一种宗教一样。邻家女儿根本不晓得有这么一回事。

不久邻家女儿来了说媒的，不久那女儿就出嫁去了。

婆家来娶新媳的那天，抬着花轿子，打着锣鼓，吹着喇叭，就在磨房的窗外连吹带打的热闹了起来。

冯二成子把头伏在梆子上，他闭了眼睛，他一动也不动。

那边姑娘穿了大红的衣裳，擦了胭脂粉，满手抓着铜钱，被人抱上了轿子。放了一阵炮仗，敲了一阵铜锣，抬起轿子来走了。

走得很远很远了，走出了街去，那打锣声只能丝丝拉听到一点。

冯二成子仍旧没有把头抬起。一直到那轿子走出几里路之外，就连被娶亲惊醒了的狗叫也都平静下去时，他才抬起头来。

那小驴蒙着眼罩静静的一圈一圈的在拉着空磨。

他看一看磨眼上一点麦子也没有了。白花花的麦粉流了满地。

那女儿出嫁以后，冯二成子常常和赵老太太攀谈，有的时候还到老太太的屋里坐一坐。他不知为什么总把那老太太当做一位近亲来看待，早晚相见时，总是彼此笑笑。

这样也就算了，他觉得那女儿出嫁了反而随便了些。

可是这样过了没多久，赵老太太也要搬家了，搬到女儿家去。

冯二成子帮着去收拾东西。在他收拾着东西时，他看见针线篓里有一个细小的白骨顶针，他想：这可不是她的？那姑娘又活跃跃的来在他的眼前。他看见了好几样东西，都是那姑娘的。刺花的围裙卷在小柜门里，一团扎过了的红头绳子洗得干干净净的用一块纸包着。他在许多乱东西里拾到这纸包，他打开一看，他问赵老太太，这头绳要放在哪里，老太太说：

“放在小梳头匣子里吧，我好给她带去。”

冯二成子打开了小梳头匣，他看见几根扣发针，和一个假烧蓝翠的戒指仍放在里边。他嗅到一种梳头油的香气。他想这一定是那姑娘的，他把梳头匣关了。

他帮着老太太把东西收拾好，装上了车，还牵着拉车的大黑骡子上前去送了一程。

送到郊外，迎面的菜花都开了，满野飘着香气。老太太催他回来，他说他再送一程。他好像对着旷野要高歌的样子，他的胸怀像飞鸟似的张着，他面向着前面，放着大步，好像他一去就不回来的样子。

可是冯二成子回来的时候，太阳还正晌午。虽然是秋天了，没有夏天那么鲜艳。但是到处飘着香气，高粱成熟了，大豆黄了秧子，野地上仍旧是红的红，绿的绿。冯二成子沿着原路往回走，走了一程他还转回身去向着赵老太太走去的远方望一望。但是连一点影子都看不见了。

蓝天凝静得那么严酷，连一些皱褶也没有，简直像是用蓝色纸剪成的。他用了他所有的目力，探究着蓝色的天边处，是否还存在着一点点黑点，若是还有一个黑点，那就是赵老太太的车子了。可是连一个黑点也没有，实在是没有的，只有一条白亮亮的大路，向着蓝天那边爬去，爬到蓝天的尽头，这大路只剩了窄狭的一条。

赵老太太这一去什么时候再能够见到，没有和她约定时间，也没有和她约定地方。他想顺着大路跑去，跑到赵老太太的车子前面，拉住了大黑骡子，他要向她说：

“不要忘记了你的邻居，上城里来的时候可来看我一次。”

但是那车子一点影也没有了，追也追不上了。

他转回身来，仍走他的归途，他觉得这回来的路，比去的时候不知远了多少倍。

他不知为什么这次送赵老太太，比送他自己的亲娘还更难过。他想：人活着为什么要分别，既然永远分别，当初又何必认识。人与人之间又是谁给造了这个机会。既然造了机会，又是谁把机会给取消了。

他越走他的脚越沉重，他的心越空虚，就在一个有树荫的地方坐下来。他往四方左右望一望。他望到的，都是在劳动着的，都是在活着的，赶车的赶车，拉马的拉马，割高粱的人，满头流着大汗。还有的手被高粱杆扎破了，或是脚被扎破了，还浸浸的沁着血，而仍是不停的在割。他看了一看，他不能明白这都是在做什么，他不明白这都是为着什么，他想：你们那些手拿着的，脚踏着的，到了终归，你们是什么也没有的。你们没有了母亲，你们的父亲早早死了。你们该娶的时候，娶不到你们所想的。你们到老的时候，看不到你们的子女成人，你们就先累死了。

冯二成子看一看自己的鞋子掉底了，于是脱下鞋子用手提鞋子，站起来光着脚走，他越走越奇怪，本来是往回走，可是心越走越往远处飞，究竟飞到哪里去了，他自己也把捉不定。总之他越往回走，他就越觉得空虚。路上他遇到了一些推手车的，挑担的，他都用了奇怪的眼光看了他们一下：

你们是什么也不知道，你们只知道为你们的老婆孩子当一辈子牛马，你们都白活了，你们自己还不知道。你们要吃的吃不到嘴，要穿的穿不上身，你们为了什么活着，活得那么起劲。

他看见几个卖豆腐脑的，搭着白布篷，篷下站着好几个人在吃。有的争着要多加点酱油，而那卖豆腐脑的偏偏给他加上几粒盐。卖豆腐〔脑〕的说酱油太贵，多加要赔本的。于是为着点酱油争吵了起来。冯二成子老远的就听他们在嚷嚷。他用斜眼看了那卖豆腐脑的：

你这个小气人，你为什么那么苛刻？你都是为了老婆孩子。你要白白活这一辈子，你省吃俭用，到头你还不是个穷鬼！

冯二成子这一路上所看到的几乎完全是这一类人。

他用各种眼光批评了他们。

他走了一会转回身去，看看远方，并且站着等了一会，好像远方会有什么东西自动向他飞来，又好像远方有谁在招呼着他。他几次三番的这样停下来，好像他侧着耳朵细听。但只有雀子的叫声从他头上飞过。其余没有别的了。

他又转身向回走，但走得非常迟缓，像走在荆蓁的草中。仿佛他走一步，被那荆蓁拉住过一次。

终于他全然没有了气力，全身和头脑。他找到一片小树林，他在那里伏在地上哭了一袋烟的工夫。他的眼泪落了一满树根。

他回想着那姑娘束了花围裙的样子，那走路的全身愉快的样子。他再想那姑娘是什么时候搬来的？他连一点印象也没有记住，他后悔他为什么不早点发现她。她的眼睛看过他两三次，他虽不敢直视过去，但他感觉得到，那眼睛是深黑的，含着无限情意的。他想到了那天早晨他与她站了个对面，那眼睛是多么大！那眼光是直逼着他而来的。他一想到这里，他恨不得站起来扑过去。但是现在都完了，都去得无声无息的那么远了，也一点痕迹没有留下，也永久不会重来了。

这样广茫茫的人间，让他走到哪方面去呢？是谁让人如此，把人生下来，并不领给他一条路子，就不管他了。

黄昏的时候，他从地面上抓了两把泥土，他昏昏沉沉的站起来，仍旧得走他的归路。

他好像失了魂魄的样子，回到了磨房。

看一看罗架好好的在那儿站着，磨盘好好的在那儿放着，一切都没有变动。吹来的风依旧是很凉爽的。从风车吹出来的麦皮仍旧在大篓子里盛着，他抓起一把放在手心上擦了擦，这都是昨天磨的麦子，昨天和今天是一点也没有变。他拿了刷子刷了一下磨盘，残余的麦粉冒了一阵白烟。这一切都和昨天一样，什么也没有变。耗子的眼睛仍旧是很亮很亮的跑来跑去。后花园静静的和往日里一样的没有声音。上房里东家的太太抱着孙儿和邻居讲话，讲得仍旧和往常一样热闹，担水的往来在井边有谈有笑的放着大步往来的跑，绞着井绳的转车喀拉喀拉的大大方方的响着。一切都是快乐的，有意思的。就连站在槽子那里的小驴，一看冯二成子回来了也表示欢迎似的张开大嘴来叫了几声，冯二成子走上前去，摸一摸小驴的耳朵，而后从草包取一点草散在槽子里，又而后领了那小驴到井边去饮水。

他打算再工作起来，把小驴仍旧架到磨上，而他自己还是愿意鼓动着勇气打起梆子来。但是他未能做到，他好像丢了什么似的，好像是被人家抢去了什么似的。

他没有拉磨，他走到街上来荡了半夜，二更之后，街上的人稀疏了，都回家去睡觉去了。

一

他经过靠着缝衣裳来过活的老王那里，看她的灯还未灭，他想进去歇一歇脚也是好的。

老王是一个三十多岁的寡妇，因为生活的忧心，头发白了一半了。

她听了是冯二成子来叫门，就放下了手里的针线来给他开门了。

还没等他坐下，她就把缝好的冯二成子的蓝单衫取出来了，并且说着：

“我这两天就想要给你送去，为着这两天活计多，多做一件，多赚几个。还让你自家来拿……”

她抬头一看冯二成子的脸色是那么冷落，她忙着问：

“你是从街上来的吗？是从哪儿来的。”

一边说着一边就让冯二成子坐下。

他不肯坐下，打算立刻就要走，可是老王说：

“有什么不痛快的，跑腿子在外的人，要舒心坦意。”

冯二成子还是没有响。

老王跑出去给冯二成子买了些烧饼来，那烧饼还是又脆又热的，还买了酱肉。老王手里有钱时，常常自己喝一点酒，今天也买了酒来。

酒喝到三更，王寡妇说：

“人活着就是这么的，有孩子的为孩子忙，有老婆的为老婆忙，反正做一辈牛马。年轻的时候，谁还不是像一棵小树似的，盼着自己往大了长，好像有多少黄金在前边等着。可是没有几年，体力也消耗完了，头发黑的黑，白的白。”

她给他再斟一盅酒。

她斟酒时，冯二成子看她满手都是筋络，苍老得好像大麻的叶子一样。

但是她说的话，他觉得那是对的，于是他把那盅酒举起来就喝了。

冯二成子也把近日的心情告诉了。他说他对什么都是烦躁的，对什么都没有耐性了。他所说的，她都理解得很好，接着他的话，她所发的议论也和他的一样。

喝过了三更以后，冯二成子也该回去了。他站起来，抖擞一下他的前襟，他的感情宁静多了，他也清晰得多了，和落过雨后又复见了太阳似的，他还拿起老王在缝着的衣裳看看。问她一件夹袄手工多少钱。

老王说：

“那好说，那好说，有夹袄尽管拿来做吧。”

说着她就拿起一个烧饼把剩下的酱肉通通夹在烧饼里，让冯二成子带着：

“过了半夜，酒要往上返的，吃下去压一压酒。”

冯二成子百般的没有要，开了门，出来了，满天都是星光；中秋以后的风，也有些凉了。

“是个月黑头夜，可怎么走！我这儿也没有灯笼……”

冯二成子说不要不要，就走出来了。

在这时，有一条狗往屋里钻，老王骂着那狗：

“还没有到冬天，你就怕冷了，你就往屋里钻。”

因为是夜深了的缘故，这声音很响。

冯二成子看一看附近的人家都睡了。王寡妇也在他的背后闩上了门，适才从门口流出来的那道灯光，在闩门的声音里边，又被收了回去。

冯二成子一边看着天空的北斗星，一边来到了小土坡前，那小土坡上长着不少野草，脚踏在上边，绒绒乎乎的。于是他蹲了双腿，试着用指尖搔一搔，是否这地方可以坐一下。

他坐在那里非常宁静，前前后后的事情，他都忘得干干净净，他心里边没有什么骚扰，什么也没有想，好像什么也想不起来了，晌午他送赵老太太走的那回事，似乎是多少年前的事情。现在他觉得人间并没有许多人，所以彼此没有什么妨害，他的心境自由得多了，也宽舒得多了，任着夜风吹着他的衣襟和裤脚。

他看一看远近的人家，差不多都睡觉了，尤其是老王的那一排房子，通通睡了，只有王寡妇的窗子还透着灯光。他看了一会，他又把眼睛转到另外的方向去，有的透着灯光的窗子，眼睛看着看着，窗子忽然就黑了一个，忽然又黑了一个。屋子一灭掉了灯，竟好像沉到深渊里边去的样子立刻消灭了。

而老王的窗子仍旧是亮的，她的四周都黑了，都不存在了。那就更显得她单独的停在那里。

“她还没有睡呢！”他想。

她怎么还不睡，他似乎这样想了一下。是否他还要回到她那边去，他心里很犹疑。

等他不自觉的又回到老王的窗下时，他终于敲了她的门。里边应着的声音并没有惊奇，开了门让他进去。

这夜，冯二成子就在王寡妇家里结了婚了。

他并不像世界上所有的人结婚那样：也不跳舞，也不招待宾客；也不到礼拜堂去。而也并不像邻家姑娘那样打着铜锣，敲着大鼓。但是他们庄严得很，因为百感交集，彼此哭了一遍。

第二年夏天，后花园里的花草又是那么热闹，倭瓜淘气的爬上了树了，向日葵开了大花，惹得蜂子成群地闹着，大菽茨、爬山虎、马蛇菜、胭粉豆，样样都开了花。耀眼的耀眼，散着香气的散着香气。年年爬到磨房窗棂上来的黄瓜，今年又照样的爬上来了，年年结果子的，今年又照样的结了果子。

惟有墙上的狗尾草比去年更为茂盛，因为今年雨水多而风少。

园子里虽然是花草鲜艳，而很少有人到园子里来，是依然如故。

偶然园主的小孙女跑进来折一朵大蔽茨花，听到屋里有人喊着：

“小春，小春……”

她转身就跑回屋去，而后把门又轻轻的闩上了。

算起来就要一年了，赵老太太的女儿就是从这靠着花园的厢房出嫁的。在街上冯二成子碰到那出嫁的女儿一次，她的怀里抱着一个小孩。

可是冯二成子也有了小孩了。磨房里拉起了一张白布帘子来，帘子后边就藏着出生不久的婴孩和孩子的妈妈。

又过了两年，孩子的妈妈死了。

冯二成子坐罗架上打箭罗时，就把孩子骑在梆子上。夏昼十分热了，冯二成子把头垂在孩子的腿上，打着瞌睡。

不久，那孩子也死了。

后花园里经过了几度繁华，经过了几次凋零，但那大蔽茨花它好像世世代代要存在下去的样子，经冬复历春，年年照样的在园子里边开着。

园主人把后花园里的房子都翻了新了，只有这磨房连动也没动，说是磨房用不着好房子的，好房也让箭罗“咚咚”的震坏了。

所以磨房的屋瓦，为着风吹，为着雨淋，一排一排的都脱了节。每刮一次大风，屋瓦就要随着风在半天空里飞走了几块。

夏昼，冯二成子伏在梆子上，每每要打瞌睡，他瞌睡醒来时，昏昏庸庸的他看见眼前跳跃着无数条光线，他揉一揉眼睛，再仔细看一看，原来是房顶露了天了。

以后两年三年，不知多少年，他仍旧在那磨房里平平静静地活着。

后花园的园主也老死了，后花园也拍卖了，这拍卖只不过给冯二成子换了个主人。这个主人并不是个老头，而是个年青的，爱漂亮，爱说话的，常常穿了很干净的衣裳来在磨房的窗外，看那磨倌怎样打他的筛罗，怎样摇他的风车。

（全篇已完）

北中国 *

一

一早晨起来就落着清雪，在一个灰色的大门洞里，有两个戴着大皮帽子的人在那里边响着大锯。

“扔，扔，扔，扔”，好像唱着歌似的，那白亮亮的大锯唱了一早晨了。

大门洞子里，架着一个木架，木架上边横着一个圆滚滚的大木头，那大木头有一尺多粗，五尺多长。两个人就把大锯，放在这木头的身上，不一会工夫这木头就被锯断了。先是从腰上锯开分做两段，再把那两段从中再锯一道，好像小圆凳似的，有的在地上站着，有的在地上躺着。而后那木架上又被抬上来一条五尺多长的来，不一会工夫，就被分做两段，而后是被分做四段，从那木架上被推下去了。

同时离住宅不远，那里也有人在拉着大锯……城门外不远的地方就有一段树林，树林不是一片，而是一段夹树道，沿着大道的两旁长着。往年这夹树道的榆树，若有穷人偷剥了树皮，主人

* 本文发表于 1941 年 4 月 13—29 日（香港）《星岛日报》“星座”和“学生园地”副刊第九〇一号—九一七号，署名萧红。

定要捉拿他用绳子捆起来，用打马的鞭子打。活活的树，一剥就被剥死了，说是养了一百来年的大树，从祖宗那里继承下来的，哪好让它一旦死了呢，将来还要传给第二代，第三代儿孙，最好是永远留传下去，好来证明这门第的久远和光荣。

可是，今年却是这树林的主人自己发的号令，用大锯锯着。

那树因为年限久了，树根扎到土地里去特别深，伐树容易，拔根难。树被锯倒了，根只好留待明年春天再拔。

树上的喜鹊窝，新的旧的有许多。树一被伐倒，喀喀喀的响着，发出一种强烈的不能控制的响声，被北风冻干的树枝，触到地上立刻碎了，断了。喜鹊窝也就跟着坠到地上了，有的跌破了，有的则整个的滚下来，滚到雪地里去，就坐在那亮晶晶的雪上。

是凡跌碎了的，都是隔年的，或是好几年的，而有些是新的，也许就是喜鹊在夏天自己建筑的，为着冬天来居住。这种新的窝是非常结实，虽然是已经跟着大树躺在地上了，但依旧是完好的，仍旧是呆在树丫上，那窝里的鸟毛还很温暖的样子被风忽忽的吹着。

二

往日这树林里，是禁止打鸟的，说是打鸟是杀生，是不应该的，也禁止孩子们破坏鸟窝，说是破坏鸟窝，是不道德的事情，使那鸟将没有家了。

但是现在连大树都倒下了。

这趟夹树道在城外站了不知多少年，好像有这地方就有这树似的，人们一出城门，就先看见这夹树道，已经看了不知多少年了。在感情上好像这地方必须就有这夹树道似的，现在一旦被砍伐了去，觉得一出城门，前边非常的荒凉，似乎总有一点东西不见了，总少了一点什么。虽然还没有完全砍完，那所剩的也没有几棵了。

一百多棵榆树，现在没有几棵了，眼看着也就全完了。所剩的只是些个木桩子，远看看不出来是些个什么。总之树是全没有了。只有十几棵，现在还在伐着，也就是一早一晚就要完的事了。

那在门洞子里两个拉锯的大皮帽子，一个说：

“依你看，大少爷还能回来不能？”

另一个说：

“我看那……人说不定有没有了呢……”

其中的一个把大皮帽子摘下，拍打着帽耳朵上的白霜。另一个从腰上解下小烟袋来，准备要休息一刻了。

正这时候，上房的门喀喀的响着就开了，老管事的手里拿着一个上面贴有红纤的信封，从台阶上下来，怀怀疑疑的，把嘴唇咬着。

那两个拉锯的，刚要点起火来抽烟，一看这情景就知道大先生又在那里边闹了。于是连忙把烟袋从嘴上拿下来。一个说，另一个听着：

“你说大少爷可真的去打日本去了吗？”

正在说着，老管事的就走上前来了，走进大门洞，坐在木架上，把信封拿给他们两个细看。他们两个都不识字，老管事的也不识字。不过老管事的闭着眼睛也可以背得出来，因为同样的信，他的主人自从生了病的那天就写，一天或是两封三封，或是三封五封。他已经写了三个月了，因为他已经病了三个月了。

写得连家中的小孩子也都认识了。

所以老管事的把那信封头朝下，脚朝上的倒念着：

大中华民国抗日英雄
耿振华吾儿收
父字

老管事的全念对了，只是中间写在红纤上的那一行，他只念了“耿振华收”，而丢掉了“吾儿”两个字。其中一个拉锯的，一听就听出来那是他念错了，连忙补添着说：

“耿振华吾儿收。”

他们三个都仔细的往那信封上看着，但都看不出“吾儿”两个字写在什么地方，因为他们都不识字。反正背也都背熟的了，于是大家丢开这信封不谈。就都谈着“大先生”就是他们的主人的病，到底是个什么来历，中医说肝火太盛由气而得，西医说受了过度的刺激，神经衰弱。而那会算命的本地最有名的黄半仙从门帘的缝中看出了耿大先生是前生注定的骨肉分离。

因为耿大先生在民国元年的时候，就出外留学，从本地的县城，留学到了省城，差一点就要到北京去的，去进北京大学堂。虽是没有去成，思想总算是革命的了。他的书箱子里密藏着孙中山先生的照片，等到民国七八年的时候，他才敢拿出来给大家看，说是从前若发现了有这照片是要被杀头的。

因此他的思想是维新的多了，他不迷信，他不信中医。他的儿子，从小他就不让他进私学馆，自从初级小学堂一开办，他就把他的女儿和儿子都送进小学堂去读书。

他的母亲活着的时候，很是迷信，跳神赶鬼，但是早已经死去了。现在他就是一家之主，他说怎么样就是怎么样。他的夫人，五十多岁了，读过私学馆，前清时代她的父亲进过北京去赶过考，考是没有考中的，但是学问很好，所以他的女儿《金刚经》《灶王经》都念得通熟，每到夜深人静还常烧香打坐，还常拜斗参禅。虽然五十多岁了，其间也受了不少的丈夫的阻挠，但她善心不改，也还是常常偷着在灶王爷那里烧香。

耿大先生就完全不信什么灶王爷了，他自己不加小心撞了灶王爷板，他硬说灶王爷板撞了他。于是很开心的拿着烧火叉子把灶王爷打了一顿。

他说，什么是神，人就是神。自从有了科学以来，看得见的就是有，看不见的就是没有。

所以那黄半仙刚一探头，耿大先生嗃唠一声，就把他吓回去了，只在门帘的缝中观了观形色，好在他自承认他的功夫是很深的，只这么一看，也就看出个所以然来。他说这是他命里注定的前世的孽缘，是财不散，是子不离。“是财不散，是儿不死。”民间本是有这句俗语的。但是“是子不离”这可没有，是他给编上去的，因为耿大少爷到底是死是活，谁也不知道，于是就只好将就着用了这么一个含糊其词的“离”字。

假若从此音信皆无，真的死了，不就是真的“离”了吗？假若不死，有一天回来了，那就是人生的悲，欢，离，合，有离就有聚，有聚就有离的“离”。

黄半仙这一套理论，不能够发扬而光大之，因为大先生虽然病得很沉重，但是他还时时的清醒过来，若让他晓得了，全家上下都将不得安宁，他将要挨着个儿骂，从他夫人骂起，一直骂到那烧火洗碗的小打。所以在他这生病的期中，只得请医生，而不能够看巫医。所以像黄半仙那样的，只能到下房里向大夫人讨一点零钱就去了。是没有工夫给他研究学理的。

现在那两个大皮帽子各自拿了小烟袋，点了火，彼此的咳嗽着，正想着大大的发一套议论，讨论一下关于大少爷的一去无消息。有老管事的在旁，一定有什么更丰富的见解。

老管事的用手把胡子来回的抹着，因为不一会工夫，他的胡子就挂满了白霜。他说：

“人还不知有没有了呢？看这样子丢了一个还要搭一个。”

那拉木头的就问：

“大先生的病好了一点没有？”

老管事的坐在木架上，东望望，西望望，好像无可无不可的神情，似乎并不关心，而又像他心里早有了主意，好像事情的原委，他早已观察清楚了，一步一步的必要向哪一方面发展，而必要发展到怎样一个地步，他都完全看透彻了似的，他随手抓起一把锯沫子来，用嘴唇吹着，把那锯沫子吹了满身，而后又用手拍着，把那锯沫子又都拍落下去。而后，他弯下腰去，从地上搬起一个圆木滚子来，把那木滚子放在木架上，而后拍着，并且用手撕着那树皮，撕下一小片来，把那绿盈盈的一层掀下来，放在嘴里，一边咬着一边说：

“还甜丝丝的呢，活了一百年的树，到了今天算是完了。”

而后他一脚把那木墩子踢开。他说：

“我活了六十多年了，我没有见过这年月，让你一，你不敢二，让你说三，你不敢讲四。完了，完了……”

那两个拉锯的把眼睛呆呆的不转眼珠。

老管事的把烟袋锅子磕着自己的毡鞋底：

“跑毛子的时候，那俄大鼻子，也杀也砍的，可是就只那么一阵，过去也就完了。没有像这个的，油，盐，酱，醋，吃米，烧柴，没有他管不着的，你说一句话吧，他也要听听，你写一个字吧，他也要看看。大先生为么有这场病的，虽说是为着儿子走啦，可也不尽然，而是为着那小……小□□[1]。”

正说到这里，大门外边有两个说着“咯大内，咯大内”的话的绿色的带着短刀的人走过。老管事的把那掉在地上的写着“大中华民国”字样的信封，伸出脚去就用大毡鞋底踩住了，同时变毛变色的说：

“今年冬天的雪水不小，来春的青苗错不了呵！……”

那两个人“咯大内，咯大内”的讲着些个什么走过去了。

“说鬼就有鬼，说鬼鬼就到。”

老管事的站起来就走了，把那写着“大中华民国”的信封，一边走着一边撕着，撕得一条一条的，而后放在嘴里咬着，随咬随吐在地上。他已走上正房的台阶上去了，在那台阶上还听得到他说：

“活见鬼，活见鬼，他妈的，活见鬼……”

而后那房门喀喀的一响，人就进去了，不见了。

清雪还是照旧的下着，那两个拉锯的，又在那里唰唰的工作起来。

这大锯的响声本来是“扔扔”的，好像是唱着歌似的，但那是离得远一点才可以听到的，而那拉锯的人自己就只听到唰唰唰。

锯沫子往下飞撒，同时也有一种清香的气味发散出来，那气味甜丝丝的，松香不是松香，杨花的香味也不是的，而是甜的，

1 小□□，小日本。

幽远的，好像是在记忆上已经记不得那么一种气味的了。久久被忘记了的一回事，一旦来到了，觉得特别的新鲜。因为那拉锯的人真是伸手抓起一把锯沫子来放到嘴里吞下去。就是不吞下这锯沫子，也必得撕下一片那绿盈盈的贴身的树皮来，放到嘴里去咬着，是那么清香，不咬一咬这树皮，嘴里不能够有口味，刚一开初，他们就是那样咬着的。现在虽然不至再亲切得去咬那树皮了，但是那圆滚滚的一个一个的锯好了的木墩子，也是非常惹人爱的。他们时或用手拍着，用脚尖触着。他们每锯好一段，从那木架上推下去的时候，他们就会说：

"去吧，上一边呆着去吧。"

他们心里想，这么大的木头，若做成桌子，做成椅子，修房子的时候，做成窗框该多好，这样好的木头哪里去找去！

但是现在锯了，毁了，劈了烧火了，眼看着一块材料不成用了。好像他们自己的命运一样，他们看了未免的有几分悲哀。

清雪好像菲薄菲薄的玻璃片似的，把人的脸，把人的衣服都给闪着光，人在清雪里边，就像在一张大的纱帐子里似的。而这纱帐子又都是些个玻璃沫似的小东西组成的，它们会飞，会跑，会纷纷的下坠。

往那大门洞里一看，只影影绰绰的看得见人的轮廓，而看不见人的鼻子眼睛了。

可是大锯的响声，在下雪的天气里，反而听得特别的清楚，也反而听得特别的远。因为在这样的天气里边，人们都走进屋子里去过生活了。街道上和邻家院子，都是静静的。人声非常的稀少，人影也不多见。只见远近处都是茫茫的一片白色。

尤其是在旷野上，远远的一望，白茫茫的，简直是一片白色的大化石。旷野上远处若有一个人走着，就像一个黑点在移动着似的。近处若有人走着，就好像一个影子在走着似的。

在这下雪的天气里是很奇怪的，远处的都近，近的反而远了，比方旁边有人说话，那声音不如平时响亮，远处若有一点声音，那声音就好像在耳朵旁边似的。

所以那远处伐树的声音，当他们两个一休息下来的时候，他们就听见了。

因为太远了，那大锯的“扔扔”的声音不很大，好像隔了不少的村庄，而听到那最后的村庄的音响似的，似有似无的。假若在记忆里边没有那伐树的事情，那就根本不知道那是伐树的声音了。或者根本就听不见。

“一百多棵树。”因为他们心里想着，那个地方原来有一百多棵树。

在晴天里往那边是看得见那片树的，在下雪的天里就有些看不见了，只听得不知道什么地方“扔，扔，扔，扔”。他们一想，就定是那伐树的声音了。

他们听了一会，他们说：

“一百多棵树，烟消火灭了，耿大先生想儿子想疯了。”

一年不如一年了，完了，完了。

樱桃树不结樱桃了，玫瑰不开花了。泥大墙倒了把樱桃树给轧断了，把玫瑰树给埋了。樱桃轧断了，还留着一些枝杈。玫瑰竟埋得连影都看不见了。

耿大先生从前问小孩子们：

“长大做什么？”

小孩子们就说：

“长大当官。”

现在老早就不这么说了。

他对小孩子们说：

“有吃有喝就行了，荣华富贵咱们不求那个。”

从前那客厅里挂着的画，威尔逊，拿破仑，现在都已经摘下去了，尤其是那拿破仑，英雄威武得实在可以，戴着大帽子，身上佩着剑。

耿大先生每天早晨吃完了饭，往客厅里一坐，第一个拿破仑，第二个威尔逊，还有林肯，华盛顿……挨着排讲究一遍。讲完了，大的孩子让他照样的背一遍，小的孩子就让他用手指指出哪个是威尔逊，哪个是拿破仑。

他说人要英雄威武，男子汉，大丈夫，不做威尔逊，也做拿破仑。

可是现在没有了，那些画都从墙上摘下去了，另换上一个老孔[1]，宽衣大袖，安详端正，很大的耳朵，很红的嘴唇。一看上去就是仁义道德。但是自从挂了这画之后，只是白白的挂着，并没有讲。

也不再问孩子们长大做什么了。孩子们偶尔问到了他，他就说：

“只求足衣足食，不求别的。”

这都是日本人来了之后，才改变了的思想。

再不然就说：

“人生百年，三万六千日，不如僧家半日闲。”

这还都是大少爷在家里时的思想。大少爷一走了，开初耿先生不表示什么意见，心里暗恨生气，只觉得这孩子太不知好歹。

1　老孔，指中国古代思想家、教育家孔子。

但他想过了一些时候，就会回来的了，年青的人，听说哪方面热闹，就往哪方面跑。他又想到他自己年青的时候，也是那样，孙中山先生革命的时候，还偷偷的加入了革命党呢。现在还不是，青年人，血气盛，听说是要打日本，自然是眼红，现在让他去吧，过了一些时候，他就晓得了。他以为到了中国就不再是“满洲国”了。说打□本[1]是可以的了。其实不然，中国也不让说打□本[2]这个话的。

本地县中学里的学生跑了两三个。听说到了上海就被抓起来了。听说犯了抗日危害民国的罪。这些或者不是事实，耿大先生也没有见过，不过一听说，他就有点相信。因为他爱子心切，所以是凡听了不好的消息他就相信，他想儿子既走了，是没有法子叫他回来的，只希望他在外边碰了钉子就回来了。

看着吧，到了上海，没有几天，也是回来的。年青人就是这样，听了什么一个好名声，就跟着去了，过了几天也就回来了。

耿大先生把这件事情不十分放在心上。

儿子的母亲，一哭哭了三四天，说在儿子走的三四天前，她就看出来那孩子有点不对，那孩子的眼泡是红的，一定是不忍心走，哭过了的，还有他问过他母亲一句话，他说：

“妈，弟弟他们每天应该给他们两个钟头念中国书，尽念日本书将来连中国字都不认识了，等一天咱们中国把日本人打跑了的时候，还满口日本话，那该多么耻辱。”

妈就说：

“什么时候会打跑日本的？”

1　打□本，打日本。

2　同上。

儿子说：

“我就要去打日本去了……”

这不明明跟母亲露一个话风吗？可惜当时她不明白，现在她越想越后悔。

假如看出来了，就看住他，使他走不了。假如看出来了，他怎么也是走不了的。母亲越想越后悔，这一下子怕是不能回来了。

母亲觉得虽然打日本是未必的，但总觉得儿子走了，怕是不能回来了，这个阴影不知道从什么地方来的。也许本地县中学里的那两个学生到了上海就音信皆无给了她很大的恐怖。总之有一个可怕的阴影，不知怎么的，似乎是儿子就要一去不回来。

但是这话她不能说出来，同时她也不愿意这样的说，但是她越想怕是儿子就越回不来了。所以当时她到儿子的房里去检点衣物的时候，她看见了儿子的出去打猎戴的那大帽子，她也哭。她看见了儿子的皮手套，她也哭。哭得像个泪人似的。

儿子的书桌上的书一本一本的好好的放着，毛笔站在笔架上，铅笔横在小木盒里。那儿子喝水的茶杯里还剩了半杯茶呢！儿子走了吗？这实在不能够相信。那书架上站着的大圆马蹄表还在咔咔咔的一秒一秒的走着。那还是儿子亲手上的表呢。

母亲摸摸这个，动动那个。似乎是什么也没有少，一切都照原样，屋子里还温热热的，一切都像等待着晚上儿子回来照常睡在这房里，一点也不像这主人就一去也不回来了。

三

儿子一去就是三年，只是到了上海的时候，有过两封信。以后就音信皆无了，传说倒是很多，正因为传说太多了，不知道相信哪一条好。芦沟桥，“八一三”，儿子走了不到半年中国就打日本了。但是儿子可在什么地方，音信皆无。

传说就在上海张发奎[1]的部队里，当了兵。又传说没有当兵，而做了政治工作人员。后来他的一个同学，又说他早就不在上海了，在陕西八路军里边工作。过了几个月说都不对，是在山西的一个小学堂里教书。还有更奇妙的，说是儿子生活无着，沦落街头，无法还在一个瓷器公司里边做了一段小工。

对于这做小工的事情，把母亲可怜得不得了，母亲到处去探听，亲戚，朋友，只要平常对于她儿子一有来往的地方，她就没有不探听遍了的，尤其儿子的同学，她总想，他们是年青人，哪能够不通信。等人家告诉她实实在在不知道的时候，她就说：“你们瞒着我，你们哪能不通信的。”

她打算给儿子寄些钱去，可是往哪里寄呢？没有通信地址。

她常常以为有人一定晓得她儿子的通信处，不过不敢告诉她罢了，她常以为尤其是儿子的同学一定知道他在哪里，不过不肯说，说了出来，怕她去找回来。所以她常对儿子的同学说：

“你们若知道，你们告诉我，我决不去找他的。”

有时竟或说：

“他在外边见见世面，倒也好的，不然像咱们这个地方东三省，有谁到过上海。他也二十多岁了，他愿意在外边呆着，他就在外边呆着去吧，我才不去找他的。”

对方的回答很简单：

“我们不知道，我们不知道。”

1　张发奎，生于 1896 年，广东韶关人。早年加入同盟会并参加北伐；抗日名将，被授国民革命军陆军二级上将。1949 年 3 月任中华民国陆军总司令，同年 7 月辞职去香港。1980 年 3 月病逝。

有时她这样用心可怜的说了一大套，对方也难为情起来了。说：

“老伯母，我们实在不知道。我们若知道，我们就说了。”

每次都是毫无下文，无结果而止，她自己也觉得非常的空虚，她想下回不问了，无论谁也不问了，事不干己，谁愿意听呢？人都是自私的，人家不告诉她，她心里竟或恨了别人，她想再也不必问了。

但是过些日子她又忘了，她还是照旧的问。

怎么能够沦为小工呢？耿家自祖上就没有给人家做工的，真是笑话，有些不十分相信，有些不可能。

但是自从离了家，家里一个铜板也没有寄去过，上海又没有亲戚，恐怕做小工也是真的了。

母亲爱子心切，一想到这里有些不好过，有些心酸，眼泪就来到眼边上。她想这孩子自幼又娇又惯的长大，吃，穿都是别人扶持着，现在给人做小工，可怎么做呢？可怜了我这孩子了……母亲一想到这里，每逢吃饭，就要放下饭碗，吃不下去。每逢睡觉就会忽然的醒来，而后翻转着无论怎样也再睡不着，若遇到刮风的夜，她就想刮了这样大的大风，若是一个人在外边，夜里睡不着，想起家来，那该多么难受。

因为她想儿子，所以她想到了儿子要想家的。

下雨的夜里，她睡得好好的，忽然一个雷把她惊醒了，她就再也睡不着了。她想，沦落在外的人，手中若没有钱，这样连风加雨的夜，怎样能够睡得着？背井离乡，要亲戚没有亲戚，要朋友没有朋友，又风雨交加。其实儿子离她不知几千里了，怎么她这里下雨，儿子那里也会下雨的？因为她想她这里下雨了，儿子那里也定是下雨的。

儿子到底当了小工，还是当了兵，这些都是传闻，究竟没有证实过。所以做母亲的迷离恍惚的过了两三年，好像走了迷路似的，不知道东西南北了。

母亲在这三年中，拿东忘西的，说南忘北的，听人家唱鼓词，听着听着就哭了，给小孩子们讲瞎话，讲着讲着眼泪就流下来了。一说街上有个叫化子，三天没有吃饭饿死了，她就说，怎么没有人给他点剩饭呢？说完了，她的眼睛上就像是来了眼泪，她说人们真狠心得很……

母亲不知为什么，变得眼泪特别多，她无所因由似的，说哭就哭。看见别人家娶媳妇她也哭，看见别人家抱孙儿她也哭。听说谁家的少爷今年定了亲了，她也哭。

四

可是耿大先生则不然，他一声不响，关于儿子，他一字不提，他不哭，他不说话，只是夜里不睡觉，静静的坐着，往往一坐坐个通宵，他的面前点着一棵蜡烛，他的身边放着一本书。那书他从来没有看过，只是在那烛光里边一夜一夜的陪着他。

儿子刚走的时候，他想他不久就回来了，用不着挂心的，他一看他母亲在哭，他就说："妇人女子眼泪忒多。"所以当儿子来信要钱的时候，他不但没有给寄钱去，反而写信告诉他说，要回来，就回来，不回来，必是自有主张，此后也就不要给家来信了，关里关外的通信，若给人家晓得了，有关身家性命。父亲是用这种方法要挟儿子，使他早点回来，谁知儿子看了这信，就从此不往家里写信了。

无音无信的过了三年，虽然这之中的传闻他也都听到了，但是越听越坏，还不如不听的好。不听倒还死心塌地，就和像未曾有过这样的一个儿子似的，可是偏听得见的，只能听见，又不能证实，就如隐约欲断的琴音，往往更耐人追索……

耿大先生为了忘却这件事情，他已经养成了一个习惯，就是夜里不愿意睡觉，愿意坐着。

他夜里坐了三年，竟把头发坐白了。

开初有的亲戚朋友来，还问他大少爷有信没有，到后来竟连问也没有人敢问了。人一问他，他就说："他们的事情，少管为妙。"

人家也就晓得耿大先生避免着再提到儿子。

家里的人更没有人敢提到大少爷的。大少爷的那房子的门锁着，那里边鸦雀无声，灰尘都已经满了。太阳晃在窗子的玻璃上，那玻璃都可以照人了，好像水银镜子似的。因为玻璃的背后已经挂了一层灰秃秃的尘土。把脸贴在玻璃上往里边看，才能看到里边的那些东西，床，书架，书桌等类，但也看不十分清楚。因为玻璃上尘土的关系，也都变得影影绰绰的了。

这个窗没有人敢往里看，也就是老管事的记性很不好，挨了不知多少次的耿大先生的瞪眼，他有时一早一晚还偷偷摸摸的往里看。

因为在老管事的感觉着，这大少爷的走掉，总觉得是凤去楼空，或者是凄凉的家败人亡的感觉。

眼看着大少爷一走，全家都散心了，到吃饭的时候，桌子摆着碗筷，空空的摆着，没有人来吃饭，到睡觉的时候，不睡觉，通夜通夜的上房里点着灯。家里油盐酱醋没有人检点，老厨子偷油，偷盐，并且拿着小口袋从米缸里往外灌米。送柴的来了，没有人过数，送粮的来了，没有人点粮。柴来了就往大垛上一扔，粮来了，就往仓子里一倒，够数不够数，没有人晓得。

院墙倒了，用一排秫秆附上，房子漏了雨，拿一块砖头压上。一切都是往败坏的路上走。一切的光辉生气随着大少爷的出走失去了。

老管事的一看到这里，就觉得好像家败人亡了似的，默默的心中起着悲哀。

因为是上一代他也看见了，并且一点也没有忘记，那就是耿大先生的父亲在世的时候那种兢兢业业的。现在都哪里去了，现在好像是就要烟消云散了。

他越看越不像样，也就越要看。他觉得上屋里没人，他就跷着脚尖，把头盖顶在那大少爷的房子的玻璃窗上，往里看着。他自己也不知道他是要看什么，好像是在凭吊。

其余的家里的孩子，谁也不敢提到哥哥，谁要一提到哥哥，父亲就用眼睛瞪着他们。或者是正在吃饭，或者是正在玩着，若一提到哥哥，父亲就说：

“去吧，去一边玩去吧。”

耿大先生整天不大说话。他的眼睛是灰色的，他在屋子里坐着，他就直直的望着墙壁。他在院子里站着，他就把眼睛望着天边。他什么也不说，什么也不观察，把嘴再紧紧的闭着，好像他的嘴里边已经咬住了一种什么东西。

五

但是现在耿大先生早已经病了，有的时候清醒，有的时候则昏昏沉〔沉〕的睡着。

那就是今年阴历十二月里，他听到儿子大概是死了的消息。

这消息是本街上儿子的从前的一个同学那里传出来的。

正是这些时候，“满洲国”的报纸上大加宣传说是中国要内战了，不打日本了，说是某某军队竟把某某军队一伙给杀光了，说是连军人的家属连妇人带小孩都给杀光了。

这些宣传日本一点也不出于好心，为什么知道他不是出于好心呢？因为下边紧接着就说，还是“满洲国”好，国泰民安，赶快的不要对你们的祖国怀着希望。

耿大先生一看，耿大先生就看出这又在造谣生事了。

耿大先生每天看报的，虽然他不相信，但也留心着，反正没有事做，就拿着报纸当消遣。有一天报上画着些小人，旁边注着字：“自相残杀。”另外还有一张画，画的是日本人，手里拉着“满洲国”的人，向前大步的走去，旁边写着：“日满提携。”

耿大先生看完了报说：

“小□本[1]是亡不了中国的，小□本[2]无耻。”

有一天，耿大先生正在吃饭，客厅里边来了一个青年人在说话，说话的声音不大，说了一会就走了。他也绝没想到其中有事。

耿太太也正在吃饭，知道客厅里来了客人，过去就没有回来，饭也没有吃。

到了晚上，全家都知道了，就是瞒着耿大先生一个人不知道。大少爷在外边当兵打仗死了。

老管事的打着灯笼到庙上去烧香去了，回来把胡子都哭湿了，他说：

“年青青的，那孩子不是那短命的，规矩礼法，温文尔雅……”

1　小□本，小日本。

2　同上。

戴着大皮帽子的家里的长工，翻来复去的说：

“奇怪，奇怪。当兵是穷人当的，像大少爷这身份为啥去当兵的？”

另外一个长工就说：

“打日本吧啦！”

长工们是在伙房里讲着。伙房的锅台上点起小煤油灯来，灯上没有灯罩，所以从火苗上往上升着黑烟。大锅里边煮着猪食，骨碌骨碌的。从锅沿边往上升着白汽，白汽升到房梁上而后结成很大的水点滴下来。除了他们谈论大少爷的说话声之外，水点也在拍达拍达的落着。

耿太太在上屋自己的卧房里哭了好一阵，而后拿着三炷香到房檐头上去跪着念《金刚经》。当她走过来的时候那香火在黑暗里一东一西的迈着步，而后在房檐头上那红红的小火点停住了。

老管事的好像哨兵似的给耿太太守卫着，说大先生没有出来。于是耿太太才喃喃的念起经来。一边念着经，一边呜呜的哭着，哭了一会，忘记了，把声音渐渐的放大起来，老管事的在一旁说：

“小心大先生听见，小点声吧。”

耿太太又勉强着把声收回去，以致那喉咙里边像有什么在横着似的时时起着咯咯的响声。

把经念完了，耿太太昏迷迷的往屋里走。哪想到大先生就在玻璃镜里边站着，她想这事情的原委，已经被他看破，所以当他一问：“你在做什么？”她就把实况说了出来：

“咱们的孩子被中国人打死了。”

耿大先生说：

“胡说。”

于是拿起这些日子所有的报纸来，看了半夜，满纸都是日本人的挑拨离间，却看不出中国人会打中国人来。

直到鸡叫天明，耿大先生伏在案上，枕着那些报纸，忽然做了一梦。

在梦中他的儿子并没有死，而是做了抗日英雄，带领着千军人马，从中国杀向“满洲国”来了。

六

耿大先生一梦醒来，从此就病了，就是那有时昏迷，有时清醒的病。

清醒的时候，他就指挥着伐树，他说：

“伐呀，不伐白不伐。”

把树木都锯成短段，他说：

“烧啊！不烧白不烧，留着也是小日本的。”

等他昏迷的时候，他就要笔要墨要写信，那样的信不知写了多少了，只写信封，而不写内容的。

信封上总是写：

大中华民国□□□□[1]	耿振华吾儿　收	父字

1　□□□□，抗日英雄。

这信不知道他要寄到什么地方去，只是客人一来了，他就说：

“你等一等，给我带一封信去。”

老管事的提着酒瓶子到街上去装酒，从他窗前一经过，他就把他叫住：

“你等一等，我这儿有一封信！给我带去。”

无管什么人上街，若让他看见，他就要带一封信去。

医生来了，一进屋，皮包还没有放下，他就对医生说：

“请等一等，给我带一封信去！”

家里的人，觉得这是一种可怕的情形，若是来了日本客人，他也把那抗日英雄的信托日本人带去，可就糟了。

所以自从他一发了这病，他就被幽禁起来，把他住在最末的一间房子的后间里，前边罩着窗帘，后边上着风窗。

晴天时，太阳在窗帘的外边，那屋子昏黄的，阴天时那屋子是发灰色的。那屋里什么也没有，只有一个高大的暖墙，在一边站着，那暖墙是用白色的突花的瓷砖砌的。其余别的东西都已经搬出去了，只有这暖墙是无法可搬的，只好站在那里让耿大先生迟迟的看来看去。他好像不认识这东西，不知道这东西的性质，有的时候看，有的时候用手去摸抚。

家里的人看了这情形很是害怕，所以把所有的东西都搬开了，不然他就样样的细细的研究，灯台，茶碗，盘子，帽盒子，他都拿在手里观摩。

现在都搬走了，只剩了这暖墙不能搬了。他就细细的用手指摸着这暖墙上的花纹，他说：

“怕这也是日本货吧！”

耿大先生一天很无聊的过着日子。

窗帘整天的挂着，风窗整天的上着，昏昏暗暗的他的生活与世界隔离了。

他的小屋虽然安静，但外边的声音也还是可以听得到的。外边狗咬，或是有脚步声，他就说：

“让我出去看看，有人来了。”

或是：

“有人来了，让他给我带一封信去。”

若有人阻止了他，他也就不动了，旁边若没有人，他会开门就经过耿太太的卧房，再经过客厅就出去的。

二

有一天日本东亚什么什么协进会的干事，一个日本人来到家里了，要与耿大先生谈什么事情，因为他也是协进会的董事。

这一天可把耿太太吓坏了。

“上街去了。”说完了，自己的脸色就变白了。

因为一时着急说错了，假若那日本人听说若是他病在家里不见，这不是被看破了实情，无私也有弊了。

于是大家商量着，把耿大先生又给换了一个住处。这房间又小又冷，原来是个小偏房，是个使女住的。屋里没有壁炉，也没有暖墙，只生了一个炭火盆取暖。因为这房子在所有的房子的背后，或者更周密一些。

但是并不，有一天医生来到家里给耿大先生诊病。正在客厅里谈着，说耿大先生的病没有见什么好，可也没有见坏。

正这时候，掀开门帘，耿大先生进来了，手里拿了一封信说：

“我好了，我好了。请把这一封信给我带去。”

耿太太吓慌了，这假若是日本人在，便糟了。于是又把耿大先生换了一个地方。这回更荒凉了，把他放到花园的角上那凉亭子里去了。

那凉亭子的四角都像和尚庙似的挂着小钟，半夜里有风吹来，发出叮叮的响声。

耿大先生清醒的时候，就说：

“想不到出家当和尚了，真是笑话。”

等他昏迷的时候，他就说：

“给我笔，我写信……”

一

那花园里素常没有人来，因为一到了冬天满园子都是白雪。偶尔一条狗从这园子里经过，那留下来的一连串的脚印，把那完完整整的洁净得连触也不敢触的大雪地给踏破了，使人看了非常的可惜，假若下了第二次雪，那就会平了。假若第二次雪不来，那就会十天八天的留着。

平常人走在路上，没有人留心过脚印。猫蹲在桌子上没有留心过那踪迹。就像鸟雀从天空飞过没有人留心过那影子的一样。但是这平平的雪地若展在前边就不然了。若看到了那上边有一个坑一个点都要追寻它的来历。老鼠从上边跳过去的脚印是一对一对的，好像一对尖尖的枣核打在那上边了。

鸡子从上边走过去，那脚印好像松树枝似的，一个个的。人看了这痕迹，就想要追寻，这是从哪里来的，到哪里去了呢？若是短短的只在雪上绕了一个弯就回来了的，那么一看就看清楚了，那东西在这雪上没有走了多么远。若是那脚印一长串的跑了出去，跑到大墙的那边，或是跑到大树的那边，或是跑到凉亭的那边，让人的眼睛看不见到最后究竟是跑到哪里去了。这一片小小的白雪地四外有大墙围，本来是一个小小的世界，但经过几个脚印足痕的踩踏之后，却显得这世界宽广了。因为一条狗从上边跑过了，那狗究竟是跳墙出去了呢，还是从什么地方跑回来的。再仔细查那脚印，那脚印只是单单的一行，有去路，而没有回路。

耿大先生自从搬到这凉亭里来，就整天的看着这满花园子的大雪。那雪若是刚下过了的，非常的平，连一点痕迹也没有的时候，他就更寂寞了。

那凉亭里边生了一个炭火盆，他寂寞的时候，就往炭火盆上加炭。那炭火盆上冒着蓝烟，他就对着那蓝烟呆呆的坐着。

七

有一天，有两个亲戚来看他，怕是一见了面，又要惹动他的心事，他又要写那“大中华民国抗日英雄耿振华吾儿”的信了。

于是没敢惊动，就围绕着凉亭，踏着雪，企图偷偷的看了就走了。

看了一会，没有人影，又看了一会连影子也没有。

耿太太着慌了，以为一定是什么时候跑出去了。心下想着，跑到什么地方去了呢？可不要撞了乱子。她急忙的走上台阶去，一看那吊在门上的锁，还是好好的锁着。那锁还是耿太太临出来的时候，她自己亲手锁的。

耿太太于是放了心，她想他是睡觉了，她让那两个客人站在门外，她先进去看看。若是他精神明白，就请两位客人进来，若不大明白，就不请他们进来了。免得一见面第二句没有，又是写那“大中华民国”的信了。但是当她把耳〔朵〕贴在门框上去听的时候，她断定他是睡着了，于是她就说，他是睡着了，让他多睡一会儿吧。带着客人，一面说话一面回到正房去了。

厨子给老爷送饭的时候一开门，那满屋子的蓝烟，就从门口跑了出来，往地上一看，耿大先生就在火盆旁边卧着，一只手按着自己的胸口，好像是在睡觉，又好像还有许多话没有说出来似的。

耿大先生被炭烟熏死了。

外边凉亭四角的铃子还在咯棱咯棱的响着。

因为今天起了一点小风，说不定一会工夫还要下清雪的。

（完）

一九四一，三月廿六日。

小城三月 *

一

三月的原野已经绿了，像地衣那样绿，透出在这里，那里。郊原上的草，是必须转折了好几个弯儿才能钻出地面的，草儿头上还顶着那涨破了种粒的壳，发出一寸多高的芽子，欣幸的钻出了土皮。放牛的孩子，在掀起了墙脚片下面的瓦片时，找到了一片草芽了，孩子们到家里告诉妈妈，说："今天草芽出土了！"妈妈惊喜的说："那一定是向阳的地方！"抢根菜[1]的白色的圆石似的籽儿在地上滚着，野孩子一升一斗的在拾。蒲公英发芽了，羊咩咩的叫，乌鸦绕着杨树林子飞，天气一天暖似一天，日子一寸一寸的都有意思。杨花满天照地的飞，像棉花似的。人们出门都是用手捉着，杨花挂着他了。草和牛粪都横在道上，放散着强烈的气味。远远的有用石子打船的声音，空空……的大响传来。

河冰发了，冰块顶着冰块，苦闷的又奔放的向下流。乌鸦站

---

* 本文发表于 1941 年 7 月 1 日（香港）《时代文学》（月刊）第一卷第二期，署名萧红。

1 抢根菜，东北等地常见的野菜，别名野葱、小根菜、薤白、小根蒜、山蒜等等，长得像独头大蒜，但比大蒜小，气味有点像葱。富含氨基酸，营养价值高，有温补作用，健脾开胃助消化。

在冰块上寻觅小鱼吃，或者是还在冬眠的青蛙。

天气突然的热起来，说是“二八月，小阳春”，自然冷天气还是要来的，但是这几天可热了。春天带着强烈的呼唤从这头走到那头……

小城里被杨花给装满了，在榆钱还没变黄之前，大街小巷到处飞着，像纷纷落下的雪块……

春来了，人人像久久等待着一个大暴动，今天夜里就要举行，人人带着犯罪的心情，想参加到解放的尝试……春吹到每个人的心坎，带着呼唤，带着蛊惑……

我有一个姨，和我的堂哥哥大概是恋爱了。

姨母本来是很近的亲属，就是母亲的姊妹。但是我这个姨，她不是我的亲姨，她是我的继母的继母的女儿。那么她可算与我的继母有点血统的关系了，其实也是没有的。因为我这个外祖母已经做了寡妇之后才来到的外祖父家，翠姨就是这个外祖母的原来在另外的一家所生的女儿。

翠姨还有一个妹妹，她的妹妹小她两岁，大概是十七八岁，那么翠姨也就是十八九岁了。

翠姨生得并不是十分漂亮，但是她长得窈窕，走起路来沉静而且漂亮，讲起话来清楚的带着一种平静的感情。她伸手拿樱桃吃的时候，好像她的手指尖对那樱桃十分可怜的样子，她怕把它触坏了似的轻轻的捏着。

假若有人在她的背后招呼她一声，她若是正在走路，她就会停下，若是正在吃饭，就要把饭碗放下，而后把头向着自己的肩膀转过去，而全身并不大转，于是她自觉的闭合着嘴唇，像是有什么要说而一时说不出来似的……

而翠姨的妹妹，忘记了她叫什么名字，反正是一个大说大笑的，不十分修篇幅，和她的姐姐完全不同。花的绿的，红的紫的，只要是市上流行的，她就不大加以选择，做起一件衣服来赶快就穿在身上。穿上了而后，到亲戚家去串门，人家恭维她的衣料怎样漂亮的时候，她总是说，和这完全一样的，还有一件，她给了她的姐姐了。

我到外祖父家去，外祖父家里没有像我一样般大的女孩子陪着我玩，所以每当我去，外祖母总是把翠姨喊来陪我。

翠姨就住在外祖父的后院，隔着一道板墙，一招呼，听见就来了。

外祖父的院子和翠姨住的院子，虽然只隔一道板墙，但是却没有门可通，所以还得绕到大街上去从正门进来。

因此有时翠姨先来到板墙这里，从板墙缝中和我打了招呼，而后回到屋去装饰了一番，才从大街上绕了个圈来到她母亲的家里。

翠姨很喜欢我，因为我在学堂里念书，而她没有，她想什么事我都比她明白。所以她总是有许多事务向我商量，看看我的意见如何。

到夜里，我住在外祖父家里了，她就陪着我也住下的。

每每从睡下了就谈，谈过了半夜，不知为什么总是谈不完……

开初谈的是衣服怎么穿，穿什么样的颜色的。穿什么样的料子。比如走路应该快或是应该慢，有时白天里她买了一个别针，到夜里她拿出来看看，问我这别针到底是好看或是不好看。那时候，大概是十五年前的时候，我们不知别处如何装扮一个女子，而在这个城里几乎个个都有一条宽大的绒绳结的披肩，蓝的，紫的，各色的也有，但最多多不过枣红色了。几乎在街上所见的都是枣红色的大披肩了。

哪怕红的绿的那么多，但总没有枣红色的最流行。

翠姨的妹妹有一张，翠姨有一张，我的所有的同学，几乎每人有一张。就连素不考究的外祖母的肩上也披着一张，只不过披的是蓝色的，没有敢用那最流行的枣红色的就是了。因为她总算年纪大了一点，对年青人让了一步。

还有那时候都流行穿绒绳鞋，翠姨的妹妹就赶快的买了穿上。因为她那个人很粗心大意，好坏她不管，只是人家有她也有，别人是人穿衣裳，而翠姨的妹妹就好像被衣服所穿了似的。芜芜杂杂。但永远合乎着应有尽有的原则。

翠姨的妹妹的那绒绳鞋，买来了，穿上了。在地板上跑着，不大一会工夫，那每只鞋脸上系着一只毛球，竟有一个毛球已经离开了鞋子，向上跳着，只还有一根绳连着，不然就要掉下来了。很好玩的，好像一颗大红枣被系到脚上去了。因为她的鞋子也是枣红色的。大家都在嘲笑着她的鞋子一买回来就坏了。

翠姨，她没有买，她怀疑了好久，无管什么新样的东西到了，她总不是很快的就去买了来，也许她心里边早已经喜欢了，但是看上去她都像反对似的，好像她都不接受。

她必得等到许多人都开始采办了，这时候看样子，她才稍稍有些动心。

好比买绒绳鞋，夜里她和我谈话，问过我的意见，我说也是好看的，我有很多的同学，她们也都买了绒绳鞋。

第二天翠姨就要求我陪着她上街，先不告诉我去买什么，进了铺子选了半天别的，才问到我绒绳鞋。

走了几家铺子，都没有，都说是已经卖完了。我晓得店铺的人总是这样瞎说的。表示他家这店铺平常总是最丰富的，只恰巧你要的这件东西，他就没有了。我劝翠姨说咱们慢慢的走，别家一定会有的。

我们是坐马车从街梢上的外祖父家来到街中心的。

见了第一家铺子，我们就下了马车。不用说，马车我们已经是付过了价钱的。等我们买好了东西回来的时候，会另外叫一辆的。因为我们不知道要得多久。大概看见什么好，虽然不需要也要买点，或是东西已经买全了不必要再多留连，也要留连一会，或是买东西的目的，本来只在一双鞋，而结果鞋子没有买到，反而啰里啰索的买回来许多用不着的东西。

这一天，我们辞退了马车，进了第一家店铺。

在别的大城市里没有这种情形，而在我家乡里往往是这样，坐了马车，虽然是付过了钱，让他去自由去兜揽生意，但是他常常还仍旧等候在铺子的门外，等一出来，他仍旧请你坐他的车吧。

我们走进第一个铺子，一问没有。于是就看了些别的东西，从绸缎看到呢绒，从呢绒再看到绸缎，布匹是根本不看的，并不像母亲们进了店铺那样子，这个买去做被单，那个买去做棉袄的，因为我们管不了被单棉袄的事，母亲们一月不进店铺，一进店铺又是这个便宜应该买，那个不贵，也应该买。比方一块在夏天才用得的花洋布，母亲们冬天里就买起来了，说是趁着便宜多买点，总是用得着的。而我们就不然了，我们是天天进店铺的，天天搜寻些个看的是贵的，值钱的，平常时候，绝对的用不到想不到的。

那一天我们就买了许多花边回来，钉着光片的，带着琉璃的。说不上要做什么样的衣服才配得着这种花边。也许根本没有想到做衣服，就冒然的把花边买下了。一边买着，一边说好，翠姨说好，我也说好。到了后来，回到家里，当众打开了让大家批判，这个一言，那个一语，让大家说得也有点没有主意了，心里已经五六分空虚了。于是赶快的收拾了起来，或者从别人的手中夺过来，把它包起来，说她们不识货，不让她们看了。

勉强说着：

“我们要做一件红金丝绒的袍子，把这个黑琉璃边镶上。”

或是：

“这红的我们送人去……”

说虽仍旧如此说，心里已经八九分空虚了，大概是这些所心爱的，从此就不会再出头露面的了。

在这小城里，商店究竟没有多少，到后来又加上看不到绒绳鞋，心里着急，也许跑得更快些，不一会工夫，只剩了三两家了。而那三两家，又偏偏是不常去的，铺子小，货物少。想来它那里也是一定不会有的了。

我们走进一个小铺子里去，果然有三四双非小即大，而且颜色都不好看。

翠姨有意要买，我就觉得奇怪，原来就不十分喜欢，既然没有好的，又为什么要买呢？让我说着，没有买成，回家去了。

过了两天，我把买鞋子这件事情早经忘了。

翠姨忽然又提议要去买。

从此我知道了她的秘密，她早就爱上了那绒绳鞋了，不过她没有说出来就是，她的恋爱的秘密就是这样子的，她似乎要把它带到坟墓里去，一直不要说出口，好像天底下没有一个人值得听她的告诉……

在外边飞着满天的大雪，我和翠姨坐着马车去买绒绳鞋。我们身上围着皮褥子，赶车的车夫高高的坐在车夫台上，摇晃着身子唱着沙哑的山歌：“喝咧咧……”耳边的风呜呜的啸着，从天上倾下来的大雪迷乱了我们的眼睛，远远的天隐在云雾里，我默默的祝福翠姨快快买到可爱的绒绳鞋，我从心里愿意她得救……

市中心远远的朦朦胧胧的站着，行人很少，全街静悄无声。我们一家挨一家的问着，我比她更急切，我想赶快买到吧，我小心的盘问着那些店员们，我从来不放弃一个细微的机会，我鼓励翠姨，没有忘记一家。使她都有点儿诧异，我为什么忽然这样热心起来，但是我完全不管她的猜疑，我不顾一切的想在这小城里，找出一双绒绳鞋来。

只有我们的马车，因为载着翠姨的愿望，在街上奔驰得特别的清醒，又特别的快。雪下的更大了，街上什么人都冇[1]了，只有我们两个人，催着车夫，跑来跑去。

一直到天都很晚了，鞋子没有买到。翠姨深深的看到我的眼里说："我的命，不会好的。"我很想装出大人的样子，来安慰她，但是没有等到找出什么适当的话来，泪便流出来了。

二

翠姨以后也常来我家住着，是我的继母把她接来的。

因为她的妹妹订婚了，怕是她一旦的结了婚，忽然会剩下她一个人来，使她难过。因为她的家里并没有多少人，只有她的一个六十多岁的老祖父，再就是一个也是寡妇的伯母，带一个女儿。

堂妹妹照理本该在一起玩耍解闷的，但是因为性格的相差太远，一向是水火不同炉的过着日子。

1　冇，读音 mǎo，本字"无"。各地方言中发音略有差异，但都是"没"的意思。

她的堂妹妹，我见过，永久是穿着深色的衣裳，黑黑的脸。一天到晚陪着母亲坐在屋子里，母亲洗衣裳，她也洗衣裳，母亲哭，她也哭，也许她帮着母亲哭她死去的父亲，也许哭的是她们的家穷。那别人就不晓得了。

本来是一家的女儿，翠姨她们两姊妹却像有钱的人家的小姐，而那个堂姊妹，看上去却像乡下丫头。这一点使她得到常常到我们家里来住的权利。

她的亲妹妹订婚了，再过一年就出嫁了。在这一年中，妹妹大大的阔气了起来，因为婆家那方面一订了婚就来了聘礼。这个城里，从前不用大洋票[1]，而用的是广信公司出的帖子[2]，一百吊一千吊的论。她妹妹的聘礼大概是几万吊。所以她忽然不得了起来，今天买这样，明天买那样，花别针一个又一个的，丝头绳一团一团的，带穗的耳坠子，洋手表，样样都有了。每逢出街的时候，她和她的姐姐一道，现在总是她付车钱了，她的姐姐要付，她却百般的不肯，有时当着人面，姐姐一定要付，妹妹一定不肯，结果闹得很窘，姐姐无形中觉得一种权力被人剥夺了。

但是关于妹妹的订婚，翠姨一点也没有羡慕的心理。妹妹未来的丈夫，她是看过的，没有什么好看，很高，穿着蓝袍子黑马

1　大洋票，第一次世界大战后东北地区发行的纸币，以“大洋”（银元）为本位并印有发行地“哈尔滨”字样，故称“哈尔滨大洋票”，简称“哈大洋”。1919 年由中国、交通两银行发行，后东三省银行（号）等相继发行，流通于吉、黑两省。“九一八”之后被伪满洲国中央银行的伪国币取代。大洋票为抵制外币入侵的影响并挽回权益起到很大作用。

2　广信公司出的帖子，广信公司创立于 1904 年，是黑龙江地区第一家具有近代银行性质的民族金融机构。帖子即钱帖（亦称官帖），是官方通过广信公司首次发行的地方纸币，从 1904 年起至 1932 年止，流通近 27 年。对促进黑龙江地方经济发展，抵制外币入侵等具有不可替代的作用。

褂，好像商人，又像一个小土绅士。又加上翠姨太年青了，想不到什么丈夫，什么结婚。

因此，虽然妹妹在她的旁边一天比一天的丰富了起来，妹妹是有钱了，但是妹妹为什么才有钱的，她没有考查过。

所以当妹妹尚未离开她之前，她绝对的没有重视“订婚”的事。

就是妹妹已经出嫁了，她也还是没有重视“订婚”的这事。

不过她常常的感到寂寞。她和妹妹出来进去的，因为家庭环境的孤寂，竟好像一对双生子似的，而今去了一个。不但翠姨自己觉得单调，就是她的祖父也觉得她可怜。

所以自从她的妹妹嫁了，她就不大回家，总是住在她的母亲的家里，有时我的继母也把她接到我们家里。

翠姨非常聪明，她会弹大正琴[1]，就是前些年所流行在中国的一种日本琴，她还会吹箫或是会吹笛子。不过弹那琴的时候却很多。住在我家里的时候，我家的伯父，每在晚饭之后必同我们玩这些乐器的。笛子，箫，口琴，日本琴，风琴，月琴，还有什么打琴[2]。真正的西洋的乐器，可一样也没有。

在这种正玩得热闹的时候，翠姨也来参加了，翠姨弹了一个曲子，和我们大家立刻就配合上了。于是大家都觉得在我们那已经天天闹熟了的老调子之中，又多了一个新的花样。于是立刻我们就加倍的努力，正在吹笛子的把笛子吹得特别响，把笛膜振抖

1　大正琴，日本乐器。相传大正元年（1912年）由森田吾郎创制。构造简单、容易弹奏、音色清脆，深受日本民众喜爱。20世纪20年代传入中国，又称“凤凰琴”“大众琴”等。

2　打琴，即扬琴，又称洋琴、扇面琴、蝴蝶琴等，最常见的击弦乐器，音色特点鲜明，音量宏大；表现力极为丰富，可以独奏、合奏，是民乐队中不可缺少的主要乐器。

得似乎就要爆裂了似的滋滋的叫着。十岁的弟弟在吹口琴，他摇着头，好像要把那口琴吞下去似的，至于他吹的是什么调子，已经是没有人留意了。在大家忽然来了勇气的时候，似乎只需要这种胡闹。

而那按风琴的人，因为越按越快，到后来也许是已经找不到琴键了，只是那踏脚板越踏越快，踏的呜呜的响，好像有意要毁坏了那风琴，而想把风琴撕裂了一般地。

大概所奏的曲子是“梅花三弄”，也不知道接连的弹过了多少圈，看大家的意思都不想要停下来。不过到了后来，实在是气力没有了，找不着拍子的找不着拍子，跟不上调的跟不上调，于是在大笑之中，大家停下来了。

不知为什么，在这么快乐的调子里边，大家都有点伤心，也许是乐极生悲了，把我们都笑得一边流着眼泪，一边还笑。

正这时候，我们往门窗处一看，我的最小的小弟弟，刚会走路，他也背着一个很大的破手风琴来参加了。

谁都知道，那手风琴从来也不会响的。把大家笑死了。在这回得到了快乐。

我的哥哥（伯父的儿子，钢琴弹得很好），吹箫吹得最好，这时候他放下了箫，对翠姨说：“你来吹吧！”翠姨却没有言语，站起身来，跑到自己的屋子去了，我的哥哥，好久好久的看住那帘子。

三

翠姨在我家，和我住一个屋子。月明之夜，屋子照得通亮，翠姨和我谈话，往往谈到鸡叫，觉得也不过刚刚才夜。

鸡叫了，才说："快睡吧，天亮了。"

有的时候，一转身，她又问我：

"是不是一个人结婚太早不好，或许是女子结婚太早是不好的？"

我们以前谈了很多话，但没有谈到这些。

总是谈什么，衣服怎样穿，鞋子怎么买，颜色怎样配，买了毛线来，这毛线应该打个什么样的花纹，买了帽子来，应该批判这帽子还微微有点缺点，这缺点究竟在什么地方，虽然说是不要紧，或者是一点关系也没有，但批评总是要批评的。

有时再谈得远一点，就是表姊表妹之类订了婆家，或是什么亲戚的女儿出嫁了。或是什么耳闻的，听说的，新娘子和新姑爷闹别扭之类。

那个时候，我们的县里，早就有了洋学堂了，小学好几个，大学没有。只有一个男子中学，往往成为谈论的目标，谈论这个，不单是翠姨。外祖母，母亲，姑姑，姐姐之类，都愿意讲究这当地的中学的学生，因为他们一切洋化，穿着裤子，把裤腿卷起来一寸，一张口"格得毛宁"[1]外国话，他们彼此一说话就"答答答"[2]，听说这是什么毛子话。而更奇怪的就是他们见了女人不怕羞。这一点，大家都批评说是不如从前了，从前的书生，一见了女人脸就红。

我家算是最开通的了，叔叔和哥哥他们都到北京和哈尔滨那些大地方去读书了，他们开了不少的眼界，回到家里来，大讲他们那里都是男孩子和女孩子同学。

1 "格得毛宁"，英语 Good morning 的音译，意为早安。

2 "答答答"，俄语 да，да，да 的音译，意为是的，对的。

这一题目，非常的新奇，开初都认为这是造了反。后来因为叔叔也常和女同学通信，因为叔叔在家庭里是有点地位的人。并且父亲从前也加入过国民党，革过命，所以这个家庭都“咸与维新”起来。

因此在我家里一切都是很随便的，逛公园，正月十五看花灯，都是不分男女，一齐去。

而且我家里设了网球场，一天到晚的打网球，亲戚家的男孩子来了，我们也一齐的打。

这都不谈，仍旧来谈翠姨。

翠姨听了很多的故事，关于男学生结婚的事情，就是我们本县里，已经有几件事情是不幸的了。有的结婚了，从此就不回家了，有的娶来了太太，把太太放在另一间屋子里住着，而且自己却永久住在书房里。

每逢讲到这些故事时，多半别人都是站在女的一面，说那男子都是念书念坏了，一看了那不识字的又不是女学生之类就生气。觉得处处都不如他。天天总说是婚姻不自由，可是自古至今，都是爹许娘配的，偏偏到了今天，都要自由，看吧，这还没有自由呢，就先来了花头故事了，娶了太太的不回家，或是把太太放在另一个屋子里。这些都是念书念坏了的。

翠姨听了许多别人家的评论。大概她心里边也有些不平，她就问我不读书是不是很坏的，我自然说是很坏的。而且她看了我们家里男孩子，女孩子通通到学堂去念书的。而且我们亲戚家的孩子也都是读书的。

因此她对我很佩服，因为我是读书的。

但是不久，翠姨就订婚了。就是她妹妹出嫁不久的事情。

她的未来的丈夫，我见过。在外祖父的家里。人长得又低又小，穿一身蓝布棉袍子，黑马褂，头上戴一顶赶大车的人所戴的四耳帽子。

当时翠姨也在的，但她不知道那是她的什么人，她只当是哪里来了这样一位乡下的客人。外祖母偷着把我叫过去，特别告诉了我一番，这就是翠姨将来的丈夫。

不久翠姨就很有钱，她的丈夫的家里，比她妹妹丈夫的家里还更有钱得多。婆婆也是个寡妇，守着个独生的儿子。儿子才十七岁，是在乡下的私学馆里读书。

翠姨的母亲常常替翠姨解说，人小点不要紧，岁数还小呢，再长上两三年两个人就一般高了。劝翠姨不要难过，婆家有钱就好的。聘礼的钱十多万都交过来了，而且就由外祖母的手亲自交给了翠姨，而且还有别的条件保障着，那就是说，三年之内绝对的不准娶亲，借着男的一方面年纪太小为辞，翠姨更愿意远远的推着。

翠姨自从订婚之后，是很有钱的了，什么新样子的东西一到，虽说不是一定抢先去买了来，总是过不了多久，箱子里就要有的了。那时候夏天最流行银灰色市布大衫，而翠姨的穿起来最好，因为她有好几件，穿过两次不新鲜就不要了，就只在家里穿，而出门就又去做一件新的。

那时候正流行着一种长穗的耳坠子，翠姨就有两对，一对红宝石的，一对绿的，而我的母亲才能有两对，而我才有一对。可见翠姨是顶阔气的了。

还有那时候就已经开始流行高跟鞋了。可是在我们本街上却不大有人穿，只有我的继母早就开始穿，其余就算是翠姨。并不是一定因为我的母亲有钱，也不是因为高跟鞋一定贵，只是女人们都没有那么摩登的行为，或者说她们不很容易接受新的思想。

翠姨第一天穿起高跟鞋来，走路还很不安定，但到第二天就比较的习惯了。到了第三天，就是说以后，她就是跑起也是很平稳的。而且走路的姿态更加可爱了。

我们有时也去打网球玩玩，球撞到她脸上的时候，她才用球拍遮了一下，否则她半天也打不到一个球。因为她一上了场站在白线上就是白线上，站在格子里就是格子里，她根本的不动。有的时候，她竟拿着网球拍子站着一边去看风景去。尤其是大家打完了网球，吃东西的吃东西去了，洗脸的洗脸去了，惟有她一个人站在短篱前面，向着远远的哈尔滨市影痴望着。

有一次我同翠姨一同去做客。我继母的族中娶媳妇。她们是八旗人，也就是满人，满人才讲究场面呢，所有的族中的年青的媳妇都必得到场，而个个打扮得如花似玉。似乎咱们中国的社会，是没这么繁华的社交的场面的，也许那时候，我是小孩子，把什么都看得特别繁华，就只说女人们的衣服吧，就个个都穿得和现在西洋女人在夜会里边那么庄严。一律都穿着绣花大袄。而她们是八旗人，大袄的襟下一律的没有开口。而且很长。大袄的颜色枣红的居多，绛色的也有，玫瑰紫的也有。而那上边绣的花的颜色，有的荷花，有的玫瑰，有的松竹梅，一句话，特别的繁华。

她们的脸上，都擦着白粉，她们的嘴上都染得桃红。

每逢一个客人到了门前，她们是要列着队出来应接的，她们都是我的舅母，一个一个的上前来问候了我和翠姨。

翠姨早就熟识她们的，有的叫表嫂子，有的叫四嫂子。而在我，她们就都是一样的，好像小孩子的时候，所玩的用花纸剪成的纸人，这个和那个都是一样，完全没有分别。都是花缎的袍子，都是白白的脸，都是很红的嘴唇。

就是这一次，翠姨出了风头了，她进到屋里，靠着一张大镜子旁坐下了。

女人们就忽然都上前来看她，也许她从来没有这么漂亮过，今天把别人都惊住了。

以我看来翠姨还没有她从前漂亮呢，不过她们说翠姨漂亮得像棵新开的腊梅。翠姨从来不擦胭脂的，而那天又穿了一件为着将来〔作〕新娘子而准备的蓝色缎子满是金花的夹袍。

翠姨让她们围起看着，难为情了起来，站起来想要逃掉似的，迈着很勇敢的步子，茫然的往里边的房间里闪开了。

谁知那里边就是新娘房呢，于是许多的嫂嫂们，就哗然的叫着，说：

“翠姐姐不要急，明年就是个漂亮的新娘子，现在先试试去。”

当天吃饭饮酒的时候，许多客人从别的屋子来呆呆的望着翠姨。翠姨举着筷子，似乎是在思量着，保持着镇静的态度，用温和的眼光看着她们。仿佛她不晓得人们专门在看着她似的。但是别的女人们羡慕了翠姨半天了，脸上又都突然的冷落起来，觉得有什么话要说出，又都没有说，然后彼此对望着，笑了一下，吃菜了。

四

有一年冬天，刚过了年，翠姨就来到了我家。

伯父的儿子——我的哥哥，就正在我家里。

我的哥哥，人很漂亮，很直的鼻子，很黑的眼睛，嘴也好看，头发也梳得好看，人很长，走路很爽快。大概在我们所有的家族中，没有这么漂亮的人物。

冬天，学校放了寒假，所以来我们家里休息。大概不久，学校开学就要上学去了。哥哥是在哈尔滨读书。

我们的音乐会，自然要为这新来的角色而开了。翠姨也参加的。

于是非常的热闹，比方我的母亲，她一点也不懂这行，但是她也列了席，她坐在旁边观看，连家里的厨子，女工，都停下了工作来望着我们，似乎他们不是听什么乐器，而是在看人。我们聚满了一客厅。这些乐器的声音，大概很远的邻居都可以听到。

第二天邻居来串门的，就说：

“昨天晚上，你们家又是给谁祝寿？”

我们就说，是欢迎我们的刚到的哥哥。

因此我们家是很好玩的，很有趣的。不久就来到了正月十五看花灯的时节了。

我们家里自从父亲维新革命，总之在我们家里，兄弟姊妹，一律相待，有好玩的就一齐玩，有好看的就一齐去看。

伯父带着我们，哥哥，弟弟，姨……共八九个人，在大月亮地里往大街里跑去了。那路之滑，滑得不能站脚，而且高低不平。他们男孩子们跑在前面，而我们因为跑得慢就落了后。

于是那在前边的他们回头来嘲笑我们，说我们是小姐，说我们是娘娘。说我们走不动。

我们和翠姨早就连成一排向前冲去，但是不是我倒，就是她倒。到后来还是哥哥他们一个一个的来扶着我们，说是扶着未免的太示弱了，也不过就是和他们连成一排向前进着。

不一会到了市里，满路花灯。人山人海。又加上狮子，旱船，龙灯，秧歌，闹得眼也花起来，一时也数不清多少玩艺。哪里会来得及看，似乎只是在眼前一晃，就过去了，而一会别的又来了，又过去了。其实也不见得繁华得多么了不得了，不过觉得世界上是不会比这个再繁华的了。

商店的门前，点着那么大的火把，好像热带的大椰子树似的。一个比一个亮。

我们进了一家商店，那是父亲的朋友开的。他们很好的招待我们，茶，点心，橘子，元宵。我们哪里吃得下去，听到门外一打鼓，就心慌了。而外边鼓和喇叭又那么多，一阵来了，一阵还没有去远，一阵又来了。

因为城本来是不大的，有许多熟人，也都是来看灯的都遇到了。其中我们本城里的在哈尔滨念书的几个男学生，他们也来看灯了。哥哥都认识他们。我也认识他们，因为这时候我也到哈尔滨念书去了。所以一遇到了我们，他们就和我们在一起，他们出去看灯，看了一会，又回到我们的地方，和伯父谈话，和哥哥谈话。我晓得他们，因为我们家比较有势力，是很愿意和我们讲话的。

所以回家的一路上，又多了两个男孩子。

无管人讨厌不讨厌，他们穿的衣服总算都市化了。个个都穿着西装，戴着呢帽，外套都是到膝盖的地方，脚下很利落清爽。比起我们城里的那种怪样子的外套，好像大棉袍子似的好看得多了。而且颈间又都束着一条围巾，那围巾自然也是全丝全线的花纹。似乎一束起那围巾来，人就更显得庄严，漂亮。

翠姨觉得他们个个都很好看。

哥哥也穿的西装，自然哥哥也很好看。因此在路上她直在看哥哥。

翠姨梳头梳得是很慢的，必定梳得一丝不乱，擦粉也要擦了洗掉，洗掉再擦，一直擦到认为满意为止。花灯节的第二天早晨她就梳得更慢，一边梳头一边在思量。本来按规矩每天吃早饭，必得三请两请才能够出席，今天必得请到四次，她才来了。

我的伯父当年也是一位英雄，骑马，打枪绝对的好。后来虽然已经五十岁了，但是风采犹存。我们都爱伯父的，伯父从小也就爱我们。诗，词，文章，都是伯父教我们的。翠姨住在我们家里，伯父也很喜欢翠姨。今天早饭已经开好了。催了翠姨几次，翠姨总是不出来。

伯父说了一句："林黛玉……"

于是我们全家的人都笑了起来。

翠姨出来了，看见我们这样的笑，就问我们笑什么。我们没有人肯告诉她。翠姨知道一定是笑的她，她就说：

"你们赶快的告诉我，若不告诉我，今天我就不吃饭了，你们读书识字，我不懂，你们欺侮我……"

闹嚷了很久，还是我的哥讲给她听了。伯父当着自己的儿子面前到底有些难为情，喝了好些酒，总算是躲过去了。

翠姨从此想到了念书的问题，但是她已经廿岁了，上哪里去念书？上小学没有她这样大的学生，上中学，她是一字不识怎样可以。所以仍旧住在我们家里。

弹琴，吹箫，看纸牌，我们一天到晚的玩着。我们玩的时候，全体的参加，我的伯父，我的哥哥，我的母亲。

翠姨对我的哥哥没有什么特别的好，我的哥哥对翠姨就像对我们，也是完全的一样。

不过哥哥讲故事的时候，翠姨总比我们留心听些，那是因为她的年龄稍稍比我们大些，当然在理解力上，比我们更接近一些哥哥的了。哥哥对翠姨比对我们稍稍的客气一点。他和翠姨说话的时候，总是"是的""是的"的，而和我们说话则"对啦""对啦"。这显然因为翠姨是客人的关系，而且在名分上比他大。

不过有一天晚饭之后，翠姨和哥哥都没有了。每天饭后大概总要开个音乐会的。这一天也许因为伯父不在家，没有人领导的缘故。大家吃过饭也就散了。客厅里一个人也没有。我想找弟弟和我下一盘棋，弟弟也不见了。于是我就一个人在客厅里按起风琴来，玩了一下也觉得没有趣。客厅是静得很的，在我关上了风琴盖子之后，我就听见了，在后屋里，或者在我的房子里是有人的。

我想一定是翠姨在屋里。快去看看她，叫她出来张罗着看纸牌。

我跑进去一看，不单是翠姨，还有哥哥陪着她。

看见了我，翠姨就赶快的站起来说：

“我们玩去吧。”

哥哥也说：

“我们下棋去，下棋去。”

他们出来陪我来玩棋，这次哥哥总是输，从前是他回回赢我的，我觉得奇怪，但是心里高兴极了。

不久寒假终了，我就回到哈尔滨的学校念书去了。可是哥哥没有同来，因为他上半年生了点病，曾在医院里休养了一些时候，这次伯父主张他再请两个月的假，留在家里。

以后家里的事情，我就不大知道了。都是由哥哥或母亲讲给我听的。我走了以后，翠姨还住在我的家里。

后来母亲还告诉过，就是在翠姨还没有订婚之前，有过这样一件事情。我的族中有一个小叔叔，和哥哥一般大的年纪，说话口吃，没有风采，也是和哥哥在一个学校里读书。虽然他也到我们家里来过，但怕翠姨没有见过。那时外祖母就主张给翠姨提婚。那族中的祖母，一听就拒绝了，说是寡妇的女儿，命不好，也怕没有家教，何况父亲死了，母亲又出嫁了，好女不嫁二夫郎，这种人家的女儿，祖母不要。但是我母亲说，辈分合，他家还有钱，翠姨过门是一品当朝的日子，不会受气的。

这件事情翠姨是晓得的，而今天又见了我的哥哥，她不能不想哥哥大概是那样看她的。她自觉的觉得自己的命运不会好的，现在翠姨自己已经订了婚，是一个人的未婚妻。二则她是出嫁了的寡妇的女儿，她自己一天把这个背了不知有多少遍，她记得清清楚楚。

五

翠姨订婚，转眼三年了，正这时，翠姨的婆家，通了消息来，张罗要娶。她的母亲来接她回去整理嫁妆。

翠姨一听就病了。

但没有几天，她的母亲就带着她到哈尔滨采办嫁妆去了。

偏偏那带着她采办嫁妆的向导又是哥哥给介绍来的他的同学。他们住在哈尔滨的秦家岗上，风景绝佳，是洋人最多的地方。那男学生们的宿舍里边，暖气，洋床。翠姨带着哥哥的介绍信，像一个女同学似的被他们招待着。又加上已经学了俄国人的规矩，处处尊贵女子，所以翠姨当然受了他们不少的尊敬，请她吃大菜，请她看电影。坐马车的时候，上车让她先上，下车的时候，人家扶她下来。她每一动别人都为她服务，外套一脱，就接过去了。她刚一表示要穿外套，就给她穿上了。

不用说，买嫁妆她是不痛快的，但那几天，她总算一生中最开心的时候。

她觉得到底是读大学的人好，不野蛮，不会对女人不客气的，绝不能像她的妹夫常常打她的妹妹。

经这到哈尔滨去一买嫁妆，翠姨就更不愿意出嫁了。她一想那个又丑又小的男人，她就恐怖。

她回来的时候，母亲又接她来到我们家来住着，说她的家里又黑，又冷，说她太孤单可怜。我们家是一团暖气的。

到了后来，她的母亲发现她对于出嫁太不热心，该剪裁的衣裳，她不去剪裁。有一些零碎还要去买的，她也不去买。做母亲的总是常常要加以督促，后来就要接她回去，接到她的身边，好随时提醒她。她的母亲以为年青的人必定要随时提醒的，不然总是贪玩。而况出嫁的日子又不远了，或者就是二三月。

想不到外祖母来接她的时候，她从心的不肯回去，她竟很勇敢的提出来她要读书的要求。她说她要念书，她想不到出嫁。

开初外祖母不肯，到后来，她说若是不让她读书，她是不出嫁的，外祖母知道她的心情，而且想起了很多可怕的事情……

外祖母没有办法，依了她。给她在家里请了一位老先生，就在自己家院子的空房子里边摆上了书桌，还有几个邻居家的姑娘，一齐念书。

翠姨白天念书，晚上回到外祖母家。

念了书，不多日子，人就开始咳嗽，而且整天的闷闷不乐。她的母亲问她，有什么不如意吗？陪嫁的东西买得不顺心吗？或者是想到我们家去玩吗？什么事都问到了。

翠姨摇着头不说什么。

过了一些日子，我的母亲去看翠姨，带着我的哥哥，他们一看见她，第一个印象，就觉得她苍白了不少。而且母亲断言的说，她活不久了。

大家都说是念书累的，外祖母也说是念书累的，没有什么要紧的，要出嫁的女儿们，总是先前瘦的，嫁过去就要胖了。

而翠姨自己则点点头，笑笑，不承认，也不加以否认。还是念书，也不到我们家来了，母亲接了几次，也不来，回说没有工夫。

翠姨越来越瘦了，哥哥去到外祖母家看了她两次，也不过是吃饭，喝酒，应酬了一番。而且说是去看外祖母的。在这里年青的男子，去拜访年青的女子，是不可以的。哥哥回来也并不带回什么欢喜或是什么新奇的忧郁，还是照样和我们打牌下棋。

翠姨后来支持不了啦，躺下了，她的婆婆听说她病，就要娶她，因为花了钱，死了不是可惜了吗？这一种消息，翠姨听了病就更加严重。婆家一听她病重，立刻要娶她。因为在迷信中有这么一章，病新娘娶过来一冲，就冲好了。翠姨听了就只盼望赶快死，拼命的糟蹋自己的身体，想死得越快一点儿越好。

母亲记起了翠姨，叫哥哥去看翠姨。是我的母亲派哥哥去的，母亲拿了一些钱让哥哥给翠姨送去，说是母亲送她在病中随便买点什么吃的。母亲晓得他们年青人是很拘泥的，或者不好意思去看翠姨，也或者翠姨是很想看他的，他们好久不能看见了。同时翠姨不愿出嫁，母亲很久的就在心里边猜疑着他们了。

男子是不好去专访一位小姐的，这城里没有这样的风俗。母亲给了哥哥一件礼物，哥哥就可去了。

一

哥哥去的那天，她家里正没有人，只是她家的堂妹妹应接着这从未见过生疏的年青的客人。

那堂妹妹还没问清客人的来由，就往外跑，说是去找她们的祖父去，请他等一等。大概她想是凡男客就是来会祖父的。

客人只说了自己的名字，那女孩子连听也没有听就跑出去了。

哥哥正想，翠姨在什么地方？或者在里屋吗？翠姨大概听出什么人来了，她就在里边说：

“请进来。”

哥哥进去了，坐在翠姨的枕边，他要去摸一摸翠姨的前额，是否发热，他说：

“好了点吗？”

他刚一伸出手去，翠姨就突然的拉住了他的手而且大声的哭起来了，好像把一颗心也哭出来了似的。哥哥没有准备，就很害怕，不知道说什么做什么。他不知道现在应该是保护翠姨的地位，还是保护自己的地位。同时听得见外边已经有人来了，就要开门进来了。一定是翠姨的祖父。

翠姨平静的向他笑着，说：

“你来得很好，一定是姐姐（我的母亲）告诉你来的，我心里永远记念着她，她爱我一场，可惜我不能去看她了……我不能报答她了……不过我总会记起在她家里的日子的……她待我也许没有什么，但是我觉得已经太好了……我永远不会忘记的……我现在也不知道为什么，心里只想死得快一点就好，多活一天也是多余的……人家也许以为我是任性……其实是不对的。不知为什么，那家对我也是很好的，我要是过去，他们对我也会是很好的，但是我不愿意。我小时候，就不好，我的脾气总是不从心的事，我不愿意……这个脾气把我折磨到今天了……可是我怎能从心呢……真是笑话……谢谢姐姐她还惦着我……请你告诉她，我并不像她想的那么苦呢，我也很快乐……”翠姨痛苦〔的〕笑了一笑，“我心里很安静，而且我求的我都得到了……”

哥哥茫然的不知道说什么，这时祖父进来了。看了翠姨的热度，又感谢了我的母亲，对我哥哥的降临，感到荣幸。他说请我母亲放心吧，翠姨的病马上就会好的，好了就嫁过去。

哥哥看了翠姨就退出去了，从此再没有看见她。

哥哥后来提起翠姨常常落泪，他不知翠姨为什么死，大家也都心中纳闷。

尾　声

等我春假回来，母亲还当我说：

“要是翠姨一定不愿意出嫁，那也是可以的，假如他们当我说。”

…………

翠姨坟头的草籽已经发芽了，一掀一掀的都〔和〕土黏成了一片，坟头显出淡淡的青色，常常会有白色的山羊跑过了。

这时城里的街巷，又装满了春天。

暖和的太阳，又转回来了。

街上有的提着筐子卖蒲公英的了，也有卖小根蒜的了。更有些孩子们他们按着时节去折了那刚在发芽的柳条，正好可以拧成哨子，就含在嘴里满街的吹。声音有高有低，因为那哨子有粗有细。

大街小巷，到处的呜呜呜，呜呜呜。好像春天是从他们的手里招呼回来了似的。但是这为期甚短，一转眼，吹哨子的不见了。

接着杨花飞起来了，榆钱飘满了一地。

在我的家乡那里，春天是快的，五天不出屋，树发芽了，再过五天不看树，树长叶了，再过五天，这树就会绿得使人不认识它了。使人想，这棵树，就是前天的那棵树吗？自己回答自己，当然是的。春天就像跑着似的那么快。好像人能够看见似的，春天从老远的地方跑来了，跑到这个地方只向人的耳朵吹一句小小的声音："我来了呵"，而后很快的就跑过去了。

春，好像它不知多么忙迫，好像无论什么地方都在招呼它，假若它晚到一刻，阳光会变色的，大地会干成石头，尤其是树木，那真是好像再多一刻工夫也不能忍耐，假若春天稍稍在什么地方留连了一下，就会误了不少的生命。

春天为什么它不早一点来，来到我们这城里多住一些日子。而后再慢慢的到另外的一个城里去，在另外的一个城里也多住一些日子。

但那是不能的了，春天的命运就是这么短。

年青的姑娘们，她们三两成双，坐着马车，去选择衣料去了，因为就要换春装了。她们热心的弄着剪刀，打着衣样，想装成自己心中想得出的那么好。她们白天黑夜的忙着，不久春装都换起来了，只是不见载着翠姨的马车来。

一九四一，夏　重抄

萧 红　著/袁 权　主编

萧红全集②

小说卷（下）

金城出版社
GOLD WALL PRESS

目 录 CONTENTS

呼兰河传 *

第一章

一

严冬一封锁了大地的时候，则大地满地裂着口，从南到北，从东到西，几尺长的，一丈长的，还有好几丈长的，它们毫无方向的，便随时随地，只要严冬一到，大地就裂开口了。

严寒把大地冻裂了。

年老的人，一进屋用扫帚扫着胡子上的冰溜，一面说：

“今天好冷啊！地冻裂了。”

赶车的车夫，顶着三星[1]，绕着大鞭子走了六七十里，天刚一蒙亮，进了大店，第一句话就向客栈掌柜的说：

“好厉害的天啊！小刀子一样。”

等进了栈房，摘下狗皮帽子来，抽一袋烟之后，伸手去拿热

---

* 《呼兰河传》1940 年 9 月 1 日—12 月 27 日在（香港）《星岛日报》“星座”副刊连载；1941 年 5 月由（桂林）上海杂志公司初版。署名萧红。

1　三星，猎户座中央三颗明亮的星，民间亦称“大昴星”“二昴星”“三昴星”，冬季天将黑时从东方升起，天将亮时在西方落下，在外的人们常依据其位置变化规律估算时间。

馒头的时候，那伸出来的手在手背上有无数的裂口。

人的手被冻裂了。

卖豆腐的人清早起来沿着人家去叫卖，偶一不慎，就把盛豆腐的方木盘贴大地上拿不起来了。被冻在地上了。

卖馒头的老头，背着木箱子，里边装着热馒头，太阳一出来，就在街上叫唤。他刚一从家里出来的时候，他走的快，他喊的声音也大。可是过不了一会，他的脚上挂了掌子了，在脚心上好像踏着一个鸡蛋似的，圆滚滚的。原来冰雪封满了他的脚底了。使他走起来十分的不得力，若不是十分的加着小心，他就要跌倒了。就是这样，也还是跌倒的。跌倒了是不很好的，把馒头箱子跌翻了，馒头从箱底一个一个的跑了出来。旁边若有人看见，趁着这机会，趁着老头子倒下一时还爬不起来的时候，就拾了几个一边吃着就走了。等老头子挣扎起来，连馒头带冰雪一起捡到箱子去，一数，不对数。他明白了。他向着那走得不太远的吃他馒头的人说：

“好冷的天，地皮冻裂了，吞了我的馒头了。”

路行人听了这话都笑了。他背起箱子来再往前走，那脚下的冰溜，似乎是越结越高，使他越走越困难，于是背上出了汗，眼睛上了霜，胡子上的冰溜越挂越多，而且因为呼吸的关系，把破皮帽子的帽耳朵和帽前遮都挂了霜了。这老头越走越慢，担心受怕，颤颤惊惊，好像初次穿上了滑冰鞋，被朋友推上了溜冰场似的。

小狗冻得夜夜的叫唤，哽哽的，好像它的脚爪被火烧着了一样。

天再冷下去：

水缸被冻裂了；

井被冻住了；

大风雪的夜里，竟会把人家的房子封住，睡了一夜，早晨起来，一推门，竟推不开门了。

大地一到了这严寒的季节，一切都变了样，天空是灰色的，好像刮了大风之后，呈着一种混沌沌的气象，而且整天飞着清雪。人们走起路来是快的，嘴里边的呼吸，一遇到了严寒好像冒着烟似的。七匹马拉着一辆大车，在旷野上成串的一辆挨着一辆的跑，打着灯笼，甩着大鞭子，天空挂着三星。跑了二里路之后，马就冒汗了。再跑下去，这一批人马在冰天雪地里边竟热气腾腾的了。一直到太阳出来，进了栈房，那些马才停止了出汗。但是一停止了出汗，马毛立刻就上了霜。

人和马吃饱了之后，他们再跑。这寒带的地方，人家很少，不像南方，走了一村，不远又来了一村，过了一镇，不远又来了一镇。这里是什么也看不见，远望出去是一片白。从这一村到那一村，根本是看不见的。只有凭了认路的人的记忆才知道是走向了什么方向。拉着粮食的七匹马的大车，是到他们附近的城里去。载来大豆的卖了大豆，载来高粱的卖了高粱。等回去的时候，他们带了油、盐和布匹。

呼兰河就是这样的小城，这小城并不怎样繁华，只有两条大街，一条从南到北，一条从东到西，而最有名的算是十字街了。十字街口集中了全城的精华。十字街上有金银首饰店，布庄，油盐店，茶庄，药店，也有拔牙的洋医生，那医生的门前，挂着很大的招牌，那招牌上画着特别大的有量米的斗那么大的一排牙齿。这广告在这小城里边无乃太不相当，使人们看了竟不知道那是什么东西。因为油店，布店和盐店，他们都没有什么广告，也不过是盐店门前写个“盐”字，布店门前挂了两张怕是自古亦有之的两张布幌子。其余的如药店的招牌也不过是把那戴着花镜的伸出手去在小枕头上号着妇女们的脉管的医生的名字挂在门外就是了。比方那医生的名字叫李永春，那药店也就叫“李永春”。人们凭着记忆，哪怕就是李永春摘掉了他的招牌，人们也都知李永春是在那里。不但城里的人这样，就是从乡下来的人也多半都把这城里的街道，和街道上尽是些什么都记熟了。用不着什么广告，用不着什么招引的方式，要买的比如油盐、布匹之类，自己走进去就会买。不需要的，你就是挂了多大的牌子，人们也是不去买。那牙医生就是一个例子，那从乡下来的人们看了这么大的牙齿，真是觉得希奇古怪，所以那大牌子前边，停了许多人在看，看也看不出是什么道理来。假若他是正在牙痛，他也绝对的不去让那用洋法子的医生给他拔掉，也还是走到李永春药店去，买二两黄连，回家去含着算了吧！因为那牌子上的牙齿太大了，有点莫名其妙，怪害怕的。

所以那牙医生，挂了两三年招牌，到那里去拔牙的却是寥寥无几。

后来那女医生没有办法，大概是生活没法维持，她兼做了收生婆。

城里除了十字街之外，还有两条街，一个叫做东二道街，一个叫做西二道街，这两条街是从南到北的，大概五六里长，这两条街上没有什么好记载的，有几座庙，有几家烧饼铺，有几家粮栈。

东二道街上有一家火磨[1]，那火磨的院子很大，用红色的好砖

1　火磨，即用电动机或内燃机带动的自动磨面机；此处代指面粉加工厂。

砌起来的大烟筒是非常高的，听说那火磨里边进去不得，那里边的消信[1]可多了，是碰不得的。一碰就会把人用火烧死，不然为什么叫火磨呢？就是因为有火，听说那里边不用马，或是毛驴拉磨，用的是火。一般人以为尽是用火，岂不把火磨烧着了吗？想来想去，想不明白，越想也就越糊涂。偏偏那火磨又是不准参观的。听说门口站着守卫。

东二道街上还有两家学堂，一个在南头，一个在北头。都是在庙里边，一个在龙王庙里，一个在祖师庙里。两个都是小学：

龙王庙里的那个学的是养蚕，叫做农业学校。祖师庙里的那个，是个普通的小学，还有高级班，所以又叫做高等小学。

这两个学校，名目上虽然不同，实际上是没有什么分别的。也不过那叫做农业学校的，到了秋天把蚕用油炒起来，教员们大吃几顿就是了。

那叫做高等小学的，没有蚕吃，那里边的学生的确比农业学校的学生长的高，农业学生开头是念“人、手、足、刀、尺”，顶大的也不过十六七岁。那高等小学的学生却不同了，吹着洋号，竟有二十四岁的。在乡下私学馆里已经教了四五年的书了，现在才来上高等小学。也有的在粮站里当了二年的管账先生的现在也来上学了。

这小学的学生写起家信来，竟有写到：“小秃子闹眼睛好了没有？”小秃子就是他的八岁的长公子的小名。次公子，女公子还都没有写上，若都写上怕是把信写得太长了。因为他已经子女成群，已经是一家之主了，写起信来总是多谈一些个家政：姓王

1　消信，即消息儿，也说“消息”，机关的意思，更是指机关的开关。很多能工巧匠会在施工（比如建造古墓）过程中设置各种机关暗簧，即物件上暗藏的机械装置，触动就会牵制其他部分。

的地户的地租送来没有？大豆卖了没有？行情如何之类。

这样的学生，在课堂里边也是极有地位的，教师也得尊敬他，一不留心，他这样的学生就站起来了，手里拿着《康熙字典》，常常把先生会指问住的。万里乾坤的“乾”和乾菜的“乾”，据这学生说是不同的。乾菜的“乾”应该这样写：“乾”，而不是那样写：“乾”。

西二道街上不但没有火磨，学堂也就只有一个。是个清真学校，设在城隍庙里边。

其余的也和东二道街一样，灰秃秃的，若有车马走过，则烟尘滚滚。下了雨满地是泥，而且东二道街上有大泥坑一个，五六尺深。不下雨那泥浆好像粥一样，下了雨，这泥坑就便成河了，附近的人家，就要吃它的苦头，冲了人家里满了是泥，等坑水一落了去，天一晴了，被太阳一晒出来很多蚊子飞到附近的人家去。同时那泥坑也就越晒越纯净，好像在提炼什么似的，好像要从那泥坑里边提炼出点什么来似的。若是一个月以上不下雨，那大泥坑的质度更纯了，水份完全被蒸发走了，那里边的泥，又黏又黑，比粥锅溦糊[1]，比浆糊还黏。好像炼胶的大锅似的，黑糊糊的，油亮亮的，哪怕苍蝇蚊子从那里一飞也要黏住的。

小燕子是很喜欢水的，有时误飞到这泥坑上来，用翅子点着水，看起来很危险，差一点没有被泥坑陷害了它，差一点没有被黏住，赶快的头也不回的飞跑了。

若是一匹马，那就不然了，非黏住不可。而不仅仅是黏住，而是把它陷进去，马在那里边滚着，挣扎着，挣扎了一会，没有了力气那马就躺下了，一躺下那就很危险，很有致命的可能。但

1　溦糊，东北方言，黏稠之意。

是这种时候不很多，很少有人牵着马或是拉着车子来冒这种险。

这大泥坑出乱子的时候，多半是在旱年，若两三个月不下雨这泥坑子才到了真正危险的时候。在表面上看来，似乎是越下雨越坏，一下了水好像小河似的了，该多么危险，有一丈来深，人掉下去也要没顶的。其实不然，呼兰河这城里的人没有这么傻，他们都晓得这个坑是很厉害的，没有一个人敢有这样大的胆子牵着马从这泥坑上过。

可是若三个月不下雨，这泥坑子就一天一天的干下去，到后来也不过是二三尺深，有些勇敢者就试探着冒险的赶着车从上边过去了，还有些次勇敢者，看着别人过去，也就跟着过去了。一来二去的，这坑子的两岸，就压成车轮经过的车辙了。那再后来者，一看，前边已经有人走在先了，这懦怯者比那勇敢的人更勇敢，赶着车子走上去了。

谁知这泥坑子的底是高低不平的，人家过去了，可是他却翻了车了。

车夫从泥坑爬出来，弄得和个小鬼似的，满脸泥污，而后再从泥中往外挖掘他的马，不料那马已经倒在泥污之中了，这时候有些过路的人，也就走上前来，帮忙施救。

这过路的人分成两种，一种是穿着长袍短褂的，非常清洁。看那样子也伸不出手来，因为他的手也是很洁净的。不用说那就是绅一流的人物了，他们是站在一旁参观的。

看那马要站起来了，他们就喝彩，“噢！噢！”的喊叫着，看那马又站不起来，又倒下去了，这时他们又是喝彩，“噢噢”的又叫了几声。不过这喝的是倒彩。

就这样的马要站起来，而又站不起来的闹了一阵之后，仍是没有站起来，仍是照原样可怜的躺在那里。这时候，那些看热闹的觉得也不过如此，也没有什么新花样了。于是星散开去，各自回家去了。

现在再来说那马还是在那里躺着，那些帮忙救马的过路人，都是些普通的老百姓，是这城里的担葱的，卖菜的，瓦匠，车夫之流。他们卷卷裤脚，脱了鞋子，看看没有什么办法，走下泥坑去，想用几个人的力量把那马抬起来。

结果抬不起来了，那马的呼吸不大多了。于是人们着了慌，赶快解了马套。从车子把马解下来，以为这回那马毫无担负的就可以站起来了。

不料那马还是站不起来。马的脑袋露在泥浆的外边，两个耳朵哆嗦着，眼睛闭着，鼻子往外喷着秃秃的气。

看了这样可怜的景象，附近的人们跑回家去，取了绳索，拿了绞锥[1]。用绳子把马捆了起来，用绞锥从下边掘着。人们喊着号令，好像造房子或是架桥梁似的，把马抬出来了。

马是没有死，躺在道旁。人们给马浇了一些水，还给马洗了一个脸。

看热闹的也有来的，也有去的。

第二天大家都说：

“那大水泡子又淹死了一匹马。”

虽然马没有死，一哄起来就说马死了。若不这样说，觉得那大泥坑也太没有什么威严了。

在这大泥坑上翻车的事情不知有多少。一年除了被冬天冻住的季节之外，其余的时间，这大泥坑子像它被付给生命了似的，

1　绞锥，本意是指装车时插在绞紧的煞绳上的木锥，亦称绞根棒子。北方某些地区管螺丝刀也称绞锥或解（音改）锥。

它是活的。水涨了，水落了，过些日子大了，过些日子又小了。大家对它都起着无限的关切。

水大的时间，不但阻碍了车马，且也阻碍了行人，老头走在泥坑子的沿上，两条腿打颤，小孩子走在泥坑子的沿上吓得狼哭鬼叫。

一下起雨来这大泥坑子白亮亮的涨得溜溜的满，涨到两边的人家的墙根上去了，把人家的墙根给淹没了。来往过路的人，一走到这里，就像在人生的路上碰到了打击。是要奋斗的，卷起袖子来，咬紧了牙根，全身的精力集中起来，手抓着人家的板墙，心脏扑通扑通的跳，头不要晕，眼睛不要花，要沉着迎战。

偏偏那人家的板墙造得又非常的平滑整齐，好像有意在危难的时候不帮人家的忙似的，使那行路人无管怎样巧妙的伸出手来，也得不到那板墙的怜悯，东抓抓不着什么，西摸也摸不到什么，平滑得连一个疤拉节子也没有，这可不知道是什么山上长的木头，长得这样完好无缺。

挣扎了五六分钟之后，总算是过去了。弄得满头流汗，满身发烧，那都不说。再说那后来的人，依法炮制，那花样也不多，也只是东抓抓，西摸摸。弄了五六分钟之后，又过去了。

一过去了可就精神饱满，哈哈大笑着，回头向那后来的人，向那正在艰苦阶段上奋斗着的人说：

“这算什么，一辈子不走几回险路那不算英雄。”

可也不然，也不一定都是精神饱满的，而大半是被吓得脸色发白。有的虽然已经过去了，还是不能够很快的抬起腿来走路，因为那腿还在打颤。

这一类胆小的人，虽然是险路已经过去了，但是心里边无由的生起来一种感伤的情绪，心里颤抖抖的，好像被这大泥坑子所感动了似的，总要回过头来望了一望，打量了一会，似乎要有些话说。终于也没有说什么，还是走了。

有一天，下大雨的时候，一个小孩子掉下去了，让一个卖豆腐的救了上来。

救上来一看，那孩子是农业学校校长的儿子。

于是议论纷纷了，有的说是因为农业学堂设在庙里边，冲了龙王爷了，龙王爷要降大雨淹死这孩子。

有的说不然，完全不是这样，都是因为这孩子的父亲的关系，他父亲在讲堂上指手画脚的讲，讲给学生们说，说这天下雨不是在天的龙王爷下的雨，他说没有龙王爷。你看这不把龙王爷活活的气死，他这口气哪能不出呢？所以就抓住了他的儿子来实行因果报应了。

有的说，那学堂里的学生也太不像样了，有的爬上了老龙王的头顶，给老龙王去戴了一个草帽。这是什么年头，一个毛孩子就敢惹这么大的祸，老龙王怎么会不报应呢？看着吧，这还不能算了事，你想龙王爷并不是白人[1]呵！你若惹了他，他可能够饶了你？那不像对付一个拉车的，卖菜的，随便的踢他们一脚就让他们去。那是龙王爷呀！龙王爷还是惹得的吗？

有的说，那学堂的学生都太不像样了，他说他亲眼看见过，学生们拿了蚕放在大殿上老龙王的手上。你想老龙王哪能够受得了。

有的说，现在的学堂太不好了，有孩子是千万上不得学堂的。一上了学堂就天地人鬼神不分了。

有的说他要到学堂把他的儿子领回来，不让他念书了。

1　白人，意近“白丁”，指没有本事没有背景的平民百姓，普通人。

有的说孩子在学堂里念书，是越念越坏，比方吓掉了魂，他娘给他叫魂的时候，你听他说什么？他说这叫迷信。你说再念下去那还了得吗？

说来说去，越说越远了。

过了几天，大泥坑子又落下去了，泥坑两岸的行人通行无阻。

再过些日子不下雨，泥坑子就又有点像要干了。这时候，又有车马开始在上面走，又有车子翻在上面，又有马倒在泥中打滚，又是绳索棍棒之类的，往外抬马，被抬出去的赶着车子走了，后来的，陷进去，再抬。

一年之中抬车抬马，在这泥坑子上不知抬了多少次，可没有一个人说把泥坑子用土填起来不就好了吗？没有一个。

有一次一个老绅士在泥坑涨水时掉在里边了。他一爬出来，他就说：

“这街道太窄了，去了这水泡子连走路的地方都没有了，这两边的院子，怎么不把院墙拆了让出一块来？”

他正说着，板墙里边，就是那院中的老太太搭了言。她说院墙是拆不得的，她说最好种树，若是沿着墙根种上一排树，下起雨来人就可以攀着树过去了。

说拆墙的有，说种树的有，若说用土把泥坑来填平的，一个人也没有。

这泥坑子里边淹死过小猪，用泥浆闷死过狗，闷死过猫，鸡和鸭也常常死在这泥坑里边。

原因是这泥坑上边结了一层硬壳，动物们不认识那硬壳下面就是陷阱，等晓得了可也就晚了。它们跑着或是飞着，等往那硬壳上一落可就再也站不起来了。白天还好，或者有人又要来施救。夜晚可就没有办法了。它们自己挣扎，挣扎到没有力量的时候就很自然的沉下去了，其实也或者越挣扎越沉下去的快。有时至死也还不沉下去的事也有。若是那泥浆的密度过高的时候，就有这样的事。

比方肉上市，忽然卖便宜猪肉了，于是大家就想起那泥坑子来了，说：

“可不是那泥坑子里边又淹死了猪了？”

说着若是腿快的，就赶快跑到邻人的家去，告诉邻居：

“快去买便宜肉吧，快去吧，快去吧，一会没有了。”

等买回家来才细看一番，似乎有点不大对，怎么这肉又紫又青的！可不要是瘟猪肉。

但是又一想，哪能是瘟猪肉呢，一定是那泥坑子淹死的。

于是煎，炒，蒸，煮，家家吃起便宜猪肉来。虽然吃起来了，但就总觉得不大香，怕还是瘟猪肉。

可是又一想，瘟猪肉怎么可以吃得，那么还是泥坑子淹死的吧！

本来这泥坑子一年只淹死一两口猪，或两三口猪，有几年还连一个猪也没有淹死。至于居民们常吃淹死的猪肉，这可不知是怎么一回事，真是龙王爷晓得。

虽然吃的自己说是泥坑子淹死的猪肉，但也有吃病了的，那吃病了的就大发议论说：

“就是淹死的猪肉也不应该抬到市上去卖，死猪肉终究是不新鲜的，税局子是干什么的，让大街上，在光天化日之下就卖起死猪肉来？”

那也是吃了死猪肉的，但是尚且没有病的人说：

“话可也不能是那么说，一定是你疑心，你三心二意的吃下去还会好。你看我们也一样是吃了，可怎么没病？”

间或也有小孩子太不知时务，他说他妈不让他吃，说那是瘟猪肉。

这样的孩子，大家都不喜欢。大家都用眼睛瞪着他，说他：

“瞎说，瞎说。”

有一次一个孩子说那猪肉一定是瘟猪肉，并且是当着母亲的面向邻人说的。

那邻人听了倒并没有坚绝的表示什么，可是他的母亲的脸立刻就红了。伸出手去就打了那孩子。

那孩子很固执，仍是说：

“是瘟猪肉嘛！是瘟猪肉嘛！”

母亲实在难为情起来，就拾起门旁的烧火的叉子，向着那孩子的肩膀就打了过去。

于是孩子一边哭着一边跑回家里去了。

一进门，炕沿上坐着外祖母，那孩子一边哭着一边扑到外祖母的怀里说：

“姥姥，你吃的不是瘟猪肉吗？我妈打我。”

外祖母对这打得可怜的孩子本想安慰一番，但是一抬头看见了同院的老李家的奶妈站在门口往里看。

于是外祖母就掀起孩子后衣襟来，用力的在孩子的屁股上啌啌的打起来，嘴里还说着：

“谁让你这么一点你就胡说八道！”

一直打到李家的奶妈抱着孩子走了才算完事。

那孩子哭得一蹋糊涂，什么“瘟猪肉”不“瘟猪肉”的，哭得也说不清了。

总共这泥坑子施给当地居民的福利有两条：

第一条：常常抬车抬马，淹鸡淹鸭，闹得非常热闹，可使居民说长道短，得以消遣。

第二条就是这猪肉的问题了，若没有这泥坑子，可怎么吃瘟猪肉呢？吃是可以吃的，但是可怎么说法呢？真正说是吃的瘟猪肉，岂不太不讲卫生了吗？有这泥坑子可就好办，可以使瘟猪变成淹猪，居民们买起肉来，第一经济，第二也不算什么不卫生。

二

东二道街除了大泥坑子这番盛举之外，再就没有什么了。也不过是几家碾磨房，几家豆腐店，也有一两家机房，也许有一两家染布匹的染缸房，这个也不过是自己默默的在那里做着自己的工作，没有什么可以使别人开心的，也不能招来什么议论。那里边的人都是天黑了，就睡觉，天亮了就起来工作。一年四季，春暖花开，秋雨，冬雪，也不过是随着季节穿起棉衣来，脱下单衣去的过着。生老病死也都是一声不响的默默的办理。

比方就是那东二道街南头，卖豆芽菜的王寡妇吧：她在房脊上插了一个很高的杆子，杆子头上挑着一个破筐。因为那杆子很高，差不多和龙王庙的铁马铃子一般高了。来了风，庙上的铃子格仍格仍的响。王寡妇的破筐子虽是它不会响，但是它也会东摇西摆的作着态。

就这样一年一年的过去，王寡妇一年一年的卖着豆芽菜，平静无事，过着安祥的日子。忽然有一年夏天，她的独子到河边去洗澡，掉河淹了。

这事情似乎轰动了一时，家传户晓，可是不久也就平静下去了。不但邻人，街坊，就是她的亲戚朋友也都把这回事情忘记了。

再说那王寡妇，虽然她从此以后就疯了，但她到底还晓得卖豆芽菜，她仍还是静静的活着，虽然偶尔她的疯性发了，在大街上或是在庙台上狂哭一场，但一哭过了之后，她还是平平静静的活着。

至于邻人街坊们，或是过路的人看见了她在庙台上哭，也会引起一点恻忍之心来的，不过为时甚短罢了。

还有人们常常喜欢把一些不幸者归划在一起，比如疯子傻子之类，都一律去看待。

哪个乡，哪个县，哪个村都有些个不幸者，瘸子啦，瞎子啦，疯子或是傻子。

呼兰河这城里，就有许多这一类的人。人们关于他们都似乎听得多，看得多，也就不以为奇了。偶尔在庙台上或是大门洞里不幸遇到了一个，刚想多少加一点恻忍之心在那人身上，但是一转念，人间这样的人多着哩！于是转过眼睛去，三步两步的就走过去了。即或有人停下来，也不过是和那些毫没有记性的小孩子似的向那疯子投一个石子，或是做着把瞎子故意领到水沟里边去的事情。

一切不幸者，就都是叫化子，至少在呼兰河这城里边是这样。

人们对待叫化子们是很平凡的。

门前聚了一群狗在咬，主人问：

“咬什么？”

仆人答：

“咬一个讨饭的。”

说完了也就完了。

可见这讨饭人的活着是一钱不值了。

卖豆芽菜的女疯子，虽然她疯了还忘不了自己的悲哀，隔三差五的还到庙台上去哭一场，但是一哭完了，仍是得回家去吃饭，睡觉，卖豆芽菜。

她仍是平平静静的活着。

三

再说那染缸房里边，也发生过不幸。两个年青的学徒，为了争一个街头上的妇人，其中的一个把另一个按进染缸子给淹死了。死了的不说，就说那活着的也下了监狱，判了个无期徒刑。

但这也是不声不响的把事就解决了，过了三年二载，若有人提起那件事来，差不多就像人们讲着岳飞、秦桧似的，久远得不知多少年前的事情似的。

同时发生这件事情的染缸房，仍旧是在原址，甚或连那淹死人的大缸也许至今还在那儿使用着。从那染缸房发卖出来的布匹，仍旧是远近的乡镇都流通着。蓝色的布匹男人们做起棉布棉袄来，冬天穿它来抵御严寒。红色的布匹，则做成大红袍子，给十八九岁的姑娘穿上，让她去做新娘子。

总之，除了这染缸房子在某年某月某日死了一个人外，其余的世界，并没有因此而改动了一点。

再说那豆腐房里边也发生过不幸：两个伙计打仗，竟把拉磨的小驴的腿打断了。

因为它是驴子，不谈它也就罢了。只因为这驴子哭瞎了一个妇人的眼睛（即打了驴子那人的母亲），所以不能不记上。

再说那造纸的纸房里边，把一个私生子活活饿死了。因为他是一个初生的孩子，算不了什么。也就不说他了。

四

其余的东二道街上，还有几家扎彩铺。这是为死人而预备的。

人死了，魂灵就要到地狱里边去，地狱里边怕是他没有房子住，没有衣裳穿，没有马骑。活着的人就为他做了这么一套，用火烧了，据说是到阴间就样样都有了。

大至喷钱兽，聚宝盆，大金山，大银山，小至丫鬟使女，厨房里的厨子，喂猪的猪官，再小至花盆，茶壶茶杯，鸡鸭鹅犬，以至窗前的鹦鹉。

看起来真是万分的好看，大院子也有院墙，墙头上是金色的琉璃瓦。一进了院，正房五间，厢房三间，一律是青砖红瓦房，窗明几净，空气特别新鲜。花盆一盆一盆的摆在花架子上，石柱子，金百合，马蛇菜，九月菊都一齐的开了。看起使人不知道是什么季节，是夏天还是秋天，居然间马蛇菜也和菊花同时站在一起。也许阴间是不分什么春夏秋冬的，这且不说。

再说那厨房里的厨子，真是活神活现，比真的厨子真是干净到一千倍，头戴白帽子，身扎白围裙，手里边在做拉面条。似乎午饭的时候就要到了，煮了面就要开饭了似的。

院子里的牵马童，站在一匹大白马的旁边，那马好像是阿拉伯马，特别高大，英姿挺立，假若有人骑上，看样子一定比火车跑得更快。就是呼兰河这城里的将军，相信他也没有骑过这样的马。

小车子，大骡子，都排在一边。骡子是油黑的，闪亮的，用鸡蛋壳做的眼睛，所以眼珠是不会转的。

大骡子旁边还站着一匹小骡子，那小骡子也特别好看，眼珠是和大骡子一般的大。

小车子装璜得特别漂亮，车轮子都是银色的，车前边的帘子是半卷半掩的，使人得以看到里边去。车里边是红堂堂的铺着大红的褥子。赶车的坐在车沿上，满脸是笑，得意洋洋，装饰得特别漂亮，扎着紫色的腰带，穿着蓝色花丝葛的大袍，黑缎鞋，雪白的鞋底。大概穿起这鞋来还没有走路就赶起车来了。他头上戴着黑帽头，红帽顶。把脸扬着，他蔑视着一切，越看他越不像一个车夫，好像一位新郎。

公鸡三两只，母鸡七八只，都是在院子里边静静的啄食，一声不响。鸭子也并不呱呱的乱叫，叫得烦人。狗蹲在上房的门旁，非常的守职，一动不动。

看热闹的人，人人说好，个个称赞。穷人们看了这个竟觉得活着还没有死了好。

正房里，窗帘，被格[1]，桌椅板凳，一切齐全。

还有一个管家的，手里拿着一个算盘在打着。旁边还摆着一个账本，上边写着：

北烧锅[2]欠酒二十二巾[3]

东乡老王家昨借米二十担

白旗屯泥人子昨送地租四百卅吊

白旗屯二傻子共欠地租两千吊

这以下写了个：

四月廿八日

以上的是四月廿七日的流水账，大概廿八日的还没有写呢！

1　被格，东北及北方部分地区炕上安在墙壁上放被褥的架子。

2　烧锅，旧时指称酿制烧酒（白酒）的作坊。

3　“巾”，旧时“斤”之通俗写法。

看这账目也就知道阴间欠了账也是马虎不得的，也设了专门人才，即管账先生一流的人物来管。同时也可以看出来，这大宅子的主人不用说就是个地主了。

这院子里边，一切齐全，一切都好，就是看不见这院子的主人在什么地方，未免的使人疑心这么好的院子而没有主人了。这一点似乎使人感到空虚，无着无落的。

再一回头看，就觉得这院子终归是有点两样，怎么丫鬟使女，车夫，马童的胸前都挂着一张纸条，那纸条上写着他们每个人的名字：

那漂亮得和新郎似的车夫的名字叫：

“长鞭”

马童的名字叫：

“快腿”

左手拿着水烟袋，右手抡着花手巾的小丫鬟叫：

“德顺”

另外一个叫：

“顺手”

管账的先生叫：

“妙算”

提着喷壶在浇花的使女叫：

“花姐”

再一细看才知道那匹大白马也是有名字的，那名字是贴在马屁股上的，叫：

“千里驹”

其余的，如骡子，狗，鸡，鸭之类没有名字。

那在厨房里拉着面条的“老王”，他身上写着他名字的纸条，来风一吹，还忽咧忽咧的跳着。

这可真有点奇怪，自家的仆人，自己都不认识了，还要挂上个名签。

这一点未免的使人迷离恍惚，似乎阴间究竟没有阳间好。

虽然这么说，羡慕这座宅子的人还是不知多少。因为的确这座宅子是好，清悠，闲静，鸦雀无声，一切规整，绝不紊乱。丫鬟，使女，照着阳间的一样，鸡犬猪马，也都和阳间一样，阳间有什么，到了阴间也有，阳间吃面条，到了阴间也吃面条，阳间有车子坐，到了阴间也一样的有车子坐，阴间是完全和阳间一样，一模一样的。

只不过没有东二道街上那大泥坑子就是了。是凡好的一律都有，坏的不必有。

五

东二道街上的扎彩铺，就扎的是这一些。一摆起来又威风，又好看，但那作房里边是乱七八糟的，满地碎纸，球杆棍子一大堆，破盒子，乱罐子，颜料瓶子，浆糊盆，细麻绳，粗麻绳……走起路来，会使人跌倒。那里边砍的砍，绑的绑，苍蝇也来回的飞着。

要做人，先做一个脸孔，糊好了，挂在墙上，男的女的，到用的时候，摘下一个来就用。给一个用球杆捆好的人架子，穿上衣服，装上一个头就像人了。把一个瘦骨伶仃的用纸糊好的马架子，上边贴上用纸剪成的白毛，那就是一匹很漂亮的马了。

做这样的活计的，也不过是几个极粗糙极丑陋的人，他们虽懂得怎样打扮一个马童或是打扮一个车夫，怎样打扮一个妇人女子。但他们对他们自己是毫不加修饰的，长头发的，毛头发的，歪嘴的，斜眼的，赤足裸膝的，似乎使人不能相信，这么漂亮煊眼耀目，好像要活了的人似的，是出于他们之手。

他们吃的是粗菜，粗饭，穿的是破乱的衣服，睡觉则睡在车马、人、头之中。

他们这种生活，似乎也很苦的。但是一天一天的，也就糊里糊涂的过去了，也就随着春夏秋冬，脱下单衣去，穿起棉衣来的过去了。

生，老，病，死，都没有什么表示。生了就任其自然的长去，长大就长大，长不大也就算了。

老，老了也没有什么关系，眼花了，就不看，耳聋了，就不听，牙掉了，就整吞，走不动了，就瘫着。这有什么办法，谁老谁活该。

病，人吃五谷杂粮，谁不生病呢?

死，这回可是悲哀的事情了，父亲死了儿子哭。儿子死了母亲哭，哥哥死了一家全哭，嫂子死了，她的娘家人来哭。

哭了一朝或是三日，就总得到城外去，挖一个坑把这人埋起来。

埋了之后，那活着的仍旧得回家照旧的过着日子。该吃饭，吃饭。该睡觉，睡觉。外人绝对看不出来是他家已经没有了父亲或是失掉了哥哥，就连他们自己也不是关起门来，每天哭上一场。他们心中的悲哀，也不过是随着当地的风俗的大流逢年遇节的到坟上去观望一回，二月过清明，家家户户都提着香火去上坟茔，有的坟头上塌了一块土，有的坟头上陷了几个洞，相观之下，感慨希嘘，烧香点酒。若有还亲的人如子女父母之类，往往且哭上一场；那哭的语句，数数落落，无异是在做一篇文章或者是在诵一篇长诗。歌诵完了之后，站起来拍拍屁股上的土，也就随着上坟的人们回城的大流，回城去了。

回到城中的家里，又得照旧的过着日子，一年柴米油盐，浆洗缝补。从早晨到晚上忙了个不休。夜里疲乏之极，躺在炕上就睡了。在夜梦中并梦不到什么悲哀的或是欣喜的景况，只不过咬着牙，打着哼，一夜一夜的就都这样的过去了。

假若有人问他们，人生是为了什么？他们并不会茫然无所对答的，他们会直接了当的不加思索的说了出来："人活着是为吃饭穿衣。"

再问他，人死了呢？他们会说："人死了就完了。"

所以没有人看见过做扎彩匠的活着的时候为他自己糊一座阴宅，大概他不怎么相信阴间。假如有了阴间，到那时候他再开扎彩铺，怕是又要租人家的房子了。

六

呼兰河城里，除了东二道街，西二道街，十字街之外，再就都是些个小胡同了。

小胡同里边更没有什么了，就连打烧饼麻花的店铺也不大有，就连卖红绿糖球的小床子，也都是摆在街口上去，很少有摆在小胡同里边的。那些住在小街上的人家，一天到晚看不见多少闲散杂人。耳听的眼看的，都比较的少，所以整天寂寂寞寞的，关起门来在过着生活。破草房有上半间，买上二斗豆子，煮一点盐豆下饭吃，就是一年。

在小街上住着，又冷清，又寂寞。

一个提篮子卖烧饼的，从胡同的东头喊，胡同的西头都听到了。虽然不买，若走谁家的门口，谁家的人都是把头探出来看看，间或有问一问价钱的，问一问糖麻花和油麻花现在是不是还卖着前些日子的价钱。

间或有人走过去掀开了筐子上盖着的那张布，好像要买似的，拿起一个来摸一摸是否还是热的。

摸完了也就放下了，卖麻花的也绝对的不生气。

于是又提到第二家的门口去。

第二家的老太婆也是在闲着，于是就又伸出手来，打开筐子，摸了一回。

摸完了也是没有买。

等到了第三家，这第三家可要买了。

一个三十多岁的女人，刚刚睡午觉起来，她的头顶上梳着一个卷，大概头发不怎样整齐，发卷上罩着一个用大黑珠线织的网子，网子上还插了不少的疙疸针。可是因为这一睡觉，不但头发乱了，就是那些疙疸针也都跳出来了，好像这女人的发卷上被射了不少的小箭头。

她一开门就很爽快，把门扇刮打的往两边一分，她就从门里闪出来了。随后就跟出来五个孩子。这五个孩子也都个个爽快。像一个小连队似的，一排就排好了。

第一个是女孩子，十二三岁。伸出手来就拿了一个五吊钱一只的一竹筷子长的大麻花。她的眼光很迅捷，这麻花在这筐子里的确是最大的，而且就只有这一个。

第二个是男孩子，拿了一个两吊钱一只的。

第三个也是拿了个两吊钱一只的。也是个男孩子。

第四个看了看，没有办法，也只得拿了一个两吊钱的。也是个男孩子。

轮到第五个了，这个可分不出来是男孩子，还是女孩子。头是秃的，一只耳朵上挂着钳子[1]，瘦得好像个干柳条，肚子可特别大。看样子也不过五岁。

一伸手，他的手就比其余的四个的都黑得更厉害，其余的四个，虽然他们的手也黑得够厉害的，但总还认得出来那是手，而不是别的什么，唯有他的手是连认也认不出来了，说是手呢！说是什么呢，说什么都行。完全起着黑的灰的，深的浅的，各种的云层。看上去，好像看隔山照[2]似的，有无穷的趣味。

他就用这手在笸子里边挑选，几乎是每个都让他摸过了，不一会工夫，全个的笸子都让他翻遍了。本来这笸子虽大，麻花也并没有几只。除了一个顶大的之外，其余小的也不过十来只，经了他这一翻，可就完全遍了。弄了他满手是油，把那小黑手染得油亮油亮的，黑亮黑亮的。

而后他说：

“我要大的。”

于是就在门口打了起来。

他跑得非常之快，他去追着他的姐姐。他的第二个哥哥，他的第三个哥哥，也都跑了上去，都比他跑得更快。再说他的大姐，那个拿着大麻花的女孩，她跑得更快到不能想像了。已经找到一块墙的缺口的地方，跳了出去，后边的也就跟着一溜烟的跳过去。等他们刚一追着跳过去，那大孩子又跳回来了，在院子里跑成了一阵旋风。

那个最小的，不知是男孩子还是女孩子的，早已追不上了。落

1　钳子，此处指耳环。

2　隔山照，本意是指一种古老的道术，通过手掌上的显光可知、可查许多问题的原因，如经营失利、邪魔肆虐等；还能查何人盗物、阴阳宅吉凶信息等。此处采用引申意，指彩霞隔着云层映出了幻象。

在后边，在号啕大哭。间或也想捡一点便宜，那就是当他的两个哥哥，把他的姐姐已经扭住的时候，他就趁机会想要从中抢他姐姐手里的麻花。可是几次都没有做到，于是又落在后边号啕大哭。

他们的母亲，虽然是很有威风的样子，但是不动手是招呼不住他们的。母亲看了这样子也还没有个完了，就进屋去，拿起烧火的铁叉子来，向着她的孩子就奔去了。不料院子里有一个小泥坑，是猪在里打腻的地方。她恰好就跌在泥坑那儿了，把叉子跌出去五尺多远。

于是这场戏才算达到了高潮，看热闹的人没有不笑的，没有不称心愉快的。

就连那卖麻花的人也看出神了，当那女人坐到泥坑中把泥花四边溅起来的时候，那卖麻花的差一点没把筐子掉了地下。他高兴极了，他早已经忘了他手里的筐子了。

至于那几个孩子，则早就不见了。

等母亲起来去把他们追回来的时候，那做母亲的这回可发了威风，让他们一个一个的向着太阳跪下，在院子里排起一小队来，把麻花一律的解除。

顶大的孩子的麻花没有多少了，完全被撞碎了。

第三个孩子的已经吃完了。

第二个的还剩了一点点。

只有第四个的还拿在手上没有动。

第五个，不用说，根本没有拿在手里。

闹到结果，卖麻花的和那女人吵了一阵之后提着筐子又到另一家去叫卖去了。他和那女人所吵的是关于那第四个孩子手上拿了半天的麻花又退回了的问题，卖麻花的坚持着不让退，那女人又非退回不可。结果是付了三个麻花的钱，就把那提篮子的人赶了出来了。

为着麻花而下跪的五个孩子不提了。再说那一进胡同口就被挨家摸索过来的麻花，被提到另外的胡同里去，到底也卖掉了。

一个已经脱完了牙齿的老太太买了其中的一个，用纸裹着拿到屋子去了。她一边走着一边说：

“这麻花真干净，油亮亮的。”

而后招呼了她的小孩子，快来吧。

那卖麻花的人看了老太太很喜欢这麻花，于是就又说：

“是刚出锅的，还热忽着哩！”

七

过去了卖麻花的，后半天，也许又来了卖凉粉的，也是一在胡同口的这头喊，那头就听到了。

要买的拿着小瓦盆出去了。不买的坐在屋子一听这卖凉粉的一招呼，就知道是应烧晚饭的时候了。因为这凉粉一个整个的夏天都是在太阳偏西，他就来的，来得那么准，就像时钟一样，到了四五点钟他必来的。就像他卖凉粉专门到这一条胡同来卖似的。似乎在别的胡同里就没有为着多卖几家而耽误了这一定的时间。

卖凉粉的一过去了。一天也就快黑了。

打着拨楞鼓的货郎，一到太阳偏西，就再不进到小巷子里来，就连僻静的街他也不去了，他担着担子从大街口走回家去。

卖瓦盆的，也早都收市了。

捡绳头的，换破乱的[1]也都回家去了。

1　换破乱的，即换破烂儿的。东北部分地区方言中，“乱”通常是“烂”的意思。后文同。

只有卖豆腐的则又出来了。

晚饭时节，吃了小葱沾大酱就已经很可口了，若外加上一块豆腐，那真是锦上添花，一定要多浪费两碗包米大云豆粥的。一吃就吃多了，那是很自然的，豆腐加上点辣椒油，再拌上点大酱，那是多么可口的东西，用筷子触了一点点豆腐，就能够吃下去半碗饭，再到豆腐上去触了一下，一碗饭就完了。因为豆腐而多吃两碗饭，并不算多吃得多。没有吃过的人，不能够晓得其中的滋味的。

所以卖豆腐的一来了，男女老幼，全都欢迎。打开门来，笑盈盈的，虽然不说什么，但是彼此有一种融洽的感情，默默生了起来。

似乎卖豆腐的在说：

“我的豆腐真好！”

似乎买豆腐的回答：

“你的豆腐果然不错。”

买不起豆腐的人对那卖豆腐的，就非常的羡慕，一听了那从街口越招呼越近的声音，就特别的感到诱惑，假若能吃一块豆腐可不错，切上一点青辣椒，拌上一点小葱子。

但是天天这样想，天天就没有买成，卖豆腐的一来，就把这等人白白的引诱一场。于是那被诱惑的人，仍然逗不起决心，就多吃几口辣椒，辣得满头是汗。他想假若一个人开了一个豆腐房可不错，那就可以自由随便的吃豆腐了。

果然，他的儿子长到五岁的时候，问他：

“你长大了干什么？”

五岁的孩子说：

“开豆腐房。”

这显然要继承他父亲未遂的志愿。

关于豆腐这美妙的一盘菜的爱好，竟有还甚于此的，竟有想要倾家荡产的。传说上，有这样的一个家长，他下了决心，他说：

“不过了，买一块豆腐吃去！”这“不过了”的三个字，用旧的语言来翻译，就是毁家纾难的意思；用现代的话来说，就是：“我破产了！”

八

卖豆腐的一收了市，一天的事情都完了。

家家户户都把晚饭吃过了。吃过了晚饭，看晚霞的看晚霞，不看晚霞的躺到炕上去睡觉的也有。

这地方的晚霞是很好看的，有一个土名，叫火烧云。说“晚霞”人们不懂，若一说“火烧云”就连三岁的孩子也会呀呀的往西天空里指给你看。

晚饭一过，火烧云就上来了。照得小孩子的脸是红的。把大白狗变成红色的狗了。红公鸡就变成金的了。黑母鸡变成紫檀色的了。喂猪的老头子，往墙根上靠，他笑盈盈的看着他的两匹小白猪，变成小金猪了，他刚想说：

“他妈的，你们也变了……”

他的旁边走来了一个乘凉的人，那人说：

“你老人家必要高寿，你老是金胡子了。”

天空的云，从西边一直烧到东边，红堂堂的，好像是天着了火。

这地方的火烧云变化极多，一会红堂堂的了，一会金洞洞的了，一会半紫半黄的，一会半灰半百合色。葡萄灰，大黄梨，紫茄子，这些颜色天空上边都有。还有些说也说不出来的，见也未曾见过的，诸多种的颜色。

五秒钟之内，天空里有一匹马，马头向南，马尾向西，那马是跪着的，像是在等着有人骑到它的背上，它才站起来。再过一秒钟，没有什么变化。再过两三秒钟，那匹马加大了，马腿也伸开了，马脖子也长了，但是一条马尾巴却不见了。

看的人，正在寻找马尾巴的时候，那马就变靡了[1]。

忽然又来了一条大狗，这条狗十分凶猛，它在前边跑着，它的后面似乎还跟了好几条小狗仔。跑着跑着，小狗仔不知跑到哪里去了，大狗也不见了。

又找到了一个大狮子，和娘娘庙门前的大石头狮子一模一样的，也是那么大，也是那样的蹲着，很威武的，很镇静的蹲着，它表示着抹视一切的样子，似乎眼睛连什么也不睬，看着看着的，一不谨慎，同时又看到了别一个什么。这时候，可就麻烦了，人的眼睛不能同时又看东，又看西。这样子会活活把那个大狮子糟踏了。一转眼，一低头，那天空的东西就变了。若是再找，怕是看瞎了眼睛也找不到了。

大狮子既然找不到，另外的那什么：比方就是一个猴子吧，猴子虽不如大狮子，可同时也没有了。

一时恍恍惚惚的，满天空里又像这个，又像那个，其实是什么也不像，什么也没有了。

必须是低下头去。把眼睛揉一揉，或者是沉静一会再来看。

可是天空偏偏又不常常等待着那些爱好它的孩子。一会工夫火烧云下去了。

---

1 变靡了，变没了（找不见了）。靡：无，没有。

于是孩子们困倦了，回屋去睡觉了。竟有还没能来得及进屋的，就靠在姐姐的腿上，或者是依在祖母的怀里就睡着了。

祖母的手里，拿着白马鬃的蝇甩子，就用蝇甩子给他驱逐着蚊虫。

祖母还不知道这孩子是已经睡了，还以为他在那里玩着呢！

“下去玩一会去吧！把奶奶的腿压麻了。”

用手一推，那孩子已经睡得摇摇晃晃的了。

这时候，火烧云已经完全下去了。

于是家家户户都进屋去睡觉，关起窗门来。

呼兰河这地方，就是在六月里也是不十分热的，夜里总要盖着薄棉被睡觉。

等黄昏之后的乌鸦飞过时，只能够隔着窗子听到那很少的尚未睡的孩子在嚷叫：

“乌鸦，乌鸦你打场，
给你二斗粮……
…………”

那铺天盖地的一群黑乌鸦，啊啊的大叫在整个的县城的头顶上飞过去了。

据说飞过了呼兰河的南岸，就在一个大树林子里边住下了。明天早晨起来再飞。

夏秋之间每夜要过乌鸦，究竟这些成百成千的乌鸦过到哪里去，孩子们是不大晓得的，大人们也不大讲给他们听。

只晓得念这套歌，“乌鸦乌鸦你打场，给你二斗粮。”

究竟给乌鸦二斗粮做什么，似乎不大有道理。

九

乌鸦一飞过，这一天才真正的过去了。

因为大卯星升起来了，大卯星好像铜球似的亮咚咚的了。

天河和月亮也都上来了。

蝙蝠也飞起来了。

是凡跟着太阳一起来的，现在都回去了。人睡了，猪、马、牛、羊也都睡了，燕子和蝴蝶也都不飞了。就连房根底下的牵牛花，也一朵没有开的。含苞的含苞，卷缩的卷缩。含苞的准备着欢迎那早晨又要来的太阳，那卷缩的，因为它已经在昨天欢迎过了，它要落去了。

随着月亮上来的是夜，大卯星也不过是月亮的一个马前卒，让它先跑到一步就是了。

夜一来蛤蟆就叫，在河沟里叫，在洼地里叫。虫子也叫，在院心草棵子里。在城外的大田上，有的叫在人家的花盆里，有的叫在人家的坟头上。

夏夜若无风无雨就这样的过去了。一夜又一夜。

很快的夏天就过完了，秋天就来了。秋天和夏天的分别不太大，也不过天凉了，夜里非盖着被子睡觉不可。种田的人白天忙着收割，夜里多做几个割高粱的梦就是了。

女人一到了八月也不过就是浆衣裳，拆被子，捶棒槌，捶得街街巷巷早晚的叮叮哨哨的乱响。

“棒槌”一捶完，做起被子来，就是冬天。

冬天下雪了。

人们四季里，风，霜，雨，雪的过着，霜打了，雨淋了。大风来时是飞沙走石。似乎是很了不起的样子。冬天，大地被冻裂了，江河被冻住了。再冷起来，江河也被冻得啌啌的响着裂开了纹。冬天，冻掉了人的耳朵，冻破了人的鼻子，冻裂了人的手和脚。

但这是大自然的威风，与小民们无关。

呼兰河的人们就是这样，冬天来了就穿棉衣裳，夏天来了就穿单衣裳。就好像太阳出来了就起来，太阳落了就睡觉似的。

被冬天冻裂了手指的，到了夏天也自然就好了。好不了的，到“李永春”药铺去买二两红花，泡一点红花酒来擦一擦，擦得手指通红也不见消，也许就越来越肿起来。那么再到“李永春”药铺去，这回可不买红花了，是买了一贴膏药来。回到家里，用火一烤，黏黏糊糊的就贴在冻疮上了。这膏药是真好，贴上了一点也不碍事。该赶车的去赶车，该切菜的去切菜。黏黏糊糊的是真好，见了水也不掉，该洗衣裳的去洗衣裳去好了。就是掉了，拿在火上再一烤，就还贴得上的。一贴，贴了半个月。

呼兰河这地方的人，什么都讲结实，耐用，这膏药这样的耐用，实在是合乎这地方的人情。虽然是贴了半个月，手也还没有见好，但这膏药总算是耐用，没有白花钱。

于是再买一贴去，贴来贴去，这手可就越肿越大了。还有些买不起膏药的，就捡人家贴乏了的来贴。

到后来，那结果，谁晓得都怎样呢，反正一踏糊涂去了吧。

春夏秋冬，一年四季来回循环的走，那是自古也就这样的了。风霜雨雪，受得住的就过去了，受不住的，就寻求着自然的结果。那自然的结果不大好，把一个人默默的一声不响的就拉着离开了这人间的世界了。

至于那还没有被拉去的，就风霜雨雪，仍旧在人间被吹打着。

（第一章完）

第二章

一

呼兰河除了这些卑琐平凡的实际生活之外，在精神上，也还有不少的盛举，如：

跳大神；

唱秧歌；

放河灯；

野台子戏；

四月十八娘娘庙大会……

先说大神。大神是会治病的，她穿着奇怪的衣裳，那衣裳平常的人不穿，红的，是一张裙子，那裙子一围在她的腰上，她的人就变样了。开初，她并不打鼓，只是一围起那红花裙子就哆嗦。从头到脚，无处不哆嗦，哆嗦了一阵之后，又开始打颤。她闭着眼睛，嘴里边噗噗的。每一打颤，就装出来要倒的样子。把四边的人都吓得一跳，可是她又坐住了。

大神坐的是凳子，她的对面摆着一块牌位，牌位上贴着红纸，写着黑字。那牌位越旧越好，好显得她一年之中跳神的次数不少，越跳多了就越好，她的信用就远近皆知。她的生意就会兴隆起来。那牌前，点着香，香烟慢慢的旋着。

那女大神多半在香点了一半的时候神就下来了。那神一下来，可就威风不同，好像有万马千军让她领导似的，她全身是劲，她站起来乱跳。

大神的旁边，还有一个二神，当二神的都是男人。他并不昏乱，他是清晰如常的，他赶快把一张圆鼓交到大神的手里，大神拿了这鼓，站起来就乱跳，先诉说那附在她身上的神灵的下山的经历，是乘着云，是随着风，或者是驾雾而来，说得非常之雄壮。二神站在一边，大神问他什么，他回答什么。好的二神是对答如流的，坏的二神，一不加小心说冲着了大神的一字，大神就要闹起来的。大神一闹起来的时候，她也没有别的大法，只是打着鼓，乱骂一阵，说这的病人，不出今夜就必得死的，死了之后，还会游魂不散，家族，亲戚乡里都要招灾的。这时吓得那请神的人家赶快烧香点酒，烧香点酒之后，若再不行，就得赶送上红布来，把红布挂在牌位上，若再不行，就得杀鸡，若闹到了杀鸡这个阶段，就多半不能再闹了。因为再闹就没有什么想头了。

这鸡，这布，一律都归大神所有，跳过了神之后，她把鸡拿回家去自己煮上吃了。把红布用蓝靛染了之后，做起裤子来穿了。

有的大神，一上手就百般的下不来神。请神的人家就得赶快的杀鸡来，若一杀慢了，等一会跳到半道就要骂的，谁家请神都是为了治病，让大神骂，是非常不吉利的。所以对大神是非常尊敬的，又非常怕。

跳大神，大半是天黑跳起，只要一打起鼓来，就男女老幼，都往这跳神的人家跑，若是夏天，就屋里屋外都挤满了人。还有些女人，拉着孩子，抱着孩子，哭天叫地的从墙头上跳过来，跳过来看跳神的。

跳到半夜时分，要送神归山了，那时候，那鼓打得分外的响，大神唱得也分外的好听，邻居左右，十家二十家的人家都听得到，使人听了起着一种悲凉的情绪，二神嘴里唱：

“大仙家回山了，要慢慢的走，要慢慢的行。”

大神说：

“我的二仙家，青龙山，白虎山……夜行三千里，乘着风儿不算难……”

这唱着的词调混合着鼓声，从几十丈远的地方传来，实在是冷森森的，越听就越有悲凉。听了这种鼓声，往往终夜而不能眠的人也有。

请神的人家为了治病，可不知那家的病人好了没有？却使邻居街坊感慨兴叹，终夜而不能已的也常常有。

满天星光，满屋月亮，人生何似，为什么这么悲凉。

过了十天半月的，又是跳神的鼓，当当的响。于是人们又都招了慌，爬墙的爬墙，登门的登门，看看这一家的大神，显的是什么本领，穿的是什么衣裳。听听她唱的是什么腔调，看看她的衣裳漂亮不漂亮。

跳到了夜静时分，又是送神回山。送神回山的鼓，个个都打得漂亮。

若赶上一个下雨的夜，就特别凄凉，寡妇可以落泪，鳏夫就要起来彷徨。

那鼓声就好像故意招惹那般不幸的人，打得有急有慢，好像一个迷路的人在夜里诉说着他的迷惘，又好像不幸的老人在回想着他幸福的短短的幼年。又好像慈爱的母亲送着她的儿子远行。又好像是生离死别，万分的难舍。

人生为了什么，才有这样凄凉的夜。

似乎下回再有打鼓的连听也不要听了。其实不然，鼓一响就又是上墙头的上墙头，侧着耳朵听的侧着耳朵在听，比西洋人赴音乐会更热心。

二

七月十五盂兰会，呼兰河上放河灯了。

河灯有白菜灯，西瓜灯，还有莲花灯。

和尚，道士吹着笙、管、笛、箫，穿着拼金大红缎子的褊衫。在河沿上打起场子来在做道场。那乐器的声音离开河沿二里路就听到了。

一到了黄昏，天还没有完全黑下来，奔着去看河灯的人就络绎不绝了。小街小巷，哪怕终年不出门的人，也要随着人群奔到河沿去。先到了河沿的就蹲在那里。沿着河岸蹲满了人，可是从大街小巷往外出发的人仍是不绝，瞎子，瘸子都来看河灯（这里说错了，唯独瞎子是不来看河灯的），把街道跑得冒了烟了。

姑娘，媳妇，三个一群，两个一伙，一出了大门，不用问，到哪里去。就都是看河灯去。

黄昏时候的七月，火烧云刚刚落下去，街道上发着微微的白光，嘁嘁喳喳，把往日的寂静都冲散了，个个街道都活了起来，好像这城里发生了大火，人们都赶去救火的样子。非常忙迫，踢踢踏踏的向前跑。

先跑到了河沿的就蹲在那里，后跑到的，也就挤上去蹲在那里。

大家一齐等候着，等候着月亮高起来，河灯就要从上水上放下来了。

七月十五日是个鬼节，死了的冤魂怨鬼，不得脱生，缠绵在地狱里边是非常苦的，想要脱生，又找不着路。这一天若是每个鬼托着一个河灯，就可得以脱生。大概从阴间到阳间的这一条路，非常之黑，若没有灯是看不见路的。所以放河灯这件事情是件善举。可见活着的正人君子们，对着那些已死的冤魂冤鬼还没有完全忘记。

但是这其间也有一个矛盾，就是七月十五这夜生的孩子，怕是都不大好，多半都是野鬼托着个莲花灯投生而来的。这个孩子长大了将不被父母所喜欢，长到结婚的年龄，男女两家必要先对过生日时辰，才能够结亲。若是女家生在七月十五，这女子就很难出嫁，必须改了生日，欺骗了男家。若是男家七月十五的生日，也不大好，不过若是财产丰富的，也就没有多大关系，嫁是可以嫁过去的，虽然就是一个恶鬼，有了钱大概怕也不怎样恶了。但在女子这方面可就万万不可，绝对的不可以，若是有钱的寡妇的独养女，又当别论，因为娶了这姑娘可以有一份财产在那里晃来晃去，就是娶了而带不过财产来，先说那一份妆奁也是少不了的。假说女子就是一个恶鬼的化身，但那也不要紧。

平常的人说："有钱能使鬼推磨。"似乎人们相信鬼是假的，有点不十分真。

但是当河灯一放下来的时候，和尚为着庆祝鬼们更生，打着鼓，叮咚的响。念着经，好像紧急符咒似的，表示着，这一工夫可是千金一刻，且莫匆匆的让过，诸位男鬼女鬼，赶快托着灯去投生吧。

念完了经，就吹笙管笛箫，那声音实在好听，远近皆闻。

同时那河灯从上流拥拥挤挤，往下浮来了。浮得很慢，又镇静，又稳当，绝对的看不出来水里边会有鬼们来捉了它们去。

这灯一下来的时候，金呼呼的，亮通通的，又加上有千万人的观众，这举动实在是不小的。河灯之多，有数不过来的数目，大概是几千百只。两岸上的孩子们，拍手叫绝，跳脚欢迎。大人则都看出了神了，一声不响，陶醉在灯光河水之中。灯光照得河水幽幽的发亮。水上跳跃着天空的月亮。真是人生何世，会有这样好的景况。

一直闹到月亮来到了中天，大卯星，二卯星，三卯星都出齐了的时候，才算渐渐的从繁华的景况，走向了冷静的路去。

河灯从几里路长的上流，流了很久很久才流过来了。再流了很久很久才流过去了。在这过程中，有的流到半路就灭了。有的被冲到了岸边，在岸边生了野草的地方就被挂住了。还有每当河灯一流到了下流，就有些孩子拿着杆子去抓它，有些鱼船也顺手取了一两只。到后来河灯越来越稀疏了。

到往下流去，就显出荒凉，孤寂的样子来了。因为越流越少了。

流到极远处去的，似乎那里的河水也发了黑。而且是流着流着的就少了一个。

河灯从上流过来的时候，虽然路上也有许多落伍的，也有许多淹灭了的，但始终没有觉得河灯是被鬼们托着走了的感觉。

可是当这河灯，从上流的远处流来，人们是从心欢喜的，等流过了自己，也还没有什么。唯独到了最后，那河灯流到了极远的下流去的时候，使看河灯的人们，内心里无由的来了空虚。

“那河灯，到底是要漂到哪里去呢？”

多半的人们，看到了这样的景况，就抬起身来离开了河沿回家去了。

于是不但河里冷落，岸上也冷落了起来。

这时再往远处的下流看去，看着，看着，那灯就灭了一个。再看着看着，又灭了一个，还有两个一块灭的。于是就真像被鬼一个一个的托着走了。

打过了三更，河沿上一个人也没有了，河里边一个灯也没有了。

河水是寂静如常的，小风把河水皱着极细的波浪。月光在河水上边并不像在海水上边闪着一片一片的金光，而是月亮落到河底里去了。似乎那鱼船上的人，伸手可以把月亮拿到船上来似的。

河的南岸，尽是柳条丛，河的北岸就是呼兰河城。

那看河灯回去的人们，也许都睡着了。不过月亮还是在河上照着。

三

野台子戏也是在河边上唱的。也是秋天，比方这一年秋收好，就要唱一台子戏，感谢天地。若是夏天大旱，人们戴起柳条圈来求雨，在街上几十人，跑了几天，唱着，打着鼓。求雨的人不准穿鞋，龙王爷可怜他们在太阳下边把脚烫得很痛，就因此下了雨了。一下了雨，到秋天就得唱戏的，因为求雨的时候许下了愿。许愿就得还愿，若是还愿的戏就更非唱不可了。

一唱就是三天。

在河岸的沙滩上搭起了台子来。这台子是用杆子绑起来的，上边搭上了席棚，下了一点小雨也不要紧，太阳则完全可以遮住的。

戏台搭好了之后，两边就搭看台。看台还有楼座。坐在那楼座上是很好的，又风凉，又可以远眺。不过，楼座是不大容易坐得到的，除非当地的官、绅，别人是不大坐得到的。既不卖票，哪怕你就是有钱，也没有办法。

只搭戏台，就搭三五天。

台子的架一竖起来，城里的人就说：

“戏台竖起架子来了。”

一上了棚，人就说：

“戏台上棚了。”

戏台搭完了就搭看台，看台是顺着戏台的左边搭一排，右边搭一排，所以是两排平行而相对的。一搭要搭出十几丈远去。

眼看台子就要搭好了，这时候，接亲戚的接亲戚，唤朋友的唤朋友。

比方嫁了的女儿，回来住娘家，临走（回婆家）的时候，做母亲的送到大门外，摆着手还说：

“秋天唱戏的时候，接你回来看戏。”

坐着女儿的车子走远了，母亲含着眼泪还说：

“看戏的时候接你回来。”

所以一到了唱戏的时候，可并不是简单的看戏，而是接姑娘唤女婿，热闹得很。

东家的女儿长大了，西家的男孩子也该成亲了，说媒的这个时候，就走上门来。约定两家的父母在戏台底下，第一天或是第二天，彼此相看。也有只通知男家而不通知女家的，这叫做“偷看”，这样的看法，成与不成，没有关系，比较的自由，反正那家的姑娘也不知道。

所以看戏去的姑娘，个个都打扮得漂亮。都穿了新衣裳，擦了胭脂涂了粉，刘海剪得并排齐。头辫梳得一丝不乱，扎了红辫根，绿辫梢。也有扎了水红的，也有扎了蛋青的。走起路来像客人，吃起瓜子来，头不歪眼不斜的，温文尔雅，都变成了大家闺秀。有的着蛋青市布长衫，有的穿了藕荷色的，有的银灰的。有的还把衣服的边上压了条，有的蛋青色的衣裳压了黑条，有的水红洋纱的衣裳压了蓝条，脚上穿了蓝缎鞋，或是黑缎绣花鞋。

鞋上有的绣着蝴蝶，有的绣着蜻蜓，绣着莲花的，绣着牡丹的各样的都有。

手里边拿着花手巾，耳朵上戴了长钳子，土名叫做“带穗钳子”。这带穗钳子有两种，一种是金的，翠的。一种是铜的，琉璃的。有钱一点的戴金的，少微差一点的带琉璃的。反正都很好看，在耳朵上摇来晃去。黄忽忽，绿森森的。再加上满脸矜持的微笑，真不知这都是谁家的闺秀。

那些已嫁的妇女，也是照样的打扮起来，在戏台下边，东邻西舍的姊妹们相遇了，好互相的品评。

谁的模样俊，谁的鬓角黑。谁的手镯是福泰银楼的新花样，谁的压头簪又小巧又玲珑。谁的一双绛紫缎鞋，真是绣得漂亮。

老太太虽然不穿什么带颜色的衣裳，但也个个整齐，人人利落，手拿长烟袋，头上撇着大扁方[1]。慈祥，温静。

戏还没有开台，呼兰河城就热闹得不得了了，接姑娘的，唤女婿的，有一个很好的童谣：

拉大锯，扯大锯，
姥爷（外公）门口唱大戏。
接姑娘，唤女婿，
小外孙也要去。
……

于是乎不但小外孙，三姨二姑也都聚在了一起。

1　大扁方，扁方是满清贵族妇女插发用的头饰，俗称“旗头”，相当于汉族女性发髻上的扁簪。

每家如此，杀鸡买酒，笑语迎门，彼此谈着家常，说着趣事，每夜必到三更，灯油不知浪费了多少。

某村某村，婆婆虐待媳妇。哪家哪家的公公喝了酒就耍酒疯。又是谁家的姑娘出嫁了刚过一年就生了一对双生。又是谁的儿子十三岁就定了一家十八岁的姑娘做妻子。

烛火灯光之下，一谈谈了个半夜，真是非常的温暖而亲切。

一家若有几个女儿，这几个女儿都出嫁了，亲姊妹，两三年不能相遇的也有。平常是一住东，一个住西。不是隔水的就是离山，而且每人有一大群孩子，也各自有自己的家务，若想彼此过访，那是不可能的事情。

若是做母亲的同时把几个女儿都接来了，那她们的相遇，真仿佛已经隔了三十年了。相见之下，真是不知从何说起，羞羞惭惭，欲言又止，刚一开口又觉得不好意思，过了一刻工夫，耳脸都发起烧来，于是相对无语，心中又喜又悲。过了一袋烟的工夫，等那往上冲的血流落了下去，彼此都逃出了那种昏昏恍恍的境界，这才来找几句不相干的话来开头；或是：

"你多暂[1]来的？"

或是：

"孩子们都带来了？"

关于别离了几年的事情，连一个字也不敢提。

从表面上看来，她们并不像是姊妹，丝毫没有亲热的表现。面面相对的，不知道她们两个人是什么关系，似乎连认识也不认识，似乎从前她们两个并没有见过，而今天是第一次的相见，所以异常的冷落。

1　多暂，方言，意思是什么时候，多会儿，几时。

但是这只是外表，她们的心里，就早已沟通着了。甚至于在十天或半月之前，她们的心里就早已开始很远的牵动起来，那就是当着她们彼此都接到了母亲的信的时候。

那信上写着要接她们姊妹都回来看戏的。

从那时候起，她们就把要送给姐姐或妹妹的礼物规定好了。

一双黑大绒的云子卷，是亲手做的。或者就在她们的本城和本乡里，有一个出名的染缸房，那染缸房会染出来很好的麻花布来。于是送了两匹白布去，嘱咐他好好的加细的染着。一匹是白地染蓝花，一匹是蓝地染白花。蓝地的染的是流海戏金钱[1]，白地的染的是蝴蝶闹莲花。

一匹送给大姐姐，一匹送给三妹妹。

现在这东西，就都带在箱子里边。等过了一天二日的，寻个夜深人静的时候，轻轻的从自己的箱底上把这等东西取出来，摆在姐姐的面前，说：

“这麻花布被面，你带回去吧！”

只说了这么一句，看样子并不像是送礼物，并不像今人似的，送一点礼物很怕邻居左右看不见，是大嚷大吵着的，说这东西是从什么山上，或是什么海里得来的，哪怕是小河沟子的出品，也必要连那小河沟子的身份也提高，说河沟子是怎样的不凡，是怎样的与众不同，可不同别的河沟子。

这等乡下人，糊里糊涂的，要表现的，无法表现，什么也说不出来，只是把东西递过去就算了事。

至于那受了东西的，也是不会说什么，连一声道谢也不说，就收下了。也有的稍微推辞了一下，也就收下了。

1　流海戏金钱，疑为古老的民间传说“刘海戏金蟾”之笔误。

“留着你自己用吧！”

当然那送礼物的是加以拒绝。一拒绝，也就收下了。

每个回娘家看戏的姑娘，都零零碎碎的带来一大批东西。送父母的，送兄嫂的，送侄女的，送三亲六故的。带了东西最多的，是凡见了长辈或晚辈都多少有点东西拿得出来，那就是谁的人情最周到。

这一类的事情，等野台子唱完，拆了台子的时候，家家户户才慢慢的传诵。

每个从娘家回婆家的姑娘，也都带着很丰富的东西，这些都是人家送给她的礼品。东西丰富得很，不但有用的，也有吃的，母亲亲手制的咸肉，姐姐亲手晒的干鱼，哥哥上山打猎，打了一只雁来腌上，至今还有一只雁大腿，这个也给看戏的姑娘带回去，带回去给公公去喝酒吧。

于是乌三八四的，离走的前一天晚上，真是忙了个不休，就要分散的姊妹们连说个话儿的工夫都没有了。大包小包的包了一大堆。

再说在这唱戏的时间，除了看亲戚，会朋友。还成了许多好事，那就是谁家的女儿和谁家公子订婚了，说是明年二月，或是三月就要娶亲。订婚酒，已经吃过了，眼前就要过“小礼”的，所谓“小礼”就是在法律上的订婚形式，一经过了这番手续，东家的女儿，终归就要成了西家的媳妇了。

也有男女两家都是外乡赶来看戏的，男家的公子也并不在，女家的小姐也并不在。只是两家的双亲有媒人从中媾通着，就把亲事给定了。也有的喝酒作乐的随便的把自己的女儿许给了人家。也有的男女两家的公子，小姐都还没有生出来，就给定下亲了。这叫做“指腹为亲”。这指腹为亲的，多半都是相当有点资财的人家才有这样的事。

两家都很有钱，一家是本地的烧锅掌柜的，一家是白旗屯的大窝堡[1]，两家是一家种高粱，是一家压烧酒。压烧酒的需要高粱，种高粱的需烧锅买他的高粱，烧锅非高粱不可，高粱非烧锅不行。恰巧又赶上这两家的妇人，都要将近生产，所以就“指腹为亲”了。

无管是谁家生了男孩子，谁家生了女孩子，只要是一男一女就规定他们是夫妇。假若两家都生了男孩，那就不能勉强规定了。两家都生了女孩也是不能够规定的。

但是这指腹为亲，好处不太多，坏处是很多的。半路上其中的一家穷了，不开烧锅了，或者没有窝堡了。其余的一家，就不愿意娶他家的媳妇，或是把女儿嫁给一家穷人。假若女家穷了，那还好办，若实在不娶，他也没有什么办法。若是男家穷了，男家就一定要娶，若一定不让娶，那姑娘的名誉就很坏，说她把谁家谁给“妨”穷了，又不嫁了。“妨”字在迷信上说就是因为她命硬。因为她某家某家穷了。以后她的婆家就不大容易找人家，会给她起一个名叫做“望门妨”。无法，只得嫁过去，嫁过去之后，妯娌之间又要说她嫌贫爱富，百般的侮辱她。丈夫因此也不喜欢她了，公公婆婆也虐待她，她一个年青的未出过家门的女子，受不住这许多攻击。回到娘家去，娘家也无甚办法，就是那当年指腹为亲的母亲说：

“这都是你的命（命运），你好好的耐着吧！”

年青的女子，莫名其妙的，不知道自己为什么要有这样的

1　窝堡，本意是指一种临时搭建的简易住房，后用于指称家族聚居的庄园和由此形成的村落。大窝堡，即指拥有众多物产的大户人家。

命，于是往往演出悲剧来，跳井的跳井，上吊的上吊。

古语说，“女子上不了战场。”

其实不对的，这井多么深，平白的你问一个男子，问他这井敢跳不敢跳，怕他也不敢的。而一个年青的女子竟敢了，上战场不一定死，也许回来闹个一官半职的。可是跳井就很难不死，一跳就多半跳死了。

那么节妇坊上为什么没写着赞美女子跳井跳得勇敢的赞词？那是修节妇坊的人故意给删去的。因为修节妇坊的，多半是男人。他家里也有一个女人。他怕是写上了，将来他打他女人的时候，他的女人也去跳井。女人也跳了井，留下来一大群孩子可怎么办？于是一律不写。只写，温文尔雅，孝顺公婆……

大戏还没有开台，就来了这许多事情。等大戏一开了台，那戏台下边，真是人山人海，拥挤不堪。搭戏台的人，也真是会搭，正选了一块平平坦坦的大沙滩，又光滑，又干净，使人就是倒在上边，也不会把衣裳沾一丝儿的土星。这沙滩有半里路长。

人们笑语连天，哪里是在看戏，闹得比锣鼓好像更响，那戏台上出来一个穿红的，进去一个穿绿的，只看见摇摇摆摆的走出走进，别的什么也不知道了，不用说唱得好不好，就连听也听不到。离着近的还看得见不挂胡子的戏子在张嘴，离得远的就连戏台那个穿红衣裳的究竟是一个坤角还是一个男角，也都不大看得清楚。简直是还不如看木偶戏。

但是若有一个唱木偶戏的这时候来在台下，唱起来，问他们看不看，那他们一定不看的，哪怕就连戏台子的边也看不见了，哪怕是站在二里路之外，他们也不看那木偶戏的。因为在大戏台底下，哪怕就是睡了一觉回去，也总算是从大戏台子底下回的，而不是从什么别的地方回来的。

一年没有什么别的好看，就这一场大戏还能够轻易的放过吗？所以无论看不看，戏台底下是不能不来。

所以一些乡下的人也都来了，赶着几套马的大车，赶着老牛车，赶着花轮子[1]，赶着小车子，小车子上边驾着大骡子。总之家里有什么车就驾了什么车来。也有的似乎他们家里并不养马，也不养别的牲口，就只用了一匹小毛驴，拉着一个花轮子也就来了。

来了之后，这些车马，就一齐停在沙滩上，马匹在草包上吃着草，骡子到河里去喝水。车子上都搭席棚，好像小看台似的，排列在戏台的远处。那车子带来了他们的全家，从祖母到孙子媳，老少三辈，他们离着戏台二三十丈远，听是什么也听不见的，看也很难看到什么，也不过是五红大绿的，在戏台上跑着圈子，头上戴着奇怪的帽子，身上穿着奇怪的衣裳。谁知道那些人都是干什么的，有的看了三天野台子戏，而连一场的戏名字也都叫不出来。回到乡下去，他也跟着人家说长道短的，偶尔人家问了他说的是哪出戏，他竟瞪了眼睛，说不出来了。

至于一些孩子们在戏台底下，就更什么也不知道了，只记住一个大胡子，一个花脸的，谁知道那些都是在做什么，比比划划，刀枪棍棒的乱闹一阵。

反正戏台底下有些卖凉粉的，有些卖糖球的，随便吃去好了。什么黏糕，油炸馒头，豆腐脑都有，这些东西吃了又不饱，吃了这样再去吃那样。卖西瓜的，卖香瓜的，戏台底下都有，招得苍蝇一大堆，嗡嗡的飞。

1　花轮子，一种马或驴拉的轻便小车，单套，木轮。是当时东北地区小户人家常用的交通工具。

戏台上敲锣打鼓震天的响。

那唱戏的人，也似乎怕远处的人听不见，也在拼命的喊，喊破了喉咙也压不住台的。那在台下的早已忘记了是在看戏。都在那里说长道短，男男女女的谈起家常来。还有些个远亲，平常一年也看不到，今天在这里看到了，哪能不打招呼。所以三姨二婶子的，就在人多的地方大叫起来，假若是在看台的凉棚里坐着，忽然有一个老太太站了起来，大叫着说：

"他二舅母，你可多暂来的？"

于是那一方也就应声而起。原来坐在看台的楼座上的，离着戏〔台〕比较近，听唱是听得到的，所以那看台上比较安静。姑娘媳妇都吃着瓜子，喝着茶。对这大嚷大叫的人，别人虽然讨厌，但也不敢去禁止，你若让她小一点声讲话，她会骂了出来：

"这野台子戏，也不是你家的，你愿听戏，你请一台子到你家里去唱……"

另外的一个也说：

"哟哟，我没见过，看起戏来，都六亲不认了，说个话儿也不让……"

这还是比较好的，还有更不客气的，一开口就说：

"小养汉老婆……你奶奶，一辈子家里外头靡受过谁的大声小气，今天来到戏台底下受你的管教来啦，你娘的……"

被骂的人若是不搭言，过一回也就了事了，若一搭言，自然也没有好听的。于是两边就打了起来啦，西瓜皮之类就飞了过去。

这来在戏台下看戏的，不料自己竟演起戏来，于是人们一窝蜂似的，都聚在这个真打真骂的活戏的方面来了。也有一些流氓混子之类，故意的叫着好，惹得全场的人哄哄大笑。假若打仗的还是个年青的女子，那些讨厌的流氓们还会说着各种的俏皮话，使她火上加油越骂就越凶猛。

自然那老太太无理，她一开口就骂了人。但是一闹到后来，谁是谁非也就看不出来了。

幸而戏台上的戏子总算沉着，不为所动，还在那里阿拉阿拉的唱。过了一个时候，那打得热闹的也究竟平静了。

再说戏台下边也有一些个调情的，那都是南街豆腐房里的嫂嫂，或是碾磨房的碾官磨官的老婆。碾官的老婆看上了一个赶马车的车夫。或是豆腐匠看上了开粮米铺那家的小姑娘。有的是两方面都眉来眼去，有的是一方面殷勤，他一方面则表示要拒之千里之外。这样的多半是一边低，一边高，两方面的资财不对。

绅士之流，也有调情的，彼此都坐在看台之上，东张张，西望望。三亲六故，姐夫小姨之间，未免的就要多看几眼，何况又都打扮得漂亮，非常好看。

绅士们平常到别人家的客厅去拜访的时候，绝不能够看上了人家的小姐就不住的看，那该多么不绅士，那该多么不讲道德。那小姐若一告诉了她的父母，她的父母立刻就和这样的朋友绝交。绝交了，倒不要紧，要紧的是一传出去名誉该多坏。绅士是高雅的，哪能够不清不白的，哪能够不分长幼的去存心朋友的女儿，像那般下等人似的。

绅士彼此一拜访的时候，都是先让到客厅里去，端端庄庄的坐在那里，而后倒茶装烟。规矩礼法，彼此都尊为是上等人。朋友的妻子儿女，也都出来拜见，尊为长者。在这种时候，只能问问大少爷的书读了多少，或是又写了多少字了。连朋友的太太也不可以过多的谈话，何况朋友的女儿呢？那就连头也不能够抬的，哪里还敢细看。

现在在戏台上看看怕不要紧，假设有人问道，就说是东看西看，瞧一瞧是否有朋友在别的看台上。何况这地方又人多眼杂，也许没有人留意。

三看两看的，朋友的小姐到没有看上，可看上了一个不知道在什么地方见到过的一位妇人，那妇人拿着小小的鹅翎扇子，从扇子梢上往这边转着眼珠，虽说是一位妇人，可是又年青，又漂亮。

这时候，这绅士就应该站起来打着口哨，好表示他是开心的，可是我们中国上一辈的老绅士不会这一套。他另外也有一套，就是他的眼睛似睁非睁的迷离恍惚的望了出去，表示他对她有无限的情意。可惜离得太远，怕不会看得清楚，也许枉费了心思了。

也有的在戏台下边，不听父母之命，不听媒妁之言，自己就结了终生不解之缘。这多半是表哥表妹等等，稍有点出身来历的公子小姐的行为。他们一言为定，终生合好。间或也有被父母所阻拦，生出来许多波折。但那波折都是非常美丽的，使人一讲起来，真是比看《红楼梦》更有趣味。来年再唱大戏的时候，姊妹们一讲起这佳话来，真是增添了不少的回想……

赶着车进城来看戏的乡下人，他们就在河边沙滩上，扎了营了。夜里大戏散了，人们都回家了，只有这等连车带马的，他们就在沙滩上过夜。好像出征的军人似的，露天为营。有的住了一夜，第二夜就回去了。有的住了三夜，一直到大戏唱完，才赶着车子回乡。不用说这沙滩上是很雄壮的，夜里，他们每家燃了火，煮茶的煮茶，谈天的谈天，但终归是人数太少，也不过二三十辆车子。所燃起来的火，也不会火光冲天，所以多少有一些凄凉之感。夜深了，住在河边上，被河水吸着又特别的凉，人家睡起觉来都觉得冷森森的。尤其是车夫马官之类，他们不能够睡觉，怕是有土匪来抢劫他们马匹，所以就坐以待旦。

于是就在纸灯笼下边，三个两个的赌钱。赌到天色发白了，该牵着马到河边去饮水去了。在河上，遇到了捉蟹的蟹船。蟹船上的老头说：

“昨天的《打渔杀家》[1]唱得不错，听说今天还有《汾河湾》[2]。”

那牵着牲口饮水的人，是一点大戏常识也没有的。他只听到牲口喝水的声音呵呵的，其他的则不知所答了。

四

四月十八娘娘庙大会，这也是为着神鬼，而不是为着人的。

这庙会的土名就叫做“逛庙”，也是无分男女老幼都来逛的，但其中以女子最多。

女子们早晨起来，吃了早饭，就开始梳洗打扮。打扮好了，就约了东家姐姐，西家妹妹的去逛庙去了。竟有一起来就先梳洗打扮的，打扮好了，才吃饭，一吃了饭就走了。总之一到逛庙这天，各不后人，到不了半晌午，就车水马龙，拥挤得气息不通了。

挤丢了孩子的站在那儿喊，找不到妈的孩子在人丛里边哭，

---

1 《打渔杀家》，京剧传统剧目，又名《讨渔税》。萧恩偕女桂英捕鱼为生，不堪恶霸勒索到官府告状反被责打；父女乃借献“庆顶珠”为名杀死恶霸一家。

2 《汾河湾》，京剧传统剧目，又名《打雁进窑》。说的是唐初名将薛仁贵投军多年后还乡，去寻妻子柳迎春母子，行至汾河湾，误伤打雁少年（实为其子）薛丁山……

三岁的，五岁的，还有两岁的刚刚会走，竟也被挤丢了。

所以每年庙会上必得有几个警察在收这些孩子。收了站在庙台上，等着他的家人来领。偏偏这些孩子都很胆小，张着嘴大哭，哭得实在可怜，满头满脸是汗。有的十二三岁了，也被丢了，问他家住哪里？他竟说不出所以然来，东指指，西划划，说是他家门口有一条小河沟，那河沟里边出虾米，就叫做“虾沟子”，也许他家那地名就叫“虾沟子”，听了使人莫名其妙。再问他这虾沟子离城多远，他便说：骑马要一顿饭的工夫可到，坐车要三顿饭的工夫可到。究竟离城多远，他没有说。问他姓什么，他说他祖父叫史二，他父亲叫史成……这样你就再也不敢问他了。要问他吃饭没有？他就说：“睡觉了。”这是没有办法的，任他去吧。于是就都连大带小的一齐站在庙门口，他们哭的哭，叫的叫，好像小兽似的，警察在看守着他们。

娘娘庙是在北大街上，老爷庙和娘娘庙离不了好远。那些烧香的人，虽然说是求子求孙，是先该向娘娘来烧香的，但是人们都以为阴间也是一样的重男轻女，所以不敢倒反天干。所以都是先到老爷庙去，打过钟，磕过头，好像跪到那里报个到似的，而后才上娘娘庙去。

老爷庙有大泥像十多尊，不知道哪个是老爷，都是威风凛凛，气概盖世的样子。有的泥像的手指尖都被攀了去，举着没有手指的手在那里站着，有的眼睛被挖了，像是个瞎子似的。有的泥像的脚指是被写了一大堆的字，那字不太高雅，不怎么合乎神的身份。似乎是说泥像也该娶个老婆，不然他看了和尚去找小尼姑，他是要忌妒的。这字现在没有了，传说是这样。

为了这个，县官下了命令，不到初一十五，一律的把庙门锁起来，不准闲人进去。

当地的县官是很讲仁义道德的，传说他第五个姨太太，就是从尼姑庵接来的。所以他始终相信，尼姑绝不会找和尚。自古就把尼姑列在和尚一起，其实是世人不查，人云亦云。好比县官的第五房姨太太，就是个尼姑。难道她也被和尚找过了吗？这是不可能的。

所以下令一律的把庙门关了。

娘娘庙里比较的温静，泥像也有一些个，以女子为多，多半都没有横眉竖眼，近乎普通人，使人走进了大殿不必害怕。不用说是娘娘了，那自然是很好的温顺的女性。就说女鬼吧，也都不怎样恶，至多也不过披头散发的就完了，也决没有像老爷庙里那般泥像似的，眼睛冒了火，或像老虎似的张着嘴。

不但孩子进了老爷庙有的吓得大哭，就连壮年的男人进去也要肃然起敬，好像说虽然他在壮年，那泥像若走过来和他打打，他也决打不过那泥像的。

所以在老爷庙上磕头的人，心里比较虔诚，因为那泥像，身子高，力气大。

到了娘娘庙，虽然也磕头，但就总觉得那娘娘没有什么出奇之处。

塑泥像的人是男人，他把女人塑得很温顺，似乎对女人很尊敬。他把男人塑得很凶猛，似乎男性很不好。其实不对的，世界上的男人，无论多凶猛，眼睛冒火的似乎还未曾见过。就说西洋人吧，虽然与中国人的眼睛不同，但也不过是蓝瓦瓦的有点类似猫头的眼睛而已，居然间冒了火的还没有。眼睛会冒火的民族，目前的世界还未发现。那么塑泥像的人为什么把他塑成那个样子呢？那就是让你一见生畏，不但磕头，而且要心服。就是磕完了头站起再看看，也绝不会后悔，不会后悔这头是向一个平庸无奇的人白白磕了。至于塑像的人塑起女子来为什么要那么温顺，那就告诉人，温顺的就是老实的，老实的就是好欺侮的，告诉人快来欺侮她们吧。

人若老实了，不但异类要来欺侮，就是同类也不同情。

比方女子去拜过了娘娘庙，也不过向娘娘讨子讨孙。讨完了就出来了，其余的并没有什么尊敬的意思。觉得子孙娘娘也不过是个普通的女子而已，只是她的孩子多了一些。

所以男人打老婆的时候便说：

“娘娘还得怕老爷打呢？何况你一个长舌妇！”

可见男人打女人是天理应该，神鬼齐一。怪不得那娘娘庙里的娘娘特别温顺，原来是常常挨打的缘故。可见温顺也不是怎么优良的天性，而是被打的结果。甚或是招打的原由。

两个庙都拜过了的人，就出来了，拥挤在街上。街上卖各种玩具的都有，多半玩具都是适于几岁的小孩子玩的。泥做的泥公鸡，鸡尾巴上插着两根红鸡毛，一点也不像，可是使人看去，就比活的更好看。家里有小孩子的不能不买。何况拿在嘴上一吹又会呜呜的响。买了泥公鸡，又看见了小泥人，小泥人的背上也有一个洞，这洞里边插着一根芦苇，一吹就响，那声音好像是诉怨似的，不太好听，但是孩子们都喜欢，做母亲的也一定要买。其余的如卖哨子的，卖小笛子，卖钱蝴蝶的，卖不倒翁的，其中尤以不倒翁最著名，也最上讲究，家家都买，有钱的买大的，没有钱的，买个小的。大的有一尺多高，二尺来高。小的有小得像个鸭蛋似的。无论大小，都非常灵活，按倒了就起来，起得很快，是随手就起来的。买不倒翁要当场试验，间或有生手的工匠所做出来的不倒翁，因屁股太大了，他不愿意倒下，也有的倒下了他就不起来。所以买不倒翁的人就把手伸出去，一律把他们按倒，看哪个先站起来就买哪个，当那一倒一起的时候真是可笑，摊子旁边围了些孩子，专在那里笑。不倒翁长得很好看，又白又胖。并不是老翁的样子，也不过他的名叫不倒翁就是了。其实他是一个胖孩子。做得讲究一点的，头顶上还贴了一撮毛，算是头发。有头发的比没有头发的要贵二百钱。有的孩子买的时候力争要戴头发的，做母亲的舍不得那二百钱，就说到家给他剪点狗毛贴。孩子非要戴毛的不可，选了一个戴毛的抱在怀里不放。没有法只得买了。这孩子抱着欢喜了一路，等到家一看，那撮毛不知什么候时已经飞了。于是孩子大哭。虽然母亲已经给剪了撮狗毛贴上了，但那孩子就总觉得这狗毛不是真的，不如原来的好看。也许那原来也贴的是狗毛，或许还不如现在的这个好看。但那孩子就总不开心，忧愁了一个下半天。

庙会到下半天就散了。虽然庙会是散了，可是庙门还开着，烧香的人，拜佛的人陆续的还有。有些没有儿子的妇女，仍旧在娘娘庙上捉弄着娘娘。给子孙娘娘的背后钉一个扭扣，给她的脚上绑一条带子，耳朵上挂一只耳环，给她带一付眼镜，把她旁边的泥娃娃给偷着抱走了一个。据说这样做，来年就都会生儿子的。

娘娘庙的门口，卖带子的特别多，妇人们都争着去买，她们相信买了带子，就会把儿子给带来了。

若是未出嫁的女儿，也误买了这东西，那就将成为大家的笑柄了。

庙会一过，家家户户就都有一个不倒翁，离城远至十八里路的，也都买了一个回去。回到家里，摆在迎门的向口，使别人一开就看见了，他家的确有一个不倒翁不差。这证明逛庙会的时节他家并没有落伍，的确是去逛过了。

歌谣上说：

小大姐，
去逛庙，
扭扭搭搭走的俏，
回来买个搬不倒。

五

这些盛举，都是为鬼而做的并非为人而做的。至于人去看戏，逛庙，也不过是揩油借光的意思。

跳大神有鬼，唱大戏是唱给龙王爷看的。七月十五放河灯，是把灯放给鬼，让他顶着个灯去脱生。四月十八也是烧香磕头的祭鬼。

只有跳秧歌，是为活人而不是为鬼预备的。跳秧歌是在正月十五，正是农闲的时候，趁着新年而化起装来，男人装女人，装得滑稽可笑。

狮子，龙灯，旱船……等等。似乎也跟祭鬼似的，花样复杂，一时说不清楚。

（第二章完）

第三章

一

呼兰河这小城里边住着我的祖父。

我生的时候，祖父已经六十多岁了，我长到四五岁，祖父就快七十了。

我家有一个大花园，这花园里蜂子，蝴蝶，蜻蜓，蚂蚱，样样都有。蝴蝶有白蝴蝶，黄蝴蝶。这种蝴蝶极小，不太好看。好看的是大红蝴蝶，满身带着金粉。

蜻蜓是金的。蚂蚱是绿的。蜂子则嗡嗡的飞着，满身绒毛，落到一朵花上，胖圆圆的就和一个小毛球似的不动了。

花园里边明皇皇的，红的红，绿的绿，新鲜漂亮。

据说这花园，从前是一个果园。祖母喜欢吃果子就种了果园。祖母又喜欢养羊，羊就把果树给啃了。果树于是都死了。到我有记忆的时候，园子里就只有一棵樱桃树，一棵李子树，因为樱桃和李子都不大结果子，所以觉得他们是并不存在的。小的时候，只觉得园子里边就有一棵大榆树。

这榆树，在园子的西北角上，来了风，这榆树先啸，来了雨，大榆树先就冒烟了。太阳一出来，大榆树的叶子就发光了，它们闪烁得和沙滩上的蚌壳一样了。

祖父一天都在后园里边，我也跟着祖父在后园里边。祖父戴一个大草帽，我戴一个小草帽，祖父栽花，我就栽花，祖父拔草，我就拔草。当祖父下种种小白菜的时候，我就跟在后边，把那下了种的土窝，用脚一个一个的溜平，哪里会溜得准，东一脚的，西一脚的瞎闹。有的把菜种不单没被土盖上，反而把菜子踢飞了。

小白菜长得非常之快，没有几天就冒了芽了。一转眼就可以拔下来吃了。

祖父铲地，我也铲地，因为我太小，拿不动那锄头杆，祖父就把锄头杆拔下来，让我单拿着那个锄头的“头”来铲。其实哪里是铲，也不过爬在地上，用锄头乱勾一阵就是了。也认不得哪个是苗，哪个是草。往往把韭菜当做野草一起的割掉，把狗尾草当做谷穗留着。

等祖父发现我铲的那块满留着狗尾草的一片，他就问我：

“这是什么？”

我说：

“谷子。”

祖父大笑起来，笑得热了，把草摘下来问我：

“你每天吃的就是这个吗？”

我说：

“是的。”

我看着祖父还在笑，我就说：

“你不信，我到屋里拿来你看。”

我跑到屋里，拿了鸟笼上的一头谷穗，远远的就抛给祖父了。说：

“这不是一样的吗？”

祖父慢慢的把我叫过去，讲给我听：说谷子是有芒针的。狗尾草则没有，只是毛嘟嘟的真像狗尾巴。

祖父虽然教我，我看了也并不细看，也不过马马虎虎承认下来就是了。一抬头看见了一个黄瓜长大了，跑过去摘下来，我又去吃黄瓜去了。

黄瓜也许没有吃完，又看见了一个大蜻蜓从旁飞过，于是丢了黄瓜又去追蜻蜓去了。蜻蜓飞得多么快，哪里会追得上。好则一开初也没有存心一定追上，所以站起来，跟了蜻蜓跑了几步就又去做别的去了。

采一个倭瓜花心，捉一个大绿豆青蚂蚱，把蚂蚱腿用线绑上，绑了一会，也许把蚂蚱腿就绑掉，线头上只拴了一只腿，而不见蚂蚱了。

玩腻了，又跑到祖父那里去乱闹一阵，祖父浇菜，我也抢过来浇，奇怪的就是并不往菜上浇，而是拿着水瓢，拼尽了力气，把水往天空里一扬，大喊着：

“下雨了，下雨了。”

太阳在园子里是特大的，天空是特别高的，太阳的光芒四射，亮得使人睁不开眼睛，亮得蚯蚓不敢钻出地面来，蝙蝠不敢从什么黑暗的地方飞出来。是凡在太阳下的，都是健康的，漂亮的，拍一拍连大树都会发响的，叫一叫就是站在对面的土墙都会回答似的。

花开了，就像花睡醒了似的。鸟飞了，就像鸟上天了似的。虫子叫了，就像虫子在说话似的。一切都活了。都有无限的本领，要做什么，就做什么。要怎么样，就怎么样。都是自由的。倭瓜愿意爬上架就爬上架，愿意爬上房就爬上房。黄瓜愿意开一个谎花，就开一个谎花，愿意结一个黄瓜，就结一个黄瓜。若都不愿意，就是一个黄瓜也不结，一朵花也不开，也没有人问它似的。玉米愿意长多高就长多高，他若愿意长上天去，也没有人管。蝴蝶随意的飞，一会从墙头上飞来一对黄蝴蝶，一会又从墙头上飞走了一个白蝴蝶。它们是从谁家来的，又飞到谁家去？太阳也不知道这个。

只是天空蓝悠悠的，又高又远。

可是白云一来了的时候，那大团的白云，好像翻了花的白银似的，从祖父的头上经过，好像要压到了祖父的草帽那么低。

我玩累了，就在房檐底下找个阴凉的地方睡着了。不用枕头，不用席子，就把草帽扣在脸上就睡了。

二

祖父的眼睛是笑盈盈的，祖父的笑，常常笑成和孩子似的。

祖父是个长得很高的人，身体很健康，手里喜欢拿着个手杖。嘴上则不住的抽着旱烟管，遇到了小孩子，每每喜欢开个玩笑，说：

“你看天空飞个家雀。”

趁那孩子往天空一看，就伸出手去把那孩子的帽给取下来了，有的时候放在长衫的下边，有的时候放在袖口里头。他说：

“家雀刁走了你的帽啦。”

孩子们都知道了祖父的这一手了，并不以为奇，就抱住他的大腿，向他要帽子，摸着他的袖管，撕着他的衣襟，一直到找出帽子来为止。

祖父常常这样做，也总是把帽放在同一的地方，总是放在袖口和衣襟下。那些搜索他的孩子没有一次不是在他衣襟下把帽子拿出来的，好像他和孩子们约定了似的：“我就放在这块，你来找吧！”

这样的不知做过了多次，就像老太太永久讲着“上山打老虎”这一个故事给孩子们听似的，哪怕是已经听过了五百遍，也还是在那里回回拍手，回回叫好。

每当祖父这样做一次的时候，祖父和孩子们都一齐的笑得不得了。好像这戏还像第一次演似的。

别人看了祖父这样做，也有笑的，可不是笑祖父的手法好，而是笑他天天使用一种方法抓掉了孩子的帽子，这未免可笑。

祖父不怎样会理财，一切家务都由祖母管理。祖父只是自由自在的一天闲着，我想，幸好我长大了我三岁了，不然祖父该多寂寞。我会走了，我会跑了。我走不动的时候，祖父就抱着我，我走动了，祖父就拉着我。一天到晚，门里门外，寸步不离，而祖父多半是在后园里，于是我也在后园里。

我小的时候，没有什么同伴，我是我母亲的第一个孩子。

我记事很早，在我三岁的时候，我记得我的祖母用针刺过我的手指，所以我很不喜欢她。我家的窗子，都是四边糊纸，当中嵌着玻璃。祖母是有洁癖的，以她屋的窗纸最白净。别人抱着把我一放在祖母的炕边上，我不加思索的就要往炕里边跑，跑到窗子那里，就伸出手去，把那白白透着花窗棂的纸窗给捅了几个洞，若不加阻止，就必得挨着排给捅破，若有人招呼着我，我也得加速的抢着多捅几个才能停止。手指一触到窗上，那纸窗像小鼓似的，嘭嘭的就破了。破得越多，自己越得意。祖母若来追我的时候，我就越得意了，笑得拍着手，跳着脚的。

有一天祖母看我来了，她拿了一个大针就到窗子外边去等我去了。我刚一伸出手去，手指就痛得厉害。我就叫起来了。那就是祖母用针刺了我。

从此，我就记住了，我不喜她。

虽然她也给我糖吃，她咳嗽的时候吃猪腰烧川贝母，也分给我猪腰，但是我吃了猪腰还是不喜她。

在她临死之前，病重的时候，我还曾吓了她一跳。有一天她自己一个人坐在炕上熬药，药壶是坐在炭火盆上，因为屋里特别的寂静，听得见那药壶骨碌骨碌的响。祖母住着两间房子，是里外屋，恰巧外屋也没有人，里屋也没人，就是她自己。我把门一看，祖母并没有看见我，于是我就用拳头在板隔壁上，咚咚的打了两拳。我听到祖母"哟"的一声，铁火剪子就掉了地上了。

我再探头一望，祖母就骂起我来。她好像就要下地来追我似的。我就一边笑着，一边跑了。

我这样的吓唬祖母，也并不是向她报仇，那时我才五岁，是不晓得什么的，也许觉得这样好玩。

祖父一天到晚是闲着的，祖母什么工作也不分配给他。只有一件事，就是祖母的地桲[1]上的摆设，有一套锡器，却总是祖父擦的。这可不知道是祖母派给他的，还是他自动的愿意工作，每当祖父一擦的时候，我就不高兴，一方面是不能领着我到后园里去玩了，另一方面祖父因此常常挨骂，祖母骂他懒，骂他擦的不干净。祖母一骂祖父的时候，就常常不知为什么连我也骂上。

祖母一骂祖父，我就拉着祖父的手往外边走，一边说：

"我们后园里去吧。"

也许因此祖母也骂了我。

她骂祖父是"死脑瓜骨"，骂我是"小死脑瓜骨"。

我拉着祖父就到后园里去了，一到了后园里，立刻就另是一个世界了。决不是那屋子里的狭窄的世界。而是宽广的，人和天地在一起，天地是多么大，多么远，用手摸不到天空。而土地上所长的又是那么繁华，一眼看上去，是看不完的，只觉得眼前鲜

1　地桲，"桲"，或为"琴"之误，为东北地区常见的一种木制小桌，安放在地上的叫"地琴"，摆在炕上的叫"炕琴"。

绿的一片。

一到后园里，我就没有对象的奔了出去，好像我是看准了什么而奔去了似的，好像有什么在那儿等着我似的。其实我是什么目的也没有。只觉得这园子里边无论什么东西都是活的，好像我的腿也非跳不可了。

若不是把全身的力量跳尽了，祖父怕我累了想招呼住我，那是不可能的，反而他越招呼，我越不听话。

等到自己实在跑不动了，才坐下来休息，那休息也是很快的，也不过随便在秧子上摘下一个黄瓜来，吃了也就好了。

休息好了又是跑。

樱桃树，明是没有结樱桃，就偏跑到树上去找樱桃。李子树是半死的样子了，本不结李子的，就偏去找李子。一边在找还一边大声的喊，在问着祖父：

"爷爷，樱桃树为什么不结樱桃？"

祖父老远的回答着：

"因为没有开花，就不结樱桃。"

再问：

"为什么樱桃树不开花？"

祖父说：

"因为你嘴馋，它就不开花。"

我一听了这话，明明是嘲笑我的话，于是就飞奔着跑到祖父那里，似乎是很生气的样子。等祖父把眼睛一抬，他用了完全没有恶意的眼睛一看我，我立刻就笑了。而且是笑了半天的工夫才能够止住，不知哪里来了那么许多高兴。把后园一时都让我搅乱了，我笑的声音不知有多大，自己都感到震耳了。

后园中有一棵玫瑰。一到五月就开花的。一直开到六月。花朵和酱油碟那么大。开得很茂盛，满树都是，因为花香，招来了很多的蜂子，嗡嗡的在玫瑰树那儿闹着。

别的一切都玩厌了的时候，我就想起来去摘玫瑰花，摘了一大堆把草帽脱下来用帽兜子盛着。在摘那花的时候，有两种恐惧，一种是怕蜂子的勾刺人，另一种是怕玫瑰的刺刺手。好不容易摘了一大堆，摘完了可又不知道做什么了。忽然异想天开，这花若给祖父戴起来该多好看。

祖父蹲在地上拔草，我就给他戴花。祖父只知道我在捉弄他的帽子，而不知道我到底是在干什么。我把他的草帽给他插了一圈的花，红通通的二三十朵。我一边插着一边笑。当我听到祖父说：

"今年春天雨水大，咱们这棵玫瑰开得这么香。二里路也怕闻得到的。"

就把我笑得哆嗦起来。我几乎没有支持的能力再插上去。等我插完了，祖父还是安然的不晓得。他还照样的拔着垅上的草。我跑得很远的站着，我不敢往祖父那边看，一看就想笑。所以我借机进屋去找一点吃的来，还没有等我回到园中，祖父也屋来了。

那满头红通通的花朵。一进来祖母就看见了。她看见什么也没说，就大笑了起来。父亲母亲也笑了起来，而以我笑得最厉害，我在炕上打着滚笑。

祖父把帽子摘下来一看，原来那玫瑰的香并不是因为今年春天雨水大的缘故，而是那花就顶在他的头上。

他把帽子放下，他笑了十多分钟还停不住，过一会一想起来，又笑了。

祖父刚有点忘记了，我就在旁边提〔醒〕着说：

"爷爷……今年春天雨水大呀……"

一提祖父的笑就来了。于是我也在炕上打起滚来。

就这样一天一天的，祖父，后园，我。这三样是一样也不可缺少的了。

刮了风，下了雨，祖父不知怎样，在我却是非常寂寞的了。去没有去处，玩没有玩的，觉得这一天不知有多少日子那么长。

三

偏偏这后园每年都要封闭一次的。秋雨之后这花园就开始凋零了，黄的黄，败的败，好像很快似的一切花朵都灭了，好像有人把它们摧残了似的。它们一齐都没有从前那么健康了。好像它们都很疲倦了，而要休息了似的，好像要收拾收拾回家去了似的。

大榆树也是落着叶子，当我和祖父偶尔在树下坐坐，树叶竟落在我的脸上来了。树叶飞满了后园。

没有多少时候，大雪又落下来了，后园就被埋住了。

通到园去的后门，也用泥封起来了，封得很厚，整个的冬天挂着白霜。

我家住着五间房子，祖母和祖父共住两间，母亲和父亲共住两间。祖母住的是西屋，母亲住的是东屋。

是五间一排的正房，厨房在中间，一齐是玻璃窗子，青砖墙，瓦房顶。

祖母的屋子，一个是外间，一个是内间。外间里摆着大躺箱，地长桌，太师椅。椅子上铺着红椅垫，躺箱上摆着硃砂瓶，长桌上列着座钟。钟的两边站着帽筒。帽筒上并不挂着帽子，而插着几个孔雀翎。

我小的时候，就喜欢这个孔雀翎，我说它有金色的眼睛，总想用手摸一摸，祖母就一定不让摸，祖母是有洁癖的。

还有祖母的躺箱上摆着一个座镜，那座镜是非常希奇的，画着一个穿着古装的大姑娘，好像活了似的，每当我到祖母屋去，若是屋子里没有人，她就总用眼睛瞪我，我几次的告诉过祖父，祖父说：

“那是画的，她不会瞪人。”

我一定说她是会瞪人的，因为我看得出来，她的眼珠像是会转。

还有祖母的大躺箱上也尽雕着小人，尽是穿古装衣裳的，宽衣大袖，还带顶子，带着翎子。满箱子都刻着，大概有二三十个人，还有吃酒的，吃饭的，还有做揖的……

我总想要细看一看，可是祖母不让我沾边，我还离得很远的，她就说：

“可不许用手摸，你的手脏。”

祖母的内间里边，在墙上挂着一个很古怪很古怪的挂钟，挂钟的下边用铁链子垂着两穗铁包米。铁包米比真的包米大了很多，看起来非常重，似乎可以打死一个人。再往那挂钟里边看就更希奇古怪了，有一个小人，长着蓝眼珠，钟摆一秒钟就响一下，钟摆一响，那眼珠就同时一转。

那小人是黄头发，蓝眼珠，跟我相差太远，虽然祖父告诉我，说那是毛子人，但我不承认她，我看她不像什么人。

所以我每次看这挂钟，就半天半天的看，都看得有点发呆了。我想：这毛子人就总在钟里边呆着吗？永久也不下来玩吗？

外国人在呼兰河的土语叫做“毛子人”。我四五岁的时候，还没有见过一个毛子人，以为毛子人就是因为她的头发毛烘烘的卷着的缘故。

祖母的屋子除了这些东西，还有很多别的，因为那时候，别的我都不发生什么趣味，所以只记住了这三五样。

母亲的屋里，就连这一类的古怪玩艺也没有了，都是些普通的描金柜，也是些帽筒，花瓶之类，没有什么好看的，我没有记住。

这五间房子的组织，除了四间住房一间厨房之外。还有极小的，极黑的两个小后房。祖母一个，母亲一个。

那里边装着各种样的东西，因为是储藏室的缘故。

坛子罐子，箱子柜子，筐子篓子。除了自己家的东西，还有别人寄存的。

那里边是黑的，要端着灯进去才能看见。那里边的耗子很多，蜘蛛网也很多。空气不大好，永久有一种扑鼻的和药的气味似的。

我觉得这储藏室很好玩，随便打开哪一只箱子，里边一定有一些好看的东西，花丝线，各种色的绸条，香荷包，搭腰，裤腿，马蹄袖，绣花的领子。古香古色，颜色都配得特别的好看。箱子里边也常常有蓝翠的耳环，或戒指被我看见了，我一看见就非要一个玩不可，母亲就常常随手抛给我一个。

还有些桌子带着抽屉的，一打开那里边更有些好玩的东西，铜环，木刀，竹尺，观音粉。这些个都是我在别的地方没有看过的。而且这抽屉始终也不锁的。所以我常常随意的开，开了就把样样，似乎是不加选择的都搜了出去，左手拿着木头刀，右手拿着观音粉，这里砍一下，那里画一下。后来我又得到了一个小锯，用这小锯，我开始毁坏起东西来，在椅子腿上锯一锯，在炕沿上锯一锯。我自己竟把我自己的小木刀也锯坏了。

无论吃饭和睡觉，我这些东西都带在身边，吃饭的时候，我就用这小锯，锯着馒头。睡觉做起梦来还喊着：

“我的小锯哪里去了？”

储藏室好像变成我探险的地方了。我常常趁着母亲不在屋我就打开门进去了。这储藏室也有一个后窗，下半天也有一点亮光，我就趁着这亮光打开了抽屉，这抽屉已经被我翻得差不多的了，没有什么新鲜的了。翻了一会，觉得没有什么趣味了，就出来了。到后来连一块水胶，一段绳头都让我拿出来了，把五个抽屉通通拿空了。

除了抽屉还有筐子笼子，但那个我不敢动，似乎每一样都是黑洞洞的，灰尘不知有多厚，蛛网蛛丝的不知有多少，因此我连想也不想动那东西。

记得有一次我走到这黑屋子的极深极远的地方去，一个发响的东西撞在我的脚上，我摸起来抱到光亮的地方一看，原来是一个小灯笼，用手指把灰尘一划，露出来是个红玻璃的。

我在一两岁的时候，大概我是见过灯笼的，可是长到四五岁，反而不认识了。我不知道这是个什么。我抱着去问祖父去了。

祖父给我擦干净了，里边点上个洋蜡烛，于是我欢喜得就打着灯笼满屋跑，跑了好几天，一直到把这灯笼打碎了才算完了。

我在黑屋子里边又碰到了一块木头，这块木头是上边刻着花的，用手一摸，很不光滑，我拿出来用小锯锯着。祖父看见了，说：

“这是印帖子的帖板。”

我不知道什么叫帖子，祖父刷上一片墨刷一张给我看，我只看见印出来几个小人。还有一些乱七八糟的花，还有字。祖父说：

“咱们家开烧锅的时候，发帖子就是用这个印的，这是一百吊的……还有伍十吊的十吊的……”

祖父给我印了许多，还用鬼子红给我印了些红的。

还有戴缨子的清朝的帽子，我也拿了出来戴上。多少年前的老大的鹅翎扇子，我也拿了出来吹着风。翻了一瓶砂仁出来，那是治胃病的药，母亲吃着，我也跟着吃。

不久，这些八百年前的东西，都被我弄出来了。有些是祖母保存着的，有些是已经出了嫁的姑母的遗物，已经在那黑洞洞的地方放了多少年了，连动也没有动过，有些个快要腐乱了，有些个生了虫子，因为那些东西早被人们忘记了，好像世界上已经没有那么一回事了。而今天忽然又来到了他们的眼前，他们受了惊似的又恢复了他们的记忆。

每当我拿出一件新的东西的时候，祖母看见了，祖母说：

“这是多少年前的了！这是你大姑在家里边玩的……”

祖父看见了，祖父说：

“这是你二姑在家时用的……”

这是你大姑的扇子，那是你三姑的花鞋……都有了来历。但我不知道谁是我的三姑，谁是我的大姑。也许我一两岁的时候，我见过她们，可是我到四五岁时，我就不记得了。

我祖母有三个女儿，到我长起来时，她们都早已出嫁了。可见二三十年内就没有小孩子了。而今也只有我一个。实在的还有一个小弟弟，不过那时他才一岁半岁的，所以不算他。

家里边多少年前放的东西，没有动过，他们过的是既不向前，也不回头的生活，是凡过去的，都算是忘记了，未来的他们也不怎样积极的希望着，只是一天一天的平板的，无怨无尤的在他们祖先给他们准备好的口粮之中生活着。

等我生来了，第一给了祖父的无限的欢喜，等我长大了，祖父非常的爱我。使我觉得在这世界上，有了祖父就够了，还怕什么呢？虽然父亲的冷淡，母亲的恶言恶色，和祖母的用针刺我手指的这些事，都觉得算不了什么。何况又有后花园！后园虽然让冰雪给封闭了，但是又发现了这储藏室。这里边是无穷无尽的什么都有，这里边宝藏着的都是我所想像不到的东西，使我感到这世界上的东西怎么这样多！而且样样好玩，样样新奇。

比方我得到了一包颜料，是中国的大绿，看那颜料闪着金光，可是往指甲上一染，指甲就变绿了，往胳臂上一染，胳臂立刻飞来了一张绿树叶似的。实在是好看，也实在是莫名其妙，所以心里边就暗暗的欢喜，莫非是我得了宝贝吗？

得了一块观音粉，这观音粉往门上一划，门就白了一道，往窗上一划，窗就白了一道。这可真有点奇怪，大概祖父写字的墨是黑墨，而这是白墨吧。

得了一块圆玻璃，祖父说是“显微镜”。他在太阳底下一照，竟把祖父装好的一袋烟照着了。

这该多么使人欢喜，什么什么都会变的。你看他是一块废铁，说不定他就有用，比方我捡到一块四方的铁块，上边有一个小窝。祖父把榛子放在小窝里边，打着榛子给我吃。在这小窝里打，不知道比用牙咬要快了多少倍。何况祖父老了，他的牙又多半不大好。

我天天从那黑屋子往外搬着，而天天有新的。搬出来一批，玩厌了，弄坏了，就再去搬。

因此使我的祖父，祖母常常的慨叹。

他们说这是多少年前的了，连我的第三个姑母还没有生的时候就有这东西。那是多少年前的了，还是分家的时候，从我曾祖那里得来的呢。又哪样哪样是什么人送的，而那家人家到今天也都家败人亡了，而这东西还存在着。

又是我在玩着的那葡蔓藤的手镯，祖母说她就戴着这个手镯，有一年夏天坐着小车子，抱着我大姑去回娘家，路上遇了土匪，把金耳环给摘去了，而没有要这手镯，若也是金的银的，那该多危险，也一定要被抢去的。

我听了问她：

“我大姑在哪儿呢？”

祖父笑了。祖母说：

“你大姑的孩子比你都大了。”

原来是四十年前的事情，我哪里知道。可是藤手镯却戴在我的手上，我举起手来，摇了一阵，那手镯好像风车似的，滴溜滴溜的转，手镯太大了，我的手太细了。

祖母看见我把从前的东西都搬出来了，她常常骂我：

“你这孩子，没有东西不拿着玩的，这小不成器的……”

她嘴里虽然是这样说，但她又在光天化日之下得以重看到这东西，也似乎给了她一些回忆的满足。所以她说我是并不十分严刻的，我当然是不听她，该拿还是照旧的拿。

于是我家里久不见天日的东西，经我这一搬弄，才得以见了天日。于是坏的坏，扔的扔，也就都从此消灭了。

我有记忆的第一个冬天，就这样过去了。没有感到十分的寂寞，但总不如在后园里那样玩着好。但孩子是容易忘记的，也就随遇而安了。

四

第二年夏天，后园里种了不少的韭菜，是因为祖母喜欢吃韭菜馅的饺子而种的。

可是当韭菜长起来时，祖母就病重了。而不能吃这韭菜了，家里别的人也没有吃这韭菜，韭菜就在园子里荒着。

因为祖母病重，家里非常热闹，来了我的大姑母，又来了我的二姑母。

二姑母是坐着她自家的小车子来的。那拉车的骡子挂着铃当。哗哗啷啷的就停在窗前了。

从那车上第一个就跳下来一个小孩，那小孩比我高了一点。是二姑母的儿子。

他的小名叫“小兰”，祖父让我向他叫兰哥。

别的我都不记得了，只记得不大一会工夫我就把他领到后园里去了。

告诉他这个是玫瑰树，这个是狗尾草。这个是樱桃树，樱桃树是不结樱桃的，我也告诉了他。

不知道在这之前他见过我没有，我可并没有见过他。

我带他到东南角上去看那棵李子树时，还没有走到跟前，他就说：

“这树前年就死了。”

他说了这样的话，是使我很吃惊的。这树死了，他可怎么知道的？心中立刻来了一种忌妒的情感，觉得这花园是属于我的，和属于祖父的，其余的人连晓得也不该晓得才对的。

我问他：

“那么你来过我们家吗？”

他说他来过。

这个我更生气了，怎么他来我不晓得呢？

我又问他：

“你什么时候来过的？”

他说前年来的，他还带给我一个毛猴子。他问着我：

“你忘了吗？你抱着那毛猴子就跑，跌倒了你还哭了哩！”

我无论怎样想，也想不起来了。不过总算他送给我过一个毛猴子，可见对我是很好的，于是我就不生他的气了。

从此天天就在一块玩。

他比我大三岁，已经八岁了，他说他在学堂里边念了书的，他还带来了几本书，晚上在煤油灯下他还把书拿出来给我看。书上有小人，有剪刀，有房子。因为都是带着图，我一看就连那字似乎也认识了，我说：

“这念剪刀；这念房子。”

他说不对：

“这念剪，这念房。”

我拿过来一细看，果然都是一个字，而不是两个字，我是照着图念的，所以错了。

我也有一盒方字块，这边是图，那边是字，我也拿出来给他看了。

从此整天的玩。祖母病重与否？我不知道。不过在她临死的前几天就穿上了满身的新衣裳，好像要出门做客似的。说是怕死了来不及穿衣裳。

因为祖母病重家里热闹得很，来了很多亲戚。忙忙碌碌不知忙些个什么。有的拿了些白布撕着，撕得一条一块的，撕得非常的响亮，旁边就有人拿着针在缝那白布。还有的把一个小罐，里边装了米，罐口蒙上了红布。还有的在后园门口拢起火来，在铁大勺里边炸着面饼子。问她：

“这是什么？”

“这是打狗饽饽。”

她说阴间有十八关，过到狗关的时候，狗就上来咬人，用这饽饽一打，狗吃了饽饽就不咬人了。

似乎是姑妄言之姑妄听之，我没有听进去。

家里边的人越繁华，我就越寂寞，走到屋里，问问这个，问问那个，一切都不理解。祖父也似乎把我忘记了。我从后园里捉了一个特别大的蚂蚱送给他去看，他连看也没有看，就说：

“真好，真好，上后园去玩去吧！”

新来的兰哥也不陪我时，我就在后园里一个人玩。

五

祖母已经死了，人们都到龙王庙上去报过庙[1]回来了。而我还在后园里边玩着。

后园里边下了点雨，我想要进屋去拿草帽去，走到酱缸旁边(我家的酱缸是放在后园里的)，一看，有雨点拍拍的落到缸帽子上。我想这缸帽子该多大，遮起雨来，比草帽一定更好。

于是我就从缸上把它翻下来了，到了地上它还乱滚一阵，这时候，雨就大了。我好不容易才设法钻进这缸帽子去。因为这缸帽子太大了，差不多和我一般高。

我顶着它，走了几步，觉得天昏地暗。而且重也是很重的，非常吃力。而且自己已经走到哪里了，自己也不晓，只觉得头顶

1　报庙，北方地区的殡葬习俗；家人去世后，亲属到土地庙报告消息。人刚死，灵魂暂寄土地庙中，祷告神灵关照亡魂。

上拍拍拉拉的打着雨点，往脚下看着，脚下只是些狗尾草和韭菜。找了一个韭菜很厚的地方，我就坐下了，一坐下这缸帽子就和个小房似的扣着我。这比站着好得多，头顶不必顶着，缸帽子就扣在韭菜地上。但是里边可是黑极了，什么也看不见。

同时听什么声音，也觉得都远了。大树在风雨里边被吹得呜呜的，好像大树已经被搬到别人家的院子去了似的。

韭菜是种在北墙根上，我是坐在韭菜上。北墙根离家里的房子很远的，家里边那闹嚷嚷的声音，也像是来在远方。

我细听了一会，听不出什么来，还是在我自己的小屋里边坐着。这小屋这么好，不怕风，不怕雨。站起来走的时候，顶着屋盖就走了，有多么轻快。

其实是很重的了，顶起来非常吃力。

我顶着缸帽子，一路摸索着，来到了后门口，我是要顶给爷爷看看的。

我家的后门坎特别高，迈也迈不过去，因为缸帽子太大，使我抬不起腿来。好不容易用手把腿拉着，弄了半天，总算是过去了。虽然进了屋，仍是不知道祖父在什么方向，于〔是〕我就大喊，正在这喊之间，父亲一脚把我踢翻了，差点没把我踢到灶口的火堆上去。缸帽子也在地上滚着。

等人家把我抱了起来，我一看，屋子里的人，完全不对了，都穿了白衣裳。

再一看，祖母不是睡在炕上，而是睡在一张长板上。

从这以后祖母就死了。

六

祖母一死，家里继续着来了许多亲戚，有的拿着香、纸，到灵前哭了一阵就回去了。有的就带着大包小包的来了就住下了。

大门前边吹着喇叭，院子里搭了灵棚，哭声终日，一闹闹了不知多少日子。

请了和尚道士来，一闹闹到半夜，所来的都是吃、喝、说、笑。

我也觉得好玩，所以就特别高兴起来。又加上从前我并没有小同伴，而现在有了。比我大的，比我小的，共有四五个。我们上树爬墙，几乎连房顶也要上去了。

他们带我到大门洞子顶上去捉鸽子。搬了梯子到房檐头上去捉家雀。后花园虽然大已经装不下我了。

我跟着他们到井口边去往井里边看，那井是多么深，我从未见过。在上边喊一声，里边有人回答。用一个小石子投下去，那响声是很深远的。

他们带我到粮食房子去，到碾磨房去，有时候竟把我带到街上，是已经离开家了，不跟着家人在一起，我是从来没有走过这样远。

不料除了后园之外，还有更大的地方，我站在街上，不是看什么热闹，不是看那街上的行人车马，而是心里边想：是不是我将来一个人也可以走得很远?

有一天，他们把我带到南河沿上去了，南河沿离我家本不算远，也不过半里多地。可是因为我是第一次走，觉得实在是远，走出汗来了。走过一个黄土坑，又过一个南大营，南大营的门口，有兵把着门。那营房的院子大得在我看来太大了，实在是不应该。我们的院子就够大的了，怎么能比我们家的院子更大呢?大得有点不大好看了，我走过了，我还回过头来看。

路上有一家人家，把花盆摆到墙头上来了，我觉得这也不大好，若是看不见人家偷去呢！

还看见了一座小洋房，比我们家的房不知好了多少倍。若问我，哪里好？我也说不出来，就觉得那房子是一色新，不像我家的房子那么陈旧。

我仅仅走了半里多路，我所看见的可太多了。所以觉得这南河沿实在远。问他们：

"到了没有！"

他们说：

"就到的，就到的。"

果然，转过了大营房的墙角，就看见河水了。

我第一次看见河水，我不能晓得这河水是从什么地方来的？来了几年了。

那河太大了，等我走到河边上，抓了一把沙子抛下去，那河水简直没有因此而脏了一点点。河上有船，但是不很多，有的往东去了，有的往西去了。也有的划到河的对岸去的，河的对岸似乎没有人家，而是一片柳条林。再往远看，就不能知道那是什么地方了，因为也没有人家，也没有房子，也看不见道路，也听不见一点音响。

我想将来是不是我也可以到那没有人的地方去看一看。

除了我家的后园，还有街道。除了街道，还有大河。除了大河，还有柳条林。除了柳条林，还有更远的，什么也没有的地方，什么也看不见的地方，什么声音也听不见的地方。

究竟除了这些，还有什么，我越想越不知道了。

就不用说这些我未曾见过的。就说一个花盆吧，就说一座院子吧。院子和花盆，我家里都有。但说那营房的院子就比我家的大，我家的花盆是摆在后园里的，人家的花盆就摆到墙头上来了。

可见我不知道的一定还有。

所以祖母死了，我竟聪明了。

七

祖母死了，我就跟祖父学诗。因为祖父的屋子空着，我就闹着一定要睡在祖父那屋。

早晨念诗，晚上念诗，半夜醒了也是念诗。念了一阵，念困了再睡去。

祖父教我的是《千家诗》，并没有课本，全凭口头传诵，祖父念一句，我就念一句。

祖父说：

“少小离家老大回……”

我也说：

“少小离家老大回……”

都是些什么字，什么意思，我不知道，只觉得念起来那声音很好听。所以很高兴的跟着喊。我喊的声音，比祖父的声音更大。

我一念起诗来，我家的五间房都可以听见，祖父怕我喊坏了喉咙，常常警告着我说：

“房盖被你抬走了。”

听了这笑话，我略微的小了一会工夫，过不了多久，就又喊起来了。

夜里也是照样的喊，母亲吓唬我，说再喊她要打我。

祖父也说：

“没有你这样念诗的，你这不叫念诗，你这叫乱叫。”

但我觉得这乱叫的习惯不能改，若不让我叫，我念它干什么。每当祖父教我一个新诗，一开头我若听了那声音不好听，我就说：

“不学这个。”

祖父于是就换一个，换一个不好，我还是不要。

春眠不觉晓，处处闻啼鸟。
夜来风雨声，花落知多少。

这一首诗，我很喜欢，我一念到第二句，“处处闻啼鸟”那“处处”两字，我就高兴起来了。觉得这首诗，实在是好，真好听，“处处”该多好听。

还有一首我更喜欢的：

重重叠叠上楼台，几度呼童扫不开。
刚被太阳收拾去，又为明月送将来。

就这“几度呼童扫不开”，我根本不知道什么意思，就念成“西沥忽通扫不开”。

越念越觉得好听，越念越有趣味。

每当客人来了，祖父总是呼我念诗的，我就总喜念这一首。

那客人不知听懂了与否，只是点头说好。

八

就这样瞎念，到底不是久计。我念了几十首之后，祖父开讲了。

少小离家老大回，乡音无改鬓毛衰。

祖父说：

“这是说小的时候离开了家到外边去，老了回来了。乡音无改鬓毛衰，这是说家乡的口音还没有改变，胡子可白了。”

我问祖父：

“为什么小的时候离家？离家到哪里去？”

祖父说：

“好比爷〔爷〕像你那么大离家，现在老了回来了，谁还认识呢？儿童相见不相识，笑问客从何处来。小孩子见了就招呼着说：你这个白胡老头，是从哪里来的？”

我一听，觉得不大好，赶快就问祖父：

“我也要离家的吗？等我胡子白了回来，爷爷你也不认识我了吗？”

心里很恐惧。

祖父一听就笑了：

“等你老了还有爷爷吗？”

祖父说完了，看我还是不很高兴，他又赶快说：

“你不离家的，你哪里能够离家……快再念一首诗吧！念春眠不觉晓……”

我一念起春眠不觉晓来，又是满口的大叫，得意极了。完全高兴，什么都忘了。

但从此再读新诗，一定要先讲的，以前讲过的也要重讲。似乎那大嚷大叫的习惯稍稍好了一点。

两个黄鹂鸣翠柳，一行白鹭上青天。

这首诗本来我也很喜欢的，黄梨是很好吃的。经祖父这一讲，说是两个鸟，于是不喜欢了。

去年今日此门中，人面桃花相映红。
人面不知何处去，桃花依旧笑春风。

这首诗祖父讲了我也不明白，但是我喜欢这首，因为其中有桃花。桃树一开了花不就结桃吗？桃子不是好吃吗？

所以每念完这首诗，我就接着问祖父：

“今年咱们的樱桃树开花不开花？”

九

除了念诗之外，还很喜欢吃。

记得大门洞子东边那家房户是养猪的，一个大猪在前边走，一群小猪跟在后边。有一天一个小猪掉井了，人们用抬土的筐子把小猪从井〔里〕钓了上来。钓上来，那小猪早已死了。井口旁边围了很多人看热闹，祖父和我也在旁边看热闹。

那小猪一被打上来，祖父就说他要那小猪。

祖父把那小猪抱到家里，用黄泥裹起来，放在灶坑里烧上了，烧好了给我吃。

我站在炕沿旁边，那整个的小猪，就摆在我的眼前，祖父把那小猪一撕开，立刻就冒了油，真香，我从来没有吃过那么香的东西，从来没有吃过那么好吃的东西。

第二次，又有一只鸭子掉井了，祖父也用黄泥包起来，烧上给我吃了。

在祖父烧的时候，我也帮着忙，帮着祖父搅黄泥，一边喊着，一边叫着，好像拉拉队似的给祖父助兴。

鸭子比小猪更好吃，那肉是不怎样肥的。所以我最喜欢吃鸭子。

我吃，祖父在旁边看着，祖父不吃。等我吃完了，祖父才吃。他说我的牙齿小，怕我咬不动，先让我选嫩的吃，我吃剩了的他才吃。

祖父看我每咽下去一口，他就点一下头，而且高兴得说：

“这小东西真馋，”或是“这小东西吃得真快。”

我的手满是油，随吃随在大襟上擦着，祖父看了也并不生气，只是说：

“快蘸点盐吧，快蘸点韭菜花吧，空口吃不好，等会要反胃的……”

说着就捏几个盐粒放在我手上拿着的鸭子肉上。我一张嘴又进肚去了。

祖父越称赞我能吃，我越吃得多。祖父看看不好了，怕我吃多了。让我停下，我才停下来。我明明白白的是吃不下去了，可是我嘴里还说着：

“一个鸭子还不够呢！”

自此吃鸭子的印象非常之深，等了好久，鸭子不再掉到井里，我看井沿有一群鸭子，我拿了秫杆就往井里边赶，可是鸭子不进去，围着井口转，而呱呱的叫着。我就招呼了在旁边看热闹的小孩子，我说：

“帮我赶哪！”

正在吵吵叫叫的时候，祖父奔到了，祖父说：

“你在干什么？”

我说：

“赶鸭子，鸭子掉井，捞出来好烧吃。”

祖父说：

“不用赶了，爷爷抓个鸭子给你烧着吃。”

我不听他的话，我还是追在鸭子的后边跑着。

祖父上前来把我拦住了，抱在怀里，一面给我擦着汗一面说：

“跟爷爷回家，抓个鸭子烧上。”

我想：不掉井的鸭子，抓都抓不住，可怎么能规规矩矩贴起黄泥来让烧呢？于是我从祖父的身上往下挣扎着，喊着：

“我要掉井的，我要掉井的。”

祖父几乎抱不住我了。

（第三章完）

第四章

一

一到了夏天，蒿草[1]长没大人的腰了，长没我的头顶了，黄狗进去，连个影也看不见了。

1　蒿草，一种可食用植物，种类较多。每逢端午，家家门楣遍插艾蒿，据说能驱瘟避邪。

夜里一刮起风来，蒿草就刷拉刷拉的响着，因为满院子都是蒿草，所以那响声就特别大，成群结队的就响起来了。

下了雨，那蒿草的梢上都冒着烟，雨本来下得不很大，若一看那蒿草，就像那雨下得特别大似的。

下了毛毛雨，那蒿草上就迷漫得朦朦胧胧的像是已经来了大雾，或者像是要变天了，好像是下了霜的早晨，混混沌沌的，在蒸腾着白烟。

刮风和下雨，这院子是很荒凉的了。就是晴天，多大的太阳照在上空，这院子也一样是荒凉的。没有什么显眼睛耀目的装饰，没有用人工设置过的一点痕迹，什么都是任其自然，愿意东，就东，愿意西，就西。若是纯然能够做到这样，倒也保存了原始的风景。但不对的，这算什么风景呢？东边堆着一堆朽木头，西边扔着一片乱柴火。左门旁排着一大片旧砖头，右门边晒着一片沙泥土。

沙泥土是厨子拿来搭炉灶的，搭好了炉灶，泥土就扔在门边了。若问他还有什么用处吗，我想他也不知道，不过忘了就是了。

至于那砖头可不知道是干什么的，已经放了很久了，风吹日晒，下了雨被雨浇。反正砖头是不怕雨的，浇浇又碍什么事。那么就浇着去吧，没人管它。其实也正不必管它，凑巧炉灶或是炕洞子坏了，那就用得着它了。就在眼前，伸手就来，用着多么方便。但是炉灶就总不常坏，炕洞子修的也比较结实。不知哪里找的这样好的工人，一修上炕洞子就是一年，头一年八月修上，不到第二年八月是不坏的，就是到了第二年八月，也得泥水匠来，砖瓦匠来用铁刀一块一块的把砖砍着搬下来。所以那门前的一堆砖头似乎是一年也没有多大的用处。三年两年的还是在那里摆着。大概总是越摆越少，东家拿去一块垫花盆，西家搬去一块又是做什么。不然若是越摆越多，那可就糟了，岂不是慢慢的会把房门封起来的吗？

其实门前的那砖头是越来越少的，不用人工，任其自然，过了三年两载也就没有了。

可是目前还是有的。就和那堆泥土同时在晒着太阳，它陪伴着它，它陪伴着它。

除了这个，还有打碎了的大缸扔在墙边上，大缸旁边还有一个破了口的坛子陪着它蹲在那里。坛子底上没有什么，只积了半坛雨水，用手攀着坛子边一摇动，那水里边有很多活物，会上下的跑，似鱼非鱼，似虫非虫，我不认识。再看那勉强站着的，几乎是站不住了的已经被打碎了的大缸，那缸里边可是什么也没有。其实不能够说那是“里边”，本来这缸已经破了肚子，谈不到什么“里边”“外边”了。就简称“缸碴[1]”吧！在这缸碴上什么也没有，光滑可爱，用手一拍还会发响。小的时候就总喜欢到旁边去搬一搬，一搬就不得了了，在这缸碴的下边有无数的潮虫。吓得赶快就跑，跑得很远的站在那里回头看着，看了一回，那潮虫乱跑一阵又回到那缸碴的下边去了。

这缸碴为什么不扔掉呢？大概就是专养潮虫。

和这缸碴相对着，还扣着一个猪槽子，那猪槽子已经腐朽了，不知扣了多少年了。槽子底上长了不少的蘑菇，黑深深的，都是些小蘑，看样子，大概吃不得，不知长着做什么。

靠着槽子的旁边就睡着一柄生锈的铁犁头。

说也奇怪，我家里的东西都是成对的，成双的。没有单

---

1 “碴”，似应为“碴”，多指玻璃、砖、瓦和冰等的碎片、碎块。

个的。

砖头晒太阳，就有泥土来陪着。有破坛子，就有破大缸。有猪槽子就有铁犁头。像是它们都配了对，结了婚。而且各自都有新生命送到世界上来。比方坛子里的似鱼非鱼，大缸下边的潮虫，猪槽子上的蘑菇等等。

不知为什么，这铁犁头，却看不出什么新生命来，而是全体腐烂下去了。什么也不生，什么也不长，全体黄澄澄的。用手一触就往下掉沫，虽然他本质是铁的，但沦落到今天，就完全像黄泥做的了。就像要瘫了的样子。比起它的同伴那木槽子来，真是远差千里，惭愧惭愧。这犁头假若是人的话，一定要流泪大哭："我的体质比你们都好哇，怎么今天衰弱到这个样子？"

它不但它自己衰弱，发黄，一下了雨，它那满身的黄色的色素，还跟着雨水流到别人的身上去。那猪槽子的半边已经被染黄了。

那黄色的水流，还一直流得很远，是凡它所经过的那条土地，都被它染得焦黄。

二

我家是荒凉的。

一进大门，靠着大门洞子的东壁是三间破房子，靠着大门洞子的西壁仍是三间破房子。再加上一个大门洞，看起来是七间连着串，外表上似乎是很威武的，房子都很高大，架着很粗的木头的房架。大柁[1]是很粗的，一个小孩抱不过来。都一律是瓦房盖，房脊上还有透隆的用瓦做的花，迎着太阳看去，是很好看的，房

1　大柁，房屋的大横梁，架在前后柱子上的。

脊的两梢上，一边有一个鸽子，大概也是瓦做的。终年不动，停在那里。这房子的外表，似乎不坏。

但我看它内容空虚。

西边的三间，自家用为装粮食的，粮食没有多少，耗子可是成群了。

粮食仓子底下让耗子咬出洞来，耗子的全家在吃着粮食。耗子在下边吃，麻雀在上边吃。全屋都是土腥气。窗子坏了，用板钉起来，门也坏了，每一开就颤抖抖的。

靠着门洞子西壁的三间房，是租给一家养猪的。那屋里屋〔外〕都没有别的，都是猪了。大猪小猪，猪槽子，猪粮食。来往的人也都是猪贩子，连房子带人，都弄得气味非常之坏。

说来那家也并没有养了多少猪，也不过十个八个的。每当黄昏的时候，那叫猪的声音远近可闻。打着猪槽子，敲着圈棚。叫了几声，停了一停。声音有高有低，在黄昏的庄严的空气里好像是说他家的生活是非常寂寞的。

除了这一连串的七间房子之外，还有六间破房子，三间破草房，三间碾磨房。

三间碾磨房一起租给那家养猪的了，因为它靠近那家养猪的。

三间破草房是在院子的西南角上，这房子它单独的跑得那么远，孤伶伶的，毛头毛脚的，歪歪斜斜的站在那里。

房顶的草上长着青苔，远看去，一片绿，很是好看。下了雨，房顶上就出蘑菇，人们就上房采蘑菇，就好像上山去采蘑菇一样，一采采了很多。这样出蘑菇的房顶实在是很少有，我家的房子共有三十来间，其余的都不会出蘑菇，所以住在那房里的人一提着筐子上房去采蘑菇，全院子的人没有不羡慕的，都说：

“这蘑菇是新鲜的，可不比那干蘑菇，若是杀一个小鸡炒上，那真好吃极了。”

“蘑菇炒豆腐，嗳，真鲜！”

“雨后的蘑菇嫩过了仔鸡。”

“蘑菇炒鸡，吃蘑菇而不吃鸡。”

“蘑菇下面，吃汤而忘了面。”

“吃了这蘑菇，不忘了姓才怪的。”

“清蒸蘑菇加姜丝，能吃八碗小米子干饭。”

“你不要小看了这蘑菇，这是意外之财！”

同院住的那些羡慕的人，都恨自己为什么不住在那草房里。若早知道租了房子连蘑菇都一起租来了，就非租那房子不可。天下哪有这样的好事，租房子还带蘑菇的。于是感慨唏嘘，相叹不已。

再说那在房顶上正在采着的，在多少只眼目之中，真是一种光荣的工作。于是也就慢慢的采，本来一袋烟的工夫就可以采完，但是要延长到半顿饭的工夫。同时故意选了几个大的，从房顶上骄傲的抛下来，同时说：

“你们看吧，你们见过这样干净的蘑菇吗？错了[1]是这个房顶，哪个房顶能够长出这样的好蘑菇来。”

那在下面的，根本看不清房顶到底那蘑菇全都多大，以为一律是这样大的，于是就更增加了无限的惊异。赶快弯下腰去拾起来，拿到家里，晚饭的时候，卖豆腐的来，破费二百钱捡点豆腐，把蘑菇烧上。

可是那在房顶上的因为骄傲，忘记了那房顶有许多地方是不

1　错了，除非、除了。

结实的，已经露了洞了，一不加小心就把脚掉下去了，把脚往外一拔，脚上的鞋子不见了。

鞋子从房顶落下去，一直就落在锅里，锅里正是翻开的滚水，鞋子就在滚水里边煮上了。锅边漏粉的人越看越有意思，越觉得好玩，那一只鞋子在开水里滚着，翻着，还从鞋底上滚下一些泥浆来，弄得漏下去的粉条都黄忽忽的了。可是他们还不把鞋子从锅拿出来，他们说，反正这粉条是卖的，也不是自己吃。

这房顶虽然产蘑菇，但是不能够避雨，一下起雨来，全屋就像小水罐似的。摸摸这个是湿的，摸摸那个是湿的。

好在这里边住的都是些个粗人。

有一个歪鼻瞪眼的名叫“铁子”的孩子。他整天手里拿着一柄铁锹，在一个长槽子里边往下切着，切些个什么呢？初到这屋子里来的人是看不清的，因为热气腾腾的这屋里不知都在做些个什么。细一看，才能看出来他切的是马铃薯。槽子里都是马铃薯。

这草房是租给一家开粉房的。漏粉的人都是些粗人，没有好鞋袜，没有好行李，一个一个的和小猪差不多，住在这房子里边是很相当的，好房子让他们一住也怕是住坏了。何况每一下雨还有蘑菇吃。

这粉房里的人吃蘑菇，总是蘑菇和粉配在一道，蘑菇炒粉，蘑菇炖粉，蘑菇煮粉。没有汤的叫做“炒”，有汤的叫做“煮”，汤少一点的叫做“炖”。

他们做好了，常常还端着一大碗来送给祖父。等那歪鼻瞪眼的孩子一走了，祖父就说：

“这吃不得，若吃到有毒的就吃死了。”

但那粉房里的人，从来没吃死过，天天里边唱着歌，漏着粉。

粉房的门前搭了几丈高的架子，亮晶晶的白粉，好像瀑布似的挂在上边。

他们一边挂着粉，也是一边唱着的。等粉条晒干了，他们一边收着粉，也是一边的唱着。那唱不是从工作所得到的愉快，好像含着眼泪在笑似的。

逆来顺受，你说我的生命可惜，我自己却不在乎。你看着很危险，我却自己以为得意。不得意怎么样？人生是苦多乐少。

那粉房里的歌声，就像一朵红花开在了墙头上。越鲜明，就越觉得荒凉。

正月十五正月正，
家家户户挂红灯。
人家的丈夫团圆聚，
孟姜女的丈夫去修长城。

只要是一个晴天，粉丝一挂起来了，这歌音就听得见的。因为那破草房是在西南角上，所以那声音比较的来得辽远。偶尔也有装腔女人的音调在唱“五更天”[1]。

那草房实在是不行了，每下一次大雨，那草房北头就要多加一只支柱，那支柱已经有七八只之多了，但是房子还是天天的往北边歪。越歪越厉害，我一看了就害怕，怕从那旁边一过，恰好那房子倒了下来，压在我身上。那房子实在是不像样子了，窗子本来是四方的，都歪斜得变成菱形的了。门也歪斜得关不上了。

1 “五更天”，陕西地区民歌。

墙上的大柁就像要掉下来似的，向一边跳出来了。房脊上的正梁一天一天的往北走，已经拔了铆，脱离别人的牵掣，而它自己单独行动起来了。那些钉在房脊上的椽杆子，能够跟着它跑的，就跟着它一顺水的往北边跑下去了。不能够跟着它跑的，就挣断了钉子，而垂下头来，向着粉房里的人们的头垂下来，因为另一头是压在檐外，所以不能够掉下来，只是滴里郎当的垂着。

我一走进粉房去，想要看一看漏粉到底是怎样漏法。但是不敢细看，我很怕那椽子头掉下来打了我。

一刮起风来，这房子就喳喳的山响，大柁响，房梁响，门框、窗框响。

一下了雨，又是喳喳的响。

不刮风，不下雨，夜里也是会响的，因为夜深人静了，万物齐鸣，何况这本来就会响的房子，哪能不响呢？

以它响得最厉害。别的东西的响，是因为倾心去听它，就是听得到的，也是极幽渺的，不十分可靠的。也许是因为一个人的耳鸣而引起来的错觉，比方猫、狗、虫子之类的响叫，那是因为它们是生物的缘故。

可曾有人听过夜里房子会叫的，谁家的房子会叫，叫得好像个活物似的，嚓嚓的，带着无限的重量。往往会把睡在这房子里的人叫醒。

被叫醒了的人，翻了一个身说：

“房子又走了。”

真是活神活现，听他说了这话，好像房子要搬了场似的。

房子都要搬场了，为什么睡在里边的人还不起来。他是不起来的，他翻了个身又睡了。

住在这里边的人，对于房子就要倒的这回事，毫不加戒心，好像他们已经有了血族的关系，是非常信靠的。

似乎这房一旦倒了，也不会压到他们，就像是压到了，也不会压死的，绝对的没有生命的危险。这些人的过度的自信，不知从哪里来的，也许住在那房子里边的人都是用铁铸的，而不是肉长的。再不然就是他们都是敢死队，生命置之度外了。

若不然为什么这么勇敢？生死不怕。

若说他们是生死不怕，那也是不对的，比方那晒粉条的人，从杆子上往下摘粉条的时候，那杆子掉下来了，就吓他一哆嗦。粉条打碎了，他还没有被打着。他把粉条收起来，他还看着那杆子，他思索起来，他说：

“莫不是……”

他越想越奇怪，怎么粉打碎了，而人没打着呢。他把那杆子扶了上去，远远的站在那里看着，用眼睛捉摸着。越捉摸越觉得可怕。

“唉呀！这要是落到头上呢。”

那真是不堪想像了。于是他摸着自己的头顶，他觉得万幸万幸，下回该加小心。

本来那杆子还没有房椽子那么粗，可是他一看见，他就害怕，每次他再晒粉条的时候，他都是躲着那杆子，连在它旁边走也不敢走。总是用眼睛溜着它，过了很多日才算把这回事忘了。

若下雨打雷的时候，他就把灯灭了，他们说雷扑火，怕雷劈着。

他们过河的时候，抛两个铜板到河里去，传说河是馋的，常常淹死人的，把铜板一抛到河里，河神高兴了，就不会把他们淹死了。

这证明住在这嚓嚓响着的草房里的他们，也是很胆小的，也和一般人一样是颤颤惊惊的活在这世界上。

那么这房子既然要塌了，他们为么不怕呢？

据卖馒头的老赵头说：

“他们要的就是这个要倒的么！”

据粉房里的那个歪鼻歪眼的孩子说：

“这是住房子呵，也不是娶媳妇要她周周正正。”

据同院住的周家的两位少年绅士说：

“这房子对于他们那等粗人，就再合适也没有了。”

据我家的有二伯说：

“是他们贪图便宜，好房子呼兰城里有的多，为啥他们不搬家呢？好房子人家要房钱的呀，不像是咱们家这房子，一年送来十斤二十斤的干粉就完事，等于白住，你二伯是没有家眷，若不我也找这样房子去住。”

有二伯说的也许有点对。

祖父早就想拆了那座房子的，是因为他们几次的全体挽留才留下来的。

至于这个房子将来倒与不倒，或是发生什么幸与不幸，大家都以为这太远了，不必想了。

三

我家的院子是荒凉的。

那边住着几个漏粉的，那边住着几个养猪的。养猪的那厢房里还住着一个拉磨的。

那拉磨的，夜里打着梆子通夜的打。

养猪的那一家有几个闲散杂人，常常聚在一起唱着秦腔，拉着胡琴。

西南角上那漏粉的则欢喜在晴天里边唱一个《叹五更》[1]。

他们虽然是拉胡琴，打梆子，叹五更，但是并不是繁华的，并不是一往直前的，并不是他们看见了光明，或是希望着光明，这些都不是的。

他们看不见什么是光明的，甚至于根本也不知道，就像太阳照在了瞎子的头上了，瞎子也看不见太阳，但瞎子却感到实在是温暖了。

他们就是这类人，他们不知道光明在哪里，可是他们实实在在的感得到寒凉就在他们的身上，他们想击退了寒凉，因此而来了悲哀。

他们被父母生下来，没有什么希望，只希望吃饱了，穿暖了。但也吃不饱，也穿不暖。

逆来的，顺受了。

顺来的事情，却一辈子也没有。

磨房里那打梆子的，夜里常常是越打越响，他越打得激烈，人们越说那声音凄凉。

因为他单单的响着，没有同调。

四

我家的院子是荒凉的。

粉房旁边的那小偏房里，还住着一家拴车的，那家喜欢跳大神，常常就打起鼓来，喝喝咧咧唱起来了。鼓声往往打到半夜才止，那说仙道鬼的大神和二神的一对一答。苍凉，幽渺，真不知

1 《叹五更》，五更调，中国民间小调，又称“五更曲”“五更鼓”。起源较早，南北朝时乐工采自民间。多反映军旅生活和男女相思。

今世何世。

那家的老太太终年生病，跳大神都是为她跳的。

那家是这院子顶丰富的一家，老少三辈。家风是干净利落，为人谨慎，兄友弟恭，父慈子爱。家里绝对的没有闲散杂人。绝对不像那粉房和那磨房，说唱就唱，说哭就哭。他家永久是安安静静的。跳大神不算。

那终年生病的老太太是祖母，她有两个儿子，大儿子是赶车的，二儿子也是赶车的。一个儿子都有一个媳妇。大儿媳妇胖胖的，年已五十了。二儿媳妇瘦瘦的，年已四十了。

除了这些，老太太还有两个孙儿，大孙儿是二儿子的。二孙儿是大儿子的。

因此他家里稍稍有点不睦，那两个媳妇妯娌之间稍稍有点不合适，不过也不很明朗化。只是你我之间各自晓得。做嫂子的总觉得兄弟媳妇对她有些不驯，或者就因为她的儿子大的缘故吧。兄弟媳妇就总觉得嫂子是想压她，凭什么想压人呢？自己的儿子小，没有媳妇指使着，看了别人还眼气。

老太太有了两个儿子，两个孙子，认为十分满意了。人手整齐，将来的家业，还不会兴旺的吗？就不用说别的，就说赶大车这把力气也是够用的。看看谁家的车上是爷四个，拿鞭子的，坐在车后尾巴上的都是姓胡的，没有外姓。在家一盆火，出外父子兵。

所以老太太虽然是终年病着，但很乐观，也就是跳一跳大神什么的解一解心疑也就算了。她觉得就是死了，也是心安意得的了，何况还活着，还能够看得见儿子们的忙忙碌碌。

媳妇们对于她也是很好的，总是隔长不短地张罗着给她花几个钱跳一跳大神。

每一次跳神的时候，老太太总是坐在炕里，靠着枕头，挣扎着坐了起来，向那些来看热闹的姑娘媳妇们讲：

“这回是我大媳妇给我张罗的。”或是“这回是我二媳给我张罗的。”

她说的时候非常得意。说着说着就坐不住了。她患的是瘫病。就赶快招了媳妇们来把她放下了。放下了还要喘一袋烟的工夫。

看热闹的人，没有一个不说老太太慈祥的。没有一个不说媳妇孝顺的。

所以每一跳大神，远远近近的人都来的，东院西院的，还有前街后街的也都来了。

只是不能够预先订座，来得早的就有凳子，炕沿坐。来得晚的，就得站着了。

一时这胡家的孝顺，居于领导的地位，风传一时，成为妇女们的楷模。

不但妇女，就是男人也得说：

“老胡家人旺，将来财也必旺。”

“天时，地利，人和，最要紧的还是人和。人和了，天时不好也好了。地利不利也利了。”

“将来看着吧，今天人家是赶大车的，再过五年看，不是二等户，也是三等户。”

我家的有二伯说：

“你看着吧，过不了几年人家就骡马成群了。别看如今人家就一辆车。”

他家的大儿媳妇和二儿媳妇的不睦，虽然没有新的发展，可也总没有消灭。

大孙子媳妇通红的脸，又能干，又温顺。人长得不肥不瘦，不高不矮，说起话来，声音不大不小。正合适配到他们这样的人家。

车回来了，牵着马就到井边去饮水。车马一出去了，就铡草。看她那长样可并不是做这类粗活人，可是做起事来并不弱于人，比起男人来，也差不了许多。

放下了外边的事情不做，再说屋里的，也样样拿得起来，剪、裁、缝、补，做哪样像哪样，他家里虽然没有什么绫、罗、绸、缎可做的，就说粗布衣也要做个四六见线，平平板板，一到过年的时候，无管怎样忙，也要偷空给奶奶婆婆，自己的婆婆，大娘婆婆，各人做一双花鞋。虽然没有什么好的鞋面，就说青水布的，也要做个精致。虽然没有丝线，就用棉花线，但那颜色却配得水冷冷的新鲜。

奶奶婆婆的那双绣的是桃红的大瓣莲花。大娘婆婆的那双绣的是牡丹花。婆婆的那双绣的是素素雅雅的绿叶兰。

这孙子媳妇回了娘家，娘家的人一问她婆家怎样，她说都好都好，将来非发财不可。大伯公是怎样的兢兢业业，公公是怎样的吃苦耐劳。奶奶婆婆也好，大娘婆婆也好。凡是婆家的无一不好。完全顺心，这样的婆家实在难找。

虽然她的丈夫也打过她，但她说，哪个男人不打女人呢？于是也心满意足的并不以为那是缺陷了。

她把绣好的花鞋送给奶奶婆婆，她看她绣了那么一手好花，她感到了对这孙子媳妇有无限的惭愧，觉得这样一手好针线，每天让她喂猪打狗的，真是难为了她了。奶奶婆婆把手伸出来，把那鞋接过来，真是不知如何说好，只是轻轻的托着那鞋，苍白的脸孔，笑盈盈的点着头。

这是这样好的一个大孙子媳妇。二孙子媳妇也订好了，只是二孙子还太小，一时不能娶过来。

她家的两个妯娌之间的磨擦，都是为了这没有娶过来的媳妇，她自己的婆婆主张把她接过来，做团圆媳妇[1]，婶婆婆就不主张接来，说她太小不能干活，只能白吃饭，有什么好处。

争执了许久，来与不来，还没有决定。等下回给老太太跳大神的时候，顺便问一问大仙家再说吧。

五

我家是荒凉的。

天还未明，鸡先叫了，后边磨房里那梆子声还没有停止，天就发白了。天一发白，乌鸦群就来了。

我睡在祖父旁边，祖父一醒，我就让祖父念诗，祖父就念：

> 春眠不觉晓，处处闻啼鸟。
> 夜来风雨声，花落知多少。

“春天睡觉不知不觉的就睡醒了，醒了一听，处处有鸟叫着，回想昨夜的风雨，可不知道今早花落了多少。”

是每念必讲的，这是我的约请。

祖父正在讲着诗，我家的老厨子就起来了。

他咳嗽着，听得出来，他担着水桶到井边去挑水去了。

井口离得我家的住房很远，他摇着井绳花拉拉的响，日里是

1　团圆媳妇，旧式婚姻制度的产物，也叫童养媳。穷户养不起的女孩变相卖或送给有男孩的人家，让所谓的“夫家”去养；女孩长大后就与男孩圆房（结婚），故此叫团圆媳妇。

听不见的，可是在清晨，就听得分外的清明。

老厨子挑完了水，家里还没有人起来。

听得见老厨子刷锅的声音刷拉拉的响。老厨子刷完了锅，烧了一锅洗脸水了，家里还没有人起来。

我和祖父念诗，一直念到太阳出来。

祖父说：

“起来吧。”

我说：

“再念一首。”

祖父说：

“再念一首可得起来了。”

于是再念一首，一念完了，我又赖起来不算了，说再念一首。

每天早晨都是这样纠缠不清的闹。等一开了门，到院子去。院子里边已经是万道金光了，大太阳晒在头上都滚热的了。太阳两丈高了。

祖父到鸡架那里去放鸡，我也跟在后边，祖父到鸭架那里去放鸭，我也跟在后边。

我跟着祖父，大黄狗在后边跟着我。我跳着，大黄狗摇着尾巴。

大黄狗的头像盆那么大，又胖又圆，我总想要当一匹小马来骑它。祖父说骑不得。

但是大黄狗是喜欢我的，我是爱大黄狗的。

鸡从架里出来了，鸭子从架里出来了，它们抖擞着毛，一出来就连跑带叫的，吵的声音很大。

祖父撒着通红的高粱粒在地上，又撒了金黄的谷粒子在地上。

于是鸡啄食的声音，咯咯咯的响成群了。

喂完了鸡，往天空一看，太阳已经三丈高了。

我和祖父回到屋里，摆上小桌，祖父吃一碗饭米汤，挠白糖，我则不吃，我要吃烧包米，祖父领着我，到后园去，趟着露水去到包米丛中为我掰一穗包米来。

掰来了包米，袜子，鞋，都湿了。

祖父让老厨子把包米给我烧上，等包米烧好了，我已经吃了两碗以上的饭米汤挠白糖了。包米拿来，我吃了一两个粒，就说不好吃，因为我已吃饱了。

于是我手里拿着烧包米就到院子去喂大黄去了。

“大黄”就是大黄狗的名字。

街上，在墙头外面，各种叫卖的声音都有了，卖豆腐的，卖馒头的，卖青菜的。

卖青菜的喊着，茄子，黄瓜，豆荚和小葱子。

一挑喊着过去了，又来了一挑，这一挑不喊茄子，黄瓜。而喊着芹菜，韭菜，白菜……

街上虽然热闹起来了，而我家里则仍是静悄悄的。

满院子蒿草，草里面叫着虫子。破东西，东一件西一样的扔着。

看起来似乎是因为清早，我家才冷静，其实不然的，是因为我家的房子多，院子大，人少的缘故。

哪怕就是到了正午，也仍是静悄悄的。

每到秋天，在蒿草的当中，也往往开了蓼花[1]，所以引来了不

1　蓼花，一年或多年生草本，俗称“狗尾巴花”，穗状花序或头状花序。分布广泛，长在水边或水中，最普通者如水蓼、荭草等。

少的蜻蜓和蝴蝶在那荒凉的一片蒿草上闹着。这样一来，不但不觉得繁华，反而更显得荒凉寂寞。

（第四章完）

第五章

一

我玩的时候，除了在后花园里，有祖父陪着，其余的玩法，就只有我自己了。

我自己在房檐下搭了个小布棚，玩着玩着就睡在那布棚里了。

我家的窗子是可以摘下来的，摘下来直立着是立不住的，就靠着墙斜立着，正好立出一个小斜坡来，我称这小斜坡叫“小屋”，我也常常睡到这小屋里边去了。

我家满院子是蒿草，蒿草上飞着许多蜻蜓，那蜻蜓是为着红蓼花而来的。可是我偏偏喜欢捉它，捉累了就躺在蒿草里边睡着了。

蒿草里边长着一丛一丛的天星星[1]，好像山葡萄似的，是很好吃的。

我在蒿草里边搜索着吃，吃困了，就睡在天星星秧子的旁

1 天星星，学名龙葵，俗称黑星星、野茄子等，一年生草本植物，夏季开白色小花；球形浆果，成熟后为黑紫色。浆果和叶子均可食用。入药可散瘀消肿，清热解毒。

边了。

蒿草是很厚的，我躺在上边好像是我的褥子，蒿草是很高的，它给我遮着荫凉。

有一天，我就正在蒿草里边做着梦，那是下午晚饭之前，太阳偏西的时候。大概我睡得不太着实，我似乎是听到了什么地方有不少的人讲着话，说说笑笑，似乎是很热闹。但到底发生了什么事情，却听不清，只觉得在西南角上，或者是院里，或者是院外。到底是院里院外，那就不太清楚了。反正是有几个人在一起嚷嚷着。

我似睡非睡的听了一会就又听不见了。大概我已经睡着了。

等我睡醒了，回到屋里去，老厨子第一个就告诉我：

“老胡家的团圆媳妇来啦，你还不知道，快吃了饭去看吧！”

老厨子今天特别忙，手里端着一盘黄瓜菜往屋里走，因为跟我指手划脚的一讲话，差一点没把菜碟子掉在地上，只把黄瓜丝打翻了。

我一走进祖父的屋去，只有祖父一个人坐在饭桌前面，桌子上边的饭菜都摆好了，却没有人吃，母亲和父亲都没有来吃饭，有二伯也没有来吃饭。祖父一看见我，祖父就问我：

“那团圆媳妇好不好？”

大概祖父以为我是去看团圆媳妇回来的。我说我不知道，我在草棵里边吃天星星来的。

祖父说：

“你妈他们都去看团圆媳妇去了，就是那个跳大神的老胡家。”

祖父说着就招呼老厨子，让他把黄瓜菜快点拿来。

醋拌黄瓜丝，上边浇着辣椒油，红的红，绿的绿，一定是那老厨子又重切了一盘的，那盘我眼看着撒在地上了。

祖父一看黄瓜菜也来了，祖父说：

“快吃吧，吃了饭好看团圆媳妇去。”

老厨子站在旁边，用围裙在擦着他满脸的汗珠，他每一说话就眨巴眼睛，从嘴里往外喷着唾沫星；他说：

“那看团圆媳妇的人才多呢！粮米铺的二老婆，带着孩子也去了。后院的小麻子也去了，西院老杨家也来了不少的人，都是从墙头上跳过来的。”

他说他在井沿上打水看见的。

经他这一煊惑，我说：

“爷爷，我不吃饭了，我要看团圆媳妇去。”

祖父一定让我吃饭，他说吃了饭他带我去。我急得一顿饭也没有吃好。我从来没有看过团圆媳〔妇〕，我以为团圆媳妇不知道多么好看呢！越想越觉得一定是很好看的，越着急也越觉得非是特别好看不可。不然，为什么大家都去看呢。不然，为什么母亲也不回来吃饭呢。

越想越着急，一定是很好看的节目都看过。若现在就去，还多少看得见一点，若再去晚了，怕是就来不及了。我就催促着祖父。

“快吃，快吃，爷爷快吃吧。”

那老厨子还在旁边乱讲乱说，祖父间或问他一两句。

我看那老厨子打搅祖父吃饭，我就不让那老厨子说话。那老厨子不听，还是笑嘻嘻的说。我就下地把老厨子硬推出去了。

祖父还没有吃完，老周家的周三奶奶又来了，是她说她的公鸡总是往我这边跑，她是来捉公鸡的。公鸡已经捉到了，她还不走，她还扒着玻璃窗子跟祖父讲话，她说：

“老胡家那小团圆媳妇来啦，你老爷子还没去看看吗？那看的人才多呢，我还没去呢，吃了饭就去。”

祖父也说吃了饭就去，可是祖父的饭总也吃不完。一会要点辣椒油，一会要点咸盐面的。我看不但我着急，就是那老厨子也急得不得了了。头上直冒汗，眼睛直眨巴。

祖父一放下饭碗，连点一袋烟我也不让他点，拉着他就往西南墙角那边走。

一边走，一边心里后悔，眼看着一些看热闹的人都回来了。为什么一定要等祖父呢？不会一个人早就跑着来吗？何况又觉得我躺在草棵子里就已经听见这边有了动静了。真是越想越后悔，这事情都闹了一个下半天了，一定是好看的都过去了。一定是来晚了。白来了，什么也看不见了，在草棵子听到了这边说笑，为什么不就立刻跑来看呢？越想越后悔。自己和自己生气，等到了老胡家的窗前，一听，果然连一点声音也没有了。差一点没有气哭了。

等真的进屋一看，全然不是那么一回事，母亲，周三奶奶，还有些个不认识的人，都在那里，与我想像的完全不一样，没有什么好看的，团圆媳妇在哪儿？我也看不见，经人家指指点点的，我才看见了。不是什么媳妇，而是一个小姑娘。

我一看就没有兴趣了，拉着爷爷就向外边走，说：

“爷爷回家吧。”

等第二天早晨她出来倒洗脸水的时候，我看见她了。

她的头发又黑又长，梳着很大的辫子，普通姑娘们的辫子都是到腰间那么长，而她的辫子竟快到膝间了。她脸长得黑忽忽的，笑呵呵的。

院子里的人，看过老胡家的团圆媳妇之后，没有什么不满意的地方。不过都说太大方了，不像个团圆媳妇了。

周三奶奶说：

“见人一点也不知道羞。”

隔院的杨老太太说：

“那才不怕羞呢！头一天来到婆家，吃饭就吃三碗。”

周三奶奶又说：

“哟哟！我可没见过，别说还是一个团圆媳妇，就说一进门就姓了人家的姓，也得头两天看看人家的脸色。哟哟！那么大的姑娘。她今年十几岁啦？”

“听说十四岁么！”

“十四岁会长得那么高，一定是瞒岁数。”

“可别说呀！也有早长的。”

“可是他们家可怎么睡呢？”

“可不是，老少三辈，就三铺小炕……”

这是杨老太太扒在墙头上和周三奶奶讲的。

至于我家里，母亲也说那团圆媳妇不像个团圆媳妇。

老厨子说：

“没见过，大模大样的，两个眼睛骨碌骨碌的转。”

有二伯说：

“介（这）年头是啥年头呢，团圆媳妇也不像个团圆媳妇了。”

只是祖父什么也不说，我问祖父：

“那团圆媳妇好不好？”

祖父说：

“怪好的。”

于是我也觉得怪好的。

她天天牵马到井边上去饮水，我看见她好几回，中间没有什么人介绍，她看看我就笑了，我看看她也笑了。我问她十几岁？她说：

“十二岁。”

我说不对。

“你十四岁的，人家都说你十四岁。”

她说：

“他们看我长得高，说十二岁怕人家笑话，让我说十四岁的。”

我不大知道，为什么长得高还让人家笑话，我问她：

“你到我们草棵子里去玩好吧！”

她说：

“我不去，他们不让。”

二

过了没有几天，那家就打起团圆媳妇来了，打得特别厉害，那叫声无管多远都可以听得见的。

这全院子都是没有小孩子的人家，从没有听到过谁家在哭叫。

邻居左右因此又都议论起来，说早就该打的，哪有那样的团圆媳妇一点也不害羞，坐到那儿坐得笔直，走起路来，走得风快。

她的婆婆在井边上饮马，和周三奶奶说：

“给她一个下马威。你听着吧，我回去我还得打她呢，这小团圆媳妇才厉害呢！没见过，你拧她大腿，她咬你，再不然，她就说她回家。”

从此以后，我家的院子里，天天有哭声，哭声很大，一边哭，一边叫。

祖父到老胡家去说了几回，让他们，不要打她了。说小孩子知道什么，有点差错教条教条也就行了。

后来越打越厉害了，不分昼夜，我睡到半夜醒来和祖父念诗的时候，念着念着就听西南角上哭叫起来了。

我问祖父：

“是不是那小团圆媳妇哭？”

祖父怕我害怕，说：

“不是，是院外的人家。”

我问祖父：

“半夜哭什么？”

祖父说：

“别管那个，念诗吧。”

清早醒了，正在念“春眠不觉晓”的时候，那西南角上的哭声又来了。

一直哭了很久，到了冬天，这哭声才算没有了。

三

虽然不哭了，那西南角上又夜夜跳起大神来，打着鼓，叮当叮当的响，大神唱一句，二神唱一句，因为是夜里，听得特别清晰，一句半句的我都记住了。

什么“小灵花呀”什么“胡家让她去出马”。

差不多每天大神都唱些个这个。

早晨起来，我就模拟着唱：

“小灵花呀，胡家让她去出马呀……”

而且叮叮当，叮叮当的，用声音模拟着打鼓。

“小灵花”就是小姑娘。“胡家”就是胡仙。“胡仙”就是狐狸精。“出马”就是当跳大神的。

大神差不多跳了一个冬天，把那小团圆媳妇就跳出毛病来了。

那小团圆媳妇，有点黄。没有夏天她刚一来的时候，那么黑了。不过还是笑呵呵的。

祖父带着我到那家去串门，那小团圆媳妇还过来给祖父装了一袋烟。

她看见我，也还偷着笑，大概她怕她婆婆看见。所以没和我说话。

她的辫子还是很大的。她的婆婆说她有病了，跳神给她赶鬼。

等祖父临出来的时候，她的婆婆跟出来了，小声跟祖父说：

“这团圆媳妇，怕是要不好，是个胡仙旁边的，胡仙要她去出马……”

祖父很想让他们搬家。但呼兰河这地方有个规矩，春天是二月搬家，秋天是八月搬家。一过了二八月就不是搬家的时候了。

我们每当半夜让跳神惊醒的时候，祖父就说：

“明年二月就让他们搬了。”

我听祖父说了好几次这样的话。

当我模拟着大神喝喝呼呼的唱着“小灵花”的时候，祖父也说那同样的话，明年二月让他们搬家。

四

可是在这期间，院子的西南角上就越闹越厉害。请一个大神，请好几个二神，鼓声连天的响。

说那小团圆媳妇若再去让她出马，她的命就难保了。所以请了不少的二神来，设法从大神那里把她要回来。

(于是有许多人给他家出了主意，人哪能够见死不救呢？于是是凡有善心的人都帮起忙来。他说他有一个偏方，她说她有一个邪令。

(有的主张给她扎一个谷草人，到南大坑去烧了。

(有的主张到扎彩铺去扎一个纸人，叫做“替身”，把它烧了或者可以替了她。

(有的主张给她画上花脸，把大神请到家里，让那大神看了，嫌她太丑，也许就不捉她当弟子了，就可以不必出马了。

(周三奶奶则主张给她吃一个全毛的鸡，连毛带腿的吃下去，选一个星星出全的夜，吃了用被子把人蒙起来，让她出一身大汗。蒙到第二天早晨鸡叫，再把她从被子放出来。她吃了鸡，她又出了汗，她的魂灵里边因此就永远有一个鸡存在着，神鬼和胡仙黄仙就都不敢上她的身了。传说鬼是怕鸡的。

(据周三奶奶说，她的曾祖母就是被胡仙抓住过的，闹了整整三年，差一点没死，最后就是用这个方法治好的。因此一生不再闹别的病了。她半夜里正做一个恶梦，她正吓得要命，她魂灵里边的那个鸡，就帮了她的忙，只叫了一声，噩梦就醒了。她一辈子没生过病。说也奇怪，就是到死，也死得不凡，她死那年已经是八十二岁了。八十二岁还能够拿着花线绣花，正给她小孙子绣花兜肚嘴。绣着绣着，就有点困了，她坐在木櫈上，背靠着门扇就打一个盹。这一打盹就死了。

(别人就问周三奶奶：

“你看见了吗？”

（她说：

“可不是……你听我说呀，死了三天三夜按都按不倒。后来没有办法，给她打着一口棺材也是坐着的，把她放在棺材里，那脸色是红扑扑的，还和活着的一样……”

（别人问她：

“你看见了吗？”

（她说：

“哟哟！你这问的可怪，传话传话，一辈子谁能看见多少，不都是传话传的吗！”

（她有点不大高兴了。

（再说西院的杨老太太，她也有个偏方，她说黄连二两，猪肉半斤，把黄连和猪肉都切碎了，用瓦片来焙，焙好了，压成面，用红纸包分成五包包起来。每次吃一包，专治惊风，掉魂。

（这个方法，倒也简单。虽然团圆媳妇害的病可不是惊风，掉魂，似乎有点药不对症。但也无妨试一试，好在只是二两黄连，半斤猪肉。何况呼兰河这个地方，又常有卖便宜猪肉的。虽说那猪肉怕是瘟猪，有点靠不住。但那是治病，也不是吃，又有什么关系。

“去，买上半斤来，给她治一治。”

（旁边有着赞成的说：

“反正治不好也治不坏。”

（她的婆婆也说：

“反正死马当活马治吧！”

（于是团圆媳妇先吃了半斤猪肉加二两黄连。

（这药是婆婆亲手给她焙的。可是切猪肉是他家的大孙子媳妇给切的。那猪肉虽然是连紫带青的，但中间毕竟有一块是很红的，大孙子媳妇就偷着把这块给留下来了，因为她想，奶奶婆婆不是四五个月没有尝到一点荤腥了吗？于是她就给奶奶婆婆偷着下了一碗面疙疸汤吃了。

(奶奶婆婆问：

“可哪儿来的肉？”

(大孙子媳妇说：

“你老人家吃就吃吧，反正是孙子媳妇给你做的。”

(那团圆媳妇的婆婆是在灶炕里边搭起瓦来给她焙药。一边焙着，一边说：

“这可是半斤猪肉，一边，一条不缺……”

(越焙，那猪肉的味越香，有一匹小猫嗅到了香味而来了，想要在那已经焙好了的肉干上攫一爪，它刚一伸爪，团圆媳妇的婆婆一边用手打着那猫，一边说：

“这也是你动得爪的吗！你这馋嘴巴，人家这是治病呵，是半斤猪肉，你也想要吃一口？你若吃了这口，人家的病可治不好了。一个人活活的要死在你身上，你这不知好歹的。这是整整半斤肉，不多不少。”

(药焙好了，压碎了就冲着水给团圆媳妇吃了。

(一天吃两包，才吃了一天。第二天早晨，药还没有再吃，还有三包压在灶王爷板上，那些传偏方的人就又来了。

(有的说，黄连可怎么能够吃得？黄连是大凉药，出虚汗像她这样的人，一吃黄连就要泄了元气，一个人要泄了元气那还得了吗？

(又一个人说：

“那可吃不得呀！吃了过不去两天就要一命归阴的。”

(团圆媳妇的婆婆说：

“那可怎么办呢？”

(那个人就慌忙的问：

“吃了没有呢？”

(团圆媳妇的婆婆刚一开口，就被他家的聪明的大孙子媳妇给遮过去了，说：

“没吃，没吃，还没吃。”

(那个人说：

“既然没吃就不要紧，真是你老胡家有天福，吉星高照，你家差点没有摊了人命。”

(于是他又给出了个偏方，这偏方，据他说已经不算是偏方了，就是东二道街上“李永春”药铺的先生也常常用这个方单，是一用就好的，百试，百灵。无管男、女、老、幼，一吃一个好。也无管什么病，头痛，脚痛，肚子痛，五脏六腑痛，跌、打、刀、伤。生疮，生疔，生疖子……

(无管什么病，药到病除。

(这究竟是什么药呢？人们越听这药的效力大，就越想知道究竟是怎样的一种药。

(他说：

“年老的人吃了，眼花缭乱，又恢复到了青春。”

“年青的人吃了，力气之大，可以搬动泰山。”

“妇女吃了，不用胭脂粉，就可以面如桃花。”

“小孩子吃了，八岁可以拉弓，九岁可以射箭，十二岁可以考状元。”

(开初，老胡家的全家，都为之惊动，到后来怎么越听越远了。本来老胡家一向是赶车拴马的人家，一向没有考过状元。

(大孙子媳妇，就让一些围观的闪开一点，她到梳头匣子里拿出一根画眉的柳条炭来。她说：

“快请把药方开给我们吧，好到药铺去赶早去抓药。”

（这个出药方的人，本是“李永春”药铺的厨子。三年前就离开了“李永春”那里了。三年前他和一个妇人吊膀子[1]，那妇人背弃了他，还带走了他半生所积下的那点钱财，因此一气而成了个半疯。虽然是个半疯了，但他在“李永春”那里所记住的药名字还没有全然忘记。

（他是不会写字的，他就用嘴说：

“车前子二钱，当归二钱，生地二钱，藏红花二钱，川贝母二钱，白术二钱，远志二钱，紫河车二钱……”

（他说着说着似乎就想不起来了，急得头顶一冒汗，张口就说红糖二斤，就算完了。

（说完了，他就和人家讨酒喝。

“有酒没有，给两盅喝喝。”

（这半疯，全呼兰河的人都晓得，只有老胡家不知道。因为老胡家是外来的户，所以受了他的骗了。家里没有酒，就给了他两吊钱的酒钱。那个药方是根本不能够用的，是他随意胡说了一阵的结果。）

团圆媳妇的病，一天比一天严重，据他家里的人说，夜里睡觉，她要忽然坐起来的。看了人她会害怕的。她的眼睛里边老是充满了眼泪。这团圆媳妇大概非出马不可了。若不让她出马，大概人要好不了的。

（这种传说，一传出来，东邻西邻的，又都去建了议，都说哪能够见死不救呢？

1　吊膀子，调情，亦指调戏妇女。

（有的说，让她出马就算了。有的说，还是不出马的好。年轻轻的就出马，这一辈子可得什么才能够到个头。

（她的婆婆则是绝对不赞成出马的，她说：

“大家可不要错猜了，以为我订这媳妇的时候花了几个钱。我不让她出马，好像我舍不得这几个钱似的。我也是那么想，一个小小的人出了马，这一辈子可什么时候才到个头。”

（于是大家就都主张不出马的好，想偏方的，请大神的，各种人才齐聚。东说东的好，西说西的灵。于是来了一个“抽帖儿的”[1]。

（他说他不远千里而来，他是从乡下赶到的。他听说城里的老胡家有一个团圆媳妇新接来不久就病了。经过多少名医，经过多少仙家也治不好，他特地赶来看看，万一要用得着，救一个人命也是好的。

（这样一说，十分使人感激。于是让到屋里，坐在奶奶婆婆的炕沿上。给他倒一杯水，给他装一袋烟。

（大孙子媳妇先过来说：

“我家的弟妹，年本十二岁，因为她长得太高，就说她十四岁。又说又笑，百病皆无。自接到我们家里就一天一天的黄瘦。到近来就水不想喝，饭不想吃，睡觉的时候睁着眼睛，一惊一乍的。什么偏方都吃过了，什么香火也都烧过了。就是百般的不好……”

（大孙子媳妇还没有说完，大娘婆婆就接着说：

“她来到我家，我没给她气受，哪家的团圆媳妇不受气，一天打八顿，骂三场。可是我也打过她，那是我要给她一个下马

1　抽帖儿的，一种预测吉凶的占卜方式。

威。我只打了她一个多月，虽然说我打得狠了一点，可是不狠哪能够规矩出一个好人来。我也是不愿意狠打她的，打得连喊带叫的，我是为她着想，不打得狠一点，她是不能够中用的。有几回，我是把她吊在大梁上，让她叔公公用皮鞭子狠狠的抽了她几回，打得是着点狠了，打昏过去了。可是只昏了一袋烟的工夫，就用冷水把她浇过来了。是打狠了一点，全身也都打青了，也还出了点血。可是立刻就打了鸡蛋青子给她擦上了。也没有肿得怎样高，也就是十天半月的就好了。这孩子，嘴也是特别硬，我一打她，她就说她要回家。我就问她，‘哪儿是你的家？这儿不就是你的家吗？’她可就偏不这样说。她说回她的家。我一听就更生气。人在气头上还管得了这个那个，因此我也用烧红过的烙铁烙过她的脚心。谁知道来，也许是我把她打掉啦魂啦？也许是我把她吓掉啦魂啦，她一说她要回家，我不用打她，我就说看你回家，我用索练子把你锁起来。她就吓得直叫。大仙家也看过了，说是她要出马。一个团圆媳妇的花费也不少呢，你看她八岁我订下她的，一订就是八两银子，年年又是头绳钱，鞋面钱的，到如今又用火车把她从辽阳接来，这一路的盘费。到了这儿，就是今天请神，明天看香火，后天吃偏方。若是越吃越好，那还罢了。可是百般的不见好，将来谁知道来……到结果……”

（不远千里而来的这位抽帖儿的，端庄严肃，风尘仆仆，穿的是蓝袍大衫，罩着棉袄。头上戴的是皮耳四喜帽。使人一见了就要尊之为师。

（所以奶奶婆婆也说：

“快给我二孙子媳妇抽一个帖吧，看看她命理如何。”

（那抽帖儿的一看，这家人家真是诚心诚意，于是他就把皮耳帽子从头上摘下来了。

(一摘下帽子来，别人都看得见，这人头顶上梳着发卷，戴着道帽。一看就知道他可不是市井上一般的平凡的人。别人正想要问，还不等开口，他就说他是某山上的道人，他下山来是为的奔向山东的泰山去，谁知路出波折，缺少盘程，就流落在这呼兰河的左右，已经不下半年之久了。

(人家问他，既是道人，为什么不穿道士的衣裳。他回答说：

“你们哪里晓得，世间三百六十行，各有各的苦。这地方的警察特别厉害，他一看穿了道人的衣裳，他就说三问四。他们那些叛道的人，无理可讲，说抓就抓，说拿就拿。”

(他还有一个别号，叫云游真人，他说一提云游真人，远近皆知。无管什么病痛或是吉凶，若一抽了他的帖儿，则生死存亡就算定了。他说他的帖法，是张天师所传。

(他的帖儿并不多，只有四个，他从衣裳的口袋里一个一个的往外摸，摸出一帖来是用红纸包着，再一帖还是红纸包着，摸到第四帖也都是红纸包着。

(他说帖上也没有字，也没有影。里边只包着一包药面，一包红，一包绿，一包蓝，一包黄。抽着黄的就是黄金富贵，抽着红的就是红颜不老。抽到绿的就不大好了，绿色的是鬼火。抽到蓝的也不大好，蓝的就是铁脸蓝青，张天师说过，铁脸蓝青，不死也得见阎王。

(那抽帖的人念完了一套，就让病人的亲人伸出手来抽。

(团圆媳妇的婆婆想，这倒也简单，容易，她想赶快抽一帖出来看看，命定是死是活，多半也可以看出来个大概。不曾想，刚一伸出手去，那云游真人就说：

“每帖十吊钱，抽着蓝的，若嫌不好，还可以再抽，每帖十吊……”

(团圆媳妇的婆婆一听，这才恍然大悟，原来这可不是白抽的，十吊钱一张可不是玩的，一吊钱检豆腐可以检二十块。三天检一块豆腐，二十块，二三得六,六十天都有豆腐吃。若是隔十天检一块，一个月检三块，那就半年都不缺豆腐吃了。她又想，三天一块豆腐，哪有这么浪费的人家。依着她一个月检一块大家尝尝也就是了，那么办，二十块豆腐，每月一块，可以吃二十个月，这二十个月，就是一年半还多两个月。

(若不是买豆腐，若养一口小肥猪，经心的喂着它，喂得胖胖的，喂到五六个月，那就是多少钱哪！喂到一年，那就是千八百吊了……

(再说就是不买猪，买鸡也好，十吊钱的鸡，就是十来个，一年的鸡，第二年就可以下蛋，一个蛋，多少钱！就说不卖鸡蛋，就说拿鸡蛋换青菜吧，一个鸡蛋换来的青菜，够老少三辈吃一天的了……何况鸡会生蛋，蛋还会生鸡，永远这样循环的生下去，岂不有无数的鸡，无数的蛋了吗？岂不发了财吗？

(但她可并不是这么想，她想够吃也就算了，够穿也就算了。一辈子俭俭朴朴，多多少少积储了一点也就够了。她虽然是爱钱，若说让她发财，她可绝对的不敢。

(那是多么多呀！数也数不过来了。记也记不住了。假若是鸡生了蛋，蛋生了鸡，来回的不断的生，这将成个什么局面，鸡岂不和蚂蚁一样多了吗？看了就要眼花，眼花就要头痛。

(这团圆媳妇的婆婆，从前也养过鸡，就是养了十吊钱的。她也不多养，她也不少养。十吊钱的就是她最理想的。十吊钱买了十二个小鸡子，她想：这就正好了，再多怕丢了，再少又不够十吊钱的。

(在她一买这刚出蛋壳的小鸡子的时候，她就挨着个看，这样的不要，那样的不要。黑爪的不要，花膀的不要，脑门上带点的又不要。她说她亲娘就是会看鸡，那真是养了一辈子鸡呀！年年养，可也不多养。可是一辈子针啦，线啦，没有缺过，一年到头靡花过钱，都是拿鸡蛋换的。人家那眼睛真是认货，什么样的鸡短命，什么样的鸡长寿，一看就跑不了她老人家的眼睛的。就说哪样的鸡下蛋大，哪样的鸡下蛋小，她都一看就在心里了。

（她一边买着鸡，她就一边怨恨着自己没有用，想当年为什么不跟母亲好好学学呢！唉！年青的人哪里会虑后事。她一边买着，就一边感叹。她虽然对这小鸡子的选择上边，也下了万分的心思，可以说是选无可选了。那卖鸡子的人一共有二百多小鸡，她通通的选过了，但究竟她所选了的，是否都是顶优秀的，这一点，她自己也始终把握不定。

（她养鸡，是养得很经心的，怕猫吃了，怕耗子咬了。她一看那小鸡子，白天一打盹，她就给驱着苍蝇，怕苍蝇把小鸡咬醒了，她让它多睡一会，她怕小鸡睡眠不足。小鸡的腿上，若让蚊子咬了一块疤，她一发现了，她就立刻泡了艾蒿水来给小鸡来擦。她说若不及早的擦呀，那将来是公鸡，就要长不大，是母鸡就要下小蛋。小鸡蛋一个换两块豆腐，大鸡蛋换三块豆腐。

（这是母鸡。再说公鸡，公鸡是一刀菜，谁家杀鸡不想杀胖的。小公鸡是不好卖的。

（等她的小鸡，略微长大了一点，能够出了屋了，能够在院子里自己去找食吃去的时候，她就把它们给染了六匹红的，六匹绿的。都是在脑门上。

（至于把颜色染在什么地方，那就先得看邻居家的都染在什么地方，而后才能够决定。邻居家的小鸡把色染在膀梢上，那她就染在脑门上。邻居家的若染在了脑门上，那她就要染在肚囊上。大家切不要都染在一个地方，染在一个地方可怎么能够识别呢？你家的跑到我家来，我家的跑到你家去，那么岂不又要混乱了吗？

(小鸡子染了颜色是十分好看的，红脑门的，绿脑门的，好像它们都戴了花帽子。好像不是养的小鸡，好像养的是小孩似的。

(这团圆媳妇的婆婆从前她养鸡的时候就说过：

“养鸡可比养小孩更娇贵，谁家的孩子还不就是扔在旁边他自己长大的，蚊子咬咬，臭虫咬咬，那怕什么的，哪家的孩子的身上没有个疤拉疖子的。没有疤拉疖子的孩子都不好养活，都要短命的。”

(据她说，她一辈子的孩子并不多，就是这一个儿子，虽然说是稀少，可是也没有娇养过。到如今那身上的疤也有二十多块。

(她说：

“不信，脱了衣裳给大家伙看看……那孩子那身上的疤拉，真是多大的都有，碗口大的也有一块。真不是说，我对孩子真没有娇养过。除了他自个儿跌的摔的不说，就说我用擀柴梓子打的也落了好几个疤。养活孩子可不是养活鸡鸭的呀！养活小鸡，你不好好养它，它不下蛋。一个蛋，大的换三块豆腐，小的换两块豆腐，是闹着玩的吗？可不是闹着玩的。”

(有一次，她的儿子踏死了一个小鸡仔，她打了她儿子三天三夜，她说：

“我为什么不打他呢？一个鸡仔就是三块豆腐，鸡仔是鸡蛋变的呀！要想变一个鸡仔，就非一个鸡蛋不行，半个鸡蛋能行吗？不但半个鸡蛋不行，就是差一点也不行，坏鸡蛋不行，陈鸡蛋不行。一个鸡要一个鸡蛋，那么一个鸡不就是三块豆腐是什么呢？眼睁睁的把三块豆腐放在脚底踩了，这该多大的罪，不打他，哪儿能够不打呢？我越想越生气，我想起来就打，无管黑夜白日，我打了他三天。后来打出一场病来，半夜三更的，睡得好好的说哭就哭。可是我也没有当他是一回子事，我就拿饭勺子敲着门框，给他叫了叫魂。没理他也就好了。”

（她这有多少年没养鸡了，自从订了这团圆媳妇，把积存下的那点针头线脑的钱都花上了。这还不说，还得每年头绳钱啦，腿带钱的托人捎去，一年一个空，这几年来就紧得不得了。想养几个鸡，都狠心没有养。

（现在这抽帖的云游真人坐在她的眼前，一帖又是十吊钱。若是先不提钱，先让她把帖抽了，哪管抽完了再要钱呢，那也总算是没有花钱就抽了帖的。可是偏偏不先，那抽帖的人，帖还没让抽，就先提到了十吊钱。

（所以那团圆媳妇的婆婆觉得，一伸手，十吊钱。一张口，十吊钱。这不是眼看着钱往外飞吗？

（这不是飞，这是干什么，一点声响也没有，一点影子也看不见。还不比过河，往河里扔钱，往河里扔钱，还听一个响呢，还打起一个水泡呢。这是什么代价也没有的，好比自己发了昏，把钱丢了，好比遇了强盗，活活的把钱抢去了。

（团圆媳妇的婆婆，差一点没因为心内的激愤而流了眼泪。她一想十吊钱一帖，这哪里是抽帖，这是抽钱。

（于是她把伸出去的手缩回来了。她赶快跑到脸盆那里去，把手洗了，这可不是闹笑话的，这是十吊钱哪！她洗完了手又跪在灶王爷那里祷告了一番。祷告完了才能够抽帖的。

（她第一帖就抽了个绿的，绿的不大好，绿的就是鬼火。她再抽一帖，这一帖就更坏了，原来就是那最坏的不死也得见阎王的里边包着蓝色药粉的那张帖。

(团圆媳妇的婆婆一见两帖都坏，本该抱头大哭，但是她没有那么的，自从团圆媳妇病重了，说长的，道短的，说死的，说活的，样样都有。又加上已经左次右番的请胡仙，跳大神，闹神闹鬼，已经使她见过不少的世面了。说活虽然高兴，说去见阎王也不怎样悲哀，似乎一时也总像见不了的样子。

(于是她就问那云游真人，两帖抽的都不好。是否可以想一个方法可以破一破？云游真人就说了：

“拿笔拿墨来。”

(她家本也没有笔，大孙子媳妇就跑到大门洞子旁边那粮米铺去借去了。

(粮米铺的山东女老板，就用山东腔问她：

“你家做啥？”

(大孙子媳妇说：

“给弟妹画病。”

(女老板又说：

“你家的弟妹，这一病就可不浅，到如今好了点没？”

(大孙子媳妇本想端着砚台拿着笔就跑，可是人家关心，怎好不答，于是去了好几袋烟的工夫，还不见回来。

(等她抱了砚台回来的时候，那云游真人，已经把红纸都撕好了。于是拿起笔来，在他撕好的四块红纸上，一块上边写了一个大字，那红纸条也不过半寸宽，一寸长。他写的那字大得都要从红纸的四边飞出来了。

(这四个字，他家本没有识字的人，灶王爷上的对联还是求人写的。一模一样，好像一母所生，也许写的就是一个字。大孙子媳妇看看不认识，奶奶婆婆看看也不认识。虽然不认识，大概这个字一定也坏不了，不然，就用这个字怎么能破开一个人不见阎王呢？于是都一齐点头称好。

(那云游真人又命拿浆糊来。她们家终年不用浆糊，浆糊多么贵，白面十多吊钱一斤。都是用黄米饭粒来黏鞋面的。

(大孙子媳妇到锅里去铲了一块黄黏米饭来。云游真人，就用饭粒贴在红纸上了。于是掀开团圆媳妇蒙在头上的破棉袄，让她拿出手来，一个手心上给她贴一张。又让她脱了袜子，一只脚心上给她贴上一张。

(云游真人一见，脚心上有一大片白色的疤痕，他一想就是方才她婆婆所说的用烙铁给她烙的。可是他假装不知，问说：

“这脚心可是生过什么病症吗？”

(团圆媳妇的婆婆连忙就接了过来说：

“我方才不是说过吗，是我用烙铁给她烙的。哪里会见过的呢？走道像飞似的，打她，她记不住，我就给她烙一烙。好在也没什么，小孩子肉皮活，也就是十天半月的下不来地，过后也就好了。”

(那云游真人想了一想，好像要吓唬她一下，就说这脚心的疤，虽说是贴了红帖，也怕贴不住，阎王爷是什么都看得见的，这疤怕是就给了阎王爷以特殊的记号，有点不大好办。

(云游真人说完了，看一看她们怕不怕，好像是不怎样怕。于是他就说得严重一些：

“这疤不掉，阎王爷在三天之内就能够找到她，一找到她，就要把她活捉了去的。刚才抽的那帖是再准也没有的了，这红帖也绝没有用处。”

(他如此的吓唬着她们，似乎她们从奶奶婆婆到孙子媳妇都不大怕。那云游真人，连想也没有想，于是开口就说：

“阎王爷不但要捉了团圆媳妇去，还要捉了团圆媳妇的婆婆去，现世现报，拿烙铁烙脚心，这不是虐待，这是什么，婆婆虐待媳妇，做婆婆的死了下油锅，老胡家的婆婆虐待媳妇……”

(他就越说越声大，似乎要喊了起来，好像他是专打抱不平的好汉，而变了他原来的态度了。

(一说到这里，老胡家的老少三辈都害怕了，毛骨悚然，以为她家里又是撞进来了什么恶魔。而最害怕的是团圆媳妇的婆婆，吓得乱哆嗦，这是多么骇人听闻的事情，虐待媳妇！世界上能有这样的事情吗？

(于是团圆媳妇的婆婆赶快跪下了，面向着那云游真人，眼泪一对一双的往下落：

“这都是我一辈子没有积德，有孽遭到儿女的身上，我哀告真人，请真人诚心的给我化散化散，借了真人的灵法，让我的媳妇死里逃生吧。”

(那云游真人立刻就不说见阎王了，说她的媳妇一定见不了阎王，因为他还有一个办法一办就好的；说来这法子也简单得很，就是让团圆媳妇把袜子再脱下来，用笔在那疤痕上一画，阎王爷就看不见了。当场就脱下袜子来在脚心上画了。一边画着还嘴里嘟嘟的念着咒语。这一画不知费了多大力气，旁边看着的人倒觉十分的容易。可是那云游真人却冒了满头的汗，他故意的咬牙切齿，皱眉瞪眼。这一画也并不是容易的事情，好像他在上刀山似的。

(画完了，把钱一算，抽了两帖二十吊。写了四个红纸贴在脚心手心上，每帖五吊是半价出售的，一共是四五等于二十吊。外加这一画，这一画本来是十吊钱，现在就给打个对折吧，就算五吊钱一只脚心，一共画了两只脚心，又是十吊。

（二十吊加二十吊，再加十吊。一共是五十吊。

（云游真人拿了这五十吊钱乐乐呵呵的走了。

（团圆媳妇的婆婆，在她刚要抽帖的时候，一听每帖十吊钱，她就心痛得了不得，又要想用这钱养鸡，又要想用这钱养猪。等到现在五十吊钱拿出去了，她反而也不想养鸡了，也不想养猪了。因为她想，事到临头，不给也是不行了。帖也抽了，字也写了，要想不给人家钱也是不可能的了。事到临头，还有什么办法呢？别说五十吊，就是一百吊钱也得算着吗？不给还行吗？

（于是她心安理得的把五十吊钱给了人家了。这五十吊钱，是她秋天出城去在豆田里拾黄豆粒，一共拾了二升豆子卖了几十吊钱。在田上拾黄豆粒也不容易，一片大田，经过主人家的收割，还能够剩下多少豆粒呢？而况穷人聚了那么大的一群，孩子，女人，老太太……你抢我夺的，你争我打的。为了二升豆子就得在田上爬了半月二十天的，爬得腰酸腿疼。唉，为着这点豆子，那团圆媳妇的婆婆还到“李永春”药铺，去买过二两红花的。那就是因为在土上爬豆子的时候，有一棵豆秧刺了她的手指甲一下。她也没有在乎，把刺拔出来也就去他的了。该拾豆子还是拾豆子。就因此那指甲可就不知怎么样，睡了一夜那指甲就肿起来了，肿得和茄子似的。

（这肿一肿又算什么呢？又不是皇上娘娘，说起来可真娇惯了，哪有一个人吃天靠天，而不生点天灾的？

（闹了好几天，夜里痛得火喇喇的不能睡觉了。这才去买了二两红花来。

（说起买红花来，是早就该买的，奶奶婆婆劝她买，她不买。大孙子媳妇劝她买，她也不买。她的儿子想用孝顺来争服他的母亲，他强硬的要去给她买，因此还挨了他妈的一烟袋锅子，这一烟袋锅子就把儿子的脑袋给打了鸡蛋大的一个包。

“你这小子，你不是败家吗？你妈还没死，你就做了主了。小兔仔子，我看着你再说买红花的，小兔仔子我看着你的。”

(就这一边骂着，一边烟袋锅子就打下来了。

(后来也到底还是买了，大概是惊动了东邻西舍，这家说说，那家讲讲的，若再不买点红花来，也太不好看了，让人家说老胡家的大儿媳妇，一年到头，就能够寻寻觅觅的积钱，钱一到她的手里，就好像掉了地缝了，一个豆也再不用想从她的手里拿出来。假若这样的说开去，也是不太好听，何况这捡来的豆子能卖好几十吊呢，花个三吊两吊的就花了吧。一咬牙，去买上二两红花来擦擦。

(想虽然是这样想过了，但到底还没有决定，延持了好几天还没有“一咬牙”。

(最后也毕竟是买了，她选择了一个顶严重的日子，就是她的手，不但一个指头，而是整个的手都肿起来了。那原来肿得像茄子的指头，现在更大了，已经和一个小东瓜似的了。而且连手掌也无限度的胖了起来，胖得和张小簸箕似的。她多少年来，就嫌自已太瘦，她总说，太瘦的人没有福分。尤其是瘦手瘦脚的，一看就不带福相。尤其是精瘦的两只手，一伸出来和鸡爪似的，真是轻薄的样子。

(现在她的手是胖了，但这样胖法，是不大舒服的。同时她也发了点热，她觉得眼睛和嘴都干，脸也发烧，身上也时冷时热，她就说：

“这手是要闹点事吗？这手……”

(一清早起，她就这样的念了好几遍。那胖得和小簸箕似的手，是一动也不能动了，好像一匹小猫或者一个小孩的头似的，她把它放在枕头上和她一齐的躺着。

“这手是要闹点事的吧！”

(当她的儿子来到她旁边的时候，她就这样说。

(她的儿子一听她母亲的口气，就有些了解了。大概这回她是要买红花的了。

(于是她的儿子跑到奶奶的面前，去商量着要给他母亲去买红花，他们家住的是南北对面的炕，那商量的话声，虽然不甚大，但是他的母亲是听到的了。听到了，也假装没有听到。好表示这买红花可到底不是她的意思，可并不是她的主使，她可没有让他们去买红花。

(在北炕上，祖孙二人商量了一会，孙子说向她妈去要钱去。祖母说：

“拿你奶奶的钱先去买吧，你妈好了再还我。”

(祖母故意把这句说得声音大一点，似乎故意让她的大儿媳妇听见。

(大儿媳妇是不但这句话，就是全部的话也都了然在心了，不过装着不动就是了。

(红花买回来了，儿子坐到母亲的旁边，儿子说：

“妈，你把红花酒擦上吧。”

(母亲从枕头上转过脸儿来，似乎买红花这件事情她事先一点也不晓得，说：

“哟！这小鬼羔子，到底买了红花来……”

(这回可并没有用烟袋锅子打，倒是安安静静地把手伸出来，让那浸了红花的酒，把一只胖手完全染上了。

(这红花到底是二吊钱的，还是三吊钱的，若是二吊钱的倒给的不算少，若是三吊钱的，那可贵了一点。若是让她自己去买，她可绝对的不能买这么多，也不就是红花吗！红花就是红的就是了，治病不治病，谁晓得？也不过就是解解心疑就是了。

(她想着想着，因为手上涂了酒觉得很凉爽，就要睡一觉，又加上烧酒的气味香扑扑的，红花的气味药忽忽的。她觉得实在是舒服了不少。于是她一闭眼睛就做了一个梦。

(这梦做的是她买了两块豆腐，这豆腐又白又大。是用什么钱买的呢？就是用买红花剩来的钱买的。因为在梦里边她梦见是她自己去买的红花。她自己也不买三吊钱的，也不买两吊钱的，是买了一吊钱的。在梦里边她还算着，不但今天有两块豆腐吃，哪天一高兴还有两块吃的！三吊钱才买了一吊钱的红花呀！

(现在她一遭就拿了五十吊钱给了云游真人。若照她的想法来想，这五十吊钱可该买多少豆腐了呢？

(但是她没有想，一方面因为团圆媳妇的病也实在病得缠绵，在她身上花钱也花得大手大脚的了。另一方面就是那云游真人的来势也过于猛了点，竟打起抱不平来，说她虐待团圆媳妇。还是赶快的给了他钱，让他滚蛋吧。

(真是家里有病人是什么气都受得呵。团圆媳妇的婆婆左思右想，越想越是自己遭了无妄之灾，满心的冤曲，想骂又没有对象，想哭又哭不出来，想打也无处下手了。

(那小团圆媳妇再打也就受不住了。

(若是那小团圆媳妇刚来的时候，那就非先抓过她来打一顿再说。做婆婆的打了一只饭碗，也抓过来把小团圆媳妇打一顿。她丢了一根针也抓过来把小团圆媳妇打一顿。她跌了一个筋斗，把单裤膝盖的地方跌了一个洞，她也抓过来把小团圆媳妇打一顿。总之，她一不顺心，她就觉得她的手就想要打人。她打谁呢？谁能够让她打呢？于是就轮到小团圆媳妇了。

（有娘的，她不能够打。她自己的儿子也舍不得打。打猫，她怕把猫打丢了。打狗，她怕把狗打跑了。打猪，怕猪掉了斤两。打鸡，怕鸡不下蛋。

（惟独打这小团圆媳妇是一点毛病没有，她又不能跑掉，她又不能丢了。她又不会下蛋，反正也不是猪，打掉了一些斤两也不要紧，反正也不过秤。

（可是这小团圆媳妇，一打也就吃不下饭去。吃不下饭去不要紧，多喝一点饭米汤好啦，反正饭米汤剩下也是要喂猪的。

（可是这都成了已往的她的光荣的日子了，那种自由的日子恐怕一时不会再来了。现在她不用说打，就连骂也不大骂她了。

（现在她别的都不怕，她就怕她死，她心里总有一个阴影，她的小团圆媳妇可不要死了呵。

（于是她碰到了多少的困难，她都克服了下去，她咬着牙根，她忍住眼泪，她要骂不能骂，她要打不能打。她要哭，她又止住了。无限的伤心，无限的悲哀，常常一齐会来到她的心中的。她想，也许是前生没有做了好事，此生找到她了。不然为什么连一个团圆媳妇的命都没有。她想一想，她一生没有做过恶事，面软，心慈，凡事都是自己吃亏，让着别人。虽然没有吃斋念佛。但是初一十五的素口也自幼就吃着。虽然不怎样拜庙烧香，但四月十八的庙会，也没有拉下过。娘娘庙前一把香，老爷庙前三个头。哪一年也都是烧香磕头的没有拉过"过场"。虽然是自小没有读过诗文，不认识字。但是《金刚经》《灶王经》也会念上两套。虽然说不曾做过舍善的事情，没有补过路，没有修过桥，但是逢年过节，对那些讨饭的人，也常常给过他们剩汤剩饭的。虽然过日子不怎样俭省，但也没有多吃过一块豆腐。拍拍良心对天对得起，对地也对得住。那为什么老天爷明明白白的却把祸根种在她身上？

(她越想，她越心烦意乱。

“都是前生没有做了好事，今生才找到了。”

(她一想到这里，她也就不再想了，反正事到临头，瞎想一阵又能怎样呢？于是她自己劝着自己就又忍着眼泪，咬着牙根，把她那兢兢业业的，养猪喂狗所积下来的那点钱，又一吊一吊的，一五一十的，往外拿着。

(东家说，看个香火，西家说，吃个偏方。偏方，野药，大神，赶鬼，看香，扶乩。样样都已经试过。钱也不知花了多少，但是都不怎样见效。

(那小团圆媳妇夜里说梦话，白天发烧。一说起梦话来，总是说她要回家。

(“回家”这两个字，她的婆婆觉得最不祥，就怕她是阴间的花姐，阎王奶奶要把她叫了回去。于是就请了一个圆梦的。那圆梦的一圆，果然不错，“回家”就是回阴间地狱的意思。

(所以那小团圆媳妇，做梦的时候，一梦到她的婆婆打她，或者是用梢子绳把她吊在房梁上了，或是梦见婆婆用烙铁烙她的脚心，或是梦见婆婆用针刺她的手指尖。一梦到这些，她就大哭大叫，而且嚷着她要“回家”。

(婆婆一听她嚷回家，就伸出手去在大腿上拧着她。日子久了，拧来，拧去，那小团圆媳妇的大腿被拧得像一个梅花鹿似的青一块，紫一块的了。

她是一份善心，怕是真的她回了阴间地狱，赶快的把她叫醒来。

(可是小团圆媳妇睡得朦里朦胧的，她以为她的婆婆可又真的在打她了，于是她大叫着，从炕上翻身起来，就跳下地去，拉也拉不住她，按也按不住她。

(她的力气大得惊人，她的声音喊得怕人。她的婆婆于是觉得更是见鬼了，着魔了。

(不但她的婆婆，全家的人也都相信这孩子的身上一定有鬼。

(谁听了能够不相信呢？半夜三更的喊着回家，一招呼醒了，她就跳下地去，瞪着眼睛，张着嘴，连哭带叫的，那力气比牛还大，那声音好像杀猪似的。

(谁能够不相信呢？又加上她婆婆的渲染，说她眼珠子是绿的，好像两颗鬼火似的，说她的喊声，是直声拉气的，不是人声。

(所以一传出去，东邻西舍的，没有不相信的。

(于是一些善人们，就觉得这小女孩子也实在让鬼给捉弄得可怜了。哪个孩儿是没有娘的，哪个人不是肉生肉长的。谁家不都是养老育小，……于是大动恻忍之心。东家二姨，西家三姑，她说她有奇方，她说她有妙法。

(于是就又跳神赶鬼，看香，扶乩，老胡家闹得非常热闹，传为一时之盛。若有不去看跳神赶鬼的，竟被指为落伍。

(因为老胡家跳神跳得花样翻新，是自古也没有这样跳的，打破了跳神的纪录了，给跳神开了一个新纪元。若不去看看，耳目因此是会闭塞了的。

(当地没有报纸，不能记录这桩盛事。若是患了半身不随的人，患了瘫病的人，或是大病卧床不起的人。那真是一生的不幸，大家也都为他惋惜，怕是他此生也要孤陋寡闻，因为这样的隆重的盛举，他究竟不能够参加。

(呼兰河这地方，到底是太闭塞，文化是不大有的。虽然当地的官、绅，认为已经满意了，而且请了一位满清的翰林，作了一首歌，歌曰：

溯呼兰天然森林，自古多奇材

5 5 5 3 | 5 5 1̇ 1̇ | 2̇ 1̇ 2̇ 3̇ | 2̇ – – – |

（这首歌还配上了从东洋流来的乐谱，使当地的小学都唱着。这歌不止这两句这么短，不过只唱这两句就已经够好的了。所好的是使人听了能够引起一种自负的感情来，尤其当清明植树节的时候，几个小学堂的学生都排起队来在大街上游行，并唱这首歌。使老百姓听了，也觉得呼兰河是个了不起的地方，一开口说话就："我们呼兰河"，那在街道上捡粪蛋的孩子，手里提着粪耙子，他还说，"我们呼兰河！"可不知道呼兰河给了他什么好处。也许那粪耙子就是呼兰河给了他的。

（呼兰河这地方，尽管奇才很多，但到底太闭塞，竟不会办一张报纸。以至于把当地的奇闻妙事都没有记载，任其风散了。

（老胡家跳大神，就实在跳得出奇。用大缸给团圆媳妇洗澡。而且是当众就洗的。

（这种奇闻盛举一经传了出来，大家都想去开开眼界，就是那些患了半身不随的，患了瘫病的人，人们觉得他们瘫了倒没有什么，只是不能够前来看老胡家团圆媳妇大规模的洗澡，真是一生的不幸。）

五

天一黄昏，老胡家就打起鼓来了。大缸，开水，公鸡，都预备好了。

公鸡抓来了，开水烧滚了，大缸摆好了。

看热闹的人，络绎不绝的来着。我和祖父也来了。

小团圆媳妇躺在炕上，黑忽忽的，笑呵呵的。我给她一个玻璃球，又给她一片碗碴，她说这碗碴很好看，她拿在眼睛前照一照。她说这玻璃球也很好玩，她用手指甲弹着。她看一看她的婆婆不在旁边，她就起来了，她想要坐起来在炕上弹这玻璃球。

还没有弹，她的婆婆就来了，就说：

“小不知好歹的，你又起来疯什么？”

说着走近来，就用破棉被把她蒙起来了，蒙得没头没脑的，连脸也露不出来。

我问祖父她为什么不让她玩?

祖父说：

“她有病。”

我说：

“她没有病，她好好的。”

我伸手去把棉袄给她掀开了。

掀开一看，她的眼睛早就睁着。她问我，她的婆婆走了没有，我说走了，于是她又起来了。

她一起来，她的婆婆又来了。又把她给蒙了起来说：

“也不怕人家笑话，病得跳神赶鬼的，哪有的事情，说起来，就起来。”

这是她婆婆向她小声说的，等婆婆回过头去向着众人，就又那么说：

“她是一点也着不得凉的，一着凉就犯病。”

屋里屋外，越张罗越热闹了，小团圆媳妇跟我说：

“等一会你看吧，就要洗澡了。”

她说着的时候，好像说着别人的一样。

果然，不一会工夫就洗起澡来了，洗得吱哇乱叫。

大神打着鼓，命令她当众脱了衣裳。衣裳她是不肯脱的。她的婆婆抱住了她，还请了几个帮忙的人，就一齐上来，把她的衣裳撕掉了。

她本来是十二岁，却长得十五六岁那么高，所以一时看热闹的姑娘媳妇们，看了她，都难为情起来。

很快的小团圆媳妇就被抬进大缸里去。大缸里满是热水。是滚热的热水。

她在大缸里边，叫着，跳着，好像她要逃命似的狂喊。她的旁边站着三四个人从缸里搅起热水来往她的头上浇。不一会，浇得满脸通红，她再也不能够挣扎了，她安稳的在大缸里边站着，她再不往外边跳了，大概她觉得跳也跳不出来了。那大缸是很大的，她站在里边仅仅的露着一个头。

我看了半天，到后来她连动也不动，哭也不哭，笑也不笑。满脸的汗珠，满脸通红，红得像一张红纸。

我跟祖父说：

“小团圆媳妇不叫了。”

我再往大缸里一看，小团圆媳妇没有了。她昏倒在大缸里了。

这时候，看热闹的人们，一声狂喊，都以为小团圆媳妇是死了，大家都跑过去拯救她，竟有心慈的人，流下眼泪来。

（小团圆媳妇还活着的时候，她像要逃命似的前一刻她还求救于人的时候，并没有一个人上前去帮忙她，把她从热水里解救出来。）

（现在她是什么也不知道了，什么也不要求了。可是一些人偏要去救她。）

（把她从大缸里抬出来，给她浇一点冷水。这小团圆媳妇一昏过去，可把那些看热闹的人可怜得不得了，就是前一刻她还主张着用热水浇哇！“用热水浇哇”的人。现在也心痛起来。怎能够不心痛呢，活蹦乱跳的孩子，一会工夫就死了。）

小团圆媳妇摆在炕上，浑身像火炭那般热，东家的婶子，伸出一只手来，到她身上去摸一摸，西家大娘也伸出手来到她身上去摸一摸。

都说：

“哟哟，热得和火炭似的。”

有的说，水太热了一点，有的说，不应该往头上浇，大热的水，一浇哪有不昏的。

大家正在谈说之间，她的婆婆过来，赶快拉了一张破棉袄给她盖上了，说：

“赤身裸体的羞不羞！”

（小团圆媳妇怕羞不肯脱下衣裳来，她婆婆喊着号令给她撕下来了。现在她什么也不知道了，她没有感觉了，婆婆反而替她着想了。）

（大神打了几阵鼓，二神向大神对了几阵话。看热闹的人，你望望他，他望望你。虽然不知道下文如何，这小团圆媳妇到底是死是活。但却没有白看一场热闹，到底是开了眼界，见了世面，总算是不无所得的。）

有的竟觉得困了，问着别人，三星是否打了横梁，说他要回家睡觉去了。

（大神一看这场面不大好，怕是看热闹的人都要走了，就卖一点力气叫一叫座。于是痛打了一阵鼓，喷了几口酒在团圆媳妇的脸上，从腰里拿出银针来，刺着小团圆媳妇的手指尖。）

不一会，小团圆媳妇就活转来了。

大神说，洗澡必得连洗三次，还有两次要洗的。

（于是人心大为振奋，困的也不困了，要回家睡觉的也精神了。这来看热闹的，不下三十人，个个眼睛发亮，人人精神百倍。看吧，洗一次就昏过去了，洗两次又该怎样呢？洗上三次：那可就不堪想像了。所以看热闹的人的心里，都满着秘密。）

（果然的，小团圆媳妇一被抬到大缸里去，被热水一烫，就又大声的怪叫了起来，一边叫着一边还伸出手来把着缸沿想要跳出来。这时候，浇水的浇水，按头的按头，总算让大家压服又把她昏倒在缸底里了。）

这次她被抬出来的时候，她的嘴里还往外吐着水。

（于是一些善心的人，是没有不可怜这小女孩子的。）东家的二姨，西家的三婶，就都一齐围拢过去，都去设法施救去了。

她们围拢过去，看看有气没有？（若还有气，那就不用救。若是死了，那就赶快浇凉水。）

（若是有气，她自己就会活转来的。若是断了气，那就赶快施救，不然怕她真的死了。）

六

小团圆媳妇当晚被热水烫了三次，烫一次，昏一次。

（闹到三更天才散了场。大神回家去睡觉去了。看热闹的人也都回家去睡觉去了。

（星星月亮，出满了一天，冰天雪地正是个冬天。雪扫着墙根，风刮着窗棂。鸡在架里边睡觉，狗在窝里边睡觉，猪在栏里边睡觉，全呼兰河都睡着了。

（只有远远的狗叫，那或许是从白旗屯[1]传来的，或者是呼兰河的南岸那柳条林子里的野狗的叫唤。总之，那声音是来得很远，那已经是呼兰河城以外的事情了。而呼兰河全城，就都一齐睡着了。

（前半夜那跳神打鼓的事情一点也没有留下痕迹。那连哭带叫的小团圆媳妇，好像在这世界上她也并未曾哭过叫过，因为一点痕迹也并未留下。家家户户都是黑洞洞的，家家户户都睡得沉实实的。

（团圆媳妇的婆婆也睡得打哼了。

（因为三更已经过了，就要来到四更天了。）

七

（第二天小团圆媳妇昏昏沉沉的睡了一天，第三天，第四天，也都是昏昏沉沉的睡着，眼睛似睁非睁的，留着一条小缝，从小缝里边露着白眼珠。

（家里的人，看了她那样子，都说，这孩子经过一番操持，怕是真魂就要附体了，真魂一附了体，病就好了。不但她的家里人这样说，就是邻人也都这样说。所以对于她这种不饮不食，似睡非睡的状态。不但不引以为忧，反而觉得应该庆幸。她昏睡了四五天，她家的人就快乐了四五天，她睡了六七天，她家的人就快乐了六七天。在这期间，绝对的没有使用偏方，也绝对的没有采用野药。

（但是过了六七天，她还是不饮不食的昏睡，要好起来的现

1　白旗屯，在呼兰城西北方向的呼兰河边，离张家大院约十里路程。

象一点也没有。

(于是又找了大神来，大神这次不给她治了，说这团圆媳妇非出马当大神不可。

(于是又采用了正式的赶鬼的方法，到扎彩铺去，扎了一个纸人，而后给纸人缝起布衣裳来穿上，——穿布衣裳为的是绝对的像真人——擦胭抹粉，手里提着花手巾，很是好看。穿了满身花洋布的衣裳，打扮成一个十七八岁的大姑娘。用人抬着，抬到南河沿旁边那大土坑去烧了。

(这叫做烧“替身”，据说把这“替身”一烧了，她可以替代真人，真人就可以不死。

(烧“替身”的那天，团圆媳妇的婆婆为着表示虔诚，她还特意的请了几个吹鼓手，前边用人举着那扎彩人，后边跟着几个吹鼓手，呜呱呜，呜呱呜的向着南大土坑走去了。

(那景况说热闹也很热闹，喇叭曲子吹的是“句句双”[1]。说凄凉也很凄凉。前边一个扎彩人，后边三五个吹鼓手，出丧不像出丧，报庙不像报庙。

(跑到大街上来看这热闹的人也不很多，因为天太冷了，探头探脑的跑出来的人一看，觉得没有什么可看的，就关上大门回去了。

(所以就孤孤单单的，凄凄凉凉在大土坑那里把那扎彩人烧了。

(团圆媳妇的婆婆一边烧着还一边后悔，若早知道没有什么看热闹的人，那又何必给这扎彩人穿上真衣裳。她想要从火堆中

---

1 “句句双”，东北最常见的民间歌舞形式，东北秧歌曲牌的传统乐曲，在清场音乐中最常用。

把衣裳抢出来。但又来不及了。就眼看着让它烧去了。这一套衣裳，一共花了一百多吊钱。于是她看着那衣裳的烧去，就像眼看着烧去了一百多吊钱。

（她心里是又悔又恨，她简直忘了这是她的团圆媳妇烧替身，她本来打算念一套祷神告鬼的词句。她回来的时候，走在路上才想起来。但想起来也晚了，于是她自己感到大概要白白的烧了个替身，灵不灵谁晓得呢！）

八

后来又听说那团圆媳妇的大辫子，睡了一夜觉就掉下来了。

就掉在枕头旁边，这可不知是怎么回事。

她的婆婆说这团圆媳妇一定是妖怪。

把那掉下来的辫子留着，谁来给谁看。

看那样子一定是什么人用剪刀给她剪下来的。但是她的婆婆偏说不是，就说，睡了一夜觉就自己掉下来了。

（于是这奇闻又远近的传开去了。不但她的家人不愿意和妖怪在一起，就是同院住的人也都觉得不太好。）

（夜里关门关窗户的，一边关着于是就都说：

“老胡家那小团圆媳妇一定是个小妖怪。”）

我家的老厨夫是个多嘴的人，他和祖父讲老胡家的团圆媳妇又怎样怎样了。又出了新花头，辫子也掉了。

我说：

“不是的，是用剪刀剪的。”

老厨夫看我小，他欺侮我，他用手指住了我的嘴。他说：

“你知道什么，那小团圆媳妇是个妖怪呀！”

我说：

"她不是妖怪，我偷着问她，她头发是怎么掉了的，她还跟我笑呢！她说她不知道。"

祖父说："好好的孩子快让他们捉弄死了。"

过了些日子，老厨子又说：

"老胡家要'休妻'了，要'休'了那小妖怪。"

祖父以为老胡家那人家不大好。

祖父说："二月让他搬家。把人家的孩子快捉弄死了，又不要了。"

九

还没有到二月，那黑忽忽的，笑呵呵的小团圆媳妇就死了。是一个大清早晨，老胡家的大儿子，那个黄脸大眼睛的车老板子就来了。一见了祖父，他就双手举在胸前作了一个揖。

祖父问他什么事？

他说：

"请老太爷施舍一块地方，好把小团圆媳妇埋上……"

祖父问他：

"什么时候死的？"

他说：

"我赶着车，亮天才到家。听说半夜就死了。"

祖父答应了他，让他埋在城外的地边上。并且招呼有二伯来，让有二伯领着他们去。

有二伯临走的时候，老厨子也跟去了。

我说，我也要去，我也跟去看看，祖父百般的不肯。祖父说：

“咱们在家下[1]压拍子打小雀吃……”

我于是就没有去。虽然没有去，但心里边总惦着有一回事。等有二伯也不回来，等那老厨子也不回来。等他们回来，我好听一听那情形到底怎样?

十点多钟，他们两个在人家喝了酒，吃了饭才回来的。前边走着老厨子，后边走着有二伯。好像两个胖鸭子似的，走也走不动了，又慢又得意。

走在前边的老厨子，眼珠通红，嘴唇发光。走在后边的有二伯，面红耳热，一直红到他脖子下边的那条大筋。

进到祖父屋来，一个说：

“酒菜真不错……”

一个说：

“……鸡蛋汤打得也热乎。”

关于埋葬团圆媳妇的经过，却先一字未提。好像他们两个是过年回来的，充满了欢天喜地的气象。

我问有二伯，那小团圆媳妇怎么死的，埋葬的情形如何。

有二伯说：

“你问这个干什么，人死还不如一只鸡……一伸腿就算完事……”

我问：

“有二伯，你多暂死呢？”

他说：

“你二伯死不了的……那家有万贯的，那活着享福的，越想长寿，就越活不长……上庙烧香，上山拜佛的也活不长。像你有

1　家下，意思是家中。

二伯这条穷命，越老越结实。好比个石头疙疸似的，哪儿死啦！俗语说得好，‘有钱三尺寿，穷命活不够’。你二伯就是这穷命，穷命鬼阎王爷也看不上眼儿来的。”

到晚饭，老胡家又把有二伯他们二位请去了。又在那里喝的酒。因为他们帮了人家的忙，人家要酬谢他们。

十

老胡家的团圆媳妇死了不久，他家的大孙子媳妇就跟人跑了。

奶奶婆婆后来也死了。

他家的两个儿媳妇，一个为着那团圆媳妇瞎了一只眼睛。因为她天天哭，哭她那花在团圆媳妇身上的倾家荡产的五千多吊钱。

另外的一个因为她的儿〔媳〕妇跟着人家跑了，要把她羞辱死了，一天到晚的，不梳头，不洗脸的坐在锅台上抽着烟袋，有人从她旁边过去，她高兴的时候，她向人说：

“你家里的孩子，大人都好哇？”

她不高兴的时候，她就向着人脸，吐一口痰。

她变成一个半疯了。

老胡家从此不大被人记得了。

十一

我家的背后有一个龙王庙，庙的东角上有一座大桥。人们管这桥叫“东大桥”。

那桥下有些冤魂枉鬼，每当阴天下雨，从那桥上经过的人，往往听到鬼哭的声音。

据说，那团圆媳妇的鬼魂，也来到了东大桥下。说她变了一只很大的白兔，隔三差五的就到桥下来哭。

有人问她哭什么？

她说她要回家。

那人若说：

“明天，我送你回去……”

那白兔子一听，拉过自己的大耳朵来，擦擦眼泪，就不见了。

若没有人理她，她就一哭，哭到鸡叫天明。

（第五章完）

第六章

一

我家的有二伯，性情很古怪。

有东西，你若不给他吃，他就骂。若给他送上去，他就说：

“你二伯不吃这个，你们拿去吃吧！”

家里买了落花生，冻梨之类，若不给他，除了让他看不见，若让他找着了一点影子，他就没有不骂的：

“他妈的……王八蛋……兔羔子，有猫狗吃的，有蟑螂、耗子吃的，他妈的就是没有人吃的……兔羔子，兔羔子……”

若给他送上去，他就说：

“你二伯不吃这个，你们拿去吃吧。”

二

有二伯的性情真古怪，他很喜欢和天空的雀子说话。他很喜欢和大黄狗谈天。他一和人在一起，他就一句话没有了，就是有话也是很古怪的，使人听了常常不得要领。

夏天晚饭后大家坐在院子里乘凉的时候，大家都是嘴里不停的讲些个闲话，讲得很热闹，就连蚊子也嗡嗡的，就连远处的蛤蟆也呱呱的叫着。只是有二伯一声不响的坐着。他手里拿着蝇甩子[1]，东甩一下，西甩一下。

若有人问他的蝇甩子是马鬃的还是马尾的？他就说：

“啥人玩啥鸟，武大郎玩鸭子……马鬃，那是贵东西，那是穿绸穿缎的人拿着，腕上戴着藤萝镯，指上戴着大攀指。什么人玩什么物。穷人，野鬼，不要自不量力，让人家笑话。……”

传说天上的那颗大卯星，就是灶王爷骑着毛驴上西天的时候，他手里打着的那个灯笼，因为毛驴跑得太快，一不加小心灯笼就掉在天空了。我就常常把这个话题来问祖父，说那灯笼为什么被掉在天空，就永久长在那里了，为什么不落在地上来？

这话题，我看祖父也回答不出的，但是因为我的非问不可，祖父也就非答不可了。他说，天空里有一个灯笼杆子，那才高呢，大卯星就挑在那灯笼杆子上。并且那灯笼杆子，人的眼睛是看不见的。

我说：

“不对，我不相信……”

我说：

1　蝇甩子，也叫拂尘，过去农村最常用的驱蚊工具，多用马尾巴加工编制而成，用上好的檀木或红木做杆，握在手中，甩来甩去以驱赶蚊蝇。

“没有灯笼杆子，若是有为什么我看不见？”

于是祖父又说：

“天上有一根线，大卯星就被那线系着。”

我说：

“我不信，天上没有线的，有为什么我看不见？”

祖父说：

“线是细的么，你哪能看见，就是谁也看不见的。”

我就问祖父：

“谁也看不见，你怎么看见啦？”

乘凉的人都笑了，都说我真厉害。

于是祖父被逼得东说西说，说也说不上来了。眼看祖父是被我逼得胡诌起来，我也知道他是说不清楚的了。不过我越看他胡诌我就越逼他。

到后来连大卯星是龙王爷的灯笼这回事，我也推翻了。我问祖父大卯星到底是个什么？

别人看我纠缠不清了，就有出主意的让我问有二伯去。

我跑到了有二伯坐着的地方，我还没有问，我就刚一碰了他的蝇甩子，他就把我吓了一跳。他把蝇甩子一抖，嗃唠[1]一声：

“你这孩子，远点去吧……”

使我不得不站得远一点，我说：

“有二伯，你说那天上的大卯星到底是个什么？”

他没有立刻回答我，他似乎想了一想，才说：

“穷人不观天象。狗咬耗子，猫看家，多管闲事。”

1　嗃唠，本意为象声词，多指对家畜之类的呼唤；此处含义有所延伸，指某人忽然高声喊叫。

我又问，我以为他没有听准：

“大卯星是龙王爷的灯笼吗？”

他说：

“你二伯虽然也长了眼睛，但是一辈子没有看见什么。你二伯虽然也长了耳朵，但是一辈子也没有听见什么。你二伯是又聋又瞎，这话可怎么说呢？比方那亮亮堂堂的大瓦房吧，你二伯也有看见了的，可是看见了怎么样，是人家的，看见了也是白看。听也是一样，听见了又怎样，与你不相干……你二伯活着是个不相干……星星，月亮，刮风，下雨，那是天老爷的事情，你二伯不知道……”

有二伯真古怪，他走路的时候，他的脚踢到了一块砖头，那砖头把他的脚碰痛了。他就很小心的弯下腰去把砖头拾起来，他细细的端相着那砖头，看看那砖头长得是否瘦胖合适，是否顺眼，看完了，他才和那砖头开始讲话：

“你这小子，我看你也是没有眼睛，也是跟我一样，也是瞎模糊眼的。不然你为啥往我脚上撞，若有胆子撞，就撞那个耀武扬威的，脚上穿着靴子鞋的……你撞我还不是个白撞，撞不出一大二小来，臭泥坑子滚石头，越滚越臭……”

他和那砖头把话谈完了，他才顺手把它抛开去，临抛开的时候，他还最后嘱咐了它一句：

“下回你往那穿鞋穿袜的脚上去碰呵。”

他这话说完了，那砖头也就拍搭的落到了地上。原来他没有抛得多远，那砖头又落到原来的地方。

有二伯走在院子里，天空飞着的麻雀或是燕子若落了一点粪在他的身上，他就停下脚来，站在那里不走了。他扬着头，他骂着那早已飞过去了的雀子，大意是：那雀子怎样怎样不该把粪落在他身上，应该落在那穿绸穿缎的人的身上。不外骂那雀子糊涂瞎眼之类。

可是那雀子很敏捷的落了粪之后，早已飞得无影无踪了，于是他就骂着他头顶上那块蓝瓦瓦的天空。

三

有二伯说话的时候，把“这个”说成“介个”。

“那个人好。”

“介个人坏。”

“介个人狼心狗肺。”

“介个物，不是物。”

“家雀也往身上落粪，介个年头是啥年头。”

四

还有，

有二伯不吃羊肉。

五

祖父说，有二伯在三十年前他就来到了我们家里，那时候他才三十多岁。

而今有二伯六十多岁了。

他的乳名叫“有子”，他已经六十多岁了，还叫着乳名。祖父叫他“有子做这个。”“有子做那个。”

我们叫他“有二伯”。

老厨子叫他“有二爷”。

他到房户，地户那里去，人家叫他“有二东家”。

他到北街头的烧锅去，人家叫他“有二掌柜的”。

他到油房去抬油，人家也叫他“有二掌柜的”。

他到肉铺子上去买肉，人家也叫他“有二掌柜的”。

一听人家叫他“二掌柜的”，他就笑逐颜开。叫他“有二爷”叫他“有二东家”，叫他“有二伯”也都是一样的笑逐颜开。

有二伯最忌讳人家叫他的乳名，比方街上的孩子们，那些讨厌的，就常常在他的背后抛一颗石子，掘一捧灰土，嘴里边喊着“有二子”“大有子”“小有子”。

有二伯一遇到这机会，就没有不立刻打了过去的，他手里若是拿着蝇甩子，他就用蝇甩子把去打。他手里若是拿着烟袋，他就用烟袋锅子去打。

把他气的像老母鸡似的，把眼睛都气红了。

那些玩皮的孩子们一看他打了来，就立刻说，“有二爷，有二东家，有二掌柜的，有二伯。”并且举起手来作着揖，向他朝拜着。

有二伯一看他们这样子，立刻就笑逐颜开，也不打他们了，就走自己的路去了。

可是他走不了多远，那些孩子们就在后边又吵起来了，什么：

“有二爷，兔儿爷。”

“有二伯，打桨杆。”

“有二东家，捉大王八。”

他在前边走，孩子们还在他背后的远处喊。一边喊着一边扬着街道上的灰土，灰土高飞着一会工夫，街上闹成个小旋风似的了。

有二伯不知道听见了这个与否，但孩子们以为他是听见了的。

有二伯却很庄严的，连头也不回的一步一步的沉着的向前走去了。

“有二爷”，老厨子总是一开口“有二爷”一闭口“有二爷”的叫着。

“有二爷的蝇甩子……”

“有二爷的烟袋锅子……”

“有二爷的烟合包……”

“有二爷的烟合包疙瘟……”

“有二爷吃饭啦……”

“有二爷，天下雨啦……”

“有二爷快看吧，院子里的狗打仗啦……”

“有二爷，猫上墙头啦……”

“有二爷，你的蝇甩子掉了毛啦。”

“有二爷，你的草帽顶落了家雀粪啦。”

老厨子一向是叫他“有二爷”的。唯独他们两个一吵起架来的时候，老厨子就说：

“我看你这个‘二爷’一丢了，就只剩下个‘有’字了。”

“有字”和“有子”差不多，有二伯一听正好是他的乳名。

于是他和老厨子骂了起来，他骂他一句，他骂他两句。越骂声音越大。有时他们两个也就打了起来。

但是过了不久，他们两个又照旧的好了起来。又是：

“有二爷这个。”

“有二爷那个。”

老厨子一高起兴来，就说：

“有二爷，我看你的头上去了个‘有’字，不就只剩了‘二爷’吗？”

有二伯于是又笑逐颜开了。

祖父叫他“有子”，他不生气，他说：

“向皇上说话，还称自己是奴才呢！总也得有个大小。宰相大不大？可是他见了皇上也得跪下，在万人之上，在一人之下。”

有二伯的胆子是很大的，他什么也不怕。我问他怕狼不怕？

他说：

“狼有什么怕的，在山上，你二伯小的时候上山放猪去，那山上就有狼。”

我问他敢走黑路不敢？

他说：

“走黑路怕啥的，没有愧心事，不怕鬼叫门。”

我问他夜里一个人，敢过那东大桥吗？

他说：

“有啥不敢的，你二伯就是愧心事不敢做，别的都敢。”

有二伯常常说，跑毛子[1]的时候（日俄战时[2]）他怎样怎样的胆大，全城都跑空了，我们家也跑空了。那毛子拿着大马刀在街上跑来跑去，骑在马身上。那真是杀人无数。见了关着大门的就敲，敲开了，抓着人就杀。有二伯说：

“毛子在街上跑来跑去，那大马蹄子跑得呱呱的响，我正自己煮面条吃呢，毛子就来敲大门来了，在外边喊着‘里边有人没

1　毛子，又称老毛子，清朝后期开始出现，用以指代俄罗斯人，是东北人对俄国人的蔑称。

2　日俄战时，即日俄战争，1904年到1905年间，日本帝国与俄罗斯帝国为了争夺中国辽东半岛和朝鲜半岛控制权在中国东北境内进行的战争，以俄罗斯帝国的失败而告终。战争横跨整个西伯利亚，多种工业革命带来的技术创新如速射炮、机枪、卡宾枪都首次大规模使用。

有？’若有人快点把门打开，不打开毛子就要拿刀把门劈开的，劈开门进来，那就没有好，非杀不可……”

我就问：

“有二伯你可怕？”

他说：

“你二伯烧着一锅开水，正在下着面条。那毛子在外边敲，你二伯还在屋里吃面呢……”

我还是问他：

“你可怕？”

他说：

“怕什么？”

我说：

“那毛子进来，他不拿马刀杀你？”

他说：

“杀又怎么样！不就是一条命吗？”

可是每当他和祖父算起账来的时候，他就不这么说了。他说：

“人是肉长的呀！人是爹娘养的呀！谁没有五脏六腑。不怕，怎么能不怕！也是吓得抖抖乱颤，……眼看着那是大马刀，一刀上来，一条命就完了。”

我一问他：

“你不是说过，你不怕吗？”

这种时候，他就骂我：

“没心肝的，远的去着吧！不怕，是人还有不怕的……”

不知怎么的，他一和祖父提起跑毛子来，他就胆小了，他自己越说越怕。有的时候他还哭了起来。说那大马刀闪光湛亮，说那毛子骑在马上乱杀乱砍。

六

有二伯的行李，是零零碎碎的，一掀动他的被子就从被角往外流着棉花，一掀动他的褥子，那所铺着的毡片，就一片一片的好像活动地图似的一省一省的割据开了。

有二伯的枕头，里边装的是荞麦壳，每当他一抡动的时候，那枕头就在角上或是在肚上漏了馅了，花花的往外流着荞麦壳。

有二伯是爱护他这一套行李的，没有事的时候，他就拿起针来缝它们。缝缝枕头，缝缝毡片，缝缝被子。

不知他的东西，怎那样的不结实，有二伯三天两天的就要动手缝一次。

有二伯的手是很粗的，因此他拿着一棵很大的大针，他说太小的针他拿不住的。他的针是太大了点，迎着太阳，好像一棵女人头上的银簪子似的。

他往针鼻里穿线的时候，那才好看呢，他把针线举得高高的，睁着一个眼睛，闭着一个眼睛，好像是在瞄准，好像他在半天空里看见了一样东西，他想要快快的拿它，又怕拿不准跑了，想要研究一会再去拿，又怕过一会就没有了。于是他的手一着急就哆嗦起来，那才好看呢。

有二伯的行李，睡觉起来，就卷起来的。卷起来之后，用绳子捆着。好像他每天要去旅行的样子。

有二伯没有一定的住处，今天住在那哓哓响着房架子的粉房里，明天住在养猪的那家的小猪倌的炕梢上，后天也许就和那磨房里的冯歪嘴子一条炕睡上了。反正他是什么地方有空他就在什么地方睡。

他的行李他自己背着，老厨子一看他背起行李，就大嚷大叫的说：

“有二爷，又赶集去了……”

有二伯也就远远的回答着他：

“老王，我去赶集，你有啥捎的没有呵？”

于是有二伯又自己走自己的路，到房户的家里的方便地方去投宿去了。

七

有二伯的草帽没有边沿，只有一个帽顶，他的脸焦焦黑，他的头顶雪雪白。黑白分明的地方，就正是那草帽扣下去被切得溜齐的脑盖的地方。他每一摘下帽子来，是上一半白，下一半黑。就好像后园里的倭瓜，晒着太阳的那半是绿的，背着阴的那半是白的一样。

不过他一戴起草帽来也就看不见了。他戴帽的尺度是很准确的，一戴就把帽边很准确的切在了黑白分明的那条线上。不高不低，就正正的在那条线上。偶尔也戴得略微高了一点，但是这种时候很少，不大被人注意。那就是草帽与脑盖之间，好像镶了一趟窄窄的白边似的，有那么一趟白线。

八

有二伯穿的是大半截子的衣裳，不是长衫，也不是短衫，而是齐到膝头那么长的衣裳，那衣裳是鱼蓝色竹布的，带着四方的大尖托领，宽衣大袖，怀前带着大麻铜钮子。

这衣裳本是前清的旧货，压在祖父的箱底里，祖母一死了，就陆续的穿在有二伯的身上了。

所以有二伯一走在街上，都不知他是哪个朝代的人。

老厨子常说：

“有二爷，你宽衣大袖的，和尚看了像和尚，道人看了像道人。”

有二伯是喜欢卷着裤脚的，所以耕田种地的庄稼人看了，又以为他是一个庄稼人，一定是插秧了刚刚回来。

九

有二伯的鞋子，不是前边掉了底，就是后〔边〕缺了跟。

他自己前边掌掌，后边钉钉，似乎钉也钉不好，掌也掌不好，过了几天，又是掉底缺跟仍然照旧。

走路的时候拖拖的，再不然就搭搭的。前边掉了底，那鞋就张着嘴，他的脚好像舌头似的，每一迈步，就在那大嘴里边活动着。后边缺了跟，每一走动，就踢踢踏踏的脚跟打着鞋底发响。

有二伯的脚，永远离不开地面，母亲说他的脚下了千斤闸。

老厨子说有二伯的脚上了绊马锁。

有二伯自己则说：

“你二伯挂了绊脚丝了。”

绊脚丝是人临死的时候挂在两只脚上的绳子。有二伯就这样的说着自己。

十

有二伯虽然作弄成一个耍猴不像耍猴的，讨饭不像讨饭的，可是他一走起路来，却是端庄，沉静，两个脚跟非常有力，打得地面冬冬的响，而且是慢吞吞的前进，好像一位大将军似的。

有二伯一进了祖父的屋子，那摆在琴桌上的那口黑色的座钟，钟里边的钟摆，就常常格麦麦，格麦麦的响了一阵就停下来了。

原来有二伯的脚步过于沉重了点，好像大石头似的打着地板，使地板上所有的东西，一时都起了跳动。

十一

有二伯偷东西被我撞见了。

秋末，后园里的大榆树也落了叶子，园里荒凉了，没有什么好玩的了。

长在前院的蒿草，也都败坏了而倒了下来，房后菜园上的各种秧棵完全挂满了白霜，老榆树全身的叶子已经没有多少了，可是秋风还在摇动着它。天空是发灰的，云彩也失了形状，好像被洗过砚台的水盆，有深有浅，混洞洞的。这样的云彩，有的带来了雨点，有时带来了细雪。

这样的天气，我为着外边没有好玩的，我就在藏乱东西的后房里玩着。我爬上了装旧东西的屋顶去。

我是登着箱子上去的，我摸到了一个小琉璃罐，那里边装的完全是墨枣。

等我抱着这罐子要下来的时候，可就下不来了。方才上来的时候，我登着的那箱子，有二伯站在那里正在开着它。

他不是用钥匙开，他是用铁丝在开。

我看着他开了很多时候，他用牙齿咬着他手里的那块小东西……他歪着头，咬得格格拉拉的发响。咬了之后又放在手里扭着它，而后又把它触到箱子上去试一试。

他显然不知道我在棚顶上看着他，他既打开了箱子，他就把没有边沿的草帽脱下来，把那块咬了半天的小东西就压在帽顶里面。

他把箱子翻了好几次，红色的椅垫，蓝色粗布的绣花围裙，女人的绣花鞋子……还有一团滚乱的花色的丝线，在箱子底上还躺着一只湛黄的铜酒壶。

有二伯用他满都是脉络的粗手把绣花鞋子，乱丝线，抓到一边去，只把铜酒壶从那一堆之中抓出来了。

太师椅上的红垫子，他把它放在地上，用腰带捆了起来。铜酒壶放在箱子盖上，而后把箱子锁了。

看样子好像他要带着这些东西出去，不知为什么，他没有带东西，他自己出去了。

我一看他出去，我赶快的登着箱子就下来了。

我一下来，有二伯就又回来了，这一下子可把我吓了一跳，因为我是在偷墨枣，若让母亲晓得了，母亲非打我不可。平常我偷着把鸡蛋馒头之类，拿出去和邻居家的孩子一块去吃，有二伯一看见就没有不告诉母亲的，母亲一晓得就打我。

他先提起门旁的椅垫子，而后又来拿箱子盖上的铜酒壶。等他掀着衣襟把铜酒壶压在肚子上边，他才看到墙角上站着的是我。

他的肚子前压着铜酒壶，我的肚子前抱着一罐墨枣。他偷，我也偷，所以两边害怕。

有二伯一看见我，立刻头盖上就冒着很大的汗珠。他说：

“你不说么？”

“说什么……”

“不说，好孩子……”他拍着我的头顶。

“那么，你让我把这琉璃拿出去。”

他说：“拿吧。”

他一点没有阻挡我。我看他不阻挡我，我还在门旁的筐子里抓了四五个大馒头，就跑了。

有二伯还在粮食仓子里边偷米，用小口袋背着，背到大桥东边那粮米铺去卖了。

有二伯还偷各种东西，锡火锅，大铜钱，烟袋嘴……反正家里边一丢了东西，就说有二伯偷去了。有的东西是老厨子偷去的，也就赖上了有二伯。有的东西是我偷着拿出去玩了，也赖上了有二伯。还有比方一个镰刀头，根本没有丢，只不过放忘了地方，等用的时候一找不到，就说有二伯偷去了。

有二伯带着我上公园的时候，他什么也不买给我吃。公园里边卖什么的都有，油炸糕，香油掀饼，豆腐脑，碗碴[1]。他一点也不买给我吃。

我若是稍稍在那卖东西吃的旁边一站，他就说：

"快走吧，快往前走。"

逛公园就好像赶路似的，他一步也不让我停。

公园里变把戏的，耍熊瞎子的都有，敲锣打鼓，非常热闹。而他不让我看。我若是稍稍的在那变把戏的前边停了一停，他就说：

"快走吧，快往前走。"

不知为什么他时时在追着我。

等走到一个卖冰水的白布篷前边，我看见那玻璃瓶子里边泡着两个焦黄的大佛手，这东西我没有见过，我就问有二伯那是

1　碗碴，疑为"碗砣"之误；碗砣是一种东北常见的风味小吃，有"酸辣碗砣"等不同口味。

什么？

他说：

“快走吧，快往前走。”

好像我若再多看一会工夫，人家就要来打我了似的。

等来到了跑马戏的近前，那里边连喊带唱的，实在热闹，我就非要进去看不可。有二伯则一定不进去，他说：

“没有什么好看的……”

他说：

“你二伯不看介个……”

他又说：

“家里边吃饭了。”

他又说：

“你再闹，我打你。”

到了后来，他才说：

“你二伯也是愿意看，好看的有谁不愿意看。你二伯没有钱，没有钱买票人家不让咱进去。”

在公园里边，当场我就拉住了有二伯的口袋，给他施以检查，检查出几个铜板来，买票是不够的。有二伯又说：

“你二伯没有钱……”

我一急就说：

“没有钱你不会偷？”

有二伯听了我这话，脸色雪白，可是一转眼之间又变成通红的了。他通红的脸上，他的小眼睛故意的笑着，他的嘴唇颤抖着，好像他又要照着他的习惯，一串一串的说一大套的话。但是他没有说。

“回家吧！”

他想了一想之后，他这样的招呼着我。

我还看见过有二伯偷过一个大澡盆。

我家院子里本来一天到晚是静的，祖父常常睡觉，父亲不在家里，母亲也只是在屋子里边忙着，外边的事情，她不大看见。

尤其是到了夏天睡午觉的时候，全家都睡了，连老厨子也睡了。连大黄狗也睡在有荫凉的地方了。所以前院，后园，静悄悄的一个人也没有，一点声音也没有。

就在这样的一个白天，一个大澡盆被一个人揹着在后园里边走起来了。

那大澡盆是白洋铁的，在太阳下边闪光湛亮。大澡盆有一人多长，一边走着还一边光郎光郎的响着。看起来，很害怕，好像瞎话上的白色的大蛇。

那大澡盆太大了，扣在有二伯的头上，一时看不见有二伯，只看见了大澡盆。好像那大澡盆自己走动了起来似的。

再一细看，才知道是有二伯顶着它。

有二伯走路，好像是没有眼睛似的，东倒一倒，西斜一斜，两边歪着。我怕他撞到了我，我就靠在了墙根上。

那大澡盆是很深的，从有二伯头上扣下来，一直扣到他的腰间。所以他看不见路了，他摸着往前走。

有二伯偷了这澡盆之后，就像他偷了那铜酒〔壶〕之后的一样。一被发现了之后，老厨子就天天戏弄他，用各种的话戏弄着有二伯。

有二伯偷了铜酒壶之后，每当他一拿着酒壶喝酒的时候，老厨子就问他：

“有二爷，喝酒还是铜酒壶好呀，还是锡酒壶好？”

有二伯说：

“什么的还不是一样，反正喝的是酒。”

老厨子说：

“不见得吧，大概还是铜的好呢……”

有二伯说：

“铜的有啥好！”

老厨子说：

“对了，有二爷。咱们就是不要铜酒壶，铜酒壶拿去卖了也不值钱。”

旁边的人听到这里都笑了，可是有二伯还不自觉。

老厨子问有二伯：

“一个铜酒壶卖多少钱？”

有二伯说：

“没卖过，不知道。”

到后来老厨子又说五十吊，又说七十吊。

有二伯说：

“哪有那么贵的价钱，好大一个铜酒壶还卖不上三十吊呢。”

于是把大家都笑坏了。

自从有二伯偷了澡盆之后，那老厨子就不提酒壶，而常常问有二伯洗澡不洗澡，问他一年洗几次澡，问有二伯一辈子洗几次澡。他还问人死了到阴间也洗澡的吗？

有二伯说：

“到阴间，阴间阳间一样，活着是个穷人，死了是条穷鬼。穷鬼阎王爷也不爱惜，不下地狱就是好的。还洗澡呢！别沾污了那洗澡水。”

老厨子于是说：

"有二爷，照你说的穷人是用不着澡盆的啰！"

有二伯有点听出来了，就说：

"阴间没去过，用不用不知道。"

"不知道？"

"不知道。"

"我看你是明明知道，我看你是昧着良心说瞎话……"老厨子说。

于是两个人打起来了。

有二伯逼着问老厨子，他哪儿昧过良心。有二伯说：

"一辈子没昧过良心。走的正，行的端，一步两脚窝……"

老厨子说：

"两脚窝，看不透……"

有二伯正颜厉色的说：

"你有什么看不透的？"

老厨子说：

"说出来怕你羞死！"

有二伯说：

"死，死不了；你别看我穷，穷人还有个穷活头。"

老厨子说：

"我看你也是死不了。"

有二伯说：

"死不了。"

老厨子说：

"死不了，老不死，我看你也是个老不死的。"

有的时候，他们两个能接续着骂了一两天，每次到后来，都是有二伯打了败仗。老厨子骂他是个老“绝后”[1]。

有二伯每一听到这两个字，就甚于一切别的字，比“见阎王”更坏。于是他哭了起来，他说：

“可不是么！死了连个添坟上土的人也没有。人活一辈子是个白活，到了归终是一场空……无家无业，死了连个打灵头幡的人也没有。”

于是他们两个又和和平平的，笑笑嬉嬉的照旧的过着和平的日子。

十二

后来我家在五间正房的旁边，造了三间东厢房。

这新房子一造起来，有二伯就搬回家里来住了。

我家是静的，尤其是夜里，连鸡鸭都上了架，房头的鸽子，檐前的麻雀也都各自回到自己的窝里去睡觉了。

这时候就常常听到厢房里的哭声。

有一回父亲打了有二伯，父亲三十多岁，有二伯快六十岁了。他站起来就被父亲打倒下去，他再站起来，又被父亲打倒下去，最后他起不来了，他躺在院子里边了，而他的鼻子也许是嘴还流了一些血。

院子里一些看热闹的人都站得远远的，大黄狗也吓跑了，鸡也吓跑了。老厨子该收柴收柴，该担水担水，假装没有看见。

有二伯孤冷冷的躺在院心，他的没有边的草帽，也被打掉了，所以看得见有二伯的头部的上一半是白的，下一半是黑的，而且黑白分明的那条线就在他的前额上，好像西瓜的“阴阳面”。

---

1 “绝后”，一个家族或家庭没有后代或继承人；泛指没有子孙的人。

有二伯就这样自己躺着，躺了许多时候，才有两个鸭子来啄食撒在有二伯身边的那些血。

那两个鸭子，一个是花脖，一个是绿头顶。

有二伯要上吊，就是这个夜里，他先是骂着，后是哭着，到后来也不哭也不骂了。又过了一会，老厨子一声喊起，几乎是发现了什么怪物似的大叫：

“有二爷上吊啦！有二爷上吊啦！”

祖父穿起衣裳来，带着我。等我们跑到厢房去一看，有二伯不在了。

老厨子在房子外边招呼着我们。我们一看南房梢上挂了绳子，是黑夜，本来看不见，是老厨子打着灯笼我们才看到的。

南房梢上有一根两丈来高的横杆，绳子在那横杆上托托落落的垂着。

有二伯在哪里呢？等我们拿灯笼一照，才看见他在房墙的根边，好好的坐着。他也没有哭，他也没有骂。

等我再拿灯笼向他脸上一照，我看他用哭红了的小眼睛瞪了我一下。

过了不久，有二伯又跳井了。

是同院住的挑水的来报的信，又敲窗户又打门。我们跑到井边上一看，有二伯并没有在井里边，而是坐在井外边，而是离开井口五十步之外的安安稳稳的柴堆上。他在那柴堆上安安稳稳的坐着。

我们打着灯笼一照，他还在那里拿着小烟袋抽烟呢。

老厨子，挑水的，粉房里的漏粉的都来了，惊动了不少的邻居。

他开初是一动不动。后来他看人们来全了，他站起来就往井边上跑，于是许多人就把他抓住了，那许多人，哪里会眼看着他去跳井的。

有二伯去跳井，他的烟合包，小烟袋都带着，人们推劝着他回家的时候，那柴堆上还有一枝小洋蜡，他说：

“把那洋蜡给我带着。”

后来有二伯“跳井”“上吊”这些事，都成了笑话，街上的孩子都给编成了一套歌在唱着：“有二爷跳井，没那么回事。”“有二伯上吊，白吓唬人。”

老厨子说他贪生怕死，别人也都说他死不了。

以后有二伯再“跳井”“上吊”也都没有人看他了。

有二伯还是活着。

十三

我家的院子是荒凉的，冬天一片白雪，夏天则满院蒿草。风来了，蒿草发着声响，雨来了，蒿草梢上冒烟了。

没有风，没有雨，则关着大门静静的过着日子。

狗有狗窝，鸡有鸡架，鸟有鸟笼，一切各得其所。唯独有二伯夜夜不好好的睡觉。在那厢房里边，他自己半夜三更的就讲起话来。

“说我怕‘死’，我也不是吹，叫过三个两个来看！问问他们见过‘死’没有！那俄国毛子的大马刀闪光湛亮，说杀就杀，说砍就砍。那些胆大的，不怕死的，一听说俄国毛子来了，只顾逃命连家业也不要了。那时候，若不是这胆小的给他守着，怕是跑毛子回来连条裤子都没有穿的。到了如今，吃得饱，穿得暖，前因后果连想也不想，早就忘到九霄云外去了。良心长到肋条上，黑心荔，铁面人，……”

“……说我怕死，我也不是吹，兵马刀枪我见过，霹雷，黄风我见过。就说那俄国毛子的大马刀吧，见人就砍，可是我也没有怕过，说我怕死……介年头是啥年头，……”

那东厢房里，有二伯一套套的讲着，又是河沟涨水了，水涨得多么大，别人没有敢过的，有二伯说他敢过。又是什么时候有一次着大火，别人都逃了，有二伯上去抢了不少的东西。又是他的小时候，上山去打柴，遇见了狼，那狼是多么凶狠，他说：

“狼心狗肺，介个年头的人狼心狗肺的，吃香的喝辣的。好人在介个年头，是个王八蛋，兔羔子……”

“兔羔子，兔羔子……”

有二伯夜里不睡，有的时候就来在院子里没头没尾的“兔羔子兔羔子”自己说着话。

半夜三更的，鸡、鸭、猫、狗都睡了。唯独有二伯不睡。

祖父的窗子上了帘子，看不见天上的星星月亮，看不见大卯星落了没有，看不见三星是否打了横梁。只见白萨萨的窗帘子被星光月光照得发白通亮。

等我睡醒了，我听见有二伯“兔羔子兔羔子”的自己在说话，我要起来掀起窗帘来往院子里看一看他。祖父不让我起来，祖父说：

“好好睡吧，明天早晨早早起来，咱们烧包米吃。”

祖父怕我起来，就用好话安慰着我。

等再睡觉了，就在梦中听到了呼兰河的南岸，或是呼兰河城外远处的狗咬。

于是我做了一个梦，梦见了一个大白兔，那兔子的耳朵，和那磨房里的小驴的耳朵一般大。我听见有二伯说“兔羔子”，我想到一个大白兔，我听到了磨房的梆子声，我想到了磨房里的小毛驴，于是梦见了白兔子长了毛驴那么大的耳朵。

我抱着那大白兔，我越看越喜欢，我一笑笑醒了。

醒来一听，有二伯仍旧“兔羔子兔羔子”的坐在院子里。后边那磨房里的梆子也还打得很响。

我梦见的这大白兔，我问祖父是不是就是有二伯所说的“兔羔子”？

祖父说：

“快睡觉吧，半夜三更不好讲话的。”

说完了，祖父也笑了，他又说：

“快睡吧，夜里不好多讲话的。”

我和祖父还都没有睡着，我们听到那远处的狗咬，慢慢的由远而近，近处的狗也有的叫了起来。大墙之外，已经稀疏疏的有车马经过了，原来天已经快亮了。可是有二伯还在骂“兔羔子”！后边磨房里的磨官还在打着梆子。

十四

第二天早晨一起来，我就跑去问有二伯，“兔羔子”是不是就是大白兔？

有二伯一听就生气了：

“你们家里没好东西，尽是些耗子，从上到下，都是良心长在肋条上，大人是大耗子，小孩是小耗子……”

我不知道他说的是什么，我听了一会，没有听懂。

（第六章完）

第七章

一

磨房里边住着冯歪嘴子。

冯歪嘴子打着梆子，半夜半夜的打，一夜一夜的打。冬天还稍微好一点，夏天就更打得厉害。

那磨房的窗子临着我家的后园。我家的后园四周的墙根上都种着倭瓜、西葫芦或是黄瓜等类会爬蔓子的植物，倭瓜爬上墙头了，在墙头上开起花来了，有的竟越过了高墙爬到街上去，向着大街开了一朵大黄的黄花。

因此那磨房的窗子上也就爬满了那顶会爬蔓子的黄瓜了。黄瓜的小细蔓，细得像银丝似的，太阳一来了的时候，那小细蔓闪眼湛亮，那蔓梢干净得好像用黄蜡抽成的丝子，一棵黄瓜秧上伸出来无数的这样的丝子。丝蔓的尖顶每棵都是掉转头来向回卷曲着，好像是说它们虽然勇敢，大树，野草，墙头，窗棂，到处的乱爬，但到底它们也怀着恐惧的心理。

太阳一出来了，那些在夜里冷清清的丝蔓，一变而为温暖了。于是它们向前发展的速率更快了，好像眼看着那丝蔓就长了，就向前跑去了。因为种在磨房窗根下的黄瓜秧，一天爬上了窗台，两天爬上了窗棂，等到第三天就在窗棂上开起花来了。

再过几天，一不留心，那黄瓜梗经过了磨房的窗子，爬上房顶去了。

后来那黄瓜秧就像它们彼此招呼着似的，成群结队的就都一齐把那磨房的窗给瞒住了。

从此那磨房里边的磨官就见不着天日了。磨房就有一张窗子，而今被黄瓜掩遮得风雨不透。从此那磨房里黑沉沉的，园里，园外，分成两个世界了。冯歪嘴子就被分到花园以外去了。

但是从外边看起来，那窗子实在好看，开花的开花，结果的结果。满窗是黄瓜了。

还有一棵倭瓜秧，也顺着磨房的窗子爬到房顶去了，就在房檐上结了一个大倭瓜。那倭瓜不像是从秧子上长出来的，好像是由人搬着坐在那屋瓦上晒太阳似的。实在好看。

夏天，我在后园里玩的时候，冯歪嘴子就喊我，他向我要黄瓜。

我就摘了黄瓜，从窗子递进去。那窗子被黄瓜秧封闭得严密得很，冯歪嘴子用手扒开那满窗的叶子，从一条小缝中伸出手来把黄瓜拿进去。

有时候，他停止了打他的梆子，他问我，黄瓜长了多大了？西红柿红了没有？他与这后园只隔了一张窗子，就像离着多远似的。

祖父在园子里的时候，他和祖父谈话。他说拉着磨的小驴，驴蹄子坏了，一走一瘸。祖父说请个兽医给它看看。冯歪嘴子说，看过了，也不见好。祖父问那驴吃的什么药？冯歪嘴子说是吃的黄瓜子拌高粱醋。

冯歪嘴子在窗里，祖父在窗外，祖父看不见冯歪嘴子，冯歪嘴子看不见祖父。

有的时候，祖父走远了，回屋去了，只剩下我一个人在磨房的墙根下边坐着玩，我听到了冯歪嘴子还说：

“老太爷今年没下乡去看看哪！”

有的时候，我听了这话，我故意的不出声，听听他往下还说什么。

有的时候，我心里觉得可笑，忍也不能忍住，我就跳了起来了，用手敲打着窗子，笑得我把窗上挂着的黄瓜都敲打掉了。而后我一溜烟的跑进屋去，把这情形告诉了祖父。祖父也一样和我似的，笑得不能停了，眼睛笑出眼泪来。但是总是说，不要笑啦，不要笑啦，看他听见。有的时〔候〕祖父竟把后门关起来再笑。祖父怕冯歪嘴子听见了不好意思。

但是老厨子就不然了。有的时候，他和冯歪嘴子谈天，故意谈到一半他就溜掉了。因为冯歪嘴子隔着爬满了黄瓜秧的窗子，看不见他走了，就自己独自说了一大篇话，而后让他故意得不到反响。

老厨子提着筐子到后园去摘茄子，一边摘着一边就跟冯歪嘴子谈话，正谈到半路，老厨子蹑手蹑足的，提着筐子就溜了，回到屋里去烧饭去了。

这时冯歪嘴子还在磨房里边大声的说：

“西公园来了跑马戏的，我还没得空去看，你去看过了吗？老王。”

其实后花园里一个人也没有了，蜻蜓，蝴蝶随意的飞着，冯歪嘴子的话声，空空的落到花园里来，又空空的消失了。

烟消火灭了。

等他发现了老王早已不在花园里，他这才又打起梆子来，看着小驴拉磨。

有二伯一和冯歪嘴子谈话，可从来没有偷着溜掉过，他问，下雨天，磨房的房顶漏得厉害不厉害？磨房里的耗子多不多？

冯歪嘴子同时也问着有二伯，今年后园里雨水大吗？茄子，云豆都快罢园了吧?

他们两个彼此说完了话，有二伯让冯歪嘴子到后园里来走走，冯歪嘴子让有二伯到磨房去坐坐。

“有空到园子里来走走。”

“有空到磨房里来坐坐。”

有二伯于是也就告别走出园子来。冯歪嘴子也就照旧打他的梆子。

秋天，大榆树的叶子黄了，墙头上的狗尾草干倒了，园里一天一天的荒凉起来了。

这时候冯歪嘴子的窗子也露出来了。因为那些纠纠缠缠的黄瓜秧也都蔫败了舍弃了窗棂而脱落下来了。

于是站在后园里就可看到冯歪嘴子，扒着窗子就可以看到在拉磨的小驴。那小驴竖着耳朵，戴着眼罩。走了三五步就响一次鼻子，每一抬脚那只后腿就有点瘸，每一停下来，小驴就用三条腿站着。

冯歪嘴子说小驴的一条腿坏了。

这窗子上的黄瓜秧一干掉了，磨房里的冯歪嘴子就天天可以看到的。

冯歪嘴子喝酒了，冯歪嘴子睡觉了，冯歪嘴子打梆子了。冯歪嘴子拉胡琴了，冯歪嘴子唱唱本了。冯歪嘴子摇风车了。只要一扒着那窗台，就什么都可以看见的。

一到了秋天，新鲜黏米一下来的时候，冯歪嘴子就三天一拉磨，两天一卖黏糕。黄米黏糕，撒上大云豆。一层黄，一层红，黄的金黄，红的通红。三个铜板一条，两个铜板一片的用刀切着卖。愿意加红糖的有红糖，愿意加白糖的有白糖。又甜又香，加了糖不另要钱。

冯歪嘴子推着单轮车在街上一走，小孩子们就在后边跟了一大帮，有的花钱买，有的围着看。

祖父最喜欢吃这黏糕，母亲也喜欢，而我更喜欢。母亲有时让老厨子去买，有的时候让我去买。

不过买了来是有数的，一人只能吃手掌那么大的一片，不准多吃，吃多了怕不能消化。

祖父一边吃着，一边说够了够了，意思是怕我多吃。母亲吃完了也说够了，意思是怕我还要去买。其实我真的觉得不够，觉得再吃两块也还不多呢！不过经别人这样一说，我也就没有什么办法了，也就不好意思喊着再去买，但是实在话是没有吃够的。

当我在大门外玩的时候，推着单轮车的冯歪嘴子总是在那块大黏糕上切下一片来送给我吃。于是我就接受了。

当我在院子里玩的时候，冯歪嘴子一喊着“黏糕”“黏糕”的从大墙外经过，我就爬上墙头去了。

因为西南角上的那段土墙，因为年久了出了一个豁，我就扒着那墙豁往外看着。果然冯歪嘴子载着黏糕的单轮车由远而近了。来到我的旁边，就问着：

“要吃一片吗？”

而我也不说吃，也不说不吃。但我也不从墙头上下来，还是若无其事的呆在那里。

冯歪嘴子把车子一停，于是切好一片黏糕送上来了。

一到了冬天，冯歪嘴子差不多天天出去卖一锅黏糕的。

这黏糕在做的时候，需要很大的一口锅，里边烧着开水，锅口上坐着竹帘子。把碾碎了的黄米粉就撒在这竹帘子上，撒一层粉，撒一层豆。冯歪嘴子就在磨房里撒的，弄得满屋热气蒸蒸。进去买黏糕的时候，刚一开门，只听屋里火柴烧得批巴的响，竟看不见人了。

我去买黏糕的时候，我总是去得早一点，我在那边等着，等着刚一出锅，好买热的。

那屋里的蒸气实在大，是看不见人的。每次我一开门，我就说：

“我来了。”

冯歪嘴子一听我的声音就说：

“这边来，这边来。”

二

有一次母亲让我去买黏糕，我略微的去得晚了一点，黏糕已经出锅了。我慌慌忙忙的买了就回来了。回到家里一看，不对了。母亲让我买的是加白糖的，而我买回来的是加红糖的。当时我没有留心，回到家里一看，才知道错了。

错了，我又跑回去换。冯歪嘴子又另外切了几片，撒上白糖。

接过黏糕来，我正想拿着走的时候，一回头，看见了冯歪嘴子的那张小炕上挂着一张布帘。

我想这是做什么，我跑过去看一看。

我伸手就掀开布帘了，往里边一看，呀！里边还有一个小孩呢！

我转身就往家跑，跑到家里就跟祖父讲，说那冯歪嘴子的炕上不知谁家的女人睡在那里，女人的被窝里还有一个小孩，那小孩还露着小头顶呢，那小孩头还是通红的呢！

祖父听了一会觉得纳闷，就说让我快吃黏糕吧，一会冷了，不好吃了。

可是我哪里吃得下去。觉得这事情真好玩，那磨房里边，不单有一个小驴，还有一个小孩呢。

这一天早晨闹得黏糕我也没有吃，又戴起皮帽子来，跑去看了一次。

这一次，冯歪嘴子不在屋里，不知他到哪里去了，黏糕大概也没有去卖，推黏糕的车子还在磨盘的旁边扔着。

我一开门进去，风就把那挂着的白布帘吹开了，那女人仍旧躺着不动，那小孩也一声不哭。我往屋子的四边观察一下，屋子的别处没有什么变动，只是磨盘上放着一个黄铜盆，铜盆里泡着一块破布，盆里的水已经结冰了。其余的没有什么变动。

小驴一到冬天就住在磨房的屋里，那小驴还是照旧的站在那里，并且还是安安敦敦的和每天一样的抹搭[1]着眼睛。其余的磨房里的风车子，罗柜，磨盘，都是照旧的在那里呆着。就是墙根下的那些耗子也出来和往日一样的乱跑，耗子一边跑着还一边吱吱喳喳的叫着。

我看了一会，看不出所以然来，觉得十分无趣。正想转身出来的时候，被我发现了一个瓦盆就在炕沿上已经像小冰山似的冻得鼓鼓的了。于是我想起这屋的冷来了，立刻觉得要打寒颤，冷得不能站脚了。我一细看那扇通到后园去的窗子也通着大洞，瓦房的房盖也透着青天。

我开门就跑了，一跑到家里，家里的火炉正烧得通红，一进门就热气扑脸。

我正想要问祖父，那磨房里是谁家的小孩。这时冯歪嘴子从外边来了。

1　抹搭，意为（眼皮）向下而又不合拢。

戴着他的四耳帽子，他未曾说话先笑的样子，一看就是冯歪嘴子。

他进了屋来，他坐在祖父旁边的太师椅上，那太师椅垫着红毛哔叽的厚垫子。

冯歪嘴子坐在那里，似乎有话说不出来。右手不住的摸擦着椅垫子，左手不住的拉着他的左耳朵。他未曾说话先笑的样子，笑了好几阵也没说出话来。

我们家里的火炉太热，把他的脸烤得通红的了。他说：

“老太爷，我摊了点事。……”

祖父就问他摊了什么事呢？

冯歪嘴子坐在太师椅上扭扭曲曲的，摘下他那狗皮帽子来，手里玩弄着那狗皮帽子。未曾说话他先笑了，笑了好一阵工夫，他才说出一句话来：

“我成了家啦。”

说着冯歪嘴子的眼睛就流出眼泪来，他说：

“请老太爷帮帮忙，现下她们就在磨房里呢！她们没有地方住。”

我听到了这里，就赶快抢住了向祖父说，我说：

“爷爷，那磨房里冷呵！炕沿上的瓦盆都冻裂了。”

祖父往一边推着我，似乎他在思索的样子。我又说：

“那炕上还睡着一个小孩呢！”

祖父答应了让他搬到磨房南头那个装草的房子里去暂住。

冯歪嘴子一听，连忙就站起来了，说：

“道谢，道谢。”

一边说着，他的眼睛又一边来了眼泪。而后戴起狗皮帽子来，眼泪汪汪的就走了。

冯歪嘴子刚一走出屋去，祖父回头就跟我说：

“你这孩子当人面不好多说话的。”

我那时也不过六七岁，不懂这是什么意思，我问着祖父：

“为什么不准说，为什么不准说？”

祖父说：

“你没看冯歪嘴子的眼泪都要掉下来了吗？冯歪嘴子难为情了。”

我想可有什么难为情的，我不明白。

三

晌午，冯歪嘴子那磨房里就吵起来了。

冯歪嘴子一声不响的站在磨盘的旁边，他的掌柜的拿着烟袋在他的眼前骂着，掌柜的太太一边骂着，一边拍着风车子，她说：

“破了风水了，我这碾磨房，岂是你那不干不净的野老婆住的地方！”

“青龙白虎也是女人可以冲的吗！”

“冯歪嘴子，从此我不发财，我就跟〔你〕算账，你是什么东西，你还算个人吗？你没有脸，你若有脸你还能把个野老婆弄到大面上来。弄到人的眼皮下边来……你赶快给我滚蛋……”

冯歪嘴子说：

“我就要叫她们搬的，就搬……”

掌柜的太太说：

“叫她们搬，她们是什么东西，我不知道。我是叫你滚蛋的，你可把人糟踏苦了……”

说着她往炕上一看：

“唉呀！面口袋也是你那野老婆盖得的！赶快给我拿下来，我说冯歪嘴子，你可把我糟踏苦了。你可把我糟踏苦了。”

那个刚生下来的小孩是盖着盛面口袋在睡觉的，一齐盖着四五张，厚敦敦的压着小脸。

掌柜的太太在旁边喊着：

“给我拿下来，快给我拿下来！”

冯歪嘴子过去把面口袋拿下来了，立刻就露出孩子通红的小手来，而且那小手还伸伸缩缩的摇动着，摇动了几下就哭起来了。

那孩子一哭从孩子的嘴里冒着雪白的白气。

那掌柜的太太把面口袋接到手里说：

“可冻死我了，你赶快搬吧，我可没工夫跟你吵了……”

说着开了门缩着肩膀就跑回上屋去了。

王四掌柜的，就是冯歪嘴子的东家，他请祖父到上屋去喝茶。

我们坐在上屋的炕上，一边烤着炭火盆，一边听到磨房里的那小孩的哭声。

祖父问我的手烤暖了没有？我说还没烤暖，祖父说：

“烤暖了，回家吧。”

从王四掌柜的家里出来，我还说要到磨房里去看看。祖父说，没有什么的，要看回家暖过来再看。

磨房里没有寒暑表，我家里是有的。我问祖父：

“爷爷，你说磨房的温度在多少度上？”

祖父说在零度以下。

我问：

“在零度以下多少？”

祖父说：

“没有寒暑表，哪儿知道呵！”

我说：

“到底在零度以下多少？”

祖父看一看天色就说：

“在零下七八度。”

我高兴起来了，我说：

“嗳呀，好冷呵！”那不和室外寒度一样了吗？

我抬脚就往家里跑，井台，井台旁边的水槽子，井台旁边的大石头碾子，房户老周家的大玻璃窗子，我家的大高烟筒，在我一溜烟的跑起来的时候，我看它们都移移动动的了，它们都像往后退着。我越跑越快，好像不是我在跑，而像房子和大烟筒在跑似的。

我自己煊惑得我跑得和风一般快。

我想那磨房的温度在零度以下，岂不是等于露天地了吗？这真笑话，房子和露天地一样。我越想越可笑，也就越高兴。

于是连喊带叫的也就跑到家了。

四

下半天冯歪嘴子就把小孩搬到磨房南头那草棚子里去了。

那小孩哭的声音很大，好像他并不是刚一出生，好像他已经长大了的样子。

那草房里吵得不得了，我又想去看看。

这回那女人坐起来了，身上披着被子，很长的大辫子垂在背后，面朝里。坐在一堆草上不知在干什么，她一听门响，她一回头。我看出来了，她就是我们同院住着的老王家的大姑娘，我们都叫她王大姐的。

这可奇怪，怎么就是她呢？她一回头几乎是把我吓了一跳。

我转身就想往家里跑。跑到家里好赶快的告诉祖父，这到底是怎么回事。

她看是我，她就先向我一笑，她长的是很大的脸孔，很尖的鼻子，每笑的时候，她的鼻梁上就皱了一堆的褶。今天她的笑法还是和从前的一样，鼻梁处堆满了皱褶。

平常我们后园里的菜吃不了的时候，她就提着筐到我们后园来摘些茄子，黄瓜之类回家去。她是很能说能笑的人，她是很响亮的人，她和别人相见之下，她问别人：

“你吃饭了吗？”

那声音才大呢，好像房顶上落了鹊雀似的。

她的父亲是赶车的，她牵着马到井上去饮水，她打起水来，比她父亲打的更快，三绕两绕就是一桶。别人看了都说：

“这姑娘将来兴家立业好手！”

她在我家后园里摘菜，摘完临走的时候，常常就折一朵马蛇菜花戴在头上。

她那辫子梳得才光呢，红辫根，绿辫梢，干干净净，又加上一朵马蛇菜花戴在鬓角上，非常好看。她提着筐子前边走了，后边的人就都指指划划的说她的好处。

老厨子说她大鼻子大眼睛长得怪好的。

有二伯说她膀大腰圆的带点福相。

母亲说她：

“我没有这么大的儿子，有儿子我娶她，这姑娘真响亮。”

同院住的老周家三奶奶则说：

“哟哟，这姑娘真是一棵大葵花，又高又大，你今年十几啦？”

周三奶奶一看到王大姐就问她十几岁？已经问了不知几遍了，好像一看见就必得这么问，若不问就好像没有话说似的。

每逢一问，王大姐也总是说：

“二十了。”

“二十了，可得给说一个媒了。”再不然就是，“看谁家有这么大的福气，看吧，将来看吧。”

隔院的杨家的老太太，扒着墙头一看见王大姐就说：

“这姑娘的脸红得像一盆火似的。”

现在王大姐一笑还是一皱鼻子，不过她的脸有一点清瘦，颜色发白了许多。

她怀里抱着小孩。我看一看她，她也不好意思了，我也不好意思了。我的不好意思是因为好〔久〕不见的缘故，我想她也许是和我一样吧。我想要走，又不好意思立刻就走开。想要多呆一会又没有什么话好说的。

我就站在那里静静的站了一会，我看她用草把小孩盖了起来，把小孩放到炕上去。其实也看不见什么是炕，乌七沼沼的都是草，地上是草，炕上也是草，草捆子堆得房梁上去了。那小炕本来不大，又都叫草捆子给占满了。那小孩也就在草中偎了个草窝，铺着草盖着草的就睡着了。

我越看越觉得好玩，好像小孩睡在鹊雀窝里了似的。

到了晚上，我又把全套我所见的告诉了祖父。

祖父什么也不说。但我看出来祖父晓得的比我晓得的多的样子。我说：

“那小孩还盖着草呢！”

祖父说：

"嗯！"

我说：

"那不是王大姐吗？"

祖父说：

"嗯。"

祖父是什么也不问，什么也不听的样子。

等到了晚上在煤油灯的下边，我家全体的人都聚集了的时候，那才热闹呢！连说带讲的。这个说，王大姑娘这么的。那个说王大姑娘那么着……说来说去，说得不成样子了。

说王大姑娘这样坏，那样坏，一看就知道不是好东西。

说她说话的声音那么大，一定不是好东西。哪有姑娘家家的，大说大讲的。

有二伯说：

"好好的一个姑娘，看上了一个磨房的磨官，介个年头是啥年头！"

老厨子说：

"男子要长个粗壮，女子要长个秀气。没见过一个姑娘长得和一个扛大个的（扛工）似的。"

有二伯也就接着说：

"对呀！老爷像老爷，娘娘像娘娘，你没四月十八去逛过庙吗，那老爷庙上的老爷，威风八面，娘娘庙上的娘娘，温柔典雅。"

老厨子又说：

"哪有的勾当，姑娘家家的，打起水来，比个男子大丈夫还有力气。没见过，姑娘家家的那么大的力气。"

有二伯说：

“那算完，长的是一身穷骨头穷肉，那穿绸穿缎的她不去看，她看上了个灰秃秃的磨官。真是武大郎玩鸭子，啥人玩啥鸟。”

第二天，左邻右居的都晓得了王大姑娘生了小孩了。

周三奶奶跑到我家来探听了一番，母亲说就在那草棚子里，让她去看。她说：

“哟哟！我可没那么大的工夫去看的，什么好勾当。”

西院的杨老太太听了风也来了。穿了一身浆得闪光发亮的鱼蓝大布衫，头上扣着银扁方，手上戴着白铜的戒指。

一进屋，母亲就告诉她冯歪嘴子得了儿子了。杨老太太连忙就说：

“我可不是来探听他们那些猫三狗四的，我是来问问那广和银号的利息到底是大加一[1]呢，还是八成？因为昨天西荒上的二小子打信来说他老丈人要给一个亲戚抬几万吊钱[2]。”

说完了，她庄庄严严的坐在那里。

我家的屋子太热，杨老太太一进屋来就把脸热的通红。母亲连忙打开了北边的那通气窗。

通气窗一开，那草棚子里的小孩的哭声就听见了，那哭声特别吵闹。

“听听啦，”母亲说，“这就是冯歪嘴子的儿子。”

“怎么的啦？那王大姑娘我看就不是个好东西，我就说，那姑娘将来好不了。”杨老太太说，“前些日子那姑娘忽然不见了，我就问她妈，‘你们大姑娘哪儿去啦？’她妈说，‘上她姥姥家去了。’一去去了这么久没回来，我就有点觉景。”

1　大加一，一种高利贷形式，一般情况下指月息不低于十分之一（10%）。

2　抬几万吊钱，抬钱，即民间高利贷，此处是说向高利贷借款。

母亲说：

“王大姑娘夏天的时候常常哭，把眼圈都哭红了，她妈说她脾气大，跟她妈吵架气的。”

杨老太太把肩膀一抱说：

“气的，好大的气性，到今天都丢了人啦怎么没气死呢。那姑娘不是好东西，你看她那俩眼睛，多么大！我早就说过，这姑娘好不了。”

而后在母亲的耳朵上曲曲喳喳了一阵，又说又笑的走了。

把她那原来到我家里来的原意，大概也忘了。她来是为了广和银号利息的问题，可是一直到走也没有再提起那广和银号来。

杨老太太，周三奶奶，还有同院住的那些粉房里的人，没有一个不说王大姑娘坏的。

说王大姑娘的眼睛长得不好，说王大姑娘的力气太大，说王大姑娘的辫子长得也太大。

五

(这事情一发，全院子的人给王大姑娘做论的做论，做传的做传，还有给她做日记的。

(做传的说，她从小就在外祖母家里养着，一天尽和男孩子在一块，没男没女。有一天她竟拿着烧火的叉子把她的表弟给打伤了。又是一天刮大风，她把外祖母的二十多个鸭蛋一次给偷着吃光了。又是一天她在河沟子里边采菱角，她自己采的少，她就把别人的菱角倒在她的筐里了，就说是她采的。说她强横得不得了，没有人敢去和她分辩，一分辩，她开口就骂，举手就打。

(那给她做传的人，说着就好像看见过似的，说腊月二十三，过小年的那天，王大姑娘因为外祖母少给了她一块肉吃，她就跟外祖母打了一仗，就跑回家里来了。

“你看看吧，她的嘴该多馋。”

(于是四边听着的人，没有不笑的。

(那给王大姑娘做传的人，材料的确搜集得不少。

(自从团圆媳妇死了，院子里似乎寂寞了很长的一个时期，现在虽然不能说十分热闹，但大家都总要尽力的鼓吹一番。虽然不跳神打鼓，但也总应该给大家多少开一开心。

(于是吹风的，把眼的，跑线的，绝对的不辞辛苦，在飘着白白的大雪的夜里，也就戴着皮帽子，穿着大毯靴，站在冯歪嘴子的窗户外边，在那里守候着，为的是偷听一点什么消息。若能听到一点点，哪怕针孔那么大一点，也总算没有白挨冻，好做为第二天宣传的材料。

(所以冯歪嘴子那门下在开初的几天，竟站着不少的探访员。

(这些探访员往往没有受过教育，他们最喜欢造谣生事。

(比方我家的老厨子出去探访了一阵，回家报告说：

“那草棚子才冷呢！五风楼似的，那小孩一声不响了，大概是冻死了，快去看热闹吧！”

(老厨子举手舞脚的，他高兴得不得了。

(不一会他又戴上了狗皮帽子，他又去探访了一阵，这一回他报告说：

“他妈的，没有死，那小孩还没冻死呢！还在娘怀里吃奶呢。”

(这新闻发生的地点，离我家也不过五十步远，可是一经探访员们这一探访，事情本来的面目可就大大的两样了。

(有的看了冯歪嘴子的炕上有一段绳头子，于是就传说着冯歪嘴子要上吊。

(这“上吊”的刺激，给人们的力量真是不小。女的戴上风帽，男的穿上毡靴，要来这里参观的，或是准备着来参观的人不知有多少。

(西院老杨家就有三十多口人，小孩不算在内，若算在内也有四十口了。就单说这三十多人若都来看上吊的冯歪嘴子，岂不把我家的那小草棚挤翻了吗！就说他家那些人中有的老的病的，不能够来，就说最低限度来上十个人吧。那么西院老杨家来十个，同院的老周家来三个——周三奶奶，周四婶子，周老婶子——外加周四婶子怀抱着一个孩子，周老婶子手里牵着个孩子——她们是有这样的习惯的——那么一共周家老少三辈总算五口了。

(还有磨房[1]里的漏粉匠，烧火的，跑街送货的等等，一时也数不清是几多人，总之这全院好看热闹的人也不下二三十。还有前街后街上的，一听了消息也少不了来了不少的。

(“上吊”，为啥一个好好人，活着不愿意活，而愿意“上吊”呢？大家快去看看吧，其中必是趣味无穷，大家快去看看吧。

(再说开开眼也是好的，反正也不是去看跑马戏的，又要花钱，又要买票。

(所以呼兰河城里是凡一有跳井投河的，或是上吊的，那看热闹的人就特别多，我不知道中国别的地方是否这样，但在我的家乡确是这样的。

(投了河的女人，被打捞上来了，也不赶快的埋，也不赶快的葬，摆在那里一两天，让大家围着观看。

---

1 “磨房”，此处的磨房根据上下文似应为“粉房”。

（跳了井的女人，从井里捞出来，也不赶快的埋，也不赶快的葬，好像国货展览会似的，热闹得车水马龙了。

（其实那没有什么好看的，假若冯歪嘴子上了吊，那岂不是看了很害怕吗！

（有一些胆小的女人，看了投河的，跳井的，三天五夜的不能睡觉。但是下次，一有这样的冤魂，她仍旧是去看的，看了回来就觉得那恶劣的印象就在眼前，于是又是睡觉不安，吃饭也不香，但是不去看，是不行的，第三次仍旧去看，哪怕去看了之后，心里觉得恐怖，而后再买一匹黄钱纸，一扎线香到十字路口上去烧了，向着那东西南北的大道磕上三个头，同时嘴里说：

“邪魔野鬼可不要上我的身哪，我这里香纸的也都打发过你们了。”

（有的谁家的姑娘，为了去看上吊的，回来吓死了。听说不但看上吊的，就是看跳井的，也有被吓死的。吓出一场病来，千医百治的治不好，后来死了。

（但是人们还是愿意看，男人也许特别胆子大，不害怕。女人却都是胆小的多，都是振着胆子看。

（还有小孩，女人也把他们带来看，他们还没有长成为一个人，母亲就提早把他们带来了，也许在这热闹的世界里，还是提早的演习着一点的好，免得将来对于跳井上吊太外行了。

（有的探访员晓得了冯歪嘴子从街上买来了一把家常用的切菜的刀，于是就大放冯歪嘴子要自刎的空气。）

六

冯歪嘴子，没有上吊，没有自刎，还是好好的活着。过了一年，他的孩子长大了。

过年我家杀猪的时候，冯歪嘴子还到我家里来帮忙的，帮着刮猪毛，到了晚上他吃了饭，喝了酒之后，临回去的时候，祖父说，让他带了几个大馒头去，他把馒头挟在腰里就走了。

人们都取笑着冯歪嘴子，说：

“冯歪嘴子有了大少爷了。”

冯歪嘴子平常给我家做一点小事，磨半斗豆子做小豆腐，或是推二斗上好的红黏谷，撒黏糕吃。祖父都是招呼他到我家里来吃饭的。就在饭桌上，当着众人，老厨子就说：

“冯歪嘴子少吃两个馒〔头〕吧，留着馒头带给大少爷去吧……”

冯歪嘴子听了也并不难为情，也不觉得这是嘲笑他的话，他很庄严的说：

“他在家里有吃的，他在家里有吃的。”

等吃完了，祖父说：

“还是带上几个吧！”

冯歪嘴子拿起几个馒头来，往哪儿放呢？放在腰里，馒头太热。放在袖筒里怕掉了。

于是老厨子说：

“你放在帽兜子里呵！”

于是冯歪嘴子用帽兜着馒头回家去了。

东邻西舍谁家若是办了红白喜事，冯歪嘴子若也在席上的话，肉丸子一上来，别人就说：

“冯歪嘴子，这肉丸子你不能吃，你家里有大少爷的是不是？”

于是人们说着，就把冯歪嘴应得的那一份的两个肉丸子，用筷子夹出来，放在冯歪嘴子旁边的小碟里。来了红烧肉，也是这么照办，来了干果碟，也是这么照办。

冯歪嘴子一点也不感到羞耻，等席散之后，用手巾包着，带回家来，给他的儿子吃了。

七

（他的儿子也和普通的小孩一样，七个月出牙，八个月会爬，一年会走，两年会跑了。）

夏天，那孩子浑身不穿衣裳，只带着一个花兜肚，在门前的水坑里捉小蛤蟆。他的母亲坐在门前给他绣着花兜肚嘴。他的父亲在磨房打着梆子看管着小驴拉着磨。

八

又过了两三年，冯歪嘴子的第二个孩子又要出生了。冯歪嘴子欢喜得不得了，嘴都闭不上了。

在外边，有人问他：

“冯歪嘴子又要得儿子了？”

他呵呵呵。他故意的平静着自己。

他在家里边，他一看见他的女人端一个大盆，他就说：

“你这是干什么，你让我来拿不好么！”

他看见他的女人抱一捆柴火，他也这样阻止着她：

“你让我来拿不好么！”

可是那王大姐，却一天比一天瘦，一天比一天苍白，她的眼睛更大了，她的鼻子也更尖了似的。冯歪嘴子说，过后多吃几个鸡蛋，好好养养就身子好起来了。

他家是快乐的，冯歪嘴子把窗子上挂了一张窗帘。这张白布是新从铺子里买来的。冯歪嘴子的窗子，三五年也没有挂过帘子，这是第一次。

冯歪嘴子买了二斤新棉花，买了好几尺花洋布，买了二三十个上好的鸡蛋。

冯歪嘴子还是照旧的拉磨，王大姐就剪裁着花洋布做成小小的衣裳。

二三十个鸡蛋，用小筐装着，挂在二梁上。每一开门开窗的，那小筐就在高处游荡着。

门口一来担挑卖鸡蛋的，冯歪嘴子就说：

“你身子不好，我看还应该多吃几个鸡蛋。”

冯歪嘴子每次都想再买一些，但都被孩子的母亲阻止了。冯歪嘴子说：

“你从生了这小子以来，身子就一直没养过来。多吃几个鸡蛋算什么呢！我多卖几斤黏糕就有了。”

祖父一到他家里去串门，冯歪嘴子就把这一套话告诉了祖父。他说：

“那个人才俭省呢，过日子连一根柴草也不肯多烧。要生小孩了，多吃一个鸡蛋也不肯。看着吧，将来会发家的……”

冯歪嘴子说完了，是很得意的。

九

七月一过去，八月乌鸦就来了。

其实乌鸦七月里已经来了。不过没有八月那样多就是了。

七月的晚霞，红得像火似的，奇奇怪怪的，老虎，大狮子，马头，狗群。这一些云彩，一到了八月，就都没有。那满天红洞洞的，那满天金黄的，满天绛紫的，满天朱砂色的云彩，一齐都没有了，无论早晨或黄昏，天空就再也没有它们了，就再也看不见它们了。

八月的天空是静悄悄的，一丝不挂。六月的黑云，七月的红云，都没有了。一进了八月雨也没有了，风也没有了。白天就是黄金的太阳，夜里就是雪白的月亮。

天气有些寒了，人们都穿起夹衣来。

晚饭之后，乘凉的人没有了。院子里显得冷清寂寞了许多。

鸡鸭都上架去了，猪也进了猪栏，狗也进了狗窝。院子里的蒿草，因为没有风，就都一动不动的站着，因为没有云，大卯星一出来就亮得和一盏小灯似的了。

在这样的一个夜里，冯歪嘴子的女人死了。第二天早晨，正过着乌鸦的时候，就给冯歪嘴子的女人送殡了。

乌鸦是黄昏的时候，或黎明的时候才飞过。不知道这乌鸦从什么地方来，飞到什么地方去，但这一大群遮天蔽瓦的，吵着叫着，好像一大片黑云似的从远处来了，来到头上，不一会又过去了。终究过到什么地方去，也许大人知道，孩子们是不知道的，我也不知道。

听说那些乌鸦就过到呼兰〔河〕南岸那柳条林里去的，过到那柳条林里去做什么，所以我不大相信。不过那柳条林，乌烟障气的，不知那里有些什么，或者是过了那柳条林，柳条林的那边更是些个什么。站在呼兰河的这边，只见那乌烟障气的，有好几里路远的柳条林上，飞着白白的大鸟，除了那白白的大鸟之外，究竟还有什么，那就不得而知了。

据说乌鸦就往那边过，乌鸦过到那边又怎样，又从那边究竟飞到什么地方去，这个人们不大知道了。

冯歪嘴子的女人是产后死的，传说上这样的女人死了，大庙不收，小庙不留，是将要成为游魂的。

我要到草棚子去看，祖父不让我去看。

我在大门口里等着。

我看见了冯歪嘴子的儿子，打着灵头幡送他的母亲。

灵头幡在前，棺材在后，冯歪嘴子在最前边，他在最前边领着路向东大桥那边走去了。

那灵头幡是用白纸剪的，剪成络络网，剪成葫椒眼，剪成不少的轻飘飘的穗子，用一根杆子挑着，扛在那孩子的肩上。

那孩子也不哭，也不表示什么，只好像他扛不动那灵头幡，使他扛得非常吃力似的。

他往东边越走越远了，我在大门外看着，一直看着他走过了东大桥。几乎是看不见了，我还在那里看着。

乌鸦在头上呱呱的叫着。

过了一群，又一群，等我们回到了家里，那乌鸦还在天空里叫着。

十

(冯歪嘴子的女人一死，大家觉得这回冯歪嘴子算完了。扔下了两个孩子，一个四五岁，一个刚生下来。)

看吧，看他可怎样办！

老厨子说：

“看热闹吧，冯歪嘴子又该喝酒了，又该坐在磨盘上哭了。”

(东家西家的也都说冯歪嘴子这回可非完不可了。那些好看热闹的人，都在准备着看冯歪嘴子的热闹。

(可是冯歪嘴子自己，并不像旁观者眼中的那样的绝望，好像他活着还很有把握的样子似的，他不但没有感到绝望已经洞穿了他。因为他看见了他的两个孩子，他反而镇定下来。他觉得在这世界上，他一定要生根的。要长得牢牢的。他不管他自己有这份能力没有，他看看别人也都是这样做的，他觉得他也应该这样做。

(于是他照常的活在世界上，他照常的负着他那份责任。

(于是他自己动手喂他那刚出生的孩子，他用筷子喂他，他不吃，他用调匙喂他。

(喂着小的，带着大的，他该担水，担水。该拉磨，拉磨。

(早晨一起来，一开门，看见邻人到井口去打水的时候，他总说一声：

“去挑水吗！”

(若遇见了卖豆腐的，他也说一声：

“豆腐这么早出锅啦！”

(他在这世界上他不知道人们都用悲观绝望的眼光来看他，他不知道他已经处在了怎样的一种艰难的境地。他不知道他自己已经完了。他没有想过。

(他虽然也有悲哀，他虽然也常常满满含着眼泪。但是他一看见他的大儿子会拉着小驴饮水了，他就立刻把那含着眼泪的眼睛笑了起来。

他说：

“慢慢的就中用了。”

他的小儿子，一天一天的喂着，越喂眼睛越大。胳臂，腿，越来越瘦。

(在别人的眼里，这孩子非死不可。这孩子一直不死，大家都觉得惊奇。

(到后来大家简直都莫名其妙了，对于冯歪嘴子的这孩子的不死，别人都起了恐惧的心理，觉得，这是可能的吗？这是世界上应该有的？）

但是冯歪嘴子，一休息下来就抱着他的孩子。天太冷了，他就烘了一堆火给他烤着。那孩子刚一咧嘴笑，那笑得才难看呢，因为又像笑，又像哭。其实又不像笑，又不像哭，而是介乎两者之间的那么一咧嘴。

但是冯歪嘴子却喜欢得不得了了。

他说：

“这小东西会哄人了。”

或是：

“这小东西懂人事了。”

（那孩子到了七八个月才会拍一拍掌，其实别人家的孩子到七八个月，都会爬了，会坐着了，要学着说话了。冯歪嘴子的孩子都不会，只会拍一拍掌，别的都不会。）

冯歪嘴子一看见他的孩子拍掌，他就眉开眼笑的。

他说：

“这孩子眼看着就大了。”

（那孩子在别人的眼睛里看来，并没有大，似乎一天更比一天小似的。因为越瘦那孩子的眼睛就越大，只见眼睛大，不见身子大，看起来好像那孩子始终也没有长一般地。那孩子好像是泥做的，而不是孩子了。两个月之后，和两个月之前，完全一样。两个月之前看见过那孩子，两个月之后再看见，也绝不会使人惊讶，时间是快的，大人虽不见老，孩子却一天一天的不同。

（看了冯歪嘴子的孩子，绝不会给人以时间上的观感。大人总喜欢在孩子的身上去触到时间。但是冯歪嘴子的孩子是不能给人这个满足的。因为两个月前看见过他那么大，两个月后看见他还是那么大。还不如去看后花园里的黄瓜，那黄瓜三月里下种，四月里爬蔓，五月里开花，五月末就吃大黄瓜。

(但是冯歪嘴子却不这样的看法，他看他的孩子是一天比一天大。

(大的孩子会拉着小驴到井边上去饮水了。小的会笑了，会拍手了，会摇头了。给他东西吃，他会伸手来拿。而且小牙也长出来了。

(微微的一咧嘴笑，那小白牙就露出来了。)

（第七章完）

尾　声

一

呼兰河这小城里边，以前住着我的祖父，现在埋着我的祖父。

我生的时候，祖父已经六十多岁了，我长到四五岁，祖父就快七十了。我还没有长到二十岁，祖父就八十岁了。祖父一过了八十，祖父就死了。

从前那后花园的主人，而今不见了。老主人死了，小主人逃荒去了。

那园里的蝴蝶，蚂蚱，蜻蜓，也许还是年年仍旧，也许现在完全荒凉了。

小黄瓜，大倭瓜，也许还是年年的种着，也许现在根本没有了。

那早晨的露珠是不是还落在花盆架上。那午间的太阳是不是还照着那大向日葵。那黄昏时候的红霞是不是还会一会工夫会变出来一匹马来，一会工夫会变出来一匹狗来，那么变着。

这一些不能想象了。

听说有二伯死了。

老厨子就是活着年纪也不小了。

东邻西舍也都不知怎样了。

至于那磨房里的磨官，至今究竟如何，则完全不晓得了。

以上我所写的并没有什么幽美的故事，只因他们充满我幼年的记忆，忘却不了，难以忘却。就记在这里了。

一九四〇年十二月廿日香港完稿。

马伯乐（第一部）*

马伯乐在抗战之前就很胆小的。

他的身体不十分好，可是也没有什么病。看外表，他很瘦。但是终年不吃什么药，偶尔伤了风，也不过多吸几支烟就完了。纸烟并不能医伤风，可是他左右一想，也到底上算，吃了药，不也是白吃吗？伤风是死不了人的。

他自己一伤风，就这么办。

若是他的孩子伤了风，或是感冒了，他就买给他们饼干吃，他说：

“吃吧，不吃白不吃，就当药钱把它吃了。”

孩子有了热度，手脚都发烧的，他就拿了一块浸了冷水的毛巾不断的给围在孩子的头上，他很小心的坐在孩子的旁边，若看了孩子一睁开眼睛，他就连忙把饼干盒子打开：

“要吃一点吗？爸爸拿给你。”

那孩子立刻把眼睛闭上了，胸脯不住的喘着。

过了一会，孩子睁开眼睛要水喝，他赶快又把饼干盒子拿过去。孩子大口的喝水，饼干连睬也没有睬。

他拿了一个杯子来，他想了半天才想出这个方法来，把饼干

---

* 《马伯乐》（第一部）1941 年 1 月由（重庆）大时代书局初版。署名萧红。

泡到杯中，孩子喝水时不就一道喝下去了吗？

从热水瓶倒了一些开水，用一只小匙子呱唧唧的搅了一阵，搅得不冷不热的，拿到他自己嘴上尝尝，吃得了。他端着杯子站在旁边等候着，好像若把杯子放下，要用的时候就来不及了。等了半天，孩子没有醒，他等得不耐烦就把孩子招呼醒了。问他：

“要喝水吗？”

“不，我要尿尿。”

“快喝点水再尿，快喝点……”

他用匙子搅了一下泡在杯中稀溜溜的东西，向着孩子的嘴倒去，倒得满鼻子都是浆糊，孩子往鼻子上乱抓，抓了满手，一边哭着，一边把尿也尿在床上了。

“这算完。”

马伯乐骂了一声。他去招呼孩子的妈妈去了。

临去的时候，他拿起那浆糊杯子，自己吞下去了。那东西在喉管里，像要把气给堵断了似的，他连忙把脖子往长伸着，且用手在脖子上按摩了一会，才算完全咽下去了。

孩子不生病的时候，他很少买给孩子什么东西吃，就是买了也把它放到很高的地方，他都是把它放在挂衣箱上。馋得孩子们搬着板凳，登着桌子，想尽了方法跑到挂衣箱上去。

因此马伯乐屋里的茶杯，多半是掉了把柄的，那都是孩子们抢着爬挂衣箱弄掉地下而打去了的。

马伯乐最小的那个女孩——雅格，长得真可爱，眼睛是深黑深黑的，小胳臂胖得不得了，有一天妈妈不在家里，她也跟着哥哥们爬上挂衣箱去。原来那顶上放着三个大白梨。

正都爬到顶上，马伯乐从走廊上来了。隔着玻璃窗子，他就喊了一声：

“好东西，你们这群小狼崽子。”

由于他的声音过于大了一点，雅格吓得一抖从高处滚下来，跌到痰盂上了。

从那时起，漂亮的雅格右眼上落了一个很大的疤痕。

马伯乐很胆小，但他却机警异常，他聪明得很，他一看事情不好了，他收拾起箱子来就跑。他说：

“万事总要留个退步。”

他之所谓“退步”就是“逃步”。是凡一件事，他若一觉得悲观，他就先逃。逃到哪里去呢？他自己常常也不知道，但是他是勇敢的，他不顾一切，好像洪水猛兽在后边追着他，使他逃得比什么都快。

有一年他去上海就是逃着去的，他跟他父亲说，说要到上海××大学去念书。他看他父亲不回答，第二天，他〔又〕问了一次，父亲竟因为这样重复的问而发怒了，把眼镜摘下来狠狠的瞪了他一眼。

他一看，不好了，这一定是太太在里边做的怪。而他那时候恰巧和一位女子讲着恋爱，这事情太太也和他吵了好几次。大概是太太跑到父亲面前告了状吧！说我追着那女子要去上海。这若再住在家里不走，可要惹下乱子的。

他趁着这两天太太回娘家，他又向父亲问了一次关于他要到上海读书的问题。看看父亲到底答应不答应。父亲果然把话说绝了：“不能去，不能去。”

当天晚上，他就收拾了提包，他想是非逃不可了。

提包里什么都带着，牙刷牙粉，只就说牙刷吧，他打开太太的猪皮箱，一看有十几只，他想：都带着呀，不带白不带，将来要想带也没这个机会了。又看见了毛巾，肥皂。是力士牌的肥皂，这肥皂很好。到哪儿还不是得洗脸呢！洗脸就少不了肥皂的。又看到了太太的花手帕，一共有一打多，各种样的，纱的，麻的，绸子的，其中还有很高贵的几张，太太自己俭省着还没舍得用，现在让他拿去了，他得意得很。他心里说：

“这守财奴呵，你不用你给谁省着？”

马伯乐甜蜜蜜的自己笑起来，他越看那小手帕越好看。

“这若送给……她，该多好呵！”（“她”即其爱人。）

马伯乐得意极了，关好了这个箱子又去开第二个。总之到临走的时候，他已经搜刮满了三只大箱子和两只小箱子。

领带连新的带旧的一共带了二十多条，总之，所有的领带，他都带上了，新袜子旧袜子一共二十几双，有的破得简直不能用了，有的穿脏了还没有洗。因为他没多余工夫检查一番，也都一齐塞在箱子里了。

余下他所要不了的，他就倒满一地，屋子弄得一塌糊涂，太太的爽身粉，拍了一床。破鞋破袜子，连孩子们的一些东西，扔得满地都是。反正他也不打算回来了。

这个家庭，他是厌恶之极，平庸，沉寂，无生气……

青年人久住在这样的家里是要坏了的。是要腐烂了的，会要满身生起青苔来的，会和梅雨天似的把一个活泼的，现代的青年满身生起绒毛来，就和那些海底的植物一般，洗海水浴的时候，脚踏在那些海草上边，那种滑滑的黏腻的感觉，是多么使人不舒服，慢慢青年在这个家庭里，会变成那个样子，会和海底的植物一样。总之，这个家庭是呆不得的，是要昏庸老朽了的。你就看看父亲吧，每天早晨起来，向上帝祷告，要祷告半个多钟头，父亲是跪着的，把眼镜脱掉，那喃喃的语声好像一个大蜂子绕着人的耳朵。嗡嗡的，分不清他在嘟嘟些个什么。有时把两只手扣在脸上，好像用石刻的人一样，他一动不动。祷告完了戴起眼镜来，在客厅的铁梨木中国古式的长桌边上读那本剑英牧师送给他的涂了金粉的《圣经》，那本《圣经》装潢得很高贵，所以只是父亲一个人翻读，连母亲都不准动一动手，其余家里别的人那更不敢动手了。比马家的家谱还更尊严了一些。自从父亲奉了耶稣教之后，把家谱竟收藏起来了，只有在过年的时候，取出来摆了一摆，并不像这本《圣经》这样，是终年到尾不准碰一碰的摆着。

马伯乐的父亲，本是纯粹的中国老头，穿着中国古铜色的大团花长袍，礼服呢〔帽〕千层底鞋，手上养着半寸长的指甲。但是他也学着说外国话，当地教会的那些外国朋友来到他家里，那老头就把用人叫成“Boy”[1]，喊着让他们拿啤酒来：

“Beer Beer！”[2]

等啤酒倒到杯子里，冒着白沫，他就向外国朋友说：

“Please！”[3]

是凡外国的什么都好，外国的小孩子是胖的，外国女人是能干的，外国的玻璃杯很结实，外国的毛织品有多好。

因为对于外国人的过于佩服，父亲是常常向儿子们宣传的，让儿子学外国话，提倡儿子穿西装。

这点，差不多连小孙子也做到了，小孙子们都穿起和西洋孩子穿的那样的短裤来，肩上背着背带。早晨起来时都一律说：

“格得毛宁。”[4]

---

1 “Boy”，英语中指男生、男孩和男子。

2 “Beer Beer！”，英语中对啤酒的称谓。

3 “Please！”，英语，“请”。

4 “格得毛宁”，英语 Good morning 的音译，早安之意。

太阳一升高了，就说：

“格得 Day！”[1]

见了外国人就说：

“Hello, How do you do?”[2]

祖父也不止尽教孙儿们这套。还教孙儿们读《圣经》。有时把孙儿们都叫了来，恭恭敬敬的站在桌前，教他们读一段《圣经》。

所读的在孩子们听来不过是，“我主耶稣说”，“上帝叫我们不如此做”，“大卫撕裂了衣裳”，“牧羊人伯利恒”，“说谎的法利赛人”，……

听着听着，孩子们有的就要睡着了，把平时在教堂里所记住的《圣经》上的零零碎碎的话也都混在一道了。站在那里挖着鼻子，咬着指甲，终于痴呆呆的连眼珠都不转了，打起盹来了。

这时候祖父一声令下，就让他们散了去。散到过道的外边，半天工夫那些孩子们都不会吵闹。因为他们揉着眼睛的揉着眼睛，打着哈欠的打着哈欠。

还有守安息日的日子，从早晨到晚上，不准买东西，买菜买水果都不准的。夏天的时候卖大西瓜的一担一担的过去而不准买。要吃必得前一天买进来放着，第二天吃。若是前一天忘记了，或是买了西瓜而没有买甜瓜，或杏子正下来的时候李子也下来了，买了这样难免就忘了那样，何况一个街市可买的东西太多了。总是买不全的。因此孩子们在这一天，哭闹得太甚时，做妈妈的就只得偷着买了给他们吃。这若让老太爷知道了，虽然在这

1 “格得 Day！”，日安，好日子；多用于白天见面或分手时。

2 “Hello, How do you do?”，英语“你好”之意，多用于初次见面的人之间打招呼。

守安息日的这天，什么话也不讲。到了第二天，若是谁做了错事，让他知道了，他就把他叫过去，又是在那长桌上，把涂着金粉的《圣经》打开，给他们念了一段《圣经》。

马家的传统就是《圣经》和外国话。

有一次正是做礼拜回来，马伯乐的父亲拉着八岁的，雅格的哥哥。一出礼拜堂的门，那孩子看到一个满身穿着外国装的，他以为是个外国人。就回过头去向人家说：

“How do you do？”

那个人在孩子的头顶上拍了一下说：

“你这个小孩，外国话说得好哪！”

那孩子一听是个中国人，很不高兴，于是拉着祖父就大笑起来：

“爷爷，那个中国人，他不会说外国话呀！”

这一天马伯乐也是同去做礼拜的，看了这景况，心里起了无限的憎恶：

这还可以吗！这样的小孩子长大了还有什么用啦！中华民族一天一天走进深坑里去呀！中国若是每家都这样，从小就教他们的子弟见了外国人就眼睛发亮，就像见了大洋钱那个样子。外国人不是给你送大洋钱的呀！他妈的，民脂民膏都让他们吸尽了，还他妈的加以尊敬。

马伯乐一边收拾着箱子，一边对于家庭厌恶之极的情感都来了。

这样的家庭是一刻工夫也不能停的了，为什么早不想走呢？真是糊涂，早就应该离开，真他妈的，若是一个人的话；还能在这家庭呆上一分钟！

还有像这样的太太是一点思想也没有的了。自从她生了孩子，连书也不看了，连日记也不写了。每天拿着本《圣经》似读非读的摆起架子来。她说她也不信什么耶稣，不过为了将来的家产你能够不信吗？她说父亲说过，谁对主耶稣忠诚，将来的遗嘱上就是谁的财产最多。

这个家庭，实在要不得了，都是看着大洋钱在那里活着，都是些没有道德的，没有信仰的。

虽然马伯乐对于家庭是完全厌恶的了。但是当他要逃开这个家庭的前一会工夫，他却又起了无限的留恋：

“这是最后的一次吧！”

将来还能回来吗？是逃走的呀，父亲因此还不生恨吗？

“还能回来吗？还能回来吗？”

他在脑子里问着自己。

“不能回来的了。”

他自己回答着。

于是他想该带的东西，就得一齐都带着，不带着，将来用的时候，可就没有了。而且永远也不会有的了。

背着父亲“逃”，这是多么大的一件事情，逃到上海第一封信该怎样写呢？他觉得实在难以措词。但是他又一想，这算什么，该走就走：

“现代有为的青年，作事若不果断，还行吗？”

该带的东西就带，于是他在写字桌的抽屉里抓出不少乱东西来，有用的，无用的，就都塞在箱子里。

钟打了半夜两点的时候，他已经装好了三只大箱子和两只小箱子。

天快亮的时候，他一听不好了，父亲就要起来了，同时像有开大门的声音。

“大概用人们起来了！”

马伯乐出了一头顶汗，但是想不出个好法子来。

“若带东西，大概人就走不了。人若走得了，东西就带不了。”

他只稍微想了一想：

“还是一生的运命要紧，还是那些东西要紧？”

若是太太回来了，还走得了？

正这时候，父亲的房里，有了咳嗽的声音。不好了，赶快逃吧。

马伯乐很勇敢的，只抓起一顶帽子来，连领带也没有结，下楼就逃了。

马伯乐一夜没有睡觉赶着收拾好了的箱子也都没有带。他实在很胆小的。

但是他却机警。

未发生的事情，他能预料到它要发生。坏的他能够越想越坏。悲观的事情让他一想，能够想到不可收拾。是凡有一点缺点的东西，让他一看上去，他就一眼看出来，那是已经要不得的了，非扔开不可了。

他走路的时候，永久转着眼珠东看西看，好像有人随时要逮捕他。

到饭馆去吃饭，一拉过椅子来，先用手指摸一摸，是否椅子是干净的。若是干净的他就坐下。若是脏的，也还是坐下。不过他总得站着踌躇一会，略有点不大痛快的表示。筷子摆上桌来时，他得先施以检查的工夫。他检查的方法是很奇怪的，并不像一般人一样，是用和筷子一道拿来的方纸块去擦，而是用眼睛去看，而是把筷子举到眼眉上细细的看。看过了之后，他才取出他自己的手帕来，很讲卫生的用他自己的手帕来擦。好像只有他的手帕才是干净的。其实不对的，他的手帕一礼拜之内他洗澡的时候，才把手帕放在澡盆子里，用那洗澡的水一道洗它一次。

他到西餐馆去，他就完全信任的了，椅子，他连看也不看，是拉过来就坐的（有时他用手仔细的摸着那桌布，不过他是看那桌布上绣的那么精致的花，并非看它脏不脏）。刀叉拿过来时，并且给他一张白色的饭巾。他连刀叉看也不看，无容怀疑的，拿过来就叉在肉饼上。

他到中国商店去买东西，顶愿意争个便宜价钱。明明人家是标着定价的，他看看那定价的价码，他还要争。男人用的人造丝袜子，每双四角，他偏给三角半，结果不成。不成他也买了。他也绝不到第二家去再看看。因为他心中有一个算盘：

这袜子不贵呀！四角钱便宜，若到大公司里去买，非五角不可。

既然他知道便宜，为什么还争价？

他就是想，若能够更便宜，那不就是更好吗？不是越便宜越好吗？若白送给他，不就更好吗？

到外国商店去买东西，他不争。让他争，他也不争。哪怕没有标着价码的，只要外国人一说，两元就是两元，三元就是三元。他一点也没有显出对于钱他是很看重的样子。毫不思索的从腰包取出来，他立刻付出去的。

因为他一进了外国店铺，他就觉得那里边很庄严，那种庄严的空气很使他受压迫，他愿意买了东西赶快就走，赶快的逃出来就算了。

他说外国人没有好东西，他跟他父亲正是相反。他反对他父亲说外国这个好，那个好的。

他虽然不宣传外国人怎样好。可是他却常常骂中国人：

“真他妈的中国人！”

比方上汽车，大家乱挤，马伯乐也在其中挤着的，等人家挤掉了他的帽子，他就大叫着：

“真他妈的中国人！挤什么！”

在街上走路，后边的人把他撞了一下，那人连一声“对不起”也不说。他看看那坦然而走去的人，他要骂一声：

“真他妈的中国人。”

马伯乐家的仆人，失手打了一只杯子，他狠狠的瞪了他一眼。

“真他妈的中国人！”

好像外国人就不打破杯子似的，不知道他是什么意思。

有一次他拆一封信，忙了一点，伤着里边的信纸了，他把信张开一看，是丢了许多字的，他就说：

“真他妈的中国人！”

马伯乐的全身都是机警的，灵敏的，且也像愉快的样子。唯独他的两个眼睛常常闪视着悲哀。

他的眼睛是黑沉沉的，常常带着不信任的光辉。他和别人对面谈话，他两个眼睛无时不注重在别人的身上，且是从头到脚，从脚到头，来回的寻视。而后把视线安安定定的落在别人的脸上，向人这么看了一两分钟。

这种看法，他好像很悲哀的样子，从他的眼里放射出来不少的怜悯。

好像他与那谈话的人，是个同谋者，或者是个同党。有共同的幸与不幸联系着他，似乎很亲切但又不好表现的样子。

马伯乐是悲哀的，他喜欢点文学，常常读一点小说，而且一边读着一边感叹着：

“写得这样好呵！真他妈的中国人。”

他读的大半是翻译的小说。中国小说他也读，不过他读了常常感到写的不够劲。

比方写狱中记一类事情的。他感觉他们写得太松散，一点也不紧张，写得吞吞吐吐。若是让他来写，他一定把狱中的黑暗暴露无余，给他一点也不剩，一点也不留，要说的都说出来，要骂的都骂出来。唯独这样才能够得上一个作家。

尤其是在中国，中国的作家在现阶段是要积极促成抗日的。因此他常常叹息着：

“我若是个作家呀，我非领导抗日不可。中国不抗日，没有翻身的一天。”

后来他开始从街上买了一打一打的稿纸回来。他决心开始写了。

他读高尔基《我的童年》的时候，那里边有很多地方提醒了他。他也有一些和高尔基同样的生活经验，有的地方比高尔基的生活还丰富，高尔基他进过煤坑吗？而马伯乐进去过的。他父亲开小煤矿时，他跟工人一路常常进去玩的。

他决心写了。有五六天他都是坐在桌子旁边，静静的坐着，摆着沉思的架子。

到了第七天，他还一个字没有写，他气得把稿纸撕掉了许多张。

但他还是要写的，他还是常常往家里买稿纸。开初买的是金边的，后买的是普通的，到最后他就买些报纸的回来。他说：

“若想当个作家，稿纸是天天用，哪能尽用好的，好的太浪费了。”

他和朋友们谈话，朋友们都谈到抗日问题上去。于是他想写的稿子，就越得写了。

“若是写了抗日的，这不正是时候吗？这不正是负的领导作用吗？这是多么伟大的工作，这才是真正推动了历史的轮子。”

他越想越伟大，似乎自己已经成了个将军了。

于是他很庄严地用起工来。

新买了许多书，不但书房，把太太的卧房也给摆起书架子，太太到厨房去煎鱼，孩子打开玻璃书架，把他的书给抛了满地，有的竟撕掉了几页，踏在脚下。

“这书是借来的呀，你都给撕坏了，到那时候可怎么办？”

马伯乐这一天可真气坏了，他从来也不打孩子，他也不敢打。他若打孩子，他的太太就在后边打他。可是这一天他实在气红了眼睛，把孩子按到床上打得哇哇的乱叫。

开初那孩子还以为和往日一样，是爸爸和他闹着玩的，所以被按到床上还咯咯的一边笑一边踢荡着小腿。马伯乐说：

“好东西，你等着吧！”

把孩子打了之后，玻璃书橱也锁起来了。一天一天的仍是不断的从民众图书馆里往家搬书。他认识图书馆的办事员，所以他很自由的，愿意拿什么书就拿什么书，不用登记，不用挂号。

民众图书馆的书，马伯乐知道也是不能看，不过家里既然预备了书架，书多一点总是好看。

从此他还戴起眼镜来，和一个真正的学者差不多了。

他大概一天也不到太太屋里来。太太说他瘦多了，要到街上去给他买一瓶鱼肝油来吃。

不久，马伯乐就生了一点小病，大家是知道的，他生病是不吃什么药的。也不过多吸几只烟也就好了。

可是在病中，出乎他自己意料之外的他却写了点文章。

他买了几本世界文学名著，有的他看过，有的还来不及看。但是其中他选了一本，那一本他昼夜的抱着，尤其当他在纸上写了的时候，他几乎离不开那本书，他是写一写看一看的。

那书是外国小说，并没有涉及到中国的事情。但他以为也没有多大关系，外国人的名字什么什么彼得罗夫，他用到他的小说上，他给改上一个李什么，王什么。总之他把外国人都给改成中国人之后，又加上自己最中心之主题“打日本”。现在这年头，你不写“打日本”，能有销路吗？再说你若想当一个作家，你不在前边领导着，那能被人承认吗？

马伯乐没有什么职业，终年的闲着，从中学毕业后就这样。那年他虽然去到了上海，也想上 ×× 大学念书，但是他没有考上，是在那里旁听。父亲也就因此不给他费用。虽然他假造了些凭据，写信用 ×× 大学的信封，让父亲回信到 ×× 大学，但也都没有生效。

于是他又回到家中做少爷，少爷多半都是很幸福的，随便花钱。

但他不成，他的父亲说过：

“非等我咽了气，你们就不用想，一分一文都得拿在我的手里。”

同时又常常说：

“你们哪一个若嫌弃你爹老朽昏庸，哪一个就带着孩子老婆另起炉灶去好啦。”

马伯乐住在家里常常听这难听没有意思的话。虽然家里边的床是软的，家里的饭食是应时的，但总像每天被虐待了一样，也好像家中的奴仆之一似的，溜溜的，看见父亲的脸色一不对，就得赶快躲开。

每逢向父亲要一点零用的钱，比挖金子还难，钱拿到了手必得说：

“感谢主，感谢在天的父。”

他每逢和父亲要了钱来，都气得面红耳热，带钱回到自己房里，往桌上一摔，接着就是：

“真他妈的中国人！”

而后他骂父亲是守财奴，看钱兽，保险箱，石头柜等等名词。

可是过不了几天，钱又花完了，还是省着省着花的，要买一套新的睡衣。旧的都穿不得了，让太太给缝了好几回了。可是一开口就要八块钱，八块钱倒不算贵，但是手里只有十块了，去了八块零用的又没有了。

有的时候同朋友去看看电影，人家请咱们，咱们也得请请人家！

有时他手里完全空了时，他就去向太太借，太太把自己的体己钱扔给他，太太做出一种不大好看的脸色来：

“男子汉哪，不能到外边去想钱，拿女人的钱。”

有一次马伯乐向父亲去要钱，父亲没有给，他跑到太太那里去，他向太太说：

“这老头子，越老越糊涂，真他妈的中国人。”

太太说：

“也难怪父亲啦，什么小啦。也是二三十岁的人啦。开口就是父亲，伸手就是钱。若不是父亲把得紧一点，就像你这样的呀！将来非得卖老婆当孩子不可。一天两只手，除了要钱，就是吃饭，自己看看还有别的能耐没有。我看父亲还算好的呢！若摊着穷父亲岂不讨饭去！”

马伯乐的脸色惨白惨白的：

“我讨饭去不要紧哪。你不会看哪个有钱有势的你就跟他去……”

马伯乐还想往下说。

可是太太伏在床上就大哭起来了：

“你这没有良心的，这不都是你吗？我的金戒指一只一只的都没有啦。那年你也不是发的什么疯，上的什么上海……我的金手镯呢，你还我呀，在上海你交的什么女朋友，你拿谁的钱摆的阔，到今天我还没和你要，你倒有嘴骂起我来。东家西家，姊姊妹妹的，人家出门都是满手金虎虎的戴着……咱们哪怕没有人家多，也总得有点呵。我嫁你马伯乐没有吃过香的，没有喝过辣的。动不动你就跑啦，跑北京，跑上海……跑到哪儿就会要钱，要钱的时候，写快信不够快，打来了电报。向我要钱的时候，越快越好。用不着我的时候就要给点气受。你还没得好呢，就歪起我来了，你若得好，还能要我，早抛到八千里之外去了……”

马伯乐早就逃开了，知道事情不好了，太太这顿乱说，若让父亲听着：

“到那时候可怎么办哪？”

他下了楼，跑到二门口去，在迎壁那里站着。

迎壁后边摆着一对大圆的玻璃养鱼缸。他一震动那缸沿，里边的鱼就更快的跑一阵。他看着，觉得很有趣。

“人若能变个金鱼该多好！金鱼只喝水，不吃饭也不花钱的呀！”

他正想着想着，楼上那连哭带吵的声音，隐约还可以听到。

他想把耳朵塞住，他觉得真可怕，若是让父亲听见，“到那时候，可怎么办？”

正想迈开步逃，逃到街上去，在街上可以完全听不见这种哭声。他刚一转身，他听楼上喊着：

“你给我金手镯呀！你给我金手镯！”

这声特别大，好像太太已经出来了，在走廊上喊着似的，听得非常清楚。

可是他也没敢往走廊上看。他跑到大街上去了。

太太在楼上自己还是哭着，把一张亲手做的白花蓝地的小手帕也都哭湿了，头发乱蓬蓬的盖了满脸。把床单也哭湿了。

她的无限的伤心，好像倾了杯子的水，是收不住的了。

“你马伯乐，好没良心的。你看看，我的手上还有一颗金星没有，你看看，你来看……”

太太站起来一看，马伯乐早就不在屋里了。

于是伏在床上，哭得比较更为悲哀，但只哭了几声就站起来了。

很刚强的把眼泪止住，拿了毛巾在脸盆里浸了水，而后揩着脸，脸上火辣辣的热，用冷水一洗，觉得很凉爽。只是头有点昏，而且眼睛很红的。不能出去，出去让人看了难为情。

只得坐在沙发上，顺手拿起当天的日报看看，觉得很无聊。

等她看到某商店的广告，说是新从上海来了一批时装，仕女们请早光临。就在报纸上还刊登了一件小绒衣的照像。那衣裳是透花的，很好看，新样子，她从来没有见过。她想，若也买一件，到海边去散步穿穿，是很好的。在灯光下边，透花的就更好看。

她一抬头，看见了穿衣镜里边，那红眼睛的女人就是她自己。她又想起来了：

“还买这个买那个呢，有了钱还不够他一个人连挖带骗的……唉……”

她叹了一口气，仍勉强的看报纸。她很不耐烦：

“那样没出息的人，跟他一辈子也是白忙。”

太太是很要强的一个女人。

“光要强有什么用，你要强，他不要强……”

她想来想去，觉得人活着没有什么意思，又加上往镜子里一看，觉得自己也老许多了，脸色也苍白了许多。

可是比从前还胖了一点，所以下巴是很宽的。人一胖，眼睛也就小。

她觉得自己从前的风韵全无了。

于是拿起身边的小镜子来，把额前的散发撩一撩，细看一看自己的头盖是否已经有了许多皱纹？皱纹仍是不很显然。不过眉毛可有多少日子没有修理了。让孩子闹的，两个眉毛长成一片了。

她去开了梳妆台的抽屉，去找夹眉毛的夹子。左找右找也找不着，忽然她想起来那夹子不是让孩子们拿着来玩的吗？似乎记得在什么地方看见过，但又忘得死死的，想也想不起来。这些孩子真讨厌，什么东西没有不拿着玩的，一天让他们闹昏了……

说说她又觉得头有点昏，她又重新没有力气的坐到沙发上去了。一直坐在那里，听到游廊上有人喊她，她才站起来。

“大少奶奶！”

喊声是很温爱的，一听就知道是她的婆母。她连忙答应了一声：

“请娘等一会，我拢一拢头就来……”

她回答的时候，她尽可能发出柔弱爱娇的声音。使她自己听了，也感到人生还是有趣的。

于是她赶快梳了头，脸上扑了一点粉。虽没有擦胭脂，她觉得自己也并没有老了多少。正待走出去，才看见自己的旗袍在哭时已经压了满身的褶子。

她打开挂衣箱，挂衣箱里挂满了花花绿绿的袍子。她也没有仔细检选，拉出一件就穿上了。是一件紫色的，上边也没有花。已经是半新不旧的了。但是她穿起来也很好看，很有大家闺秀的姿态。

她的头发，一齐往后梳着，烫着很小的波浪，只因刚用梳子梳过，还有些蓬蓬之感。她穿的是米色的袜子，蓝缎绣着黄花的家常便鞋。

她走起路来，一些些声音也没有，她关门的时候在大镜子里看一看自己，的确不像刚刚哭过。

于是她很放心的沿着走廊过去了。走廊前的玻璃窗子，一闪一闪的闪着个人影。

到了婆婆屋里。婆婆叫她原来没有别的事，而是马神父的女儿从上海来，带一件黑纱的衣料送给婆母。婆母说纱的她上了年纪的人穿了让人笑话。打算送给她。她接过来说：

“感谢我主耶稣。”

她用双手托着那纸盒，她作出很恭敬的姿态。她托着纸盒要离开的时候，婆母还贴近她的耳朵说：

“你偷偷摸摸做了穿，你可别说……说了二少奶奶要不高兴的。”

马伯乐的太太回到自己房里，把黑纱展开围在身上，在镜前看了一看。她的自信心又生起来了。

婆婆把衣料送给她，而不送给二少奶奶，这可证明婆婆是很喜欢她的。婆婆喜欢她，就因为她每早很勤奋的读《圣经》。老太爷说得好：

“谁对主耶稣最真诚，将来谁得的遗产就多。”

她感到她读《圣经》的声音还算小，老太太是听见了的。老太爷的耳朵不大好，怕他未必听见。明天要再大声的读。

她把衣料放好，她就下厨房去，照料用人去烧菜去了。

什么金手镯，金戒指，将来还怕没有的吗？只要对耶稣真诚一些。

所以她和马伯乐吵嘴的事情，差不多已不记在她心上了。

一

马伯乐的父亲是中国北部的一个不很大的城市的绅士。有钱，但不十分阔气。父亲是贫穷出身，他怕还要回到贫穷那边去。所以他很加小心，他处处兢兢业业。有几万块的存款，或者不到十万。大概就是这个数目。因此他对儿子管理的方法，都是很严的（其实只有一个方法，“要钱没有”）。

而且自己也是以身作则，早起晚睡。对于耶稣几年来就有了深厚的信仰。

这一些，马伯乐也都不管。独有向父亲要钱的时候，父亲那种严加考问的态度，使他大为不满，使他大为受不了。

马伯乐在家里边本是一位少爷。但因为他得不到实在的，他就甘心和奴仆们站在一方面，他的举动在家里是不怎样大方的，是一点气派也没有的，走路溜溜的。

因此他恨那有钱的人，他讨厌富商，他讨厌买办，他看不起银行家。他喜欢嘲笑当地的士绅。他不喜欢他的父亲。

因此，和父亲那一流人，他都不喜欢。

他出门不愿坐洋车。他说：

“人拉着人，太没道理。”

“前边一个挣命的，后边一个养病的。”这不知是什么人发明的两句比喻。他觉得这真来得恰当。拉车的拼命的跑，真像挣命的样子。坐车的朝后边歪着，真像个养病的。

对于前边跑着那个挣命的，虽然说马伯乐也觉得很恰当，但他就总觉得最恰当的还是后边坐着那个养病的。

因为他真是看不惯，父亲一出一入总是坐在他自用的洋车里。

马伯乐是根本不愿意坐洋车，就是愿意坐，他父亲的车子，他也根本不能坐。

记得有一次马伯乐偷着跳上了父亲的车子，喊那车夫，让那车夫拉他。

车夫甩着那张擦汗的毛巾，向马伯乐说：

“我是侍候老爷的，我侍候你，我侍候不着。”

他只得悄悄的从车子下来了。

但是车前那两个擦得闪眼湛亮的白铜灯，也好像和马伯乐示威的样子。

他心里真愤恨极了，他想上去一脚把它踏碎。

他临走出大门的时候，他还回头回脑的用眼睛去瞪那两个白铜灯。

马伯乐不喜交有钱的朋友。他说：

“有钱的人，没有好人。”

“有钱的人就认得钱。”

“有钱的人，妻子老婆孩都不认得。”

“有钱的人，一家上下没有不刻薄的。从仆人到孩子。”

“有钱的人，不提钱，大家欢欢喜喜。若一提钱，就把脸一变。祖孙父子尚且如此，若是朋友，有钱的，还能看得起没钱的吗？”

他算打定了主意，不交有钱的朋友。

交有钱的朋友，哪怕你没有钱，你回家去当老婆的首饰，你也得花钱。他请你看电影，你也得请他。他请你吃饭，你也得请他。他请你上跳舞厅，你也得照样买好了舞票，放在他的口袋里。他给你放一打，你也得给他放一打半。他给你放一打半，你得给他放两打。他给你放一打，你也给他放一打，那未免太小气了，他就要看不起你了。

可是交几个穷朋友，那就用不着这一套。那真好对付，有钱的时候，随便请他们吃一点烫面蒸饺，吃一点枣泥汤圆之类，就把他们对付得心满意足了。

所以马伯乐在中学里交的多半是穷朋友，就是现在他的朋友也不算多，差不多还是那几个。他们的资财都照马伯乐差得很远。

交了穷朋友，还有一种好处，你若一向他们说：

“我的父亲有七八万的财产。”

不用说第二句话，他们的眼睛就都亮了。可是你若当有钱的人说，他们简直不听你这套，因为他父亲的比你父亲的钱更多。你若向他们说了，他们岂不笑死。

所以马伯乐很坚定的，认为有钱的人不好。

但是穷朋友也有一个毛病，就是他们常常要向他借钱。钱若一让他们看见了，就多少总得给他们一点。

所以马伯乐与穷朋友相处时，特别要紧的是他的腰包要放在一个妥当的地方。

再回头来说，马伯乐要想写文章，不是没有道理的。他觉得他的钱太少了，他要写文章去卖钱。他的文章没有写出来，白费了工夫。

后来，他看看，若想有钱，还是得经商。所以他又到上海去了一次，去经营了一个小书店。

这次是父亲应允了的，不是逃的。

并且父亲觉得他打算做生意了，大概是看得钱中用了。于是赞助他一笔款子。

太太对他这经商的企图，且也暗中存着很多的期望，对他表示着十分的尊敬。

在马伯乐临走的前一天的晚饭，太太下了厨房，亲自做了一条鱼。就像给外国神父所做的一样。外国神父到她家来吃饭时都是依着外国法子，先把鱼涂好了面包粉，而后放在锅子炸的。

太太走在前边，仆人端着盘子，跟在后边。一进了饭厅太太就说：

“伯乐今天可得多吃一点。鱼，是富贵有余的象征，象征着你将来的买卖必有盈余。说不定伯乐这回去上海会发个小财回来……”

马伯乐的母亲听了也很高兴，不过略微给她更正了一点：

“大少爷是去开书店，可不是做买卖。”

父亲讲了很大的一堆话。父亲的眼镜不是挂在耳朵上的，而是像蚂蚱腿一样，往两鬓的后边一夹，那两块透明的石头是又大又圆的。据说是乾隆年间的。

是很不错，戴着它，眼睛凉瓦瓦的。是个花镜，父亲一天也离不了它。

但是有时候也很讨厌，父亲就觉得它不是外国货。有好几次教会里的外国朋友，从上海，从香港，带回来外国的小长长眼镜来送给他。他也总打算戴一戴试试，哪管不能多戴，只是到礼拜堂里去时戴一戴。

可是无论如何不成，无论如何戴不上。因为外国眼镜是夹在鼻子上的，中国人的鼻子太小，夹不住。

到后来，没有办法，还是照旧的戴着这大得和小碟似的前清的眼镜。

父亲抬一抬眼镜说：

“你今年可不算小了，人不怕做了错事，主耶稣说过，知道错了，就改了，那是不算罪恶的。好比你……过去……”

父亲说到这里叹了一口气：

“唉！那都不用说了，你南方跑一次上海，北方跑一次北京……唉！那都不用说了，哪个人年青还不荒唐二年，可是人近了三十，就应该立定脚跟好好干一点事，不为自己，还得为自己的儿孙后代……主耶稣为什么爱他的民呢，为什么上了十字架的，还不是为了他的民。人也非得为着他的后代着想不可，我若是不为着你们，我有钱我还不会到处逛逛，我何必把得这样的紧，和个老守财奴似的。你看你父亲，从早到晚，一会礼拜堂，一会马神父公馆。我知道，你们看了，觉得这都是多余的，好像你父亲对外国人太着眼，其实你父亲也不愿那样做，也愿意躺在家里装一装老太爷。可是这不可能。外国人是比咱们强，人家吃的穿的，人家干起事来那气派。咱们中国人，没有外国人能行吗？虽然也有过八国联军破北京，打过咱们，那打是为了咱们好，若不打，中国的教堂能够设立这么多么……人家为啥呢！设立教堂。人家是为着咱们老百姓呵。咱们中国的老百姓，各种道德都及不上外国人，咱们中国人不讲卫生，十个八个人的住在一个房间里。就好比咱们这样的人家，这院子里也嘈杂得很，一天像箭穿似的，大门口一会丫头出去啦，一会拉车的车夫进来啦。一会卖香瓜的来，又都出去买香瓜。你看那外国人，你看那外国人住的街，只是雅静得很，一天到晚好像房子是空着。人家外国人，不但夫妇不住一个屋，就连孩子也不能跟着她妈睡觉，人家有儿童室，儿童室就是专门给小孩子预备的。咱们中国人可倒好，你往咱们这条街上看看，哪一个院子里不是蚂蚁翻锅似的。一个院子恨不能住着八家，一家有上三个孩子。外国人就不然，外国人是咱们中国人的模范。好比咱们喝酒这玻璃杯子吧，若不是人家外国人坐着大洋船给咱们送到中国来，咱们用一个杯子还得到外国去买，那该多不便当。人家为着啥，人家不是为了咱们中国方便吗？”

马伯乐听了心里可笑，但是他也没有说什么，因为马伯乐的脾气一向如此，当着面是什么也不说的，还应和着父亲，他也点着头。

父亲这一大堆话，到后来是很感伤的把话题落在马伯乐身上。好像是说，做父亲的年纪这样大了，还能够看你们几年，你们自己是该好好干的时候了。

母亲在桌子上没敢说什么。可是一吃完了饭，就跪到圣母玛丽亚的像前，去祷告了半点多钟，乞求主耶稣给她儿子以无限的勇气，使她儿子将来的生意发财。

“主耶稣，可怜他，他从小就是个老实的好孩子。就是胆小，我主必多多赐给他胆量。他没有做过逆犯我主约言的事情。我主，在天的父，你给他这个去上海的机会，你也必给他无限的为商的经验。使他做起商来，一年还本，二年生利，三年五年，金玉满堂……我主在天的父。”

马伯乐有生以来第一次接受这样庄严的感情，自己受着全家的尊敬，于是他迈着大步在屋子里来回的踱着，他的手背在背后，他的嘴唇扣得很紧，看起来好像嘴里边在咬着什么。他的眼光看出去也是很坚定的。他觉得自己差一点也是一位主人。他自己觉着在这个世界上活着也是有权利的。

他从来不信什么耶稣，这一天也不知道他倒是真的信了还是怎么的，只是他母亲从玛丽亚那儿起来时，他就跪下去了。

这是他从来所未有的。母亲看了十分感动，连忙把门帘挑起，要使在客厅里的父亲看一看。

平常父亲说马伯乐对主是不真诚的：

“晚祷他也不作呀！”

母亲那时就竭力辩护着，她说：

“慢慢他必要真诚的。”

现在也不是晚祷的时候，他竟自动的跪下了。

母亲挑起门帘来还向父亲那边做了一个感动的眼神。

父亲一看，立刻就在客厅里耶稣的圣像面前跪下了。他祷告的是他的儿子被耶稣的心灵的诱导，也显了真诚的心了。他是万分的赞颂耶稣给他的恩德。

父亲也祷告了半点多钟。

母亲一看，父亲也跪下了，就连忙去到媳妇的屋里。而媳妇不在。

老太太急急忙忙的往回头走，因为走得太急，她的很宽的腮边不住的颤抖着。

在走廊上碰到媳妇抱着孩子大说大叫的来了。她和婆母走了个对面，她就说：

“娘呵！这孩子也非打不可了，看见卖什么的，就要买什么。

这守安息日的日子，买不得……”

婆婆向她一摆手，脸上没有什么表情，好像有什么事发生了似的。

婆婆说：

“你别喊……你看保罗跪在圣母那儿啦！”婆婆说了一句话，还往喉咙里边咽了一口气：“你还不快去也为他祈祷，祈求慈爱的在天的父不要离开他。从今天起，保罗就要对主真诚了。”

说着她就推着媳妇：

“你没看你爹也跪下了，你快去……”

（马伯乐本来是马保罗，是父亲给他起的外国名字。他看外国名字不大好，所以自己改了的。他的母亲和父亲仍叫他保罗。）

不一会的工夫差不多全家都跪下了。

马家虽然不是礼拜堂，可是每一间屋里都有一张圣像。就连走廊、过道也有。仆人们的屋子里也有。

不过仆人的屋子比较不大讲究一点，没有镶着框子，就是用图钉随便钉在那里。仆人屋里的圣像一年要给他们换上一张，好像中国过年贴的年画一样。一年到头挂得又黑又破，有的竟在耶稣的脚上撕掉了一块。

经老太太这一上下的奔跑，每张圣像前边都跪着人，不但主人，仆人也都跪下了。

梗妈跪在灶房里。

梗妈是山东乡下人，来到城里不久，就随了耶稣教了。在乡下她是供着佛的，进了城不久把佛也都扔了。传教的人向她说：

“世间就是一个神，就是耶稣，其余没有别的神了。你从前信佛，那就是魔鬼遣进你的心了。现在你得救了。耶稣是永久开着慈爱的门的，脱离了魔鬼的人们，一跪到耶稣的脚前，耶稣没有不保护他的。”

梗妈于是每个礼拜日都到礼拜堂去，她对上帝最真诚，她一祷告起来就止不住眼泪，所以她每一祷告就必得大哭。

梗妈的身世是很悲惨的，在她祷告的时候，她向上帝从头到尾的说了一遍：

“上帝，你可怜我，我十岁没有娘，十五岁做了媳妇，做了媳妇三年我生了三个孩子……第三个孩子还没有生，孩子的爹就走了，他说他跑关东去（即出山海关），第二年回来。从此一去无消息，……上帝，你可怜我……我的三个孩子，今天都长大了，上帝，可怜我，可别让他们再去跑关东。上帝，你使魔鬼离开他们，哪怕穷死，也是在乡里吧。”

马老太太跟她一同去坐礼拜听了她这番祷告，她也感动得流了眼泪。

梗妈做起事情来笨极了，拿东忘西的，只是她的心是善良的，马老太太因此就将就着她没有把她辞退。

她哄着孩子玩的时候，孩子要在她的脸上画个什么，就画个什么。

给她画两撇胡子，脑盖上画一个“王”字，就说梗妈是大老虎。于是梗妈也就伏在地上四个腿爬着，并且噢噢的学着虎叫。

有的时候，孩子给梗妈用墨笔画上了两个大圆眼镜，给她拿了手杖，让她装着绅士的样子。有一天老太太撞见了，把老太太还吓了一跳。可是老太太也没有生气。

因为梗妈的脾气太好了，让孩子捉弄着。

“若是别人，就那么捉弄，人家受得了。”

二少奶奶要辞退梗妈的时候，老太太就如此维护着她的。

所以今天老太太命令她为大少爷祈祷，以她祷告得最为悲哀，她缠缠绵绵的哭着，数数叨叨的念诵着。

小丫环正端着一盆脸水，刚一上楼梯，就被老太太招呼住。

小丫环也是个没有娘的孩子，并不是娘死了，或者是爹死了，而是因为穷养活不了她，做娘的就亲手抱着她，好像抱着小羊上市去卖的一样，在大街上就把她卖了。那时她才两岁，就卖给马老太太邻居家的女仆了。后来她长到七岁，马老太太又从那女仆手里买过来的。马老太太花去了三十块钱，一直到今天，马老太太还没有忘记，她一骂起小丫环来，或者是她自己心里有什么不高兴的事情，她就说：

“我花三十块钱买你，还不如买几条好看的金鱼看看，金鱼是中看不中吃，你是又不中看又不中吃。”

小丫环做事很灵利，没有什么不好，只是好偷点东西吃，姑奶奶或是少奶奶们的屋子，她是随时进出的，若屋子里没有人在，她总是要找一点什么糖果吃吃的。

老太太也打了她几次，一打她就嘴软了，她说再也不敢吃了，她说她要打赌。老太太看她很可怜，也就不打她了，说：

“主是不喜欢盟誓的……”

老太太每打她一次，还自己难过一阵：

“唉！也不是多大的孩子呵！今年才九岁，走一家又一家的，向人这个叫妈那个叫娘的。若不是花钱买来的，若是自己肉生肉长的，还不知多娇多爱呢！最苦苦不过没娘的孩。”

老太太也常在圣像面前为她祈祷，但她这个好偷嘴吃的毛病，总不大肯改。

小丫环现在被老太太这一招呼，放下了端着的脸盆，就跪在走廊上了。

她以为又是她自己犯了什么还不知道的错处。所以规规矩矩的跪着，用污黑的小手盖在脸上。

老太太下楼一看，拉车的车夫，还蹲在那儿擦车灯，她赶快招呼住他：

“快为大少爷祈祷……快到主前为大少爷祈祷。”

车夫一听，以为大少爷发〔生〕了什么不幸，他便问：

“大少爷不是在家没出去吗？”

“就是在家没出去才让你祈祷。”

车夫被喝呼着也就隔着一道门坎向着他屋里的圣像跪下了。

车夫本来是个当地的瓷器小贩子，担些个土瓷、瓦盆之类，过门唤卖。本来日子过得还好，一妻一女。不料生了一场大病（伤寒病），他又没有准备金，又没有进医院，只吃些中国的草药，一病，病了一年多。他还没有全好，他的妻女，被他传染就都死在他的前面。

于是病上加忧，等他好了，他差不多是个痴人了。每于黄昏，半夜，他一想到他的此后的生活的没有乐趣，便大喊一通：

“思想起往事来，好不伤感人也！”

若是夜里，他就破门而走，在黑夜，上街就走，走到天亮再回来睡觉。

他，人是苍白的，一看了就知道他是生过大病。他吃完了饭，坐在台阶上用筷子敲着饭碗，半天半天的敲。若有几个人围着看他，或劝他说：

“你不要打破了它。”

他就真的用一点劲把它打破了。他租了一架洋车，在街上拉着，一天到晚拉不到几个钱，他多半是休息着不拉，他说他拉不动。有人跳上他的车让他拉的时候，他说：

“拉不动。”

这真是奇怪的事情，拉车的而拉不动。人家看了看他，又从他的车子下来了。

不知怎样，马伯乐的父亲碰上他了。对他说：

“你既是身体不好，你怎么不到上帝那里，去哀求上帝给你治好呢？”

他看他有一点意思，便说：

“你快去到主前，哀求主给你治吧！主治好过害麻风病的人，治好过瞎眼的人……你到礼拜堂去做过礼拜没有？我看你这个样子，是没有去过的，你快快去到主前吧。只有上帝会救了你。”

下礼拜，那个苍白的人，去到了礼拜堂，在礼拜堂里学会了祷告。

马伯乐的父亲一看，他这人很忠实，就让他到家里来当一个打杂的，扫扫院子之类。一天白给他三顿饭吃，早晨吃稀饭，中午和晚饭棒子面大饼子。

本来他家里有一个拉车子的，那个拉车的跑的快，也没有别的毛病，只是他每个月的工钱就要十块。若让这打杂的兼拉车，每月可少开销十块。

不久就把那原来拉车的辞退走了，换上这个满脸苍白的人。他拉车子走得很慢，若遇到上坡路，他一边拉着嘴里和一匹害病的马似的一边冒着白沫。他喘得厉害，他真是要倒下来似的一点力量也没有了。

马伯乐的父亲坐在车上，虽然心里着一点急，但还觉得是上算的：

“若是跑得快，他能够不要钱吗，主耶稣说过，一个人不能太贪便宜。”

况且马伯乐的父亲是讲主耶稣慈悲之道的，他坐在这样慢的车上是很安然的，他觉得对一个又穷又病的人是不应该加以责罚的。

马伯乐的父亲到了地方一下了车子，一看那车夫又咳嗽又喘的样子，他心里想："你这可怜的人哪！"于是打开了腰包，拿出来五个铜板给他，让他去喝一碗热茶或者会好一点。

有一天老太爷看他喘得太甚，和一个毛毛虫似的缩做一团，于是就拿了一毛钱的票子扔给他。车夫感动极了，拾起来看看，这票子是又新又硬的。他没去用，等老太爷出来，他又交还他。老太爷摆手不要。

车夫一想，马家上下，没有对我不好的，老太太一看我不好，常常给我胡椒酒喝。就是大少爷差一点，大少爷不怎样慈悲。但是对我也不算坏。

于是车夫把这一毛钱买了一张圣母玛丽亚的图像呈到老太太的面前了。

老太太当时就为车夫祷告的，并且把小丫环和梗妈也都叫来，叫她们看看这是车夫对耶稣的诚心。

有一天车夫拉着老太爷回来，一放下车子人就不行了。

马伯乐主张把他抬到附近的里仁医院去。父亲说：

"那是外国人的医院，得多少钱！"

马伯乐说：

"不是去给他医治，是那医院里有停尸室。"

父亲问：

"他要死了吗？"

马伯乐说：

"他要死了，咱们家这样多的孩子，能让他死在这院子吗？"

过了半天工夫，街上聚了很多人了，车夫躺在大门外边，嘴里边可怕的冒着白沫。

马伯乐的父亲出来了，为车夫来祷告：

“我主在天的父，你多多拯救穷人，你若救活了这个将死的人，那些不信主的人，闻风就都来信服你……我主，在天的父……”

老太太站在大门里，揩着眼睛，她很可怜这样无告的人。

街上那些看热闹的人静静的看着，一句话也不说。只有梗妈向老太爷说了好几次：

“把他抬到屋里去吧，他死不了。”

老太爷摇摇头说：

“我主耶稣，不喜欢狭窄的地方……”

梗妈又对老太太去说：

“把他抬进来吧！”

老太太擦擦眼泪说：

“多嘴！”

于是那车夫就在大门外边，让太阳晒着，让上百的人围着。

车夫果然没有死。

今天被老太太喝呼着，他就跪在大门洞子里了。

但是他不晓得为大少爷祈祷什么，同时街上过往来回的人，还一劲看他。他只得抬起手来把脸蒙住。可是他的手正在擦车灯，满手是擦铜油的气味。

他看一看老太太也上楼了，他也就站起来了。

这一天祷告的声音很大，不同平常的晚祷。声音是嗡嗡的，还好像有人哭着。车夫想：

“哭是在礼拜堂里边，怎么在家也哭！”

车夫一听不好了，大半是发生了不幸。他赶忙跑到屋里去，把门关上，向着圣像很虔诚的把头低下去，于是也大声的啕啕起来：

“主，耶稣，你千灵万灵的主，可不要降灾于我们的大少爷，……可不要降灾于我们的大少爷，……从前我以为他是个狠心的人，从昨天起我才知道他也是心肠很好的人。上帝，昨天他还给我两块钱来的……昨天。”

马伯乐因为要离开家了，所以赏给两块钱，因此车夫为他大嚷大叫着。

送信的信差来了，敲打着门房的窗子，没有人应。把信丢进窗子里去，他往窗子里一望，地上跪着一个人。他招呼一声：

“信！”

里边也没有回答，他觉得奇怪，又听这院子里楼上楼下都嗡嗡的。

在这个城里，耶稣教很盛行，信差也有许多信教的，他知道他们在作祷告，他看一看手上的表，知道晚祷的时候还未到。

若不在晚祷的时候，全体的祷告是不多见的，大概是发生了什么事情。生了初生的婴儿是如此。因为婴儿是从耶稣那里得到生命的。有人离去了世界，大家希望他能够回到主那里，所以大家也为他祈祷。

那信差从大门口往里望一下，没有看见一个人。两三个花鸭子绕着迎壁拐拐的走来。信差又往院里走一走，看见小丫环在走廊上也是跪着。他就一步跳出来了，心中纳闷。

他到隔壁那家去送信，他就把这情形告诉了那看门的。

看门的跑到马公馆的大门口站了一会，回去就告诉了女仆，女仆又告诉了大小姐。

不一会马公馆的大门外聚了一大堆的人。因为这一群人又都是不相干的，不敢进去问一问，都站在那儿往里边探头探脑。

有的想，老马先生死了，有的想孙少爷前天发烧，也许是病重。

还有一些，是些过路人。看人家停在那儿了，他也就停在那儿了，他根本什么也不知道，就跟人家在那里白白的站着。

马公馆的老厨子，扎着个蓝围裙，提着个泥烧的扁扁酒瓶子，笑呵呵的从街上回来。走到大门口，那些人把他拦住，问他：

“你们公馆怎么着了？有什么事吗？”

他说：

“没什么，没什么。”

人们向他拥着。他说：

“别挤别挤，我要喝酒去了。”

他一进了院子，听听楼上楼下，都在祷告。他一开厨房的门，他看梗妈跪在那里。并且梗妈哭得和个泪人似的。他也就赶快的放下了酒壶，跪下去了。

马伯乐有生以来只受过两次这样庄严的祷告。一次是在他初生的时候，那时他还太小，他全然不知道。那么只有这一次了。所以使他感到很庄严，他觉得坐立不安。

不久他带着父亲赞助他的那笔款子，书店在上海开起来了。

现在再说他父亲赞助他这笔款子究竟是三千块钱！还是几百块钱。外人不能详细的知道。他见了有钱的人，他说三千。他见了穷朋友，他说：

“哪有那么多，也不过几百块钱。我的父亲好比保险箱，多一个铜板也不用想从他那里跳出来。”

“说是这样说……”马伯乐招呼着他的穷朋友。“咱们该吃还是得吃呵，下楼去，走！”

他是没有戴帽子的习惯的，只紧了紧裤带就下楼去了。

他走在前边，很大方的样子。走到弄堂口，他就指给朋友们两条大路，一边是向左，一边是向右。问他们要吃汤圆，还是要吃水饺。

马伯乐所开的这爿店是在法租界一条僻静的街上，三层楼的房子。

马伯乐这书店开得很阔气。营业部设在楼下，二楼也是办公厅，是他私人的，三楼是职员的卧室（他的职员就是前次他来上海所交的几个穷朋友）。

房子共有六七间，写字台五六张，每张写字台上都摆着大玻璃片。墨水壶，剪刀，浆糊，图钉，这一些零碎就买了五十多块钱的。

厨房里面，请上娘姨，生起火来，开了炉灶，若遇到有钱的朋友来，厨房就蒸着鸡啦，鸭啦，鱼啦，肉啦，各种香味。大宴宾客起来。

比方会写一点诗的，或将来要写而现在还未写的，或是打算不久就要开始的诗人，或是正在收集材料的小说家……

就是这一些人等等，马伯乐最欢迎。他这些新朋友，没有几天工夫都交成了。简直是至交，不分彼此，有吃就吃，有喝就喝，一切都谈得来，一切不成问题。

马伯乐一看，这生意将来是不成问题的了。将来让他们供给文章是不成问题的了。因为并非商人之交，商人是以利合，他们却是以道合。他们彼此都很谈得来。

马伯乐把他从前写小说的计划也都讲了一番。但是关于他为着想卖点稿费才来写小说这一层，是一字未提的。只说了他最中心的主题，想要用文章挽救中华民族。

“真是我们的民族非得用我们的笔去唤醒不可了，这是谁的责任……这是我们人人的责任。”

马伯乐大凡在高兴的时候，对着他的宾客没有不说这话的。

于是人人都承认马伯乐是将来最有希望的一人。

彼此高谈阔论，把窗子推开，把椅子乱拉着。横着的，斜着的，还有的把体重沉在椅子的两只后腿上，椅子的前腿抬起来，看着很危险。可是坐在椅子上的人把两脚高高的举在写字台上，一点也不在乎，悠然自得。他把皮鞋的后跟还在桌心那块玻璃砖上慢慢的擦着。

那玻璃砖的下层压着一张高尔基的像片，压着一张使大林[1]的像片。

那个张歪着椅子的前腿的人，一看到这两张像片，赶忙把脚从桌上拿下来。抬起玻璃砖把像片拿出来细看一番，连像片的背面都看了，好像说不定这张像片就是他的。

看了半天，没能看出什么来。

经他这一看，别人也都围上来了，并且好几个人问着：

“这是在哪儿买的，伯乐！”

“呵，什么，”马伯乐表示着很不经意的样子，他晓得在交际场中，你大惊小怪的，未免太小家子气。

“从青岛带来的。”

1　使大林，今通译斯大林，苏联领导人，执掌苏联近三十年，对二十世纪苏联和世界影响深远。推行社会主义工业化和农业集体化运动，使苏联成为重工业和军事大国并导致乌克兰和哈萨克大饥荒；发动“大清洗”运动，迫害或屠杀异见人士。二战中与盟军协力击败轴心国；战后扶植社会主义阵营，冷战中与美国对峙。1953年3月病逝。

马伯乐是说了个谎，其实这照片不是他的。是他的职员的。

因为还是远道而来，众人对这照片更表示一番特别重视。

所以接着不断地议论起来。有的说霞飞路上有一家外国书店卖的多半是俄国书，比如果戈里的，托尔斯泰的……还有些新俄的作家。可惜他们都不大认识俄文，只凭了书封面上的作者的画像才知道是某人某人的作品。就是这一家就有使大林的照片。

马伯乐说：

“我还从那里买过一张法捷也夫[1]的照片……穿的是哥萨克[2]的衣裳。”

马伯乐的确在朋友的地方见过这张照片，可是他并没有买过。他看大家都对这个有兴趣，所以他又说了个谎。

“是的呀，俄国的作家，都愿意穿哥萨克的衣裳，那也实在好看，可惜上海没有卖的，听说哈尔滨有，我那儿有认识人，我想托他给我买一件寄来，俄国东西实在好。”

马伯乐说：

“很好，很好。”

再说那卖俄国画片的书店，众人都不落后，各人说着各人对那书店发现的经过。有的说：

“刚开门不久。”

有的说：

“不对，是从南京路搬来的。”

1　法捷也夫，今通用法捷耶夫，苏联作家，代表作《毁灭》《青年近卫军》等。1927年起专门从事文学运动，任“拉普”（俄罗斯无产阶级作家协会）、全苏作协领导。1956年自杀。《毁灭》曾由鲁迅译成中文，1931年以“三闲书屋”名义出版。

2　哥萨克，哥萨克一词源于突厥语，意为“自由自在的人”或“勇敢的人”，特指生活在东欧大草原（今乌克兰、俄罗斯南部）的游牧族群，史上以骁勇善战著称。

有一个人，他在两年前就注意到他了。正说到这里，另一个人站起来，把一支吸完了的烟尾从窗子抛到花园里去。那个人是带着太太的，太太就说：

“你看你，怎么把烟头丢进花园的，花是见不得烟的……”

马伯乐过来说不要紧，“这花算什么，没有一点好花……”

可是大家的话题仍没有打断。那丢烟尾的人发了更丰富更正确的，关于那家书店的来历，他说他有一个侄子，从前到过海参崴[1]，学了很好的俄国话回来。他是那书店老板的翻译。

“老板的名字叫什么来的，叫做什……多宁克……有一次，我到那书店里去，侄子还给我介绍过，现在想不起了，总之，是个纯粹的俄国人。从他那哈哈大笑的笑声里，就可以分辨出来，俄国人是和别的国人不同的，俄国人是有着他了不起的魄力的……”

他知道他自己的话越说越远，于是把话拉回来：

“那书店不是什么美国人开的，也不是从南京路来的。而是从莫斯科来的，是最近，就是今年春天。”

关于这样一个大家认为前进的书店，马伯乐若不站起来说上几句，觉得自己实在太落后了。但是他要说什么呢！其实他刚来上海不久，连这书店还是第一次听说，连看也未曾看过，实在无从说起。又加上已经被人确定是俄国书店了，大家也就没有什么好说的了，大家也就不感到趣味了。马伯乐看一看这情景，也就闭口无言算了。

大家都静了几分钟。

1　海参崴，符拉迪沃斯托克的旧称，俄罗斯在远东最重要的文教科研中心之一。清朝时为中国领土，1860 年《中俄北京条约》割让给俄罗斯，俄将其重新命名，意为“统治东方”。

马伯乐要设法把空气缓和下来。正好门口来个卖西瓜的，就叫了用人来抱西瓜，他站在门口招呼着：

“选大的，选大的。”

他表示很慷慨的样子，让用人拿了四五个进来。

一会工夫，满地都是西瓜皮了。

马伯乐说：

“随便扔，随便扔。”

他觉得若能做到主客不分，这才能算做好交情。办公桌上的墨盒盖没有关，有人不经意的把西瓜子吃在墨盒里了。

马伯乐说：

“不要紧，不要紧，真他妈的这些东西真碍事。”

他走过去，把办公桌上零零碎碎的什么印色盒，什么橡皮图章，墨水壶之类，都一齐往一边扒拉着，这些东西实在是很碍事。

过了没有多少日子，马伯乐这书店，有些泄气了。他让会计把账一算，他说开销太大了。他手里拿着账单，他说：

“是这个数目吗？”

他说：

“有这么多吗？”

他拿起铅笔来，坐在办公桌那儿算了一个上午。这是他开书店以来第一次办公，觉得很疲乏，头脑有点不够用，躺在床上去休息了一下，才又起来接着算。无论怎么算法，数目还是那么多，和会计算的一样。于是他说着：

“这真奇怪，这真奇怪，可是一两千块钱都是做什么花的？并没有买什么用不着的东西呀！并没有浪费呀！钱可到底是哪儿去了？”

偏偏拿在他手里的帐单是很清晰的，不但记明了买的什么东西，还记明了日子。马伯乐依次的看下去，没有一笔款子不是经他手而花出去的。件件他都想得起来，桌子椅子，衣柜，痰盂……甚至于买了多少听子烟招待客人他还记得的，的的确确没有算错账，一点也没有错。马伯乐承认账单是完全对的。虽然对了，他还奇怪：

"这么多，真这么多！"

他完全承认了之后，还是表示着怀疑的样子。

到了第二天，他想了一个很好的紧缩的办法，把楼下房子租出去，在门口贴了一张红纸租贴，上边写着：

> 余屋分租，抽水马桶，卫生设备俱全。
> 租金不贵，只取四十元。

因为"租金不贵"这四个字，马伯乐差一点没跟会计打起来，会计说：

"写上'租金不贵'干什么呢？他要租就租，不租就是不租。写上'租金不贵'有多难看，朋友来了，看了也不好，好像咱们书店开不起了似的。"

马伯乐打定了主意，必要写上。

写好了，在贴的时候，差一点又没打一仗。马伯乐主张贴得高一点，会计主张贴得低一点，贴得低人家好容易看见。马伯乐说：

"贴得低，讨厌的小孩子给撕了去，到那时候可怎么办哪！"

马伯乐到底亲自刷了胶水，出去就把它贴上了。他是翘着脚尖贴上的。

因为那招贴刷了过多的胶水，一直到招来的房客都搬来了。那招贴几次三番的往下撕都撕不下来，后来下了几场雨，才算慢慢的掉了。

朋友来了的时候，仍是拉开楼下客堂间的门就进去，并且喊着：

“伯乐，不在家吗？”

常常把那家房客，闹得莫名其妙。

马伯乐很表示对不住的样子，从二楼下来把客人让上去：

“房子太多，住不了……都一齐……搬到楼上来了。”

他想要说，把营业部都一齐搬到楼上来了。但他自己一想也没营什么业，所以没有说出来。

从此朋友也就少了一点，就是来了也不大热闹。因为马伯乐不像从前常常留他们吃，只是陪着客人坐了一会，白白的坐着，大家也没有什么趣味。显得很冷落，谈的话也比较少，也比较有次序，不能够谈得很混乱，所以一点不热闹。

二楼摆着三张办公桌子，外加一个立柜，两个书架，七八张椅子。还有马伯乐的床，可说连地板都没有多大空处了。乱七八糟的，实在一点规模也没有了。

所以马伯乐也随便起来，连领带也不打了，袜子也不穿，光着脚穿着拖鞋。

到后来连西装也不穿了，一天到晚穿着睡衣，睡衣要脱下去洗时，就只穿了一个背心和一个短衬裤。马伯乐是一个近乎瘦的人，别人看了觉得他的腿很长，且也很细，脖子也很长很细。也许是因为不穿衣裳露在外边的缘故。

他早晨起来，不但不洗脸，连牙也不刷了。一会靠在椅子上，一会靠在床上，似睡非睡，似醒非醒，连精神也没有了。

“到那时候，可怎么办！”

他之所谓到那时候，是有所指的，但是别人不大知道。也许指的是到书店关门的时候。

经过这样一个时间，他把三楼也租出去了。把亭子间也租出去了。

全书店都在二楼上，会计课，庶务课，所有的部门，都在一间房子里。

马伯乐和两三个朋友吃住在一道了。朋友就是书店的职员。

马伯乐觉得这不大雅观。

“怎么书店的经理能够和普通的职员住在一起呢！”

本来他想住在一起也没有什么，省钱就好。但是外边人看了不好看。于是又破费了好几块钱，买了个屏风来，用这屏风把他自己和另外的两个人隔开。

经这样一紧缩，生活倒也好过了，楼下出租四十元，三楼出租二十元，又加上两个亭子间共租十四元。

全幢的房子从大房东那里租来是七十五元。

马伯乐这一爿店，房租每月一元。他算一算，真开心极了。

“这不是白捡的吗？他妈的，吃呵！”

经过了这一番紧缩，他又来了精神。

每到下半天，他必叫娘姨到街上去买小包子来吃，一买就买好几十个，吃得马伯乐满嘴都冒着油，因为他吃得很快，一口一口的吞着，他说：

“这真便宜！”

他是勉强说出来的，他的嘴里挤满了包子。

这样下去，朋友们也不大来了。马伯乐天天没有事好做，吃完了就睡，睡完了就吃，生活也倒安适。

但那住在三楼的那个穷小子，可不知道是干什么的，南洋华侨不是南洋华侨，广东人不是广东人，一天穿着木头板鞋上上下下，清早就不让人睡觉。

“真他妈的中国人！”

马伯乐骂着。

会计说：

“那小子是个穷光蛋，屋里什么也没有，摆着个光杆床，算个干什么的！”

马伯乐一听，说：

“是真的吗？只有一张床。那他下个月可不要拖欠咱们的房租呵！”

当天马伯乐就上楼去打算偷看一番，不料那穷小子的屋里来了一个外国女人。马伯乐跑下楼来就告诉他同屋的，就是那会计。

“那外国姑娘真漂亮。”

会计说：

“你老马真是崇拜外国人，一看就说外国人漂亮。”

“你说谁崇拜外国人，哪个王八蛋才崇拜外国人呢！”

正说着楼上的外国姑娘下来了。马伯乐开门到洗脸室去，跟她走了个对面，差一点要撞上了。马伯乐赶忙点着头说：

“Sorry[1]。”

并不像撞到中国人那样。撞到中国人，他瞪一瞪眼睛：

“真他妈的中国人！”

可是过了不久，可到底是不行。开书店的人一天比一天多，

1 Sorry，英语“抱歉”“对不起”之意。

听说哪条街哪条街也挂了牌子。而最使马伯乐觉得不开心的，是和他对门的弄堂房子也挂了书店的牌子。这不简直是抢买卖吗？这是干什么！

马伯乐说：

“咱们下楼去仔细看看……”

没有人和他同去，只得一个人去了。他站在那儿，他歪着脖，他把那牌子用手敲得工工的响。他回来，上了楼，没有说别的，只骂了一句：

“店铺还不知哪天关门，他妈的牌子可作得不错。”

没有几天，马伯乐的书店就先关了门了。总计开店三个月，房钱饭钱，家具钱……开销了两千块。大概马伯乐的腰里还有几百，确定的数目，外人不得而知。

他的书店是一〔本〕书也没有出，就关了门了。

马伯乐说：

“不好了，又得回家了。”

于是好像逃难似的，在几天之内，把东西就都变卖完了。

这变卖东西的钱，刚刚够得上一张回家的船票。马伯乐又回家去了。

—

马伯乐在家里的地位降得更低了。

他说：

“怎么办呢，只得忍受着吧。”

当地的朋友问他在上海开书店的情形，他伤心的一字不提，只说：

“没有好人，没有好人……”

再问他，“此后你将怎样呢？”

他说：

“上帝知道，也许给我个机会再逃吧！”

马伯乐刚一回到家里，太太是很惊疑的。等她晓得他是关了店才回来的，她什么也没有表示。并没有和他争吵，且也什么不问，就像没看见他一样。她的脸和熨斗熨过似的那么平板，整天不跟他说一句话。她用了斜视的目光躲避着他，有时也把眼睛一上一下的对着他，好像站在她面前的是一个生人一般。吃饭了，老妈子来喊的时候，太太抱起小女孩雅格来就走了，并不向他说一声：

“吃饭啦，”或“吃饭去”。

只有雅格伏在太太的肩上向他拍着手，一面叫着爸爸。

马伯乐看了这情景，眼泪立即满了两眼。

他觉得还是孩子好，孩子是不知道爸爸是失败了回来的。

他坐在桌上吃饭，桌上没有人开口和他讲话，别人所讲的话，好像他也搭不上言。

母亲说：

“黄花鱼下来了，这几天便宜，你们有工夫去多买些来，腌上。”

大少奶奶和二少奶奶都答应着说去买。

父亲这几天来，一句话不说。银筷子碰着碗边扔扔的响。父亲吃完了一碗饭，梗妈要接过碗去装饭，老爷一摇头，把饭碗放下，站起来走了。

大黑猫从窗台上跳下来，跳到父亲离开的软椅上蹲着，咕噜咕噜的。那猫是又黑又胖。马伯乐看看它，它看看马伯乐。

马伯乐也只得不饱不饿的吃上一碗饭就退出饭厅来了。

后来父亲就不和马伯乐一张桌吃饭，父亲自己在客厅里边吃。吃完了饭，那漱口的声音非常大，马伯乐觉得很受威胁。

母亲因为父亲的不开心也就冷落多了。老妈子站在旁边是一声不敢响。

雅格叫着要吃蛋汤时，马伯乐用汤匙调了一匙倒在雅格的饭碗里，孩子刚要动手吃，妈妈伸手把饭碗就给抢过去了，骂着那孩子：

“这两天肚子不好，馋嘴，还要吃汤泡饭。”

雅格哭起来了。马伯乐说：

“怕什么的，喝点汤怕什么的？”

太太抱起孩子就走了，连睬也没有睬他。

全家对待马伯乐，就像《圣经》上说的对待魔鬼的那个样子，连小雅格也不让爸爸到她的身边了。雅格玩着的一个小狗熊，马伯乐拿着看看，那孩子立刻抢过去，突着嘴说：

“你给我，是我的……”

苹果上市的时候，马伯乐给雅格买来了，那孩子正想伸手去拿，妈妈在旁瞪了她一眼，于是她说：

“我不要……妈说妈买给我。”

马伯乐感到全家都变了。

马伯乐下了最后的决心，从太太房间，搬〔到〕自己的书房去了，搬得干干净净，连一点什么也没有留。连箱子带衣裳带鞋袜，都搬过去了。他那跟着他去过两次上海的化学料的肥皂盒，也搬过去了。好像是他与太太分了家。

太太一声也没有响，一眼也没有看他。不用声音同时也不用眼睛表示挽留他。但也一点没有反对他的意思，好像说，他愿意怎么着，就怎么着吧，与她是一点也不相干的。

马伯乐最后一次去拿他的肥皂盒时，他故意表示着恶劣的态度，他很强横的样子，一脚就把门踢开了。

眼睛是横着看人的，肥皂盒就在镜台上，他假装看不见，他假装东找西找，在屋里走来走去，开遍了抽屉，他一边开着，他一边用眼梢偷看着太太。太太是躺在床上和孩子玩着，马伯乐想：

“你怎么就不和我说一句话呢？就这么狠心吗？”

到后来他简直乱闹起来，在他生起气来的时候，他的力气是很大的，弄的东西乒乓的乱响，可是太太什么反应也没有，简直没有看见他。于是他就把肥皂盒举起来摔在地上了。

“真他妈的中国人……”

他等了一会，他想，太太这回大概受不住了！

可是太太一声没有响，仍是躺在床上和孩子玩着。

马伯乐看看，是一点办法没有了。

于是拾起肥皂盒子来，跑到他自己新安排好的屋中去。从此他就单独的存在着。

马伯乐很悲哀的过着生活，夜里打开窗子一看，月亮出来了，他说：

“月亮出来，太阳就看不见了。”

外边下雨了，他一出大门他就说：

“下了雨，路就是湿的。”

秋天树叶子飘了一院子，一楼廊。夜里来了风，就往玻璃窗子上直打，这时马伯乐在床上左翻右转，思来想去。古人说得好，人生是苦多乐少，有了钱，妻、子、父、兄。没有钱，还不如丧家的狗。人活着就是这么一回子事，哪有什么正义真理，还不都是骗人的话。

马伯乐东西乱想，把头想痛了。他起来喝了一杯茶才好一点。他往窗子外边一看，外边是黑沉沉的，他说：

“没有月亮，夜是黑的。”

他听落叶打在窗上，他又说：

“秋天了，叶子是要落的。”

他跟着这个原则，他接着想了许多。

“有钱的人是要看不起穷人的。”

“做官的是要看不起小民的。”

“太太是要看不起我的。”

“风停了，树叶就不落了。”

“我有了钱，太太就看得起我了。”

“我有钱，父亲也是父亲了，孩子也是孩子了。”

“人活着就是这么的。”

“活着就是活着。”

“死了就活不了。”

“自杀就非死不可。”

“若想逃就非逃不可。”

马伯乐一想到“逃”这个字，他想这回可别逃了。

于是马伯乐在家里住了一个很长的时间，七八个月之内，他没有逃。

第一章

芦沟桥事件一发生，马伯乐就坐着一只大洋船从青岛的家里，往上海逃来了。

全船没有什么逃难的现象，到了上海，上海也没有什么逃难的现象，没有人从别的地方逃到上海来，也没有人从上海逃到别处去。一切都是安安祥祥的，法租界，英租界，外滩码头，都是和平常一样，一点也没有混乱。外滩的高壮的大楼，还是好好的很威严的在那儿站着。电车和高楼汽车交交叉叉的仍旧是很安然的来往着。电车的铃子还叮叮叮的响着。行人道上女人们有的撑着洋伞，有的拿着闪光的皮夹子，悠悠然的走着，也都穿着很讲究的衣裳和很漂亮的鞋子，鞋子多半是通着孔的，而女人们又不喜欢穿袜子，所以一个一个的，看上去都很凉爽的样子。尤其是高楼汽车上，所坐着的那些太太小姐们，都穿着透纱的衣裳，水黄的，淡青的，米色的，都穿得那么薄，都是轻飘飘的，看上去风凉极了，就是在七月里，怕是她们也要冷的样子。临街的店铺的饰窗，繁华得不得了。小的店铺，门前还唱着话匣子。还有那些售卖航空奖券的小铺子，铺前站着满满的人，也唱着话匣子，那是唱着些刺激人的，乱吼乱叫的调子，像哭不是哭，像笑不是笑。那些人徘徊在店铺的前边，想要买一张又怕得不到彩，白白的扔了一块钱。想要不买，又觉得说不定会得到。头彩，二彩，三彩……不仅仅这些，还有许多副彩，或是末尾的两个号码相符，也可得到三十五十，三元两元。最低限度还有一元的。一元的机会最多。买了还是买了吧，得不到头彩，得到个一元的也还够本。假若是得到个二彩三彩，那还了得，富翁立刻就做上了，买上汽车，家里用上七八个仆人。留声机，无线电……头彩虽然不容易得，但是回回头彩是必定出的，这头彩出在谁人上，谁是把它定下了的？没有人定呀，谁买了彩票，谁就有机会，一块钱就存心当它是丢了，要买就决心买吧。所以娘姨们，拉车的车夫，小商人，白相人[1]，游散杂人……不分等级的都站在彩票店的门前，在心里算来算去。往那挂得粉红红的一排一排的彩票上看来看去，看看哪一张能够得头彩。好像他们看得出来，哪一张要得头彩的样子。看准了，他们就开口了，说："我要这张。"指着那挂得成排的彩票，他们把手伸出去。卖彩票的人，拿过一联来，一联就十张二十张，或者是三张二张联在一起的，好像邮局里的邮票一样，是一排一排的，一大张一大张的。可是没有人看见过到邮局里去买邮票的人他指定要这张，或是要那张，交过去五分钱，邮局的人就给一张五分的票子，交过一分就给一张一分的票子，假若有人要加以挑选，邮局的人岂不要把他大骂一顿。但是买航空奖券则不同，随便你挑来挑去，卖票子的人也不嫌麻烦。买票子的人，在那一大张上看了半天，都不合意。于是说："不要这排，要那排。"卖票子的人就去换了一大排来，这一大排和那一大排也差不多，也完全一样。于是那买的人就眼花了，看看这个，看看那个，没有了主意，真是千钧一发的时候，非下最后的决心不可，于是就下了最后的决心，随便在那看花眼了的一大排上，指定了一张。别人看了以为他是真正看出点道理来才选了这张的。其实不然，他自己也不知道是好是坏，将来是悲是喜。不过眼睛看花了，头脑也想乱了，没有办法才随便撕下来这张的。还有的，撕下来他又不要了，他看看好像另外的一张比这张更好，另外的一张大概会得头彩，而他这张也不过得个三彩的样子，他自己觉得是这样，于是他赶快又另换了一张。卖票子的人也不嫌麻烦，就给他另换了一张。还有的几次三番的换，卖票

1　白相人，上海地区方言，无业游民；泛指贪图享受、游手好闲者。旧时白相人穿着时尚不邋遢，以区别于街面上的小混混，多半精通吃、喝、嫖、赌。

的也都随他们的便。有的在那里挤挤擦擦的研究了一会，拿到面前用手摸了半天。摸完了，看完了，他又不买。他又退到旁边看着别人买。有的时候是很奇怪的，一个人上来很勇敢的买了一张去，另外的人也上来各人买了一张去，那站在旁边在看着别人买的人，也上来买了一张去。好像买彩票的人，是趁着风气而买，大概是他们看出第一个很爽快的买这一联彩票的人，是个会发财的样子，跟着发财的人的后边，说不定自己也就会发财的。但是这么爽快就买了去的是不常有的。多半的要研究，还有的研究完了，却真不买，也不站在一旁看着别人买，而是回家去了，回家去好好想想明天再来。他们买一张航空奖券，好像拿出钱来买一匹小驴或小马那样，要研究这小驴是瘦的是胖的，又是多大的牙口，该算一算，过了几年，它该生几个小驴子，又好像男的在那里选择未婚妻，女的在那里选择丈夫。选择丈夫也没有如此困难的，左看，右看，百般的看，而看不出好坏来，而看不出这一大堆航空奖券哪个是头彩，越看越看不明白，一点现象也没有，通通是一样，一大张一大排的都是一样，都是浅红色的，上边都印着完全一模一样〔的〕字。一千张，一万张，哪怕是十万张，也都是一样。哪管是发现了几张或是比其余的稍微的深了一点或是浅了一点，让人选择起来也有个目标。将来得不得彩的不管，总算在选择上比较省点力气。但是印航空奖券的印刷所也许是没有想到他们选择困难这一层，把颜色却调得一模一样，似乎不是人工造的，而是天生成就生了这么一模一样。这是一般人，或者穷人买航空奖券的样子。有钱的人也买，但多半是不十分选择的，也不十分看重的样子。一买就是十块钱二十块钱，或是百八十块钱的买，好像买香烟或别的日常用品一样。不管回到家对这彩票仍旧是不加重视的扔在一边，或是把号码记在日记册上，或是更记在什么秘密的地方，日夜的等着开彩都不管，就只说买的时候到底是直爽的。街上不但卖航空奖券的铺子是热闹的，就是一切店铺也都很热闹，虽然热闹但是并不混乱，并不慌忙，而是安安祥祥的，平平稳稳的，绝对没有逃难的形色。

坐着马伯乐的大船，进了口了，靠了岸了。马伯乐是高高的站在围杆的下边，岸上挤满了接船的人，他明明知道没有人来接他，因为他上船的时候并没有打电报给上海的朋友。但是他想：

“万一要有呢！”

所以他往岸上不住的寻视，直等到下船的人都下完了，接船的人也都走了。他才回到三等舱里，拿起他那张唯一带来的毯子，下船来了。

走在街上，他觉得有点不对，一切都是平常的态度，对于他，这从青岛逃来的人，似乎没有人知晓。他走过了外滩，走过了南京路，他穿的是很厚的衣裳，衬衫也黑了，皮鞋也没有上油，脸上的胡子也几天没有刮了，所以脸色是黑虚虚的。

高楼汽车经过他旁边的时候，他往上看了一眼，看到那些太太小姐们，穿得都那么凉爽。

“怎么，她们还不知道吗？芦沟桥都打起来啦！”

他想，这样的民族怎么可以！他们都不知道青岛也快危险了。

他坐了电车经过先施公司，冠生园，大新公司的前边，那里边外边都是热热闹闹的，一点也没有逃难的样子，一点也没有惊慌的样子，太太平平的，人们是稳稳当当的。

当马伯乐看到了卖航空奖券的铺子，里边是红纸装饰得红堂堂的，里边外边都挂了红招牌，上边写着上次开奖，头奖就是他这个店铺卖出去的，请要发财的人快来买吧。马伯乐一看，他就说：

“真他妈的，中国人！”

日本人都快打上来了，你们还不去做个准备。还在这里一心想要发财。

“到那时候，可怎么办呢？”

他之所谓到那时候，大概是到了很悲观的时候，于是很悲悯的想着：

你们这些人，你们不是没有聪明，你们不是不想要过好的生活，过安定的生活。看你们都聚在一起，很忠实的买航空奖券的样子，可见你们对于发财的心是多么切。可是小日本就快上来了，小日本上来的时候，你们将要不知不觉的，破马张飞的乱逃，到那时候，你们将要哭叫连天，将要失妻散子。到那时候，天昏地暗了，手忙脚乱了，你们还不快快去做一个准备，到那时候可怎么办！

马伯乐就带着这种心情到了上海。不久就在上海租了房子住下了。

这回他租的房子，可与开书店那次所租的房子相差太远了，不能比了。一开门进去，满屋子都是大蒜的气味。马伯乐说：

“这是逃难呀，这不是过日子，也不是做生意。”

所以满屋子摆着油罐，盐罐，酱油瓶子，醋瓶子，他一点也不觉得讨厌，而觉得是应该的，应该如此的。

他的屋子是暗无天日的，是在楼下梯口的一旁。这座房子组织得很奇怪。不但是马伯乐的房子没有窗子，所有楼下的房子也都没有窗子。

马伯乐租房子的时候，第一眼就看到了这个缺点，正因为有这个缺点，他才租了它。他懂得没有光线眼睛是要坏的，关起门来没有空气，人可怎么能够受得了。但是正因为有了这个大缺点，房租才会便宜的。

“这是什么时候？这是逃难的时候。”

马伯乐想，逃难的时候，就得做逃难的打算，省钱第一，别的谈不到。

所以对这黑洞洞的房子，他一点也不觉讨厌，而觉得是应该的，应该如此。

一天到晚是非开电灯不可的，那屋子可说是暗无天日的了。一天到晚，昏天地黑，刮风下雨也都不能够晓得，哪怕外边打了雷，坐在屋子里的马伯乐也受不到轰震。街上的汽车和一切噪杂的声音，坐在这屋子里什么也听不见，好像世界是不会发声音的了，世界是个哑巴了。有时候，弄堂里淘气的孩子，拿了皮球向着墙上丢打着，这时候马伯乐在屋里听到墙壁拍拍的响，那声音好像从几百里之外传来的，好像儿童时代丢了一块石子到井底去，而后把耳朵贴在井口上所听到的那样。实在是深远得不得了。有时弄堂里的孩子们拿了一根棍子从马伯乐的墙外边划过去，那时他听到的不是拍拍的而是刷刷的，咯拉咯拉的……这是从哪儿来的声音？这是什么声音。马伯乐用力辨别也辨别不出来，只感到这声音是发在无限之远。总之马伯乐这屋子静得似乎全世界都哑了，又好像住在深渊里边一样，又黑，又静，一天到晚都开着电灯。就是夜里睡觉，马伯乐也把灯开着。一则开灯是不花钱的，他想开着也就算了；二则关起灯来，也不大好，黑得有点怕人。

有一天夜里，是马伯乐失眠之夜，他看着墙上有一点小东西发亮，不但发亮，而且还会浮浮游游的移动，好像有风吹着似的……他忙去开灯看看，一开灯什么也没有。他又关了灯再睡，那小亮东西，又看见了。和先前一样，是浮浮游游的。他开了灯，到墙上去找了半天，没能找到什么，过后一想，他知道那是萤火虫了。是没有什么关系的。但从那时起就永远开着灯睡觉。若关了灯，也不是不能睡，不过觉得有点空洞，有点深远。而且夜里开灯房东又不加钱的，所以就开着睡。

所以马伯乐过的生活，一天二十四小时都是黑夜。但他自己不那么以为着。他以为一天二十四小时都是白昼，亮通通的，电灯好像小太阳似的照着他。

他以为这是应该的，应该如此的。

“逃难的时候，你若不俭省还行吗？”

他没有一天忘记了这个念头。

他为了俭省，他不到外边去吃饭，饭馆的饭无论怎样便宜，也没有自己动手在家里做更便宜。

他买了炭炉，小铁锅，锅铲之类，就开了伙了。开初是在厨房里做，过了几天，他发现油也有人偷着用，酱油摆在那里，头一天还是半瓶，第二天就剩小半瓶了。炭也似乎有人拿着用。不然用不了这么快。因为上海的厨房是公用的，公用的厨房，人家多，自然靠不住。恰巧有一回他真正看见了，房东的娘姨倒了他的油炒鸡蛋。

于是他就把炉子搬到自己屋里来了，就在床头上开了伙，油，盐，醋，酱油……桌子底下，床底下，都摆满了。瓶子，瓶子，罐子，罐子。四五天之前炒的辣椒酱放在茶杯中忘记了，马伯乐拿在手里一看，都生了绿绒绒的毛了。拿到鼻子上一嗅，发着一种怪味。他想这实在可惜了，可是吃又吃不得，他看了半天，很可惜的，用筷子把它挖出来，挖在一张破报纸上丢掉了。

那个被挖出辣椒酱来的杯子，没有去洗，就装上辣椒油了。在灯光之下，也看不见这杯子是不大干净的，因为是用揩布揩过了的。揩过了的，也就算了，将来逃起难来，还不如现在呢！

所以马伯乐烧饭的小白铁锅，永久不用洗，午饭吃完了，把锅盖一盖，到晚上做饭的时候，把锅子拿过来，用锅铲七喳克喳的刮了一阵，刮完了就倒上新米，又做饭去了，第二天晌午做饭时也是照样的刮。锅子外边，就更省事，他连刮也不刮，一任其自然。所以每次烧饭的白沫，越积越厚，致使锅子慢慢的大起来了。

马伯乐的筷子越用越细，他切菜的那块板越用越薄，因为他都不去洗，而一律刮之的缘故。小铁锅也是越刮越薄，不过里边薄，外边厚，看不出来就是了。而真正无增无减的要算吃饭的饭碗。虽然也每天同样的刮，可到底没能看出什么或大或小的现象来，仍和买来的时候没有什么差别，还在保持原状。

其余的，不但吃饭的用具。就连枕头，被子，鞋袜，也都变了样。因为无管什么他都不用水洗，一律用刮的办法。久了，无管什么东西都要脏的，脏了他就拿过来刮，锅，碗，筷子是用刀刮。衣裳，帽子是用指甲刮，袜子也是用指甲刮。鞋是用小木片刮。天下了雨，进屋时他就拿小木片刮，就把鞋边上的泥刮干净了。天一晴，看着鞋子又不十分干净，于是用木片再刮一回。自然久不刷油，只是刮，黑皮鞋就有点像挂着白霜似的，一块一块的在鞋上起了云彩。这个马伯乐并不以为然，没有放在心上。他走在街上仍是堂堂正正的，大大方方的，并没有因此而生起一些些羞怯的自觉。却往往看了那些皮鞋湛亮的，头发闪着油光的而油然的生出一种蔑视之心。往往心里向他们说：

“都算些个干什么的呢？中国人若都像你们这样，国家没有好……中国非……非他妈的……”

马伯乐心里恨极了，他自己恨不是当前的官员。若是的话，他立刻下令是凡穿亮皮鞋的，都得抓到巡捕房去。这是什么时候，小日本就要上来了。你们还他妈的，还一点也不觉得。

“我看你们麻木不仁了。”

马伯乐不大愿意上街，一上街看了他就生气。

有一天，他在街上走着走着，他的帽子忽然被人抓着跑了。他回头一看，不是别人，是开书店时的那个会计，也就是他在上海 ×× 大学旁听时的同学。

这个人，一个眼睛大，一个眼睛小，满脸青灰，好像一个吸鸦片的人。其实是由于胃病所致，那人是又瘦又干。

马伯乐既然看出来是他，就想说：

“你拿去我的帽子干什么呢！”

他的脸都气红了，在大街上开玩笑也不好这样开的，让人看了什么样子。

等他和那人握了手之后。话就没有如此说，而是：

“现在你住在哪里？我还没有去看你。你这一年干些什么？胃病还没有好哇！”

那人也和他说了一大套，临走才把帽子交给了马伯乐。马伯乐一细看：

“唔！”

帽子上有一个洞洞。

“这是谁干的事？这是怎么来的！”

马伯乐正在研究着，他的朋友说一声：

“老马，你的帽子可以换一个了。你是不戴帽子的，一年不见，却戴起帽子来了。我看走路的样子是你，我就给你摘下帽子来瞧瞧。”

说完了，他就走了。

马伯乐想，这小子，这不是和我开玩笑吗？他妈的！

一路上他研究着帽子到底是怎么出的洞，没有研究出来，等到家里，才明白了。他生起火炉烧饭时，用扇子煽着火，火花往四边飞，飞到他自己的手上，把手给烧了一个小黑点。因为手是活的，烧得热辣辣的痛，他把手上的火星立刻打掉了，所以，没有烧了多大一片，而只是米粒那么大一点。马伯乐立刻明白了，帽子的洞是火烧的。他赶快去看看，枕头和被子烧着没有，因为在电灯底下，虽然说是很亮了，但到底看得不怎样清楚。似乎是并没有烧着，但是他很疑心，他想想那说不定。所以他把炉口转了一个方向，仍是用扇子煽着，使那火花撞到墙上去，再从墙上折回来落到别处去。这个马伯乐就看不见了，他很放心的用力吹着火。火星从墙上折回来，竟或落在他的头发上，落在他的脸上，但这个不要紧，这是从墙上折回来的了，不是直接的了。

马伯乐一天到晚都是很闲，唯有吃饭的时候最忙，他几乎脱了全身的衣裳，他非常卖力气，满身流着汗，从脚到头，从头到脚。他只穿着小短裤和背心。脚下拖着木头板鞋。

但他一天只忙这么两阵，其余的时间，都是闲的。

闲下来他就修理着自己，袜子，鞋或是西装。袜底穿硬了，他就用指甲刮着，用手揉着，一直揉到发软的程度为止，西装裤子沾上了饭粒时，他也是用指甲去刮，只有鞋子不用指甲，而是用木片刮。其余多半都是用指甲的。吃饭的时候，牙缝里边塞了点什么，他也非用指甲刮出来不可。眼睛迷了眼毛进去，他也非用指甲刮出来不可。鼻子不通气，伸进指甲去刮了一阵就通气了。头皮发痒时，马伯乐就用十个指甲，伸到发根里抱着乱搔刮一阵。若是耳朵发痒了，大概可没办法了，指甲伸又伸不进去，在外边刮又没有用处，他一着急，也到底在耳朵外边刮了一阵。

马伯乐很久没有洗澡了，到洗澡堂子去洗澡不十分卫生。在家里洗，这房子又没有这设备。反正省钱第一，用毛巾擦一擦也就算了。何况马伯乐又最容易出汗，一天烧饭两次，出大汗两次。汗不就是水吗？用毛巾把汗一擦不就等于洗了澡吗？

“洗澡不也是用水吗？汗不就是水变的吗？”

马伯乐擦完了觉得很凉爽，很舒适，无异于每天洗两个澡的人。

他就是闲着在床上躺着，他也不收拾屋子，满地蒜皮，一开门，大蒜的气味扑面而来。他很喜欢吃葱或是蒜，而且是生吃，吃完了也不放放空气。关起门来就上街了。那锁在屋子里的混沌沌的气味，是昼夜的陪伴着他的。

他多半是闻不到的，就是闻到了，也不足为奇，省钱第一，其余的都次之，他对他的环境都十分满意，就是偶尔不满意一点，一想也就满意了：

“这是逃难呀，这不是……”

他每次从街上回来第一脚踏进屋去，必须踢倒了油瓶子或是盐罐子，因为他的瓶子罐子盆碗是满地扔着，又加上从外回来立刻进了这混沌沌的屋子，眼睛是什么也看不清楚的。但是马伯乐对于他自己踢倒了瓶子这件事，他并不烦躁，虽然不止一次。差不多常常踢倒的。踢倒了，他就弯下腰去把它扶起来。扶起来他也不把它规整一下，仍是满地的扔着。第二天，也又照样的踢倒，照样的扶。

一切他都说：

“逃难了，逃难了。”

他每天早晨提着筐子像女人似的到小菜场去买菜，在那里讲价还价。买完了三个铜板的黄豆芽，他又向那卖黄豆芽的筐子里抓上了一把。这一抓没有抓得很多的，只抓上十几棵。他想多一棵就比少一棵强。

“这是什么时候了？这是逃难呀！”

买鱼的时候，过完了秤，讲好了价，他又非要换一条大的不可。其实大不了好多。他为着这条差不多一般大的鱼，打了一大通官话，争讲了好半天。买菠菜，买葱子也要自己伸出手去，多抢几棵。只有买豆腐，是又不能抢，又不能说再换一块大的。因为豆腐是一律一般大，差不多和邮票一样。一排一排的都是一般大。马伯乐安然的等在那里，凭着卖豆腐的给哪一块就是哪一块。

他到油盐店去买油，他记得住上一次半斤油是装到瓶子的哪一段。因为那汽水瓶子上贴着一块商标，半斤油恰恰是齐到商标那里，若是多了，那就是白拣了，若是少了，那就证明不够分量。

“不够分量就应该去跟他争呵。”

本来马伯乐提着油瓶子回来了，他一边走着一边想着，越想越不对：

“真他妈的中国人，少了分量为什么不去找他？这是什么时候呵！这是逃难的时候。”

回到那店铺，吵嚷了半天没有什么结果。

马伯乐的眼睛是很聪明的，他一看若想加油那是办不到的，于是也就提着瓶子回来了。气得他两眼发青，两肩向前扣着，背驼着。开了锁，一进门就撞倒了几个瓶子。

他生起气来，脾气也是很大的，在某种场合让他牺牲了性命也是可以的。小的时候他和人家打架，因为他的左手上戴着一块手表，怕把手表打碎了。就单用右手打，而把左手高高的举着。结果鼻子被人家打流了血。哪怕是再比这更打到致命的地方，他都不在乎。

“流点血，不要紧。手表打碎了，父亲能再给买了吗？”

从小他就养成了这种习惯，他知道钱是中用的。从父亲那里拿到钱是多么困难，他是永久也不会忘记的。

马伯乐虽然正在气头上，一看瓶子罐子倒了，他过去心平气和的把它们扶起来。并且看看酱油或醋之类撒了没有，这是钱买来的呀，这不是闹笑话。看看没有撒，他放了心，又接着生他的气。

“这是什么时候，这是逃难呵。逃难不节省行吗？不节省，到那时候可怎么办！”

气了半天不对了，他哈哈大笑起来。他想起来买的就不是半斤油，买的是五分钱的油。他骂一声就完了：

“真他妈的中国人。”

马伯乐随时准备着再逃，处处准备着再逃，一事一物，他没有不为着“逃”而打算的，省钱第一，快逃第二，他的脑子里边天天戒备着，好像消防队里边的人，夜里穿着衣裳睡觉，警笛一发，跳上了水车就跑。马伯乐虽然不能做到如此，但若一旦事变，大概总可逃在万人之先。也或者事未变，而他就先逃了也说不定。他从青岛来到上海，就是事未变而他先逃的。

马伯乐感到曲高和寡，他这个日本人必要打来的学说，没有人相信。他从家里出来时要求他太太一同出来，太太没有同意，而且说他：

“笑话。”

近年来马伯乐更感到孤单了，简直没有和他同调的。

“日本人还会打到上海的吗？真是笑话。”

马伯乐到处听到这样的反应。他不提到逃难便罢，一提到，必要遭了反感，竟或人家不反感他，也就冷落着他。对于马伯乐所说的“就要逃难了”这句话，是毫无足奇的，好像并未听见，就是听见了，也像听一句普通的话那样，像过耳风那样，随便应付了几句，也就算了。绝对没有人打听，逃到哪里去，小日本什么时候打来。竟也没有一个人，真正的问马伯乐一次，问他是怎么晓得的日本人必打到上海？

马伯乐虽然天天说逃，但他也不知道将来要逃到什么地方去。小日本从什么地方打来，什么时候打来，他也不十分知道。不过他感觉着是快的。

他的家是在青岛。有一年夏天，青岛的海上来了八十多只日本的军舰，马伯乐看了，那时候就害怕极了。在前海沿一直排列过来，八十多只军舰，有好几里路的样子。全青岛的人没有不哄着这件事的。人们都知道，那次军舰来可不是来打中国，是日本的军舰出来玩的，或是出来演习的。可是把中国人，都吓了一跳，尤其是对于那些没有智识的人，不认识字，不会看报。他们听着传说，把“演习”两个字读成“练习”。

所以传说着，日本海军不得了了，到中国地方来练习来了。所以街街巷巷，这几天都谈论着青岛海上的八十多只军舰。

拉洋车的，卖豆腐的，开茶馆的……都指指划划的指着海上那大鲸鱼似的东西，他们说，日本人练习，为什么不在日本练习，为什么到中国地方来练习？

“这不是对着我们中国人，是对着谁？”

“看那大炮口，那不都笔直的对着我们的中山路吗？”

而且全青岛因为上来了很多海军而变了样。妓女们欢欢乐乐的，看见那长得很小的海军就加以招呼。安南[1]妓女，法国妓女，高丽[2]……说着各种言语的都有，而且她们穿了不同国度的衣裳，徘徊在海边上，欢笑的声音，使海水都翻了花了，海涨潮时，那探进海去的两里路长的栈桥，被海水刮刮的洗刷上来了。栈桥上的游人，都跑下来了。海水打在妓女的脚上来了，妓女们高声的大笑着。她们说着各种言语，觉得十分好玩。那些长得很小的水兵，若是看一看她们，或是撞一撞她们，她们就更笑起来，笑得有点奇怪，好像谁的声音最大，谁就是最幸福的人似的。一直到她们之中有的被水兵带走了，她们才停下来。可是那被水兵带上了的，仍旧是要欢笑下去，将要满街都充满了她们的笑声。

同时有些住宅的墙上，挂出了牌子或是贴出了纸贴，上边写着欢迎他们的皇军到他家里去做客。是凡住在青岛的日本人家都贴了招贴，像是他家里有什么东西要拍卖的那样。这真是世界上顶伟大，顶特殊，顶新鲜的事情。

大概有许多人没有见过这样的事，马伯乐是见过了的，而且是亲眼所见。

数日之内，是凡日本人的家里，都有帽子后边飘着两个黑带的水上英雄，到他们家去做客。三个一串，两个一伙，也有的四五个水兵一齐到一个家庭里去的。说也奇怪，本来客人与主人，在这之前是一次也未有见过，可是他们相见之下却很融洽，和老友又重新会到了似的。主妇陪着吃酒。无管怎样年青的主妇也要坐在一起陪着吃酒。其实是越年青越好，因为水兵就是喜欢

1 安南，越南古名，历史上曾长期作为中国的藩属国存在。

2 高丽，朝鲜半岛古代国家，高丽人也泛指朝鲜民族。

年青的妇人的，像对于海边上那些说着各种言语的女子一样喜欢。越是年青就越打闹的热闹。水兵盘着腿坐在日本式的小平桌前，主妇跪在旁边，毕恭毕敬的，像是她在奉陪着长辈的亲属似的。水兵们也像客人的样子，吃着菜，喝着酒，也许彼此谈一些家常，也许彼此询问着生活好否。

马伯乐的隔邻就是个日本家庭。因为马伯乐是站在远处看着，看着看着，里边那水兵就闹起来了，喝醉了似的，把陪着吃酒的主妇拉过去，横在他的怀里，而后用手撕着她的衣裳。

马伯乐一看，这太不成个样子了。

“真他妈的中国人！”他刚一骂出口来，他一想不对，他妈的不是中国人，于是他就改为：

“真他妈的，中国人没有这样的。”

他跑去把太太喊来，让太太看看，果然太太看了很生气，立刻就把窗帘放下了。

这真是出奇的事情，不但〔头〕一天，第二天仍是照旧的办。

马伯乐在报纸上看过了的，日本人招待他们的皇军是奉着国家的命令而招待的，并不是每个水兵自己选定了要到某个家庭去。而是由上边派下来的，做主人的也同样的没有自由，在他客人到来之前一分钟，他也不晓得他的客人叫什么名字，是个什么样子。主人和客人，两边都是被天皇派的。

第二天，马伯乐又从窗子望着五六丈之外的日本人家。果然不一会水兵就来了。那位日本太太换了和昨天不同颜色的衣裳。本来平常马伯乐就常往那日本家里看。那男主人也许是刚结了婚不久的，和太太打闹得非常热闹。马伯乐常常看到这景象的，而且又是隔着很远看的，有些模糊朦胧的感觉，好像看戏差不多，看戏若买了后排的票子，也是把台上的人看得很小的。马伯乐虽然愿意看，也不愿意看得太真切，看得太真切，往往觉得不好意思，所以五六丈之远是正好的，再远也就看不见了。

这一天，当那水兵一进来的时候，马伯乐就心里说：

“等一会看吧，我看做丈夫的可怎么能够看得了。”

他这话是指着水兵和那女人打闹的时候而说的。说完了他就站在那儿好像要看一台戏似的在那儿等着。看了好半天，都没有什么好看的，不外进菜进酒，没有什么特殊的，都是些极普通的姿势。好容易才看到开始有趣，马伯乐眼看那太太被水兵拉过去了。他觉得这回有希望了。可是水兵站起把窗帘也就落下来了。

马伯乐没有看到尽兴。

可是那八十多只军舰一走，马伯乐当时明白了。他说：

“日本能够不打中国吗？日本这八十多只军舰是干什么用的？不是给中国预备的是给谁预备的？”

马伯乐从那一回起，就坚信日本人必来打中国的。

可是在什么地方打，什么时候打，他是不知道的，总之，他坚信，日本人必来打中国。因为他不但看到了日本军舰跑到青岛来示威，而且看到了日本人的军民合作。

日本家庭招待海军，他称之为军民合作。

“军民合作干什么？”

“打中国。”

他自己回答着。

现在，马伯乐来到上海。在上海准备着再逃。可是芦沟桥的事情，还是在北方闹，不但不能打到上海来，就连青岛也没打到呀！

他每逢到朋友地方去宣传，朋友就说：

“老马，你太神经质了，你快收拾收拾行李回青岛算了吧，你看你在这儿，住那么黑的屋子，你不是活受罪吗？你说青岛危险，难道全青岛的人，人家的命都不算命了吗？只就你一个人怕，人家都不怕吗？你还是买个船票回去吧！”

马伯乐的眼睛直直的望过去，他的心里恨极了，不是恨那人跟他不同调，而是恨那人连一点民族国家的思想都没有。

“这算完，中国人都像你这个样，中国非非……非他妈的……”

他虽然是没有说出来，他心里想中国是没有好了。

“中国尽这样的人还行吗？”

他想中国人是一点国家民族的思想也没有的呀！一点也不知道做个准备呀！

马伯乐不常到朋友地方去，去了就要生气。有一次朋友太太从街上给孩子买了一个毛猴子来让他遇见了。他拿在手里边，他说：

“还买这玩艺儿做什么呢？逃起难来这是一点用处也没有的……没有用，没有用。”

因为他心里十分憎恨，手下就没有留心，一下子把猴子的耳朵给拉掉一个。

那朋友的孩子，拿在手里一看，猴子剩了一个耳朵，就大哭起来。

马伯乐觉得不好了，非逃不可了。下楼就跑了，跑到街上心还是跳的，胸里边好像打着小鼓似的，蹦蹦的。

所以他不大愿意到朋友的地方去，一去了就要生气。

马伯乐很孤独，很单调。屋子里又黑又热，又什么也看不见，又什么也听不见。到街上去走，街上那又繁华又太平的景象，对于日本人就要来的准备一点也没有，他又实在看不惯。一到了街上，街是繁华的，太平的，一点什么事也没有发生，像是永也不会发生什么事的样子。这很使马伯乐生气。

大世界，永安公司，先施公司，大新公司……一到夜晚，那彩虹的灯，直亮到半天空去，辉煌的把天空都弄亮了。南京路，爱多亚路，四马路，霞飞路，都亮得和白昼似的。电影院门口的人拥来拥去，非常之多。街上跑着小汽车，公共汽车，电车，人力车，脚踏车，……各种车响着各种喇叭和铃子。走在街上使人昏头昏脑，若想过一条横道，就像射箭那样，得赶快的跑过去，若稍一慢了一点，就有被车子轧着的危险，尤其是南京路，人们就在电车和汽车的夹缝中穿来穿去，好像住在上海的人都练过马戏团似的，都非常灵敏，看了使人害怕。先施公司旁边那路口上的指挥巡捕，竟在马路的中央修起了台子。印度巡捕又黑又大，满脸都是胡子，他站在台子顶上往下指挥着，有一种居高临下的样子。无数的车，无数的人，都听着他的号令。那印度巡捕吹着口笛，开关着红绿灯，摆着手，他让哪一方面的车子通过，绿灯一开即可通过。他让谁停下，他就把红灯一开，就必得停下的。千人百人在他的脚下经过，那印度人威武得和大将军似的。

南京路上的夜晚，人多到一个挤着一个。马伯乐吃过了晚饭偶尔到南京路去走一趟。他没有目的，他不打算买什么，也没有别的事情，也不过去闲逛了一趟，因为一个人整天呆着，也太寂寞了。

虽然马伯乐是抱着逃难的宗旨，也并不以为寂寞。但寂寞是很客观的在袭击着他。若只是为着逃难，马伯乐再比这吃了更大的苦，他也抱了决心去忍耐，他不会说一句叫苦的话的。

现在马伯乐所苦的只有他的思想不能够流传，只是他的主义没有人相信。这实在是最大的痛苦，人类的愚昧何时能止。每每马伯乐向人宣传日本人就要打来了，没有人接受的时候，他就像救世主似的，自动的激发出一种悲悯的情怀。他的悲悯里边带着怒骂：

“真他妈的中国人，你们太太平平的过活吧！小日本就要打来了。我看你们到那时候可怎么办！你们将要手足无措，你们将要破马张飞的乱逃，你们这些糊涂的人……”

马伯乐在南京路上一边走着一边骂着，他看什么都不顺眼，因为任何东西都还保持着常态，都还一点也没有要变的现象。

马伯乐气愤极了。本来觉得先施公司的衬衫很便宜，竟有八九角钱一件的。虽然不好，若买一件将来逃难穿，也还要得；但是一生气就没有买，他想：

“买这个做什么，逃起难来………还穿衣裳吗！”

马伯乐的眼前飞了一阵金花，一半是气的，一半是电灯恍的。正这之间，旁边来了一个卖荸荠的，削了皮白生生的用竹签串着。马伯乐觉得喉里很干，三个铜元一串。他想买一串拿在手里吃着，可是他一想，他是在逃难，逃难的时候，省钱第一。于是他没有买。卖荸荠的孩子仍在他的旁边站着不走，他竟用眼睛狠狠的瞪了他一眼，并且说：

“真他妈的中国人！”

他想，既然是不买，你还站在这儿干什么？他看他是一个孩子，比他小得多，他就伸出脚来往一边踢着他。

这之间，走来一个外国人，马伯乐的鞋后跟让他踩了一下。他刚想开口骂：

“真他妈的中国人！”

回头一看，是个外国人，虽然是他的鞋子被人家踏掉了，而不是踏掉了人家的鞋子，因为那是外国人，于是连忙就说：

“Sorry, Sorry.”

那外国人直着脖子走过去了，连理也没有理他，马伯乐一看那外国人又比他高，又比他大，是没有什么办法的，于是让他去了。

马伯乐并不是看得起外国人。而是他没有办法。

最后马伯乐看到了一家卖航空奖券的店铺。

那店铺红堂堂的，简直像过年了。贴着红纸的招牌，挂着红纸的幌子。呵呀，好热闹呵！

马伯乐一看：

“真他妈的中国人！”

马伯乐这次骂中国时，骂得尤其愤怒。他的眼睛几乎冒了火，他的手几乎是发了抖。原因是不但全个的上海一点将要逃难的现象没有，人们反而都在准备着发财。

“国家，民族都没有了，我看你们发财吧！”马伯乐一句话也没有再多说，就从南京路上回来了。

一进门，照旧是踢倒了几个瓶子罐子，照旧的呼吸着满屋大蒜的气味睡了一夜。

第二天早晨六七点钟一醒来，觉得实在有点不妙了，遭殃了，坏事了。

日本人怎么还不打到青岛？不打到青岛，太太是不会出来的，太太不来，不是没有人带钱来吗。

马伯乐从口袋里只能拿出十块钱来了，再多一块也没有了，把所有的零钱和铜板凑到一齐，也不到一块。

马伯乐忧愁起来：

“日本人打中国是要打的，可想不到打得这样慢……”

他很绝望的在地上走来走去，他想：

“假若日本人若再……若再……不用多，若再二十天再打不到青岛，可就完了。现在还有十块钱，到那时候可就完了。”

马伯乐从家里带来的钱，省吃俭用，也都用光了。

原来他的计划是芦沟桥事变后的一个礼拜之内，日本人打到青岛，三四个礼拜打到上海。前边说过，马伯乐是不能够知道日本人来打中国，在什么时候打，在什么地方打。自芦沟桥事变，他才微微有了点自信。也不能够说是自信，不过他偷偷的猜度着罢了。

到了现在，差不多快一个月了，青岛一点动静也没有，上海一点动静也没有。他相信他是猜错了。日本人或者是要从芦沟桥往北打下去，往西打下去，往中国的中原打下来，而偏偏的不打青岛，也不打上海。这也是说不定的。

马伯乐在地上走着走着，又踢倒了几个瓶子罐子。照例的把它们又扶了起来。

日本人若不打到青岛，太太是不能来上海的。太太不来上海，钱花完了可怎么办？马伯乐离开青岛时，在他看来，青岛也就是旦夕的事情，所以他预料着太太很快就来到上海的，太太一来，必是带着钱的。他就有了办法了。

“到那时候可怎么办？又得回家了。”

他一想到回家，他的头脑里边像有小箭刺着似的那么疼痛。再回到家里将沦到更屈辱的地位。

父亲，太太，小雅格，都将对他什么样子，将要不可想象了。从此一生也就要完了，再不能翻身了。

马伯乐悲哀起来了。

从此马伯乐哀伤的常常想起过去他所读过的那些诗来，零零杂杂的在脑里翻复着。

“人生百年三万六千日，不如僧家半日闲……”

“白云深处老僧多……”

“少小离乡老大回，乡音不改鬓毛白。儿童相见不相识，笑问客从何处来。”

“姑苏城外寒山寺，夜半钟声到客船……”

“南去北来休便休，白蘋吹尽楚江秋。道人不是悲秋客，也与晚风相对愁。”

“钓罢归来不系船……”

“一念忽回腔子里，依然瘦骨依匡床。……”

“举杯消愁愁更愁，抽刀断水水更流……”

“春花秋月何时了……”

“桃花依旧笑春风……”

“浮生若大梦……”

“万方多难此登临……”

“醉里乾坤大……”

“人生到处不称意，明朝散发弄扁舟。”

马伯乐悲哀过甚时，竟躺在床，饭也懒得烧了，对什么都没有兴趣了。

他的袜子破了，他的头发长长了，他的衣裳穿脏了。要买的不能买，要洗的不能洗。洗了就没有穿的了。因为他只从家中穿出来一件衬衣。所以马伯乐弄成个流落无家人的样子，好像个失业者，好像个大病初愈者。

他的脸是苍黄色的，他的头发养得很长，他的西装裤子煎蛋炒饭的时候弄了许多油点。他的衬衫不打领结，两个袖子卷得高高的，所以露出来了两只从来也没有用过力量的瘦骨伶仃的胳臂来。那衬衫已经好久没有洗过了，因为被汗水浸的，背后呈现着云翳似的花纹。马伯乐的衬衫，被汗水打湿之后，他脱下来搭在床上晾一会，还没有晾干，要出去时他就潮忽忽的又穿上了。马伯乐的鞋子也起着云翳，自从来到了上海，他的鞋子一次也没有上过鞋油。马伯乐简直像个落汤鸡似的了。

马伯乐的悲哀是有增无减的，他看见天阴了就说：

“是个灰色的世界呵！”

他看见太阳出来了，他就说：

“太阳出来，天就晴了。”

“天晴了，马路一会就干了。”

“马路一干，就像没有下过雨的一样。”

他照着这个格式普遍的想了下去：

“人生是没有什么意思的，若是没有钱。”

“逃难先逃是最好的方法。”

“小日本打来，是非逃不可。”

“小日本打到青岛，太太是非逃上海来不可。”

“太太一逃来，非带钱来不可。”

“有了钱，一切不成问题了。”

“小日本若不打到青岛，太太可就来不了。”

“太太来不了，又得回家了。”

一想到回家，他就开口唱了几句大戏：

“杨延辉坐宫院，自思自叹……想起了当年事，好不惨然……”

马伯乐终归有一天高兴起来了。他的忧伤的情绪完全一扫而空。

那就是当他看见了北四川路络绎不绝的跑着搬家的车子了。

北四川路荒凉极了，一过了苏州河的大桥往北去，人就比较少。到了邮政总局，再往北去，电车都空了。街上站着不少的日本警察，店铺多半关了门，满街随着风飞着些乱纸。搬家的车子，一成串的向着苏州河的方面跑来。卡车，手推车，人力车……上面载着锅碗瓢盆，猫，狗……每个车子都是浮压压的，载得满满的，都上了尖了。这车子没有向北跑的，都一顺水向南跑。

马伯乐一看：

“好了，逃难了。”

他走上去一问，果然一个女人抱着孩子向他说：

“不得了，日本人要打闸北……都逃空了，都逃空了。”

那女人往北指着，跑过去了。

马伯乐一听，确是真的了。他心里一高兴，他想：

“这还不好好看看吗？这样的机会不多呀！今天不看，明天就没有了。”

所以马伯乐沿着北四川路，更往北走去，看看逃难到底是怎个逃法。于是他很勇敢的和许多逃难的车子相对着方向走去。

走了不一会，他看见了一大堆日本警察披着黑色的斗篷从北向南来了。在他看来，好像是向着他而来的。

“不好了，快逃吧！”

恰好有一辆公共汽车从他身边过，他跳上去就回来了。

这一天马伯乐兴奋极了。是凡他所宣传过的朋友的地方，他都去了一趟，一开口就问人家：

“北四川路逃难了，你们不知道吗？”

有三两家知道一点，其余的都不知道。马伯乐上赶着[1]把实情向他们背述了一遍，据他所见的，他还要偷偷的多少加多一点，他故意说得比他所看见的还要严重，他一串的往下说着：

“北四川路都关了门了，上了板了。北四川路逃空了，日本警察带着刺刀向人们摆来摆去……那些逃难的呀，破马张飞的乱跑，满车载着床板，锅碗瓢盆，男的女的，老的幼的。逃得惨，逃得惨……”

他说到最后还带着无限的悲悯用眼睛偷偷的看着对方，是否人家全然信以为真了？若是不十分坚信，他打算再说一遍。若是信了，他好站起来立刻就走。好赶快再到另一个朋友的地方去。

时间实在是不够用，他报信到第七家的时候，已经是夜十一点钟了。

等他回到自己的住处，他是又疲乏，又饿，全身的力量全都用尽了。腿又酸又软的，头脑昏昏然有如火车的轮子在头里光当光当的响。他只把衬衫的钮扣解开，连脱去都没有来得及。就穿着衣裳和穿着鞋袜，睡了一夜。

这一夜睡得非常舒服，非常安适。好像他并不是睡觉，而是离开了这苦恼的世界一整夜。因为在这一夜中他什么感觉也没有，他什么都不记得了。他没有做梦，没有想到将来的事情，也没回忆到过去的事情。苍蝇在他的脸上爬过，他不知道。上海大得出奇的大蟑螂，在他裂开了衬衫的胸膛上乱跑一阵，他也不觉得。他疲乏到完全没有知觉了。他一夜没有翻身。没有动一动，仍是保持着他躺下去的那种原状，好像是他躺在那里休息一会，他的腿伸得很直的全然穿着鞋袜。他并非像是睡觉，而一站起来

1　上赶着，北方方言，意为对某事或某人态度过于积极主动。

随时可以上街的样子。

这种安适的睡法，在一个人的一生中也不能有过几次。

尤其是马伯乐，像他那样总愿意把生活想得很远的很彻底的性格，每每要在夜里思索他的未来。虽不是常常失眠，睡得不大好的时候却很多。像今夜这种睡法，在马伯乐有记忆以来是第二次。

前一次是他和他太太恋爱成功，举行了订婚仪式的那夜，他睡得和这夜一般一样的安适。那是由于他多喝了酒，同时也是对于人生获得了初步的胜利的表示。

现在马伯乐睡得和他订婚之夜一般一样的安适。

早晨八点钟，太阳出来多高的了。马伯乐还在睡着。弄堂里的孩子们，拿着小棍，拿着木块片从他屋外的墙上划过去，划得非常之响。这一点小小的声音，马伯乐是听不见的。其余别的声音，根本就传不进马伯乐的房子去。他的房子好像个小石洞似的和外边隔绝了。太阳无管出得多高，马伯乐的屋子是没有一个孔可以射进阳光来的。不但没有窗子，就连一道缝也没有。

马伯乐睡得完全离开了人间。

等他醒来，他将不知道这世界是个什么世界，他的脑子里边睡得空空的了，他的腿睡得麻木了。他睁开眼睛一看，他不明白自己是在什么地方，他看了半天，只见电灯黄昏昏的包围着他，他合上了眼睛，似乎用力理解着什么，可是脑筋不听使唤。他仍是不能明白。又这样糊里糊涂的过了很久，他才站起来。站起来找他的皮鞋。一看皮鞋是穿在脚上。这他才明白了昨天晚上是没有脱衣裳就睡着了。

接着，他第一个想起来的是北四川路逃难了。

“这还得了，现在可不知道逃得怎样的程度了。”

于是他赶忙的用他昨天早晨洗过脸的脸水，马马虎虎的把脸洗了，没有刷牙就跑到弄堂口去视查了一番。果然不错，逃难是确确实实的了。他住的是法租界，福履理路一带。不得了了，逃难的连这僻静的地方都逃来了。

马伯乐一看，那些搬着床的提着马桶的，零零乱乱的样子，真是照他所预料的一点不差。于是他打着口哨，他得意洋洋的，走回他的屋中。一进门照例的撞倒了几个瓶子罐子。

他赶快把它们扶了起来。他赶快动手煎蛋炒饭，吃了饭他打算赶快跑到街上去查看一番，到底今天比昨天逃到怎样的程度了。

他一高兴吃了五个蛋炒饭。平常他只用一个蛋，而今天用了五个。他说：

“他妈的，吃罢。不吃白不吃，小日本就……就打来了。”

他吃了五个蛋炒饭还不觉得怎样饱，他才想起昨天晚上他还没有吃饭就睡着了。

马伯乐吃完了饭，把门关起来，把那些葱花油烟的气味都锁在屋里，他就上街去了。

在街上他瘦骨伶仃的，却很欢快的走着，迈着大步，抬着头。嘴里边有时打着口哨。他是很有把握的，很自负的。用了一种鉴赏的眼光，鉴赏着那些从北四川路逃来的难民。

到了傍晚，法租界也更忙乱起来了。从南市逃来的难民经过辣斐德路，萨坡赛路……而到处搬着东西。街上的油店，盐店，米店，没有一家不是挤满了人的。大家抢着在买米。说是战争一打了起来，将要什么东西也买不到的了。没有吃的，没有喝的。

马伯乐到街上去巡游了一天，快黑天了他才回来。他一走进弄堂来。第一眼看见的就是外国人也买了一大篮子日用品（奶油，面包之类……）。于是他更确信小日本一定要开火的。同时也不但小日本要打，听说就是中国军人也非要打不可。而且传说得很厉害，说是中国这回已经有了准备，说是八十八师已经连夜赶到了，集在虹口边上。日本陆战队若一发动，中国军队这回将要丝毫不让的了。日本打，中国也必回打，也必抵抗，说是一两天就要开火的。

马伯乐前几天的那悲哀的情绪都一扫而光了。现在他忙得很。他除了到街去视查，到朋友的地方去报信。他也准备着他自己的食粮，酱油，醋，大米，咸盐都买妥了之后，以外又买了鸡蛋。因为马伯乐是长得很高的，当他买米的时候，虽然他是后来者，他却抢着从女人们的头顶上把米口袋扔过去了。所以他虽是后来者，他却先买到了米。在他挤着接过米口袋时，女人们骂他的声音，他句句都听到了。可是他不管那一切，他挤着她们，他撞着她们，他把她们一拥他就抢到最前边去了。他想：

“这是什么时候，我还管得了你们女人不女人！”

他自己背着米袋子就往住处跑。他好像背后有洪水猛兽追着他似的，他不顾了一切，他不怕人们笑话他。他一个人买了三斗米，大概一两个月可以够吃了。

他把米袋子放到屋里，他又出去了，向着卖面包的铺子跑去。这回他没有买米时那么爽快，他是站在一堆人的后边，他本也想往前抢上几步，但是他一看不可能。因为买面包的多半是外国人。外国人是最讨厌的，什么事都照规矩，一点也不可以乱七八糟。

马伯乐站在人们的后边站了十几分钟，眼看架子上的面包都将卖完了，卖到他这里恐怕要没有了，他一看不好了，赶快到第二家去吧。

到了第二个店铺，那里也满满的都是人，马伯乐站在那里挤了一会，看看又没有希望了。他想若是挨着次序，那得什么时候才能够轮到他。只有从后边抢到前边去是最好的方法。但买面包的人多半是些外国人，外国人是不准许抢的。于是他又跑到第三个面包店去。

这家面包店，名字叫“复兴”，是山东人开的，店面很小，只能容下三五个买主。马伯乐一开门就听那店铺的掌柜的说的是山东黄县的话，马伯乐本非黄县人，而是青岛人，可是他立刻装成黄县的腔音。老板一听以为是一个同乡，照着他所指的就把一个大圆面包递给他了。

他自己幸喜他的舌头非常灵敏，黄县的话居然一学也能学得很像，这一点工夫也实在不容易。他抱起四五磅重的大面包，心里非常之痛快。所以也忘记了向那老板要一张纸包上，他就抱了赤裸裸的大面包在街上走。若不是上海在动乱中，若在平时，街上的人一定以为马伯乐的面包是偷来的，或是从什么地方拾来的。

马伯乐买完了面包，天就黑下来，这是北四川路开始搬家的第二天。

马伯乐虽然晚饭又吃了四五个蛋炒的饭，但心里又觉得有点空虚了，他想：

“逃难虽然已经开始了，但这只是上海，青岛怎么还没逃呢？”

这一天马伯乐走的路途也不比昨天少，就说是疲乏也不次于昨天，但是他睡觉没有昨夜睡的好。他差不多是失眠的样子，他终夜似乎没有睡什么，一夜他计划，计划他自己的他个人的将来，他想：

“逃难虽然已经开始了，但是自己终归逃到什么地方去？就不用说终归，就说眼前第一步吧，第一步先逃到哪儿最安全呢？而且到了那新的地方，是否有认识人，是否可以找到一点职业。不然，家里若不给钱，到那时候可怎么办？太太若来，将来逃就一块逃。太太自己有一部分的钱。同时太太的钱花完了也不要紧，只要有太太，有小雅格她们在一路，父亲是说不出不给钱的。就是不给我，他也必要给他的孙儿孙女的。现在就是这一个问题，就是怎样使太太马上出来，马上到上海来。”

马伯乐正想到紧要的地方，他似乎听到一种声响，听到一种异乎寻常的声响。这种声响不是平常的，而是很远很远的，十分像是大炮声。他想：

“是不是北四川路已经开炮了呢？”

对于这大炮声马伯乐虽然是早已预言了多少日子，早已用工夫宣传了多少人，使人相信早晚必有这么一天。人家以为马伯乐定然是很喜欢这大炮声。而今他似乎听到了，可是他并不喜欢，反而觉得有点害怕。他把耳朵离开了枕头，等着那种声音再来第二下，等了一会，终于没有第二下，马伯乐这才又接着想他自己的事情：

“……用什么方法，才能使太太早日出来呢？我就说我要投军去，去打日本。太太平常就知道我是很有国家观念的，从我做学生的时候起，是凡闹学潮的时候，没有一次没有我。太太是知道的，而且她很害怕，她看我很勇敢，和警察冲突的时候，我站在最前边。那时候，太太也是小孩子，她在女校，我在男校，她是看见过我这种行为的。她既然知道我的国家观念是很深切的，现在我一说投军救国去了，她必然要害怕。而且父亲一听也不得了，那她必然要马上来上海的。就这么做，打个电报去，一打电报事情就更像真的，立刻就要来的。”

马伯乐翻了一个身，他又细思索了一会，觉得不行，不怎样妥当。一看就会看出来，这是我瞎说。上海还并未开火，我可怎么去投的军？往哪里投，去投谁，这简直是笑话，说给小孩子，小孩子也不会信，何况太太都让我骗怕了，她一看，她就知道又是我想法要她的钱。他又想了第二个方法：

“这回说，我要去当共产党，父亲最怕这一手，太太也怕得不得了。他们都相信共产党是专门回家分他父母妻子的财产的。他们一听，就是太太未必来，也必寄钱给我的，一定寄钱给我的，给我钱让我买船票赶快回家。”

马伯乐虽然又想好了一条计策，但还不妙，太太不来终究不算妙计。父亲给那一点点钱，一花就完，完了还是没有办法。还是太太跟在旁边的最好，最把握，最稳当。

“那么以上两个计划都不用。用第三个，第三个是太太最怀疑我……我若一说，在上海有了女朋友，看她着急不着急，她一定一夜气得睡不着觉，第二天买了船票就来的。我不要说得太硬，说得太硬，她会老羞成怒，一气便真的不来了。我就吞吞吐吐的一说，似有似无，使她不见着人面不能真信其有，不见人面又不能真信其无。惟有这样她才来得快，何况那年我不是在上海真有过一个女朋友吗？”

就这么办，马伯乐想定了计划天也就快亮了。

他差不多一夜也没有睡。第二天起来是昏头昏脑的，好像太阳也大了，地球也有些旋转。有些脚轻头重，心里不耐烦。

从这一夜起，马伯乐又阴郁下来，觉得很没有意思，很空虚，一直到虹口开了大炮，他也没再兴奋起来。

北四川路开始搬家的第三天，“今晚定要开火”的传闻，全上海的人都相信了。

那夜北四川路搬家的最末的一班车子，是由英国巡捕押着逃出来的，那辆大卡车在夜里边是凄怆的很。什么车子也没有，只有它这一辆车子秃秃的跑了一条很长的空洞洞的大街。这是国际的逃难的车子，上边坐着白俄人，英国人，犹太人，也有一两个日本人。本来是英国捕房派的专车接他们的侨民的，别的国人也能坐到那车子上面，那是他们哀求的结果。

大炮就要响了，北四川路静得鸦雀无声。所有的房子都空了，街上一个人也看不见。平常时满街的车子都没有了。一切在等待着战争。一切都等候得很久了。街上因为搬家，满街飞着乱纸。假如市街空旷起来，比旷野更要空旷得多。旷野是无边的，敞亮的，什么障碍也没有。而市街则是黑漆漆的，鬼鬼祟祟的，房屋好像什么怪物似的，空旷得比旷野更加可怕。

所有的住在北四川路的日本人，当夜都跑到附近的日本小学堂里去了。也可以说所有住在上海的日本人都集中在日本小学堂。一方面他怕和中国冲突起来损害着他们的侨民，另一方面他怕他们的侨民反对这个战争，也许要跑到中国方面来。所以预先加以统制，无管是什么人，只要是日本人，就都得听命集中在一起，开起仗来好把他们一齐派兵押着用军舰运回日本去。

所以北四川路没有人在呼吸了。偶尔有一小队一小队的日本警察，和几匹主人逃走了，被主人抛下来的狗在街上走过。

北四川路完全准备好了，完全在等待着战争。英租界，法租界却热闹极了。家家户户都堆满了箱笼包裹，街谈巷议。新搬来的避难的房客对于这新环境，一时不能够适应下来，所以吵吵闹闹的，闹得大家不得安定。而况夜又热，谣言又多。所以一直闹到天明。

天亮了，炮声人们还没有听到。

也许是第二天夜晚才发炮呢！人们都如此以为着。

于是照常的吃饭，洗衣裳，买米买柴。虽然是人们都带着未知的惊慌之色，但是在马伯乐看来，那真是平凡得很，好像什么事情也没有发生，人们仍是照旧生活的样子。

“这算得了什么呢，这是什么也算不了的。”

马伯乐对于真正战争的开始，他却一点兴趣也没有了。他看得再没有那么平凡的了。他不愿意看了，他不愿意听了，他也不再出去巡查去了。在他一切似乎都完了。都已经过去了。

日本人打中国那好比是几年前的事情。中国人逃难也陈旧得像是几年前的事情。虽然天天在他心目中的日本的大炮一直到今天尚未发响，可是在他感情上就像已经开始打了好几天或好几个月那般陈旧了。

所以马伯乐再要听到谣传，说是日本人今天晚上定要开火之类，他一听就要睡着的样子。他表示了毫不关心的态度，他的眉头皱着，他的两个本来就很悲哀的眼睛，到这时候更显得悲哀了。

他的心上反复的想着的，不是前些日子他所尽力宣传的日本人就要打来。而是日本人打来了应该逃到哪里去？

“万事必要做退一步想。”

他之所谓退一步想，就是应该往什么地方逃。

“小日本打来必要有个准备。”

他之所谓准备，就是逃的意思。绝不是日本人打来时要大家一齐拼上了去。那为什么他不说“逃”而说“准备”？因为“准备”这个字比“逃”这字说起来似乎顺耳一些。

马伯乐到现在连“准备”这个字也不说了。而只说：

“万事要做退一步想。”

他觉得准备的时期已经过去了。应该立刻行动起来了。不然，到那时候可怎么办哪。到人人都逃的时候可怎么办？车船将都要不够用了。一开起战来，交通将不够用的，运兵的运兵载粮的载粮。还有工夫来运难民吗？逃难不早逃，逃晚了还行吗？

马伯乐只在计划着逃的第二步（因第一步是他从青岛逃到上海来），所以对于日本人真正要打来这回事，他全然不感到兴趣了。

当上海的大炮响起来的时候，马伯乐听了，那简直平凡极了。好像他从前就已经听过，并不是第一次才听过。全上海的人都哄哄嚷嚷的，只有马伯乐一个人是静静的，是一声不响的。他抽着烟卷，他躺在床上，把两只脚抬到床架上去，眼睛似睡非睡的看着那黄昏昏的电灯。大炮早已响起来了，是从黄昏的时候响起的。

“八一三”的第二天，日本飞机和中国飞机在黄浦江上大战，半面天空忽然来了一片云那样的，被飞机和火药的烟尘涂抹成灰色的了。好像世界上发现了奇异的大不可挡的旋风，带着声音卷来了，不顾一切的，呜呜的，轧轧的响着，因为飞机在天空里边开放机关枪，流弹不时的打到租界上来。飞机越飞越近，好像要到全上海的头顶上来打的样子。这时全上海的人没有一个不震惊的。

家家户户的人都站在外边来看，等飞机越飞越近了，把人的脸色都吓得发白。难道全个的上海都将成为战场吗？刚一开战，人们是不知道战争要闹到什么地步的。

“八一三”的第三天，上海落了雨了。而且刮着很大的风，所以满街落着树叶。法租界的医院通通住满了伤兵。这些受了伤的战士用大汽车载着，汽车上边满伏了树枝，一看就知道是从战场上来的。女救护员的胳臂上带着红十字，战士的身上染着红色的血渍。战士们为什么流了血？为了抵抗帝国主义的屠杀。伤兵的车子一到来，远近的人们都用了致敬的眼光站在那里庄严的看着。

只有马伯乐什么也不看，在街上他阴郁的走着。他踏着树叶，他低头不语，他细细的思量着。

“可是第一步到底逃到哪里呢？”

他想：

“南京吗？苏州吗？”

南京和苏州他都有朋友在那儿。虽然很久不通信了，若是逃难逃去的，未必不招待的。就是南京，苏州都去不成，汉口可总能去成的。汉口有他父亲的朋友在那里，那是万没有错的。就是青岛还没开火，这是很大的问题。太太不来一切都将谈不到的，“穷在家里，富在路上”，中国这句古语一点也没有说错。“车，船，店，脚，衙，无罪也该杀”。的的确确这帮东西是坏得很。可是此后每天不都将在路上吗？

“这是逃难呵，这是……”

马伯乐想到出神的时候，几乎自己向自己喊了出来：

“逃难没有钱能成吗？”

他看前边的街口上站着一群人。一群人围着一辆大卡车，似乎从车上往下抬着什么。马伯乐一看那街口上红十字的招牌，才知道是一个医院，临时收伤兵的。

他没有心思看这些，他转个弯到另一条街上去散步了。

走了没有几步，又是一辆伤兵的车子。伤兵何其多哉。他有些奇怪。他转过身又往回走，无奈太迟了，来不及了。终归那伤兵的车子赶过了他，且是从他的身边赶过的，所以那满车子染着血渍的光荣的中华民族的战士，不知不觉的让马伯乐深深的瞪了一眼。

他很奇怪，伤兵为什么这样多呢？难道说中国方面的战况不好吗？

中国方面的战况一不好，要逃难就更得快逃了。

他觉得街上是很恐怖的，很凄凉的，又加上阴天和落着毛毛的小雨，实在有些阴森之感。清道夫这两天似乎也没扫街，人行道上也积着树叶。而且有些难民，一串一串的抱着孩子，提着些零碎东西在雨里边走着。蓬头散发的，赤腿裸脚的。还有大门洞里边也都堆满了难民。雨水流满了一大门洞，那些人就在水湿里边躺着，坐着。

马伯乐一看，这真悲惨，中华民族还要痛苦到怎样的地步。我们能够不抵抗吗？

“打呀！打呀！我们是非打不可。”

等他看见了第二个大门口，第三个大门口都满满的堆着难民，他想：

“太太若真的不来，自己将来逃难下去，不也将要成为这个样子吗？”

实在是可怕得很。马伯乐虽然不被父母十分的疼爱，可是从小就吃得饱，穿得暖的。一个人会沦为这个样子，他从未想像过，所以他觉得很害怕，他就走回他的住处去了。

一进门他照例的踢倒了几个瓶子罐子，他把它们扶起来之后就躺到床上去了，很疲乏，很无聊，一切没有意思。抽一支烟吧，抽完了一支还是再抽一支吧。一个人在烦闷的时候，就和生病了一样，尤其是马伯乐，他的灰心的时候一到，他就软得和一滩泥似的了。比起生病来更甚。生了病他也不过多抽几支香烟就好了。可是他一无聊起来，香烟也没有用的。因为他始终相信，病不是怎样要紧的事情，最要紧的是当悲哀一侵入人体，那算是没有方法可以抵抗的了，那算是绝望了。

“这算完。”

马伯乐想，太太若是不来，一切都完了，一切谈不到。

他的香烟的火头是通红通红的，过不了两三秒钟他吹它一次，把烟灰吹满了一枕头。反正这逃难的时候，什么还能干净得了。所以他毫不小心的弯着腿，用皮鞋底踏床上的褥子。

“这算完，太太不来一切都完了。”

一想到这里，他更不加小心的吹起烟灰来。一直吹到烟灰落下来迷了他的眼睛，他才停止的。

他把眼睛揉了一揉，用手指在眼边上刮了一刮。很奇怪的，迷进马伯乐眼睛里的沙子因此一刮也常常就会出来了。

马伯乐近来似乎不怎样睡眠，只是照常的吃饭，蛋炒饭照常的吃。睡眠是会间断了思想的，吃饭则不会，一边吃着一边思想着，且吃且想还很有意思。

马伯乐刮出来眼睛的烟灰后，就去燃起炭炉来烧饭去了。不一会工夫，炭火就冒着火星着起来了。

照例马伯乐是脱去了全身的衣裳，连袜子也脱去，穿着木头板鞋。全身流着汗，很紧张，好像铁匠炉里的打铁的。

锅里的油冒烟了，马伯乐把葱花和调好的鸡蛋哇啦一声倒在油里。

马伯乐是青岛人，很喜欢吃大葱大蒜之类。他就总嫌这上海的葱太小。因上海全是小葱，所以他切葱花的时候，也就特别多切上一些。在油里边这很多的葱，发散着无比的香气。

蛋炒饭这东西实在好吃，不单是吃起来是可口的香，就是一闻也就值得了。所以马伯乐吃起蛋炒饭来是永久没有厌的，他永久吃不厌的，而且越吃越能吃。若不是逃难的时候，他想他每顿应该吃五个蛋炒饭。而现在不能那样了，现在是省钱第一。

“这是什么时候？这是逃难的时候。”

每当他越吃越香很舍不得放下饭碗的时候，他就想了以上这句话。果然，一想是在逃难，虽然吃不甚饱也就算了。何况将来逃起难来的时候说不定还要挨饿的。

“没看见那弄堂口里的难民吗？他们还吃蛋炒饭呢！他们是什么也没有吃的呀！”

他想将来自己能够一定不挨饿的吗？所以少吃点也算不了什么，而且对于挨饿也应该提早练习着点，不然，到那时候可怎么办哪！到那时候对于饥饿毫无经验，可怎么能够忍受得了？应该提早饿一饿试试，到那时候也许就不怕了。

叫化子不是常常吃不饱的吗？为什么他受得住而别人受不住呢？就因为他是饿惯了。小孩子吃不饱，他要哭。大人吃不饱他会想法子再补充上点，到冠生园去买饼干啦，吃一点什么点心之类啦。只有叫化子，他吃不饱，他也不哭，他也不想法子再吃。有人看见过叫化子上冠生园去买点心的吗？可见受过训练的饥饿和没有受过训练的饥饿是不同的。

马伯乐对于他自己没能够吃上五个蛋炒饭的理由有二，第一为着省钱；第二为着训练。

今天的蛋炒饭炒得也是非常之香，满屋子都是油炸葱花的气味，马伯乐在这香味中被引诱得仿佛全个的世界都是香的，任什么都可以吃，任什么都很好吃的样子。当他一端起饭碗来，他便觉得他是很幸福的。

他刚要尝到这第一口，外边有打门的了。马伯乐很少有朋友来拜访他，大概只有两三次，是很久以前。最近简直是没有过，一次也没有。

“这来的人是谁呢？”

马伯乐只这么想了一下，并没有动。蛋炒饭也仍抱在手里。

“老张吗！老陈吗！还是……”

马伯乐觉得很受惊。他的习惯与人不同。普通人若听到有人敲门，一定是立刻走过去开了门一看便知分晓了。可是他不同，因为他是很聪明的，很机警的，是凡什么事情在发生以前他大概就会猜到的。即或猜错了，他也是很喜欢猜的。比方哪位买了件新东西，他就愿意估一个价码。说这东西是三元买的，或是五元买的，若都不对，他便表示出很惊讶的样子说：

“很奇怪的，莫名其妙的，这东西就真的……真是很怪……”

他说了半天，不知他说了些什么。他仍是继续着在猜。有的时候，人家看他猜得很吃力就打算说了出来。而他则摆着手，不让人家说。他到底要试试自己的聪明如何。对于他自己的那份天才，他是十分想要加以磨练的。

现在他对于那门外站着的究竟什么人，他有些猜不准。

“张大耳朵，还是小陈！还是……”

张大耳朵前几天在街上碰到的，小陈可是多少日子不见了。大概是小陈，小陈敲门的声音总是慢吞吞的。张大耳朵很猛撞，若敲了这许多工夫他还不开门就往里撞，他还会那么有耐性。

马伯乐想了这么许多，他才走过去慢慢的，把身子遮掩在门扇的后边把门只开了一道小缝。似乎那进来的人将是一个暴徒，他防备着当头要给他一棒。

他从门缝往外一看，果然是小陈。于是他大大的高兴起来：

“我猜就是你，一点也没有猜错。”

过了一些工夫，小陈和他讲了许多关于战争的情形，他都似乎没有听见。他还向小陈说：

“你猜我怎么知道一定是你，而不是张大耳朵。张大耳朵那小子是和你不同的，他非常的没有耐性。若是他来，他用脚踢开门就进来，而你则不同。你是和大姑娘似的，轻轻的，慢慢的……你不是这样吗？你自己想想，我说的对不对？”

马伯乐说着就得意洋洋的拿起蛋炒饭开始吃。差不多要吃饱了，他才想起问他的客人：

“小陈，可是你吃了饭吗？”

他不等小陈回答，他便接下去说：

“可是我这里也没有什么好吃的，只是每天吃蛋炒饭……一开起战来，你晓得鸡蛋多少钱一个？昨天是七分，今天我又一打听是八分。真是贵得吃不起了。我这所吃的还是打仗的前一天买的，是一角钱三个。可是现在也快吃完了。吃完也不打算买了。我们的肠胃并不是怎么十分高贵的，非吃什么鸡蛋不可。我说小陈，你没看见吗？满街都是难民，他们吃什么呢，他们是什么也怕没有吃。他们是饿着的，而我们不但吃饭，而要用鸡蛋炒上，这是不合理的……我吃完了这几个蛋，我绝不再买了。可是小陈你到底吃过饭没？若没吃就自己动手，切上些葱花，打上两个蛋，就自己动手炒吧！蛋炒饭是很香的。难道你吃过了吗？你怎么不出声？”

小陈说吃过了，用不着了。并问马伯乐：

“黄浦江上大空战你看见了吗？”

小陈是马伯乐在大学里旁听时的同学，他和马很好，所以说话也就不大客气。他是马伯乐的穷朋友之一，同时也是马伯乐过去书店里的会计。那天马伯乐在街上走着，被抓掉帽子的，也就是他。他的眼睛很大，脸色很黄，因长期的胃病所致。他这个人的营养不良是无可否认的事实。脸色黄得透明，他的耳朵迎着太阳会透亮的。好像医药室里的用玻璃瓶子装着，浸在酒精里的胎儿的标本似的。马伯乐说不上和他怎样要好，而是他上赶着愿意和马伯乐做一个朋友。马伯乐也就没有拒绝他，反正穷朋友好对付，多几个少几个也没多大关系。马伯乐和他相谈也谈不出多大道理来，他们两个人之间没有什么思想，没有什么事业在中间连系着。也不过两方面都是个市民的资格，又加上两方面也都没有钱。小陈是没有钱的，马伯乐虽然有钱，可是都在父亲那里，他也拿不到的，所以也就等于没有钱。

可是小陈今天来到这里，打算向马伯乐借几块钱。他转了好几个弯而没有开口。他一看马伯乐生活这样子，怕是他也没有钱。可是又一想，马伯乐的脾气他是知道的，有钱和没有钱是看不大出来的，没有钱，他必是很颓丧的，有了钱，他也还是颓丧的，因为他想：

“钱有了，一花可不就是没有吗？”

小陈认识他很久了，对于他的心理过程很有研究。于是乎直截了当的就问马伯乐：

“老马，有钱没有？我要用两块。”

马伯乐一言未发，到床上去就拉自己的裤子来，当着小陈的面把裤袋里所有的钱一齐拿出来展览了一遍，并且说着：

“老马我，不是说有钱不往外拿，是真的一点办法没有了。快成为难民了。”

他把零钱装到裤袋去，裤子往床上一丢时，裤袋里边的铜板叮当响着。马伯乐说：

“听吧，穷的叮当了，铜板在唱歌了。”

在外表上看来，马伯乐对于铜板是很鄙视的，很看不起的，那是他表示着他的出身是很高贵的，虽然现在穷了，也不过是偶尔的穷一穷，可并非出身就是穷的。

不过当他把小陈一送走了，他赶快拾起裤子来，数一数到底是多少铜板。

马伯乐深知铜板虽然不值钱，可它到底是钱。就怕铜板太少，铜板多了，也一样可以成为富翁的。

他记得青岛有一位老绅士，当初就是讨铜板的叫化子，他一个月讨两千多铜板，讨了十几年，后来就发财了。现在就是当地的绅士。

“铜板没用吗？那玩艺要一多了也不得了。”

马伯乐正在聚精会神的数着，门外又有人敲他的门。

马伯乐的住处从来不来朋友，今天一来就是两个，他觉得有点奇怪。

“这又是谁呢？”

他想。

他照着他的完完全全的照着他的老规矩，慢慢的把身子掩在门后，仿佛他打算遭遇不测。只把门开了一个小小的，小小的缝。

原来不是什么人，而是女房东来找他谈话，问他下月房子还住不住，房子是涨了价的。

“找房子的人，交交关交交关[1]……”

女房东穿着发亮的黑拷绸的裤褂，拖着上海普遍的，老板娘

1　交交关交交关，江南方言，吴语中表示“很多”“许多”的意思。

所穿的油渍渍的，然而还绣着花的拖鞋。她哇啦哇啦的说了一大片上海话。

马伯乐等房东太太上楼去了，关了门一想：

“这算完！”

房子也涨了价了，吃的也都贵得不得了。这还不算。最可怕是战争还不知道演变到什么地步。

“这算完，这算完……”

马伯乐一连说了几个“这算完”之后，他便颓然的躺到床上去了。他一点力量也没有了。

大炮一连串的，好像大石头似的在地面上滚着，轰轰的。

马伯乐的房子虽然是一点声音不透，但这大炮轰隆轰隆的声音是从地底下来的，一直来到马伯乐的床底下。

马伯乐也自然难免不听到这大炮的响声。这声音讨厌得很，仿佛有块大石头在他脑子中滚着似的。他头昏脑乱了，他烦躁得很。

“这算完，这算完。”

他越想越没有办法。

马伯乐几天前已给太太写了信去。虽然预测那信还未到，可是在马伯乐他已经觉得那算绝望了。

“太太不会来的，她不会来的，她那个人是一块死木头……她绝不能来。”

他既然知道她绝不能来，那他还要写信给她？其实太太来与不来，马伯乐是把握不着的，他心上何曾以为她绝对不能来？不过都因为事情太关乎他自己了。越是单独的关乎他自己的事情，他就越容易往悲观方面去想。因为他爱他自己甚于爱一切人。

他的小雅格，他是很喜欢的，可是若到了极高度的危险，有生命危险的时候，他也没有办法，也只得自己逃命了事。他以为那是他的能力所不及的，他并没有罪过。

假若马伯乐的手上在什么地方擦破了一块皮，他抹了红药水，他用布把它包上。而且皱着眉头很久很久的惋惜着他这已经受了伤的无辜的手。

受了伤，擦一点红药水，并不算是恶习，可是当他健康的脚，一脚出去踏了别人包着药布的患病的脚，他连对不起的话也不讲。他也不以为那是恶习。（只有外国人不在此例，他若是碰撞了人家，他连忙说 Sorry。并不是他怕外国人，因为外国人太厉害。）

总之越是马伯乐自己的事情，他就越容易往悲观方面去想。他不管是真正乐观的，或有几分乐观的；这他都不管。哪怕一根鱼刺若一被横到他的喉咙里，那鱼刺也一定比横在别人喉咙里的要大，因为他实实在在的感着那鱼刺的确是横在他的喉咙了。一点也不差，的的确确的，每一呼吸那东西还会上下的刺痛着。

房东这一加房价，马伯乐立刻便暗无天日起来，一切算是完了。人生一点意思也没有，一天到晚的白活。白吃，白喝，白睡觉。实在是无有意思。这样一天一天的活下去，到什么时候算个了事。

马伯乐等房东太太上了楼，他就关了门，急急忙忙的躺到床上去，他的两个眼睛不住的看着电灯，一直看到眼睛冒了花。他想：

“电灯比太阳更黄，电灯不是太阳啊！”

“大炮毕竟是大炮，是与众不同的。”

“国家多难之期，人活着是要没有意思的。”

“人在悲哀的时候，是要悲哀的。”

马伯乐照着他的规程想了很多，他依然想下去：

“电灯一开，屋子就亮了。”

“国家一打仗，人民就要逃难的。”

“有了钱，逃难是舒服的。”

“日本人不打青岛，太太是不能来的。”

“太太不来，逃难是要受罪的。”

“没有钱，一切谈不到。”

“没有钱，就算完了。”

“没有钱，咫尺天涯。”

“没有钱，寸步难行。”

“没有钱，又得回家了。”

马伯乐一想到回家，他不敢再想了。那样的家怎么回得？冷酷的，无情的，从父亲，母亲，太太说起，一直到小雅格，没有一个人会给他一个好颜色。

哪怕是猫狗也怕受不了，何况是一个人呢！

马伯乐的眼睛里上下的转了好几次眼泪。人活着有什么意思。他的眼泪几几乎就要流出来了。

马伯乐赶快的抽了几口烟，总算把眼泪压下去了。

经过这一番悲哀的高潮，他的内心似乎舒展了一些。他从床上起来，用冷水洗着脸，他打算到街上去散散步。

无奈他推门一看，天仍落着雨，雨虽然不很大，但是讨厌得很。

马伯乐想，衣服脏了也没有人给他洗，要买新的又没有钱，还是不去吧。

马伯乐刚忘下了的没有钱的那回事，现在又想起来了。

“没有钱，一切谈不到。”

“没有钱，就算完。”

“人若没有钱，就不算人了。”

马伯乐气得擂了一下桌子。桌面上立时跳起了许多饭粒。因为他从来不擦桌子，所以那饭粒之中有昨天的，有前天的，也或许有好几天前就落下在桌子上的。有许多饭粒本来是藏在桌子缝里边，经他打了这一拳，通通都跳出来了。好像活的东西似的，和小虫似的。

马伯乐赶快伸出手掌来把它们扫到地上去了。他是扫得很快的，仿佛慢了一点，他怕那些饭粒就要跑掉似的。而后他用两只手掌拍着，他在打扫着自己的手掌，他想：

“这他妈的叫什么世界呵！满身枷着枷锁，没有一个自由的人。这算完，现在又加上了小日本这一层枷锁。血腥的世界，野兽世界，有强权，无公理，现在需要火山爆发，需要天崩地裂，世界的末日，他妈的快快来到吧！若完大家就一块完，快点完。别他妈的费事，别他妈的啰嗦。这样的活着干什么，不死不活的，活受罪。”

马伯乐想了一大片，结果又想到他自己的身上去了：

“这年头，真是大难的年头，父母妻子会变成不相识的人，奇怪的，变成不相干的了。还不如兽类，麻雀当它的小雀从房檐落到地上被猫狗包围上来的时候，那大麻雀拼命的要保护它的小雀，它吱吱喳喳的要和狗开火，其实凭一只麻雀怎敢和狗挑战呢，不过因为它看到它的小雀是在难中呵！猫也是一样，狗也是一样，它若是看到它的小猫或小狗被其余的兽类所包围，哪怕是一只大老虎，那做大狗的，做大猫的，也要上去和它战斗一番。这是什么道理呢？这就是它看见它自己所亲生的小仔是在难中。可是人还不如猫狗。他眼看着他自己的儿子是在难中，可是做父亲的却没有丝毫的同情心，为什么他不爱他的儿子呢？为着钱哪！若是儿子有了钱，父亲就退到了儿子的地步，那时候将不是儿子怕父亲，将要父亲怕儿子了。父亲为什么要怕儿子呢？怕的是钱哪！若是儿子做了银行的行长，父亲做了银行的茶房，那时候父亲见了儿子，就要给儿子献上一杯茶去。父亲为什么要给儿子倒茶呢？因为儿子是行长呵！反过来说，父亲若是个百万的富翁，儿子见了父亲，必然要像宰相见了皇帝的样子，是要百顺百从的。因为你稍有不顺，他就不把钱给你。俗话说，公公有钱，婆婆住大房。儿子有钱，婆婆做媳妇。钱哪！钱哪！一点也不错呵！这是什么世界，没有钱，父不父，子不子。妻不妻，夫不夫。人是比什么动物都残酷的呀！眼看着他的儿子在难中，他都不救……”

马伯乐想得非常激愤的时候，他又听到有人在敲他的门。他说：

“他妈的，今天的事特别的多。”

他一生气，他特别的直爽，这次他没有站到门后去，这次他没有做好像有人要逮捕他的样子。而他就直爽爽的问了出去。

“谁呀！他妈的。”

他正说着，那人就撞开门进来了。

是张大耳朵。也是马伯乐在大学里旁听时的同学，也在马伯乐的书店里服过务，他之服务，并没有什么名义，不过在一起白吃白住过一个时期，跟马伯乐很熟，也是马伯乐的穷朋友之一。

他说话的声音是很大的，摇摇摆摆的，而且摇得有一定的韵律，颤颤巍巍的，仿佛他的骨头里边谁给他装设上了弹簧。走路时，他的脚尖在地上颠着，抽香烟擦火柴时，他把火柴盒拿在手里，那么一抖，很有规律性的火柴就着了。他一切的动作的韵律，都是配合着他体内的律动而出发的。一看上去就觉得这个人满身是弹簧。

他第一句问马伯乐的就是：

“黄浦江上大空战，你看见了吗？”

马伯乐一声没响。

张大耳朵又说：

“昨天晚上那机关枪响了一夜，你听着还能睡着觉吗？”

马伯乐又一声没响。

张大耳朵说：

“老马，你近来怎么消沉了？这样伟大的时代，你都不关心吗？对于这中国民族历史开始的最光荣的一页，你都不觉得吗？”

马伯乐仍是一声没响。只不过微微的一笑，同时磕了磕烟灰。

张大耳朵是一个比较猛撞的人，他毫不客气的烦躁的向着马伯乐大加批判起来：

“我说，老马，你怎么着了？前些日子我在街上遇见你时，你并不是这个样子，那时候你是愤怒的，你是带着民族的情感很激厉的在街上走。因为那时候别人还看不见，还不怎样觉着，可以说一点也不觉着上海会像现在似的：听着大炮轰轰的响，只有你老早就预言了上海必要成为今天这样子。果然不错，不到一个月，上海就成为你所预言的今天这个样子了。”

张大耳朵停了一停，看看马伯乐是什么神色。

马伯乐轻蔑的，用他悲哀的眼睛做出痛苦的微笑来。

张大耳朵在地上用脚尖弹着自己的身体，很凄怆的，很诚恳的招呼着马伯乐：

“老马，难道你近来害了相思病吗？”

这一下子把马伯乐气坏了。他说：

“真他妈的中国人！”

马伯乐想：

“这小子真混蛋，国家都到了什么时候，还来这一套。”

不过他没有说出来。

张大耳朵说：

“我真不能理解，中国的青年若都像你这样就糟了。头一天是一盆通红的炭火，第二天是灰红的炭火，第三天就变成死灰了。”

张大耳朵也不是个有认识的人，也不是一个理论家。有一个时候他在电影圈里跟着混了一个时期，他不是导演，也不是演员，他也不拿月薪。不过他跟那里边的人都是朋友。彼此抽抽香烟，荡荡马路，打打扑克，研究研究某个女演员的眼睛好看，某个的丈夫是干什么的，有钱没有钱。某个女演员和某个男演员正在讲恋爱之类。同时也不能够说张大耳朵在电影圈里没有一点进步，他学会了不可磨灭的永存的一种演戏的姿态，那就是他到今天他每一迈步把脚尖一颤的这一“颤”，就是那时候学来的。同时他很丰富的也学得银幕上和舞台上的难得的智识。也知道了一些乐器的名称，什么叫做“基答儿”[1]，什么叫做“八拉来克”[2]。但也不能说张大耳朵在电影圈里的那个时期就没有读书。书也是读的，不过都是关于电影方面的多，《电影画报》啦，或者《好来坞》啦。女演员们很热心的读着那些画报，看一看好来坞的女明星都穿了些怎么样的衣服，好来坞最新式的女游泳衣是个什么格

1 “基答儿”，今通译吉他，弹拨乐器之一种，又称六弦琴，是流行音乐、摇滚音乐、蓝调等领域的主要乐器，古典吉他与小提琴、钢琴并列为世界三大乐器。

2 “八拉来克”，亦译作“补拉来克”，俄罗斯人常用的一种弹奏乐器。

式。到底比上海的摩登了多少。还有关于化妆部分的也最重要，眼睛该涂上什么颜色的眼圈，指甲应该涂上哪一种的亮油好呢？深粉色的还是浅粉色的。擦粉时用的粉底子最要紧，粉底子的质料不佳，会影响皮肤粗糙：皮肤一粗糙，人就显得岁数大。还有声音笑貌也都是跟着画报学习。男演员们也是读着和这差不多的书。

所以张大耳朵不能算是有学问的人。但是关于抗日他也同样和普通的市民一样的热烈，因为打日本在中国是每个人所要求的。

张大耳朵很激愤的向着马伯乐叫着：

“老马，你消沉得不像样子啦，中国的青年应该这个样子吗？ 你看不见你眼前的光明吗？日本人的大炮把你震聋了吗？”

马伯乐这回说话了，他气愤极了。

“我他妈的眼睛瞎，我看不见吗？我他妈的耳朵聋，我听不见吗？你以为就是你张大耳朵，你的耳朵比别人的耳朵大才听得见的呀！我比你听见的早，你还没有听见，我便听见了。可以说日本的大炮还没响，我就听见了。你小子好大勇气，跑这里来唬人。三天不见，你可就成了英雄！好像打日本这回事是由你领导着的样子。”

马伯乐一边说着，张大耳朵一边在旁边笑。马伯乐还是说：

“你知道不知道，老马现在一钱不名了。还看黄浦江大空战！大空战不能当饭吃。老马要当难民去了，老马完了！”

马伯乐依然脸上是平静的，是微笑的，但是他的微笑是毫无内容的，内容空虚的一种微笑。是勉强挣扎着的。极痛苦的微笑。极吃力的。

马伯乐送走了张大耳朵，天也就黑了。马伯乐想：

“怎么今天来了好几个人呢？大概还有人来！”

他等了一些时候，毕竟没有人再来敲门。于是他就睡觉了。

第二章

“八一三”后两个月的事情，马伯乐的太太从青岛到了上海。

人还未到，是马伯乐预先接到了电报的。

在这两个月中，马伯乐穷得一塌糊涂：他的腿穷得好像鹤腿那般长！他的脖颈和长颈鹿似的，老远的伸出了去的。

他一向没有吃蛋炒饭了。他的房子早就退了。他搬到小陈那里，和小陈住在一起。

小陈是个营养不良的蜡黄的面孔。而马伯乐的面孔则是青虚虚的，多半由于失眠所致。

他们两个共同的住着一个亭子间。亭子间没有地板，是洋灰地[1]。他们两个人的行李都摊在洋灰地上。

马伯乐行李脏得不成样子了，连枕头带被子全都是土灰灰的了，和洋灰地差不多了。可是小陈的比他的更甚，小陈的被单已经变成黑的了，小陈的枕头脏得闪着油光。

马伯乐的行李未经洗过的期间只不过两个多月，尚未到三个月。可是小陈的行李未经洗过却在半年以上了。

小陈的枕头看上去好像牛皮做的，又亮又硬，还特别结实。

1　洋灰地，洋灰：水泥的旧称，因当时许多东西都是舶来品，人们在命名这些物品时往往会加一个“洋”字。水泥颜色近“灰”，遂有“洋灰”之称。

马伯乐的枕头虽然已经脏得够受的了，可是比起小陈的来还强，总还没有失去枕头的原形。而小陈的枕头则完全变样了，说不上那是个什么东西，又亮又硬，和一个小猪皮鼓似的。

按理说这个小亭子间，是属于他们两个的，应该他们两个人共同管理。但事实上不然，他们两个人谁都不管。

白天两个都出去了，窗子是开着的，下起雨来，把他们的被子通通都给打湿了。而且打湿了之后就泡在水里边，泡了一个下半天。到晚上两个人回来一看：

“这可怎么办呢？将睡在什么地方呢？”

他们的房子和一个长方形的纸盒子似的。只能够铺得开两张行李，再多一点无论什么都放不下的。就是他们两个人一人脚上所穿的一双皮鞋，到了晚上脱下来的时候，都没有适当的放处。放在头顶上，那皮鞋有一种气味。放在一旁，睡觉翻身时怕压坏了。放在脚底下又伸不开脚。他们的屋子实在精致得太厉害，和一个精致的小纸匣似的。

这一天下了雨，满地和行李都是湿的。他们两个站在门外彼此观望着。（因为屋子太小，同时两个人都站进来是装不下的，只有在睡觉的时候两个人都各自的躺在自己的行李上去才算容得下。）

“这怎办呢？”

两个人都这么想，谁也不去动手，或是去拉行李，或是打算把地板擦干了。

两个人彼此也不抱怨，马伯乐也不说小陈不对，小陈也不埋怨马伯乐。仿佛这是老天爷下的雨，能够怪谁呢？是谁也不怪的。他们两个人彼此观望时，还笑盈盈的。仿佛摆在他们面前这糟糕的事情，是第三者的，而不是他们两个的。若照着马伯乐的性格，凡事若一关乎了他，那就很严重的；但是现在不，现在并不是关乎他的，而是他们两个人的。

当夜他们两个人就像两条虫子似的蜷曲在那湿漉漉的洋灰地了。把行李推在一边，就在洋灰地上睡了一夜。

一夜，两个人都很安然的，彼此没有一点怪罪的心理。

有的时候睡到半夜下雨了。雨点从窗子淋进来，淋到马伯乐的脚上，马伯乐把脚钻到被单的下边去。淋到小陈的脚上，小陈也把脚钻到被单的下面去。马伯乐不起来关窗子，小陈也不起来关窗子。一任着雨点不住的打。奇怪得很，有人在行李上睡觉，行李竟会让雨打湿了，好像行李上面睡着的不是人一样。

所以说他们两个人的房子他们两个人谁也不加以管理。比方下雨时关窗子这件事，马伯乐若是起来关了，他心里一定很冤枉，因为这窗子并不是他一个人的窗子。若小陈关了，小陈也必冤枉，因为这窗子也不是小陈一个人的窗子。若说两个人共同的关着一个窗子，就像两个人共同的拿着一个茶杯似的，那是不可能的。于是就只好随它去，随它开着。

至于被打湿了行李，那也不是单独的谁的行李被打湿了，而是两个人一块被打湿的。只要两个人一块，那就并不冤枉。

小陈是穷得一钱不名。他从大学里旁听了两年之后，没有找到职业。第一年找不到职业，他还悔恨他没有真正读过大学。到后来他所见的多了，大学毕业的没有职业的也多得很。于是他也就不再幻想，而随随便便的就在上海住下来。有的时候住到朋友的地方去，有的时候也自己租了房子。他虽然没有什么收入，可是他也吸着香烟，也打着领带，也穿着皮鞋，也天天吃饭，而且吃饱了也到公园里去散步。

这一些行为是危险的，在马伯乐看来是非常可怕，怎么一个人会过了今天就不想明天的呢？若到了明天没有饭吃，岂不饿死了。

所以小陈请他看电影的时候，他是十分的替他担心。

“今天你把钱用完了，明天到吃饭的时候可怎么呢？”

小陈并不听这套，而很自信的买了票子。马伯乐虽然替小陈害怕，但也跟着走进戏院的座位去。

本来马伯乐比小陈有钱。小陈到朋友的地方去挖到了一块两块的，总是大高其兴，招呼着马伯乐就去吃包子，又是吃羊肉，他非把钱花完了他不能安定下来的样子。而马伯乐则不然。他在朋友的地方若借到了钱，就像没有借到的一样，别人是看不出来的，他把钱放在腰包里，他走起路来也是一样，吃饭睡觉都一样。没有什么特别的表现。就是小陈也常看不出他来。

马伯乐自从搬到小陈一起来住，他没请过小陈看了一次电影。他把钱通通都放了起来，一共放到现在已经有十几块钱了。

现在马伯乐看完了太太的电报，从亭子间出来下楼就跑，跑到理发馆里去了。

马伯乐坐在理发馆的大镜子的前边，他很威严的坐着，他从脖颈往下围着一条大白围裙。他想，明天与今天该要不同了，明天是一切不成问题了。而今天的工作是理了发，洗个澡，赶快去买一件新的衬衫穿上，袜子要换的，皮鞋要擦油的。

马伯乐闭了眼睛，头发是理完了。在等着理发的人给他刮胡子。

他的满脸被抹上了肥皂沫，静静的过了五分钟，胡子也刮完了。

他睁开眼睛一看，漂亮是漂亮了，但是有些不认识自己了。

他一回想，才想起来自己是三个月没有理发了。

在这三个月中，过的是多么可怕的生活，白天自己在街上转着，晚上回来像狗似的一声不响的蜷在地板上睡了一觉。风吹雨打，没有人晓得。今天走在街上，明天若是死了，也没有人晓得。人活在世界上就是这个样的吗？有没有都是一样，存在不存在都是一样。若是死的消息传到了家里，父亲和母亲也不过大哭一场，难过几个月，过上一年两年就忘记了。有人提起来才能想起他原先是有过这样一个儿子。他们将要照常的吃饭睡觉，照常的生活，一年四季该穿什么样衣裳，该吃什么样的东西。一切都是照旧。世界上谁还记得有过这样一个人？

马伯乐一看大镜子里边的人又干净又漂亮，现在的马伯乐和昨天的简直不是一个人了。马伯乐因为内心的反感，他对于现在的自己非常之妒恨。他向自己说：

“你还没有饿死吗？你是一条亡家的狗，你昨天还是……你死在阴沟里，你死什么地方，没有人管你，随你的便。”

第二天他把太太接来了，是在旅馆里暂且定的房间。

太太一问他：

“保罗，你的面色怎么那么黄呵！”

马伯乐立刻就流下眼泪来，他咬着嘴唇，他是十分想抑止而抑止不住，他把脸转过去，向着旅馆挂在墙上的那个装着镜框的价目单，他并不是在看那价目单，而是想藉此忘记了悲哀，可终没有一点用处。那在黑房子里的生活，那吃蛋炒饭的生活。向人去借钱，人家不借给他的那种脸色。他给太太写了信去，而太太置之不理的那些日子。马伯乐一件一件的都想起来了。

一直到太太抚着他的肩膀说了许多安慰他的话，他这才好了。

到了晚上他回到小陈那里把行李搬到旅馆去了。到了旅馆里，太太打开行李一看，说：

“呀！保罗，你是在哪里住着来的，怎么弄成这个样子！”

马伯乐又是一阵心酸，又差一点没有流下眼泪来。

这一夜马伯乐都是郁郁不乐的。

马伯乐盖上了太太新从家里带来的又松又软的被子。虽然住的是三等的旅馆，但比起小陈那里不知要好了多少倍，是铁架的床，床上挂的帐子，床板是棕棚的，带着弹性，比起小陈那个洋灰地来，不知要软了多少倍。枕头也是太太新从家里带来的，又白又干净。

马伯乐把头往枕头上一放就长叹了一口气，好像那枕头给了他无限的伤心似的。他的手在被边上摸着，那洁白的被边是非常干爽的，似乎还带清香的气息。

太太告诉他关于家里的很多事情，马伯乐听了都是哼哼哈哈的答应着。他的眼睛随时都充满着眼泪，他好像在深思着什么似的。一会他的眼睛去看着床架，一会把眼睛直直的看着帐子顶。他的手也似乎无处可放的样子，不是摸着被边，就是拉着床架，再不然就是用指甲磕着床架工工的响。

太太问他要茶吗?

他只轻轻的点了点头。

太太把茶拿给他，他接到手里。他拿到手上一些工夫没有放到嘴上去吃。他好像在想什么而想忘了。

他与太太的相见，好像是破镜重圆似的，他是快乐的，他是悲哀的，他是感激的，他是痛苦的。他是寂寂寞寞的，他是又充实又空虚的。他的眼睛里边含满了眼泪，只要他自己稍一不加制止，那眼泪就要流下来的。

太太问他：

“你来上海的时候究竟带着多少钱的？”

马伯乐摇一摇头。

太太又说：

“父亲说你带着两百多块？”

马伯乐又摇一摇头，微微的笑了一笑。

太太又说：

“若知道你真的没有带着多少钱，就是父亲不给，我若想一想办法也总可以给你寄一些的。”

马伯乐又笑了笑，他的眼睛是亮晶晶的，含满了眼泪。

太太连忙问他：

“那么你到底是带着多少？”

“没带多少，我到了上海就剩了三十元。”

太太一听，连忙说：

“怪不得的，你一封信一封电报的催，那三十元，过了三个月，可难为你怎么过来的？”

马伯乐微微的笑了一笑，眼泪就从那笑着的眼睛里滚下来了。他连忙抓住了太太的手，而后把脸轻轻的压到枕头上去。

那枕头上有一种芳香的气味，使他起了一种生疏的感觉。好像他离开了家已经几年了。人间无限的虐待，无限痛苦，好像他都已经尝遍了。

第二天早晨，马伯乐第一步先去的地方就是梵王渡，就是西站。到内地去的唯一的火车站。（上海通内地的火车，在抗战之后的两个月就只有西站了。因为南站北站都已经沦为敌手了。）

马伯乐在卖票处问了票价，并问了五岁的孩子还是半票，还是不起票。

他打算先到南京，而后再从南京转汉口。汉口有他父亲的朋友在那里。不过这心事还没有和太太谈过，因为太太刚刚来到，好好的让她在旅馆里休息两天，休息好了再谈也不晚。所以他还没有和太太说起。若是一谈，太太是没有不同意的。

马伯乐觉着太太这次的来，对待他比在家时好得多了，很温和的，而且也体贴得多。太太变得年青了，太太好像又回到了刚结婚的时候似的，是很温驯的，很有耐性的了。若一向太太提起去汉口，太太是不会不同意的。所以马伯乐先到车站上去打听一番。

马伯乐想：

“万事要有个准备。”

他都打听好了，正在车站上徘徊着，打算仔细的看一看，将来上火车的时候，省得临时生疏。他要先把方向看清楚了，省得临时东撞西撞。

正在这时候，天空里就来了日本飞机。大家嚷着说日本飞机是来炸车站的。于是人们便四下里跑。

马伯乐一听是真正的飞机的声音，他向着英租界的方向就跑。他还没能跑开几步，飞机就来在头顶上了。人们都立刻蹲下了。是三架侦察机一齐过去了，并没有扔炸弹。

但是站在远处往站台上看，那车站那里真像是蚂蚁翻锅了，骚骚嚷嚷的一群一堆的，人山人海的在那里吵叫着。

马伯乐一直看到那些人们又都上了火车，一直看到车开。

他想不久他也将如此的，也将被这样拥挤的火车载到他没有去过的生疏的地方去的。在那里将要开始新的生活，将要顺应着新的环境。新的就是不可知的，新的就是把握不准的，新的就是困难的。

马伯乐看着那火车冒着烟走了，走得很慢，啌啌的响。似乎那车子载得过于满了，好像要拉不动的样子。说不定要把那些逃难的人们拉到半路，拉到旷野荒郊上就把他们丢到那里了，就丢到那里不管了。

马伯乐叹了一口气，转身便往回走了。他一想起太太或许在等他吃饭呢！于是立刻喊了个黄包车。二十多分钟之后，他跑上旅馆的楼梯了。

太太端着一个脸盆从房间里出来，两只手全都是肥皂沫子。她打算到晒台上清洗已经打过了肥皂的孩子们的小衣裳。一看丈夫回来了，她也就没有去，又端着满盆的肥皂沫子回到了房间里。

在房间里的三个孩子滚作一团。大孩子大卫，贫血的脸色，尖尖的眼睛，和两个枣核似的，他穿着鞋在床上跳着。第二个孩子约瑟是个圆圆的小脸，长得和他的母亲一样，唯鼻子上整天挂着鼻涕。第三个孩子就是雅格了，雅格是个很好的。母亲也爱她，父亲也爱她。她一天到晚不哭，她才三岁，她非常之胖，看来和约瑟一般大，虽然约瑟比她大两岁。约瑟是五岁了。

大卫是九岁了，大卫这个孩子，在学堂里念书，专门罚站。一回到家里，把书包一放就往厨房里跑，跑到厨房里先对妈妈说：

“妈，我今天没有罚站。”

妈妈赶忙就得说：

“好孩子真乖……要吃点什么呢？”

“要吃蛋炒饭！”

大卫和他的父亲一样，也是喜欢吃蛋炒饭的。

妈妈问着他：

“蛋炒饭里愿意加一点葱花呢，还是愿意加一点虾米？”

大卫说：

“妈，你说哪样好呢？葱花也要虾米也要好吗？”

“加虾米就不可以加葱花的。”

妈妈说：

“虾米是海里的，是海味。鸡蛋是鸡身上的，又是一种味道。鸡蛋和虾米就是两种味道了。若再加上葱花就是三种味道了。味道太多，就该荤气了。那是不好吃的。我看就只是鸡蛋炒虾米吧。”

大卫抱在妈妈的腿上闹起来，好像三岁的小孩子似的，嘴里边唧唧咕咕的叨叨着。他一定要三样一道吃，他说他不嫌荤气。

妈妈把他轻轻的推开一点说：

“好孩子，不要闹，妈给你切上一点火腿丁放上，大卫不就是喜欢吃火腿吗？”

妈妈在那被厨子已经切好了的，就要上灶了的火腿丝上取出一撮来，用刀在菜墩上切着。大卫在妈妈旁边站着，还指挥着妈妈切得碎一点，让妈妈多切上一些。

就是在炒的时候，大卫也是在旁边看着，他说：

“妈，多加点猪油，猪油香啦！”

妈妈就拿铁勺子在猪油罐子里调上了半铁勺子。因为猪油〔放〕的过多，那饭亮得和珍珠似的，一个一颗的。

若是妈妈不在家里，大卫是不吃蛋炒饭的。厨子炒的饭不香，厨子并不像妈那样听话，让他加多少猪油他就加多少。厨子是不听大卫的话的，厨子炒起蛋炒饭来，油的多少，他是有他的定规的。大卫不敢到旁边去胡闹。厨子瞪着眼睛把铁勺子一刮拉，大卫是很害怕的。所以他只喜欢吃妈妈给他炒的饭。

大卫差不多连一点青菜也不吃，只吃蛋炒饭就够了。

蛋炒饭是很难消化的，有胃病的人绝对的吃不得。牙齿不好的人也绝对的吃不得，米饭本来就是难以消化的，又加上那么许多猪油。油是最障碍胃的。

当大卫六岁的时候，正是他脱换牙齿的时候。他的牙虽然任何东西都不能嚼了，但他仍是每顿吃蛋炒饭。饭粒吞到嘴里不嚼是咽不下去的，母亲看他很可怜，就给他泡上一点汤，而后拿了一个调匙，一匙一匙的妈妈帮着孩子把囫囵的饭粒整吞到大卫的肚子去。妈妈的嘴里还不住的说着：

“真可怜了我的大卫了。多泡一点汤吧，好不好？”

大卫的胃病，是很甚的了。妈妈常常偷着把泻盐[1]给他吃。

为什么她要偷着给呢？就因为祖父是不信什么药的，祖父就信主耶稣，无管谁患了病，都不准吃药，专门让到上帝面前去祷告。同时也因为大卫的父亲也是不信药的，孩子们一生了病，就买饼干给他们吃。

所以每当大卫吃起药来的时候，就像小偷似的。

每次吃完了泻盐，那泻盐的盒子都是大卫自己放着，就是妈妈偶尔要用一点泻盐的时候也还得向大卫去讨。大卫是很爱药的，这一点他并不像祖父那样只相信上帝，也不像父亲那样一病了就买饼干。

大卫因为胃病的关系，虽然今年是九岁了，仍和他弟弟差不多一般高。所以约瑟是看不起哥哥的，亲戚朋友见了，都赞美约瑟，都说约瑟赶上哥哥了。约瑟的腿比哥哥的腿还粗。因为约瑟在观念上不承认了哥哥，因此常常和大卫打仗，他把大卫按倒在

1　泻盐，七水硫酸镁，又名苦盐，医药上用作泻盐。能刺激十二指肠粘膜，有导泻作用。

地上，而后骑在他的身上，让大卫讨饶他才放开他，让大卫叫他将军，他才肯放开他。

就是他们两个同时吃一样的饭，只要把饭从大锅里一装到饭碗里，约瑟就要先加以检选的，他先选去了一碗，剩下的一碗才是他哥哥的。假若哥哥不听他的话，上去先动手拿了一碗，他会立刻过去把饭碗抢过来摔到地上，把饭碗摔得粉碎。

所以哥哥永久是让着他。母亲看了也是招呼着大卫：

“大卫到妈这里来……”而后小声的在大卫的耳朵上说：“等一会妈给你做蛋炒饭吃，不给约瑟。”

所以大卫是跟妈妈最好的。

大卫在学堂先生发下来的数学题目，都是拿到家里妈妈给做的。妈妈也总是可怜大卫的。大卫一天比一天的清瘦。妈妈怕他累着，常常帮他一点忙，就连每个礼拜六的那一点钟的手工课，大卫也都是先在家里让妈妈替他用颜色纸把先生所定的那几样塔，车子，莲花，都预先折好了的，折好了放在书包里。等到在课堂上，真正的先生在眼前的时候，大卫就只得手下按着一张纸，假装着折来折去。先生一走远了，他就停下来。先生一走到旁边，他就很忙碌的比划着。一直就这样挨到下课为止。一打了下课铃，大卫从椅子上跳起来，赶快把妈妈做好的塔或车子送上去。送到先生的旁边。

这一点钟手工课，比一天都长，在大卫是非常难以忍受的。往往手工课一下来之后，把大卫困得连打呵欠带流眼泪。

先生站在讲台上粗粗的把学生们交上来的成绩，看了一遍。

大卫这时候是非常的惊心，就怕先生看出来他的手工不是自己做的。

因此大卫在学堂里边养成了很胆小的习惯。先生在讲台上讲书，忽然声音大了一点，大卫就吓得脸色发白。以为先生又是在招呼他，又要罚他的站。就是在院子里散步，同学从后边来拍他一下肩膀，大卫也要吓得一哆嗦，以为又是同学来打他。

大卫是很神经质的，又聪明又机警。这一点他和他的父亲马伯乐一样。

大卫是很喜欢犯罪的，他守候在厨房里看着妈妈给他炒饭。那老厨子一走出了厨房，大卫立刻伸出手去，在那洗得干干净净的黄瓜上摸了一会。老厨子转身就回来了，大卫吓得脸色发白。老厨子不在时，大卫伸手抓了一把白菜丝放在嘴里嚼着。别人或者以为大卫是最喜欢吃白菜。其实不然，等吃饭时，摆到桌子上来，大卫连那白菜是睬也不睬的。前边就说过，大卫只吃蛋炒饭，青菜他是一点也不喜欢的。

大卫一个人单独的时候，他总要翻一翻别人的东西。在学堂里，他若来得最早，他总偷着打开别人的书桌看看，碎纸啦，花生皮啦。他也明知道那里边没有什么好看的，但不看却不成，只剩他一个人在，哪能不看呢！

在家里，妈妈爸爸都不在家，约瑟也不在的时候，他就打开抽屉，开了挂衣箱，碰到刀子，剪子之类，拿在手里，往桌子边上，或椅子腿上削着。碰到了花丝线或者什么的，就拿在手里揉做一团。他也明知道衣箱里是没有他可以拿出来玩的东西，但是他不能不乱翻一阵，因为只有他一个人，他不翻做什么呢？

等一会妈妈爸爸回来，不就翻不着了吗？不就是不许翻了吗？

他若碰到了约瑟的书包，约瑟若不在旁边，他非给他打开不可。他要看看他当着约瑟的面而看不到的东西。其实他每次打开一看，也没有什么出奇的。但是不让他打开可不成，约瑟不是不在旁边吗？不在旁边偷着看看有什么要紧？

只有对付小雅格，大卫不用十分的费心思，他从来用不着偷着看她的东西，因为雅格太小，很容易上当。大卫把他自己的那份花生米吃完了时，他要小雅格的，他只说：

“雅格，雅格你看棚顶上飞着个蝴蝶。”

就趁着雅格往棚顶上一看这工夫，他就把她的花生米给抓去了一大半。

本来棚顶上是没有什么蝴蝶的，雅格上当了。

到后来，雅格稍微大了一点，她发现了哥哥欺负她的手法了。所以每当她吃东西的时候，只要大卫从她的旁边一过，她就赶快把东西按住，叫着：

“妈，大卫来啦！”

好像大卫是个猫似的，妹妹很怕他。

大卫在家里的地位是：厨子恨他，妈妈可怜他，约瑟打他，妹妹怕他。

在学堂里，每天被罚站。

马伯乐的长子是如此的一个孩子。

马伯乐的第二个儿子约瑟，他的性格可与马伯乐没有丝毫相像的地方。他勇敢，好像个雄赳赳的武夫，走起路来，拍着胸膛，说起话来，伸着大拇指。眼睛是往前直视的，好像小牛的眼睛。

他长着焦黄的头发。祖父最喜欢他，说他的头发是外国孩子的头发，是金丝发。

《圣经》上描写着金丝发是多么美丽，将来约瑟长大了该娶个什么样的太太呢？祖父常常说：

“我们约瑟将来得娶个外国太太。”

约瑟才五岁，并不懂这话是什么意思，他只看得出来祖父的眼光和声音都是很爱他的。于是他就点了点头。

看了约瑟这样做，全家的人都笑了起来。

约瑟是幼稚园的学生，每天由带妈陪着去，陪着回来。就是在草地上玩的时候，带妈也是一分钟不敢离开他，一离开他，他就动手打别的孩子，就像在家里边打大卫那个样子，有时他把别的孩子按倒了，坐在人家的身上。就是比他大的他也不怕，总之，他无管是谁，他一不高兴，动手就打。

有一天他打破了一个小女孩子的鼻子，流了不少的血。

回到家里，带妈向祖母说，约瑟在学堂里打破了人家的鼻子。

祖父听到了，而很高兴的说：

"男孩子是要能踢能打的呀！将来约瑟一定会当官的。"

到了晚上，被打破鼻子那个孩子的母亲来了，说她孩子的鼻子发炎了，有些肿起来了。来与他们商量一下，是否要上医院的。

约瑟的祖父一听，连忙说：

"不用，不用，用不着，用不着。上帝是能医好一切灾病的神灵。"

于是祖父跪到上帝那儿，他虔诚的为那打破鼻子的孩子祷告了一阵。

而后站起来问那个母亲：

"你也是信奉上帝的人吗？"

她回说：不是。

"怪不得的，你的孩子的鼻子容易流血，那就是因为你不信奉上帝的缘故。不信奉上帝的人的灾祸就特别多。"

祖父向那母亲传了半天教，而后那母亲退出去了。

祖母看那女人很穷，想要向她布施一点什么，何况约瑟又打了人家，而祖父不许，就任着她下楼走了。

这时约瑟从妈妈那屋走来了，祖父见了约瑟，并没有问他一问，在学堂里为什么打坏了人？只说：

“约瑟，这小英雄，你将来长大做什么呢？”

约瑟拉着祖父的胡子说：

“长大当官。”

一说之间，就把祖父的胡子给撕下来好几根。

祖父笑着，感叹着：

“这孩子真不得了，还没当官呢，就拔了爷爷的胡子，若真当了官……还他妈的……”

约瑟已经爬到祖父的膝盖上来，坐在那里了，而且得意洋洋的在拍着手。

来了客人，祖父第一先把约瑟叫过去。第一句话就问他：

“约瑟长大了做什么？”

约瑟说：

“长大做官。”

所来的客人，都要赞美约瑟一番。说约瑟长的虎头虎脑，耳大眉直，一看这孩子就是富贵之相，非是一名武将不可。一定的，这孩子从小就不凡，看他有一身的劲，真是一个生龙活虎的孩子。看他的下颏多么宽，脑盖多么鼓挣，眼睛多么亮。将来不是关公也是岳飞。

现在听到这五岁的孩子自己说长大了做官，大家都笑了。尤其是祖父笑得最得意，他自己用手捋着胡子，好像很自信的，觉得别人对于约瑟的赞词并不过火。

其实约瑟如果单独的自己走在马路上，别人绝对看不出来这个名叫约瑟的孩子将来必得当官不可。不但在马路上，没有人走过来赞美他一通，就是在幼稚园里边，约瑟也没有受到特别的赞许。不但没有人特别的赞许他，有时竟或遭到特别评判。说马约瑟这孩子野蛮，说这孩子凶横，说他很难教育，说他娇惯成性，将来是很危险的。

现在把对于约瑟好的评语和坏的评语来对照一下，真是相差太远，不伦不类。

约瑟在祖父面前，本是一位高官大员，一离开了祖父，人家就要说他是流氓无赖了。

约瑟之所以了不起，现在来证明，完全是祖父的关系。

祖父并没有逼着那些所来的客人，必得人人赞美他的孙儿，祖父并没有这么做，而是那些人们自己甘心愿意这么做。好像那所来的客人都是相面专家，一看就看出来马老先生的孙儿是与众不同的。好像来到马家的客人，都在某一个时期在街上摆过相面的摊子的，似乎他们做过那种生意。不但相法高明口头上也非常熟练，使马老先生听了非常之舒服。

但其中也有相术不佳的。大卫在中国人普遍的眼光里，长得并不算是福相。可是也有一位朋友，他早年在德国留过学，现在是教友会的董事。他是依据着科学的方法来推算的，他推算将来大卫也是一个官。

这个多少使马老先生有些不高兴，并不是自己的孙儿都当了官马伯乐的父亲就不高兴的，而是那个教友会的董事说得不对。

大卫长的本来是枣核眼睛，那人硬说枣核眼睛是富贵之相。这显然不对。

若枣核眼睛也是富贵之相，那么龙眼，虎眼，像约瑟的大眼睛该是什么之相了呢？这显然不对。

总之马老先生不大喜欢他这科学的推算方法。

所以那个人白费了一片苦心，上了一个当，本来他是打算讨马老先生的欢心的，设一个科学推算法，说他的孙儿个个都是官。没想到，马老先生并不怎样起劲。于是他也随着大流，和别人一样回过头来说约瑟是真正出人头地的面相。他说：

“约瑟好比希特拉[1]手下的戈林[2]，而大卫则是戈倍尔[3]，一文一武，将来都是了不起的，不过，文官总不如武官。大卫长得细小，将来定是个文官。而约瑟将来不是希特拉就是莫索里尼[4]。”

说着顺手在约瑟的头上抚摸了一下。约瑟是不喜欢别人捉弄他的，他向那人踢了一脚。那人又说：

“看约瑟这英雄气概，真是不可一世，还是约瑟顶了不起，

1　希特拉，今通译希特勒，德国纳粹党党魁，第二次世界大战发动者。1889 年出生，1919 年加入德国工人党（纳粹党）；1933 年成为德国国家元首。1938 年占领奥地利，1939—1941 年相继占领欧洲 14 国，1941 年进攻苏联陷入不利局面。期间犯下种种罪行，迫害并屠杀六百万犹太人。1945 年 4 月 30 日在德国总理府地下室自杀。

2　戈林（1893—1946），纳粹德国领袖，曾被希特勒指定为接班人。1933 年创立秘密警察机关——“盖世太保”。1945 年 5 月被美军俘获；1946 年 10 月被纽伦堡国际军事法庭判处绞刑，10 月 15 日（即被行刑的前一天）晚在纽伦堡监狱服毒自杀。

3　戈倍尔（1897—1945），纳粹德国宣传部长，演说家，被称作“纳粹喉舌”。1945 年希特勒自杀前任命他为德国总理；但随后戈培尔毒杀了自己的六个孩子并与妻子在德国总理府地下室外自杀。

4　莫索里尼，今通译墨索里尼，意大利国家法西斯党党魁、第二次世界大战元凶。生于 1883 年，1922 年任内阁总理。1928 年终止议会制度建立独裁统治；对内取缔一切政党和群众团体，对外推行侵略扩张。1936 年 10 月与德国结盟；1940 年 5 月任战时统帅部最高统帅，6 月对英、法宣战；1941 年 6 月配合德军对苏宣战。1945 年 4 月 27 日逃往德国途中为意大利游击队捕获；次日被处决并暴尸米兰广场示众。

约瑟真是比大卫有气派。约瑟将来是最大的大官，可惜现在没有了皇帝，不然，约瑟非做皇帝不可。看约瑟这眼睛就是龙眼，长的是真龙天子的像貌。”

约瑟的祖父听了这一番话，脸上露出来了喜色。那个人一看，这话是说对了，于是才放下心来，端起茶杯来吃了一口茶。

他说话说的太多了，觉得喉咙干得很，这一口茶吃下去，才觉得舒服一些。

关于约瑟，也就这样简单的介绍了一番。

雅格不打算在这里介绍了。因为她一生下来就是很好的孩子，没有什么特性，不像她的二位哥哥那样，是一个胆小的，一个凶横的，一个强的，一个弱的。而雅格则不然，她既不像大卫那样胆小，又不像约瑟那样无法无天。她的性格是站在她的二位哥哥的中间。她不十分像她的母亲，因为母亲的性格和约瑟是属于一个系统的。她也不十分像她的父亲，因为父亲的脾气是和大卫最相像的。

以上所写的关于约瑟、大卫的生活，那都是在青岛家里边的情形。

现在约瑟，大卫和雅格都随着妈妈来到上海了。

马伯乐只有三个孩子，这三个孩子现在都聚在这旅馆的房间里。

一

前边说过，马伯乐是从西车站回来。他一上楼第一个看见的就是他的太太。太太弄得满手肥皂沫，同时她手里端着的那个脸盆，也满盆都是漂漂涨涨的肥皂沫。

等他一进了旅馆的房间，他第一眼就看见他的三个孩子滚在一起。是在床上滚着，好像要把床闹翻了的样子，铁床吱吱的响，床帐哆哆嗦嗦的在发抖。枕头被子都撕满了一床，三个孩子正在吱吱格格的连嚷〔带〕叫的笑着，你把我打倒了，我又把你压过去，真是好像发疯的一样。

马伯乐大声的招呼了一下：

“你们这是在干什么？”

大卫第一个从床上跑下来，委委缩缩的跑到椅子上坐下来了。而雅格虽然仍是坐在床上，而已经停止了呼叫和翻滚。

唯有约瑟，他是一点也没有理会爸爸的号令，他仍是举起枕头来，用枕头打着雅格的头。

雅格逃下床去了，没有被打着。

于是约瑟又拿了另外的一只枕头向坐在椅子上的大卫打去。

约瑟这孩子也太不成样子了，马伯乐于是用了更大的声音招呼了他一声：

“约瑟，你这东西，你是干什么！”

马伯乐的声音非常之高大，把坐在椅子上的大卫吓得一哆嗦。

可是约瑟这孩子真是顽皮到顶了，他不但对于父亲没恐惧，反而要闹起来。他从床上跑下来，抱住了父亲的大腿不放，马伯乐从腿上往下推他，可是推不下去。

约瑟和猴子似的挂住了马伯乐的腿不放。约瑟仿佛喝醉了似的，和小酒疯子似的。他把背脊反躬着，把头向后垂着。一边这样瞎闹一边嘴里还呱啦呱啦的叫着，同时哈哈的笑着。

马伯乐讨厌极了，从腿上推又推不掉他，又不敢真的打他，因为约瑟的母亲是站在旁边的。马伯乐多少有一点怕他的太太。马伯乐没有办法，想抬起腿来就走，而约瑟正抱着的是他的腿，使他迈不开步。

太太看了他觉得非常可笑，就在一边格格的笑。

约瑟看见妈妈也在旁边笑，就更得意起来了，用鞋底登着马伯乐的裤子。

这使马伯乐更不能忍耐了，他大声的说：

“真他妈的……”

他差一点没有说出来“真他妈的中国人”。他说了半句，他勉强的收住了。

这使太太更加大笑起来，这若是在平常马伯乐因此又要和太太吵起来的。而现在没有，现在是在难中。在难中大家彼此就要原谅的，于是马伯乐自己也笑了起来，就像他也在笑着别人似的，笑得非常开心。

到了晚上，马伯乐才和太太细细的谈起来。今后将走哪条路呢？据马伯乐想在上海蹲着是不可以的，将来早晚外国是要把租界交给日本人的，到那时候可怎么办呢？到那时候再逃怕要来不及了。是先到南京再转汉口呢？还是一下子就到西安去？西安有朋友，是做中学校长的，到了他那里，可以找到一个教员的职位。不然就到汉口去，汉口有父亲的朋友在，他不能够不帮忙的。

其实也用不着帮什么忙，现在太太已经带来了钱，有了钱朋友也不会看不起的。事情也就都好办，不成问题。

不过太太主张去西安，主张能够找到一位教员来做最好。一个月能有百八十块钱的进款最好。而马伯乐则主张去汉口，因为他想，汉口将来必有很多熟人，大家在一起多热闹。现在已经有许多人到汉口去了，还有不少的人正在打算去。而去西安的，则没有听说过。

所以马伯乐是不愿意去西安的。

因为这一点，他跟太太微微有一点争吵。也算不了什么争吵，不过两个人辩论了几句。

没有什么结果，把这问题也就放下了。马伯乐想，不要十分的和太太认真，因为太太究竟带来了多少钱，还没有拿出来。钱没拿出来之前先不要和太太的意见太相差。若那么一来，怕是她的钱就不拿出来了。所以马伯乐说：

“去西安也好的，好好的划算一下，不要忙，做事要沉着，沉着才不能够出乱子。今天晚上好好的睡觉吧！明天再谈。”

马伯乐说完了，又问了太太在青岛的时候看电影没有。上海的影戏院以大光明为最好，在离开上海以前，要带太太去看一看的。又问太太今天累着没有，并且用手拉着被边给太太盖了一盖。

这一天晚上，马伯乐和太太没有再说什么就都睡去了。

第二天，一早起，这问题又继续着开始谈论。因为不能不紧接着谈论，眼看着上海有许多人走的，而且一天一天的走的人越来越多。马伯乐本想使太太安静几天，怕太太在路上的劳苦一直没有休息过来，若再接着用一些问题烦乱她，或是接着就让她再坐火车，怕是她脾气发躁，而要把事情弄坏了。但事实上不快及早决定是不行的了，慢慢的怕是火车要断了。等小日本切断了火车线，到那时候可怎么办哪！

于是早晨一起来就和太太开始谈起来。

太太仍是坚持着昨天的意见，主张到西安去。太太并且有一大套理论，到西安去，这样好，那样好的，好像只有西安是可以去的，别的地方用不着考虑，简直是去不得的样子。

马伯乐一提去汉口，太太连言也不搭，像是没有听见的样子，她的嘴里还是说：

“去西安，西安。”

马伯乐心里十分后悔，为什么当初自己偏说出西安能够找到教员做呢？太太本来是最喜欢钱的，一看到了钱就非伸手去拿不可，一拿到手的钱就不用想从她的手里痛痛快快的拿出来。当初若不提“西安”这个字有多么好，这不是自己给自己上的当吗，这是什么？

马伯乐气着向自己的内心说：

“简直发昏了，简直发昏了。真他妈的！”

马伯乐在旅馆的房间里走了三圈。他越想越倒霉。若不提“西安”这个字该多好！收拾东西，买了车票直到南京，从南京坐船就到汉口了。现在这不是无事找事吗？他说：

“看吧，到那时候可怎么办？”

现在，他之所谓“到那时候”是指的到太太和他打吵起来的时候，或者太太和他吵翻了的时候，也或者太太因为不同意他，而要带着孩子再回青岛去也说不定的时候。

太太不把钱交出来始终是靠不住的。

马伯乐在房间里又走了三圈，急得眼睛都快发了火了，他不知道要用什么方法来对付太太。并且要走也就该走了，再这么拖下去，有什么意思呢？早走一天，早利索一天。迟早不是也得走吗？早走早完事。

可是怎样再对太太谈起呢？太太不是已经生气了吗？不是已经在那儿不出声了吗？

马伯乐用眼梢偷偷的看了一下，她果然是生了气的，她的小嘴好像个樱桃似的，她的两腮鼓得好像个小馒头似的。她一声不出的，手里折着孩子们的衣裳。

马伯乐一看不好了，太太果然生了气了。马伯乐下楼就跑了。

跑出旅馆来，在大街上站着。

满街都是人，电车、汽车、黄包车。因为他们住的这旅馆差不多和住在四马路上的旅馆一样，这条街吵闹得不得了。还有些搬家的，从战事一起，差不多两个月了，还没有搬完的，现在还在搬来搬去。箱笼包裹，孩子女人，有的从英租界搬到法租界，有的从法租界搬到英租界。还有的从亲戚的地方搬到朋友的地方，再从朋友的地方搬回亲戚的地方。还有的从这条街上搬到另一条街上，过了没有多久再从另一条街上搬回来。好像他们搬来搬去也总搬不到一个适当的地方。

马伯乐站在街上一看，他说：

"你们搬来搬去的乱搬一阵，你们总舍不得离开这上海。看着吧，有一天日本人打到租界上来，我看到那时候你们可怎么办！到那时候，你们又要手足无措，你们又要号啕大叫，你们又要发疯的乱跑。可是跑了半天，你们是万万跑不出去的，你们将要妻离子散的死在日本人的刀枪下边。你们这些愚人，你们万事没有个准备，我看到那时候你们可怎么办？"

马伯乐不但看见别人到那时候可怎么办，就连他自己现在也是正没有办法的时候。

马伯乐想：

"太太说是去西安，说不定这也是假话，怕是她哪里也不去，而仍要回青岛的吧！不然她带来的钱怎么不拿出来？就是不拿出来，怎么连个数目也不说！她到底是带来钱没有呢？难道说她并没有带钱吗？"

马伯乐越想越有点危险：

"难道一个太太和三个孩子，今后都让我养活着她们吗？"

马伯乐一想到这里觉得很恐怖：

“这可办不到，这可办不到。”

若打算让他养活她们，那是绝对办不到的事情。世界上不会有的事情，万万不可能的事情，一点可能性也没有的事情，马伯乐自己是绝对做不到的。

马伯乐在街上徘徊着，越徘徊越觉得不好。让事情这样拖下去是不好的，是不能再拖的了。

他走回旅馆里，他想一上楼，直接了当的就和太太说：

“你到底是带来了多少钱，把钱拿出来，我们立刻规划一下，该走就走吧，上海是不好多住的。”

可是当他一走进房间去，太太那冷森森的脸色，使他一看了就不大好。

他想要说的话，几次来到嘴边上都没敢说。马伯乐在地板上绕着圈，绕了三四个圈，到底也没敢说。

他看样子说了是不大好的，一说太太一定要发脾气。因为太太是爱钱如命的，如果一问她究竟带来了多少钱，似乎他要把钱拿过来的样子。太太一听就非发脾气不可的。

太太就有一个脾气，这个脾气最不好，就是无论她跟谁怎样好，若一动钱，那就没事。马伯乐深深的理解太太这一点。所以他千思百虑的不敢开口就问。虽然他恨不能立刻离开上海，好像有洪水猛兽在后边追着似的，好像有火烧着他似的。

但到底他不敢说，他想还是再等一两天吧。马伯乐把他满心的事情就这样压着。

夜里睡觉的时候，马伯乐打着咳声，长出着气，表现得非常感伤。

他的太太是见惯了他这个样子的，以为也没有什么大不了的。马伯乐的善于悲哀，太太是全然晓得的。太太和他共同的生活了十年。马伯乐的一举一动太太都明白他这举动是为的什么。甚至于他的一句话还没有说出来，只在那里刚一张嘴，她就晓得他将要说什么，或是向她要钱，或是做什么。是凡马伯乐的一举一动，太太都完全吃透了。

比方他要出去看朋友，要换一套新衣裳，新衣裳是折在箱子里的，压出了褶子来，要烫一烫。可是他不说让太太烫衣裳，他先说：

“穿西装就是麻烦，没有穿中国衣裳好，中国衣裳出了点褶子不要紧，可是西装就不行了。”

他这话若不是让他太太听了，若让别人听了，别人定要以为马伯乐是要穿中国衣裳而不穿西装了。

其实这样以为是不对的。

他的太太一听他的话就明白了，是要她去给他烫西装。

他的太太赶快取出电烫斗来，给他把西装烫好了。

还有马伯乐要穿皮鞋的时候，一看皮鞋好久没有擦鞋油了。就说：

“黄皮鞋，没有黑皮鞋好，黄皮鞋太久不擦油就会变色的。而黑皮鞋则不然，黑皮鞋永久是黑的。”

他这话，使人听来，以为马伯乐从此不再买黄皮鞋，而专门买黑皮鞋来穿似的样子。其实不然，他是让他太太来擦皮鞋。

还有马伯乐夏天里从街上回来，一进屋总是大喊着：

“这天真热，热的人上喘，热的人口干舌燥。”

按着说话的一般的规矩，就该说，口干舌燥，往下再说，就该说要喝点水了。而马伯乐不然，他的说话法，与众不同。他说：

“热的口干舌燥，真他妈的夏天真热。”

太太一听他这话就得赶快倒给他一杯水，不然他就要大大的把夏天大骂一顿。(并不是太太对马伯乐很殷勤，而是听起他那一套啰里啰嗦的话很讨厌。）太太若再不给他倒水，他就要骂起来没有完。

这几天的夜里，马伯乐和太太睡在旅馆的房间里，马伯乐一翻身就从鼻子哼着长气。马伯乐是很擅长悲哀的，太太是很晓得的，太太也就不足为奇，以为又是他在外边看见了什么风景或是看见了什么可怜使他悲哀的事情。

比方马伯乐在街上看见了妈妈抱着自己的儿子在卖。他对于那穷妇人就是非常怜惜的，他回到家里和太太说：

“人怎么会弄到这个样子！穷得卖起孩子来了，就像卖小羊、小猪、小狗一个样。真是……人穷了，没有办法了。”

还有马伯乐在秋天里边，一看到树叶落，他就反复的说：

“树叶落了，来到秋天了。秋天了，树叶是要落的……”

马伯乐一生下来就是悲哀的。他满面愁容，他的笑也不是愉快的，是悲哀的笑，是无可奈何的笑。他的笑让人家看了，又感到痛苦，又感到酸楚，好像他整个的生活，都在逆来顺受之中过去的。

太太对于马伯乐的悲哀是已经看惯了，因为他一向是那么个样子。太太对于他的悲哀，已经不去留心了，不去感觉它了。她对他的躺在床上的叹气，已经感觉不到什么了，就仿佛白天里听见大卫哭哭唧唧的在那里叨叨些个什么一样。又仿佛白天里听见约瑟唱着的歌一样，听是听到了，可是没有什么印象。

所以马伯乐的烦恼，太太不但没有安慰他，反而连问也没有问他。

马伯乐除了白天叹气，夜里也叹气之外，他在旅馆里陪着太太住了三天三夜是什么也没有做。

每当他想要直截了当的问一问太太到底是带来了多少钱，但一到要问的时候，他就不敢了，因为他看出来了太太的脸色不对。

“我们……应该……”

马伯乐刚一说了三四个字，就被太太的脸色吓住了。

“我们不能这样，我们……”

他又勉强的说出了几个不着边际的字来，他一看太太的脸色非常之不对，说不定太太要骂他一顿的，他很害怕。他打开旅馆房间的门，下楼就逃了。

而且一边下着楼梯，他一边招呼着正从楼梯往上走的约瑟：

“约瑟，约瑟，快上街去走走吧！”

好像那旅馆的房间里边已经发生了不幸，不但马伯乐他自己要赶快的躲开，就是别人他也要把他招呼住的。

到了第四天，马伯乐这回可下了决心了。他想：世界上不能有这样的事情，世界上不能容许有这样的事情……带着孩子从青岛来，来到上海，来到上海做什么……简直是混蛋，真他妈的中国人！来到上海就想要住到上海吗？上海不是他妈中国人的老家呀！早晚还不是他妈的倒霉。

马伯乐越想越生气，太太简直是混蛋，你到底带来了多少钱？你把钱拿出来，咱们看，照着咱们的钱数，咱们好打算逃到什么地方去。难道还非等着我来问你，你到底是带来多少钱？你就不会自动的把钱拿出来吗？真是爱钱让钱迷了心窍了。

马伯乐这回已经下了决心了，这回他可不管这一套，要问，开口就问的，用不着拐弯抹角。就问她到底是从家里带来了多少钱。

马伯乐的决心已经定了。

他找了不少的理论根据之外还说了不少的警句：

“做人要果断。当断不断必受其乱。”

“大丈夫，做起事来要直接了当。”

“真英雄要敢做敢为。”

“大人物要有气派。”

马伯乐盛气冲冲的从街上走进旅馆来了。又盛气冲冲的走上旅馆的楼梯了。他看妥了三十二号是他的房间，他勇猛得和一条鲨鱼似的向着三十二号就冲去了。

“做人若没有点气派还行吗？”

他一边向前冲着一边用这句话鼓动着自己的勇气。

他走到三十二号的门前了，他好像强盗似的，把门一脚踢开了。非常之勇敢，好像要行凶的样子。

他走进房间去一看，太太不在。

他想太太大概是在凉台上晒衣裳。

于是他飞着一般的快，就追到楼顶晒台上去了。

他想：若不是趁着这股子劲，若过了一会怕是就要冷下来，怕是要消沉下来。怕是把勇气消散了。勇气一消散，一切就完了。

马伯乐是很晓得自己的体性的。他防范着他自己也是很周密的。

他知道他自己是不能持久的。于是他就赶快往楼顶上冲。

等他冲到了楼顶，他的勇气果然消散了。

他开口和太太说了一句很温和的话，而且和他在几分钟之前所想要解决的那件严重的事情毫无关系，他向太太说：

“晴天里洗衣裳，一会就干了。”

好像中国人的习惯，彼此一见了先说“天气哈哈哈”一样。马伯乐说完了，还很驯顺的站在太太的一旁。好像他来到晒台上就是为的和太太说这句闲话才来的。在前一分钟他满身血气消散尽了，是一点也不差，照着他自己所预料的完全消散尽了。

这之后，又是好几天，马伯乐都是过着痛苦的生活，这回的痛苦更甚了，他擦手捶胸的，他撕着自己的头发，他瞪着他悲哀的眼睛。

他把眼睛瞪得很大，瞪得很亮，和两盏小灯似的。

但是这都是当太太不在屋里的时候，他才这么做，因为他不打算瞪他的太太，其实他也不敢瞪他的太太。他之所以瞪眼睛不过是一种享受，是一种过瘾。因为已经成了一种习惯，每当他受到了压迫，使他受不住的时候，他就瞪着眼睛自己出气。一直等到他自己认为把气出完全了，他才停止了瞪眼睛。

怎样才算把气出完了呢？这个他自己也摸不清楚。不过，大概是那样了，总算把气平了一平，平到使人受得住的程度，最低限度他感觉得是那样。

所以马伯乐每当他生气的时候，他就勇敢起来了。平常他绝对不敢说的，在他气头上，他就说了。平常他不敢做的，在他气头上，他就绝对的敢做。

可是每当他做了之后，或是把话一说出了之后，他立刻就害怕起来。

他每次和太太吵架，都是这样的。太太一说他几句，他就来了脾气了，他理直气壮的用了很会刺伤人的话，使人一听无论什么人都不能忍耐的话，好像咒骂着似的对着太太说了出去。果然太太一听就不能忍耐了，或是大声的哭起，或是大声的和他吵起。

一到这种时候，马伯乐就害怕了。

他一害怕，可怎么办呢？

他下楼就逃了。

马伯乐如果是在气头上，不但对太太是勇敢的，就是他对他自己也是不顾一切的，非常之勇敢的，有的时候他竟伸出手来打着自己的嘴巴，而且打得叭叭的响。使别人一听了就知道马伯乐是真的自己在打自己的嘴巴，可并非打着玩的。

现在马伯乐是在旅馆里，同时又正是他在气头上。为什么这次他只瞪眼睛而没有打嘴巴呢？这是因为旅馆的房间里除了他自己再没有第二个人了，假如打嘴巴，不也是白打吗？不也是没有人看见吗？

所以现在他只拼命的瞪着眼睛。他把眼睛瞪得很厉害，他咬牙切齿的在瞪着。瞪得眼珠子像两盏小油灯似的发亮。仿佛什么他讨厌的东西，让他这一瞪就会瞪瘫了似的。

瞪一瞪眼睛，不是把人不会瞪坏的吗？何况同时又可以出气的呢！所以马伯乐一直的继续着，继续了两个多钟头。

两三个钟头之后，太太带着孩子们从街上回来了。在过道上闹嚷嚷的由远而近。等走到他们自己的房间的门前，是约瑟一脚把门踢开，踢得门上的玻璃花花拉拉的，抖抖擞擞的响着。

约瑟是第一个冲进屋来的，后边就跟着大卫，雅格和他们的妈妈。

喧闹立刻就震满了房间。太太不住的讲着街上她所见的那些逃难的，讨饭的，受伤的。她说，伤兵一大卡车，一大卡车的载呵！她说那女救护员每个伤兵车上都有，她们还打着红十字旗。还有难民也是一车一车的载，老的，小的，刚出生的孩子也有。

说着说着，她就得意起来了。她像想起来什么稀奇古怪的事似的，她举着手，她把声音放低一点，她说：

“这年头女人可是遭难了，女人算是没有做好事……就在大门洞子，就在弄堂口还有女人生了孩子咧！听得到小孩子呱呱的哭咧。大门洞子聚着一堆人围着……”

太太还没有说完，马伯乐正在静静的听着的时候，约瑟跳过来了，跳到父亲的膝盖上去，捏着父亲的耳朵就不放。

马伯乐问他要做什么，他也不说。只是捏住了耳朵不放。

马伯乐的脾气又来了。本想一下子把他从身上摔下去。但是他因为太太的关系，他没有那么做。他说：

“约瑟，你下去玩去吧……去跟雅格去玩。”

马伯乐一点也没有显出发脾气的样子来。所以约瑟就更无法无天起来，用手挖着他父亲的鼻子，张着嘴去咬他父亲的耳朵，像一条小疯狗似的逞雄起来。

马伯乐本想借着这机会和太太谈一谈关于他们自己的今后逃难的方针……可是因为孩子这样一闹，把机会闹完了。太太已经把那从街上得来的兴奋的感情闹光了，太太躺在床上去了，而且有些疲倦的样子把眼睛合了起来了。

太太就要睡着了。

等约瑟闹够了，从他身上跳下去，去和大卫玩了好些时候了，马伯乐仍是用眼睛瞪着约瑟，不但瞪约瑟，就连大卫一起瞪。

不过终归大卫和约瑟还是小孩子，他们一点也不觉得，他们还是欢天喜地的玩。

马伯乐往床上看一看，太太也睡着了。孩子们一个个的在爬着椅子，登着桌子，你翻我打的欢天喜地的闹着。马伯乐瞪了他们一会，觉得把气已经出了，就不再瞪他们了。

他点起一支纸烟来，他坐在一只已经掉落了油漆的木椅上。那木头椅子是中国旧式的所谓太师椅子。又方又大而且很结实，大概二十多斤重的重量。大概中国古时候的人不常搬家，才用了质度过于密的木料做着一切家具。不但椅子，就是桌子，茶几，也都是用硬木做的。

偏偏马伯乐所住的旅馆，是一个纯然为中国人所预备的。在这旅馆里住着的人物，是小商人，是从外埠来到上海，而后住了几天就到别的地方去的。而多半是因为初到上海来，一切都很生疏，就马马虎虎的在这旅馆里边住上三两天，三两天过后走了也就算了。反正房间的价便宜。至于茶房招待得好坏，也就没有人追究。

这旅馆里的茶房是穿着拖鞋的，不穿袜子，全个的脚都是泥泥污污的。走起路来把肚子向前凸着，两只脚尖向外。

住在这旅馆里的客人，若喊一声：

“茶房。”

必得等到五分钟之后，或八分钟之后那似乎没有睡足的茶房才能够来到。

竟或有些性急的住客，不止喊一声茶房，而要连串喊好几声。但是那都完全没有用，也同样也得等到五分钟之后或八分钟之后茶房才能够来到。而来到住客房间门外的是个大胖胖，睡眼模糊的，好像猪肉铺里边的老板。客人说：

“买一包香烟，刀牌的。”

客人把钱交给了这个大胖子，大胖子也就把钱接过来了。

接过钱来之后，他迟钝的似乎是还在做梦似的转不过身来，仍在那儿迷迷糊糊的站了一会。而后用手揉着眼睛，打着哈欠，才慢慢的，一步一步的把肚子向前用力的突出着下楼去了。

这一下了楼去，必得半点过后，才能够回来。

也许因为这茶房是个大胖子，走路特别慢，是要特别加以原谅的。其实不见得。比方住客招呼打脸水，五分钟之后来了一个瘦茶房端着脸盆去打水了。照理这瘦茶房应该特别灵利，瘦得好像个大蚂蚱似的，腿特别长。好像他一步能够跳到楼下，再一步能够从楼下跳到楼上。其实不然，他也不怎样卖力气。

他拿着空脸盆下楼去，走在过道上，看见楼栏杆上蹲着一个小黑猫。他看这小黑猫静静的蹲在那里很好玩，他举起脸盆来就把那小黑猫扣住了。小猫在脸盆里喵喵的叫着，他在脸盆外用指甲敲着盆底。他一敲，那小猫一害怕，就更叫了起来。叫得真好听，叫得真可怜。而且用脚爪呱呱的挠着脸盆发响。在瘦茶房听来，仿佛那小猫连唱带奏着乐器在给他开着音乐会似的。

因此把在旅馆里专门洗衣裳的娘姨也招引来了，把一个专门烧开水的小茶房也招引来了。他们三个人，又加上那个小猫，就说说笑笑的在玩了起来。

住客等着这盆脸水，可总也不拿来，就出门来，扶着楼栏往楼下一看，那茶房在楼下玩了起来了，他就喊了一声：

“茶房，打脸水，快点！”

茶房这才拿着脸盆去装满了水。等茶房端着脸盆，上了楼梯，在楼梯口上他又站下了。原来那洗衣裳的，穿着满身黑云纱的娘姨在勾引他。他端着脸盆就跟着娘姨去了，又上一段楼梯，走上凉台去了。

在凉台上，这穿着很小的小背心的瘦茶房，和娘姨连撕带闹的闹了半天工夫。原来凉台上除了他们两个人之外，什么人也没有。

茶房端着的那盆脸水，现在是放在地上，差一点没有被他们两个踏翻了。那盆里的水很危险的东荡西荡了半天再平静下来。

“茶房！茶房！”

那等着脸水洗脸的住客，走出门来，向楼下喊着。这次他喊的时候，连那个瘦茶房也不见了。他的脸水不知道被端到什么地方去了！

这个旅馆就是这样的，住客并不多，楼上楼下，一共四十多间房子，住客平均起来还不到二十个房间。其余的房间就都空着。

这旅馆里边的臭虫很多，旅客们虽然没有怎样有钱的，大富大贵，或是做官的，但是搬到这旅馆里来的时候总都是身体完整的，可是当搬出这旅馆去的时候就不然了。轻的少流一点血，重的则遍体鳞伤，因为他们都被臭虫咬过了。

这家旅馆在楼下一进门，迎面摆着一张大镜子，是一张四五尺高的大镜子。好像普通人家的客堂间一样，东边排着一排太师椅，西边排着一排太师椅。而墙上则挂满了对联和字画，用红纸写的，用白纸写的，看起来非常风雅。只是那些陈列在两边的太师椅子稍微旧了一点。也许不怎么旧，只是在感觉上有些不合时流，阴森森的，毫无生气的在陈列着。好像走进古物陈列馆去的样子。

通过了这客堂间，走进后边的小院里才能够上楼。是个小小的圈楼，四周的游廊都倒垂着雕花的廊牙。看上去，非常之古雅，虽然那廊牙好久没有油漆过。但是越被风雨的摧残而显得苍白则越是显得古朴。院子里边有两条楼梯，东边一条，西边一条。楼梯口旁边，一旁摆着一盆洋绣球。那洋绣球已经不能够开花了。叶子黄了，干死了。不过还没有拿开，还摆在那里就是了。

一上了楼，更是凄清万状，窗上的玻璃，黑洞洞的，挂满了煤烟和尘土，几年没有擦过的样子。要想从玻璃窗子外往里边看，是什么也看不见的，旅馆的老板因此也就用不着给窗子挂窗帘了。即使从前，刚一开旅馆时所挂的窗帘，到了今天也一张一张的拿下去了。拿下去撕了做茶房们手里的揩布。就是没有拿掉的，仍在挂着的，而也只是虚挂着，歪歪裂裂的扯在窗子一旁的窗框上。帘子不扯起来，房间里就已经暗无天日了。从外边往里边看，就像上面所说的那样子。若从里边往外边看，把太阳也看成古铜色的了。好像戴着太阳镜去看太阳一样。而且还有些窗子竟没有了玻璃，用报纸糊着，用中国写信的红格信纸糊着。还有些竟没有糊纸，大概那样的房间永远也不出租的，任凭着灰尘和沙土自由的从破洞飞了进去。

楼栏是动摇摇的，游廊的地板不但掉了油子而且一处高，一处低的，还有些地方，那钉着地板的钉子竟突出来了，偶一不加小心，就会把人的鞋底挂住，而无缘无故的使人跌倒了。

一打开房间——哪怕就是空着的房间，那里边也一定有一种特别的气味。而是特别难说的气味。有的房间发散着酸味，有的是胡焦焦的味，有的是辣味，有的还甜丝丝的，和水果腐了之后所发散出来的那气味一样。因为这旅馆所有的房间，都是一面有窗子的缘故。其余的三面都是墙壁了。空气很不流通。

还有电灯泡子，无论大小房间一律是十五烛光的。灯泡子上没有灯伞，只是有一条电线系着它挂在那里，好像在棚顶上挂着个小黄梨子似的。

这个旅馆冷清极了，有时竟住着三五家旅客。楼上楼下都是很静的，所以特别感觉得到街上的车，和街上的闹声特别的厉害。时常的整个的旅馆是在哆嗦着，那是因为有一辆载重的大卡车跑过去了。

而且下午，旅客们都出街的时候，这旅馆的茶房就都一齐睡起午觉来了。那从鼻子发出来的鼾声，非常响亮的从楼下传到楼上，而后那鼾声忽忽的好像大甲虫的成串的哨鸣在旅馆的院心里吵起来了，吵得非常热闹，胖茶房，瘦茶房，还有小茶房等等……他们彼此呼应着。那边呼噜，这边呜噜。呼噜，呜噜，好像一问一答似的。

以上是说的在“八一三”以前的情形，等上海一开了炮，这旅馆可就不是这情形了，热闹极了，各种各样的人都搬来了。满院子都是破床乱桌子的。楼上的游廊上也烧起煤炉来，就在走廊上一家一家的烧起饭来。廊子上几乎走不开了人，都摆满了东西。锅碗瓢盆，油瓶子，酱罐子……洗衣裳盆里坐着马桶，脸盆里边装着破鞋。乱七八糟的，一塌糊涂了。孩子哭，大人闹，哭天吵地。好像这旅馆变成难民营了。呼叫茶房的声音连耳不绝。吵的骂的有的客人竟跑到老板的钱柜上去闹，说茶房太不周到。老板竟不听这套，摇着大团扇子，笑盈盈的，对于这些逃难而来的他的同胞，一点也没有帮忙的地方，反正他想：

“你住一天房子，你不就得交一天的房钱吗？你若觉得不好，你别住好啦！”

旅馆里的房子完全满了，不但他这家旅馆，全上海的旅馆在“八一三”之后全都满了。而那些源源不绝的，从杨树浦，从浦东，从南市逃来的人们，有亲的投亲，有友的投友，亲友皆无的就得在马路边，或弄堂里睡下了。旅馆是完全满客，想要找房间是没有了。

马伯乐住的这个旅馆，刚一打起仗来，就满客了，也有很少数的随时搬走的。但还没有搬，往往房客就把房转让给他自己的亲戚或朋友了。要想凭自己的运气去找房子，管保不会有的。

马伯乐来到这旅馆里，上海已经开仗很久了。有的纷纷的搬到中国内地去，有的眼光远大的竟打算往四川逃。有的家在湖北，湖南的，那自然是回家去了，家在陕西，山西的也打算回家去。就是很近的在离上海不远的苏州，杭州之类的地方，也有人向那边逃着。有家的回家，没有家的，投亲戚，或者是靠朋友。总之，大家都不愿意在上海，看上海有如孤岛。先离开上海的对后离开上海的存着无限的关切，后离开的对那已经离开的，存着无限羡慕的心情。好像说：

“你们走了呵，你们算是逃出上海去了。”

逃出上海大家都是赞同的。不过其中主张逃到四川去的，暗中大家对他有点瞧不起。

“为什么逃得那么远呢，真是可笑。打仗还会打到四川的吗？”

大家对于主张逃到四川去的，表面上虽然赞成，内心未免的都有点对他瞧不起，未免胆子太小了，未免打算得太早了，打算得太远了。

马伯乐关于逃难，虽然他发起得最早，但是真逃起难来，他怕是要在最后了。

马伯乐现在住在旅馆里，正是为着这个事情而愁眉苦脸的在思虑着。

他的太太，从街上回来，报告了他几件关于难民的现象和伤兵的现象之后，躺在床上去，过了没有多大工夫就睡着了。

约瑟和大卫在屋子里打闹了一会也就跑到楼下小院子里去了。雅格和哥哥们闹了一会之后，跑到床上去，现在也睡在妈妈的旁边了。

马伯乐坐在古老的太师椅上，手里拿着香烟，他关于逃难，他已经想尽了，不能再想了。再想也想不出什么好的办法来，也就能够做到如此了。

“反正听太太的便吧，太太主张到西安去，那就得到西安去……唉！太太不是有钱吗！有钱就有权力。还有什么可想的呢，多想也是没有用的。大洋钱不在手里，什么也不用说了。若有大洋钱在手里，太太，太太算个什么，让她到哪里去，她就得到哪里去……还说什么呢？若有大洋钱在手里，我还要她吗？这年头，谁有钱谁就是主子，谁没有钱谁就是奴才。谁有钱谁就是老爷，谁没有钱谁就是瘪三。”

马伯乐想到激愤的时候，把脚往地板上一跺，光啷一声，差一点没有把太太震醒。

太太伸一伸腿，用她胖胖的手揉一揉鼻尖，仍旧睡去了。

“有钱的就是大爷，没有钱的就是三孙子，这是什么社会，他妈的……真他妈的中国人。”

马伯乐几乎又要拍桌子，又要跺脚的。等他一想起来太太是在他的旁边，他就不那么做了。他怕把太太惹生了气，太太会带着孩子回青岛的。他想太太虽然不好，也总比没有还强。太太的钱虽说不爽爽快快的拿出来，但总还有一个靠山，有一个靠山就比悬空好。

“太太若一定主张到西安去，也就去了就算了。西安我虽然不愿意去，但总比留在上海好。”

“但是太太为什么这两天就连去西安的话也不提了呢？这之中可有鬼……”

马伯乐一想到连西安也将去不成了，他就害怕起来。

"这上海多呆一天就多危险一天呵！"

马伯乐于是自己觉得面红耳热起来，于是连头发也像往起竖着。他赶快的站起来，他设法把自己平静下去。他开开门，打算走到游廊上去。

但是一出门就踢倒了坐在栏杆旁边的洋铁壶。那洋铁壶呱啦啦的响起来了。

太太立刻醒了，站起来了，而且向游廊看着。一看是马伯乐在那里，就瞪着很圆的眼睛说：

"没见过，那么大的人磕天撞地的……"

马伯乐一看太太起来了，就赶快说着：

"是我没有加小心……这旅馆也实在闹得不像样。"

太太说：

"不像样怎么着？有大洋钱搬到好的旅馆去！"

马伯乐说这旅馆不好，本来是向太太赔罪的口吻，想不到太太反而生了气。

太太这一生气，马伯乐就更不知道说什么好了。恭顺也不对，强硬也不对。于是满脸笑容，而内心充满了无限的痛苦，他从嘴上也到底说出来一句不加可否的话：

"逃难了，就不比在家里了。"

他说了之后，他看看太太到底还是气不平。恰巧大卫从楼下跑上来，一进屋就让他母亲没头没脑的骂了一句：

"该死的，你们疯吧，这回你们可得了机会啦……"

大卫没有听清他母亲说的是什么，从屋子里绕个圈就出去了。

而马伯乐十分的受不住，他知道骂的就是他。

沉闷的过了半天，太太没有讲话，马伯乐也没有讲话。

小雅格睡醒了，马伯乐要去抱雅格。太太大声说：

“你放她在那里，用不着你殷勤！”

马伯乐放下孩子就下楼去了，眼圈里饱满的眼泪，几乎就要流下来了。

“人生是多么没有意思，为什么一个人要接受像待猫狗那么待！”

马伯乐终于到街上去，在街上散步了两三个钟头。

马伯乐在快乐的时候，他多半不上街的，他一闷起气来，他就非上街不可了。街上有什么可以安慰他的吗？并没有。他看见电线杆子也生气，看见汽车也生气，看见女人也生气。

等他已经回到旅馆了，他的气还没有消，他一边上着楼梯，一边还在想着刚才在街上所看到的那些女人，他对她们十分的瞧不起，他想：

“真他妈的，把头发烫成飞机式！真他妈的中国人……”

他一把推开房间的门，看见旅馆中的晚饭已经开上来了。照常的开在地中间的紫檀木的方桌上。

约瑟和大卫都在那儿，一个跪在太师椅上，一个站在太师椅上，小雅格就干脆的坐到桌面上去了。他们抢着夺着的吃，把菜饭弄满了一桌子。

马伯乐很恐怖的，觉得太太为什么不在？莫不是她打了主意，而是自己出去办理回青岛的吗？

马伯乐就立刻问孩子们说：

“你妈呢？”

马伯乐的第二个少爷，约瑟就满嘴往外喷着饭粒说：

“妈去给我炒蛋炒饭去了。”

马伯乐想：可到哪里去炒呢？这又不是在家里。他觉得太太真的没有生气，不是去自打主意而是去炒饭去了，才放心下来，坐在桌子旁边去，打算跟孩子们一起吃饭。

这时候太太从游廊上回来了，端着一大海碗热蒸蒸的饭，而且一边走着一边嚷叫着：

“好烫手呵！好烫手呵！”

这真奇怪，怎么蛋炒饭还会烫手的呢？

马伯乐抬头一看，太太左手里端着蛋炒饭，右手里还端着一碗汤。他忙着站起来，把汤先接过来。在这一转手之间，把汤反而弄洒了。马伯乐被烫得咬着牙，瞪着眼睛，但他没敢叫出来，他是想要趁这个机会向太太买一点好，他换了一副和颜悦色的姿态，赶快拿出自己的手帕来，把手擦了。

太太说：

“我看看，怕是烫坏了，赶快擦刀伤水吧，我从家里带来的。”

太太忙着开箱子，去拿药瓶子。

马伯乐说：

“用不着，用不着……没多大关系。”

他还跑去，想把太太扯回来，可是太太很坚决。

等找到了药瓶子，一看马伯乐的手，他的手已经起着透明的圆溜溜的水泡了。

很奇怪的，马伯乐的手虽然被烫坏了，但他不觉得疼。反而因此觉得很安慰，尤其是当太太很小心的给他擦着药的时候，使他心里充满了万分的感激，充满了万分的忏悔，他差一点没有流下眼泪来。他想：

“太太多好呵！并没有想要带着孩子回青岛的意思，错猜了她了。她是想要跟着我走的呀，看着吧！她把刀伤水，海碘酒，阿司匹林药片都带来了，她是打算着跟我走的呀……”

并且在太太开箱子找药瓶的时候，他还看见了那箱子里边还有毛线呢！这是秋天哪，可是她把冬天的事情也准备着了。可见她是想要跟着他走的。马伯乐向自己说：

“她是绝对想要跟我走的。”

马伯乐一想到这里，感激的眼泪又来了。他想：

“人生是多么危险的呀！只差一点点，就只差这一点点，就要走到不幸的路上去的呀……人生实在是危险的，误会，只因为一点误会，就会把两个人永久分开的，而彼此相背得越去越远，一生从此就不能够再相见了。人生真是危险的呀！比如太太哪有一点带着孩子想要回青岛的意思，可是我就一心的猜想她是要回青岛的。我之所猜她要回青岛，那是毫无根据的，就凭着她的脸色不对，或是她说话的声音不对，其实是可笑得很，世界上的事情若都凭着看颜色，那可就糟糕了，真是可笑……真是可笑……”

马伯乐好像从大险里边脱逃出来似的，又感激，又危险，心情完全是跳动的，悲喜交流的，好像有些飘忽忽的不可捉摸的在风里边的白云似的东西，遮在他的眼前。他不知道心里为什么起着悲哀，他不知为什么他很伤心，他觉得他的眼睛不由自主的，时时往上涌着眼泪，他的喉咙不知为什么有些涨痛。

马伯乐连饭也没有吃，就躺在床上去了。

太太问他头痛吗？

他说：

“不。”

问他为什么不吃饭呢？他说：

“没有什么。”

往下太太也就不再问了，太太坐在桌边跟孩子们一齐吃饭。她还喝了几口汤，也分吃一点蛋炒饭。

太太离开家已经十多天了，在这十多天之中吃的尽是旅馆的包饭，一碗炒豆腐，一碗烧油菜……不酸不辣的，一点没有口味。比起在家所吃的来，真是有些咽不下去。今天她偶尔借了隔壁的赵太太的烧饭剩下来的火，炒了一个蛋炒饭。而赵太太那人又非常和蔼，给她亲手冲了一大碗的高汤。这汤里边放了不少的味精和酱油。本来这高汤之类，她从来连尝也不尝的，而现在她竟拿着调匙不住的喝。仿佛在旅馆里边把她熬苦坏了。而隔壁三十一号房间的赵太太，是一个很瘦的说起话来声音喳喳喳的一个女人，脸上生着不少的雀斑。她有五个孩子，大概她也快四十岁了，满脸都起了皱纹。大概是她的喉咙不好，她一说起话来，好像哑子的声音似的。赵太太对马伯乐太太说：

“你看可不是那包饭太不好吃，我就吃不惯，我们来到这旅馆头三天也是吃的旅馆的饭。我一看这不是个永久之计，我就赶快张罗着买个煤火炉……我就叫茶房买的，谁知道这茶房赚钱不赚钱，这火炉可是一块多钱，从前这上海我没来过……你说可不是一个泥做的就会一块多钱！”

马伯乐的太太说：

“这上海我也是第一次才来。”

赵太太说：

“可不是么！我就不来这上海，孩子他爸爸就说非来不可。我看南京是不要紧的。”

马伯乐太太说：

“男人都是那样，我们孩子他爸爸也还不是一封电报一封信的，非催着来上海不可。来到上海我看又怎样，上海说也靠不住的，这些日子上海的人，走了多少！杭州，汉口，四川……都往那边去了。”

赵太太说：

“你们不走吗？我们可打算走，不过现在走不了，打算下个月底走，孩子他爸爸在南京做事，忙得不得了，没有工夫来接我们。我一个人带着这一大批孩子，路上我是没办法的。听说最近松江桥也炸了，火车到那里过不去，在夜里人们都下来从桥上摸着走过去。听说在松江桥那儿才惨呢，哭天叫地的，听说有些小孩子就被挤掉江里了。那才惨呢……说是有一个老头背着孙儿，大家一挤，把那老头的孙儿扑通一声挤掉江去了。那老头过了桥就发傻了，和一滩泥似的就在江边上坐着，他也不哭，他也不说什么。别人问他你怎么不上火车呢？他说他等着他孙儿来了一块上火车……你说可笑不可笑，好像他的孙儿还会从江里爬出来似的。后来那老头可不是疯了。有好些人看见他的，我们有一个亲戚从松江来说的。”

马伯乐太太说：

“你们打算到哪儿去？”

“我们打算到汉口去。”

“在汉口可有亲戚？”

“我们有朋友。”

就这样随便的说着，蛋炒饭就已经炒好了。

赵太太看见蛋炒饭已经炒好了，就赶忙说：

“吃蛋炒饭配着高汤才最对口味……”

赵太太于是就着那个炒饭的热锅底，就倒了一大碗冷水进去，不一会，那冷水就翻花了，而且因为锅边上有油，就嗞嗞的响。等那开水真正滚得沸腾的时候，赵太太忙着拿过酱油瓶来，把酱油先倒在锅铲上，而后倒在锅里去。酱油一倒在水里，那锅底上的开水，就立刻变成混洞洞的汤了。而后又拿出“天厨”味精的盒子来，把汤里加了点味精。

马伯乐太太看了赵太太的那酱油瓶子，瓶口都落了不少的灰尘，而且瓶口是用一个报纸卷塞着。她一看，她就知道那里边的酱油不会好，不会是上等的酱油。因为马伯乐家里永久吃的是日本酱油。

马伯乐太太一看了赵太太用的是“天厨”味精，她就说：

“我们青岛都是用‘味の素’[1]……”

赵太太一听，就感到自己是不如人家了，所以连忙就说：

“我们从前也用的是‘味の素’，‘天厨’味精是来到上海才买的。”

赵太太说完了，还觉得不够劲。多少有些落人之后的感觉，于是又拍着马伯乐太太的肩膀说：

“‘味の素’是日本货，现在买不得啦。马太太……”

那碗高汤一转眼也就烧好了。马伯乐太太端起那碗高汤要走的时候，赵太太还抢着在那汤皮上倒几滴香油。

本来马伯乐太太一走进自己房间的门就想要向丈夫讲究一番隔壁的那赵太太是怎样寒酸，怎样的吃着那样劣等的酱油。但是因为汤烫了马伯乐的手的缘故，把这话也就压下了。

一直到晚上，太太才又把这话想起来。刚想要开口，话还没有说出来，她就先笑起来了，一边笑，一边拍着马伯乐的腿：

“隔壁住着的那赵太太真可笑……她也爱起国来了，她不吃‘味の素’，她说……”

1　味の素，即“味之素”，日本公司生产的味精商标名。

太太说了半天，马伯乐一动没动。她以为或者他是睡着了。他的脸上蒙着一块手帕，太太去拉那手帕，拉不下来，马伯乐用牙咬着那手帕的巾角，咬得很结实。

但是太太看见了，马伯乐的眼睛都哭红了。

太太说：

“怎么啦？”

马伯乐没有应声。

马伯乐这些日子所郁结在心中的，现在都发挥出来了。

“人生忙忙碌碌，多么没有意思呵！”

马伯乐自己哭到伤心的时候，他竟把他哭的原因是为着想要逃开上海而怕逃不成的问题，都抛得远远的了。而好像莫名其妙的对人生起着一种大空幻。

他哭了一会，停一会。停一会再哭。马伯乐哭起来的时候，并不像约瑟或是他太太那样的大哭，而是轻轻的，一点声音也没有似的。马伯乐从来不在人多热闹的地方哭，人一多了就不能哭，哭不出来。必得找一个安静的地方，仔细的，安静的，一边思量着一边哭。仿佛他怕哭错了路数似的。他从小就有这个习惯。和现在的他的次公子约瑟完全不同，约瑟是张着大嘴，连喊带叫，不管在什么人多的地方，说哭就哭。马伯乐和他太太的哭法也不同，太太是属于约瑟一类的，虽然不怎么当着人面就哭，但是一哭起来，也是连说带骂的。关于他们哭得这么暴躁，马伯乐从来不加以鉴赏的。马伯乐说：

“哭是悲哀的表现，既然是悲哀，怎么还会那么大的力气呢？”

他给悲哀下个定义说：

“悲哀是软弱的，是无力的，是静的，是没有反抗性的……”

所以当他哭起来的时候就照着这个原则实行。

马伯乐现在就正哭得很悲哀，把腿弯着，把腰弓着。

太太问他什么，他什么也不说。一直哭到夜深，好在太太白天里睡了一觉，精神也很不坏，所以就陪着他。再加上自从来到了上海他们还没正式的吵过架，假若这也算是闹别扭的话，也总算是第一次，给太太的感觉，或者还算新鲜。所以还很有耐性的陪着他。不然，太太早就睡着了。

太太问他：

“要买什么东西吗？”

“不。”

“要请朋友的客吗？”

“不。”

“要跳舞去吗？”

“不。”

“要做西装吗？”

“不。”

太太照着他过去哭的老例子，问他要什么，而今天他什么都不要。太太想，虽然她把他的全部的西装都从青岛给他带来了，而且连白鞋，黄皮鞋，还有一双在青岛“拔佳”买的漆皮鞋也都带来了。西装当他出门的时候也常穿。西装倒还好，不过这几双皮鞋都太旧了。大概他哭的是因为他的皮鞋双双都太旧，觉得穿不出去了吧？还有他的领带也都太旧了，去年他一年里简直就没有买过一条领带，所打着的都是旧领带……太太忽然想起来了：去年他不就是为着一条领带哭了半夜吗？太太差一点没有笑出来，赶快忍着，装做平静的态度问着：

“你可是要买领带吗？”

出乎意料之外的，他冷淡的说：

“不。”

太太觉得这回可猜不着了。于是就不加心思的随便的又问了他几样，似乎并不希望问对了似的：

“你要买皮鞋吗？”

“你的帽子太旧了吗？”

“你要抽好烟卷吗？”

“你要抽前门烟吗？”

马伯乐一律说着“不”。

太太说：

“你要钱吗？”

马伯乐一听提到钱了，他就全身颤抖起来，他感动得不得了，他几乎要爆炸了的样子，他觉得他的心脏里边，好像中了个炸弹似的，他觉得他的心脏里边拥塞得不得了，说不定一个好好的人，就要立刻破碎了。

马伯乐在这种半昏迷的状态之下，他才敢说：

“我要去汉口呀……”

太太一听就笑起来了，把那烫得很细的波浪的长头发，好像大菌子伞似的，伏在马伯乐的身上。说：

“这很容易，我以为什么了不起的事呢，就是去汉口！那么咱们就一齐去汉口吧。”

说着太太就从床上跳到地上去，她跳得那么灵便而轻快，就像她长着蚂蚱腿似的。

而且从床底下就把小箱子拉出来了。从箱子里就拿出来一个通红的上边闪着金字的银行的存款折。

太太把这存款折就扔给马伯乐了。

马伯乐并不像普通人那样立刻就高兴得跳起来或是立刻抓过那存折来。他生怕有人会看到了这存折，他向太太使着眼神说：

“你把那窗帘子遮起来。”

那被烟熏的乌洞洞的玻璃窗，本来从外边往里是什么也看不见的，太太为着满足他这种愿望，也为着可怜他，就听了他的话把窗帘遮好了。

等太太转身，一看那床铺的时候，那床上的帐子已经拉得非常的严密了。仿佛存款折这一类的东西，太太看见了也不大好似的。

太太听到马伯乐在那帐子里边自己读着：

“一千二百三十……”

三天以后，他们就收拾了东西，离开上海了。

马伯乐（第二部）*

第一章

马伯乐来到了梵王渡车站，他真是满心快活，他跟他太太说：

“你好好的抱着小雅格……”

又说，

“你好好的看着约瑟……”

过了一会又是，

“大卫，你这孩子规规矩矩的坐着……”

原来马伯乐的全家，共同的坐着三辆东洋车，两辆坐人，一辆拉着行李包裹。

眼看就要到站了，马伯乐的心里，真是无限的欢喜。他往西天一看，太阳还大高的呢，今天太阳的光也和平常两样，真是耀眼明皇，闪着万道金光。

马伯乐想，反正这回可逃出上海来了。至于上海以后怎样，谁管他呢？

＊《马伯乐》（第二部）1941年2月1日—11月1日刊于（香港）《时代批评》半月刊第六十四—八十二期。署名萧红。因作者病重，连载至第九章，全文未完。

第一辆洋车上拉着行李和箱子，第二辆洋车上坐着太太，太太抱着雅格，约瑟挤在妈妈的大腿旁边，妈妈怕他翻下去，用腿着力的压在约瑟的肚子上，把约瑟的小脸，压得通通红。

第三辆车上则坐着马伯乐。马伯乐这一车显得最空旷，只有大卫和父亲两个人，大卫就压在父亲的膝盖上，虽然马伯乐的腿，压得血流不能够畅通，一阵一阵的起着麻酥酥的感觉。

但是这也不要紧，也不就是一条腿吗？一条腿也不就是麻吗？这算得了什么，上前线的时候，别说一条腿呵，就是一条命也算不了什么！

所以马伯乐仍旧是笑岑岑的。他的笑，看起来是很坚苦的，只把嘴角微微的一裂，而且只在这一裂的工夫，也还不是整个的嘴全裂，而是偏着，向右偏，一向是向右的。

据他的母亲说，他的嘴从小就往右偏。他的母亲说是小时候吃奶吃的，母亲的右奶上生了一个疮，永远没有奶了。所以马伯乐就单吃母亲的一个左奶，吃左奶的时候，恰巧就用右嘴角吸着，所以一直到今天，不知不觉的，有的时候就显露出他这个特征来了。就往右边偏。

说起这嘴角往右边偏来，马伯乐真是有无限的伤心，那就是他在中学读书的时候，同学们都说他右倾，本来马伯乐是极左的，闹学潮的时候，他永远站在学生的一面，绝不站在学校当局那一面去。游行，示威，反日运动的时候，他也绝对的站在中国人的立场上，没有站在日本人的立场上或是近乎日本人的立场上过。

但不知怎的那右倾的名头，却总去不掉，马伯乐刚一笑岑岑的嘴角往右一歪，同学们就嚷着：马伯乐右倾了。

这些都是些过去的事情了，马伯乐自己也都忘记了，似乎有多少年也没有听到这个名头了。但是夜里做梦的时候，有时还梦见。

不过今天马伯乐是绝对欢喜万分的，虽然腿有点被大卫压麻了，但是他一想到在前线上作战的兵士，别说麻了，就是断了腿，也还不是得算着吗？于是他仍旧是笑岑岑的，把眼光放得很远，一直向着梵王渡那边看去。梵王渡是还隔着很多条街道，是一直看不见的。不过听得到火车的叫唤了，火车在响着哨子。马伯乐就笑岑岑的往火车放哨的方向看去。

因为是向西边走，太阳光正迎在西方，那万道的光芒射在马伯乐的脸上，把马伯乐的脸包围得金忽忽的，好像他的命运，在未卜之前就已经是幸运的了。

他们全体的三辆车子，都到了站台。但是将到了站台的附近，还有二十步远的地方就不能向前进了，因为在前边有一根绳掷着。

马伯乐起初没有看见这根绳，坐在车上不下来，还大叫着：

“你拉到地方，不拉到地方不给钱。”

他正想伸出脚去踢那个拉车的，因为那拉车的亚拉亚拉的说些个上海话，马伯乐听不懂，以为又是在捣乱，他伸脚就踢。但是伸不出脚来，那脚已经麻木不仁了。

幸好有一个警察过来，手里挥着棒子，同时喊了一声：

“往后去……”马伯乐一听，这才从车上下来了。

虽然已经从车上下来，但是腿还麻得不能走路。

马伯乐就用拳头在自己膝盖上打着，打了三五下之后，还不怎么见好。

可是那拉车的就瞪眼的瞪眼，跺脚的跺脚，喊着要钱。

马伯乐想，你们这般穷鬼，我还不给你们钱了吗？

等他的腿，那麻劲儿稍微过去了一点，才按个分给了车钱。

那车夫已经把钱拿到了手，把车子拉到一两丈远的地方去还在骂着，“瘟牲”“瘟牲”。

马伯乐本来的那一场高兴，到了现在已经失去了七八分了。

一则腿麻，二则是真他妈的中国人，一个拉洋车的也这么厉害。

尤其是当他看见那站在远处的洋车夫还在顿足划拳的骂着的时候，他真恨不得他自己立刻就变成一个外国人，过去就踢他几脚。

他想，中国人非外国人来治不可，外国人无缘无顾的踢他几脚，他也不敢出声。中国人给钱给晚了一点，你看他这种凶劲。

马伯乐气冲冲的走到站台上去一看，那站在台上的人，已经是满山满谷了。黑压压的，不分男，女，老，幼，无管箱，笼，包裹，都好像荒山上的大石头似的，很顽强的盘踞在那里了。后来的若想找一个缝，怕是也不能了。

马伯乐第一眼睛看上去就绝望了。

“到那时候，可怎么办哪！”

他把眼睛一闭，他这一闭眼睛，就好像有上千上万的人拥上了来，踏着他的儿子——大卫的脑袋。挤着约瑟的肚子。小女儿雅格已经不知道哪里去了。

他所感到绝望的，并不是现在，而是未来。也就是说并不是他的箱，笼，包裹，站台上放不下。也不是说他的全家将必要上不去火车，也不是说因为赶火车的人太多，他的全家就一定将被挤死。而是他所绝望的在远处。是在松江桥的地方。

松江桥是从上海到南京的火车必经之路，那桥在“八一三”后不久就被日本飞机给炸毁了。而且不是一次的炸，而是几次三番的炸。听说那炸的惨，不能再惨了，好像比那广大的前线上，每天成千成万的死亡更惨。报纸上天天作文章，并且还附着照片。那照片是被日本炸弹炸伤了的或者是炸死了的人。旁边用文字下着说明：惨哉惨哉！

现在马伯乐一看这车站上这多人，就觉得头脑往上边冲血。

他第一眼看上去就完了，他说：

“到那时候可怎么办哪！”

现在马伯乐虽然已经来到了车站，但离松江桥还远着呢。但是他计算起路程来，不是用的远近，而是用的时间。在时间上上海的梵王渡离松江桥也不过是半夜的工夫。

马伯乐想，虽然这里不是松江桥，但是一上了火车松江桥立刻就来到眼前的呀！那么现在不就是等于站在松江桥头上了吗！

他越想越危险，眼看着就要遭殃，好像他已经预先知道了等他一到了松江桥，那日本飞机，就非来炸他不可，好像日本飞机要专门炸他似的。

那松江桥是黑沉沉的，自从被炸了以后，火车是不能够通过江桥去的了，因为江桥已被炸毁了。从上海开到的火车，到了松江桥就停下不往前开的。火车上逃难的人们，就要在半夜三更的黑天里抢过松江桥去。日本飞机有时夜里也来炸。夜里来炸，那情形就更惨了，黑洞洞的成千成百的人被炸得哭天号地。

从上海开松江桥的火车，怕飞机来炸，都是夜里开，到了松江桥正是半夜。没有月亮还好，有月亮日本飞机就非来炸不可。

那些成百成千的人过桥的时候，都是你喊我叫的，惊天震地。

“妈，我在这里呀！”

“爹，我在这里呀！”

“阿哥，往这边走啊！”

“阿姐，拉住我的衣裳呵！”

那松江桥有一二里路长，黑沉沉的桥下，桥下有白亮亮的大水，天上没有月亮，只闪着星光。那些扶老携幼的过桥的人，都是你喊我叫着，只想牵着衣襟携着手，怕是掉下江去，或者走散了。但是那松江桥上铺着的板片，窄得只有一条条，一个人单行在上面，若偶一不加小心就会掉下江去。于是一家老小都得分开走，有的走快，有的走慢，于是走散了，在黑黑的夜里是看不见的。所以只得彼此招呼着，怕是断了联系。

从上海开来的火车，一到了松江桥，就翻箱倒箧的，人们都从黑黑的车厢里钻出来了。那些在车上睡觉的，打鼾的，到了现在也都精神百倍。

“松江桥到了，到了！”人们都一齐喊着：

“快呀！要快呀！”

不知为什么，除了那些老的，弱的，和小孩子们，其余的都是生龙活虎，各显神威。能够走多快，就走多快，能够跑的就往前跑。若能够把别人踏倒，而自己因此会跑到前边去，那也就不顾良心。把别人踏倒了，自己跑到前边去。

这些逃难的人，有些健康得如疯牛疯马，有些老弱得好似蜗牛。

那些健康的，不管天地，张牙舞爪，横冲直撞。

年老的人，因为手脚太笨，被挤到桥下去了，淹死了。孩子也有的时候被挤到桥下去了，淹死了。

所以这松江桥传说得如此可怕，有如生死关头。

所以松江桥上的过客，每夜喊声震天。在喊中间还夹杂着连哭带啼。那种哭声，不是很畅快的就哭出来，而是被压板压着的那样，那声音好像是从小箱子里边挤出来的，好像是受了无限的压迫之后才发出来的。那声音是沉重的，力量是非常之大的，好像千百人在奏着一件乐器。

那哭声和喊声是震天震地的，似乎那些人们都来到了生死关头。

能抢的抢，不能抢的落后。强壮如疯牛疯马者，天生就应该跑在前边。老弱妇女，自然就应该被挤掉江去。因为既老且弱，或者是哭哭啼啼的妇女或孩子，未免的因为笨手笨脚就要走得慢了一点。他们这一些弱者，自己走得太慢那倒没有什么关系，而最主要的是横住了那些健康的，优秀的不能够向前进得如风似箭。只这一点，不向前挤，怎么办？

于是强壮的男人如风似箭的挤过去了。老弱的或是孩子，毫无抵抗之力，唏嘘哗啦的被挤掉江了。

优胜劣败的哲学，到了这松江桥才能够证明不误，才能完全具象化了起来。

同时那些过桥的人，对于优胜劣败的哲学似乎也都大有研究，那些既过去了的，先抢上了火车，有了座位，对于那些后来的，无管你是老得发如雪白，无管你是刚出生的婴孩，一律以劣败者待之。

妇人女子，抖抖擞擞的，走上车厢来，坐无坐处，站无站处，怀里抱着婴孩，背上背着包袱，满脸混了泪珠和汗珠。

那些已经抢到了座位的优秀者，坐在那里妥妥当当的，似乎他的前途已经幸福了。对于这后上来的抱着孩子的妇人，没有一个站起来让坐，没有一个人给这妇人以怜悯的眼光。坐在那里都是盛气凌人的样子，似乎在说：“谁让你劣败的？”

在车厢里站着的，多半是抱着孩子的妇女，老弯了腰的老人。那坐着的，多半是年富力强的。

为什么年富力强的都坐着？老弱妇女都站着？这不是优胜劣败是什么？

那些个优胜者坐在车厢里一排一排的把眼睛向着劣败的那方面看着，非常的不动心思，似乎心里边在说："谁让你老了的！""谁让你是女人！""谁让你抱着孩子的！""谁让你跑不快的！"

马伯乐站在车站上，越想越远，也越想这利害也越切身，所以也越刹不住尾，越想越没有完了。

若不是日本飞机已经来到了天空，他是和钉在那里似的，不会动的。小雅格叫着：

"爸爸，爸爸……"

他不理会她。

大卫叫着：

"爸爸，我饿啦。我要买茶鸡蛋吃。"

他说：

"你到一边去，讨厌。"

约瑟在站台上东跑西跑，去用脚踢人家的包袱，拔人家小孩的头发，已经在那边和人家打起来了。马伯乐的太太说：

"你到那边，去把约瑟拉回来，那孩子太不像样……和人家打起来啦。"

太太说完了，看看丈夫是一动不动。

太太的脾气原也是很大的。并且天也快黑了，火车得什么时候来，还看不见个影儿，而赶火车的人越来越多。太太想，这可怎么能够上去火车，孩子，东西一大堆岂不要挤坏了吗？太太也正是满心不高兴，她看看她丈夫那个样子，纹丝不动，可真把她气死了。她跑到约瑟那里把约瑟打哭了，而且拉着一只胳臂就把孩子往回拖。

那约瑟是一位小英雄，自幼的教育就是遇到人就打。但是也不能这么肯定的说，他的祖父虽然看他打了人，说他是“小英雄”，说他将来非是个“武官”不可。但究竟可没有一见到人就指使着他，“你去打吧，你去打打看。”所以他的祖父常说：一个人的性情是天生的，好打人的是天生的，好挨人打的也是天生的。所以约瑟的性情也就是天生的了。

约瑟的祖父常说：“山河容易改，秉性最难移。”所以约瑟这好打人的秉性，祖父从来没有给他移过，因为他知道了移是移不过来的。

约瑟是在青岛长大的，一向没有离开过青岛。在青岛的时候，他遇到了什么，要踢就踢，要打就打，好好的一棵小树，说拔下来，就拔下来。他在幼稚园里念书，小同学的好好的鼻子，他说给打破，就给打破了。他手里拿着小刀，遇到什么，就划什么，他祖母的狐狸皮袍子，在屁股上让他给划了一个大口子。

耶稣是马伯乐家里最信奉的宗教，屋里屋外都挂着圣像，那些圣像平常是没有人敢碰一碰的，都是在祷告的时候，人们跪在那圣像的脚下。可是约瑟妈妈房里的那张圣像，就在耶酥的脚上让约瑟给划了一个大口子。

约瑟是在青岛长大的，一向没有离开过青岛。而今为了逃难才来到了这上海的梵王渡车站。

不料到了这车站上，母亲要“移”他的秉性了。可是约瑟那天生就好打人的秉性，哪能够“移”得过来，于是号啕大哭，连踢带打，把他妈妈的手表的表蒙子也给打碎了。

妈妈用两只手捉着他，他两手两脚，四只腿的乱闹。因为好打人是他的天性，他要打就非打到底不可，他的妈妈一点也不敢撒手，一撒手他就跑回去又要去打去了。

不知闹了多少的时候，太阳已经落了。

太太把约瑟哄好了，来到马伯乐旁边一看，马伯乐仍旧一动没有动的站在那里。

太太刚想说，

“你脚底下钉了钉啦！纹丝不动……”

还没等太太说出口来，天上就来了一架飞机。那站台上的人，乌拉的喊起，说，

“不好了，日本飞机！”

于是车站上的千八百人就东逃西散开了。

马伯乐的太太一着慌，就又喊大卫，又叫约瑟的，等她抬头一看，那站着纹丝不动的马伯乐早已不见了。

太太喊着：

“保罗！保罗……”（保罗是《圣经》上的人名，因为他是反宗教的，伯乐这名字是他自己改的。）

马伯乐一到了逃命的时候，就只顾逃命了，他什么也想不起来了，他什么也看不见了，他什么也听不见了。

因为他站在那里想松江桥被炸的情形想得太久了，他的脑子想昏了。他已经不能够分辨他是在哪里了。他已经记不起同他在梵王渡车站上的还有他的太太，还有他的大卫，还有他的约瑟……

空中只盘旋着一只日本飞机，没有丢炸弹，绕了一个大圈子而后飞走了。

等飞机走了，太太才算带着三个孩子找到了马伯乐在一块。一看，那马伯乐满脸都是泥浆。

太太问他怎么着了？

不成想他仍旧是一句话不答，又站在那里好像钉子钉着似的又在那里睁着眼睛做梦了。

太太是个很性急的人，问他：

“今天你不想走吗？”

他不答。

问他：“你到底是在想什么？”

他不答。

问他：“你头痛吗？”

问他：“你丢了什么东西吗？”

问他：“你要买什么东西吗？”

一切他都不答。太太想这回可真猜不着。太太本来最后还有一着，不过这个机会有点不适当，难道现在他还要钱吗？平常马伯乐一悲哀的时候，她就知道他又是没有钱了。现在难道他还要钱吗？她不是就连银行的存折也交给了他吗？

正这时候，火车来了，马伯乐一声喊了：

“上呵！”

于是他的全家就都向着火车攻去，不用说是马伯乐领头，太太和孩子们随着。

这种攻法，显然是不行的，虽然马伯乐或许早已准备了一番，不过太太简直是毫无经验。其实也怪不得太太，太太拉着大卫，拖着约瑟，雅格还抱在手里，这种样子，可怎么能够上去火车？而且又不容空，只一秒钟的功夫，就把孩子和大人都挤散了。太太的手里只抱着个雅格了，大卫和约瑟竟不知哪里去了。没有法子，太太就只得退下来。一边退着，一边喊着：

“约瑟，约瑟……”

过了很多的工夫，妈妈才找到了约瑟和大卫。两个孩子都挤哭了。

大卫从小性格就是弱的。丢了一块糖也哭，铅笔刀把手削了一个口也哭。但是约瑟是一位英雄，从来没有受人欺侮过，可不知这回怎么着了，两只眼睛往下流着四颗眼泪，一个大眼角下挂着两颗。

约瑟说：

“回家吧！”

妈妈听了一阵心酸，

“真可怜我的小英雄了……”

于是妈妈放下雅格，拉起衣襟来给约瑟擦着眼泪。

眼泪还没有擦干净，那刚刚站在地上去的雅格就被人撞倒了。把孩子撞得真可怜，四腿朝天，好像一个毛虫翻倒了似的，若不是妈妈把她赶快的抱起来的话，说不定后来的人还要用鞋底踏了她。

没有办法，妈妈带着三个孩子退得很远的地方去了，好给那些抢火车的人让路。

无奈那些往前进的太凶猛，在人们都一致往前进的时候，你一个人单独想要往回退，那也不是容易的事情。因为你往后退了三两步，人家就把你又挤上去了。

等马伯乐的太太退出人群来，那火车已经是快要开行的时候了。

马伯乐太太的耳朵上终年的戴着两颗珍珠。那两颗珍珠，小黄豆粒那么大，用金子镶着，是她结婚时候戴在耳朵上的。马伯乐一到没有钱用的时候，就想和太太要这对珠子去当，太太想，她自己什么东西也没有了，金手镯卖了，金戒指十几个，也都当光了，钻石戒指也当了。这对珠子，她心里可下了决心，说什么去吧，也是不能给你。

现在往耳朵上一摸，没有了。

“保罗呀，保罗，我的珠子丢啦……”

她抢火车抢了这么半天，只顾了三个孩子。她喊完了，她才想起来，马伯乐，她是这半天没有看见他了。

马伯乐的脾气她是知道的，一到了紧要的关头，他就自己找一个最安全的地方去呆着。

黄河那回涨大水，马伯乐那时还小，随着父亲到小县去，就遇着这大水了。人们都淹在水里了，惟独马伯乐没有，他一个人爬到烟筒顶上去，骑着烟筒口坐在那里。锅灶都淹了，人们都没有吃的，唯独马伯乐有，他把馒头用小绳穿了一串挂在脖子上。

太太立刻就想起这个故事来了。接着还想了许许多多，比方雅格生病的时候，他怕让他去接医生，他就说他有个朋友从什么地方来，他必得去看朋友，一看就去了一夜。比方家里边买了西瓜，他选了最好的抱到他的书房去，他说是做模型，他要做一个石膏的模子。他说学校让他那样做。到晚上他就把西瓜切开吃了，他说单看外表还不行，还要看看内容。

太太一想到这里，越想越生气，他愿意走，他就自己走好啦。

太太和三个孩子都坐在他们自己的箱子上，他们好几只箱子，一只网篮，还有行李，东西可不少，但是一样也没有丢。

太太想，这可真是逃难的时候，大家只顾逃命，东西放在这没有人要。心里总是这样想着，但也非常的恐惧，假若这些东西方才若让人家给抢上火车去，可上哪儿找去？这箱子里整个冬天的衣裳；孩子的，大人的都在里边呀！

她想到这里，她忽然心跳起来了，因为那只小手提箱里还有一只白金镖锤呢！那不是放在那皮夹子里么！那旧皮夹子不就在那小箱子里么！

这件事情马伯乐不知道，是太太自己给自己预备着的，到了万一的时候，把白金镖锤拿出来卖了，不还是可以当作路费回青岛的吗？

从这一点看来，太太陪着他逃难是不怎么一心一意的，是不怎么彻底的，似乎不一定非逃不可。因为一上手她就有了挟带藏掖了呢。

青岛有房产可以住着，有地产可以吃着，逃，往哪里逃呢？不过大家都逃就是啦，也就跟着逃逃看吧！反正什么时候不愿意逃了，不就好往回逃吗？反正家里那边的大门是开着的。

不过太太的心跳还是在跳的，一则是抢火车累的。二则是马伯乐把她气的。三则是那白金镖锤差一点便丢了，把她吓的。

一直到火车开之前，马伯乐太太没有往车厢那边看，她不愿意看，因为她的气满心了。她想愿意怎么样，怎么样吧！上海，汉口还不都是一个样。最后她想，青岛也是一样呢。

不过那路警一吹哨子的时候，不自觉的就抬起头来了，好像那火车上究竟怕有什么她所不放心的。恰巧这一望，马伯乐就正站在车厢的门外。他嚷着，叫着，抡着胳臂，好像什么人把他抓上了火车要带他走似的，他的眼睛红了，他叫着：

“你们上来呀，你们为什么不上呵……”

这时候火车已经向前移动了。

他一直的喊着，喊到那火车已经呼隆呼隆的很快的响着轮子，已经开始跑着了，他才从车上跳下来。

差一点，很危险，差一点就把大门牙跌掉了。在他那一跳的时候，他想着，是用脚尖沾地呀，可不要用脚跟沾地。等他一跳的时候，他可又完全忘记了。等他从地上爬起来的时候，他只觉得此刻他已经不是在火车上了，因为那火车离开了他，啌啌的往前跑了去。至于他是怎样从那跑着的火车上下来的，用什么样的方法下来的，用脚跟先沾了地的，还是用脚尖先沾了地的，这个他已经完全不知道了。

当马伯乐从水门汀[1]的站台上站起来，用自己的手抚摸着那吃重了的先着地面的那一只运气糟糕的肩膀，一步一步的向太太坐着的那方面走去的时候，那方面没有什么声音，也绝对的没有什么表示。

太太把头低着，对于马伯乐这差一点没有跌掉了膀子的这回事，表示得连看见也没有看见。只是约瑟高兴极了，站在箱子盖上，跳脚拍掌的给他爸爸在叫着好。

马伯乐走到了太太的旁边，太太第二样的话没有，把头一抬：

“你给我找耳钳子去！”

于是马伯乐大惊，他倒并不是害怕耳钳子丢了的那回事，其实太太说让他找什么东西，他或者还没有听清呢，不过太太为什么发了脾气呢？这真使他有些摸不着头脑。

莫不是太太要回青岛吗？莫不是太太不愿逃难吗？这回可糟了，太太若不跟着一起逃难，家里能够给钱吗，家不给钱，什么都完了。

马伯乐想：

1　水门汀，即水泥，也指混凝土或水门汀路面。英语 cement（水泥）的音译，民国时期有些出版物也译作“士敏土”。

"完了。"

这回算完了，一完完到底，虽然还没有到松江桥，谁能想到呢，这比松江桥更厉害呀。因为他看出来了，在这世界上，没有了钱，不就等于一个人的灵魂被抽去了吗？

于是马伯乐又站在那里一步也动不了了。他想这可怎么办呢，他没有办法了。

第二趟火车来了，料不到太太并没有生那么大的气，并没有要回青岛的意思，火车离着很远的呢，太太就吩咐说：

"保罗，你看着箱子，我往车上送着孩子，回头再来拿东西……"

太太说着还随手提起那里边藏着白金镙锤的小提箱。

马伯乐说：

"给我提着吧！"

马伯乐听说太太要上火车了，心里不知为什么来了一阵猛烈的感激，这种感激，几几乎要使他流出眼泪来，他的心里很酸，太太总算是好人，于是他变得非常热情，那装着白金镙锤的小箱子，他非要提着不可。

太太说：

"还是让我提着吧！"

马伯乐不知其中之故，还抢着说：

"你看你……带好几个孩子，还不把箱子丢了，给我提着吧。"

马伯乐很热情的，而且完全是出于诚心来帮忙，于是马伯乐就伸出手去把箱子给抢过来了。

他一抢过来，太太连忙又抢过去，太太说：

"还是让我拿着吧！"

马伯乐的热情真是压制不住了，他说：

“那里边难道有金子吗，非自己提着不可。”

于是马伯乐又把箱子抢过来。

太太说：

“讨厌！”

太太到底把箱子抢过去了，而且提了箱子就向着火车轨道的那方面去了。

“真他妈的中国人，不识抬举。”

这话马伯乐没有说出来，只在心里想了一遍也就咽下去了。

不一会，火车就来了。开初，马伯乐他们也就猛烈的抢了一阵，到后来看看实在没有办法，也就不抢了。因为他们箱子行李带得太多，而孩子也嫌多了点，何况太太又不与马伯乐十分的合作呢。太太只顾提着那在马伯乐看来不怎样贵重的小箱，而马伯乐又闹着他一会悲观，一会绝望的病。那简直是一种病了，太太一点也不理解他。一到紧急的关头，他就站着不动，一点也不说商量商量，大家想个办法。

所以把事弄糟了，他们知道他们是抢不上去了，也就不再去抢。

可是不抢不抢的，也不知怎么的把雅格就让众人挤着，挤到人们的头顶上去，让人们给顶上火车去了。

这火车就要开了起来，火车在吹气，那白气也许是白烟，在突突突地吐着，好像赛跑员在快要起码的时候，预先在踢着腿似的。不但这个，就是路警也在吹哨了，这火车转眼之时就要开了起来。这火车是非开不可的了，若再过几分种不开，就要被人们给压瘫了，给挤破了。因为从车窗和车门往上挤的人，还是和蚂蚁似的那么多。

火车的轮子上手是迟迟钝钝的转了三两圈，接着就更快一些的转了四五圈。那些扒着火车不肯放的人们，到此也无法可想了，有些手在拉着火车的把手，腿在地上跑着。有些上身已经算是上了火车，下身还在空中悬着，因为他也是只抓着了一点什么就不肯放的缘故。有的还上了火车的顶棚，在那上边倒是宽敞了许多，空气又好，查票员或者也不上去查票。不过到底胆小的人多，那上边原来是圆隆隆的毫无把握；多半的人都不敢上，所以那上边只坐着稀零零的几个。

以上所说的都不算可怕的，而可怕的是那头在车窗里的，脚在窗外的，他要进也进不去，要出也出不来。而最可怕的是脚在车窗里的，头在车窗外的。因为是头重脚轻，时时要掉出来。

太太把这情景一看，她一声大喊：

“我的雅格呀……”

而且火车也越快的走了起来。

马伯乐跑在车窗外边，雅格哭在车窗里边，马伯乐一伸手，刚要抓住了雅格的胳臂，而又没有抓往，他又伸手，刚要抓住了雅格的头发，而又脱落了。

马伯乐到后来，跟着火车跑了五十多尺才算把雅格弄下来了。

雅格从车窗拉出来的时候，吓的和个小兔似的，她不吵不闹也不哭，妈妈把她接到怀里，她一动不动的好像小傻子似的坐在妈妈的怀里了。

妈妈说：

“雅格呀，不怕，不怕，跟妈来回家吃饭穿袄来啦……来啦……”

妈妈抚着孩子的头发，给孩子在叫着魂。

但雅格一动不动，也不表示亲热也不表示害怕。这安静的态度，使妈妈非常的感动，立刻把大颗的眼泪落下来，落在雅格的头发上。

过了一会妈妈才想起来了，遇有大难的时候，是应该祷告主耶稣的，怎么能说叫魂呢，是凡叫魂的，就是多神教。教友讲道的时候，不是讲过吗？神就有一个，没有第二个。

于是马伯乐的太太又在孩子的头顶上祷告了一阵耶稣：

“我主耶稣多多施恩于我的雅格呢，不要使我的雅格害怕，我的雅格是最坦白的孩子，我的雅格……”

她祷告不下去了，她觉得没有什么好说的，她想还是中国旧式的那套叫魂的法子好。但是既然信了耶稣教，也就得顺着耶稣的规矩去做。不然，让人家看见了笑话。

她还想祷告几句，但是她抬头一看，四外也没有什么人看她。而这又不是在家里，有婆婆看着，不祷告怕是婆婆不开心，与将来得遗产的时候有关系。现在这也不是在家里，也就马马虎虎的算了。

于是停止了祷告，她与马伯乐商量着叫洋车好回旅馆。要想赶火车，明天再来吧，因两班车都已过去了。

等他们上了洋车，才发现了一只大箱子不见了。

马伯乐说：

“我似乎是看见了的，人们给顶着，顶上火车去了……”

太太说：“你还说呢！那不是你提着往车上扔么！你不是说，扔上去一个算一个，多扔一个是一个……也不知道你哪来的那么一股精神，一听说逃难，这就红眼了……”

雅格算是被救下来了，大箱子独自个儿被火车载着跑了。

马伯乐他们的一家，又都回到旅馆里。

一进了旅馆，太太先打开了小箱子，看看那白金的镖锤一向很好否？接着就拿出兜安氏药膏来。雅格的耳朵破了一块，大卫的鼻子尖出了一点血，约瑟的一只膝盖擦破了馒头大的一片皮。太太就用药膏分别的给他们擦着。

都擦完了就向马伯乐说：

“保罗，你不擦一点吗？”她手里举着药膏。

马伯乐的胳膊虽然已经青了，但是他是不上药膏的。因为他素来不信什么药的，生点小病之类，他就吸烟卷，他说有那药钱还不如吃了。他回答着太太：

“不用，我不用，你们上吧。”

说着他喊了个大肚子茶房来，打了盆脸水，洗了个脸就到外边去买烟卷去了。

买烟卷来就坐在桌子旁边抽着。一边抽着烟，一边满脸笑岑岑的，他的嘴角稍稍的向右倾着，他是非常幸福的，因为他们的雅格总算没被火车抢了去，总算是把雅格救下来了。

虽然他上火车的目的不是为着抢救雅格的，而是为着上火车，但到后来，经过千辛万苦，这火车想要不下也还不行了。于是就忘记是上火车了，而专门在下火车。若能够下得来，不也是万幸吗，不然将要把小雅格带到哪里去呢！

马伯乐觉得这一天，虽然没有什么结果，但觉得很充实。他临睡觉的时候，他还说：

“劳动是比什么都幸福的呀，怪不然从前有人提倡劳工神圣……”

于是他拍一拍胸膛，拉一拉胳臂，踢一踢腿，而后上床就睡了。可是太太却不大理解他这句话的意思。

第二章

第二天，马伯乐他们准备了一天，这一天的准备，可不是毫无成绩的。除了他们一家五口人仍旧独立之外，其余的都带在身上了。因为他们实在有了经验，孩子多了都要丢的，小雅格就差一点没有丢了，何况东西？

于是大热水瓶，小热水瓶，还有一个军用水瓶，本来它们三个是在网篮里头的，现在也都分别的挂在人的身上去了，马伯乐挂一个大的，大卫挂一个小的。那军用水瓶本来是应该挂在马伯乐的第二个公子约瑟的身上。可是这样雅格偏不许，雅格哭了满脸的眼泪，到底争取着挂在自己的身上了。

妈妈就说：

“你看着吧，到了车站，把你让火车抢着跑了的时候，连水瓶都跟着你一块跑了。”

马伯乐也说：

“那到了松江桥的时候，可不同别的，雅格，到那时候，你连我们都找不着了，你还带着水瓶干什么。”

可是小雅格哪里会听话，还像小鸭子似的背着水瓶在地上跑了一圈。

接着就背苹果，背鸡蛋，背军用袋。大卫和约瑟每个人肩上挂着一个手电筒。据马伯乐说，这是非带不可的，到了那松江桥，天昏地黑，女儿找不着娘，爹找不着儿子，若有了手电筒，可以照个亮不要紧。不然，孩子们被挤散了的话，到那时候，可怎么办。

这一切都是马伯乐的主意。马伯乐还亲手给自己缝了一个大背兜。

这背兜是用一张帆布床缝的，当马伯乐缝着的时候，太太抢着给他缝，他百般的不用，他说，只要是一个人，凡事都应该做得，何况这年头是啥年头。

太太看他缝得太吃力了，就要抢着给他缝，他说，他把手摆着：

“不用，不用，将来说不定还去打日本呢！现在让我先学着点。”

现在这背兜子早已缝好了。很像在小学里读书的书包，但又比书包大，因为是白色的，又很像送报的报差背着的大报兜子。

那里边装的是牙刷，肥皂，换洗的衬衣等等……还有一盒万金油。

马伯乐是不信什么药的，唯独这万金油他不反对，并不是他证明了这油是怎样的灵验，只是他觉得，这油虽然不治病，总算便宜（每盒一角）。是凡便宜的就上算，何况治不好，但也治不坏呢。所以马伯乐这万金油总是常备着。

那背包里边还背着面包，奶油。

这面包，奶油是每人一份，这也是马伯乐的主意。他说到了松江桥若是挤丢了，挤散了，或是谁若没有上去火车，谁就在松江桥那儿吃呵。

他那拆散了帆布床的那张帆布，除了做一背包之外，还剩了一块，马伯乐就用了剩下来的这块给约瑟缝了一个小的背包。

不大一会的工夫，约瑟也背上了一个背包，约瑟那背包里边也有面包，奶油。

马伯乐让每个孩子都穿戴好了，像军队似的，全副武装，热水瓶，手电筒，每个人都挂着。自然是马伯乐当队长的，由马伯乐领导着在旅馆的地板上走了两圈。

马伯乐叫这种行为是演习，他说：

“凡事没有经过实验，就是空想的。什么叫做空想，空想就是不着实际。别的事你不着实际行呵，这是过松江桥这可不是别的，性命关头。”

马伯乐看着太太对于他这种举动表示冷淡，他就加以理论的宣传。

到了晚上，马伯乐又单独的演习了一遍，他究竟试一试自己有多大的力气，于是他背上背上了军用袋，肩上挂着他自己缝的大兜子，只这两样东西，就不下五十来斤重。又加上手电筒，又加上热水瓶。同时他还提着盛着他自己的西装的那大箱子。

一提起这箱子来，马伯乐就满脸的汗珠，从脖子红起，一直红到了耳朵，好像一个千斤锤打在他的身上了似的。

太太看他有点吃力，就说：

“你放下吧，你放下吧。”

他不但没有放下，那正在吃饭还没有吃完的雅格，他从后边就把她抱了起来。他说：

“这大箱子不能丢，里边是我的西服，这干粮袋不能丢，里边是粮食，这雅格不能丢，雅格是小宝贝。”

马伯乐很坚强的，到底带着二百多斤在地板上走了两三圈。他一边走着，他一边说：

“这就是松江桥呵，这就是松江桥。”

到了第二天早晨，马伯乐又要演习，因为这一天又要上火车去了。

不大一会，他那二百多斤又都上身了。马伯乐吃力得红头胀脸的，可是小雅格却笑微微的坐在爸爸的胳臂上。小雅格说：

“这就是松江桥吗？”

马伯乐故意用脚跺着地板。这旅馆的小楼是个旧房子，颤抖抖的地板在脚下抖着。马伯乐说：

“这就是松江桥……”

雅格的声音是很响亮的，可是马伯乐的声音却呜呜的，好像要上不来气了。

在临出发之前，马伯乐对于他的三个孩子挨着个问：

“你叫什么名字？”

“我叫大卫。”

马伯乐说：

“你要说马大卫。”

“我叫马大卫。”

又问第二个：

“你叫什么名字？”

“我叫马约瑟。”

又问雅格：

“你叫什么名字？”

“我叫小雅格。”

马伯乐说：

“什么小雅格，你说叫马雅格。”

这都是昨天就已经演习过的了。马伯乐为的是到了松江桥怕把孩子们挤丢了，若万一挤丢了也好让他们自己报个名姓。不料今天又都说得七三八四的。于是马伯乐又接着问下去：

“你父亲叫什么名字？”

“叫马伯乐。”大卫说。

又问第二个：

“你父亲叫什么名字？”

“叫马伯乐。”约瑟咬着指甲。

又问第三个：

“你的父亲叫什么名字？”

“我的父亲叫叫叫保罗马伯乐……”小雅格一边说着，一边把那挂在约瑟身上的军用水瓶的瓶盖拧下来了。

马伯乐又问她：

“你父亲叫什么名字？什么名字？”

小雅格说：

“我父亲要过松江桥啦……约瑟，约瑟偷我的鸡蛋啦……”

于是雅格就追了过去，约瑟就踢了雅格，他们两个打了起来。

等把约瑟压服下来，马伯乐又从头问起，第一个又问的是大卫。

“你家在什么地方？”

“你家在什么地方？”

“我家在青岛。”大卫说。

又问约瑟和雅格，都说家在青岛。这一次很顺利的就问完了。

问完了之后，又从头轮流着问起，这一回问的是顶重要的，问他们的门牌号数，问他们所住的街道。

这一回笑话可就多了，大卫说他住的是“观象路”，约瑟说他住的是“一路”。而马伯乐几次三番的告诉他们说那是“观象一路”，可是他们都记不住。而尤其是小雅格，她简直是什么也不知道了，一问她，她就顺口乱说，她说：

“那不是咱家后山上不是有一个观象台吗？那观象台到八月十五还可以看月亮呢。妈妈那回还带我去看了呢，可没有带约瑟……约瑟，是不是妈没有带你？”

约瑟说：

“你说谎，妈没有带你……”

雅格说，

“你说谎。”

约瑟把挂着手电筒那根小麻绳从身上脱下来，套到雅格的脖子上，从背后就把雅格给拉倒了。

只有大卫规规矩矩的让马伯乐盘问着，其余的两个已经不听指挥了，已经乱七八糟闹了起来了。

结果到底没有弄清楚就到了火车站上去了。

这一次来到了火车站，可比第一次带劲多了。上一次，那简直是啰里啰嗦的，一看上去那就是失败的征兆。什么箱子，瓶子的，一点准备没有，而这一次则完全机械化了起来了，也可以说每个人都全部武装了。什么干粮袋，热水瓶，手电筒，应有尽有，而且是每人一份，绝不彼此的依靠，而都是独立的。

雅格有雅格的手电筒，约瑟有约瑟的手电筒，而大卫也有一个。假若走在那松江桥上就是彼此拆了帮，而那也不要紧，也都会各自的照着手电筒过桥的。

马伯乐他们这次上火车，上的也比较顺利。这大概是因为他们已经有了训练，有了组织的了，既然上了火车，他们也还没有拆帮，依然是一个精锐的部队。比方约瑟的军用水瓶的瓶盖，虽然被挤掉了，但是他会用手按着那软木塞，使那软木塞终究不得以掉了下来，因此那热水也还是在水瓶里，而不会流出来。

虽然约瑟的手电筒自动的就开了，就发亮了，但经马伯乐的一番修理，也就好了。

小军用水瓶到底是让约瑟背上了，而且是头朝下的背着。

虽然都出了点小毛病，但大体上还是不差的，精神都非常的好。

而精神最好的是约瑟，约瑟在伸胳臂卷袖子的，好像他又要开始举手就打了。他四外的看了半天，没有对象。

母亲看他舞舞招招的，怕是他惹了什么乱子，因为车厢里虽然说是不算太挤，但是过路的人就迈不开步，每一伸腿就要踏到别人的脚上去。而况约瑟就正站在车厢的门口。

母亲看约瑟如此伸腿伸脚的，就招呼着约瑟：

“约瑟，到妈这儿来。”

这工夫正有一个白胡老头上了车厢来，手里哆哆嗦嗦的扶着一根拐杖。左边的人一拥，右边的人一挤，恰好这老头就倒在约瑟的旁边了，其实这老头并没有压到约瑟，只不过把他的小军用水瓶给撞了一下子。这约瑟就不得了了，连脚带拳向那老头踢打了过去。

全车厢的人看了，都赞美着这位小英雄说：

“这小孩可真厉害呀！像一匹小虎。”

母亲连忙过去把约瑟拉过来了，并且说：

“这不是在青岛呵，在青岛家里你可以随便打人……在上海你可不行了，快回来，快回来……”

约瑟打人打惯了，哪里肯听母亲的话，母亲已经把他拉了回来，他又挣扎着跑了出去，跑到老头那里，把那老头的胡子给撕下几根来，这才算略微的出了一口气。

过了不一会，约瑟又跑了，跑到车厢的尽头去，那里有一个穿着红夹袄的小孩坐在一个女人的膝盖上。约瑟跑到那里就把那四五岁的小孩给拉下来了。

拉下来就打，不问原由。

过后马伯乐问约瑟为什么打那小孩呢？

约瑟说：

“他看我么！他两个眼睛钉钉的看我。”

于是马伯乐和太太都笑了。

并没有因此教训约瑟一番，反而把他夸奖了一顿，说：

“约瑟这孩子真不得了，好大的胆子，不管老少，要打就打，真有点气派呢，不怪他爷爷说将来这孩子不做希特勒也做莫索里尼。”

太太把手在约瑟的头上转了一个圈，两个眼睛笑得一条缝似的，又说：

“中国的小孩，若都像约瑟似的，中国亡不了，管你是谁呢，一律的打过去。”

约瑟一听，心里非常的满意，虽然母亲所说的希特勒他不大明白，但他看神色也看得出来，母亲是在赞美他了。

经过一番赞美，约瑟才算休息下来，才算暂时的停止了打人的念头。每当约瑟打人的时候，旁边若没有人叫好，他就总觉得打的不够，还要打下去的。若是旁边一有人叫好，他就打得更有兴趣，也是非打下去不可。只有他的祖父或是他的母亲在旁边的时候，稍加以赞美，他就停下来了，因为他的演技已经得到了他亲信的人的赞赏了。

但做母亲的始终不大知道约瑟的这种心理，所以有时惹出来许多乱子。比方约瑟打人的时候，母亲越阻止他，他就越要非打不可，闹到后来，就是打不到那对象，也要躺在地上打滚的，或是气疯了，竟打起母亲来。

现在约瑟是非常和气的，伸出手去向他的哥哥大卫借了那热水瓶的瓶盖在喝着热水（因为他的瓶盖在上火车时挤丢了）。喝完了过去好好的把那瓶盖给盖在水瓶上了。这在平常都是不可能的，平常他用人家的东西的时候，伸手就抢。用完了，随手就往地上一抛。大卫若说他抛得不对，比方这水瓶盖吧，他过去就敢用脚把它踏扁了。

马伯乐他们的全家，到现在火车都快开了，他们还是很整齐的，精神也都十分的良好，虽然约瑟出了两次乱子，但这两次乱子都出在穷人身上，不要紧。因为那个老头，无子无妻，穿得又那么破乱，显然他不是个有钱有势的。一个穷老头子，打一打又怕什么的。还有那个小孩，那更不算什么了，头上留着一撮毛，身穿红夹袄，一看就知道是个乡下孩子，就专看他头上那撮毛，打了他也不要紧。

所以约瑟虽然出了两次乱子，但在全家的人的精神上，并没有一点坏影响。

同时因为他们的干粮充足，武装齐备，所以在这一辆车厢上，只有他们是最“OK”的。

他们对面的占着两排椅子，三个小孩，两个大人。而又那么整整齐齐的，穿得全身利落，实在是使人羡慕。

三个孩子，一律短裤。一看上去，就起一种轻捷便利的感觉，就好像说，到了松江桥，在那一场斗争里，他们的全家非优胜不可。因为一开头他们就有了组织了，就有了准备了，而这种准备和组织，当面就可看到的。不信就看小雅格吧，那精神是非常饱满的，右手按着干粮袋，左手按着手电筒，并且时时问着，松江桥可什么时候到呢？

母亲也只好说：

“怏怏。”

其实火车还没有开呢。

第三章

马伯乐这一次的上火车，并没有喜，也没有忧，而是很平静的把一切事情都处理得很好。箱子，网篮也都放好了，孩子们也都很规矩的坐在那里了。

虽然说是约瑟总有点不大规矩，但有他的母亲看管着他，所以他也就不必分神了。

他的心情觉得非常的凝炼。虽然他坐的是三等车，未免的就要闹嚷嚷的，孩子哭，女人叫的，而且那些吃鸡蛋的，喝开水的，芜芜杂杂的，闹得人头发昏，眼发乱。

但是这一点都不影响马伯乐，他是静静的坐着，他的心里非常沉静，他用眼睛看着他们，他用耳朵听着他们，但是又都好像看也没有看见，听也没有听见的样子。那些噪杂的声音绝对的不能搅扰着他。他平静到万分了。

好像他那最了不起的松江桥，到了现在也没有什么伟大了似的，好像也并不在他的眼前了。

他是平静的，他非常舒服，他靠着窗子坐着。所以空气新鲜，他时时的张大了嘴，呼吸着新鲜空气，并且从窗子往外又可以看风景。

因此马伯乐的心境变得非常宽大，有人把东西从车窗抛进来，抛在他的头上了，他也并不生气，他只把嘴角往右略略的一歪，他就把那东西发落到地上去了。他向太太说：

“你看，你看那些人带着多少东西！到了松江桥他可不是要倒霉的。”

过一会，他又叫着太太：

“看着吧，这火车还不开，人越来越多了。”

过一会，他又告诉太大：

“你看那些来得晚的，到了火车上，还能有地方坐，就是站着也怕没有地方了。”

过了一会，他又用手指着太太：

“你看吧，你看！”

太太一看，在火车外边挤倒了一个小孩，那小孩跌得满鼻子流血。

马伯乐看了这种景况，他一点也不慌张，因为他觉得他们自己是绝没有这种危险的了，已经安安泰泰的，全家都各得其所了。

马伯乐安安然然的坐着，安安然然的看着，安安然然的听着。但都是看若未见，听若未闻，他已经达到了一种静观的境界。

火车一时还开不出站去，他们上了火车差不多已有半点钟的光景了。这若在平常，马伯乐一定又要坐立不安，或者是嘴里骂着：“真他妈的中国人。”但是今天，他觉得一切都合适，一切都是很和谐的，所以那种暴乱的感情根本就不能发生。像今天这种情形，并不是他自己镇定着他自己。并不像往常似的，他已经害怕了，他的脸色已经吓白了，他还嘴里不断的说：

“不害怕，不害怕。”

而今天并不是人工的，而是自然的，他就非常的平静。

这都是因为一上手他就顺利了。

太太，孩子，东西，一样未丢，这不是顺利是什么？

火车一开了起来，马伯乐就顺着地平线看风景。

黄昏了，太阳快要落了。太阳在那村庄的后边的小竹林里透着红光，水牛在水田里慢慢的走着。火车经过人家的旁边，那人家里的小孩三两一伙的站出来看着火车。那孩子们呆呆的站着，似乎让那呼隆呼隆响着的火车把他们惊呆了的样子。上海打仗多久了，似乎他们这里看不出来什么痕迹，或者再过一会有运兵的车开来。马伯乐这样的想着。但是不一会天就黑了。天空是没有月亮的，只有星星。车厢里是没有灯光的，只有吸烟的人们的烟火。马伯乐想看那运兵的兵车，终究没有看到，他就睡着了，而且睡得非常之熟，好像在家里一般的，打着呼，做着梦，有时且也说了一两句梦话：

“真他妈的中国人……”

“到那时候可怎么办哪？”

太太听了，太太没答言。

火车就一直向前呼隆呼隆的跑着。太太是一眼未合的在旁边的坐着。因为大卫已经睡着了，雅格已经睡着了，约瑟也睡了。

雅格睡在妈妈的怀里，大卫和他的父亲似的靠着那角落就垂着头睡着了，至于约瑟可就大大方方的独占了多半张椅子，好像一张小床似的，他睡在那上边。而且他睡得很舒服，他把他的腿伸了出来，时时用那硬皮鞋的脚跟踢着大卫的膝盖。而况约瑟的习惯，每一翻身都是很猛烈的，母亲怕他从椅子上跌了下来，所以要时时的留心着他。

睡到了八九点钟，寒气就袭来了，这个孩子打一个嚏喷，那个孩子咳嗽一声，做母亲的给这个用外套盖一盖，给那个用绒线衣裹一裹。又加上很多东西，怕是人都睡着了给人家拿走，所以马伯乐太太是一直连眼也未合的。

到了更夜深的时候，不但马伯乐的全家睡得不可开交了，就是全车厢的人也都大睡起来了。打呼的打呼，打哼的打哼。咬牙的，骂人的，说话的，各种声音都响起来了。

全车厢里似乎只有马伯乐的太太没有睡，她抬头一看，个个人的脸上都呈着一幅怪现象，咬着嘴唇的，皱着鼻子的，使人看了很害怕。而马伯乐太太，从来又未见过。

马伯乐太太从来没有坐过三等车。这都是马伯乐的主意，他说是逃难的时候，省钱第一。所以坐了三等车了。

太太越看越害怕，想要叫醒了马伯乐为她做伴，她又看他睡得那么恋恋不舍，几次的想要叫，也都停止了，还是自己忍耐着。

忽然就是背后那座位上有一个人哇的一声跳了起来了。原来不是什么神奇鬼怪，而是一个包袱从高处掉落在他的头上了。但是可把马伯乐太太吓坏了。她拉着马伯乐那睡得仍旧很好的身子叫着：

"保罗，保罗。"

马伯乐正是睡得很好的，哪里会肯醒了过来，于是就半醒不醒的，用手打着太太拉他不放的胳臂。

"你这是干什么……干什么……"

太太说：

"保罗，你醒一醒……"

马伯乐连听也没有听见，就又咬着牙格格的响着就睡着了。

那松江桥可不知他在梦里完全忘了没有。

一

等马伯乐醒来的时候，世界已经大变了，喊的喊，叫的叫，已经有点近于震天震地的了。

马伯乐那垂着的脖颈，忽然间的抬起来。他听太太说松江桥到了。他把脖子一直，把眼一擦，第二句没有，就说：

“抢呵！”

大概他还没有十分的醒透，他拿起他那手电筒来，他的背包和干粮袋都不要了，就往前跑了去。跑到车门口一看，那下火车的人，原来缕缕成群的了。

马伯乐一看：

“到那时候可怎么办哪！”

他说完了，他自己也觉得有点不对，还要到什么时候呢，这就是那时候了，他想。

夜是黑沉沉的，而且刚刚睡醒，身上觉得非常的寒冷，而且不住的打抖。马伯乐想，在家里这不正是睡觉的时候吗？马伯乐于是心里边非常酸楚，好像这车厢里若能容许他再睡一觉的话，他就要再睡一觉再下车的，但是哪里可能呢，这真是妄想。

于是马伯乐也只得随着大流，带着孩子和太太走出车厢来了。

一走出车厢来，只听得远近的叫喊，喊声连天。至于松江桥在哪边呢？是看也看不见的，只好加入到人群里去，顺着人群的大流，往前流着。

走上半里路，才到了桥边，在这半里路之中，落荒的落荒，走散的走散，连哭带叫的就一齐来到了这桥边了。

马伯乐在最前边已经到了，太太和孩子还没有到。

既然到了桥边，停无处停，等无处等，在后的就要挤着那在前的，挤倒了之后，就将踏着那在前的而越过去了。

人们都走得非常之快，类似旋风，好像急流。一边走着，一边呜，噢的喊着。那在前的人们已经抢过松江桥去了。因为夜是黑的，只听得到喊声，而看不见人影，好像大地只还是茫茫的一片。那声音在远处听来，好像天地间凭空就来了那种声音，那声音是坚强的，是受着压抑的。似乎不是从人的嘴发出来，而好像从一个小箱挤出来的。

马伯乐既然来到了桥头，站不能站，停不能停，往桥下一看，那白亮亮的大水，好像水银那么凝炼。马伯乐一看，就害怕了。

因为他的体力是一点也没有了。他的大箱子五十来斤，他的雅格三十来斤，他的干粮袋热水瓶之类一共有二十多斤。共一百来斤吧。

那么瘦瘦的一个马伯乐，让他担负了一百斤的重量，总算太过了一点。

所以当他来到了那桥头，他一看那桥下的水，他的头就晕转了起来，像是要跌倒的样子。头重脚轻。他想：

“怕是要过不去这桥吧？”

可是后来的人，一步都不让他停住，撞着，冲着，往前推着，情景十分的可怕。马伯乐想，太太怎么还不到呢？在前一刻他们还是喊着彼此联系着的，现在连喊声也听不见了。马伯乐想也许因为大家都喊，把声音喊乱了，而听不出来是谁的喊声了。因此马伯乐只在那声音的海里边，仔细的听着，分辨着，寻觅着。那些声音里边，似乎就有太太的声音。再一细听，就完全不是的了。

他想不出什么好的办法来，他的大箱子提不动了，他的雅格抱不动了，他的干粮袋之类，他也觉得好像大石头那么重了。而那手电筒又特别的不好，特别会捣乱，在身上滴滴溜溜的，迈一步打在胯骨上，再迈一步又打在屁股上，他想手电筒打一打是打不死人的，是不要紧的，而最要紧的是这大箱子和雅格，这两样之中必要丢了一样的，或者是丢大箱子，或者是丢雅格。

偏偏这两样又都不能丢，大箱子里边是他的西装，西装怎么可以丢呢？西装就是门面，人尽可以没有内容，而外表是不能不有的。这种年头，谁还看你的内容呢？有多大的学问，有多大的本领。内容是看不见的，外表是一看就看见的，这世界不是人人都用好外表来遮住坏内容的吗？

马伯乐非常痛恨这个世界，他说：

“真他妈的中国人。”

他已经累昏了，他的脑子不能再想那些内容，外表的那一套理论了，方才他想了一想的，那不过是早已想定了的议案，到现在刚一撞进头脑里来，就让那过度的疲乏给击走了。

马伯乐的全身，像是火烧着似的那么热，他的心脏跳动得好像有一个气球似的在胸中起起落落。他的眼睛一阵一阵的起着金花，他的嘴好像不自觉的在说着什么，也好像在喊着太太，或是喊着大卫。但是不知这声音该多么小，似乎连他自己也听不见了。

马伯乐好像有点要晕倒，好像神经有点不能够自主了。

马伯乐从铁道的枕木上往旁边闪一闪，好给那后来的汹涌得非常可怕的人群让开一条路。

但是这火车道是一个高高的土崖，枕木就铺在这土崖上，而土崖的两边就都是洼地了，下边生着水草，还有一些碎木料和煤渣之类也就堆在这高坡的下边。马伯乐只这么一闪，就不知道把自己闪到哪里去了。只觉得非常的热，又非常的冷，好像通红的一块火炭被浸到水里去似的，他那滚热的身子就凉瓦瓦的压倒了那些水草了。马伯乐滚到铁道下边的水上去了。

马伯乐不知道自己是在什么地方。

而那些抢过松江桥的人们，也不知道在他们那一群中有一个名叫马伯乐的掉下土崖去了。人们还是一直的向前走着。那桥上的手电筒横一条竖一条的闪着光。路警们也每人手里拿着手电筒在维持着秩序，他们向那逃难的大群说：

“不要抢，慢慢走。”

“不要抢，要加小心。”

“不要抢，一个挨着一个的走。”

那路警是很周到的随着旅客，并且用手电筒给旅客照着路过桥。但是半里路长的一个大桥，路警只有三五个。而况那路警又认清了他的职责就是打电筒，其余的他管不着了。

所以有些挤倒的，掉江的，他一律不管。当然马伯乐躺在水草上的这回事，也就不被任何人注意了。

马伯乐不能够呼喊了，他的大箱子也无声无息的不知滚到哪里去了。只有那小雅格受惊得非常的可怜，在那水草上面站着，哇哇的哭着。

但是这种哭的声音，一夹在许多的比她哭得更大的声音里去，就听不见她的哭声了。

向前进的那人群，依然还是向前进着。

等人们都走光了，都过了桥去。那车站上才现出一个路警来，沿路的视查着这一行的列车究竟出了几次乱子，因为每一次列车的开到，必要有伤亡的。

年老的人一跌就跌断气了，小孩被人挤死了，被人踏死了。妇女们还有在枕木上生产的。

载着马伯乐的这一行的列车一过完了桥，照例又有路警们打着手电筒出来搜寻。

那路警很远的就听到有一个小孩在桥头那地方哭着。

那路警一看见这孩子就问：

“你姓什么？”

果然小雅格回答不出来了。

在上火车之前，那种关于姓名的练习，到底无效了。

那路警又问她：

“爹爹呢，妈妈呢？”

那路警说的是上海话，小雅格完全不懂，又加上他拿着手电筒在那小孩子的脸上乱晃，所以把小雅格吓得更乱哭乱叫了起来。并且一边叫着就一边逃了起来。跑得非常之快，好像后边有什么追着她似的。

那路警看了，觉得这情形非常的好玩，于是又招呼来了他的几个同伴。于是三四只的手电筒就都照在小雅格的身上，把小雅格照得通明湛亮。小雅格在前边跑着，他们就在后边喊着，他们喊着的那声音非常的可怕！

“站住，站住。”

雅格觉得她自己就要被他们捉住了，于是跑得更快。

雅格不知道哪一方面水深，哪一方面水浅，就在水草里边越跑越远，也越跑那水越深。

那三个站在土崖上看热闹的警察，觉得这小孩实在有意思，于是就随手拾起泥块或石头来，向着小雅格那方面抛去，他们抛得都是很准的，一个一个的都落在小雅格的四周，而差一点都没有打在小雅格的身上。那水花从四边的溅起，那水是非常凉的，落了小雅格满脸满头。

他们一边抛着，还一边喊着：

“站住，站住。”

雅格一听，跑得更快了。她觉得后边有人要追上她了。

等雅格跑到水深处，快没了脖颈了，那在高处喊着的人们才觉得有些不大好。

但是雅格立刻淹没在水里了，因为她跌倒了的原故。

等雅格被抱到车站的房子里去，马伯乐也被人抬着来到了站房。

车站上的人们，不知道雅格就是马伯乐的女儿，也不知道马伯乐就是雅格的父亲。因为当路警发现了雅格的时候，雅格就已经跑得离开她的父亲很远了。何况那路警用手电一照雅格就更往一边跑了起来越跑越远，所以当时人们只发现了雅格这一个孩子，而根本没有看见马伯乐。

车站上的人没有人晓得雅格和马伯乐是一家。

马伯乐躺在担架床上。雅格抱在路警的怀里。

雅格哭着，还挣扎着要跑。

马伯乐刚昏昏的睡着。他的热水瓶打碎了，他空空的背着一个瓶壳，他的干粮袋完全湿透了，人们给他解下来了。他亲手缝的那白色的背兜，因为兜口没有缝好，有些东西，比如牙刷，肥皂之类，就从兜口流了出去，致使那背兜比原来瘦了许多。因为也浸了水，人们也把它给解下来了。

马伯乐前些时候，那一百多斤的担负，现在没有了。他的大箱子，不知哪里去了，他的雅格他也不知道哪里去了。

雅格丢不得，雅格是小宝贝。大箱子也丢不得，大箱子里边是他的西装。

到了现在两样都丢了，马伯乐不知道了。

等他醒过来，他第一眼看到这屋子是白的，他想，或者是在医院里，或者是在旅馆里，或者是在过去读书的那学校里。

马伯乐从前发过猩红热。那发猩红热的时候，热度一退了，就有这种感觉的。觉得全世界都凉了。而且什么都是透明的，透明而新鲜，好像他第一次才看见了这世界。对于这世界的不满和批评，完全撤消了。相反的对于这世界他要求着不要拒绝了他。

他想喝一点水，他觉得口渴。他想起来了，他自己似乎记得身上背着热水瓶的，他想要伸手去取，但不知为什么全身都是非常懒惰的，于是他就开口喊了出来：

“我要喝点水。”

等他听到了自己的声音之后，他就更清醒了一些。

他想起来了，他不是在家里，也不是在上海的旅馆里。这是一个新鲜的地方，他分明看见屋里走来走去的人都是些不认识的生人。

马伯乐摸一摸自己的鼻子，觉得鼻子的地方不大舒服。一摸，不对了，莫不是自己已经受了伤吗？

他立刻来了一个很快的感觉，难道自己已经是个伤兵了吗？

他的鼻子上放着棉花，用药布敷着。

马伯乐再一摸这鼻子，他以为自己确是个伤兵无疑了。自己不是常常的喊着要投军，要当兵的吗？不知为什么现在真的当了兵了，马伯乐反而非常的后悔。原来那当兵的话，也不过是吓唬吓唬父亲，骗一骗太太，让他多给一些钱来花着就是了。不知怎么的可真的当了兵了。

马伯乐想，只破一个鼻子不要紧，可别受了什么重伤。他想抬一抬腿，伸一伸胳臂，偏偏他的一只左腿抬不起来了。他着慌了，他流了满头的大汗。他想，这一定完了，左腿锯去了。

他立刻就哭了起来，他哭的声音很大。上前线当兵本来不是真心的意思，可是现在已经残废了。他万分的悲痛，他刻骨的懊悔了起来。为什么要上前线当兵呢？一条腿算是没有了。

马伯乐太太和约瑟和大卫，早都来到了这站房里，因为他们发现了马伯乐在所有车厢都没有的时候，他们就回到这车站上来了。

现在太太是抱着雅格坐在椅子上，那小雅格的热度非常之高，小脸烧得通红的，那湿了的全身的衣裳都换过的，唯有袜子不知放在哪一处了，左找右找的找不到。所以那湿了的袜脱了之后，就只光着脚。母亲抱着她，用毛巾被裹着她。而那孩子似睡非睡的一惊一跳的。有一点小小的声音，她就跳了起来，并且抓着母亲的大襟，抓得紧紧的，似乎有谁来了要把她抢了去的那种样子。

马伯乐要喝水，太太听见的了，但是她不能动弹，她怕惊动了雅格。她让大卫倒了一杯水送了过去。但是马伯乐百般的不喝，他闭着眼，他哭了起来。

他这一哭把雅格吓得又哭起来。

马伯乐哭了一阵，一听，旁边也有人哭，那哭声似乎是熟习的，而且是一个小孩。

马伯乐一睁眼睛看见了是雅格在那里哭哩！于是他想起来了，他抱着雅格是从枕木上滚了下去的。他并没有真的当了伤兵，那简直是一个恶梦。

马伯乐喊着太太，问太太所有的经过。太太很冷落的，对马伯乐表示着不满，所以那答话是很简单的，只粗粗的说了一说。

但是马伯乐听了，无往而不是开心的。

太太说小雅格差一点没有淹死。马伯乐听了就笑了起来，……

因为马伯乐自己，有一种秘密的高兴，这话不能对外人来讲，那就是他到底没有当了伤兵。

在火车站过了一天，第二晚马伯乐的全家又上了火车。

这一次他们的全家都疲惫了，都不行了，精神比在上海出发的光景坏得多，装备也差了。三个水瓶，坏了两个半。只有约瑟的那个，到底是军用的，还算结实，虽然压扁了一点，总算还能盛着水。马伯乐那个已经坏了，连影子不见了。大卫的那个，却只剩了个挂水瓶的皮套，仍旧挂在身上，水瓶也是不见了。不知道是打碎了，还是挤掉了。

再说那干粮袋，原来是个个饱满，现在是个个空虚。一则是丢了，二则是三个孩子一天之中吃的也实在太多，奶油，面包，通通吃光了。试想那里边还有点什么宝藏，不过在外表上去看是看不出来的了。只见那干粮袋空虚得不成体统。

再说那三个孩子，大卫无聊的坐在那里自己揪着自己的头发。约瑟虽然很好打人，但是他没有出去打，因为脚被人家在昨夜里给踏肿了。肿了脚，不同肿了别的地方，或是眼睛或是鼻子，那都好办。唯独肿了脚，打起人来是不大方便的，所以约瑟几次的想打，也都忍住了。而雅格的小脸还是发烧，雅格见了什么都害怕，总是抱在妈妈的怀里，手在紧紧的拉住妈妈的大襟。

马伯乐太太的头发，两天没有好好的梳过一下，蓬乱得已经不成样子了，因为她的头发是经过烫的，不然还会好一点的。但是一烫就不好办了，好像外国鸡似的，她的头发往四边扎散着。她的珍珠的耳钳子只剩了一只，也就不好戴了。所以她全个的头部，只是一团乱草，而没有一点可以闪光的东西了。她的眼睛平常是很黑的，很大的，可是两夜没有睡觉，也就完全不亮了。

只有马伯乐的精神是很好的，人家问他的鼻子为什么包着药布的时候，他就向全车的人说：

“我是荣誉战士。”

第四章

马伯乐最害怕的事情是未来的事情，那事情还没有发生，只要一让他预料到了，他就开始害怕。无论那事情离着发生的时候，还有多么远，或者根本不一定发生的，只要那事情他一预料是有可能性，他就非常的注意了起来。

等他真的身临其境，他反而马马虎虎的了，他想：

“反正事情也是这样了，还说什么呢！还有什么好说的！”

载着马伯乐的火车，居然到了南京了，马伯乐想：

“好歹总算到了。”

出了火车站，他说：

“吃烤鸭去，听说南京的鸭子最肥。”

把太太闹得莫名其妙，太太主张着还是先住一个旅馆的好。

因为下火车的时候，天正落着小雨，连孩子带东西的，就是肚子怎样饿，也得找个地方安插安插，太太坚决的不同意，于是也就到了旅馆了。

在那旅馆里，马伯乐一直是被欢欣鼓舞着，所以当那宪兵来查店的时候，盘问了很久，马伯乐也并没有因此而晦气。

那宪兵说：

“你哪里人？”

马伯乐回说：

“我山东人。”

那宪兵说：

“山东人当汉奸的可最多。”

若是往日马伯乐听了这话，虽然当面不敢骂那宪兵，但心里也必要说：

“真他妈的中国人！”

马伯乐却没有这么想，因为他的心情特别愉快。

试问马伯乐的心情到底愉快的什么呢？鼻子摔破了，差点没有摔死，摔得昏迷不省，人事不知的。到现在那鼻子还在肿着。但是他想，不还没有摔死么，假若摔死了呢！不总算是到了南京么！若到不了南京呢？

马伯乐的心里莫明的起着一种感激，就是感激那松江桥到底没有把他摔死。

幸亏有那松江桥把马伯乐摔了一下，若没有痛苦他可怎么知道有快乐。若没有松江桥，他可怎能有现在这样高兴？

马伯乐现在是非常满足的，就要吃烤鸭去了。

好像他已经到了他最终的目的了。南京的空袭是多么可怕，夜以达旦的。马伯乐在上海的时候，一想到南京，心里边就直劲转圈。就好像原来一想松江桥的一样。但现在也都以松江桥那一道难关克服的胜利，而遮没了。

他就要出去吃烤鸭去了。

在他还未出去的时候，宪兵在隔壁盘问着别的客人的声音他又听到了。

宪兵问：

“你哪里人？”

“辽宁人。”

“多大岁数？”

“三十岁。”

“从哪里来？”

“从上海来。”

“到哪里去？”

“到汉口。”

“现在什么职业？”

“书局里的编辑。”

“哪个书局，有文件吗？”

马伯乐听着说，有，而后就听着一阵翻着箱子响。

过后，那宪兵又问：

“从前你是做什么的？”

那人说，从前他在辽宁讲武堂读书，“九一八”之后才来到上海的。

那宪兵一听就说了：

“你既是个军人，为什么不投军入伍去呢？现在我国抗战起来了，前方正需要人才。你既是个军人，你为什么不投军去呢？”

那被盘问的人说：

“早就改行了，从武人做了文人了。”

那宪兵说：

“你既是个军人，你就该投军，就应该上前方去，而不应该到后方来，现在我们中华民族已经到了最危险的关头。”

马伯乐再听，就没有什么结果了，大概问完了。当马伯乐从门口又一探头的时候，那宪兵已经走出来了。三个宪兵一排，其中有一个嘴里还说着：

“他是辽宁人，辽宁人当汉奸的可多。”怎么各省的人都成了汉奸呢？马伯乐听了这些话，虽然不敢立刻过去打那宪兵一个耳光，但也必心中骂他一句：

“真是他妈的中国人。”

但现在他不但没有骂，他还觉得很好玩，他觉得宪兵的谈话是很有趣的，他想若有日记本把这记下来可不错，这思想只是一闪，而接着就想起烤鸭子来了。

“雅格呀，走啊！吃烤鸭子去。”

雅格在床上坐着，他从后边立刻的一抱，又给雅格受了一惊，雅格瞪着眼睛：

“妈呀！”

哇的一声叫起来。并且一边叫着一边逃开了。

马伯乐的烤鸭子是在一条小水流的旁边吃的，那条水上还架着桥。桥上边走着人，桥下边就浮着鸭子。

马伯乐一看说：

“好肥的鸭子啊！”

他一时也不能等待了，那桥下的鸭子，就是有毛，若没有毛的话，他想捉起一个来，就吃下去。

再往前走二三十步，那儿就有一家小馆子。这家小馆子就搭在水流上，从地板的缝中就可以看见下边的流水，而且水上就浮着鸭子，约瑟把眼睛贴在地板缝上去看，他嚷着：

“花的花的……白的，绿脑门……好大的大黑鸭子……”

等到吃鸭子的时候，约瑟还是不住看着地板缝下在游着的鸭子。

鸭子烤得不好吃，皮太老了。太太说：

“馆子太小了，小馆子哪能有好玩艺。”

马伯乐说：

“这种眼光是根本不对的，什么事情不能机械的看法……烤鸭子是南京的特产，若在咱家那边，大馆子你给他一只鸭子，问问他会烤吗？”

马伯乐正说之间，把个鸭子大腿放在嘴里，一咬，咬出血来了。

“好腥气，不能吃。”

马伯乐说着，于是吐了出来。

他吃烤鸭子是不大有经验的，他想翅膀可以吃吧！一看翅膀根也是红的，似乎不大熟。又到胸脯上去试一试，胸脯也不太熟。用筷子夹，是无论如何也夹不下来一块肉的，于是他拿出削梨皮的小刀来，用刀子割着。割下来的那肉，虽然没有多少血，但总觉得有点腥气，也只好多加一些酱油，醋，忍耐的吃着。吃到忍无可忍的时候，是那胸脯割到后来也出了血了。

这回可没法吃了。马伯乐招呼着算了账，并且叫堂倌把那剩下来的鸭子包了起来。他预备拿到旅馆里煮一煮再吃。太太说：

“你怎么又没有骂这个中国人呢？”

“真他妈的中国人！”马伯乐想起来了。

走在路上，马伯乐就有点不太高兴，想不到南京的鸭子这样的使人失望。他自己也后悔了起来，为什么不到一个像样点的饭馆去吃，这馆子不怪太太说不行，你看那些吃客吧，大兵，警察，差一点拉洋车的也都在一块了。这是下等人去的地方，不会好的。

马伯乐的心上无缘无故的就起着阴暗的影子，看一看天，天又下雨，看一看地，地又泥湿。南京一切都和上海不同，也和青岛不同，这地方很凄凉，尤其在遭过敌机空袭之后，街上冷冷落落的，行人稀少。又加上天落着牛毛雨，真是凄凉。

马伯乐一回到旅馆里，就躺在床上了。吃下去的鸭子，一时不容易消化，上上下下的反复，又加上托茶房买的船票，茶房说又是三天后有船，又是五天后有船，茶房在过道上和太太嚷着：

“船票难买呀。现在是下雨的天，明天天一晴了日本飞机就要来轰炸。”

马伯乐一听到那时候，可怎么办呢？立刻就从床上跳了起来，他从窗子往外一看，正好对面那幢房子就被炸掉一个屋角。他想，明天若是天晴了可怎么办呢？

马伯乐挣扎着，他不愿意立刻就绝望的，但到了晚上，他是非绝望不可的了。第一因为天晴了，第二船票还是毫无头绪。第三就是那吃在胃里边去的鸭子无论如何消化不了。

他的胃里又酸又辣，简直不知是什么滋味，一直闹到了夜深，头上一阵阵的出着汗。闹到了下半夜，马伯乐的精神就更不镇定，太太简直不知道他是怎么的了，一会听他说：

“你看一看天上的星星吧。”

一会听他说：

“星星出来了没有？”

太太以为他的病很重，怎么说起胡话来了。

太太说：

“保罗，我看你还是吃一片阿斯匹灵吧。”

马伯乐说：

“不，我问你星星到底出来了没有？”

太太以为马伯乐的热度一定很高了，不然怎么一劲说胡话？

其实他是怕天晴了飞机要来炸的呢。

第二天马伯乐就离开了南京了，全家上了一只小汽船。票子是旅馆的茶房给买的。一切很顺利，不过在票价上加了个二成。

那是自然的，大乱的时候，不发一点财，还等到什么时候？国难的时候，不发一点财，等国好了，可到什么地方发去？人在生死存亡的关头，说一就是一，说二就是二。还是钱要紧，还是生命要紧？马伯乐想：给了那茶房二成就算了吧。

但是太太说：

“平常你就愿意骂中国人，买东西你多花一个铜板也不肯。让这茶房一敲就是四五块。把钱让人家敲了去还不算，还有一篇大理论。”

马伯乐说：

“你这个人太机械，你也不想想，那是个什么年头，这是个什么年头！”

太太说：

“这是什么年头？”

马伯乐说：

“这是飞机轰炸的年头。”

这都是在旅馆里的话，既然到了船上，这话也都不提了。太太也觉得不错，早到汉口一天，早安心一天。何况船还没开呢，警报就发了，可见早早的离开南京是对的。

这小船脏污得一塌糊涂，让它在光天化日之下走着实在有点故意的污辱它。因为那江水是明亮的，太阳是明亮的，天空也是明亮的，这三样合一，把那小船一照，照得体无完肤，斑斑节节完全毕露了出来。

这样的小船本来可以载一百多人，现在因为是战时竟载了四百多人，而船主还说，不算多呢，多的时候，可载五六百。

这船连厨房带厕所都是人了，甲板上就不用说了。连风加雨的人们就在雨中坐着，甲板上坐人是可以的，怎么厨房和厕所也都卖票吗？

若不是马伯乐亲眼看了，你讲给他听，他是不信的。马伯乐一开厕所的门，那里边躺着一个。马伯乐到厨房里去装饭，灶口旁边横着一个。开初他也是不能明白，后来经过别人的一番讲解，他才算明白了。

那就是生了虎列拉[1]的到厕所去昏倒在里边了。到厨房去装饭的发了疟子，特别怕冷就在火灶旁倒下了。

这船上有伤兵，有换防的兵。伤兵可一看就看得出来，反正是受了伤的，这里包着一块白布，那里包着一块白布的。至于那从前线退下来换防的，可就有些认不出来了，也穿着军衣裳，也戴军帽子，问他有什么执照，他不肯拿出来，他把桌子一拍，把脚一跺，有的竟把眼睛一瞪。

船老板也就不敢再问他了，他是没有买票的。

这船的空气不大好，腥气，好像是载着一船鱼似的，而不是载着人。又腥气，又潮湿，用手摸一摸什么，什么都湿漉漉的，发黏的。

马伯乐一上了这船就睡着了，就像在火车上一样，睡得打着呼，吹着气。不到吃饭的时候不起来。

马伯乐住的是舱底，是特殊阶级，和船老板住在一起。租的是茶房的床，床上是硬板铺小席头，虽然铁硬，臭虫很多，但把自己的被褥拿出来一铺上，也就很舒服了。臭虫虽然偶尔出来活动一会，总算不很多，还没有那上海的旅馆的臭虫多呢。

1　虎列拉，即霍乱（Cholera），烈性肠道传染病，早期译作虎力拉；由霍乱弧菌所致。病发多在夏季，患者往往会在数小时内脱水甚至死亡。

马伯乐睡在这舱底下，觉得很舒适，靠着马伯乐的旁边还有一个小窗子，有时偶然也打开一会，算是通通空气。但空气就总不进来，反而有一些煤烟和碎小的煤渣落进来。于是马伯乐说：

“外边的空气比舱里的空气更坏呢。”

于是又把窗子紧紧的关上了。

马伯乐睡得很沉熟，不到吃饭的时候绝对不醒。

一醒了就吃，一吃饱了就睡。

那小船载着马伯乐昏昏庸庸的向前走着，走得并不起劲，好像这船没有吃饱饭似的，又好像没有睡好觉似的，看起来非常懒散，有一打无一打的向前混着。江上的波浪来了，这船并不像别的船，用船头把那波浪压下去，而是不进不退的让那波浪打着它，然后让那波浪自动的从那船底滚过去了。当那波浪从船底滚过的时候，船身就东摇西晃了起来，波浪显得太残忍了一点，怎么对于这样一个完全老实的小船也不略微的加以体恤，加以可怜呢！

“唉！无情的波浪啊！无情的江水啊！”

全船的船板，通体上下都感伤起来，咯咯喳喳的在响叫了。

一阵浪来了，就这样子对付过去了。

若来了风，这风比波浪更坏，把船吹得歪歪着走。向前进不是向前进，向后退不是向后退，而好像从那风的夹缝中，企望那风施恩的样子，请那风把它放了过去。

那风若是小了一点，这老实的小船就吭吭了一阵也就过去了。

假使那风再大呢？这小船可就打了横了，不进不退，把船身歪歪着，似乎在形容着这风大得无以抵抗了。

这船是又忠实又老实，实事求是，绝不挣扎，到了必要的时候，就是把那满船的搭客翻到江里去也是在所不惜的。

幸好，所遇见的几阵风都不算太大，只把这船略微的吹了一吹，也就放它过去了。

不然像马伯乐睡在这船底上可够受的，临时想要逃呵，那舱底连个窗户门都没有呢，何况像马伯乐似的，又睡得昏头昏脑！

这船在长江上走好几百里了，它颤颤微微的，岂止好几百里，总计起来，好几千里也有了，也许还上了万呢。

因为这船从南京到汉口，从汉口又到南京，它来回的载着客人，上千上万的客人也让它载过了。

这都是“八一三”之后的事情。

这船每走上百八十里路就要丢了几个螺丝钉。每从南京到了汉口这一趟就要塌了一处栏杆或是断了一处船板。船板断了一处就用一块短板片浮在上边。船栏杆塌了，就用一条绳子拦住，不加修理。有人就问船老板说：

“为什么不修理呢？”

船老板说：

“不要修理了，修理就不上算了。”

那问的人不大懂得，船老板也就不再往下细说。

这船仍旧是南京一趟，汉口一趟的走着，走得非常吃力，而且受尽了人家的嘲笑。和它同一天从南京开出来的船，人家那船到了汉口，又载了新的客人和货物，往回走了，整整和它遇在半路。这两个船相遇的时候，在大江上就闹了一阵玩笑。

那个完全健康的刷洗得干净的船向这个没睡醒的船说：

“走得不慢，再过三天汉口可见。”

这没有螺丝钉的船上的水手向着那船的水手说：

“你走得快能怎样呢？”

两个船上的水手还互相乱抛着东西，打闹得非常有趣。

本来坐在这慢船上的乘客，对于这慢船难免不有些憎恨，有些愤慨，但经那快船水手的一番嘲笑，于是也就同仇敌忾了起来，站到这慢船的一面来，觉得这慢船有一个共同的命运。

岂不知它已经保了险了呢！而他们却没有。

这船载得客人也实在载得太多了，无孔不入，就连机器房里边也有客人坐在里边抽着烟卷。

约瑟因为身体好，精力过剩，到处参观，就来到了机器房的旁边。机器房是在船底，里边格格哒哒的响着。约瑟觉得很好玩，就要下去看看，无奈那个小楼梯像个洞似的，约瑟有点害怕。那在机器旁边坐着的旅客就招呼着他，觉得这小孩穿的可怪整齐的，就说：

"小孩下来看看，我给你照个亮。"

于是在那洞似的小梯子口间就有人划着一根火柴。

约瑟下去了。觉得那里边只是汽油的气味，并且热烘烘的，很不舒服，就想要立刻出来。

这时，那划火柴的人，拿了一个小圆东西放在约瑟的手里。约瑟觉得这东西热忽忽的，一看，是一个螺丝转，六棱的，觉得很好玩，也就伸出手去，随便摘了两个。

那管理机器的人，满脸油墨，走过来了，把约瑟吓了一跳，他往约瑟的手上看着，并且问约瑟：

"你拿的什么？"

约瑟把手张开了。那人看了看，又笑了，并且抚摸着约瑟的头顶：

"这小孩交关干净……拿去玩吧。"

约瑟拿着四个螺丝转，雅格两个，自己两个，大卫没有。大卫刚要一看，约瑟过去就是一掌，打在大卫的脸上。约瑟说：“看，看到你眼睛里去怕拿不出来。”

大卫正想哭，却让母亲拉过去了。

母亲一看约瑟玩着的那东西，就问那东西是哪里来的？

约瑟说机器房里来的。

母亲说：

“这孩子，还得了，什么地方你都去，机器房也是好去的，多危险。”

母亲说完了，也就完了，雅格和约瑟就在那里玩着。母亲还说：

“好好玩吧，别打仗！”

船老板来了。母亲怕船老板来了不愿意，这不是损坏人家的船吗？母亲就假装刚刚看见，说：

“约瑟，你真是太淘气啦……你这些东西是哪儿拿来的，赶快送回去……”

岂不知这船老板可不同别的船老板，大方得很，满不在乎。说：“玩吧，玩吧……够不够？不够可再到机器房去拣，那边多得很呢。”

约瑟的母亲，觉得船老板这人随随便便的很不错，于是就向约瑟说：

“好好玩去吧，别打仗。”

大卫也想要去拣那螺丝转，但是因为胆小，那机器房他不敢下去。他让约瑟下，约瑟下去就又拣了一把来，大大小小的，大的如铜板大，小的钮扣大。

一

这船载的客人也实在太多了。夜里鼾声如雷，好像是载了一船的青蛙似的，呱呱的响着。白天，则好像一天人们都在吃饭，这一堆人吃完了，那一堆人再吃，那一堆人吃完了，第三堆人再吃。

厨房小，碗筷少，只得轮流着吃。每日三顿，再加上这一轮流，就闹成了川流不息，整天吃饭的现象。

因此苍蝇忽忽的飞着，饭粒掉在船板上的，人们用脚踩着，踩成了乱泥之后，就在那里发着气味。

这船的气味非常之大，人们不能洗澡，船板不能洗刷，而那厕所太小了，不够用的，于是人们就自动的把厕所的周围都开辟了起来，开辟了一个天然的厕所。

所以这船每当靠岸的时候，检疫处的人员都不肯上来检查，只坐着小汽艇来到了江心，老远的招呼着：

“船上有病人没有？”

船上说：

“没有。”

于是，这船就可以开到码头去了。

马伯乐的这只船临到了汉口码头的时候，人们连骂带吵的就在甲板上闹着。船老板站在小扶梯上把头从舱底探了出去。船老板用演说教导他们。

这船的乘客们不知怎么的，一路都是服服帖帖的，给苍蝇吃，就吃苍蝇（饭里带苍蝇）；给开辟了一个天然的厕所，也不反对。唯独一到码头，大家就都吵了起来。一边拍着行李，一边踢着船板！

“这是他妈的什么船，真害人哪！”

“这船，他妈的还让人家买船票！”

“这船，劈了烧火吧。”

从太阳一出来，影影迢迢的就看见汉口了，汉口在长江的边上，在一堆蓝瓦瓦的青烟里边。

人们从那个时候，就开始整理东西，好像是说稍微慢了一点，就怕来不及下船了。船的甲板上，其中有几个年老的人，年老的人是到处落伍。无怪乎那优胜劣败的哲学是千对万对的。看吧，甲板上坐着三个老头，一个五十多岁，一个六十多岁，一个七十多岁。其实不用看，一想就知道他们三个必将成为劣败者。他们的手是颤抖的，捆起行李来是哆哆嗦嗦的。好像那行李里边包着动物似的。他们的手是哆哆嗦嗦的，完全把握不住的样子。

所有船上的人都收拾好了，从太阳刚一冒嘴的时候，人们就开始收拾，收拾到小晌午，早都收拾好了。就等着汉口一到，人们提着东西就下去了。

但是汉口却永久不到，走了一个半晌午，那汉口还是看去在蓝烟之中。

船上的人因为下船的心太急切了，就都站起来不肯坐下，站起来往那远远的一堆的蓝烟看去。

有的说：

“快，二十四拜都拜了，只差这一哆嗦了。”

有的说：

“王宝钏十八年的寒窑都耐过了，这五六天算什么。”

有的说：

“心急吃不了热枣粥。”

“心急成吗，心急成不了大英雄。”

“心急没官做。”

就是那说不心急的人，一边说着一边急得在甲板上打转，那些听着的人，也越听越站不住脚。就像自己知道了自己有那么一种弱点的人，起誓发愿的说："我若再那么着，我是王八蛋。"结果自己成了王八蛋了，因为他非那么着不可。

这船夜以继日的突突的向前进着，永久前进不出什么结果来，好像让什么人把它丢进泥河了似的，那江上的每个波浪每个泡沫都带着黏性似的，把船底给沾住了。眼看着汉口，手指着汉口，可就是到不了汉口。从太阳一冒嘴，就看见汉口在一片蓝瓦的气象之中，到现在已经小晌午了，往汉口那方一看，依旧仍是"松下问童子，云深不知处"。

这船上的乘客，有些是去过汉口的，有些是第一次。那去过汉口的就当众煊惑着，说那江汉关有一个大钟楼，那大钟楼是多么高，多么高！离得好远就看得见了，一看见那大钟楼汉口可就到了。

有些没有去过汉口的就跟着人家往那边看，但是无论怎样看，也看不到，年老的人说：

"我的眼睛老花了，你们往那边看看，是不是那就是大钟楼的尖顶呢？"

吃完了午饭，到了下半天，那钟楼的尖顶还是一点也看不见。

到了三四点钟，那钟楼还是一点也看不见。

又吃晚饭了，那钟楼还是一点也不见。

于是人们个个的目瞪口呆，你看着我，我看着你。这船慢得这样的出奇，把人们给吓住了。

"难道真个还要摊开行李睡觉的么？"

其实是不用怀疑的了，今夜是下不了船的，但人们总觉得还有希望，所以个个的一声不响的沉闷的坐着，似乎还在等待着。

等那船上的水手说：

“今天算是到不了的了。”这才算完全给人们断了念头。有的时候，断念是好的。

本来那船上的水手，一早说这船今天会到，但也没有说得十分肯定。也不过就是“可能到”，“或可到”，“有到的希望”的意思。

但那些心急的乘客一听了就变成“非到不可”了。

第二天，一早晨起来，人们就骂着。汉口的确是离着不远了，那大钟楼已经看得清清晰晰的了，江面上的板船还有大帆船，是那么许多。江上发着各种的声音，说话声，打水声，还有些呼唬呼唬的拉牵绳的声音。但是人们不看这些，人们一边捆着行李一边的骂着。

有的说腰痛，有的说腿痛，有的说肚子痛。还有的说眼睛昨天晚上受了风。

好像只差了昨夜的这一夜的工夫，就出了许多乱子，假若昨天这船若是到了，这一切的病症都不会发生。

有的说，昨天晚上的风特别厉害。有的说，昨天晚上的饭特别生硬，吃了肚子痛。有的说，他三十多年的老病，没有犯过，昨天晚上这一夜就犯了。

另一个听了就接着说：

“可不是，十多年前，我这腿肚子上让疯狗咬了一口，落了一个疤。经你这一提，我才觉得昨天夜里就觉着痒口。”

另一个又说：

“可不是么，这是一股子大邪风。”

另一个说：

“邪风就犯病的……”

于是乎一个搔背，一个抓腿。一个说背痛，一个说腿痒。而恰巧的是他们两个又都是老病，而这老病，又都是因为昨夜这一夜的工夫而犯的。他们两个，十分的同病相怜。

一个说：

“到了汉口，你应该买块膏药贴上。”

一个说：

“到了汉口，你应该买瓶虎骨酒喝了。”

大概这船，用不了一个钟头，就可以靠岸的。

但是人们都不怎么高兴，人们的嘴里都在嘟嘟着。

有的说：

“这样的船，就不该载客。”

有的说：

“这是在咱们中国，如果在外国，这样的船早就禁止航行了。”

有的说：

“不但禁止航行，且早就拆了呢。这样的船是随时可以发生危险的。”

有的说：

“这样的破船，还不如个老水牛，还要船票钱……”

另一个接着说：

“不要船票钱，好么！船底一朝天还带要命的。”

在舱里的船老板，听到他们嚷嚷了好些时候了，最后，他听到他们越嚷嚷越不像话了，且有牵涉到这船要出乱子的话。船老板就把头从舱底的小扶梯间探了出来。开初他静静听了一会，而后他发表了一篇演说：

“你们说话不合乎国情，在美国，美国是工业国家，像咱们这样的破船自然是要不得的了。你可也没看看，咱们是什么国家。咱们是用木船的国家呀！咱们只配用木船。现在有了汽船了，虽然不好，但总算是汽船呀！虽然说是太慢，但总比木船快呀！诸位不要凭感情用事，要拍一拍良心，人总是有良心的。吹毛求疵，那是奸徒之辈，在我全国上下一心抗敌的时候，不怕任何艰苦，有钱出钱，有力出力。这才是我伟大中华民族的精神，才配做黄帝的子孙。”

船老板的演说，演完了，把头缩回去了，刚刚下到了舱底，正是马伯乐睡醒的时候。

他睡得昏头昏脑的，就听得甲板上有人在大说大讲的，他想要起来去看一看吧，心里明白，身子不由主。因为自松江桥倒昏了那一回以后，他就特别的愿意睡觉，而且越睡越睡不过来，浑身酸痛。

正这时船老板从扶梯落下来了。

马伯乐通红的眼睛问着：

“什么事？”

船老板把两个手指放在他自己的鼻子尖上，笑得端着肩膀缩着脖，说：

“我两千块钱兑过来的这小破船，我保了八千块钱的险呢。这船翻了，我去领保险费。这船不翻，跑一趟就对付二三百……老弟，你说够本不够本……”

船老板还在马伯乐的肩膀上拍了一下。

马伯乐本来要骂一声，“真他妈的中国人”的，但经过一拍，他觉得老板是非常的看得起他，于是他觉得船老板这人是多么坦白呀！是一个非常正大光明的敢作敢为的有什么就说什么的一个天真的人。于是马伯乐就问：

“是哪一家保险公司呢？像这样船，保险公司肯保吗？”

因为马伯乐的父亲曾经开过保险公司，马伯乐常跟着在保险公司里转，总算关于保险有一点知识。

船老板瞅着一个眼睛回说：

“通融罢啦！中国的事，一通融还有不行的吗？”船老板说得高兴了，于是又拍着马伯乐的肩膀，甜蜜蜜的非常自信的说：“中国无论什么事，一通融是没有不行的哪！老弟。”

正说得热闹之间，马伯乐太太来了，她抱着小雅格，牵着约瑟，从小扶梯上噗噗通通的走下来了。

走下来一听，他们正谈着这船的问题。老板把头回过来，又向太太说了一遍，大意是：这船的本钱两千块，假若船翻了就去领保险费，若是不翻，跑一趟就是二三百……

太太是很胆小的，坐火车就怕车出轨，乘船最忌讳船翻。但听那船老板说完之后，却很冷静的，似乎把生命也置之度外了。她向马伯乐说：

“保罗，你看看人家，人家有两千块钱，一转眼就能够赚两万……你就不会也买这样一条便宜的船，也去保了险。不翻，一趟就是二三百。翻了就去领保险费。”

马伯乐说：

“保险，不是容易的呢，船太糟了，保不上。今天保了，明天就翻了，谁给你保呢？”

船老板在一边溜着缝说：

“通融呀！”

马伯乐太太没有听准，她说：

“怎么？”

船老板说：

“通融去么！”

马伯乐太太一想就想起来了，向着马伯乐说：

“那大陆保险公司，马神父不是股东吗？让马神父从中说一句话，什么事办不了。”

太太越想马伯乐这人越不中用，就说：

“那马神父和父亲多么要好，让他做什么他不做？”

马伯乐说：

“人家未必肯呢！”

太太说：

“马神父是信耶稣的人，信耶稣的人是最喜欢帮人家忙的人。”

马伯乐说：

“这是良心问题。”

太太说：

“什么良心问题？”

马伯乐说：

“船翻了不淹死人吗？”

太太说：

“你也不看看这是什么时候，逃起难来还怕死吗？”

船老板在一边溜着缝说：

“说得对呀，买一只船做做好事，多救几条命也是应该的。”

这时候在甲板上又有些人在骂着，在说着疙疸话。

船老板越听越不入耳，又从小扶梯上去，又要发表谈话。

这时候有几位伤兵弟兄，就首先招呼着说：

“听老板发表演说啦！”

于是果然展开了一个很肃静的场面。老板第一句就说：

“我为的什么？”而后很沉静的说了第二句：“诸位是为的逃难，是想要从危险的地方逃到安全的地方去。而我呢，南京一趟，汉口一趟的，我是为的什么？我是为的诸位呀，换句话说，我就是为的我们的国家民族。若不然，我何必非干这行子不可呢？就说我这只船吧，载点什么货物的就不行吗？难道不载客人就烂到家里了吗？不过就是这样，在国难的时候，有一分力量就要尽一分的力量。有枪的上前线，没枪的在后方工作。大家在逃难的时候，忍耐着一点，也就过去了，说三道四，于事无补，白起摩擦，那是汉奸的行为。”

船老板前边说了一大段，似乎不像演说，到了最末尾的两句，才算抓到了一点演说的精华。因为从前他在家乡的时候，梦想也没有想到他要当众发表演说的。他在家乡当一名小跑街。现在他想要练习也就来不及了。也不过每天的读读报纸上的社论，多少的在那里边学习一点。国家民族的印象给他很深，尤其是“汉奸”那印象最深，吃饭，睡觉，也忘记不了，随时提防着总怕自己当了汉奸。

一开口讲话也总是“汉奸”“汉奸”的，若是言语之间没有“汉奸”这两个字，就好像一句话里没有了主题。“汉奸”这两字不由不觉的已经成为船老板的灵魂了。若没有了“汉奸”，他也就没有了灵魂了。

他说他船上的水手不好好干活的时候：

“你这不是汉奸吗？吃人家的饭，不给人家干活。”

他跟老婆起誓的时候，他说：

“我要有那娶小老婆的心肠，我就是汉奸。”

而最好玩的，而最说得活龙活现的就是从老子推到儿子，从上一代推到下一代的那种又体贴又怜惜的口吻。当他回到家里，抚弄着他的孩子玩的时候，他说：

"你妈不做好事，养了你们这一群小汉奸哩！"

因为他的孩子们把他的自来水笔给拉下去在玩着的。

船老板刚刚演了那篇说，下到舱底还没有多久，就又上到甲板上来，据说，就又作了一篇星期论文。因为这船上有几个青年学生，这学生之中，其中有一个是曾经住过报馆的。当船老板又在小扶梯上露头，仅仅是一露头，还完全没有开口呢，他就给加以预测。他说：

"船老板来作星期论文了，大家静一静。"

这"星期论文"四个字，大家都不大懂。正在愣头愣眼的时候，船老板那醒目惊心的洋洋大文就开了头了。

刚一开头，就"汉奸""汉奸"的。讲到后来，所涉至广，主题仍是汉奸。一时船上那些灰心丧气的乘客，都不大能够领教。只是喔喔喔的，没大有人听。老板一看，"汉奸"不大怎么中用，于是就在煞尾处大论了一番天地良心。他说：

"人要有良心，不然我为的什么？我这只小船，若装了一船□□货[1]，也走起私来，不比现在款式得多么！但是不能那么做就是啦，这就叫做人要有良心。什么叫做有良心，有良心就是上对得起天，下对得起地。所谓天、地、鬼、神者是也。"

船老板一边说着，一边拍着胸脯，凛然一股正气，把船上所有的人都说服了，说得个个目瞪口呆，有的感动得悲从中来，含着两泡眼泪，说：

"中国亡不了……"

船老板紧接着更加深刻的表明了一番关于他还没有当"汉

1　□□货，日本货。

奸”的那种主因。陈述遍了关于他至今还没有当“汉奸”的那种决心。

他说：

“我没有走私，我为的什么呢？乃就是为的良心吗？”

继续着他又说，又拍了一下胸脯，那胸脯是向前挺着的，使人一望上去，就不敢起邪念，影影绰绰的，好像“正大光明”那四个大字就题在那英挺的胸脯上。

看起来不像一位船老板了呢，像一位什么人物呢，人们一时却也归划不清楚，只觉眼前能够站着这样伟大的人物，中国是亡不了的。

那刚强的字眼在那边响着：

“我为什么没有走私？为着天地良心。”

而后那坚绝的字眼，又反复了一遍：

“我为什么没有走私？为着天地良心。”

问题越谈越远了，这一层人们没有注意到。本来问题是在这船的“慢”上，是在这船的“破”上。到了后来，这“破”与“慢”一字不提，倒好像这船全船的乘客，大家伙都要没有良心似的。再不然就好像不一会工夫大家就连成串跑过去当“汉奸”去了。

船老板又说了一遍：

“我为什么不去挈着日本人走私？我是为着天地良心哪！”

听了船老板这样反复的坚强的宣言，人们都非常感动。至于这船的“破”，这船的“慢”，那些小节目，人们早已抛开了。只是向着中国整个的远大的前程迈进着。

乘客们在感动之余，不分工、商、农、学、兵，就一齐的唱起《义勇军进行曲》来！

“……起来，不愿做奴隶的人们，

把我们的血肉造成我们新的心城，

中华民族，到了最危险的时候，

……

我们万众一心，

冒着敌人的炮火，前进，

进、进、进……”

这时候，白白的江水，在船头上打着呜呜，大江上的波浪一个跟着一个的滚来，翻着白花，冒着白沫。当它们撞击到这船的船头上的时候。

回头望去，那辽远的江水，淡淡漠漠的，看不见波浪了，消息了波浪了。只是远近都充满了寂寞，那种白白的寂寞的烟雾，不但充满了大江，而且充满了大江的两岸。好像在等待着，等待着假若来了“难船”，它们就要吞没了它。

从正面望去，这江也望不到尽头。而那辽远的地方，也是一样起着白烟，那白色的烟雾，也是沉默的不语的，它已经拟定了，假若来了“难船”，它非吞没了它不可。

这只渐渐丢了螺丝钉的小船，它将怎样能够逃出了这危险呢？它怎么能够挣脱了它的命运？

那全船的乘客却不想到这些，因为汉口就在眼前了。他们都在欢欣鼓舞张罗着下船，这船给人们的痛苦越大，人们就越容易快活，对于那痛苦也越容易忘记。

当全船的人，一看到了江汉关前那大钟楼，几乎是人人心里想着！

“到了，汉口到底是到了。”

他们可没有想想，这得以到了汉口的，是他们自己争取的呢？还是让船老板把他们乌七八糟的运到的。

总之，他们是快乐的，他们是喜出望外的，他们都是些幸运儿，他们都是些天之骄子。一个一个的掉着下巴，张着嘴，好像张着嘴在等着吞点什么东西似的，或者他们都眼巴巴的要把那江汉关站着的大钟楼吃下去似的。

有的人连“到了，汉口到底是到了”这句感慨的话都没有，只是心里想着：

“上岸之后，要好好的洗一个澡，要好好的像样的吃一顿。”

一会的工夫，船就停在了那大钟楼前边的江心上。这并不是到了码头，而是在等候着检疫处的人员，上来验病的。

检疫处的人来了，坐着小白汽艇，干净得好像条大银鱼似的。那船上的检疫官也全身穿着白衣裳，戴着白帽子，嘴上还挂着白色的口罩。

那小汽船开得非常之快，哇啦哇啦的，把江水搅起来一溜白涛。这小汽船跑到离江心三丈多远的地方，就停下来，那检疫官向着江心大喊着：

“船上有病人没有？”

船老板在甲板上喊着：

“没有。”

于是那检疫官一摆手！

“开吧！”

于是载着马伯乐的这汽船，同时还载着两三个患赤痢的，一个患虎列拉的，就开到码头上去了。

船到了码头，不一会工夫，船就抢着下空了。

他们都是天之骄子，他们活神活现的，他们快活得不能自制，好像在一小时之前，他们刚刚买了马票中了头彩的样子，快活到发狂的程度，连喊带叫的，人们跑到了岸上，上了岸，人们就都散开了。

竟没有一个人，在岸上住一住脚，或者是回过头来望一望。这小船以后将出了什么危险呢？

这个，人们根本就没有放在心上。不一会工夫，那抢着散到岸上去的人，连个影儿都不见了。

第五章

马伯乐到了汉口，没有住在汉口，只在旅馆里边住了两天，就带着太太和孩子搬到武昌来住了。因为那边有他父亲的一个朋友，原先在青岛住的时候，也是信教的，可不知现在信不信了，只见那客厅里边摆着一尊铜佛。

马伯乐一到了汉口，当天就跑到了王家的宅上去拜候了一趟。

那王老先生说：

“你们搬到武昌来住吧！武昌多清静。俺在武昌住了将近十年！……离开了青岛，到了汉口就住武昌了。一住住到今天，俺……”

那山东的口音，十年居然未改。马伯乐听了觉得很是亲热。

不一会工夫，又上来了两盘点心。马伯乐一盘，老王先生一盘。那是家做的春卷，里边卷的冬菰，粉条，绿豆芽。其味鲜而爽口。马伯乐一看那点心，就觉得人生是幸福的。

本来他是很客气的，不好意思开口就吃，但这哪能不吃呢？那是黄映映的用鸡蛋皮卷着的。真干净得可爱呢，真黄映得诱眼呢。

马伯乐开初只在那蛋卷的一头，用刀子割了一小点，送到嘴里去，似乎是在尝尝。他自己心里想，可别吃得太多，吃得太多让人家笑话。

当他跟王老先生谈着的时候，他不自觉的就又割了一小点送到了嘴里。

谈话谈到后来是接二连三的谈着。老王先生问他父亲那保险公司里还有点股子吗？

马伯乐说：

“没有了，抽出来了。”

马伯乐一张嘴就把一块切得很大的蛋卷送到嘴里去了。

还没有来得及咽下，王老先生就又问他：

“听说你父亲又捐了一块地皮，建了一座福音堂？”

马伯乐说：

“还没有，还没有。”

他一张嘴就又把一块切得很大的蛋卷塞到嘴里去了。

这回这嘴可嫌太小了点，蛋卷在那里边翻不过身来，挤挤擦擦的。好像那逃难的火车或是那载着逃难的人的小船似的。马伯乐的嘴里边塞得没有立足之地了。

马伯乐想，这回可糟糕，这回可糟糕。因为那东西一时的咽不下去。人又不是鱼或是蛇，吃东西可以整吞的。可是马伯乐的舌头，不容它翻过身来。

这一下子可给马伯乐上了一个当，虽然那东西好歹总算咽下去了，但是把马伯乐的眼圈都急红了。

过了半点钟的样子，马伯乐没有再吃。

谈来谈去，总是谈得很连贯的，马伯乐偶尔把眼睛扫了那蛋卷一下，就又想要动手，就又想要张口。恰好那女工又送上来一盘热的，是刚从锅底上煎出来的。

马伯乐一看，心里就想：

“这回可不能吃了，可不是闹着玩的。”

当那蛋卷端到他面前的时候，他回避说：

“够了，够了。”

可是女工仍旧把那碟子放在了他的旁边。

马伯乐想：

“可别吃，可别吃。”

连眼睛往那边也不敢望。只是王老先生问他一句，他就回答一句。不过一个人的眼光若没有地方放，却总是危险的。于是马伯乐就把眼光放在王老先生说话时那一动一跳的胡子上。

王老先生那胡子不很黑，是个黄胡子，是个一字胡，很直很厚，一跳一跳的，看了好半天，怪有趣儿的。一个人的身上，若专选那一部分去细看，好比专门看眼睛或者专门去看一个人的耳朵。那都会越看越奇怪的，与平常不同的。或者是那耳垂特别大，好像观音菩萨似的，或者是那耳垂特别尖，好像烙铁嘴似的。会觉得很有趣儿的。

马伯乐正看得王老先生那黄胡子看得有趣的时候，那王老先生一张嘴把个蛋卷从胡子下边放进嘴里去了。

马伯乐受了一惊：

“怎么的，吃起来了！”

因此马伯乐也就立刻被传染了。同时也就吃了起来。

一个跟着一个的，这回并没有塞住，而是随吃随咽的。因为王老先生也在吃着，没得空问他什么，自然他也就用不着回答，所以让他安安祥祥的把一盘蛋卷吃光了。

这一盘蛋卷吃得马伯乐的嘴唇以外还闪着个油圈。

吃完了，王老先生问他：

“搬到武昌来不呢？”

马伯乐说：

“搬的，搬的。”

好像说：

“有这么好吃的蛋卷，哪有不搬的道理。”

回到旅馆里，太太问他：

“武昌那房子怎么样？”

他说：

“武昌那蛋卷才好吃呢！”

所以太太在搬家的一路上就生着气，把嘴噘着，当上了轮渡过江的时候，江风来了，把她的头发吹蓬得像个小蘑菇似的，她也不用手来压一压。气得和一个气球似的，小脸鼓溜溜的。所以在那过江的轮渡上，她一句话不讲。

小雅格喊着：

“妈妈，看哪！那白鸽子落到水上啦，落到水上啦。”

小雅格喊完了之后，看看妈妈冷冷落落的站着。于是雅格就牵着妈妈的衣襟，又说：

“妈妈，这是不是咱家那白鸽子飞到这儿来啦？”

大卫在一边听了就笑了。说：

“这是水鸟啊，这不是白鸽子。”

约瑟说：

“那还用你说，我也认识这是水鸟。”

大卫说：

“你怎么认识的？”

约瑟说：

“你怎么认识的？”

大卫说：

“我在书上看图认识的。”

约瑟说：

“我也在书上看图认识的。”

大卫瞧不起约瑟的学问，约瑟瞧不起大卫的武力。

大卫正要盘问约瑟：

“你在哪本书上看过？”

还没来得及开口，约瑟就把小拳头握紧了，胸脯向前挺着，叫着号：

“儿子，你过来。”

马伯乐看着这两孩子就要打起来了，走过去就把他们两个给分开了。同时跟太太说：

“也不看着点，也不怕人家笑话。”

太太一声不理，把眼睛向着江水望着。马伯乐还不知道是怎么一回子事，还在一边谈着风雅：

“武汉有龟，蛇两山，隔江相望，长江汉水汇合于此，旁有大冶铁矿，汉阳兵工厂，此吾国之大兵工厂也……”

太太还没有等他把这一段书背完，就说：

“我不知道。”

马伯乐还不知太太是在赌气，他说：

“地理读本上不是有吗？”

太太说：

“没有。”

马伯乐说：

“你忘记啦，你让孩子给闹昏啦。那不是一年级的本国地理上就有？”

马伯乐和太太嚷完了，一回头，看见大卫和约瑟也在那里盘道呢！

大卫问约瑟说：

“你说这江是什么江？”

约瑟说：

“黄河。”

大卫说：

“不对了，这是扬子江，地理上讲的，你还没有念过呢。”

约瑟吃了亏了，正待动手要打，忽然想起一首抗战歌来：

“……黄河……长江……”

原来约瑟把黄河和长江弄混了，并非不知道，而是没弄清楚。现在想起来了。

约瑟说：

“长江……”

大卫说：

“不对，这是扬子江。”

小雅格在旁边站着，小眼睛溜圆的，因为她刚刚把水鸟认错了，到现在她还不好意思，她自言自语的：

“什么水鸟！鸽子鸟。”

这时江上的水鸟，展着翅子从水面上飞去了，飞到远处绕了一个弯子，有的飞得不见了，有的仍旧落在水上，看那样子，像是在坐着似的，好像那江上坐着个水鸟似的。那水鸟胖胖的，真好像是白鸽子。

这过江的小轮船，向前冲着，向前挣扎着，突突的响着，啌啌的向前进着。看样子是很勇武的，好像是在战斗似的，其实它也不过摆出那么一副架儿来，吓唬吓唬江上的水鸟。

遇到了水鸟，它就冲过去，把水鸟冲散了。遇到了波浪，它就打了横，老老实实的，服服帖帖的装起孙子来。

这渡江的小轮，和那马伯乐从南京来到汉口的那只小船是差不多的，几几乎就是一样的了。船身吱吱咯咯的响着，每一遇到风浪的时候。

所差的就是不知道这船是否像载来马伯乐的那船似的已经保了险。若没有保险，那可真要上当的，船翻了淹死几个人倒不要紧，可惜了这一只小船了。

但从声音笑貌上看来，这小船，和载来马伯乐的那只小船完全是一母所生。没有第二句话，非兄弟，即姊妹，因为它们的模样儿是一模一样的。那声音是突突的，也是一模一样的，那姿态歪歪着，也是完全相同。

这船上的人们，都好像马匹一样，是立着的。是茫然不知去向的，心中并没有期待，好像他们自己也不知道什么叫做目的地。好像他们自己也不知道他们是要到哪里去。甚或他们自己也真变成一匹马了，随他的便吧，船到哪里去就跟着到哪里去吧。

因为是短途，并非长途，不一会工夫也就到了。从汉口到武昌，也就是半点钟的样子。

黄鹤楼就在眼前了。

马伯乐觉得一切都妥当了，房子也有得住了，逃难也逃完了，也逃到地方了，太太也带来了。

太太一带来，经济就不成问题。马伯乐觉得一切都“OK”，一高兴，就唱了一首黄鹤楼的诗，诗曰：

刚一开头，马伯乐记不住了，只记住了两句：

黄鹤一去不复返，
此地空余黄鹤楼。

太太站在这里一声不响，她的心境，非常的凝炼，她不为一切所惑，她静静的站着，什么水鸟，黄鹤楼之类，她连看也未曾看在眼里。她心里想着武昌那房子到底是个怎么样的，越想越想不出来，到底是个怎么样的。想来想去，连个影子也想像不出来，是一点什么也不知道的，窗子向哪面开着，门向哪面开着，到底因为她没有看过，所以连个影子也描不着。

“到底是几间房子，是一间，是二间？”

她刚要说出口，心里一生气就又不问了。哪有这样的人呢！连自己要住的房子都不知几间。她越想越生气，她转着那又黑又大的圆眼睛，用白眼珠瞪着马伯乐。

马伯乐一点也不自觉，把两只手插在裤袋里。他一高兴，就又把那黄鹤楼的两句诗，大啸了一遍：

黄鹤一去不复返，
此地空余黄鹤楼。

因为他的声音略微的大了一点，全船的眼睛，都往他这边闪光。

马伯乐心里说：

“真他妈的中国人，不懂得鉴赏艺术……

不一会，船到了码头了，大家一起下船，那原来在船上静静的站着的人，一到了码头，就都心急如火了起来，跳板还没有落下来，有的人竟从栏杆跳出去了。等那跳板一落，人们就一拥而出，年富力强的往前冲着，老的幼的被挤得连骂带叫。

马伯乐抱着小雅格，他的脑子里一恍忽，觉得又像是来到了松江桥了。

走到了岸上，他想：这可奇怪，怎么中国尽是松江桥呢！

马伯乐流了一头汗，鼻子上跌坏的那一块蒙着药布还没有好呢。

但这仅仅是吓了马伯乐一下，事实上是并没有什么的，不一会工夫也就忘记了。何况逃难也逃到了终点，何况房子也有了，经济也不成问题。

所以不一会工夫，马伯乐就又活神活现了起来，他叫洋车的时候，他就打了那车夫，因为从汉阳门码头到磨盘街本来是八分钱，上次马伯乐到王公馆去拜访的时候，是八分钱。现在要一毛二，这东西真可恶，不打还留着他吗！

“他发国难财呀，还有不打的吗？”

到了王公馆马伯乐还这么嚷着。他说。

王老先生点头称是，并且说：

“警戒警戒他们也是对的。”

王老先生又说：

“我前天囤了点煤炭，三天就赚五分，五天就是一毛钱的利……俺早晨起来，去打听打听市价，你说怎么样？俺叫了一个洋车，一开口就是一角半。平常是一角，现在是一角半啦，俺上去就是一个耳光，打完了再说……”

马伯乐在旁边叫着：

“打的对，他发国难财呀。”

马伯乐太太一进屋就看见客厅里摆着那尊铜佛了，她想，莫不是王先生已经不信耶稣教了吗？所以教友见了教友的那一套应酬话，太太一个字没敢提，只是心里想着，赶快到自己租的那房子去吧。

太太和孩子们都坐在沙发上，只是约瑟是站着的，是在沙发上跳着的，把那蓝色的罩子，踩了一堆一堆的小脚印。太太用眼睛瞪着约瑟，约瑟哪里肯听。太太的脸色，气得一阵红，一阵白，她心里说：孩子大人都这么会气人。嘞嘞嘞嘞的，也不是一个劲嘞嘞些个什么。她用眼睛瞪了马伯乐好几下，马伯乐还不明白，以为是茶洒在衣服上了，或是什么的，直是往自己西装的领上看着，看看到底也没有什么差错，于是还是嘞嘞的和王老先生谈着。

一直谈到昨天所吃的那蛋卷又端上来了。于是马伯乐略微的吃了两个。

吃完了，才告辞了王家，带着东西，往那现在还不知房子在什么地方的方向走去，只是王家的那男工在前边带领着。

太太气得眉不抬，眼不睁。

在那磨盘街的转角上，门前铺着两块大石头，门里长着一棵枇杷树的小院子里。马伯乐他们搬进去了。

在那二楼上，老鼠成群的跑着，马伯乐先跑上去看了一趟。一上楼就在楼梯口把头撞了一下，等上去，第一步就在脚下踩着一个死老鼠。

这房子空空如也，空气倒也新鲜。

只是老鼠太多了一点，但也不要紧，老鼠到底是怕人的。

马伯乐一站在这地板中央，那小老鼠就不敢大模大样的跑了，就都缩着脖子在门口上转着滴溜溜的闪亮的眼睛，大概有五个都藏起身子来了，都在转着眼睛。

一共是两间房。

马伯乐对于这房子倒很喜欢，喜欢这房子又破又有老鼠。因为私下里和他逃难的哲学相符，逃起难来是省钱第一。

这时太太也上楼来了。太太的意见如何，怕是跟马伯乐要不一样的。

第六章

马伯乐每天早晨起来，都静静的向着窗口观望着那枇杷树，很久很久的观望。久了，不单是观望，而是对那枇杷树起了一种感情了。下雨的天，那树叶滴滴答答的往下滴着水。尤其是夜深人静的时候，那从树叶上滴下来的水滴似乎个个有小碟那么大，打在地上拍挞拍挞的。

马伯乐每天早晨起来，都是静静的观望着那枇杷树，有时竟或手里拿了一本书，对着那窗口坐着。

马伯乐觉得人生是幸福的。人生是多么幸福，要吃有吃，要喝有喝，窗外还有枇杷树。

马伯乐在这房子里已经是五六天过去了。太太虽然闹了几场，因为这房子太坏。但是马伯乐并没有把这放在心上，因为他想：已经来到汉口了，你可就跑不回去了。

于是他心安理得的开始过起生活来。何况离他住的地方不远，就有一个“未必居”包子铺，他又可常常去买包子吃。

他每一和太太闹气，他就去买包子吃，吃了三五个包子回来，果然气就没有了。屡试屡验，非常之灵。

“未必居”包子铺，转了两个小弯就可以到了。门口挂着一块牌匾，白匾黑字。那块牌匾已经是古香古色的了，好像一张古雅的字画，误挂到大街上来了。

“未必居”包子铺向不登广告，门口也并没有什么幌子，只单看“未必居”三个字，也总看不出这三个字里边就有包子含在其中。

但是它的名誉远近皆知，住在汉口的，过到武昌来，若是风雅的君子，就要到“未必居”去买上几个包子带回去，或是也不管肚子饿不饿，就站在那里吃下两个热的去。连吃连声说好，吃完了，把油手指往嘴唇上一抹，油亮亮的就走出来了。

因为这包子铺是不设座位的，愿意吃不吃，愿意买不买，做的是古板正传的生意，全凭着悠久的历史自然的昭彰。所以要想吃热的就得站着吃。绝没有假仁假意招待了一番而后讨小账的事情。

这生意做得实在古板，来了顾客不但不加以招呼，反而视为非常的冷淡，意思好像是你买不买也不缺你这个买主。

你走进去说：

“买包子。”

那在面案上正弄得两手面粉的老板娘只把眼睛微微的抬了抬：

“等一下。”

她说完了，手就从面案子上拾起一张擀好的包子皮来，而后用手打着那馅子盆沿上的姣绿姣绿的苍蝇，因为苍蝇把馅子盆占满了，若不打走几个，恐怕就要杀生的，怕是就要混到馅子里，包成了包子把那苍蝇闷死了。

买包子的站在一边等着，等了一阵，毫无下文。

买包子的一定以为包子未熟，就站在那里等着，等到老板娘已经包了三五个包子之后，而后才慢吞吞的站了起来，一路打着站在她鼻子上的一个苍蝇，一路走过来。苍蝇百般的打，百般的不去，结果等老板娘站稳了的时候，苍蝇到底又落在她的鼻子尖上了。

老板娘说：

“要几多？”

这时候那锅上的蒸笼还是盖着的。

买包子的人说，要三个，或是要五个。说完了老板娘就把手伸出去，把那包子钱先缴上来，而后才打开蒸笼。包子是三分钱一个。若没有零钱，交上了毫票去。这时候蒸笼的盖还是不能开，老板娘又到钱篓子里去找零钱去了。

等一切手续都办理清楚了，才能打开蒸笼。打开蒸笼一看，包子只剩了孤单单的一个了。

于是又退钱，又打着落在她鼻子上的那一个苍蝇。实在费工夫，这一个包子才算出了蒸笼。

但是买主不但不觉得不耐烦，反而觉得这包子更好吃，于是非常宝贵的用干荷叶托着。临出门口的时候，还回头问着：

“等一下有吧！”

只听那里边回说：

“下半天来吧，现在不卖了。”

买包子的人，也不想一想，包子铺是为着卖包子的，为什么一会卖一会就不卖了呢？只是个个人说：

“未必居那包子铺的架子才大呢，一去晚了就没有。”

不但来晚了没有，来早了也是没有的，一天就是上半天有那么一阵，下半天有那么一阵。其余的时间就是有他也不卖。

买包子的人也知他明明有，他就不卖的。因为有也不卖，人们就更佩服他的特殊的性格了。

下雨的天，姑娘撑着伞去买包子，老人拄着杖子去买包子。包子越是买不到，人们就越是觉得满意，因为这包子是非常珍贵难得的。物以稀为贵，于是就觉得“未必居”的包子越发的好。

马伯乐早晨起来，拿它当点心吃。到了下午四五点钟，又觉得肚子里边空。于是一天两次去买包子。不单是买，而且还站在那里看，看到底是怎样的做法。将来离开了武昌，到别的地方去，哪里还有这“未必居”呢？不如赶早的学着点，将来自己下手做。

这包子和普通的包子一样是发面的，做起来圆圆的带着褶。不过发面里头略微的加点糖，吃起来有点甜丝丝的。里边也是肉馅，唯有这肉馅有些不同。

是猪肉馅，把肉连切也不切，先是整个大块的放进大锅里去煮，煮好了取出来再切，切碎了还不能够成为包子的馅，还要再炒一遍，炒的时候，还要放些个豆酱，其余的什么也不要了，葱，姜都不要。

这就是“未必居”包子的要诀。

马伯乐到王公馆去，就向老王先生宣传，因为王老先生也是最喜欢吃“未必居”包子的。马伯乐之所以认识这包子还是由于王老先生介绍的。

马伯乐说那包子一点希奇没有，面里边放一点糖，猪肉炒一炒就是了。

王家的大小姐斯斯文文的一个大姑娘，抢着说：

“看花容易，绣花难，若是我们也会做，人家还开包子铺做什么。”

王家大小姐，素性斯文，虽然与马伯乐自幼在一起玩。但是因为十年不见了，各自也都长大了。尤其是王小姐，离开青岛的时候，才十三岁，现在已经二十三岁了。

所以当她说完了这句话，就觉得有点不大得体，羞得满脸发烧，转回身就从客厅跑出去了。

因为特别的慌张，在那红绒的绣着金花的门帘上，还把头发给碰乱了。王大姑娘的头发是新近才烫卷着的，经这一碰，使她感着非常的可惜。于是赶忙的跑到自己的屋里，对着镜子去修理去了。

不曾想，在那镜子里边，第一眼看到的并不是头发，而是自己红得可惊的脸色。那脸好像在下雨的夜里打闪时被闪光所眩耀得那么湛红。

这是为什么呢？这是很可怕的，连她自己也不敢看了。心里头非常的害怕，想不到，怎么镜子里边是那么一张脸呢？从来没有见过，可是从来不认识的。

于是她离开那镜子了，头发也并没有梳理，就到自己的装饰得很好的小沙发上去坐下了。坐在那里越想越生气，而也越想越冤枉，而又越想越委屈。不知道是为什么，就好像受了人家的欺侮了一般地。而这欺侮又偏偏是没有什么事实，不能对任何人去讲说，若是在小孩子的时候，就定要到母亲那边去哭一场。可是现在已经长大了，母亲并不是随时都在身边的，若说这么大的姑娘，特别遣人把母亲请来，好坐在母亲的旁边哭一场，已经是不可能的了。何况什么因由也没有呢。

于是她就在沙发上坐着，自己镇定着自己，企图把这种连自己也不情愿的伤心压伏下去。

王小姐在武汉大学里念书。武汉大学就在武昌的珞咖山上。王小姐是去年毕了业的，所以那边不常去了。

但是那边东湖的碧悠悠清水，她每一想起来，她总起无限的怀恋的心情。似乎从前每天在东湖上划船，而且宿舍就在湖水的旁边，从窗子就可以望见的，那时候也并不觉得怎样好，现在一回想起来，觉得时间快得就好像做梦似的，三四年的工夫忽忽的过去了。而且离开那学校已经一年有多了。

王小姐过去在那学校里边是有一个恋人的。也许不是什么恋人而是朋友，不过同学们是好说这样的话的。

昨天那王小姐的朋友还来看过她，并且还带来了一束紫色的就是那东湖上的野花给她。她把那花立刻找了一个花瓶，装了水，就插上了，而且摆在客厅的长桌上了。她本来有心立刻就拿到自己房里来的，但觉得有母亲看着不好意思那样。其实那花是她的朋友送给她的，她本来不必摆在客厅里，可不知道为什么她勉强的摆在客厅里了。

可是不一会，朋友一走，她就把花端进自己的房里来。因为她越看那花越漂亮，小小的花，小小的叶，紫花中间还有白心。

现在这花就在她自己的镜台上摆着。

听说他要订婚了，不知道是真的不？昨天他来的时候，她想要像说笑话似的，随便问他一声，后来不知怎么岔过去了。

现在她坐在那为她自己而装设得很好的小沙发上，她看到那花瓶里的花，她就顺便想到昨天那件事情上去。她觉得真好笑，人家的事情，用咱这么费心来问他做什么。

王小姐的这间小屋，窗台上摆着书，衣橱上也摆着书，但是并不零乱，都摆得非常整齐。她的这间小屋里，成年成月的没有人进来，但是看那样子，收拾得那么整洁，就好像久已恭候着一位客人的到来似的。

尤其是那小沙发，蓝色的沙发套上缀着白色的花边，左手上一块，右手上一块，背后一块。花边是自己亲手用勾针打的。是透笼的，轻轻巧巧的，好像那沙发并不能坐人了，只为着摆在那里看着玩似的。

现在她还在沙发上坐着，她已经坐了许久了。她企图镇压着自己，但是始终不能够，她的眼里满含了眼泪，她不知从哪里来的悲哀。她看一看红红的灯伞，她觉得悲哀。她看一看紫色的小花，她觉得委曲，她听到客厅的那么些人连讲带说的欢笑的声音，她就要哭了。

不知为什么，每当大家欢笑的时候，她反而觉得寂寞。

最后，她听那客厅的门口，马伯乐说：

“明天来，明天来……”

于是客厅不久就鸦雀无声了。接着全院子也一点声音没有了。好像一个人睡在床上，忽然走进梦境去了似的。

王小姐听到马伯乐说，“明天来”，“明天来”这声音，就好像十年前他们在一起玩，玩完了各自回家去所说的那“明天来”的声音一样，她还能够听得出来，那“来”字的语尾特别着重，至今未改。

但那已经是十年前了，而现在是十年以后了，时间走得多么快，小孩子变成大人了，再过几年就老了，青春就会消失了去的。

一个人刚长到二十岁，怎么就会老呢？不过一般小姐们常常因为她们充满着青春，她们就特别的骄傲，有时竟矫妄过正的矫情了起来。

于是眼泪流下来，王小姐哭着。

她想起了许多童年的事情，登着梯子在房檐上捉家雀，……下雨天里在水沟子里捉青蛙……捉上来的青蛙，气得鼓鼓的大肚子……

王小姐一想到这里，是又悲哀，又高兴，所以哭得眼睛滴着眼泪，嘴角含着微笑。

她觉得保罗（保罗是马伯乐从前的名字）是跟从前一样的，只是各处都往大发展了一些，比方鼻子也大了一点，眼睛也长了一些，似乎是黑眼珠也比从前大了。

她越想越觉得有意思，人是会忽然就长大了的。

“不单长大，而且还会老呢！”

王小姐心里边这样想着，一想到这里，忽然觉得保罗不单跟从前不一样了，而且完全不一样了，完全变了。

眼睛在从前是又黑又蓝的，而现在发黄了，通通发黄了，白眼珠和黑眼珠都发黄了。再说，那嘴唇也比从前厚了。

一个人怎么完全会变了的？真是可怕，头变大了，身子变长了，就连说话的声音也变了，那声音比从前不知粗了多少倍，好像原来是一棵小树枝而今天成了一个房梁了似的，谁还能说今天这房梁而是从前那棵树枝呢？是完全两样的了。

马伯乐来到汉口不是一天的了，她并不是今天才第一次看到他，那么为什么她今天才考虑到他？似乎马伯乐在十年之中都还未变，只是这一会工夫就长大了的样子。

但是王小姐她自己并不自觉，因为这些日子她的思想特别灵敏，忽然想东，忽然想西。而且容易生气，说不吃饭了，就不吃饭，说看电影去就看电影去。

这样下来已经有不少日子了。

她这样的悲哀和焦躁，她自己也觉得没有什么中心的主题。

只不过，她常常想到，一个人为什么要“订婚”？

而尤其是最近，那个朋友真是要订婚了吗？她早就打算随便的问他一声，却总是一见了面就忘记，一走了就想起。有时当面也会想起来的，但总没有问。那是别人的事情问他做什么呢？

可是一到了自己的房里，或是当寂寞下来的时候，就总容易想到这回事情上去。

一想到这回事情上去，也没有什么别的思想，也没有什么特别的见解。只觉得一个好好的人，无缘无故的订的什么婚？她只觉得有些奇怪就是了。

近来王小姐的烦恼，也就是为着这“奇怪”而烦恼。

她的血液里边，似乎有新的血液流行在里边了，对于一切事情的估量跟从前不一样，从前她喜欢的，现在她反对了。从前她认为是一种美德的，现在她觉得那是卑鄙的，可耻的。

从前她喜欢穿平底鞋，她说平底鞋对于脚是讲卫生的，可是现在她反对了，她穿起高跟鞋来。从前她认为一个女子斯斯文文的是最高雅的，现在她给下以新的批评，她说那也不过是卑微的，完全没有个性的一种存在罢了。

不但这种事情，还有许许多多，总之，她这中间并没有过程，就忽然之间，是凡她所遇到的事物，她都用一种新的眼光，重新给估价了一遍。

有一天下着小雨，她定要看电影去，于是穿着雨衣，举着雨伞就走了。非常刚果的，母亲劝她不住。走到街上来也并不坐洋车，就一直的走，她觉得一个人为什么有权利让别的人拉着？真是可耻。

她走到了汉阳门码头的上了过江的轮船，船上的人很拥挤。本来有位置她已经坐下了，等她看见一个乡下妇人，抱着一个小孩还在站着，她就站起来把座位让给她了。她心里想：“中国人实在缺少同情心。”

她在那儿站着的时候，她觉得背后有人说话，第一个思想使她感到或者是那同学，就是那要订婚的人。

等回头一看，却是马伯乐。

这想错了似乎把自己还给吓了一跳。

马伯乐是自己一个人，没有带太太，也没有带孩子。

本来他们小的时候在一起玩，那时候，谁还有太太，谁还有孩子呢？

在马伯乐结婚的前一年，他们就已分开了。所以今天在轮船上这样的相会，又好像从前在一起玩的时候的那种景象，非常的自由，不必拘泥礼节。

但是开初他们没有说什么，彼此都觉得生疏不同了，彼此只点了点头。好像极平凡的，只是在什么地方见过面并不是朋友的样子。过了几秒钟，马伯乐才开头说了第一句话，但是那话在对方听来，一听就听出来，那不是他所应该说的。那话是这样的：

“过江去呀！”

很简单，而后就没有了。

这工夫若不是马伯乐有一个朋友，把他拍着肩膀叫到一边去了，那到后来，恐怕更要窘了。

一直到下了轮船，他们没有再见。王小姐下船就跑了，她赶快的走，好像跑似的。一路上那柏油路不很平，处处汪着水，等她胡乱的跑到电影院去，她的鞋和袜子就都打湿了。

她站在那儿买票，那卖票人把票子放在她手里的时候，她竟不知道她在做什么，等第二个买票的人把她挤开的时候，她才明白了，她是来看电影的。

至于马伯乐那方面，刚刚从大痛苦里边解脱出来，那就是说，受尽了千辛万苦的逃难，今天总算是最后的胜利了。

管他真胜利假胜利，反正旁边有“未必居”包子吃着。眼前就囫囵着这个局势。

所以一天到晚洋洋得意，除了一天从窗口看一看那窗外的枇杷树之外，其余就什么也不管了。

太太同他吵，他就躲着，或是置诸不理，再不然，他生起气来，他就说：

“你们回青岛好啦！”

他明知道她们是回不去了，所以他就特别有劲的嚷着，故意气他的太太。

他的太太又来了她的老毛病，却总是好哭。在马伯乐看了，只觉得好笑。他想：哭什么呢，一个人为什么那么多的眼泪呢？

太太的哭，显然他是不往心里去，也不觉得可怜，也不觉得可恨，他毫无感觉的漠视着她。

早晨起来，他到“未必居”包子铺去买包子。下半天睡一觉，醒了还是去买包子。

除了看枇杷树买包子之外，他还常常到汉口那方面去探听，什么人来了，什么人来了。其中有他认识的，也有不认识的。但听了之后，大体上是满意的，因为人越来越多了，后来的连房子都找不到了。很少赶得上他那么幸福的。于是唯有他才是得天独厚的，万幸万幸。

马伯乐从大痛苦里解放出来之后，他什么也不再需要了，非常饱满的过着日子。也许以后还有什么变动，不过暂时就算停在这里了。

所以王小姐对他的那种相反的热情，他根本不能够考虑。他也根本的不知道。

但自从在船上的那次的相会，马伯乐也或多或少的感到有点不大对，那就是当他下船的时候，他想要找到她，但是找不到了，看不见了，不知道跑到什么地方去了。他分明记得住她站着的那个方向。但是那地方没有她。

没有看到也就算了，马伯乐慢慢的走着，他打算到一个刚从上海来的朋友的那边去谈谈，听听或者有一些什么新的消息，听说“大场”那边打得最激烈，是不是中国兵有退到第二道防线的可能，去谈谈看。

马伯乐一边想着一边慢慢的走，在岸上，一抬头，他又看见王小姐了。

王小姐在前边跑着，撑着雨伞。

他想要招呼住她，但又没有什么事情，竟这样的看着王小姐走远了。蓝色的雨衣，配着蓝色的雨伞，是很深沉的颜色。马伯乐看着她转弯了，才自己走他自己的路去了。

—

第二天，马伯乐照样去买了“未必居”包子来，本来觉得不饿，打算不去买了，但是几个孩子非拉着去买不可，他想既然成了习惯，也就陪着去了。可是买回来，他并没有吃。他把衣裳用刷子刷了一刷就走出去了。

等他回来的时候，小雅格手里还拿着两个包子说：

“爸爸，这是你的。”

下半天马伯乐又出去了，太太以为他又是到蛇山上去喝茶，让他把小雅格带着，免得在家里闹。马伯乐没有带就走了。

他到王家来了两次，似乎王小姐都不在家，本来他自己也不承认是来找王小姐的，于是就在客厅里坐着，陪着王老太太谈了些时候，谈得久了一点，他就站起来走了。

到了晚上，他又来了，恰巧客厅里边没有人，说是王老先生和王老太太都出去了，说是过江去看汉戏。

马伯乐于是问：

“大小姐在家吧？”

马伯乐到王家来，从来没有单独的请问过她们的大小姐。于是那女工好像受了一惊似的，停了一停才说：

“我去看看。”

一出了客厅的门，那女工就在过道里问着一个小丫环：

“大小姐说是跟老人家去看戏，去了没有？”

那毛头的小丫环还没有张开嘴，大小姐就从那枣红的厚门帘里走出来。她是出来倒水的，手里还拿着个茶杯。显然她是在床上躺着的，头发有些乱了，领子上的钮扣开着，而且穿着拖鞋。

“你们嚷嚷什么，老太太一出去，你们这回可造反啦。”

她们说：

“不是，马先生找你。”

她想是什么马先生呢？她问：

“电话吗？”

女工说：

“在客厅里。”

王小姐把杯子放下了，放在了门旁的茶桌上。回头往客厅里一看，从那门帘的缝中她看见了马伯乐。

她说：

“保罗！”

因为她受了一惊，她就这样说了出来。

她本想回到房里去，把头发梳理一下，或是穿上一双鞋子，但是都没有做到，只把领子上的钮扣扣上了就向客厅走去。因为她分明的看见了，保罗从那开得很大的门帘缝中早就看见她了。又加上近来她认为一个女子太斯文了是不好的。于是就大大方方的走进客厅去。

马伯乐看她来得这么痛快大方，就指着长桌上正在打开着一本书说：

“这书我看过的，很好，翻译的也不坏。”

王小姐把书拿到手里，合上了，看了看那封面：

“不错，是我借来的，还没有看完。”

于是就放在一边了。

马伯乐说：

“我打算借几本书看，你手头可有什么书吗？”

王小姐说：

“我乱七八糟有一些，你要看一看吗？”

王小姐带着马伯乐就到她自己房里来。一边走着一边说：

“一个人不读书是不行的。”

马伯乐也说：

“中国人，就是中国人不读书，全世界上的人，哪国人不读！”

等进了那小房间马伯乐还说着：

“人家外国女人，就是到公园去，手里也拿一本书。一边哄着孩子一边看书。”

“真是不同啊！咱们中国人太落后了。一出了学堂的门，谁还念书呢，念书的真是傻子。”

王小姐的屋里非常的干净，书摆在窗台上。他们先去看了看那书，马伯乐随意选了几本而后才坐下来。

王小姐坐在沙发上，让马伯乐坐在镜台前边的那只小凳上。

这屋子很好，就是小了点，初一看来好像个模型似的。但也正因为它小，才有一种小巧玲珑的趣味。

他们没有谈什么就又回到客厅里去了。在客厅里讲了一番武汉大学的情形，讲了各位教授。还有一个笑话，其中就有这么一位教授，对学生们说亡了国不要紧，只要好好的念书。□□□□□□□□□ ？□□□□□□□□□□□□□□[1]。

他们谈得很愉快的，似乎他们在社交的场合中似的，只是彼此的尊敬，而不能触到任何人的情感的一面。

女仆隔一会献一杯茶来。他们二位就都像客人似的坐在那里，或有以为这二位就都是这家的主人，一位是少爷，一位是小姐。

谈到九点多钟，马伯乐才走了。

二位老人家去看戏，还没有回来。

王小姐想写两封信，但都没有写成，就到床上去睡了。睡了一些时候，也没有睡着，就听母亲回来了。经过了客厅走到她自己的房里去了。很有意思的，她一边走着一边说那汉戏的丑角怎样怎样的不同，鼻子上的那白抹得稀奇哩！

王小姐是关了灯的，因为有月亮，屋里是白萨萨的。夜里不睡，是很有意思的，一听听得很远，在那磨盘街口上的洋车的铃子，白天是听不见的，现在也听见了。夜里的世界是会缩小的。她翻了一个身，她似乎是睡着了。

第七章

从此之后，马伯乐天天到王家里来。王小姐也因此常常候在家里，本来要看电影去或是做什么，因为一想到，说不定保罗要

1　原文如此，其意不详。

来的，于是也就不出去了。

在客厅里常常好像开晚会似的，谈得很晚，王老太太也是每晚陪着，王老先生若是没有什么事，也没有不陪着的。

这样子过了很久，好像从前那种已经死灭了的，或者说已经被时间给隔离得完全不存在了的友情，又恢复了起来了。

老太太常常指着女儿说，保罗哥小的时候这样、那样，说得似乎这些年来并没有离开过似的，有时那口语竟亲近得像对待她自己的儿子似的了。

遇到了吃饭的时候，马伯乐就坐到桌子上来一起吃饭，就好像家里人一样的，方桌上常常坐着四个人，二位老人家，和两位年青的人，好像是一家团圆，两位老人带着两个孩子在吃饭似的。

这样子过了很久，有一天晚上正在吃饭的时候，忽然来了一个电话，把大小姐叫出去了。

那电话设在过道的一头上，大小姐跑出去听电话，一去就没有回来。女仆进来报告说：

“大小姐不吃饭了，老太太去看看吧！”

大家一听果然是后边房间里有人在哭。

王小姐把头发埋在自己的手里，把眼睛把鼻子通通哭湿了。她是伏在床上的，旁边的小小的台灯，从那朱红色的灯伞下边放射着光辉，因为那灯伞太小了一点，所以那灯光像是被灯伞圈住了似的，造成了铜黄色的特别凝炼的光圈的闸门。

老太太问她哭什么，她一声不响。老太太也就放下那枣红的门帘回去了，好像对于女儿这样突然会哭了起来表示十分放心似的。她又回到客厅的桌上吃饭去了。

老王先生也没有细问，仍旧跟马伯乐谈着关于前线上伤兵的问题。

马伯乐说这一次打仗是中国全民族的问题，所以全国一致上下，有钱的应该出钱，有力的应该出力，他还讲了他要当兵打日本的决心，他说：

“我已经给家去过信，征求父亲的同意我要当兵……”

王老先生一听，似乎就不大同意，说：

“当兵自然是爱国的男儿人人的本分，但是有钱出钱，有力出力也就够了，我想有钱的就不必出力了。”

马伯乐一看，当兵这些话还是太热血，怕是不大对王老先生的心思。于是就说：

“当兵，像我们这样的知识分子人家也不要啊！不过是所谓当兵就是到前方去做救护工作。”

王老先生觉得做救护工作还是一种激烈的思想，于是就劝阻着说：

“我看这也不必的，要想为国家献身，何必一定到前方去，我委员长说过，后方重于前方，后方也正需要人才的，比方物价评判委员会，我就在那边工作……民生是第一要紧，什么叫做民生？就是民食，尤其是在这抗战期间，物价是绝对不应该提高的，我们具有远大眼光的政府，有见于这一点，就不能够不早为准备。物价评判委员会，主要的就是管理民食的总机关。”

说完了就问马伯乐：

“你也愿意找一点工作吗？”

出于马伯乐意料之外的这一问，他立刻不知道怎么样回答了，想了一下才说：“愿意。”

“那么我可以安置你到物价评判委员会里去。”

马伯乐赶快的问：

“那里边不忙吗？”

王老先生说：

“本来是什么事也没有，会忙什么的呢？也不过就是个半月开一次会，大家谈谈，讨论讨论。”

刚说完了，就来了电话。电话的铃子在过道里铃铃的响着，响了好半天才有人去接话。

王老先生说：“一个一个的，她们都做什么，电话慢慢的也没人接了。”他显然是说的女仆们。

这电话果然是有事情，王老先生简单的到那边说了几句就转来了。

坐到桌子边，很快的就把半碗饭吃下去了，以前的半碗，半个钟头也没有吃完，现在一分钟就把剩下来的半碗吃完了。

他站起来说，一边把吃饭的时候卷起来的长衫的袖子放下。

“我囤了点煤，现在趁着市价高，打算卖出去……谈话谈着的我就忘了，电话就是为这个。”

一转身，王老先生就走了，他戴起黑色的呢帽，拿起手杖来，很稳重的走了。似乎国家的事情要不放在这样人的身上，是会靠不住的。

王老先生走了之后马伯乐也觉得应该走了，好像老太太一个人故意陪着似的，有点不太好。但几次想到这里又都没有走，因为王小姐在那边，到现在始终没有声音。大概是并不哭的了，但是为什么不出〔来〕呢？

马伯乐很希望老太太能够进到小姐那屋子去一次，但是老太太像是把小姐哭的那回事已经忘记了似的。希望从老太太那里听一句她的情景。

马伯乐几次的往那上边提，说是：

“小姐她们那武汉大学的风景真好，你老没有去逛一逛吗？”

老太太说：

“是的，我去逛过啦，夏天的时候还去来的，都是桂英（女儿名）带着我……那水呀绿油油的，那山也是好看……”

马伯乐看老太太叫桂英，他也就叫桂英了，他说：

“桂英毕业之后，没有做点事吗？”

老太太说：

“没有呢，那孩子没有耐性，不像小的时候了，长大了脾气也长坏了。”

马伯乐再想不出什么来说的了。想要走，又想要再坐一会，坐一会又没有什么再坐的必要，走又不情愿，于是就在客厅里边犹疑两可的翻着报纸。

一直到了很晚，王老先生都回来了，马伯乐才从那个带有一个小小花园的院子走出来。

他很颓唐的，他走在刺玫的架下，还让那刺玫的带着针的茎子刺了脸颊一下，他用手一摸时并没有刺破，而那手却摸到了鼻子上去，那鼻子上的在松江桥跌坏的那块小疤痕，很清晰的停留在自己的指间。

夜是晴爽的，大大的月亮照在头上，马伯乐走出小院去了。

王家的男工人在他的背后关了门，并且对他说：

“马先生，没看见吗？又来了一批新的伤兵啊！”

那男工人是个麻子脸，想不到在夜里也会看得很清晰的呢，可见月亮是很大的了。

一走出胡同口去，往那条大街上回头一看就是一个伤兵医院，那里边收容着六七百的伤兵。那里边没有什么好看的，马伯乐是晓得的。他也就不回头看，简直[1]的回家去了。

想不到就在他住的那磨盘街上，也开了伤兵医院了。那里一群兵，穿着兵衣裳，咕咕啰啰的讲着话。

他想这定是那新来的伤兵了。

等经过了一看，并不是的，而是军人的临时的宿舍，那些兵都穿得整整齐齐的并没有受伤。

马伯乐带着满身的月亮，敲着家门。因为那个院子住着很多人家，所以来给他开门的不是他的太太，而是楼下的一个女人。

不一会马伯乐就登登的上楼去了。

太太在楼上还没有睡，手里拿着针线，不知在缝什么。

马伯乐一看就生气，一天到晚的缝。

“天不早了，怎么才回来呢？”

马伯乐往他的小帆布床上一躺：

“才回来，当兵去还不回来了呢！”

太太非常的莫明其妙，但一想也许又是在外边有什么不顺心的事，于是没有理他，不一会就关了灯了。

第八章

不久马伯乐就陷进恋爱之中了，他们布置了一个很潦草的约会。

约定了夜九点钟，在紫阳湖边上相会。王家的住宅就在紫阳湖上，没有多远。

1　简直，北方某些地区方言，用于指路或走路时表示直接、一直，不转弯。

离九点钟还差十分钟，马伯乐就预先的到了，他在湖上的那个石桥上徘徊着。

他想她也快来了，时间一分钟一分钟的过着，他围绕着湖，看着湖的四周围的人家的灯光。

不一会王小姐就来了。马伯乐幻想着她来的时候，他们第一该说些什么呢？或者谈伤兵吧，或者谈前方的战事。但是王小姐来的时候，这些都没有谈，而且什么也没有谈，彼此都非常的大方，一走拢来，就并行的向前走去了，好像他们是同学的那个样子，下课之后，他们在操场上散步似的。

他们谁也不说什么，那条环湖路是很僻静的，很少有灯光，偶尔除了对面来了一部汽车，把他们晃得透体明亮，其余的时候，他们都是在黑暗之中向前走着，好像他们故意选了这一条黑暗的路似的。

他们走了七八分钟，才遇到了一个有光亮的街道。但是一分钟就过去了。他们仍旧消灭在那黑暗的夜里。因为他们全部没有声音，所以那脚下的石子好像替代了他们在说话似的，总是嚓嚓的在响着。

半点钟之后，他们走到一条很大的大道上去。沿着那条道，如果再往前走，连人家的灯光也不多了。只有更远的几十里路之外，那地方有一片灯光。

那或者是城郊的什么村镇吧！马伯乐如此的想着。

他们又走了一段，在那野地上来了两只狗，向他们咬了一阵。

他们并没有害怕，只是把脚步略略停了一停，似乎那狗是劝告了他们："你们回去吧！"似乎的，他们就转回身来往回走了。

路上仍旧是一句话不说，好像他们心里一句话没有似的。

他们又走了半点钟的样子，就又回到了那桥上。他们都觉得这路是很短的，不值得一走，一走就走到头了，怎么很快的又回到了原来的地方。于是又找了一条新的路，也是灯光很少的。他们又走了半点钟。

在没有灯光的地方，他们比较自由一些，一到了有灯光的地方，他们两个就垂了头。他们非常有规矩的，彼此绝对的不用眼光来注视，彼此都不好意思。好像这世界上不应有这么许多灯光，他们很快的回避开了。哪怕旁边有一条肮脏的小路，他们也就很快的走上去了。

到了十一点钟了，他们来到了王家的门口了。王小姐在门口上停一停，站一站，似乎要说再见的了。但是她没有敲门，她向一边走去了，马伯乐也就跟了上去。于是围着房子转了一周。而后又来到了门前。

王小姐又在门口上停一停，站一站，似乎是要进去了。但是她没有那么办，她又走开了，马伯乐又跟上去，又围着房子转了一周。这一次，一到那门口，王小姐走上前去就敲着门环。

马伯乐也就站开了一点，表示着很尊敬的样子，回过身去，就先走了，免得让管门的人看见。

在马伯乐的背后，只一分钟的工夫，王小姐就进去了，而且关上了门。

听过了门上的门闩响过了之后，马伯乐才像从梦中被惊醒了似的，走在这小路上的仍旧是自己独自的一个，这小直板路，年久了有的被踩平了，有的被踩出凹坑了，有的已经动动摇摇的了，被雨水的不停的冲击，有的已经改换了位置，或者被别一块高了起来的压着自己，也或者自己压在了别的身上。

黑洞洞的，路灯都熄了。马伯乐摸索着在小路上走着。

他听到了后边有什么人在跑着，并且在叫着他。这实在出其所料，他就把脚步停下，等一等。

不一会，果然是刚刚被送进院子去的王小姐跑来了。踏着小路上的石板格拉格拉的响着。

等她跑到了身边，马伯乐就问她：

“你为什么又来了呢？”

王小姐笑着，完全不是前一刻钟那沉静的样子。

马伯乐说：

“你不睡觉吗？”

王小姐说：

“我睡不着……”

“为什么睡不着？”

“我不晓得。”

马伯乐伸出手来，打算拥抱了她。并且想要吻在她的脸颊上，或是头发上。

当时王小姐稍稍的一举手，他就以为是要拒绝他的，于是他就没有那么做。

过了一分钟之后，他们又是照着原样的走了起来。有的时候并行着走，有的时候马伯乐走在前边，王小姐走在后边，有的时候，碰到了高低不平的路，马伯乐总是企图上前去搀着她。但是也总没有做到，因为他想王小姐大概是不愿意他那么做。

这一夜散步之后，马伯乐一夜没有睡觉。他回来的时候，已经是两点多钟了。

再过一个钟头鸡就叫了，天色发白了。他睁着眼睛在床上躺着。全家的人都睡得非常的甜蜜，全院子所有的房间里的人，也都一点声息没有。

只有他一个人陷入这不幸之中。

第二天早晨一起来，马伯乐就写了一封信。那信的最后的署名，写了“你的保罗”。这是多么勇敢的行为。

写完了，他本想亲自送去，但一想不大好，还是贴了邮票送信筒吧。

这信王小姐读过之后大大的感动，因为实在写得太好了。（马伯乐当年想要写小说的那种工夫没有用上，而今竟用在了这封信上了的缘故。）

他们很快的又布置了一个约会。在这约会上马伯乐换上了很整齐的衣裳，而且戴了手套。他装扮得好像一个新郎似的了。

王小姐无论说什么，马伯乐总是一律驳倒她。

王小姐说：

“一个人结婚不是合理的吗？”

马伯乐说：

“结婚是一种罪恶。”

王小姐说：

“假若是出心所愿的，那就不在此例了。”

马伯乐说：

“不，一律都是罪恶的。”

马伯乐这样热情的态度，使王小姐十分同情，于是把她近来的生活的状况也都告诉了他。

她的那位快要订婚的朋友，不但没有订婚，而且提出向她求婚的要求来了。

她把这问题公开的提出来，让马伯乐帮忙替她在理论上分析一下。

马伯乐一听，这简直不是什么问题，而是故〔意〕来打击他。

所以他想了一想，没有立刻就回答。他实在并不相信会有这么巧的事情。

马伯乐站起来，提议要离开这吃茶店，回家去。

实在他口袋里还有一封已经写好的信，还没有拿出来呢。现在这也用不着拿出来了。

他想既然是这样的一个女子，人人都可以向她求婚的，那还有什么高贵，去她的吧。

王小姐恳求他，再坐一会不可以吗？

他只说了一声“不了”，站起来就走。他想：她原来已经有人了。

王小姐回到家里，喝了父亲的许多的白兰地酒。醉了，醉得很厉害，第二天一天不能够吃什么，只是哭。

母亲从来没有谈过她的亲事，自从她长了这么大一字没有提过。

母亲现在问她了：

“你若是心目中有谁，你只管告诉娘，只要是家财身份不太差，是没有不随你的意的。”

母亲看她百般地不说，就用好言好语来劝着：

“你长了这么大，娘没有不随着你的，你有什么心事，你只管讲。”

母亲越说，女儿就越哭得厉害。到后来母亲什么法子也没有，只说：

“别哭了，好孩子别哭了，哭坏了。”

到了第二天，才算勉强的起来了，坐在客厅的沙发上陪着父亲谈了一会话。

正这时候马伯乐来了，在院子里边和花匠谈着话。

王小姐一听是马伯乐就跑到自己的屋子去了。

马伯乐是非常恼悔的，在他第一步踏进客厅的时候，他的脸都红了。他怕她就在客厅里，若是她在的话，他真要禁止不住，跑到她膝前去跪下，请她饶恕了他吧。

恰好她没有在，马伯乐才万幸的坐在沙发上。

今天，也不是自己内心的不平静，还是怎么的，就处处觉得与平常有些不同，他想或者他们的事情，家里晓得了吧？似乎那花匠也说东说西的故意在试探他。

老太太今天也好像对他疏远了一些，谈起话来都是很简单的，似乎在招待客人似的。女工进来倒了一杯茶来，他也觉得那女工用了特别的眼光在看着他。小丫环刚才在过道上看见他，就缩头缩脑的回去了，好像是看见了生人似的，并不像经常那样，笑嘻嘻的，看见了马伯乐来了，就像看见她们家里的一员似的。

王老先生，今天并没有和他长谈，只说了三言两语，就拿了一张报纸到外房里去看报了。

每天来，一进这客厅就热热闹闹的，王老先生，老太太，大小姐，都在一起坐着，而今天，都变了，难道说变得这么快吗？

大小姐似乎不在家里的样子，难道她出去了吗？她到哪里去了，这可真想不到了，若是知道的话，可以到什么地方去找她。

她真的不在家里吗？为什么她不出来，若是她真的没有在家，那倒还好。若是在家故意的不出来，这可就不好办了。

他想要问一问小丫环，这可怎么问，真有点不好意思，假若那小丫环早已在怀着敌意的话。

若是在平常，他也就随便的问了，但是在此刻他就有点不敢问，怕是一问这事情就要揭发了似的，或者老太太就要从这客厅里把他给赶出去。他甚至想到在王家他是犯了罪的。

为什么到人家家里来，装着拜访所有的人的样子，而实际上就是单单的为着人家的小姐呢！

马伯乐，他已经看出来了，王老太太的那闪着的眼睛的里边，绝对的已经完全晓得了他的秘密。

好像他犯了一件案子，虽然这案子还隐藏着没有爆发，但是必要爆发的，而且不久就要爆发，已经是不用加思索的了，非是那么回子事不可，是不可救药的了。

他本想站起来就走的，但是他已经被他自己就先给吓瘫了，吓得不能动了。他的头发上一阵一阵的冒汗，他的身上一阵一阵的像火烧着的一样热。

再过一会，假若身上的血流再加一点热力，怕是他就要融化掉了。

一个人是不是会像一个雪人似的那样的融化掉？他自己一阵一阵的竟好像坐在了云彩上了似的，已经被飘得昏昏沉沉的了。

王老先生在卧房里一咳嗽，把他吓了一抖。小猫在他的皮鞋上搔了一下，那下意识他竟以为那是一条蛇，那感觉是恶劣的。

王老太太问：

“马太太为什么好些日子不见了呢？”

马伯乐想，她问到她干什么？是不是从她那里走漏了什么消息？难道说，这事情太太也晓得了吗。真是天呵，岂有此理。

他又想，那不会的吧，有什么呢！只写过一次信，见过两次面，谈了一谈。何况太太不能晓得，就是晓得了，也没有什么越轨。但是那夜在小石板路上，他差一点没有吻了她，现在想起来，才知道那真是万幸的。假若真吻着她了，到现在不成了证据吗？但是又一想：

“这不是很可笑吗？就是吻了，有谁会看见呢？”

他自己问着他自己。在那么黑的巷子里，就是吻着她了，谁还能够看见呢？没有证据的事情为什么要承认呢？

马伯乐想到这里就正大光明了起来，萎萎缩缩是万事失败之母，用不着懦怯，在这世界上人人都是强盗，何必自己一定要负责到底，迈开大步踏了过去吧。

“小韩，……”

他向小丫环招呼着，下边紧接着就要问大小姐。

但是只叫了个小韩，往下的几个字就说不出来了。明明知道说出来不要紧，但是就算说不出来了，无论如何也说不出来了。

等一分钟过后，一切机会都失去了。刚刚小韩站在他旁边的时候，问他要做什么，他说要把今天的报拿来看一看。

现在他手里就拿着那报纸，拿着这“劳什子”做什么呢？他非常的怨恨那报纸，都是它误了事。若不是它，现在不已经明白了吗，大小姐到底是在不在家。

接着他又做了第二个企图，想要说请老太太看电影去，并请大小姐。这是很自然的，就这么说吧。

但是没有说出来，因为他发现了这么说不大好。于是又换了个方法，又觉得不大好。实在都不大好，怎么好的方法就全没有呢！这可真奇怪。

到了后来，脑子已经不能想了，想什么，什么不对，都完完全全做不到。

于是什么人工的方法也不追求了，他就听天由命了起来。

他希望大小姐从她的房子自动的走出来，让他毫不费力的就能看到她。所以他从那门帘的缝中巧妙的注意着门帘以外的动静。那过道上有一个玻璃杯响，他也以为是她出来了。小丫环登登的从过道跑过去，他以为一定是大小姐在招呼她，或者是招呼她去打一盆洗脸水，她洗了脸，大概就要出来了。

过了半天工夫，没有出来，分明他是沉到失望里去了，但是他不让他自己失望，他设法救了他自己，他想一定是她在换衣裳。又过了好些工夫，还是没有动静。本来他的猜测都是丝毫也没有凭据的，本不可靠的，但是他不那么想。他想她或者是在梳头发。就像隔着窗子、门他就看到了的那样。

这一梳头，可始终没有梳完，大小姐也始终的没有出来。

“不出来就不出来吧，”马伯乐在心里说着，“人是无情的呀。”

他含着眼泪走出了王家。他走在巷子里，他的眼睛上像是罩着一块不十分干净的玻璃似的，什么也看不清楚了。

他的脚步因此也散了，伸出去的脚，没有力量，似乎在那石板路上飘着，而踏不住那石板路了。

马伯乐被过重的悲哀冲击得好像一团泡沫似的那么轻浮。他勉强的挣扎着才算走到了家里，差一点没有被冲到阴沟里去。假若旁边若是有阴沟的话，那也说不定。但是这小巷子太窄了，而且两边都是墙壁，所以他被这小巷子夹着就只得向前走。向前走，终于也就走到家里来了。这小巷子上边是天，下边是石板，而两旁又都是墙壁，周密得像一个筒似的，就是出心打算溜到一边去也是不可能的。

马伯乐从此失恋了，而是真正的失恋。他做了不少的诗，而且都是新诗。

王小姐不见他，那是实实在在的了，他写了两回信去，也都一点用处没有，于是他感到王小姐毕竟是出身高贵，高贵的女子，对于恋爱是纯洁的，是不可沾污的，所以王家的公主一怒就不可收拾了，那是必然的。

一方面虽然马伯乐是被舍弃了，但是一想到若是被公主舍弃了，别说舍弃一次，就是舍弃十次也是值得的，因为她是公主呵。因为公主是世界很少有的。

所以马伯乐五六天没有出屋，就坐在屋里向着那窗外的枇杷树做了很多诗。

篇篇都是珍贵的杰作，篇篇都好得不得了。

马伯乐所做的诗，都保存着。诗实在是做得好，但是没有人鉴赏，他拿给朋友们看的时候，朋友们看了之后，是不知所云。因为马伯乐恋爱这事情人家都不晓得。这使马伯乐很生气，他说中国人不能够鉴赏艺术。外国的诗人常常把自己的诗当着朋友去读的。而在中国什么都谈不到的，真他妈的中国人。

于是还是自己念上一遍吧：

那温柔的手，
多么值得怀恋呵！
当她抚摸着我的胸口的时候。

好是好，就是有点太不贴题，这一点马伯乐自己也晓得，本来那王小姐的手连触都没有触到的，怎么会抚摸到胸口上去了！不过做诗都是这么做，若是不这样，那还叫什么诗呢？

于是马伯乐又念第二篇：

我的胸中永久存留着她的影子，
因为她的头发是那么温香，
好像五月的玫瑰，
好像八月的桂花。
我吻了她的卷发不知多少次，
这使我一生也不能忘记。

马伯乐念完了，他自己也茫然了，他究竟去吻过谁的头发呢，他自己也不晓得，不过觉得究竟是吻过的样子，不然怎么能够这样感动呢。

第三篇尤其好：

我为你，
我舍弃了我的生命，
我为你，
我舍弃了我的一切。

这诗一看上去就好像要自杀似的，令人很害怕；好就好在这自杀上，因为歌德的《少年维特的烦恼》，维特不是自杀了吗，这整整就和维特完全一样。

不但如此，马伯乐真的半夜半夜的坐着，他想这有什么办法呢！失恋就是失恋了。

“既失了的就不能够再得，”

“既去了的就不能够再来，”

“人生本是如此的。”

“大风之中飘落叶，小雨之中泥土松。”

“冬天来了，天气就冷了。”

“时间过去了，就不能再回来了。”

“十二个月是一年，一年有四季。一切都是命定的，又有什么办法呢！”

马伯乐到王家去了几次，连王小姐的影都没有看到。因此他越被拒绝得厉害，他就越觉得王小姐高贵。不但王小姐一个人是有高贵的情操的，就连王小姐的父母，他也觉得比从前有价值了，若是没有高贵的父母，怎么能产生高贵的女儿呢？不但王家的人，就连那麻子脸花匠兼看门倌，他也觉得比从前似乎文明了许多。每当他出来进去时，那花匠都是点头称是，好像外国人家里的洋 Boy 一样。

马伯乐再在王家里出入，就有些不自然了，就连王家的花园，他也通体的感到比从前不知庄严了多少倍。

王家忽然通体高贵了起来了，但这么快，究竟是不可能的，于是他只能承认他自己是瞎子。不是瞎子是什么？眼前摆着一块钻石，竟当玻璃看了。

马伯乐虽被拒绝了。但走出王家的大门来的时候，总是用含着眼泪的眼睛，回过头去恋恋不舍的望一望建筑得那么干净整齐的小院。

因此他往往带着一种又甜蜜，又悲哀的感觉回到家去。

后来他也不存心一定要见王小姐了，他觉得一见到，反把这种美还破坏了呢。

倒不如常常能围着这王家的花园转一圈，倒能够培养出高贵的情绪来。

但是王小姐不久就订婚了，而且就要出嫁了。

在出嫁的前两天，来了一张请帖，是用王小姐父母的名义而发出来的。

马伯乐想也没想到，她就这么快就会出嫁的。出嫁也不要紧，但是不能这么快，哪有这么快的道理。

又加上请帖上那生疏的男人的名字，非常庸俗，叫作什么“李长春”。

什么长春不长春的，马伯乐随手就把那请帖撕掉了，详细的结婚的日子还没有看清。太太打算要去参加王小姐的婚礼，就把那些碎片拾了起来，企图拼凑起来再看一遍，不料刚拾起来，又被马伯乐给打散了。

马伯乐说：

“若是高贵的出身还能叫这名字！长春，我看可别短命。”

从此马伯乐不再做诗，又开始吃起“未必居”的包子来。

“久违了，包子。”

当他拿起一个包子来，他含着眼泪向自己说。同时想：

“为什么有了王小姐就忘记了包子。”

一边想着，一边就把包子吃下去了。包子在他嘴里被咬着越变越小，而相反的马伯乐的眼睛却越变越大，因为那眼睛充满了眼泪，和两个小泉子似的。假若他的眼睛稍稍一缩小，眼泪立刻就要流出来的。男子大丈夫能够随便的就哭吗？只好设法把眼睛尽量的睁大。

一连串吃了八个包子之后，才觉得对于这包子总不算是无情，总算是对得起它。于是放下不吃了。到床上去睡一觉。

马伯乐这一觉睡得格外清爽，醒来之后，一心就要打日本去，因为大街上正过着军队，抗战歌曲，唱得实在好听。

马伯乐跑到街口去一看，说：

“这么热闹，哪能不打日本去！”

第九章

江汉关前过着成千成万的军队，个个唱着抗战歌曲，一夜夜的过，一清早一清早的过。广西军，广东军，湖南，湖北，各处的军队，都常常来往在黄鹤楼，江汉关之间。

无管老幼瘦胖，都肩着枪，唱着歌，眼睛望着前方，英勇的负着守卫祖国的责任。看了这景象，民众们都个个庄严静穆，切切实实的感到我伟大的中华民族，灭亡不了。

但很少数的，也有些个不长进的民众，看了十冬腊月那些广西军穿着单裤，冻得个个打抖的时候，说：

“哟！还穿着单裤，我们穿着棉裤还冷呢。”

说这话的多半是妇人女子，至于男人，没有说的。马伯乐一回头就看见一个卖麻花的提着小筐的白了头发，六十多岁的老头在说的。

马伯乐这回可上了火了：

“女人们说这话，你男子大丈夫，也说得出口来？”

马伯乐一伸手就把老头的盛着麻花的筐子给捉住了，捉住之后，还在抖着，似乎要把那筐里的东西给倾到马路上去。

看热闹的人，立刻就围上来一大群，马伯乐本来打算饶了他就算了，因为那老头吓得通体发抖，那灰白色的，好像大病初愈的那不健康的眼睛，含满了眼泪。

马伯乐虽然心中气愤，会有如此不长进的老头生在中华民国。但基于人道主义这一点上，他那么大的年纪放了他也就算了。

但是不成，看热闹的人围上来一大群，马伯乐于是说：

“他破坏军心！”

他说完了，他自己也后悔了，不过话挤在喉咙里哪能不说的？

立刻那老头就被一个拉洋车的踢倒，因为宪兵走来了，宪兵说：

“打呀，打汉奸。”

那筐子里的被打落的麻花散了满地。

军队还在结队的过着，唱着抗战歌曲，肩着枪，非常的英勇。

观众们的鉴赏方法是非常高明的，冻得脸色发白，嘴唇发青的一方面，他们能够设法看不见。而专看那肩着枪的肩膀，和那正在唱着抗战歌曲的宽大的胸膛。也不说完全的看不到弱的那一面，也许看到了不敢说，或是觉得不应该说。怕宪兵打。

在黄昏的时候，马伯乐常喜欢到江边上去走走，而黄昏过兵的事情又最多，去看一看那白亮亮的江水，去观一观那英勇的战士，在吃饱了饭之后，不亦一大乐趣哉！

马伯乐要当兵去的志愿，一来二去的就消磨了。越看人家当兵，就越觉得好玩。越好玩自己就越不愿意去当。

到了结果，他觉得当兵也没有什么稀奇的了，当不当皆可，天天看，不就等于当了吗？真的当了兵，不也就是那种样子吗？所以还是不要当了吧。

不久马伯乐又沉到悲哀里去，似乎又想起王小姐来了，也或者不是，不过就只觉得前途渺茫，到江边上去一看吧，兵们也都变了，似乎都跟他自己一样，好像个个垂头丧气似的。凑巧又有一大队伤兵让他看见了，那一队伤兵是新从远处运到的，不是重伤，都能够披着军毯走在大街上。自然面色服装都不十分好看，但在马伯乐一看，那就更坏。

“那不是叫化子吗？那简直是叫化子，卫国的战士变成叫化子了。”

马伯乐看了这一现象，就更悲哀了起来，回到家里，往床上一躺，想起国事家事没有一样得以解决的。

“人生是痛苦的……”

“斗争是很难的……”

“有权的好做事，中外古今，天下一理。”

“大丈夫手中无钱到处难为人。”

“银行的存折，越花越少。家又音信皆无。”

自此以后，马伯乐那快活悠然的态度，又一天一天的减少下去，在他吃起“未必居”包子来似乎也没有以前那样得味了。他跟他的儿子大卫说：

“你跟着爸爸卖包子去吧，怎么样？”

马伯乐常想，一个人会饿死的吗？做点小生意，卖卖香烟，或是掌掌皮鞋，就是卖花生米也是饿不死的，没有钱怕什么！

“大卫，明天爸爸去给你做一只小木箱，你背着。将来没有饭吃的时候，你和爸爸去卖包子。爸爸在家里做，大卫背着到街上去卖。”

马伯乐闲下来没事，就常向大卫说：

“咱们这包子专卖无产阶级，专卖洋车夫，定价不要高，以销路大为本。二分钱一个。烧饼子也是二分一个。难道就专门不买咱的包子吗！和咱做对吗！天下没有此理。若我是洋车夫，一样的价钱，我也是吃包子而不吃烧饼的。眼看着包子好吃么，里边多少得有点肉。”

马伯乐有时当朋友讲着，有时当太太讲着，也有时就自己在心里想，而每每想到那包子在洋车夫们面前一哄而尽了的情景，就像看了电影似的狂的大叫起来：

“别人的生意，都让我给挤散啦。”

马伯乐有时且把大卫叫过来，当面让大卫演习一番。大卫就在地上抓起一只小木凳腿朝天的用皮带拴在身上，嘴里唱着：

“包子热来，包子香，吃了包子上战场。包子热来，包子香，吃了包子杀东洋，叮叮当，叮叮当。”

马伯乐想，这孩子倒也聪明，就命令他再唱一套以洋车夫为对象的，看看怎样。大卫唱着：

“洋车夫来，洋车夫，吃了包子会跑路。洋车夫来，洋车夫，吃了包子不糊涂，叮叮东，叮叮东。”

大卫背着腿朝天的木凳，装做卖包子的形状在地上跑来跑去。

约瑟看他的哥哥跑得怪有趣的，上来就夺挂在大卫身上的木凳，他说他也要跟着爸爸卖包子。

大卫正唱得起劲，不肯给他。约瑟抬腿就踢了大卫的膝盖，伸拳就打了大卫的肚子。大卫含着眼泪，只得让给了他。

不一会工夫约瑟卖包子就卖到楼下去了，到了楼下就把别人家孩子的眼睛给打出血了。

马伯乐太太从窗子往下一看，约瑟还在拿着木凳乱抡呢。

“让你买包子你不买，看你这回买不买，看你这回买不买，看你这回买不买……”

说一句，抡一圈，约瑟像个小旋风似的在楼下耍着武艺。

太太一看就生气了，说：

“无事生非。”

马伯乐一看就高兴了，说：

“能卖包子了，饿不死了。”

过了些日子，马伯乐又要修皮鞋，他说修皮鞋比卖包子更好，不用出去兜揽生意，而且又没有本钱，只用一根锥子，一条麻绳就行了。

太太问他：

“若是来了要换皮鞋底的，你用什么给换呢？”

“只缝，不带换底的。”他说。

又过了些日子，他又要当裁缝去，他又要学着开汽车去。又过了些日子，他又要卖报去，又要加入戏剧团体演戏去。

闹到后来，都没去，还是照旧的坐在小楼上悲哀。

“人生是没有道理的，人生是一点道理也没有的。”

“全世界都是市侩，全世界都是流氓。”

“漫漫长夜，何日能够冲破罗网。”

“经济的枷锁，锁着全世界的人们。”

“有钱的人，不知无钱的人的苦。”

“有了钱，妻是妻，子是子。无了钱，妻离子散。”

马伯乐从此就又悲哀了下去。

来了警报，他不躲（其实也无处可躲），他说炸死了更利落，免得活受罪。

等日本人驾着意大利飞机来到头上时，他也吓得站不住脚了，也随着太太往紫阳湖边上乱跑。可是等飞机一过了，他又非常后悔，他说：

“跑的什么，真多余。”

“有钱的人们的生命是值钱的，无钱的人的生命还不值一颗炸弹的钱。”

小陈从上海新到的，他在电影圈里混过，这次来汉口，有人找他在电影界工作。要拍一部抗战影片，缺少一个丑角，小陈就来找马伯乐去充当一下。

马伯乐想，也好的，免得在家呆着寂寞。谁知到了那里，化了装，黑红抹了满脸，不像人了。

“这不是拿穷人开心吗？”

“穷人到处被捉弄呵！”

“穷人在世界上就是个大丑角。”

自此马伯乐的心情不见起色，看见什么都是悲哀。尤其是夜里，窗外的那棵枇杷树，滴滴答答的终夜滴着水点，马伯乐想：

“下雨大地就是湿的。”

“阴天就没有月亮。”

“不但没有月亮，就连星星也没有。”

“黑暗，黑暗。”

“太阳没有出来之前，就只有黑暗。”

马伯乐吃饭睡觉，都和常人一样，只是长吁短叹这点与常人不同。虽然他永远担负着这过度的忧心，但他还是照样的健康，他也照样的吃饭，睡觉散步等等。只不过对于前途黯淡而已。

这种黯淡的生活，黯淡了六七个月。但是光明终究是要到来的，什么光明呢?

武汉又要撤退了。

马伯乐说：

“又要逃了。”

于是他聚精会神了起来。好像长征的大军在出发的前夜似的，又好像跑马场的马刚一走出场来似的。那种饱满的精神是不可挡的，是任何人也阻止不了的。

马伯乐听了这消息，一跳就从床上跳起，说：

“到那时候，可怎么办哪，快去买船票去。”

太太说：

“买船票到哪里？”

马伯乐说：

“人家到哪里咱们到哪里。”

于是全汉口的人都在幻想着重庆。

（第九章完，全文未完）

萧红 著/袁权 主编

萧红全集③

散文卷

金城出版社
GOLD WALL PRESS

目录 CONTENTS

永久的憧憬和追求 *

一九一一年，在一个小县城里边，我生在一个小地主的家里。那县城差不多就是中国的最东最北部——黑龙江省——所以一年之中，倒有四个月飘着白雪。

父亲常常为着贪婪而失掉了人性。他对待仆人，对待自己的儿女，以及对待我的祖父都是同样的吝啬而疏远，甚至于无情。

有一次，为着房屋租金的事情，父亲把房客的全套的马车赶了过来。房客的家属们哭着，诉说着，向着我的祖父跪了下来，于是祖父把两匹棕色的马从车上解下来还了回去。

为着这两匹马，父亲向祖父起着终夜的争吵。“两匹马，咱们是不算什么的，穷人，这两匹马就是命根。”祖父这样说着，而父亲还是争吵。

九岁时，母亲死去。父亲也就更变了样，偶然打碎了一只杯子，他就要骂到使人发抖的程度。后来就连父亲的眼睛也转了弯，每从他的身边经过，我就像自己的身上生了针刺一样；他斜视着你，他那高傲的眼光从鼻梁经过嘴角而后往下流着。

---

* 本文 1937 年 1 月 10 日发表于（上海）《报告》杂志第一卷第一期，署名萧红。

所以每每在大雪中的黄昏里，围着暖炉，围着祖父；听着祖父读着诗篇，看着祖父读着诗篇时微红的嘴唇。

父亲打了我的时候，我就在祖父的房里，一直面向着窗子，从黄昏到深夜——窗外的白雪，好像白棉一样的飘着；而暖炉上水壶的盖子，则像伴奏的乐器似的振动着。

祖父时时把多纹的两手放在我的肩上，而后又放在我的头上，我的耳边便响着这样的声音：

“快快长吧！长大就好了。”

二十岁那年，我就逃出了父亲的家庭。直到现在还是过着流浪的生活。

“长大”是“长大”了，而没有“好”。

可是从祖父那里，知道了人生除掉了冰冷和憎恶而外，还有温暖和爱。

所以我就向这“温暖”和“爱”的方面，怀着永久的憧憬和追求。

一九三六，十二，十二日

附记：这是作者写给 Edgar Snow 翻译的 *Living China* 中国小说集，准备在美国版时加进去的一篇自传，兹先刊在这里。

皮　球*

看到了乡巴老坐洋车忽然想起一个童年的故事。

当我还是小孩的时候，祖母常常进街。我们并不住在城外，只是离市镇较偏的地方罢了！有一天，祖母她又要进街，她命令我：

“叫你妈妈把斗风给我拿来！”

那时因为我过于娇惯，把舌头故意缩短一些，叫斗篷作斗风，所以祖母学着我，把“风”字拖得很长。

她知道我最爱惜皮球，每次进街的时候，她问我：

“你要些什么呢？”

“我要皮球。”

“你要多大的呢？”

“我要这样大的。”

我赶快把手臂拱向两面，好像张着的，鹰的翅膀。大家都笑了！祖父轻动着嘴唇好像要骂我一些什么话，因我的小小的姿式感动了他。

---

* 本文1934年3月30、31日、4月1日以《蹲在洋车上》为题连载于（哈尔滨）《国际协报》“国际公园”副刊，署名悄吟。1936年11月收入（上海）文化生活出版社初版作品集《桥》。1940年6月改篇名为《皮球》，收入（重庆）大时代书局发行的“文艺丛书”初版《萧红散文》。有改动。

祖母的斗风消失在高烟囱的背后。

等她回来的时候，什么皮球也没带给我，可是我也不追问一声：

“我的皮球呢？”

因为每次她也不带给我；下次祖母再上街的时候，我仍说是要皮球，我是说惯了！我是熟练而惯于作那种姿式。

祖母上街尽是坐马车回来，今天却不是，她睡在仿佛是小槽子里，大概是槽子装置了两个大车轮。非常轻快，雁似的从大门口飞来，一直到房门。在前面挽着的那个人，把祖母停下，我站在玻璃窗里，小小的心灵上，有无限的奇秘冲击着。我以为祖母不会从那里头走出来，我想祖母为什么要被装进槽子里呢？我渐渐惊怕起来，我完全成个呆气的孩子，把头盖顶住玻璃，想尽方法理解我所不能理解的那个从来没有见过的槽子。

很快我领会了！看见祖母从口袋里拿钱给那个人，并且祖母非常兴奋，她说叫着，斗风几乎从她的肩上脱溜下去！

“呵！今天我坐的是东洋驴子回来的，那是过于安稳呀！还是头一次呢！我坐过安稳的车子！”

祖父在街上也看见过人们所呼叫的东洋驴子，妈妈也没有奇怪。只是我。仍旧头皮顶撞在玻璃镜那儿。我眼看那个驴子从大门口飘飘的不见了！我的心魂被引了去。

等我离开窗子，祖母的斗风已是脱在炕的中央，她嘴里叨叨的讲着她街上所见的新闻，可是我没有留心听，就是给我吃什么糖果之类，我也不会留心吃，只是那样的车子太吸引我了！太捉住我小小的心灵了！

夜晚在灯光里，我们的邻居，刘三奶奶摇闪着走来，我知道又是找祖母来谈天的。所以我稳当当的占了一个位置在桌边。于是我咬起嘴唇来，仿佛大人样能了解一切话语。祖母又讲关于街上所见的新闻，我用心听，我十分费力！

“……那是可笑，真好笑呢！一切人站下瞧，可是那个乡下老还不知道笑自己。拉车的回头才知道乡巴老是蹲在车子的前面，放脚的地方。”

“拉车的问：‘你为什么蹲在这地方？’”

“他说怕拉车的过于吃力，蹲着不是比坐着强吗？比坐在那里不是轻吗？所以没敢坐下……”

邻居的三奶奶，笑得几个残齿完全摆在外面。我也笑了！祖母还说，她感到这个乡巴老难以形容，她的态度，她用所有的一切字眼，都是引人发笑。

“后来那个乡巴老，你说怎么样！他从车上跳下来，拉车的问他为什么跳？他说：‘若是蹲着嘛！那还行。坐着！我实在没有那样的钱。’拉车的说：‘坐着我不多要钱。’那个乡巴老到底不信这话，从车上搬下他的零碎东西，走了。他走了！”

我听得懂，我觉得费力，我问祖母：

“你说的，那是什么驴子？”

她不懂我的半句话，拍了我的头一下，当时我真是不能记住那样繁复的名词。

过了几天祖母又上街，又是坐驴子回来的，我的心里渐渐羡慕那驴子，也想要坐驴子。

过了两年！六岁了！我的聪明，也许是我的年岁吧！支持着使我愈见讨厌我那个皮球，那真是太小，而又太旧了，我不能喜欢黑脸皮球，我爱上邻家孩子手里那个大的，买皮球，好像我的志愿，一天比一天坚决起来。

向祖母说，她答："过几天买吧，你先玩这个吧！"

又向祖父请求，他答："这个还不是很好吗？不是没有出气吗？"

我得知他们的意思是说旧皮球还没有破，不能买新的。于是把皮球在脚下用力捣毁它，任是怎样捣毁，皮球仍是很圆，很鼓，后来到祖父面前让他替我踏破！祖父变了脸色，像是要打我，我跑开了！

从此我每天表示不满意的样子。

终于一天清朗的夏日，戴起小草帽来，自己出街去买皮球了！朝向母亲曾领我到过的那家铺子走去，离家不远的时候，我的心志非常光明，能够分辨方向，我知道自己是向北走，过了一会，不然了！太阳我也找不着了！一些些的招牌，依我看来都是一个样，街上的行人好像每个要撞倒我似的就连马车也好像是旋转着走。我不晓得自己走了多远，但我实在疲劳。不能再寻找那家商店；我急切的想回家，可是家也被寻觅不到。我是从哪一条路来的？究竟家是在什么方向？

我忘记一切危险，在街心停住，我没有哭，把头向天，愿看见太阳。因为平常爸爸不是拿指南针看看太阳就知道或南或北吗？我既然看了！只见太阳在街路中央，别的什么都不能知道，我无心留意街道，跌倒了在阴沟板上面。

"小孩！小心点！"

身边马车夫驱着车子过去，我想问他我的家在什么地方，他走过了！我昏沉极了！忙问一个路旁的人。

"你知道我的家吗？"

他好像知道我是被丢的孩子，或许那时候我的脸上，有什么急慌的神色，那人跑向路的那边去。把车子拉过来，我知道他是洋车夫，他和我开玩笑一般。

“走吧！坐车回家吧！”

我坐上了车，他问我，总是玩笑一般地：

“小姑娘！家在哪里呀？”

我说：“我们离南河沿不远，我也不知道哪面是南，反正我们南边有河。”

走了一会，我的心渐渐平稳，好像被动荡的一盆水，渐渐静止下来，可是不多一会，我忽然忧愁了！抱怨自己皮球仍是没有买成！从皮球联想到祖母骗我给买皮球的故事，很快又联想到祖母讲的关于乡巴老坐东洋驴子的故事。于是我想试一试，怎样可以像个乡巴老。该怎样蹲法呢？轻轻的从座位滑下来，当我还没有蹲稳当的时节，拉车的回过头来：

“你要做什么呀！”

我说：“我要蹲一蹲试试，你答应我蹲吗？”

他看我已经偎在车前放脚的那个地方，于是，他向我深深的做了一个鬼脸，嘴里哼着：

“倒好哩！你这样孩子，很会淘气！”

车子跑得不很快，我忘记街上有没有人笑我。车跑到红色的大门楼，我知道到家了！我应该起来呀！应该下车呀！不，目的想给祖母一个意外的发笑，等车拉到院心，我仍蹲在那里，像耍猴人的猴样，一动不动。祖母笑着跑出来了！祖父也是笑！我怕他们不晓得我的意义，我用尖音喊：

“看我！乡巴老蹲东洋驴子！乡巴老蹲东洋驴子呀！”

只有妈妈大声骂着我，忽然我怕她要打我，我是偷着上街。

洋车忽然放停，从上面我倒滚下来，不记得被跌伤没有？祖父猛力打了拉车的，说他欺侮小孩，说他不让小孩坐车让蹲在那里。没有给他钱，从院子把他拱出去。

所以后来，无论祖父对我怎样疼爱，心里总是生着隔膜，我不同意他打洋车夫，我问：

“你为什么打他呢？那是我自己愿意蹲着。”

祖父把眼睛斜视一下：“有钱的孩子是不受什么气的。”

我的祖父死去多年了！在这样的年代中我没发现一个有钱的人蹲在洋车上，他有钱他不怕车夫吃力，他自己没拉过车，自己所尝到的，只是被拉着舒服滋味。假若偶尔有钱家的小孩要蹲在车厢中玩一玩，那么孩子的祖父出来，拉洋车的便要被打。

一九三四，三，十六。哈尔滨。

感情的碎片 *

近来觉得眼泪常常充满着眼睛，热的，它们常常会使我的眼圈发烧。然而它们一次也没有滚落下来，有时候它们站到了眼毛的尖端，闪耀着玻璃似的液体，每每在镜子里面看到。

一看到这样的眼睛，又好像回到了母亲死的时候。母亲并不十分爱我，但也总算是母亲。她病了三天了，是七月的末梢，许多医生来过了，他们骑着白马，坐着二轮车，但那最高的一个，他用银针在母亲的腿上刺了一下，他说：

“血流则生，不流则亡。”

我确确实实看到那针孔是没有流血，只是母亲的腿上凭空的多了一个黑点。

医生和别人都退了出去，他们在堂屋里议论着。我背向了母亲，我不再看她腿上的黑点，我站着。

“母亲就要没有了吗？”我想。

大概就是她极短的清醒的时候：“……你哭了吗？不怕，妈死不了！”

---

* 本文 1936 年 11 月 29 日发表于（天津）（上海）《大公报》“文艺”副刊第二百五十七期“散文特刊”，署名萧红。1937 年 4 月 10 日（上海）《好文章》（月刊）第七期转载。

我垂下头去，扯住了衣襟，母亲也哭了，我也哭了。

而后我站到房后摆着花盆的木架旁边去，我从衣袋取出来母亲买给我的小洋刀。

“小洋刀丢了就从此没有了吧？”于是眼泪又来了。

花盆里的金百合映着我的眼睛，小洋刀的闪光映着我的眼睛。眼泪就再没有流落下来。然而那是热的，是发炎的。

但那是孩子的时候。

而今则不应该了。

十月十三日

镀金的学说 *

我的伯伯，他是我童年唯一崇拜的人物，他说起话来有宏亮的声音，并且他什么时候讲话总关于正理，至少那个时候我觉得他的话是严肃的，有条理的千真万对的。

那年我十五岁，是秋天，无数张叶子落了，回旋在墙根了！我经过北门旁在寒风里号叫着的老榆树，那榆树的叶子也向我打来。可是我抖擞着跑进屋去，我是参加一个邻居姐姐出嫁的筵席回来。一边脱换我的新衣裳，一边同母亲说，那好像同母亲吵嚷一般："妈，真的没有见过，婆家说新娘笨，也有人当面来羞辱新娘，说她站着的姿式不对，坐着的姿式不好看，林姐姐一声也不作，假若是我呀！哼！……"

母亲说了几句同情的话，就在这样的当儿，我听清伯父在呼唤我的名字，他的声音是那样低沉，平素我是爱伯父的，可是也怕他，于是我心在小胸膛里边惊跳着走出外房去。我的两手下垂，就连视线也不敢放过去。

"你在那里讲究些什么话？很有趣哩！讲给我听听。"伯伯

---

* 本文发表于1934年6月14、21、28日（哈尔滨）《国际协报》"文艺"周刊第十九、二十、二十一期，署名田娣。

说话的时候，他的眼睛流动着笑着，我知道他没有生气，并且我想他很愿意听我讲究。我就高声把那事又说了一遍，我且说且做出种种姿式来。等我说完的时候，我仍欢喜，说完了我把说话时跳打着的手足停下，静等着伯伯夸奖我呢！可是过了很多工夫伯伯在桌子旁仍写他的文字。对于我好像没有反应，再等一会他对于我的讲话也绝对没有回响。至于我呢，我的小心房立刻感到压迫，我想我的错在什么地方？话讲的是很流利呀！讲话的态度也算是活泼呀！伯伯好像一块朽木塞住我的咽喉，我愿意快躲开他到别的房中去长叹一口气。

伯父把笔放下了，声音也跟着来了："你不说假若是你吗？是你又怎么样？你比别人更糟糕，下回少说这一类话！小孩子学着夸大话，浅薄透了！假若是你，你比别人更糟糕，你想你总要比别人高一倍吗？再不要夸口，夸口是最可耻，最没出息。"

我走进母亲的房里时，坐在炕沿我弄着发辫，默不作声，脸部感到很烧很烧。以后我再不夸口了！

伯父又常常讲一些关于女人的服装的意见，他说穿衣服素色最好，不要涂粉，抹胭脂，要保持本来的面目。我常常是保持本来的面目，不涂粉不抹胭脂，也从没穿过花色的衣裳。

后来我渐渐对于古文有趣味，伯父给我讲古文，记得讲到《吊古战场文》[1]那篇，伯父被感动得有些声咽，我到后来竟哭了！从那时起我深深感到战争的痛苦与残忍。大概那时我才十四岁。

1　《吊古战场文》，唐代文学家李华的经典骈文。描述古战场荒凉凄惨、惊心动魄，揭示战争的残酷以及给黎民造成的灾难。

又过一年，我从小学卒业要上中学的时候，我的父亲把脸沉下了！他终天把脸沉下。等我问他的时候，他瞪一瞪眼睛，在地板上走转两圈，必须要过半分钟才能给一个答话：“上什么中学？上中学在家上吧！”

父亲在我眼里变成一只没有一点热气的鱼类，或是别的不具着情感的动物。

半年的工夫，母亲同我吵嘴，父亲骂着我：“你懒死啦！不要脸的。”当时我过于气愤了，实在受不住这样一架机器压轧了。我问他，“什么叫不要脸呢？谁不要脸！”听了这话立刻像火山一般暴裂起来。当时我没能看出他头上有火冒出没？父亲满头的发丝一定被我烧焦了吧！那时我是在他的手掌下倒了下来，等我爬起来时，我也没有哭。可是父亲从那时起他感到父亲的尊严是受了一大挫折，也从那时起每天想要恢复他的父权。他想做父亲的更该尊严些，或者加倍的尊严着才能压住子女吧？

可真加倍尊严起来了；每逢他从街上回来，都是黄昏时候，父亲一走到花墙的地方便从喉管作出响动，咳嗽几声啦！或是吐一口痰啦！后来渐渐我听他只是咳嗽而不吐痰，我想父亲一定会感着痰不够用了呢！我想做父亲的为什么必须尊严呢？或者因为做父亲的肚子太清洁？！把肚子里所有的痰都全部呕出来了？

一天天睡在炕上，慢慢我病着了！我什么心思也没有了！一班同学不升学的只有两三个，升学的同学给我来信告诉我，她们怎样打网球，学校怎样热闹，也说些我所不懂的功课。我愈读这样的信，病愈加重一点。

老祖父支住拐杖，仰着头，白色的胡子振动着说：“叫樱花上学去吧！给她拿火车费，叫她收拾收拾起身吧！小心病坏了！”

父亲说：“有病在家养病吧，上什么学，上学！”

后来连祖父也不敢向他问了，因为后来不管亲戚朋友提到我上学的事他都是连话不答，出走在院中。

整整死闷在家中三个季节，现在是正月了。家中大会宾客，外祖母啜着汤食向我说：“樱花，你怎么不吃什么呢？”

当时我好像要流出眼泪来，在桌旁的枕上，我又倒下了！

因为伯父外出半年是新回来，所以外祖母向伯父说：“他伯伯，向樱花爸爸说一声，孩子病坏了，叫她上学去吧！”

伯父最爱我，我五六岁时他常常来我家，他从北边的乡村带回来榛子。冬天他穿皮大氅，从袖口把手伸给我，那冰寒的手呀！当他拉住我手的时候，我害怕挣脱着跑了，可是我知道一定有榛子给我带来，我秃着头两手捏耳朵，在院子里我向每个货车夫问：“有榛子没有？有榛子没有？”

伯父把我裹在大氅里，抱着我进屋去，他说：“等一等给你榛子。”

我渐渐长大起来，伯父仍是爱我的，讲故事给我听。买小书给我看，等我入高级，他开始给我讲古文了！有族中的哥哥弟弟们都唤来，也讲给他们听，可是书讲完他们临去的时候，伯父总是说：“别看你们是男孩子，樱花比你们全强，真聪明。”

他们自然不愿意听了，一个一个退走出去。不在伯父面前他们齐声说：“你好呵！你有多聪明！比我们这一群混蛋强得多。”

男孩子们说话总是有点野，不愿听，便离开他们了。谁想男孩子们会这样放肆呢？他们扯住我，要打我：“你聪明，能当个什么用？我们有气力，要收拾你。”“什么狗屁聪明，来，我们大家伙看看你的聪明到底在哪里！”

伯父当着什么人也常夸奖我：“好记力，心机灵快。”

现在一讲到我上学的事，伯父微笑了：“不用上学，家里请个老先生念念书就够了！哈尔滨的女学生们太荒唐。”

外祖母说：“孩子在家里教养好，到学堂也没有什么坏处。”

于是伯父斟了一杯酒，挟了一片香肠放到嘴里，那时我多么不愿看他吃香肠呵！那一刻我是怎样恼烦着他！我讨厌他喝酒用的杯子，我讨厌他上唇生着的小黑髭。也许伯父没有观察我一下，他又说：“女学生们靠不住，交男朋友啦！恋爱啦！我看不惯这些。”

从那时起伯父同父亲是没有什么分别。变成严凉的石块。

当年，我升学了！那不是什么人帮助我，是我自己向家庭施行的骗术。后一年暑假，我从外埠回家，我和伯父的中间，总感到一种淡漠的情绪，伯父对我似乎是客气了，似乎是有什么从中间隔离着了！

一

一天伯父上街去买鱼，可是他回来的时候，筐子是空空的，母亲问：

“怎么！没有鱼吗？”

“哼！没买。”

母亲又问：“鱼贵吗？”

“不贵。”

伯父走进堂屋坐在那里好像幻想着一般，后门外树上满挂着绿的叶子，伯父望着那些无知的叶子幻想，最后他小声唱起，像是有什么悲哀蒙蔽着他了！看他的脸色完全可怜起来。他的眼睛是那样忧烦的望着桌面，母亲说：

“哥哥头痛吗？”

伯父似乎不愿回答，摇着头，他走进屋倒在床上，很长时间，他翻转着，扇子他不用来摇风，在他手里乱响。他的手在胸膛上拍着，气闷着，再过一会，他完全安静下去，扇子任意丢在地板，苍蝇落在脸上，也不去搔它。

晚饭桌上，伯父多喝了几杯酒，红着颜面向祖父说："菜市上看见王大姐了呢！"

王大姐，我们叫她王大姑，常听母亲说："王大姑没有妈，爹爹为了贫穷去为匪，只留这个可怜的孩子住在我们家里。"伯父很多情呢！伯父也会恋爱呢，伯父的屋子和我姑姑们的屋子挨着，那时我的三个姑姑全没出嫁。

一夜，王大姑没有回内房去睡，伯父伴着她哩！

祖父不知这件事，他说："怎么不叫她来家呢？"

"她不来，看样子是很忙。"

"呵！从出了门子总没见过，二十多年了！……二十多年了！"

祖父捻着斑白的胡子，他感到自己是老了！

伯父也感叹着："嗳！一转眼，老了！不是姑娘时候的王大姐了！头发白了一半。"

伯父的感叹和祖父完全不同，伯父是痛惜着他破碎青春的故事。又想一想他婉转着说，说时他神秘的有点微笑：

"我经过菜市，一个老太太回头看我，我走过，她仍旧看我，停在她身后，我想一想，是谁呢？过会我说：是王大姐吗？她转过身来，我问她：在本街住吗？她垂下头，我看见她的门牙脱落了两个。她说：在本街住。我叫她回来看看，她说她很忙，要回去烧饭，随后她走了，什么话也没说，提着空筐子走了！"

夜间，全家人都睡了，我偶然到伯父屋里去找一本书，因为对他，我连一点信仰也失去了，所以无言走出。

伯父愿意和我谈话似的："没睡吗？"

"没有。"

隔着一道玻璃门，我看见他无聊的样子翻着书和报，枕旁一只蜡烛，火光在起伏。伯父今天似乎是例外，同我讲了好些话，关于报纸上的，又关于什么年鉴上的。他看见我手里拿着一本花面的小书，他问："什么书？"

"小说。"

我不知道他的话是从什么地方说起："言情小说，《西厢》是妙绝，《红楼梦》也好。"

那夜伯父奇怪的向我笑，微微的笑，把视线斜着看住我。我忽然想起白天所讲的王大姑来了，于是给伯父倒一杯茶，我走出房来，让他伴着茶香来慢慢的回味着记忆中的姑娘吧！

我与伯伯的学说渐渐悬殊，因此感情也渐渐恶劣，我想什么给感情分开的呢？我需要恋爱，伯父也需要恋爱。伯父见着他年青时候的情人痛苦，假若是我也是一样。

那么他与我有什么不同呢？不过伯伯相信的是镀金的学说。

祖父死了的时候 *

祖父总是有点变样子，他喜欢流起眼泪来，同时过去很重要的事情他也忘掉。比方过去那一些他常讲的故事，现在讲起来，讲了一半下一半他就说："我记不得了。"

某夜，他又病了一次，经过这一次病，他竟说：

"给你三姑写信，叫她来一趟，我不是四五年没看过她吗？"他叫我写信给我已经死去五年的姑母。

那次离家是很痛苦的，学校来了开学通知信，祖父又一天一天的变样起来。

祖父睡着的时候，我就躺在他的旁边哭，好像祖父已经离开我死去似的，一面哭着一面抬头看他凹陷的嘴唇。

我若死掉祖父，就像死掉我一生最重要的一个人，好像他死了就把人间一切"爱"和"温暖"带得空空虚虚。我的心被丝线扎住或是被铁丝绞住了。

我连想到母亲死的时候。母亲死了以后，父亲怎样打我，又娶一个新母亲来。这个母亲很客气，不打我，就是骂，也是指着桌子或椅子来骂我。客气是越客气了！但是冷淡了，疏远了，生

---

* 本文1935年7月16、17日以《祖父死的时候》为题连载于（上海）《时事新报》"青光"副刊；同年7月28日，以《祖父死了的时候》为题，再刊于（长春）《大同报》"大同俱乐部"副刊。署名悄吟。有改动。

人一样。

“到院子去玩玩吧！”祖父说了这话之后，在我的头上撞了一下：“喂！你看这是什么？”

黄金色的橘子落到我的手中。

夜间，不敢到毛厕去，我说：

“妈妈同我到毛厕去一趟吧。”

“我不去！”

“那我害怕呀！”

“怕什么？”

“怕什么？怕鬼，怕神？”父亲也说话了，把眼睛从眼镜上面看着我。

冬天，祖父已经睡下，赤着脚，开着纽扣跟我到外面毛厕去。

学校开学，我迟到了四天。

三月里，我又回家一次，正在外面叫门，里面小弟弟嚷着：

“姐姐回来了！姐姐回来了！”

大门开时，我就远远注意着祖父住着的那间屋子。果然祖父的面孔和胡子闪现在玻璃窗里。

我跳着笑着跑进屋去，但不是高兴，只是心酸，祖父的脸色更惨淡更白，等屋子里一个人没有时，他流着泪，他慌慌忙忙的一边用袖口擦着眼泪，一边抖动着嘴唇：

“爷爷不行了，不知早晚……前些日子好险没跌……跌死。”

“怎么跌的？”

“就是在后屋，我想去解手，招呼人，也听不见，按电铃也没有人来，就得爬啦！还没到后门口，腿颤，心跳，眼前发花了一阵就倒下去。没跌断了腰……人老了，有什么用处——我今年八十是八十一呢？”

“爷爷是八十一岁。”

“没用了，活了八十一岁还是在地上爬呢！我想想你看不着爷爷了，谁知没有跌死，我又慢慢爬到炕上。”

我走的那天也是和我回来那天一样，白色的脸的轮廓闪现在玻璃窗。

在院心我回头看着祖父的白面孔，走到大门，在大门口我仍可看见，出了大门，就被门扇遮断。

从这一次祖父就与我永远隔绝了。虽然那次和祖父告别，并没说出一个永别的字。

我又回来看祖父，这回门前吹着喇叭，幡杆[1]挑得比房头更高，马车离家很远的时候，我已看到高高的白色幡杆了，吹鼓手们的喇叭沧凉的在悲号。马车停在喇叭声中，大门前的白幡、白对联，院心的灵棚，闹嚷嚷着许多人，吹鼓手们响起乌乌的哀号。

这回祖父不坐在玻璃窗里，是睡在堂屋的板床上，没有灵魂的躺在那里。我要看一看他白色的胡子，亲和的面容，可是怎样看呢？拿开他脸蒙着的纸吧！胡子、眼睛和嘴，都不会动了，他真的一点感觉也没有了？

我从长长的袖管里去摸他的手，手也没有感觉了。祖父这回真死去了啊！

祖父装进棺材去的那天早晨，正是后园里玫瑰花开放满树的

1　幡杆，指系幡的杆。幡，招魂的旗子，旧俗出殡时或举或挂，杆上绑扎窄长的白纸条。

时候。

我扯着祖父的一张被角，抬向灵前去。吹鼓手在灵前吹着大喇叭。

我怕起来，我号叫起来。

“咣咣！”黑色的，半尺厚的灵柩盖子压上去。

吃饭的时候，我饮了酒，用祖父的酒杯饮的。饭后我跑到后园玫瑰树下去卧倒，园中飞着蜂子和蝴蝶，绿草的清凉的气味，这都和十年前一样，可是十年前死了妈妈，妈妈死后我仍是在园中捕蝴蝶，这回祖父死去，我却饮了酒。

过去的十年我是和父亲打斗着生活，在这期间，我觉得人是残酷的东西。父亲对我是没有好面孔的，对于仆人也是没有好面孔的，他对于祖父也是没有好面孔的。

因为仆人是穷人，祖父是老了，我是个孩子，所以我们这些完全没有保障的人就落到他的手里。后来我看到新娶来的母亲也落到他的手里，他喜欢她的时候，便同她说笑，他恼怒时便骂她；母亲渐渐也怕起父亲来。

母亲也不是穷人，也不是老人，也不是孩子，怎么也怕起父亲来呢？

我到邻家去看看，邻家的女人也是怕男人。我到舅家去，舅母也是怕舅父。

我懂得的尽是些偏僻的人生。我想世间死了祖父，就没有再同情我的人，世间死了祖父剩下的尽是些凶残的人。

我饮了酒，回想，幻想……

以后我必须不要家，到广大的人群中去。但我在玫瑰树下颤慄了，人群中没有我的祖父。

所以我哭着，整个祖父死的时候我哭着。

一条铁路底完成*

一九二八年的故事，这故事，我讲了好几次。而每当我读了一节关于学生运动记载的文章之后，我就想起那年在哈尔滨的学生运动，那时候我是一个女子中学里的学生，是开始接近冬天的季节。我们是在二层楼上有着壁炉的课室里面读着英文课本。因为窗子是装着双重玻璃，起初使我们听到的声音是从那小小的通气窗传进来的。英文教员在写着一个英文字，他回一回头，他看一看我们，可是接着又写下去，一个字终于没有写完，外边的声音就大了，玻璃窗子好像在雨天里被雷声在抖着似的那么轰响。短板墙以外的石头道上在呼唬着的，有那许多人，我从来没有见过，使我想像到军队，又想像到马群，又想像到波浪，……总之对于这个我有点害怕。校门前跑着拿长棒的童子军，而后他们冲进了教员室，冲进了校长室，等我们全体走下楼梯的时候，我听到校长室里在闹着。这件事情一点也不光荣，使我以后见到男学生们总带着对不住或软弱的心情。

"你不放你的学生出动吗？……我们就是钢铁，我们就是熔炉……"跟着就听到有木棒打在门扇上或是地板上，那乱糟糟的

* 本文1937年12月1日发表于（武汉）《七月》（半月刊）第一集第四期，署名萧红。1940年6月收入（重庆）大时代书局发行的"文艺丛书"初版《萧红散文》。

鞋底的响声。这一切好像有一场大事件就等待着发生，于是有一种庄严而宽宏的情绪高涨在我们的血管里。

“走！跟着走！”大概那是领袖，他的左边的袖子上围着一圈白布，没有戴帽子，从楼梯口向上望着，我看他们快要变成播音机了：“走！跟着走！”

而后又看到了女校长的发青的脸色，她的眼和星子似的闪动在她的恐惧中。

“你们跟着去吧！要守秩序。”她好像被鹰类捉拿到的鸡似的软弱，她是被拖在两个戴大帽子的童子军的臂膀上。

我们四百多人在大操场上排着队的时候，那些男同学们还满院子跑着，搜索着，好像对于小偷那种形式，侮辱！侮辱！他们竟搜索到厕所。

女校长那昏蛋，刚一脱离了童子军的臂膀，她又恢复了那假装着女皇的架子。

“你们跟他们去，要守秩序，不能破格……不能和那些男学生们那么没有教养，那么野蛮……”而后她抬起一只袖子来：“你们知道你们是女学生吗？记得住吗？是女学生。”

在男学生们的面前，她又说了这样的话，可是一走出校门来不远，连对这侮辱的愤怒都忘记了。向着喇嘛台，向着火车站。小学校，中学校，大学校，几千人的行列……那时我觉得我是在这几千人之中，我的脚步我觉得很有力。凡是我看到的东西，已经都变成了严肃的东西，无论马路上的石子，或是那已经落了叶子的街树。反正我是站在“打倒日本帝国主义”的喊声中了。

—

走向火车站必得经过日本领事馆。我们正向着那座红楼咆哮着的时候，一个穿和服的女人打开走廊的门扇而出现在闪烁的阳光里。于是那“打倒日本帝国主义”的大叫改为“就打倒你！”她立刻就把身子抽回去了。那座红楼完全停在寂静中，只是楼顶上的太阳旗被风在折合着。走在石头道街又碰到了一个日本女子，她背上背着一个小孩，腰间束了一条小白围裙，围裙上还带着花边，手中还提着一棵大白菜。我们又照样做了，不说“打倒日本帝国主义”而说“就打倒你！”因为她是走在马路的旁边，我们就用手指着她而喊着，另一方面我们又用自己光荣的情绪去体会她狼狈的样子。

第一天叫做“游行”,“请愿”，道里[1]和南岗[2]去了这两部分市区，这市区有点像租界，住民多是外国人。

长官公署，教育厅都去过了，只是“官们”出来拍手击掌的演了一篇说，结果还是：“回学校去上课罢！”

日本要完成吉敦路这回事情，究竟“官们”没有提到。

在黄昏里，大队分散在道尹公署[3]的门前，在那个孤立着的灰色的建筑物前面，装置着一个大圆的类似喷水池的东西。有一些同学就坐在那边沿上，一直坐到星子们在那建筑物的顶上闪亮了，那个“道尹”究竟还没有出来，只看见卫兵们在台阶上，在我们的四围挂着短枪来回的在戒备着。而我们则流着鼻涕，全身打着抖在等候着。到底出来了一个姨太太，那声音我们一些些也

1　道里，道里区位于哈尔滨市中心区，是哈尔滨的政治、经济、文化和旅游中心。松花江自西向东经过道里，以滨洲铁路线与道外分界。

2　南岗，南岗区是哈尔滨的中心城区，现在区内集中了几十所高校，是最重要的文化区。北以哈长、滨北铁路线与道里、道外两区分界，马家沟河由西向东穿过。

3　道尹公署，道尹是民国时期的官名。1914 年袁世凯公布省、道、县官制，分一省为数道，改各省观察使为道尹，管理辖县行政事务。1924 年北洋政府内务部通令废道制，裁撤道尹。

公署，旧时公务人员办公理事的场所。

听不见。男同学们跺着脚，并且叫着，在我听来已经有点野蛮了：

“不要她……去……去……只有官僚才要她……”

接着又换了个大太太（谁知道是什么，反正是个老一点的），不甚胖，有点短。至于说些什么，恐怕也只有她自己的圆肚子才能够听到。这还不算什么惨事，我一回头看见了有几个女同学尿了裤子的（因为一整天没有遇到厕所的原故）。

第二天没有男同学来攫，是自动出发的，在南岗下许公路[1]的大空场子上开的临时会议，这一天不是“游行”，不是“请愿”而要“示威”了，脚踏车队在空场四周绕行着，学生联合会的主席是个很大的脑袋的人，他没有戴帽子，只戴了一架眼镜，那天是个落着清雪的天气，他的头发在雪花里边飞着，他说的话使我很佩服，因为我从来没有晓得日本还与我们有这样大的关系，他说日本若完成了吉敦路[2]可以向东三省进兵，他又说又经过高丽又经过什么……并且又听他说进兵进得那样快，也不是二十几小时？就可以把多少大兵向我们的东三省开来，就可以灭我们的东三省。我觉得他真有学问，由于崇敬的关系，我觉得这学联主席与我隔得好像大海那么远。

---

1 许公路，许公，晚清政治家、外交家、同治年间进士许景澄之尊称，曾任清政府工部侍郎、总理各国事务大臣兼礼部侍郎、京师大学堂总教习等职。1896 年成为中东铁路公司首任中方督办。1900 年因直言反对围攻外国使馆，杀戮外国公使而被慈禧定罪“勾结洋人，莠言乱政”，当年 7 月 28 日被处死。1901 年平反。1922 年，中东铁路公司筹备纪念建路 25 周年时拨专款 3 万卢布，将刚落成的“山街”（今“一曼街”）到道外“桃花巷”（今景阳街南段）命名为“许公路”；并随后建成许公纪念碑供人凭吊。“许公路”是哈尔滨最早以国人之名命名的街道；“文革”中许公纪念碑等均遭破坏，今荡然无存。

2 吉敦路，吉林至敦化的铁路线，全长 210 公里。1926 年 6 月开工，1928 年 10 月竣工。

组织宣传队的时候，我站过去，我说我愿意宣传。别人都是被推举的，而我是自告奋勇的。于是我就站在雪花里开始读着我已经得到的传单。而后有人发给我一张小旗，过一会又有人来在我的胳膊上用扣针给我针上一条白布，那上面还卡着红色的印章，究竟那红印章是什么字，我也没有看出来。

大队开到差不多是许公路的最终极，一转弯到一个横街里去，那就是滨江县的管界。因为这界限内住的纯粹是中国人，和上海的华界差不多。宣传队走在大队的中间，我们前面的人已经站住了，并且那条横街口上站着不少的警察，学联代表们在大队的旁边跑来跑去。昨天晚上他们就说："冲！冲！"我想这回就真的到了冲的时候了吧?

学联会的主席从我们的旁边经过，他手里提着一个银白色的大喇叭筒，他的嘴接到喇叭筒的口上，发出来的声音好像牛鸣似的：

"诸位同学！我们是不是有血的动物！我们愿不愿意我们的老百姓来给日本帝国主义做奴才……"而后他跳着，因为激动，他把喇叭筒像是在向着天空。"我们有决心没有？我们怕不怕死？"

"不怕！"虽然我和别人一样的嚷着不怕，但我对这新的一刻工夫就要来到的感觉好像一棵嫩芽似的握在我的手中。

那喇叭筒的声音到队尾去了，虽然已经遥远了，但还足够来震动我的心脏。我低下头去看着我自己的被踏污了的鞋尖，我看着我身旁的那条阴沟，我整理着我的帽子，我摸摸那帽顶的毛球。没有束围巾，也没有穿外套。对于这个给我生了一种侥幸的心情！

"冲的时候，这样轻便不是可以飞上去吗？"昨天计划今天是要“冲”的，但不知为什么，我总觉得我有点特别聪明。

大喇叭筒跑到前面去时，我就闪开了那冒着白色泡沫的阴沟，我知道“冲”的时候就到了。

我只感动我的心脏在受着拥挤，好像我的脚跟并没有离开地面而自然它就会移动似的，我的耳边闹着许多种声音，那声音并不大，也不远，也不响亮，可觉得沉重，带来了压力，好像皮球被穿了一个小洞丝丝的在透着气似的，我对我自己毫没有把握。

“有决心没有？”

“有决心！”

“怕死不怕死？”

“不怕死。”

这还没有反复完，我们就退下来了。因为是听到了枪声，起初是一两声，而后是接连着。大队已经完全溃乱下来，只一秒钟，我们旁边那阴沟里，好像猪似的浮游着一些人。女同学被拥进去的最多，男同学在往岸上提着她们，被提的她们满身带着泡沫和气味，她们那发疯的样子很可笑，用那挂着白沫和糟粕的戴着手套的手搔着头发，还有的和已经癫痫的人似的，她在人群中不停的跑着：那被她擦过的人们，他们的衣服上就印着各种不同的花印。

大队又重新收拾起来，又发着号令，可是枪声又响了，对于枪声，人们像是看到了火花似的那么热烈。至于“打倒日本帝国主义”,“反对日本完成吉敦路”这事情的本身已经被人们忘记了，唯一所要打倒的就是滨江县政府，到后来连县政府也忘记了，只“打倒警察，打倒警察……”这一场斗争到后来我觉得比一开头还有趣味，在那时，“日本帝国主义”，我相信我绝对没有见过，但是警察我是见过的，于是我就嚷着！

“打倒警察，打倒警察！”

我手中的传单，我都顺着风让它们飘走了，只带着一张小白旗和自己的喉咙从那零散下来的人缝中穿过去。

那天受轻伤的共有二十几个。我所看到的只是从他们的身上流下来的血还凝结在石头道上。

满街开起电灯的夜晚，我在马车和货车的轮声里追着我们本校回去的队伍，但没有赶上，我就拿着那卷起来的小旗走在行人道上，我的影子混杂着别人的影子一起出现在商店的玻璃窗上。我每走一步，我看到了玻璃窗里我帽顶的毛球也在颤动一下。

男同学们偶尔从我的身边经过，我听到他们关于受伤的议论和救急车。

一

第二天的报纸上躺着那些受伤的同学们的照片，好像现在的报纸上躺的伤兵一样。

以后，那条铁路到底完成了。

一九三七年十一月，二十七日。汉口

一九二九年底愚昧*

前一篇文章已经说过，一九二八年为着吉敦路的叫喊我也叫喊过了，接着就是一九二九。于是根据着那第一次的经验，我感觉到又是光荣的任务降落到我的头上来。

这是一次佩花大会[1]，进行得很顺利，学校当局并没有加以阻止，而且那个白脸的女校长在我们用绒线剪作着小花朵的时候，她还跑过来站在旁边指导着我们。一大堆蓝色的盾牌完全整理好了的时候，是佩花大会的前一夜。楼窗下的石头道上落着那么厚的雪，一些外国人家的小房和房子旁边的枯树都膨胀得圆了，那笨重而粗钝的轮廓就和穿得饱满的孩子一样臃肿。我背着远近的从各种颜色的窗帘透出来的灯光而看着这些盾牌，盾牌上插着那些蓝色的小花，因着密度的关系，它们一个压着一个几乎是连成了排。那小小的黄色的花心蹲在蓝色花的中央，好像小金点又像小铜钉……

这不用说，对于我，我只盼想着明天，但有这一夜把我和明天隔离着，我是跳不过去的，还只得回到宿舍去睡觉。

---

* 本文1937年12月16日发表于（武汉）《七月》（半月刊）第一集第五期，署名萧红。

1 佩花大会，作者当时参与的为救济中东路战争阵亡将士遗属及战区灾民的一种募捐活动。

这一次的佩花，我还对中国人起着不少的悲哀，他们差不多是绝对不肯佩上。有的已经为他们插在衣襟上了，他们又动手自己把它拔下来，他们一点礼节也不讲究，简直是蛮人！把花差不多是捏扁，弄得花心几乎是看不见了。结果不独整元的，竟连一枚铜板也看不见贴在他们的手心上。这一天，我是带着愤怒的，但也跑得最快，我们一小队的其余的三个人，常常是和我脱离开。

我的手套跑丢了一只，围巾上结着冰花，因为眼泪和鼻涕随时地流，想用手帕来揩擦，在这样的时候，在我是绝对顾不到的。等我的头顶在冒着气的时候，我们的那一小队的人说：

“你太热心啦，你看你的帽子已经被汗湿透啦！”

自己也觉得，我大概像是厨房里烤在火炉旁的一张抹布那么冒气了吧？但还觉得不够。为什么不够呢？那时候是不能够分析的。现在我想，一定是一九二八年“游行”和“示威”的时候，喊着“打倒日本帝国主义”，而这回只是给别人插了一朵小花而没有喊“帝国主义”的缘故。

我们这一小队是两个男同学和两个女同学。男同学是“第三中学”的，一个大个，一个小个。那个小个的，咳嗽着，像个小老头；那个大个的，在我看来，他的鼻子有点发歪。另一个女同学是我的同班，她胖，她笨，穿了一件闪亮的黑皮大衣，走起路来和鸭子似的，只是鸭子没有全黑的。等到紧急的时候，我又看她像一只猪。

“来呀！快点呀，好多，好多……”我几乎要说：好多买卖让你们给耽误了。

等他们跑上来，我把已经打着绉折，卷成一团的一元一元的钞票舒展开，放进用铁作的小箱子里去，那小箱子是挂在那个大个的男同学的胸前：小箱子一边接受着这钞票，一边不安定的在滚动。

“这是外国人的钱……这些完全是……是俄国人的……”往下我没有说，“外国人，外国人多么好哇！他们捐了钱去打他们本国，为着‘正义’！”

我走在行人道上，我的鞋底起着很高的冰锥，为着去追赶那个胖得好像行走的驼鸟似的俄国老太婆，我几乎有几次要滑倒。等我把钱接过来，她已经走得很远，我还站在那里看着她帽子上插着的那棵颤抖着的大鸟毛。说不出是多么感激和多么佩服那黑色皮夹子因为开关而起的响声，那脸上因着微笑而起的皱折。那蓝色带着黄心的小花恰恰是插在她外衣的左领边上，而且还是我插的，不由得把自己也就高傲了起来，对于我们那小队的其余三个人，于是我就带着绝顶的侮蔑的眼光回头看着他们。他们是离得我那么远，他们向我走来的时候，并不跑，而还是慢慢地走，他们对于国家这样缺乏热情，使我实在没有理由把他们看成我的“同志”。他们称赞着我，说我热情，说我勇敢，说我最爱国。但我并不能够因为这个，使我的心对他们宽容一点。

“打苏联，打苏联……”这话就是这么简单，在我觉得十分不够，想要给添上一个“帝国主义”吧！但是从学联会发下来的就没有这一个口号。

那么，苏联为什么就应该打呢？“又不是帝国主义。”

这个我没有思索过，虽然这中苏事件的一开端我就亲眼看过。

苏联大使馆被检查[1]，这事情的发生是六月或者是七月，夜晚

---

1 苏联大使馆被检查，1929 年 5 月 27 日，以张学良为首的东北当局派军警搜查苏联驻哈尔滨领事馆，并逮捕苏联驻哈总领事，封闭中东铁路苏联职工会；此举成为“中东路事件”的开端。中苏为此爆发大规模武装冲突，持续近两个月，中方战败。

并不热，我只记住天空是很黑的，对面跑来的马车，因为感觉上凉爽的关系，车夫台两边挂着的灯火就像发现在秋天树林子里的灯火一样。我们这女子中学每晚在九点钟的时候，有一百人以上的脚步必须经过大直街的东段跑到吉林街去。我们的宿舍就在和大直街交叉着的那条吉林街上。

苏联大使馆也在吉林街上，隔着一条马路和我们的宿舍斜对着。

这天晚上，我们走到吉林街口就被停住了。手电灯晃在这条街上，双轮的小卡车靠着街口停着好几个。行人必得经过检查才能够通过。我们是经过了交涉才通过的。

苏联大使馆门前的卫兵没有了，从门口穿来穿往的人们，手中都拿着手电灯，他们行走得非常机械，忙乱的，不留心的用手电灯四处照着，以致行人道上的短杨树的叶子的闪光和玻璃似的一阵一阵的出现。大使馆楼顶那个圆圈形的里边闪着几个外国字母的电灯盘不见了，黑沉沉的楼顶上连红星旗子也看不见了，也许是被拔掉了。并且所有的楼窗好像埋下地窖去那么昏黑。

关于苏联，或者就叫做俄国吧，虽然我的生地和它那么接近，但我怎么能够知道呢？我不知道。那还是在我小的时候，“买羌贴”[1]，“买羌贴”，“羌贴”是旧俄的纸币（纸鲁布）。邻居们买它，亲戚们也买它，而我的母亲好像买得最多，夜里她有时候不睡觉，一听门响，她就跑出去开门，而后就是那个老厨子咳嗽

---

1 “买羌贴”，羌贴是当时东北地区对沙俄发行的卢布纸币的俗称，随着中东铁路的修建和开通被强制使用，铁路沿线工商业者及居民多以“羌贴”计价和支付，很快成为哈尔滨地区的主币。当地居民多有买入用于储藏，甚而可以从中谋利。随着第一次世界大战爆发和 1917 年“十月革命”沙皇政府被推翻，盛极一时的“羌贴”开始急剧贬值并被废除，持有者均遭受巨大损失。

着，也许是提着用纱布做的，过年的时候挂在门前的红灯笼，在厨房里他用什么东西打着他鞋底上结着的冰锥，他和母亲说的是什么呢？微小得像是什么也没有说；厨房里好像并没有人，只是那些冰锥从鞋底打落下的声音我能够听得到，有时候他就把红灯笼也提进内房来，站在炕沿旁边的小箱子上。母亲赶快就去装一袋烟，母亲从来对于老厨子没有这样做过。还不止装烟，我还看见了给他烫酒，给他切了几片腊肉放在小碟心里，老厨子一边吃着腊肉，一边上唇的胡子流着水珠，母亲赶快在旁边拿了一块方手巾给他。我认识那方手巾就是我的。而后母亲说：

“天冷啊！‘三九’天有胡子的年纪，出门就是这么不容易。”

这一句话高于方才他们所说的那一大些话。什么“行市”啦！“涨”啦！“落”啦！应该卖啦吧！这些话我不知为什么他们说得那么严重而低小。

二

家里这些日子在我觉得好像闹鬼一样，灶王爷的香炉里整夜的烧着香，母亲夜里起来，洗手洗脸，半夜她还去再烧一次，有的时候，她还小声一个人在说着话，我问她的时候，她就说她念的是《金刚经》，而那香火的气味满屋子都是。并且她和父亲吵架，父亲骂她“受穷等不到天亮”，母亲骂他“愚顽不灵”，因为买“羌贴”这件事情父亲始终是不赞成的。父亲说：

“皇党和穷党是俄国的事情，谁胜谁败我们怎能够知道！”

而祖父就不那么说，他和老厨子一样：

“那穷党啊！那是个胡子头，马粪蛋不进粪缸，走到哪儿不也还是个臭？”

有一夜，那老厨子回来了，并没有敲打鞋底的冰锥，也没有说话，母亲和他在厨房里都像被消灭了一样。而后我以为我是听到了哭声，赶快跑起来去看，并没有谁在哭，是老厨子的鼻头流着清水的缘故。他的灯笼并不放下，拖得很低，几乎灯笼底就落在地上。好像随时他都要走。母亲和逃跑似的跑到内房来，她就把脸伏在我的小枕头上，我的小枕头就被母亲占据了一夜。

第二天他们都说“穷党”上台了。

所以这次佩花大会，我无论做得怎样吃力，也觉得我是没有中心思想，“苏联”就是“苏联”，它怎么就不是“帝国主义”呢？同时在我宣传的时候，就感到种种的困难。困难也照样做了。比方我向着一个“苦力”狂追过去，我拦断了他的行路，我把花给他，他不要，只是把几个铜板托在手心上，说：

“先生，这花像我们做‘苦力’的戴不得，我们这穿着就是戴上也不好看，还是给别人去戴吧！”

虽然只那么几个铜板，我也收过来。

还有比这个现在想起来使我脸皮更发烧的事情：我募捐竟募到了一分邮票和一盒火柴。那小烟纸店的老板无论如何摆脱不了我的缠绕之后，竟把一盒火柴摔在柜台上，火柴在柜台上花喇喇的滚到我的旁边，我立刻替国家感到一种侮辱。并不把火柴收起来，照旧向他讲演。接着又捐给我一分邮票。我虽然像一个叫化子似的被人接待着，但在精神上我相信是绝对高傲的，火柴没有要，邮票到底收下了。

我们的女校，到后来竟公开的领导我们，把一个苏联的也不知道是什么“子弟学校”给占过来做我们的宿舍，那真阔气，和席子纹一样的拼花地板，玻璃窗子好像商店的窗子那么明朗。

在那时节我读着辛克来[1]的《屠场》，本来非常苦闷，于是对于这本小说用了一百二十分的热情读下去的，在那么明朗的玻璃窗下读。因为起早到学校去读，路上时常遇到戒严期的兵士们的审问和刺刀的闪光。结果恰恰相反，这本小说和中苏战争同时启发着我，是越启发越坏的。

正在那时候，就是佩花大会上我们同组那个大个的，鼻子有点发歪的男同学还给我来一封信，说我勇敢，说我可钦佩，这样的女子他从前没有见过。而后是要和我交朋友，那时候我想不出什么理由来，现在想：他和我原来是一样混蛋。

一九三七，十二，十三日。

1　辛克来，今通译辛克莱（1878—1968），美国作家，“社会丑事揭发派”社会活动家。长篇小说《屠场》是 20 世纪初美国文艺界“揭发黑幕运动”第一部小说，另一长篇《龙齿》获颁 1942 年普利策小说奖。

中秋节*

记得青野[1]送来一大瓶酒，董[2]醉倒在地下，剩我自己也没得吃月饼。小屋寞寞的，我读着诗篇，自己过个中秋节。

我想到这里，我不愿想，望着四面清冷的壁，望着窗外的天，云，侧倒在床上，看一本书，一页，两页，许多页，不愿看。那么我听着桌上的表，看着瓶里不知名的野花，我睡了。

那不是青野吗？带着枫叶进城来，在床沿大家默坐起。枫叶插在瓶里，放在桌上，后来枫叶干了。坐在院心，常常有东西落在头上，啊，小圆枣滚在墙根处，枣树的命运渐渐完结着。

晨间学校打钟了，正是上学的时候，梗妈[3]穿起棉袄打着嚏喷，在扫偎在墙根哭泣的落叶，我也打着嚏喷，梗妈捏了我的衣裳说：

---

* 本文发表于 1933 年 10 月 29 日（长春）《大同报》“夜哨”周刊第十一期，署名玲玲。

1 青野，作者在北平求学时期朋友李洁吾的原型。

2 董，与作者同在北平求学的“表哥”陆哲舜的原型。

3 梗妈，作者在北平求学时居住之处的女工。

“九月时节穿单衣服，怕是害凉。”

董从他房里跑出叫我多穿件衣服，我不肯，经过阴凉的街道走进校门。在课室里可望到窗外黄叶的芭蕉，同学们一个跟着一个的向我问：

“你真耐冷，还穿单衣。”

“你的脸为什么紫色呢？”

“倒是关外人……”

她们说着，拿女人专有的眼神闪视。

到晚间，嚏喷打得越多，头痛，两天不到校。上了几天课，又是两天不到校。

森森的天气紧逼着我，好像是秋风逼着黄叶样。新历一月一日降雪了，我打起寒颤，开了门望一望雪天，呀！我的衣裳薄得透明了，结了冰般地。

跑回床上，床也结了冰般地。我在床上等着董哥，等得太阳偏西，董偏不回来。向梗妈借十个大铜板，于是吃烧饼和油条。

青野踏着白雪进城来，坐在椅间，他问：

“绿叶[1]怎么不起呢？”

梗妈说：“一天没起，没上学，可是董先生也出去一天了。”

青野穿的学生服，他摇摇头，又看了自己有洞的鞋底，走过来他站在床边又问：

“头痛不吗？”把手放在我头上试热。

说完话他去了，可是太阳快落时，他又回转来。董和我都在猜想，他把两元钱放在梗妈手里，一会就是门外送煤的小车子哗铃的响，又一会小煤炉在地心红着。同时青野的被子进了当铺，

---

1 “绿叶”，此处指代作者。

从那夜起，他的被子没有了，盖着褥子睡。

这已往的事，在梦里，又关不住了。

门响，我知道是三郎[1]回来，我望了他，我又回到梦中。可是他在叫我：

“起来吧，悄悄[2]，我们到朋友家去吃月饼。”

他的声音使我心酸，我知道今晚连买米的钱都没有，所以起来了，去到朋友家吃月饼。人嚣着，经过菜市，也经过睡在路侧的僵尸，酒醉得晕晕的，走回家来，两人就睡在清凉的夜里。

三年[3]过去了，现在我认识的是新人，可是他也和我一样穷困，使我记起三年前的中秋节来。

—

1 三郎，萧军当时最常用的笔名。

2 悄悄，即作者，是萧军对其笔名“悄吟”的昵称。

3 三年，此文写于 1933 年中秋节当天或稍后；三年前盖指 1930 年暑假之后作者在北平求学的艰难时光。

夏　夜*

密密的浓黑的一带长林，远在天边静止着。夏夜蓝色的天，蓝色的夜。夏夜坐在茅檐边，望着茅檐借宿麻雀的窠巢，隔着墙可以望见北山森静的密林，林的那端，望不见弯月勾垂着。

于是虫声，各样的穿着夜衣的幽灵般的生命的响叫。墙外小溪畅引着，水声脆脆瑯瑯。菱姑在北窗下语着多时了！眼泪凝和着夜露已经多时了！她依着一株花枝，花枝的影子抹上墙去，那样她俨若睡在荷叶上，立刻我取笑她：

“荷叶姑娘，怎么啦？”

她过来似用手打我，嘴里似乎咒我，她依过的那花枝，立刻摇闪不定了，我想：我们两个是同一不幸的人。

“为什么还不睡呢？有什么说的尽在那儿咕咕叨叨，天不早啦，进来睡。”

祖母的头探出竹帘外，又缩回去。在模糊的天光下，我看见她白色的睡衣，我疑她是一只夜猫，在黑夜她也是到处巡行着。

菱姑二十七岁了，菱姑的青春尚关闭在怀中，近来她有些关闭不住了，她怎能不忧伤呢？怎能对于一切生兴致呢？渐渐脸孔

* 本文1934年3月6、7日发表于（哈尔滨）《国际协报》“国际公园”副刊，署名悄吟。1936年11月收入（上海）文化生活出版社初版作品集《桥》。改动较多。1940年6月收入（重庆）大时代书局发行的“文艺丛书”初版《萧红散文》。

惨黄。

她一天天远着我的祖母，有时间只是和我谈话，和我在园中散步。

“小萍，你看那老太太，她总怕我们在一起说什么，她总留心我们。”

“小萍，你在学校一定比我住在家得到的知识多些，怎么你没胆子吗？我若是你，我早跑啦！我早不在家受他们的气，就是到工厂去作工也可以吃饭。”

“前村李正的两个儿子，听说去当‘胡子’，可不是为钱，是去……”

祖母宛如一只猫头鹰样，突然发现在我们背后，并且响着她的喉咙好像响着猫头鹰的翅膀似的：

“好啊！这东西在这议论呢！我说：菱子你还有一点廉耻没有？”她吐口涎在地面上：“小萍那丫头入了什么什么党啦，你也跟她学没有老幼！没有一点姑娘样，尽和男学生在一块。你知道她爸爸为什么不让她上学，怕是再上学更要学坏，更没法管教啦！”

我常常是这样，我依靠墙根哭，这样使她更会动气，她的眼睛好像要从眼眶跑出来马上落到地面似的，把头转向我，银簪子闪着光：“你真给咱家出了名了，怕是祖先上也找不出这丫头。”

我听见她从窗口爬进去的时候她仍是说着我把脸丢尽了。就是那夜，菱姑在枕上小声说：

“今天不要说什么了，怕是你奶奶听着。”

菱姑是个乡下姑娘，她有热的情怀，聪明的素质，而没有好的环境。

“同什么人结婚好呢？”她常常问我。

"我什么时候结婚呢？结婚以后怎样生活？我希望我有职业，我一定到工厂去。"她说。

那夜我怎样努力也不能睡着，我反复想过菱姑的话，可怜的菱姑她只知道在家庭里是受压迫，因为家中有腐败的老太婆。然而她不能知道工厂里更有齿轮，齿轮更会压榨。

在一条长炕上，祖母睡在第一位，菱姑第二位，我在最末的一位。通宵翻转着，我仿佛是睡在蒸笼里，每夜要听后窗外的虫声，和看远在山上的密林啸声透进竹帘来，也听更多的在夜里的一切声息。今夜我被蒸笼蒸昏了！忘记着一切！夏夜是热的。

是天快要亮的时候，马在前院响起鼻子来，狗睡醒了，在院中抖擞着毛，这时候正是炮手们和一些守夜更的人睡觉的时候。在夜里就连叔叔们也戒备着，戒备着这乡村多事的六八月，现在他们都去睡觉了！院中只剩下些狗，马，鸡，和鸭子们。

就是这天早晨，来了胡匪了，有人说是什么共产军，有人说是前村李正的儿子。

祖母到佛龛边去叩叩头，并且祷告：

"佛爷保佑……"

"我来保佑吧！"站在佛龛边我说。

菱姑作难的把笑沉下去。

大门打开的时候，只知是官兵，不是胡匪，不是什么什么军。

一九三六年，二，二十一。[1]

1　一九三六年，二，二十一，该日期是本文1936年11月收入作品集《桥》之前的修改时间。

初　冬*

初冬，我走在清凉的街道上遇见了我的弟弟。

“莹姐，你走到哪里去？”

“随便走走吧！”

“我们去吃一杯咖啡，好不好？莹姐。”

一

咖啡店的窗子在帘幕下挂着苍白的霜层。我把领口脱着毛的外衣搭在衣架上。

我们开始搅着杯子玲啷的响了。

“天冷了吧！并且也太孤寂了，你还是回家的好。”弟弟的眼睛是深黑色的。

我摇了头，我说：

“你们学校的篮球队近来怎么样？还活跃吗？你还是很热心吗？”

“我掷筐掷得更进步，可惜你总也没到我们的球场上来了。你这样不畅快是不行的。”

我仍搅着杯子，也许飘流久了的心情，就和离了岸的海水一

* 本文1936年1月5日发表于（上海）《生活知识》（半月刊）第一卷第七期，署名悄吟。1936年11月收入（上海）文化生活出版社初版作品集《桥》。1940年6月收入（重庆）大时代书局发行的“文艺丛书”初版《萧红散文》。

般，若非遇到大风是不会翻起的，我开始弄着手帕。弟弟再向我说什么我已不去听清他，仿佛自己是沉坠在深远的幻想的井里。

我不记得怎样咖啡被我吃干了杯了。茶匙在搅着空的杯子时，弟弟说：

“再来一杯吧！”

女侍者带着欢笑一般飞起的头发来到我们的桌边。她又用很响亮的脚步摇摇的走了去。

也许是因为清早或是天寒，再没有人走进这咖啡店。在弟弟默默看着我的时候，在我的思想凝静得玻璃一般平的时候，壁间暖气管小小嘶鸣的声音都听得到了。

“天冷了，还是回家好，心情这样不畅快长久了是无益的。”

“怎么！”

“太坏的心情与你有什么好处呢？”

“为什么要说我的心情不好呢？”

我们又都搅着杯子。有外国人走进来，那响着嗓子的，嘴不住在说的女人，就坐在我们的近边，她离得我越近，我越嗅到她满衣的香气，那使我感到她离得我更辽远，也感到全人类离得我更辽远。也许她那安闲而幸福的态度与我一点连系也没有。

我们搅着杯子，杯子不能像起初搅得发响了，街车好像渐渐多了起来，闪在窗子上的人影迅速而且繁多了。隔着窗子可以听到暗哑的笑声和暗哑的踏在行人道上的鞋子的声音。

“莹姐，”弟弟的眼睛是深黑色的。“天冷了，再不能飘流下去，回家去吧！”弟弟说：“你的头发这样长了，怎么不到理发店去一次呢？”我不知为什么被他这话所激动了。

也许要熄灭的灯火在我心中复燃起来，热力和光明鼓荡着我：

“那样的家我是不想回去的。”

“那么飘流着，就这样飘流着？”弟弟的眼睛是深黑色的。他的杯子留在左手里边，另一只手在桌面上手心向上翻张了开来，要在空间摸索着什么似的。最后他是捉住他自己的领巾。我看着他在抖动的嘴唇：

“莹姐，我真耽心你这个女浪人！”他的牙齿好像更白了些，更大些，而且有力了，而且充满热情了。为热情而波动，他的嘴唇是那样的退去了颜色。并且他的全人有些近乎狂人，然而是安静的，完全被热情侵占着的。

出了咖啡店，我们在结着薄碎的冰雪上面踏着脚。

—

初冬，朝晨的红日扑着我们的头发，这样的红光使我感到欣快和寂寞。弟弟不住地在手下摇着帽子，肩头耸起了又落下了；心脏也是高了又低了。

渺小的同情者和被同情者离开了市街。

停在一个荒败的枣树园的前面时，他突然把很厚的手伸给了我，这是说我们要告别了。

“我到学校去上课！”他脱开我的手向着和我相反的方向背转过去。可是走了几步，又转回来：

“莹姐，我看你还是回家的好！”

“那样的家我是不能回去的，我不愿意受和我站在两极端父亲的豢养……”

“那么你要钱用么？”

“不要的。”

“那么你就这个样子吗？你瘦了！你快要生病了！你的衣服也太薄啊！”弟弟的眼睛是深黑色的，充满着祈祷和愿望。我们又握过手，分别方向走去。

太阳在我的脸面上闪闪耀耀，仍和未遇见弟弟以前一样，我穿着街头，我无目的的走。寒风，刺着喉头，时时要发作小小的咳嗽。

弟弟留给我的是深黑色的眼睛，这在我散漫与孤独的流荡人的心板上，怎能不微温了一个时刻？

一九三五年，初冬，上海。

黑　夜*

也许是快近天明了吧！我第一次醒来。街车稀疏的从远处响起，一直到那声音雷鸣一般地震撼着这房子，直到那声音又远远的消灭下去，我都听到的。但感到生疏和广大，我就像睡在马路上一样，孤独并且无所凭据。

睡在我旁边的是我所不认识的人，那鼾声对于我简直是厌恶和隔膜。我对她并不存着一点感激，也像憎恶我所憎恶的人一样憎恶她。虽然在深夜里她给我一个住处，虽然从马路上把我招引到她的家里。

一

那夜寒风逼着我非常严厉，眼泪差不多和哭着一般流下，用手套抹着，揩着，在我敲打姨母家的门的时候，手套几乎是结了冰，在门扇上起着小小的黏结。我一面敲打一面叫着：

“姨母！姨母……”

她家的人完全睡下了，狗在院子里面叫了几声。我只好背转来走去。脚在下面感到有针在刺着似的痛楚。我是怎样的去羡慕

---

* 本文1936年2月20日以《过夜》为题发表于（上海）《海燕》（月刊）第二期，署名萧红。1936年11月收入（上海）文化生活出版社初版作品集《桥》。1940年6月改篇名为《黑夜》，收入（重庆）大时代书局发行的“文艺丛书”初版《萧红散文》。

那些临街的我所经过的楼房，对着每个窗子我起着愤恨。那里面一定是温暖和快乐，并且，那里面一定设置着很好的眠床。一想到眠床，我就想到了我家乡那边的马房，睡在马房里面不也很安逸吗！甚至于我想到了狗睡觉的地方，那一定有茅草。坐在茅草上面可以使我的脚温暖。

积雪在脚下面呼叫："吱……吱……吱……"我的眼毛感到了纠绞，积雪随着风在我的腿部扫打。当我经过那些平日认为可怜的下等妓馆的门前时，我觉得她们也比我幸福。

我快走，慌张的走，我忘记了我的背脊怎样的弓起，肩头怎样的耸高。

"小姐！坐车吧！"经过繁华一点的街道，洋车夫们向我说着。

都记不得了，那等在路旁的马车的车夫们也许和我开着玩笑。

"喂……喂……冻得活像个他妈的……小鸡样……"

但我只看见马的蹄子在石路上面跺打。

我完全感到充血是我走上了我熟人的扶梯，我摸索，我寻找电灯，往往一件事情越接近着终点越容易着急和不能忍耐。升到最高级了，几几乎从顶上滑了下来。

感到自己的力量完全用尽了！再多走半里路也好像是不可能，并且这种寒冷我再不能忍耐，并且脚冻得麻木了，它一定需要休息下来，无论如何它需要一点暖气，无论如何不应该再让它去接触着霜雪。

去按电铃，电铃不响了，但是门扇欠了一个缝，用手一触时，它自己开了。一点声音也没有，大概人们都睡了。我停在内间的玻璃门外，我招呼那熟人的名字，终没有回答！我还看到墙上那张没有框子的画片。分明房里在开着电灯。再招呼了几声，仍是什么也没有……

“喔……”门扇用铁丝绞了起来，街灯就闪耀在窗子的外面。我踏着过道里搬了家余留下来的碎纸的声音，同时在空屋里我听到了自己苍白的叹息。

“浆汁还热吗？”在一排长街转角的地方，那里还张着卖浆汁的白色的布棚。我坐在小凳上，在集合着铜板……

等我第一次醒来时，只感到我的呼吸里面充满着鱼的气味。

“街上吃东西，那是不行的。您吃吃这鱼看吧，这是黄花鱼，用油炸的……”她的颜面和干了的海藻一样打着波绉。

“小金铃子，你个小死鬼，你给我滚出来……快……”我跟着她的声音才发现墙角蹲着个孩子。

“喝浆汁，要喝热的，我也是爱喝浆汁……哼！不然，你就遇不到我了，那是老主顾，我差不多每夜要喝……偏偏金铃子昨晚上不在家，不然的话，每晚都是金铃子去买浆汁。”

“小死金铃子，你失了魂啦！还等我孝敬你吗？还不自己来装饭！”

那孩子好像猫一样来到桌子旁边。

“还见过吗？这丫头十三岁啦，你看这头发吧！活像个多毛兽！”她在那孩子的头上用筷子打了一下，于是又举起她的酒杯来。她的两只袖口都一起往外脱着棉花。

晚饭她也是喝酒，一直喝到坐着就要睡去了的样子。

我整天没有吃东西，昏沉沉和软弱，我的知觉似乎一半存在着，一半失掉了。在夜里，我听到了女孩的尖叫。

“怎么，你叫什么？”我问。

“不，妈呀！”她惶惑的哭着。

从打开着的房门，老妇人捧着雪球回来了。

“不，妈呀！”她赤着身子站到角落里去。

她把雪块完全打在孩子的身上。

“睡吧！我让你知道我的厉害！”她一面说着，孩子的腿部就流着水的条纹。

我究竟不知道这是为了什么。

第二天，我要走的时候，她向我说：

“你有衣裳吗？留给我一件……”

“你说的是什么衣裳？”

“我要去进当铺，我实在没有好当的了！”于是她翻着炕上的旧毯片和流着棉花的被子：“金铃子这丫头还不中用……也无怪她，年纪还不到哩！五毛钱谁肯要她呢？要长样没有长样，要人才没有人才！花钱看样子吗？前些个年头可行，比方我年青的时候，我常跟着我的姨姐到班子里去逛逛，一逛就能落几个……多多少少总能落几个……现在不行了！正经的班子不许你进，土窑子是什么油水也没有，老庄哪懂得看样子的，花钱让他看样子，他就干了吗？就是凤凰也不行啊！落毛鸡就是不花钱谁又想看呢？”她突然用手指在那孩子的头上点了一下。“摆设，总得像个摆设的样子，看这穿戴……呸呸！”她的嘴和眼睛一致的歪动了一下。“再过两年我就好了，管她长得猫样狗样，可是她到底是中用了！”

她的颜面和一片干了的海蜇一样。我明白一点她所说的“中用”或“不中用”。

“套鞋可以吧？”我打量了我全身的衣裳，一件棉外衣，一件夹袍，一件单衫，一件短绒衣和绒裤，一双皮鞋，一双单袜。

“不用进当铺，把它卖掉，三块钱买的，五角钱总可以卖出。”

我弯下腰在地上寻找套鞋。

“哪里去了呢？”我开始划着一根火柴，屋子里黑暗下来，好像“夜”又要来临了。

“老鼠会把它拖走的吗？不会的吧？”我好像在反复着我的声音。可是她，一点也不来帮助我，无所感觉的一样。

我去扒着土炕，扒着碎毡片，碎棉花。但套鞋是不见了。

女孩坐在角落里面咳嗽着，那老妇人简直是喑哑了。

“我拿了你的鞋！你以为？那是金铃子干的事……”借着她抽烟时划着火柴的光亮，我看到她打着绉纹的鼻子的两旁挂下两条发亮的东西。

“昨天她把那套鞋就偷着卖了！她交给我钱的时候我才知道。半夜里我为什么打她？就是为着这桩事。我告诉她偷，是到外面去偷。看见过吗？回家来偷。我说我要用雪把她活埋……不中用的，男人不能看上她的，看那小毛辫子！活像个猪尾巴！”

她回转身去扯着孩子的头发，好像她在扯着什么没有知觉的东西似的。

“老的老，小的小……你看我这年纪，不用说是不中用的啦！”

两天没有见到太阳，在这屋里，我觉得狭窄和阴暗，好像和老鼠住在一起了。假如走出去，外面又是“夜”。但一点也不怕惧，走出去了！

我把单衫从身上褪了下来。我说：

“去当，去卖，都是不值钱的。”

这次我是用夏季里穿的通孔的鞋子去接触着雪地。

一九三五，二，五日。

弃　儿*

一

水就像远天一样，没有边际的漂漾着，一片片的日光，在水面上浮动着的大人、小孩和包裹都呈青蓝颜色，安静的不慌忙的小船朝向同一的方向走去，一个接着一个……

一个肚子圆得馒头般的女人，独自的在窗口望着。她的眼睛就如块黑炭，不能发光，又暗淡，又无光，嘴张着，胳膊横在窗沿上，没有目的地望着。

有人打门，什么人将走进来呢？那脸色苍苍，好像盛满面粉的布袋一样，被人掷了进来的一个面影。这个人开始谈话了："你倒是怎么样呢？才几个钟头水就涨的这样高，你不看见么？一定得有条办法，太不成事了？七个月了，共欠了四百块钱。王先生是不能回来的。男人不在，当然要向女人算账……现在一定不能再没有办法了。"正一正帽头，抖一抖衣袖，他的衣裳又像一条被空了的布袋，平板地，没有皱纹，只是眼眉往高处在抬了抬。

女人带着她的肚子，同样地脸上没有表情，嘴唇动了动：

---

* 本文 1933 年 5 月 6 日—17 日分十期连载发表于（长春）《大同报》"大同俱乐部"副刊，署名悄吟。

“明天就有办法。”

她望着店主脚在衣襟下迈着八字形的步子，鸭子样的走出屋门去。

她的肚子不像馒头，简直是小盆被扣在她肚皮上，虽是长衫怎样宽大，小盆还是分明的显露着。

倒在床上，她的肚子也被带到床上，望着棚顶，由马路间小河流水反照在的水光，不定形的乱摇，又挟着从窗口不时冲进来噪杂的声音。什么包袱落水啦！孩子掉下阴沟啦！接续的，连绵的这种声音不断起来，这种声音对她似两堵南北不同方向立着的墙壁一样，中间没有连锁。

“我怎么样呢？没有家，没有朋友，我走向哪里去？只有一个新认识的人，他也是没有家呵！外面的水又这样大，那个狗东西又来要房费，我没有……”她似乎非想下去不可，像外边的大水一样，不可抑止的想：“初来这里还是飞着雪的时候，现在是落雨的时候了。刚来这里肚子是平平的，现在却变得这样了……”她手续摸着肚子，她仰望天棚的水影，被褥间汗油的气味，发散着在。

二

天黑了，旅馆的主人和客人都纷扰的，提着箱子，拉着小孩走了。就是昨天早晨楼下为了避水而搬到楼上的人们，也都走了。骚扰的声音也跟随的走了。这里只是空空的楼房，一间挨紧一间，关着门，门里的帘子，默默的静静地长长透垂着，从嵌着玻璃的地方透出来。只有楼下的一家小贩，一个旅馆的杂役和一个病了的妇人男人伴着留在这里。满楼的窗子散散乱乱的开张和关闭，地板上的尘土地毡似的摊着。这里荒凉得就如兵已开走的营垒，什么全是散散乱乱得可怜。

水的稀薄的气味在空中流荡，沉静的黄昏在空中流荡，不知谁家的小猪被丢在这里，在水中哭喊着绝望的来往的尖叫。水在它的身边一个连环跟着一个连环的转，猪被围在水的连环里，就如一头苍蝇或是一头蚊虫被缠入蜘蛛的网罗似的，越挣扎，越感觉网罗是无边际的大。

小猪横卧在板排上，它只当遇了救，安静的，眼睛在放希望的光。猪眼睛流出希望的光和人们想吃猪肉的希望绞缠在一起，形成了一条不可知的绳。

猪被运到那边的一家屋子里去。

黄昏慢慢的耗，耗向黑沉沉的像山谷，像沟壑一样的夜里去。两侧楼房高大空洞就是峭壁，这里的水就是山涧。

依着窗口的女人，每日她烦得像数着发丝一般地心，现在都躲开她了，被这里的深山给吓跑了。方才眼望着小猪被运走的事，现在也不伤着她的心了，只觉得背上有些阴冷。当她踏着地板的尘土走进单身房的时候，她的腿便是用两条木做的假〔腿〕，不然就是别的腿强接在自己的身上，没有感觉，不方便。

整夜她都是听到街上的水流唱着胜利的歌。

三

每天在马路上乘着车的人们现在是改乘船了。马路变成小河，空气变成蓝色，而脆弱〔的〕洋车夫们，往日他是拖着车，现在是拖船。他们流下的汗水不是同往日一样吗？带着咸素和酸笨重的气味。

松花江决堤三天了，满街行走大船小船，用箱子当船的也有，用板片当船的也有。

许多救济船在嚷，手中摇摆黄色旗子。

住在二层楼上那个女人，被只船载着经过几条窄狭的用楼房砌成河岸的小河，开始向无际限闪着金色光波的大海奔去。她呼吸着这无际限的空气，她第一次与室窗以外的太阳接触。江堤沉落到水底去了，沿路的小房将睡在水底，人们在房顶蹲着。小汽船江鹰般的飞来了，又飞过去了，留下排成蛇阵的弯弯曲曲的波浪在翻卷。那个女人的小船行近波浪，船沿和浪相接触着摩擦着。

船在浪上打转，全船的人脸上没有颜色的惊恐，她尖叫了一声，跳起来，想要离开这个漂荡的船，走上陆地去。但是陆地在哪里？

满船都坐着人，都坐着生疏的人。什么不生疏呢？她用两个惊恐、忧郁、手指四张的手摸抚着突出来自己的肚子。天空生疏，太阳生疏，水面吹来的风夹带水的气味，这种气味也生疏。只有自己的肚子接近，不辽远，但对自己又有什么用处呢？

那个波浪是过去了，她的手指还是四处张着，不能合拢。“今夜将住在非[1]家，为什么蓓力[2]不来接我，走岔了路吗？假设方才翻倒过去不是什么全完了吗？也不用想这些了。”

六七个月不到街面，她的眼睛缭乱，耳中的受音器也不服支配了，什么都不清楚。在她心里只感觉热闹，同时她也分明的考察对面驶来的每个船只，有没有来接她的蓓力，虽然她的眼睛是怎样缭乱。

1　非，笔名老斐，即最早动议并组织救助作者的《国际协报》副刊主编裴馨园。

2　蓓力，代指“三郎”即萧军。

她嘴张着，眼睛瞪着，远天和太阳辽阔的照耀。

四

一家楼梯间站着那个女人，屋里抱小孩的老婆婆猜问着：你是芹[1]吗？

芹开始同主妇谈着话，坐在圈椅间，她冬天的棉鞋，显然被那个主妇看得清楚呢。主妇开始说：“蓓力去伴你来，不看见吗？那一定是走了岔路。”一条视线直迫着芹的全身而泻流过来，芹的全身每个细胞都在发汗，紧张、急躁，她愤恨自己为什么不迟来些，那就免得蓓力到那里连个影儿都不见，空虚的转了来。

芹到窗口吸些凉爽的空气，她破旧蓝衫的襟角在缠着她的膝盖跳舞。当蓓力同芹登上细碎的月影在水池边绕着的时候，那已是当日的夜，公园里只有蚊虫嗡嗡的飞。他们相依着，前路似乎给蚊虫遮断了，冲穿蚊虫的阵，冲穿大树的林，经过两道桥梁，他们在亭子里坐下，影子相依在栏杆上。

高高的大树，树梢相结，像一个用纱制成的大伞，在遮着月亮，风吹来大伞摇摆，下面洒着细碎的月光，春天出游少女一般地疯狂呵！蓓力的心里和芹的心里都有一个同样的激动，并且这个激动又是同样的秘密。

五

芹住在旅馆孤独的心境，不知都被什么赶到什么地方了。就

1　芹，代指作者自己。

是蓓力昨夜整夜不睡的痛苦，也不知被什么赶到什么地方了？

他为了新识的爱人芹，痛苦了一夜，本想在决堤第二天就去接芹到非家来，他像一个破大摇篮一样，什么也盛不住，衣袋里连一毛钱也没有。去当掉自己流着棉花的破被吗？哪里肯要呢？他开始把他最好的一件制服从床板底下拿出来，拍打着尘土，他想这回一定能当一元钱的，五角钱给她买吃的送去，剩下的五角伴她乘船出来用作船费，自己尽可不必坐船去，不是在太阳岛也学了几招游泳吗？现在真的有用了。他腋挟着这件友人送信的旧制服，就如挟着珍珠似的，脸色兴奋。一家当铺的金字招牌，混杂着商店的招牌，饭馆的招牌。在这招牌的林里，他早认清哪一家是当铺了，他欢笑着，他的脸欢笑着。当铺门关了，人们嚷着正阳河开口了。回来倒在板床上，床板硬得和一张石片〔样〕。他恨自己了，昨天到芹那去，〔为〕什么把裤带子丢了。就是游泳着去，也不必把裤搭子解下抛在路旁，为什么那样兴奋呢？蓓力心如此想，手就在腰间摸着新买的这条皮带。他把皮带抽下来，鞭打着自己。为什么要用去五角钱呢？只要有五角钱，用手提着裤子不也是可以把自己的爱人伴出来吗？整夜他都是在这块石片的床板上煎熬着。

六

他住在一家饭馆的后房，他看着棚顶在飞的蝇群，壁间跋走的潮虫，他听着烧菜铁勺的声音，刀砍着肉的声音，前房食堂间酒杯声，舞女们伴着舞衣摩擦声，门外叫化子乞讨声，像箭一般地，像天空繁星一般地，穿过嵌着玻璃的窗子，一棵棵的刺进蓓力的心去。他眼睛放射红光，半点不躲避。安静的蓓力不声响的接受着。他懦弱吗？他不知痛苦吗？天空在闪烁的繁星，都晓得蓓力是怎么存心在。

就像两个从前线退回来的兵士，一离开前线，前线的炮火也跟着离开了，蓓力和芹只顾坐在大伞下听风声和树叶们的叹息。

蓓力的眼睛实在不能睁开了，为了躲避芹的觉察还几次的给自己作着掩护，“今晨起得早一点，眼睛有些发干。”芹，像明白蓓力的用意一样，芹又给蓓力作着掩护的掩护：“那么我们回去睡觉吧。”

公园门前横着小水沟，跳过水沟来斜对的那条街就是非家了，他们向非家走去。

地面上孤行着的两条长长的影子，在浸渐的消泯。

就像两条刚被主人收留下的野狗一样，只是吃饭和睡觉才回到主人家里，其余尽是在街头跑着蹲着。

蓓力同他新识的爱人芹，在友人家中已是一个星期过了，这一个星期无声无味的飞过去。街口覆放着一只小船，他们整天坐在船板上。公园也被水淹没了，实在无处可去，左右的街巷也被水淹没了，他们两颗相爱的心也像有水在追赶着似的，一天比一天接近感到拥挤了。两颗心澎涨着，也正和松花江一样，想寻个决堤的处口冲出去。这不是想，只是需要。

一天跟着一天寻找，可是左右布的密阵也一天天的高一天天的厚，两颗不得散步的心，只得在他们两个相合的手掌中狂跳着。

七

蓓力也〔不〕住在饭馆的后房了，同样是住在非家，他和芹也是同样地离着。每天早起，不是蓓力到内房去推醒芹，就是芹早些起来，偷偷地用手指接触着蓓力的脚趾。他的脚每天都是抬到藤椅的扶的扶手上面，弯弯的伸着。蓓力是专为芹来接触而预备着这个姿势吗？还是藤椅短放不开他的腿呢？

他的脚被捏得作痛，醒转来，身子就是一条弯着腰的长虾，从藤椅间钻了出来，藤椅就像一只虾笼似的被蓓力丢在那里了。他用手揉擦着眼睛，什么都不清楚，两只鸭子形的小脚，伏在地板上，也像被惊醒的鸭子般地不知方向。鱼白的天色，玻璃窗透进来，朦胧的在窗帘上惺忪着睡眼。

芹的肚子越胀越大了——由一个小盆变成一个大盆，由一个不活动的物件，变成一个活动的物件。

她在床上睡不着，蚊虫在她的腿上走着玩，肚子里的物件在肚皮里走着玩，她简直变成个大马戏场了，什么全在这个场面上耍起来。

下床去拖着那双瘦猫般的棉鞋，她到外房去，蓓力又照样的变作一条弯着腰长虾，钻进虾笼去了——芹唤醒他，把腿给他看，芹腿上的小包都连成排了，若不是蚊虫咬的，一定会错认石阶上的苔藓，生在她的腿上了。蓓力用手抚摸着，眉头皱着，他又向她笑了笑，他的心是怎样的刺痛呵！芹全然不晓得这一个，以为蓓力是带着某种笑意向她煽动一样。她手指投过去，生在自己肚皮里的小物件也给忘掉了，只是示意一般的捏紧蓓力的脚趾，她心尽力的跳着。

内房里的英夫人[1]拉着小荣到厨房去，小荣先看着这两个虾米了——大嚷着推给她妈妈看。英夫人的眼睛不知放出什么样的光，故意的问：“你们两个用手捏住脚，这是东洋式的握手礼还

1　英夫人，即裴馨园之妻黄淑英。

是西洋式的？”

四岁的小荣姑娘，也学起妈妈的腔调，就像嘲笑而不当嘲笑的唱着：“这是东洋式的还是西洋式的呢？”

芹和蓓力的眼睛，都像老虎的眼睛在照耀着。

蓓力的眼睛不知为了什么变成金钢石的了！又发光，又坚硬。芹近几天尽看到这样的眼睛，他们整天地跑着，一直跑了十多天了！有时就连蓓力出〔去〕办一点事，她要像一条尾巴似的跟着蓓力，只是最近才算是有了个半职业——替非做一点事。

他们不厌倦也不休息，虽是芹的肚子怎样在胀……

中央大街[1]的水退去，撑船的人也不见了。蓓力挽着芹的手，芹的棉鞋在褪了色的蓝衫下浮动。又加上肚子特别发育，中央大街走的人们，都看得清楚。蓓力白色〔的〕篮球鞋子，一对小灰猪似的在马路上走。

非从那边来了——大概是下班回来。眼睛镶着眼镜向他们打了个招呼，走过去，一个短小的影子消失了！

晚间当芹和英夫人坐在屋里的时候，英夫人摇着头，脸上表演着不统一的笑，尽量的把声音委婉，向芹不知说了些什么。大概是白天被非看到芹和蓓力在中央大街走的事情。

芹和蓓力照样在街上绕了一周，蓓力还是和每天一样要挽着她跑。芹不知为了什么两条腿不愿意活动，心又不耐烦！两星期前住在旅馆的心情又将萌动起来，她心上烟雾刚退去不久又像给罩上了。她手玩弄着蓓力的衣扣，眼睛垂着，头低下去：

---

1 中央大街，哈尔滨道里区的中心街道，北起防洪纪念塔广场，南接新阳广场，全长1400米。始建于1900年，街道建筑包罗文艺复兴、巴洛克等多种风格，是国内罕见的建筑艺术长廊。旧称中国大街，1924年俄国工程师科姆特拉肖克设计、监工，并铺上了方石。1928年7月正式改称“中央大街”。

“我真不知这是什么意思，我们衣裳褴褛，就连在街上走的资格也没有了！”

蓓力不明白这话是对谁发的，他迟钝而又灵巧的问：“怎么？”

芹在学话说：“英说——你们不要在街上走去，在〔家〕里可以随便，街上的人太多，很不好看呢！人家讲究着很不好听。你们不知道吗？在这街上我们认识许多朋友，谁都知道你们是住在我家的，假设你们若是不住在我家，好看与不好看，我都不管的。”芹在玩弄着衣扣。

蓓力的眼睛又在放射金钢石般的光，他的心就像被玩弄着的衣扣一样，焦烦着在。

他把拳头握得紧紧的，向着自己的头部打去。芹给他拦住了，“我们不是分明的晓得这是怎样一种友情吗？穷人不许有爱。”

他把拳头仍是握得紧紧的，他说的话就像从唇间撕出来的一样，“穷人恋爱，富人是常常笑话的，穷人也会学着富人笑话穷人么？”他的拳头向着一切人打去，他的眼睛冒火，当时蓓力挽起芹的胳膊来，真像一只被提的手杖，经过大街，穿过活动着的人林，芹被提上楼去。

在过道间，蚊虫的群扰嚷着。芹一看到蚊虫，她腿上的苔藓立地会发着刺心的痒。窗口间的天色水般地清，风也像水般地凉，凉水般的风像浇在她的心里一样，她在发抖。蓓力看到她在发抖，也只有看着而已！就连蓓力自己也没件夹衣可穿呀！

八

关于英夫人的讲话，蓓力向非提问的时候，非并不知道英为什么要说这些，非只是惊奇，与非简直是不发生关系，蓓力的脸红了，他的心忏悔。

“富人穷人，穷人不许恋爱。”

方才他们心中的焦烦退了去，在街头的木凳上。她若感到凉，只有一个方法，她把头埋在蓓力上衣的前襟里。

公园被水淹没以后，只有一个红电灯在那个无人的地方自己燃烧。秋天的夜里，红灯在密结的树梢上面，树梢沉沉的，好像在静止的海上面发现了萤火虫似的，他们笑着，跳着，拍着手，每夜都是来向着这萤火虫在叫跳一回……

她现在不拍手了——只是按着肚子，蓓力把她扶回去。当上楼梯的时候，她的眼泪被抛落在黑暗里。

九

非对芹和蓓力有点两样，上次英夫人的讲话，可以证明是非说的。

非搬走了，这里的房子留给他岳母住，被褥全拿走了。芹在土炕上，枕着包袱睡。

在土炕上睡了仅仅是两夜，她肚疼得厉害了。她卧在土炕上，蓓力也不出街了，他蹲在地板上，下颚枕炕沿，守着她。

这是两个雏鸽，两个被折了巢窠的雏鸽。只有这两个鸽才会互相了解，真的帮助，因为饥寒迫在他们的身上是同样的份量。

芹肚子痛得更厉害了，在土炕上滚成个泥人了。蓓力没有戴帽子，跑下楼去，外边是落着阴冷的秋雨。两点钟过了蓓力不见回来，芹在土炕上继续自己滚的工作。外边的雨落得大了！三点钟也过了，蓓力还是不回来，芹只想撕破自己的肚子，外面的雨声她听不到了！

十

蓓力在小树下跑，雨在天空跑，铺着石头的路，雨的线在上面翻花，雨就像要把石头压碎似的，石头又非反抗到底不可。

穿过一条街，又一条街，穿过一片雨又一片雨，他衣袋里仍然是空着，被雨淋得他就和水鹅同样。

走进大门了，他的心飞上楼去，在抚慰着芹，这是谁也看不见的事。芹野兽疯狂般的尖叫声，从窗口射下来，经过成排的雨线，压倒雨的响声，却实实在在，牢牢固固，箭般地插在蓓力的心上了。

蓓力带着这只箭追上楼去，他以为芹是完了，是在发着最后嘶叫。

芹肚子痛得半昏了，她无知觉的拉住蓓力的手，她在土炕抓的泥土，和蓓力带的雨水相合。

蓓力的脸色惨白，他又把方才向非借的一元车钱送芹入医院的影子想了一遍："慢慢有办法，过几天，不忙。"他又想："这是朋友应该说的话吗？我明白了，我和非经济不平等，不能算是朋友。"

任是芹怎样嚎叫，他最终离开她下楼去了，雨是淘天的落下来。

十一

芹肚子痛得不知人事，在土炕上滚得不成人样了，脸和白纸一个样，痛得稍轻些，她爬下地来，想喝一杯水。茶杯刚拿在手里，又痛得不能耐了，杯子摔到地板上，杯子碎了。那个黄脸大眼睛非的岳母跟着声响走进来，嘴里罗嗦起：“也太不成样子了，我们这里倒不是开的旅馆，随便谁都住在这里。”

芹听不清谁在说话，把肚子压在炕〔上〕，要把小物件从肚皮挤出来，这种痛法简直是绞着肠子，她的肠子，像被抽断一样。她流着汗，也流着眼泪。

十二

芹像鬼一个样，在马车上囚着，经过公园，经过公园的马戏场，走黑暗的途径。

蓓力紧抱住她。现在她对蓓力只有厌烦，对于街上的每个行人都只有厌烦，她扯着头发，在蓓力的怀中挣扎。

她恨不能一步飞到医院，但是，马却不愿意前进，在水中一劲打旋转。蓓力开始惊惶，他说话的声音和平〔时〕两种：“这里的水特别深呵，走下阴沟去，危险。”他跳下水去，拉着马勒，在水里前进着。

芹十分无能的卧在车里，好像一个龌龊的包袱或是一个垃圾箱。

这一幅沉痛的悲壮的受压迫的人物映画，在明月下，在秋里，渲染得更加悲壮，更加沉痛了。

铁栏栅的门关闭着，门口没有电灯，黑森森的，大概医院是关了门了。

蓓力前去打门，芹的心希望和失望在绞跳着。

十三

马车又把她载回来了，又经过公园，又经过马戏场，芹肚子痛得像轻了一点。她看到马戏场的大象，笨重的在玩着自己的鼻子，分明清晰的她又有心思向蓓力寻话说：

“你看见大象笨得真巧。”

蓓力一天没得吃饭，现在他看芹像小孩子似的开着心，他心里又是笑又是气。

车回到原处了，蓓力尽他所有借到的五角钱给了车夫。蓓力就像急风暴雨里的白菜一样，风雨过了，他又扶着芹，踏上楼梯，他心里想着：医生方才看过了，不是还得一月后才到日子吗？那时候一定能想法借到十五元住院费。

蓓力才想起来给芹把破被子铺在炕上，她倒在被上，手指在整着蓬乱的头发。蓓力要脱下湿透的鞋子，吻了她一下，到外房去了。

又有一阵呻吟声蓓力听到了，赶到内房去，蓓力第一条视线射到芹的身上，芹的脸已是惨白得和铅锅一样。他明白她的肚子不痛是心理作用，尽力相信方才医生说再过一个月那是不准，是错误。

十四

他不愁，也不打算，他明白现代的一切事情惟有蛮横，用不到讲道理，所以第二次他把〔芹〕送到医院的时候，虽然他是没有院费，芹结果是强住到医院里。

在三等产妇室，芹迷沉的睡了两天了，总是梦着马车在水里打转的事情。半醒来的时候，急得汗水染透了衾枕。

她身体过于疲乏，精神也随之疲乏，对于什么事情都不太关心。对于蓓力，对于全世界的一切，全是一样，蓓力来时，坐在小凳上谈几句不关紧要的话。他一走，芹又合拢起眼睛来。

三天了，芹夜间不能睡着，奶子胀得硬，里面像盛满了什么似的，只听她嚷着奶子痛，但没听她询过关于孩子的话。

产妇室里摆着五张大床，睡着三个产妇，那边空着的五个小床。看护妇给推过一个来，靠近挨着窗口的那个产妇，又一个挨近别一个产妇。她们听到推小床的声音，把头露出被子外面，脸上都带着不可抑止、新奇同样的笑容，就好像看到自己的小娃在床里睡〔着〕的小脸一样。

她们并不向看护妇问一句话，怕羞似的脸红着，只是默默的在预备热情，期待她们亲手造成的小动物与自己第一次见面。

第三个床看护妇推向芹的方向走来，芹的心开始跳动，就像个意外的消息传了来，手在摇动："不要！不……不要……我不要呀！"她的声音里母子之情就像一条不能折断的钢丝被她折断了，她满身在抖颤。

十五

满墙泻着秋夜的月光，夜深，人静，只是隔壁小孩子在那边哭着。

孩子生下来哭了五天了，躺在冰凉的板桌上，涨水后的蚊虫成群片的从气窗挤进来，在小孩的脸上身上爬行。她全身冰冰，她整天整夜的哭。冷吗？饿吗？生下来就没有妈妈的孩子谁去管她呢？

月光照了满墙，墙上闪着一个影子，影子抖颤着，芹挨下床去，脸伏在有月光的墙上：“小宝宝，不要哭了，妈妈不是来抱你吗？冻得这样凉呵，我可怜的孩子！”

孩子咳嗽的声音，把芹伏在壁上的脸移动了，她跳上床去，她拖着自己的头发，用拳头痛打自己的头盖。真个自私的东西，成千成万的小孩在哭怎么就听不见呢？成千成万的小孩饿死了，怎么看不见呢？比小孩更有用的大人也都饿死了，自己也快饿死了，这都看不见，真是个自私的东西！

睡熟的芹在梦里又活动着，芹梦着蓓力到床边抱起她，就跑了，跳过墙壁，院费也没交，孩子也不要了。听说后来小孩给院长做丫环，被院长打死了。

孩子在隔壁还是哭着，哭得时间太长了，那孩子作呕，芹被惊醒，慌张的迷惑的赶下床去。她以为院长在杀害她的孩子，曾只见影子在壁上一闪，她昏倒了。

秋天的夜在寂寂的流，每个房间泻着雪白的月光，墙壁这边地板上倒着妈妈的身体，那边的孩子在哭着妈妈，只隔一道墙壁，母子之情就永久相隔了。

十六

身穿白长衫三十多岁的女人，她黄脸上涂着白粉，粉下隐现黄黑的斑点，坐在芹的床沿。女人烦絮的向芹问些琐碎的话，别的产妇凄然的在静听。

芹一看见她们这种脸，就像针一样在突刺着自己的心，“请抱去吧，不要再说别的话了。”她把头用被蒙起，她再不能抑止，这是什么眼泪呢？在被里横流。

那两个产妇受了感动似的也用手揉着眼睛，坐在床沿的女人说："谁的孩子，谁也舍不得，我不能做这母子两离的事。"女人的身〔子〕扭了一扭。

芹像被什么人要挟似的，把头上的被掀开，面上笑着，眼泪和笑容凝结的笑着："我舍得，小孩子没有用处，你把她抱去吧。"

小孩子在隔壁睡，一点都不知道，亲生她的妈妈把她给别人了。

那个女人站起来到隔壁去了，看护妇向那个女人在讲，一面流泪："小孩子生下来六天了，连妈妈的面都没得见，整天整夜地哭，喂她牛奶她不吃，她妈妈的奶胀得痛都挤扔了。唉，不知为什么，听说孩子的爸爸还很有钱呢！这个女人真怪，连有钱的丈夫都不愿嫁。"

那个女人，同情着看护妇说："这小脸多么冷清，真是个生下来就招人可怜的孩子。"小孩子被她们摸索醒了，她的面贴到别人的手掌，以为是妈妈的手掌，她撒怨的哭了起来。

过了半个钟头，小孩将来的妈妈，挟着红包袱，满脸欢喜踏上医院的石阶。

包袱里的小被褥给孩子包好，经过穿道，经过产妇室的门前，经过产妇室的妈妈，小孩跟着生人走了，走下石阶了。

产妇室里的妈妈什么也没看见，只听一阵噪杂的声音呵！

十七

当芹告诉蓓力孩子给人家抱去了时〔候〕，她刚强的沉毅的眼睛把蓓力给瞪住了，他只是安定地听着："这回我们没有挂碍了，丢掉一个小孩是有多数小孩要获救的目的，现在当前的问题就是院费。”

蓓力握紧芹的手，他想：“芹是个时代的女人，真顾得开，一定是我们将来忠实的伙伴！”他的血在沸腾。

每天当蓓力走出医院时，庶务都是向他问院费，蓓力早就放下没有院费的决心了，所以他第二次又挟着那件制服到当铺去，预备芹出院的车钱。

他的制服早就被老鼠在床下给咬破了，现在就连这件可希望的制服，也没有希望了。

蓓力为了五角钱，开始奔波。

十八

芹住在医院快是三个星期了！同室的产妇，来一个住一个星期抱着小孩走了，现在仅留她一个人在产妇室里。院长不向她要院费了，只希望她出院好了。但是她出院没有车钱没有夹衣，最要紧的她没有钱租房子。

芹一个人住在产妇室里，整夜的幽静，只有她一个人享受窗上大树招摇细点的月影，满墙走着满地走着。她想起来母亲死去的时候，自己还是小孩子，睡在祖父的身旁，不也是在夜里看着窗口的一树影么？现在祖父走进坟墓去了，自己离家乡已三年了，时间一过什么事情都消灭了。

窗外的树风唱着幽静的曲子，芹听到隔院的鸣声了。

十九

产妇们都是抱着小孩坐着汽车或是马车一个个出院了。现在芹也是出院了，她没有小孩也没有汽车，只有眼前的一条大街要她走，就像一片荒田要她开拔一样。

蓓力好像个助手似的在眼前引导着。

他们这一双影子，一双刚强的影子，又开始向人林里去迈进。

—完—

一九三三，四，一八，哈尔滨

欧罗巴旅馆 [*1]

楼梯是那样长，好像让我顺着一条小道爬上天顶。其实只是三层楼，也实在无力了，手扶着楼栏，努力拔着两条颤颤的，不属于我似的腿，升上几步；手也开始和腿一般颤。

等我走进那个房间的时候，和受辱的孩子似的偎上床去，用袖口慢慢擦着脸。他——郎华[2]，我的情人，那时候他还是我的情人，他问我了：

"你哭了吗？"

"为什么哭呢？我擦的是汗呀，不是眼泪呀！"

不知是几分钟过后，我才发现这个房间是如此的白，棚顶是斜坡的棚顶，除了一张床，地下有一张桌子，一围藤椅。离开床沿用不到两步可以摸到桌子和椅子。开门时，那更方便，一张门扇躺在床上可以打开。住在这白色的小室，好像把我住在幔帐中一般。我口渴，我说：

"我应该喝一点水吧！"

他要为我倒水时，他非常着慌，两条眉毛好像要连接起来，

---

* 本文1936年7月1日发表于（上海）《文季月刊》第一卷第二期，署名悄吟。同年8月收入（上海）文化生活出版社初版散文集《商市街》。

1 欧罗巴旅馆，俄国人开设的一家旅馆，位于当时的道里新城大街（今尚志大街）。

2 郎华，萧军的原型。

在鼻子的上端扭动了好几下：

“怎样喝呢？用什么喝？”

桌子上除了一块洁白的桌布，干净得连灰尘都不存在。

我有点昏迷，躺在床上听他和茶房在过道说了些时，又听到门响，他来到床边，我想他一定举着杯子在床边，却不，他的手两面却分张着：

“用什么喝？可以吧？用脸盆来喝吧！”

他去拿藤椅上放着才带来的脸盆时，毛巾下面刷牙缸被他发现，于是拿着刷牙缸走去。

旅馆的过道是那样寂静，我听他踏着地板来了。

正在喝着水，一只手指抵在白床单上，我用发颤的手指抚来抚去。他说：

“你躺下吧！太累了。”

我躺下也是用手指抚来抚去，床单有突起的花纹，并且白得有些闪我的眼睛，心想：不错的，自己正是没有床单。我心想的话他却说出了！

“我想我们是要睡空床板的，现在连枕头都有。”

说着他拍打我枕在头下的枕头。

“咯咯——”有人打门，进来一个高大的俄国女茶房，身后又进来一个中国茶房：

“也租铺盖吗？”

“租的。”

“五角钱一天。”

“不租。”“不租。”我也说不租，郎华也说不租。

那女人动手去收拾：软枕，床单，就连桌布她也从桌子扯下去。床单夹在她的腋下。一切夹在她的腋下。一秒钟，这洁白的小室跟随她花色的包头巾一同消失去。

我虽然是腿颤，虽然肚子饿得那样空，我也要站起来，打开柳条箱去拿自己的被子。

小室被劫了一样，床上一张肿涨的草褥赤现在那里，破木桌一些黑点和白圈显露出来，大藤椅也好像跟着变了颜色。

晚饭以前，我们就在草褥上吻着抱着过的。

晚饭就在桌子上摆着黑“列巴”[1]和白盐。

晚饭以后事件就开始了：

开门进来三四个人，黑衣裳，挂着枪，挂着刀。进来先拿住郎华的两臂，他正赤着胸膛在洗脸，两手还是湿着。他们那些人，把箱子弄开，翻扬了一阵：

“旅馆报告你带枪，没带吗？”那个挂刀的人问。随后那人在床下扒得了一个长纸卷，里面卷的是一支剑。他打开，抖着剑柄的红穗头：

“你哪里来的这个？”

停在门口那个去报告的俄国管事，挥着手，急得涨红了脸。

警察要带郎华到局子里去，他也预备跟他们去，嘴里不住说：“为什么单独用这种方式检查我？防害我？”

最后警察温和下来，他的两臂被放开，可是他忘记了穿衣裳，他湿水的手也干了。

原因日间那白俄来取房钱，一日两元，一月六十元。我们只有五元钱，马车钱来时去掉五角。那白俄说：

“你的房钱，给！”他好像知道我们没有钱似的，他好像是很着忙，怕是我们跑走一样。他拿到手中两元票子又说：“六十

1 列巴，俄语中“面包”的发音。

元一月，明天给！”原来包租一月三十元，为了松花江涨水才有这样的房价。如此他摇手瞪眼的说：“你的明天搬走，你的明天走！”

郎华说：“不走，不走——”

“不走不行，我是经理——”

郎华从床下取出剑来，指着白俄：

“你快给我走开，不然，我宰了你。”

他慌张着跑出去了，去报告警察所，说我们带着凶器，其实剑裹在纸里，那人以为是大枪，而不知是一支剑。

结果警察带剑走了，他说：“日本宪兵若是发现你有剑，那你非吃亏不可，了不得的，说你是大刀会，我替你寄存一夜，明天你来取。”

警察走了以后，闭了灯，锁上门，街灯的光亮从小窗口跑下来，凄凄淡淡的，我们睡了。在睡中不住想：警察是中国人，倒比日本宪兵强得多啊！

天明了，是第二天，从朋友处被逐出来是第二天了。

雪　天*

我直直是睡了一个整天，这使我不能再睡。小屋子渐渐从灰色变做黑色。

睡得背很痛，肩也很痛，并且也饿了。我下床开了灯，在床沿坐了坐，到椅子间坐了坐，扒一扒头发，揉擦两下眼睛，心中感到幽长和无底，好像把我放下一个煤洞去，并且没有灯笼，使我一个人走沉下去。屋子虽然小，在我觉得和一个荒凉的广场样，屋子的墙壁隔离着我比天还远，那是说一切不和我发生关系；那是说我的肚子太空了！

一切街车街声在小窗外闹着。可是三层楼的过道非常寂静。每走过一个人，我留意他的脚步声，那是非常响亮的，硬底皮鞋踏过去，女人的高跟鞋更响亮而且焦急，有时更有成群的响声，男男女女穿踏着过道一阵。我听遍了过道上一切引诱我的声音，可是不用开门看，我知道郎华还没回来。

小窗那样高，囚犯住的屋子一般，我仰起头来，看见那一些纷飞的雪花从天空忙乱的跌落，有的也打在玻璃窗片上，即刻就消融了！变成水珠滚动爬行着，玻璃窗被它画成没有意义无组织

---

* 本文1935年8月31日发表于（上海）《时事新报》“青光”副刊，署名悄吟。1936年8月收入（上海）文化生活出版社初版散文集《商市街》。有改动。

的条纹。

我想：雪花为什么要翩飞呢？多么没有意义！忽然我又想：我不也是和雪花一般没有意义吗？坐在椅子里，两手空着，什么也不做；口张着，可是什么也不吃。我十分和一架完全停止了的机器相像。

过道一响，我的心就非常跳，那该不是郎华的脚步？一种穿软底鞋的声音，嚓嚓来近门口，我仿佛是跳起来，我心害怕着：他冻得可怜了吧？他没有带回面包来吧！

开门看时，茶房站在那里：

“包夜饭吗？”

“多少钱？”

“每份六角。包月十五元。”

“……”我一点都不迟疑摇着头，怕是他把饭送进来强迫叫我吃似的，怕他强迫向我要钱似的。茶房走出，门又严肃的关起来。一切别的房中的笑声，饭菜的香气都断绝了，就这样用一道门，我与人间隔离着。

一直到郎华回来，他的胶皮底鞋擦在门限我才止住幻想。茶房手上的托盘，肉饼，炸黄的蕃薯，切成大片有弹力的面包……

郎华的夹衣上那样湿了，已湿的裤管拖着泥。鞋底通了孔，使得袜子也湿了。

他上床暖一暖，脚伸在被子外面，我给他用一张破布擦着脚上冰凉的黑圈。

当他问我时，他和呆人一般直直的腰也不弯：

“饿了吧？”

我几乎是哭了，我说：“不饿。”为了低头，我的脸几乎接触到他冰凉的脚掌。

他的衣服完全湿透，所以我到马路旁去买馒头。就在光身的木桌上，刷牙缸冒着气，刷牙缸伴着我们把馒头吃完。馒头既然吃完，桌上的铜板也要被吃掉似的，他问我：

"够不够？"

我说："够了。"我问他："够不够？"

他也说："够了。"

隔壁的手风琴唱起来，它唱的是生活的痛苦吗？手风琴凄凄凉凉的唱呀！

登上桌子，把小窗打开。这小窗是通过人间的孔道：楼顶，烟囱，飞着雪沉重而浓黑的天，路灯，警察，街车，小贩，乞丐，一切显现在这小孔道，烦烦忙忙的市街发着响。

隔壁的手风琴在我们耳里不存在了。

他去追求职业*

他是一匹受冻受饿的犬呀！

在楼梯尽端，在过道长筒的那边，他着湿的帽子被墙角隔住，他着湿的鞋子踏过发光的地板，一个一个排着脚踵的印泥。

这还是清早，过道的光线还不充足。可是有的房间门上已经挂好“列巴圈”[1]了！送牛奶的人，轻轻带着白色的，发热的瓶子，排在房间的门外。这非常引诱我，好像我已嗅到“列巴圈”的麦香，好像那成串肥胖的圆形的点心已经挂在我的鼻头上。几天没有饱食，我是怎样的需要啊！胃口在胸膛里面收缩，没有钱买，让那“列巴圈”们白白在虐待我。

过道渐渐响动起来。他们呼唤着茶房，关门开门，倒脸水。外国女人清早便高声说笑。可是我的小室，没有光线，连灰尘都看不见飞扬，静得桌子在墙角欲睡了，藤椅在地板上伴着桌子睡；静得棚顶和天空一般高，一切离得我远远的，一切都厌烦我。

下午，郎华还不回来，我到过道口站了好几次。外国女人红色的袜子，蓝色的裙子……一张张笑着的骄傲的红嘴，走下楼梯，她们的高跟鞋打得楼梯清脆发响。圆胖而生着大胡子的男人，那样不相称的捉着长耳环、黑脸的和小鸡一般瘦小的“基卜

---

* 本文1936年8月收入（上海）文化生活出版社初版散文集《商市街》。

1 “列巴圈”，即面包圈。

塞”[1]女人上楼来。茶房在前面去给打开一个房间。长时间以后又上来一群外国孩子，他们嘴上剥着瓜子儿，多冰的鞋底在过道上擗擗拍拍的留下痕迹过去了。

看遍了这一些人，郎华总是不回来，我开始打旋子，经过每个房间，轻轻荡来踱去，别人已当我是个偷儿，或是讨乞的老婆，但我自己并不感觉。仍是带着我苍白的脸，褪了色的蓝布宽大的单衫踱荡着。

忽然楼梯口跑上两个一般高的外国姑娘。

“啊呀！”指点着向我说：“你的……真好看！”

另一个样子像是为了我倒退了一步，并且那两个不住翻着衣襟给我看：

“你的……真好看！”

我没有理她们。心想：她们帽子上有水滴，不是又落雪？

跑回房间，看一看窗子究竟落雪不？郎华是穿着昨晚潮湿的衣裳走的。一开窗，雪花便满窗倒倾下来。

郎华回来，他的帽沿滴着水，我接过来帽子问他：

“外面上冻了吗？”

他把裤口摆给我看，我用手摸时，半段裤管又凉又硬。他抓住我在摸裤管的手说：

“小孩子。饿坏了吧！”

我说：“不饿。”我怎能说饿呢？为了追求食物他的衣服都结冰了。

过一会，他拿出二十元票子给我看。忽然使我痴呆了一刻，这是哪里来的呢？

---

1 “基卜塞”，今通译“吉普塞”或“吉卜赛”，著名跨境民族，以过流浪游荡生活为特点，擅长歌舞，艰难谋生。

家庭教师*

二十元票子，使他作了家庭教师。

这是第一天，他起得很早，并且脸上也像愉悦了些。我欢喜的跑到过道去倒脸水。心中埋藏不住这些愉快，使我一面折着被子一面嘴里任意唱着什么歌的句子。而后坐到床沿，两腿轻轻的跳动，单衫的衣角在腿下面抖荡。我又跑出门外，看了几次那个提篮卖面包的人，我想他应该吃些点心吧，八点钟他要去教书，天寒，衣单，又空着肚子，那是不行的。

但是还不见那提着膨胀的篮子的人来到过道。

郎华做了家庭教师，大概他自己想也应该吃了，当我下楼时，他就自己在买，长形的大提篮已经摆在我们房间的门口。他仿佛一个大蝎虎样，贪婪的，为着他的食欲，从篮子里往外捉取着面包，圆形的点心和“列巴圈”，他强健的两臂，好像要把整个篮子抱到房间里才能满足。最后他付过钱，下了最大的决心，舍弃了篮子跑回房中来吃。

还不到八点钟，他就走了。九点刚过他就回来。下午太阳快落时，他又去一次。一个钟头又回来。他已经慌慌忙忙像是生活

---

* 本文1936年2月1日发表于（上海）《中学生》（月刊）第62号，署名悄吟。同年8月收入（上海）文化生活出版社初版散文集《商市街》。

有了意义似的。当他回来时，他带回一个小包袱，他说那是才从当铺取出的从前他当过的两件衣裳。他很有兴致的把一件长夹袍从包袱里解出来，还有一件小毛衣。

“你穿我的夹袍，我穿毛衣。”他吩咐着。

于是两个人各自赶快穿上。他的毛衣很合适。惟有我穿着他的夹袍，两只脚使我自己看不见，手被袖口吞没去，宽大的袖口使我忽然感到我的肩膀一边挂好一个口袋，就是这样我觉得很合适，很满足。

电灯照耀着满城市的人家。钞票带在我的衣袋里，就这样两个人理直气壮的走在街上，穿过电车道，穿过扰嚷着的那条破街。

一扇破碎的玻璃门，上面封了纸片，郎华拉开它，并且回头向我说：“很好的小饭馆，洋车夫和一切工人全在这里吃饭。”

我跟着进去。里面摆着三张大桌子，我有点看不惯，好几部分食客都挤在一张桌上。屋子几乎要转不来身，我想：让我坐在哪里呢？三张桌子都是满满的人。我在袖口外面捏了一下郎华的手说：“一张空桌也没有，怎么吃？”

他说：“在这里吃饭是随随便便的，有空就坐。”他比我自然得多，接着他把帽子挂到墙壁上。堂管走来，用他拿在手中已经擦满油腻的布巾抹了一下桌角，同时向旁边正在吃的那个人说：“借光，借光。”

就这样郎华坐在长板凳上那个人剩下来的一头。至于我呢，堂管把掌柜独坐的那个圆板凳搬来，占据着大桌子的一头。我们好像存在也可以，不存在也可以似的。不一会，小小的菜碟摆上来。我看到一个小圆木砧上堆着煮熟的肉，郎华跑过去向着木砧说了一声：“切半角钱的猪头肉。”

那个人把刀在围裙上，在那块脏布上抹了一下，熟练的挥动着刀在切肉。我想：他怎么知道那叫猪头肉呢？很快的我吃到猪头肉了。后来我又看见火炉上煮着一个大锅，我想要知道这锅里到底盛的是什么，然而当时我不敢，不好意思站起来满屋摆荡。

"你去看看吧。"

"那没有什么好吃的。"郎华一面去看，一面说。

正相反，锅虽然满挂着油腻，里面却是肉丸子。掌柜连忙说："来一碗吧？"

我们没有立刻回答。掌柜又连忙说："味道很好哩。"

我们怕的倒不是味道好不好，既然是肉的，一定要多花钱吧！我们面前摆了五六个小碟子，觉得菜已经够了。他看看我，我看看他。

"这么多菜，还是不要肉丸子吧。"我说。

"肉丸子还带汤。"我看他说这话，是愿意了，那么吃吧。一决心，肉丸子就端上来。

破玻璃门边，来来往往有人进出，戴破皮帽子的，穿破皮袄的，还有满身红绿的油匠，长胡子的老油匠，十二三岁尖嗓的小油匠。

脚下有点潮湿得难过了。可是门仍不住的开关，人们仍是来来往往。一个岁数大一点的妇人，抱着孩子在门外乞讨，仅仅在人们开门时她说一声："可怜可怜吧！给小孩点吃的吧！"然而她从不动手推门。后来大概她等得时间太长了，就跟着人们进来，停在门口，她还不敢把门关上，表示出她一得到什么东西很快就走的样子。忽然全屋充满了冷空气。郎华拿馒头正要给她，掌柜的摆着手："多得很，给不得。"

靠门的那个食客强关了门，已经把她赶出去了，并且说："真她妈的，冷死人，开着门还行！"

不知哪一个发了这一声："她是个老婆子，你把她推出去。若是个大姑娘，不抱住她，你也得多看她两眼。"

全屋人差不多都笑了，我却听不惯这话，我非常恼怒。

郎华为着猪头肉喝了一小壶酒，我也帮着喝。同桌的那个人只吃咸菜，喝稀饭，他结账时还不到一角钱。接着我们也结账：小菜每碟二分，五碟小菜，半角钱猪头肉，半角钱烧酒，丸子汤八分，外加八个大馒头。

走出饭馆，使人吃惊，冷空气立刻裹紧全身，高空闪烁着繁星。我们奔向有电车经过叮叮响的那条街口。

"吃饱没有？"他问。

"饱了。"我答。

经过街口卖零食的小亭子，我还买了两块纸包糖，我一块，他一块，一面上楼，一面吮着糖的滋味。

"你真像个大口袋。"他吃饱了以后才向我说。

同时我打量着他，也非常不像样。在楼下大镜子前面两个人照了好久。他的帽子仅仅扣住前额，后脑勺被忘记似的，离得帽子老远老远的独立着。很大的头，顶个小卷沿帽，最不相宜的就是这个小卷沿帽，在头顶上看起来十分不牢固，好像乌鸦落在房顶，有随时飞走的可能。不配称的，别人送给他的那身学生服短而且宽。

走进房间，像两个大孩子似的，互相比着舌头，他吃的是红色的糖块，所以是红舌头，我是绿舌头。比完舌头之后，他忧愁起来，指甲在桌面上不住的敲响。

"你看，我当家庭教师有多么不得劲！来来往往冻得和个小叫化子似的。"

当他说话时，在桌上敲着的那只手的袖口已是破了，拖着线条。我想破了倒不要紧，可是冷怎么受呢？

长久的时间静默着，灯光照在两人脸上也不跳动一下，我说要给他缝缝袖口，明天要买针线。说到袖口，他惊觉一般看一下袖口，脸上立刻浮现着幻想，并且嘴唇微微张开，不自然似的，又不说什么。

关了灯，月光照在窗外，反映得全室微白。两人扯着一张被子，头下破书当做枕头。隔壁手风琴又咿咿呀呀的在诉说生之苦乐。乐器伴着他，他慢慢打开他幽禁的心灵了：

"敏子……这是敏子姑娘给我缝的。可是过去了，过去了就没有什么意义。我对你说过，那时候我疯狂了。直到最末一次信来，才算结束，结束就是说从那时起她不再给我来信了。这样意外的，相信也不能相信的事情，弄得我昏迷了许多日子……以前许多信都是写着爱我……甚至于说非爱我不可，最末一次信却骂起我来，直到现在我还不相信，可是事实是那样……"

他起来去拿毛衣给我看，"你看这桃色的线……是她缝的……敏子缝的……"

又灭了灯，隔壁的手风琴仍不停止。在说话里边他叫那个名字"敏子，敏子"。都是喉头发着水声。

"很好看的，小眼眉很黑……嘴唇很……很红啊！"说到恰好的时候，在被子里边他紧紧捏了我一下手。我想：我又不是她。

"嘴唇通红通红……啊……"他仍说下去。

马蹄打在街石上一朵朵的响声。每个院落在想像中也都睡去。

来　客*

打过门，随后进来一个胖子，穿的绸大衫，他也说他来念书，这使我很诧异。他四五十岁的样子，又是个买卖人，怎么要念书呢？过了好些时候，他说要念《庄子》。白话文他说不用念，一看就明白，那不算学问。

郎华该怎么办呢。郎华说："念《庄子》也可以。"

那胖子又说每一星期要做一篇文章，要请先生改。郎华说：也可以。郎华为了钱，为了一点点的学费这都可以。

另一天早晨，又来一个年青人，郎华不在家，他就坐在草褥上等着，他好像有肺病，一面看床上的旧报纸一面问我：

"门外那张纸贴上写着打武术，每月五元，不能少点吗？"

"等一下再讲吧！"我说。

他规规矩矩，很无聊的坐着。大约十分钟又过去了！郎华怎么还不回来，我很着急。得一点教书钱，好像做一笔买卖似的，我想这笔买卖是作不成了，那人直说要走。

"你等一等就回来的，就回来的。"

结果不能等，临走时向我告诉：

* 本文1936年8月收入（上海）文化生活出版社初版散文集《商市街》。

“我有肺病，我是从‘大罗新’[1]（商店）下来的，一年了，病也不好。医生叫我运动运动。吃药花钱太多，也不能吃了！运动总比挺着强。昨天我看报上有广告，才知道这里教武术，先生回来，请向先生说说，学费少一点。”

从家庭教师的广告登出去，就有人到这里治病，念《庄子》，还有人要练“飞檐走壁”，问先生会不会“飞檐走壁”！

那天又是郎华不在家，来一个人，还没有坐定，他就走了。他看一看床上就是一张光身的草褥，被子卷在床头，灰色的棉花从破孔流出来，我想去折一下，又来不及。那人对准地下两只破鞋打量着。他的手杖和眼镜都闪着光，在他看来，教武术的先生不用问是个讨饭的家伙。

1 “大罗新”，哈尔滨第一家华人“现代百货”，位于道外区北头道街，1921年由“民族商业之魂”武百祥创建，开业一年即成为全国十大商店之一。

提篮者 *

提篮人，他的大篮子，长形面包，圆面包……每天早晨他带来诱人的麦香，等在过道。

我数着……三个，五个十个……把所有的铜板给了他。一块黑面包摆在桌子上。郎华回来第一件事，他在面包上掘了一个洞，连帽子也没脱掉就嘴里嚼着，又去找白盐。他从外面带进来的冷空气发着腥味。他吃面包，鼻子时时滴下清水滴。

“来吃啊！”

“就来。”我拿了刷牙缸跑下楼去倒开水。回来时，面包差不多只剩硬壳在那里。他紧忙说：

“我吃得真快，怎么吃得这样快？真自私，男人真自私。”只端起牙缸来喝水，他再不吃了！我再叫他吃，他也不吃。只说：“饱了，饱了！吃去你的一半还不够吗？男人不好，只顾自己。你的病刚好，一定要吃饱的。”

他给我讲着，他怎样要开一个“学社”，教武术，还教什么什么……这时候他的手，又凑到面包壳上去，并且另一只手也来了！扭了一块下去，已经送到嘴里，已经咽下去，他也没有发

---

* 本文 1936 年 8 月收入（上海）文化生活出版社初版散文集《商市街》；1937 年 1 月 31 日再刊于（大连）《泰东日报 · 辽水周刊》第三二期，署名悄吟。

觉，第二次又来扭，可是说了：

“我不应该再吃，我已经吃饱。”

他的帽子仍没有脱掉，我替他脱了去，同时送一块面包皮到他的嘴上。

喝开水，他也是一直喝，等我向他要，他才给我。

“晚上我领你到饭馆去吃。”我觉得很奇怪，没钱怎么可以到饭馆去吃呢！

“吃完就走，这年头不吃还饿死？”他说完，又去倒开水。

第二天，挤满面包的大篮子又等在过道，我始终没推开门，门外有别人在买，即是不开门我也好像嗅到麦香。对面包我害怕起来，不是我想吃面包，怕是面包要吞了我。

“列巴，列巴！”哈尔滨叫面包做“列巴”，卖面包的人打着我们的门在招呼。带着心惊，买完了说：“明天给你钱吧，没有零钱。”

星期日家庭教师也休息。只有休息，连早饭也没有。提篮人在打门，郎华跳下床去，比猫跳得更得法，轻快，无声。我一动不动，“列巴”就摆在门口，郎华光着脚，只穿一件短裤，衬衣搭在肩上，胸膛露在外面。

一块黑面包，一角钱。我还要五分钱的“列巴圈”，那人用绳穿起来，我还说：“不用，不用。”我打算就要吃了！我伏在床上，把头抬起来，正像遇见了桑叶而抬头的蚕一样。

可是立刻受了打击，我眼看着那人从郎华的手上把面包夺回去，五个“列巴圈”也夺回去。

“明早一起取钱不行吗？”

“不行，昨天那半角也拿给我吧！”

我充满口涎的舌头向嘴唇舐了几下，不但“列巴圈”没有吃到，把所有的铜板又都带走了。

“早饭吃什么呀？”

“你说吃什么？”锁好门，他又回到床上时，冰凉的身子贴住我。

饿*

"列巴圈"挂在过道别人的门上，过道好像还没有天明，可是电灯已经熄了。夜间遗留下来睡朦朦的气息充塞在过道，茶房气喘着，抹着地板。我不愿醒得太早，可是已经醒了，同时再不能睡去。

厕所房的电灯仍开着，和夜间一般昏黄，好像黎明还没有到来，可是"列巴圈"已经挂上别人家的门了！有的牛奶瓶也规规矩矩的等在别人的房间外。只要一醒来，就可以随便吃喝，但，这都只限于别人，是别人的事，与自己无关。

扭开了灯，郎华睡在床上，他睡得很恬静，连呼吸也不震动空气一下。听一听过道连一个人也没走动。全旅馆的三层楼都在睡中，越这样静越引诱我，我的那种想头越坚决。过道尚没有一点声息，过道越静越引诱我，我的那种想头越想越充涨我：去拿吧！正是时候，即使是偷，那就偷吧！

轻轻扭动钥匙，门一点响动也没有，探头看了看，"列巴圈"对门就挂着，东隔壁也挂着，西隔壁也挂着。天快亮了！牛奶瓶的乳白色看得真真切切，"列巴圈"比每天也大了些。结果什

---

* 本文 1935 年 6 月 1 日发表于（上海）《文学》（月刊）第四卷第六号，署名悄吟。1936 年 8 月收入（上海）文化生活出版社初版散文集《商市街》。改动较大。

么也没有去拿，我心里发烧，耳朵也热了一阵，立刻想到这是“偷”。儿时的记忆再现出来，偷梨吃的孩子最羞耻。过了好久，我就贴在已关好的门扇上，大概我像一个没有灵魂的，纸剪成的人贴在门扇。大概这样吧！街车唤醒了我，马蹄得得，车轮吱吱的响过去。我抱紧胸膛，把头也挂到胸口，向我自己的心说：我饿呀！不是“偷”呀！

第二次又打开门，这次我决心了！偷就偷，虽然是几个“列巴圈”我也偷，为着我“饿”，为着他“饿”。

第二次又失败，那么不去做第三次了。下了最后的决心，爬上床，关了灯，推一推郎华，他没有醒，我怕他醒，在“偷”这一刻，郎华也是我的敌人，假若我有母亲，母亲也是敌人。

天亮了！人们醒了，马路也醒了。做家庭教师，无钱吃饭也要去上课，并且要练武术。他喝了一杯空茶走的，过道那些“列巴圈”早已不见，都让别人吃了。

从昨夜饿到中午，四肢软弱一点，肚子好像被踢打放了气的皮球。

窗子在墙壁中央，天窗似的，我从窗口升了出去，赤裸裸，完全和日光接近，市街临在我的脚下，直线的，错综着许多角度的楼房，大柱子一般工厂的烟筒，街道横顺交组着。秃光的街树。白云在天空作出各样的曲线。高空的风吹破我的头发，飘荡我的衣襟。市街和一张烦烦杂杂颜色不清晰的地图挂在我的眼前。楼顶和树梢都挂住一层稀薄的白霜，整个城市在阳光下闪闪灼灼撒了一层银片，我的衣襟被风拍着作响，我冷了，我孤孤独独的好像站在无人的山顶。每家楼顶的白霜，一刻不是银片了，而是些雪花，冰花或是什么更严寒的东西在吸我，全身浴在冰水里一般。

我披了棉被再出现到窗口，那不是全身，仅仅是头和胸突在窗口。一个女人站在一家药店门口讨钱，手下牵着孩子，衣襟裹着更小的孩子。药店没有人出来理她，过路人也不理她，都像说她有孩子不对，穷就不该有孩子，有也应该饿死。

我只能看到街路的半面，那女人大概向我的窗下走来，因为我听见那孩子的哭声很近。

“老爷，太太，可怜可怜……”可是看不见她在追逐谁，虽然是三层楼也听得这般清楚，她一定是跑得颠颠断断的呼喘：“老爷……老爷……可怜吧！”

那女人一定正相同我，一定早饭还没有吃，也许昨晚的也没有吃，她在楼下急迫的来回的呼声传染了我，肚子立刻响起来，肠子不住的呼叫……

郎华仍不回来，我拿什么来喂肚子呢？桌子可以吃吗？草褥子可以吃吗？

晒着阳光的行人道，来往的行人，小贩，乞丐……这一些看得我疲倦了！打着呵欠从窗口爬下来。

窗子一关起来，立刻满生了霜，过一刻玻璃片就流着眼泪了！起初是一条一条的，后来就大哭了！满脸是泪，好像在行人道上讨饭的母亲的脸。

我坐在小屋，饿在笼中的鸡一般，只想合起眼睛来静着，默着，但又不是睡。

"咯，咯！"这是谁在打门！我快去开门：是三年前旧学校[1]里的图画先生。

他和从前一样很喜欢说笑话，没有改变，只是胖了一点，眼睛又小了一点。他随便说，说得很多。他的女儿，那个穿红花旗袍的小姑娘，又加了一件黑绒上衣，她在藤椅上怪美丽的，但她有点不耐烦的样子：

"爸爸，我们走吧。"小姑娘哪里懂得人生！小姑娘只知道美，哪里懂得人生？

曹先生问："你一个人住在这里吗？"

"是——"我当时不晓得为什么答应"是"，明明是和郎华同住，怎么要说自己住呢？

好像这几年并没有别开，我仍在那个学校读书一样。他说：

"还是一个人好，可以把整个的心身献给艺术。你现在不喜欢画，你喜欢文学，就把全心献给文学。只有忠心于艺术的心才不空虚，只有艺术才是美，才是真美。'爱情'这话很难说，若是为了性欲才爱，那么就不如临时解决，随便可以找到一个，只要是异性。爱是爱，'爱'很不容易，那么就不如爱艺术，比较不空虚……"

"爸爸，走吧！"小姑娘哪里懂得人生，只知道"美"，她看一看这屋子一点意思也没有，床上只铺一张草褥子。

"是，走——"曹先生又说，眼睛指着女儿："你看我，十三岁就结了婚。这不是吗？曹云都十五岁啦！"

"爸爸，我们走吧！"

他和前几年一样，总爱说"十三岁"就结了婚。差不多全校

1　三年前旧学校，指作者曾经就读的"东省特别区区立女子第一中学校"。

同学都知道曹先生是十三岁结婚的。

“爸爸，我们走吧！”

他把一张票子丢在桌上就走了！那是我写信去要的。

郎华还没有回来，我应该立刻想到饿，但我完全被青春迷惑了！读书的时候哪里懂得“饿”？只晓得青春最重要，虽然现在我也并没老，但总觉得青春是过去了！过去了！

我冥想了一个长时期，心浪和海水一般的潮了一阵。

追逐实际吧！青春惟有自私的人才系念她，“只有饥寒，没有青春。”

几天没有去过的小饭馆，又坐在那里边吃喝了。“很累了吧！腿可疼？道外道里要有十五里路。”我问他。

只要有的吃，他也很满足，我也很满足。其余什么都忘了！

那个饭馆，我已经习惯，还不等他坐下，我就抢了个地方先坐下，我也把菜的名字记得很熟，什么辣椒白菜啦，雪里红豆腐啦……什么酱鱼啦！怎么叫酱鱼呢？哪里有鱼！用鱼骨头炒一点酱，借一点腥味就是啦！我很有把握，我简直都不用算一算就知道这些菜也超不过一角钱。因此我很大的声音招呼，我不怕，我一点也不怕花钱。

回来，没有睡觉之前，我们一面喝着开水一面说：

“这回又饿不着了！又够吃些日子。”

闭了灯，又满足又安适的睡了一夜。

搬　家*

搬家！什么叫搬家？移了一个窠就是罢！

一辆马车，载了两个人，一个条箱，行李也在条箱里。车行在街口了，街车，行人道上的行人，店铺大玻璃窗里的“模特儿”……汽车驰过去了，别人的马车赶过我们急跑，马车上面似乎坐着一对情人，女人的卷发在帽沿外跳舞，男人的长臂没有什么用处一般，只为着一种表示才遮在女人的背后。马车驰过去了，那一定是一对情人在兜风……只有我们是搬家。天空有水状的和要融化春冰状的白云，我仰望着白云，风从我的耳边吹过，使我的耳朵鸣响。

到了：商市街 ×× 号[1]。

他挟着条箱，我端着脸盆，通过很长的院子，在尽那头，第一下拉开门的是郎华，他说：

“进去吧！”

“家”就这样的搬来，这就是“家”。

一个男孩，穿着一双很大的马靴，跑着跳着喊：

---

* 本文 1936 年 8 月收入（上海）文化生活出版社初版散文集《商市街》。

1 商市街 ×× 号，商市街 25 号。商市街，今道里区红霞街。

“妈……我老师搬来啦，我老师搬来啦！”

这就是他教武术的徒弟。

借来的那张铁床，从门也抬不进来，从窗也抬不进来，抬不进来，真的就要睡地板吗？光着身子睡吗？铺什么？

“老师，用斧子打吧。”穿长靴的孩子去找到一柄斧子。

铁床已经站起，塞在门口，正是想抬出去也不能够的时候，郎华就用斧子打，铁击打着铁发出震鸣，门顶的玻璃碎了两块，结果床搬进来了，光身子放在地板中央。又向房东借一张桌子和两张椅子。

郎华走了，他说他去买水桶、菜刀、饭碗……

我的肚子因为冷，也许因为累，又在作痛。走到厨房去看，炉中的火熄了，未搬来之前也许什么人在烤火，所以炉中尚有木柈在燃。

铁床露着骨，玻璃窗渐渐结上冰来。下午了，阳光失去了暖力，风渐渐卷着沙泥来吹打窗子……用冷水擦着地板，擦着窗台……等到这一切做完，再没有别的事可做的时候，我感到手有点痛，脚也有点痛。

这里不像旅馆那样静，有狗叫，有鸡鸣……有人吵嚷。

把手放在铁炉板上也不能暖了，炉中连一颗火星也灭掉。肚子痛，要上床去躺一躺，哪里是床！冰一样的铁条，怎么敢去接近！

我饿了，冷了，我肚痛，郎华还不回来，有多么不耐烦！连一只表也没有，连时间也不知道。多么无趣，多么寂寞的家呀！我好像落下井的鸭子一般寂寞并且隔绝。肚痛、寒冷和饥饿伴着我，……什么家？简直是夜的广场，没有阳光，没有暖。

门扇大声光啷光啷的响，是郎华回来，他打开小桶的盖给我看：小刀，筷子，碗，水壶，他把这些都摆出来，纸包里的白米也倒出来。

只要他在我边旁，饿也不难忍了，肚痛也轻了。买回来的草褥放在门外，我还不知道，我问他：

“是买的吗？”

“不是买的，是哪里来的！”

“钱，还剩多少？”

“还剩！怕是不够哩！”

等他买木柈回来，我就开始点火。站在大炉边居然间我也和小主妇一样调着晚餐。油菜烧焦了，白米饭是半生就吃的，说它是粥，比粥还硬一点，说它是饭，比饭还黏一点。这是说我做了“妇人”，不做妇人，哪里会烧饭，不做妇人哪里懂得烧饭。

—

晚上房主人来时，大概是取着拜访先生的意义来的！房主人就是穿马靴那个孩子的父亲。

“我三姐来啦！”过一刻那孩子又打门。

我一点也不能认识她，她说她在学校时每天差不多都看见我，不管在操场或是礼堂。我的名字她还记得很熟。

“也不过三年，就忘得这样厉害……你在哪一班？”我问。

“第九班。”

“第九班，和郭小娴一班吗？郭小娴每天打球，我倒认识她。”

“对啦！我也打篮球。”

但无论如何我也想不起她来，坐在我对面的简直是一个从未见过的面孔。

“那个时候，你十几岁呢？”

“十五岁吧！”

“你太小啊，学校里多半是不注意小同学们的。”我想了一下，我笑了。

她卷皱的头发，挂胭脂的嘴，比我好像还大一点，因为回忆完全把我带回往昔的境地去。其实我是二十二岁了，比起她来，怕是已经老了。尤其是在蜡烛光里，假若有镜子让我照一下，我一定惨败得比三十岁更老。

“三姐！你老师来啦。”

“我去学俄文。”她弟弟在外边一叫她，她就站起来说。

很爽快，完全是少女风度，长身材，细腰，闪出门去。

最末的一块木柈 *

火炉烧起又灭，灭了再弄着，灭到第三次，我懊恼了！我再不能抑止我的愤怒，我想冻死吧，饿死吧，火也点不着，饭也烧不熟。就是那天早晨，手在铁炉门上烫焦了两条，并且把指甲烧焦了一个缺口。火焰仍是从炉门喷吐，我对着火焰生气，女孩子的娇气毕竟没有脱掉，我向着窗子，心很酸，脚也冻得很痛，打算哭了。但过了好久，眼泪也没有流出，因为已经不是娇子，哭什么？

烧晚饭时，只剩一块木柈，一块木柈怎么能生火呢？那样大的炉腔，一块木柈只能占去炉腔的二十分之一。

"睡下吧，屋子太冷，什么时候饿，就吃面包。"郎华抖着被子招呼我。

脱掉袜子，腿在被子里面团卷着，想要把自己的脚放到自己肚子上面暖一暖，但是不可能，腿生得太长了，实在感到不便，腿实在是无用。在被子里面也要颤抖似的，窗子上的霜，已经挂得那样厚，并且四壁刷的绿颜色，涂着金边，这一些更使人感到寒冷。两个人的呼吸像冒着烟一般地。玻璃上的霜好像柳絮落到河面，密结的起着绒毛。夜来时也不知道，天明时也不知道，是

* 本文 1936 年 8 月收入（上海）文化生活出版社初版散文集《商市街》。

个没有明暗的幽室，人住在里面正像菌类生在不见天日的大树下；快要朽了。而人不是菌类。

半夜我就醒来，并不饿，只觉到冷。郎华光着身子跳起来，点起蜡烛到厨房去喝冷水。

“冻着，也不怕受寒！”

“你看这力气！怕冷？”他的性格是这样，争强给我看。临上床，他还在自己肩头上打了两下。我遇着他冷的身子抖颤了。都说情人的身子比火还热，到此时我不能相信这话了。

第二天仍是一块木柈，他说，借吧！

“向哪里借！”

“向汪家借。”

写了一张纸条，他站在门口喊他的学生汪玉祥。

老厨夫抱了满怀的木柈来叫门。

不到半点钟我的脸一定也红了，因为郎华的脸红起来，窗子滴着水，水从窗口流延到地板上，窗前来回走人也看得清，窗前啄食的小鸡也看得清，黑毛的，红毛的，也有花毛的。

“老师，练武术吗？九点钟啦！”

“等一回，吃完饭练武术！”

有了木柈，还没有米，等什么？越等越饿。他教完武术，又跑出去借钱，等他借了钱买了一大块厚饼回来，木柈又只剩了一块。这可怎么办？晚饭又不能吃。

对着这一块木柈，又爱它，又恨它，又可惜它。

黑列巴和白盐*

玻璃窗子又慢慢结起霜来，不管人和狗经过窗前，都辨不清楚。

“我们不是新婚吗？”他这话说得很响，他唇下的开水杯起一个小圆波浪，他放下杯子，在黑面包上涂一点白盐送下喉去。大概是面包已不在喉中，他又说：“这不是正在度蜜月吗！”

“对的，对的。”我笑了。

他连忙又取一片黑面包，涂上一点白盐，学着电影上那样度蜜月，把涂盐的列巴先送上我的嘴，我咬了一下，而后他才去吃。一定盐太多了，舌尖感到不愉快，他连忙去喝水：

“不行不行，再这样度蜜月把人咸死了。”

盐毕竟不是奶油，带给人的感觉一点也不甜，一点也不香。我坐在旁边笑。

光线完全不能透进屋来，四面是墙，窗子已经无用，封闭了的洞门似的，与外界绝对隔离开。天天就生活在这里边。素食，有时候不食，好像传说上要成仙的人在这地方苦修苦炼。很有成绩，修炼得倒是不错了，脸也黄了，骨头也瘦了。我的眼睛越来

---

* 本文1936年8月收入（上海）文化生活出版社初版散文集《商市街》。

越扩大，他的颊骨和木块一样突在腮边，这些工夫都做到，只是还没成仙。

“借钱”，“借钱”，郎华每日出去“借钱”，他借回来的钱总是很少，三角，五角，借到一元都是很稀有的事。

黑列巴和白盐许多日子成了我们唯一的生命线。

度　日*

天色连日阴沉下去，一点光也没有，完全灰色，灰得怎样程度呢？那和墨汁混到水盆中一样。

火炉台擦得很亮了，碗、筷子、小刀摆在格子上。清早起第一件事点起火炉来，而后擦地板，铺床。

炉铁板烧得很热时，我便站到火炉旁烧饭，刀子、匙子弄得很响。炉火在炉腔里起着小的爆炸，饭锅腾着气，葱花炸到油里发出很香的蒸调的气味，我细看葱花在油里边滚着，渐渐变黄起来。……小洋刀好像剥着梨皮一样把地豆[1]刮得很白，很好看，去了皮的地豆是乳黄色，柔和而有弹力，炉台上铺好一张纸，把地豆再切成薄片。饭已熟，地豆煎好。打开小窗望了望，院心几条小狗在戏耍。

家庭教师还没有下课，菜香和米香引我回到炉前再吃两口，用匙子调一下饭，再调一下菜，很忙的样子像在偷吃。在地板上走了又走，一个钟头的课程还不到吗？于是再打开锅盖吞下几口。再从小窗望一望，我快要吃饱的时候他才回来。习惯上知道

* 本文 1936 年 8 月收入（上海）文化生活出版社初版散文集《商市街》。

1 地豆，即土豆。

一定是他，他都是在院心大声弄着嗓子响。我藏在门后等他，有时候我就不等他寻到就作着怪声跳出来。

早饭吃完以后，就是洗碗，刷锅，擦炉台，摆好木格子。假如有表，怕是十一点还多了！

再过三四个钟头又是烧晚饭。他出去找职业，我在家里烧饭，我在家里等他。火炉台，我开始围着它转走起来。每天吃饭，睡觉，愁柴，愁米……

这一切给我一个印象：这不是孩子时候了，是在过日子，开始过日子。

飞 雪*

是晚间，正在吃饭的时候，管门人来告诉：

"外面有人找。"

踏着雪，看到铁栏栅外我不认识的一个人，他说他是来找武术教师。那么这人就跟我来到房中，在门口他找擦鞋的东西，可是没有预备那样完备。表示着很对不住的样子，他怕是地板会弄脏的。厨房没有灯，经过厨房时那人为了脚下的雪差不多没有跌倒。

一个钟头过去了吧！我们的面条在碗中完全凉透，他还没有走，可是他也不说"武术"究竟是学不学，只是在那里用手帕擦一擦嘴，揉一揉眼睛，他是要睡着了！我一面用筷子调一调快凝住的面条，一面看着他把外衣的领子轻轻的竖起来，我想这回他一定是要走。然而没有走，或者是他的耳朵怕受冻用皮领来取一下暖，其实无论如何在屋里也不会冻耳朵，那么他是想坐在椅子上睡觉吗？这里是睡觉的地方？

结果他也没有说"武术"是学不学，临走时他才说：

"想一想……想一想……"

常常有人跑到这里来想一想，也有人第二次他再来想一想。

---

* 本文1936年8月收入（上海）文化生活出版社初版散文集《商市街》。

立刻就决定的人一个也没有，或者是学，或者是不学。看样子当面说不学，怕人不好意思，说学又总觉得学费不能再少一点吗？总希望武术教师把学费自动的减少一点。

我吃饭时很不安定，替他挑碗面，替自己挑碗面，一会又剪一剪灯花，不然蜡烛颤嗦得使人很不安。

两个人一句话也不说，对着蜡烛吃着冷面，雪落得很大了！出去倒脏水回来，头发就是湿的。从门口望出去，借了灯光，大雪白茫茫一刻就要倾满人间似的。

郎华披起才借来的夹外衣到对面的屋子教武术。他的两只空袖口没进大雪片中去了。我听他开着对面那房子的门。那间客厅光亮起来。我向着窗子，雪片翻倒倾忙着，寂寞并且严肃的夜围临着我，终于起着咳嗽关了小窗。找一本书，读不上几页又打开小窗，雪大了呢？还是小了？人在无聊的时候，风雨，总之一切天象会引起注意来。雪飞得更忙迫，雪片和雪片交组在一起。

很响的鞋底打着大门过道，走在天井里鞋底就减轻了声音。我知道是汪林回来了。那个旧日的同学，今日我没能看见她穿的是中国衣裳或是外国衣裳，她停在门外的木阶上在按铃，小使女，也就是小丫环开了门，一面问：

“谁？谁？”

“是我，你还听不出来！谁？谁？”她有点不耐烦，小姐们有了青春更骄傲，可是做丫环的一点也不知道这个。假若不是落雪一定能看到那女孩是怎样无知的把头缩回去。

又去读读书，又来看看雪，读了很多页了，但什么意思呢？我也不知道。因为我心只记得：落大雪，天就转寒，那么从此我不能出屋了吧？郎华没有皮帽，他的衣裳没有皮领，耳朵一定要冻伤的吧？

在屋里，只要火炉生着火，我就站在炉边，或者更冷的时候我还能坐到铁炉板上去把自己煎一煎。若没有木柈我就披着被坐在床上，一天不离床，一夜不离床，但到外边可怎么能去呢？披着被上街吗？那还可以吗？

我把两只脚伸到炉腔里去，两腿伸得笔直，就这样在椅子上对着炉门看书；哪里看书，假看，无心看。

郎华一进门就说："你在烤火腿吗？"

我问他："雪大小？"

"你看这衣裳！"他用面巾打着外套。

雪，带给我不安，带给我恐怖，带给我终夜各种不舒适的梦……一大群小猪沉下雪坑去……麻雀冻死在电线上，麻雀虽然死了仍挂在电线上。行人在旷野白色的大树林里一排一排的僵直着，还有一些把四肢都冻丢了。

这样的梦以后，但总不能知道这是梦，渐渐明白些时，才紧抱住郎华，但总不能相信这不是真事。我说：

"为什么要做这样的梦？照迷信来说，这可不知怎样？"

"真糊涂，一切要用科学方法来解释，你觉得这梦是一种心理，心理是从哪里来的？是物质的反映。你摸摸你这肩膀冻得这样凉，你觉到肩膀冷，所以你做那样的梦！"很快的他又睡去，留下我觉得风从棚顶，从床底都会吹来，冻鼻头，又冻耳朵。

夜间，大雪不知落得怎样了！早晨起来，一定会推不开门吧！记得爷爷说过：大雪的年头小孩站在雪里露不出头顶……风不住扫打窗子，小狗在房后哽哽的叫……

从冻又想到饿，明天没有米了。

他的上唇挂霜了*

他夜夜出去在寒月的清光下。他到五里路远一条僻静的街上去教两个人读中学国文课本。这是新找到的职业，不能说是职业，只能说新找到十五元钱。

秃着耳朵，夹外套的领子还不能遮住下巴，就这样夜夜出去，一夜比一夜冷了！听得见人们踏着雪地的响声也更大。他带着雪花回来，裤子下口全是白色，鞋也被雪浸了一半。

“又下雪吗？”

他一直没有回答，好像是同我生气。把袜子脱下来，雪积满他的袜口，我拿他的袜子在门扇上打着，只有一小部分雪星是震落下来，袜子的大部分全是潮湿了的。等我在火炉上烘袜子的时候，一种很难忍的气味满屋散布着。

“明天早晨晚些吃饭，南岗有一个要学武术的。等我回来吃。”他说这话完全没有声色，把声音弄得很低很低……或者他想要严肃一点，也或者他把这事故意看做平凡的事，总之我不能猜到了！

他赤了脚，穿上“傻鞋”去到对门上武术课。

“你等一等，袜子就要烘干的。”

---

* 本文1936年8月收入（上海）文化生活出版社初版散文集《商市街》。

“我不穿。”

“怎么不穿！汪家有小姐的。”

“有小姐管什么？”

“不是不好看吗？”

“什么好看不好看！”他光着脚去，也不怕小姐们看，汪家有两个很漂亮的小姐。

他很忙，早晨起来就跑到南岗去，吃过饭又要给他的小徒弟上国文课。一切完了又要跑出去借钱。晚饭后又是教武术，又是去教中学课本。

夜间他睡觉醒也不醒转来，我感到非常孤独了！白昼使我对着一些家俱默坐，我虽生着嘴也不能言语，我虽生着腿也不能走动，我虽生着手而也没有什么做，和一个废人一般，有多么寂寞！连视线都被墙壁截止住，连看一看窗前的麻雀也不能够，什么也不能够，玻璃生满厚的和绒毛一般的霜雪。这就是“家”，没有阳光，没有暖，没有声，没有色，寂寞的家，穷的家，不生毛草荒凉的广场。

我站在小过道窗口等郎华，我的肚子很饿。

铁门扇响了一下，我的神经便要震荡一下，铁门响了无数次，来来往往都是和我无关的人，汪林她很大的皮领子和她很响的高跟鞋相配称，她摇摇恍恍，满满足足，她的肚子想来很饱很饱，向我笑了笑，滑稽的样子用手指点我一下：

“啊！又在等你的郎华……”她快走到门前的木阶还说着：“他出去，你天天等他，真是怪好的一对！”

她的声音在冷空气里来得很脆，也许是少女们特有的喉咙，对于她，我立刻把她忘记，也许原来就没把她看见，没把她听见，假若我是个男人，怕是也只有这样。肚子响叫起来。

汪家厨房传出来炒酱的气味，隔得很远我也会嗅到，他家吃炸酱面吧！炒酱的铁勺子一响都像说：炸酱面炸酱面……

在过道站着，脚冻得很痛，鼻子流着鼻涕。我回到屋里，关好二层门，不知是想什么，默坐了好久。

汪林的二姐到冷屋去取食物，我去倒脏水遇见她，平日不很说话，很生疏，今天她却说：

“没去看电影吗？这个片子不错，胡蝶主演。”她蓝色的大耳环永远吊荡着不能停止。

“没去看。”我的夹袍子冷透骨了！

“这个片子很好，煞尾是结了婚，看这片子的人都猜想，假若再演下去，那是怎么度着美满的……”

她热心的来到门缝边，在门缝我也看到她大长的耳环在摆动。

“进来玩玩吧！”

“不进去，要吃饭啦！”

郎华回来了，他的上唇挂霜了！汪二小姐走得很远时，她的耳环和她的话声仍震荡着：“和你度蜜月的人回来啦，他来了。”

好寂寞的，好荒凉的家呀！他从口袋取出烧饼来给我吃，他又走了，说有一家招请电影广告员，他要去试试。

“什么时候回来？什么时候回来？”我追赶到门外问他，好像很久捉不到的鸟儿，捉到又飞了！失望和寂寞，虽然吃着烧饼也好像饿倒下来。

小姐们的耳环对比着郎华的上唇挂着的霜，对门居着，他家的女儿看电影，戴耳环；我家呢？我家……

当铺*

“你去当吧！你去当吧，我不去！”

“好，我去，我就愿意进当铺，进当铺我一点也不怕，理直气壮。”

新做起来的，我的棉袍，一次还没有穿就跟着我进当铺去了！在当铺门口稍微徘徊了一下，想起出门时郎华要的价目——非两元不当。

包袱送到柜台上，我是仰着脸，伸着腰用脚尖站起来送上去的，真不晓得当铺为什么摆起这么高的柜台！

那戴帽头的人翻着衣裳看，还不等他问，我就说了：

“两块钱。”

他一定觉得我太不合理，不然怎么连看我一眼也没有看就把东西卷起来，他把包袱仿佛要丢在我的头上，他十分不耐烦的样子。

“两块钱不行，那么多少钱呢？”

“多少钱不要。”他摇摇相同长西瓜形的脑袋，小帽头顶尖的红帽球也跟着摇了摇。

---

* 本文1936年8月收入（上海）文化生活出版社初版散文集《商市街》。

我伸手去接包袱，我一点也不怕，我理直气壮，我明明知道他故意作难，正想把包袱接过来就走。猜得对对的，他并不把包袱真给我。

“五毛钱！这件衣服袖子太瘦，卖不出钱来……”

“不当。”我说。

“那么一块钱……再可不能多了，就是这个数目。”他把腰微微向后弯一点，柜台太高，看不出他突出的肚囊……一只大手指就比在和他太阳穴一般高低的地方。

带着一元票子和一张当票，我快快的走，走起路来感到很爽快，默认自己是很有钱的人。菜市，米店我都去过，臂上抱了很多东西，感到非常愿意抱这些东西，手冻得很痛，觉得这是应该，对于手一点也不感到可惜，本来手就应该给我服务，好像冻掉了也不可惜。走在一家包子铺门前，又买了十个包子，看一看自己带着这些东西，很骄傲，心血时时激动，至于手冻得怎样痛一点也不可惜。路旁遇见一个老叫化子，又停下来给他一个大铜板，我想我有饭吃他也是应该吃啊！然而没有多给，只给一个大铜板，那些我自己还要用呢！又摸一摸当票也没有丢，这才重新走，手痛得什么心思也没有了，快到家吧！快到家吧。但是背上流了汗，腿觉得很软，眼睛有些刺痛，走到大门口才想起来，从搬家还没有出过一次街，走路腿也无力，太阳光也怕起来。

又摸一摸当票才走进院去。郎华仍躺在床上，和我出来的时候一样，他还不习惯于进当铺。他是在想什么，拿包子给他看，他跳起来了：

“我都饿啦，等你也不回来。”

十个包子吃去一大半他才细问：“当多少钱？当铺没欺负你？”

把当票给他，他瞧着那样少的数目：“才一元，太少。”

虽然说当得的钱少，可是又愿意吃包子，那么结果很满足。他在吃包子的嘴，看起来比包子还大，一个跟着一个，包子消失尽了。

借*

“女子中学”[1] 的门前，那是三年前在里边读书的学校。和三年前一样，楼窗，窗前的树，短板墙，墙外的马路，每块石砖我踏过它。墙里墙外的每棵树尚存着我温馨的记忆，附近的家屋唤着我往日的情绪。

我忘不了这一切啊！管它是温馨的是痛苦的，我忘不了这一切啊！我在那楼上正是我有着青春的时候。

现在已经黄昏了，是冬的黄昏。我踏上水门汀的阶石，轻轻的迈着步子。三年前曾按过的门铃又按在我的手中。出来开门的那个校役，他还认识我。楼梯上下跑走的那一些同学却咬着耳说：“这是找谁的？”

一切全不生疏，事务牌，信箱，电话室，就是挂衣架子三年也没有搬动，仍是摆在传达室的门外。

我不能立刻上楼，这对于我是一种侮辱似的。旧同学虽有，怕是教室已经改换了，宿舍我不知道在楼上还是在楼下。

“梁先生——国文梁先生在校吗？”我对校役说。

“在校是在校的，正开教务会议。”

---

* 本文 1936 年 8 月收入（上海）文化生活出版社初版散文集《商市街》。

1 “女子中学”，指作者曾经就读的“东省特别区区立女子第一中学校”，简称“东特女一中”，位于邮政街。

"什么时候开完？"

"那怕到七点钟吧！"

墙上的钟还不到五点，等也是无望，我走出校门来了！这一刻我完全没有来时的感觉，什么街石，什么树，这对我发生什么关系？

"吟——在这里。"郎华在很远的路灯下打着招呼。

"回去吧！走吧！"我走到他近边，再不说别的。

顺着那条斜坡的直道走得很远我才告诉他：

"梁先生开教务会议，开到七点，我们等得了吗？"

"那么你能走吗？肚子还疼不疼？"

"不疼，不疼。"

圆月从东边一小片林梢透过来，暗红色的圆月，很大很混浊的样子，好像老人昏花的眼睛垂到天边去。脚下的雪不住在滑着，响着，走了许多时候，一个行人没有遇见，来到火车站了！大时钟在暗色的空中发着光，火车的汽笛震鸣着冰寒的空气，电车，汽车，马车，人力车，车站前忙着这一切。

顺着电车道走，电车响着铃子从我们身旁一辆一辆的过去。没有借到钱，电车就上不去。走吧！挨着走，肚痛我也不能说。走在桥上，大概是东行的火车突着烟从桥下经过，震得人会耳鸣起来，索链一般的爬向市街去。

从岗上望下来，最远处，商店的红绿电灯不住的闪闭；在夜里的人家好像在烟里一般，若没有灯光从窗子流出来，那么所有的楼房就该变成幽寂的，没有钟声的大教堂了！站在岗上望下去，"许公路"的电灯好像扯在太阳下长串的黄色铜铃，越远那些铜铃越增加着密度，渐渐数不过来了！

挨着走，昏昏茫茫的走，什么夜，什么市街，全是阴沟，我们滚在沟中，携着手吧！相牵着走吧！天气那样冷，道路那样滑，我时时要滑倒的样子，脚下不稳起来，不自主起来，在一家电影院门前我终于跌倒了，坐在冰上，因为道上无处不是冰。膝盖的关节一定受了伤害，他虽拉着我，走起来也十分困难。

“肚子跌痛了没有？你实在不能走了吧？”

到家把剩下来的一点米煮成稀饭，没有盐，没有油，没有菜，暖一暖肚子算了。

吃饭，肚子仍不能暖，饼干盒子盛了热水，盒子漏了。郎华又拿一个空玻璃瓶要盛热水给我暖肚子，瓶底炸掉下来，满地流着水，他拿起没有底的瓶子当号筒来吹。在那呜呜的响声里边，我躺下冰冷的床去。

买皮帽[*]

“破烂市”上打起着阴棚[1]，很大一块地盘全然被阴棚连络起来。不断的摆着摊子：鞋，袜，帽子，面巾，这都是应用的东西。摆出来最多的是男人的裤子和衬衫。我打量了郎华一下，这裤子他应该买一条。我正想问价钱的时候忽然又被那些大大小小的皮外套吸引住。仰起头看那些挂得很高的，一排一排的外套，宽大的领子，黑色毛皮的领子，虽是马车夫穿的外套，郎华穿不也很好吗？又正想问价钱，郎华在那边叫我：

“你来，这个帽子怎么样？”他拳头上顶着一个四个耳朵的帽子正在转着弯看，我一见那和猫头一样的帽子就笑了，我还没有走到他近边，我就说：“不行。”

“我小的时候，在家乡尽戴这个样帽子。”他赶快顶在头上试一试。立刻他就变成个小猫样，“这真暖和。”他又把左右的两个耳朵放下来，立刻我又看他像个小狗，总之他戴起这样的帽子不像个小猫，就像个小狗——因为小时候爷爷给我买过这样“叭狗帽”，爷爷叫它“叭狗帽”。

“这帽子暖和得很！”他又顶在拳头上转着弯摇了两下。

脚在阴棚里冻得难忍，在小的行人道跑了几个弯子，许多“飞机帽”，这个，那个，他都试过。黑色的比黄色的价钱便宜两角，

---

* 本文1936年8月收入（上海）文化生活出版社初版散文集《商市街》。

1 阴棚，商户在户外营业时所搭防止太阳暴晒和遮避风沙的棚子。

他喜欢黄色的，同时又喜欢少花两角钱，于是走遍阴棚，在寻找。

“你的……什么的要？”出摊子的人这样问着。同是中国人却把中国人当作日本或是高丽人。

我们不能买他的东西，很快的跑过去。

郎华带上飞机帽了！两个大皮耳朵上面长两个小耳朵。

“快走啊，快走。”绕过不少路才走出阴棚。若不是他喊我，我真被那些衣裳和裤子恋住了，尤其是马车夫们穿的羊皮外套。

重见天日时，我忙慌着跟上郎华去！

“还剩多少钱？”

“五毛。”

走过菜市，从前吃饭那个小饭馆，我想提议进去吃包子，一想到五角钱，只好硬着心肠，背了自己的愿望走过饭馆。五角钱要吃三天，哪能进饭馆子？

街旁许多卖花生，瓜子的。

“有铜板吗？”我拉了他一下。

“没有，一个没有。”

“没有就完事。”

“你要买什么？”

“不买什么！”

“要买什么这不是有票子吗？”他停下来不走了。

“我想买点瓜子，没有铜板就不买。”

大概他想：爱人要买几个铜板瓜子的欲望都不能满足！于是慷慨的摸着他的衣袋。

这不是给爱人买瓜子的时候，吃饭比瓜子更要紧；饿比爱人更要紧。

风雪吹着我们走回家来了，手疼，脚疼，我白白的跟着跑了一趟。

一　天*

他在祈祷，他好像是向天祈祷。

正是跪在栏杆那儿，冰冷的，石块砌成的人行道。然而他没有鞋子，并且他用裸露的膝头去接触一些冬天的石块。我还没有走近他，我的心已经为愤恨而烧红，而快要涨裂了！我咬我的嘴唇，毕竟我是没有闭起眼睛来走过他。

他是那样年老而昏聋，眼睛像是已腐烂过。街风是锐利的：他的手已经被吹得和一个死物样。可是风，仍然是锐利的。我走近他，但不能听清他祈祷的文句，只是喃喃着。

一个俄国老妇，她说的不是俄语，大概是犹太人，把一张小钞票放到老人的手里，同时他仍然喃喃着，好像是向天祈祷。

我带着我重得和石头似的心走回屋中，把积下的旧报纸取出来，放到老人的面前，为的是他可以卖几个钱。但是当我已经把报纸放好的时候，我心起了一个剧变，我认为我是再平庸没有的人了！仿佛我是作了一件蠢事般地。于是我摸衣袋，我思考家中存钱的盒子，可是连半角钱的票子都不能够寻思得到。老人是过

---

* 本文1933年12月17、24日以《烦扰的一日》为题发表于（长春）《大同报》“夜哨”周刊第十七、十八期，署名悄吟。1936年11月收入（上海）文化生活出版社初版作品集《桥》。1940年6月改篇名为《一天》，收入（重庆）大时代书局发行的“文艺丛书”初版《萧红散文》。改动较多。

于笨拙了！怕是他不晓得怎样去卖旧报纸。

我走向邻居家去，她的小孩子在床上玩着，她常常是没有心思向我讲一些话。我坐下来，把我带去的小包袱打开，预备裁一件衣服。可是今天雪琦说话了：

“于妈还不来，那么我的孩子，会使我没有希望。你看！我是什么事也没有作，外国语不能读，而且我连读报的趣味都没有呀！”

“我想你还是另寻一个老妈子好啦！”

“我也这样想，不过实际是困难的。”

她从生了孩子以来，那是五个月，她沉下苦恼的陷阱去，唇部不似从前有颜色，脸儿皱绉。

为着我到她家去替她看小孩，她走了，和猫一样蹑手蹑足的下楼去了。

小孩子自己在床上玩得厌了，几次想要哭闹，我忙着裁旗袍，只是用声音招呼他。看一下时钟，知道她去了还不到一点钟，可是看小孩子要多么耐性呀！我烦乱着，这仅是一点钟。

妈妈回来了，带进来衣服的冷气，后面跟进来一个瓷人样的，缠着两只小脚，穿着毛边鞋子，并且在她进房的时候，她还向我行了一个深深的鞠躬礼。我又看见她戴的是毛边帽子，她坐在床沿。

过了一会她是欣喜的，有点不像瓷人：“我是没有作过老妈子的，我的男人在十八道街开柳条包铺，带开药铺……我实在不能再和他生气，谁都是愿意支使人，还有人愿意给人家支使吗？咱们命不好，那就讲不了！”

像猜谜似的，使人想不出她是什么命运。雪琦她欢喜，她想幸福是近着她了，她在感谢我：

“玉莹，你看今天你若不来，我怎能去找这个老妈子来呀！”

那个半老的婆娘仍然讲着：“我的男人他打我骂我，以先对我很好，因为他开柳条包铺，要招股东。就是那个入二十元钱顶大的股东，他替我造谣，说我的娘家有钱，为什么不帮助开柳条包铺呢？在这一年中就连一顿舒服饭也没吃过，我能不伤心吗！我十七岁过门，今年我是二十四岁。他从不和我吵闹过。”

她不是个半老的婆娘，她才二十四岁。说到这样心伤的地方她没有哭，她晓得做老妈子的身份。可是又想说下去。雪琦眉毛打锁，把小孩给她：

“你抱他试试。”

小孩子，不知为什么，但是他哭，也许他不愿看那种可怜的脸相？

雪琦有些不快乐了，只是一刻的工夫，她觉得幸福是远着她了！

过了一会她又像个瓷人，最像瓷人的部分，就是她的眼睛，眼珠定住，我们一向她看去，她忙着把眼珠活动一下，然而很慢，并且一会又要定住。

“你不要想，将来你会有好的一日……”

“我是同他打架生气的，一生气就和个呆人样，什么也不能做。”那瓷人又忙着补充一句：“若不生气什么病也没有呀！好人一样，好人一样。”

后来她看我缝衣裳，她来帮助我，我不愿她来帮助，但是她要来帮助。

小孩子吃着奶，在妈妈的怀中睡了！孩子怕一切音响，我们的呼吸为着孩子的睡觉都能听得清。

雪琦更不欢喜了，大概她在恐怕着，她在计量着，计量她的计划怎样失败。我窥视出来这个瓷器的老妈，怕是一会就要被辞退。

然而她是有希望的，满着希望，她殷勤的在盆中给小孩在洗尿布。

“我是不知当老妈子的规矩的，太太要指教我。”她说完坐在木凳上，又开始变成不动的瓷人。

我烦扰着，街头的老人又回到我的心中；雪琦铅板样的心沉沉的挂在脸上。

“你把脏水倒进水池子去。”她向摆在木凳间的那瓷人说。

捧着水盆子，那个妇人紫色毛边鞋子还没有响出门去，雪琦的眼睛和偷人样转过来了：

“她是不是不行？那么快让她走吧！”

孩子被丢在床上，他哭叫，她到隔壁借三角钱给老妈子的工钱。

那紫色的毛边鞋慢慢移着，她打了盆净水放在盆架间，过来招呼孩子，孩子惧怕这瓷人，他更哭。我缝着衣服，不知什么一种不安传染了我的心。

忽然老妈子停下来，那是雪琦把三角钱的票子示到面前的时候，她拿到三角钱走了。她回到妇女们最伤心的家庭去，仍去寻她恶毒的生活。

毛边帽子，毛边鞋子，来了又走了。

雪琦仍然是自己抱着孩子。

“你若不来，我怎能去找她来呢！”她埋怨我。

我们深深呼吸了一下，好像刚从暗室走出。屋子渐渐没有阳光了，我回家了，带着我的包袱，包袱中好像裹着一群麻烦的想头——妇女们有可厌的丈夫，可厌的孩子。冬天追赶着老叫化子使他绝望。

在家门口，仍是那条栏杆，仍是那块石道，老人向天跪着，黄昏了，给他的绝望甚于死。

我经过他，我总不能听清他祈祷的文句，但我知道他在祈祷的，不是我给他的那些报纸！也不是半角钱的票子，是要从死的边沿上把他拔回来。

然而让我怎样做呢？他向天跪着，他向天祈祷。……

一九三三，十二，八。哈尔滨。

破落之街*

天明了，白白的阳光空空的染了全室。

我们快穿衣服，折好被子，平[1]结他自己的鞋带，我结我的鞋带。他到外面去打脸水，等他回来的时候，我气愤的坐在床沿。他手中的水盆被他忘记了，有水泼到地板。他问我，我气愤着不语，把鞋子给他看。

鞋带是断成三段了，现在又断了一段。他重新解开他的鞋子，我不知道他在做什么，我看他向桌间寻了寻，他是找剪刀，可是没买剪刀，他失望用手把鞋带做成两段。

一条鞋带也要分成两段，两个人束着一条鞋带。

他拾起桌上的铜板说：

“就是这些吗？”

“不，我的衣袋还有哩！”

那仅是半角钱，他皱眉，他不愿意拿这票子。终于下楼了，他说：

“我们吃什么呢？”

用我的耳朵听他的话，用我的眼睛看我的鞋，一只是白鞋

---

* 本文1936年11月收入（上海）文化生活出版社初版作品集《桥》。

1 平，指代萧军。

带，另一只是黄鞋带。

秋风是紧了，秋风的凄凉特别在破落之街道上。

苍蝇满集在饭馆的墙壁，一切人忙着吃喝，不闻苍蝇。

“伙计，我来一分钱的辣椒白菜。”

“我来二分钱的豆芽菜。”

别人又喊了，伙计满头是汗。

“我再来一斤饼。”

苍蝇在那里好像是哑静了，我们同别的一些人一样，不讲卫生和体面，我觉得女人必须不应该和一些下流人同桌吃饭，然而我是吃了。

走出饭馆门时，我很痛苦，好像快要哭出来，可是我什么人都不能抱怨。平他每次吃完饭都要问我：

“吃饱没有？”

我说：“饱了！”其实仍有些不饱。

今天他让我自己上楼：

“你进屋去吧！我到外面有点事情。”

好像他不是我的爱人似的，转身下楼离我而去了。

在房间里，阳光不落在墙壁上，那是灰色的四面墙，好像匣子，好像笼子，墙壁在逼着我，使我的思想没有用，使我的力量不能与人接触，不能用于世。

我不愿意我的脑浆翻绞，又睡下，拉我的被子，在床上辗转，仿佛是个病人一样，我的肚子叫响，太阳西沉下去，平没有回来。我只吃过一碗玉米粥，那还是清早。

他回来，只是自己回来，不带馒头或是别的充饥的东西回来。

肚子越响了，怕给他听着这肚子的呼唤，我把肚子翻向床，压住这呼唤。

“你肚疼吗？”

我说不是，他又问我：

“你有病吗？”

我仍说不是。

“天快黑了，那么我们去吃饭吧！”

他是借到钱了吗?

“五角钱哩！”

—

泥泞的街道，沿路的屋顶和蜂巢样密挤着，平房屋顶，又生出一层平屋来。那是用板钉成的，看起像是楼房，也闭着窗子，歇着门。可是生在楼房里的不像人，是些猪猡，是污浊的群。我们往来都看见这样的景致。现在街道是泥泞了，肚子是叫唤了！一心要奔到苍蝇堆里，要吃馒头。桌子的对边那个老头，他啰叨起来了，大概他是个油匠，胡子染着白色，不管衣襟或是袖口，都有斑点花色的颜料，他用有颜料的手吃东西。并没有发现他是不讲卫生，因为我们是一道生活。

他嚷了起来，他看一看没有人理他，他升上木凳，好像老旗杆样，人们举目看他。终归他不是造反的领袖，那是私事，他的粥碗里面睡着个苍蝇。

大家都笑了，笑他一定在发神经病。

“我是老头子了，你们拿苍蝇喂我！”他一面说，有点伤心。

一直到掌柜的呼唤伙计再给他换一碗粥来，他才从木凳降落下来。但，他寂寞着他的头摇拽着。

这破落之街我们一年没有到过了，我们的生活技术比他们高，和他们不同，我们是从水泥中向外爬。可是他们永远留在那里，那里淹没着他们的一生，也淹没着他们的子子孙孙，但是这要淹没到什么时代呢？

我们也是一条狗，和别的狗一样没有心肝。我们从水泥中自己向外爬，忘记别人，忘记别人。

一九三三，十二，二七。

小黑狗 *

像从前一样，大狗是睡在门前的木台上。望着这两只狗我沉默着，我自己知道又是想起我的小黑狗来了。

前两个月的一天早晨，我去倒脏水。在房后的角落处，房东的使女小钰蹲在那里。她的黄头发毛着，我记得清明的，她的衣扣还开着。我看见的是她的背面，所以我不能预测这是什么发生了！

我斟酌着我的声音，还不等我向她问，她的手已在颤颤，唔！她颤颤的小手上有个小狗在闭着眼睛，我问：

“哪里来的？”

“你来看吧？”

她说着，我只看她毛蓬的头发摇了一下，手上又是一个小狗在闭着眼睛。

不仅一个两个，不能辨清是几个，简直是一小堆。我也和孩子一样，和小钰一样欢喜着跑进屋去，在床边拉他的手：

“平森！……啊，……喔喔……”

我的鞋底在地板上响，但我没说出一个字来，我的嘴废物似

---

* 本文发表于 1933 年 8 月 13 日（长春）《大同报》“夜哨”周刊第一期。同年 10 月收入（哈尔滨）五画印刷社初版小说散文集《跋涉》（与三郎合著），署名悄吟。

的啊喔着。他的眼睛瞪住，和我一样，我是为了欢喜，他是为了惊愕。最后我告诉了他，是房东的大狗生了小狗。

过了四天，别的一只母狗也生了小狗。

以后小狗都睁开眼睛了。我们天天玩着它们，又给小狗搬了个家，把它们都装进木箱里。

争吵就是这天发生的：小钰看见老狗把小狗吃掉一只，怕是那只老狗把它的小狗完全吃掉，所以不同意那个老狗，大家就抢夺着把余下的三个小狗也给装进木箱去，算是那个白花狗生的。

那个毛褪得稀疏、骨格透露、瘦得龙样似的老狗追上来了，白花狗仗着年青不惧敌，哼吐着开仗的声音。平时这两条狗从不咬架，就连咬人也不会。现在凶恶极了，就像两条小熊在咬架一样。房东的男儿、女儿、听差、使女，又加我们两个，此时都没有用了。不能使两个狗分开。两个狗满院疯狂的拖跑，人也疯狂着。在人们吵闹的声音里，老狗的乳头脱掉一个，含在白花狗的嘴里。

人们算是把狗打开了。老狗再追去时，白花狗已经把乳头吐到地上，跳进木箱看护它一群小狗去了。

脱掉乳头的，血流着，痛得满院转走。木箱里它的三个小狗却拥挤着不是自己的妈妈，在安然的吃奶。

有一天，把个小狗抱进屋来放在桌上，它害怕，不能迈步，全身有些颤，我笑着像是得意，说：

“平森，看小狗啊！”

他却相反，说道：

“哼！现在觉得小狗好玩，长大要饿死的时候，就无人管了。”

这话间接的可以了解。我笑着的脸被这话毁坏了，用我寞寞的手，把小狗送了出去，我心里有些不愿意，不愿意小狗将来饿死。可是我却没有说什么，面向后窗我看望后窗外的空地，这块空地没有阳光照过，四面立着是有产阶级的高楼，几乎是和阳光绝了缘。不知什么时候，小狗是腐了，乱了，挤在木板下，左近有苍蝇飞着。我的心情完全神经质下去，好像躺在木板下的小狗就是我自己，像听着苍蝇在自己已死的尸体上寻食一样。

平森走过来，我怕又要证实他方才的话，我假装无事，可是他已经看见那个小狗了！我怕他又要象征着说什么，可是他已经说了：

“一个小狗死在这没有阳光的地方，你觉得可怜么？年老的叫化子不能寻食，死在阴沟里，或是黑暗的街道上。女人，孩子，就是青年人失了业的时候也是一样。”

我愿意哭出来，但我不能，因为人都说女人一哭就算了事，我不愿意了事。可是慢慢的我终于哭了！他说：“悄悄，你要哭么？这是平常的事，冻死，饿死，黑暗死，每天有这样的事情，把持住自己，渡我们的桥梁吧！小孩子！”

我怕着羞，把眼泪拭干了，但，终日我是心情寞寞。

过了些日子，十二个小狗之中又少了两个，但是这些更可爱了！会摇尾巴，会学着大狗叫，跑起来在院子就是一小群。有时门口来了生人，它也跟着大狗跑去，并不咬，只是摇着尾巴，就像和生人要好似的——这或是小狗还不晓得它们的责任，还不晓得保护主人的财产。

天井中纳凉的软椅上，房东太太吸着烟，她开始说家常话了，结果又说到了小狗：

“这一大群什么用也没有，一个好看的也没有，过几天把它远远的送到马路上去，秋天又要有一群，厌死人了！”

坐在软椅旁边的是个六十多岁的老经管，眼花着，有主意的嘴吃着说：

“明明……天，用麻……袋背送到大江去……”

小钰是个小孩子，她说：

“不用送大江，慢慢都会送出去。”

小狗满院跑跳。我最愿意看的是它们睡觉，多是一个压着一个脖子睡，小圆肚一个个的相挤着。是凡来了熟人的时候都是往外介绍，生得好看一点的抱走了几个。

其中有一个耳朵最大，肚子最圆的小黑狗，算是我的了！我们的朋友用小提篮带回去两个，剩下的只有一个小黑狗和一个小黄狗。老狗对它两个，非常珍惜起来，争着给小狗去舐绒毛。这时候，小狗在院子里已经就不成群了！

我从街上回来，打开窗子。我读一本小说，那个小黄它挠窗纱，和我玩笑似的竖起身子来，挠了又挠。

我想：

“怎么几天没有见到小黑狗呢？”

我喊了小钰。别的同院住的人都出来了，找遍全院，不见我的小黑狗。马路上也没有可爱的小黑狗，再看不见它的大耳朵了，它忽然是失了踪！

又过三天，小黄狗也被人拿走。

没有妈妈的小钰向我说：

“大狗一听隔院的小狗叫，它就想起它的孩子。可是满院急寻，上楼顶去张望，最终一个都不见。它哽哽地叫呢！”

十三个小狗一个不见了！和两个月以前一样，大狗是孤独的睡在木台上。

平森的小脚，鸽子形的小脚，栖在床单上。他是睡了。我在写，我在想，玻璃窗上的三个苍蝇在飞……

1933，8，1。

广告副手*

一

地板上细碎的木屑，油罐，颜料罐子，不流通的空气的味，刺人的散散乱乱的混杂着。

木匠穿着短袖的衬衫，摇着耳朵，胳膊上年老的筋肉，忙碌的突起，又忙碌的落下；头上流下汗水直浸入他白色的胡子根端去。

另一个在大广告牌上涂抹着红颜料的青年，确定的不希望回答，拉起读小说的声音说：

“这就是大工厂啊！”

屋子的右半部不知是架什么机器哒哒的响。什么声音都给机器切断了！芹的叹息声听不见，老木匠咳嗽声也听不见，只是抖着他那年老快不中用的胳膊！

芹在大牌上涂了一块白色，现在她该用红色了！走到颜料罐子的堆去寻，肩上披着两条发辫。

“这就是大工厂啊！”

---

* 本文1933年10月收入（哈尔滨）五画印刷社初版小说散文集《跋涉》（与三郎合著），署名悄吟。

"这就是大工厂啊！"

芹追紧这个反复的声音，望着那个青年正在涂抹的一片红色，她的骨肉被割的在切痛，这片红色捉人心魂的在闪着振撼的光。

"努力抹着自己的血吧！"

她说的话别人没有听见，这却不是被机器切断的，只是她没说出口来。

站在墙壁一般宽大的广告牌前，消遣似的她细数着老木匠喘着呼吸的次数！但别一方她却非消遣，实际的需要的想下去：

"我决不能涂抹自己的血！——……每月二十元。"

"我决不能涂抹自己的血我不忍心呀！——……二十元。"

"米袋子空了！蓓力每月的五元稿金，现在是提前取来用掉了！"

"可是怎么办？——……二十元——二十元——二十元……"

她爽快的拉条短凳登在着。脑壳里的二十元，就像一架压榨机一样，一发动起来，不管自己的血，人家的血，就一起的从她的笔尖滴落到大牌子上面。

那个青年蹲着在大牌子上画。老木匠面向窗口运着他的老而快不中用的胳膊。三个昏黄的影子在墙上在牌子上慌忙地摇晃。

外面广茫的夜在展开着。前楼提琴响着，钢琴也响着。女人的笑声，经过老木匠面向的窗口，声音就终止在这暗淡的灯光里了！木匠带着胡子流着他快不中用的汗水。那个披着发辫的女人登上木凳在涂着血色。那个青年蹲在地板上也在涂着血色。琴声就像破锣似的在他们听来，不尊贵，没有用。

"这就是大工厂啊！他妈妈的！"

这反复的话，隔一个时间又要反复一遍。好像一盘打字机似的，从那个青年的嘴里一字一字地跳出。

芹摇晃着影子，蓓力在她的心里走……

“他这回不会生气的吧！我是为着职业。”

“他一定会晓得我的。”

门扇打开，走进一个鼻子上架着眼镜，手里牵着文明杖，并且上唇生着黑鼻涕似的小胡。他进来了！另一个用手帕掩着嘴的女人，也走来了！旗袍的花边闪动了一下，站在门限。

“唔，我可受不了这种气味，快走吧！”

男人正在鉴赏着大牌子上的颜色。他看着大牌子方才芹弄脏了的红条痕。他的眼眉在眼镜上面皱着，他说：

“这种红色不太显明，不太好看。”

穿旗袍的女人早已挽起他的胳膊，不许再停留一刻。

“医生不是说过吗？你头痛都是常到广告室看广告被油气熏的。以后用不着来看，总之，画不好凭钱不是什么都可以做到吗？画广告的不是和街上乞丐一样多吗？”

门扇没给关上，开着，他们走了！他们渐去渐远的话声，渺茫的可以听到：

“……女人为什么要做这种行道？真是过于拙笨了！过于想不开了……”

那个青年摇着肩头把门关好，又摇动着肩头在说：“叫你鉴赏着我们的血吧！就快要渲染到你们的身上了。”

他说着，并且用手拍打自己的膝盖。

芹气得喘不上气来，在木凳上痴呆茫然的立着，手里红颜色的笔溜到地板上，颜料罐子倒倾着；在将画就的大牌子上，在她的棉袍上，爬着长条的红痕。

青年摇起昏黄的影子向着芹的方面：

“这可怎样办？四张大牌子明天就一起要。现在这张又弄上红色，方才进来的人就是这家影院的经理，那个女人就是他的姨太太。”

芹的影子就像钉在大牌子上似的，一动不动。她在失神地想呵：

“这真是工厂啊！方才走进来的那个小胡的男人不也和工厂主一样吗？别人，在黑暗里涂抹的血，他们却拿到光明的地方去鉴赏，玩味！”

外面广茫的夜在流。前楼又是笑声拍掌声，带着刺般传来，突刺着芹的心。

广告室里机器响着，老木匠流着汗。

老木匠的汗为谁流呢？

二

房门大开着，碗和筷子散散乱乱的摊在炉台上，屋子充满黄昏的颜色。

蓓力到报馆送稿子回来，一看着门扇，他脸就带上了惊疑的色彩，心不平静的在跳：

“腊月天还这样放空气吗？”

他进屋摸索着火柴和蜡烛。他的手惊疑地在颤动，他心假装平静无事的跳。他嘴努力平静着在喊：

“你快出来，我知道你又是藏在门后了！”

“快出来！还等我去门后拉你吗？”

脸上笑着，心里跳着，蜡油滴落了满手。他找过外屋门后没有，又到里屋门后：

“小东西，你快给我爬出来！”

他手按住门后衣挂上的衣服，不是芹。他脸为了不可止的惊疑而愤怒，而变白。

他又带着希望寻过了床底，小厨房，最后他坐在床沿，无意识的掀着手上的蜡油；心里是这样的想：

“怎么她会带着病去画广告呢？”

蜡油一片一片落到膝盖，在他心上翻腾起无数悲哀的波。

拿起帽子，一种悲哀勇敢的力量推着他走出房外，他的影子投向黑暗的夜里。

门在开着，墙上摇颤着空虚寂寞的憧影，蜡烛自己站在桌子上燃烧。

三

帽子在手里拿着，耳朵冻得和红辣椒一般，跑到电影院了！太太和小姐们穿着镶边的袍子从他的眼前走过，只像一块肮脏的肉，或是一个里面裹着什么龌龊东西的花包袱，无手无足的在一串串的滚。

但，这是往日的情形，现在不然了！他恨着咬得牙齿作响，他想把这一串串的包袱肚子给踢裂。

电影厂里，拍手声和笑声，从门限射出来。蓓力手里摆着帽子，努力抑止脸上急愤的表情，用着似平和的声音说：

“广告室在什么地方？”

“有什么事？”

“今天来画广告的那个女人，我找她。广告室在什么地方？”

“画广告的人都走了！门关锁了！”

“不能够，你去看看！”

“不信把钥匙给你看。”

站在门旁那个人到里面，真的把钥匙拿给蓓力看了！钥匙是真的，蓓力到现在，把方才愤怒的方向转变了！方才的愤怒是因为芹带着病画广告，怕累得病重；现在他的愤怒是转向什么方向去了呢？不用说，他心内冲着爱和忌妒两种不能混合的波浪。

他走出影院的门来，帽子还是在手里拿着，有不可释的无端的线索向他抛着：

“为什么呢？她不在家，也不在这里？”

满天都是星，各个在闪耀，但没有一个和蓓力接近的。他的耳朵，冻得硬了！他不感觉，又转向影院去，坐在大长椅上。电影厂里扰嚷着噪杂的烦声，来来去去高跟鞋子的脚，板直的男人裤腿，手杖，女人牵着的长毛狗。这一切蓓力今天没有骂他们，只是专心的在等候。他想：

“芹或者到里面看电影去了？工作完了这里看电影很方便的。”

里门开放了！走出来麻雀似的人群吱吱的闹着骚音。蓓力站起来，眼睛花了一阵在寻找芹。

芹在后院广告室里，遥远缥渺的听着这骚音了！蓓力却在前房里寻芹。

门是开着，屋子里的蜡燃烧得不能再燃烧了！尽了！蓓力从影院回来的时候，才发觉自己是忘掉把蜡吹灭就走出去。

屋子给风吹得冰冷就和一个冰窖似的。门虽是关好，门限那儿被风带进来的雪霜凛凛的仍是闪光。仅有的一支蜡烛烧尽了！蓓力只得在黑暗里摸索着想：

“一看着职业什么全忘了！开着门就跑了！”

冷气充满他的全身，充满全室，他耳朵冻得不知道痛，躬着腰，他倒在床间。屋子里黑魆魆的，月光从窗子透进来，但，只是一小条，没有多大帮助。蓓力用他僵硬的手搪着头发在想。

门口间被风带进来雪的沙群，凛凛地闪着泪水般的光芒："看到职业，什么全忘了！开着门就跑了！……可是现在为什么她不在影院呢？到什么地方去了？除开职业之外，还有别的力量躲在背后吗？"

他想到这里，猛然咒骂起自己来了：

"芹是带着病给人家画广告去，不都是为了我们没有饭吃吗？现在我倒是被别的力量扰乱了！男人为什么要生着这样出乎意外怀疑的心呢？"

四

蓓力的心软了，经过这场愤恨，他才知道芹的可爱，芹的伟大处！他又想到影院去寻芹，接她回来，伴随着她，倚着肩头，吻过她，从影院把她接回来。

这不过是一刻的想象，事实他没那么做。

他又接着烦恼下去，他不知道是爱芹还是恨芹。他手在捶着床，脚也在捶床。乱捶乱打，他心要给烦恼涨碎了！烦恼把一切压倒。

落在门口间地板上的雪，像刀刃一样在闪着凛凛的光。

蓓力蓬着头发，眉梢直竖到伏在额前的发际，慌怔的影子从铁栏栅的大门投射出来，向着路南那个卖食物的小铺去。

五

影院门又是闹着骚音，芹同别的人，同看电影的小姐少爷们，从同一个门口挤出来。她脸色也是红红，别人香粉的气味也传染到她的身上。

她同别人走着一样畅快的步子，她在摇动肩头，谁也不知道她是给看电影的人画广告的女工。街旁没有衣食的老人，他知道凡是看电影的大概都是小姐或太太；所以他开始向着这个女工张着向小姐们索钱的手，摆着向小姐们索钱的姿势。手在颤动，板起脸上可怜的笑容，眼睛含着眼泪，嗓子喑哑，声音在抖颤。

可怜的老人，只好再用他同样的声音，走向别一群太太，小姐，或绅士般装束的人们面前。

在老头子只看芹的脸红着，衣服发散着香气，他却不知道衣服的香味是别人传染过来的。脸红是在广告室里被油气和不流通的空气熏的。

芹心跳，她一看高悬在街上共用的大钟快八点了！她怕蓓力在家又要生气，她慌忙的摇着身子走，她肚子不痛了！什么病也跑开。

她又想蓓力不会生气的，她知道蓓力平时是十分爱她。她兴奋得有些多事起来。往日躲在楼顶的星星，现在都被她发见了！红色的，黄色的，白色的，但在星星的背后似乎埋着这样的意义：

“这回总算不至于没有柈子烧了！米袋子会涨起，我们的肚子也不用忧虑了！屋子可以烧得暖一点，脚也不至于再冻破下去，到月底取钱的时候，可以给蓓力买一件较厚的毛衣。腊月天只穿一件夹外套是不行呢！”

她脚虽是冻短，走路有些歪斜，但，这是往日的情形，现在她理由充足的在摇着肩头走。

在铁栏栅的大门前，蓓力和芹相遇了！蓓力的脸，没有表情，就像没看着芹似的，蓬着头发走向路南小铺去。

芹方才的理由到现在变成了不中用。她脸上也没有表情，跟住蓓力走进小铺去；蓓力从袖口取出玻璃杯来，放在柜台上，并且手指着摆格子上的大玻璃瓶。

芹抢着他的手指说：

“你不要喝酒！”

纯理智的这话没有一点感情。没有感情的话谁肯听呢?

蓓力买了两毛钱酒，两支蜡烛。

一进门，摸着黑，他把酒喝了一半，趁着蓓力点蜡的机会，芹把杯子举起，剩余的一半便吞下她的肚里去。

蓓力坐下，把酒杯高举，喝一口是空杯，他望着芹的脸遥远并隔离的笑了笑！因为酒，他脸变得通红，又因为出去，手拿着帽子，耳朵更红。

蓓力和芹隔着桌子坐着，蜡烛在桌上站立，一个影子落在东墙；一个影子落在西墙，两个影子相隔的摇晃呀！

蓓力没有感情的笑着说：

“你看的是什么影片呀？”

芹恐惶的睁大了眼睛，她的嗓子浸进眼泪去，喑哑着说：

“我什么都不能讲给你，你这话是根据什么来路呢？”

蓓力还用着他同样的笑脸说：

“当我七点钟到影院去寻你，广告室的门都锁了！”

芹的眼泪似充满了嗓子，又充满了眼眶，用她喑哑的声音解辩：

“我什么时候看的电影？你想我能把你留家，自己坐在那里看电影吗？我是一直画到现在呀！”

蓓力平时爱芹的心现在没有了！他不管芹的声音喑哑，追根，确定的用手作着绝对的手式说：

“你还有什么可说？锁门的钥匙都拿给我看了！”

芹的理由没有用了！急得像个小孩子似的摇着头，瞪着眼，脸色急得发青，酒力冲上来，脸色发着红。

蓓力还像有话要说似的，但是他肚子的酒，像要起火似的烧着，酒的力量叫他把衣服脱得一件不留，光着脚在地板上走来走去。一会他又把衣裳，裤子，袜子一件一件的摊在地板上，最后他坐在衣服上，用被风带进来的霜雪擦着他中了酒通红的脚，嘴在唱着说：

“真凉快呀！我爱的芹呀！你不来洗个澡吗？”

他躺在地板上了，手捉抓着前胸，嘴里在唱，同时作呕。

他又歪斜的站起，把屋门打开，立时又关上了！他嚷着中国人送灶王爷的声调：

“灶王爷开着门上西天！”

他看看芹也躺在地板上了，在下意识里他爱着芹，把他摊在地板上的衣服，都掀起来给芹盖好。他用手把芹的眼睛张开说：“小妹妹，你睁开眼睛看看，把我的衣服脱得一件不留给你盖上，怕你着凉，你还去画广告吗？”

芹舌头短，不能说话。

蓓力反复的问她，她不能说话，蓓力持酒气，孩子般地恼怒了！把衣裳又一件件的从芹的身上取下来，重铺到地板上，和方才一样，用霜雪洗着脚，蜡烛昏黄的影子，和醉了酒的人一致地摇荡。夜深寂静的声音在飘漾着。蓓力被酒醉得用下意识在唱：

“看着职业，开着门就跑了！”

“连我也不要了！”

“连我也不要了！——开着门就跑了……”

六

第二天蓓力病了！冻病了！芹耐着肚子痛从床上起来，蓓力问她：

“你为什么还起得这样早？”

芹回答：

“我去买桦子！”

在这话后面，却是躲着别的意思：

“四个大牌子怕是画不出来，要早去一点。”

芹肚子痛得不能直腰，走出大门口去，一会桦子送来了！她在找钱，蓓力的几个衣袋找遍了！她惊恐的问蓓力：

“昨天的五角钱呢？”

蓓力想起来了：

“昨晚买酒五角钱都给了小铺了！”

送桦子的人在门外等着，芹出去，低着头说：

“一时找不到钱，下午或是明天来拿好吗？”

那个人带着不愿意的脸色，掮起桦子来走了！芹是眼看着桦子被人掮走了！

七

正是九点一刻，蓓力的朋友（画广告的那个青年）来了！他说：“昨夜大牌子上弄的那条红痕被经理看见了！他说芹当广告副手不行，另找来一个别的人。”

广告员的梦想 *

有一个朋友到一家电影院去画广告，月薪四十元。画广告留给我一个很深的印象，我一面烧早饭一面看报，又有某个电影院招请广告员被我看到，立刻我动心了：我也可以吧？从前在学校时不也学过画吗？但不知月薪多少。

郎华回来吃饭，我对他说，他很不愿意作这事。他说："尽骗人。昨天别的报上登着一段招聘家庭教师的广告，我去接洽，其实去的人太多，招一个人，就要去十个，二十个……"

"去看看怕什么？不成完事。"

"我不去。"

"你不去我去。"

"你自己去？"

"我自己去！"

第二天早晨我又留心那块广告，这回更能满足我的欲望。那广告又改登一次，月薪四十元，明明白白的是四十元。

"看一看去。不然，等着职业，职业会来吗？"我又向他说。

"要去吃了饭就去，我还有别的事。"这次他不很坚决了。

---

* 本文 1936 年 3 月发表于（上海）《中学生》（月刊）第 63 号，署名悄吟。同年 8 月收入（上海）文化生活出版社初版散文集《商市街》，略有改动。

走在街上遇到他一个朋友。

“到哪里去？”

“接洽广告员的事情。”

“就是《国际协报》登的吗？”

“是的。”

“四十元啊！”这四十元他也注意到。

十字街商店高悬的大表还不到十一点钟，十二点才开始接洽。

已经寻找得好疲乏了，已经不耐烦了，代替接洽的那个“商行”才寻到。指明的是石头道街，可是那个“商行”是在石头道街旁的一条顺街尾上，我们的眼睛缭乱起来。走进“商行”去，在一座很大的楼房二层楼上，刚看到一块长方形的亮铜牌钉在过道，还没看到究竟是什么个“商行”，就有人截住我们：“什么事？”

“来接洽广告员的！”

“今天星期日，不办公。”

第二天再去的时候还是有勇气的，是阴天，飞着清雪。那个“商行”的人说：

“请到电影院本家去接洽吧。我们这里不替他们接洽了。”

郎华走出来就埋怨我：“这都是你主张，我说他们尽骗人，你不信！”

“怎么又怨我？”我也十分生气。

“不都是想当广告员吗？看你当吧！”

吵起来了。他觉得这是我的过错，我觉得他不应该同我生气。走路时他走在前面，总比我快一些，他不愿意和我一起走的样子，好像我对事情没有眼光使他讨厌的样子。冲突就这样越来越大，当时并不去怨恨那个“商行”或是那个电影院，只是他生气我，我生气他，真正的目的却丢开了。两个人吵着架回来。

第三天我再不去了。我再也不提那事，仍是在火炉板上烘着手。他自己出去，戴着他的飞机帽。

“南岗那个人的武术不教了。”晚上他告诉我。

我知道就是那个人不学了。

第二天他仍是戴着他的飞机帽走了一天。到夜间我也并没有提起广告员的事。照样第三天我也并没有提，我已经没有兴致想找那样的职业。可是他自动的，比我更留心，自己到那个电影院去过两次。

“我去过两次，第一回说经理不在，第二回说过几天再来吧。真他妈的！有什么劲，只为着四十元钱，就去给他们要宝！画的什么广告？什么情火啦，艳史啦，甜蜜啦，真是无耻和肉麻！”

他发的议论我是不回答的。他愤怒起来，好像有人非捉他去作广告员不可。

“你说我们能干那样无聊的事？去他娘的吧！滚蛋吧！”他竟骂起来，跟着他就骂起自己来：“真是混蛋，不知耻的东西，自私的爬虫！”

直到睡觉时他还没忘掉这件事，他还向我说：“你说我们不是自私的爬虫是什么？只怕自己饿死，去画广告，画得好一点，不怕肉麻，多招来一些看情史的，使人们羡慕富丽，使人们一步一步的爬上去……就是这样只怕自己饿死，毒害多少人不管，人是自私的东西，……若有人每月给二百元，不是什么都干了吗？我们就是不能够推动历史，也不能站在相反的方面努力败坏历史！”他讲得使我也感动了，并且声音不自知的越讲越大，他已经开始更细的分析自己……

“你要小点声啊，房东那屋里常常有日本朋友来。”我说。

又是一天，我们在“中央大街”闲荡着，很瘦很高的老秦在他肩上拍了一下；冬天下午三四点钟时已经快要黄昏了，阳光仅仅留在楼顶，渐渐微弱下来，街路完全在晚风中，就是行人道上也有被吹起的霜雪扫着人们的腿。

冬天在行人道上遇见朋友总是不把手套脱下来就握手的。那人的手套大概很凉吧，我见郎华的赤手握了一下就抽回来。我低下头去，顺便看到老秦的大皮鞋上撒着红绿的小斑点。

“你的鞋上怎么有颜料？”

他说他到电影院去画广告了。他又指给我们电影院就是眼前那个，他说：“我的事情很忙，四点钟下班，五点钟就要去画广告。你们可以不可以帮我一点忙？”

听了这话郎华和我都没有回答。

“五点钟我在卖票的地方等你们，你们一进门就能看见我。”老秦走开了。

晚饭吃的烤饼，差不多每张饼都是半生就吃下的，为着忙也没有到桌子上去吃，就围在炉边吃的。他的脸被火烤得通红。我是站着吃的，看一看新买的小表五点了，所以连汤锅也还没有盖起我们就走出了，汤在火炉板上蒸着气。

不用说我是连一口汤也没喝，郎华已跑在我的前面。我一面弄好头上的帽子一面追随着他。才要走出大门时，忽然想起火炉旁还堆着一堆木柴，怕着了火，又回去看了一趟。等我再出来的时候他已跑到街口去了。

他说我：“做饭也不晓得快做！摸索，你看晚了吧！女人就会摸索，女人就能耽误事！”

可笑的内心起着矛盾。这行业不是干不得吗？怎么跑得这样快呢？他抢着我跨进电影院的门去。我看他矛盾的样子，好像他的后脑勺也在起着矛盾，我几乎笑出来跟着他进去了。

不知俄国人还是英国人，总之是大鼻子站在售票处卖票。问他老秦，他说不知道。问别人又不知道哪个人是电影院的人。等了半个钟头也不见老秦，又只好回家了。

他的学说一到家就生出来，照样生出来：“去他娘的吧！都是你愿意去，那不成，那不成啊！人这自私的东西，多碰几个钉子也对。”

他到别处去了，留我一个人在家。

“你们怎不去找我？”老秦一边脱着他的皮帽一边说。

“还到哪里找去？等了半点钟也看不到你！”

“我们一同走吧。郎华呢？”

“他出去了。”

“那么我们先走吧。你就是帮我忙，每月四十元，你二十，我二十，均分。”

在广告牌子前站到十点钟才回来。郎华找我两次也没有找到，所以他正在房中生气。

这一夜，我和他就吵了半夜，他去买酒喝，我也抢着喝了一半，哭了，两个人都哭了。他醉了以后在地板上嚷着说：“一看到职业，什么也不管就跑了，有职业，爱人也不要了！”

我是个很坏的女人吗？只为了二十元钱，把爱人气得在地板上滚着！酒醉的心像有火烧，像有开水在滚，就是哭也不知道为什么要哭，已经失去了理智。他也和我同样。

第二天酒醒，是星期日。他同我去画了一天的广告。我是老秦的副手，他是我的副手。

第三天就没有去，电影院另请了别人。

广告员的梦到底做成了，但到底是碎了。

新　识*

太寂寞了，“北国”[1] 人人感到寂寞。一群人组织一个画会，大概是我提议的吧！又组织一个剧团，第一次参加讨论剧团事务的人有十几个，是借民众教育馆阅报室讨论的。其中有一个脸色很白，多少有一点像政客的人，下午就到他家去继续讨论，许久没有到过这样暖和的屋子，壁炉很热，阳光晒在我的头上；明亮而暖和的屋子使我感到热了！第二天是个假日，大家又到他家去。那是夜了，在窗子外边透过玻璃的白霜，晃晃荡荡的一些人在屋里闪动，同时阵阵起着高笑。我们打门的声音几乎没有人听到，后来把手放重一些，但是仍没有人听到，后来去敲玻璃窗片，这回立刻从纱窗帘现出一个灰色的影子，那影子用手指在窗子上抹了一下，黑色的眼睛出现在小洞。于是声音同人一起来在过道了。

“郎华来了，郎华来了！”开了门，一面笑着一面握手。

虽然是新识，但非常熟识了！我们在客厅门外除了外套，差不多挂衣服的钩子都将挂满。

“我们来得晚了吧！”

---

* 本文1936年8月收入（上海）文化生活出版社初版散文集《商市街》。

1 “北国”，此处暗喻“满洲国”。

“不算晚，不算晚，还有没到的呢！”

客厅的台灯也开起来，几个人围在灯下读剧本。还有一个从前的同学也在读剧本，她的背靠着炉壁，淡黄色，有一点闪光的炉壁衬在背后，她黑的作着曲卷的头发就要散到肩上去。她演剧一般地在读剧本。她波状的头发和充分作着圆形的肩停在淡黄色的壁炉前，是一幅完成的少妇美丽的剪影。

她一看到我就不读剧本了！我们两个靠着墙，无秩序的谈了些话。研究着壁上嵌在大框子里的油画。我受冻的脚遇到了热在鞋里面作痒。这是我自己的事，努力忍着好了！

客厅中那么许多人都是生人。大家一起喝茶，吃瓜子，这家的主人来来往往的走，他很像一个主人的样子，他讲话的姿式很温和，面孔带着敬意，并且他时时整理他的上衣，挺一挺胸，直一直胳臂，他的领结不知整理多少次，这一切表示个主人的样子。

客厅每一个角落有一张门，可以通到三个另外的小屋去，其余的一张门是通过道的，就从一个门中走出一个穿皮外衣的女人，转了一个弯她走出客厅去了。

我正在台灯下读着一个剧本时，听到郎华和什么人静悄悄在讲话。看去是一个胖军官样的人和郎华对面立着。他们走到客厅中央圆桌的地方坐下来，他们的谈话我听不懂，什么“炮二队”“第九期，第八期”，又是什么人，我从未听见过的名字郎华说出来，那人也说，总之很稀奇。不但我感到稀奇，为着这样生疏的术语，所有客厅中的人都静肃了一下。

从右角的门扇走出一个小女人来，虽然穿的高跟鞋，但她像个小“蒙古”。胖人站起来说：

“这是我的女人！”

郎华也把我叫过去，照样也说给他们，这样一来，我就可以坐在旁边细听他们的讲话了！

走在回家的路上，郎华告诉我：

“那个是我的同学啊！”

电车不住的响着铃子，冒着绿火。半面月亮升起在西天，街角卖豆浆的灯火好像个小萤虫，卖浆人守着他渐渐冷却的浆锅默默打转，夜深了，夜深了。

牵牛房 *[1]

还不到三天，剧团就完结了！很高的一堆剧本剩在桌子上面。感到这屋子广大了一些，冷了一些。

“他们也来过，我对他们说这个地方常常有一大群人出来进去是不行啊！日本子这几天在‘道外’捕去很多工人。像我们这剧团……不管我们是剧团是什么，日本子要知道那就不好办……”

结果是什么意思呢？就说剧团是完了！我们站起来要走，觉得剧团都完了再没有什么停留的必要，很伤心似的。后来郎华的胖友人出去买瓜子，我们才坐下来吃着瓜子。

厨房有家具响，大概这是吃夜饭的时候，我们站起来快快的走了，他们说：

“也来吃饭吧！不要走，不要客气。”

我们说：“不客气，不客气。”其实才是客气呢！胖朋友的女人，就是那个我所说的小“蒙古”，她几乎是来拉我。

“吃过了，吃过了！”欺骗着自己的肚子跑出来，感到非常

---

* 本文1936年8月收入（上海）文化生活出版社初版散文集《商市街》。

1 牵牛房，20世纪30年代，位于哈尔滨道里区新城大街（今尚志大街）与市场东南角处的一处独院，院里是带露台的俄式木制平房，房主冯咏秋夫妇素爱牵牛花，每到夏天盛开的牵牛花爬满屋和墙；他们的家因此被朋友们戏称为“牵牛房”。

空虚，剧团也没有了，走路也无力了。

“真没意思，白跑了这些次，我头疼了咧！”

“你快点走，走得这样慢！”郎华说。

使我不耐烦的倒不十分是剧团的事情，因为是饿了！我一定知道家里一点什么吃的东西也没有。

因为没有去处，以后常到那地方去闲坐，第四次到他家去闲坐正是新年的前夜，主人约我们到他家过年，其余新识的那一群也都欢迎我们在一起玩玩。有的说：

“‘牵牛房’又牵来两条牛！”

有人无理由的大笑起来，“牵牛房”是什么意思，我不能解释。

“夏天窗前满种着牵牛花，种得太多啦！爬满了窗门，因为这个叫‘牵牛房’！”主人大声笑着给我讲了一遍。

“那么把人为什么称做牛呢？”还太生疏，我没有说这话。

不管怎样玩怎样闹，总是各人有各人的立场，女仆出去买松子，拿着三角钱，这钱好像是我的一样，非常觉得可惜，我急得要颤栗了！就像那女仆把钱去丢掉一样。“多余呀！多余呀！吃松子做什么！不要吃吧！不要吃那样没用的东西吧！”这话我都没有说，我知道说这话还不是地方。等一会虽然我也吃着，但我一定不同别人那样感到趣味，别人是吃着玩，我是吃着充饥！所以一个跟着一个咽下它，毫没有留在舌头上尝一尝滋味的时间。

回到家来才把这可笑的话告诉郎华。他也说他不觉的吃了很多松子，他也说他像吃饭一样吃松子。

起先我很奇怪，两个人的感觉怎么这样相同呢？其实一点也不奇怪，因为饿，才把两个人的感觉弄得一致的。

十元钞票*

在绿色的灯下，人们跳着舞，狂欢着，有的抱着椅子跳。胖朋友他也丢开风琴，从角落扭转出来，他扭到混杂的一堆人去，但并不消灭在人中，因为他胖，同时也因为他跳舞做着怪样，他十分不调协的在跳的两腿扭颤得发着疯。他故意妨害别人，最终他把别人都弄散开去，地板中央只留下一个流汗的胖子，人们怎样大笑他不管。

"老牛跳得好！"人们向他招呼。

他不听这些，他不是跳舞，他是乱跳瞎跳，他完全胡闹，他蠢得和猪和蟹子那般。

红灯开起来，扭扭转转的那一些绿色的人变红起来。红灯带来另一种趣味，红灯带给人们更热心的胡闹。瘦高的老桐扮了一个女相和胖朋友跳舞。女人们笑得流泪了！直不起腰了！但是胖朋友仍是一拐一拐。他的"女舞伴"在他的手臂中也是谐和的把头一扭一拐，扭得太丑，太愚蠢，几乎要把头扭掉，要把腰扭断，但是他还扭，好像很不要脸似的，一点也不知羞似的，那满脸的红胭脂呵！那满脸丑恶得到妙处的笑容。

第二次老桐又跑去化装，出来时头上是包一张红布，脖子后

* 本文 1936 年 8 月收入（上海）文化生活出版社初版散文集《商市街》。

拖着很硬的但有点颤动棍状的东西，那是用红布扎起来的，扫帚把柄的样子生在他的脑后。又是跳舞，每跳一下脑后的小尾巴就随着颤动一下。

跳舞结束了，人们开始吃苹果，吃糖，吃茶。就是吃也没有个吃的样子！有人说：

“我能整吞一个苹果。”

“你不能，你若能整吞个苹果，我就能整吞一个活猪！”另一个说。

自然苹果也没有吞，猪也没有吞。

外面对门那家锁着的大狗，锁链子在动响，腊月开始严寒起来，狗冻得小声吼叫着。

带颜色的灯闭起来，因为没有颜色的刺激，人们暂时安定了一刻，为了过于兴奋的缘故，我感到疲乏，也许人人感到疲乏。大家都安定下来，都像恢复了人的本性。

小“电驴子”[1]从马路秃秃的跑过，又是日本宪兵在巡逻吧！可是没有人害怕，人们对于日本宪兵的印像还浅。

“玩呀！乐呀！”第一个站起的人说。

“不乐白不乐，今朝有酒今朝醉……”大个子老桐也说。

胖朋友的女人拿一封信送到我的手里：

“这信你到家去看好啦！”

郎华来到我的旁边也不知道这是什么意思，我就把信放到衣袋中。

只要一走出屋门，寒风立刻刮到人们的脸，外衣的领子竖起

1 “电驴子”，东北人管摩托车叫电驴子。

来，显然郎华的夹外套是感到冷，但是他说：“不冷。”

一同出来的人都讲着过旧年时比这更有趣味，那一些趣味早从我们跳开去。我想我有点饿，回家可吃什么？于是别的人再讲什么我听不到了！郎华也冷了吧，他拉着我走向前面，越走越快了，使我们和那些人远远的分开。

在蜡烛旁忍着脚痛看那封信，信里边十元钞票露出来。

夜是如此静了，小狗在房后吼叫。

第二天一些朋友来约我们到“牵牛房”去吃夜饭，果然吃得很好，这样的饱餐非常觉得不多得，有鱼，有肉，有很好滋味的汤。又是玩到半夜才回来。这次我走路时很起劲，饿了也不怕，到家有十元票子在等我。我特别充实的迈着大步，寒风不能打击我。“新城大街”，“中央大街”，行人很稀少了！人走在行人道好像没有挂掌的马走在冰面，很小心的，然而时时要跌倒。店铺的铁门关得紧紧，里面无光了，街灯和警察还存在，警察和垃圾箱似的失去了威权，他背上的枪提醒着他的职务，若不然我看他会依着电线柱睡着的。再走就快到“商市街”了！然而今夜我还没有走够，“马迭尔”旅馆门前的大时钟孤独的挂着。向北望去松花江就是这条街的尽头。

我的勇气一直到“商市街”口还没消灭，脑中，心中，脊背上，腿上，似乎各处有一张十元票子，我被十元票子鼓励得浅浮得可笑了。

是叫化子吧！起着哼声在街的那面移动，我想他没有十元票子吧！

铁门用钥匙打开，我们走进院去，但我仍听得到叫化子的哼声……

同命运的小鱼 *

我们的小鱼死了。它从盆中跳出来死的。

我后悔，为什么要出去那么久！为什么只贪图自己的快乐而把小鱼干死了！

那天鱼放到水盆中去洗的时候，有两条又活了，在水中立起身来。那么只用那三条死的来烧菜。鱼鳞一片一片的掀掉，沉到水盆底去，肚子剥开，肠子流出来。我只管掀掉鱼鳞，我还没有洗过鱼，这是试着干，所以有点害怕，并且冰凉的鱼的身子我总会联想到蛇，剥鱼肚子，我更不敢了。郎华剥着，我就在旁边看，然而看也有点躲躲闪闪，好像乡下没有教养的孩子怕着已死的猫会还魂一般地。

“你看你这个无用的，连鱼都怕。”说着，他把已经收拾干净的鱼放下，又剥第二个鱼肚子。这回鱼有点动，我连忙扯了他的肩膀一下：“鱼活啦，鱼活啦！”

“什么活啦！神经质的人，你就看着好啦！”他争强一般在鱼肚子上划了一刀，鱼立刻跳动起来，从手上跳下水盆去。

“怎么办哪？”这回他向我说了。我也不知道怎么办。他从水中摸出来看看，好像鱼会咬了他的手，马上又丢下水去。鱼的

* 本文 1936 年 4 月发表于（上海）《中学生》（月刊）第 64 号，署名悄吟。同年 8 月收入（上海）文化生活出版社初版散文集《商市街》。

肠子流在外面一半，鱼是死了。

“反正也是死啦，那就吃了它。”

鱼再被拿到手上，一些也不动弹。他又安然的把它收拾干净。直到第三条鱼收拾完，我都是守候在旁边，怕看，又想看。第三条鱼是完全死的，没有动。盆中更小的一条很活泼了，能在盆中转圈。另一条怕是要死，立起不多时又横在水面。

大炉的铁板热起来，我的脸感觉烤痛时，锅中的油翻着花。鱼就在大炉台的菜板上，就要放到油锅里去。我跑到二层门去拿油瓶，听得厨房里有什么东西跳起来，噼噼拍拍的。他也来看。盆中的鱼仍在游着，那么菜板上的鱼活了，没有肚子的鱼活了，尾巴仍打得菜板很响。

这时我不知该怎么样做，我怕看那悲惨的东西。躲到门口，我想：不吃这鱼吧。然而它已经没有肚子了，可怎样再活？我的眼泪都跑上眼睛来，再不能看了。我转过身去，面向着窗子。窗外的小狗正在追逐那红毛鸡，房东的使女小菊挨过打以后到墙根处去哭……

这是凶残的世界，失去了人性的世界，用暴力毁灭了它吧！毁灭了这些失去了人性的东西！

晚饭的鱼是吃的，可是很腥，我们吃得很少，全部丢到垃圾箱去。

剩下来两条活的就在盆里游泳。夜间睡醒时听见厨房里有乒乓的水声。点起洋烛去看一下。可是我不敢去，叫郎华去看。

“盆里的鱼死了一条，另一条鱼在游水响……”

到早晨用报纸把它包起来丢到垃圾箱去。只剩一条在水中上下游着，又为它换了一盆水，早饭时又丢了一些饭粒给它。

小鱼两天都是快活的，到第三天忧郁起来，看了几次它都是沉到盆底。

“小鱼都不吃食啦，大概要死吧？”我告诉郎华。

他敲一下盆沿，小鱼走动两步，再敲一下，再走动两步……不敲，它就不走，它就沉下去。

又过一天，小鱼的尾巴也不摇了，就是敲盆沿，它也不动一动尾巴。

“把它送到江里一定能好，不会死。它一定是感到不自由才忧愁起来。”

“怎么送呢？大江还没有开冻，就是能找到一个冰洞把它塞下去，我看也要冻死，再不然也要饿死。”我说。

郎华笑了。他说我像玩鸟的人一样，把鸟放在笼子里，给它米子吃，就说它没有悲哀了，就说比在山里好得多，不会冻死，不会饿死。

“有谁不爱自由呢？海洋爱自由，野兽爱自由，昆虫也爱自由。”郎华又敲了一下水盆。

小鱼只悲哀了两天，又畅快起来，尾巴打着水响。我每天在大炉旁边烧饭，一边看着它，好像生过病又好起来的自己的孩子似的，更珍贵一点，更爱惜一点，天真太冷，打算过了冷天就把它放到江里去。

我们每夜到朋友那里去玩，小鱼就自己在厨房里过个整夜。它什么也不知道，它也不怕猫会把它攫了去，它也不怕耗子会使它惊跳。我们半夜回来也要看看它，总是安安然然的游着。家里没有猫，所以知道没有危险。

又一天就在朋友那里过的夜，终夜是跳舞，唱戏。明天晚上才回来，时间太长了，我们的小鱼死了！

第一步踏进门的是郎华，差一点没踏碎那小鱼。点起洋烛去看，还有一点呼吸，腮还轻轻抽着。我去摸它身上的鳞，都干了。小鱼是什么时候跳出水的？是半夜？是黄昏？耗子惊了你，还是你听到了猫叫？

蜡油滴了满地，我举着蜡烛的手，不知歪斜到什么程度。

屏着呼吸，我把鱼从地板上拾起来，再慢慢把它送到水里，好像亲手让我完成一件丧仪。沉重的悲哀压住了我的头，寒颤了我的手。

短命的小鱼死了！是谁把你摧残死的？你还那样幼小，来到世界——说你来到鱼群吧，在鱼群中你还是幼芽一般正应该生长的，可是你死了！

郎华出去了，把空漠的屋子留给我。他回来时正在开门，我就赶上去说："小鱼没死，小鱼又活啦！"我一面拍着手，眼泪就要流出来。我到桌子上去取蜡烛。他敲着盆沿，没有动，鱼又不动了。

"怎么又不会动了？"手到水里去把鱼立起来，可是它又横过去。

"站起来吧。你看蜡油啊！……"他拉我离开盆边。

小鱼这回是真死了！可是过一会又活了。这回我们相信小鱼绝对不会死，离开水的时间太长，复一复原就会好的。

半夜郎华起来看，说它一点也不动了，但是不怕，那一定是又在休息。我招呼郎华不要动它，小鱼在养病，不要搅扰它。

亮天看它还在休息，吃过早饭看它还在休息。又把饭粒丢到盆中。我的脚踏起地板来也放轻些，只怕把它惊醒，我说小鱼是在睡觉。

这睡觉就再没有醒。我用报纸包它起来，鱼鳞沁着血，一只眼睛一定是在地板上挣跳时弄破的。

就这样吧，我送它到垃圾箱去。

几个欢快的日子 *

人们跳着舞，“牵牛房”那一些人们每夜跳着舞。过旧年那夜，他们就在茶桌上摆起大红蜡烛，他们模仿着供财神，拜祖宗，灵秋穿起紫红绸袍，黄马褂，腰中配着黄腰带，他第一个跪到神桌前，老桐又是他那一套，穿起灵秋太太瘦小的旗袍，长短到膝盖以上，大红的脸，脑后又是用红布包起笤帚把柄样的东西，他跑到灵秋旁边，他们俩是一致的，每磕一下头，口里就自己喊一声口号：一、二、三……不倒翁一样不能自主的倒下又起来。后来就在地板上烘起火来，说是过年都是烧纸的……这套把戏玩得熟了，惯了！不是过年，也每天来这一套，人们看得厌了！对于这事冷淡下来，没有人去大笑，于是又变一套把戏：捉迷藏。

客厅是个捉迷藏的地盘，四下窜走，桌子底下蹲着人，椅子倒过来扣在头上顶着跑，电灯泡碎了一个。蒙住眼睛的人受着大家的玩戏，在那昏庸的头上摸一下，在那分张的两手上打一下，有各种各样的叫声，蛤蟆叫，狗叫，猪叫，还有人在装哭。要想捉住一个很不容易，从客厅的四个门，会跑到那些小屋去，有时瞎子就摸到小屋去，从后门扯出一个来，也有时误捉了灵秋的小

* 本文1936年8月收入（上海）文化生活出版社初版散文集《商市街》。

孩。虽然说不准向小屋跑，但总是跑。后一次瞎子摸到王女士的门扇。

“那门不好进去。”有人要告诉他。

“看着，看着，不要吵嚷！”又有人说。

全屋静下来，人们觉得有什么奇迹要发生。瞎人的手接触到门扇，他触到门上的铜环响，眼看他就要进去把王女士捉出来，每人心里都想着这个：看他怎样捉啊！

“谁呀！谁？请进来！”跟着很脆的声音开门来迎接客人了！以为她的朋友来访她。

小浪一般冲过去的笑声，使摸门的人脸上的罩布脱掉了，红了脸。王女士笑着关了门。

玩得厌了！大家就坐下来喝茶，不知从什么瞎说上又拉到正经问题上。于是“做人”这个问题使大家都兴奋起来。

——怎样是“人”，怎样不是“人”？

“没有感情的人不是人。”

“没有勇气的人不是人。”

“冷血动物不是人。”

“残忍的人不是人。”

“有人性的人才是人。”

“……　……”

每个人都会规定怎样做人。有的人他要说出两种不同做人的标准。起首是坐着说，后来站起来说，有的也要跳起来说。

“人是情感的动物，没有情感就不能生出同情，没有同情那就是自私，为己……结果是互相杀害，那就不是人。”那人的眼睛张得很圆，表示他的理由充足。表示他把人的定义下得准确。

“你说的不对，什么同情不同情，就没有同情，中国人就是冷血动物，中国人就不是人。”第一个又站了起来，这个人他不常说话，偶然说一句，使人很注意。

说完了，他自己先红了脸，他是山东人，老桐学着他的山东调：

“老猛（孟）你使（是）人不使人？”

许多人爱和老孟开玩笑，因为他老实，人们说他像个大姑娘。

“浪漫诗人”，是老桐的绰号。他好喝酒，让他作诗不用笔就能一套连着一套，连想也不用想一下。他看到什么就给什么作个诗；朋友来了他也作诗：

“梆梆梆，敲门响，呀！何人来了？”

总之就是猫和狗打架，你若问他，他也有诗，他不喜欢谈论什么人啦！社会啦！他躲开正在为了“人”而吵叫的茶桌，摸到一本唐诗在读：

“昨日之……日不可留……今日之日……多……烦……忧”，读得有腔有调，他用意就在打搅吵叫的一群。郎华正在高叫着：

“不剥削人，不被人剥削的就是人。”

老桐读诗也感到无味。

“走！走啊！我们喝酒去。”

他看一看只有灵秋同意他，所以他又说：

“走，走，喝酒去。我请客……”

客也请完了！差不多都是醉着回来。郎华反反复复的唱着半段歌，是维特别离绿蒂的故事，人人喜欢听，也学着唱。

听到哭声了！正像绿蒂一般年轻的姑娘被歌声引动着，哪能不哭？是谁哭？就是王女士。单身的男人在客厅中也被引动了，倒不是被歌声引动，而是被那少女的明脆而好听的哭声所引动，非在地心不住打着转。尤其是老桐，他贪婪的耳朵几乎竖起来，脖子一定更长了一点，他到门边去听……他故意说：

“哭什么？真没意思！”

其实老桐感到很有意思，所以他听了又听，说了又说：“没意思。”

不到几天老桐和那女士恋爱了！那女士也和大家熟识了！也到客厅来和大家一道跳舞，从那时起老桐的胡闹也是高等的胡闹了！

在王女士面前他耻于再把红布包在头上，当灵秋叫他去跳滑稽舞的时候，他说：

“我不跳啦！”一点兴致也不表示。

等王女士从箱子里把粉红色的面纱取出来：

“谁来当小姑娘，我给他化妆。”

“我来，我……我来……”老桐他怎能像个小姑娘？他像个长颈鹿似的跑过去。

他自己觉得很好的样子，虽然是胡闹，也总算是高等的胡闹。头上顶着面纱，规规矩矩的、平平静静的在地板上动着步。但给人的感觉无异于他脑后的颤动着红扫帚柄的感觉。

别的单身汉，就开始羡慕幸福的老桐。可是老桐的幸福还没十分摸到，那女士已经和别人恋爱了！

所以“浪漫诗人”就开始作诗。正是这时候他失一次盗：丢掉他的毛毯，所以他就作诗“哭毛毯”。哭毛毯的诗作得很多，过几天来一套，过几天来一套。朋友们看到他就问：

“你的毛毯哭得怎样了？”

女教师 *

一个初中学生，拿着书本来到家里上课，郎华一大声开讲，我就躲到厨房里去。第二天那个学生又来就没拿书，他说他父亲不许他读白话文，打算让他做商人，说白话文没有用，读古文他父亲供给学费，读白话文他父亲就不管。

最后他从口袋摸出一张一元票子给郎华。

“很对不起先生，我读一天书，就给一元钱吧！”那学生很难过的样子，他说他不愿意学买卖。手拿着钱，他要哭似的。

郎华和我同时觉得很不好过，临走时强迫把他的钱给他装进衣袋。

郎华的两个读中学课本的学生也不读了！

他实在不善于这行业，到现在我们的生命线又断尽。胖朋友刚搬过家，我就拿了一张郎华写的条子到他家去。回来时我是带着米、面、木柈，还有几角钱。

我眼睛不住的盯住那马车，怕那车夫拉了木柈跑掉。所以我手下提着用纸盒盛着的米，为了我在快走而震摇着；又怕小面袋从车上翻下来，赶忙跑到车前去弄一弄。

听见马的铃铛响，郎华才出来！这一些东西很使他欢乐，亲

* 本文1936年8月收入（上海）文化生活出版社初版散文集《商市街》。

切的把小面袋先拿进屋去。他穿着很单的衣裳就在窗前摆堆着木柈。

“进来暖一暖再出去……冻着！”可是招呼不住他，始终摆完才进来。

“天真够冷。”他用手扯住很红的耳朵。

他又呵着气跑出去，他想把火炉点着，这是他第一次点火。

“柈子真不少，够烧五六天啦！米面也够吃五六天，又不怕啦！”

他弄着火，我就洗米烧饭。他又说了一些看见米面时特有高兴的话，我简直没理他。

米面就这样早饭晚饭的又快不见了，这就到我做女教师的时候了！

一

我也把桌子上铺了一块报纸，开讲的时候也是很大的声。郎华一看，我就要笑，他也是常常躲到厨房去，我的女学生，她读小学课本，什么猪啦！羊啦，狗啦！这一类字都不用我教她，她抢着自己念：“我认识，我认识！”

不管在什么地方碰到她认识的字，她就先一个一个念出来，不让她念也不行，因为她比我的岁数还大，我总有点不好意思。

她先拿给我五元钱，并说：

“过几天我再交那五元。”

四五天她没有来，以为她不会再来了。那天我正在烧晚饭，她跑来。她说她这几天生病，我看她不像生病，那么她又来做什么呢？过了好久，她站在我的身边：

“先生，我有点事求求你！”

“什么事？说吧……”我把葱花加到油里去炸。

她的纸单在手心握得很热，交给我；这是药方吗？信吗？都不是。

借着炉台上那个流着油的小蜡烛看，看不清，怕是再点两支蜡烛我也看不清，因为我不认识那样的字。

“这是易经上的字！”郎华看了好些时才说。

“我批了个八字[1]，找了好些人也看不懂，我想先生是很有学问的人，我拿来给先生看看。”

这次她走去，再也没有来，大概她觉得这样的先生教不了她，连个“八字”也说不出所以然来！

1　八字，即生辰八字，是一个人出生时的干支历日期。八字命理学是一种古老的算命方法，是根据干支历、阴阳五行等理论推测人的婚姻、财运、健康等事的学问。

春意挂上了树梢 *

三月，花还没有开，人们嗅不到花香，只是马路上融化了积雪的泥泞干起来。天空打起朦胧的多有春意的云彩；暖风和轻纱一般浮动在街道上，院宇里。春末了，关外的人们才知道春来。春是来了，街头的白杨树蹿着芽，拖马车的马冒着气，马车夫们的大毡靴也不见了，行人道上外国女人的脚又从长统套鞋里显现出来。笑声，见面打招呼声，又复活在行人道上。商店为着快快的传布春天的感觉，饰窗里的花已经开了，草也绿了，那是布置着公园的夏景。我看得很凝神的时候有人撞了我一下，是汪林，她也戴着那样小沿的帽子。

“天真暖啦！走路都有点热。”

看着她转过“商市街”，我们才来到另一家店铺，并不是买什么，只是看看，同时晒晒太阳。这样好的行人道，有树，也有椅子，坐在椅子上把眼睛闭起，一切春的梦，春的谜，春的暖力……这一切把自己完全陷进去。

听着，听着吧！春在歌唱……

“大爷大奶奶……帮帮吧……”这是什么歌呢，从背后来

---

* 本文作为“随笔三篇”（之一）1936 年 5 月发表于（上海）《中学生》（月刊）第 65 号，署名悄吟。同年 8 月收入（上海）文化生活出版社初版散文集《商市街》。

的？这不是春天的歌吧！

那个叫化子嘴里吃着个烂梨，一条腿和一只脚肿得把另一只显得好像不存在似的。

"我的腿冻坏啦！大爷帮帮吧！唉唉……"

有谁还记得冬天？阳光这样暖了！街树蹿着芽！

手风琴在隔道唱起来，这也不是春天的调子，只要一看到那个瞎人为着拉琴而扭歪的头，就觉得很残忍。瞎人他摸不到春天，他没有眼睛。坏了腿的人他走不到春天，他有腿也等于无腿。世界上这一些不幸的人，存在着也等于不存在，倒不如赶早把他们消灭掉，免得在春天他们会唱这样难听的歌。

汪林在院心吸着一支烟卷，她又换一套衣裳。那是淡绿色的，和树枝发出的芽一样的颜色。她腋下夹着一封信，看见我们赶忙把信送进衣袋去。

"大概又是情书吧！"郎华随便说着玩笑话。

她跑进屋去了。香烟的烟缕在门外打了一下旋卷才消灭。

夜，春夜，中央大街充满了音乐的夜。流浪人的音乐，日本舞场的音乐，外国饭店的音乐……

七点钟以后。中央大街的中段在一条横口，那个很响的播音机哇哇的叫起来，这歌声差不多响彻全街。若站在商店的玻璃窗前，会疑心是从玻璃发着震响。一条完全在风雪里寂寞的大街，今天第一次又号叫起来。

外国人！绅士样的，流氓样的，老婆子，少女们，跑了满街……有的连起人排来封闭住商店的窗子，但这只限于年青人。也有的同唱机一样唱起来，但这也只限于年青人。这好像特有的年青人的集会。他们和姑娘们一道说笑，和姑娘们连起排来走。中国人来混在这些卷发人中间，少得只有七分之一，或八分之一。但是汪林在其中，我们又遇到她。她和另一个，也和她同样打扮得漂亮的，白脸的女人同走……卷发的人用俄国话说她漂亮，她也用俄国话和他们笑了一阵。

中央大街的南端，人渐渐稀疏了。

墙根，转角，都发现着哀哭，老头子，孩子，母亲们……哀哭着的是永久被人间遗弃的人们！

那边，还望得见那边快乐的人群。还听得见那边快乐的声音。

三月，花还没有开，人们嗅不到花香。

夜的街，树枝上嫩绿的芽子看不见，是冬天吧？是秋天吧？但快乐的人们不问四季总是快乐，哀哭的人们不问四季也总是哀哭！

小偷、车夫和老头*

木柈车在石路上发着隆隆的重响。出了木柈场，这满车的木柈使老马拉得吃力了！但不能满足我，大木柈堆对于这一车木柈，直像在牛背上拔了一颗毛，我好像嫌这柈子太少。

“丢了两块木柈哩！小偷来抢的，没看见？要好好看着，小偷常偷柈子……十块八块也能丢。”

我被车夫提醒了！觉得一块木柈也不该丢，木柈对我才恢复了它的重要性。小偷眼睛发着光又来抢时，车夫在招呼我们：

“来了啊！又来啦！”

郎华招呼一声，那竖着头发的人跑了！

“这些东西顶没有脸，拉两块就得啦吧！贪多不厌，把这一车都送给你好不好？……”打着鞭子的车夫反复的在说那个小偷的坏话，说他贪多不厌。

在院心把木柈一块块推下车来，那还没有推完，车夫就不再动手了！把车钱给了他，他才说：“先生，这两块给我吧！拉家去好烘烘火，孩子小，屋子又冷。”

“好吧！你拉走吧！”我看一看那是五块顶大的他留在车上。

---

* 本文1936年8月收入（上海）文化生活出版社初版散文集《商市街》。

这时候他又弯下腰去，弄一些碎的，把一些木皮扬上车去，而后拉起马来走了。但他对他自己并没说贪多不厌，别的坏话也没说，跑出大门道去了。

只要有木柈车进院，铁门栏外就有人向院里看着望：“柈子拉（锯）不拉？”

那些人带着锯，有两个老头也巴着门扇。

这些柈子就讲妥归两个老头来锯，老头有了工作在眼前，才对那个伙伴说：

“吃点么？”

我去买给他们面包吃。

柈子拉完又送到柈子房去。整个下午我不能安定下来，好像我从未见过木柈，木柈给我这样的大欢喜，使我坐也坐不定，一会跑出去看看。最末老头子把院子也扫得干干净净的了！这时候我给他工钱。

我先用碎木皮来烘着火，夜晚在三月里也是冷一点，玻璃窗上挂着蒸气。没有燃灯，炉火颗颗星星的发着爆炸，炉门打开着，火光照红我的脸，我感到例外的安宁。

我又到窗外去拾木皮，我吃惊了！老头子的斧子和锯都背好在肩上，另一个背着架柈子的木架，可是他们还没有走。这许多的时候，为什么不走呢?

“太太，多给了钱吧？”

“怎么多给的！不多，七角五分不是吗？”

“太太，吃面包钱没有扣去！”那几角工钱，老头子并没放入衣袋，仍呈在他的手上，他借着离得很远的门灯在考察钱数。

我说："吃面包不要钱，拿着走吧！"

"谢谢，太太。"感恩似的他们转过身走去了，觉得吃面包是我的恩情。

我愧得立刻心上烧起来，望着那两个背影停了好久，羞恨的眼泪就要流出来。已经是祖父的年纪了，吃块面包还要感恩吗？

访　问*

这是寒带的，俄罗斯式的家屋：房身的一半是埋在地下，从外面看去，窗子几乎与地平线接近着。门厅是突出来的，和一个方形的亭子似的与房子接连着，门厅的外部，用毛草和麻布给它穿起了衣裳，就这样，门扇的边沿仍是挂着白色的霜雪。

只要你一踏进这家屋去，你立刻就会相信这是夏季，或者在你的感觉里面会出现一个比夏季更舒适的另外的一个季节。人在这家屋里边，只穿着单的衣裳，也还打开着领口，阳光在沙发上跳跃着，大火炉上，水壶的盖子为了水的滚煮的原故，克答克答的在响，窗台的花盆里生着绿色的毛绒草。总之，使人立刻就会放弃了对于冬季的怨恨和怕惧。

我来过这房屋三次，第一次我是来访我的朋友，可以说每次我都是来访我的朋友。在最末这一次我的来访是黄昏时候。在冬季的黄昏里，所有的房屋都呈现着灰白色，好像是出了林子的白兔，为了疲倦到处躺卧下来。

---

* 本文1936年1月20日发表于（上海）《海燕》（月刊）第一期，署名萧红。当年11月收入（上海）文化生活出版社初版作品集《桥》。1940年6月收入（重庆）大时代书局发行的“文艺丛书”初版《萧红散文》。1941年收入（上海）地球出版社《文青丛刊》第2集《第一流（续编）》。

我察看了一下房号，在被遗留下来的太阳的微光里面那完全是模糊的，蓝色的牌子上面，并分辨不出写着什么字数。我察看着那突出来的门厅，然而每家的门厅都是一律。我虽然来过这房子两次，但那都是日里。我开始留心着窗口，我的朋友的窗口是摆着一盆浅绿色的毛绒草，于是我穿着这灰色天空下模糊的家屋而徘徊……

“唔！”门厅旁边嵌着的那块小玻璃，在我的记忆上愰了一下。我记得别的门厅是没有这块玻璃的。

我既认出了这个门厅，然而窗子里并没有灯光，我已经感到超过半数以上的失望！

“也许是睡觉了吧？可是这么早？”我打过门以后，并没有立刻走出人来，连回声也没有，只是狗在门里边叫着。

“可多？可多？”我听出来这是女房东的声音。谁？谁？自然她说的是俄语。

“请！请进来等一等……你的朋友，五点钟就回来的。”

方块糖，咖啡，还有她亲手制作的点心。她都拿出来陪着我吃。方块糖是从一个纸盒里面取出来的，她把手伸到纸盒的底边，一块一块攫了出来。

“唔，这是不很多，但是，吃……吃！”

起初她还时时去看那挂在墙上的手表。

“姑娘，请等一刻，五点钟，你的朋友是回来的，最多也不过六点钟……”

渐渐她把我看成完全是来访她的。她开始读一段书给我听，读得很长，并且使我完全不懂。

“明白了吗？姑娘……”

“不，不十分明白。”

"呵哈！"她摇一下那翠蓝色的大耳环，留恋和羡慕使她灰色的嘴唇不能够平顺的播送着每个字的尾音。

"明白吗？姑娘，多么出色的故事！多么……我见过真的这样的恋爱，真的，我也有过这样的恋爱。明白一点吗？还是全明白了？"

"不，我一点也不明白。"

但是她并不停下来给我解释，那摊在她膝头上的快要摊散的旧书，她用十个手指在把持着它。

"唔！吃茶吧！"大概她已经读到了段落。把书放在桌子上，用一块糖在分着书页的界线。

"咖啡，我是只预备这一点点，我来到中国，就从来没多预备过……可是我会绣花边了，从前我是连知道也不知道，现在我绣得很好了。你愿意看一看吗？我有各种各样的花边……俄罗斯的花边和俄罗斯的跳舞一样漂亮……有名的，是，全世界是知道的……"

我始终看成她是犹太人，她的头发虽然卷曲而是黑色，只有犹太人是这样的头发；同时她的大耳环也和犹太人的耳环一样，大而且沉重。

"不，姑娘，要看不要看呢？我想还是看一看的好……"她紧一紧那挂着穗子的披肩，想要站起来，但是椅背上像有什么东西牵着她的披肩。

"这是什么……这是……"那张椅子的靠背有许多弯弯曲曲的铁丝爬行着，并且在她摘取着挂在铁丝上的披肩时，那椅子吱吱的响起，好像要碎下来。

"姑娘，这花边吗！花边，花边……高贵的家庭需要花边的地方很多，比方……被套，女睡衣，窗帘，考究一点的主妇连饭巾也是钉起花边来的。多多的，用的地方多多的，赶快学一学吧！”

于是看到她的花边，但是一点也不出色，那上面已经染着灰尘，有的像是用水洗过，但是也没有洗净的样子，仿佛是些生着斑点的树叶连结了起来的。

“姑娘，学起来很快，你看我这盘机器，你会用机器吧！只要一个月，只要一个月……学费是三块钱……”

狗在床上跳来跳去，床已经显着颤动和发响。这狗时时会打断我们的谈话，它从床上跳到桌子上，又从桌子跳到窗台上去。这房间一切家具隔着过小的距离，床和窗子的距离中间摆着一张方桌——就是我们坐着喝茶的方桌——再就是大炉台，再就是脚下的痰盂。

“喝茶吧！这茶是不很好，我是到中国从来没预备过好茶。那么，吃饼干……”她把那盛饼干破了边沿的盘子向我这边推了推，于是她把眼睛几乎是合起来问着我：“你不喜欢？你不喜欢吃这东西？”

我一边看着她那善于表情的样子，一边伸手去取茶杯，于是我发见桌子上面只摆着一个杯子，我用眼满屋里寻找，但也没有第二只杯子。

我已经感到了疲倦，我想另一天再来访我的朋友，我站起来时，小狗扯住了我衣裳的襟角。

“看吧！姑娘，这狗最欢迎客人……再坐一坐，等一等，你的朋友大概就要回来的……我把火炉加一点木片……你看，我和狗一道生活着，也实在闷了，它直是跳着使我爱它，有时也使我厌烦它，但是它不会说话……虽然我发怒的时候它怕我，但它不知道我灵魂的颜色……”她打开了炉门，炉火在她的耳环上面拥抱，火光抖动着的热力好像增强了她黑色的头发的卷曲。她的胳臂在动作的时候，那披肩的一个角部要从肩上流了下来，小狗在萦卷她那金黄色披肩的穗头。

她说那是“非洲狗”，看起来简直和袋鼠一样，毛皮稀疏得和一条脱了鳞的鱼相似，但在火光里面，它已像增强了美丽，它活泼。它竖起来的和耗子一般的耳朵也透着明。

炉门闭起来了，灯光增添了它的强度。当她坐下来，把披肩整理好，又要谈下去的时候，小狗在窗台上撕扯着窗帘的角落……

她说到“宫庭”，说到“尼古拉”，她说到一些华贵的事物上去的时节，她的两臂都完全分张开，好像要在空中去环抱她所讲的一切。并且椅子也唧唧吱吱的响了起来。

“我吗！我此刻不算什么生活了，俄罗斯，我敢相信，俄罗斯的奴仆也没有像我这样过活的……贵人完全破坏得一点也不存在了……贵人完全被他们赶到中国和别的国去了……好生活，哪里还有好生活？俄罗斯的伟大消灭了……”这时候她拾了一块饼干伏在手掌上，她眼睛黑色的睫毛很快的闪合了一下，嘴唇好像波浪似的开始荡动：

“你见过吗？这叫饼干，这是什么饼干呢？狗也怕不想吃这东西……”

于是她把她手掌上的小硬块向着那袋鼠一样的狗掷了过去，果然在玻璃窗上发出一声相撞的响声，狗的牙齿开始和饼干接触着好像开始和什么骨类接触着似的。

“姑娘，你知道，这不是俄罗斯的狗，俄罗斯没有这样下贱的狗，从前我是养过的，只吃肉和汤，其余什么也不吃，面包也不吃……”

后来又谈到咖啡，又谈到跳舞……

她做着姿式，在颤抖的地板上她还打了几个旋风……

“俄罗斯的跳舞和俄罗斯的花边一样有名，是全世界顶有名的……”她坐了下来，好像刚刚她恢复了的青春又从她滑了去：“可是关于花边，我要找几个学生，为的是生活，一点点的补助……你看，两个房子，我住在厨房里面，实在是小得可以……前几年我就教人做花边，可是慢慢少了下来……到现在简直没有人注意我……我来到中国十八年……不，十九年了，那年，我是二十二岁。刚结过婚……可是现在教花边了……是的……教花边了……”

窗子的上角，一颗星从帘子的缝际透了进来，她去把帘子舒展了一次，她说：

“这不是俄罗斯的星光，请不要照我……”她摇着头，她的大耳环在她很细的颈部荡了几下，于是她伸出去那青白的手把那颗星光遮掩了起来。

我走出这俄罗斯式的家屋的时候，那黑色的非洲狗向我叫了几声。

“姑娘！花边……有什么人要学花边，请介绍一下……”

我想起了，我的朋友说过，她的房东是旧俄时代一个将军的女儿。

于是我们说着再见。我向街道走去，她却关了门。隔着门，我听她大声唤着：

“格宾克！格宾克！”

这大概是那非洲狗的名字。

一九三六，一，七日。

索非亚的愁苦 *

侨居在哈尔滨的俄国人那样多。从前他们骂着“穷党，穷党”。

连中国人开着的小酒店或是小食品店都怕穷党进去。谁都知道穷党喝了酒常常付不出钱来。

可是现在那骂着穷党的，他们做了穷党了：马车夫，街上的浮浪人，叫化子，至于那大胡子的老磨刀匠，至于那去过欧战的独腿人。那拉手风琴在乞讨铜板的，人们叫他街头音乐家的独眼人。

索非亚的父亲就是马车夫。

索非亚是我的俄文教师。

她走路走得很漂亮，像跳舞一样。可是，她跳舞跳得怎样呢？那我不知道，因为我还不懂得跳舞。但是我看她转着那样圆的圈子，我喜欢她。

没多久，熟识了之后，我们是常常跳舞的。

“再教我一个新步法！这个，你看我会了。”

桌上的表一过十二点，我们就停止读书。我站起来，走了一点姿式给她看。

---

* 本文1936年4月10日发表于（天津）（上海）《大公报》“文艺”副刊第一百二十五期，署名萧红。当年11月收入（上海）文化生活出版社初版作品集《桥》。1940年6月收入（重庆）大时代书局发行的“文艺丛书”初版《萧红散文》。

“这样可以吗？左边转，右边转，都可以！”

“怎么不可以！”她的中国话讲得比我们初识的时候更好了。

为着一种感情，我从不以为她是一个“穷党”，几乎连那种观念也没有存在。

她唱歌唱得也很好，她又教我唱歌。有一天，她的手指甲染得很红的来了。还没开始读书，我就对她的手很感到趣味，因为没有看到她装饰过。她从不涂过粉，嘴唇也是本来的颜色。

“嗯哼，好看的指甲啊！”我笑着。

“呵！坏的，不好的，捏克拉西为。”可是她没有笑，她一半说着俄国话。“捏克拉西为”是不美的难看的意思。

我问她：“为什么难看呢？”

“读书，读书，十一点钟了。”她没有回答我。

后来我们再熟识的时候，不仅跳舞，唱歌，我们谈着服装，谈着女人：西洋女人，东洋女人，俄国女人，中国女人。有一天我们正在讲解着文法。窗子上有红光闪了一下，我招呼着：

“快看！漂亮哩！”房东的女儿穿着红缎袍子走过去。

我想，她一定要称赞一句，可是她没有：

“白吃白喝的人们！”

这样合乎文法完整的名词，我不知道为什么她能说出来？当时我只是为着这名词的构造而惊奇。至于这名词的意义好像以后才发现出来。

后来，过了很久，我们谈着思想，我们成了好友了。

“白吃白喝的人们，是什么意思呢？”我已经问过她几次了，但仍常常问她。

她的解说很有意思：

“猪一样的，吃得很好，睡得很好。什么也不做，什么也不想……"

"那么，白吃白喝的人们将来要做穷党了吧？"

"是的，要做穷党的。不，可是……"她连一丝笑纹也从脸上退走了。

不知多久，没再提到"白吃白喝"这句话。我们又回转到原来友情上的寸度：跳舞、唱歌，连女人也不再说到。我的跳舞步法也和友情一样没有增加，这样一直继续到"巴斯哈"节[1]。

节前的几天，索非亚的脸色比平日更惨白些，嘴唇白得几乎和脸色一个样，我也再不要求她跳舞。

就是节前的一日，她说：

"明天过节，我不来，后天来。"

后天，她来的时候，她向我们说着她愁苦，这很意外。友情因为这个好像又增加起来。

"昨天是什么节呢？"

"'巴斯哈'节，为死人过的节。染红的鸡子带到坟上去，花圈带到坟上去……"

"什么人都过吗？犹太人也过'巴斯哈'节吗？"

"犹太人也过，穷党也过，不是穷党也过。"

到现在我想知道索非亚为什么她也是穷党，然而我不能问她。

"愁苦，我愁苦……妈妈又生病，要进医院，可是又请不到免费证。"

"要进哪个医院？"

1 "巴斯哈"节，东正教教会纪念耶稣基督复活的重要节日。东正教是俄罗斯的国教，巴斯哈节是俄罗斯民族的重大节日。

“专为俄国人设的医院。”

“请免费证，还要很困难的手续吗？”

“没有什么困难的，只要不是穷党。”

有一天，我只吃着干面包。那天她来得很早，差不多九点半钟她就来了。

“营养不好，人是瘦的、黑的，工作得少，工作得不好。慢慢健康就没有了。”

我说：“不是，只喜欢空吃面包，而不喜欢吃什么菜。”

她笑了：“不是喜欢，我知道为什么。昨天我也是去做客，妹妹也是去做客。爸爸的马车没有赚到钱，爸爸的马也是去做客。”

我笑她：“马怎么也会去做客呢？”

“会的，马到它的朋友家里去，就和它的朋友站在一道吃草。”

俄文读得一年了，索非亚家的大牛生了小牛她也是向我说的。并且当我到她家里去做客，若当老羊生了小羊的时候，我总是要吃羊奶的。并且在她家里我还看到那还不很会走路的小羊。

“吉卜西人是穷党吗？怎么中国人也叫他们穷党呢？”这样话，好像在友情最高的时候更不能问她。

“吉卜西人也会讲俄国话的，我在街上听到过。”

“会的，犹太人也多半会俄国话！”索非亚的眉毛动弹了一下。

“在街上拉手风琴的，一个眼睛的人，他也是俄国人吗？”

“是俄国人。”

“他为什么不回国呢？”

“回国！那你说我们为什么不回国！”她的眉毛好像在黎明时候静止着的树叶，一点也没有摇摆。

“我不知道。”我实在是慌乱了一刻。

“那么犹太人回什么国呢？”

我说：“我不知道。”

春天柳条抽着芽子的时候，常常是阴雨的天气，就在雨丝里一种沉闷的鼓声来在窗外了：

“咚咚，咚咚！”

“犹太人，他就是父亲的朋友，去年‘巴斯哈’节他是在我们家里过的。他世界大战的时候去打过仗。”

“咚咚，咚咚，瓦夏！瓦夏！”

我一面听着鼓声，一面听到喊着瓦夏，索非亚的解说在我感不到力量和微弱。

“为什么他喊着瓦夏？”我问。

“瓦夏是他的伙伴，你也会认识他……是的，就是你说的中央大街上拉手风琴的人。”

那犹太人的鼓声并不响了，但仍喊着瓦夏，那一双肩头一齐耸起又一齐落下，他的腿是一只长腿一只短腿。那只短腿使人看了会并不相信是存在的，那是从腹部以下就完全失去了，和丢掉一只腿的蛤蟆一样奇形。

他经过我们的窗口，他笑笑。

“瓦夏走得快哪！追不上他了。”这是索非亚给我翻译的。

等我们再开始讲话，索非亚她走到屋角长青树的旁边：

“屋子太没趣了，找不到灵魂，一点生命也感不到的活着啊！冬天屋子冷，这树也黄了。”

我们的谈话，一直继续到天黑。

索非亚述说着在落雪的一天，她跌了交，从前安得来夫将军的儿子在路上骂她“穷党”。

"……你说，那猪一样的东西，我该骂他什么呢？——骂谁穷党！你爸爸的骨头都被穷党的煤油烧掉了——他立刻躲开我，他什么话也没有再回答。穷党，吉卜西人也是穷党，犹太人也是穷党。现在真真的穷党还不是这些人，那些沙皇的子孙们，那些流氓们才是真真的穷党。"

索非亚的情感约束着我，我忘记了已经是应该告别的时候。

"去年的巴斯哈节，爸爸喝多了酒，他伤心……他给我们跳着舞，唱高加索歌……我想他唱的一定不是什么歌曲，那是他想他家乡的心的嚎叫，他的声音大得厉害哩！我的妹妹米娜问他：'爸爸唱的是哪里的歌？'他接着就唱起'家乡''家乡'来了，他唱着许多家乡。可是我和米娜一点也不知道'家乡'，我们生在中国地方，高加索，我们对它一点什么也不知道。妈妈也许是伤心的，她哭了！犹太人也哭了——拉手风琴的人，他哭的时候把吉卜西女孩抱了起来。也许他们都想着'家乡'。可是吉卜西女孩不哭，我也不哭。米娜还笑着，她举起酒瓶来跟着父亲跳高加索舞，她一面说：'这就是火把！'爸爸说：'对的。'他还是说高加索舞是有火把的。米娜一定是从电影上看到过火把。……爸爸举着三弦琴。"

"爸爸坐下来，手风琴还没立刻停住。'你很高兴吗？高加索舞很好看吗？米娜，你还没有看到过真正的高加索舞，你不是高加索的孩子。'爸爸问着她。"

索非亚忽然变了一种声音：

"不知道吧！为什么我们做穷党？因为是高加索人。哈尔滨的高加索人还不多，可是没有生活好的。从前是穷党，现在还是穷党。爸爸在高加索的时候种田，来到中国是在铁路上。现在他赶马车，他是一九一二年和妈妈跑到中国来。爸爸总是说：'哪里也是一样，干活计就吃饭。’这话到现在他是不说的了……”

她父亲的马车回来了，院子里瑯瑯的响着铃子。

我再去看她，那是半年以后的事。临告别的时候索非亚才从床上走下地板来。

“病好了我是回国的。工作，我不怕，人是要工作的。传说，那边工作很厉害。母亲说，还是不要回去吧！可是人们没有想想，人们以为这边比那边待他还好！”

走到门外她还说：

“‘回国证’怕是难一点，不要紧，没有回国证我也是要回去的。”

她走路的样子再不像跳舞了，迟缓与艰难。

过了一个星期，我又去看她，我是带着糖果。

“索非亚是进了病院的。”她的母亲说。

“病院在什么地方？”

她的母亲说的完全是俄语，那些俄文的街名无论怎样是我所不懂的。

“可以吗？我去看看她？”

“可以，星期日可以，平常不可以。”

“医生说她是什么病？”

“肺病，很轻的肺病，没有什么要紧。回国证她是得不到的，穷党回国是难的。”

我把糖果放下就走了。这次送我出来的不是索非亚，而是她的母亲。

公　园*

树叶摇摇曳曳的挂满了池边。一个半胖的人走在桥上，他是一个报社的编辑。

“你们来多久啦？”他一看到我们两个在长石凳上就说。“多幸福，像你们多幸福，两个人逛逛公园……”

“坐在这里吧。”郎华招呼他。

我很快的让一个位置，但他没有坐，他的鞋底无意的踢撞着石子，身边的树叶让他扯掉两片。他更烦恼了，比前些日子看见他更有点两样。

“你忙吗？稿子多不多？”

“忙什么！一天到晚就是那一点事，发下稿子去就完，连大样子也不看。忙什么，忙着幻想！”

“幻想什么？……这几天有信吗？”郎华问他。

“什么信！那……一点意思也没有，恋爱对于胆小的人是一种刑罚。”

让他坐下，他故意不坐下，没有人让他，他自己会坐下。于是他又用手拔着脚下的短草。他满脸似乎蒙着灰色。

* 本文作为“随笔三篇”（之二）1936年5月发表于（上海）《中学生》（月刊）第65号，署名悄吟。同年8月收入（上海）文化生活出版社初版散文集《商市街》。

“要恋爱，那就大大方方的恋爱，何必受罪？”郎华摇一下头。

一个小信封，小得有些神秘意味的，从他的口袋里拔出来，拔着蝴蝶或是什么会飞的虫儿一样，他要把那信给郎华看，结果只是他自己把头歪了歪，那信又放进了衣袋。

“爱情是苦的呢，是甜的？我还没有爱她，对不对？家里来信说我母亲死了那天，我失眠了一夜，可是第二天就恢复了。为什么她……她使我不安会整天，整夜？才通信两个礼拜，我觉得我的头发也脱落了不少，嘴上的小胡也增多了。”

当我们站起要离开公园时又来一个熟人：“我烦忧啊！我烦忧啊！”像唱着一般说。

我和郎华踏上木桥了，回头望时，那小树丛中的人影也像对那个新来的人说：

“我烦忧啊！我烦忧啊！”

我每天早晨看报先看文艺栏，这一天有编者的说话：

——摩登女子的口红，我看正相同于“血”。资产阶级的小姐们怎样活着的？不是吃血活着吗？不能否认，那是个鲜明的标记。人涂着人的“血”在嘴上，那是污浊的嘴，嘴上带着血腥和血色，那是污浊的标记。

我心中很佩服他，因为他来得很干脆。我一面读报一面走到院子里去，晒一晒清晨的太阳。汪林也在读报。

“汪林，起得很早！”

“你看，这一段，什么小姐不小姐，‘血’不‘血’的！这骂的是谁？”

那天郎华把他做编辑的朋友领到家里来，是带着酒和菜回来的，郎华说他朋友的女友到别处去进大学了。于是喝酒，我是帮闲喝，郎华是劝朋友。至于被劝的那个朋友呢？他嘴里哼着京调，哼得很难听。

和我们的窗子相对的是汪林的窗子。里面胡琴响了。那是汪林拉的胡琴。

天气开始热了，趁着太阳还没走到正空，汪林在窗下长凳上洗衣服。

编辑朋友来了，郎华不在家，他就在院心里来回走转，可是郎华还没有回来。

“自己洗衣服，很热吧！”

“自己洗得干净。”汪林手里拿着肥皂答他。

郎华还不回来，他走了。

夏　夜[*]

汪林在院心坐了很长的时间了。小狗在她的脚下打着滚睡。

“你怎么样？我胳臂疼。”

“你要小点声说，我妈会听见。”

我抬头看，她的母亲在纱窗里边，于是我们转了话题。在江上摇船到“太阳岛”去洗澡这些事，她是背着她的母亲的。

一

第二天，她又是去洗澡。我们三个人租一条小船在江上荡着。清凉的，水的气味。郎华和我都唱起来了。汪林的嗓子比我们更高。小船浮得飞起来一般地。

夜晚又是在院心乘凉，我的胳臂为着摇船而痛了，头也觉得发胀。我不能再听那一些话感到趣味。什么恋爱啦，谁的未婚夫怎样啦，某某同学结婚，跳舞……我什么也不听了，只是想睡。

“你们谈吧。我可非睡觉不可。”我向她和郎华告辞。

睡在我脚下的小狗，我误踏了它，小狗还在哽哽的叫着，我就关了门。

---

* 本文作为“随笔三篇”（之三）1936 年 5 月发表于（上海）《中学生》（月刊）第 65 号，署名悄吟。同年 8 月收入（上海）文化生活出版社初版散文集《商市街》。

最热的几天，差不多天天去洗澡，所以夜夜我早早睡。郎华和汪林就留在暗夜的院子里。

只要接近着床，我什么全忘了。汪林那红色的嘴，那少女的烦闷……夜夜我不知道郎华什么时候回屋来睡觉。就这样，我不知过了几天了。

“她对我要好，真是……少女们。”

“谁呢？”

“那你还不知道！”

“我还不知道。”我其实知道。

很穷的家庭教师，那样好看的有钱的女人竟向他要好了。

“我坦白的对她说了：我们不能够相爱的，一方面有吟，一方面我们彼此相差得太远……你沉静点吧……”他告诉我。

—

又要到江上去摇船。那天又多了三个人，汪林也在内。一共是六个人：陈成和他的女人，郎华和我，汪林，还有那个编辑朋友。

停在江边的那一些小船动荡得落叶似的。我们四个跳上了一条船，当然把汪林和半胖的人丢下。他们两个就站在石堤上。本来是很生疏的，因为都是一对一对的，所以我们故意要看他们两个也配成一对，我们的船离岸很远了。

“你们坏呀！你们坏呀！”汪林仍叫着。

为什么骂我们坏呢？那人不是她一个很好的小水手吗？为她荡着桨，有什么不愿意吗？也许汪林和我的感情最好，也许她最愿意和我同船。船荡得那么远了，一切江岸上的声音都已隔绝，江沿上的人影也消灭了轮廓。

水声，浪声，郎华和陈成混合着江声在唱。远远近近的那一些女人的阳伞，这一些船，这一些幸福的船呀！满江上是幸福的船，满江上是幸福了！人间，岸上，没有罪恶了罢！

再也听不到汪林的喊。他们的船是脱开，离我们很远了。

郎华故意把桨打起的水星落到我的脸上。船越行越慢，但郎华和陈成流起汗来。桨板打到江心的沙滩了，小船就要搁浅在沙滩上。这两个勇敢的大鱼似的跳下水去，在大江上挽着船行。

一入了湾，把船任意停在什么地方都可以。

我浮水是这样浮的：把头昂在水外，我也移动着，看起像是在浮，其实手却抓着江底的泥沙，鳄鱼一样，四条腿一起爬着浮。

那只船到来时，听着汪林在叫。很快她脱了衣裳，也和我一样抓着江底在爬，但她是快乐的，爬得很有意思。

在沙滩上滚着的时候，居然很熟识了，她把伞打起来，给她同船的人遮着太阳，她保护着他。陈成扬着沙子飞向他去："陵，着镖吧！"

汪林和陵站了一队用沙子反攻。

我们的船出了湾已行在江上时，他们两个仍在沙滩上走着。

"你们先走吧，看我们谁先上岸。"汪林说。

太阳的热力在江面上开始减低，船是顺水行下去的。他们还没有来，看过多少只船，看过多少柄阳伞，然而没有汪林的阳伞。太阳西沉时，江风很大了，浪也很高，我们有点担心那只船。李说那只船是"迷船"。

四个人在岸上就等着这"迷船"，意想不到的是他们绕着弯子从上游来的。

汪林不骂我们是坏人了，风吹着她的头发，那兴奋的样子，这次摇船好像她比我们得到的快乐更大，更多……

早晨再看报时，编辑居然做诗了。大概就是这样的意思：愿意风把船吹翻，愿意和美人一起沉下江去……

让我这样一说，就没有诗意了。总之可不是前几天那样的话，什么摩登女子吃“血”活着啦，小姐们的嘴是吃“血”的嘴啦……总之可不是那一套。这套比那套文雅得多，这套说摩登女子是天仙，那套说摩登女子是恶魔。

汪林和郎华在夜间也不那么谈话了。陵编辑一来，她就到我们屋里来，因此陵到我们家来的次数多多了。

“今天早点走……多玩一会，你们在街角等我。”这样的话汪林再不向我们说了。她用不到约我们去“太阳岛”了。

陵伴着这吃人血的女子在街上走，在电影院里会，他也不怕她会吃他的血，还说什么怕呢，常常在那红色的嘴上接吻，正因为她的嘴和血一样红才可爱。

骂小姐们是恶魔是羡慕的意思，是伸手去攫取怕她逃避的意思。

在街上，汪林的高跟鞋，陵的亮皮鞋咯钉咯钉谐和的响着了。

家庭教师是强盗*

有个人影在窗子上闪了一下，接着敲了两下窗子，那是汪林的父亲。

什么事情？郎华去了好长时间没回来，半个钟头还没回来！

我拉开门，午觉还没睡醒的样子，一面揉着眼睛一面走出门去，汪林的二姐，面孔白得那样怕人，坐在门前的木台上，林禽（狗名）在院心乱跑，使那坐在木台的白面孔十分生气，她大声想叫住它。汪林也出来了！嘴上的纸烟冒着烟，但没有和我打招呼，也坐在木台上，使女小菊在院心走路也很规矩的样子。

我站在她家客厅窗下，听着郎华在里面不住的说话，看不到人。白纱窗帘罩得很周密，我站在那里不动。……日本人吧！有什么事要发生吧！可是里面没有日本人说话，我并不去问那很不好看的脸色的她们。

为着印册子[1]而来的恐怖吧？没经过检查的小说册被日本人晓得了吧！

"接到一封黑信，说他老师要绑汪玉祥的票。"

---

* 本文1936年8月收入（上海）文化生活出版社初版散文集《商市街》。

1 册子，指萧红与萧军第一本自费出版的合著文集《跋涉》。

我点了点头。再到窗下去听时，里面的声音更听不清了。

“三小姐，开饭啦！”小菊叫她们吃饭。那孩子很留心看我一遍。

过了三四天，汪玉祥被姐姐们看管着不敢到大门口去。

家庭教师真是有点像个强盗，谁能保准不是强盗？领子不打领结，没有更多的，只是一件外套，冬天，秋天，春天都穿夹外套。

不知有半月或更多的日子，汪玉祥连我们的窗下都不敢来，他家的大人一定告诉他：

“你老师是个不详细的人……”

册　子*

永远不安定下来的洋烛的火光使眼睛痛了。抄写，抄写……

"几千字了？"

"才三千多。"

"手不疼吗？休息休息吧，别弄坏了眼睛。"郎华打着哈欠到床边，两只手相交着依在头后，背脊靠着铁床的钢骨。我还没停下来，笔尖在纸上作出响声……

一

纱窗外阵阵起着狗叫，很响的皮鞋，人们的脚步从大门道来近。不自禁的恐怖落在我的心上。

"谁来了，你出去看看。"

郎华开了门，李和陈成进来。他们是剧团的同志，带来的一定是剧本。我没接过来看，让他们随便坐在床边。

"吟真忙，又在写什么？"

"没有写，抄一点什么。"我又拿起笔来抄。

他们的谈话我一句半句的听到一点，我的神经开始不能统一，时时写出错字来，或是丢掉字，或是写重字。

蚊虫啄着我的脚面，后来在灯下作着阵，我才放下不写。

---

* 本文作为"随笔三篇"（之一）1936年6月发表于（上海）《中学生》（月刊）第66号，署名悄吟。同年8月收入（上海）文化生活出版社初版散文集《商市街》。

呵呀呀，蚊虫满屋了！门扇仍大开着。一个小狗崽溜走进来，又卷着尾巴跑出去。关起门来，蚊虫仍是飞……我用手搔着作痒的耳边，搔着腿和脚……手指的骨节搔得肿胀起来，这些中了蚊毒的地方，使我已经发酸的手腕不得不停下。我的嘴唇肿得很高，眼边也感到发热和紧胀。这里搔搔，那里搔搔，我的手感到不够用了。

"册子怎么样啦？"李的烟卷在嘴上冒烟。

"只剩这一篇。"郎华回答。

"封面是什么样子？"

"就是等着封面呢……"

第二天我也跟着跑到印刷局去，使我特别高兴，折得很整齐的一帖一帖的都是要完成的册子，比儿时母亲为我制一件新衣裳更觉欢喜。……我又到排铅字的工人旁边，他手下按住的正是一个题目，很大的铅字，方的，带来无限的感情，那正是我的那篇《夜风》。

那天预先吃了一顿外国包子，郎华说他为着册子来敬祝我，所以到柜台前叫那人倒了两小杯"哦特克"[1]酒，我说这是为着册子敬祝他。

被大欢喜追逐着，我们变成孩子了！走进公园，在大树下乘了一刻凉，觉得公园是满足的地方。望着树梢顶边的天。外国孩子们在地面弄着沙土。因为还是上午，游园的人不多，日本女人撑着伞走。卖"冰淇凌"的小板房里洗刷着杯子。我忽然觉得渴

1 "哦特克"，即伏特加，一种俄国出品经过蒸馏处理的酒精饮料。

了，但那一排排的透明的汽水瓶子，并不引诱我们。我还没有养成那样的习惯，在公园还没喝过一次那样东西。

“我们回家去喝水吧。”只有回家去喝冷水，家里的冷水才不要钱。

拉开第一扇门，大草帽被震落下来。喝完了水，我提议戴上大草帽到江边走走。

赤着脚，郎华穿的是短裤，我穿的是小短裙子，向江边出发了。

两个人渔翁似的，时时在沿街玻璃窗上反映着。

“划小船吧，多们好[1]的天气！”到了江边我又提议。

“就剩两角钱……但也可以划，都花了吧！”

择一个船底铺着青草的有两副桨的船。和船夫说明，一点钟一角五分。并没打算洗澡，连洗澡的衣裳也没有穿。船夫给推开了船，我们向江心去了。两副桨翻着，顺水下流，好像江岸在退走。我们不是故意去寻，任意遇到了一个沙洲，有两方丈的沙滩突出江心，郎华勇敢的先跳上沙滩，我胆怯，迟疑着，怕沙洲会沉下江底。

最后洗澡了，就在沙洲上脱掉衣服。郎华是完全脱的。我看了看江沿洗衣人的面孔是辨不出的，那么我借了船身的遮掩才爬下水底把衣服脱掉。我时时靠近沙滩，怕水流把我带走。江浪击撞着船底，我拉住船板，头在水上，身子在水里，水光，天光，离开了人间一般地。当我躺在沙滩晒太阳时，从北面来了一只小划船。我慌张起来，穿衣裳已经来不及，怎么好呢？爬下水去吧！船走过，我又爬上来。

1　多们好，多么好之意。东北部分地区方言中的习惯说法。后文同。

我穿好衣服。郎华还没穿好。他找他的衬衫，他说他的衬衫洗完了就挂在船板上，结果找不到。远处有白色的东西浮着，他想一定是他的衬衫了。划船去追白色的东西，那白东西走得很慢，那是一条鱼，死掉的，白色的鱼。

虽然丢了衬衫并不感到可惜，郎华赤着膀子大嚷大笑的把鱼捉上来，大概他觉得在江上能够捉到鱼是一件很有本领的事。

"晚饭就吃这条鱼，你给煎煎它。"

"死鱼不能吃的，大概臭了。"

他赶快把鱼腮掀给我看："你看，你看，这样红就会臭的？"

直到上岸，他才静下去。

"我怎么办呢！光着膀子，在中央大街上可怎样走？"他完全静下去了，大概这时候忘了他的鱼。

—

我跑到家去拿了衣裳回来，满头流着汗。可是他在江沿和码头夫们在一起喝茶了。在那个伞样的布棚下吹着江风。他第一句和我说的话想来是："你热吧？"

但他不是问我，他先问鱼："你把鱼放在哪里啦？用凉水泡上没有？"

"五分钱给我！"我要买醋，煎鱼要用醋的。

"一个铜板也没剩，我喝了茶，你不知道？"

被大欢喜追逐着的两个人，把所有的钱用掉，把衬衣丢到大江，换得一条死鱼。

等到吃鱼的时候，郎华又说："为着册子我请你吃鱼。"

这是我们创作的一个阶段，最前的一个阶段，册子就是划分这个阶段的东西。

八月十四日，家家准备着过节的那天。我们到印刷局去，自己开始装订，装订了一整天。郎华用拳头打着背，我也感到背痛。

于是郎华跑出去叫来一部斗车，一百本册子提上车去，就在夕阳中，马脖子上颠动着很响的铃子走在回家的道上。

家里，地板上摆着册子，朋友们手里拿着册子，谈论也是册子。同时关于册子出了谣言：没收啦！日本宪兵队要逮捕啦！

逮捕可没有逮捕，没收是真的。送到书店去的书，没有几天就被禁止发卖。

剧　团*

册子带来了恐怖。黄昏时候，我们排完了剧，和剧团那些人出了“民众教育馆”，恐怖使我对于家有点不安。街灯亮起来，进院，那些人跟在我们后面。门扇，窗子和每日一样安然的关着。我十分放心，知道家中没有来过什么恶物。

失望了，开门的钥匙由郎华带着，于是大家就坐在窗下的楼梯口。李买的香瓜，大家就吃香瓜。

汪林照样吸着烟，掀起纱窗帘来向我们这边笑了笑。陈成把一个香瓜高举起来。

“不要。”她摇头，隔着玻璃窗说。

我一点趣味也感不到，一直到他们把公演的事情议论完，我想的事情还没停下来。我愿意他们快快走，我好收拾箱子，好像箱子里面藏着什么使我和郎华犯罪的东西。

那些人走了，郎华从床底把箱子拉出来，洋烛立在地板上，我们开始收拾了。弄了满地纸片，什么犯罪的东西也没有。但不敢自信，怕书页里边夹着骂“满洲国”的或是骂什么的字迹，所以每册书都翻了一遍。一切收拾好，箱子是空空洞洞的了。一张

* 本文作为“随笔三篇”（之二）1936 年 6 月发表于（上海）《中学生》（月刊）第 66 号，署名悄吟。同年 8 月收入（上海）文化生活出版社初版散文集《商市街》。

高尔基[1]的照片，也把它烧掉。大火炉烧得烤痛人的面孔。我烧得很快，日本宪兵就要来捉人似的。

当我们坐下来喝茶的时候，当然是十分定心了，十分有把握了。一张吸墨纸我无意的玩弄着，我把腰挺得很直，很大方的样子，我的心像被拉满的弓放了下来一般的松适。我细看红铅笔在吸墨纸上写的字，那字正是犯法的字：

——小日本子，走狗，他妈的“满洲国”……——

我连再看一遍也没有看就送到火炉里边。

“吸墨纸啊！是吸墨纸！”郎华可惜得跺着脚。等他发觉那已开始烧起了：“那样大一张吸墨纸你烧掉它，烧花眼了？什么都烧，看你用什么！”

他过于可惜那张吸墨纸。我看他那种样子也很生气。吸墨纸重要，还是拿生命去开玩笑重要？

“为着一个虱子烧掉一件棉袄！”郎华骂我。“那你就不会把字剪掉？”

我哪想起来这样做！真傻，为着一块疮疤丢掉一个苹果！

我们把“满洲国”建国纪念明信片摆到桌上，那是朋友送给的，很厚的一打。还有两本上面写着“满洲国”字样的，不知是什么书，连看也没有看也摆起来。桌子上面很有意思：《离骚》，《李后主词》，《石达开日记》，他当家庭教师用的《小学算术教本》。一本《世界各国革命史》也从桌子抽下去。郎华说那上面载着日本怎样压迫朝鲜的历史，所以不能摆在外面。我一听说有这种重要性，马上就要去烧掉，我已经站起来了，郎华把我按下：“疯了吗？你疯了吗？”

1　高尔基（1868—1936），苏联著名作家、诗人、政论家。代表作有自传体三部曲《童年》《在人间》《我的大学》和《母亲》等。1934 年当选苏联作协主席；1936 年 6 月 18 日去世。

我就一声不响了，一直到灭了灯睡下，连呼吸也不能呼吸似的。在黑暗中我把眼睛张得很大。院中的狗叫声也多起来。大门扇响得也厉害了。总之，一切能发声的东西都比平常发的声音要高，平常不会响的东西也被我新发现着，棚顶发着响，洋瓦房盖被风吹着也响，响，响……

郎华按住我的胸口……我的不会说话的胸口。铁大门震响了一下，我跳了一下。

“不要怕，我们有什么呢？什么也没有。谣传不要太认真。他妈的，哪天捉去哪天算！睡吧，睡不足，明天要头疼的……”

他按住我的胸口。好像给恶梦惊醒的孩子似的，心在母亲的手下大跳着。

有一天，到一家影戏院去试剧，散散杂杂的这一些人从我们的小房出发。

全体都到齐，只少了个徐志，他一次也没有不到过，要试演他就不到，大家以为他病了。

很大的舞台，很漂亮的垂幕。我扮演的是一个老太婆的角色，还要我哭，还要我生病。把四个椅子拼成一张床，试一试倒下去，我的腰部触得很疼。

先试给影戏院老板看的，是郎华饰的《小偷》中的杰姆和李饰的律师夫人对话的那一幕。我是另外一个剧本，还没挨到我，大家就退出影戏院了。

因为条件不合，没能公演。大家等待机会，同时每个人起着疑问：公演不成吧？

三个剧排了三个月，若说演不出总有点可惜。

“关于你们册子的风声怎么样？”

“没有什么。怕狼，怕虎是不行的。这年头只得碰上什么算什么……”郎华是刚强的。

白面孔 *

恐怖压到剧团的头上，陈成的白面孔在月光下更白了。这种白色感到事件的严重。落过秋雨的街道，脚在街石上发着“巴巴”的声音，李，郎华，我们四个人走过很长的一条街。李说：“徐志，我们那天去试演，他不是没有到吗？被捕一个礼拜了！我们还不知道……”

“不要说。在街上不要说。”我撞动她的肩头。

鬼祟的样子，郎华和陈成一队，我和李一队。假如有人走在后面，还不等那人注意我，我就先注意他，好像人人都知道我们这回事。街灯也变了颜色，其实我们没有注意到街灯，只是紧张的走着。

李和陈成是来给我们报信，听说剧团人老柏已经三天不敢回家，有密探等在他的门口，他在准备逃跑。

我们去找胖朋友，胖朋友又有什么办法？他说：“× × 科里面的事情非常秘密，我不知道这事，我还没有听说。”他在屋里转着弯子。

回到家锁了门，又在收拾书箱，明知道没有什么可收拾的，但本能的要收拾。后来，也把那一些册子从过道拿到后面柈子房

---

* 本文作为“随笔三篇”（之三）1936 年 6 月发表于（上海）《中学生》（月刊）第 66 号，署名悄吟。同年 8 月收入（上海）文化生活出版社初版散文集《商市街》。

去。看到册子并不喜欢，反而感到累赘了！

老秦的面孔也白起来，那是在街上第二天遇见他。我们没说什么，因为郎华早已通知他这事件。

没有什么办法，逃，没有路费，逃又逃到什么地方去？不安定的生活从新又开始。从前是闹着饿，刚能弄得饭吃，又闹着恐怖。好像从来未遇过的恶的传闻和事实都在这时来到：日本宪兵队前夜捉去了谁，昨夜捉去了谁……听说昨天被捉去的人与剧团又有关系……

耳孔里塞满了这一些，走在街上也是非常不安。在中央大街的中段，竟有这样突然的事情——郎华被一个很瘦的高个子在肩上捉了一下，就带着他走了！转弯走向横街去，郎华也一声不响的就跟他去，也好像莫名其妙的脱开我就跟他去……起先我的视线被电影院门前的人们遮断，但我并不怎样心跳，那人和郎华很密切的样子，肩贴着肩，踱过来，但一点感情也没有，又踱过去……这次走了许多工夫就没再转回来。我想这是用的什么计策吧？把他弄上了圈套。

结果不是要捉他，那是他的一个熟人，多么可笑的熟人呀！太突然了！神经衰弱的人会吓出神经病来。“唉呀危险，你们剧团里人捕去了两个了……”在大街上他竟弄出这样一个奇特的样子来，他不断的说：“你们应该预备预备。”

“我预备什么？怕也不成，遇上算。”郎华的肩连摇也不摇的说。

这几天发生的事情极多。做编辑的朋友陵也跑掉了。汪林喝过酒的白面孔也出现在院心，她说她醉了一夜，她说陵前夜怎样送她到家门，怎样要去了她一把削瓜皮的小刀……她一面说着，一面幻想，脸孔是白的。好像不好的事情都一起发生，朋友们变了样。汪林在院子里走来走去也变了样。

只失掉了剧员徐志，剧团的事就在恐怖中不再提起了。

又是冬天 *

窗前的大雪白绒一般，没有停的在落，整天没有停。我去年受冻的脚完全好起来，可是今年没有冻，壁炉着得呼呼发响，时时起着木柈的小炸音，玻璃窗简直就没被冰霜蔽住，柈子不像去年摆在窗前，那是装满了柈子房的。

我们决定非回国[1]不可，每次到书店去，一本杂志也没有，至于别的书，那还是三年前摆在玻璃窗里退了色的旧书。

非走不可，非走不可。

遇到朋友们我们就问：

“海上几月里浪小？小海船是怎样晕法？……”因为我们都没航过海，海船那样大，在图画上看见也是害怕，所以一经过“万国车票公司”的窗前必须要停住许多时候，要看窗子里立着的大图画，我们计算着这海船有多么高啊！都说海上无风三尺浪，我在玻璃上就用手去量，看海船有海浪的几倍高？结果那太差远了！海船的高度等于海浪的二十倍。我说海船六丈高。

“哪有六丈？”郎华反对我，他又量量：“哼！可不是吗！差

* 本文 1936 年 8 月收入（上海）文化生活出版社初版散文集《商市街》。

1 回国，作者当时身处“满洲国”，逃往“关内”等于是回到“中国”。

不多……海浪三尺，船高是二十三尺。”

也有时因为我反复着说：“有那么高吗？没有吧！也许有！”

郎华听了就生起气了，因为海船的事差不多在街上就吵架……

可是朋友们不知道我们要走，有一天我们在胖朋友家里举起酒杯的时候，嘴里吃着烧鸡的时候，郎华要说，我不叫他说，可是到底说了。

“走了好！我看你早就该走！”以前胖朋友常这样说：“郎华，你走吧！我给你们对付点路费。我天天在 ×× 科里边听着问案子，皮鞭子打得那个响！哎，走吧！我想要是我的朋友也弄去……那声音可怎么听？我一看那行人，我就想到你……”

二

老秦来了，他是穿一件崭新的外套，看起来帽子也是新的，不过没有问他，他自己先说：

“你们看我穿新外套了吧？非去上海不可，忙着做了两件衣裳，好去进当铺，卖破烂新的也值几个钱……”

听了这话我们很高兴，想不说也不可能：“我们也走，非走不可，在这个地方等着活剥皮吗？”郎华说完了郎华就笑了：“你什么时候走？”

“那么你们呢？”

“我们没有一定。”

“走就五六月走，海上浪小……”

“那么我们一同走吧！”

老秦并不认为我们是真话，大家随便说了不少关于走的事情，怎样走法呢？怕路上检查，怕路上盘问，到上海什么朋友也没有，又没有钱。说得高兴起来，逼真了！带着幻想了！老秦是到过上海的，他说四马路怎样怎样！他说上海的穷是怎样的穷法……

他走了以后，雪还没有停，我把火炉又放进一块木柈去，又到烧晚饭的时间了！我想一想去年，想一想今年，看一看自己的手骨节胀大了一点，个子还是这么高，还是这么瘦……

这房子我看得太熟了，至于墙上或是棚顶有几个多余的钉子我都知道。郎华呢？没有瘦胖，他是照旧，从我认识他那时候起，他就是那样，颧骨很高，眼睛小，嘴大，鼻子是一条柱。

“我们吃什么饭呢？吃面或是饭？”

居然我们有米有面了，这和去年不同，忽然那些回想牵住了我——借到两角钱或一角钱……空手他跑回来……抱着新棉袍去进当铺。

我想到我冻伤的脚，下意识的看了一下脚。于是又想到柈子。那样多的柈子，烧吧！我就又去搬了木柈进来。

“关上门啊！冷啊！”郎华嚷着。

他仍把两手插在裤袋在地上打转；一说到关于走，他就不住的打转，转起半点钟来也是常常的事。

秋天我们已经装起电灯了。我在灯下抄自己的稿子，郎华又跑出去，他是跑出去玩，这可和去年不同，今年他不到外面当家庭教师了。

门前的黑影 *

从昨夜，对于震响的铁门更怕起来，铁门扇一响就跑到过道去看，看过四五次都不是，但愿它不是。清早了，某个学校的学生，他是郎华的朋友，他戴着学生帽，进屋也没有脱，他连坐下也不坐下就说：

"风声很不好，关于你们，我们的同学弄去了一个。"

"什么时候？"

"昨天。学校已经放寒假了，他要回家还没有定。今天一早又来日本宪兵把全宿舍检查一遍，每个床铺都翻过，翻出一本《战争与和平》[1]来……"

"《战争与和平》又怎么样？"

"你要小心一点，听说有人要给你放黑箭。"

"我又不反满，不抗日，怕什么？"

"别说这一套话，无缘无故就要拿人，你看，把《战争与和平》那本书就带了去，说是调查调查，也不知道调查什么？"

说完他就走了，问他想放黑箭的是什么人？他不说。过了一

---

* 本文1936年8月收入（上海）文化生活出版社初版散文集《商市街》。

1 《战争与和平》，俄国作家列夫·托尔斯泰的长篇巨制，以1812年卫国战争为中心，以鲍尔康斯等四大贵族的经历为主线，在战争与和平的交替描写中把众多事件和人物串联起来，构成百科全书式的一部史诗。

会又来一个人，同样是慌张，也许近些日子看人都是慌张的。

“你们应该躲躲，不好吧！外面都传说剧团不是个好剧团，那个团员出来了没有？”

我们送走了他就到公园走走。冰池上小孩们在上面滑着冰，日本孩子，俄国孩子……中国孩子……

我们绕着冰池走了一周，心上载着不愉快……所以彼此不讲话，走得很沉闷。

“晚饭吃面吧！”他看到路北那个切面铺才说，我进去买了面条。

回到家里书也不能看，俄语也不能读，开始慢慢预备晚饭吧！虽然在预备吃的东西也不高兴，好像不高兴吃什么东西。

木格上的盐罐装着满满的白盐，盐罐旁边摆着一包大海米，酱油瓶，醋瓶，香油瓶，还有一罐炸好的肉酱。墙角有米袋，面袋，柈子房满堆着木料……这一些并不感到满足，用肉酱拌面吃倒不如去年米饭拌着盐吃舒服。

“商市街”口，我看到一个人影，那不是寻常的人影，那像日本宪兵，我继续前走，怕是郎华知道要害怕。

走了十步八步可是不能再走了！那穿高筒皮靴的人在铁门外盘旋，我停止下，想要细看一看。郎华和我同样，他也早就注意上这人。我们想逃，他是在门口等我们吧！不用猜疑，路南就停着小“电驴子”，并且那日本人又走到路南来，他的姿式表示着他的耳朵也在倾听。

不要家了，我们想逃，但是逃向哪里呢？

那日本人连刀也没有佩，也没有别的武装，我们有点不相信他就会拿人，我们走进路南的洋酒面包店去，买了一块面包，我并不要买肠子，掌柜的就给切了肠子，因为我是聚精会神的在注意玻璃窗外的事情，那没有佩刀的日本人转着弯子慢慢走掉了。

这真是一场大笑话，我们就在铺子里消费了三角五分钱……从玻璃门出来带着三角五分钱的面包和肠子。假若是更多的钱在那当儿就丢在马路上也不觉得可惜……

“要这东西做什么呢？明天袜子又不能买了。”事件已经过去，我懊悔说。

“我也不知道，谁叫你进去买的？你想怨谁？”

郎华在前面啌啌的开着门，屋中的热气扑到脸上来。

决 意*

非走不可，环境虽然和缓下来，不走是不行，几月走呢？五月吧！

从现在起还有五个月，在灯下计算了又计算，某个朋友要拿他多少钱，某个朋友该向他拿路费的一半……

在心上一想到走，好像一件兴奋的事，也好像一件伤心的事，于是我的手一边在倒茶一边发抖。

“流浪去吧！哈尔滨也并不是家，那么流浪去吧！”郎华端一端茶杯，没有喝又放下。

眼泪已经充满着我了。

“伤感什么，走去吧！有我在身边走到哪里你也不要怕，伤感什么，老悄，不要伤感。”

我垂下头说：“这些锅碗怎办呢？”

“真是小孩子，锅，碗又算得什么？”

我从心笑了，我觉到自己好笑。在地上绕了个圈子，可是心中总有些悲哀，于是又垂下了头。

剧团的徐同志不是出来了吗？不是被灌了凉水吗？我想到这里，想到一个人，被弄了去，灌凉水，打橡皮鞭子，那已经不成个人了。走吧，非走不可。

* 本文1936年8月收入（上海）文化生活出版社初版散文集《商市街》。

一个南方的姑娘 *

郎华告诉我一件新的事情，他去学开汽车回来第一句话说：

“新认识一个朋友，她从上海来，是中学生。过两天还要到家里来。”

第三天外面打着门了！我先看到的是她头上扎着漂亮的红带，她说她来访我，老王在前面引着她。大家谈起来，差不多我没有说话，我听着别人说。

“我到此地四十天了！我的北方话还说不好，大概听得懂吧！老王是我到此地才认识的。那天巧得很，我看报上为着戏剧在开着笔战，署名郎华的我同情他……我同朋友们说：这位郎华先生是谁？论文作得很好。因为老王的介绍上次见到郎华……”

我点着头，遇到生人我一向是不会说什么话，她又去拿桌上的报纸，她寻找笔战继续的论文。我慢慢的看着她，大概她也慢慢的看着我吧！她很漂亮，很素净，脸上不涂粉，头发没有卷起来，只是扎了一条红绸带，这更显得特别风味，又美又净，葡萄灰色的袍子上面有黄色的花，只是这件袍子我看不很美，但也无损于美。到晚上，这美人似的人就在我们家里吃晚饭。在吃饭以

* 本文 1936 年 8 月收入（上海）文化生活出版社初版散文集《商市街》。

前汪林也来了！汪林是来约郎华去滑冰，她从小孔窗看了一下：

“郎华不在家吗？”她接着“唔”了一声。

“你怎么到这里来？”汪林进来了。

“我怎么就不许到这里来？”

我看得她们这样很熟的样子更奇怪。我说：

“你们怎么也认识呢？”

“我们在舞场里认识的。”汪林走了以后她告诉我。

从这句话当然也知道程女士也是常常进舞场的人了！汪林是漂亮的小姐，当然程女士也是，所以我就不再留意程女士了。

环境和我不同的人来和我做朋友，我感不到兴味。

郎华肩着冰鞋回来，汪林大概在院中也看到了他，所以也跟进来，这屋子就热闹了！汪林的胡琴口琴都跑去拿过来。郎华唱：“杨延辉坐宫院。”

“哈呀呀怎么唱这个？这是‘奴心未死’！”汪林嘲笑他。

在报纸上就是因为旧剧才开笔战。郎华自己明明写着，唱旧戏是奴心未死。

并且汪林耸起肩来笑得脊背靠住暖墙，她很红的脸，很红的嘴，卷发，绿绒衣，她和程女士是绝端两样，她带着西洋少妇的风情。程女士很黑，是个黑姑娘。

又过几天，郎华为我借一双滑冰鞋来，我也到冰场上去。程女士常到我们这里来，她是来借冰鞋。有时我们就一起去，同时新人当然一天比一天熟起来，她渐渐对郎华比对我更熟，她给郎华写信了，虽然常见，但是要写信的。

又过些日子程女士要在我们这里吃面条，我到厨房去调面条。

“……喳……喳……”等我走进屋他们又在谈别的了！程女士只吃一小碗面就说：“饱了。”

我看她近些日子更黑一点，好像她的“愁”更多了！她不仅仅是“愁”，因为愁并不兴奋，可是程女士有点兴奋。

我忙着收拾家具，她走时我没有送她，郎华送她出门。

我听得清楚楚的是在门口：“有信吗？”

或者不是这么说，总之跟着一声“喳喳”之后，郎华很响的：“没有。”

又过了些日子程女士就不常来了，大概是她怕见我。

程女士要回南方，她到我们这里来辞行，有我做障碍，她没有把要诉说出来的“愁”尽量诉说给郎华。她终于带着“愁”回南方去了。

生　人*

来了一个希奇的客人，我照样在厨房里煎着饼，因为正是预备晚饭时候。饼煎得糊烂了半块，有的竟烧着起来，冒着烟，一边煎着饼一边跑到屋里去听他们的谈话，我忘记我是在预备饭，所以在晚饭桌上那些饼很不好吃，我去买面包来吃。

他们的谈话还没有谈完，于是家具我也不能去洗，就呆站在门边不动。

"……………………

……………………

……………………"

这全是些很沉痛的谈话！有时也夹着笑声，那个人是从磐石人民革命军里来的……

我只记住他是很红的脸。

* 本文1936年8月收入（上海）文化生活出版社初版散文集《商市街》。

又是春天 *

太阳带来了暖意，松花江靠岸的江冰摊下去，溶成水了，江上用人支走的爬犁渐少起来。汽车更没有一只在江上行走了。松花江失去了它冬天的威严，江上的雪已经不是闪眼的白色，变成灰的了，又过几天江冰顺着水慢慢流动起来，那是很好看的，有意流动，也像无意流动，大块冰和小块冰轻轻的互相击撞发着响，唧唧着，这种响声像是瓷器相碰的响声似的，也像玻璃相碰的响声似的。立在江边我起了许多幻想：这些冰块流到哪里去？流到海去吧！也怕是到不了海，阳光在半路上就会全数把它们消灭尽……

然而它们是走的，幽游一般，也像有生命似的，看起来比人更快活。

那天在江边遇到一些朋友，于是大家同意去走江桥，我和郎华走得最快，松花江在脚下东流，铁轨在江空发啸，满江面的冰块，满天空的白云，走到尽头，那里并不是郊野，看不见绿绒绒的草地，看不见绿树，“塞外”的春来得这样迟啊！我们想吃酒，于是沿着土堤走下去，然而寻不到酒馆，江北完全是破落人家，

---

* 本文1936年8月收入（上海）文化生活出版社初版散文集《商市街》。

用泥土盖成的房子，用柴草织成的短墙。

“怎么听不到鸡鸣？”

“要听鸡鸣做什么？”人们坐在土堤上揩着面，走得热了。

后来我们去看一个战舰，那是一九二九年和苏俄作战时被打沉在江底的，名字是“利捷”。每个人用自己所有的思想来研究这战舰，但那完全是瞎说，有的说汽锅被打碎了才沉江的，有的说把驾船人打死才沉江的。一个洞又一个洞，这样的军舰使人感到残忍，正相同在街上遇见了在战场上丢了腿的人一样，他残废了，别人称他是个废人。

这个破战舰停在船坞里完全发霉了。

患　病*

我在准备早饭，同时打开了窗子，春朝特有的气息充满了屋子。在大炉台上摆着已经去了皮的地豆。小洋刀在手中仍是不断的转着……浅黄色带着绵性似的，地豆个个在大炉台上摆好，稀饭在旁边冒着泡，我一面切着地豆，一面想着：江上连一块冰也融尽了吧！公园的榆树怕是发了芽吧！已经三天不到公园去，吃过饭非去看看不可。

“郎华呀！你在外边尽作什么？也来帮我提一桶水去……”

“我不管，你自己去提吧。”他在院子来回走，他又是在想什么文章。于是我跑着，为着高兴。把水桶翻得很响，斜着身子从汪家厨房出来，差不多是横走，水桶在腿边左摇荡一下，右摇荡一下……

菜烧好，饭也烧好，吃过饭就要去江边，去公园。春天就要在头上飞，在心上过，然而我不能吃早饭了，肚子偶然疼起来。

我喊郎华进来。他很惊讶！但越痛越不可耐了。

他去请医生，请来一个治喉病的医生。

“你是患着盲肠炎吧？”医生问我。

我痛得那个样子还晓得什么盲肠炎不盲肠炎的？眼睛发黑

---

* 本文1936年8月收入（上海）文化生活出版社初版散文集《商市街》。

了，喉医生在我的臂上打了止痛药针。

“张先生，车费先请自备吧！过几天和药费一起送去。”郎华对医生说。

一角钱也没有了，我又不能说再请医生，白打了止痛药针，一点痛也不能止。

郎华又跑出去，我不知他跑出去做什么，我说不出怀着怎样的心情在等他回来。

一个星期过去，我还不能从床上坐起来，到第九天郎华从外面举着鲜花回来，插在瓶子里，摆在桌上。

“花开了？”

“不但花开，树还绿了呢！”

我听说树绿了！我对于“春”不知怀着多少意义。我想立刻起来去看看，但是什么也不能做，腿软得好像没有腿了，我还站不住。

头痛减轻一些，夜里睡得很熟。有朋友告诉郎华：在什么地方有一个市立的公共医院，为贫民而设，不收药费。

当然我挣扎着也要去的，那天是晴天，换好干净衣服，一步一步走出大门，坐上了人力车，郎华在车旁走，起先他是扶着车走，后来他就走在行人道上去了。街树不是发着芽的时候，已长好绿叶了！

进了诊疗所，到挂号处挂了名，很长的堂屋，排着长椅子，那里已经开始诊断，穿白衣裳的俄国女人，跑来跑去唤着名字，六七个人一起闯进病室去，过一刻就放出来，第二批人再被呼进来。到这里来的病人，都是穷人，愁眉苦脸的一个，愁眉苦脸的一个，撑着木棍的跛子，脚上生疮缚着白布的肿脚人，肺痨病的女人，白布包住眼睛的盲人，包住眼睛的盲小孩，头上生疮的小孩。对面坐着老外国女人，闭着眼睛，把头靠住椅子，好似睡着，然而她的嘴不住的收缩，她的包头巾在下巴上慢慢的牵动……

小孩治疗室有孩子大大的哭叫，内科治疗室门口外国女人又闯出来，又叫着外国名字，一会又有中国人从外科治疗室闯出来，又喊着中国名字……拐脚子和肿脸人都一起走进去……

因为我来得最晚。大概最后才能够叫到我，等得背痛，头痛。

“我们回去吧！明天再来。”坐在人力车上，我已无心再看街树，这样去投医，病象不但没有减轻，好像更加重了些。

不能不去，因为不要钱，第二次去，也被唤着名字走进妇科治疗室，虽等了两点钟，到底进了妇科治疗室。既然进了治疗室，那该说怎样治疗法。

把我引到一个屏风后面，那里摆着一张很宽很高很短的台子，台子的两边还立了两支叉形的东西，叫我爬上这台子去，当时我可有些害怕了，爬上去做什么呢？莫非是要用刀割吗？

我坚决的不爬上去，于是那肥的外国女人先上去了，没有什么，并不动刀，换着次序我也被治疗了一回，经过这样的治疗并不用吃药，只在肚子上按了按，或是一面按着，一面问两句，我的俄文又不好，所以医生问的，我并不全懂，马马虎虎的就走出治疗室。医生告诉我，明天再来一次，好把药给我。

以后我就没有再去，因为那天我出了诊疗所的时候，我是问过一个重病人的，他哼着，他的家属哭着，我以为病人是病到不可治的程度，“他们不给药吃，说药贵，让自己去买，哪里有钱买？”是这样说向我的。

去了两天治疗所，等了几个钟头。怕是再去两天，再去等几个钟头，病人就会自然而然的好起来！可惜我没有那样的忍耐性。

十三天*

“用不到一个月我们就要走的。你想想吧，去吧！不要闹孩子脾气，三两天我就去看你一次……”郎华说。

为着病，我要到朋友家去休养几天，我本不愿去，那是郎华的意思，非去不可，又因为病象又要重似的，全身失去了力量，骨关酸痛。于是冒着雨跟着朋友，就到朋友家去。

一

汽车在斜纹的雨中前行。大雨和冒着烟一般。我想开汽车的人怎能认清路呢？但车行更快起来，在这样大的雨中，人好像坐在房间里，这是多么有趣！汽车走出市街接近乡村的时候立刻有一种感觉，好像赴战场似的英勇。我是有病，我并没喊一声“美景”。汽车颠动着，我按紧着肚子，病会使一切厌烦。

当夜还不到九点钟我就睡了，原来没有睡，来到乡村，那一种落寞的心情浸透了我。又是雨夜，窗子上疏沥的打着雨点。好像是做梦把我惊醒，全身沁着汗，这一刻又冷起来，从骨关发出一种冷的滋味，发着疟疾似的，一刻热了，又寒了！

要解体的样子，我哭出来吧！没有妈妈哭向谁去？

---

* 本文作为“随笔两篇”（之一）1936 年 8 月 1 日发表于（上海）《文季月刊》第一卷第三期，署名悄吟。同年 8 月收入（上海）文化生活出版社初版散文集《商市街》。

第二天夜又是这样过的，第三夜又是这样过的，没有哭，不能哭，和一个害着病的猫儿一般，自己的痛苦自己担当着吧！整整是一个星期都是用被子盖着坐在炕上，或是躺在炕上。

窗外的梨树开花了，看着树上白白的花儿。

到端阳节还有二十天，节前就要走的。

眼望着窗外梨树上的白花落了！有小果子长起来，病也渐好，拿椅子到树下去看看小果子。

第八天郎华才来看我，好像父亲来了似的，好像母亲来了似的，我发羞一般的，没有和他打招呼，只是让他坐在我的近边。

我明明知道生病是平常的事，谁能不生病呢？可是总要酸心，眼泪虽然没有落下来，我却耐过一个长时间酸心的滋味。好像谁虐待了我一般。那样风雨的夜，那样忽寒忽热独自幻想着的夜。

第二次郎华又来看我，我决定要跟他回家。

“你不能回家，回家你就要劳动，你的病非休息不可，还没有两个星期我们就得走，刚好起来再累病了，我可没有办法。”

“回去，我回去……”

“好，你回家吧！没有一点理智的人，不能克服自己的人还有什么办法！你回家好啦！病犯了可不要再问我！”

我又被留下，窗外梨树上的果子渐渐大起来。我又不住的乱想：穷人是没有家的，生了病被赶到朋友家去。

已是十三天了！

拍卖家具*

似乎带着伤心我们到厨房验查一下，水壶，水桶，小锅这一些都要卖掉，但是并不是第一次验查，从想走那天起，我就跑到厨房来计算，三角二角，不知道这样计算多少回，总之一提起“走”字来便去计算，现在可真的要出卖了。

旧货商人就等在门外。

他估着价：水壶，面板，水桶，蓝瓷锅，三只饭碗，酱油瓶子，豆油瓶子，一共值五角钱。

我们没有答话，意思是不想卖了。

“五毛钱不少。你看这锅漏啦！水桶是旧水桶，买这东西也不过几毛钱，面板这块板子，我买它没有用，饭碗也不值钱……”他一只手向上摇着，另一只手翻着摆在地上的东西，他很看不起这东西：“这还值钱？这还值钱？”

“不值钱，我也不卖。你走吧！”

“这锅漏啦！漏锅……”他的手来回的推动锅底，嘣响一声，再嘣响一声。

我怕他把锅底给弄掉下来；我很不愿意：“不卖了，你走吧！”

---

* 本文1936年8月收入（上海）文化生活出版社初版散文集《商市街》。

“你看，这是废货，我买它卖不出钱来。”

我说：“天天烧饭，哪里漏呢？”

“不漏，眼看就要漏，你摸摸这锅底有多么薄？”最后他又在小锅底上很留恋的敲了两下。

小锅第二天早晨又用它烧了一次饭吃；这是最后的一次，我伤心，明天它就要离开我们到别人家去了！永远不会再遇见，我们的小锅，没有钱买米的时候，我们用它盛着开水来喝，有米太少的时候，就用它煮稀饭给我们吃，现在它要去了！

共患难的小锅呀！与我们别开伤心不伤心？

旧棉被旧鞋和袜子，卖空了！空了……

还有一只剑，我也想起拍卖它；郎华说：

“送给我的学生吧！因为剑上刻着我的名字，卖是不方便的。”

前天他的学生听说老师要走，哭了。

正是练武术的时候，那孩子手举着大刀，流着眼泪。

最后的一星期*

刚下过雨，我们踏着水淋的街道，在中央大街上徘徊，到江边去呢？还是到哪里去呢？天空的云还没有散，街头的行人还是那样稀疏，任意走，但是再不能走了。

“郎华，我们应该规定个日子，哪天走呢？”

“现在三号，十三号吧！还有十天，怎么样？”

我突然站住，受惊一般地，哈尔滨要与我们别离了！还有十天，十天以后的日子我们要过在车上，海上，看不见松花江了，只要“满洲国”存在一天，我们是不能来到这块土地。

李和陈成也来了，好像我们走，是应该走。

“还有七天，走了好啊！”陈成说。

为着我们走，老张请我们吃饭，吃过饭以后，又去逛公园，在公园又吃冰淇淋，无论怎样总感到另一种滋味，公园的大树，公园夏日的风，沙土，花草，水池，假山，山顶的凉亭，……这一切和往日两样，我没有像往日那样到公园里乱跑，我是安静静的走着，脚下的沙土慢慢的在响。

---

* 本文作为“随笔两篇”（之二）1936年8月1日发表于（上海）《文季月刊》杂志第一卷第三期，署名悄吟。同年8月收入（上海）文化生活出版社初版散文集《商市街》。

夜晚屋中又剩了我一个人，郎华的学生跑到窗前，他偷偷视查着我，他在窗前走来走去，假装着闲走来观察我，来观察这屋中的事情，观察不足，于是问了：

“我老师上哪里去了？”

“找他做什么？”

“找我老师上课。”

其实那孩子平日就不愿意上课，他觉得老师这屋有个景况：怎么这些日子卖起东西来，旧棉花，破皮褥子……

要搬家吧！那孩子不能确定是怎么回事。他跑回去又把小菊也找出来，那女孩和他一般大，当然也觉得其中有个景况，我把灯闭下了，要收拾的东西，暂时也不收拾了！

躺在床上，摸摸墙壁，又摸摸床边，现在这还是我所接触的，再过七天，这一些都别开了。

小锅，小水壶终归被旧货商人所提走，在商人手里发着响，闪着光走出门去！那是前年冬天郎华从破乱市买回来的。现在又将回到破乱市去。

卖掉小水壶，我的心情更不能压制住。不是用的自己的腿似的，到木柈房去看看许多木柈还没有烧尽，是卖呢？是送朋友？门后还有个电炉，还有双破鞋。

大炉台上失掉了锅，失掉了壶，不像个厨房样。

一个星期已经过去四天，心情随着时间更烦乱起来，也不能在家烧饭吃，到外面去吃，到朋友家去吃。

看到别人家的小锅，就想起卖掉的小锅，吃饭也不能安定。

后来睡觉也不能安定。

“明早六点就起来拉床，要早点起来。”

郎华说这话，觉得走是逼近了！必定得走了。好像郎华如不说，就不走了似的。

夜里想睡也睡不安。太阳还没出来，铁大门就响起来，我怕着，这声音要夺去我的心似的，昏茫的坐起来，郎华就跳下床去，两个人从床上往下拉着被子、褥子。枕头摔在脚上，忙忙乱乱，有人打着门，院子里的狗乱咬着。

马颈的铃铛就响在窗外，这样的早晨已经过去，我们遭了恶祸一般，屋子空空的了。

我把行李铺了铺就睡在地板上。为了多日的病和不安，身体弱的快要支持不住的样子，郎华跑到江边去洗他的衬衫，他回来看到我还没起来，他就生气：

“不管什么时候，总是懒，起来，收拾收拾，该随手拿走的东西，就先把它拿走。”

“有什么收拾的，都已收拾好，我再睡一会，天还早，昨夜我失眠了。”我的腿痛，腰痛，又要犯病的样子。

“要睡，收拾干净再睡，起来！”

铺在地板上的小行李也卷起来了，墙壁从四面直垂下来，棚顶一块块发着微黑的地方是长时间点蜡烛被烛烟所熏黑的。说话的声音有些轰响。空了！在屋子里边走起来很旷荡……

还吃了最后的一次早餐——面包和肠子。

我手提个包袱。郎华说：

“走吧！”他推开了门。

这正像乍搬到这房子郎华说："进去吧"一样，门开着我出来了，我腿发抖，心往下沉坠，忍不住这从没有落下来的眼泪，是哭的时候了！应该流一流眼泪。

我没有回转一次头走出大门，别了家屋！街车，行人，小店铺，行人道旁的杨树。转角了！

别了"商市街"！

小包袱在手上挂着。我们顺了中央大街南去。

一九三五，五，十五日。上海。

搬　家*

“六啊，六……”

孩子顶着一块大锅盖，蹒蹒跚跚大蜘蛛一样从楼梯爬下来，孩子头上的汗还不等揩抹，妈妈又唤喊了：

“六啊！……六啊！……”

是小六家搬家的日子。八月天，风静睡在树梢不动，蓝天好像碧蓝的湖水，一条云彩也不挂到湖上。楼顶闲荡无虑的在晒太阳。楼梯被石墙的阴影遮断了一半，和往日一样该是预备午饭的时候。

“六啊……六，……小六……”

一切都和昨日一样，一切没有变动，太阳、天空、墙外的树，都没改，树下的两只红毛鸡仍在啄食。小六家房盖穿着洞了，有泥块打进水桶，阳光从窗子，门，从打开的房盖一起走进来，阳光逼走了小六家一切盆子桶子和人。

“六啊！六啊，你爹死到哪个地方去啦？”

女人和患病的猪一般在露天的房子里哼哽的说话。

---

* 本文1935年3月5日以《小六》为题发表于（上海）《太白》（半月刊）第一卷第十二期，署名悄吟。1935年10月收入（上海）生活书店编译所《三种船》。1936年11月收入（上海）文化生活出版社初版作品集《桥》。1940年6月改篇名为《搬家》收入（重庆）大时代书局发行的“文艺丛书”初版《萧红散文》。有改动。

"快搬，快搬……告诉早搬，你不早搬你不早搬，打碎你的盆！瞒——谁？"

大块的士敏土[1]翻滚着沉落。那个人嚷一些什么女人听不清了！女人坐在灰尘中好像让她坐在着火的烟中，眼睛快要流泪，喉头麻麻辣辣，好像她幼年时候夜里的恶梦，好像她幼年时候爬山滚落了。

"六啊！六啊！"

孩子在她身边站着：

"娘，俺在这。"

"六啊！六啊！"

"娘，俺在这。俺不是在这吗？"

那女人孩子拉到她的手，她才看见。若不触到她，她什么也看不到了。

那一些盆子桶子，罗列在门前。她家像是着了火；或是无缘的，想也想不到的闯进一些鬼魔去。

不到一个月，那家的楼房完全长起，红色瓦片盖住楼顶，有木匠在那里正装窗框。吃过午饭，泥水匠躺在长板条上睡觉，木匠也和大鱼似的找个有荫凉的地方睡。那一些拖长的腿，泥污的手脚，在长板条上可怕的，偶然伸动两下。全个后院，全个午间，让他们的鼾声结着群。

虽然楼顶已盖好瓦片，但在小六娘觉得，只要那些人醒来，楼好像又高一点，好像天空又短了一块。那家的楼房玻璃快到窗

1 士敏土，即水泥，是水泥英文单词"cement"的音译。

框上去闪光，烟筒快要冒起烟来了。

同时小六家呢？爹爹提着床板一条一条去卖。并且蟋蟀吟鸣得利害，墙根草每棵藏着蟋蟀似的。爹爹回来，他的单衫不像夏夜那样染着汗。娘在有月的夜里，和旷野上老树一般一张叶子也没有，娘的灵魂里一颗眼泪也没有，娘没有灵魂了！

“自来火给我！小六她娘，小六她娘。”

“俺娘哪来的自来火，昨晚不是借的自来火点灯吗？”

爹爹骂起来；“懒老婆，要你也过日子，不要你也过日子。”

爹爹没有再骂，假如再骂小六就一定哭起来，她想爹爹又要打娘。

爹爹去卖西瓜，小六也跟着去，后海沿那一些闹嚷嚷的人，推车的，摇船的，肩布袋的……拉车的，爹爹切西瓜，小六拾着从他们嘴上流下来的瓜子。后来爹爹又提着篮子卖油条，包子。娘在墙根砍着树枝。小六到后山去拾落叶。

孩子夜间说的睡话多起来，爹和娘也嚷着：

“别挤我呀！往那面一点，我腿疼。”

“把六挤掉地下去了。一条被你自己盖着。”

一家三人腰疼腿疼，然而不能吃饱穿暖。

妈妈出去做女仆，小六也去，她是妈妈的小仆人，妈妈为人家烧饭，小六提着壶去打水。柏油路上飞着雨丝，那是秋雨了。小六戴着爹爹的大毡帽，提着壶，壶在雨中穿过横道。

那夜小六和娘一起哭着回来。爹说：

“哭死……死就痛快的死。”

房东又来赶他们搬家，说这间厨房已经租出去了。后院亭子间盖起楼房来了！前院厨房又租出去。蟋蟀夜夜吟鸣，小六全家在蟋蟀吟鸣里向着天外的白月坐着。尤其是娘，她呆人一样，朽木一样。她说：

“往哪里搬？我本打算一个月三元钱能租个板房！……你看……那家算掉我……。”

夜夜那女人不睡觉。肩上披着一张单布坐着。搬到什么地方去？搬到海里去？

搬家把女人逼得疯子似的，眼睛每天红着。她家吵架，全院人都去看热闹。

“我不活……啦……你打死我……打死我……。”

小六惶惑着，比妈妈的哭声更大，那孩子跑到同院人家去唤喊：

“打俺娘……爹打俺娘……”有时候她竟向大街去喊。同院人来了！但是无法分开，他们像两〔条〕狗打仗似的。小六用拳头在爹的背脊上挥两下，但是又停下来哭，那孩子好像有火烧着她一般，暴跳起来。打仗停下了的时候，那也正同狗一样，爹爹在墙根这面呼喘，妈妈在墙根那面呼喘。

“你打俺娘，你……你要打死她？打死她。俺娘……俺娘……”爹和娘静下来，小六还没有静下来，滔荡着那孩子仍哭。

有时夜里打起来，床板翻倒，同院别人家的孩子渐渐害怕起来，说小六她娘疯了！有的说她着了妖魔。每次打仗都是哭得昏过去才停止。

“小六跳海了……小六跳海了……”

院中人都出来看小六。那女人抱着孩子去跳湾（湾即路旁之臭泥沼），而不是去跳海。她向石墙疯狂的跌撞，湿得全身打颤的小六又是哭，女人号啕到半夜。同院人家的孩子更害怕起来，说是小六也疯了。娘停止号啕时，才听到蟋蟀在墙根鸣。娘就穿着湿裤子睡。

白月夜夜照在人间，安息了！人人都安息了！可是太阳一出来时，小六家又得搬家。搬向哪里去呢？说不定娘要跳海，又要先把小六推下海去。

一九三五，一，二六日。

小　事[*]

公园门口站着一个笑吟吟的老头，正是黄昏时候，夕阳在树梢闪着光辉，夕阳照满园里园外，拿着“派司”[1]，推着小车的孩子大人都是从那个转门进去。里面睡着孩子的小推车是从旁边那个宽门口进去的。

同时，那老头也是拿着“派司”，可是就不同了，他仍是站在门外笑，并不进来。

我们进了园门回头看时，他为什么笑呢？守园门的巡捕用一根竹杆点着孩子的脚，那孩子大概是老头的孙儿。

“哼！你就穿这个鞋子，你不穿袜子，外国人看到不许。”那巡捕还做了个鬼脸，把嘴唇向上一兜，把眼球向上一翻，我们站得近，所以那巡捕翻眼球翻到发白的程度，我们都看见。

我从前还不知道这个，我问我的同伴：

“怎么！外国人还管到穿袜子不穿袜子？”

“不行啊！不穿袜子就不让进的。”同伴答我。

我根据这话马上就找到例证：推车的保姆不穿袜子，外国孩子不穿袜子，漂亮女人不穿袜子。

＊　本文发表于1935年8月4日（上海）《时事新报》“青光”副刊，署名悄吟。

1　“派司”，英文Pass的音译，通过的意思。此处泛指证件，意为出入证、通行证、门票等。

“这不是吗？这不是都没穿袜子吗？”我就指着树下穿高跟鞋的女人。

“嗳！穿袜子，不穿袜子不是这样说。”

“那么怎样说呢？”

“‘不平’，这就叫‘不平’。”

再回头看时，那老头仍站在园门外，还是站得那样近，只要伸手推转一下转门就可以进来，就可以连孙儿也带进来。

老头看一看自己是不是拿着和别人一样的那么一个长方浅蓝色的纸片！大概他自己不相信这护照是好用的，他仔细的摸一摸，那是和别人一样，外面套了一片硬壳。

“好用的，好用的。”他把“派司”又放进衣袋去。

但是他仍不能进来，同时被夕阳拖长的连孙儿的影子也进了园门，那光着脚的，推着车子的保姆就踏着老头的影子走进园门。和孙儿一般高的外国孩子也光着脚，踏着孙儿的影子跑进去。巡捕没有去问其余的孩子，也不用竹竿去敲打其余的孩子们赤光的脚。

老头，他微微地露着笑脸，挟着羞容，望着这有趣而不得见的公园，他更加憧憬了吧！和孩子一般地，听说里面有水池，满池的金鱼呢！

孙儿站在身边，并不像别的孩子一般，遇了不满意的事就闹起来，他看一看公公，再看一看巡捕。

我们走得远了，再回头看时，那老头已不见了。

再走几步，草地上摆着藤椅，也是老头，带着眼镜，就坐在藤椅上喝汽水。

“这边就喝汽水，也是老头，站在园门外的也是老头……”

我的同伴说："老头与老头之间不同如是。"

"嗳呀！"我叹息出来。

"进不了公园这是小事，没饭吃的，被杀的……"

"杀是听说惯了，一个公园看看就不许……"

"就要的是这股'劲'吗？穿草鞋进公园有多么不体面，阔人和外国人不愿意看。"我的同伴说。

我想了又想，并不是因为那老头赤脚，假如他穿一双用金丝绞成的"草鞋"，那么也可以进的？他的鞋是用草做的，是用不值钱的东西做的。

同时证明那老头也是不值钱，不值钱的人，逛公园也罢，不逛公园也罢！

小事，这就是小事。

三个无聊人*

一个大胖胖，戴着圆眼镜。另一个很高，肩头很狭。第三个弹着小四弦琴，同时读着李后主的词：

“四十年来家国，三千里地山河……”读到一句的末尾，琴弦没有节调的，重复的响了一下，这样就算他把词句配上了音乐。

“嘘！”胖子把被角掀了一下，接着唱道：“杨延辉，坐宫院……”他的嗓子像破了似的。

第三个也在作声：

“小品文和漫画哪里去了？”总是这人比其他两个好，他愿意读杂志和其他刊物。

“唉！无聊！”每次当他读完一本的时候，他就用力向桌面摔去。

晚间，狭肩头人去读“世界语”了，临出门时他的眼光很足，向着他的两个同伴说：

“你们这是干什么！没有纪律，一天哭哭叫叫的。”

“唉！无聊！”当他回来的时候，眼睛也无光了。

---

* 本文1935年8月5日发表于（上海）《太白》（半月刊）第二卷第十期，署名悄吟。1936年11月收入（上海）文化生活出版社初版作品集《桥》。1940年6月收入（重庆）大时代书局发行的“文艺丛书”初版《萧红散文》。

照例是这样，临出门时是兴奋的，回来时他就无聊了，和他的两个同伴同样没有纪律。从学“世界语”起，这狭肩头的人差不多每天念起“爱丝迫乱多”，后来他渐渐骂起“爱丝迫乱多”来，这可不知因为什么？

他们住得很好，铁丝颤条床，淡蓝色的墙壁涂着金花，两只四十烛光灯泡，窗外有法国梧桐，楼下是外国菜馆，并且铁盒子里不断的放着饼干，还有罐头鱼。

“咳！真无聊！”高个狭肩头的说。

于是胖同伴提议去到法国公园，园中有流汗的园丁；园门口有流汗的洋车夫，巧得很，一个没有手脚的乞丐，滚叫在去公园的道旁被他们遇见。

“老黑，你还没起来吗？真够享福了。”狭肩头的人从公园回来，要把他的第三个同伴拖下来：“真够受的，你还在梦中……”

“不要闹，不要闹，我还困呢！”

“起来吧！去看看那滚号在公园门前的人你就不困啦！”

那睡在床上的，没有相信他的话，并没起来。

狭肩头的人，愤愤懑懑地，整整一个早晨，他没说无聊，这是他看了一个无手无足的乞丐的结果。也许他看到这无手无足的东西就有聊了！

十二点钟要去午餐，这愤懑的人没有去。

“太浪费了，吃些面包不能过吗？”他去买面包，自己坐在房中吃。

“买一盒沙门鱼来伴着吃吧！”他又出去买沙门鱼。

等晚上有朋友来，他就告诉他无钱的朋友：

“你们真是不会俭省，买面包吃多么好！”

他的朋友吃了两天面包，把胃口吃得很酸。

狭肩头人，又无聊了，因为他好几天没有看到无手无足的人，或是什么特别惨状的人。

他常常到街上去走，只要看到卖桃的小孩在街上被巡捕打翻了筐子，他也够有聊几个钟头。慢慢他这个无聊的病非到街头去治不可，后来这卖桃小孩一类的事竟治不了他。那么就必须看报了，报纸上说：烟台煤矿又烧死多少人，或是压死多少人。

“啊呀！真不得了，这真是惨目。”这样大事能使他三两天反复着说，他的无聊像一种病症似的，又被这大事治住个三两天。他不无聊，很有聊的样子读小说，读杂志。

“四十年来家国，三千里地山河……”老黑无聊的时候就唱这调子，他不愿意看什么惨事，他也不愿意听什么伟大的话，他每天不用理智，就用感情来生活着，好像个真诗人似的。四弦琴在他的手下，不成曲调的嗒啦啦嗒啦啦……

“嗒啦，嗒啦，啦嗒嗒……”胖同伴的木鞋在地板上拍，手臂在飞着……

“你们这是在干么？”读杂志的人说。

“我们这是在无聊！”三个无聊人听到这话都笑了。

胖同伴，有书也读书，有理论也讲理论，有琴也弹琴，有人弹琴他就唱。但这在他都是无聊的事情，对于他实实在在有趣的，是“先施公司”：

“那些女人真可怜，有的连血色都没有了，可是还站在那里拉客……”他常常带着钱去可怜那些女人。

“最非人生活的就是这些女人，可是没有人知道更详细些。”他这态度是个学者的态度。说着他就搭电车，带着钱，热诚地去到那些女人身上去研究“社会科学”去了。

剩下的两个无聊！一个在看报，一个去到公园，拿着琴。去到公园的不知怎样？最大限度也不过“四十年来家国，三千里地山河……”

但是在看报的却发足火来，无论怎样看，报上也不过载着煤矿啦！或者是什么大河大川暴涨淹死多少人。电车轧死小孩，受经济压迫投黄浦自杀一类的。

无聊，无聊！

人间慢慢治不了他这个病了。

可惜没有比煤矿更惨的事。

一九三五，六月十二日。

鲁迅先生记（一）*

鲁迅先生家里的花瓶，好像画上所见的西洋女子用以取水的瓶子，灰蓝色，有点从瓷釉而自然堆起的纹痕，瓶口的两边，还有两个瓶耳，瓶里种的是几棵万年青。

我第一次看到这花的时候，我就问过：

“这叫什么名字？屋中既不生火炉，也不冻死？”

第一次，走进鲁迅家里去，那是快近黄昏的时节，而且是个冬天，所以那楼下室稍微有一点暗，同时鲁迅先生的纸烟，当它离开嘴边而停在桌角的地方，那烟纹的卷痕一直升腾到他有一些白丝的发梢那么高。而且再升腾就看不见了。

“这花，叫‘万年青’，永久这样！”他在花瓶旁边的烟灰盒中，抖掉了纸烟上的灰烬，那红的烟火，就越红了，好像一朵小花似的，和他的袖口相距离着。

“这花不怕冻？”以后，我又问过，记不得是在什么时候了。

许先生说：“不怕的，最耐久！”而且她还拿着瓶口给我摇着。

我还看到了那花瓶的底边是一些圆石子，以后，因为熟识了的缘故，我就自己动手看过一两次，又加上这花瓶是常常摆在客

---

* 本文1937年10月18日以《万年青》为题发表于（武汉）《战斗旬刊》第一卷第四期“鲁迅先生周年祭特辑”，署名萧红。1940年6月改篇名为《鲁迅先生记（一）》收入（重庆）大时代书局发行的“文艺丛书”初版《萧红散文》。有改动。

厅的黑色长桌上；又加上自己是来在寒带的北方，对于这在四季里都不凋零的植物，总带着一点惊奇。

而现在这“万年青”依旧活着，每次到许先生家去，看到那花，有时仍站在那黑色的长桌子上，有时站在鲁迅先生照像的前面。

花瓶是换了，用一个玻璃瓶装着，看得到淡黄色的须根，站在瓶底。

有时候许先生一面和我们谈论着，一面检查着房中所有的花草。看一看叶子是不是黄了？该剪掉的剪掉；该洒水的洒水，因为不停地动作是她的习惯。有时候就检查着这“万年青”，有时候就谈着鲁迅先生，就在他的照像前面谈着，但那感觉，却像谈着古人那么悠远了。

至于那花瓶呢？站在墓地的青草上面去了，而且瓶底已经丢失，虽然丢失了也就让它空空地站在墓边。我所看到的是从春天一直站到秋天；它一直站到邻旁墓头的石榴树开了花而后结成了石榴。

从开炮[1]以后，只有许先生绕道去过一次，别人就没有去过。当然那墓草是长得很高了，而且荒了，还说什么花瓶，恐怕鲁迅先生的瓷半身像也要被荒了的草埋没到他的胸口。

我们在这边，只能写纪念鲁迅先生的文章，而谁去努力剪齐墓上的荒草？我们是越去越远了，但无论多么远，那荒草是总要记在心上的。

一九三八[2]。

1　开炮，指1937年7月7日“卢沟桥事变”后“八一三”淞沪抗战打响。

2　一九三八，此为初刊之后作者所做修改的大致时间。

我之读世界语*

我一见到懂世界语的朋友们，我总向他们发出几个难题，而这几个难题又总是同样的。

当我第一次走进上海世界语协会的时候，我的希望很高，我打算在一年之内我要翻译关于文学的书籍，在半年之内我能够读报纸。偏偏第一课没有上，只是教世界语的那位先生把世界语讲解了一番，听他这一讲我更胆壮了，他说每一个名词的尾音是“O”，每一个形容词的尾音是“a”……还有动词的尾音是什么，还有每一个单字的重音在最末的第二个母音上。而后读一读字母就下课了。

我想照他这样说还用得着半年吗？三个月我就要看短篇小说的。

那天我就在世界语协会买了一本《小彼得》出来，而别人还有用世界语说着“再见再见”，我一听也就会了，真是没有什么难。第二天我也就用世界语说着“再见”。

现在算起，这“再见”已经说了三四年了，奇怪的是并没有比“再见”更会说一句完整的话。这次在青年会开纪念柴门

* 本文1938年12月29日发表于（重庆）《新华日报》第四版纪念柴门霍夫专刊，署名萧红。

霍夫[1]诞辰八十周年纪念的时候，钟宪民[2]先生给每个人带来一本《东方呼声》，若不是旁边注着中国字，我哪里看得懂这刊物叫什么名字呢？但是按照着世界语的名字读出来我竟不能够，可见我连字母都忘了。

我为什么没有接着学呢？说起来可笑得很，就因为每一个名词的字尾都是“O”，形容词的字尾都是“a”，一句话里总有几个“O”和“a”的，若连着说起来，就只听得“OO”“aa”的。因为一“OOaa”就不好听，一不好听我就不学了。

起初这理由我还不敢公开提出来，怕人家笑。但凡是下雨天我就不去世界语协会，后来连刮风我也不去，再后来就根本不去。那本《小彼得》总算勉勉强强读完了，一读完它就安安然然的不知睡到什么地方去了。

我一见到懂世界语的朋友们所提出来的难题，就是关于这“OOaa”。这理由怎么能够成立呢？完全是一种怕困难的假词。

—

世界语虽然容易，但也不能够容易得一读就可以会的呀！大家都说：为什么学世界语的人不少而能够读书或讲话的却不多呢？就是把它看得太容易的缘故。

初学的世界语者们！要把它看得稍微难一点。

1　柴门霍夫（1959—1917），波兰眼科医生，1887 年创造了世界语，旨在消除国际交往间的语言障碍，被誉为“国际普通话”；他希望人类借助这种语言相互了解，消除仇恨和战争。著有《第一读本》《世界语初基》等。世界语在 20 世纪初传入中国。

2　钟宪民，浙江崇德（今桐乡）人，世界语者。早年就读上海南洋中学课余学习世界语；曾编著的教材和词典有《自修教科适用世界语捷径》《世界语初级文法》《世界语汉文模范字典》等。1929 年作为世界语干事受聘于南京国民党中央党部宣传部国际科。世界语译作《阿 Q 正传》1932 年由上海出版合作社出版。1940 年参与创建重庆世界语函授学社。

回忆鲁迅先生 *

鲁迅先生的笑声是明朗的，是从心里的欢喜。若有人说了什么可笑的话，鲁迅先生笑得连烟卷都拿不住了，常常是笑得咳嗽起来。

鲁迅先生走路很轻捷，尤其使人记得清楚的，是他刚抓起帽子来往头上一扣，同时左腿就伸出去了，仿佛不顾一切的走去。

鲁迅先生不大注意人的衣裳，他说："谁穿什么衣裳我看不见的……"

鲁迅先生生病，刚好了一点，窗子开着，他坐在躺椅上，抽着烟，那天我穿着新奇的火红的上衣，很宽的袖子。

鲁迅先生说："这天气闷热起来，这就是梅雨天。"他把他装在象牙烟嘴上的香烟，又用手装得紧一点，往下又说了别的。

许先生忙着家务跑来跑去，也没有对我的衣裳加以鉴赏。

于是我说："周先生，我的衣裳漂亮不漂亮？"

鲁迅先生从上往下看了一眼："不大漂亮。"

过了一会又接着说："你的裙子配得颜色不对，并不是红上衣不好看，各种颜色都是好看的，红上衣要配红裙子，不然就是

---

* 《回忆鲁迅先生》单行本初版 1940 年 7 月由（重庆）妇女生活社出版发行。

黑裙子，咖啡色的就不行了；这两种颜色放在一起很浑浊……你没看到外国人在街上走的吗？绝没有下边穿一件绿裙子，上边穿一件紫上衣，也没有穿一件红裙子而后穿一件白上衣的……”

鲁迅先生就在躺椅上看着我：“你这裙子是咖啡色的，还带格子，颜色浑浊得很，所以把红衣裳也弄得不漂亮了。”

“……人瘦不要穿黑衣裳，人胖不要穿白衣裳；脚长的女人一定要穿黑鞋子，脚短就一定要穿白鞋子；方格子的衣裳胖人不能穿，但比横格子的还好；横格子的，胖人穿上，就把胖子更往两边裂着，更横宽了，胖子要穿竖条子的，竖的把人显得长，横的把人显得宽……”

那天鲁迅先生很有兴致，把我一双短统靴子也略略批评一下，说我的短靴是军人穿的，因为靴子的前后都有一条线织的拉手，这拉手据鲁迅先生说是放在裤子下边的……

我说：“周先生，为什么那靴子我穿了多久了而不告诉我，怎么现在才想起来呢？现在我不是不穿了吗？我穿的这不是另外的鞋吗？”

“你不穿我才说的，你穿的时候，一说你该不穿了。”

那天下午要赴一个宴会去，我要许先生给我找一点布条或绸条束一束头发。许先生拿了来米色的绿色的还有桃红色的。经我和许先生共同选定的是米色的。为着取笑，把那桃红色的，许先生举起来放在我的头发上，并且许先生很开心的说着：

“好看吧！多漂亮！”

我也非常得意，很规矩又顽皮的在等着鲁迅先生往这边看我们。

鲁迅先生这一看，他就生气了，他的眼皮往下一放向我们这边看着：

“不要那样装她……”

许先生有点窘了。

我也安静下来。

鲁迅先生在北平教书时，从不发脾气，但常常好用这种眼光看人，许先生常跟我讲。她在女师大读书时，周先生在课堂上，一生气就用眼睛往下一掠，看着她们，这种眼光鲁迅先生在记范爱农先生的文字曾自己述说过，而谁曾接触过这种眼光的人就会感到一个旷代的全智者的催逼。

我开始问："周先生怎么也晓得女人穿衣裳的这些事情呢？"

"看过书的，关于美学的。"

"什么时候看的……"

"大概是在日本读书的时候……"

"买的书吗？"

"不一定是买的，也许是从什么地方抓到就看的……"

"看了有趣味吗？"

"随便看看……"

"周先生看这书做什么？"

"……"没有回答。好像很难以答。

许先生在旁说："周先生什么书都看的。"

在鲁迅先生家里做客人，刚开始是从法租界[1]来到虹口[2]，搭

1　法租界，此处特指上海法租界，其大致区域主要位于今上海黄浦和徐汇两区；当时两萧居住的拉都路（今襄阳南路）一带属于法租界。1849 年 4 月，时任上海道台的麟桂与法国首任驻沪领事敏体尼签字换文，上海法租界就此建立，其四至界址：南至北门外城河（今人民路），北至洋泾浜，西至关帝庙、褚家桥（今西藏南路附近），东至广东潮州会馆（今永安路以西、四川南路以东地区），沿河至洋泾浜东南角，面积 986 亩，约 0.62 平方公里。由公董局和巡捕房管理。1900 年小幅扩张，1914 年大幅扩张成立法新租界，1920 年代发展成上海最好的住宅区。1943 年 7 月 30 日被汪精卫政权收回，改称第八区，同年 10 月更改原租界内 240 条路名。历时近百年的上海法租界历史宣告结束。

2　虹口，虹口区位于上海中心城区东北部，鲁迅晚年一直在此区域居住，区内四川北路甜爱支路有鲁迅公园和鲁迅墓。

电车也要差不多一个钟头的工夫，所以那时候来的次数比较少，还记得有一次谈到半夜了，一过十二点电车就没有的，但那天不知讲了些什么，讲到一个段落就看看旁边小长桌上的圆钟，十一点半了，十一点四十五分了，电车没有了。

“反正已十二点，电车已没有，那么再坐一会。”许先生如此劝着。

鲁迅先生好像听了所讲的什么引起了幻想，安顿的举着象牙烟嘴在沉思着。

一点钟以后，送我（还有别的朋友）出来的是许先生，外边下着濛濛的小雨，弄堂里灯光全然灭掉了，鲁迅先生嘱许先生一定让坐小汽车回去，并且一定嘱咐许先生付钱。

以后也住到北四川路来[1]，就每夜饭后必到大陆新村来了，刮风的天，下雨的天，几乎没有间断的时候。

鲁迅先生很喜欢北方饭。还喜欢吃油炸的东西，喜欢吃硬的东西，就是后来生病的时候，也不大吃牛奶。鸡汤端到旁边用调羹舀了一二下就算了事。

有一天约好我去包饺子吃，那还是住在法租界，所以带了外国酸菜和用绞肉机绞成的牛肉，就和许先生站在客厅后边的方桌边包起，海婴公子围着闹得起劲，一会把按成圆饼的面拿去了，他说做了一只船来，送在我们的眼前，我们不看它，转身他又做了一只小鸡，许先生和我都不去看它，对他竭力避免加以赞美，若一赞美起来，怕他更做得起劲。

客厅后没到黄昏就先黑了，背上感到些微的寒凉，知道衣裳不够了，但为着忙，没有加衣裳去。等把饺子包完了看看那数目

1　以后也住到北四川路来，1936年3月初前后，作者迁居到北四川路附近的丰乐里。

并不多，这才知道许先生我们谈话谈得太多，误了工作。许先生怎样离开家的，怎样到天津读书的，在女师大读书时怎样做了家庭教师，她去考家庭教师的那一段描写，非常有趣，只取一名，可是考了好几十名，她之能够当选算是难的了。指望对于学费有一点补足，冬天来了，北平又冷，那家离学校又远，每月除了车子钱之外若伤风感冒还得自己拿出买阿司匹林[1]的钱来，每月薪金十元要从西城跑到东城……

饺子煮好，一上楼梯，就听到楼上明朗的鲁迅先生的笑声冲下楼梯来，原来有几个朋友在楼上也正谈得热闹。那一天吃得是很好的。

以后我们又做过韭菜合子，又做过荷叶饼，我一提议鲁迅先生必然赞成，而我做得又不好，可是鲁迅先生还是在饭桌上举着筷子问许先生："我再吃几个吗？"

因为鲁迅先生的胃不大好，每饭后必吃脾自美胃药丸一二粒。

有一天下午鲁迅先生正在校对着瞿秋白的《海上述林》，我一走进卧室去，从那圆转椅上鲁迅先生转过来了，向着我，还微微站起了一点。

"好久不见，好久不见。"一边说着一边向我点头。

刚刚我不是来过了吗？怎么会好久不见？就是上午我来的那次周先生忘记了，可是我也每天来呀……怎么都忘记了吗？

周先生转身坐在躺椅上才自己笑起来，他是在开着玩笑。

---

1 阿司匹林，解热镇痛常用药。

梅雨季，很少有晴天，一天的上午刚一放晴，我高兴极了，就到鲁迅先生家去了，跑得上楼还喘着。鲁迅先生说：“来啦！”我说：“来啦！”

我喘着连茶也喝不下。

鲁迅先生就问我：

“有什么事吗？”

我说：“天晴啦，太阳出来啦。”

许先生和鲁迅先生都笑着，一种对于冲破忧郁心境的展然的会心的笑。

海婴一看到我非拉我到院子里和他一道玩不可，拉我的头发或拉我的衣裳。

为什么他不拉别人呢？据周先生说：“他看你梳着辫子，和他差不多，别人在他眼里都是大人，就看你小。”

许先生问着海婴：“你为什么喜欢她呢？不喜欢别人？”

“她有小辫子。”说着就来拉我的头发。

鲁迅先生家里生客人很少，几乎没有，尤其是住在他家里的人更没有。一个礼拜六的晚上，在二楼上鲁迅先生的卧室里摆好了晚饭，围着桌子坐满了人。每逢礼拜六晚上都是这样的，周建人先生带着全家来拜访的。在桌子边坐着一个很瘦的很高的穿着中国小背心的人，鲁迅先生介绍说：“这是一位同乡，是商人。”

初看似乎对的，穿着中国裤子，头发剃得很短。当吃饭时，他还让别人酒，也给我倒一盅，态度很活泼，不大像个商人；等吃完了饭，又谈到《伪自由书》及《二心集》。这个商人，开明得很，在中国不常见。没有见过的，就总不大放心。

下一次是在楼下客厅后的方桌上吃晚饭，那天很晴，一阵阵的刮着热风，虽然黄昏了，客厅后还不昏黑。鲁迅先生是新剪的头发，还能记得桌上有一碗黄花鱼，大概是顺着鲁迅先生的口味，是用油煎的。鲁迅先生前面摆着一碗酒，酒碗是扁扁的，好像用做吃饭的饭碗，那位商人先生也能喝酒，酒瓶子就站在他的旁边。他说蒙古人什么样，苗人什么样，从西藏经过时，那西藏女人见了男人追她，她就如何如何。

这商人可真怪，怎么专门走地方，而不做买卖？并且鲁迅先生的书他也全读过，一开口这个，一开口那个。并且海婴叫他 × 先生[1]，我一听那 × 字就明白他是谁了。× 先生常常回来得很迟，从鲁迅先生家里出来，在弄堂里遇到了几次。

有一天晚上 × 先生从三楼下来，手里提着小箱子，身上穿着长袍子，站在鲁迅先生的面前，他说他要搬了。他告了辞，许先生送他下楼去了。这时候周先生在地板上绕了两个圈子，问我说：

“你看他到底是商人吗？”

“是的。”我说。

鲁迅先生很有意思的在地板上走几步，而后向我说：“他是贩卖私货的商人，是贩卖精神上的……”

× 先生走过二万五千里回来的。

青年人写信，写得太草率，鲁迅先生是深恶痛绝之的。

“字不一定要写得好，但必须得使人一看了就认识，年青人现在都太忙了……他自己赶快胡乱写完了事，别人看了三遍五遍看不明白，这费了多少工夫，他不管。反正这费的功夫不是他

1　× 先生，指冯（雪峰）先生。

的。这存心是不太好的。”

但他还是展读着每封由不同角落里投来的青年的信，眼睛不济时，便戴起眼镜来看，常常看到夜里很深的时光。

鲁迅先生坐在 ×× 电影院楼上的第一排，那片名忘记了，新闻片是苏联纪念五一节的红场。

“这个我怕看不到的……你们将来可以看得到。”鲁迅先生向我们周围的人说。

珂勒惠支[1]的画，鲁迅先生最佩服，同时也很佩服她的做人，珂勒惠支受希特拉[2]的压迫，不准她做教授，不准她画画，鲁迅先生常讲到她。

史沫特烈，鲁迅先生也讲到，她是美国女子，帮助印度独立运动，现在又在援助中国。

鲁迅先生介绍给人去看的电影：《夏伯阳》[3]《复仇艳遇》[4]……

1　珂勒惠支，德国版画家，德国艺术教育界第一位女教授。其作品在20世纪30年代由鲁迅介绍并引入中国；1936年以“三闲书屋”名义自费编选出版《凯绥·珂勒惠支版画选集》，是鲁迅生前亲自编选的最后一册版画集。1945年4月，珂勒惠支逝世于德累斯顿。

2　希特拉，今通译希特勒，德国纳粹党党魁，第二次世界大战发动者。1889年出生，1919年加入德国工人党（纳粹党），1933年成为德国元首。1938年占领奥地利，1939—1941年相继占领欧洲14国。1941年进攻苏联陷入不利局面，期间犯下种种罪行，迫害并屠杀六百万犹太人。1945年4月30日在德国总理府地下室自杀。

3　《夏伯阳》，1934年出品的苏联电影；改编自富尔曼诺夫同名小说。影片塑造了苏联国内战争中的传奇人物夏伯阳，主要描写其生平事迹的最后一段。

4　《复仇艳遇》，苏联影片，鲁迅生前看过的最后一部电影。据普希金中篇小说《杜布罗夫斯基》改编：贵族青年杜布罗夫斯基为报家仇落草为寇，却因在复仇过程中爱上仇人的女儿导致悲剧发生。

其余的如《人猿泰山》[1]……或者非洲的怪兽这一类的影片，也常介绍给人的。鲁迅先生说："电影没有什么好看的，看看鸟兽之类倒可以增加些对于动物的知识。"

鲁迅先生不游公园，住在上海十年，兆丰公园没有进过，虹口公园这么近也没有进过。春天一到了，我常告诉周先生，我说公园里的土松软了，公园里的风多么柔和，周先生答应选个晴好的天气，选个礼拜日，海婴休假日，好一道去，坐一乘小汽车一直开到兆丰公园，也算是短途旅行，但这只是想着而未有做到，并且把公园给下了定义，鲁迅先生说："公园的样子我知道的……一进门分做两条路，一条通左边，一条通右边，沿着路种着点柳树什么树的，树下摆着几张长椅子，再远一点有个水池子。"

我是去过兆丰公园，也去过虹口公园或是法国公园的，仿佛这个定义适用在任何国度的公园设计者。

鲁迅先生不戴手套，不围围巾，冬天穿着黑石蓝的棉布袍子，头上戴着灰色毡帽，脚穿黑帆布胶皮底鞋。

胶皮底鞋夏天特别热，冬天又凉又湿，鲁迅先生的身体不算好，大家都提议把这鞋子换掉。鲁迅先生不肯，他说胶皮底鞋子走路方便。

"周先生一天走多少路呢？也不就一转弯到 ×× 书店[2]走一趟吗？"

---

1 《人猿泰山》，又名《野人泰山》，好莱坞有声片时代第一部泰山片，20 世纪 30 年代轰动一时。讲述英国女孩简与父亲及男友一齐前往非洲探险，迷失在原始丛林中，在他们遇险时被当地男孩泰山所救；简在后来爱上了泰山。

2 ×× 书店，指内山书店。

鲁迅先生笑而不答。

“周先生不是很好伤风吗？不围巾子，风一吹不就伤风了吗？”

鲁迅先生这些个都不习惯，他说：

“从小就没戴过手套围巾，戴不惯。”

鲁迅先生一推开门从家里出来时，两只手露在外边，很宽的袖口冲着风就向前走，腋下夹着个黑绸子印花的包袱，里边包着书或者是信，到老靶子路[1]书店去了。

那包袱每天出去必带出去，回来必带回来，出去时带着回给青年们的信，回来又从书店带来新的信和青年请鲁迅先生看的稿子。

鲁迅先生抱着印花包袱从外边回来，还提着一把伞，一进门客厅里早坐着客人，把伞挂在衣架上就陪客人谈起话来。谈了很久了，伞上的水滴顺着伞杆在地板上已经聚了一堆水。

鲁迅先生上楼去拿香烟，抱着印花包袱，而那把伞也没有忘记，顺手也带到楼上去。

鲁迅先生的记忆力非常之强，他的东西从不随便散置在任何地方。

鲁迅先生很喜欢北方口味。许先生想请一个北方厨子，鲁迅先生以为开销太大，请不得的，男用人，至少要十五元钱的工钱。

1　老靶子路，上海虹口区的一条马路，现为“武进路”，东起虹口港边九龙路，西至河南北路。这里曾经是租界工部局训练地方武装射击的靶场，1896 年靶场迁走后，那里改建为公共租界工部局警察医院，而将靶子路改称老靶子路，以区别新的靶子路（后更名为北四川路，即武进路以北的四川北路）。

所以买米买炭都是许先生下手，我问许先生为什么用两个女用人都是年老的，都是六七十岁的？许先生说她们做惯了，海婴的保姆，海婴几个月时就在这里。

正说着那矮胖胖的保姆走下楼梯来了，和我们打了个迎面。

“先生，没吃茶吗？”她赶快拿了杯子去倒茶，那刚刚下楼时气喘的声音还在喉管里咕噜咕噜的，她确是年老了。

来了客人，许先生没有不下厨房的，菜食很丰富，鱼，肉……都是用大碗装着，起码四五碗，多则七八碗。可是平常就只三碗菜：一碗素炒豌豆苗，一碗笋炒咸菜，再一碗黄花鱼。

这菜简单到极点。

鲁迅先生的原稿，在拉都路一家炸油条的那里用着包油条，我得到了一张。是译《死魂灵》的原稿[1]，写信告诉了鲁迅先生，鲁迅先生不以为希奇。许先生倒很生气。

鲁迅先生出书的校样，都用来揩着桌，或做什么的。请客人在家里吃饭，吃到半道，鲁迅先生回身去拿来校样给大家分着，客人接到手里一看，这怎么可以？鲁迅先生说：

“擦一擦，拿着鸡吃，手是腻的。”

---

1 《死魂灵》的原稿，此系误记。作者偶然在早点摊上见到鲁迅手稿用来包油条并马上告知鲁迅是在 1935 年 4 月上旬，那时《死魂灵》的翻译开始不久，原稿尚在译者手中不会散落出去。据相关史料分析，此手稿应为班台莱耶夫小说《表》的翻译原稿；鲁迅的译作《表》刊于 1935 年 3 月《译文》月刊二卷一期。而此手稿的流失跟《译文》编辑黄源有关。《译文》编辑部在拉都路 306 弄敦和里，黄源因编务之故接触到许多鲁迅（也包括其他作者）的手稿，当时编者保存手稿的意识普遍薄弱，大量的手稿用完之后多半是当废纸处理。时隔四十多年黄源对此有回忆：“这原稿是我丢失的。我当时不懂得鲁迅的原稿之可贵，清样校完后，就把有的原稿散失了。一张原稿，落在拉都路一家油条铺里用来包油条，和我同住在拉都路的萧红，去买油条，发现包油条的是鲁迅先生的原稿。”（见《鲁迅书简追忆》第 49 页，浙江人民出版社，1980 年 1 月版。）

到洗澡间去，那边也摆着校样纸。

许先生从早晨忙到晚上，在楼下陪客人，一边还手里打着毛线。不然就是一边谈着话一边站起来用手摘掉花盆里花上已干枯了的叶子。许先生每送一个客人，都要送到楼下的门口，替客人把门开开，客人走出去而后轻轻的关了门再上楼来。

来了客人还要到街上去买鱼或鸡，买回来还要到厨房里去工作。

鲁迅先生临时要寄一封信，就得许先生换起皮鞋子来到邮局或者大陆新村旁边的信筒那里去。落着雨天，许先生就打起伞来。

许先生是忙的，许先生的笑是愉快的，但是头发有一些是白了的。

—

夜里去看电影，施高塔路[1]的汽车房只有一辆车，鲁迅先生一定不坐，一定让我们坐。许先生、周建人夫人……海婴，周建人先生的三位女公子。我们上车了。

鲁迅先生和周建人先生，还有别的一二位朋友在后边。

看完了电影出来，又只叫到一部汽车，鲁迅先生又一定不肯坐，让周建人先生的全家坐着先走了。

鲁迅先生旁边走着海婴，过了苏州河的大桥去等电车去了。等了二三十分钟电车还没有来，鲁迅先生依着沿苏州河的铁栏杆坐在桥边的石围上了，并且拿出香烟来，装上烟嘴，悠然的吸着烟。

1　施高塔路，上海虹口区的一条街道，今山阴路，南起四川北路，北至祥德路。是上海公共租界工部局 1911 年越界筑路；1943 年汪精卫政府接收租界时更名。

海婴不安的来回的乱跑，鲁迅先生还招呼他和自己并排的坐下。

鲁迅先生坐在那儿和一个乡下的安静老人一样。

鲁迅先生吃的是清茶，其余不吃别的饮料。咖啡、可可、牛奶、汽水之类，家里都不预备。

鲁迅先生陪客人到夜深，必同客人一道吃些点心，那饼干就是从铺子里买来的，装在饼干盒子里，到夜深许先生拿着碟子取出来，摆在鲁迅先生的书桌上，吃完了，许先生打开立柜再取一碟。还有向日葵子差不多每来客人必不可少。鲁迅先生一边抽着烟，一边剥着瓜子吃，吃完了一碟鲁迅先生必请许先生再拿一碟来。

鲁迅先生备有两种纸烟，一种价钱贵的，一种便宜的，便宜的是绿听子的，我不认识那是什么牌子，只记得烟头上带着黄纸的嘴，每五十支的价钱大概是四角到五角，是鲁迅先生自己平日用的。另一种是白听子的，是前门烟，用来招待客人的，白烟听放在鲁迅先生书桌的抽屉里。来客人鲁迅先生下楼，把它带到楼下去，客人走了，又带回楼上来照样放在抽屉里。而绿听子的永远放在书桌上，是鲁迅先生随时吸着的。

鲁迅先生的休息，不听留声机，不出去散步，也不倒在床上睡觉，鲁迅先生自己说：

“坐在椅子上翻一翻书就是休息了。”

鲁迅先生从下午两三点钟起就陪客人，陪到五点钟，陪到六点钟，客人若在家吃饭，吃过饭又必要在一起喝茶，或者刚刚喝完茶走了，或者还没走就又来了客人，于是又陪下去，陪到八点钟，十点钟，常常陪到十二点钟，从下午两三点钟起，陪到夜里十二点，这么长的时间，鲁迅先生都是坐在藤躺椅上，不断的吸着烟。

客人一走，已经是下半夜了，本来已经是睡觉的时候了，可是鲁迅先生正要开始工作。在工作之前，他稍微阖一阖眼睛，燃起一支烟来，躺在床边上，这一支烟还没有吸完，许先生差不多就在床里边睡着了。(许先生为什么睡得这样快？因为第二天早晨六七点钟就要起来管理家务。）海婴这时也在三楼和保姆一道睡着了。

全楼都寂静下去，窗外也是一点声音没有了，鲁迅先生站起来，坐到书桌边，在那绿色的台灯下开始写文章了。

许先生说鸡鸣的时候，鲁迅先生还是坐着，街上的汽车嘟嘟的叫起来了，鲁迅先生还是坐着。

有时许先生醒了，看着玻璃窗白萨萨的了，灯光也不显得怎样亮了，鲁迅先生的背影不像夜里那样黑大。

鲁迅先生的背影是灰黑色的，仍旧坐在那里。

人家都起来了，鲁迅先生才睡下。

海婴从三楼下来了，背着书包，保姆送他到学校去，经过鲁迅先生的门前，保姆总是吩咐他说：

“轻一点走，轻一点走。”

鲁迅先生刚一睡下，太阳就高起来了。太阳照着隔院子的人家，明亮亮的；照着鲁迅先生花园的夹竹桃，明亮亮的。

鲁迅先生的书桌整整齐齐的，写好的文章压在书下边，毛笔在烧瓷的小龟背上站着。

一双拖鞋停在床下，鲁迅先生在枕头上边睡着了。

鲁迅先生喜欢吃一点酒，但是不多吃，吃半小碗或一碗。鲁迅先生吃的是中国酒，多半是花彫[1]。

老靶子路有一家小吃茶店，只有门面一间，在门面里边设座，座少，安静，光线不充足，有些冷落。鲁迅先生常到这吃茶店来，有约会多半是在这里边，老板是犹太也许是白俄，胖胖的，中国话大概他听不懂。

鲁迅先生这一位老人，穿着布袍子，有时到这里来，泡一壶红茶，和青年人坐在一道谈了一两个钟头。

有一天鲁迅先生的背后那茶座里边坐着一位摩登女子，身穿紫裙子黄衣裳，头戴花帽子……那女子临走时，鲁迅先生一看她，就用眼瞪着她，很生气的看了她半天。而后说：

"是做什么的呢？"

鲁迅先生对于穿着紫裙子黄衣裳，花帽子的人就是这样看法的。

鬼到底是有的是没有的？传说上有人见过，还跟鬼说过话，还有人被鬼在后边追赶过，吊死鬼一见了人就贴在墙上。但没有一个人捉住一个鬼给大家看看。

鲁迅先生讲了他看见过鬼的故事给大家听：

"是在绍兴……"鲁迅先生说，"三十年前……"

1　花彫，此处特指上等绍兴黄酒，因装在刻有雕花的坛子里而得名。含有多种氨基酸、糖类和维生素等，有"高级液体蛋糕"之称。

那时鲁迅先生从日本读书回来，在一个师范学堂里也不知是什么学堂里教书，晚上没有事时，鲁迅先生总是到朋友家去谈天，这朋友住得离学堂几里路，几里路不算远，但必得经过一片坟地，谈天有的时候就谈得晚了，十一二点钟才回学堂的事也常有。有一天鲁迅先生就回去得很晚，天空有很大的月亮。

鲁迅先生向着归路走得很起劲时，往远处一看，远远有一个白影。

鲁迅先生不相信鬼的，在日本留学时是学的医，常常把死人抬来解剖的，鲁迅先生解剖过二十几个，不但不怕鬼，对死人也不怕，所以对于坟地也就根本不怕。仍旧是向前走的。

走了不几步，那远处的白影没有了，再看突然又有了。并且时小时大，时高时低，正和鬼一样。鬼不就是变换无常的吗？

鲁迅先生有点踌躇了，到底向前走呢？还是回过头来走？本来回学堂不止这一条路，这不过是最近的一条就是了。

鲁迅先生仍是向前走，到底要看一看鬼是什么样，虽然那时候也怕了。

鲁迅先生那时从日本回来不久，所以还穿着硬底皮鞋，鲁迅先生决心要给那鬼一个致命的打击，等走到那白影的旁边时，那白影缩小了，蹲下了，一声不响的靠住了一个坟堆。

鲁迅先生就用了他的硬皮鞋踢出去。

那白影噢的一声叫出来，随着就站起来，鲁迅先生定眼看去，他却是个人。

鲁迅先生说在他踢的时候，他是很害怕的，好像若一下不把那东西踢死，自己反而会遭殃的，所以用了全力踢出去。

原来是个盗墓子的人在坟场上半夜作着工作。

鲁迅先生说到这里就笑了起来。

“鬼也是怕踢的，踢他一脚就立刻变成人了。”

我想，倘若是鬼常常让鲁迅先生踢踢倒是好的，因为给了他一个作人的机会。

从福建菜馆叫的菜，有一碗鱼做的丸子。

海婴一吃就说不新鲜，许先生不信，别的人也都不信。因为那丸子有的新鲜，有的不新鲜，别人吃到嘴里的恰好都是没有改味的。

许先生又给海婴一个，海婴一吃，又是不好的，他又嚷嚷着。别人都不注意，鲁迅先生把海婴碟里的拿来尝尝，果然是不新鲜的。鲁迅先生说：

“他说不新鲜，一定也有他的道理，不加以查看就抹杀是不对的。”

…………

以后我想起这件事来，私下和许先生谈过，许先生说：“周先生的做人，真是我们学不了的。哪怕一点点小事。”

鲁迅先生包一个纸包也要包得整整齐齐，常常把要寄出的书，鲁迅先生从许先生手里拿过来自己包，许先生本来包得多么好，而鲁迅先生还要亲自动手。

鲁迅先生把书包好了，用细绳捆上，那包方方正正的，连一个角也不准歪一点或扁一点，而后拿着剪刀，把捆书的那绳头都剪得整整齐齐。

就是包这书的纸都不是新的，都是从街上买东西回来留下来的。许先生上街回来把买来的东西一打开随手就把包东西的牛皮纸折起来，随手把小细绳圈了一个圈，若小细绳上有一个疙疸，也要随手把它解开的。准备着随时用随时方便。

鲁迅先生住的是大陆新村九号[1]。

一进弄堂口，满地铺着大方块的水门汀，院子里不怎样嘈杂，从这院子出入的有时候是外国人，也能够看到外国小孩在院子里零星的玩着。

鲁迅先生隔壁挂着一块大的牌子，上面写着一个“茶”字。

在一九三五年十月一日[2]。

鲁迅先生的客厅摆着长桌，长桌是黑色的，油漆不十分新鲜，但也并不破旧，桌上没有铺什么桌布，只在长桌的当心摆着一个绿豆青色的花瓶，花瓶里长着几株大叶子的万年青，围着长桌有七八张木椅子。尤其是在夜里，全弄堂一点什么声音也听不到。

那夜，就和鲁迅先生和许先生一道坐在长桌旁边喝茶的。当夜谈了许多关于伪满洲国的事情，从饭后谈起，一直谈到九点钟十点钟而后到十一点钟，时时想退出来，让鲁迅先生好早点休息，因为我看出来鲁迅先生身体不大好，又加上听许先生说过，鲁迅先生伤风了一个多月，刚好了的。

但鲁迅先生并没有疲倦的样子。虽然客厅里也摆着一张可以卧倒的藤椅，我们劝他几次想让他坐在藤椅上休息一下，但是他没有去，仍旧坐在椅子上。并且还上楼一次，去加穿了一件皮袍子。

1　大陆新村九号，位于山阴路大陆新村九号的鲁迅故居。1933 年鲁迅携家人迁居于此，直到 1936 年去世。

2　在一九三五年十月一日，这个时间系作者误记。据相关资料，两萧首次到访鲁宅是 1935 年 11 月 6 日。（见鲁迅 1935 年 11 月 4 日致两萧信，萧军：《鲁迅给萧军萧红信简注释录》P235 页，哈尔滨：黑龙江人民出版社，1981 年 6 月。）

那夜鲁迅先生到底讲了些什么，现在记不起来了。也许想起来的不是那夜讲的而是以后讲的也说不定。过了十一点，天就落雨了，雨点淅沥淅沥的打在玻璃窗上，窗子没有窗帘，所以偶一回头，就看到玻璃窗上有小水流往下流。夜已深了，并且落了雨，心里十分着急，几次站起来想要走，但是鲁迅先生和许先生一〔再〕说再坐一下："十二点钟以前终归有车子可搭的。"所以一直坐到将近十二点，才穿起雨衣来，打开客厅外面的响着的铁门，鲁迅先生非要送到铁门外不可。我想为什么他一定要送呢？对于这样年轻的客人，这样的送是应该的么？雨不会打湿了头发，受了寒伤风不又要继续下去么？站在铁门外边，鲁迅先生说，并且指着隔壁那家写着有"茶"字的大牌子："下次来记住这个'茶'，就是这个'茶'的隔壁。"而且伸出手去，几乎是触到了钉在铁门旁边的那个九号的"九"字，"下次来记住茶的旁边九号。"

于是脚踏着方块的水门汀，走出弄堂来，回过身去往院子里边看了一看，鲁迅先生那一排房子统统是黑洞洞的，若不是告诉得那样清楚，下次来恐怕要记不住的。

—

鲁迅先生的卧室，一张铁架大床，床顶上遮着许先生亲手做的白布刺花的围子，顺着床的一边折着两床被子，都是很厚的，是花洋布的被面。挨着门口的床头的方面站着抽屉柜。一进门的左手摆着八仙桌，桌子的两旁藤椅各一，立柜站在和方桌一排的墙角，立柜本是挂衣裳的，衣裳却很少，都让糖盒子，饼干筒子，瓜子罐给塞满了。有一次 ×× 老板[1]的太太来拿版权的图章

1　×× 老板，指内山老板。

花，鲁迅先生就从立柜下边大抽屉里取出的。沿着墙角往窗子那边走，有一张装饰台，桌子上有一个方形的满浮着绿草的玻璃养鱼池，里边游着的不是金鱼而是灰色的扁肚子的小鱼，除了鱼池之外另有一只圆的表，其余那上边满装着书。铁架床靠窗子的那头的书柜里书柜外都是书。最后是鲁迅先生的写字台，那上边也都是书。

鲁迅先生家里，从楼上到楼下，没有一个沙发，鲁迅先生工作时坐的椅子是硬的，休息时的藤椅是硬的，到楼下陪客人时坐的椅子又是硬的。

鲁迅先生的写字台面向着窗子，上海弄堂房子的窗子差不多满一面墙那么大，鲁迅先生把它关起来，因为鲁迅先生工作起来有一个习惯，怕吹风，他说，风一吹，纸就动，时时防备着纸跑，文章就写不好。所以屋子热得和蒸笼似的，请鲁迅先生到楼下去，他又不肯，鲁迅先生的习惯是不换地方。有时太阳照进来，许先生劝他把书桌移开一点都不肯。只有满身流汗。

鲁迅先生的写字桌，铺了一张蓝格子的油漆布，四角都用图钉按着。桌子上有小砚台一方，墨一块，毛笔站在笔架上，笔架是烧瓷的，在我看来不很细致，是一个龟，龟背上带着好几个洞，笔就插在那洞里。鲁迅先生多半是用毛笔的，钢笔也不是没有，是放在抽屉里。桌上有一个方大的白瓷的烟灰盒，还有一个茶杯，杯子上戴着盖。

鲁迅先生的习惯与别人不同，写文章用的材料和来信都压在桌子上，把桌子都压得满满的，几乎只有写字的地方可以伸开手，其余桌子的一半被书或纸张占有着。

左手边的桌角上有一个带绿灯罩的台灯，那灯泡是横着装的，在上海那是极普通的台灯。

冬天在楼上吃饭，鲁迅先生自己拉着电线把台灯的机关从棚顶的灯头上拔下，而后装上灯泡子，等饭吃过了，许先生再把电线装起来，鲁迅先生的台灯就是这样做成的，拖着一根长的电线在棚顶上。

鲁迅先生的文章，多半是从这台灯下写的。因为鲁迅先生的工作时间，多半是下半夜一两点起，天将明了休息。

卧室就是如此，墙上挂着海婴公子一个月婴孩的油画像。

挨着卧室的后楼里边，完全是书了，不十分整齐，报纸和杂志或洋装的书，都混在这间屋子里，一走进去多少还有些纸张气味，地板被书遮盖得太小了，几乎没有了，大网篮也堆在书中。墙上拉着一条绳子或者是铁丝，就在那上边系了小提盒，铁丝笼之类；风干荸荠就盛在铁丝笼里，扯着的那铁丝几乎被压断了在弯弯着。一推开藏书室的窗子，窗子外边还挂着一筐风干荸荠。

"吃罢，多得很，风干的，格外甜。"许先生说。

楼下厨房传来了煎菜的锅铲的响声，并且两个年老的娘姨慢重重的在讲一些什么。

厨房是家里最热闹的一部分。整个三层楼都是静静的，喊娘姨的声音没有，在楼梯上跑来跑去的声音没有。鲁迅先生家里五六间房子只住着五个人，三位是先生的全家，余下的二位是年老的女用人。

来了客人都是许先生亲自倒茶，即或是麻烦到娘姨时，也是许先生下楼去吩咐，绝没有站到楼梯口就大声呼唤的时候。所以整个的房子都在静悄悄之中。

只有厨房比较热闹了一点，自来水花花的流着，洋瓷盆在水门汀的水池子上每拖一下磨着嚓嚓的响，洗米的声音也是嚓嚓的。鲁迅先生很喜欢吃竹笋的，在菜板上切着笋片笋丝时，刀刃每划下去都是很响的。其实比起别人家的厨房来却冷清极了，所以洗米声和切笋声都分开来听得样样清清晰晰。

客厅的一边摆着并排的两个书架，书架是带玻璃橱的，里边有朵斯托益夫斯基[1]的全集和别的外国作家的全集，大半多是日文译本，地板上没有地毯，但擦得非常干净。

海婴公子的玩具橱也站在客厅里，里边是些毛猴子，橡皮人，火车汽车之类，里边装得满满的，别人是数不清的，只有海婴自己伸手到里边找什么就有什么，过新年时在街上买的兔子灯，纸毛上已经落了灰尘了，仍摆在玩具橱顶上。

客厅只有一个灯头，大概五十烛光[2]，客厅的后门对着上楼的楼梯，前门一打开有一个一方丈大小的花园，花园里没有什么花看，只有一棵很高的七八尺高的小树，大概那树是柳桃，一到了春天，喜欢生长蚜虫，忙得许先生拿着喷蚊虫的机器，一边陪着谈话，一边喷着杀虫药水。沿着墙根，种了一排玉米，许先生说："这玉米长不大的，这土是没有养料的，海婴一定要种。"

春天，海婴在花园里掘着泥沙，培植着各种玩艺。

三楼则特别静了，向着太阳开着两扇玻璃门，门外有一个水门汀的突出的小廊子，春天很温暖的抚摸着门口长垂着的帘子，有时候帘子被风打得很高，飘扬的饱满得和大鱼泡似的，那时候隔院的绿树照进玻璃门扇里来了。

1　朵斯托益夫斯基，今通译陀思妥耶夫斯基，俄国作家。代表作《穷人》《白夜》《被侮辱和被损害的》《罪与罚》等。主要描绘社会底层小人物的悲苦和走投无路，揭示人性的堕落与毁灭。1881 年 2 月去世，葬于圣彼得堡。

2　五十烛光，指功率为 50 瓦的灯泡，即 20 小时消耗一度（1000 瓦）电的灯泡。

海婴坐在地板上装着小工程师在修着一座楼房，他那楼房是用椅子横倒了架起来修的，而后遮起一张被单来算作屋瓦，全个房子在他自己拍着手的赞誉声中完成了。

这间屋感到些空旷和寂寞，既不像女工住的屋子，又不像儿童室。海婴的眠床靠着屋子的一边放着，那大圆顶帐子日里也不打起来，长拖拖的好像从棚顶一直垂到地板上，那床是非常讲究的属于刻花的木器一类的。许先生讲过，租这房子时，从前一个房客转留下来的。海婴和他的保姆，就睡在五六尺宽的大床上。

冬天烧过的火炉，三月里还冷冰冰的在地板上站着。

海婴不大在三楼上玩的，除了到学校去，就是在院子里踏脚踏车，他非常欢喜跑跳，所以厨房，客厅，二楼，他是无处不跑的。

三楼整天在高处空着，三楼的后楼住着另一个老女工，一天很少上楼来，所以楼梯擦过之后，一天到晚干净得溜明。

一九三六年三月里鲁迅先生病了，靠在二楼的躺椅上，心脏跳动得比平日厉害，脸色略微灰了一点。

许先生正相反的，脸色是红的，眼睛显得大了，讲话的声音是平静的，态度并没有比平日慌张。在楼下，一走进客厅来许先生就告诉说：

“周先生病了，气喘……喘得厉害，在楼上靠在躺椅上。”

鲁迅先生呼喘的声音，不用走到他的旁边，一进了卧室就听得到的。鼻子和胡须在煽着，胸部一起一落。眼睛闭着，差不多永久不离开手的纸烟，也放弃了。躺藤椅后边靠着枕头，鲁迅先生的头有些向后，两只手空闲的垂着。眉头仍和平日一样没有聚皱，脸上是平静的，舒展的，似乎并没有任何痛苦加在身上。

"来了吗？"鲁迅先生睁一睁眼睛，"不小心，着了凉……呼吸困难……到藏书的房子去翻一翻书……那房子因为没有人住，特别凉……回来就……"

许先生看周先生说话吃力，赶快接着说周先生是怎样气喘的。

医生看过了，吃了药，但喘并未停。下午医生又来过，刚刚走。

卧室在黄昏里边一点一点的暗下去，外边起了一点小风，隔院的树被风摇着发响。别人家的窗子有的被风打着发出自动关开的响声，家家的流水道都是花啦花啦的响着水声，一定是晚餐之后洗着杯盘的剩水。晚餐后该散步的散步去了，该会朋友的会友去了，弄堂里来去的稀疏不断的走着人，而娘姨们还没有解掉围裙呢，就依着后门彼此搭讪起来。小孩子们三五一伙前门后门的跑着，弄堂外汽车穿来穿去。

鲁迅先生坐在躺椅上，沉静的，不动的阖着眼睛，略微灰了的脸色被炉里的火光染红了一点。纸烟听子蹲在书桌上，盖着盖子，茶杯也蹲在桌子上。

许先生轻轻的在楼梯上走着，许先生一到楼下去，二楼就只剩了鲁迅先生一个人坐在椅子上，呼喘把鲁迅先生的胸部有规律性的抬得高高的。

鲁迅先生必得休息的，须藤老医生[1]是这样说的。可是鲁迅

1　须藤老医生，日本医生须藤五百三（1876—1959），鲁迅晚年最后的家庭主治医师。日本冈山县人，早年任军医，1911 年后在朝鲜任道立医院院长，1917 年后在上海开设须藤医院。写有关于为鲁迅治疗的《医学者所见的鲁迅先生》及《鲁迅先生病状经过》。

先生从此不但没有休息，并且脑子里所想的更多了，要做的事情都像非立刻就做不可，校《海上述林》的校样，印珂勒惠支的画，翻译《死灵魂》下部；刚好了，这些就都一起开始了，还计算着出三十年集（即《鲁迅全集》）。

鲁迅先生感到自己的身体不好，就更没有时间注意身体，所以要多做，赶快做，当时大家不解其中的意思，都以为鲁迅先生不加以休息不以为然，后来读了鲁迅先生《死》的那篇文章才瞭然了。

鲁迅先生知道自己的健康不成了，工作的时间没有几年了，死了是不要紧的，只要留给人类更多，鲁迅先生就是这样。

不久书桌上德文字典和日文字典又都摆起来了，果戈里的《死灵魂》[1]，又开始翻译了。

—

鲁迅先生的身体不大好，容易伤风，伤风之后，照常要陪客人，回信，校稿子。所以伤风之后总要拖下去一个月或半个月的。

瞿秋白的《海上述林》校样，一九三五年冬，一九三六年的春天，鲁迅先生不断的校着，几十万字的校样，要看三遍，而印刷所送校样来总是十页八页的，并不是统统一道的送来，所以鲁迅先生不断的被这校样催索着，鲁迅先生竟说：

“看吧，一边陪着你们谈话，一边看校样的，眼睛可以看，耳朵可以听……”

1　果戈里的《死灵魂》，果戈理（1809—1852），俄国作家。作品多揭露和讽刺俄国农奴制度下的社会生活。长篇小说《死灵魂》（即《死魂灵》）是果戈理的代表作。1935 年 2 月起，鲁迅应《世界文库》之邀开始翻译，至 9 月译完第一部；1935 年 11 月由（上海）文化生活出版社出版，列为黄源主编的“译文丛书”之“果戈理选集五”。

有时客人来了，一边说着笑话，一边鲁迅先生放下了笔。有的时候也说："就剩几个字了……请坐一坐……"

一九三五年冬天许先生说：

"周先生的身体是不如从前了。"

有一次鲁迅先生到饭馆里去请客，来的时候兴致很好，还记得那次吃了一只烤鸭子，整个的鸭子用大钢叉子叉上来时，大家看着这鸭子烤的又油又亮的，鲁迅先生也笑了。

菜刚上满了，鲁迅先生就到竹躺椅上吸一支烟，并且阖一阖眼睛。一吃完了饭，有的喝多了酒的，大家都乱闹了起来，彼此抢着苹果，彼此讽刺着玩，说着一些刺人可笑的话。而鲁迅先生这时候，坐在躺椅上，阖着眼睛，很庄严的在沉默着，让拿在手上纸烟的烟丝，慢慢的上升着。

别人以为鲁迅先生也是喝多了酒吧！

许先生说，并不的。

"周先生的身体是不如从前了，吃过了饭总要阖一阖眼稍微休息一下，从前一向没有这习惯。"

周先生从椅子上站起来了，大概说他喝多了酒的话让他听到了。

"我不多喝酒的，小的时候，母亲常提到父亲喝了酒，脾气怎样坏，母亲说，长大了不要喝酒，不要像父亲那样子……所以我不多喝的……从来没喝醉过……"

鲁迅先生休息好了，换了一支烟，站起来也去拿苹果吃，可是苹果没有了。鲁迅先生说：

"我争不过你们了，苹果让你们抢没了。"

有人抢到手的还在保存着的苹果，奉献出来，鲁迅先生没有吃，只在吸烟。

一九三六年春，鲁迅先生的身体不大好，但没有什么病，吃过了夜饭，坐在躺椅上，总要闭一闭眼睛沉静一会。

许先生对我说，周先生在北平时，有时开着玩笑，手按着桌子一跃就能够跃过去，而近年来没有这么做过，大概没有以前那么灵便了。

这话许先生和我是私下讲的，鲁迅先生没有听见，仍靠在躺椅上沉默着呢。

许先生开了火炉的门，装着煤炭花花的响，把鲁迅先生震醒了。一讲起话来鲁迅先生的精神又照常一样。

鲁迅先生睡在二楼的床上已经一个多月了，气喘虽然停止，但每天发热，尤其是下午热度总在三十八度三十九度之间，有时也到三十九度多，那时鲁迅先生的脸色是微红的，目力是疲弱的，不吃东西，不大多睡，没有一些呻吟，似乎全身都没有什么痛楚的地方。躺在床上有的时候张开眼睛看看，有的时候似睡非睡的安静的躺着，茶吃得很少。差不多一刻也不停的纸烟，而今几乎完全放弃了，纸烟听子不放在床边，而仍很远的蹲在书桌上，若想吸一支，是请许先生付给的。

许先生从鲁迅先生病起，更过度的忙了。按着时间给鲁迅先生吃药，按着时间给鲁迅先生试温度表，试过了之后还要把一张医生发给的表格填好，那表格是一张硬纸，上面画了无数根线，许先生就在这张纸上拿着米度尺画着度数，那表画得和尖尖的小山丘似的，又像尖尖的水晶石，高的低的一排连的站着。许先生虽然每天画，但那像是一条接连不断的线，不过从低处到高处，从高处到低处，这高峰越高越不好，也就是鲁迅先生的热度越高了。

来看鲁迅先生的人，多半都不到楼上来了，为的是请鲁迅先生好好的静养，所以把〔陪〕客人这些事也推到许先生身上来了。还有书、报、信，都要许先生看过，必要的就告诉鲁迅先生，不十分必要的，就先把它放在一处放一放，等鲁迅先生好了些再取出来交给他。然而这家庭里边还有许多琐事，比方年老的娘姨病了，要请两天假；海婴的牙齿脱掉一个要到牙医那里去看过，但是带他去的人没有，又得许先生。海婴在幼稚园里读书，又是买铅笔，买皮球，还有临时出些个花头，跑上楼来了，说要吃什么花生糖什么牛奶糖，他上楼来是一边跑着一边喊着，许先生连忙拉住了他，拉他下了楼才跟他讲：

“爸爸病啦”，而后拿出钱来，嘱咐好了娘姨，只买几块糖而不准让他格外的多买。

收电灯费的来了，在楼下一打门，许先生就得赶快往楼下跑，怕的是再多打几下，就要惊醒了鲁迅先生。

海婴最喜欢听讲故事，这也是无限的麻烦，许先生除了陪海婴讲故事之外，还要在长桌上偷一点工夫来看鲁迅先生为着病耽搁下来的尚未校完的校样。

在这期间，许先生比鲁迅更要担当一切了。

鲁迅先生吃饭，是在楼上单开一桌，那仅仅是一个方木盘，许先生每餐亲手端到楼上去，那黑油漆的方木盘中摆着三四样小菜，每样都用小吃碟盛着，那小吃碟直径不过二寸，一碟豌豆苗或菠菜或苋菜，把黄花鱼或者鸡之类也放在小碟里端上楼去，若是鸡，那鸡也是全鸡身上最好的一块地方拣下来的肉，若是鱼，也是鱼身上最好一部分许先生才把它拣下放在小碟里。

许先生用筷子来回的翻着楼下的饭桌上菜碗里的东西，菜捡嫩的，不要茎，只要叶，鱼肉之类，捡烧得软的，没有骨头没有刺的。

心里存着无限的期望，无限的要求，用了比祈祷更虔诚的目光，许先生看着她自己手里选得精精致致的菜盘子，而后脚板触着楼梯上了楼。

希望鲁迅先生多吃一口，多动一动筷，多喝一口鸡汤。鸡汤和牛奶是医生所嘱的，一定要多吃一些的。

把饭送上去，有时许先生陪在旁边，有时走下楼来又做些别的事，半个钟头之后，到楼上去取这盘子。这盘子装得满满的，有时竟照原样一动也没有动又端下来了，这时候许先生的眉头微微的皱了一点。旁边若有什么朋友许先生就说："周先生的热度高，什么也吃不落，连茶也不愿意吃，人很苦，人很吃力。"

有一天许先生用着波浪式的专门切面包的刀切着一个面包，是在客厅后边方桌上切的，许先生一边切着一边对我说：

"劝周先生多吃些东西，周先生说，人好了再保养，现在勉强吃也是没用的。"

许先生接着似乎问着我：

"这也是对的。"

而后把牛奶面包送上楼去了。一碗烧好的鸡汤，从方盘里许先生把它端出来了。就摆在客厅后的方桌上。许先生上楼去了，那碗热的鸡汤在桌子上自己悠然的冒着热气。

许先生由楼上回来还说呢：

"周先生平常就不喜欢吃汤之类，在病里，更勉强不下了。"

那已经送上去的一碗牛奶又带下来了。

许先生似乎安慰着自己似的。

“周先生人强，欢喜吃硬的，油炸的，就是吃饭也喜欢吃硬饭……”

许先生楼上楼下的跑，呼吸有些不平静，坐在她旁边，似乎可以听到她心脏的跳动。

鲁迅先生开始独桌吃饭以后，客人多半不上楼来了，经许先生婉言把鲁迅先生健康的经过报告了之后就走了。

鲁迅先生在楼上一天一天的睡下去，睡了许多日子就有些寂寞了，有时大概热度低了点就问许先生：

“有什么人来过吗？”

看鲁迅先生精神好些，就一一的报告过。

有时也问到有什么刊物来吗？

鲁迅先生病了一个多月了。

证明了鲁迅先生是肺病，并且是肋膜炎，须藤老医生每天来了，为鲁迅先生先把肋膜化腐的东西用打针的方法抽净，每天抽一次，共抽了一两个礼拜。

这样的病，为什么鲁迅先生自己一点也不晓得呢，许先生说，周先生有时觉得肋痛了就自己忍着不说，所以连许先生也不知道，鲁迅先生怕别人晓得了又要不放心，又要看医生，医生一定又要说休息。鲁迅先生自己知道做不到的。

福民医院美国医生的检查，说鲁迅先生肺病已经二十年了。这次发了怕是很严重。

医生规定个日子，请鲁迅先生到福民医院去详细检查，要照X光的。

但鲁迅先生当时就下楼是下不得的，又过了许多天，鲁迅先生到福民医院去查病去了。照X光后给鲁迅先生照了一个全部的肺部的照片。

这照片取来的那天许先生在楼下给大家看了，右肺的上尖角是黑的，中部也黑了一块，左肺的下半部都不大好，而沿着左肺的边边黑了一大圈。

这之后，鲁迅先生的热度仍高，若再这样热度不退，就很难抵抗了。

那查病的美国医生，只查病，而不给药吃，他相信药是没有用的。

须藤老医生，鲁迅先生早就认识，所以每天来，他给鲁迅先生吃了些退热的药，还吃停止肺部菌活动的药。他说若肺不再坏下去，就停止在这里，热自然就退了，人是不危险的。

在楼下的客厅里许先生哭了。许先生手里拿着一团毛线，那是海婴的毛线衣拆了洗过之后又团起来的。

鲁迅先生在无欲望状态中，什么也不吃，什么也不想，睡觉是似睡非睡的。

天气热起来了，客厅的门窗都打开着，阳光跳跃在门外的花园里。麻雀来了停在夹竹桃上叫了三两声就又飞去，院子里的小孩子们唧唧喳喳的玩耍着，风吹进来好像带着热气，扑到人的身上，天气刚刚发芽的春天，变为夏天了。

楼上老医生和鲁迅先生谈话的声音隐约可以听到。

楼下又来了客人，来的人总要问：

“周先生好一点吗？”

许先生照常说：“还是那样子。”

但今天说了眼泪就又流了满脸。一边拿起杯子来给客人倒茶，一边用左手拿着手帕按着鼻子。

客人问：

“周先生又不大好吗？”

许先生说：

“没有的，是我心窄。”

过了一会鲁迅先生要找什么东西，喊许先生上楼去，许先生连忙擦着眼睛，想说她不上楼的，但左右的看了一看，没有人能替代了她，于是带着她那团还没有缠完的毛线球上楼去了。

楼上坐着老医生，还有两位探望鲁迅先生的客人。许先生一看了他们就自己低了头不好意思的笑了，她不敢到鲁迅先生的面前去，背转着身问鲁迅先生要什么呢，而后又是慌忙的把毛线缕挂在手上缠了起来。

一直到送老医生下楼，许先生都是把背向鲁迅先生而站着的。

每次老医生走，许先生都是替老医生提着皮提包送到前门外的。许先生愉快的、沉静的带着笑容打开铁门闩，很恭敬的把皮包交给老医生，眼看着老医生走了才进来关了门。

这老医生出入在鲁迅先生的家里，连老娘姨对他都是尊敬的，医生从楼上下来时，娘姨若在楼梯的半道，赶快下来躲开，站到楼梯的旁边。有一天老娘姨端着一个杯子上楼，楼上医生和许先生一道下来了，那老娘姨躲闪不灵，急得把杯里的茶都颠出来了。等医生走过去，已经走出了前门，老娘姨还在那里呆呆地望着。

“周先生好了点吧？”

有一天许先生不在家，我问着老娘姨。她说：

“谁晓得，医生天天看过了不声不响的就走了。”

可见老娘姨对医生每天是怀着期望的眼光看着他的。

许先生很镇静，没有紊乱的神色，虽然说那天当着人哭过一次，但该做什么，仍是做什么，毛线该洗的已经洗了，晒的已经晒起，晒干了的随手就把它缠成团子。

“海婴的毛线衣，每年拆一次，洗过之后再重打起，人一年一年的长，衣裳一年穿过，一年就小了。”

在楼下陪着熟的客人，一边谈着，一边开始手里动着竹针。

这种事情许先生是偷工就做的，夏天就开始预备着冬天的，冬天就做夏天的。

许先生自己常常说：

“我是无事忙。”

这话很客气，但忙是真的，每一餐饭，都好像没有安静的吃过。海婴一会要这个，要那个；若一有客人，上街临时买菜，下厨房煎炒还不说，就是摆到桌子上来，还要从菜碗里为着客人选好的挟过去。饭后又是吃水果，若吃苹果还要把皮削掉，若吃荸荠看客人削得慢而不好也要削了送给客人吃，那时鲁迅先生还没有生病。

许先生除了打毛线衣之外，还用机器缝衣裳，剪裁了许多件海婴的内衫裤在窗下缝。

因此许先生对自己忽略了，每天上下楼跑着所穿的衣裳都是旧的，次数洗得太多，钮扣都洗脱了，也磨破了，都是几年前的旧衣裳，春天时许先生穿了一件紫红宁绸袍子，那料子是海婴在婴孩时候别人送给海婴做被子的礼物。做被子，许先生说很可惜，就捡起来做一件袍子。正说着，海婴来了，许先生使眼神，且不要提到，若提到海婴又要麻烦起来了，一定要说是他的，他就要要。

许先生冬天穿一双大棉鞋，是她自己做的。一直到二三月早晚冷时还穿着。

有一次我和许先生在小花园里一道拍一张照片，许先生说她的钮扣掉了，还拉着我站在她前边遮着她。

许先生买东西也总是到便宜的店铺去买，再不然，到减价的地方去买。

处处俭省，把俭省下来的钱，都印了书和印了画。

现在许先生在窗下缝着衣裳，机器声格答格答的，震着玻璃门有些颤抖。

窗外的黄昏，窗内许先生低着的头，楼上鲁迅先生的咳嗽声，都搅混在一起了，重续着、埋藏着力量。在痛苦中，在悲哀中，一种对于生的强烈的愿望站得和强烈的火焰那样坚定。

许先生的手指把捉了在缝的那张布片，头有时随着机器的力量低沉了一两下。

许先生的面容是宁静的、庄严的、没有恐惧的、坦荡的在使用着机器。

海婴在玩着一大堆黄色的小药瓶，用一个纸盒子盛着，端起来楼上楼下的跑。向着阳光照是金色的，平放着是咖啡色的，他招聚了小朋友来，他向他们展览，向他们夸耀，这种玩意只有他有而别人不能有。他说：

“这是爸爸打药针的药瓶，你们有吗？”

别人不能有，于是他拍着手骄傲的呼叫起来。

许先生一边招呼着他，不叫他喊，一边下楼来了。

“周先生好了些？”

见了许先生大家都是这样问的。

“还是那样子，”许先生说，随手抓起一个海婴的药瓶来：“这不是么，这许多瓶子，每天打一针，药瓶子也积了一大堆。”

许先生一拿起那药瓶，海婴上来就要过去，很宝贵的赶快把那小瓶摆到纸盒里。

在长桌上摆着许先生自己亲手做的蒙着茶壶的棉罩子，从那蓝缎子的花罩子下拿着茶壶倒着茶。

楼上楼下都是静的了，只有海婴快活的和小朋友们的吵嚷躲在太阳里跳荡。

海婴每晚临睡时必向爸爸妈妈说“明朝会！”

有一天他站在走上三楼去的楼梯口上喊着：

“爸爸，明朝会！”

鲁迅先生那时正病得沉重，喉咙里边似乎有痰，那回答的声音很小，海婴没有听到，于是他又喊：

“爸爸，明朝会！”他等一等，听不到回答的声音，他就大声的连串地喊起来：

“爸爸，明朝会，爸爸，明朝会，……爸爸，明朝会……”

他的保姆在前边往楼上拖他，说是爸爸睡了，不要喊了。可是他怎么能够听呢，仍旧喊。

这时鲁迅先生说“明朝会”，还没有说出来喉咙里边就像有东西在那里堵塞着，声音无论如何放不大。到后来，鲁迅先生挣扎着把头抬起来才很大声的说出：

“明朝会，明朝会。”

说完了就咳嗽起来。

许先生被惊动得从楼下跑来了，不住的训斥着海婴。

海婴一边笑着一边上楼去了，嘴里唠叨着：

“爸爸是个聋人哪！”

鲁迅先生没有听到海婴的话，还在那里咳嗽着。

鲁迅先生在四月里，曾经好了一点，有一天下楼去赴一个约会，把衣裳穿得整整齐齐，手下挟着黑花包袱，戴起帽子来，出门就走。

许先生在楼下正陪客人，看鲁迅先生下来了，赶快说：

“走不得吧，还是坐车子去吧。”

鲁迅先生说：“不要紧，走得动的。”

许先生再加以劝说，又去拿零钱给鲁迅先生带着。

鲁迅先生说不要不要，坚决的就走了。

“鲁迅先生的脾气很刚强。”

许先生无可奈何的，只说了这一句。

鲁迅先生晚上回来，热度增高了。

鲁迅先生说：

“坐车子实在麻烦，没有几步路，一走就到。还有，好久不出去，愿意走走……动一动就出毛病……还是动不得……”

病压服着鲁迅先生又躺下了。

七月里，鲁迅先生又好些。

药每天吃，记温度的表格照例每天好几次在那里画，老医生还是照常的来，说鲁迅先生就要好起来了，说肺部的菌已停止了一大半，肋膜也好了。

客人来差不多都要到楼上来拜望，拜望，鲁迅先生带着久病初愈的心情，又谈起话来，披了一张毛巾子坐在躺椅上，纸烟又拿在手里了，又谈翻译，又谈某刊物。

一个月没有上楼去，忽然上楼还有些心不安，我一进卧室的门，觉得站也没地方站，坐也不知坐在哪里。

许先生让我吃茶，我就倚着桌子边站着。好像没有看见那茶杯似的。

鲁迅先生大概看出我的不安来了，便说：

“人瘦了，这样瘦是不成的，要多吃点。”

鲁迅先生又在说玩笑话了。

“多吃就胖了，那么周先生为什么不多吃点？”

鲁迅先生听了这话就笑了，笑声是明朗的。

从七月以后鲁迅先生一天天的好起来了，牛奶，鸡汤之类，为了医生所嘱也隔三差五的吃着，人虽是瘦了，但精神是好的。

鲁迅先生说自己体质的本质是好的，若差一点的，就让病打倒了。

这一次鲁迅先生保养了很长的时间。没有下楼更没有到外边去过。

在病中，鲁迅先生不看报，不看书，只是安静的躺着。但有一张小画是鲁迅先生放在床边上不断看着的。

那张画，鲁迅先生未生病时，和许多画一道拿给大家看过的，小得和纸烟包里抽出来的那画片差不多。那上边画着一个穿大长裙子飞散着头发的女人在大风里边跑，在她旁边的地面上还有小小的红玫瑰花的花朵。

记得是一张苏联某画家着色的木刻。

鲁迅先生有很多画，为什么只选了这张放在枕边。

许先生告诉我的，她也不知道鲁迅先生为什么常常看这小画。

有人来问他这样那样的，他说：

“你们自己学着做，若没有我呢！”

这一次鲁迅先生好了。

还有一样不同的，觉得做事要多做……

鲁迅先生以为自己好了，别人也以为鲁迅先生好了。

准备冬天要庆祝鲁迅先生工作三十年。

又过了三个月。

一九三六年十月十七日，鲁迅先生病又发了，又是气喘。

十七日，一夜未眠。

十八日，终日喘着。

十九日，夜的下半夜，人衰弱到极点了。天将发白时，鲁迅先生就像他平日一样，工作完了，他休息了。

附注：

本文最终完成于 1939 年深秋。

当时为避战火，逃亡中的作者寓居重庆西北嘉陵江畔北碚乡黄桷镇复旦大学教师宿舍“秉庄”。在那前后，因鲁迅逝世三周年之故接受有关报刊稿约，在身体状态欠佳的情况下，请在复旦大学新闻系就读的姚奔帮忙做笔录，边回忆边口述，再据记录陆续整理成文。

最初整理的部分章节曾陆续在重庆、新加坡、香港、上海、桂林、武汉、浙江等地报刊登载，影响深广。后（重庆）妇女生活社意欲出单行本，作者在所发文本基础上综合、增删、修改并调整顺序，遂成今日之《回忆鲁迅先生》。

《回忆鲁迅先生》单行本作为“妇女生活社新书第一种”，1940 年 7 月由（重庆）妇女生活社初版。该书“后记”系由端木蕻良代笔，附录收入许寿裳先生《鲁迅的生活》一文和景宋（许广平）女士的《鲁迅和青年们》。

《回忆鲁迅先生》1941 年 3 月再版。作者生前共印行两版次。

本书单行本出版之前，相关内容在各类报刊登载有关情况如下：

一、《鲁迅先生生活散记——为纪念鲁迅先生三周祭而作》

率先发表的是《鲁迅先生生活散记——为纪念鲁迅先生三周祭而作》，1939 年 10 月 1 日于（重庆）《中苏文化》第四卷第三期“鲁迅逝世三周年纪念特辑”刊出，全文共计 8600 字。

二、《鲁迅先生生活散记》

1939 年 10 月 14 日起，并分别在 16、17、18、19、20 日，将《中苏文化》所刊《鲁迅先生生活散记——为纪念鲁迅先生三周祭而作》全文换作“鲁迅先生生活散记”的题目，以“本报特约稿”之名，分六期连载于〔新加坡〕《星洲日报》“晨星”副刊。当时主持“晨星”副刊的郁达夫为此撰写了编者附誌：

> 本篇系编者向重庆特约萧先生为纪念鲁迅逝世三周年纪念所作之稿件；本拟于十九日专号上发表，但因全文过长，一二次登载不了，故先期披露。萧先生所记者，系鲁迅晚年的生活，颇足以补我《回忆鲁迅》之不足，请读者细细玩味，或能引起其他更多关于鲁迅的记述，那就是我的本望了。

仅有的不同之处是《星洲日报》“晨星”副刊比《中苏文化》多载以下文字：“史沫特烈，鲁迅先生也讲到，她是美国女子，帮助印度独立运动，现在又在援助中国”。

以上两刊中，文末“这时鲁迅先生住在大陆新村，这一切生活碎片还鲜明的刻画在眼前，这时先生还未生病呢”这句话最后的单行本未收入。

三、《记忆中的鲁迅先生》

1939年10月18、20、22、24、26和28日，分六期连载于（香港）《星岛日报》“星座”副刊第四二七—四三二号“鲁迅先生三周年纪念特辑”。8500字左右。

此文部分字句在后来的单行本《回忆鲁迅先生》中有所改动。

四、《忆鲁迅先生》

1939年10月19、21、24日和26日分四期连载于（重庆）《国民公报》“文群”副刊。近6800字。

五、《记我们的导师——鲁迅先生生活的片断》（回忆录）

1939年10月20日刊于（桂林）《中学生》（战时半月刊）第十期。全文2440字。

此文中，“史沫特烈，鲁迅先生也讲到，她是美国女子，帮助印度独立运动，现在又在援助中国”之后的那句“他对这两个女子都起着由衷的敬爱”，为本文所特有。

另，文末所云“从那之后，先生的健康便显出来不如从前了，这以后一直到鲁迅先生病。那留待以后有机会再续记吧”，亦为他文所无。

六、《鲁迅先生生活散记（回忆）》

1939年11月1日由（广州）《文艺阵地》（半月刊）第四卷第一期“鲁迅先生逝世三周年纪念特辑”刊出，本文共计1430余字，全部取自（桂林）《中学生》“战时半月刊”第十期所刊《记我们的导师——鲁迅先生生活的片断》（回忆录）之前半部分。惟一不同处，是将其中那句“他对这两个女子都起着由衷的敬爱”改作“他对这两个女子都是由衷的敬重”。

七、《鲁迅先生生活忆略》

1939年12月中，刊于（上海）《文学集林》第二辑《望——》，全文转自《国民公报》“文群”副刊所载《忆鲁迅先生》。

八、《鲁迅先生生活忆略》（一）

1940年2月16日在浙江（永嘉）游击文化社出版的《游击》（半月刊）第三卷第四期“文艺专号”刊出，全文约1900字，取自《国民公报》“文群”副刊所载《忆鲁迅先生》之前三分之一。

九、《鲁迅先生生活忆略》

1940年6月10日，（上海）《艺风》（月刊）第二期全文转载《文学集林》第二辑《望——》中刊出的《鲁迅先生生活忆略》。文末有注“《文学集林》二”。

十、《鲁迅先生生活忆略》

约在1939年年末或1940年年初，《国风活页文选》（文学）亦转载此文；因为此刊信息较少，只能看到开头所转内容源自《文学集林》第二辑《望——》中刊出之文本，其余不详。

以上各文所刊内容均有不同程度的交集或重复，其绝大部分内容在最终的单行本里均有呈现，故本全集只收单行本《回忆鲁迅先生》。对于作者因在不同报刊登载时所做极小范围（多在文末）的调整过渡文字，仅做相关说明，不再重复收入。因刊于（香港）《星岛日报》“星座”副刊之《记忆中的鲁迅先生》与成书后的单行本相比修改之处多达百处以上，为便于对照，列于附录之中。

孤独的生活*

蓝色的电灯，好像通夜也没有关，所以我醒来一次看看墙壁是发蓝的，再醒来一次，也是发蓝的。天明之前，我听到蚊虫在帐子外面嗡嗡嗡嗡的叫着，我想，我该起来了，蚊虫都吵得这样热闹了。

收拾了房间之后，想要做点什么事情。这点，日本与我们中国不同，街上虽然已经响着木履[1]的声音，但家屋仍和睡着一般的安静。我拿起笔来，想要写点什么，在未写之前必得要先想，可是这一想，就把所想的忘了！

为什么这样静呢？我反倒对着这安静不安起来。

于是出去，在街上走走，这街也不和我们中国的一样，也是太静了，也好像正在睡觉似的。

于是又回到了房间，我仍要想我所想的；在席子上面走着，吃一根香烟，喝一杯冷水，觉得已经差不多了，坐下来

---

* 本文1936年9月5日发表于（上海）《中流》（半月刊）第一卷第一期，署名悄吟。1937年5月收入（上海）文化生活出版社初版散文小说合集《牛车上》。有改动。

1 木履，亦称木屐，一种两齿木底鞋，鞋底下有四个铁钉，耐磨、防滑。适合在雨天、泥上行走。起源于中国，魏晋时传入日本并成为日本流行的传统服饰之一。

吧！写吧！

刚刚坐下来，太阳又照满了我的桌子。又把桌子换了位置，放在墙角去，墙角又没有风，所以满头流汗了。

再站起来走走，觉得所要写的，越想越不应该写，好，再另计划别的。

好像疲乏了似的，就在席子上面躺下来，偏偏帘子上有一个蜂子飞来，怕它刺着我，起来把它打跑了。刚一躺下，树上又有一个蝉开头叫起。蝉叫倒也不算奇怪，但只一个，听来那声音就特别大，我把头从窗子伸出去，想看看，到底是在哪一棵树上？可是邻人拍手的声音，比蝉声更大，他们在笑了。我是在看蝉，他们一定以为我是在看他们。

于是穿起衣裳来，去吃中饭。经过华[1]的门前，她们不在家，两双拖鞋摆在木箱上面。她们的女房东，向我说了一些什么，我一个字也不懂，大概也就是说她们不在家的意思。日本食堂之类，自己不敢去，怕人看成个阿墨林[2]。所以去的是中国饭馆，一进门，那个戴白帽子的就说：

“伊拉瞎伊麻丝……”

这我倒懂得，就是“来啦”的意思。既然坐下之后，他仍说的是日本话，于是我跑到厨房去，对厨子说了：要吃什么，要吃什么。

回来又到华的门前看看，还没有回来，两双拖鞋仍摆在木箱

1　华，当时在东京留学的黄源夫人许粤华。

2　阿墨林，亦称“阿木林”，在上海话中多用来形容某人的不谙世道、做事不灵活、迟钝、容易上当受骗等。

上。她们的房东又不知向我说了些什么！

晚饭时候，我没有去找她们，出去买了东西回到家里来吃，照例买的面包和火腿。

吃了这些东西之后，着实是寂寞了。外面打着雷，天阴得混混沉沉的了。想要出去走走，又怕下雨，不然，又是比日里还要长的夜，又把我留在房间里了。终于拿了雨衣，走出去了，想要逛逛夜市，也怕下雨，还是去看华吧！一边带着失望一边向前走着，结果，她们仍是没有回来，仍是看到了两双拖鞋，仍是听到了那房东说了些我所不懂的话语。

假若，再有别的朋友或熟人，就是冒着雨，我也要去找他们，但实际是没有的。只好照着原路又走回来了。

现在是下着雨，桌子上面的书，除掉《水浒》之外，还有一本胡风译的《山灵》[1]，《水浒》我连翻也不想翻，至于《山灵》，就是抱着我这一种心情来读，有意义的书也读坏了。

雨一停下来，穿着街灯的树叶好像萤火似的发光，过了一些时候，我再看树叶时，那就完全漆黑了。

雨又开始了，但我的周围仍是静的，关起了窗子，只听到屋瓦滴滴的响着。

我放下了帐子，打开蓝色的电灯，并不是准备睡觉，是准备看书了。

---

1 《山灵》，胡风翻译的一本朝鲜、台湾短篇小说集，作为黄源主编的译文丛书之一，（上海）文化生活出版社 1936 年 4 月初版，5 月再版。

读完了《山灵》上《声》的那篇，雨不知道已经停了多久了？那已经哑了的权龙八，他对他自己的不幸，并不正面去惋惜，他正为着铲除这种不幸才来干这样的事情的。

已经哑了的丈夫，他的妻来接见他的时候，他只把手放在嘴唇前面摆来摆去，接着他的脸就红了，当他红脸的时候，我不晓得那是什么心情激动了他？还有，他在监房里读着速成《国语读本》的时候，他的伙伴都想要说："你话都不会说，还学日文干什么！"

在他读的时候，他只是听到像是蒸气从喉咙漏出来的一样。恐怖立刻浸着了他，他慌忙的按了监房里的报知机，等他把人喊了来，他又不说什么，只是在嘴的前面摇着手。所以看守骂他："为什么什么也不说呢？混蛋！"

医生说他是"声带破裂"，他才晓得自己一生也不会说话了。

我感到了蓝色灯光的不足，于是开了那只白灯泡，准备再把《山灵》读下去。我的四面虽然更静了，等到我把自己也忘掉了时，好像我的周围也动荡了起来。

天还未明，我又读了三篇。

一九三六，八，九，东京

海外的悲悼 *

军：

关于周先生的死，二十一日的报上，我就渺渺茫茫知道一点，但我不相信自己是对的，我跑去问了那唯一的熟人，她说："你是不懂日本文的，你看错了。"我很希望我是看错，所以很安心的回来了，虽然去的时候是流着眼泪。

—

昨夜，我是不能不哭了，我看到一张中国报上清清楚楚登着他的照片，而且是那么痛苦的一刻。可惜我的哭声不能和你们的哭声混在一道。

现在他已经是离开我们五天了，不知现在他睡到哪里去了？虽然在三个月前向他告别的时候，他是坐在藤椅上，而且说："每到码头，就有验病的上来，不要怕，中国人就专会吓唬中国人，茶房就会说：验病的来啦，来啦……"

---

* 本文1936年11月5日发表于（上海）《中流》（半月刊）第一卷第五期"哀悼鲁迅先生专号"。《中流》编辑为此写下按语：这是萧红女士在日本听到鲁迅先生逝世的消息后，写给她的恋人田军的信。因为路远，我们来不及叫她给《中流》专号写稿，便将这信发表了，好让她的哭声能和我们的哭声混在一道。

我等着你的信来。

可怕的是许女士的悲痛，想个法子，好好的安慰着她，最好是使她不要静下来，多多的和她来往，过了这一个最难忍的痛苦的初期，以后总是比开头容易平伏下来。还有那孩子，我真不能够想象了。我想一步踏了回来，这想象的时间，在一个完全孤独了的人是多么可怕！

最后，你替我去送一个花圈或是什么。

告诉许女士：看在孩子的面上，不要太多哭。

红

十月廿四日

鲁迅先生记（二）*

在我住所的北边，有一带小高坡，那上面种的或是松树，或是柏树。它们在雨天里，就相同在夜雾里一样，是那么朦胧而且又那么寂静！好像飞在枝间的鸟雀的羽翼的音响我都能够听到。

但我真的听得到的，却还是我自己脚步的声音，间或从人家墙头的树叶落到雨伞上的大水点特别地响着。

那天，我走在道边，我看着伞翅上不住的滴水。

“鲁迅是死了吗？”

于是心跳了起来，不能把“死”和鲁迅先生这样的字样相连接，所以左右反复着的是那饭馆里下女的金牙齿，那些吃早餐的人的眼镜、雨伞，他们好像小型木凳似的雨鞋，最后我还想起了那张贴在厨房边的大画，一个女人，抱着一个举着小旗的很胖的孩子，小旗上面就写着“富国强兵”。所以以后，一想到鲁迅的死，就想到那个很胖的孩子。

我已经拉开了房东的格子门，可是我无论如何也走不进来，我气恼着；我怎么忽然变大了？

---

* 本文 1937 年 10 月 16 日以《在东京》为题发表于（武汉）《七月》（半月刊）第一集第一期“鲁迅先生纪念专辑”，署名萧红。1940 年 6 月改篇名为《鲁迅先生记（二）》收入（重庆）大时代书局发行的“文艺丛书”初版《萧红散文》。有改动。

女房东正在瓦斯炉旁边斩断着一根萝卜，她抓住了她白色的围裙开始好像鸽子似的在笑：“伞……伞……”

原来我好像要撑着伞走上楼去。

她的肥厚的脚掌和男人的一样，并且那金牙齿也和那饭馆里下女的金牙齿一样。日本女人多半镶了金牙齿。

我看到有一张报纸上的标题是鲁迅的“偲”。这个“偲”字，我翻了字典，在我们中国的字典上并没有这个字。而文章上的句子里，“逝世，逝世”这字样有过好几个，到底是谁逝世了呢？因为是日文报纸看不懂之故。

第二天早晨，我又在那饭馆里在什么报的文艺篇幅上看到了“逝世，逝世”，再看下去，就看到“损失”或“殒星”之类。这回，我难过了，我的饭吃了一半，我就回家了。一走上楼，那空虚的心脏相同铃子似的闹着，而前房里的老太婆在打扫着窗棂和席子的噼拍声，好像在拍打着我的衣裳那么使我感到沉重。在我看来，虽是早晨，窗外的太阳好像正午一样大了。

我赶快乘了电车，去看 ××[1]。我在东京的时候，朋友和熟人，只有她。车子向着东中野[2]市郊开去，车上本不拥挤，但我是站着，“逝世，逝世”，逝世的就是鲁迅？路上看了不少的山、树和人家，它们却是那么平安、温暖和愉快！我的脸几乎是贴在玻璃上，为的是躲避车上的烦扰，但又谁知道，那从玻璃吸收来的车轮声和机械声，会疑心这车子是从山崖上滚下来了。

×× 在走廊边上，刷着一双鞋子，她的扁桃腺炎还没有全好，看见了我，颈子有些不会转弯地向我说：

1　××，初刊时此处两字为“一林”，即作者在致萧军信中多次提到的“沈女士”。
2　东中野，当时留学生的管理机构“日华学会”为中国留学生新增的女生宿舍所在地。

"啊？你来得这样早！"

我把我来的事情告诉她，她说她不相信。因为这事情我也不愿意它是真的，于是找了一张报纸来读。

"这些日子病得连报也不订，也不看了。"她一边翻着那在长桌上的报纸，一边用手在摸抚着她颈间的药布。

而后，她查了查日文字典，她说那个"偲"字是印象的意思，是面影的意思。她说一定有人到上海访问了鲁迅回来写的。

我问她："那么为什么有逝世在文章中呢？"我又想起来了，好像那文章上又说：鲁迅的房子有枪弹穿进来，而安静的鲁迅，竟坐在摇椅上摇着。或者鲁迅是被枪打死的？日本水兵被杀事件，在电影上都看到了，北四川路又是戒严，又是搬家。鲁迅先生又正是住的北四川路。

但她给我的解释，在阿Q心理上非常圆满，她说："逝世"是从鲁迅的口中谈到别人的"逝世"，"枪弹"是鲁迅谈到"一·二八"[1]时的枪弹，至于"坐在摇椅上"，她说谈过去的事情，自然不用惊慌，安静的摇在摇椅上又有什么希奇。

出来送我走的时候，她还说：

"你这个人啊！不要神经质了！最近在《作家》上《中流》上他都写了文章，他的身体可见是在复元期中……"

她说我好像慌张得有点傻，但是我愿意听。于是在阿Q心理上我回来了。

—

我知道鲁迅先生是死了，那是二十二日，正是靖国神社开庙

1 "一·二八"，1932年1月28日中日战事冲突；驻守上海的十九路军总指挥蒋光鼐、军长蔡廷锴率部在吴淞地区激战月余，使日军死伤万余人。3月初日军在太仓浏河登陆，中国守军被迫撤退。在国联调停下，5月5日双方签订《淞沪停战协定》。

会的时节。我还未起来的时候，那天空开裂的炮竹，发着白烟，一个跟着一个在升起来。隔壁的老太婆呼喊了我几次，她阿拉阿拉的向着那炮竹升起来的天空呼喊，她的头发上开始束了一条红绳。楼下，房东的孩子上楼来送给我一块撒着米粒的糕点，我说谢谢他们，但我不知道在那孩子的脸上接受了我怎样的眼睛。因为才到五岁的孩子，他带小碟下楼时，那碟沿还不时的在楼梯上磕碰着。他大概是很害怕我。

靖国神社的庙会一直闹了三天，教员们讲些下女在庙会时节的故事，神的故事，和日本人拜神的故事，而学生们在满堂大笑，好像世界上并不知道鲁迅死了这回事。

有一天一个眼睛好像金鱼眼睛的人，在黑板上写着：鲁迅大骂徐懋庸，引起了文坛一场风波……茅盾起来讲和……

这字样一直没有擦掉。那卷发的，小小的，和中国人差不多的教员，他下课以后常常被人围聚着，谈些个两国不同的习惯或风俗。他的北京话说得很好，中国底旧文章和诗也读过一些。他讲话常常把眼睛从下往上看着：

"鲁迅这人，你觉得怎么样？"我很奇怪，又像很害怕，为什么他向我说？结果晓得不是向我说。在我旁边那个位置上的人站起来了，有的教员点名的时候问过他："你多大岁数？"他说他三十多岁，教员说："我看你好像五十岁的样子……"因为他的头发白了一半。

他作旧诗作得很多，秋天，中秋游日光，游浅草[1]，而且还加

1　游日光，游浅草，日光是本州关东地方北部国际游览城，位于枥木县日光市。日光的东照宫是东照宫本社，是供奉日本 - 江户幕府开府将军德川家康的神社，建造于 1617 年，是日本最古老的庙宇之一。浅草位于东京台东区，是东京的发源地，浅草寺是东京都内最古老的寺庙。

上谱调读着。有一天他还让我看看，我说我不懂，别的同学有的借他的诗本去抄录。我听过了几次，有人问他“你没再作诗吗？”他答：“没有喝酒呢。”

他听到有人问他，他就站起来了：

“我说……先生……鲁迅，这个人没有什么，没有什么了不起的，他的文章就是一个骂，而且人格上也不好，尖酸刻薄。”

他的黄色的小鼻子歪了一下。我想去用手替他扭正过来。

一个大个子，戴着四角帽子，他是“满洲国”的留学生，听说话的口音，还是我的同乡。

“听说鲁迅不是反对‘满洲国’的吗？”那个日本教员，抬一抬肩膀，笑了一下：“嗯！”

一

过了几天，日华学会[1]开鲁迅追悼会了。我们这一班中四十几个人，去追悼鲁迅先生的只有一位小姐，她回来的时候，全班的人嘲笑着她，她的脸红了，打开门，用脚尖向前走着，走得越轻越慢，而那鞋跟就越响。她穿的衣裳颜色一点也不调配，有时是一件红裙子绿上衣，有时是一件黄裙子红上衣。

这就是我在东京所看到的这些个不调配的人，以及鲁迅的死对他们激起怎样不调配的反应。

一九三八年[2]。

1　日华协会，统筹中国留日学生事务的民间团体，成立于1918年5月。其日常业务是为中国留学生免费提供宿舍、管理留学预备教育机构等，在教育、文化往来活动中提供服务。1925年接管“东亚高等预备学校”，1935年将其更名为“东亚学校”，并发展成当时最具规模的留日预备学校。至抗战时，“日华协会”已成为管理留日学生最完备的机构之一。

2　一九三八年，此为初刊之后作者所做修改的大致时间。

八月之日记一（上）*

为了疲乏的原故，我点了一只纸烟。

绿色的星子，蓝色的天空，红色的屋顶，黑色的蝙蝠，灰色的小蛾。我的窗子就开在它们的中间，而我的床就靠在这窗子的旁边，我举着纸烟的手指的影子就印在窗子的下面。

我看一看表，我还是睡得这么样的早，才九点钟刚过了。

—

有点烦恼，但又说不出这烦恼，又像喝过酒之后的心情，但我又并没喝酒。

也许这又是想家了吧！不，不能说是想家，应该说所思念的是乡土。

人们所思念着的那么广大的天地，而引起这思念来的，往往是几片树林，两三座家屋，或是一个人物，……也或者只凭着一点钟的记忆，记忆着那已经过去的，曾经活动过的事物的痕迹。

这几天来，好像更有了闲情逸致，每每平日所不大念及的，而现在也要念及，所以和军一谈便到深夜。

而每谈过之后，就总有些空寞之感，就好像喝过酒之后，那

---

* 本文 1937 年 10 月 28 日发表于（汉口）《大公报》“战线”副刊第三十六号，署名萧红。

种空寞。

虽然有时仍旧听着炮声，且或看到了战地的火光，但我们的闲谈，仍旧是闲谈。

“渥特克（很辣的酒）还有吧！喝一点！”他说，他在椅子上摇着。

为着闲情逸致，在走廊上我抄着一些几年来写下来的一些诗一类的短句。而且抄着，而且读着，觉得很可笑，不相信这就是自己写下来的了。

抄完了，我在旧册子上随便的翻着，这旧册是军所集成，除去他替我剪贴着我的一小部分之外，其余都是他的，间或有他的友人的。于是我就读着他的朋友用紫色墨水写成的诗句，因为是古诗，那文句，就有些不解之处，于是请教于军，他就和我一起读起来了。

八月之日记一（下）*

他读旧诗，本来有个奇怪的韵调，起初，这是我所不喜欢的，可是这两年来，我就学着他，并且我自己听来已经和他一腔一调。我常常是这样，比方我最反对他正在唱着歌的时候，我真想把耳朵塞了起来，有时因为禁止而禁止不住他，竟要真的生气，但是又一想，自己从什么地方得来的这种权力呢？于是只好随他唱，这歌一经唱得久了！我也就和他一齐唱了，并且不知不觉之间自己也常常一方面烧着饭，一方面哼着。

这用紫色墨水写成的诗句，我就用着和他同一的怪调读在走廊上。

我们的身边飞来了小蛾的时候，他向我说，他要喝一点酒。

本来就在本身之内起着喝过了酒的感觉，我想一定不应该喝了：

“喝酒要人多喝，喝完了说说笑笑也就不醉，一个人喝不好，越喝越无聊。”

“我正相反，独饮独酌……”

而后我说“渥特克”酒没有了。（其实是有的，就在我脚边的小箱子里。）

---

* 本文1937年10月29日发表于（汉口）《大公报》“战线”副刊第三十七号，署名萧红。

“朋友们，坐监牢的……留在满洲的，为了‘剿匪’而死了的……作这诗的人，听说就在南京‘反省院’里。”

“你为什么走的这一条路呢？照理说，不可能，”因为他是军官学生。“我想：就是因为你有这样的几个朋友……很难，一个人的成长，就差在一点点上……”我常常把人生看得很可怕。

“嗯！是的……”他的眼睛顺着走廊一直平视过去，我知道，他的情感一定伸得很远了。

这思念朋友的心情，我也常有。

一做了女人，便没有朋友。但我还有三五个，在满洲的在满洲，嫁了丈夫的，娶了妻子的，为了生活而忙着的，比方前两天就有一个朋友经过上海而到北方战地去。

他说：“朋友们别开，生死莫测。”

我说：“尽说这些还行吗？哪里有的事情？”

他站在行人道上高高地举着手臂。

我想，朋友们别开，我也不知道怎么样！

一些飞来的小蛾，它们每个都披着银粉，我一个个的细细地考查着那翅子上的纹痕。

这类似诗的东西，我就这样把它抄完了。

睡在了床上，看一看表，才九点钟刚过，于是一边看着这举着纸烟的落在墙上自己的手指，一边想着这战争，和这诗集出版的问题。

八月一日

八月之日记二*

军几次的招呼着我：

“看山啊！看山啊！”

正是将近黄昏的时候，楼廊前飞着蝙蝠。

宁静了，近几天来，差不多每个黄昏以后，都是这样宁静的，炮声，飞机声，就连左近的难民收容所，也没有声音了！那么吵叫着的只有我自己，和那右边草场上的虫子。

我不会唱，但我喜欢唱，我唱的一点也不合曲调，而且往往是跟着军混着唱，他唱：“儿的父去投军无有音信。”我也就跟着：“儿的父去投军无有音信。”他唱杨延辉思老母思得泪洒胸膛，我也就跟着溜了一趟，而且，我也无所不会溜的。溜得实在也惹人讨厌，而且，又是一唱就溜。他也常常给我上了一点小当，比方正唱到半路，他忽然停下了，于是那正在高叫着的我自己，使我感到非常受惊。常常这样做，也就惯了，只是当场两个人大笑一场，就算完事，下次还是照样的溜。

---

* 本文1937年11月3日发表于（汉口）《大公报》“战线”副刊第四十一号，署名萧红。

从打仗开始，这门前的走廊，就总是和前些日子有点两样，月亮照着走廊上那空着的椅子，而倒影就和栏杆的影子交合着被扫在廊下的风里。

“看山啊！看山啊！”他停止了唱的时候，又在招呼着我。

天西真像山一样升起来的黑云的大障壁，一直到深夜还没有消去，在云的后边，不住的打着小闪。

他把身子好像小蛇似的探出廊外去，并且摇着肩膀：

“我这身子发潮，就要下雨的……”

我知道，他又以为这是在家乡了。

家乡是北方，常常这样，大风，大雨，眼看着云彩升起来了，也耳听着雨点就来了。

“雨是不能下……南方……”我刚一说到“南方”，我想我还是不提到什么“南方”“北方”的好。

于是他在走廊上来回的走着，他说了好几次他身上起着潮湿的感觉。这感觉在家乡那边，就一定是下雨的感觉了。但这是在“南方”。

我就想要说“南方”这两个字，当他在走廊上来回的跑着的时候。他用手做成望远镜，望着那西北部和山峰似的突起的在黄昏里曾镶过金边的黑云。

他说他要去洗澡了，他说他身上发潮，并且他总说是要下雨。

起初我也好像有那种感觉，下雨了，下雨了。等我相信这黑云是在南方的天空上，而不是在北方的天空上，我就总想说服他。

后来，我一想，虽然是来到了南方，但那感觉却总是北方养成的，而况这样的云，又是住在南方终年而不得见的。

自从这上海的炮声开始响，常常要提起家乡，而又常常避免着家乡。

于是，又乱唱起来了。到夜深的时候，雨点还没一粒来碰到我的鼻尖，至于军的身子潮与不潮，我就不知道了。

八月二日

天空的点缀*

用了我有点苍白的手，卷起窗纱来，在那灰色的云的后面，我看不到我所要看的东西（这东西是常常见的，但它们真的载着炮弹飞起来的时候，这在我还是生疏的事情。也还是想像着的事情）。正在我踌躇的时候，我看见了：那飞机的翅子好像不是和平常的飞机的翅子一样——它们有大的也有小的——好像还带着轮子，飞得很慢，只在云彩的缝际出现了一下，云彩又赶上来把它遮没了！不，那不是一只，那是两只，以后又来了几只，它们都是银白色的，并且又都叫着呜呜的声音，它们每个都在叫着吗？这个，我分不清楚。或者它们每个在叫着的节拍像唱歌似的是有一定的调子，也或者那在云幕当中撒下来的声音就是一片。好像在夜里听着海涛的声音似的，那就是一片了。

过去了！都过去了！心也有点平静下来。午饭时用过的家具，我要去洗一洗。刚一经过游廊，又被我看见了，又是两只。这次是在南边，前面一个，后面一个，银白色的，远看有点发黑，于是我听到了我的邻家在说：

“这是去轰炸虹桥飞机场！”

---

* 本文1937年9月11日发表于（上海）《七月》（周刊）第一期，署名萧红。同年10月16日被（上海）《抗战半月刊》杂志第一、二期合刊的“杂文”栏目转载；同一天，在武汉复刊的《七月》（半月刊）第一集第一期亦转登此文。

我只知道这是下午两点钟，从昨夜就开始的这战争。至于飞机我就不能够分别了，日本的呢？还是中国的呢？大概是日本的吧！因为是从北边来的，到南边去的，战地是在北边，中国虹桥飞机场是在南边。

我想日本去轰炸虹桥飞机场是真的，于是我又起了很多想头。是日本打胜了吧！所以安闲的去轰炸中国的后方，是……一定是，那么这是很坏的事情，他们这没有止境的屠杀，一定要像大风里的火焰似的那么没有止境……

很快我批驳了我自己的这念头，很快我就被我这没有把握的不正确的热望压倒了，是中国，一定是中国占着一点胜利，日本受了些挫伤。假若是日本占着优势，他一定冲过了中国的阵地而追上去，哪里有工夫用飞机来这边扩大战线呢？

风很大，在游廊上，我拿在手里的家具，感到了点沉重而动摇，一个小白铅锅的盖子，拍啦拍啦的掉下来了，并且在游廊上拍啦拍啦的跑着，我追住了它，就带着它到厨房去。

至于飞机上的炸弹，落了还是没落呢？我看不见，而且我也听不见，因为东北方面和西北方面的炮弹都在开裂着。甚至那炮弹真正从哪方面出发，因着回音的关系，我也说不定了。

但那飞机的奇怪的翅子，我是看见了的；我是含着眼泪而看着它们，不，我若真的含着眼泪而看着它们，那就相同遇到了魔鬼而想教导魔鬼那般没有道理。

但在我的窗口，飞着飞着。飞去又来了，飞得那么高，好像有一分钟那飞机也没离开我的窗口。因为灰色的云层的掠过，真切了，朦胧了，消灭了，又出现了，一个去了，一个又来了。看着这些东西，实在的，我的胸口有些疼痛。

一个钟头看着这样我从来没有看过的天空。看得疲乏了，于是我看着桌上的台灯，台灯的绿色的伞罩上还画着菊花；又看到了箱子上散乱的衣裳；平日弹着的六条弦的大琴，依旧是站在墙角上，一样，什么都是和平常一样，只有窗外的云，和平日有点不一样，还有桌上的短刀和平日有点不一样，紫檀色的刀柄上镶着两块黄铜，而且还装在红牛皮色的套子里。对于它，我看了又看，我相信我自己绝不是拿着这短刀而赴前线。

一九三七八月十四日

失眠之夜*

为什么要这样失眠呢！烦燥，呕心，心跳，胆小，并且想要哭泣。

我想想，也许就是故乡的思虑罢。

窗子外面的天空高远了，和白棉一样绵软的云彩低近了，吹来的风好像带着点草原的气味，这就是说已经是秋天了。

在家乡那边，秋天最可爱。

蓝天，蓝得有点发黑，白云就像银子做成的一样，就像白色的大花朵似的缀在天上，就又像沉重得快要脱离开天空而坠了下来似的，而那天空就越显得高了，高得再没有那么高的。

昨天，我到朋友们的地方去走了一遭，听来了好多的心愿——那许多心愿综合起来，又都是一个心愿——这回若真的打回满洲去，有的说，煮一锅高粱米粥喝，有的说，咱家那地豆多么大！说着就用手比量着；这么大，碗大；珍珠米，老的一煮就开了花的，一尺来长的，还有的说，高粱米粥、咸盐豆。还有的

* 本文1937年9月18日发表于（上海）《七月》（周刊）第二期，署名萧红。同年10月16日再刊于（武汉）《七月》（半月刊）第一集一期。同年11月（上海）《好文章号外·战时文摘》（半月刊）第三期转载。

说，若真的打回满洲去，三天二夜不吃饭，打着大旗往家跑。跑到家去自然也免不了先吃高粱米粥或咸盐豆。

比方，高粱米那东西，平常我就不愿吃，很硬，有点发涩，(也许因为我有胃病的关系,)可是经他们这一说，也觉得非吃不可了。

但是什么时候吃呢？那我就不知道了。而况我到底是不怎样热烈的，所以关于这一方面，我终究是不怎样亲切。

但我想我们那门前的蒿草，我想我们那后园里开着的茄子的紫色的小花，黄瓜爬上了架。而那清早，朝阳带着露珠一齐来了！

我一说到蒿草或是黄瓜，三郎就向我摆手和摇头：

“不，我们家，门前是两棵柳树，树荫交结着做成个门形，再前面是菜园，过了菜园就是山，那金字塔形的山峰正向着我们家的门口，而两边像蝙蝠的翅膀似的向着村子的东方和西方伸展开去，而后园，黄瓜，茄子也种着，最好看的是牵牛花在石头墙的缝际爬遍了，早晨带着露水牵牛花开了……”

“我们家就不这样，没有高山，也没有柳树……只有……”我常常就这样打断他。

有时候，他也不等我说完，他就接下去，我们讲的故事彼此都好像是讲给自己听，而不是为着对方。

只有那么一天：买来了一张《东北富源图》挂在墙上了，染着黄色的平原上站着小马，小羊，还有骆驼，还有牵着骆驼的小人；海上就是些小鱼，大鱼，黄色的鱼，红色的好像小瓶似的大肚的鱼，还有黑色的大鲸鱼；而兴安岭和辽宁一带画着许多和海涛似的绿色的山脉。

他的家就在离着渤海边不远的山脉中，他的指甲在山脉上爬着：“这是大凌河……这是小凌河……哼……没有，这地图是个不完全的，是个略图……”

“好哇！天天说凌河，哪儿有凌河呢！”我不知为什么一提到家乡，常常愿意给他扫兴一点。

“你不相信！我给你看。”他去翻他的书橱去了：“这不是么！大凌河……小凌河……小孩的时候在凌河沿上捉小鱼，拿到山上去，在石头片上用火烤着吃……这边就是沈家台，离我们家二里路……”因为是把地图摊在地板上看的缘故，一面说着，他一面用手扫着他已经垂在前额的发梢。

《东北富源图》就挂在床头，所以第二天早晨，我一张开了眼睛，他就抓住了我的手：

“我想将来我回家的时候，先买两匹驴，一匹你骑着，一匹我骑着……先到我姑姑家，再到我姐姐家……顺便也许看看我舅舅去……我姐姐很爱我……她出嫁以后，每回来一次临走的时候就哭一次，姐姐也哭，我也哭……这有七八年不见了！也都老了。”

那地图上的小鱼，红的黑的，都能够看清，我一边看着，一边听着，这一次我没有打断他，或给他扫一点兴。

“买黑色的驴，挂着铃子，走起来……当啷啷当啷啷……”他形容着声音的时候，就像他的嘴里边含着铃子似的在响。

“我带你到沈家台去赶集。那赶集的日子，热闹！驴身上挂着烧酒瓶……我们那边，羊肉非常便宜……羊肉炖片粉……真是味道！唉呀！这有多少年没吃那羊肉啦！”他的眉毛和额头上起着很多皱纹。

我在大镜子里边看到了他，他的手从我的手上抽回去，放在他自己的胸上，而后又反背着放在枕头下面去，但很快的又抽出来。只理一理他自己的发梢又放在枕头上去。

而我呢？我想：

“你们家对于外来的所谓‘媳妇’也一样吗？”我想着就这样说了。

这失眠大概也许不是因为这个。但买驴子的买驴子；吃咸盐豆的吃咸盐豆；而我呢？坐在驴子上，所去的仍是生疏的地方；我停留着的仍然是别人的家乡。

家乡这个观念，在我本不甚切，但当别人说起来的时候，我也就心慌了！虽然那块土地在没有成为日本的之前，“家”在我就等于没有了。

这失眠一直继续到黎明，在黎明之前，在高射炮的声中，我也听到了一声声和家乡一样的震抖在原野上的鸡鸣。

八月廿二日

火线外（二章）*

窗　边

M站在窗口，他的白色的裤带上的环子发着一点小亮，而他前额上的头发和脸就压在窗框上，就这样，很久很久地，同时那机关枪的声音似乎紧急了，一排一排地暴发，一阵一阵地裂散着，好像听到了在大火中瘫下来的家屋。

“这是哪方面的机关枪呢？”

“这枪一开……在电影上我看见过，人就一排一排的倒下去……”

“这不是吗……炮也响了……”

我在地上走着，就这样散散杂杂地问着M，而他回答我的却很少：

“这大概是日本方面的机关枪，因为今夜他们的援军必要上岸，也许这是在抢岸……也许……”

他说第二个“也许”的时候，我明白了这“也许”一定他是又复现了他曾作过军人的经验。

---

* 《窗边》一文1937年9月25日发表于（上海）《七月》（周刊）第三期。同年11月2日，与《小生命和战士》一起，以《火线外》（二章）为题，同刊于（武汉）《七月》（半月刊）第一集第二期，署名萧红。

于是那在街上我所看到的伤兵，又完全遮没了我的视线；他们在搬运货物的汽车上，汽车的四周是插着绿草，车在跑着的时候，那红十字旗在车厢上火苗似地跳动着。那车沿着金神父路[1]向南去了。远处有一个白色的救急车厢上画着一个很大的红十字，就在那地方，那飘蓬着的伤兵车停下，行路的人是跟着拥了去。那车子只停了一下，又倒退着回来了。退到最接近的路口，向着一个与金神父路交叉着的街开去，这条街就是莫利哀路[2]。这时候我也正来到了莫利哀路，在行人道上走着，那穿着草的载重车，就停在我的前面，那是一个医院，门前挂着红十字的牌匾。

两个穿着黑色云纱大衫的女子跳下车来。她们一定是临时救护员，臂上包着红十字。这时候，我就走近了。

跟着那女救护员，就有一个手按着胸口的士兵站起来了，大概他是受的轻伤，全身没有血痕，只是脸色特别白。还有一个，他的腿部扎着白色的绷带，还有一个很直的躺在车板上，而他的手就和虫子的脚爪攀住了树木那样紧抓着车厢的板条。

这部车子载着七八个伤兵，其中有一个，他绿色的军衣在肩头染着血的部分好像被水浸着那么湿，但他也站起来了，他用另一只健康的手去扶着别的一只受伤的手。

女救护员又爬上车来了，我想一定是这医院已经人满，不能再收的原故。所以这载重车又动摇着，响着，倒退着，冲开着围

---

1 金神父路，“瑞金二路”1943 年租界交接前的路名，位于今上海黄浦区。北起淮海中路（原霞飞路），南至徐家汇路（今肇嘉浜路）。1907 年法租界公董局越界辟筑，1914 年划入上海法租界。

2 莫利哀路，“香山路”的原名，位于上海市黄浦区。东到复兴公园，西至瑞金二路。1914 年法租界公董局修筑，以法国戏剧家莫里哀之名命名。1943 年汪精卫政权接收上海法租界后改名香山路。

观的人，又向金神父路退走。就是那肩头受伤的人，他也从原来的地方坐下去。

他们的脸色有的是黑的，有的是白的，有的是黄色的，除掉这个，从他们什么也得不到，呼叫，哼声，一点也没有，好像正在受着创痛的不是人类，不是动物……静静地；静得好像是一棵树木。

人们拥挤着招呼着，抱着孩子，拖着拖鞋，使我感到了人们就像在看“出大差”[1]那种热闹的感觉。

停在我们脚尖前面的这飘蓬的人类，是应该受着无限深沉的致敬的呀！

于是第二部插着绿草的汽车也来到了，就在人们拥挤围观的当中，两部车子一起退去了。

M 的腰间仍旧是闪着那带子上的一点小亮，那困恼的头发仍旧是切在窗子的边上。宁静，这深夜的宁静，微风也不来摆动这桌子上的书篇……只在那北方枪炮的世界中高冲起来的火光中，把 M 的头部烘托出来一个圆大沉重而安宁的黑影在窗子上。

我想他也和我一样，战争是要战争的，而枪声是并不爱的。

八月十七日

小生命和战士

“你看那兵士腰间的刀子，总有点凶残的意味，可是他也爱

---

1 “出大差”，俗谓押解犯人到刑场处决。

那么小的孩子。”我这样小声的把嘴唇接近着L.的耳边。

其实渡轮正在进行中的声音，也绝对使那兵士不会听到我的话语的。

其中第一个被我注意的，不是那个抱着孩子的，而是另外的一个，他一走上来，就停在船栏的旁边。他那么小，使我立刻想到了小老鼠。两颊从颧骨以下是完全陷下来的，因此嘴唇有点突出。耳朵在帽子的边下，显得贫薄和孤独，和那过大的帽遮一样，对于他都起着一种不配称的感觉。从帽遮我一直望到他黑色的胶底鞋：左手上受了伤，被一条挂在颈间的白布带吊在胸前，他穿着特为伤兵们赶制的过大的棉背心，而这件棉背心就把他装饰成一只小甲虫似的站在那里。等另外两个兵士走近前来的时候，他就让开了。

这两个之中的一个，在我看来是个军官，他并不怎样瘦，有点高大，他受伤的也是左手，同样被一只带子吊在胸前，在他微微的踱着的时候，那黑色皮鞋的后半部不时的被那黄呢裤的边口埋没着，当他同另外的一个讲话的时候，那空着的，垂在左肩的军中黄呢上衣的袖子，显得过于多余的在摆荡——因为他隔一会就要抬一抬左肩的缘故。

我所说的挂着刀的兵士，始终没有给我看到他的正面，因为那受伤的军官和他谈话总是对立着。我所能看到的是他脚上的刺马针，腰间的短刀。他的腰和肩都很宽而且圆。那在怀中的孩子时时想要哭，于是他很小心的摇着他，把那件包着孩子的军外套隔一会拉一拉，或是包紧一点。

不知为什么，我看他好像无论怎样也不能完全忘掉他腰边的短刀，孩子一安静下来，他的左手总是反背过来压在手柄上。

渡轮走近一个停在江心的货船旁边的时候，因为那船完全熄了灯火，所以好像一座小城似的黑黑地睡在江心上，起重机上还有一个大皮囊似的东西在高悬着。

我是背着锅炉站着的，背后的温暖已经增加到不能忍耐的程度，所以我稍稍离开一点，可是我的背后仍接近着温暖，而我的胸前却向着寒凉的江水。

那军官的烟火照红了他过高的鼻子，而后轻急的好像从指尖上把它一弹，那烟火就掠过了船栏而向着月下的江水奔去了。

我一转身就看到了那第一个被我注意的伤兵就站在我的旁边，似乎在这船上并没有他的同伴，他带着衰弱或疲乏的样子在望着江水，他好像在寻找什么，也好像他要细听一听什么，或者也都不是，或者他的心思完全系在那只吊在胸前的左手上。

前边就是黄鹤楼，在停船之前，人们有的从座位上站起来，有的在移动着，船身和码头所激起来的水声，很响的在击撞着。即使那兵士的短刀的环子碰击得再响亮一点，我也不能听到，只有想像着：那紧贴在兵士胸前的孩子的心跳和那兵士的心跳，是不是他们彼此能够听到？

十，廿二日。

记鹿地夫妇[*1]

池田在开仗的前夜，带着一匹小猫仔来到我家的门口，因为是夜静的时候，那鞋底拍着楼廊的声音非常响亮。

“谁呀！”

这声音并没有回答，我就看到是日本朋友池田，她的眼睛好像被水洗过的玻璃似的那么闪耀。

“她怎么这时候来的呢，她从北四川路来的……”这话在我的思想里边回绕了一周。

“请进来呀！”

一时看不到她的全身，因为她只把门开了一个小缝。

“日本和中国要打仗。”

“什么时候？”

“今天夜里四点钟。”

“真的吗？”

---

* 本文1938年5月1日发表于（广州）《文艺阵地》（半月刊）第一卷第二期，署名萧红。

1 鹿地夫妇，日本作家鹿地亘（1903—1982）和池田幸子（1911—1973）。鹿地亘1935年到上海，经内山完造介绍认识鲁迅并翻译了部分鲁迅作品。抗战期间，他们夫妇曾担任在华日本人反战同盟负责人，对日本战俘进行反战教育和训练，直至战争结束。

“一定的。”

我看一看表，现在是十一点钟。

“一——二——三——四——五——”我说还有五个钟头。

那夜我们又讲了些别的就睡了。军睡在外室的小床上，我和池田就睡在内室的大床上。这一夜没有睡好，好像很热，小猫仔又那么叫，从床上跳到地上，从地上又跳到椅子上，而后再去撕着窗帘。快到四点钟的时候，我好像听到了两下枪声。

“池田，是枪声吧！”

“大概是！”

“你想鹿地怎么样，若真的今夜开仗，明天他能跑出来不能？”

“大概能，那就不知道啦！”

夜里开枪并不是事实，第二天我们吃完午饭，三个人坐在地板的凉席子上乘凉，这时候鹿地来了，穿一条黄色的短裤，白衬衫，黑色的卷卷头发，日本式的走法，走到席子旁边，很习惯的就脱掉鞋子坐在席子上。看起来他很快活，日本话也说，中国字也有。他赶快的吸纸烟，池田给他作翻译。他一着急就又加几个中国字在里面，转过脸来向我们说：

“是的，拍！拍，拍！开枪啦……”

“在什么地方开的？”我问他。

“在陆战队……边上。”

“你看见了吗？”

“看见的……”

他说话十分喜欢用手势：

“我，我，我看见啦……叭！一个枪弹在楼顶上过去啦。北四川路没有人，北四川路死啦……完全死啦！”而后他用手巾揩着汗。但是他非常快活，笑着，全身在轻松里边打着转，我看他像洗过羽毛的雀子似的振奋，因为他的眼光和嘴唇都像讲着与他不相干的同时非常感到兴味的人的一样。

夜晚快要到来了，第一发的炮声过去了。而我们四个人——池田、鹿地、萧军和我——正在吃晚饭，池田的大眼睛对着我，萧军的耳朵向旁边歪着，我则感到心脏似乎在移动。但是我们合起声音来：

“哼！”彼此点了点头。

鹿地有点像西洋人的嘴唇，扣得很紧。

第二发炮弹发过去了。

池田仍旧用日本女人的跪法跪在席子上，我们大概是用一种假象把自己平定下来，所以仍旧吃着饭。鹿地的脸色自然变得很不好看了。若是我，我一定想到这炮声就使我脱离了祖国。但是他的感情一会就恢复了。他说：

“日本这回坏啦！一定坏啦……”这话的意思是日本要打败的，日本的老百姓要倒霉的，他把这战争并不看得怎样可怕，他说日本军阀早一天破坏早一天好。

第二天他们搬到S．家去住的。我们这里不大方便；邻居都知道他们是日本人，还有一个“白俄”在法国捕房当巡捕。街上打间谍，日本警察到他们从前住过的地方找过他们。在两国夹攻之下，他们开始被陷进去。

第二天我们到S．家去看他们的时候，他们住在三层楼上，尤其是鹿地很开心，俨俨乎和主人一样。两张大写字台，靠着窗子，写字台这边坐着一个，那边坐着一个，嘴上都叼着香烟，白金龙香烟四五罐，堆成个小塔型在桌子头上。他请我吃烟的时候，我看到他已经开始工作了，很讲究的黑封面的大本子摊开在他的面前，他说他写日记了。当然他写的是日文，我看了一下也看不懂。一抬头看到池田在那边也张开了一个大本子。我想这真不得了，这种克制自己的力量，中国人很少能够做到。无论怎样说，这战争对于他们比对于我们，总是更痛苦的。又过了两天，大概他们已经写了一些日记了。他们开始劝我们，为什么不参加团体工作呢？鹿地说：

“你们不认识救亡团体吗？我给介绍！”这样好的中国话是池田给修改的。

“应该工作了，要快工作，快工作，日本军阀快完啦……”

他们说现在写文章，以后翻成别国文字，有机会他们要到各国去宣传。

我看他们好像变成了中国人一样。

三二日之后去看他们，他们没有了。S. 说他们昨天下午一起出去就没有回来，临走时说吃饭不要等他们，至于哪里去了呢？S. 说她也不知道。又过了几天，又问了好几次，但仍旧不知道他们在哪里。

或者被日本警察捉去啦，送回国去啦！或者住在更安全的地方，大概不能有危险吧！

一个月以后的事：我拿刀子在桌子上切葱花，准备午饭，这时候，有人打门，走进来的人是认识的，可是他一向没有来过，这次的来不知有什么事。但很快就得到结果了：鹿地昨夜又来到 S. 家，听到他们并没有出险，很高兴，但他接着再说下去就是痛苦的了，他们躲在别人家里躲了一个月，那家非赶他们离开不可，因为住居日本人，怕当汉奸看待。S. 家也很不便，当 S. 做救亡工作，怕是日本探子注意到。

“那么住到哪里去呢？”我问。

“就是这个问题呀！他们要求你去送一封信，我来就是找你去送信，你立刻到 S. 家去。”

我送信的地方，是个德国医生，池田一个月前在那里治过病，当上海战事开始的时候，医生太太向池田说过：假若在别的地方住不方便，可以搬到她家去暂住。有一次我陪池田去看医生，池田问他：

“你喜欢希特拉吗？”

医生说：“唔……不喜欢。”并且说他不能够回德国。

根据这点，池田以为医生是很好的人，同时又受希特拉的压迫。

我送完了信，又回到 S. 家去，我上楼说：

“可以啦，大概是可以。”

回信，我并没拆开读，因为我的英文不好。他们两个从地板上坐起来，打开这信：

“随时可来，我等候着……”池田说信上写着这样的话。

“我说对么！那医生当我临走的时候还说，把手伸给他。我知道他就了解了。”

这回鹿地并不怎样神气了，说话不敢大声，不敢站起来走动。晚饭就坐在地板的席子上吃的，台灯放在地上，灯头被蒙了一块黑纱布，就在这微黑的带着神秘的三层楼上，我也和他们一起吃的饭，我端起碗来，再三的不能把饭咽下去，我看一看池田发亮的眼睛，好像她对她自己未知的命运还不如我对他们那样关心。

“吃鱼呀！”我记不得是他们谁把一段鱼尾摆在我的碗上来。

当着一个人，在他去试验他出险的道路的前一刻，或者就正在出险之中，为什么还能够这样安宁呢！我实在对这晚餐不能够多吃，我为着我自己，我几次说着多余的闲话：

“我们好像山寨们在树林里吃饭一样……”接着我还是说：“不是吗？看像不像？”

回答这话的没有人，我抬头看一看四壁，这是一间藏书房，四壁黑沉沉的站着书箱或书柜。

八点钟刚过，我就想去叫汽车，他们说，等一等，稍微晚一点更好。

鹿地开始穿西装，白裤子，黑上衣，这是一个西洋朋友给他的旧衣裳（他自己的衣裳从北四川路逃出来时丢掉了）。多么可笑啊！又像贾伯林又像日本人。

“这个不要紧，”指着他已经蔓延起来的胡子对我说：“像日本人不像？”

“不像。”但明明是像。

等汽车来了时，我告诉他：

“你绝对不能说话，中国话也不要说，不开口最好，若忘记了说出日本字来那是危险的。”

报纸上登载过法租界和英租界交界的地方，常常有小汽车被验查。假若没有人陪着他们，他们两个差不多就和哑子一样了。鹿地干脆就不能开口，至于池田一听就知道说的是日本的中国话。

—

那天晚上下着一点小雨，记得大概我是坐在他们两个人之间，有两只小箱笼颠动在我们膝盖的前边，爱多亚路[1]被指路灯所照，好像一条虹彩似的展开在我们的面前，柏油路被车轮所擦过的纹痕，在路警指管着的红绿灯下，变成一条红的，而后又变

1 爱多亚路，“延安东路”1943年之前的路名，是位于上海黄浦区南部的一条东西向干道。原为上海公共租界和上海法租界分界线；自租界时代起，一直是上海市中心区南北道路的分界线，亦为当时远东第一通衢大道。

成一条绿的，我们都把眼睛看着这动乱交错的前方。同时司机人前面那块玻璃上有一根小棍来回的扫着那块扇形的地盘。

车子到了同孚路[1]口了，我告诉车子左转，而后靠到马路的右边。

这座大楼，本来是有电梯的，因为司机人不在，等不及了就从扶梯跑上去，我们三个人都提着东西，而又都跑得快，好像这一路没有出险，多半是因为这最末的一跑才做到的。

医生的小客厅里接待着鹿地夫妇：

"弄错了啦，嗯！"

我所听到的，这是什么话呢？我看看鹿地，我看看池田，再看看胖医生。

"医生弄错啦，他以为是要来看病的人，所以随时可来。"

"那么房子呢？"

"房子他没有。"池田摆一摆手。

我想这回可成问题了，我知道S.家绝对不能再回去。找房子立刻是可能的吗？而后我说到我家里去可以吗？

池田说："你们家那'白俄'呀！"

医生还不错，穿了雨衣去替他们找房子去了。在这中间，非常使人恐怖，他说房子就在旁边，可是他去了好多时候没有回来。

"箱子里边有写的文章啊！老医生不是去通知捕房？"池田的眼睛好像枭鸟的眼睛那么大。

过了半点钟的样子，医生回来了，医生又把我们送到那新房子。

1　同孚路，上海静安区的一条街道，"石门一路"过去的路名，南起延安中路，北至南京西路，长786米。

走进去一看，就像个旅馆，茶房非常多，说中国话的，说法国话的，说俄国话的，说英国话的。

刚一开战，鹿地就说过要到国际上去宣传，我看那时候他可差不多去到国际上了。

这地方危险是危险的，怎么办呢，只得住下了。

中国茶房问：

“先生住几天呢？”

我说住一天两天，但是鹿地说：

“不！不！”只说了半段就回去了，大概是日本话又来到嘴边上。

池田有时说中国话，有时说英国话，茶房来一个，去了，又来了一个。

鹿地静静地站在一边。

大床，大桌子，大沙发，棚顶垂着沉重的带着锁链的大灯头。并且还有一个外室，好像阳台一样。

茶房都去了，鹿地仍旧站着，地心有一块花地毯，他就站在地毯的边上。

我告诉他们不要说日本话，因为隔壁的房子说不定住的是中国人。

“好好的休息吧！把被子摊在床上，衣箱就不要动了，三两天就要搬的。我把这情形通知别的朋友……”往下我还有话要说，中国茶房进来了，手里端着一个大白铜盘子，上面站着两个汽水瓶。我想这个五块钱一天的旅馆还给汽水喝！问那茶房，那茶房说是白开水，这开水怎样卫生，怎样经过滤，怎样多喝了不会生病。正在这时候，他来讲卫生了。

向中国政府办理证明书的人说，再有三五天大概就替他们领到，可是到第七天还没有消息。他们在那房子里边简直和小鼠似的，地板或什么东西有时格格地作响，至于讲话的声音，外边绝对听不到。

每次我去的时候，鹿地好像还是照旧的样子，不然就是变了点，也究竟没变了多少，喜欢讲笑话，不知怎么想起来的，他又说他怕女人：

“女人！我害怕，别的我不怕……女人我最怕。”

“帝国主义你不怕？”我说。

“我不怕，我打死他。”

“日本警察捉你也不怕？”我和池田是站在一面的。

池田听了也笑，我也笑，池田在这几天的不安中也破例了。

“那么你就不用这里逃到那里，让日本警察捉去好啦！其实不对的，你还是最怕日本警察。我看女人并不绝顶的厉害，还是日本警察绝顶的厉害。”

我们都笑了，但是都没有高声。

最显现在我面前的是他们两个有点憔悴的颜面。

有一天下午，我陪着他们谈了两个多钟头，对于这一点点时间，他们是怎样的感激呀！我临走时说：

“明天有工夫，我早点来看你们，或者是上午。”

尤其是池田立刻说谢谢，并且立刻和我握握手。

第二天我又来迟了，池田不在房里。鹿地一看到我，就从桌上摸到一块白纸条。他摇一摇手，而后他在纸条上写着：

今天下午有巡捕在门外偷听了一下午，英国巡捕（即印度巡捕），中国巡捕，从一点钟起停到五点钟才走。

但最感动我的是他在纸条上出现着这样的字：——今天我决心被捕。

“这被捕不被捕，怎能是你决心不决心的呢？”这话我不能对他说，因为我知道他用的是日本文法。

我又问他打算怎样呢？他说没有办法，池田去到S.家里。

那个时候经济也没有了，证明书还没有消息，租界上日本有追捕日本或韩国人的自由，想要脱离租界，而又一步不能脱离，到中国地去，要被中国人误认作间谍。

他们的生命，就像系在一根线上那么脆弱。

那天晚上，我把他们的日记，文章和诗，包集起来带着离开他们，我说：

“假使日本人把你们捉回去，说你们帮助中国，总是没有证据的呀！”

我想我还是赶快走的好，把这些致命的东西快些带开。

临走时我和他握握手，我说不怕。至于怕不怕，下一秒钟谁都没有把握。但我是说了，就像说给站在狼洞里边的孩子一样。

以后再去看他们，他们就搬了，我们也就离开上海。

一九三八，二，廿日，临汾。

逝者已矣！*

自从上海的战事发生以来，自己变成了焦燥和没有忍耐，而且这焦燥的脾气时时想要发作，明知道这不应该，但情感的界限，不知什么在鼓动着它，以致于使自己有些理解又不理解。

前天军到印刷局去，回来的时候，带回来一张《七月》的封面，用按钉就按在了墙上。“七月”的两个字，是鲁迅先生的字（从鲁迅书简上移下来的）。接着就想起了当年的《海燕》，“海燕”的两个字是鲁迅先生写的。第一期出版了的那天，正是鲁迅先生约几个人在一个有烤鸭的饭馆里吃晚饭的那天（大概是年末的一餐饭的意思）。海燕社的同人也都到了。最先到的是我和萧军，我们说：

“《海燕》的销路很好，四千已经销完。”

“是很不坏的！是……”鲁迅先生很高的举着他的纸烟。

鲁迅先生高兴的时候，看他的外表上，也好像没有什么。

等一会又有人来了，告诉他《海燕》再版了一千，又卖完了。并且他说他在杂志公司眼看着就有人十本八本的买。

---

* 本文1937年10月20日发表于（汉口）《大公报》“战线”副刊第二十九号，署名萧红。

鲁迅先生听了之后：

“哼哼！”把下腭抬高了一点。

他主张先印两千，因为是自费，怕销不了，赔本。卖完再印。

那天我看出来他的喜悦似乎是超过我们这些年轻人。都说鲁迅先生沉着，在那天我看出来鲁迅先生被喜悦鼓舞着的时候也和我们一样，甚至于我认为比我们更甚（和孩子似的真诚）。

有一次，我带着焦燥的样子，我说：

“自己的文章写得不好，看看外国作家高尔基或是什么人……觉得存在在自己文章上的完全是缺点了。并且写了一篇，再写一篇也不感到进步……”于是说着，我不但对于自己，就是对于别人的作品，我也一同的起着恶感。

鲁迅先生说：“忙！那不行。外国作家……他们接受的遗产多么多，他们的文学生长已经有了多少年代！我们中国，脱离了八股文，这才几年呢……慢慢作，不怕不好，要用心，性急不成。”

从这以后，对于创作方面，不再作如此想了。后来，又看一看鲁迅先生对于版画的介绍，对于刚学写作的人，看稿或是校稿。起初我想他为什么这样过于有耐性？而后来才知道，就是他所常说的：“能作什么，就作什么。能作一点，就作一点，总比不作强。”

现在又有点犯了这焦燥的毛病，虽然不是在文章方面，却跑到别一方面去了。

看着墙上的那张《七月》的封面上站着的鲁迅先生的半身照像：若是鲁迅先生还活着！他对于这刊物是不是喜悦呢？若是他

还活着，他在我们流亡的人们的心上该起着多少温暖！

本来昨夜想起来的纪念鲁迅先生的文章并不这样写法，因为又犯了焦燥的毛病，很早的就睡了。因为睡得太多，今天早晨起来，头有点发昏，而把已经想好的，要写出来纪念鲁迅先生的基本观点忘记了。

一九三七，十，十七日

两种感想*

经过黄鹤楼的时候，每每要想到古人某某在黄鹤楼上饮过酒。接着又必想到“周郎赤壁”，其实赤壁还离得远呢！至于远多少，我也不知道。不过此刻长江究竟是在我的脚边上。

读了古时的诗或文章之后，留给我的印象是：长江的波涛汹涌，滚滚东流。比方周瑜和曹操打仗竟有人留下这样的词被我读过了：“……惊涛拍岸，卷起千堆雪……”于是我最佩服长江。

等我真的来到了长江一看么！不对的，于是又给了我一个信念：长江也不过尔尔。这里所说的尔尔，就是说长江也不过就是一条平凡的河而已。

其实不对，长江那么长，就是“惊涛拍岸”，周瑜和曹操打仗，还分哪一段不呢！但这也难怪，自幼生于北方，没有见过梅花，没有见过竹林，对于南方的过于梦想，多少总带着点迷失味。

前天晚上在黄鹤楼下闲荡着的时候，左面的空中悬着满了一半的月亮，右面对着向我流来的江水，我的心上又要起着那已经习惯了的胡思乱想。这时候听到有人说：“壮丁，壮丁。”（而后知道是从外省开来的军队。）但看上去，只是黑压压的一堆，细看，才知道那是在成着喑哑的行列走向市轮渡的入口，那些赤着的脚好像树枝一样摊开在水门汀的码头上。担着锅的，背着稻草

---

* 本文 1937 年 11 月 20 日发表于（汉口）《妇女前哨》杂志第二期，署名萧红。

的软体的虫类似的那么没有声音地向前蠕进。在这行列之中，也走着孩子兵，那脸孔，和一张新封起来的小圆鼓那么平滑，我偶然听到他们的喉音，使我想到了还没有成熟的鸟雏的呀叫。这就是我们中华受罪的民族！

我坐在市轮渡的尾上，回头而望着长江，镇静的，没有波浪。若不是看见了江上摇摇不定的小划船的灯火，我会以为这船是走在大陆上。若不是适才我看见了这些近代的兵士，我会以为我是古代的人了。

下了市轮渡，换了马车，在马蹄的响声中，是去赴招待“第五路军政训处”人员的晚会。

在长桌的周围，招待者和被招待者互相的讲着话，是站起来讲的，是非常规矩的，虽然是茶会，但像个什么纪念日，时时有准备着向国旗的鞠躬的可能。不管这地方好不好，对不对，我是不大喜欢的。于是我开始要吃糖或吃点心，可是没有人动手，点心们被摆出花样来站在桌子中心的那条红绸子上，我想：点心们也庄严起来了！我没敢动它。

站在我对面讲话的人，讲得很激动，把一个字说了两次或三次，还没有说出来，也许说出来再重复一遍，我看他领上的四个金梅花有点碍事，并且他的眼镜好像已经不透明一样在妨害着他。我正在计划着那离得我较远的那盘点心中，有一块炮弹型的，是否我用叉子，伸出胳臂去，不站起来就可以拿到它。这时候，那站在对面的两手压着桌边的武装同志，他说到我的名字和萧军，他这样说之后，我就停下获起那块点心的计划了。不是对于自己过于注意，因为我忽然想起上海北四川路的日本酒馆来了，也是在晚上，桌子上面也摆着杯盘，由于两位日本朋友的介绍，也认识了他们的朋友，也是日本人。这人的身长比普通的中国人还高，他的笑声非常开敞，能够听懂或是说些“东北”的方言。他是来自"满洲国"，在"满洲国"做参事官。日本人也一样，他也坐过一年监狱。初一听来，我不懂得，而后才知道因为他接济义勇军。他很能喝酒，日本的酒壶和小花瓶似的，他喝了不知多少壶。他好几次的给我们斟满了杯子，并且让我们高举起来，大家一同喝下去，一直喝到他的嘴角上发着亮光，酒已经顺着嘴流了下来的时候，他仍然在喝，也许他看我们喝得没有他多，他忽然说：

"'满洲国'你们放心吧！"他手中的酒壶又向着我们这边来了。

因为完全是日本式的酒馆，我回过头去，看着檐上挂着的小红灯笼。我这受了感动的样子好像怕羞一样，使我躲避着别人的视线，正和前晚一样，当那位武装同志的手头压着桌边，我听他说到：

"……我们觉得很高兴的……我能够和××、××[1]——东北逃出来的同志一同做这为着中华民族解放的工作……"的那一刻一样，我是面颊发烧而低下了头去。

两个国家的人，有一个国家的人的亲切，一个国家的人，感到了两个国家的人的诚恳。

回来的时候，在轮渡上一同来的两个人都睡了。一个是萧军，还有另外一个朋友。他们竖起来的大氅的领子接近着帽沿，睡得像两个枭鸟似的。

只剩我一个人，怎么谈古论今？只好对着江水静静的坐着。

一九三七，十一月十六日，武昌

1　××、××，此处应为萧军、萧红。

《大地的女儿》与《动乱时代》*

对于流血这件事我是憎恶的，断腿、断臂，还有因为流血过多而患着贫血症的蜡黄的脸孔们，我一看到，我必要想：丑恶，丑恶，丑恶的人类！

史沫特烈[1]的《大地的女儿》和丽洛琳克[2]的《动乱时代》，当我读完第一本的时候，我就想把这本书作一个介绍。可是总没有作，怕是自己心里所想的意思，因为说不好，就说错了。这种念头当我读着《动乱时代》的时候又来了。但也未能作，因为正是上海抗战的开始，我虽住在租界上，但高射炮的红绿灯在空中游着就像在我的房顶上那么接近，并且每天夜里我总见过几次，有时候推开窗子，有时也就躺在床上看。那个时候就只能够看高射炮和读读书了，要想谈论，是不可能的，一切刊物都停刊了。单就说读书这一层，也是糊里糊涂的读，《西洋文学史话》，荷马的《奥德赛》也是在那个时候读的。《西洋文学史话》上说，什么人

* 本文1938年1月16日发表于（武汉）《七月》（半月刊）第七期，署名萧红。

1 史沫特烈，今译史沫特莱（1890—1950），美国作家、记者和社会活动家。1928年底来华，在中国生活了12年。在上海和鲁迅有较密切交往。著有自传体小说《大地的女儿》、报告文学《伟大的道路——朱德的生平和时代》和二战纪实文学《中国的战歌》等。

2 丽洛琳克，德国女作家，《动乱时代》是其生平自述，由于熙俭翻译，1936年9月上海生活书店初版。

发明了造纸，这“纸”对人类文化，有着多大的好处，后来又经过某人发明了印刷机，这印刷机又对人类有多大的好处。于是也很用心读，感到人类生活的脚迹是那么广泛啊！于是看着书中的插图和发明家们的画像，并且很吃力的想要记住那画像下面的人名。结果是越想求学问，学问越不得。也许就是现在学生们所要求的战时教育罢！不过在那时，我可没想到当游击队员。只是刚一开火，飞机、大炮、伤兵、流血，因为从前实在没有见过，无论如何我是吃不消的。

《动乱时代》的一开头就是：行李、箱子、盆子、罐子、老头、小孩、妇女和别的应该随身的家具。恶劣的空气，必要的哭闹外加打骂。买三等票的能坐到头等二等的车厢，买头〔等〕二等票的在三等车厢里得到一个位置就觉得满足。未满八岁的女孩——丽洛琳克——依着她母亲的膝头站在车厢的走廊上，从东普鲁士逃到柏林去。因为那时候，我也正想要离开上海，所以合上了书本想了一想，火车上是不是也就这个样子呢？这书的一开头与我的生活就这样接近。她写的是一九一四年欧战一开始的情形，从逃难起，一直写下去，写到她二十几岁，这位作者在书中常常提到她自己长得不漂亮，对这不漂亮，她随时感到一种怨恨自己的情绪，她有点蛮强，有点不讲理，她小的时候常常欺侮她的弟弟，弟弟的小糖人放在高处，大概是放在挂衣箱的后面，并且弟弟每天登着板凳向后面看他的小糖人。可是丽洛琳克也到底偷着给他吃了一半，剩下那小糖人的上身仍旧好好的站在那里。对于她这种行为我总觉得有点不当，因为我的哲学是：“不受人家欺侮就得啦！为什么还去欺侮人呢？”仔细想一想，有道理，一个人要想站在边沿上，要想站得牢是不可能的。一定这边倒倒，那边倒倒，若不倒到别人那边去，就得常常倒到自己这边来——也就是常常要受人家欺侮的意思。所以“不受人家欺侮就得啦”这哲学是行不通的（将来的社会不在此例）。丽洛琳克的力量就绝不是从我的那哲学培养出来的，所以她张开了手臂接受了一九一四年开始的战争，她勇敢的呼吸着那么痛苦的空气。她的父亲，她的母亲都很爱她，但都一点也不了解她，她差不多经过了十年政党斗争的生活，可是终归离开了把她当作唯一安慰的母亲，并且离开了德国。

书的最末页我翻完了的时候，我把它放在膝盖上，用手压着，静静地听着窗外树上的蝉叫。“很可以”，“很可以”——我反复着这样的字句，感到了一种酸鼻的滋味。

史沫特烈我是见过的，是前年，在上海。她穿一件小皮上衣，有点胖，其实不是胖，只是很大的一个人，笑声很响亮，笑得过分的时候是会流着眼泪的。她是美国人。

男权中心社会下的女子，她从她父亲那里就见到了，那就是她的母亲，我恍恍惚惚的记得，她父亲赶着马车来了，带回一张花绸子了，这张绸子指明是给她母亲做衣裳的，母亲接过来，因为没有说一声感谢的话，她父亲就指问着：“你永远不会说一声好听的话吗？”男权社会中的女子就是这样的，她哭了，眼泪就落在那张花绸子上。女子连一点点东西都不能白得，哪管就不是自己所要的也得牺牲好话或眼泪。男子们要这眼泪一点用处也没有，但他们是要的。而流泪是痛苦的，因为泪线的刺激，眼珠发涨，眼睑发酸发辣，可是非牺牲不可。

《大地的女儿》的全书是晴朗的，健康的，艺术的。有的地方会使人发抖那么真切。

前天是个愉快的早晨，我起得很早，生起了火炉，室内的温度是摄氏表十五度，杯子是温暖的，桌面也是温暖的，凡是我的手所接触到的都是温暖的，虽然外边落着雨，间或落着雪花。昨天为着介绍这两本书而起的嘲笑的故事，我都要一笔一笔的记下来。当我借来了这两本书（要想重新翻一翻）被他们看见了。用那么苗细的手指彼此传过去，而后又怎样把它放在地板上：

“这就是你们女人的书吗？看一看！它在什么地方！”话也许不是这样说的，但就是这个意思，因为他们一边说着一边笑着，并且还唱着古乐谱：

“工车工车上……六工尺……”这唱古乐谱的手中还拿着中国毛笔杆，他脸用一本书遮上了上半段。他越反复越快，简直连成串了。

嗯！等他听到说道《大地的女儿》写得好，转了风头了。

他立刻停止了唱“工尺”，立刻笑着，叫着，并且用脚跺着地板，好像这样的喜事从前没有被他遇见过：“是呵！不好，不好……”

另一个也发狂啦！他的很细的指尖在指点着书封面：“这就是吗？《动乱时代》……这位女作家就是两匹马吗？”当然是笑得不亦乐乎：“《大地的女儿》就这样？不穿衣裳，看唉！看唉……”

这样新的刺激我也受不住了，我的胸骨笑得发痛。《大地的女儿》的封面画一个裸体的女子。她的周围：一条红，一条黄，一条黑，大概那表现的是地面的气圈，她就在这气圈里边像是飞着。

这故事虽然想一想，但并没有记一笔，我就出去了，打算到菜市去买一点菜回来。回来的时候，在一家门楼下面，我看见了一堆草在动着，因为是小巷，行人非常稀少，我忽然有一种害怕的感觉，这是人吗？人会在这个地方吗？坐起来了，是个老头，一件棉袄是披着，赤裸的胸口跳动在草堆外面。

我把菜放在家里，拿了钱又转回来的时候，他的胸膛还跳动在草堆的外面。

“你接着啊！我给你东西。”

稀疏的落着雪花的小巷里，我的雨伞上同时也有雨点在拍拍的跳着。

“给你，给你东西呀！”

这时我听到他说了：

“我是瞎子。”

“你伸出手来！”

他周遭的碎草苏嘎的响着，是一只黄色的好像生了锈的黄铜的手和小抓子似的向前翻着，我跑上台阶去，于是那老头的手心上印着一个圆圆的闪亮的和银片似的小东西。

我憎恶打仗，我憎恶断腿断臂。等我看到了人和猪似的睡在墙根上，我就什么都不憎恶了，打吧！流血吧！不然，这样猪似的，不是活遭罪吗？

有几位女同学到我家里过，在这抗战时期她们都感苦闷。到前方去工作呢？在后方工作呢？而又哪里收留她们工作呢？这种苦闷会引起一时的觉醒来，不是这觉醒不好，一时的也是好的。但我觉得应该更长一点。比方那老头明明是人不是猪，而睡在墙根上，这该作何讲解呢？比方女人明明也是人，为什么当她得到一块衣料的时候也要哭泣一场呢？理解是应该理解的，做不到不要紧，准备是必须的。所以我对她们说："应该多读书。"尤其是这两本书，非读不可。我也体验得到她们那种心情，急于要找实际的工作，她们的心已经悬了起来，不然是落不下来的，就像小麻雀已经长好了翅子，脚是不会拈地的。

这种苦闷是热烈的，应该同情的。但长久了是不行的，抗战没有到来的时候，脑子里头是个白丸，抗战到来了，脑子里是个苦闷，抗战过去了，脑子里又是个白丸。这是不行的。抗战是要建设新中国，而不是中国塌台。

又想起来了：我敢相信，那天晚上的嘲笑决不是真的，因为他们是知识分子，并且是维新的而不是复古的。那么，说这些话也只不过是玩玩，根据年轻好动的心理，大家说说笑笑，但为什么常常要取着女子做题材呢？

读读这两本书就知道一点了。

不是我把女子看得过于了不起，不是我把女子看得过于卑下；只是在现社会中，以女子出现，造成这种斗争的记录，在我觉得她们是勇敢的，是最强的，把一切都变成了痛苦出卖而后得来的。

一九三八，一，三日。武昌。

无　题*

早晨一起来我就晓得我是住在湖边上了。

我对于这在雨天里的湖的感觉，虽然生疏，但并不像南方的朋友们到了北方，对于北方的风沙的迷漫，空气的干燥，大地的旷荡所起的那么不可动摇的厌恶和恐惧。由之于厌恶和恐惧，他们对于北方反而讴歌起来了。

沙土迷了他们的眼睛的时候，他们说："伟大的风沙啊！"黄河地带的土层遮漫了他们的视野的时候，他们说那是无边的使他们不能相信那也是大地。迎着风走去，大风塞住他们的呼吸的时候，他们说："这……这……这……"他们说不出来了，北方对于他们的讴歌也伟大到不能够容许了。

但，风一停住，他们的眼睛能够睁开的时候，他们仍旧是看，而嘴也就仍旧是说。

有一次我忽然感到是被侮辱着了，那位一路上对大风讴歌的朋友，一边擦着被风沙伤痛了的眼睛一边问着我：

"你们家乡那边就终年这样？"

---

* 本文1938年5月16日发表于（武汉）《七月》（半月刊）第三集第二期，署名萧红。

“哪里！哪里！我们那边冬天是白雪，夏天是云，雨，蓝天和绿树……只是春天有几次大风，因为大风是季节的症候，所以人们也爱它。”是往山西去的路上，我就指着火车外边所有的黄土层：“这在我们家乡那边都是平原，夏天是青的，冬天是白的，春天大地被太阳蒸发着，好像冒着烟一样从冬天活过来了，而秋天收割。”

而我看他似乎不很注意听的样子。

“东北还有不被采伐的煤矿，还有大森林……所以日本人……”

“唔！唔！”他完全没有注意听，他的拜佩完全是对着风沙和黄土。

我想这对于北方的讴歌就像对于原始的大兽的讴歌一样。

一

在西安和八路军残废兵是同院住着，所以朝夕所看到的都是他们。有一天我看到一个残废的女兵，我就向别人问：

“也是战斗员吗？”

那回答我的人也非常含混，他说也许是战斗员，也许是女救护员，也说不定。

等我再看那腋下支着两根木棍，同时摆荡着一只空裤管的女人的时候，但是看不见了，她被一堵墙遮没住，留给我的只是那两根使她每走一步那两肩不得安宁的新从木匠手里制作出来的白白的木棍。

我面向着日本帝国主义，我要讴歌了！就像南方的朋友们去到了北方，对于那终年走在风沙里的瘦驴子，由于同情而要讴歌它了。

但这只是一刻的心情，对于蛮的东西所遗留下来的痕迹，憎恶在我是会破坏了我的艺术的心意的。

那女兵将来也要作母亲的，孩子若问她：

“妈妈为什么你少了一条腿呢？”

妈妈回答是日本帝国主义给切断的。

成为一个母亲，当孩子指问到她的残缺点的时候，无管这残缺是光荣过，还是耻辱过，对于作母亲的都一齐会成为灼伤的。

被合理所影响的事物，人们认为是没有力量的——弱的——或者也就被说成生命力已经被损害了的——所谓生命力不强的——比方屠介涅夫[1]，在作家里面，人们一提到他：好是好的，但，但……但怎么样呢？我就看到过很多对屠介涅夫摇头的人。这摇头是为什么呢？不能无所因。久了，同时也因为我对摇头的人过于捉摸的缘故，默默中也感到了，并且在我的灵感达到最高潮的时候，也就无恐惧起来，我就替摇头者们嚷着说：

“他的生命力不强！”

屠介涅夫是合理的，幽美的，宁静的，正路的，他是从灵魂而后走到本能的作家。和他走同一道路的还有法国的罗曼·罗兰。

别的作家们他们则不同，他们暴乱，邪狂，破碎，他们是先从本能出发——或者一切从本能出发——而后走到灵魂。有慢慢才走到灵魂的、也有永久走不到灵魂的。那永久走不到灵魂的，他就永久站在他的本能上喊着：

“我的生命力强啊！我的生命力强啊！”

但不要听错了，这可并不是他自己对于自己的怜惜，一方面

1　屠介涅夫，今通译屠格涅夫（1818—1883），19世纪俄国批判现实主义作家。随笔集《猎人笔记》为其成名作，其他主要作品有长篇小说《罗亭》《前夜》《父与子》等。

是在骄傲着生命力弱的，另一面是在招呼那些尚在向灵魂出发的在半途上感到吃力正停在树荫下冒汗的朋友们。

听他这一招呼，可见生命强也是孤独的。于是我这佩服之感也就不完整了。

偏偏给我看到的生命力顶强的是日本帝国主义。人家都说日本帝国主义野蛮，是兽类，是爬虫类，是没有血液的东西。完全荒毛的呀！

所以这南方湖上的风景，看起来是比北方的风沙愉快的。

同时那位南方的朋友对于北方的讴歌，我也并不是讽刺他。去把捉完全隔离的东西，不管谁，大概都要被吓住的。我对南方的鉴赏，因为我已经住了几年的缘故，初来到南方也是不可能。

一九三八，五，十五。

《大地的女儿》——史沫特烈作 *

这本书是史沫特烈作的，作得很好。并不是赞美她那本书里有什么幽美的情节。那本书所记载的多半是粗躁的声音，狂暴的吵闹，哭泣，饥饿，贫穷，但是她写得可怕的样子一点也没有。她是把他们很柔顺的摆在那里，而后慢慢的平平静静的把他们那为着打架而撕乱了的头发用笔一笔一笔的给他们舒展开来。书里的人物痛苦了，哭泣了，但是在作者的笔下看到了他们在哭泣的背后是什么，也就是他们为什么而哭。

在那种不幸的环境之中，可以看见一个女孩子坚强的离开了不幸，坚强的把自己的命运改变了。

乔治·桑说为了过大的同情，把痛苦扩大一点也是对的。

但是这个作者却并没有把痛苦扩大，而且是缩小了。因为她却开了个方向根治了它。我曾问过她，她书中所写的那个印度人到底怎样？她告诉我实际上那人比她写的更坏一点。但是印度人是弱小民族，所以她在笔下把他放松了。这可以看见作者的对于不幸者的帮忙。她对不幸者永远寄托着不可遏止的同情。

六月二十八日

---

* 本文1940年6月30日发表于（香港）《大公报》“文艺”副刊第八七一期“综合书汇”专版。署名萧红。

寄东北流亡者*

沦落在异地的东北同胞们：

当每个秋天的月亮快圆的时候，你们的心总被悲哀装满。想起高粱油绿的叶子，想起白发的母亲或幼年的亲眷。

你们的希望曾随着秋天的满月，在幻想中赊取了七次，而每次都是月亮如期的圆了，而你们希望却随着高粱叶子萎落。但是自从“八一三”之后，上海的炮火响了，中国政府积极抗战揭开，“九一八”的成了习惯的暗淡与愁惨却在炮火的交响里换成了激动、兴奋和感激。这时，你们一定也流泪了，这是感激的泪，兴奋的泪，激动的泪。

一

记得抗战以后，第一个“九一八”是怎样纪念的呢？

中国飞行员在这天做了突击的工作，他们对于出云舰的袭击作了出色的功绩。

那夜里，日本神经质的高射炮手，浪费的用红色的绿色的淡蓝色的炮弹把天空染红了。但是我们的飞行员仍然以精确的技巧和沉毅的态度来攻击这摧毁文化摧毁和平的法西魔手。几百万的市民都仰起头来寻觅，其实他们是什么也看不见的，但是他们一

---

* 本文 1938 年 9 月 18 日发表于（汉口）《大公报》第六版，署名萧红。

定要看。在那黑越越的天空里仿佛什么都找不到，而这里就隐藏着我们抗战的活动的每个角度。

第一个煽惑起东北同胞的思想的是：

“我们就要回家去了！”

是的，家是可以回去的，而且家也是好的，土地是宽阔的，米粮是富足的。

是的，人类是何等的对着故乡寄注了强烈的怀念呵！黑人对着迪斯的痛苦的响往，爱尔兰的诗人夏芝[1]想回到那有“蜂房一窠”，“菜畦九垅”的茵尼斯[2]，做过水手的约翰·曼殊斐儿[3]狂热的愿意回到海上。

但是等待了七年的同胞们，单纯的心急是没用的，感情的焦躁不但无价值，而常常是理智的降低。要把急切的心情放在工作的表现上才对。我们的位置就是永远站在别人的前边的那个位置。我们是应该第一个打开了门而是最末走进去的人。

—

抗战到现在已经遭遇到最坚苦的阶段，而且也就是最与胜利接触的阶段。在美国贾克·伦敦[4]所写的一篇短篇小说上，描写两个拳师在冲击的斗争里，只系于最后的一拳。而那个可怜的

---

1 诗人夏芝，今译叶芝（1865 年—1939 年），“爱尔兰文艺复兴运动”领军人物，诗人、剧作家和散文家。1923 年诺贝尔文学奖得主。

2 茵尼斯，《茵尼斯弗利岛》是叶芝 1890 年发表的抒情诗名作，语言朴实生动，描绘了作者对田园生活的喜爱；一个多世纪以来，一直为爱尔兰中小学生所必读。

3 约翰·曼殊斐儿，今译约翰·梅斯菲尔德（1878—1967），英国诗人、小说家。1930 年被任命为英国第 22 届“桂冠诗人”。《海之恋》是其最著名的诗篇，表达了作者从尘嚣中回归大海、回归大自然的豪迈之情。

4 贾克·伦敦，今译杰克·伦敦（1876 年—1916 年），美国作家，主要作品有《野性的呼唤》《热爱生命》《海狼》和《马丁·伊登》等。1916 年 11 月 22 日，40 岁的杰克·伦敦服用过量吗啡身亡。

“老拳师”所以失败了的原因，也只在少吃了一块“牛扒”。假若事先他能在肚里装进一块“牛扒”，胜利一定属于他的。

东北流亡同胞，我们的地大物博，决定我们的沉着毅勇，正与敌人的急功切进相反，所以最后的一拳一定是谁最沉着的就是谁打得最有力。

我们应该献身给祖国做前卫的工作，就如我们应该把失地收复一样。这是无可怀疑的。

东北流亡同胞，为了失去的土地上的高粱，谷子，努力吧，为了失去的土地上年老的母亲，努力吧，为了失去的地面上的痛心的一切的记忆，努力吧。

而且我们要竭力克服残存的那种“小地主”意识和官僚主义的余毒，赶快的加入到生产的机构里。因为“九一八”以后的社会变更，已经使你们失去了大片土地的依存，要还是固守从前的生活方式，坐吃山空，那样你们的资产将只剩了哀愁和苦闷。做个商人去，做个工人去，做一个能生产的人比做一个在幻想上满足自己的流浪人要对国家有利的多。

幻想不能泛滥，现实在残酷的抨击你的时候，逃避只会得到更坏的暗袭。

时值流亡在异乡的故友们，敬希珍重，拥护这个抗战和加强这个抗战，向前走去！

牙粉医病法 *

池田的袍子非常可笑，那么厚，那么圆，那么胖，而后又穿了一件单的短外套，那外套是工作服的样式，而且比袍子更宽，她说：

"这多么奇怪！"

我说："这还不算奇怪，最奇怪的是你再穿了那件灰布的棉外套，街上的人看了不知要说你是做什么的，看袍子像太太小姐，看外套像军人。"因为那棉外套是她借来的，是军用的衣服。她又穿了中国的长棉裤，又穿了中国的软底鞋，因为她是日本人，穿了道地的中国衣裳，是有点可笑。

"那就说你是从前线上退下来的好啦！并且说受了点伤，现在还没有完全好，所以穿了这样宽的衣裳。"

她笑了："是的，是……就说日本兵在这边用刺刀刺了一个洞……"

她假装用刺刀在手腕上刺了一个洞的样子。

"刺了一个洞，又怎样呢？"我问。

"刺了一个洞而后一吹，就把人吹胖啦。"她又说："中国

---

* 本文 1939 年 1 月 15 日发表于（重庆）《全民抗战》（五日刊）第四十八号，署名萧红。1940 年 6 月收入（重庆）大时代书局发行的"文艺丛书"初版《萧红散文》。

老百姓，一定相信，因为一切坏事，一切奇怪的事日本人都做得出来。”

就像小孩子说的怪话一样，她自己也笑，我也笑。她笑得连杯子都举不起来的样子，我和她是在吃茶。

“你觉得奇怪吗？这是没有的事吗？我的弟弟就被吹过……”

她一听我这话，笑得用了手巾揩着眼睛：

“怎么！怎么！”

“真的，真被吹过……”我这故事不能开展下去，她在不住的笑，笑得咳嗽起来。

“你听我告诉你，那是在肚子上，可不是像你说的在手上……用一个一手指长，一分粗的玻璃管，这玻璃管就从肚脐下边一寸的地方刺进去。玻璃管连着一条好几尺长的胶皮管，胶皮管的另一头有一个茶杯一般大的漏斗，从那个漏斗吹进一壶冷水去，后来死啦。”

“被吹死啦……”很不容易抑止的大笑，她又开始了。

其实是从漏斗把冷水灌进去的，因为肚子渐渐的大起来，看去好像是被气吹起来的一样。

我费了很大工夫给她解说：“我的弟弟患的是黑死病[1]，并且全个县城都在死亡的恐怖中。那是一种特别治法，在医学上这种灌水法并不存在。”我又告诉她，我写《生死场》的时候把这段写上时，鲁迅先生看了都莫明其妙，鲁迅先生是研究过医学的。他说：

“在医学上可没有这样治疗法。”

1　黑死病，此处指鼠疫，是鼠疫杆菌借鼠蚤传播为主的烈性传染病。被感染者会神智不清、呼吸困难导致全身缺氧，腋下、腹股沟的淋巴肿大呈黑紫色，故被称黑死病。

既然这样说，我就更奇怪了，鲁迅先生研究过医学是真的，我的弟弟被冷水灌死了也是真的。

我又告诉池田，说那医生是天主教堂的医生，是英国人。

“你觉得外国人可靠的，那不对，中国真是殖民地，他们跑到中国来试验来啦，你想肚子灌冷水，那怎么可以？帝国主义除了枪刀之外，他们还作老百姓所看不见的……他们把中国人就看成他们试验室里的动物一样。三百个人通通用一样方法治疗，其中死了一百五，活了一百五，或是活了一百死了二百，也或者通通死掉啦！这个他们不管，他们把中国人看成动物一样，……在他们自己的国家里，随便试验是不成的呀！”

我想，这也许吧！我的弟弟或者就是被试验死的。她的话，相信是相信了，因为她不懂得医学，所以我相信得并不十分确切。

“我告诉过你，我的父亲是军医，他到满洲去的时候，关于他在中国治病，写了很多日记，上边有德文，我在学德文时，我就拿他的日记看，上面写着关于黑死病，到满洲去试试看，用各种的药，用各种的方法试试看。”

“你想！这不是真的吗？还有啊！我父亲的朋友，每天到我们家来打麻将，他说：到中国去治病很不费事，因为中国人有很多的他们还没有吃过药，所以吃一点药无论什么病都治，给他们一点牙粉吃，头痛也好啦，肚子痛也好啦……”

这真是奇事，我从未听说过，怎么我们中国人是常常吃牙粉的吗？

又从吃牙粉谈到吃人肉，日本兵杀死老百姓或士兵，用火烤着吃了的故事，报纸上常常看见。这个我也相信。池田说：“日本兵吃女人的肉是可能，他们把中国女人破坏之后，用刺刀杀死，一看女人的肉很白，很漂亮，用刺刀切下一块来，一定是几个人开玩笑，用火烤着吃一吃，因为他们今天活着，明天活不活着他们不知道，将来什么时候回家也不知道，是一种变态心理……老百姓大概是他们不吃，那很脏的，皮肤也是黑的……而且每天要杀死很多……”

关于日本兵吃人肉的事情，我也相信了。就像中国人相信外国医生比中国医生好一样。

池田是生在帝国主义的家庭里，所以她懂得他们比我们懂得的更多。我们一走出那个吃茶店，玻璃窗子前面坐着的两个小孩，正在唱着：“杀掉鬼子们的头……”其实鬼子真正厉害的地方他们还不知道呢!

一九三九，一，九日。重庆

滑竿*

黄河边上的驴子，垂着头的，细腿的，穿着自己的破乱的毛皮的，它们划着无边苍老的旷野，如同枯树根又在人间活动了起来。

它们的眼睛永远为了遮天的沙土而垂着泪，鼻子的响声永远搅在黄色的大风里，那沙沙的足音，只有在黄昏以后，一切都停息了的时候才能听到。

而四川的轿夫，同样会发出那沙沙的足音。下坡路，他们的腿，轻捷得连他们自己也不能够止住，蹒跚地他们控制了这狭小的山路，他们的血液骄傲的跳动着，好像他们停止了呼吸，只听到草鞋触着石级的声音。在山涧中，在流泉中，在烟雾中，在凄惨的飞着细雨的斜坡上，他们喊着：左手！

迎面走来的，担着草鞋的担子，背着青菜的孩子，牵着一条黄牛的老头，赶着三个小猪的女人，他们也都为着这下山的轿子让开路。因为他们走得快，就像流泉一样的，一刻也不能够止息。

一到拔坡的时候，他们的脚步声便不响了，迎面遇到来人的

---

* 本文1939年3月5日发表于（重庆）《全民抗战》（五日刊）第五十七号，署名萧红。1940年6月收入（重庆）大时代书局发行的“文艺丛书”初版《萧红散文》。

时候，他们喊着左手或右手的声音只有粗嘎，而一点也不强烈，因为他们开始喘息，他们的肺叶开始扩张，发出来好像风扇在他们的胸膛里煽起来的声音，那破片做的衣裳在吱吱响的轿子下面，有秩序的向左或向右的摆动。汗珠在头发梢上静静的站着，他们走得当心而出奇的慢，而轿子仍旧像要破碎了似的叫。像是迎着大风向前走，像是海船临靠岸时遇到了潮头一样困难。

他们并不是巨象，却发出来巨象呼喘似的声音。

早晨他们吃了一碗四个大铜板一碗的面，晚上再吃一碗，一天八个大铜板。甚或有一天不吃什么的，只要抽一点鸦片就可以。所以瘦弱苍白，有的像化石人似的，还有点透明。若让他们自己支持着自己都有点奇怪，他们随时要倒下来的样子。

可是来往上下山的人，却担在他们的肩上。

有一次我偶尔和他们谈起做爆竹的方法来，其中的一个轿夫，不但晓得做爆竹的方法，还晓得做枪药的方法，他说用破军衣，破棉花，破军帽，再加上火硝、琉璜就可以做枪药。他还怕我不明白枪药。他又说：

“那就是做子弹。”

我就问他：

“你怎么晓得做子弹？”

他说他打过贺龙，在湖南。

“你那时候是当官吗？当兵吗？”

他说他当兵，还当过班长。打了两年。后来他问我：

“你晓得共匪吗？打贺龙就是打共匪。”

“我听说。”接着我问他：“你知道现在的共匪已经编了八路军吗？”

“呵！这我还不知道。”

“也是打日本。”

“对呀！国家到了危难的时候，还自己打什么呢？一齐枪口对外。”他想了一下的样子：“也是归蒋委员长领导吗？”

“是的。”

这时候，前边的那个轿夫一声不响。轿杆在肩上，一会儿换换左手，一会又换换右手。

后边的就接连着发了议论：

“小日本不可怕，就怕心不齐。中国人心齐，他就治不了。前几天飞机来炸，炸在朝天门。那好做啥子呀！飞机炸就占了中国？我们可不能讲和，讲和就白亡了国。日本人坏呀！日本人狠哪！报纸上去年没少画他们杀中国人的图。我们中国人抓住他们的俘虏，一律优待。可是说日本人也不都坏，说是不当兵不行，抓上船去就载到中国来……”

“是的……老百姓也和中国老百姓一样好。就是日本军阀坏……”我回答他。

就快走上高坡了，一过了前边的石板桥，隔着这一个山头又看到另外的一个山头。云烟从那个山头慢慢的沉落下来，沉落到山腰了，仍旧往下沉落，一道深灰色的，一道浅灰色的，大捆的游丝似的缚着山腰。我的轿子要绕过那个有云烟的尖顶的山。两个轿夫都开始吃力了。我能够听得见的，是后边的这一个，喘息的声音又开始了。我一听到他的声音，就想起海上在呼喘着的活着的蛤蟆。因为他的声音就带着起伏，扩张，呼煽的感觉。他们脚下刷刷的声音，这时候没有了。伴着呼喘的是轿杆的竹子的鸣叫。坐在轿子上的人，随着他们沉重的脚步的起伏在一升一落的。在那么多的石级上，若有一个石级不留心踏滑了，连人带轿子要一齐滚下山涧去。

因为山上的路只有二尺多宽，遇到迎面而来的轿子，往往是彼此摩擦着走过。假若摩擦得厉害一点，谁若靠着山涧的一面，谁就要滚下山涧去。山峰在前边那么高，高得插进云霄去似的，山壁有的地方挂着一条小小的流泉，这流泉从山顶上一直挂到深涧中。再从涧底流到另一面天地去，就是说，从山的这面又流到山的那面去了。同时流泉们发着唧铃铃的声音。山风阴森的浸蚀着人的皮肤。这时候，真有点害怕，可是转头一看，在山涧的边上都挂着人，在乱草中，耙子的声音刷刷地响着。原来是女人和小孩子们在收集着野柴。

后边的轿夫说：

“共匪编成了八路军，这我还不知道。整天忙生活……连报纸也不常看（他说过他在军队常看报纸）……整天忙生活对于国家就疏忽了……”

正是拔坡的时候，他的话和轿杆的声响搅在了一起。

对于滑竿，我想他俩的肩膀，本来是肩不起的，但也肩起了。本来不应该担在他们的肩上的，但他们也担起了。而在担不起时，他们就抽起大烟来担。所以我总以为抬着我的不是两个人，而像轻飘飘的两盏烟灯。在重庆的交通运转却是掌握在他们的肩膀上的，就如黄河北的驴子，垂着头的，细腿的，使马看不起的驴子，也转运着国家的军粮。

一九三九春　歌乐山[1]。

1　歌乐山，位于重庆沙坪坝区，距市中心16公里，属华蓥山脉的分支中梁山。抗战时国民政府迁都重庆，歌乐山作为政府及其军政要员居住的“迁建区”盛极一时，今以陪都遗迹而闻名。

林小二 *

在一个有太阳的日子，我的窗前有一个小孩在弯着腰大声的喘着气。

我是在房后站着，随便看着地上的野草，在晒太阳。山上的晴天是难得的，为着使屋子也得到干燥的空气，所以门是开着。接着就听到或者是草把，或者是刷子，或者是一支有弹性的尾巴，沙沙的在地上拍着，越听那拍的声音越真切，就像已经在我的房间的地板上拍着一样。我从后窗子再经过开着的门隔着屋子看过去，看到了一个小孩手里拿着扫帚在弯着腰大声的喘着气。

而他正用扫帚尖扫在我的门前土坪上，那不像是扫，而是用扫帚尖在拍打。

我心里想，这是什么事情呢？保育院[2]的小朋友们从来不到这边做这样的事情。我想去问一问，我心里起着一种亲切的情感对那孩子。刚要开口又感到特别生疏了，因为我们住的根本并不

---

* 本文1939年4月5日发表于（重庆）《全民抗战》（五日刊）第六十三号，署名萧红。1940年6月收入（重庆）大时代书局发行的“文艺丛书”初版《萧红散文》。

1 保育院，通指抗战时期抢救、教养战区难童的机构；此处特指隶属由宋美龄任理事长的“中国战时儿童保育会”的“歌乐山保育院”；是战时历时最久的保育院，自1938年5月“汉口第一（临时）保育院”成立至1951年10月以“歌乐山保育院”院名结束，历时13年半。

挨近，而且仿佛很远，他们很少时候走来的，我和他们的生疏是一向生疏下来的，虽然每天听着他们升旗降旗的歌声，或是看着他们放在空中的风筝。

那孩子在小房的长廊上扫了很久很久，我站在离他远一点的地方看着他，他比那扫地的扫帚高不了多少，所以是用两只手抱着扫帚，他的扫帚尖所触过的地方，想要有一个黑点留下也不可能，他是一边扫一边玩，我看他把一小块黏在水门汀走廊上的泥土，用鞋底擦着，没有擦起来，又用手指甲掀着，等掀掉了那块泥土，又抡起扫帚来好像抡着鞭子一样的把那块掉的泥土抽了一顿，同时嘴里边还念叨了些什么。走廊上靠着一张竹床，他把竹床的后边扫了。完了他又去移动那只水桶，把小脸孔都累红了。

这时，院里的一位先生到这边来，当她一走下那高坡，她就用一种响而愉快的声音呼唤着他：

“林小二！……林小二！……在这里做什么？……”

这孩子的名字叫林小二。

“啊！就是那个……林小二吗？”

那位衣襟上挂着圆牌子的先生说：

“是的……他是我们院里的小名人，外宾来访也访问他。他是流浪儿，在汉口流浪了几年的。是退却之前才从汉口带出来的。他从前是个小叫化，到院里来就都改了，比别的小朋友更好。”

接着她就问他：“谁叫你来扫的呀？哪个叫你扫地？”

那孩子没有回答，摇摇头。我也随着走到他旁边去。

“你几岁，小朋友？”

他也不回答我，他笑了，一排小牙齿露了出来。那位先生代他说是十一岁了。

关于林小二，是在不久之前我才听说的。他是汉口的街头的小叫化，已经两三年，就是小叫化了，他不知道父亲母亲是谁，他不知道他姓什么，他不知道他自己的名字是从哪里来的。他没有名，没有姓，没有父亲母亲。林小二，就是林小二。人家问："你姓什么？"他摇摇头。人家问："你就是林小二吗？"他点点头。

从汉口刚来到重庆时，这些小朋友们住在重庆，林小二在夜里把所有自来水龙头都放开了，楼上楼下都湿了……又有一次，自来水龙头不知谁偷着打开的，林小二走到楼上，看见了，便安安静静的，一个一个关起来。而后，到先生那儿去报告。说这次不是他开的了。

现在林小二在房头上站着，高高的土丘在他的旁边，他弯下腰去，一颗一颗的拾着地上的黄土块。那些土块是院里的别的一些小朋友玩着抛下来的，而他一块一块的从房子的临近拾开去。一边拾着，他的嘴里一边念叨着什么似的自己在说着话，他带着非常安闲而寂寞的样子。

我站在很远的地方看着他，他拾完了之后就停在我的后窗子的外边，像一个大人似的在看风景。那山上隔着很远很远的偶尔长着一棵树，那山上的房屋，要努力去寻找才能够看见一个，因为绿色的菜田过于不整齐的缘故，大块小块割据着山坡，所以山坡上的人家像大块的石头似不容易被人注意而混扰在石头之间了。山下则是一片水田，水田明亮得和镜子似的，假若有人掉在田里，就像不会游泳的人沉在游泳池里一样，在感觉上那水田简直和小湖一样了。田上看不见收拾苗草的农人，落雨的黄昏和起雾的早晨水田通通是自己睡在山边上，一切是寂静的，晴天和阴天都是一样的寂静。只有山下那条发白的公路[1]，每隔几分钟，就要有大汽车从那上面跑过，车子从看得见的地方一跑来，就带着轰轰的响声，有时竟以为是飞机从头上飞过，山中和平原不同，震动的响声特别大，车子就跑在山的夹缝中。若遇着成串的运着军用品的大汽车，就把左近的所有的山都震鸣了，而保育院里的小朋友们常常听着他们的欢呼，他们叫着，而数着车子的数目，十辆二十辆常常经过，都是黄昏以后的时候。林小二仿佛也可以完全辨认出这些感觉似的在那儿努力的辨认着。林小二若伸出两手来，他的左手将指出这条公路重庆的终点。而右手就要指出到成都去的方向罢。但是林小二只把眼睛看到墙根上，或是小土坡上，他很寂寞的自己在玩着，嘴里仍旧念叨着什么似的自己在说话，他的小天地，就是他周遭一丈远，仿佛他向来不想走上那公路的样子。

他发现了有人在远处看着他，他就跑了。很害羞的样子跑掉的。

我又看见他，就是第二次看见他，是一个雨天。一个比他高的小朋友，从石阶上一蹬一蹬的把他抱下来。这小叫化子有了朋友了，接受了爱护了。他是恁样一定会长得健壮而明朗的呀……他一定的，我想起班台来夫的《表》[2]。

一九三九春　歌乐山

1　山下那条发白的公路，即穿（歌乐）山而过的成渝公路，连通成都和重庆，20世纪30年代初通车，是当时最重要的运输要道。

2　班台来夫的《表》，班台来夫，今译班台莱耶夫，苏联儿童文学作家，曾为流浪儿，1925年开始发表作品。《表》是其创作的以流浪儿教育为题材的小说，生动记述了一个失去双亲、无家可归且有偷窃行为的流浪儿在教养院里转变成一个好孩子的故事。作于1928年，1935年初由鲁迅译成中文，最初刊于同年3月《译文》月刊第二卷第一期；7月由上海生活书店出版单行本。

放火者 *

从五月一号那天起，重庆就动了，在这个月份里，我们要纪念好几个日子，所以街上有多少人在游行，他们还准备着在夜里火炬游行。街上的人带着民族的信心成行的大队的沉静的走着。

“五三”的中午日本飞机二十六架飞到重庆的上空，在人口最稠密的街道上投下燃烧弹和炸弹，那一天就有三条街起了带着硫磺气的火焰。

“五四”的那天，日本飞机又带了多量的炸弹，投到他们上次没完全毁掉的街上和上次没可能毁掉的街道上。

大火的十天以后，那些断墙之下，瓦砾堆中仍冒着烟。人们走在街上用手帕掩着鼻子或者挂着口罩。因为有一种奇怪的气味满街散布着。那怪味并不十分浓厚，但随时都觉得是吸得到。似乎每人都用过于细微的嗅觉存心嗅到那说不出的气味似的，就在十天以后发掘的人们，还在深厚的灰烬里寻出尸体来。

断墙笔直的站着，在一群瓦砾当中，只有它那么高而又那么

* 本文1939年7月21日发表于（重庆）《文摘战时旬刊》第五十一、五十二、五十三号合刊，篇名《放火者》，署名萧红。1939年8月20日易名《轰炸前后》发表于（上海）《鲁迅风》（半月刊）第十八期。1940年6月仍用《放火者》篇名收入（重庆）大时代书局发行的“文艺丛书”初版《萧红散文》。有较大改动。

完整。设法拆掉它，拉倒它，但它站得非常坚强。段牌坊就站着这断墙，很远就可以听到几十人在喊着，好像拉着帆船的纤绳，又像抬着重物。

“唉呀……喔呵……唉呀……喔呵……”

走近了看到那里站着一队兵士，穿着绿色的衣裳，腰间挂着他们喝水的瓷杯，他们相同出发到前线上去差不多。但他们手里挽着绳子的另一端系在离他们很远的单独的五六丈高站着一动也不动的那断墙上。他们喊着口号一起拉它不倒，连歪斜也不歪斜，它坚强的站着。步行的人停下了，车子走慢了，走过去的人回头了，用一种坚强的眼光，人们看住了它。

被那声音招引着，我也回过头去看它，可是它不倒，连动也不动。我就看到了这大瓦砾场的近边，那高坡上仍旧站着被烤干了的小树。有谁能够认得出那是什么树，完全脱掉了叶子，并且变了颜色，好像是用赭色的石雕成的。靠着小树那一排房子窗上的玻璃掉了，只有三五块碎片，在夕阳中闪着金光，走廊的门开着，一切可以看得到，门帘扯掉了，墙上的镜框在斜垂着。显然的在不久之前，他们是在这儿好好地生活着，那墙壁日历上还露着四号的“四”字。

街道是哑默的，一切店铺关了门，在黑大的门扇上贴着白帖或红帖，上面写着退房或搬家。路的两旁偶尔张着席棚或布棚，里面坐着苍白着脸色的恐吓的人，用水盆子，当时在洗刷着弄脏了的胶皮鞋，汗背心……毛巾之类，这东西是从火中抢救出来的。

被炸过了的街道，飞尘卷了白沫扫着稀少的行人，行人挂着口罩，或用帕子掩着鼻子。街是哑然的，许多人生存的街毁掉了，生活秩序被破坏了，饭馆关起了门。

大瓦砾场一个接着一个，前边又是一群人在拉着断墙，这使人一看上去就要低了头。无论你心胸怎样宽大，但你的心不能不跳，因为那摆在你面前的是荒凉的，是横遭不测的，千百个母亲和小孩子是吼叫着的，哭号着的，他们嫩弱的生命在火里边挣扎着，生命和火在斗争。但最后生命给谋杀了。那曾经狂喊过的母亲的嘴，曾经乱舞过的父亲的胳膊，曾经发疯对着火的祖母的眼睛，曾经依然偎在妈妈怀里吃乳的婴儿，这些最后都被火给杀死了。孩子和母亲，祖父和孙儿，猫和狗，都同他们凉台上的花盆一道倒在火里了。这倒下来的全家，他们没有一个是战斗员。

白洋铁壶成串的仍在那烧了一半的房子里挂着，显然是一家洋铁制器店被毁了。洋铁店的后边，单独的三楼三底的房子站着，它两边的都倒下去了，只有它还歪歪裂裂的支持着，楼梯分做好几段自己躺下去了，横睡在楼脚上。窗子整张的没有了，门扇也看不见了，墙壁穿着大洞，相同被打破了腹部的人那样可怕的奇怪的站着。但那摆在二楼的木床，仍旧摆着，白色的床单还随着风飘着那只巾角，就在这二十个方丈大的火场上同时也有绳子在拉着一道断墙。

—

就在这火场的气味还没有停息，瓦砾还会烫手的时候，坐着飞机放火的日本人又要来了，这一天是五月十二号。

警报的笛子到处叫起，不论大街或深巷，不论听得到的听不到的，不论加以防备的或是没有知觉的都卷在这声浪里了。

那拉不倒的断墙也放手了，前一刻在街上走着的那一些行人，现在狂乱了，发疯了，开始跑了，开始喘着，还有拉着孩子的，还有拉着女人的，还有脸色变白的。街上像来了狂风一样，尘土都被这惊慌的群带着声响卷起来了，沿街响着关窗和锁门的声音，街上什么也看不到，只看到跑，我想疯狂的日本法西斯刽子手们若看见这一刻的时候，他们一定会满足的吧，他们是何等可以骄傲呵，他们可以看见……

十几分钟之后，都安定下来了，该进防空洞的进去了，躲在墙根下的躲稳了。第二次警报（紧急警报）发了。

听得到一点声音，而越听越大。我就坐在公园[1]石阶铁狮子附近，这铁狮子旁边坐着好几个老头，大概他们没有气力挤进防空洞去，而又跑也跑不远的缘故。

飞机的响声大起来，就有一个老头招呼着我：

“这边……到铁狮子下边来……”这话他并没有说，我想他是这个意思，因为他向我招手。

为了呼应他的亲切我去了，蹲在他的旁边。后边高坡上的树，那树叶遮着头顶的天空，致使想看飞机不大方便，但在树叶的空间看到飞机了，六架，六架。飞来飞去的总是六架，不知道为什么高射炮也不发，也不投弹。

穿蓝布衣裳的老头问我：“看见了吗？几架？”

我说：“六架”。

“向我们这边飞……”

“不，离我们很远。”

我说瞎话，我知道他很害怕，因为他刚说过了：“我们坐在这儿的都是善人，看面色没有做过恶事，我们良心都是正的……死不了的。”

大批的飞机在头上过了，那里三架三架的集着小堆，这些小堆在空中横排着，飞得不算顶高，一共四十几架。高射炮一串一

1　公园，指重庆历史上第一所公园“中央公园”，即现在的“人民公园”。位于渝中区繁华地区。抗战时曾改名“中山公园”，经历重庆大轰炸后，园内建筑大部被毁，抗战后才逐步恢复。

串的发着，红色和黄色的火球像一条长绳似的扯在公园的上空。

那老头向着另外的人而又向我说：

“看面色，我们都是没有做过恶的人，不带恶像，我们不会死……”

说着他就伏在地上了。他看不见飞机，他说他老了。大概他只能看见高射炮的连串的火球。

飞机像是低飞了似的，那声音沉重了，压下来了。守卫的宪兵喊了一声口令：“卧倒。”他自己也就挂着枪伏在水池子旁边了。四边火光起来，有沉重的爆击声，人们看见半天是红光。

公园在这一天并没有落弹。在两个钟头之后，我们离开公园的铁狮子，那个老头悲惨的向我点头，而且和我说了很多话。

一

下一次，五月二十五号那天，中央公园便被炸了。水池子旁边连铁狮子都被炸碎了，在弹花飞溅时，那是混合着人的肢体，人的血，人的脑浆。这小小的公园，死了多少人？我不愿说出它的数目来，但我必须说出它的数目来：死伤 ××× 人[1]，而重庆在这一天，有多少人从此不会听见解除警报的声音了……

六月九日　北碚

1　死伤 ××× 人，据 1939 年 8 月 20 日转载本文的（上海）《鲁迅风》（半月刊）第十八期所刊，此处文字为“死伤三〇〇人”。

长安寺 [*1]

长安寺接引殿里的佛前灯一排一排的每个顶着一棵小灯花着在案子上。敲钟的声音一到接近黄昏的时候就稀少下来，并且渐渐地简直一声不响了。因为烧香拜佛的人都回家去吃着晚饭。

大雄宝殿里，也同样哑默默地，每个塑像都站在自己的地盘上忧郁起来，因为黑暗开始挂在他们的脸上。长眉大仙，伏虎大仙，赤脚大仙，达摩，他们分不出哪个是牵着虎的，哪个是赤着脚的。他们通通安安静静地同叫着别的名字的塑像分站在大雄宝殿的两壁。

只有大肚弥勒佛还在笑迷迷的看着打扫殿堂的人把小灯放在他的脚前。

厚沉沉的圆圆的蒲团，被打扫殿堂的人一个一个的拾起来，高高的把它们靠着墙堆了起来。香火着在释迦摩尼的脚前，就要息灭的样子，昏昏暗暗地，若不去寻找，简直看不见了似的，只不过香火的气息缭绕在灰暗的微光里。

---

* 本文1939年9月5日发表于（上海）《鲁迅风》（半月刊）第十九期，署名萧红。1940年6月收入（重庆）大时代书局发行的“文艺丛书”初版《萧红散文》。1940年8月1日由（上海）《天地间》（文艺综合月刊）第二期再次刊出。有改动。

1 长安寺，又名崇因寺，是位于重庆渝中半岛的一座古庙，始建于北宋年间，香火一直很旺。抗战中被日机炸毁。其旧址即现在长江索道渝中区起点。1953年重庆二十五中学在长安寺旧址兴建；2014年“重庆二十五中学”和“重庆二十六中学”在此合并后易名“重庆鼓楼学校”。

接引殿前石桥下的池里的小龟不再像日里那样把头探在水面上。用胡芝麻磨着香油的小石磨也停止了转动。磨香油的人也在收拾着家具。庙前喝茶的都戴起了帽子，打算回家去。冲茶的红脸的那个老头，在小桌上自己吃着一碗素面，大概那就是他的晚餐了。

过年的时候，这庙就更温暖而热气腾和的了，烧香拜佛的人东看看，西望望。用着他们特有的幽闲，摸一摸石桥的栏杆的花纹，而后研究着而想多发现几个桥下的乌龟。有一个老太婆背着一个黄口袋，在右边的跨骨上，那口袋上写着“进香”两个黑字，她已经跨出了当门的殿堂的后门，她又急急忙忙的从那后门转回去。我很奇怪的看着她，以为她掉了东西。大家想想看吧！她一翻身就跪下，迎着殿堂的后门向前磕了一个头。看她的年岁，有六十多岁，但那磕头的动作，来得非常灵活，我看她走在石桥上也照样的精神而庄严。为着过年才做起来的新缎子帽，闪亮的向着接引殿去朝拜了。佛前钟在一个老和尚手里拿着的钟锤下噹噹的响了三声，那老太婆就跪在蒲团上安祥的磕了三个头。这次磕头却并不像方才在前面殿堂的后门磕得那样热情而慌张。我想了半天才明白，方才，就是前一刻，一定是她觉得自己太疏忽了，怕是那尊面向着后门口的佛见她怪，而急急忙忙的请他恕罪的意思。

卖花生糖的肩上挂着一个小箱子，里边装了三四样糖，花生糖，炒米糖，还有胡桃糖。卖瓜子的提着一个长条的小竹篮，篮子的一头是白瓜子，一头是盐花生。而这里不大流行难民卖的一包一包的“瓜子大王”。清茶，素面；不加装饰的，一个铜板随手抓过一撮来就放在嘴上磕的白瓜子，就已经十足了。所以在这庙里吃茶的人，都觉别有风味。

耳朵听的是梵钟和诵经的声音，眼睛看的是些悠闲而自得的游庙或烧香的人，鼻子所闻到的，不用说是檀香和别的香料的气息。所以这种吃茶的地方确实使人喜欢。又可以吃茶，又可以观风景看游人。比起重庆的所有的吃茶店来都好。尤其是那冲茶的红脸的老头，他总是高高兴兴的，走路时喜欢把身子向两边摆着，好像他故意把重心一会放在左腿上，一会放在右腿上。每当他掀起茶盅的盖子时，他的话就来了，一串一串的，他说：我们这四川没有啥好的，若不是打 ××[1]，先生们请也请不到这地方。他再说下去，就不懂了。他读的和诗句一样。这时候他要冲在茶盅的开水，从壶嘴如同一条冰落进茶盅来。他拿起盖子来把茶盅扣住了，那里边上下游着的小鱼似的茶叶也被盖子扣住了。反正这地方是安静得可喜的，一切都是太平无事。

×× 坊[2]的水龙就在石桥的旁边和佛堂斜对着面。里边放置着什么，我没有机会去看，但有一次重庆的防空演习我是看过的，用人推着瓦瓦的山响的水龙，一个水龙大概可装两桶水的样子，可是非常沉重，四五个人连推带挽。若着起火来，我看那水龙到不了火已经着落了。那仿佛就写着什么 ×× 坊一类的字样。惟有这些东西，在庙里算是一个不调和的设备，而且也破坏了安静和统一。庙的墙壁上，不是大大的写着，观自在菩萨吗？庄严静妙，这是一块没有受到外面的侵扰的重庆的惟一的地方。佛说，一花一世界，这是一个小世界，应作如是观。

如今，长安寺已炸了，那些喝茶的人将没有着落了，假如他们不愿意把茶摆在瓦砾场上。

我顿然的感到悲哀！

一九三九，四月　歌乐山。

1　×× 指日本。

2　×× 坊，原文如此，不详。

茶食店*

黄桷树镇上开了两家茶食店，一家先开的，另一家稍稍晚了两天。第一家的买卖不怎样好，因为那吃饭用的刀叉虽然还是闪光闪亮的外来品，但是别的玩艺不怎样全，就是说比方装胡椒粉那种小瓷狗之类都没有，酱油瓶是到临用的时候，从这张桌又拿到那张桌的乱拿。墙上什么画也没有，只有一张好像从糖盒子上揿下来的花纸似的那么一张外国美人图，有一尺长不到半尺宽那么大，就用一个图钉钉在墙上的，其余这屋里的装饰还有一棵大芭蕉。

这芭蕉第一天是绿的，第二天是黄的，第三天就腐烂了。

吃饭的人，第一天彼此说“还不错”，第二天就说苍蝇太多了一点，又过了一两天，人们就对着那白盘子里炸着的两块茄子，翻来覆去的看，用刀尖割一下，用叉子叉一下。

“这是什么东西呢，两块茄子，两块洋山芋，这也算是一个菜吗？就这玩艺也要四角五分钱？真是天晓得。”

这西餐馆只开了三五日，镇上的人都感到大不满意了。

---

* 本文1939年10月2日发表于（香港）《星岛日报》“星座”副刊第四一九期，署名萧红。

第二家一开门，那些镇上的从城里躲轰炸而来住在此的人和一些设在这镇上学校或别的办公厅的一些职员，当天的晚饭就在这里吃的。

盘子、碗、桌布、茶杯、糖罐、酱醋瓶，连装烟灰的瓷碟都聚了三四个人在那里抢着看……这家与那家的确不同，是里外两间屋，厨房在什么地方，使人看不见，煎菜的油烟也闻不到，墙上挂着两张画像是老板自己画的，看起来老板颇懂艺术……并且刚一开业来，就开了留声机，这留声机已经好几个月没有听过了。从五四轰炸[1]起，人们来到这镇上，过的就是乡下人的生活。这回一听好像这留声机非常好，唱片也好像全新的，声音特别清楚。

一个汤上来了，“不错，真是味道……”

第二个是猪排，这猪排和木片似的，有的人就你看看我，我看看你，想要对这猪排讲一点坏话。可是那唱着的是一个外国歌，很愉快，那调子带了不少高低的转弯，好像从来也未听过似的那样好听，所以这硬的味道也没有的猪排，大家也就吃下去了。

奶油和冰淇淋似的，又甜又凉，涂在面包上，很有一种清凉的气味，好像涂的是果子露。那面包拿在手里不用动手去撕就往下掉着碎末，和用锯末子做的似的。大概是和利华药皂放在一起运来的。但也还好吃，因为它终究是面包呵，终究不是别的什么馒头之类呀！

1　五四轰炸，指 1939 年 5 月 3 日和 4 日，日机大规模突袭重庆，惨重的伤亡震惊中外。在这次无区别轰炸中，日机首次使用燃烧弹，重点目标锁定人口最稠密的城市中心和商业区域。是日军对重庆长达六年零十个月的轰炸中，平民伤亡人数最多的一次。

坐在这茶食店的里间里，那张长桌一端上的主人，从小白盘子里拿起帐单看了一看。

共统请了八位客人，才八块多钱。

“这不多。”他说，从口袋取出十元票子来。

别人把眼睛转过去，也说：

“这不多……不算贵。”

临出来时，推开门，还有一个顶愿意对什么东西都估价的，还回头看了看那摆在门口的痰盂。他说：“这家倒底不错，就这一只痰盂罢，也要十几块。”（其实就是上海卖八角钱一个的。）

这一次晚餐，一个主人和他的七个客人都没吃饱，但彼此都不发表，都说：

“明天见，明天见。”

他们大家各自走散开了，一边走着一边有人从喉管往上冲着利华药肥皂的气味，但是他们想：“这不贵的，这到底不是西餐吗！”而且那屋子多么像个西餐的样子，墙上有两张外国画，还有瓷痰盂，还有玻璃杯，那先开的那家还成吗？还像样子吗？那买卖还成吗？

他的脑筋闹得很忙乱回家去了。

八月廿八日

骨架与灵魂*

“五四”时代又来了。

在我们这块国土上，过了多么悲苦的日子。一切在绕着圈子，好像鬼打墙，东走走，西走走，而究竟是一步没有向前进。

我们离开了“五四”，已经二十多年了。凡是到了这日子，做文章的做文章，行仪式的行仪式。就好像一个人拜他那英勇的祖先那样。

可是到了今天，已经拜了二十多年，可没有想到，自己还要拿起刀枪来，照样地来演一遍。

这是始终不能想到的，而死的偶像又拜活了，把那在墓地里睡了多年的骨架，又装起灵魂来。

谁是那旧的骨架？是“五四”。谁是那骨架的灵魂？是我们，是新“五四”！

---

* 本文1941年5月5日发表于（香港）《华商报》“灯塔”副刊第二十一号。署名萧红。

给流亡异地的东北同胞书 *

沦落在异地的东北同胞们：

当每个秋天的月亮快圆的时候，我们的心总被悲哀装满。想起高粱油绿的叶子，想起白发的母亲或幼年的亲眷。

他们的希望曾随着秋天的满月，在幻想中赊取了十次。而每次都是月亮如期的圆了，而你们的希望却随着高粱叶子萎落。但是，自从“八一三”之后，上海的炮火响了，中国政府的积极抗战揭开，成了习惯的愁惨的日子，却在炮火的交响里，焕成了鼓动，兴奋和感激。这时，你们一定也流泪了，这是鼓舞的泪，兴奋的泪，感激的泪。

—

记得抗战以后，第一个可欢笑的“九一八”是怎样纪念的呢？

中国飞行员在这天作了突击的工作。他们对于出云舰的袭击作了出色的成绩。

那夜里，江面上的日本神经质的高射炮手，浪费的惊恐的射着炮弹，用红色的绿色的淡蓝色的炮弹把天空染红了。但是我们

---

* 本文1941年9月1日发表于（香港）《时代文学》（月刊）第四期，署名萧红。本篇是在1938年9月18日（汉口）《大公报》第六版所刊《寄东北流亡者》一文基础上改写而成。

的飞行员，仍然以精确的技巧和沉毅的态度（他们有好多是东北的飞行员）来攻击这摧毁文化摧残和平的法西魔手。几百万的市民都仰起头来寻觅——其实他们什么也看不见的，但他们一定要看，在黑越越的天空里，他们看见了我们民族的自信和人类应有的光辉。

第一个煽惑起东北同胞的思想的是：

“我们就要回老家了！”

家乡多么好呀，土地是宽阔的，粮食是充足的，有顶黄的金子，有顶亮的煤，鸽子在门楼上飞，鸡在柳树下啼着。马群越着原野而来，黄豆像潮水似的在铁道上翻涌。

人类对着家乡是何等的怀恋呀，黑人对着“迪斯”痛苦的响往；爱尔兰的诗人夏芝一定要回到那“蜂房一窠，菜畦九垅”的“茵尼斯”去不可，水手约翰·曼殊斐尔（英国桂冠诗人）狂热的要回到海上。

但是等待了十年的东北同胞，十年如一日，我们心的火越着越亮，而且路子显现得越来越清楚。我们知道我们的路，我们知道我们的作战的位置——我们的位置，就是站在别人的前边的那个位置。我们应该是第一个打开了门而是最末走进去的人。

抗战到现在已经遭遇到最坚苦的阶段，而且也就是最后胜利接触的阶段。在贾克·伦敦所写的一篇短篇小说上，描写两个拳师在冲击的斗争里，只系于最后的一拳。而那个可怜的老拳师，所以失败了的原因，也只在少吃了一块“牛扒”。假如事先他能吃得饱一点，胜利一定是他。中国的胜利是经过了这个最后的阶段，而东北人民在这里是决定的一环。

东北流亡同胞们，我们的地大物博，决定了我们的沉着毅勇，正如敌人的家当使他们急功切进一样。在最后的斗争里，谁打得最沉着，谁就会得胜。

我们应该献身给祖国作前卫工作，就如我们应该把失地收复一样，这是我们的命运。

东北流亡同胞，为了失去的地面上的大豆，高粱，努力吧！为了失去的土地的年老的母亲，努力吧！为了失去的地面上的痛心的一切的记忆，努力吧！

谨此即颂

健康

九一八致弟弟书*

可弟[1]：小战士，你也做了战士了，这是我想不到的。

世事恍恍惚惚的就过了；记得这十年中只有那么一个短促的时间是与你相处的，那时间短到如何程度，现在想起就像连你的面孔还没有来得及记住，而你就去了。

一

记得当我们都是小孩子的时候，当我离开家的时候，那一天的早晨你还在大门外和一群孩子们玩着，那时你才是十三四岁的孩子，你什么也不懂，你看着我离开家向南大道上奔去，向着那白银似的满铺着雪的无边的大地奔去。你连招呼都不招呼，你恋着玩，对于我的出走，你连看我也不看。

而事隔六七年，你也就长大了，有时写信给我，因为我的飘流不定，信有时收到，有时收不到。但在收到的信中我读了之后，竟看不见你，不是因为那信不是你写的，而是在那信里边你所说的话，都不像是你说的。这个不怪你，都只怪我的记忆力顽强，我就总记着，那顽皮的孩子是你，会写了这样的信的，会说

---

* 本文 1941 年 9 月 20 发表于（香港）《大公报》“文艺”副刊第一一八六期；1941 年 9 月 26 日再刊于（桂林）《大公报》“文艺”专栏，署名萧红。

1 可弟，萧红胞弟张秀珂。

了这样的话的，哪能够是你。比方说，——生活在这边，前途是没有希望，等等……

这是什么人给我的信，我看了非常的生疏，又非常的新鲜，但心里边都不表示什么同情，因为我总有一个印象，你晓得什么，你小孩子，所以我回你的信的时候，总是愿意说一些空话，问一问家里的樱桃树这几年结樱桃多少？红玫瑰依旧开花否？或者是看门的大白狗怎样了？关于你的回信，说祖父的坟头上长了一棵小树。在这样的话里，我才体味到这信是弟弟写给我的。

但是没有读过你几封这样的信，我又走了。越走越离得你远了，从前是离着你千百里远，那以后就是几千里了。

而后你追到我最先住的那地方，去找我，看门的人说，我已不在了。

而后婉转的你又来了信，说为着我在那地方，才转学也到那地方来念书。可是你捕空了。我已经从海上走了。

可弟，我们都是自幼没有见过海的孩子，可是要沿着海往南下去了，海是生疏的，我们怕，但是也就上了海船，飘飘荡荡的，前边没有什么一定的目的，也就往前走了。

那时到海上来的，还没有你们，而我是最初的。我想起来一个笑话，我们小的时候，祖父常讲给我们听，我们本是山东人，我们的曾祖，担着担子逃荒到关东的。而我又将是那个未来的曾祖了，我们的后代也许会在那里说着，从前他们也有一个曾祖，坐着海船，逃荒到南方的。

我来到南方，你就不再有信来。一年多我又不知道你那方面的情形了。

不知多久，忽然又有信来，是来自东京的，说你是在那边念书了。恰巧那年我也要到东京去看看。立刻我写了一封信给你，你说暑假要回家的，我写信问你，是不是想看看我，我大概七月下旬可到。

我想这一次可以看到你了。这是多么出奇的一个奇遇。因为想也想不到，会在这样一个地方相遇的。

我一到东京就写信给你，你住的是神田町，多少多少番。本来你那地方是很近的，我可以请朋友带了我去找你。但是因为我们已经不是一个国度的人了[1]，姐姐是另一国的人，弟弟又是另一国的人。直接的找你，怕与你有什么不便。信写去了，约的是第三天的下午六点在某某饭馆等我。

那天，我特别穿了一件红衣裳，使你很容易的可以看见我。我五点钟就等在那里，因为在我猜想，你如果来，你一定要早来的。我想你看到了我，你多么欢喜。而我却也想到了，假如到了六点钟不来，那大概就是已经不在了。

一直到了六点钟，没有人来，我又多等了一刻钟，我又多等了半点钟，我想或者你有事情会来晚了的。到最后的几分钟，竟想到，大概你来过了，或者已经不认识我了，因为始终看不见你，第二天，我想还是到你住的地方看一趟，你那小房是很小的。有一个老婆婆，穿着灰色大袖子衣裳，她说你已经在月初走了，离开了东京了，但你那房子还下着竹帘子呢。帘子里头静悄悄的，好像你在里边睡午觉的。

1　我们已经不是一个国度的人了，这里所谓“不是一个国度”，指的是姐姐是“中国人”，弟弟则来自“满洲国”。

半年之后，我还没有回上海，不知怎么的，你又来了信，这信是来自上海的，说你已经到了上海了，是到上海找我的。

我想这可糟了，又来了一个小吉卜西。

这流浪的生活，怕你过不惯，也怕你受不住。

但你说，“你可以过得惯，为什么我过不惯。”

于是你就在上海住下了。

等我一回到上海，你每天到我的住处来，有时我不在家，你就在楼廊等着，你就睡在楼廊的椅子上，我看见了你的黑黑的人影，我的心里充满了慌乱，我想这些流浪的年青人，都将流浪到哪里去，常常在街上碰到你们的一伙，你们都是年青的，都是北方的粗直的青年。内心充满了力量，你们都是被逼着来到这人地生疏的地方，你们都怀着万分的勇敢，只有向前，没有回头。但是你们都充满了饥饿，所以每天到处找工作。你们是可怕的一群，在街上落叶似的被秋风卷着，寒冷来的时候，只有弯着腰，抱着膀，打着寒颤。肚里饿的时候，我猜得到，你们彼此的乱跑，到处看看，谁有可吃的东西。

在这种情形之下，从家跑来的人，还是一天一天的增加，后来听说有不少已经入了监狱，听说这帮不远千里而投向祖国来的青年，一到了祖国，不知怎样，就犯了爱国罪了。

这自然都说的是以往，而并非是现在。现在我们已经抗战四年了。在世界上还有谁不知我们中国的英勇，自然而今你们都是战士了。

不过在那时候，因此我就有许多不安。我想将来你到什么地方去，并且做什么？

那时你不知我心里的忧郁，你总是早上来笑着，晚上来笑着。似乎不知道为什么你已经得到了无限的安慰了。似乎是你所存在的地方，已经绝对的安然了，进到我屋子来，看到可吃的就吃，看到书就翻，累了，躺在床上就休息。

你那种傻里傻气的样子，我看了，有的时候，觉得讨厌，有的时候也觉得喜欢，虽是欢喜了，但还是心口不一地说：“快起来吧，看这么懒。”

不多时就“七七”事变，很快你就决定了，到西北去，做抗日军去。

你走的那天晚上，满天都是星，就像幼年我们在黄瓜架下捉着虫子的那样的夜，那样墨黑的夜，那样飞着萤虫的夜。

你走了，你的眼睛不大看我，我也没有同你讲什么话。我送你到了台阶上，到了院里，你就走了。那时我心里不知道想什么，不知道愿意让你走，还是不愿意。只觉得恍恍惚惚的，把过去的许多年的生活都翻了一个新，事事都显得特别真切，又都显得特别的模糊，真所谓有如梦寐了。

可弟，你从小就苍白，不健康，而今虽然长得很高了，仍旧是苍白不健康，看你的读书，行路，一切都是勉强支持。精神是好的，体力是坏的，我很怕你走到别的地方去，支持不住，可是我又不能劝你回家，因为你的心里充满了诱惑，你的眼里充满了禁果。

恰巧在抗战不久，我也到山西去，有人告诉我你在洪洞的前线，离着我很近，我转给你一封信，我想没有两天就看到你了。那时我心里可开心极了，因为我看到不少和你那样年青的孩子们，他们快乐而活泼，他们跑着跑着，当工作的时候还嘴里唱着歌。这一群快乐的小战士，胜利一定属于你们的，你们也拿枪，你们也担水，中国有你们，中国是不会亡的。因此我的心里充满了微笑。虽然我给你的信，你没有收到，我也没能看见你，但我不知为什么竟很放心，就像见到了你的一样。因为你也必是他们之中的一个，于是我就把你忘了。

但是从那以后，你的音信一点也没有的。而至今已经四年了，你也到底没有信来。

又偏偏在这时候，我们的国家不幸设了不少的网罗，就像在林里捕捉那会唱歌的夜莺那样的捕捉你们。把你们捕捉在洞里，把你们捕捉在营里。（不知道是防空洞，还是什么洞。至于营，听说是训练营。）

我本不常想你，不过现在想起你来了，你为什么不来信，或者入了洞，入了营吗？

于是我想，这都是我的不好，我在前边引诱了你。

今天又快到“九一八”了，写了以上这些，以遣胸中的忧闷。

愿你在远方快乐和健康。

萧红 著/袁权 主编

萧红全集④

诗歌 书信 戏剧卷

金城出版社
GOLD WALL PRESS

目 录 CONTENTS

诗 歌

书 信

戏 剧

附　录

诗　歌

可纪念的枫叶 *

红红的枫叶，
是谁送给我的！
都叫我不留意丢掉了。
若知这般别离滋味，
恨不早早地把它写上几句别离的诗。

—

* 本卷所收前五首诗歌《可纪念的枫叶》《偶然想起》《静》《栽花》和《公园》，大致写作时间均在1932年春夏之交（或稍早），作者生前均未公开发表，但有手稿留底。1980年10月《中国现代文学研究丛刊》第三辑首次刊出。

偶然想起

去年的五月，

正是我在北平吃青杏的时节，

今年的五月，

我生活的痛苦，

真是有如青杏般地滋味！

—

静

晚来偏无事，
坐看天边红，
红照伊人处。
我思伊人心，
有如天边红。

—

栽　花

你美丽的栽花的姑娘，
　弄得两手污泥不嫌脏吗？
　　任凭你怎样的栽，
　　　也怕栽不出一株相思的树来。

公 园

树大人小，
秋心沁〔沁〕透人心了。

春　曲(六首)*

春　曲(一)

　　　那边清溪唱着,
　　这边树叶绿了,
　姑娘啊!
春天到了。

春　曲(二)

我爱诗人又怕害了诗人,
　因为诗人的心,
　　是那么美丽,
　　　水一般地,
　　　　花一般地,
　　　　　我只是舍不得摧残它,

* 组诗《春曲》(六首)写于 1932 年 7 月中旬(第一首稍早),作者生前未公开发表,但有手稿留底。1980 年 10 月《中国现代文学研究丛刊》第三辑首次刊出。

但又怕别人摧残。
那么我何妨爱他。

春　曲（三）

你美好的处子诗人，
来坐在我的身边，
你的腰任意我怎样拥抱，
你的唇任意我怎样的吻，
你不敢来在我的身边吗？
你怕伤害了你处子之美吗？
诗人啊！
迟早你是逃避不了女人！

春　曲（四）

只有爱的踟蹰美丽，
三郎，我并不是残忍，
只喜欢看你立起来又坐下，
坐下又立起，
这其间，
正有说不出的风月。

春　曲（五）

谁说不怕初恋的软力！
　　就是男性怎粗暴，
　这一刻儿，
　　　也会娇羞羞地，
　　为什么我要爱人！
　　　　只怕为这一点娇羞吧！
　　　但久恋他就不娇羞了。

春　曲（六）

　　当他爱我的时候，
　　我没有一点力量，
　　连眼睛都张不开，
我问他这是为了什么？
他说：爱惯就好了。
　　　啊！可珍贵的初恋之心。

幻　觉*

昨夜梦里：
听说你对那个名叫 Marlie 的女子，
也正有意。

是在一个妩媚的郊野里，
你一个人坐在草地上写诗。
猛一抬头，你看到了丛林那边
女人的影子。

我不相信你是有意看她，
因为你的心，不是已经给了我吗？

疏薄的林丛。
透过来疏薄的歌声；
——弯弯的眉儿似柳叶；
红红的口唇似樱桃……
春哥儿呀！

---

* 本诗1934年5月27日发表于（哈尔滨）《国际协报》“国际公园”副刊。署名悄吟。

你怕不喜欢在我的怀中睡着？
这时你站起来了！仔细听听。
把你的诗册丢在地上。

我的名字常常是写在你的诗册里。
我在你诗册里翻转；
诗册在草地上翻转；
但你的心！
却在那个女子的柳眉樱唇间翻转。

你站起来又坐定，那边的歌声又来了……！
——我的春哥儿呀！
我这里有一个酥胸，还有那……青春……
你再也耐不住这歌声了！
三步两步穿过林丛——
你穿过林丛，那个女子已不见影了……！
你又转身回来，拾起你的诗册，
你发出漠然的叹息！

听说这位 Marlie 姑娘生得很美，
又能歌舞——
能歌舞的女子谁能说不爱呢？
你心的深处是那样被她打动！

我在林丛深处，
听你也唱着这样的歌曲：

——我的女郎！来，来在我身边坐地；
我有更美丽，更好听的曲子唱给你……

树条摇摇；
我心跳跳；
树条儿是因风而摇的，
我的心儿你却为着什么而狂跳。
我怕她坐在你的身边吗？不，
我怕你唱给她什么歌曲么？也不。
只怕你曾经讲给我听的词句，再讲给她听，
她是听不懂的。
你的歌声还不休止！
我的眼泪流到嘴了！
又听你慢慢的说一声：
将来一定与她有相识的机会。

我是坐在一块大石头上的，
我的人儿怎不变作石头般的。

我不哭了！我替我的爱人幸福！
（天啦！你的爱人几时幸福过？言之酸心！）
因为你一定是绝顶聪明，谁都爱你；
那么请把你诗册我的名字涂抹，
倒不是我心嫉妒——
只怕那个女子晓得了要难过的。

我感谢你，
要能把你的诗册烧掉更好，
因为那上面写过你爱我的语句，
教我们那一点爱，
与时间空间共存吧！！！

同时我更希望你更买个新诗册子，
我替你把 Marlie 的名字装进去，
证明你的心是给她的。
但你莫要忘记：
你可再别教她的心，在你诗册里翻转哪！
那样会伤了她的心的！
因为她还是一个少女！

我正希望这个，
把你的孤寂埋在她的青春里。
我的青春！今后情愿老死！

一九三二，七，三O

八月天*

八月天来了，
牵牛花都爬栏杆了，
遮住了我的情人啊，
你为什么不走出来给我会见呢？

我知道你是个有用的青年，
你整天工作着，计划着，
现在日西斜了，
你为什么不走出来给我会见呢？

听说你的父亲是死在工厂里，
我的父亲也是死在工厂里，
我们两个不都是一样孤独么？
为什么不出来会见？

为什么不出来呢？

---

* 本诗1933年8月13日发表于（长春）《大同报》“夜哨”周刊第一期。署名悄吟。

你以为我是魔鬼么？
你以为我是小姐么？
我不是谁家的小姐，
我穿着和你同样褴褛的衣裳。

我也和你一样忙碌，
我也和你一样计划着，
那么你为什么不出来呢？
怕爱情烧毁你的计划么？

我期待你依遍门栏，
依遍晚风，
你赶快出来吧，我的情人。
你的计划就是我的计划，
我们共同相思着这个计划吧。

我走进屋来，为什么眼泪流呢？
落满了襟袖。

八月天过了，
为什么牵牛花永不落呢？

苦　杯（十一首）*

苦　杯（一）

带着颜色的情诗，
一只一只是写给她的，
像三年前他写给我的一样。
也许人人都是一样！
也许情诗再过三年他又写给另外一个姑娘！

苦　杯（二）

昨夜他又写了一只诗，
我也写了一只诗，
他是写给他新的情人的，
我是写给我悲哀的心的。

* 组诗《苦杯》（十一首）写作时间约在 1936 年上半年，作者生前未公开发表，但有手稿留底。1980 年 10 月《中国现代文学研究丛刊》第三辑首次刊出。

苦　杯（三）

爱情的账目，
　　要到失恋的时候才算的，
　　　　算也总是不够本的。

苦　杯（四）

已经不爱我了吧！
　　尚与我日日争吵，
　　我的心潮破碎了，
　　他分明知道，
他又在我浸着毒一般痛苦的心上，
　　　　时时踢打。

苦　杯（五）

往日的爱人，
　　为我遮避暴风雨，
而今他变成暴风雨了！
　　让我怎来抵抗？
敌人的攻击，
　　爱人的伤悼。

苦　杯（六）

他又去公园了，
我说：
“我也去吧！”
“你去做什么？”他自己走了。

他给他新的情人的诗说：
“有谁不爱个鸟儿似的姑娘！”
“有谁忍拒绝少女红唇的苦！”
我不是少女，
我没有红唇了，
我穿的是从厨房带来油污的衣裳。
为生活而流浪，
我更没有少女美的心肠。

他独自走了，
他独自去亨〔享〕受黄昏时公园里美丽的时光。
我在家里等待着，
等待明朝再去煮米熬汤。

苦　杯（七）

我幼时有一个暴虐的父亲，
他和我的父亲一样了！
父亲是我的敌人，

而他不是，
我又怎样来对待他呢？
他说他是我同一战线上的伙伴。

苦　杯（八）

我没有家，
我连家乡都没有，
更失去朋友，
只有一个他，
而今他又对我取着这般态度。

苦　杯（九）

泪到眼边流回去，
流着回去浸食我的心吧！
哭又有什么用！
他的心中既不放着我，
哭也是无足轻重。

苦　杯（十）

近来时时想要哭了，
但没有一个适当的地方：

坐在床上哭，怕是他看到；
跑到厨房里去哭，
怕是邻居看到；
在街头哭，
那些陌生的人更会哗笑。
人间对我都是无情了。

苦 杯（十一）

说什么爱情！
说什么受难者共同走尽患难的路程！
都成了昨夜的梦，
昨夜的明灯。

异　国*

夜间：这窗外的树声，
　　　听来好像家乡田野上抖动着的高粱，
　　　但，这不是。
　　　这是异国了，
　　　踏踏的木履的声音有时和潮水一般了。

日里：这青蓝的天空，
　　　好像家乡六月里广茫的原野，
　　　但，这不是。
　　　这是异国了，
　　　这异国的蝉鸣也好像更响了一些。

---

* 本诗 1936 年 8 月 14 日写于日本，附在作者写给萧军的信中。1979 年初刊于（北京）《新文学史料》（季刊）第二期，萧军：《萧红书简辑存注释录（一）》。

沙　粒（三十七首）*

一

七月里长起来的野菜，
八月里开花了。
我伤感它们的命运，
我赞叹它们的勇敢。

二

我爱钟楼上的铜铃，
我也爱屋檐上的麻雀，

* 组诗《沙粒》（三十七首）1936 年 10 月至 1937 年元月初完成于日本。其中三十四首 1937 年 3 月 15 日发表于（上海）《文丛》（月刊）第一卷第一号；同年 7 月作者又有手稿《沙粒》留存在从日本带回的笔记本“私の文集”中，但此手抄稿与《文丛》发表稿在顺序和内容上已有所不同：其中第十四首、第十五首和第十七首是手稿有《文丛》刊出稿所没有；第三十七首则是《文丛》刊出稿有而手稿所未见。1980 年 10 月，《中国现代文学研究丛刊》第三辑《有关〈萧红自集诗稿〉的一些情况》首次全文刊出手稿版。本卷组诗《沙粒》前三十六首依据手稿校订；第三十七首依据（上海）《文丛》第一卷第一号所登第二十六首校订。

因为从孩童时代它们就是我的小歌手啊！

三

我的窗前结着两个蛛网。
蜘蛛晚餐的时候，
也正是我晚餐的时候。

四

世界那么广大，
而我却把自己的天地布置得这样狭小！

五

冬夜原来就是冷清的，
更不必再加上邻家的筝声了。

六

夜晚归来的时候，
踏着落叶而思想着远方。

头发结满水珠了！
原来是个小雨之夜。

七

从前是和孤独来斗争，
而现在是体验着这孤独。
一样的孤独，
两样的滋味。

八

本也想静静地工作，
本也想静静地生活，
但被寂寞燃烧得发狂的时候，
烟，吃吧！
酒，喝吧！
谁人没有心胸过于狭小的时候。

九

绿色的海洋，
蓝色的海洋，

我羡慕你的伟大，
我又怕你的惊险。

十

朋友和敌人，
我都一样的崇敬，
因为在我的灵魂上，
他们都画过条纹。

十一

今后将不再流泪了，
不是我心中没有悲哀，
而是这狂妄的人间迷惘了我了。

十二

和珍宝一样得来的友情，
一旦失掉了，
那刺痛就更甚于失掉了珍宝。

十三

我的胸中积满了沙石，
因此我所想望的只是旷野，高天和飞鸟。

十四

烦恼相同原野上的春草，
生遍我的全身了。

十五

走吧！
还是走，
若生了流水一般地命运，
为何又希求着安息！

十六

蒙古的草原上，
和羊群一同做着夜梦，
那么我将是个牧羊的赤子了。

十七

眼泪对于我，
从前是可耻的，
而现在是宝贵的。

十八

东京落雪了，
好像看到了千里外的故乡。

十九

月圆的时候，
可以看到；
月弯的时候，
也可以看到；
但人的灵魂的偏缺，
却永也看不到。

二十

生命为什么不挂着铃子？
不然丢了你，
怎能感到有所亡失。

二十一

还没有走上沙漠，
就忍受着沙漠之渴，
那么，
既走上了沙漠，
又将怎样？

二十二

理想的白马骑不得，
梦中的爱人爱不得。

二十三

海洋之大，
天地之广，

却恨各自的胸中狭小，
我将去了！

二十四

当野草在人的心上长起来时，
不必去铲锄，
也绝铲锄不了。

二十五

想望得久了的东西，
反而不愿意得到，
怕的是得到那一刻的颤栗，
又怕得到后的空虚。

二十六

可厌的人群，
固然接近不得，
但可爱的人们也正在可厌的人群之中。
若永远躲避着脏污，
则又永远得不到纯洁。

二十七

可怜的冬朝，
无酒亦无诗。

二十八

什么最痛苦?
说不出的痛苦最痛苦。

二十九

失掉了爱的心板，
相同失掉了星子的天空。

三十

野犬的心情我不知道，
飞向异乡去的燕子的心情我不知道。
但自己的心情，
自己却知道。

三十一

此刻若问我什么最可怕，
我说：
泛滥了的情感最可怕。

三十二

偶然一开窗子，
看到了檐头的圆月。

三十三

人在孤独的时候，
反而不愿意看到孤独的东西。

三十四

我本一无所恋，
但又觉得到处皆有所恋，
这烦乱的情绪呀！

我咒诅着你，
好像咒诅恶魔那么咒诅。

三十五

从异乡又奔向异乡，
这愿望该多么渺茫！
而况送着我的是海上的波浪，
迎接着我的是异乡的风霜。

三十六

只要那是真诚的，
那怕就带着点罪恶，
我也接受了。

三十七

当悲哀，
反而忘记了悲哀，
那才是最悲哀的时候。

一九三七，一，三日。东京。

拜墓诗*
——为鲁迅先生

跟着别人的脚迹，
我走进了墓地，
又跟着别人的脚迹，
来到了你的墓边。

那天是个半阴的天气，
你死后我第一次来拜访你。

我就在你的墓边竖了一株小小的花草，
但，并不是用以招吊你的亡魂，
只说一声：久违。

* 本诗1937年4月23日发表于（天津）（上海）《大公报》“文艺”副刊第三二七期，当时题名《拜墓》，署名萧红；同年5月1日，（长春）《大同报》“文艺”副刊转载（有删节）；同年6月10日，（上海）《好文章》杂志第九期“诗选”栏目转载。同年7月，作者又以《拜墓诗——为鲁迅先生》为题手抄此诗存留于“私の文集”，文字亦有改动。1980年10月《中国现代文学研究丛刊》第三辑《有关〈萧红自集诗稿〉的一些情况》再次刊出。

我们踏着墓畔的小草，
听着附近的石匠钻着墓石的声音。
那一刻，
胸中的肺叶跳跃了起来。

我哭着你，
不是哭你，
而是哭着正义。

你的死，
总觉得是带走了正义，
虽然正义并不能被人带走。

我们走出了墓门，
那送着我们的仍是铁钻击打着石头的声音，
我不敢去问那石匠，
将来他为着你将刻成怎样的碑文？

一九三七，三，八日

一粒土泥 *

别人对你不能知晓，
因为你是一棵亡在阵前的小草。

这消息传来的时候，
我们并不哭得嚎啕，
我们并不烦乱着终朝，
只是猜着你受难的日子，
在何时才得到一个这样的终了？

你的尸骨已经干败了！
我们的心上，
你还活活地走着跳着；
你的尸骨也许不存在了！
我们的心上，
你还活活地说着笑着。

---

* 本诗 1937 年 8 月 1 日初刊于（上海）夜哨丛书出版社初版《兴安岭的风雪》（单行本）附录部分，署名萧红；后有手抄稿留底于“私の文集”，略有改动。1980 年 10 月，《中国现代文学研究丛刊》第三辑《有关〈萧红自集诗稿〉的一些情况》再次刊出。

苍天为什么这样地迢迢!
受难的兄弟:
你怎样终止了你最后的呼吸?
你没喝到朋友们端给你的一杯清水,
你没听到朋友们呼叫一声你的名字,
处理着你的,
完全是出于我们的敌人。

朋友们慌忙的相继而出走,
只把你一个人献给了我们的敌手,
也许临行的时候,
没留给你一言半语;
也许临行的时候,
把你来忘记!
而今你的尸骨是睡在山坡或是洼地?
要想吊你,
也无从吊起!

将来全世界的土地开满了花的时候,
那时候,
我们全要记起,
亡友剑啸,
就是这开花的一粒土泥。

三七,六,二十

书信

致萧军

1936年7月18日（长崎—上海）

君先生[1]：

海上的颜色已经变成黑蓝了，我站在船尾，我望着海，我想：这若是我一个人，我怎敢渡过这样的大海！

这是黄昏以后我才给你写信，舱底的空气并不好，所以船开没有多久我时时就好像要呕吐，虽然吃了多量的胃粉。

现在船停在长崎了[2]，我打算下去玩玩。昨天的信并没写完就停下了。

到东京再写信吧！

祝好！

莹[3]

七月十八日

1　君先生，即萧军。

2　现在船停在长崎了，作者1937年7月17日乘船离沪前往日本东京，这第一封信分两次写于途中轮船上，然后从长崎寄往上海。当时客轮暂停长崎港卸货装货增加补给，旅客可以短时间上岸活动。

3　莹，作者自谓，源于其本名张迺莹。

1936年7月20日（东京—上海）

三郎：

现在我平安的到了，正要出去吃饭。所以少少写点。

悄悄[1]

七月廿日

她们[2]很高兴。

1 悄悄，作者自谓，亦是萧军对她的昵称，源于她早期常用笔名“悄吟”。

2 她们，指当时在东京迎接她的黄源夫人许粤华等。

1936年7月21日（东京—上海）

均：

你的身体这几天怎么样？吃得舒服吗？睡得也好？当我搬房子的时候，我想：你没有来，假若你也来，你一定看到这样的席子就要先在上面打一个滚，是很好的，像住在画的房子里面似的。

你来信寄到许[1]的地方就好，因为她的房东熟一些。

海滨，许不去，以后再看，或者我自己去。

一张桌是〔和〕一个椅子都是借的。屋子里面也很规整，只是感到寂寞了一点，总有点好像少了一点什么！住下几天就好了。

外面我听到蝉叫，听到踏踏的奇怪的鞋声，不想写了！也许她们快来叫我出去吃饭的时候了！

你的药不要忘记吃，饭少吃些。可以到游泳池去游泳两次，假若身体太弱，那么到海上去游泳更不能够了。

祝好！

别的朋友也都祝好！

莹

七月廿一日

1 许，指许粤华。

1936年7月26日（东京—上海）

均：

现在我很难过，很想哭。想要写信，钢笔里面的墨水没有了，可是怎样也装不进来，抽进来的墨水一压又随着压出去了。

华[1]，起来就到图书馆去了，我本来也可以去，我留在家里想写一点什么，但哪里写得下去，因为我听不到你那登登的上楼的声音了。

这里的天气也算很热，并且讲一句话的人也没有，看的书也没有，报也没有，心情非常坏，想到街上去走走，路又不认识，话也不会讲。

一

昨天到神保町[2]的书铺去了一次，但那书铺好像与我一点关系也没有，这里太生疏了，满街响着木履[3]的声音，我一点也听不惯这声音。这样一天一天的我不晓得怎样过下去，真是好像充军西伯利亚一样。

比我们起初来到上海的时候更感到无聊，也许慢慢的就好

1　华，即许粤华。

2　神保町，位于东京千代田区，以神田神保町为中心的旧书街，堪称世界第一规模。始于明治年间1880年代，大部分书店以经营和收购旧书为主，种类丰富，亦不乏珍贵的古籍孤本，迄今为止都吸引着来自世界各地的读者和藏书家。

3　木履，亦称木屐。一种两齿木底鞋，鞋底有四个铁钉，耐磨、防滑；适合在雨天、泥上行走。起源于中国，魏晋时传入日本并流行成为大和民族的传统服饰。

了！但这要一个长的时间，怕是我忍耐不了。不知道你现在准备要走了没有？我已经来了五六天了，不知为什么你还没有信来？

珂[1]已经在十六号起身回去了。

不写了，我要出去吃饭，或者乱走走。

吟[2]上

七月廿六上〔午〕十时半

1　珂，作者胞弟张秀珂，此前听闻他已到日本留学，作者满心希望能够在东京见到。

2　吟，作者自谓，源于笔名“悄吟”。

1936年8月14日（东京—青岛）

均：

接到你四号写的信现在也过好几天了，这信看过后，我倒很放心，因为你快乐，并且样子也健康。

稿子我已经发出去三篇，一篇小说，两篇不成形的短文。现在又要来一篇短文，这些完了之后，就不来这零碎，要来长的了。

现在是十四号，你一定也开始工作了好几天了吧？

鸡子[1]你遵命了，我很高兴。

你以为我在混光阴吗？一年已经混过一个月。

我也不用羡慕你，明年阿拉[2]自己也到青岛去享清福。我把你遣到日本岛上来！

——莹

八月十四日

1　鸡子，也称鸡子儿，即鸡蛋。当时萧军刚到青岛，作者不放心其饮食起居，建议他每天吃两个“鸡子”；萧军信中回复以“作息时间表”中的早点食谱：“一瓶牛乳，五块苏达饼干，两个鸡子。”

2　阿拉，上海方言，“我”或“我们”的意思。源于宁波方言，亦通用于义乌、舟山等地。

1936年8月17日（东京—青岛）

均：

今天我才是第一次自己出去走个远路，其实我看也不过三五里，但也算了，去的是神保町，那地方的书局很多，也很热闹，但自己走起来也总觉得没什么趣味，想买点什么，也没有买，又沿路走回来了。觉得很生疏，街路和风景都不同，但有黑色的河，那和徐家汇一样，上面是有破船的，船上也有女人，孩子。也是穿着破衣裳。并且那黑水的气味也一样。像这样的河恐怕巴黎也会有！

你的小伤风既然伤了许多日子也应该管他〔它〕，吃点阿司匹林吧！一吃就好。

现在我庄严的告诉你一件事情，在你看到之后一定要在回信上写明！就是第一件你要买个软枕头，看过我的信就去买！硬枕头使脑神经很坏。你若不买，来信也告诉我一声，我在这边买两个给你寄去，不贵，并且很软。第二件你要买一张当作被子来用的有毛的那种单子，就像我带来那样的，不过更该厚点。你若懒得买，来信也告诉我，也为你寄去。还有，不要忘了夜里不要〔吃〕东西。没有了。以上这就是所有的这封信上的重要的事情。

我的稿子又交出去一小篇。

照像机现在你也有用了，再寄一些照片来。我在这里多少有点苦寂，不过也没什么，多写些东西也就添补起来了。

旧地重游[1]是很有趣的，并且有那样可爱的海！你现在一定洗海澡去了好几次了？但怕你没有脱衣裳的房子。

你再来信说你这样好那样好，我可说不定也去！我的稿费也可以够了。你怕不怕？我是和〔你〕开玩笑？也许是假玩笑。

你随手有什么我没看过的书也寄一本两本来！实在没有书读，越寂寞就越想读书，一天到晚不说话，再加上一天到晚也不看一个字我觉得很残忍，又像我从〔前〕在旅馆一个人住着的那个样子[2]。但有钱，有钱除掉吃饭也买不到别的趣味。

祝好。

萧上

八月十七日

1　旧地重游，当时萧军刚从上海到达青岛，住山东大学友人处。两年前两萧曾在青岛度过一段平静安宁的日子，所以有“旧地重游”之说。

2　又像我从〔前〕在旅馆一个人住着的那个样子，作者初到日本尚未适应环境，无人说话，无书可读，不由联想起当年在东兴旅馆被囚禁的日子。

1936年8月22日（东京—青岛）

军：

现在正和你所说的相反，烟也不吃了，房间也整整齐齐的。但今天却又吃上了半支烟，天又下雨，你又总也不来信，又加上华要回去了！又加上近几天整天发烧，也怕是肺病的〔样〕子，但自己晓得，决不是肺病。可是又为什么发烧呢？烧得骨节都酸了！本来刚到这里不久夜里就开〔始〕不舒服，口干、胃涨……近来才晓是又〔有〕热度的关系，明天也许跟华到她的朋友地方去，因为那个朋友是个女医学生，让她带我到医生的地方去检查一下，很便宜，两元钱即可。不然，华几天走了，我自己去看医生是不行的，连华也不行，医学上的话她也不会说。大概你还不知道，黄[1]的父亲病重，经济不够了，所以她必得回去。大概二十七号起身。

她走了之后，他妈的，再就没有熟人了，虽然和她同住的那位女士倒很好，但她的父亲来了，父女都生病，住到很远的朋友家去了。

假若精神和身体少微好一点，我总就要工作的，因为除了工

1　黄，指黄源，他父亲病重后家中经济状况紧张，因此许粤华不得不中断留学生活回国。

作再没有别的事情可作的。可是今天是坏之极，好像中暑似的！疲乏，头痛和不能支持。

不写了，心脏过量的跳，全身的血液在冲击着。

祝好！

吟

八月廿二日夜雨时

你还是买一部唐诗给我寄来。

1936年8月27日（东京—青岛）

你的信封上带一个小花我可很喜欢，起初我是用手去揿的。

均：

我和房东的孩子很熟了，那孩子很可爱，黑的，好看的大眼睛，只有五岁的样子，但能教我单字了。

这里的蚊子非常大，几乎使我从来没有见过。

—

那回在游泳池里，我手上受的那块小伤，到现在还没有好。肿一小块，一触即痛。现在我每日二食，早食一毛钱，晚食两毛钱或一毛五，中午吃面包或饼干。或者以后我还要吃得好点，不过，我一个人连吃也不想吃，玩也不想玩，花钱也不愿花。你看，这里的任何公园我还没有去过一个，银座大概是漂亮的地方，我也没有去过，等着吧，将来日语学好了再到处去走走。

你说我快乐的玩吧！但那只有你，我就不行了，我只有工作，睡觉，吃饭，这样是好的，我希望我的工作多一点。但也觉得不好，这并不是正常的生活，有点类似放逐，有点类似隐居。你说不是吗？若把我这种生活换给别人，那不是天国了吗？其实在我，也和天国差不多了。

你近来，怎么样呢？信很少，海水还是那样蓝么？透明吗？

浪大吗？劳山[1]也倒真好？问得太多了。

可是，六号的信，我接到后即回你，怎么你还没有接到？文章没有写出，信倒写了这许多。但你，除掉你刚到青岛的一封信，后来十六号的〔一〕封，再就没有了，今天已经是二十六日。我来在这里一个月零六天了。

现在放下，明天想起什么来再写。

今天同时接到你从劳山回来的两封信，想不到那小照像机还照得这样好，真清楚极了！什么全看得清，就等于我也逛了劳山一样。

说真话！逛劳山没有我同去，你想不到吗？

那大张的单人像，我倒不敢佩服，你看那大眼睛，大得我从来都没有看见过。

两片红叶子已经干干的了，我还记得我初认识你的时候，你也是弄了两张叶子给我，但记不得那是什么叶子了。

孟[2]有信来，并有两本《作家》[3]来。他这样好改字换句的，也真是个毛病。

“瓶子很大，是朱色，调配起来，也很新鲜！只是……”这“只是”是什么意思呢，我不懂。

花皮球走气，这真是很可笑，你一定又是把它压坏的。

1　劳山，即位于青岛东部的著名风景区崂山，当时萧军曾去游玩并将沿途见闻告知作者。

2　孟，指孟十还，辽宁人，曾留学苏联，专攻苏俄文学的翻译家。

3　《作家》，《作家》（月刊），由孟十还主编，上海杂志公司发行，发表原创作品为主，是当时有影响的文学刊物。1936年4月创刊，同年11月停刊，共出八期；其中五期登载了萧红的作品。

还有可笑的，怎么你也变了主意呢？你是根据什么呢？那么说，我把写作放在第一位始终是对的。

我也没有胖也没有瘦，在洗澡的地方天天过磅。

对了，今天整整是廿七号，一个月零七天了。

西瓜不好那样多吃，一气吃完是不好的，放下一会再吃。

你说我滚回去，你想我了吗？我可不想你呢，我要在日本住十年。

我没有给淑奇[1]去信，因为我把她的地址忘了，商铺街十号还是十五号？还是内十五号呢？正想问你，下一信里告诉我吧！

那么周[2]走了之后，我再给你信，就不要写周转了？

—

我本打算在二十五号之前再有一个短篇产生，但是没能够，现在要开始一个三万字的短篇了。给《作家》十月号。完了就是童话[3]了。我这样童话来，童话去的，将来写不出，可应该觉得不好意思了。

东亚[4]还不开学，只会说几个单字，成句的话，不会。房东

1 淑奇，袁淑奇（也叫袁时洁），两萧早年哈尔滨的朋友。

2 周，萧军友人周学普，时在山东大学教书，萧军在青岛就住他处，作者从日本寄去的信都由他代转。

3 童话，跟“童话”题材有关的作品是作者一直计划想写的东西，给萧军信中几番提及但终未成篇。1936 年 10 月 29 日信中云：“童话未能开始，我也不作那计画〔划〕了，太难，我的民间生活不够用的。”

4 东亚，即“东亚学校”，二战前日本专门招收中国留学生的私立预备教育机构，1925 年由教育家松本龟次郎创办，时称“东亚高等预备学校”。1935 年 5 月起，由弘文学院和“东亚高等预备学校”合并而成东亚学校，在当时“神田区西神田二丁目二番七”（现“东方学会”所属大楼）新址开始授课。

还不错，总算比中国房东好。

你等着吧！说不定哪一个月，或哪一天，我可真要滚回去的。到那时候，我就说你让我回来的。

不写了。

祝好。

吟

八月廿七晚七时。

东京麹町区富士见町二丁目 九–五 中村方[1]

---

1 东京麹町区富士见町二丁目 九–五 中村方，“东京麹町区富士见町二丁目 九–五”这个地址应该是作者在日本的确切住处；“中村方”应该是房东的名字。此前收信都是别人代转，一个多月后基本安顿下来，就请萧军直寄这里。

1936年8月30日（东京—青岛）

均：

二十多天感到困难的呼吸，只有昨夜是平静的，所以今天大大的欢喜，打算要写满十页稿纸。

别的没有什么可告诉的了。

腿肚上被蚊虫咬了个大包。

莹

八月卅 晚。

1936年8月31日（东京—青岛）

均：

不得了了！已经打破了记录，今已经超出了十页稿纸。我感到了大欢喜。但，正在我〔写〕这信，外边是大风雨，电灯已经忽明忽灭了几次。我来了一个奇怪的幻想，是不是会地震呢？三万字已经有了二十六页了。不会震掉吧！这真是幼稚的思想。但，说真话，心上总有点不平静，也许是因为“你”不在旁边？

电灯又灭了一次。外面的雷声好像劈裂着什么似的！……我立刻想起了一个新的题材。

从前我对着这雷声，并没有什么感觉，现在不然了，它们都会随时可以波动着我的灵魂。

灵魂太细微的人同时也一定渺小，所以我并不崇敬我自己。我崇敬粗大的、宽宏的……

我的表，已经十点一刻了，不知你那里是不是也有大风雨？

电灯又灭了一次。

只得问一声晚安放下笔了。

吟

卅一日夜。八月。

1936年9月2日（东京—青岛）

均：

这样剧烈的肚痛，三年前[1]有过，可是今天又来了这么一次，从早十点痛到两点。虽然是四个钟头，全身就发抖了。洛定片[2]，不好用，吃了四片毫没有用。

稿子到了四十页，现在只得停下，若不然，今天就是五十页，现在也许因为一心一意的缘故，创作得很快，有趣味。

—

每天我总是十二点或一点钟睡觉，出息得很，小海豹[3]也不是小海豹了，非常精神，早睡，睡不着反而乱想一些更不好。不用说，早晨起得还是早的。肚子还是痛，我就在这机会上给你写信，或者有凡拉蒙[4]吃下去会好一点，但，这回没有人给买了。

---

1 三年前，指1933年前后，当时两萧在哈尔滨过着饥寒交迫的日子，由于产后虚弱和营养不良，作者经常肚子痛。

2 洛定片，当时比较常用的止痛药，现已淘汰。报纸上广告说它："专治头痛、风湿痛、月经痛、寒热。"出国时作者带了部分备用。

3 小海豹，萧军对作者的戏称。讥其不能熬夜，晚上一到九、十点钟就哈欠连连，一打哈欠两只大眼睛就储满泪水……"俨然一只趴在水边亮着一双水汪汪大眼睛的小海豹"（萧军语）。

4 凡拉蒙，民国时期（北方地区）流行的止痛药，德国先灵公司出品。号称是止痛良药，奏效如神，其广告语云："立止一切疼痛！"且无甚负作用，是作者日常生活中的常备药。

这稿既然长，抄起来一定错字不少，这回得特别加小心。

不多写了。我给你写的信也太多。

祝好。

吟

九月二日

肚子好了。二日五时。

1936 年 9 月 4 日（东京—青岛）

三郎：

五十一页就算完了。自己觉得写得不错，所以很高兴。孟写信来说："可不要和《作家》疏远啊！"这回大概不会说了。

你怎么总也不写信呢？我写五次，你才写一次。

肚痛好了。发烧还是发。

我自己觉得满足，一个半月的工夫写了三万字[1]。

补习学校[2]，还没有开学。这里又热了几天。今天很凉爽。一开学，我就要上学的，生活太单纯，与精神方面不很好。

昨天我出去，看到一个穿中国衣裳的中国女人，在街上喊住了一个汽车，她拿一个纸条给了车夫，但没拉她。街上的人都看着她笑，她也一定和我似的是个新飞来的鸟。

1　一个半月的工夫写了三万字，从 7 月 20 日抵达东京到写这封信的 9 月 4 日，恰好"一个半月的工夫"，这天作者完成了小说《家族以外的人》的写作——应该算是个小中篇了，再加上此前所写所发，她说自己这期间"写了三万字"，因而"觉得满足"。

2　补习学校，指专为中国留学生补习日语的"东亚学校"。

到现在，我自己没坐过任何一种车子。走也只去过神保町。冰淇淋吃得顶少，因为不愿意吃。西瓜还吃，也不如你吃得多。也是不愿意吃。影戏一共看过三次。任何公园没有去过。一天廿四小时三顿饭，一觉，除此即是在椅子上坐着。但也快活。

祝好。

吟

九，四。

1936年9月6日（东京—青岛）

均：

你总是用那样使我有点感动的称呼叫着我。

但我不是迟疑，我不回去的，既然来了，并且来的时候是打算住到一年，现在还是照着作，学校开学，我就要上学的。

但身体不大好，将来或者治一治。那天的肚痛，到现在还不大好。你是很健康的了，多们黑！好像个体育棒子。不然也像匹小马！你健壮我是第一高兴的。

黎的刊物[1]怎么样，没有人告诉我！

黄[2]来信说十年[3]一册也要写稿，说你已答应写了？但那东西是个什么呢？

上海那三个孩子[4]怎么样？

1　黎的刊物，黎是黎烈文，刊物指当年8月创刊的《中流》杂志，黎为该刊主编。

2　黄，指黄源。

3　十年，即《十年：开明书店创业十周年纪念》的简称，是开明书店为纪念创立十周年而特辑出版的短篇小说集。开明书店总编辑夏丏尊主编，章锡琛发行。1936年7月初版，两个月后又出续集。萧军所作《四条腿的人》刊于续集中。

4　上海那三个孩子，从哈尔滨跑到上海去闯世界的三个年轻人，希望能得到指点和帮助。据萧军回忆，差不多都十六、七岁；一个姓陈，两个姓张，都是会写些诗歌之类的文艺青年。

你没有请王关石[1]吃一顿饭？我一想起王关石，我就想起你打他的那块石头！袁泰[2]见过？还有那个张[3]？

唐诗我是要看的，快请寄来！精神上的粮食太缺乏！所以也会有病！

不多写了！明年见吧！

莹

九月六日

1 王关石，两萧哈尔滨时期的朋友，青年画家；曾与萧军因事争执，几乎动手，后言归于好。

2 袁泰，当时去上海的青岛学生，系萧军在青岛编《晨报》副刊时认识的投稿青年。

3 那个张，和袁泰一起从青岛到上海的年轻人。

1936年9月9日（东京—青岛）

三郎：

稿子既已交出，这两天没有事做，所以做了一张小手帕，送给你吧！

《八》[1]既已五版，但没有印花的。消〔销〕路总算不错。现在你在写什么？

劳山我也不想去，不过开个玩笑就是了，吓你一跳，我腿细不细的，你也就不用骂！

临别时，我不让你写信，是指的罗哩罗嗦的信。

—

黄来信，说有书寄来，但等了三天，还不到。《江上》[2]也有，《商市街》[3]也有，还有《译文》[4]之类。我是渴想看书的，一天二十四小时，既不烧饭，又不谈天，所以一休息下就觉得天长得很，你靠着电柱读的是什么书呢？普通一类，都可以寄来的，并不用挂号，太费钱，丢是不常丢的。唐诗也快寄来，读读何妨？

---

1 《八》，萧军的长篇小说《八月的乡村》，1935年7月作为“奴隶丛书”之二在上海自费出版，一年后已印行到第五版。

2 《江上》，萧军的短篇小说集，1936年8月作为巴金主编的《文学丛刊》第二集第二册，由（上海）文化生活出版社初版。

3 《商市街》，萧红的第一部散文集，1936年8月列为巴金主编的《文学丛刊》第二集第十二册，由（上海）文化生活出版社初版，内收散文四十一篇。

4 《译文》，专门刊载翻译、介绍外国文学作品的杂志，由鲁迅和茅盾发起，1934年9月在上海创刊，最初三期为鲁迅编辑，后由黄源接手主编，上海生活书店发行。

我就是怎样一个庄严的人，也不至于每天每月庄严到底呀，尤其是诗，读一读就像唱歌似的、情感方面也愉〔娱〕乐一下，不然，这不和白痴过的生活一样吗？写当然我是写的，但一个人若让他一点也不间断下来，总是想，和写，我想是办不到，用功是该用功的，但也要有一点误〔娱〕乐，不然就像住姑子庵了！所以说来说去，唐诗还是快点寄来。

胃还是坏，程度又好像深了一些，饮食，我是非〔常〕注意，但还不好，总是一天要痛几回。可是回去，我是不回去，来一次不容易，一定要把日文可以看书的时候，才回去，这里书真是多得很，住上一年，不用功也差不了。黄来信，说你十月底回上海，那末北平不去了吗？

祝好！

莹

九月九日

东亚补习学校，昨天我又跑去看了一次，但看不懂，那招生的广告我到底不知道是招的什么生，过两天再去看。

1936年9月10日（东京—青岛）

三郎：

我也给你画张图看看，但这是全屋的半面。我的全屋就是六张席子。你的那张图，别的我倒没有什么，只是那两个小西瓜，非常可爱，你怎么也把它们两个画上了呢？假如有我，我就不是把它吃掉了吗？

尽胡说，修炼什么？没有什么好修炼的。一年之后，才可看书。

今天早晨，发了一信，想不到下午就有书来，也有信来。唐诗，读两首也倒觉不出什〔么〕好，别的夜来读。

如若在日本住上一年，我想一定没有什么长进，死水似的过一年。我也许过不到一年，或几个月就不在这里了。

日文我是不大喜欢学，想学俄文，但日语是要学的。

以上是昨天写的。

今天我去交了学费，买了书，十四号上课，十二点四十分起，四个钟头止，多是相当多，课本就有五六本。全是中国人，那个学校就是给中国人预备的。可不知珂来了没有？

三个月，连书在一起二十一二块钱，本来五号就开课了，但我是错过了的。

现在我打算给奇她们写信，所以不多写了。

祝好。

吟

九月十日

1936年9月12日（东京—青岛）

均：

今晨刑事[1]来过，使我上了一点火，喉咙很痛，麻烦得很，因此我不知住到什么时候就要走的。

情感方面很不痛快，又非到我的房间不可，说东说西的。早晨我本来没有起来，房东说要谈就在下面谈吧！但不肯，非到我的房间不可，不知以后还来不来？若再来，我就要走。

华同住的朋友，要到市外去住了，从此连一个认识人也没有。我想这也倒不要紧，我好好来创作，但，又因此不安了起来，使我对这个地方的厌倦更加上厌倦。他妈的，这年头……

我主要的目的是创作，妨害了它是不行的。

本来我很高兴，后天就去上课，但今天这种感觉，使我的心情特别坏。忍耐一个时期再看吧！但青岛我不去。不必等我，你要走尽管走。

你寄来的书，通通读完了。

1　刑事，即日本便衣警察，当时在日本几乎无处不在。这次蛮横的造访让作者很是上火，甚至不想再待下去。

他妈的，混帐王八蛋。

祝好。

吟

九月十二日

均：

刚才写的信，忘记告诉你了，你给奇写信，告诉她，不要把信寄给我。你转好了。

你的信封面也不要写地址[1]。

—

1 你的信封面也不要写地址，因当时中日关系紧张，而他们都是左翼阵营作家，若引得“刑事”格外关注势必带来麻烦。

1936年9月14日（东京—青岛）

均：

你的照片像个小偷。你的信也是两封一齐到。(七日九日两封)

你开口就说我混帐东西，好，你真不佩服我？十天写了五十七页稿纸。

你既然不再北去，那也很好，一个人本来也没有更多的趣味。牛奶我没有吃，力弗肝[1]也没有买，因为不知道外国名字，又不知道卖西洋药的药房，这里对于西洋货排斥得很，不容易买到。肚子痛打止痛针也是不行，一句话不会说，并且这里的医生要钱很多。我想买一瓶凡拉蒙预备着下次肚痛，但不知到哪里去买？想问问是没有人可问的。

秋天的衣裳，没有买，这里的天气还一点用不着。

我临走时说要给你买一件皮外套的，回上海后，你就要替我买给你自己。四十元左右。我的一些零碎的收入，不要他们寄来，直接你去取好了。

1　力弗肝，民国时治疗贫血症专用药，其广告云："专注血亏"，"本品系特制之肝脏结晶体剂，为专治各种血亏之唯一有效良药也。"

心情又闹坏了，不然这两天就要开始新的，但，停住了，睡觉也不安起来，想来想去。他妈的，再来麻烦，我可就不受了。

我给萧乾的文章[1]，黄也一并交给黎了[2]，你将来见萧时，说一声对不住。

祝好。

荣子[3]

九月十四日

关于信封，你就一连串写下来好了。不必加点号。

1 萧乾，著名记者、作家，时为《大公报》“文艺”副刊主要编辑。文章应为作者在9月初完成的短篇小说《王四的故事》，9月20日出版的（上海）《中流》（半月刊）第一卷第二期刊出。

2 黄也一并交给黎了，黄，《译文》等刊物编辑黄源。黎，《中流》主编黎烈文。

3 荣子，该落款源自于作者的乳名“荣华”。

1936年9月17日（东京—青岛）

均：

近来我的身体很不健康[1]，我想你也晓得，说不定哪天就要回去的，所以暂且不要有来信。

房东既不会讲话，丢掉了不大好。我是时时给你写信的。我还很爱这里，假若可能我还要住到一年。

你若来信，报报平安也未曾〔尝〕不可。

小鹅[2]

九月十七日

1　健康，非作本意讲，喻指作者因几天前“刊事”的造访而精神方面很不愉快。
2　小鹅，亦是萧军所赠戏称之一，盖因萧红每遇惊愕或高兴，两只手就左右张开，颇像一只受惊的白鹅或企鹅。

1936年9月19日（东京—青岛）

均：

前一封信，我怕你不懂，健康二字非作本意来解。

学校我每天去上课，现在我一面喝牛奶一面写信给你，你十三和十四日发来的信，一齐接到，这次的信非常快，只要四五天。

我的房东很好，她还常常送我一些礼物，比方糖，花生，饼干，苹果，葡萄之类，还有一盆花，就摆在窗台上。

我给你的书签，谢也不谢，真可恶！以后什么也不给你。

我告诉你，我的期限是一个月，童话终了为止，也就是十月十五前。来信尽管写些家常话。

医生我是不能去看的，你将来问华就知道这边的情形了。上海常常有刊物寄来，现在我已经不再要了。这一个月，什么事也不管，只要努力童话。小花叶我把它放到箱子里去。

祝好。

小鹅

九月十九。

1936年9月21日（东京—青岛）

均：

昨天和今天都是下雨，我上课回来是遇着毛毛雨，所以淋得不很湿，现在我有雨鞋了，但，是男人的样子，所以走在街上有许多人笑，这个地方就是如此守旧的地方，假若衣裳你不和她们穿得同样，谁都要笑你，日本女人穿西装，罗里罗嗦，但你也必得和她一样罗嗦，假若整齐一些，或是她们没有见过的。人们就要笑。

上课的时间真是够多的，整个的下半天就为着日语消费了去。今天上到第三堂的时候，我的胃就很痛，勉强支持过来了。

这几天很凉了，我买了一件小毛衣（二元五），将来再冷，我就把大毛衣穿上。我想我的衣裳一定可以支持到下月半。

你替我买给你自己的外套，回去就应该买。

我很爱夜，这里的夜，非常沉静，每夜我要醒几次的，每醒来总是立刻又昏昏的睡去，特别安静，又特别舒适。早晨也是好的，阳光还没晒到我的窗上，我就起来了。想想什么，或是吃点什么。这三两天之内，我的心又安然下来了。什么人什么命，吓了一下，不在乎。

孟有信来，说我回去吧！在这住有什么意思呢？

现在我一个人搭了几次高架电车，很快，并且还钻洞，我觉得很好玩，不是说好玩，而说有意思。因为你说过，女人这个也好玩那个也好玩。上回把我丢了，因为不到站我就下来了，走出了车站看看不对，那么往哪里走呢？我自己也不知道，瞎走吧，反正我记住了我的住址。可笑的是华在的时候，告诉我空中飞着的大气球是什么商店的广告，那商店就离学校不远，我一看到那大球，就奔着去了。于是总算没有丢。

信写到此地，季刊[1]来了。翻着看了半天，把那随笔二篇[2]看了半天，其中很有情感，别无所取。

虹[3]没有信来，你告诉他也不要来信了，别人也告诉不要来信了。

这是你在青岛我给你的末一封信。再写信就是上海了。船上买一点水果带着，但不要吃鸡子，那东西不消化。饼干是可以带的。

祝好。

小鹅

九月二十一日

1　季刊，指当年 8 月 1 日出版的（上海）《文季月刊》第一卷第三期。

2　随笔二篇，散文《十三天》和《最后的一星期》以“随笔两篇”为题刊于这期《文季月刊》，是对两年前即将告别哈尔滨的记述。

3　虹，两萧的朋友、东北作家罗烽，当时人在上海；早年曾用笔名洛虹。

1936年9月23日（东京—青岛）

均：

昨天下午接到你两封信。看了好几遍，本来前一信我说不在〔再〕往青岛去信了，可是又不能不写了。既接到信，也总是想回的，不管有事没有事。

今天放假，日本的什么节。

《第三代》[1]居然间上一部快完了，真是能耐不小！大概我写信时就已经完了。

小东西[2]，你还认得那是你裤子上剩下来的绸子？

坏得很，跟外国孩子去骂嘴！

水果我还是不常吃，因为不喜欢。

因为下雨所以你想我了，我也有些想你呢！这里也是两三天没有晴天。

不写了。

莹

九月廿三日

1 《第三代》，萧军的长篇小说代表作之一；在青岛期间写完第一部之外，第二部提纲的初稿也写完了。1937年2月和3月，《第三代》第一部和第二部由上海文化生活出版社出版；1946年和1948年，上海文化生活出版社和哈尔滨文化生活社分别再版了《第三代》第一部和第二部；1950年全部书稿完成后几经修改，1957年6月改名《过去的年代》，分上、下两册由北京作家出版社出版。1983年2月，黑龙江人民出版社将书名又改回《第三代》，分上、下两册重新出版。

2 小东西，对萧军的昵称，也是对萧军给她乱起浑名的“反击”。

1936年10月13日（东京—上海）

均：

我不回去了，来回乱跑，罗罗嗦嗦，想来想去，还是住下去吧！若真不得已那是没有法子。不过现在很平安。

近一个月来，又是空过的，日子过得不算舒服。

奇他们很好？小奇赶上小明那样可爱不[1]？一晃三年不见他们了。奇一定是关于我问来问去吧？你没问俄文先生[2]怎么样？他们今后打算住在什么地〔方〕呢？他们的经济情形如何？

天冷了，秋雨整天的下了，钱也快完了。请寄来一些吧！还有三十多元在手中，等钱到我才去买外套。月底我想一定会到的。

你的精神为了旅行很快活吧？

我已写信给孟，若你不在就请他寄来。

---

1 “小明”和“小奇”兄妹是两萧哈尔滨时期友人黄之明（黄田）和袁淑奇（袁时洁）夫妇的孩子。他们那时都喜欢“小明”，但不久他患病不治；后来又有了女儿“小奇”。黄、袁夫妇当年经常出手援助困窘中的两萧。

2 俄文先生，两萧在哈尔滨时曾得朋友赞助学习俄语，其“俄文先生”是十九岁的俄国姑娘“佛民娜”。

我很好。在电影上我看到了北四川路，我也看到了施高塔路[1]，一刻我的心是忐忑不安的。我想到了病老而且又在奔波里的人[2]了。

祝好。

吟

十月十三日

1 我看到了北四川路，我也看到了施高塔路，“北四川路”和“施高塔路”都是虹口区的街道。当年内山完造开设的“内山书店”就座落于北四川路，而鲁迅寓所所在的大陆新村九号就在北四川路稍北一点的施高塔路，距内山书店不远。1936年2月底前后，为了能离鲁迅更近，两萧到北四川路底附近的“丰乐里”租房居住，那里离“大陆新村”很近，在“内山书店”稍南，每次去“大陆新村”所在的“施高塔路”，“北四川路”都是必经之地。“北四川路”1946年更名为“四川北路”；“施高塔路”后改名“山阴路”。

2 病老而且又在奔波里的人，这里指鲁迅。

致黄源

1936年10月17日（东京—上海）

河清兄[1]：

老三[2]还没有回来？

我不回去了，我就在这里住下去了。

每日花费在日语上要六七个钟头，这样读下来简直不得了，一年以后真是可以，但我并不用功，若用起功来，时间差不多就没有了。可是《十年》的文章并没有因此而写出。

华姐忙得不得了吧？

《译文》还要请您寄给我，多谢多谢。

祝好。

吟

十月十七日

1　河清兄，即《译文》编辑黄源，黄源名启元，字河清。当时萧军应该离开青岛但不知是否回到上海，所以此信寄给了黄源。

2　老三，指萧军，源自他早年常用的笔名“三郎”。

致萧军

1936年10月20日（东京—上海）

均：

我这里很平安，决对不回去了。胃痛已好了大半，头痛的次数也减少。至于意外，我想是不会有的了。因为我的生活非常简单，每天的出入是有次数的，大概被“跟”了些日子，后来也就不跟了。本来在来这里之前也就想到了这层，现在依然是照着初来的意思，住到明年。

现在我的钱用到不够二十元了。觉得没有浪费，但用的也不算少数。希望月底把钱寄来，在国外没有归国的路费在手里是觉得没有把握的，而且没有熟人。

今天少上了一课，一进门，就在席子上面躺着一封信，起初我以为是珂来的，因为许的字真是有点像珂。~~但你的文法，我是不大明白的：“同来的有之明，奇现在天津，暂时不来。”我照原句抄下的。你看看吧。~~[1] 此句我懂了。

1 这段句子写上又划去，后面加上一句“此句我懂了”，大概是多看了几遍看明白了。

六元钱买了一套洋装（裾〔裙〕与上衣）毛线的。还买了草褥，五元。我的房间收拾得非常整齐，好像等待着客人的到来一样。草褥折起来当作沙发，还有一个小园〔圆〕桌，桌上还站着一瓶红色的酒。酒瓶下面站着一对金酒杯。大概在一个地方住得久了一点，也总是开心些的，因为我感觉到我的心情好像开始要管到一些在我身外的装点，虽然房间里边挂起一张小画片来，不算什么，是平常的，但，那须要多么大的热情来做这一点小事呢？非亲身感到的是不知道。我刚来的时候，就是前半个月吧，我也没有这样的要求。

日语教得非常多，大概要想通通记得住非整天的工夫不可，我是不肯，而且我的时〔间〕也不够用。总是好坐下来想想。

报上说是 L.[1] 来这里了？

我去洗澡去，不写了。

吟

十月廿日

明[2]。我在这里和你握手了。

1　L. 代指鲁迅，当时日本媒体有传闻说他将去日本，而鲁迅自己也确有考虑医生的建议，在做“转地疗养”的准备，但终未成行。

2　明，哈尔滨时期老朋友黄之明（即黄田），当时刚到上海。

1936年10月21日（东京—上海）

均：

昨天发的信，但现在一空下来就又想写点了。你们找的房子在哪里？多么大？好不好？这些问题虽然现在是和我无关了，但总禁不住要想。真是不巧，若不然我们和明他们在一道住上几个日子。

明，他也可以给我写点关于他新生活的愿望吗？因为我什么也不知道。小奇什么样？好教人喜欢的孩子吗？均，你是什么都看到了，我是什么也没看到。

均，你看我什么时候总好欠个小账，昨天又在夜市的一个小摊子上欠了六分钱，写完了这页纸就要去还的。

前些日子我还买了一本画册打算送给L.但现在这画只得留着自己来看了。我是非常爱这画册，若不然我想寄给你，但你也一定不怎么喜欢，所以这念头就打消了。

下了三天昼夜没有断的小雨，今天晴了，心情也新鲜了一些。

小沙发对于我简直是一个客人，在我的生活上简直是一件重大的事情，它给我减去了不少的孤独之感。总是坐在墙角在陪着我。

祝好。

吟

十月廿一日

奇什么时候南来呢？

1936年10月29日（东京—上海）

均：

挂号信收到。四十一元二角五的汇票，明天去领。二十号给你一信，二十四又一信，大概也都收到了吧?

你的房子虽然贵一点，但也不要紧，过过冬再说吧，外国人家的房子，大半不坏[1]，冬天装起火炉来，暖烘烘的住上三两月再说。房钱虽贵，我主张你是不必再搬的，一个人，还不比两个人，若冷冷清清的过着冬夜，那赶上上冰山一样了。也许你不然，我就不行，我总是这么没出息，虽然是三个月不见了，但没出息还是没出息。不过回去我是不回去的。奇来了时，你和明他们在一道也很热闹了。

钱到手就要没有的，要去买件袂外套，这几天就很冷了。余下的钱，我想在十一月一个整月就要不够。既住下去，钱少总害怕，而且怕生病，怕打仗。在这里是绝对孤独的。一百元不知能弄到不能？请你下一封信回我。总要有路费留在手里才放心。

这几天，火上得不小，嘴唇又全烧破了。其实一个人的死是必然的，但知道那道理是道理，情感上就总不行。我们刚来到上

1　外国人家的房子，大半不坏，从青岛回上海不久，萧军就入住吕班路（今重庆南路）256弄一处俄国人经营的家庭公寓，仍属法租界，所住房客多数是白俄，不少流亡关内的东北作家也在此居住。

海的时候，另外不认识更多的一个人了。在冷清清的亭子间里读着他的信[1]，只有他，安慰着两个飘泊的灵魂……写到此地鼻子就酸了。

均：童话未能开始，我也不再作那计画〔划〕了，太难，我的民间生活不够用的。现在开始一个两万字的，大约下月五号完毕。之后，就要来一个十万字的了，在十二月以内可以使你读到原稿。

日语懂了一些了。

日本乐器，“筝”在我的邻居家里响着。不敢说是思乡，也不敢说是思什么，但就总想哭。

—

什么也不再写下去了。

吟

十月廿九日

河清：我向你问好。

1 在冷清清的亭子间里读着他的信，这里是追忆他们初到上海人地两生举目无亲时，只有鲁迅的信带给他们希望和抚慰。

1936年11月6日（东京—上海）

均：

《第三代》写得不错，虽然没有读到多少。

《为了爱的缘故》[1]也读过了，你真是还记得很清楚，我把那些小节都摸〔模〕糊了去。

不知为什么，又来了四十元的汇票，是从邮局寄来的，也许你怕上次的没有接到？

我每天还是四点的功课，自己以为日语懂了一些，但找一本书一读还是什么也不知道。还不行，大概再有两月许是将就着可以读了吧？但愿自己是这样。

奇来了没有？

你的房子，还是不要搬，我的意思是如此。

在那“爱……”的文章里面，芹[2]简直和幽灵差不多了，读

---

1 《为了爱的缘故》，萧军的短篇小说，当年（1936年）9月底完成于青岛。以第一人称讲述一个受过正规军事训练的青年，憧憬着要去参加抗日的“人民革命军”；此时他遇到一个落难而有才华的女子需要帮助，因此矛盾，纠结……但最终留了下来……整个内容和过程近乎是两萧初遇时的生活“实录”。1937年收入萧军的作品集《十月十五日》。

2 芹，《为了爱的缘故》女主，以作者为原型；几年前的窘困和磨难一旦回放令萧红惭愧自己“简直和幽灵差不多了”。1936年前后萧军感情上的“散步”对萧红困扰较大，她东渡日本多少有着负气成分在内；此时的萧军写下此篇，亦不排除有隔空示好的初衷。

了使自己感到了颤栗，因为自己也不认识自己了。我想我们吵嘴之类，也都是因为了那样的根源——就是为一个人的打算，还是为多数人打算。从此我可就不愿再那样防〔妨〕害你了。你有你的自由了。

祝好。

吟

十一月六日

手套我还没有寄出，因为我还要给河清买一付。

1936年11月9日（东京—上海）

均：

昨夜接到一信，今晨接到一信。

关于回忆L．一类的文章，一时写不出，不是文章难作，倒是情绪方面难以处理。本来是活人，强要说他死了，一这么想，就非常难过。

许[1]，她还关心别人？她自己就够使人关心的了。

"刊物"[2]是怎样的性质呢？和《中流》差不多？为什么老胡[3]就连文章也不常见了呢？现在寄去手套两付，河清一付，你一付。

短篇没有写完。完时即寄出。

祝好。

荣子

十一月九日

1 许，指许广平。当时鲁迅病逝不久，萧红非常牵挂她和海婴。

2 "刊物"，指《报告》；是萧军和东北朋友等筹办的同仁杂志；1937年1月创刊，仅出一期，刊有作者自传散文《永久的憧憬和追求》。该刊并非偏重报告文学之类的作品，而是希望作者"把人世间所发生的事用几种文学方式报告出来"，或者"就把真正的事实写出来。"

3 老胡，指胡风。

1936年11月19日（东京—上海）

均：

因为夜里发烧，一个月来，就是嘴唇，这一块那一块的破着，精神也烦躁得很，所以一直把工作停了下来。想了些无用的和辽远的想头。文章一时寄不去。

买了三张画，东墙上一张南墙上一张北墙上一张，一张是一男一女在长廊上相会，廊口处站着一个弹琴的女人。还有一张是关于战争的，在一个破屋子里把花瓶打碎了，因为喝了酒，军人穿着绿裤子就跳舞，我最喜欢的是第三张，一个小孩睡在檐下了，在椅子上，靠着软枕。旁边来了的，大概是她的母亲，在栅栏外肩着大镰刀的大概是她的父亲。那檐下方块石头的廊道，那远处微红的晚天，那毛草的屋檐，檐下开着的格窗，那孩子双双的垂着两条小腿。真是好，不瞒你说，因为看到了那女孩好像看到了我自己似的，我小的时候就是那样，所以我很爱她。

投主称王，这是要费一些心思的，但也不必太费，反正自己最重要的是工作，为大体着想，也是工作。聚合能工作一方面的，有个团体，力量可能充足，我想主要的特色是在人上，自己来吧！投什么主，谁配作主？去他妈的。说到这里，不能不伤心，我们的老将[1]去了还不几天啊！

1 我们的老将，指刚刚去世不久的鲁迅先生。

关于周先生的全集，能不能很快的集起来呢？我想中国人集中国人的文章总比日本集他的方便，这里，在十一月里他的全集就要出版，这真可配〔佩〕服。我想：找胡、聂、黄诸人[1]，立刻就商量起来。

《商市街》被人家喜欢，也很感谢。

莉[2]有信来，孩子死了，那孩子的命不大好，活着尽生病。

这里没有书看，有时候自己很生气。看看《水浒》吧！看着看着就睡着了，夜半里的头痛和恶梦对于我是非常坏。前夜，就是那样醒来的，而不敢再睡了。

我的那瓶红色酒，到现在还是多半瓶，前天我偶然借了房东的锅子烧了点菜，就在火盆上烧的。(对了，我还没告诉你，我已经买了火盆，前天是星期日，我来试试。）小桌子，摆好了，但吃起来不是滋味，于是反受到了感触，我虽不是什么多情的人，但也有些感触，于是把房东的孩子唤来，对面吃了。

地震，真是骇人，小的没有什么，上次震得可不小，两三分钟，房子格格的响着，表在墙上摇着。天还未明，我开了灯，也被震灭了，我梦里梦中[3]的穿着短衣裳跑下楼去，房东也起来了，

1　胡、聂、黄诸人，胡是胡风；聂即聂绀弩；黄指黄源。

2　莉，指白朗，白朗本名刘东兰，刘莉是她早年常用的笔名。

3　梦里梦中，犹言“懵里懵懂”，形容人（在特定时刻）神志的模糊不清；是作者说自己在“房子格格响”“表在墙上摇”“开了灯也被震灭”的地震前夕，于暗夜里奔向室外的恐慌和忙乱状。

他们好像要逃的样子，隔壁的老太婆叫唤着我，开着门，人却没有应声，等她看到我是在楼下，大家大笑了一场。

纸烟向来不抽了，可是近几天忽然又挂在嘴上。

胃很好，很能吃，就好像我们在顶穷的时候那样，就连块面包皮也是喜欢的，点心之类，不敢买，买了就总放不下。也许因为日本饭没有油水的关系，早饭一毛钱，晚饭两毛钱，中午两片面包一瓶牛奶。越能吃，我越节制着它，我想胃病好了也就是这原因。但是闲饥难忍，这是不错的。但就把自己部〔布〕置到这里了，精神上的不能忍也忍了下去，何况这一个饥呢?

又收到了五十元的汇票，不少了。你的费用也不小，再有钱就留下你用吧！明年一月末，照预算是够了的。

前些日子，总梦想着今冬要去滑冰，这里的别的东西都贵，只有滑冰鞋又好又便宜，旧货店门口，挂着的斩〔崭〕新的，简直看不出是旧货，鞋和刀子都好，十一元。还有八九元的也好。但滑冰场一点钟的门票五角。还离得很远，车钱不算，我合计一下，这干不得。我又打算随时买一点旧画，中国是没处买的，一方面留着带回国去，一方面围着火盆来看一看，消消寂寞。均：你是还没过过这样的生活，和蛹一样，自己被卷在茧里去了。希望顾〔固〕然有，目的也顾〔固〕然有，但是都是那么远和那么大。人尽靠着远的和大的来生活是不行的，虽然生活是为着将来而不是为着现在。

窗上洒满着白月的当儿，我愿意关了灯，坐下来沉默一些时候，就在这沉没〔默〕中，忽然像有警钟似的来到我的心上："这不就是我的黄金时代吗？此刻。"于是我摸着桌布，回身摸着藤椅的边沿，而后把手举到面前，模模糊糊的，但确认定这是自己的手，而后再看到那单细的窗棂上去。是的，自己就在日本。自由和舒适，平静和安闲，经济一点也不压迫，这真是黄金时代，但又是多么寂寞的黄金时代呀！别人的黄金时代是舒展着翅膀过的，而我的黄金时代，是在笼子过的。从此我又想到了别的，什么事来到我这里就不对了，也不是时候了。对于自己的平安，显然是有些不惯，所以又爱这平安，又怕这平安。

均：上面又写了一些怕又引起你误解的一些话，因为一向你看得我很弱。

前天我还给奇一信。这信就给她看看吧！

许君处[1]，替我问候。

吟

十一月十九日

1 许君处，"许君"代指许广平。

1936年11月24日（东京—上海）

三郎：

我忽间〔然〕想起来了，姚克[1]不是在电影方面活动吗？那个《弃儿》[2]的脚本，我想一想很够一个影戏的格式，不好再修改和整理一下给他去上演吗？得进一步，就进一步，除开文章的领域，再另外抓到一个启发人们灵魂的境界。况且在现时代影戏也是一大部分传达情感的好工具。

这里，明天我去听一个日本人的讲演，是一个政治上的命题。我已经买了票，五角钱，听两次，下一次还有于达夫[3]，听一听试试。

近两天来，头痛了多次，有药吃，也总不要紧，但心情不好，这也没什么，过两天就好了。

《桥》[4]也出版了？那么《绿叶的故事》[5]也出版了吧？关于这

---

1 姚克，现代作家、翻译家、剧作家兼编导。20世纪20年代毕业于东吴大学；30年代初致力于外国文学作品的介绍和翻译。曾与美国记者斯诺合作，编译《活的中国——现代中国短篇小说选》，将鲁迅及左翼作家代表作介绍给西方读者。抗战时创作话剧《清宫怨》；抗战后将其改编成电影《清宫秘史》。

2 《弃儿》，萧军早年试写的电影脚本。曾连载于1934年（康德元年）8月份（哈尔滨）《国际协报》“文艺”副刊。

3 于达夫，指现代作家郁达夫。

4 《桥》，萧红短篇小说、散文合集。1936年11月列巴金主编《文学丛刊》第三集之十二册，（上海）文化生活出版社初版。

5 《绿叶的故事》，萧军散文与诗合集，列巴金主编的《文学丛刊》第三集之十一册，1936年11月（上海）文化生活出版社初版。

两本书我的兴味都不高。

现在我所高兴的就是日文进步很快，一本《文学案内》翻来翻去，读懂了一些。是不错，大半都懂了，两个多月的工夫，这成绩，在我就很知足了。倒是日语容易得很，别国的文字，读上两年也没有这成绩。

许的信，还没写，不知道说什么好，我怕目的是想安慰她，相反的又要引起她的悲哀来。你见着她家的那两个老娘姨也说我问她们好。

你一定要去买一个软一点的枕头，否则使我不放心，因为我一睡到这枕头上，我就想起来了，很硬，头痛与枕头大有关系。

黑人[1]现在怎么样？

我对于绘画总是很有趣味，我想将来我一定要在那上面用功夫的，我有一个到法国去研究画的欲望，听人说，一个月只要一百元。在这个地方也要五十元的。况且在法国可以随时找点工作。

现在我随时记下来一些短句[2]，我不寄给你，打算寄给河清，因为你一看，就非成了“寂寂寞寞”不可，生人看看，或者有点新的趣味。

1　黑人，现代作家、两萧的朋友舒群，本名李书堂，黑人是他早年的常用笔名。

2　现在我随时记下来一些短句，作者在东京时陆续写下几十首小诗，后以《沙粒》为题，发表于1937年3月15日（上海）《文丛》（月刊）创刊号。

到墓地去烧刊物[1]，这真是“洋迷信”“洋乡愚”，说来又伤心，写好的原稿也烧去让他改改，回头再发表吧！烧刊物虽愚蠢，但情感是深刻的。

这又是深夜，并且躺着写信。现在不到十二点，我是睡不下的，不怪说，做了“太太”就愚蠢了，从此看来，大半是愚蠢的。

祝好。

荣子

十一月廿四

—

1 到墓地去烧刊物，鲁迅去世后，每逢整周日和整月日，萧军都会到万国公墓的鲁迅墓，并把新出版的《作家》《译文》《中流》等刊物各烧一本；此事被人在小报上发文讥讽，导致萧军愤而约架。

1936年12月2日（东京—上海）

三郎：

廿四日的信，早接到了，汇票今天才来。

于〔郁〕达夫的讲演今天听过了，会场不大，差一点没把门挤掉下来，我虽然是买了票的，但也和没有买票的一样，没有得到位置，是被压在了门口，还好，看人还不讨厌。

近来水果吃得很多，因为大便不通的缘故。每次大便必要流血。

东亚学校，十二月二十三日第一期终了，第二期我打算到一个私人教授的地方去读，一方面是读读小说，二方面可以少费些时间，这两个月什么也没有写，大概也许太忙了的缘故。

寄来那张译的原稿也读过了，很不错，文章刚发表就有人注意到了。

这里的天气还不算冷，房间里生了火盆，它就像一个伙伴似的陪着我。花，不买了，酒也不想喝，对于一切都不大有趣味，夜里看着窗棂和空空的四壁，对于一个年青的有热情的人，这是绝大的残酷，但对于我还好，人到了中年总是能熬住一点火焰的。

珂要来就来吧！可能照理他的地方，照理他一点，不能的地方就让〔他〕自己找路去走，至于“被迫”，我也想不出来是被什么所迫。

奇她们已经安定下来了吧？两三年的工夫，就都兵荒马乱起来了，牵牛房[1]的那些朋友们，都东流西散了。

许女士，也是命苦的人，小时候就死去了父母，她读书的时候，也是勉强挣扎着读的，她为人家做过家庭教师，还在课余替人家抄写过什么纸张，她被传染了猩红热的时候是在朋友的父亲家里养好的。这可见她过去的孤零，可是现在又孤零了。孩子还小，还不能懂得母亲。既然住得很近，你可替我多跑两趟。别的朋友也可约同他们常到她家去玩，L. 没有完成的事业，我们是接受下来了，但他的爱人，留给谁了呢？

1　牵牛房，两萧在哈尔滨时常跟朋友聚会的地方，当时位于哈尔滨道里区新城大街（今尚志大街）与市场东南角处，因房主冯咏秋夫妇素爱种植牵牛花，而得名“牵牛房”。

不写了，祝好。

荣子

十一月二日[1]

1　十一月二日　信的落款日期，此乃作者笔误，实为十二月二日之误。

首先，信中第二段所云："于〔郁〕达夫的讲演今天听过了……"，此信若写于"十一月二日"，则与史实严重不符。据相关史料记载，1936 年，现代作家郁达夫仅有一次日本之行：当年 11 月 13 日抵达东京，12 月 19 日离开日本去了台湾。在作者同年 11 月 24 日致萧军信中亦有云 ："明天我去听一个日本人的讲演，是一个政治上的命题。我已经买了票，五角钱，听两次，下一次还有于〔郁〕达夫。"可证作者在 11 月 25 日之前尚未听到（也不可能听到）郁的讲演。

其次，作者此信中还说："东亚学校，十二月二十三第一期终了，第二期我打算到一个私人教授的地方去读……"这样的打算照理应该是在靠近第一期终了之时(第一期开始的时间为 9 月 14 日，总共一百天)，而"十一月二日"还离得较远不合常规。

再次，关于"奇"的问题时间也对不上；作者在这封信中问萧军："奇她们已经安定下来了吧？"貌似此时"奇"等人已到上海；可 11 月 6 日致萧军信中却有这样的问询："奇来了没有？"由此可见，这时候（1936 年 11 月 6 日）"奇"还没到上海，更谈不到"安定下来"。

郁达夫 1936 年的日本之行二十余天，行色匆匆但丰富多彩，其中有多次演讲，那么作者所听究竟是哪一次呢？读郭文友编著《千秋饮恨——郁达夫年谱长编》可知："（1936 年）十二月二日，（郁达夫）应邀前往东京神田区日华学会东方文化讲演会发表题为《现代中国文坛概况》的讲演。听众之一还有萧红。"（四川人民出版社，1996 年 10 月，第 1418 页）查万年历显示，1936 年 11 月 25 日和 12 月 2 是均为周三，这应该是当时"日华学会东方文化讲演会"的安排惯例。日华学会所在大楼就是作者学习日语的上课地点，这样她去听讲座自然便利；所以"买了票，五角钱，听两次"。

综上所述，这封被作者自己误落款为"十一月二日"的信，亦可确认是写于"十二月二日"无疑。

1936年12月5日（东京—上海）

三郎：

你且不要太猛撞，我是知道近来你们那地方的气候是不大好的。

孙梅陵[1]也来了，夫妇两个？

珂到上海来，竟来得这样快，真是使我吃惊。暂时让他住在那里吧！我也是不能给他决定，看他来信再说。

我并不是吹牛，我是真去听了，并且还听懂了，你先不用忌妒，我告诉你，是有翻译的。

你的大琴的经过[2]，好像小说上的故事似的，带着它去修理，反而更打碎了它。

不过说翻译小说那件事[3]，只得由你选了，手里没有书，哪一

1　孙梅陵，现代作家孙陵，原名孙虚生，笔名梅陵、小梅等，当时他们夫妇从东北到了上海。是作者哈尔滨时期的朋友，1983 年在台湾病逝。

2　你的大琴的经过，喜欢音乐的萧军到上海后买到一把二手“吉他”，因面板有点儿下凹需要修整，结果路上滑了一跤，匆忙中一只手按在了琴身上，导致整个面板破损……

3　翻译小说那件事，美国记者埃德加·斯诺要向西方介绍新文学作品，在鲁迅建议下编译英文版短篇小说集《活的中国》（*Living China*）一书，第一部分是鲁迅的七个短篇；第二部分为“其他中国作家的小说”，共收 14 位作家 17 篇作品。该书 1936 年 8 月由英国伦敦乔治·C·哈拉普公司出版；第二年，纽约的雷纳尔－希区柯克出版社在美国再版。从伦敦版到纽约版之间，编者还想加进部分作者作品，萧红当时虽然人在东京，但也在备选作家名单上——她和萧军已在信中讨论甄选篇目的问题。

块喜欢和不喜欢也忘记了。

我想“发誓”的那段[1]好，还是最后的那段[2]？不然就:《手》[3]或者《家族以外的人》[4]吧！作品少，也就不容选择了。随便。自传[5]的五六百字，三二日之间当作好。

清[6]说：你近来的喝酒是在报复我的吃烟，这不应该了，你不能和一个草叶来分胜负，真的，我孤独得和一张草叶似的了。我们刚来上海时，那滋味你是忘记了，而我又在开头尝着。

祝好。

荣子

十二月五日

---

1 “发誓”的那段，指《生死场》第十三章《你要死灭吗？》中村民“盟誓”一节。

2 最后的那段，指《生死场》最后一章《不健全的腿》中跛脚的二里半舍弃唯一财产——老山羊而去追随“革命军”的情节。

3 《手》，取材于作者中学生活的短篇小说，初载1936年4月（上海）《作家》（月刊）创刊号。

4 《家族以外的人》，取材于作者童年生活一部较长的短篇小说，1936年9月完成于东京，同年10月至11月分两期连载于（上海）《作家》（月刊）第二卷第一号、第二卷第二号。

5 自传，是指1936年12月12日在东京所写散文《永久的憧憬和追求》。

6 清，黄河清，即黄源。

1936年12月15日（东京—上海）

三郎：

我没有迟疑过，我一直是没有回去的意思，那不过偶而〔尔〕说着玩的。至于有一次真想回去，那是外来的原因[1]，而不〔是〕我自己的自动。

大概你又忘了，夜里又吃东西了吧？夜里在外国酒店喝酒，同时也要吃点下酒的东西的，是不是？不要吃，夜里吃东西在你很不合适。

你的被子比我的还薄，不用说是不合用的了，连我的夜里也是凉凉的。你自己用三块钱去买一张棉花，把你的被子带到淑奇家去，请她替你把棉花加进去。如若手头有钱，就到外国店铺去买一张被子，免得烦劳人。

我告诉你的话，你一样也不做，虽然小事，你就总使我不安心。

身体是不很佳，自己也说不出有什么毛病，沈女士[2]近来一见到就说我的面孔是膨胀的，并且苍白。我也相信，也不大相

1　至于有一次真想回去，那是外来的原因，指被日本“刑事”（便衣警察）造访一事，搞得她很恼火；好在后来没有再骚扰，就决定暂不回国。

2　沈女士，中国留学生，通过许粤华与萧红相识，也是萧红在日期间唯一交往的朋友。

信，因为一向是这个样子，就没希奇了。

前天又重头痛一次，这虽然不能怎样很重的打击了我（因为痛惯了的原故），但当时，那种切实的痛苦无论如何也是真切的感到。算来头痛已经四五年了，这四五年中头痛药不知吃了多少。当痛楚一来到时，也想赶快把它医好吧，但一停止了痛楚，又总是不必了，因为头痛不至于死，现在是有钱了，连这样的小病也不得了起来，不是连吃饭的钱也刚刚不成问题吗？所以还是不回去。

人们都说我的身〔体〕不好，其实我的身〔体〕是很好的，若换一个人，给他四五年间不断的头痛，我想不知道他的身体还好不好？所以我相信我自己是健康的。

周先生的画片，我是连看也不愿意看的，看了就难过。海婴想爸爸不想？

这地方，对于我是一点留恋也没有，若回去就不用想再来了，所以莫如一起多住些日子。

现在很多的话，都可以懂了，即是找找房子，与房东办办交涉也差不多行了。大概这因为东亚学校钟点太多，先生在课堂上多半也是说日本话的。现在想起初来日本的时候，华走了以后的时候，那真是困难到极点了。几乎是熬不住。

珂，既然家有信来，还是要好好替他打算一下，把利害说给他，取决当然在于他自己了，我离得这样远，关于他的情形，我总不能十分知道，上次你的信是问我的意见，当时我也不知为什么他来到了上海。他已经有信来，大半是为了找我们，固然他有他的痛苦，可是找到了我们，能知道他接着就又不有新的痛苦吗？虽然他给我的信上说着“我并不忧于流浪”。而且又说，他将来要找一点事做，以维持生活，我是知道的，上海找事，哪里找去。我是总怕他的生活成问题，又年轻，精神方面又敏感，若一下子挣扎不好，就要失掉了永久的力量。我看既然与家庭没有断绝关系，可以到北平去读书，若不愿意重来这里的话。

这里短时间住住则可，把日语学学，长了，是熬不住的，若留学，这里我也不赞成，日本比我们中国还病态，还干苦〔枯〕，这里没有健康的灵魂，不是生活。中国人的灵魂在全世界中说起来，就是病态的灵魂，到了日本，日本比我们更病态。既是中国人，就更不应该来到日本留学。他们人民的生活，一点自由也没有，一天到晚，连一点声音也听不到，所有的住宅都像空着，而并没有住人的样子。一天到晚歌声是没有的，哭声笑声也都没有。夜里从窗子往外看去，家屋就都黑了，灯光也都被关在板窗里面。日本人民的生活，真是可怜，只有工作，工作得和鬼一样，所以他们的生活完全是阴森的。中国人有一种民族的病态，我们想改正它还来不及，再到这个地方来和日本人学习，这是一种病态上再加上病态。我说的不是日本没有可学的，所差的只是他的不健康处也正是我们的不健康处，为着健康起见，好处也只得丢开了。

再说另一件事，明年春天，你可以自己再到自己所愿的地方去消〔逍〕遥一趟。我就只消〔逍〕遥在这里了。

礼拜六夜（即十二日），我是住在沈女士的住所的，早晨天还未明，就读到了报纸，这样的大变动[1]使我们惊慌了一天，上海究竟怎么样，只有等着你的来信。

新年好。

荣子

十二月十五日

"日本东京麹町区"只要如此写，不必加标点。

1 这样的大变动，指（三天前）12 月 12 日发生的"双十二事变"，东北军将领张学良和西北军将领杨虎城共同发起"兵谏"，在西安扣押了国民政府军事委员会委员长蒋介石，震惊中外。

1936年12月18日（东京—上海）

三郎：

今日东京大风而奇暖。

很有新年的气味了，在街上走走反倒不舒服起来，人家欢欢乐乐，但是与我无关，所谓趣味，则就必有我，倘若无我，那就一切无所谓了。

我想今天该有信了，可是还没有。失望失望。

学校只有四天课了，完了就要休息十天，而后再说，或是另外寻先生，或是仍在那个学校读下去。

我很想看看奇和珂，但也不能因此就回来，也就算了。

一月里要出的刊物[1]，这回怕是不能成功了吧？你们忙一些什么？离着远了，而还要时时想着你们这方面，真是不舒服，莫如索性连问也不问，连听也不听。

三代这回可真得搬家了，开开玩笑的事情！这回可成了真的。

新年了，没有别的所要的，只是希望寄几本小说来，不用挂号，丢不了。《复活》[2]。新出的《骑马而去的妇人》[3]，还有别的我

1　一月里要出的刊物，萧军和朋友筹办的《报告》杂志，1937年1月10日在上海创刊。

2　《复活》，俄国作家列夫·托尔斯泰长篇小说代表作，1899年首次出版。

3　《骑马而去的妇人》，英国小说家劳伦斯的短篇小说集，译者唐锡如，上海良友图书公司1936年发行。作者是20世纪英语文坛最具争议的作家之一，其他代表作有《儿子与情人》《恋爱中的女人》和《查泰莱夫人的情人》等。

也想不出来，总之在这期中，哪怕有多少书也要读空的。可惜要读的时候，书反而没有了。我不知你寄书有什么不方便处没有？若不便，那就不敢劳驾了。

祝好。

荣子

十二月十八日夜

三四小猫是给奇的。

奇的住址，是“巴里”，是什么里，她写得不清，上一封信不知她接到不接到？就是寄到“巴里”的。

1936年12月末日（东京—上海）

军：

你亦人也，吾亦人也，你则健康，我则多病，常兴健牛[1]与病驴[2]之感，故每暗中惭愧。

现在头亦不痛，脚亦不痛，勿劳念念耳。

专此

年禧。

莹

十二月末日

1 健牛，萧军身强力壮，精力过人；作者在此以“健牛”喻之。

2 病驴，作者体弱多病，健康堪忧；故在信中以“病驴”自比且“暗中惭愧”。

1937年1月4日（东京—上海）

军：

新年却没有什么乐事可告，只是邻居着了一场大火。我却没有受惊，因在沈女士处过夜。

二号接到你的一封信，也接到珂的信。这是他关于你鉴赏[1]。今寄上。

祝好。

荣子

一月四日

1 这是他关于你鉴赏，指附在信中的半页纸片，是初到上海的作者胞弟“珂”给作者信中的部分内容，主要谈他与萧军初步相处的印象。

1937年4月25日（北平—上海）

军：

现在是下午两点，火车摇得很厉害，几乎写不成字。

火车已经过了黄河桥，但我的心好像仍然在悬空着。一路上看些被砍折的秃树，白色的鸭鹅和一些从西安回来的东北军。马匹就在铁道旁边吃草，也有的成排的站在运货的车厢里边，马的背脊成了一条线，好像鱼的背脊一样。而车厢上则写着津浦。

我带的苹果吃了一个，纸烟只吃了三两棵。一切欲望好像都不怎样大，只觉得厌烦，厌烦。

—

这是第三天的上午九时，车停在一个小站，这时候我坐在会客室里，窗外平地上尽是些坟墓，远处并且飞着乌鸦和别的大鸟。从昨夜已经是来在了北方。今晨起得很早，因为天晴太阳好，贪看一些野景。

不知你正在思索一些什么?

方才经过了两片梨树地，很好看的，在朝雾里边它们隐隐约约的发着白色。

东北军从并行的一条铁道上被运过去那么许多，不仅是一两蹚〔趟〕车，我看见的就有三四次了。他们都弄得和泥猴一样，他们和马匹一样在冒着小雨，他们的欢喜不知是从哪里得来，还闹着笑着。

车一开起来，字就写不好了。

唐官一带的土地，还保持着土地原来的颜色。有的正在下种，有的黑牛或白马在上面拉着犁杖。

这信本想昨天就寄，但没有找到邮筒。写着看吧！

刚一到来，我就到了迎贤公寓[1]，不好。于是就到了中央饭店[2]住下，一天两块钱。

立刻我就去找周[3]的家，这真是怪事，哪里有？洋车跑到宣外，问了警察也说太平桥只在宣内，宣外另有个别的桥，究竟是个什么桥，我也不知道。于是就跑到宣内的太平桥，二十五号是找到了，但没有姓周的，无论姓什么的也没有，只是一家粮米铺。于是我游了我的旧居，那已经改成一家公寓了。我又找了姓胡的旧同学，门房说是胡小姐已经不在，那意思大概是出嫁了。

北平的尘土几乎是把我的眼睛迷住，使我真是恼丧，那种破落的滋味立刻浮上心头。

于是我跑到李镜之[4]七年前他在那里做事的学校去，真是七年间相同一日，他仍在那里做事，听差告诉我，他的家就住在学校的旁边，当时实在使我难以相信。我跑到他家去，看到了儿女

1 迎贤公寓，当时位于王府井一带。清末民初，北京的公寓建造快速发展；建于大街通口的较豪华，建在学校附近的则较普通。“迎贤”应属于豪华型。

2 中央饭店，当时位于东长安街和王府井大街交汇处，由宁波籍商人陈雨亭创办，1922 年建成使用。

3 周，萧军讲武堂的同学周香谷。

4 李镜之，即李荆之，作者在北平求学时结识的朋友，20 世纪 30 年代一直在崇文门一带的“汇文中学”做职员。

一大群。于是又知道了李洁吾[1]，他也有一个小孩了，晚饭就吃在他家里，他太太烧的面条。饭后谈了一些时候，关于我的消息，知道得不少，有的是从文章上得去，有的是从传言。九时许他送出胡同来，替我叫了洋车我自归来就寝。总算不错。到底有个熟人。

明天他们替我看房子，旅馆不能多住的，明天就有了决定。

并且我还要到宣外去找那个什么桥，一定是你把地址弄错，不然绝不会找不到的。

祝你饮食和起居一切平安。

珂同此。

荣子

四月廿五日夜一时

1 李洁吾，作者在哈尔滨读书时结识的朋友，也是她和表兄陆哲舜在北平求学时的好友。当时在孔德小学做教员。

1937 年 4 月 27 日（北平—上海）

均：

前天下午搬到洁吾家来住，我自己占据了一间房。二三日内我就搬到北辰宫去住下，这里一个人找房子很难，而且一时不容易找到。北辰宫是个公寓，比较阔气，房租每月二十四也或者三十元，因为一间空房没有，所以暂且等待两天。前天为了房子的事，我很着急。思索了半天才下了决心，住吧！或者能够多做点事，有点代价就什么都有了。

现在他们夫妇都出去了，在院心我替他们看管孩子。院心种着两棵梨树，正开着白花。公园或是北海，我还没有去过，坐在家里和他们闲谈了两天，知道他们夫妇彼此各有痛苦。我真奇怪，谁家都是这样，这真是发疯的社会。可笑的是我竟成了老大哥一样给他们说着道理。

淑奇这两天来没有来？你的精神怎么样？珂的事情决定了没有？我本想寄航空信给你，但邮政总局离得太远，你一定等信等得很急。

“八月”和“生”[1] 这地方老早就已买不到了，不知是什么原因，至于翻版更不得见。请各寄两本来，送送朋友。洁吾关于我们的生活从文字上知道的。差不多我们的文章他全读过，就连

1 “八月”和“生”，“八月”是萧军的长篇小说《八月的乡村》；“生”是作者的《生死场》，分别是他们的成名作，均在 1935 年出版于上海。

"大连丸"[1]他也读过，他常常想着你的长样如何？等看到了照像看了好多时候。他说你是很厉害的人物，并且有派力。我听之很替你高兴。他说从《第三代》上就能看得出来。

虽然来到了四五天，还没有安心，等搬了一定的住处就好了。

你喝酒多少？

我很想念我的小屋，花盆浇水了没有？

昨天夜里就搬到北辰宫来，房间不算好，每月廿四元。

住着看，也许住上五天六天的，在这期间我自己出去观看民房。

—

到今天已是一个礼拜了，还是安不下心来，人这动物，真不是好动物。

周家我暂时不去了，等你来信再说。

写信请寄到北平东城北池子头条七号李家即可。

你的那篇东西做出去没有？

祝好

荣子

四月廿七日

1 "大连丸"，指萧军散文《大连丸上》，写于1935年，真实记述1934年6月两萧乘"大连丸"号离开东北去青岛，在船上被日本水上警察和"刑事"严格盘查的经历。

1937 年 5 月 3 日（北平—上海）

军：

昨天看的电影：茶花女[1]，还好。今天到东安市场[2]吃完饭回来，睡了一觉，现在是下午六点，在我未开笔写这信的之前，是在读《海上述林》[3]。很好，读得很有趣味。

但心情又和在日本差不多，谁〔虽〕然有两个熟人，也还是差不多。

我一定应该工作的，工作起来，就一切充实了。

你不要喝酒了，听人说，酒能够伤肝，若有了肝病，那是不好治的。就所谓肝气病。

北平虽然吃的好，但一个人吃起来不是滋味。于是也就马马

1　茶花女，根据法国作家小仲马同名小说改编的影片。

2　东安市场，北京最早的综合市场，因邻近皇城东安门而得名，1903 年开业。20 世纪 30 年代的东安市场位于东皇城外，在王府井大街金鱼胡同西口转角处。1993 年，由北京东安集团和香港新鸿基地产有限公司合资在原址兴建，更名北京新东安市场，1998 年竣工开业。

3　《海上述林》，瞿秋白译文集（上、下卷），1936 年出版，是作者罹难后由鲁迅抱病搜集、编辑并亲自校勘，编订谨严、装帧精美，是现代出版史和新文学书籍中的珍稀版本。

虎虎了。

我想你应该有信来了，不见你的信，好像总有一件事，我希望快来信！

珂好！

奇好！

你也好！

荣子

五月三日

—

通讯：北平东城北池子头条七号李家转

1937年5月4日（北平—上海）

军：

昨天又寄了一信，我总觉我的信都寄得那么慢，不然为什么已经这些天了还没能知道一点你的消息？其实是我个人性急而不推想一下邮便所必须费去的日子。

连这封信，是第四封了。我想那时候我真是为别离所慌乱了，不然又为什么写错了一个号数？就连昨天寄的这信，也写的是那个错的号数[1]，不知可能不丢么？

我虽写信并不写什么痛苦的字眼，说话也尽是欢快的话语，但我的心就像被浸在毒汁里那么黑暗，浸得久了，或者我的心会被淹死的，我知道这是不对，我时时在批判着自己，但这是情感，我批判不了，我知道炎暑是并不长久的，过了炎暑大概总可以来了秋凉。但明明是知道，明明又作不到。正在口渴的那一刻，觉得口渴那个真理，就是世界上顶高的真理。

既然那样我看你还是搬个家的好。

关于珂，我主张既然能够去江西，还是去江西的好，我们的生活还没有一定，他也跟着跑来跑去，还不如让他去安定一个时期，或者上冬，我们有一定了，再让他来，年青人吃点苦好，总

1　那个错的号数，两萧当时住吕班路（今重庆南路）256弄，但萧红连续两次都写成257弄，据萧军信中说，“虽然错了也收到”。

比有苦留着后来吃强。

昨天我又去找周家一次，这次是宣武门外的那个桥，达智桥，二十五号也找到了，巧得很，也是个粮米店，并没有任何住户。

这几天我又恢复了夜里害怕的毛病，并且在梦中常常生起死的那个观念。

痛苦的人生啊！服毒的人生啊！

我常常怀疑自己或者我怕是忍耐不住了吧？我的神经或者比丝线还细了吧？

我是多么替自己避免着这种想头，但还有比正在经验着的还更真切的吗？我现在就正在经验着。

我哭，我也是不能哭。不允许我哭，失掉了哭的自由了。我不知为什么把自己弄得这样，连精神都给自己上了加〔枷〕锁了。

这回的心情还不比去日本的心情，什么能救救我呀！上帝！什么能救救我呀！我一定要用那只曾经把我建设起来的那只手把自己来打碎吗？

祝好！

荣子

五月四日晚

所有我们的书，

若有精装请各寄一本来。

1937年5月9日（北平—上海）

军：

我今天接到你的信就跑回来写信的，但没有寄，心情不好，我想你读了也不好，因为我是哭着写的，接你两封信，哭了两回。

这几天也还是天天到李家[1]去，不过待不多久。

我在东安市场吃饭，每顿不到两毛，味极佳。羊肉面一毛钱一碗。再加两个花卷，或者再来个炒素菜。一共才是两角。可惜我对着这样的好饭菜，没能喝上一盅，抱歉。

六号那天也是写了一信，也是没寄。你的饮食我想还是照旧，饼干买了没有？多吃点水果。

你来信说每天看天一小时会变成美人，这个是办不到的，说起来伤心，我自幼就喜欢看天，一直看到现在还是喜欢看，但我并没变成美人，若是真是，我又何能东西奔波呢？可见美人自有美人在。（这个话开玩笑也。）

奇是不可靠的，黑人来李家找我，这是她之所嘱。和李太太，我，三个人逛了北海。我已经是离开上海半月多了，心绪仍是乱绞，我想我这是走的败路。但我不愿意多说。

《海上述林》读毕，并请把《安娜可林娜》[2]寄来一读。还有

---

1 李家，位于东城北池子头条的友人李洁吾家。

2 《安娜可林娜》，今译《安娜·卡列尼娜》，俄国作家列夫·托尔斯泰的长篇小说代表作之一。

《冰岛渔夫》[1]，还有《猎人日记》[2]。这书寄来给洁吾读。不必挂号。若有什么可读的书，就请随掷来，存在李家不会丢失，等离上海时也方便。

我的长篇并没有计画〔划〕，但此时我并不过于自责，如你所说："为了恋爱，而忘掉了人民，女人的性格啊！自私啊！"从前，我也这样想，可是现在我不了，因为我看见男子为了并不怎值得爱的女子，不但忘了人民，而且忘了性命。何况我还没有忘了性命，就是忘了性命也是值得呀！在人生的路上，总算有一个时期在我的脚迹旁边，也踏着他的脚迹。~~总算两个灵魂和两根琴弦似的互相调谐过~~。（这一句似乎有点特别高攀，故涂去。）

笔墨都买了，要写大字。但房子有是有，和人家住一个院不方便。至于立合同，等你来时再说吧！

祝你好！上帝给你健康！

荣子

五月九日

1 《冰岛渔夫》，法国作家绿蒂的传世小说，二十世纪30年代有黎烈文的译本，生活书店出版。

2 《猎人日记》，今译《猎人笔记》，俄国作家屠格涅夫的成名随笔集，以一个猎人的狩猎活动为线索刻画众多人物，真实展现农奴制背景下的各阶层生活。

1937年5月11日（北平—上海）

军：

今晨写了一信，又未寄。

精神不甚好，写了一张大字，写得亦不好，等写好时寄给你一张当做字画。

卢骚[1]的《忏悔录》快读完了，尽是些与女人的故事。

洁吾家我亦不愿多坐，那是个沉闷的家庭。

我现在的方〔房〕子太贵，想租民房，又讨厌麻烦。

我看你还是搬一搬家好，常住一个很熟的地方不大好。

昨天下午，无聊之甚，跑到北海去坐了两个钟头，女人真是倒霉，即是逛逛公园也要让人家左一眼又〔右〕一眼的看来看去，看得不自在。

今天很热，睡了一觉。

送〔从〕饭馆子出来几乎没有跌倒，不知为什么像是服毒那么个滋味。睡了一觉好了。

你要多吃水果，因为菜类一定吃得很少。

祝好！

荣子

五月十一日

1　卢骚，今译卢梭，法国启蒙思想家、哲学家，晚年花费数年写成的《忏悔录》，记载五十余年生命历程。

1937年5月15日（北平—上海）

军：

前天去逛了长城，是同黑人一块去的。真伟大，那些山比海洋更能震惊人的灵魂。到日暮的时候，起了大风，那风声好像海声一样，《吊古战场文》[1]上所说：风悲日熏〔曛〕。群山纠纷。这就正是这种景况。

夜十一时归来，疲乏得很，因为去长城的前夜，和黑人一同去看戏，因为他的公寓关门太早的缘故，就住在我的地板上，因为过惯了有纪律的生活，觉得很窘，所以通夜失眠。

你寄来的书，昨天接到了，前后接到两次，[2]第一次四本，第二次六本。

你来的信也都接到的，最后这回规劝的信也接到的。

我很赞成，你说的是道理，我应该去照做。

祝好！

荣子

五月十五日

奇不另写了，这里有在长城上得到的小花，请你分给她几棵。

---

1 《吊古战场文》，唐代文学家李华的经典骈文。描述古战场荒凉凄惨，惊心动魄，揭示战争的残酷以及带给黎民的灾难。

2 你寄来的书，昨天接到了，前后接到两次，作者信中向萧军要书，她想让北京的朋友看到《八月的乡村》《生死场》《商市街》和《桥》等。萧军接信分两次寄了过去。

致高原

1938年3月初（潼关—延安）

现在我已经来到潼关。一星期内可以见到[1]。

原兄：

珂弟早就离开那个小学而到一百十五师里去了，大概是政训人员。

离开上海时，我没有去看那位秦先生。

你倒〔到〕底在军队作些什么事？或者是拿枪打仗的？

来到汉口以后，常常提到你，但是从你走后只接到你的一封信，还是在浦口车站写的。

一月二十六号你发的这信，那正是我们准备离开汉口到临汾

1 现在我已经来到潼关。一星期内可以见到，两萧等一行应民族革命大学之邀，1938年1月27日由武汉出发，2月6日抵达山西临汾。半个月后战局吃紧面临撤离；这时他们在行止问题上产生了分歧，结果萧红等人随西北战地服务团去了运城；萧军留了下来。2月24日刚到运城的萧红复信在延安的友人高原；几天后信尚未发出又动身前往风陵渡，并在当天渡过黄河到达陕西潼关。此时已是三月初，这封写于运城的信就从潼关寄往延安，并附了天头上的说明。她当时有去延安看看的打算，所以有“一星期内可以见到”的预约。

来的时候。二十七日我和军还有别的一些朋友从汉口出发。走了十天，来到了临汾，这信，当然不能在汉口读到。差一点这信没有丢失，转到临汾的民大本校，而后本院，而后一个没有署名的人把你的信给我寄来了。以后请不要再用迺莹那个名字了[1]，你要知道那个名字并不出名的。在学校几乎是丢了！一个同学，打开信读了一遍才知是我的，于是他写信来，也把这信转给我。

我现在又来到了运城，因为现在我是在民大教书了。运城是民大第三分校。这回是我一个人来的[2]。从这里也许到延安去，没有工作，是去那里看看。二月底从运城出发，大概三月五日左右到延安。假若你在时，那是好的，若不在时，比你不来信还难过。就好像我和秀珂在东京所闹的故事同样。

若能见到就以谈天替代看书了，若不能见到，我这里是连刊物的毛也没有的。因为乱跑，什么也没有了。看到这信，请你敢块〔赶快〕来一个回信。假若月底我不出发，就能读到了。若出发也有人替我收信。

祝好！

萧红

二月廿四日

---

1 以后请不要再用迺莹那个名字了，张迺莹是作者的本名，但久已不用，已不为人知；高原念旧依然延用，结果那信差点丢失。

2 这回是我一个人来的，其实是和很多人一起，之所以这样说主要是强调此时没有萧军同行。

致胡风

1938 年 3 月 30 日（西安—武汉）

胡兄：

我一向没有写稿，同时也没有写信给你。这一遭的北方的出行，在别人都是好的，在我就坏了。前些天萧军没有消息的时候，又加上我大概是有了孩子。那时候端木[1]说："不愿意丢掉的那一点，现在丢了；不愿意多的那一点，现在多了。"

现在萧军到延安了。聂[2]也去了。我和端木尚留在西安，因为车子问题。

为西北战地服务团[3]，我和端木和老聂、塞克[4]共同创作了一

1　端木，现当代作家端木蕻良，代表作品《科尔沁旗草原》《大地的海》等，1938 年 6 月在武汉和萧红结为夫妇。

2　聂，现代作家、杂文家、诗人聂绀弩，当时他和丁玲同去了延安。

3　西北战地服务团，简称"西战团"，是以宣传抗战为主的综合性文艺团体，1937 年 8 月 12 日在延安成立，主任丁玲、吴奚如。主要组成人员是抗日军政大学二期四大队部分学员。1945 年 6 月撤销建制。

4　塞克，艺术家，原名陈秉钧，曾用名陈凝秋，诗人、剧作家、导演；其作品《流民三千万》等在抗战中产生深远影响。参加中华全国戏剧界抗敌协会等，曾任延安青年艺术剧院院长和东北人民艺术剧院院长。1953 年后任中国歌剧舞剧院顾问；1988 年 11 月病逝北京，享年 82 岁。

个三幕剧[1]，并且上演过。现在要想发表，我觉得《七月》[2]最合适，不知道你看《七月》担负得了不？并且关于稿费请先电汇来，等钱用，是因为不知什么时候要到别处去。

屠小姐[3]好！

小朋友[4]好！

萧红

端木

三月卅日

塞克附笔问候

—

电汇到西安七贤庄八路驻陕办事处萧红收

---

1 三幕剧，即抗战三幕剧《突击》，在随西战团前往西安的火车上，应丁玲之邀，塞克和萧红、端木蕻良、聂绀弩集体创作，由塞克统筹并分幕，不久后在西安上演。

2 《七月》，《七月》杂志，较有影响的救亡刊物，1937年9月在上海创刊，胡风主编。初为周刊，出版三期后转往武汉；10月在武汉复刊，并改周刊为半月刊。

3 屠小姐，胡风夫人梅志，梅志本名屠玘华。

4 小朋友，指胡风夫妇的长子晓谷。

致许广平 *

1939 年 3 月 14 日（重庆—上海）

× 先生[1]：

还是在十二月里，我听说霞飞坊[2]着火，而被烧的是先生的家。这谣传很久了，不过我是十二月听到。看到你的信，我才知道晓得那件事已经很晚了，那还是十月里的事情。但这次来得很好，因为关心这件事情的人太多，延安和成都，都有人来信问过。

再说二周年祭[3]，重庆也开了会，可是那时我不能去参加，

---

* 此信 1939 年 4 月 5 日发表于（上海）《鲁迅风》（周刊）第十二期“乱离中的作家书简”栏目。是萧红写给许广平的信，只刊出前半部分，略去后半部分。

1 × 先生，即许先生，许广平。此信是萧红 1939 年 3 月 14 日给许广平的复信。

2 霞飞坊，当时许广平的住处；鲁迅逝世后她不愿再住“大陆新村”，便由萧军等友人替她在“霞飞坊”一带找了房子。

3 二周年祭，1938 年 10 月是鲁迅逝世两周年，许广平为此致信萧红托她代为搜集重庆报刊的有关报道。

那理由你是晓得的[1]。你说叫我收集一些当时的报纸，现在算起，过了两个月了，但怕你的贴报簿仍没有重庆的篇幅，所以我还是在收集，以后挂号寄上，因为过时之故，所以不能收集得快，而且也怕不全。这都是我这样的年青人做事不留心的缘故，不然何必现在收集呢？不是本来应该留起的吗？

名叫《鲁迅》[2]的刊物，至今尚未出。替转的那几张信，谢谢你。你交了白卷，我不生气，（因为我不敢）所以我也不小气，打算给你写文的。不知现在时间已过你要不要？

《鲁迅》那刊物不该打算出得那样急，为的是赶二周年。因为周先生[3]去世之后，算算自己做的事情太少，就心急起来。心急是不行的，周先生说过，这心急要拉得长，所以这刊物我始终计算着，有机会就要出的。年底看，在这一年中，各种方法我都想，想法收集稿子，想法弄出版关系，即最后还想自己弄钱。这三条都是要紧的，尤其是关于稿子，这刊物要名实合一，要外表也漂亮，因为导师喜欢好的装修（漂亮书），因为导师的名字不敢侮辱，要选极好极好的作品，做编辑的要铁面无私，要宁缺勿乱，所以不出月刊，不出定期刊，有钱有稿就出一本，不管春夏秋冬，不管三月五月，整理好就出一本，本头要厚，出一本就是一本。载一长篇，三两篇短篇，散文一篇，诗有好的要一篇，没有好的不要。关于周先生，要每期都有关于他的文章。研究，传记，……所以先想请你作传记的工作（就是写回忆文），这很对

1 那时我不能去参加，那理由你是晓得的，萧红未能出席重庆的两周年纪念会，“那理由”即是因有身孕，在江津待产。

2 名叫《鲁迅》的刊物，这个“刊物”是作者和端木蕻良一直筹备的，并有具体编排和打算，包括备审、组稿，也包括筹款和发行等等；但因各种原因终未如愿。

3 周先生，指鲁迅。

不起，我不应该就这样指定，我的意思不是指定，就是请你具体的赞同。还请求茅盾[1]先生，台静农[2]先生……若赞同就是写稿。但这稿也并不收在我手里（登出一期，再写信讨来一段），因为内地警报多，怕烧毁。文章越长越好，研究我们的导师非长文不够用。在这一年之中，大概你总可写出几万字的，就是这刊物不管怎样努力也不能出的话，那时就请你出单行本罢，我们都是要读的。导师的长处，我们知道得太少了，想做好人是难的。其实导师的文章就够了，绞了那么多心血给我们还不够吗？但是我们这一群年青人非常笨，笨得就像一块石头，假若看了导师怎样对朋友，怎样谈闲天，怎样看电影，怎样包一本书，怎样用剪子连包书的麻绳都剪得整整齐齐。那或者帮助我们做成一个人更快一点，因为我们连吃饭走路都得根本学习的，我代表青年们向你呼求，向你要索。

我们在这里一谈起话来就是导师导师，不称周先生也不称鲁迅先生，你或者还没有机会听到，这声音是到处响着的，好像街上的车轮，好像檐前的滴水。（下略）

萧红上

三月十四日

1　茅盾，本名沈德鸿，字雁冰，浙江桐乡人，著名小说家、文学评论家和社会活动家。文学研究会发起人之一；1938 年 4 月主编《文艺阵地》（半月刊）。当时在新疆学院任教。

2　台静农，安徽霍丘人，鲁迅好友，北京大学研究所国学门毕业。先后在辅仁大学、山东大学、厦门大学等校任教。当时在江津，供职于国立编译馆。1946 年 10 月赴台，应聘担任台湾大学文学院教授。1948 年 8 月起接任台大中文系主任之职长达二十年。1990 年因患食道癌病逝台北。

致华岗

1940年6月24日（香港—重庆）

西园[1]先生：

你多久没有来信了，你到别的地方去了吗？或者你身体不大好！甚念。

我来到香港还是第一次写信给你，在这几个月中，你都写了些什么了？你一向住到乡下就没有回来？到底是隔得太远了，不然我会到大田湾去看你一次的。

我们虽然住在香港，香港是比重庆舒服得多，房子吃的都不坏，但是天天想回重庆，住在外边，尤其是我，好像是离不开自己的国土的。香港的朋友不多，生活又贵。所好的是文章到底写出来了，只为了写文章还打算再住一个期间。端木和我各写了一长篇，都交生活出版去了。端木现在写论鲁迅。今年八月三日为鲁迅先生六十生辰，他在做文纪念。我也打算做一文章的，题

1 西园，华西园，即华岗，西园是其在《新华日报》时所用化名。现代哲学家、史学家。曾任《新华日报》总编辑，1950年代初被任命为山东大学校长，创办《文史哲》杂志并任社长。1955年受“胡风反革命集团”案株连被捕。1972年5月病逝于山东省监狱。1980年平反。

目尚未定，不知关于这纪念日你要做文章否？若有，请寄文艺阵地[1]，上海方面要扩大纪念，很欢迎大家多把放在心里的理论和感情发挥出来。我想这也是对的，我们中国人，是真正的纯粹的东方情感，不大好的，“有话放在心里，何必说呢”“有痛苦，不要哭”“有快乐不要笑”。比方两个朋友五六年不见了，本来一见之下，很难过，又很高兴，是应该立刻就站起来，互相热烈的握手。但是我们中国人是不然的，故意压制着，装做若无其事的样子，装做莫测高深的样子，好像他这朋友不但不表现五年不见，看来根本就像没有离开过一样。你说我说得对不对？我可真是借机发挥了议论了。

我来到了香港，身体不大好，不知为什么，写几天文章，就要病几天。大概是自己体内的精神不对，或者是外边的气候不对。端木甚好。下次再谈吧！希望你来信。

沈山婴[2]大概在地上跑着玩了吧？沈先生沈夫人[3]一并都好。

萧红

六月廿四日

（重庆这样轰炸，也许沈家搬了家了。这信我寄交通部[4]。）

1　文艺阵地，茅盾主编的综合性文艺刊物《文艺阵地》，1938 年 4 月创刊于广州，初为半月刊；1940 年 4 月改为月刊。1942 年 11 月停刊。抗战时在国统区影响较大。

2　沈山婴，华岗妹妹的孩子。

3　沈先生沈夫人，华岗的妹夫和妹妹。

4　这信我寄交通部，由于担心被轰炸所迫，沈家原址可能会联系不上，就把信直接“寄交通部”，“沈先生”当时在那里做职员。

1940年7月7日（香港—重庆）

园兄：

七月一日信，六日收到。

“民族史”[1]至今尚未印出，听说上海纸贵，出版商都在观望，等便宜时才买纸来印。可不知何时纸才便宜。

正如兄所说，香江亦非安居之地。近几天正打算走路，昆明不好走，广州湾不好走，大概要去沪转宁波回内地。不知沪上风云如何，正在考虑。离港时必专函奉告，勿念。

胡风有信给上海迅夫人[2]，说我秘密飞港，行止诡秘。他倒很老实，当我离渝时，我并未通知他，我欲去港，既离渝之后，也未通知他，说我已来港，这倒也难怪他说我怎样怎样。我想他大概不是存心侮陷。但是这话说出来，对人家是否有好处呢？绝对的没有，而且有害的。中国人就是这样随便说话，不管这话轻重，说出来是否有害于人。假若因此害了人，他不负责任，他说他是随便说说呀！中国人这种随便，这种自由自在的随便，是损人而不利己的。我以为是不大好的。

---

1 “民族史”，华岗所著《中国民族解放运功史》（第一卷），1940年8月上海鸡鸣出版社出版。被誉为中国近现代史的奠基之作。

2 迅夫人，当时在上海的许广平。

专此敬祝

健康。

萧

七月七日

并附两信，烦一齐转文艺协会。

九龙邮箱一六三〇　乐道八号二楼[1]

1　九龙邮箱一六三〇　乐道八号二楼，作者信中所附他们在香港的通讯地址，由端木蕻良用毛笔写在信的末尾。

1940年7月28日（香港—重庆）

罗太太回国了吗？请示知。

中二环二三八号刘啟光托龚道庚带衣料一包钢笔一包。

园兄：

七月廿日来信，前两天收到，所附之信皆为转去，甚感。香港似又可住一时了。您的关切，我们都一一考虑了。远在万里之外，故人仍为故人计，是铭心感切的。

“民族史”一事，我已函托上海某书店之一熟人代为考查去了，此书不但您想见到，我也想很快的看到。不久当有回信来，那时当再奉告。

关于胡之乱语，他自己不去撤消，似乎别人去谏一点意，他也要不以为然的，那就是他不是胡涂人，不是胡涂人说出来的话，还会不正确的吗？他自己一定是以为很正准。假若有人去解释，我怕连那去解释的人也要受到他心灵上的反感。那还是随他去吧！

想当年胡兄也受到过人家的侮陷，那时是还活着的周先生把那侮陷者给击退了。现在事情也不过三五年，他就出来用同样的手法对待他的同伙了。呜呼哀哉！

世界是可怕的，但是以前还没有自身经历过，也不过从周先生的文章上看过，现在却不了，是实实在在来到自己的身上了。当我晓得了这事时，我坐立不安的渡过了两个钟头，那心情是很痛苦的。过后一想，才觉得可笑，未免太小孩子气了。开初那是因为我不能相信，纳闷，奇怪，想不明白。这样说似乎是后来想明白了的样子，可也并没有想明白，因为我也不想这些了。若是越想越不可解，其〔岂〕不想出毛病来了吗？您想要替我解释，我是衷心的感激，但话不要了。

今天我是发了一大套牢骚，好像不是在写信，而是像对面坐着在讲话的样子。不讲这套了。再说这八月份的工作计划。在这一月中，我打算写完一长篇小说，内容是写我的一个同学，因为追求革命，而把恋爱牺牲了。那对方的男子，本也是革命者，就因为彼此都对革命起着过高的热情的浪潮，而彼此又都把握不了那革命，所以那悲剧在一开头就已经注定的了。但是一看起来他们在精神上是无时不在幸福之中。但是那种幸福就像薄纱一样，轻轻的就被风吹走了。结果是一个东，一个西，不通音信，男婚女嫁。在那默默的一年一月的时间中，有的时候，某一方面听到了传闻那哀感是仍会升起来的，不过不怎具体吧〔罢〕了。就像听到了海上的难船的呼救似的，辽远，空阔，似有似无。同时那种惊惧的感情，我要把他写出来。假若人的心上可以放一块砖头的话，那么这块砖头再过十年去翻动他，那滋味就绝不相同于去翻动一块放在墙角的砖头。

写到这里，我想起那次您在饺子馆讲的那故事来了。您说奇怪不奇怪?

专此敬祝

安好。

萧

七月廿八日

附上所写稿《马伯乐》长篇小说的最前的一章，请读一读，看看马伯乐这人是否可笑！因有副稿，读后，请转中苏文化[1]交曹靖华[2]先生。

又及

1 中苏文化，即《中苏文化》杂志，是中苏文化协会的机关刊物，以促进中苏邦交、沟通中苏文化为宗旨。1936年创刊，1949年终刊。

2 曹靖华，翻译家、散文家，河南卢氏人，二十年代两度赴苏联学习；回国后在大学任教并从事文学翻译。1939年到重庆，任中苏文化协会常务理事和《中苏文化》杂志编辑。

1940年8月28日（香港—重庆）

（此信内共附二张文章，三张信，除了姚先生的信请转去外，其余的都没有用了）

以后有信可直寄九龙尖沙咀今巴利道纳士佛台三号　曹之林[1]收

华兄：

《民族史》出版了，为你道贺。

你十三日的信早已收到，只等上海你的书寄来，好再作复信，不知为何，等了又等，至今未到。我已写信去再问去了，并请那人直接寄你一本。因近来香港不收寄到重庆去的包裹和书籍，就是我前些日子所寄的《马伯乐》的一稿你也不能收到，因为那稿我竟贴了邮票就丢进信箱里去的。

现在又得那书出版的广告，一并寄上，因为背面有鲁迅记〔纪〕念生辰的文章，所以不剪下来，一并寄上看看，在乡间大概甚为寂寞的。

你十三日的信，我看了，而且理解了，是实在的，真是那种情形，可不知道哪一天会好，新贵，我看还没怎样的贵，也许真

1　曹之林，即端木蕻良，因其本名曹汉文，又名曹京平，曾用笔名叶之林、曹坪等。这是他们为方便收信又不暴露身份的一个临时用名。

贵了就好了。前些日子的那些牢骚，看了你的信也就更消尽了，勿念。正在写文章，写得比较快，等你下一封信来，怕是就写完了。不在一地，不能够拿到桌子共看，真是扫兴。你这一年来身体好否？为何来信不提？现在又写什么了？专此

匆匆不尽

祝好

萧上

八月廿八日

—

信未发又来了上海的信，顺便也寄上看一看吧。哪年能看到书真是天晓得！寄我的那本，我至今也未收到，已经二十天了。等我再去信问吧。

1941年1月29日（香港—重庆）

园兄：

好久没给您信了。前次端兄[1]有一信给您，内中并托您转一信，不知可收到没有？

我那稿子[2]，是没有用的了，看过就请撕毁好了，因为不久即有书出版的。

《民族史》第二部正在读。想重庆未必有也。

香港旧年很热闹，想去年此时，刚来不久，现已一年了，不知何时可回重庆，在外久居，未免的就要思念家园。香港天气正好，出外野游的人渐渐的多了。不知重庆大雾还依旧否？

专此　祝

好

萧

一月廿九日

请转一信，至感。

1　端兄，指端木蕻良。

2　我那稿子，是作者上一年7月28日附在信中寄给华岗请他读读的长篇小说《马伯乐》第一部第一章手稿。

1941年2月14日（香港—重庆）

（三月二十号发稿，有稿在二十号前寄下最好）

园兄：

最近之来信收到。因近来搬家[1]，所以迟复了。寄书事[2]，必要寄的，就是不寄，也要托人带去，日内定要照办，因自己的文章，若不能先睹，则不舒服也。

香江并不似重庆那么大的雾，所以气候很好，又加住此渐久，一切熟习，若兄亦能来此，旅行，畅谈。甚有趣也。

端兄所编之刊物[3]，余从旁观之，四月一日定要出版，兄如有稿可寄下，因虽为文艺刊物，但有理论那一部门。而且你的文章又写得太好了。就是专设一部门为着刊你的文章也是应该的。第二部我在读，写的实在好。中国无有第二人也。

专此祝好

萧上

二月十四日

1　因近来搬家，萧红与端木蕻良1940年1月抵港后，暂住九龙尖沙咀金巴利道纳士佛台三号，1941年2月搬至九龙乐道八号二楼。

2　寄书事，华岗的《中国民族解放运功史》（第二卷）这时刚出版不久，萧红已有，但住在重庆乡间的作者尚未看到，所以萧红答应为他寄书；但因为邮费太贵（需十七港币）迟迟未寄，转而又想寻找机会托人带去。

3　端兄所编之刊物，即《时代文学》（月刊），由“时代书店”老板周鲸文委托端木蕻良创办编辑，1941年6月问世；刊出过萧红《小城三月》和《九一八致弟弟书》等作品，当时号称“香港唯一巨型文学月刊”。

戏　剧

民族魂鲁迅（哑剧）*

（剧情为演出方便，如有更改，须征求原作者同意。）

第一幕 人 物

少年鲁迅　何半仙　孔乙己　阿 Q　当铺掌柜甲乙
单四嫂子　王　胡　牵羊人　蓝皮阿五　祥林嫂

第一幕 剧 情

六十年前八月三日，鲁迅先生生在浙江省，绍兴府。他的父亲姓周，母亲姓鲁。鲁迅先生的真姓名叫周树人，鲁迅是他的笔名。

他生来记性很强，感觉很敏，生性仁慈，对于人类怀着一种热爱。他的一生的心血都放在我们民族解放的工作上，他的工作

* 本剧本 1940 年 10 月 21 日—10 月 31 日分十期连载于（香港）《大公报》“文艺”副刊第九百五十二期—九百五十九期；“学生界”副刊第二百三十六—二百三十八期。署名萧红。

就是想怎样拯救我们这水深火热中的民族。但是他个人的遭遇很坏，一生受尽了人们的白眼和冷淡。

这哑剧的第一幕是说明鲁迅先生在少年时代他亲身所遇的、亲眼所见的周围不幸的人群，他们怎样生在这地面上来，他们怎样的求活，他们怎样的死亡。这里有庸医误人的何半仙，有希望天堂的祥林嫂，有吃揩油饭的蓝皮阿五，有专门会精神胜利的阿Q……

鲁迅小时候，家道已经中落，父亲生病，鲁迅便不得不出入在典当铺子的门口。

鲁迅看穿了人情的奸诈浮薄，所以从很小的时候，就想改良我们的民族性，想使我们这老大的民族转弱为强！

第一幕　表　演

舞台开幕时，是一片漆黑。

黑暗中渐渐地有一颗星星出现了，越来越亮，又渐渐隐去。

黑幕拉开，舞台有个高高的当铺柜台，柜台上面摆着一个浑圆的葫芦，一个毡帽大小的一把酒壶。

当铺门口西边有一张桌子，桌裙是一张白布，什么字也没有写。东边是两件破棉袄乱放在那里。

近当铺门口有个小石狮子的下马台，是早年给过路人拴马用的，下马石旁边立着一棵红色的抱柱。柱顶上有块招匾，写个很大的“押”字。

开幕后，哑场片刻。

单四嫂子上，手中抱着一个生病的小孩，她显出非常的疲倦，坐在小石狮子上休息，擦汗，喘气，叹息，看视小孩，惊惶，将小孩恐惧地放下，左右找人，没有，又将小孩爱抚的抱在怀里。流泪，用手摇小孩，看天，作祈祷的样子，掠发，擦汗，又检视小孩。

蓝皮阿五上，形状鬼祟，以背向后退，作手势和别人讲话，手势表示下面的意思：小孤孀，好凄凉，我明天，和你痛痛快快喝一场……在咸亨酒店，半斤不够，一个人得喝三斤，明天见……正退在石狮子上，差一点没有和单四嫂子相撞。

看见了单四嫂子，又看见了她病了的孩子，故作惊奇的样子，又表同情的样子。替单四嫂子抱孩子，手在单四嫂子的胸前和孩子之间伸过去。

单四嫂子很不安，要把孩子再接过来。

蓝皮阿五表示没有什么。

单四嫂子想找个医生给孩子看病。

蓝皮阿五把孩子交给单四嫂子抱着。

蓝皮阿五走到桌子前边，将桌子大声一拍。

桌子自己掉转过来，桌裙上写“何半仙神医，男妇儿科，老祝由科，专售败鼓皮散，立消水鼓，七十二般鼓胀”。

桌子后钻出何半仙来，头戴帽翅，身穿马褂，手拿水烟袋，指甲三寸长，满身油渍，桌上放一个小枕头。单四嫂子走过去，把孩子给他看。

何半仙看了以为没有什么，作手势说得消一消火，吃两贴就好了。

单四嫂子掏钱给他。何半仙认为还差三十吊。单四嫂子解下包孩子的袍皮托蓝皮阿五去当。

蓝皮阿五到柜台上大声一拍，柜台上的葫芦和酒壶处就出现了两个人，一个是掌柜甲，一个是掌柜乙，原来葫芦是秃头的秃顶，酒壶是那一个的毡帽。

蓝皮阿五当了四十吊钱，自己放了十吊在腰包里，给单四嫂子三十吊，又把手贴着单四嫂子的胸前伸过去，替她抱孩子，走在小石狮子面前，他用脚一踢，石狮子打碎了，出现了已经折了腿的孔乙己，他用手在舞台上膝行着走来走去。他在抱柱上用力一拍，柱后转出祥林嫂。

祥林嫂一直找到何半仙那儿去问病去，问人死了之后，有没有地狱和天堂。

蓝皮阿五随便用脚拍的一声踢着两件破棉袄，里面钻出王胡和阿 Q，两个人比赛拿虱子，他说他的大，他说他的响，两个人龃龉起来。

王胡后来终于没有比过他，就拿出火链来，点起亮来。吹灭了又点，点了又吹灭，故意戏弄阿 Q，阿 Q 大气。他是癞痢头，最忌讳别人说亮了，亮了。一手就捏住了王胡的辫子，王胡也来捏住了阿 Q 的辫子，两个人不分上下，两个人在墙壁上照出一条虹形的影子，两人都不放手。

—

少年鲁迅带着可质的物件上，一直走到柜台上，把质物递上了。

两个掌柜本来正看着王胡和阿 Q 打架，一面随着他俩的动作眉飞色舞，一面还做着两边的指导人。

看见鲁迅来了，耽误了他们的兴趣，就非常的不高兴起来，故意刁难，故意揶揄。

掌柜甲以为：哈哈，你又来了。掌柜乙便作态着来数落：昨天来，今天来，明天还要来的。

掌柜甲认为货色不好，显出很不愿意收的样子。掌柜乙以为这已是老主顾，收是可以收的，但得典费从廉。

掌柜甲以为，你和他何必斟斤驳两，你反正从廉从优，他都得典的，你索兴摆个面孔给他看就完了。

掌柜乙以为这不过还是买卖，卖身也得卖个情愿的，便肯出五十吊。掌柜甲认为不值，只肯出四十吊，对掌柜乙大示挖苦。掌柜乙为了保持自己的尊严，所以一定坚持非五十吊不可。两个人争起来。掌柜甲不服气，把掌柜乙推开，伸出一只手来表示只肯给四十吊。掌柜乙趁势又钻出头来，把掌柜甲推开，伸出手来，表示肯出五十吊。掌柜甲又把他推开，伸手只肯出四十吊，掌柜乙出来又把他推开，伸手肯出五十吊。他们三番五次闹了半天，他们俩都疲倦了，于是他俩互相调和起来，协商的结果，肯出四十五吊钱。

少年鲁迅站在柜台前边，面对着这幕喜剧，不言不动不笑……直到他们耍完了，收了钱便走了。

两个掌柜因为了这个少年没有参加他们的喜剧，非常不满足，彼此抱怨起来。

这时祥林嫂看见鲁迅走来，便探视他，地狱和天堂到底有没有呢?

鲁迅想了一会儿，点头说有的。祥林嫂脸上透出感慰的光辉。

鲁迅走过何半仙那儿的时候，孔乙已追着他讨钱。鲁迅给了他，下。

孔乙已掏出酒瓶来饮酒，阿Q、何半仙都围拢来争看他手中的钱。舞台渐暗。

舞台全陷在黑暗里，只有脚尖有亮。一个人牵一条羊上，四面黑暗里显出百千只的猫头鹰的眼睛，牵羊人大惊而逃。小羊仔怔忡了半天，不知往哪里逃。黑暗重重的洒落下来。

（幕慢慢的落下来。）

第二幕　人　物

鲁 迅　　日本人甲、乙　　朋 友　　鬼

第二幕　剧　情

鲁迅先生十八岁的时候，那时父亲已经死了。连鲁迅先生读书的学费也无法可想了。母亲给他筹了一点旅费，教他去找不要学费的学校去。鲁迅先生就拿着母亲筹给他的旅费，旅行到了南京，考入水师学堂，后来又改进矿路学堂去学开矿。毕业之后，就派往日本去留学。

在日本，鲁迅先生学的是医学，他想要用医学来医中国人的病。

在仙台医学专门学校，学了两年，这时正值日俄战争，鲁迅先生偶然在电影上看见一个中国人因为做侦探而将被斩，因此鲁迅先生觉得在中国医好几个人也没有用处，还应该有较为广大的运动……

从那时起，鲁迅先生就放弃了医学，坚决地想用文学来拯救我们的中华民族。

鲁迅先生二十九岁回国的。一回国，就在浙江杭州的两级师范学堂教化学和生理学，后来又在绍兴做了一个师范学校的校长。有一次鲁迅走夜路，在坟场上遇到一个影子，在前边时高时低，时小时大，似乎是个鬼，鲁迅先生怀疑了一会，到底过去用脚踢了他。虽然鲁迅先生也怀疑了一下，是鬼呢？不是鬼呢？但到底他敢去老老实实的踢他一脚，这种彻底认准了是非，就是鲁迅的精神。

第二幕 表 演

青年鲁迅正在试验室作试验，一面将试验管里面的现象、变化、反应、结果……记录在纸上。

一个蒙在一条地毯□□□□□□□[1]现在钻出来。吃醉了酒，口吹着口琴，跳舞，闹着。

看了鲁迅的工作，非常惊奇。动动这个，摸摸那个，鲁迅依然不为所扰，沉静地工作着。

那个学生觉得无聊，就在地上乱找，他东找出一本书，西找出一本书，都生气的丢开了。找了半天，最后才找寻到一段香烟，非常喜欢。他在屁股上划火柴去吸，几次都吸不着。原来他找到的不是什么香烟，而是一支粉笔头儿。他停了跳舞，想在黑板上写字，故意作出听取鲁迅的意见的样子，在黑板上写着，仿佛记录的是鲁迅的意见。

1 此处文字为：下面的日本学生。

□ + □□ = □□□ [1]

□ + □□□ = □□□ [2]

鲁迅冷冷的看了他一眼，并不睬他，仍在作工。

那个醉鬼跳着下去。

□□□□□□□□□ [3]。手里拿着个幻灯，摆在桌上，开映照片，作出招呼鲁迅去看的样子。

幻灯映出一个中国人因为做侦探而将被斩，阿Q麻木不仁的在旁边看着。而且把下巴拖下来，嘻嘻傻笑。

鲁迅于是非常痛心，觉得在中国医好几个人也是无用，还应该有较为广大的运动……他默坐在桌上沉思起来。□□□□□□□□ [4] 鬼祟地走去。

鲁迅的一个朋友走来了，手里拿着许多文学书，有一本上面写着《新生》两个字，还拿着一大卷稿子。

鲁迅非常高兴，立刻把化学仪器移到另一个桌子上，把许多书都摊开在原来的试验桌上。

那个朋友也到幻灯那儿去放映，映出托尔斯泰、罗曼·罗兰、契诃夫……等人的半身像来。

鲁迅决定献身文学。

鲁迅立刻伏在桌上写稿。

灯光渐暗，舞台全黑。

舞台又渐渐亮起来。

---

1 此处文字分别为：人 + 兽性 = 西洋人

2 此处文字分别为：人 + 家畜性 = 中国人

3 此处文字为：另外一个日本人上。

4 此处文字为：目送着那个日本人。

鲁迅一个人在荒野上夜行。

远远有一座坟场，有一个鬼影子时高时低，时大时小……

鲁迅踌躇了一会儿，怀疑着是人是鬼呢，莫能决定，仍然莫睹一样的走向前去。走到那鬼的跟前，用脚猛力一踢，原来蹲在那儿的是个掘墓子的人。被这一踢，踢得站起来，露出是个人样儿来。把他的铁铲吓得当啷落地，瘸着腿儿逃走了。

鲁迅目送之下。

（幕急落）

附记：

如没有幻灯，可画几张大画，在舞台里边用布遮住，拉一次布幕就露出一张画来，拉数次布幕，即可见数张画。

第三幕　人　物

鲁　迅　　朋　友　　绅　士　　强　盗　　贵妇人　　狗

恶青年二人　　好青年二人

第三幕　剧　情

鲁迅先生在北京的时候，和假的正人君子们，孤桐先生就是章士钊那些人们所代表的反动势力，作着激烈的斗争，因为他们随便的杀戮青年。鲁迅先生在这个暗无天日的军阀政客统治下的高压下，一个人孤军作战，毫不容情地把这般假的正人君子们击倒。

但在同一个时候，北京的学者，也有人在提倡实验主义，磕头主义，君子主义的主张，来和敌人妥协，但鲁迅先生对这些都一概置之不听，认为和这些假的正人君子、假的猛人战士不能讲客气，只能打到底。

比如打已经落在水里的狗，非要再打它不可，一直打到它不能再爬到岸上来，才放手。因为不这样，那狗爬到岸上还要咬人的，还要弄了人一身泥污的。

所以后来有几个学者到段祺瑞政府去告密，说鲁迅先生不好，要捕拿他。

鲁迅先生因了朋友的帮助，逃到厦门，又逃到广州，在广州中山大学作了教授。后来辞职才去上海。

第三幕　表　演

开幕后，舞台上露出一段篱笆，用竹子做的，上边挂个牌子“内有恶犬”。篱笆下有两块灰色的圆石头平放着。

篱笆的一边，有个水池子。

鲁迅先生正用一个竹杆在打着什么东西。

一个贵妇人牵着一条小哈巴狗轻俏的走过。路上有一块砖头，踬了她一下，差点儿没跌倒了。

鲁迅先生的朋友，一个很文雅的教授，戴着眼镜，挟着一个很大的公事包走过来，对鲁迅先生作势，请他不要打。

鲁迅不听，认为非又从而打之不可。

朋友又和他表示了一些仁侠精神的道理，走过去。

篱笆下面一块灰色石头底下，钻出一位绅士来，他把那盖在地上的，原来当作石头蒙着他的那张灰色长衫穿起来，跑到另外的一块灰色石头的旁边去，把钱放在一个小口袋里，打打呵欠，伸伸懒腰，站起来预备要走的样子。

忽然一个铜板当啷落地，那位绅士分明看见那个铜板，但不就捡起，他在地上假设一块可以找到铜板的地方，有两码见方的地方，他把它等分的画着方格子。然后从第一格找起，一直找到有铜板的格子为止，才把铜板捡起。

他实行着他的实验主义。

他站起来走路的时候，他忽然忘记了人身上的四肢，不知哪两肢是为的走路的，他先试着走几步，觉得不能充分证明脚是用来走路的，便趴下去用手来走路试试，这一走，气喘汗流，才又转过来，用脚来走路。

他吃香蕉不知是带皮好呢，还是不带皮好吃。第一个香蕉他就带皮吃了，吃了之后，他发现也有好吃的部分，也有不好吃的部分，第二只香蕉就只吃皮，而把瓤丢了不吃，直到第三只他才决定香蕉是吃瓤儿的。

另外那块石头下面藏着一个强盗，强盗爬起，把那块原来当做石头的盖在他身上的一张空包皮，打叠起来，往背上一包，就去抢那位绅士的钱袋。

那位绅士见逃不了，慌作一团。因为手颤不止，把钱袋丢落在地上，要自己逃走。

强盗弯下腰来，拾取钱袋，以背向着那位绅士。

绅士本来可以乘他不备，抢回原物，刚想伸过腿去踢他，但是以为那样子太失去了绅士的体面，再说也太不公道，于是摆手，唤他转过脸儿来，再去打他不迟，不愿作背后进攻的事情。

强盗转过脸儿来，他伸手去打强盗，没有打着，反而自己挨了一掌。

绅士见身后有一块砖头，转身去取，以背向强盗。强盗却不如方才他那样客气，在他屁股上猛踢一脚，把他踢倒在地。

强盗因为回头注视他，没当心，被那块砖头绊倒了。

绅士走过来，本来可以乘他倒时打他，但他寻思了一会，仍然招手把他唤起，用手扶着他的肩膀，帮他站好，然后摆好阵势，才伸拳去打他，没有打着，反挨了对方一掌。

这时这位绅士又去拾取砖头，强盗乘他不备，伸出脚来，又把他踢倒。

强盗拿起钱袋扬长而去，绅士则懊丧失望，用脚走下舞台去。

这时二恶青年上，他们看见了鲁迅在水边坐着。

青年甲认为鲁迅是有闲，有闲，第三个有闲，一定是在看风景。

青年乙则认为鲁迅是醉眼的朦胧，一定是看见了一只青蛙，以为是什么怪物，在那儿昏头昏脑的打了起来。

那青年学着鲁迅的样子在看，然后自己蹲在地上作出青蛙在跳的样子，然后又立直了，像个旁观者似的看着，看了一会，又自己作出打滚的样子，又作出被打到水里的样子。

表演累了，便从自己的口袋中取出酒瓶，喝起酒来，两人的结论相同，非常满意。两人携下。

前一刻下场的鲁迅的朋友又上，样子比较惊慌，装束同前。仍然挟着大皮包。

他来告诉鲁迅先生一些段执政惨杀青年的消息。随即走下舞台去。

这时有一青年，手持火把，从鲁迅面前跑过。

又一个青年，受了伤，手持火把，也跑过来，跑到舞台中间，倒地而死。

鲁迅急忙过来扶他。

看那青年没有再活转来的希望了。

鲁迅就从青年的手里，把火把接过来，向前走去。

舞台渐暗下去。

舞台再亮起来，映出广州的城垣，城上发出很大的火焰向天空照耀着。

鲁迅从大路上，手执火把向城垣走去。

（此处不演也可以。）

（幕慢慢落下）

附记

火光可以用下列作法，用厚纸板做成城垣型，上面缀以纸条，下面用鼓风机或风扇，或者利用过堂风使纸条向上飞舞，下边用红光灯一照，远看去，就像火的样子。

第四幕　人　物

鲁　迅　　卖书小贩　　朋　友　　外国朋友　　开电梯人
德领事馆人　僵　尸　　少　爷　　买书青年群

第四幕　剧　情

鲁迅先生到上海的以后的工作更严重了。鲁迅先生不但向国内呐喊，而是向着世界大声急〔疾〕呼起来。

一九三〇年的二月，鲁迅先生加入自由大同盟。

一九三三年的一月，鲁迅先生加入民权保障大同盟。

同年五月十三日，鲁迅先生亲至德国领事馆为法西斯蒂暴行递抗议书。

“九一八”和“一二八”的时候，鲁迅先生写了《伪自由书》，坚绝的指出中国的命运。

在抗战的前一年，鲁迅先生为过度的工作夺去他的生命，他没能亲眼的看到，中国是怎样的搬动起来，可是远在一九二三年，鲁迅先生就预言过，说过这样的话：

“可惜中国太难改变了，即便搬动一张桌子，改装一个火炉，几乎也要血，而且即便有了血，也未必一定能搬动，能改装。不是很大的鞭子打在背上，中国人自己是不肯动弹的，我想这鞭子总要来，好坏是别一问题。然而总要打到的……”现在这鞭子未出所料的是打来了，而且也未出所料的中国是动弹了。

综括鲁迅先生一生的工作，鲁迅先生纪念委员会主席蔡元培先生和副主席孙夫人说的：“承清季朴学之绪余，奠现代文坛之础石”。又说鲁迅先生的全部工作可“唤醒国魂，砥励士气”，是很正确的评论。

一九三六年十月十九日上午五时二十五分，鲁迅先生逝世，享年五十六岁。

现在开演的是本剧第四幕，表现鲁迅先生在他多病的晚年，仍然忍受着商人和市侩的进攻，这种进攻从来没有和缓过，或停止过。鲁迅先生的一生，就在这种境遇之下过去的。但是在他倒在地上了，在他殡葬的时候，却有千万的群众追随着他，继承着他，并且亲手在先生的桐棺上献奉了一面旗子，上面题着“民族魂。”

一九三三年二月十七日，鲁迅先生在一个朋友的私宅欢呼〔迎〕外国朋友。（鲁迅先生递抗议书和欢迎外国朋友，在时间的顺序上是倒置了，这是为了戏剧效果而这样处理的，请诸位注意并且予以原谅。作者特别声明。）

第四幕　表　演

一

舞台开幕后，背景是一片大白纸，有一边堆着一个四方形的包书纸的大包，白纸下边还躺着一个白色僵尸。其他什么也没有。

大白纸幕中间偏右画着希特勒法西斯蒂暴行的一张不太大的画。

幕开后哑场片刻。舞台上出现有很大的横幅旗帜，上面写着“自由大同盟”五个字缓缓前进。纸幕上映出群众行列的影子。哑场片刻。

鲁迅手持对法西斯蒂暴行的抗议书上。

将纸壁上的法西斯蒂暴行的画面用手猛烈一扯，扯落地上。

舞台一端风起，将纸吹走。

画面扯去纸壁成一方洞，里面露一希特勒式的人头。方洞上面写着德国领事馆字样。

鲁迅把抗议书交给那个人。

纸壁上方洞已闭，什么也没有了。

大风吹舞鲁迅衣裤而下。

哑场片刻。

那个白纸箱撞破了，钻出一个卖书小贩和几十本书。书特别大，比真书要大两倍以上。小贩戴着鸭舌帽，穿短衣、长裤。肩上挂着一个大口袋是装钱的，里边钱已满了，钱票子就流出来了。

用鸭舌帽擦脸上汗水。取出笔来，在白纸幕上写了八个大字：“零割出让，价钱公道。”

写完了，想想，又写了“大文豪”三个大字。想想又写了“快快买啊”四个字。这两行是交叉形的歪斜的写着的，接续在八个大字的底下。

—

小贩清理好摊子，正式的出卖鲁迅的作品，大展买卖伎俩。

小贩高兴过度，跌在白色的僵尸上，僵尸坐起但动作直强，仍是僵尸的动作。

僵尸是一个老爷模样的人，带〔戴〕着礼帽，穿着黑色马褂，两袖袖口很瘦，褪色袍子，带〔戴〕石墨眼镜，留着中国胡子，足上穿着布底鞋子。从东边用八字步走到舞台中央。

一个洋场少爷，穿着毕挺的西装，皮鞋，分发，从西边踌躇志满的走上来，和绅士热烈的握手。

小贩看见买主来了，向他们兜售。老爷非常鄙夷，不要买。少爷也非常鄙夷，不要买。小贩虽然失望，但仍力辩这书值得一买。少爷看这书还没有他口袋里的那本书好，他从身上掏出一本来，书皮上画着一个三角△，一颗红色的心上穿着一颗箭。

小贩用笔在纸幕“大文豪”三字上加一“伟”字。

少爷看了仍不起劲，仍然不买。小贩擦汗，诅咒，为自己的生意而生气。

老爷表示书中那一套没什么道理，还不如他肚子里的那一套，少爷表示书中那一套没什么道理，还不如他肚子里的那一套，小贩追询他们那一套是什么呢？少爷主张表演给他们看，老爷认为没有必要。少爷认为那样要被轻视。老爷想演演又何妨。于是两人演了一套双簧。

不一会死人捉住了活人。

老爷在前，少爷在后，站了一会，老爷在后，少年在前。又站了一回，研究了半天，揖让了半天，决定少年在前，老爷在后。这时两人贴着站着，舞台上只见少年，不见老爷。老爷把自己的帽子取下，带〔戴〕在少年的头上。

这时少年用手臂向后伸出，将两臂勾在老爷身上。老爷把两手伸到前面成了少年的左右手。两个人合为一人，青年人用老年人的手来行动。两个人成为一个人了，但是一举手一投足之间，都感到非常和谐，俨如一人。

他们按照下面的进程表演：用手搔头，托腮，打自己嘴巴，挖嘴唇。用手弹头顶，擦鼻子尖上的汗。用手挖眼屎，耳腔。从口袋里取出小镜子，东照照，西照照，顾盼自如。从口袋里取出牙签提〔剔〕牙。从口袋里取出长烟管来吸，取出火柴来划。从口袋里取出电话号码作出打电话的样子。从口袋里取出酒杯酒瓶来饮酒，颇为自得。忽然从一边传来一道强烈的光线，晃花了他的眼，他把眼用手遮起向外看……他看见了什么，吓了一大跳。酒杯酒瓶迸然落地。

他俩分开了，各自狼狈遁去。

青年数人来买鲁迅的作品。有的围着翻看，小贩批〔劈〕手夺之，令其出钱，才可以买。

小贩手里拿着一两本书，夸着说好，伸手与人讲价，青年围拢的更多了，他更起劲。

一个青年两肋下各挟一只面包，两手拱着，口里正吃的一块面包。吃完了面包，肋下各挟一本鲁迅作品，眼前摊着一本，边走边看，下。

四个青年联合来偷书，自第一个从袴下传给第二个，再传给第三个。到第四个手中转身扬长而去。

青年各抱了很多鲁迅的作品，一个个走了。

舞台另外一边，一个旅馆伙计，正穿着卖巧克力糖的服装，推开纸片的原来割开的一个方格子的门洞走出，用笔写着电梯两个字，又按着可以开关的格子大小画成电梯的门。

伙计站在门口，一个大块头和一个漂亮小姐都来这儿乘电梯。

伙计伺候他们非常周到。

一个送报的来乘电梯，挥之使去。

鲁迅由舞台另一端走来。看了卖书的一眼，小贩看他买不起，转过脸去，不搭理他。

鲁迅来赶乘电梯，伙计看他穿着不好，连忙把“此梯奉令停止”的牌子挂出来。挥手让他往后门侍役通行的地方走上去。看他走过去，又笑嘻嘻的把牌子摘下来。

小贩一会儿工夫已经把书卖完，正在数点钱票子。

鲁迅和一个外国朋友从电梯里并肩走下来。开电梯的还是那个伙计，看了大惭。

小贩把钱藏起，用手扯掉白纸幕，然后来乘电梯。伙计看他来，用手也把电梯扯掉。这时小贩扯掉白纸幕表示收摊了，开电梯的人也帮着扯，电梯也收了。二人下场。

白色纸幕扯掉后，里面露出来一个很大的花园。园门上写着“博爱”两个大字。后面立着一个很大的很高的微笑的萧伯纳的全身像。应该用薄木板或厚马粪纸做。另一边是高尔基把大钢笔像投枪似的举起的像。比萧站得远一点儿。（两张像是可以省去的）。

哑场片刻。

有青年八人，穿着有的像学生，有的像工人，有的像农夫，有的像商人，还有的像兵士，也有妇女，左手夹着鲁迅先生的作品，右手执旗，旗上面写着：

（一）“全国一致对日”。

（二）“血债必须用同物偿还”。

（三）“抗日反对汉奸”。

（四）“设法增长国民的实力，永远这样干下去”。

（五）“不怕的人前面才有路”。

（六）“一面清结旧账，一面开辟新路”。

（七）“共同拒抗，改革，奋斗三十年，不够再一代二代……”。

（八）“在这可诅咒的地方，击退了可诅咒的时代”。

（标语都是由鲁迅先生作品里摘录下来的，作者附注）

青年们在园门前绕行三周。

有白鸽四五只飞起。

花瓣飞舞的落下来。

鲁迅和他的朋友从园子里缓缓的走过去。

舞台上映照出鲁迅伟大的背影，久久不动。

灯光渐渐低下去。舞台上现出一面红绒黑字的大旗，上面写着“民族魂”三个大字。

旗一直在光辉着。

（幕渐渐的落下去了）

附记：电梯可用以下方法制作：

在舞台的大白纸背后用黑色厚纸或木片扎成井字形和普通电梯门一般宽，上边系了小型电灯随时拉上拉下，在白纸幕外，看起来与电梯相似。

附录：

鲁迅先生一生所涉至广，想用一个戏剧的形式来描写是很困难的一件事，尤其用不能讲话的哑剧。

所以这里我取的处理的态度，是用鲁迅先生的冷静、沉定，来和他周遭世界的鬼祟跳嚣作个对比。

这里也许只做了个简单的象征，为了演出者不能用口来传达，只能做手语，所以这形式就决定了内容，这是要请读者或观者诸君原谅的。

为了演出的方便，在舞台设备不充分的地方有许多地方可以略去不演，作者已在脚本上分别注出。

至于道具和布景，可以从简，不必按照脚本上那样繁复。

第一幕押当的柜台可用布幕或纸糊成皆可。下马石可用碎布或纸片裰成。抱柱用纸糊成，如在野地上演出，地上可乱置稻草，人物可由草下钻出，这种出场方法，是借重了闹剧的手法，使观众不至瞌睡而已。

第二幕试验仪器用品，试验管可用苇管扎成，下置普通的大茶杯玻璃瓶就可以了。地毯就用一块灰布就行了。

幻灯如不能借到，可用白纸绘以漫画代之，在开幕时用和背景同色的布幔遮住，旋将布幔拉起，露出绘画即变成另外一画了，如在灯光方便的地方，同时在画显现时映之，效果和幻灯是一样的。

第三幕的电梯，在白纸背后用黑色厚纸片或木片扎成井字格的有普通电梯门一般阔的架子，上边再系上一个小型灯光，随时拉上拉下，载人时，放上一个黑色人影，在纸幕外面来看，便和电梯相似。如在露天场演出便用墨笔在白纸上画出格子来即可。

电梯格子拿下时便可做花园的门。萧伯纳，高尔基像可以布幕绘之或免去。

第四幕死人捉住了活人那一大段从出场至落场皆可省去不演。

附录

夏夜*

密密的浓黑色的一带长林，远在天边静止着。夏夜蓝色的天，蓝色的夜；夏夜坐在茅檐边，望着茅檐借宿的麻雀的窠巢，高空的星云，隔着墙可以望见北山森静的密林，林的那儿望不见弯月勾垂着。

一

于是虫声水声，各样的穿着夜衣的幽灵般的生命在响叫。墙外小溪畅引着，水声脆脆琊琊。菱姑在北窗下语着多时了！眼泪凝和着夜露已经多时了！她依着一株花枝，花枝的影子抹上墙去，那样她俨若睡在荷叶上，立刻我取笑她：

“荷叶姑娘，怎么啦？”

她过来用手似乎打我，嘴里似乎咒我，她依过那株花枝立刻摇闪不定了！我看到花枝了！

我想，我们两个是同一不幸的人，我们两个是受同一阵风吹折的树条。

---

* 本文是1934年发表在（哈尔滨）《国际协报》“国际公园”副刊的初刊文字，与本全集正文收录的1936年初版作品集《桥》和1940年初版《萧红散文》的同名文章相比不同之处较多。特收录在此。

北窗竹帘突然开了！花下草下的虫鸣受惊着停止住。

“为什么还不睡呢？有什么说的尽在那儿咕咕叨叨，天不早啦，进来睡！”

祖母的头探出竹帘外，又缩回去，在模糊的天光下，我见她白色的睡衣，我疑想她是只夜猫，在黑夜她也是到处巡行着。

菱姑二十七岁了！菱姑的青春尚关闭在怀中，近来菱姑有些不住了！她怎能不忧伤呢？怎能对于一切生兴致呢？渐渐脸儿惨黄。

她一天天远着我的祖母，有时间只是和我谈话，谈些最亲切的话，和我在园中散步。

“小萍！你看那老太太，她总怕我们在一起说什么！她总留心我们。”

“小萍你在学校一定比我住在家得到的智识多些，怎么你没胆子吗？你爸爸不叫你念书，你不会偷跑吗？我若是你，我早跑啦！我早不在家受他们的气，就是到工厂去作工也可以吃饭。”

“前村李正的两个儿子，听说去当胡子！听说他们去当胡子，不是为的钱，是去……”

祖母宛如一只猫头鹰样，突然发现在我们背后，并且响着她的嗓子好像响着猫头鹰的翅膀似的：

“好啊！这东西在这儿议论呢！我说！菱子你还有一点廉耻没有？”

“小萍那丫头，入了什么什么党啦！你也跟她学没有老幼，没有一点姑娘样，尽和男人在一块，你知道因为什么她爸爸不让她再上学，怕是再上学更要学坏，更没法管教啦！”

我常常是这样，我依靠墙根哭，这样使她更会动气，她的眼睛好像要从眼眶跑出来马上落到地面似的，把头转向我，头上的银簪子晃着光：

“你真给咱们家出了名了，怕是祖先上也找不出你这样丫头。”

我听见了她从窗口爬进去的时候，她仍是说着，说着我把脸丢尽了。就是那夜，菱姑在枕上小声说：

“今天不要说什么了！怕是你奶奶听着。”

菱姑是个乡下姑娘，她有热的情怀，聪明的素质，而没有好的环境。

她常常问我：“同什么样的人结婚好呢？”。

她常忧愁着：“我什么时候结婚呢？结婚以后怎样生活呢？我希望我有职业，我一定到工厂去。”

那夜我怎样努力也不能睡着，我反复想过菱姑的话，可怜的菱姑她只知道在家庭里是受压迫，因为家中有腐败的〔老〕太婆，然而她不能知道工厂里更有齿轮，齿轮更会压轧。

在一条长炕上，老太婆睡在第一位，菱姑第二位，我在最末的一位，这样通宵我翻转着，我仿佛是睡在蒸笼里，我每夜要听后窗外的虫声，和看远在山上的密林透进竹帘来，和听更多的在夜里的一切声息，今夜我被蒸笼蒸昏了！忘记着一切了！

是天快要亮的时候，马在前院响起鼻子来，狗睡醒了在院中抖擞着毛，这时候正是炮手们和一些守夜更的人们睡觉的时候，在夜里就连叔叔们也戒备着，戒备着这乡村多事的六月，现在他们都去睡觉了！院中只剩些活物，狗、马、鸡和鸭子们。

就是这天早晨，来了胡匪了！有人说是什么军，有人说是前村李正的儿子。

祖母到佛龛边去叩头，并且祷告："佛爷保佑……"

站在佛龛边我说："我来保佑吧！"

菱姑作难的把笑沉下去。

大门打开的时候，只知是官兵，不是胡匪，不是……

——完——

二月二十一日

饿*

“列巴圈”挂在过道中别人的门上，过道好像还没有天明，可是电灯已经熄了！夜间遗留下来睡胧胧的气息充塞在过道。茶房气喘着，抹着地板。

我不愿醒得太早，可是已经醒了，并且再不能睡去。

厕所房的电灯仍开着，和夜间一般昏黄，好像黎明还没有到来，可是“列巴圈”已经挂好别人家的门了！有的牛奶瓶也规规矩矩的等在别人的门外，只要一醒来，就可以随便吃喝，但这只限于别人，是别人的事，与自己无关。

扭开了电灯，浑睡在床上，他睡得那样甜静，连呼吸也不震动空气一下。我听一听过道，一个人也没走动，全旅馆的三层楼都在睡中，越这样越引诱我，我的那种想头越坚决，好像有一块黄金遗失在我家门外，即使我不开门，黄金也会跳进来似的。过道尚没有一点声息，过道越静越引诱我，我的那种想头越充涨：去拿吧！正是时候，即使是偷，那就偷吧！

轻轻扭动钥匙，门一点响动也没有，探头看了看，“列巴圈”

---

* 本文是1935年6月发表在（上海）《文学》（月刊）第四卷第六号的初刊，1936年8月收入初版散文集《商市街》；两相对照改动甚多。特收录在此。

对门就挂着，东隔壁也挂着，西隔壁也挂着。天快亮了，牛奶瓶的乳白色看得真真切切，“列巴圈”比每天也大了些。结果什么也没有去拿，我心里发烧，耳朵也热了一阵，立刻想到这是“偷”。儿时的记忆再现出来——偷梨吃的孩子最羞耻——过了好久，我就贴在已关好的门扇上，仿佛是一个没有肉体没有灵魂的纸剪成的人。大概这样吧！街车唤醒了我，马蹄得得，车轮吱吱的响过去。我抱紧胸膛，把头也挂到胸口，向我自己的心说：

“我饿呀！我不是偷。“

第二次又打开门，这次我决心了：偷就偷，虽然只是几个“列巴圈”我也偷，为着我“饿”，为着他“饿”。第二次我又失败，那么不去做第三次了！下了最后的决心爬上床，关了灯！推一推他，他没有醒，我怕他醒，怕他看见我要偷别人的东西，在“偷”这一刻，他也是我的敌人，假若我有母亲，母亲也是敌人。

天亮，人们醒了，马路也醒了！做了家庭教师，无处吃饭也要去上课，并且要练把式。他喝了一杯空茶走的。我没有偷，他就没有吃到，过道的“列巴圈”们早已不见了！都让别人吃掉了。

从昨夜饿到中午，四肢感到软，肚子好像在学校时被踢打放了气的篮球。

窗子在墙壁中央，天窗似的，我从窗口伸了出去，赤裸裸，那完全和日光接近，市街临在我的脚下；直线的，错综着许多角度的楼房；大柱子一般的工厂烟筒；街道横竖交错着；秃光的街树；白云在天空作出各样的曲线。高空的风吹破我的头发，飘荡我的衣襟。市街和一张烦烦杂杂颜色不清晰的地图挂在我的眼前。楼顶和树梢都挂住一层稀薄的白霜。整个城市在阳光下闪闪烁烁撒了一层银片。我的衣襟被风拍着作响。我冷了。我孤孤独独的好像站在无人的山顶。每家楼顶的白霜，一刻已不是银片了，而是一些雪花，冰花，或是什么更严寒的东西吸住我，全身浴在冷水里一般。

我披了棉被再出现到窗口，那不是全身，仅仅是头和胸突在窗口。一个女人站在一家药店门口讨钱，手下牵着孩子，衣襟下裹着更小的孩子。药店没有人出来理她，过路人也不理她，都像说她有孩子不对，都像说她穷就不该有孩子，有也应该饿死。我只能看到街路的那半面，那女人大概向我的窗下走来，因为我听到那孩子的哭声很近。

“老爷……太太！可怜，可怜！”可是看不见她在追逐什么人。虽然是三层楼也听得十分清晰，她一定是抱着孩子跑走着，连她的断断续续的呼吸几乎都听得到：

“老爷……老爷……可怜……可怜吧！”

那女人一定正跟我相同，那女人一定早饭还没有吃，也许昨晚的饭也没有吃。她在楼下急迫的来回的呼吸传染了我，肚子立刻响起来，肠子不住呼叫……

他仍不回来，我拿什么喂我的肚子呢？桌子可以吗？草褥子可以吗？

晒着阳光的行人道，来往的行人，小贩，乞丐……这一些看得我疲倦了，打着呵欠从窗口爬下来。窗子关起，立刻满生了霜，过一刻玻璃片就流着眼泪了，起初是一条一条的，后来就大哭，满脸是泪，玻璃窗片好像行人道上在讨饭的母亲的脸。

我坐在小屋里，像饿在笼中的鸡一般，只想合起眼睛来静着默着，但又不是睡。

“咯咯！”这是谁在打门，我快去开门。三年前旧学校里的图画先生，他和从前一样很喜欢说感伤一类的笑话，没有改变，只是胖了一点。眼睛又小了一点。

他随便说，说得很多。他的女儿，那个穿红花旗袍的小姑娘，红花旗袍又加了一件黑绒上衣，她坐在藤椅上，怪美丽的，但她有点不耐烦的样子：

“爸爸，我们走吧！”小姑娘哪里懂得人生；小姑娘只知道美；哪里懂得人生？高先生问我：

“你一个人住在这里吗？”

“是。”我当时不晓得为什么答应“是”，明明是和他同住，怎么要说自己住呢？

好像这几年并没有别开，我仍在那个学校读书一样。他说：

“总也没见到你，我想是到别处去了……还是一个人好，可以把整个的心身献给艺术，你现在不喜欢画，喜欢文学，就把全心献给文学。只有忠于艺术的心才不空虚，只有艺术才是美。‘爱情’这话很难说，若是为了性欲才爱，那么就不如临时解决，随便可以找到一个！只要是异性。爱是爱，‘爱’很不容易，那么就不如爱艺术比较有意义……”

“爸爸走吧！”小姑娘哪里懂得人生，只知道“美”，她看一看这屋子一点意思也没有，床上只铺一张草褥子。

“是，走。”高先生又说，眼睛指着女儿：“你看我十三岁就结了婚，这不是吗？高云都十五岁啦……”

“爸爸，我们走吧！”

他像我在学校读书时一样，总爱说他十三岁就结了婚。差不多全校的同学都知道高先生是十三岁就结了婚的。

“爸爸，我们走吧！”

他把一张钱票丢在桌上就带着女儿走了！

他还没有回来，我应该立刻想到饿，但我完全被青春迷惑了！读书时候哪里懂得饿？只晓得青春最重要。虽然现在也并没老，但总觉得青春是过去了。

我这样冥想了一个长时间，心浪像海水一般地潮了一阵，追求实际吧！青春惟有自私的人才系念它，只有饥寒，没有青春。

几天没有去过的小饭馆，又坐在那里边吃喝了。我对他问：

“很累了吧？腿疼不？道外道里南岗要有十五里路。”只要有的吃他很满足，我也很满足。其余什么都忘掉！那个饭馆我已经习惯，还不等他坐下，我就抢了一个地方先坐下，我也把菜的名字记得很熟；什么辣椒白菜啦……什么酱鱼啦！怎么叫酱鱼呢？哪里有鱼；用鱼骨头炒一点酱，借一点鱼味就是啦！我很有把握，我简直都不用算一算就知道这些样菜也超不过一角钱。因此我很大的声音招呼，我不怕，我不怕花钱。

回来。没有睡觉之前，我们一面喝着开水一面说：

“这回又饿不着了！又够吃些日子。”

他的袜子，脚踵和脚趾全露在外面，我说：

“买一双去吧。”

他说："不能买，没有钱，连吃饭都不能，有钱也不能买袜子！"

闭了灯，又满足又安适的睡了一夜。

记忆中的鲁迅先生*

鲁迅先生的笑声是明朗的，是从心里的欢喜。若有人说了什么可笑的话，鲁迅先生笑得连烟卷都拿不住了，常常是笑得咳嗽起来。

鲁迅先生走路很轻捷，尤其使人记得清楚的，是他刚抓起帽子来往头上一扣，同时左腿就伸出去了，仿佛不顾一切的走去。

鲁迅先生的身体不大好，容易伤风，伤风之后，照常要陪客人，回信，校稿子，所以伤风之后总要拖下去一个月或半个月的。

瞿秋白的《海上述林》校样，一九三五年和一九三六年的春天，鲁迅先生不断的校着，几十万字的校样，要看三遍，而印刷所送校样来总是十页八页的，并不是通通一道送来，所以鲁迅先生不断的被这校样催索着，鲁迅先生竟说：

“看吧，一边陪着你们谈话，一边看校样的，眼睛可以看，耳朵可以听……”

---

* 本文于1939年10月分六期连载于（香港）《星岛日报》“星座”副刊“鲁迅先生三周年纪念特辑”，是后来成书的单行本《回忆鲁迅先生》非常重要的组成部分；此中字句在单行本中有不少改动之处。特收录在此。

有时客人来了，一边说着笑话，一边鲁迅先生放下了笔。有的时候竟说：“就剩几个字了，几个字……请坐一坐……”

鲁迅先生不戴手套，不围围巾，冬天穿着黑石蓝的棉袍子，头上戴着灰色毡帽，脚穿黑帆布胶皮底鞋。

胶皮底鞋夏天特别热，冬天又凉又湿，鲁迅先生的身体不算好，大家都提议把这鞋子换掉。鲁迅先生不肯，他说胶皮鞋子走路方便。

“周先生一天走多少路呢？也不就一转弯到某某书店走一趟吗？”

鲁迅先生笑而不答。

“周先生不是很好伤风吗？不围巾子，风一吹不就伤风了吗？”

鲁迅先生对这些个都不习惯，他说：

“从小就没戴过手套围巾，戴不惯。”

鲁迅先生一推开门从家里出来时，两只手露在外边，很宽的袖口冲着风就向前走，腋下夹着个黑绸子印花的包袱，里边包着书或者是信，到老靶子路书店去了。

那包袱每天出去必带出去，回来必带回来，出去时带着给青年们的信，回来又从书店带来了新的信和青年请鲁迅看的稿子。

鬼倒底是有的是没有的？传说上有人见过，还跟鬼说过话，还有人被鬼在后边追赶过，有的稍微软弱一点的鬼一见了人就贴在墙上，但没有一个人捉住一个鬼给大家看看。

鲁迅先生讲了他看见过鬼的故事给大家听：

“是在绍兴……”鲁迅先生说：“三十年前……”

那时鲁迅先生从日本读书回来，在一个师范学堂里也不是什么学堂里教书，晚上没有事时鲁迅先生总是到朋友家去谈天，这朋友住得离学堂几里路，几里路不算远，但必得经过一片坟地，谈天有的时候就谈得晚了，十一二点钟才回学堂的事也常有。有一天鲁迅先生就回去得很晚，天空有很大的月亮。

鲁迅先生向着归路走得很起劲时，往远处一看，远处有一个白影。

鲁迅先生不相信鬼的，在日本留学时是学的医，常常把死人抬来解剖的，鲁迅先生解剖过二十几个，不但不怕鬼，对死人也不怕，所以对坟地也就根本不怕。仍旧是向前走的。

走了不几步，那远处的白影没有了，再看，突然又有了。并且时小时大，时高时低，正和鬼一样。鬼不就是变换无常的吗?

鲁迅先生有点踌躇了，倒底向前走呢?还是回过头来走?本来回学堂不止这一条路，这不过是最近的一条就是了。

鲁迅先生仍是向前走的，倒底要看一看鬼是什么样，虽然那时候也怕了。

鲁迅先生那时从日本回来不久，所以还穿着硬底皮鞋，鲁迅先生决心要给那鬼一个致命的打击，等走到那白影的旁边时，那白影缩小了，蹲下了，一声不响的靠住了一个坟堆。

鲁迅先生就用了他的硬底皮鞋踢出去。

那白影噢的一声叫出来，随着就站起来，鲁迅先生定睛看去，他却是个人。

鲁迅先生说在他踢的时候，他是很害怕，好像若一下不把那东西踢死，自己反而会遭殃的，所以用了全力踢出去。

原来是一个盗墓子的人在坟场上半夜作着工作。

鲁迅先生说到这里就笑了起来。

“鬼也是怕踢的，踢他一脚立刻就变成人了。”

我想，倘若是鬼常常让鲁迅先生踢踢倒是好的，因为给了他一个作人的机会。

—

鲁迅先生从下午两三点钟起就陪客人，陪到五点钟，陪到六点钟，客人若在家吃饭，吃完饭又必要一起喝茶，或者刚刚喝完茶走了，或者还没走就又来了客人，于是又陪下去，陪到八点钟，十点钟，常常陪到十二点钟，从下午两三点钟起，陪到夜里十二点钟这么长的时间，鲁迅先生都是坐在藤躺椅上，不断的吸着烟。

客人一走，已经是下半夜了。本来已经是睡觉的时候了，可是鲁迅先生正要开始工作，在工作之前，他稍微阖一阖眼睛，燃起一枝烟来，躺在床边上，这一枝烟还没有吸完，许先生差不多就在床里边睡着了。（许先生为什么睡得这样快呢？因为第二天早晨六七点钟就要起来管理家务）海婴这时也在三楼和保姆一道睡着了。

全楼都寂静下去，窗外也是一点声音没有了，鲁迅先生站起来，坐到书桌边，在那绿色的台灯下开始写文章了。

许先生说鸡鸣的时候，鲁迅先生还是坐着，街上的汽车嘟嘟的叫起了，鲁迅先生还是坐着。

有时许先生醒了，看着玻璃窗白萨萨的了，灯光也不显得怎么亮了，鲁迅先生的背影不像夜里那样黑大。

鲁迅先生的背影是灰黑色的，仍旧坐那里。

人家都起来了，鲁迅先生才睡下。

海婴从三楼下来了，背着书包，保姆送他到学校去，经过鲁迅先生的门前，保姆总是嘱咐他说：

“轻一点走，轻一点走。”

鲁迅先生刚一睡下，太阳就高起来了。太阳照着隔院子的人家，明亮亮的，照着鲁迅先生花园里的夹竹桃，明亮亮的。

鲁迅先生的书桌整整齐齐的，写好的文章压在书下边，毛笔在烧瓷的小龟背上站着。

一双拖鞋停在床下，鲁迅先生在枕头上边睡着了。

鲁迅先生包一个纸包也要包得整整齐齐，常常把要寄出的书，鲁迅先生从许先生手里取过来自己包，见许先生包的不好，许先生本来包得多么好，而鲁迅先生还要亲自动手。

鲁迅先生把书包好了，用细绳捆上，那包方方正正的，连一个角也不准歪一点或扁一点，而后拿着剪刀，把捆书的那小绳头都剪得整整齐齐。

就是包这书的纸都不是新的，都是从街上买东西回来留下来的。许先生上街回来把买来的东西一打开随手就把包东西的牛皮纸折起来，随手把小细绳圈了一个圈，若小细绳上有一个疙瘩，也要随手把它解开的。准备着随时用随时方便。

一九三五年冬天许先生说：

“周先生的身体是不如从前了。”

有一次鲁迅先生到饭馆里请一次客人，来的时候兴致很好，还记得那次吃了一只烤鸭子，整个的鸭子用大钢叉子叉上来时，大家看着这鸭子烤的又油又亮的，鲁迅先生又笑了。

菜刚上满了，鲁迅先生就到竹躺椅上吸一只烟，并且合一合眼睛，一吃完饭，有的喝多了酒的，大家都乱闹了起来，彼此抢着苹果，彼此讽刺着玩，说着一些刺人可笑的话，而鲁迅先生这时候，坐在躺椅上，阖着眼睛，很庄严的在沉默着，让拿在手上纸烟的烟丝，慢慢的上升着。

别人以为鲁迅先生也是喝多了酒吧!

许先生说并不的。

“周先生身体是不如从前了，吃过了饭总要阖一阖眼稍微休息一下，从前一向没有这习惯。”

周先生从椅子上站起来了，大概说他喝多了酒的话让他听到了。

“我不多喝酒的，小的时候，母亲常常提到父亲喝了酒，脾气怎样坏，母亲说，长大了不要喝酒，不要像父亲那样子……所以我不多喝的……从来没喝醉过……”

鲁迅先生休息好了，换了一只烟，站起来也去拿苹果吃，可是苹果没有了，鲁迅先生说：

“我争不过你们了，苹果让你们抢靡了。”

有人抢到手的还在保存着的苹果，奉献出来，鲁迅先生没有吃，只在吸烟。

鲁迅先生睡在二楼的上面已经一个多月了，气喘虽然停止，但每天发热，尤其是在下午热度总在三十八度三十九度之间。有时也到三十九度多，那时鲁迅先生的脸色是微红的，目力是疲弱的，不吃东西，不大多睡，没有一些呻吟，似乎全身都没有什么痛楚的地方。躺在床上有的时候张开眼睛看看，有的时候似睡非睡的安静的躺着，茶吃得很少，差不多一刻也不停的纸烟，而今几乎完全放弃了。纸烟听子不放在床边，而仍很远的蹲在书桌上，若想吸一支，是请许先生付给的。

许先生从鲁迅先生病起，更过度的忙了。按着时间给鲁迅先生吃药，按着时间给鲁迅先生试温度表，试过了之后还要把一张医生发给的表格添好，那表格是一张硬纸上面画了无数根线，许先生就在这带线的纸上拿着米度尺画着度数，那表画得和尖尖的小山丘似的，又像尖尖的水晶高的低的一排连的站着。许先生虽然每天画，但那线是一条接连不断的线，不过从低处到高处，从高处到低处，这高峰越高越不好，也就是鲁迅先生的热度越高了。

来看鲁迅先生的人，多半都不到楼上来了，为的是请鲁迅先生好好的静养，所以把陪客人这些事也推到许先生身上来了。还有书，报，信，都要许先生看过，必要的就告诉鲁迅先生，不十分必要的，就先把它放在一处放一放，等鲁迅先生好了些再取出来交给他。然而这家庭里边还有很多琐事，比方年老的娘姨病了，要请两天假，海婴的牙齿脱掉一个要到牙医那里去看过，但是带他去的人没有，又得许先生。海婴在幼稚园里读书，又是买铅笔，买皮球，还有时临时出些个花头，跑到楼来了，说要吃什么花生糖什么牛奶糖，他上楼来是一边跑着一边喊着，许先生连忙拉住了他，拉他下了楼才跟他讲：

“爸爸病啦。”而后拿出钱来，嘱咐好了娘姨，只买几块糖而不准让他格外的多买。

收电灯费的来了，在楼下一打门，许先生就得赶快往楼下跑，怕的是再多打几下，就要惊醒了鲁迅先生。

海婴最喜欢听讲故事，这也是无限的麻烦，许先生除了陪海婴讲故事之外，还要在长桌上偷一点工夫来看鲁迅先生为着病耽搁下来的尚未校完的校样。

在这期间，许先生比鲁迅先生更要担当了一切了。

鲁迅先生吃饭，是在楼上单开一桌，那仅仅是一个方木盘，许先生每餐亲手端到楼上去，那黑油漆的方木盘中摆着三四样小菜，每样都用小吃碟盛着，那小吃碟论直径算也不过二寸。一碟豌豆苗或菠菜或苋菜，把黄花鱼或者鸡之类也放在小碟里端上楼去，若是鸡，那鸡也是全鸡身上最好的一块地方拣下来的肉；若是鱼，也是鱼身上最好的一部分，许先生才把它拣下放在小碟里。

许先生用筷子来回的翻着楼下饭桌上菜碗里的东西，菜拣嫩的，不要茎，只要叶，鱼肉之类，拣烧得软的，没有骨头没有刺的。

心里存着无限的期望，无限的要求，用了比祈祷更虔诚的目光，许先生看着她自己手里选得精精致致的菜盘子，而后脚板触着楼梯上了楼。

希望鲁迅先生多吃一口，多动一动筷，多喝一口鸡汤。鸡汤和牛奶是医生所嘱的，一定要多吃一些的。

把饭送上去，有时许先生陪在旁边，有时走下楼来又做些别的事，半个钟头之后，到楼上取这盘子。这盘子装得满满的，有时竟照原样一动也没有动又端下来了，这时候许先生的眉头微微的皱了一点。旁边若有什么朋友，许先生就说："周先生的热度高，什么也吃不落，连茶也不愿意吃，人很苦，人很吃力。"

有一天许先生用着波浪式的专门切面包的刀切着一个从外国铺子里买来的面包，是在客厅后边方桌上切的，许先生一边切着一边对我说：

"劝周先生多吃些东西，周先生说，人好了再保养，现在勉强吃也是没有用的。"

许先生接着似乎问着我：

"这也对的。"

而后把牛奶面包送上楼去了，一碗烧好了的鸡汤，从方盘里许先生把它端出来了，就摆在客厅后的方桌上，许先生上楼去了，那碗热的鸡汤在桌子上自己悠然的冒着气。

许先生从楼上回来还说呢：

“周先生平常就不喜欢吃鸡汤之类，在病里，更勉强不下了。”

那已经送上去的一碗牛奶又带下来了。

许先生似乎安慰着自己似的：

“周先生人强，喜欢吃硬的，油炸的，就是吃饭也喜欢吃硬饭……”

许先生楼上楼下的跑，呼吸有些不平静，坐在她旁边，似乎可以听到她心脏的跳动。

鲁迅先生开始独桌吃饭以后，客人多半不上楼来了，经许先生婉言把鲁迅先生健康的经过报告了之后就走了。

鲁迅先生在楼上一天一天的睡下去，睡了许多日子就有些寂寞了，有时大概热度低了点就问许先生：

“有什么人来过吗？”

看鲁迅先生精神好些，就一一的报告过。

有时也问到有什么刊物来吗？

鲁迅先生病了一个多月了。

证明了鲁迅先生是肺病，并且是肋膜炎，须藤老医生每天来了，为鲁迅先生把肋膜里化腐的东西用打针的方法抽净，每天抽一次，共抽了一两个礼拜。

这样的病，为什么鲁迅先生自己一点也不晓得呢？许先生说周先生有时觉得肋痛就自己忍着不说，所以连许先生也不知道。

鲁迅怕别人晓得了又要不放心，又要看医生，医生一定又要说休息。休息鲁迅自己知道怕做不到的。

福民医院，美国医生的检查，说鲁迅先生的肺病已经二十年了。这次发了怕是很严重。

医生规定个日子，请鲁迅先生到福民医院去详细检查，要照X光的。

但鲁迅先生当时就下楼是下不得的，又过了许多天，鲁迅先生到福民医院去检查病去了。照X光后给鲁迅先生照了一个全部的肺部的照片。

这照片取来的那天许先生在楼下给大家看了，右肺的上尖角是黑的，中部也黑了一块，左肺的下半部都不大好，而沿着左肺的边黑了一大圈。

这之后，鲁迅先生的热度仍高，若再这样热度不退，就很难抗抵了。

那查病的美国医生，只查病，而不给药吃，他相信药是没有用的。

须藤老医生，一半是鲁迅先生的朋友，所以每天来。他给鲁迅先生吃了些退热的药，还吃停止肺部细菌活动的药。他说若肺不再坏下去，就停止在这里，热自然就退了，人是不危险的。

在楼下的客厅里许先生哭了。许先生手里拿着一团毛线，那是海婴的毛线衣拆了洗过之后又团起来的。

鲁迅先生在无欲望状态中，什么也不吃，什么也不想，睡觉是似睡非睡的。

天气热起来了，客厅的窗门都打开着，阳光跳跃在门外的花园里。麻雀来了停在夹竹桃上叫了三两声就飞去，院子里的小孩子们唧唧喳喳地玩耍着，风吹进来好像带着热气，扑到人的身上。天气从刚刚发芽的春天，变为夏天了。

楼上老医生和鲁迅先生谈话的声音隐约可以听到。

楼下又来了客人，是凡来的总要问问：

“周先生好一点吗？”

许先生照常说：“还是那样子。”

但今天说了眼泪就流了满脸。一边拿起杯子来给客人倒茶，一边用左手拿着手帕按着鼻子。

客人问：

“周先生又不大好吗？”

许先生说：

“没有的，是我心窄。”

过了一会不知鲁迅先生要找什么东西，喊许先生上楼去，许先生连忙擦着眼睛，想说她不上楼的，但左右的看了一看，没有人能替代了她，于是带着她那团还没有缠完的毛线球上楼去了。

楼上坐着老医生，还有两位探问鲁迅先生的客人。许先生一看了他们就自己低了头笑了，笑纹展开在一刻之前还在哭的眼睛的周围，许先生不敢到周先生的面前去，背转着身问鲁迅先生要什么呢，而后又是慌忙的把毛线缕挂在手上缠了起来。

一直到送老医生下楼，许先生都是把背向鲁迅先生而站着的。

每次老医生走，许先生都是替老医生提着皮提包送到前门外的。许先生愉快的，沉静的带着笑容打开铁门闩，很恭敬的把皮包交给老医生，眼看着老医生走了才进来关了门。

这老医生出入在鲁迅先生家里，连老娘姨对他都是尊敬的，医生一从楼上下来时，娘姨若在楼梯的半道，赶快下来躲开，站到楼梯的旁边。有一天老娘姨端着一个杯子上楼，楼上医生和许先生一道下来了，那老娘姨躲闪不灵，急得把杯里的茶都颠出来了。等医生走过去，已经走出了前门，老娘姨还在那里呆呆的望着。

“周先生好了点吧？”

有一天许先生不在家，我问着老娘姨。她说：

“谁晓得，医生天天看过了不声不响的就走了。”

老娘姨对医生每天是怀着期望的眼光看着他的。

许先生很镇静，没有紊乱的神色，虽然说那天当着人哭过一次，但该做什么，仍是做什么，毛线该洗的已经洗了，晒的已经晒起，晒干了的随手就把它缠成团子。

“海婴的毛线衣，每年拆一次，洗过之后再打起，人一年一年的长，衣裳一年穿过，一年就小了。”

在楼下陪着熟的客人，一边谈着，一边开始手里动着竹针。

这种事情许先生是偷空就做的，夏天就开始预备着冬天的，冬天就做夏天的。

许先生自己常常说：

“我是无事忙。”

这话很客气，但忙是真的，每一餐饭，都好像没有安静的吃过。海婴一会要这个，要那个，若一有客人，上街临时买菜，下厨房煎炒还不说，就是摆到桌子上来，还要从菜碗里为着客人选好的夹过去。饭后又是吃水果，若吃苹果还要把皮削掉，若吃荸荠看客人削得慢而不好也要削了送给客人吃。那时鲁迅先生还没有生病。

许先生除了打毛线衣之外，还用机器缝衣裳，剪裁了许多件海婴的内衫裤，在窗下缝。

因此许先生对自己忽略了，每天上下楼跑着，所穿的衣裳都是旧的，次数洗得太多，扭扣都洗脱了，也磨破了，都是几年前的旧衣裳，春天时许先生穿了一件紫红宁绸袍子，那料子是海婴在婴孩时候别人送给海婴做被子的礼物，做被子，许先生说很可惜，就拣起来做一件袍子，正说着，海婴来了，许先生使眼神，且不要提到，若一提到海婴又要麻烦起来了，一定要说是他的，他就要要。

许先生冬天穿一双大棉鞋，是她自己做的，一直到二三月早晚冷时还穿着。有一次我和许先生在小花园里一道拍一张照片，许先生说她的扭扣掉了，还拉着我站在她前边遮着她。

许先生买东西也总是到便宜的店铺去买，再不然到减价的地方去买。

处处俭省，把俭省下来的钱都印了书和印了画。

现在许先生在窗下缝着衣裳，机器声格答格答的，震着玻璃门有些颤抖。

窗外的黄昏，窗内的许先生低着的头，楼上鲁迅先生的咳嗽声，都搅混在一起了，重续着埋藏着力量。在痛苦中，在悲哀中，一种对于生的强烈的愿望，站得和强烈的火焰那样坚定。

许先生的手指把捉了在缝的那张布片，头有时随着机器的力量低沉了一两下。

许先生的面容是宁静的，庄严的，没有恐惧的坦荡荡的在使用着机器。

海婴在玩着一大堆黄色的小药瓶，用一个纸盒子盛着，端起来楼上楼下的跑。向着阳光照是金色的，平放着是咖啡色的，他招聚了小朋友来，他向他们展览，向他们夸耀，这种玩艺只有他有而别人不能有。他说：

“这是爸爸打药针的药瓶，你们有吗？”

别人不能有，于是他拍着手骄傲的呼叫起来。

许先生一边招呼着他，不叫他喊，一边下楼来了。

“周先生好了些？”

见了许先生大家都是这样问的。

“还是那样子”，许先生说，随手抓起一个海婴的药瓶来：“这不是么，每天打一针，药瓶子也积了这一大堆。”

许先生一拿起那药瓶，海婴上来就要过去，很宝贵的赶快把那小瓶摆到纸盒里。

在长桌上摆着许先生自己亲手做的蒙着茶壶的棉罩子，从那蓝缎子的花罩下拿着茶壶倒着茶。

楼上楼下都是静的了，只有海婴快活的和小朋友们的吵嚷声在太阳里跳荡。

海婴每晚临睡时必向爸爸妈妈说：“明朝会。”

有一天，他站在走上三楼的楼梯口上喊着：

“爸爸，明朝会。”

鲁迅先生那时正病得沉重，喉咙里边似乎有痰，那回答的声音很小，海婴没有听到，于是他又喊：

“爸爸，明朝会。”他等一等听不到回答的声音，他就大声的连串喊起来：

“爸爸明朝会，爸爸明朝会，爸爸明朝会……”

他的保姆在前边往楼上拖他，说是爸爸睡了不要喊了。可是他怎么能够听呢，仍旧喊。

这时鲁迅先生说“明朝会”还没有说出来，喉咙里边就像有东西在那里堵塞着，声音无论如何放不大。到后来，鲁迅先生挣扎着把头抬起来才很大声的说出：

“明朝会，明朝会。”

说完了就咳嗽起来。

许先生被惊动得从楼下跑来了，不住的申斥着海婴。

海婴一边笑着一边上楼去了，嘴里唸叨着：

“爸爸是个聋人哪！”

鲁迅先生没有听到这笑他的话，还在那里咳嗽着。

鲁迅先生在四月里，曾经好了一点，有一天下楼去赴一个约会，把衣裳穿得整整齐齐的，手下夹着黑花布包袱，戴起帽子来，出门就走。

许先生在楼下正陪客人，看鲁迅先生下来了，赶快说：

“走不得吧！还是坐车子去吧。”

鲁迅先生说：

“不要紧，走得动的。”

许先生再加以劝说，又去拿零钱给鲁迅先生带着。

鲁迅先生说不要不要，坚决的就走了。

“鲁迅先生的脾气很刚强。”

许先生无可奈何的只说了这一句。

鲁迅先生晚上回来，热度增高了。

鲁迅先生说：

“坐车子实在麻烦，没有几步路，一走就到。还有好久不出去，愿意走走……动一动，就出毛病……还是动不得……”

病压服着鲁迅先生又躺下了。

七月里，鲁迅先生又好些。

药每天吃，记温度的表格照例每天好几次在那里画，老医生还是照常的来，说鲁迅先生就要好起来了，说肺部的菌已经停止了一大半，肋膜也好了。

客人来差不多都要到楼上来拜望拜望，鲁迅先生带着久病初愈的心情，又谈起话来，披了一张毛巾子坐在躺椅上，纸烟又拿在手里了，又谈翻译，又谈些刊物的事。

一个月没有上楼去，忽然上楼还有些心不安，我一进卧室的门，觉得站也没地方站，坐也不知坐在哪里。

许先生让我吃茶，我就倚着桌子边站着，好像没有看见那茶杯似的。

鲁迅先生大概看出我的不安来了，便说：

“人瘦了，这样瘦是不成的，要多吃点。”

鲁迅先生又在说玩笑话了。

“多吃就胖了，那么周先生为什么不多吃点？”

鲁迅先生听了这话就笑了，笑声是明朗的。

从七月以后鲁迅先生一天天的好起来了，牛奶鸡汤之类，为了医生所嘱，也隔三差五的吃着，人虽是瘦了，但精神是好的。

鲁迅先生说自己的体质的本质是好的，若差一点，就让病打倒了。

这一次鲁迅先生保养了很长的时间，没有下楼，外边就更没有去过了。

在病中，鲁迅先生不看报，不看书，只是安静的躺着。但有一张小画是鲁迅先生放在床边上不断看着的。

那张画，鲁迅先生未生病时和许多画一道拿给大家看过的，小得和纸烟包里抽出的画片差不多。那上边画着一个穿大长裙子飞散着头发的女人在大风里边跑，在她旁边的地面上还有小小的红玫瑰花的花朵。记得是一张苏联某画家着色的木刻。

鲁迅先生有很多画，为什么只选了这张放在枕边。

许先生告诉我的，她也不知道鲁迅先生为什么常常看这小画。

这一次鲁迅先生好了，有人来问他这样那样的，他说：

“你们学着做，若没有我呢！”

还有一样不同的，觉得做事要多做，要快做……

鲁迅先生以为自己好了，别人也以为鲁迅先生好了。

准备冬天要庆祝鲁迅先生工作三十年。

又过了三个月。

一九三六年十月十七日，鲁迅先生病又发了，又是气喘。

十七日，一夜未眠。

十八日，终日喘着。

十八日的下半夜，人衰弱到极点了。天将发白时，鲁迅先生就像他平日一样，工作完了，他休息了。

一九三九，十月完

轰炸前后 *

从五月一号那天起，重庆就动了，在这个月份里，我们要纪念好几个日子。所以街上有多少人在游行，他们还准备着在夜里火炬游行。街上的人带着民族的信心成行的大队的沉静的走着。

“五三”的中午 ××[1] 飞机二十六架飞到重庆的上空，在人口最稠密的街道上投下燃烧弹和炸弹，那一天就有三条街起了带着硫磺气味的火焰。

“五四”的那天，×× 飞机又带了多量的炸弹，投到他们上次没完全毁掉的街上和上次没可能毁掉的街道上。

大火的十天以后，那些断墙之下，瓦砾堆中仍冒着烟。人们走在街上用手帕掩着鼻子或者挂着口罩。因为有一种奇怪的焦胡的气味满街散布着。那怪味并不十分浓厚，但随时都觉得是吸得到。似乎每人都用过于细微的嗅觉存心嗅到那说不出的气味似的。就在十天之后发掘的人们，还在深厚的灰烬里寻出尸体来。

---

* 本文1939年7月初在（重庆）《文摘战时旬刊》首刊，篇名《放火者》；同年8月易名《轰炸前后》再刊于（上海）《鲁迅风》半月刊；1940年6月仍用《放火者》篇名收入初版《萧红散文》。首刊与人集之文几无不同；惟转发于《鲁迅风》杂志上的本文增改甚多。特收录在此。

1 ××，日本。下同。

断墙笔直的站着，在一群瓦砾当中，只有它那么高而又那么完整。设法拆掉它，拉倒它，但它站得非常坚强。断牌坊就站着这断墙，很远就可以听到几十人在喊着，好像拉着帆船的纤绳，又像抬着重物。

“唉呀……喔呵……唉呀……喔呵……”

走近了看到那里站着一队兵士，穿着绿色的衣裳，腰间挂着他们喝水的瓷杯，他们相同出发到前线上去差不多。但他们手里挽着绳子，绳子的另一端系在离他们很远的单独的五六丈高站着一动也不动的那断墙上。他们喊着口号一起拉它，但它不倒，连歪斜也不歪斜，它坚强的站着。步行的人停下了，车子走慢了，走过去的人回头了，用一种坚强的眼光，人们看住了它。

被那声音招引着，我也回过头去看它，可是它不倒，连动也不动。我就看到了这大瓦砾场的近边，那高坡上仍旧站着被烤干了的小树。有谁能够认得出那是什么树，完全脱掉了叶子，并且变了颜色，好像是用赤色的石雕成的。靠着小树那一排房子窗上的玻璃脱掉了，只有三五块碎片，在夕阳中闪着金光。走廊的门开着，一切可以看得到。门帘扯掉了，墙上的镜框在斜垂着。显然的在不久之前，他们是在这儿好好地生活着，那墙壁日历上，还露着四号的“四”字。

街道是哑默的，一切店铺关了门，在黑大的门扇上贴着白帖或红帖，上面写着退房或搬家。路的两旁偶尔张着席棚或布棚，里面坐着苍白着脸色的恐吓的人，用水盆子，当时在洗刷着弄脏了的胶皮鞋，汗背心……毛巾之类，这东西都是从火中抢救出来的。

被炸过了的街道，飞尘卷了白沫扫着稀少的行人。行人挂着口罩，或用帕子掩着鼻子。街是哑然的，许多人生存的街毁掉了，生活的秩序被破坏了，饭馆关起了门。

大瓦砾场一个接着一个，前边又是一群人在拉着断墙，这使人一看上去就要低了头，无论你的心胸怎样宽大，但你的心不能不跳，因为那摆在你面前的是荒凉的，是横遭不测的，千百个母亲和小孩子是吼叫着的，嚎哭着的，他们嫩弱的生命在火里边挣扎着，生命和火在斗争。但最后生命被火给谋杀了。那曾经狂喊过的母亲的嘴，曾经乱舞过的父亲的胳膊，曾经发疯对着火的祖母的眼睛，曾经依然偎在妈妈怀里吃乳的婴儿，这些最后都被火杀死了。孩子和母亲，祖父和孙儿，猫和狗，都同他们凉台上的花盆一道倒在火里了。这倒下来的全家，他们没有一个是战斗员。那凶残的放火的 ×× 人，假若他只杀我们前线上的战士，他就不算凶残了。那就算我们中国人造谣说谎了。

白洋铁壶成串的仍在那烧了一半的房子里挂着，显然是一家洋铁制器店被毁了。洋铁店的后边，单独的三楼三底的房子站着，它两边的都倒下去了，只有它还歪歪裂裂的支持着。楼梯分做好几段自己躺下去了，横睡在楼脚上。窗子整张的没有了，门扇也看不见了，墙壁穿着大洞，相同被打破了腹部的人那样可怕的奇怪的站着。但那摆在二楼的木床，仍旧摆着，白色的床单还随着风飘着那只巾角。就在这二十个方丈大的火场上同时也有绳子在拉着一道断墙。

就在这火场的气味还没有停息，瓦砾还会烫手的时候，坐着飞机放火的 ×× 人又要来了，这一天是五月十二号。

警报的笛子到处叫起，无管大街无管深巷，无管听得到的听不到的，无管加以防备的或是没有知觉的都卷在这声浪里了。

那拉不倒的断墙也放手了，前一刻在街上走着的那一些行人，现在狂乱了，发疯了，开始跑了，开始喘着，还有拉着孩子的，还有拉着女人的，还有脸色变白的。街上像来了狂风一样，尘土都被这惊慌的群带着声响卷起来了，沿街响着关窗和锁门的声音。招呼着家人的名字的声音，街上什么也看不到，只看到跑，逃……我想疯狂的XX法西斯刽子手们，要看见这刻的时候，他们一定会满足的吧，他们是何等可以骄傲呵，他们可以看见……一个卷头发的女人拉着一个穿红衣裳的漂亮的女孩，那女人抓着女孩的头发，和抓着一颗小红辣椒似的向前跑，所以一边跑着那女孩一边哭。一个老头被挤掉了帽子，他的胡子全白了，他有八十岁的样子。一个穿西装的男人脱下他的外衣来，扯在他的手里好像扯着一个扫把似的。

在公园里的上边的往下跑，下边的往上跑，一大群跑到国际联欢社，看看那铁门关了，就转过来往回跑……这时候跑的那些人的头发也像蓬开了，所以人们头看上去特别大。人们的衣襟都张开了，所以人们的腿看上去特别宽。

十几分钟之后，都安定下来了，该进防空洞的进去了，躲在墙根下的躲稳了。第二次警报（紧急警报）发了。躲在防空洞深处的也许听不到，但是遗留下来选中了墙跟和空地的那些人们，没有一个不贯注了全副精神在分辨着那是紧急警报还是解除警报。明知必定是紧急警报，但总希望那声音要拉长下去。一直到杀尾，可是不能了，完全失望了。短促的叫了起来，叫了八九次……

听得到一点声音了，而越听越大。我就坐在公园石级铁狮子附近。这铁狮子旁边坐着好几个老头，大概他们没有气力挤进防空洞去，而又跑也跑不远的缘故。

飞机的响声一大起来，就有一个老头招呼着我：

“这边……到这铁狮子下边来……”这话他并没有说，我想他是这个意思，因为他向我招手。

为了呼应他的亲切，我去了，蹲在他的旁边。后边高坡上的树枝树叶遮着头顶上的天空，致使想看飞机不大方便，但在树叶的空间看到飞机了，六架，六架。飞来飞去的总是六架，不知道为什么高射炮也不发，也不投弹。

穿蓝布衣裳的老头问我：“看见了吗？几架？”

我说：“六架”。

“向我们这边飞……”

“不，离我们很远。”

我说瞎话，我知道他很害怕，因为他刚说过了：“我们坐在这儿的都是善人，看面色没有做过恶事的，我们良心都是正的……死不了的。”

大批的飞机在头上过了，那里三架三架的集着小堆，这些小堆在空中横排着，飞得不算顶高，一共四十几架。高射炮一串一串的发着，红色和黄色的火球像一条长绳似的扯在公园的上空。

那老头向着另外的老头而又向我说：

“看面色，我们都是没有做过恶的人，不带恶像，我们不会死……”

说着他就伏在地上了。他看不见飞机，他说他老了。大概他只能看见高射炮的连串的火球。

飞机像是低飞了似的。那声音沉重了，压下来了。守卫的宪兵喊了一声口令："卧倒。"他自己也就挂着枪伏在水池子旁边了。四边火光起来，有沉重的爆击声，人们看见半天上有红光。

公园在这一天并没有落弹。在两个钟头之后，我们离开公园的铁狮子，那个老头悲惨的向我点着头，而且和我说了很多话。

下一次，五月二十五号那天，中央公园便被炸了。水池子旁边连铁狮子都被炸碎了，在弹花飞溅时，那是混合着人的肢体，人的血，人的脑浆。这小小的公园，死了多少人？我不敢说出他的数目来，但我必须说出他的数目来：死伤三〇〇人。而重庆在这一天，有多少人从此不会听见解除警报的声音了……

六月九日　北碚

来信[*1]

坐在上海的租界里，我们是看不到那真实的斗争，所知道的也就是报纸上或朋友们的信件上所说的。若来发些个不自由的议论，或是写些个有限度的感想，倒不如把这身所直受的人的话语抄写在这里：

××：

这里的事件直至现在仍是很混沌，在“人家”大军从四面八方包围来了的声中，当局还不断的放出和平有望的空气。前几天交通都断绝了，人们逃也无处逃，跑也跑不了，于是大家都觉得人们很能“镇静”，自从平津恢复通车后，情形也不同了，搬家的车，络绎不断的向车站涌，我到站上去看过，行李堆积到屋梁了。

一般汉奸走狗们活动的非常有劲，和平解决的侧面折冲还在天津进行。双方所折冲的是什么，虽有种种传说，但都不能信实，不过前几天，当局发表的谈话和布告，说这次事件是局部的问题，拒绝慰劳，禁止募捐，不许有爱国的组织与行动等看来，也很看出我们当局的意向了。可惜的是，我

* 本文1937年8月5日刊于（上海）《中流》（半月刊）第二卷第十期，署名萧红。

1 来信，作者友人李洁吾在“卢沟桥事变”后从北平寄往上海的信。

们虽具“和平”（！）诚意，却不能遏止“人家”占领的决心！等到大军配备好了的时候，“哀的美敦”书[1]会立刻提出来的。

那时日也不会再延到多久。

昨天又听到这样的谣言，是汉奸们向廿九军宣传的：

一、不受共产党的挑拨。

二、不为东北人利用。

三、不做十九路军第二。

他们的理由是中日邦交本不坏，只因共党从中捣鬼而弄坏了；东北人年来高喊“打回老家去”，一旦打回去也只是东北人回到故乡，别人得不到好处；看到十九路军单独抗战的结果，只是单独牺牲。特别是第三项，好似很能打动当局的心。

不过他们所恐惧的，终将不能避免。

我这些天生活很沉闷，天天日间睡午觉，夜间听炮声，在思量着，一旦战事爆发了，应当取怎样的行动。……

吟借给我的两部书，因为担心它们的命运，今天寄出给你们了，和土地比起来，书自然很微小，但我们能保卫的，总不要失去。好，再见！

××

七月十九于北平

1 “哀的美敦”书，英语 ultimatum 的译音，意为“最后通牒”；外交上的最后通牒通常是没有谈判余地的最后要求，若不被接纳，接下来就是严厉的制裁甚至宣战。

突　击（三幕剧）*

第一幕

时　间：一九三八年的初春，在黄昏后。

地　点：太原的附近，在山坡上。

人　物：

石　头：三十多岁，忠厚淳朴的农民，背着大铁锅。

童先生：村公所的所长。四十多岁。忠实，顽固，带着一个包袱。

福　生：十三四岁的男孩。活泼，天真，带一把日本小刀。

田大爷：五十多岁，倔强，执拗，扛着扁担。

田双银：田大爷的孙女，十六岁，顽皮憨厚。

李二嫂：三十岁，拿着一件小孩的棉斗篷。

幕　开　一群疲倦零乱的人影出现在左边的山坡上，一会儿就走进

*　该剧集体创作于1938年3月初，刊于1938年4月1日（武汉）《七月》（半月刊）第二集第十二期，署名塞克、端木蕻良、萧红、聂绀弩。

山峡里去了。福生突然在对面的石坪上出现。

福　生　（大声呼喊）童先生！童先生（没有回应，又招手）石头！石头！到这儿来呀！（仍无回应）

童先生　（疲倦地爬上石坪）你吵什么！你这小鬼！不要命啦？叫日本鬼子听见怎么办哪！

福　生　我没有喊，我招呼你呢！

（石头、李二嫂上）

石　头　去你妈的，滚蛋！

童先生　这里还好，就在这里歇下吧！……哎呀，好冷，福生，你到那边去拣点树枝来烧火。

（李二嫂疲倦地偎坐一旁，福生去弄火，石头拉过童先生的包袱往屁股底下一坐。）

童先生　哎，不能坐，不能坐，起来！

石　头　什么坐不得？

童先生　不成，不成，你知道里头有什么东西？

石　头　管他什么东西，这年头连命都不知道是谁的呢！

童先生　（抢过包袱，解开，慎重地，双手捧出灵牌，找地方安放，无可奈何地摇头，自言自语）唉，连祖宗的牌位都没有放处了。（又拿出一个小包）嗯，这个也没丢。

石　头　什么？

童先生　这是村公所的官印。

石　头　他妈的，全村子的家财人命都没有了，你还带着这破印干吗？

童先生　（又拿出户口册来翻阅着）高大东家的房子烧得片瓦不存了。（翻一页手指停在一个名字上）他大年初一还给我拜年来着呢，这才几天就死得这么惨！……

（福生站在童先生背后看着，童先生正翻过一页，他立刻给翻回来。）

童先生　你翻什么？

福　生　李家豆腐房的那个小毛驴也完了。

石　头　你怎么知道的？

福　生　刚才我从破墙口钻出来的时候，那李磨官正在倒豆腐渣呢。五个日本兵进去，问他要肉吃，他没有，他说有豆腐，他们还说，还说，不要，不要，后来又说要，说“八个”，李磨官他就拿来八块豆腐。他们就踢他，李磨官就往后退，一下子跌在小毛驴身上，小毛驴一抖蹶子，一蹶子没踢着日本鬼……（怔了）

童先生　后来又怎么啦？

福　生　那小日本一枪就把小毛驴给打死了……他们就在灶里烧火，用刺刀来切肉，他们连毛也没褪呀！……那李磨官抱着驴脑袋还哭呢，那驴的两耳朵就不楞不楞的……

石　头　我说不出来，你非要我出来，我家的叫驴也不知怎么样了。你看，现在就随便让人家胡作非为了。

童先生　你不出来，还不是跟驴一样的下汤锅？

石　头　出来又怎样？跑到这儿荒山僻野的，吃什么，喝什么？慢慢的还不是得回去干？

童先生　干当然也得有个干法。

石　头　什么干法，还不是他妈个打？今天不打明天也得打呀！要等明天打，何不今天就打呢？

童先生　要打，你也得合计合计呀！孔明用兵还得看看天时地利人和呢。

石　头　你总有你那篇大道理，可是什么也做不成。比方说那回抓汉奸吧，依着我就使小刀子捅了，你还要问还要审还要具结，弄得五花八门，结果汉奸还不是跑了！

童先生　我是为大家着想哪！我是为了公义，我也不是成心放了他呀！要是误杀了人命，是我来担不是哪……

石　头　你担不是，他妈的汉奸跑了，你又不担不是啦！

童先生　那你要把事情弄清楚一点，那是看守的疏忽啊……

石　头　我不管你什么看守不看守，当初我们把汉奸交给你的，我不管你交给谁，汉奸跑了就跟你要。汉奸该宰，你把汉奸弄跑了我们就宰了你作替身！

童先生　你真不讲理，怎么"跑了和尚抓秃子"呢？

石　头　你看，那汉奸跑了，他把日本人邀来了，弄得我们家破人亡，这都是你！都是你！

童先生　那是一回事，这又是一回事，一码管一码，你别胡搅蛮缠！

石　头　我胡搅蛮缠？谁胡搅蛮缠啦？不是他邀来的，是你邀来的？我告你去！是你通敌！你勾结敌人！

童先生　你告谁去？你上哪儿告去？

石　头　上哪儿告？……（举起拳头）认识吗？就上这儿告你！

李二嫂　（急躁地）吵哇，吵哇，一路就吵，怎么不叫日本鬼子打死呢？你们没日子好吵啦？

石　头　我没日子啦？我看是你！你男人死了，孩子死了，公公又死了，这回该轮到你啦！……孩子都死了，你还从日本人手里把孩子的斗篷抢下来当宝贝哩！呸！

李二嫂　我要是死倒好啦，可是又不死……死……

童先生　哎，你又跟她发火啦！

石　头　跟你也没完呢！你以为我就饶了你啦吗？

（福生玩弄斗篷，被李二嫂抢下）

李二嫂　你不要动！

福　生　小鸦活着的时候，我抱都抱过的，连斗篷都不让我摸了，小气鬼！

童先生　（向福生）你到山上去看看田大爷来了没有，这半天还走不到……

福　生　（唱着跳走了）日本鬼儿，喝凉水儿，来到中国吃炮子儿。日本鬼儿，损到底儿，坐火车，翻了轨儿，坐轮船，沉了底儿……

童先生　（叫）福生！你要早点回来，别跑丢了呀。

福　生　知道啦！

童先生　这孩子这样小年纪就死了爹娘，连个亲人也没有……

石　头　（没好声没好气地）亲人，我们不是他亲人吗？

童先生　我们不过是一个村上住着，既不是他三叔，又不是他二大爷，我们不过是看他可怜……（沉默）我哪一次看见他的刀子，我就痛心，妈妈让日本鬼子给欺负了，从敌人手里夺下来的刀子还天天拿着……

石　头　别唠叨，唠叨啦，霉气！

（童先生坐下来向灵牌呆看）

石　头　（用石块刮锅底）妈的，你祖宗的坟都给日本鬼子刨了，你还把灵牌带出来，“活时不孝死了乱叫”，他妈的假惺惺！

李二嫂　石头！你少说两句好不好！

石　头　臭女人，也来说我！我说我的，碍你什么事？

童先生　（对李二嫂）哎，不要理他！“宁跟君子吵顿架，不跟小人说句话”。

石　头　我他妈是小人？我又不偷人摸人，到处背黑锅，我还是小人？我要是小人，天底下没有好人啦！（刮锅底）

童先生　商量点大事吧，弄个破锅干什么？

石　头　干什么？不吃饭啦？

童先生　哎，我真昏了，怎么现成一袋子头号洋面没带出来呢？

石　头　有十口袋，不带出来也是没用。

童先生　那怎么办呢？

石　头　怎么办，想法子弄饭吃，怎么办？

童先生　锅能当饭吃？

（石头站起来搬石块架锅，只听咕咚一声，福生哭上）

童先生　怎么回事？你怎么啦？（孩子哭，不说）说呀！这孩子到底是怎么啦？你看见田大爷他们没有？

福　生　我，我走到那边，看见树上有个……有个大鸟窝，我就拿棍儿捅，捅了半天够不着，我看那树是个歪脖树，我就爬上去啦，嗯，嗯，我爬到老鸹窝边，就听到刮刮……一叫，翅膀一扑鲁，我一哆嗦，就掉下来啦！嗯……

石　头　摔坏哪儿没有？你这坏蛋！

福　生　（摸着屁股）屁股还痛呢！……

双银的声音　爷爷你来，他们在这儿呢！

童先生　别吵啦，听着！小点声！是他们来了吧？

双银的声音　爷爷你上这边来，那边不好走！

（双银和田大爷爬上石坪）

福　生　田大爷，我找你半天都没找着，怎么这么晚才来呀！

双　银　李二嫂，小鸦呢？我出来时看见你抱着他的。（李不答）咦！谁把他抱走了，把斗篷留下，这冷天的？

福　生　（低声）你别问啦，别问啦！

双　银　（低声）怎么啦？怎么啦？

（福生招手，双银过去，两人在一旁悄悄地说话）

石　头　田大爷，你怎么什么也不带，光带着个扁担呢？

童先生　田大爷累了吧？到这边来坐。

石　头　田大爷，你怎么什么也不带，拿着扁担干吗？

田大爷　不，是我从家里出来，担了两件行李和双银的新做的棉袄，还有半口袋粮食……连饭勺子都带出来啦……

双　银　（突然地）哎呀！可惜了的小鸦，又精又灵的怎么死了呢？（摇着李的臂）李二嫂，李二嫂，小鸦不是都学话了吗？我还听见他说："妈妈，妈妈"……（李二嫂起来了，双银拿起衣服给她拭泪，福生溜走了）

田大爷　（看看他们，接下去说）后来什么都跑丢了，就剩这一条扁担。

石　头　你什么都丢了，拿着这扁担什么用呢？

田大爷　辛苦了一辈子，就剩这条扁担了，还让他丢下吗？

童先生　老爷子，你的东西就是不跑丢，这样的山路你也担不动啊！

田大爷　担不动也得担哪！

童先生　你的儿子呢？没跑出来吗？

田大爷　那孩子……我不叫他回去，他偏要回去，他不放心地契，我一想，也对呀！我就说你去吧，我在外面给你望着，那时我们的房子已经烧起来了，我看太危险了，叫他不要去吧，他非要去，我拦也拦不住，看看他跑进去了，刚进去，那房子就塌下来了……

石　头　怎么啦？

田大爷　我想他一定没命了，可是他又跑出来，我打算招呼他，叫他快点，别的东西都不要了，拿出地契就够了，可是又听见啪啪两下，他就倒了，我还以为是房梁砸下来了呢，呆一会儿两个日本兵从我们院子走出来了，我再招呼他也不答应了……

石　头　你的儿子呢？

田大爷　唉，我就向前跑，反正儿子是死了，我也和他死在一道吧，我就往火里跳，哪知双银拉着我又哭又号的，我的心就软了下来，想着她这么小年纪，怎么活下去呢，就跟着她来了。我们就追你们，走过庄头的时候，在马家菜园子里看见朱老万的大儿子血淋淋的倒在地里，脖子给砍了一半，他直叫："田大爷你修修好吧，再给我一刀吧！"我一眼也不敢多看，心一狠就走过来了。

双　银　那时爷爷直着眼往前走，东西都忘记了，我就喊：爷爷！挑东西呀！

田大爷　我就挑着东西跑，跑到壕沟沿上，就听见后面劈利叭啦一排枪，我们连爬带滚地往前跑。攀着一棵小榆树才爬上壕沟那边，又跑了五六里，双银就问我：爷爷，你的东西呢？我一看，手里就剩了一根扁担了。（太阳渐渐落下去了，舞台呈一种阴郁沉重的气氛）

李二嫂　唉！真惨哪！

双　银　哎，我们在路上看见的那那那个那个什么，那才惨哪！那个小孩子才有两三岁，扒得光溜溜地挂在树上，那小脚就一蹬一蹬的，我跑得老远回头看，他那红兜兜还直飘呢。

（李二嫂突然大哭，大家都呆了。童先生想去劝，几次欲言又止，老头子坐着，阴沉沉地烤火，双银拉拉李二嫂，李不理她，石头捡起一个石块，狂吼一声，把石块扔出去，声震山凹。静默，只能听见女人抽泣声。忽然听见狗叫声。）

童先生 哎呀！山底下有人来了！快把火熄了！（大家用脚踏火）

双　银 我们往哪儿逃呢？

石　头 往哪儿逃？来吧！帮我捡石头！（二人把石块堆起来）

童先生 恐怕是日本鬼子搜村子啊！这就是他们的猎狗，……别胡闹！

（大家向山前注视，不敢出气，双银招呼田大爷）

童先生 不要动！（拿出手枪，石头举起石块，田大爷拿起扁担）有脚步声了，你听！越来越近了！

（福生先咯咯地笑，悄悄地出现在他们后面。）

童先生 谁？（大家掉过头来，发现是他，放下武器。双银过去抓他，石头仍抓着石块不放。）

双　银 你这野东西！你这小死鬼儿！你这没后脑勺的，你没皮没脸的，你还咯……的呢！……谁跟你笑！我打你！……你还笑什么？

福　生 （指石头）你看，你看，……他石头还没放下呢！

双　银 （也笑了）哈哈哈哈！……

石　头 （莫明其妙地看看双手，把石块放下，难为情地问福生）笑什么？还不快把火点上！怪冷的。（福生不动，撅嘴）叫你哪！听见没有？

福　生 你那么大个子怎么不自己点？我不会点。

石　头 你点不点？

双　银 这可怎么说的呢？他那么点小要他点。嗤！"大懒支小懒，一支白瞪眼！"我来点！（瞪石头一眼，过去把木柴堆好）

石　头 你放下，让他点！

双　银　瞧你那凶样！活阎王似的！（划火柴点火！福生不语，过来帮她弄火）

（隐隐听见山风呼呼的响，大家围火坐下，石头坐在一边。）

童先生　石头过来，商量商量咱们以后怎么办。

石　头　你们说吧，我听着。

（福生用小刀刻树玩）

田大爷　我们这老少三辈，要在平常不都是一家人一样？到现在弄得睡也没得睡，过了今天没有明天，唉，这是什么年头啊！

李二嫂　唉，这倒霉的年头，早死了也算了！

童先生　咱们算是都逃出火坑来了，总算是有缘分的，可是以后的日子怎么过还不知道。这个地方不过是离敌人稍稍远一点儿，我们坐下喘喘气之后，还得往前逃哪，或者……听说王家甸子都干起来了……所以我们大家得商量商量，合计合计，想个万全之策，逃不是事，不逃也不行，所以哪……

田大爷　我们这一群老弱残兵，怎么着也得干一场，说什么也不能白饶了他。

童先生　哎，说的就是呢！我们合计就是想合计这件事情，日本鬼子占了我们多少地方，杀了我们多少人，这先不说他，就说田大爷一家子，死的死，散的散，剩下他这么大年纪，带着双银东奔西逃的。还有李二嫂子的孩子，那么点小命也跟着遭劫。我们祖先三代留下的房产地业，平常我们省吃俭用，连一个小钱都不敢胡花，这回日本鬼子一来弄得连个草棍儿都没有了，这笔账你说怎么算法？

双　银　怎么算法，他杀死我们多少人，我们就杀死多少小日本，怎么算法！

李二嫂 一个抵一个，那太便宜他们了，我的孩子……他们这群疯狗！生擒活捉的把我的孩子抢去了！……一个连话也不会说的孩子，也招着他们了吗？我的孩子……他们为什么非弄死他不可呀！……这些没天良，没心肝的野兽！……

（福生用刀猛戳树干，接三连二的几下）

田大爷 我——我活了五六十岁了，连一个蚂蚁都没弄死过，我弄死过一个蚂蚁吗？可是这回我要杀人了，我要杀人了！我非——

童先生 对！要杀！凭着我们的力量要跟他们算这笔账！

石　头 （爆发地）我们要活，要报仇！

大家一齐喊 我们要活，要报仇！

石　头 要杀！——

大　家 要杀！——（用脚踢锅，发出沉郁钝厚的声音）

（闭幕）

第二幕

地　点：郭村近边

时　间：夜月

人　物：与第一幕同，

壮丁：王　林　赵　伍。

下弦月照着一棵古树，树杈上挂着一个古色斑剥的大钟，后侧有石牌一座，露出严峻的颜色。

开　始：童先生用五个制钱摇卦，口中念念有词。双银站在他旁边呆看着，李二嫂在一头烧水，福生为她劈木块，田大爷在远方抽烟，望着他们的动作，石头靠在树干上，抱膝低首假寐。

童先生摇完卦，将制钱摆在地上，用手在地上划，并且翻动卦本，参阅对照，灵牌仍然好好地摆在身旁。

童先生　（读卦词）……“目下如冬树，枯落未开花，看看春色动，渐渐发萌芽。”

双　银　童先生，你噜念半天，这一卦倒是好不好哇？

童先生　好是好，不过——要走东方，东方是生门。（自语）金、木、水、火、土……金克木，木克土，水生金，唔……这么吗……（翻日历，风丝丝的吹，日历震动作响）

双　银　（急迫地摇他）倒是好卦坏卦呀？

童先生　别急呀，这还得看日子呢？“成开皆大用，逼迫不相当！”你等我查查看，初七，嗯初八……初九……

石　头　（打哈欠）什么初八初九的？

童先生　用兵得看天数啊。从前出兵，钦天监还得观星呢！这个兵书上都载着的。当初孔明用兵的时候，不也是借东风祭北斗吗？要不然怎么回回打胜仗呢？

石　头　我看人家日本兵进攻我们，也没有看日子。

田大爷　你别不信，听说日本人身上还带着护身符呢？算卦也有点道理，不能全信也不能不信，过去多少英雄豪杰比我们聪明的多，人家也都信。要是没有一点道理，谁还弄这些玩艺儿干吗？

童先生 还是田大爷上点儿岁数，比你多吃几斤咸盐，他经验的多，他知道这个。这不能小看了它，国家兴亡都是有个气数的，咱们这回出师，得往东打呀！往东打是暗中有人扶持，一定是百战百胜，无攻不破，无坚不入。……

石　头 他妈的，日本鬼子由西边抽你屁股，你他妈的往东打？

（大家都笑了，福生一不当心，刀子劈在手上，哭了起来。）

田大爷 怎么啦？

福　生 （哭）手……手……手……

李二嫂 这孩子！谁叫你不当心呢！

童先生 （搔首叹息）唉！

石　头 （望望星）三星晌午了，这些兔崽子还不来，简直不是他妈地办正经事儿的……（向童）你给我枪，让我打两下叫一叫。

童先生 这怎么可以呢？半夜三更地打枪，人家不是都知道了吗？唉，这些年轻的，什么也不信。

石　头 那你说怎么办呢？我们就这样死等吗？（回头看福生）福生！你找找他们去！

童先生 你别去，福生！深更半夜地让小孩子去跑。

田大爷 福生上这边来睡吧！让我拿衣服给你盖上。（福生走过去）让我看看你的手还痛不痛啦！

福　生 痛！（睡下，田给他盖衣服）

田大爷 可不是，他们也该来了。（抽完一袋烟，磕磕烟袋）不会出什么岔吧？

石　头 再等一会儿看。（大家昏昏欲睡，李二嫂吹火，过了一会儿，石头不耐烦起来向后转望。）

福　生　（梦话）哎哟！不要打我！不要打我……妈妈？妈妈？你往炕梢上滚哪……那儿有把剪子你伸手哪，伸手哪……

童先生　这孩子总说梦话。

田大爷　（推福生）醒醒！你醒醒！

福　生　（一翻身又睡了）……妈妈，你拿剪子……扎他，扎他，使劲扎他！

（忽然坐起来四外一看，失望似的又倒下去了。稍停）

石　头　水还没有开吗？

李二嫂　就开。（石头站起来向后走）你干什么？（一排枪响，很远有狗咬声，恐怖而深远，除了福生，大家都站起来，小声说话）

童先生　哎呀！一定是他们出毛病了。

石　头　我去看看。（欲下）

田大爷　石头！（当心的）

石　头　啊——

田大爷　你怎么这么冒失，你知道前边是什么事情，就这样冒冒失失地跑去。

石　头　管他什么事，总得看看去呀！

李二嫂　别是日本鬼子吧！

童先生　要是日本鬼子的枪声，绝不会这么近哪……好像就在耳朵边上似的……先不要动，沉着气，我们听听看。

田大爷　（问石头）你对他们说了，来的时候走那条小路啦吗？

石　头　那还用说，他们又不是不认识路。

田大爷　他们一定是碰上日本鬼子了。

李二嫂　哎呀！那可怎么办啦！（远远有口哨声，石头注意倾听，也同样地吹一声，远远地再答一声）

李二嫂 是我们的人。

双　银 哎呀！他们都来啦！……（叫）王大哥，王大哥，赵大哥！

赵　伍 （远远的回答）唉！……双银！

（双银跑过去，王、赵上，双银扑在他们身上欢跳）

双　银 王大哥，王大哥，我们算卦啦！那才好玩呢，东方是生门，我们要往东走……福生还要找你们去，大家伙不让他去他就做梦啦！还叫呢！……我等你们，左等也不来，右等也不来！

王　林 来，约一约多少斤，看长了没有。（约了一下）长了多少？

双　银 长了半斤零八两啦！

福　生 （醒了过来，坐起来）赵大哥！招镖！啪！（把小刀丢过去，赵用手一格，掉在地上。）

赵　伍 你这小子，比日本人还厉害！

（福生站起来笑着，提着裤子去捡刀，赵伍不动声色地用脚踏着刀，福生弯下腰去，赵伍打他的屁股，他装狗咬，赵伍跳开，福生拿了刀，看他一眼，大踏步回去）

石　头 枪声是怎么回事？

赵　伍 哎！不用提啦，真糟！（抬头招呼大家）啊？田大爷，童先生，噢，李二嫂，你的孩子好吗？睡着了？

李二嫂 （苦笑）嗯——（背过脸去）

石　头 你们带家伙了没有？

赵　伍 （从袖里掏出铁尺）这个家伙怎么样？

石　头 嗯，行！

童先生 怎么，你们走错了路了吗？

赵　伍 他妈王林真不是玩艺儿，我说走小路吧，他说不要紧，好像很有把握似的，到了撞上啦！（王林摸摸头，抽口气）

要不是那壕沟，恐怕我们的小命都没有啦！

田大爷 我说是吧（问石头）年轻人就是这么不可靠，不管什么事小心点好。

王　林 我们出村子的时候，一个人都没有，倒是很好的，我们就溜溜搭搭，指天划地的，越谈越起劲，那鬼子要不放枪，说不定我们还走到他们跟前去了呢！

赵　伍 你这小子真不是玩艺儿！

王　林 得啦，别说啦吧！我要不拉你，你他妈还往前走呢！

童先生 来啦就得啦，我们谈正经的吧，别说这些了。

李二嫂 水开了，过来喝水吧！谁喝水自己舀好了。（大家喝水）

石　头 好了，你们都来了；咱们还是按着白天打算的，大家都出发到郭村去，那儿有十个日本鬼子十杆枪，童先生这儿留守……

童先生 不成，你们都去，我也得去。

双　银 我也去。

王　林 瞧你那个傻样，你还去呢，没做事先敲锣，你要去，在十里开外人家就知道了。

双　银 那我不讲话不行吗？

王　林 不讲话你还咳嗽呢！

田大爷 你们别吵啦！“嘴上无毛，办事不牢”。

石　头 我说啊，童先生留在这儿，双银、福生、李二嫂你们四个人看家，我跟田大爷、王林、赵伍几个人到郭村去，田大爷把风，我们分两处，一齐下手，管保他成功。

福　生 石头，我也去。

石　头 去他妈的，小鬼也去！

童先生 你年纪还小呢，等长大了再干。

福　生　童先生，我也会抢日本鬼子的枪。

石　头　你也会抢枪！

福　生　我有刀，砍起鬼子来跟削萝卜似的。

王　林　好小子，有种！

赵　伍　（突然）嗐，我想起来了，我们来的那条路上不是有两个鬼子吗？咱们先把他们干掉再说！

石　头　别忙，让我想想看……

赵　伍　想什么呀！先把枪弄来再说！

田大爷　（向石头）让他们去吧，他们两个在这边下手，我们几个到郭村去。

王　林　（拿起田大爷的扁担）这是谁的扁担？这个家伙给我，就凭这一条扁担，跟那一条铁尺，就要小鬼子的命。

赵　伍　走！（向双银）等着噢！我们打鬼子去！

福　生　（追过去）赵大哥，我呢？

赵　伍　你在家里等着啊！这孩子真乖，一会儿见啊！

福　生　（阴沉地）一会儿见！

田大爷　（走到王、赵面前，像有话说似的看了半天）当心啊！

赵　伍　田大爷！你放心好了，保管没有错！

王　林　（一手提扁担，一手拍胸，自信地）哼！走！

（王、赵下，其余的人呆望目送）

石　头　（很快地回身走向童前）童先生！

童先生　什么？

石　头　把你的手枪给我。田大爷！咱们走吧！

童先生　（走过去向石头）我一向没说过你的短处，现在我要说了，我知道你性子粗暴，好出乱子，这次你可不得不当心啊！我们自己的死活不要紧，我们能不能打回家去，全看你们了。

石　头　童先生！你等着瞧吧！等我们回家的时候，起码一个人一杆枪，你别看我斗大的字认识不几个，我是粗中有细啦。（笑）

李二嫂　呸！

石　头　（在童先生臂膀上打了两下）再见啦！

童先生　好！瞧你的！

（石头和田大爷下）

（李二嫂坐在大石上，寂寞地哼着小调子，双银靠在她身旁发呆，福生玩弄小刀）

童先生　（坐在树下看天上的星斗，停了一会儿）双银！怎么发起呆来了哪？

双　银　我在想石头他们走到什么地方了。

李二嫂　傻孩子，你怎么能想得出呢？

童先生　（拿起卦本）我们还是算卦吧！

双　银　童先生，我给你摇钱好不好？

童先生　好啊！你可别弄错了！

双　银　给我钱。

童先生　钱不在那边吗！

双　银　（摇钱，摆好，看）三个字儿，两个满儿。

童先生　别忙，别忙，让我看看……三个字儿，两个满儿……这一卦是谁的？

双　银　（瞪着两眼想）……算赵大哥的吧！

童先生　（翻卦本）上中……上吉……（读词）“如人行暗夜，今已得天明，众恶皆消灭，端然福气生。”“谋事可成，寻人得见，出门见喜，马到成功。”他们一定成功！一定成功！

让我们再摇一卦看田大爷他们怎样？

李二嫂 童先生！你给我摇！

童先生 你摇也好，只要心诚，谁摇都是一样。

李二嫂 （摇钱，摆好）你看吧！

童先生 （翻完卦本摇头）“什么马登程去，饥人走远途，前程多阻碍，退后福无方。”哎呀……哎呀……

双　银 （很急地）怎么哪？怎么哪？你快说呀！（福生悄悄地爬起来，预备逃走，一不留神刀子落在地上，他吃惊的不敢动一动，见三人都未注意，便匆匆地拾起来溜走了。）

童先生 这一卦……这一卦……

李二嫂 不好吗？

童先生 不好也不是的，不过有一种不吉之兆。

双　银 瞧你，童先生！

李二嫂 你再念一遍给我们听听。

童先生 糟糕！我的《康熙字典》没带出来。

双　银 什么康七刺典哪？

童先生 有一个字儿憋住了。

李二嫂 你刚才不是念过了吗？

童先生 我刚才是囫囵吞枣的把那两个字给咽下去了。

李二嫂 你就照样再念一遍吧！到底是什么意思？

童先生 田大爷这一趟是凶多吉少啊！

双　银 你说我爷爷这一趟去不好吗？

童先生 本来嘛！那么大年纪啦！唉！

双　银 （不语，站起来就走）

李二嫂 双银！双银！你干什么去啊？

双　银 （带哭的声音）我找我爷爷去！……

童先生 回来吧，傻孩子！深更半夜你到哪儿找去！

双 银 那爷爷不回来怎么办哪！

李二嫂 童先生的卦不一定灵的，这傻丫头！他一会儿就回来啦！（把双银拉回来）

童先生 （突然）咦！福生到哪儿去了？（大家找，叫喊）

童先生 他也许找石头他们去了吧？

李二嫂 对啦！刚才他不是直闹着要去吗？说不定是跟他们走啦！

双 银 那怎么办呢？

童先生 别急，让我给他问一卦看看。（摇钱，一看就把手往膝上一拍）好啊！我算了多少年的卦也没见过这么好的！这，这，这孩子小狗命才旺呢！你看！你看！（李二嫂凑过去）这……这……一看就是那孩子有出息，将来一定成大事！

李二嫂 你快念哪！

童先生 （读词）“天兵诛贼寇，旌旗得胜回，功动为将帅，门第有光辉。”太岁星下界，这孩子的命才硬呢！将来大富大贵，从小就克爹克妈……

李二嫂 噢！噢！……（坐下）

童先生 将来还要克老婆呢！将来还要——克老婆呢！

双 银 那我可不会嫁给他。（李、童都笑了）

李二嫂 羞啊！羞啊！

双 银 嗯——（不好意思地向李怀中乱扎）

（后有王林、赵伍的笑声）

王林的声音 我说的不错吧，一个扁担一根铁尺换来两杆大枪来！

赵伍的声音 妈的，一铁尺就把鬼子的后脑勺子开了花啦！哈

哈！……（上）

王 林 （上）你别说啦！我要是不给那一个小鬼子一扁担，你小子还不知道怎么样呢！

李二嫂、双银 （迎上去）怎么样？怎么样？

赵伍、王林 （一人手中一杆枪向前一举）你们看！

双 银 （笑着把枪往怀中一抱）一二一！一二一！立正（一个人操着喊着）

李二嫂 哎呀！你们一个人抢了一杆枪回来啦！

童先生 你看我的卦灵不灵？我的钱呢？……（找钱来摆在臂上）你看！哎！你看，这……这……这卦简直是……

赵 伍 （拍童的臂，把钱打掉）什么卦不卦的？

童先生 我给你们算的卦是“谋事可成，寻人得见，出门见喜，马到成功！”是不是？果然不错吧？

赵 伍 我们走得离他们不远，就在地下爬，看见两个鬼子在那儿吉哩刮啦的，说一会儿叹一口气，说一会儿叹一口气……

王 林 看那样子还很伤心的呢！

赵 伍 他们正伤心呢，我们就爬到他们后面。看见一个家伙还抹眼泪呢！我心想，你别伤心啦！回老家去吧，一铁尺就揍了个脑浆迸裂，连叫也没叫一声。（大家笑了）

王 林 旁边那个小子怔了一怔，手里抓着枪就要搂火，我就搂头一扁担，我看他晃了两晃就来了个狗吃屎。（大家又笑了）

童先生 他们一枪都没开？

赵 伍 他把枪子儿留给我们用了，他舍不得开。（大家又都笑了）

王 林 把枪拿过来吧！

双 银 不！我还操操呢！二嫂！你也来！（给李一杆枪）向后转！向后转！……（开步走）

李二嫂　（把枪给王）搁下吧！别把枪鼓动坏了！

双　银　你不跟我练兵，回头我跟那小没后脑勺的练去。

赵　伍　把枪给我，回头动坏了！

双　银　不！我给我爷爷！……

（远处有狗咬）

童先生　你听，老远的狗叫了，别胡闹啦！许是他们回来！

双　银　（跳起来）可不是！又是小没后脑勺的在那儿装着玩呢！我去接他！（跑过去）

赵　伍　（拦着她）给我枪！

（双银把枪给他，叫着跑下去，王、赵也下）

双　银　小没后脑勺的！操操来！（石头背枪上）

赵　伍　怎么样？（石不答）都回来了吗？

石　头　（看看他沉重地低头）都回来了。

田大爷的声音　别吵！

（田大爷背福生上，王、赵随在后面，双银跟在田大爷后面乱叫）

双　银　小没后脑勺的！刚才你怎么跑啦？我们找啦你半天！我们给你算卦啦；咱们有枪啦！咱们操操玩好不好？你怎么啦？怎么不理我呀！小没后脑勺的！别装死喽！

石　头　滚一边去！

（田大爷把福生放在大石块上）

李二嫂　这是怎么啦？

田大爷　这孩子怕是没指望啦！

双　银　（看福生）二嫂！你看！

（福生呻吟着）

李二嫂　福生！福生！（福生呻吟）孩子，你觉得怎么样？

童先生 石头，他是怎么伤的？

石　头 这孩子实在太好了，要没有他，说不定我们都回不来啦！

赵　伍 你怎么搞的，怎么不看着孩子呢？

石　头 不是，是这么回事。我们走到郭村跟前，我就干了一个哨兵，摸到他们营房外边。原来是叫田大爷他把风，一边接枪。我进去，刚从架上摘下来三杆枪；正往外递，就听见炕上一个鬼子醒了……

赵　伍 怎么了？

石　头 我想掏手枪，可是手里拿着两个大枪，正急得没办法，就听见醒了的那个家伙哎呀一声……

王　林 怎么？

石　头 我看见一个黑影提着刀子就往外跑了……

童先生 谁呀？

石　头 是福生，他把那鬼子一刀给捅死了……

大　家 是他！

田大爷 （沉重地点头）是他。

石　头 他先蹲在炕边，鬼子一翻身他就给了一刀，就往外跑，他们不知道有多少人，也不敢出来，屋子里直往外打枪，我也不敢招呼，拉着田大爷就在地下爬着走，跑到墙拐角的地方，就看见福生在那儿爬着呢！手里还拿着这把刀。

（大家沉默，听见风响）

福　生 （说呓语）鬼子……鬼子……杀啦！……（坐起来睁眼找）

李二嫂 福生！福生！……你找谁？（福生作手势）你要什么啊！

福　生 我的……

双　银 你的什么呀？

福　生 刀……刀……（杂着呻吟）

石　头　给你刀……（把刀递过去，田大爷接刀给福生）

田大爷　福生！你的刀在这儿呢！……拿着啊！

福　生　把这血给擦下去……

田大爷　（用袖子擦了刀又递过去）拿着吧，孩子，你看，已经擦好了。

福　生　田大爷……（对着月光看刀）嘿嘿……（笑了）这是刀吗？……这是我的……（举起刀往上戳）就这一下！就这一下！（笑）爸爸！妈妈！（手在空中乱摸）

李二嫂　福生！福生！（扶他躺下）

福　生　（挣扎着向前扑）爸爸！妈妈！妈妈！（躺下，大家围过来）

李二嫂　福生，孩子，你看看我！（福生不答，李二嫂拿起他的手贴在脸上，手一松，他的手就掉了下来。）

双　银　哎呀，他！——（向后退）

（大家低着头退开）

田大爷　（眼直望着前面，风飒——飒——的响）这孩子……这……这……这是怎么……一个十几岁的孩子……他的爸爸他的妈妈……他……这是怎么的？……他应该活着，他正好活着……我们，石头，李二嫂，童先生，王林，赵伍……我们都活了几十岁了，要怎么都成，死就死，活就活……他，这孩子……孩子们……才十几岁呀！……

（李二嫂和双银痛哭起来，双银投入童先生怀中，童先生扶她坐下，取出一炷香点着，用棒敲钟，田大爷把孩子抱起来向后台走，大家沉默着，风仍在飒——飒——的响，清寒的月光，冷静地照着石牌上突击来的几杆枪，幕随着钟声慢慢地落下去了。）

第三幕

时　间：黎明之前

地　点：田大爷的家

人　物：石　头，童先生，田大爷，李二嫂，双　银，王　林，赵　伍。日本兵二名。乡民多人。

景　物：在村头，塌了顶的房子，被炮火轰毁了的土墙，打折的树木，死了的牲畜，男女的尸体，这一切被蹂躏的痕迹，还都新鲜地存在着，穿红兜肚的小孩挂在树上摇动着，田大爷的地契零乱地挂在柴草上。

开幕时舞台静寂，稍顷两日本兵上。

甲　呃！香烟有？

乙　有，坐下歇歇腿吧！

（乙从口袋里拿出五台山香烟二支，乙擦着火柴照着香烟，甲看了香烟的牌子）

甲　哦，五台山的牌子（吸一口后，夹在指间，沉吟的）五台……

乙　（轻轻地推着甲）喂！想家了吗？

甲　（转脸向乙）你听说过五台的游击队吗？

乙　别提这些吧！提起这个我的头就痛。

甲　我们那次用几个师团包围他们。

乙　去，去，去，不管他几个师团。

甲　听说他们还自己开银行，印邮票呢！

乙　他们也用我们大日本的邮票吗？

甲　大概是不用吧！

乙　我就讨厌游击队，来，不知道他们从哪里来；去，不知道他们从哪里去。

乙　好像地缝中都会钻出来一样。（急转头看，惊慌地寻找）你看什么？（甲用手摸头顶，很难为情地笑了一笑）

甲　听说我们来到中国的队伍都不能回国了。

乙　（深深地吸口烟，向天徐徐地吐出，从破墙上跳下来）走。

甲　休息，休息呀，我们好多天也没得休息了，我的腰都痛了。

乙　腰痛啊！等回国后到皇军医院免费电疗吧！

甲　等我的骨灰送回国再电疗，电疗！免费电疗！

乙　走吧，走吧！（焦躁地）

甲　（仍坐在那儿）妈妈的，我们的大队都走开了，这村子里就留下我们十几个人，老百姓也逃光啦，我们用飞机送来的给养，都接济不上，连香烟都没有抽啦！

（懒洋洋的，二人起身走，乙摔倒在尸体上）

乙　（摸了一手血，惊疑的）什么玩艺！倒霉倒霉！

甲　怎么啦！

乙　怎么闹的，弄了一手。（拿起手来嗅了一下，恶心）

甲　血。

乙　讨厌，讨厌！（两手无处放）走吧！

甲　走吧！

（稍停，石头、王林从破墙壁后紧张地走过来各处查看了一遍）

石　头　（爬上高处，砰砰两枪，即跳下，躲避起来，四面枪声大起，墙旁退过日本兵二名，均被石头击死。在石头身后墙壁上出其不意地跳下日本兵一名，抱住石头的头滚在地上，二人扭打。王林抽空打了一枪，日兵死，王林转到石头身旁，不料墙后又来一日兵，被石头击死在墙后，四面杂乱的枪声中传来喊杀的声音，石头用口哨回答，石头喊着）追呀！见一个杀一个，冲呀！杀呀！干呀！

赵　伍　石大哥，这边怎么样？

石　头　从墙上翻下四五个，全解决了，（向王）王老弟，你走往这路口，我们冲过去。（石、赵冲下）

田大爷声音　（在幕后喊）双银！快呀！别丢在后头！

双银的声音　爷爷，这回我们可回家了。（田大爷、双银上）

田大爷　（木然地呆着，向四下望，手扶着墙上）墙、房子（走过去）双银！拿根蜡来，（弯着腰在找什么，忽然站起）还有，还有锅台（强烈的）我到底回到我的家来了。（狞笑）哈哈……

双　银　（从柴棍上拾起地契）爷爷，爷爷，你看，这上头有你的名字。

田大爷　拿来我看。

双　银　爷爷，这是什么东西？

田大爷　我们家的地契，双银！你帮我找……帮我找……

双　银　爷爷，找什么呀？

田大爷　你二叔，你二叔……

双　银　二叔不是死了吗？

田大爷　死了也要看看他的尸首。

双　银　爷爷！拉倒吧，死了你还找他干吗？看见他你更要难过呢！

田大爷　我要找着他……一定得找着他，难过（苦笑），哼……

王　林　谁?（人声）

双　银　爷爷，有人，快把蜡吹灭了。

（田大爷吹灭了洋蜡）。

童先生声音　我（幕后）

王　林　哦！童先生吗？你怎么这时候才来?

双　银　童先生你可把我们等死了，哎呀，李二嫂怎么啦，怎么这个样子啦！

童先生　可把我急死啦！走在半路上李二嫂也不知道怎么回事，一人乱跑，她喊着你别抢我的孩子，把他还给我，你别抢去他，他是我的，他离不开妈妈，他离不开……一边喊着，一边疯了似的乱跑。起初上我还追得上，后来她越跑越快，把我一丢就丢得好远，我连一个人影都看不见了。黑天半夜的我也没有办法，人既然找不着了，只好回来找我们的队伍，没想到走到村外的小河沟里我就听见一个女人哭，起初我很奇怪，这时候那儿来的女人哭呢？后来越听越像李二嫂的声音，我就大着胆子走去一看，果然是她披头散发的，衣服也都撕开了，胳膊上还刺伤一块，看这样子一定是被鬼子糟踏了。

王　林　快安排她坐下吧，童先生。（把李二嫂放下，李二嫂呻吟着）

双　银　李二嫂，李二嫂！

童先生　你不要动她，快找个东西来盖盖。

王　林　妈的，这些活造孽的鬼子！

童先生　（叹息）唉！谁想得到李二嫂那么好的人，得这么个结果。

王　林　男人都太没有用了！那么多人在一道走，会让她一个人跑开，谁会想得到呢！

童先生　谁会想得到啊……

双　银　童先生，你看她胳膊上的血还直往外流呢！

童先生　我脑子都弄昏了，快找东西给她包扎起来。

（双银四面看看，找不到东西。）

王　林　来，来，来，（把腰带解下撕下一条）拿这个给她包上。

（双银给李二嫂包扎。）

李二嫂　（先是呻吟，后呼痛）唉，唉……哎哟（睁眼立起）你们，你们还在这儿，还不给我滚开，你们这些肮脏、下贱、恶心……你们这些鬼子，你们以为我就这样好欺侮吗？我不怕……（站起来）

童先生　李二嫂，李二嫂，你不认识我们啦？李二嫂，你把眼睁开看看！

双　银　哎，李二嫂！……这是童先生……我……我是双银。（扎着手，吓得没办法）童先生，你快叫她坐下吧！

李二嫂　（把童先生一推，疯狂地跑，喊叫）你们以为我就不能报仇了吗？我儿子终久要长大的，他终久会宰了你们的……嗯！……（狂笑坐在墙头上）

田大爷　（站着，茫然地直起腰）嗯？嗯？（看看她又低下头去找）

童先生　王林快来！我们架着她！

王　林　她这样的人，你得顺从她，不能强制她，越强制越厉害。

童先生　那怎么办呢？要不叫双银——

双　银　我不去！我怕！

童先生　还是我来吧，你让她跑怎么办呢！（向李那边走去）

李二嫂　（看见童走来，拿起墙头上的砖向他投去）你来！你敢，你这没廉耻的狗！你敢动我一动！

童先生 这……这……这……真糟心！……你这样闹下去怎么是个完啦！（自语）总得想个办法！（叫）李二嫂！你这是干什么呀！你怎么变成这个样子啦！

李二嫂 哎！（对着墙）你们别站在那儿不动哪！你们快来帮我的忙呀！快来呀！你们瞪着眼干什么？你笑？……你笑什么？……嘿嘿……你们这些不中用的东西！

双 银 童先生！你让她别这样啦！

童先生 你报仇也不是这么个报法呀！人家前边打得那么厉害，你，你在这是什么样子？什么样子？你这样就报仇了？

李二嫂 （向观众）你们来呀！鬼子在这儿呢！你们快来呀！你们跟我来呀！我们一道去呀！报仇！杀——！杀——！（跑下去了）

童先生 （追去）李二嫂！李二嫂！……

王 林 童先生！让她去吧！（自语）唉！一个人被糟踏得这么可怜！

（田大爷由墙后背个死尸出来，一不留神被日本兵的尸身绊倒，上气不接下气的呻吟）

童先生 啊！田大爷！（回身向双）双银！快！

双 银 （急转身，跑到田面前）爷爷！你怎么了？

田大爷 你二叔……你二叔……我的蜡呢？我的蜡呢？

双 银 爷爷！不是在你手里拿着吗？……童先生！你给划个火！（掏出火柴给童，童划洋火点蜡）

田大爷 （用蜡照死尸的脸，一手拿蜡，一手抚死尸的脸）是他……这就是他……他……

双 银 哎呀！爷爷！我怕！你不要照啦！我怕呀！

童先生 田大爷！田大爷！你太累了，到那边休息休息吧！

田大爷　（揭开儿子的伤口）你看这伤口，这血，这是鬼子的枪打的……

双　银　爷爷！看你的眼，多怕人呀！你不要这个样子了！

童先生　田大爷，反正他是死啦！你也就不要难过啦！

田大爷　难过吗，没有，我一点也不难过。

双　银　爷爷，不难过，你为什么哭呢？

田大爷　没有，我没有哭！我……我……（抽气）我儿子死得冤枉！他没有杀着一个鬼子，他没有杀着一个呀！……

赵伍的喊声　弟兄们加劲儿呀！我们要使他斩草除根，一个不剩！

石头的声音　你们分三路搜索，检查一下我们受伤的弟兄，我去看看童先生他们来了没有。

童先生　石头来啦（喊）石头！

石　头　哎！

双　银　我们打胜了吗？

石　头　（上）胜啦！哈哈！鬼子都收拾干净啦！王家甸子的队伍和我们会合了！

童先生　一个也没留吗？

石　头　留下了几个都见阎王去啦！哈哈！……

童先生　（向双银）你看我的卦灵不灵？真灵呵！你不能不靠天数！

双　银　别说了吧！你把福生都算死了还灵呢！爷爷！爷爷！我们打胜啦！

田大爷　胜啦？我们打胜啦？真的？

童先生　我们打胜啦！

田大爷　（向死尸）你听见没有？我们打胜啦！（向石头）我们把

鬼子都杀光啦?

大　家　都杀光啦!

田大爷　杀光啦!……杀光啦!……(向死尸)都杀光啦!

童先生　双银!来扶你爷爷到那边去。(二人扶田到墙边坐下)

田大爷　(走时不住回头看死尸,自言自语)可惜,他看不见了!

石　头　童先生,双银,你们去把枪给捡一捡……王林,来,把双银的二叔抬到后面去,……把这些死狗扔出去!

(两人抬死尸,两人捡战利品)

双　银　童先生!你把这些都写上!……(检视)……水……壶……五个(童先生重复她的账)……铁帽子三个……(摘下童先生的帽子,把钢盔给他戴上)……枪子儿……三大串!……(一抬头看见墙头穿日军大衣的王林,吓得后退)鬼子!(石头举枪要放)

王　林　石头!你也不剥皮认认里!(大摇大摆地过来,拍拍胸脯将大衣敞开让别人看)。

石　头　他妈的,有你穿的没我穿的?看我的!(下去找大衣)

童先生　还有我的印!

双　银　你要什么?快记你的账去吧!

(鸡叫了,石头披大衣上,打着呵欠。黎明的光辉往地平线上升起,远处有群众的歌声。田大爷扶墙起立,和着歌声,断断续续的唱着。)

田大爷　打起火……呵把,拿……呵……起枪,带足……喔了子弹干……安……安粮,赶快上……安……战场!(群众的歌声渐近渐响)

石　头　(招呼)哎咳唉!……

双　银　（向童）你快……快……快！人家都来啦！都来啦！

（田大爷更大声地唱，群众拿着火把、枪，唱着上……王林用手将枪钟摆一样的摇动，石头猴子一样地跳着舞着……群众的喜悦冲上了天穹）

（幕下）

致白朗 *

……

不知为什么，莉，我的心情永久是如此的抑郁，这里的一切景物是多们恬静和幽美，有山，有树，有漫山漫野的鲜花和婉转的鸟语，更有澎湃泛白的海潮，面对着碧澄的海水，常会使人神醉的，这一切不都正是我往日所梦想的写作的佳境吗？然而呵，如今我却只感到寂寞！在这里我没有交往，因为没有推心置腹的朋友。因此，常常使我想到你。莉，我将尽可能在冬天回去……

* 这段文字摘自白朗所撰《遥祭——纪念知友萧红》一文，该文完成于 1942 年 4 月 10 日，刊载于 1942 年 6 月 15 日（延安）《文艺月报》第 15 期“纪念萧红逝世特辑”。文中说这段话摘自萧红写给她的信，时间为 1940 年春。

萧红谈话录（一）*

抗战以后的文艺活动动态和展望
——座谈会纪录

时　间：一月十六日下午

参加人：（依座谈会的号码次序）

艾　青　东　平　聂绀弩　田　间　胡　风

冯乃超　萧　红　端木蕻良　适　夷　王淑明

（萧军因病不能出席）

一、抗战后的文艺动态印象记

胡　风　“七月社”早想开一次座谈会，约集一些朋友来谈谈文艺上的问题，一方面给作家做参考，一方面给读者做参考，另一方面也可以作为讨论文艺问题时候的资料。现在请大家提出问题来，然后再编排一下，按着次序谈下去。

东　平　我提出一个问题：现在我们不跟着军队跑，就没有饭吃，如果跟着军队跑，就不能写东西。因为，如果我们还是照

* 该文1938年1月16日刊于（武汉）《七月》（半月刊）第二集第七期。

老样子只管写自己的东西，他们一定把你当作特殊的存在：这个家伙，不晓得他干些什么！结果只好和他们一道混，没有工夫写东西了。

乃　超　但是，我以为如果有时间而没有生活，也会感到苦闷。

绀　弩　在这一点，我也同样的感觉。现在，我们想参加到实际生活去，但是没有机会，所以生活没有办法，写文章的材料也没有了，弄得非常苦恼。我觉得，如果能够参加到实际生活里面，宁可不写文章。所以我提出的问题，恰恰与东平的相反。

（几个人同时说：那末，就谈谈这两个问题罢。）

胡　风　我看先把它分成两个问题来谈谈好不好，在没有谈这问题之先，我们各人就自己的印象谈一谈对于战争发生后的文艺活动的感想，看一看我们已经有了的文艺活动是怎么一个样子，再来谈谈作家和生活的问题。

（几个人的声音：好吧，就是这样。）

田　间　我个人感到文化人散漫，无中心组织，工作不紧张。

萧　红　问题太大了！

（端木笑）

胡　风　（对乃超）你呢？

乃　超　我还没有想完全。但有几点意思。第一，抗战以后，商业的文学关系，或者说文学的商业的关系，相当地被打破了。这表现在两点上面，第一是购买力的衰退，文学作品没有像以前那样地被欢迎，其次是文学杂志非常少，除了《七月》和官办的刊物以外，差不多没有刊物了。第二，从这里看起来，好像文学有衰落的现象，不过，这是表面的，实际上文学依然在发展。譬如报告的发展就很大，比战争以前更具体更真实地反映了生活。固然，这些报告大半是藉报纸或小刊物发表的，没有《七月》那么大的篇幅，但质量和数量都比以前进步，所以只是商业的文学关系被打破了，实际上文学并没有衰落。第三，纯粹消遣性的文学衰落了，离开了抗战生活的文学没有存在的余地。这是必然的。纯粹消遣性文学的衰落，也就是有所为而为的文学能够展开的基础。

绀　弩　我对于乃超的意见有点补充。抗战以后，读者最关心的是抗战，作者最关心的最愿意写的题材也是抗战，但一般地说，作者和抗战是游离的，这就规定了作品产量的减少。乃超说的纯粹消遣性文艺衰落了，但实际上不仅仅纯粹消遣性的文艺，就是不是消遣性的，只要是直接和抗战没有关系的文学，也减少了。不过这里还有两个附带的原因：一个是物质的缺乏，像纸张贵，印刷贵，书店不肯出版，第二是失地一天天多了，失地多就流亡的人多，流亡的人当然没有购买力。有些事情当然是困难，如作者怎样生活在抗战里面——

胡　风　这个问题留在第二个问题里再谈罢。

绀　弩　嗬，碰钉子了！

(大家笑)

东　平　抗战以来每天每刻我们在报纸上以及在小刊物上看得见许多报告啦通讯啦一类的作品，如果把这些当作文学看，那当然热闹得很，但是，我们想一想，这些是不是可以留到将来？如果不能，将来不是没有文学了吗？例如四行仓库的八百壮士，报告啰，诗啦，出特辑啰，热闹得很，但在这些文章里面，哪篇是最好的？谁也不能回答。这是现在一般的毛病。我以为从前不能公开，没有好的作品可以藉口说是检查太严。现在呢？没有检查了，好像一个盖子被揭开了，应该有表现啦，火应该喷出来了啦，但是，并没有。大家应该用功，努力。我以为，至少苏联是希望中国有伟大的作品出现的。

淑　明　好的作品之所以少，一方面因为有生活经验的没有时间写，有时间的和抗战游离了，没有生活，像苏联在战时也很少伟大作品，好的作品都是在后来产生的。战事过了以后，参加过战斗的人有时间写了，文学者也可以调查，可以写了。

绀　弩　我常常徘徊在两个观点之间。第一个是文学的观点，从文学的观点上，我希望有伟大的作品，（当然啰，所谓伟大的很难说，但总是有力量的，能经过时间的磨练的）希望伟大的作品出现，我自己也是爱好这种作品的，但另一方面，虽然不是伟大的作品，是乘机起哄的，如像关于八百壮士的作品，从作品的价值上看，是粗糙的，没有力量的，但这些作品也有一时的影响。如果没有这些，我想文坛就更寂寞了。我徘徊在这两个观点之间，希望能够得到指示。

艾　青　这，我以为是作品的由量到质的变化还不曾到达的现象。

端　木　我以为文学的价值，伟大或不伟大，要看它对于人类有用没有用。所以只要是恰当其时的作品，就是好的，如像列宁对于高尔基的意见。现在的作品，伟大或不伟大，是要待时间来决定的。只要是能在此时此刻恰当其时的作品，我以为都是好的，无论伟大，或不伟大。

胡　风　我看，一般地有两种不同的意见。一方面是要求反映当前生活的小型作品，像报告等，另一方面觉得这些作品太没有力了，太单薄了，因而要求伟大的作品。其实，这是应该联系起来看的，现在的这些作品，同时也就是将来的伟大作品的准备。（对适夷）你有什么意见？

适　夷　对于大家的意见，一般地我是同意的。但我看，一般地说，作家还不活跃。其次，今后的作品，形式上也应该有变化：像《战争与和平》那样的作品，要坐下来花几年的工夫来写它，这在我们恐怕是不可能的。所以我以为，文艺的形式一定要变化，如像《被开垦的处女地》，就是以许多报告文学做材料写成的。现在，我们虽然只能看到这些报告通讯等，但其实，这就是产生伟大作品的过程。

艾　青　这就是我所说的由量到质的变化问题。

乃　超　由量到质的变化，这一点很对。战争前和战争后的作品，就有显著的不同了。在战争前，描写民众如何痛苦，如何挣扎的作品较多，在封锁之下，材料不够，发表没有自由，但战争发生了以后，社会的各种弱点完全暴露了，另一方面也保障了新人物的登台。我以为，报告也可以成为伟大的作品，只要作者把握得住人物的性格。所以，新英雄的出现，就是将来伟大作品的主人翁。我同意现在的文学活动，就是将来伟大作品产生的过程这说法。

二、关于新形式的产生问题

胡　风　刚才所说的，都是一般的情形。关于更具体的问题，有什么意见没有？

适　夷　我看得很少，但有一点感想。一般地，文艺作品和通信等混淆不明。有些作品，说它是文艺作品吗？不像，说它不是吗？但里面却有生动的断片，从这里，我以为应该产生许多新的形式，不能太规定了。

胡　风　关于新的形式，一般人往往取的是拒绝态度。譬如说，萧红的散文，开始的时候，有些人看不懂，田间的诗，到现在还受着非难。但我以为，对于一种新的形式，只要它是为了表现生活，而且有发展的要素，即令它包含有许多弱点，我们也应该用肯定的态度去看它。

艾　青　我也有这种感觉，现在的生活是新的生活，但文艺上却没有新的形式出现，像欧洲大战以后，出现了许多新的形式，但我们却仍旧和战争未开始以前一样。

乃　超　你所说的欧战后的新形式指的是什么？

艾　青　如像未来主义，达达主义等，我们并不是要摹仿他们，但旧有的言语不够用，不够表现，却是事实。

端　木　对于新形式的反感，因为大多数的新形式不适应读者的需要，和他们底内心的感应不调和。因为它们和读者所受的文学遗产相隔得太远。

乃　超　欧战后的那些流派，是反抗传统的，这一点不成问题，但它们也仅仅在这一点而已。

艾　青　我并不是提倡未来主义、达达主义，我自己也经过了这个过程，端木大概是同我开玩笑的。

端　木　不是，没有这个意思。（笑）

适　夷　未来主义、达达主义等，有它们产生的背景，但我们却不同。中国民族革命战争和欧洲大战，在本质上是不同的。未来主义、达达主义等所表现的是苦闷与彷徨，但我们今天的战争，是有光明与胜利的远景的。离开了现实主义，文艺就没有前途。

艾　青　现实主义也有新的形式啊！

乃　超　说新形式，这并没有语病，达达主义等是从现实生活游离出来的，如果是从现实生活产生的新形式，当然是健康的。

艾　青　我说的言语的不够用，特别是指诗歌，因为旧的形式太温情。

东　平　新形式已经有了。

艾　青　是的，在诗歌方面，胡风最近的诗，对于新形式已经有了尝试，但他自己没有继续下去，而我们也没有同样地向更多的方向努力过，至于未来派，也有好的作品。如像玛雅珂夫斯基。

适　夷　玛雅珂夫斯基和其余的未来派是不同的。

艾　青　当然，一方面是赞称帝国主义的战争，像意大利的未来派诸公，但另一面却是歌颂革命的。像玛雅珂夫斯基所领导的未来主义者，我们采取新形式，就像我们采用新武器一样。敌人用新的武器做侵略的战争，我们却用来做民族革命的战争。

胡　风　适夷和艾青所说的要求新形式，是指的更能够合适地表现抗战生活的形式，但因为艾青所举的例子，有达达主义等不健康的形式，所以把问题弄误会了。我看，要求新形式是当然的，因为这个伟大的时代一定需要更多表现的方式。不过，我们可以说，现有的新形式还不够有力，需要发展到能够更深刻地表现生活的地步，所以我们所要求的新形式和达达主义等不同。因为那些的产生基础是把握不住现实，因而苦闷，仿徨，乱抓一气。

东　平　有一个朋友在黄鹤楼上等我，对不起我要先走了；但请把我的问题提出来谈谈。

（东平退）

艾　青　要求新形式是一致的，但是怎样的形式，还不知道。

萧　红　胡风说我的散文形式有人反对，但实际上我的形式旧得很。

适　夷　我们要求的新形式，要更大众化，可以多方面的表现生活，绝不是向神秘的道路走的。如果像诗歌中的报告诗，朗诵诗，剧本中的街头剧，散文中的报告和通讯文学。

艾　青　又回到生活问题上面来了。有人想写朗诵诗。决不会有人想写神秘诗，这是用不着批判的。大众化之所以弄成单纯化、空洞化，没有力量，通常变成了口号、概念，没有真情，我以为还是和生活隔离得太远了的缘故，作家和生活隔离了，作品也就和生活隔离了。我们底想像还不能达到现实生活的深处。

萧　红　我看，我们并没有和生活隔离。譬如躲警报，这也就是战时生活，不过我们抓不到罢了。即使我们上前线去，被日本兵打死，如果抓不住，也就写不出来。

胡　风　新形式并不完全否定旧的，倒是要接受旧形式的一切长处。像个人创作的长篇小说，在现有的形式里面总算顶笨重的了，但我以为，将来不但不会衰退，也许更要发达，虽然在表现法本身上也许有部分的变化。而且，新形式现在已经有了，不过不够有力，不够广泛地发展，如像朗诵诗，对于这个形式的看法，我常常觉得怀疑，因为，在原则上一切诗歌都能朗诵的。

端　木　是的，古诗里面的口占口吟就是这个意思。

适　夷　现在所说的朗诵诗，和过去的口占之类不同，而且在外国早已有了，像德国的。

胡　风　Weinert[1]

1　Weinert，即 Erich　Weinert，通译埃利希·魏纳特（1890—1953），德国诗人，左翼作家。1928 年参与发起德国“无产阶级革命作家联盟”，1929 年加入德国共产党。1933 年纳粹执政后被剥夺国籍。1935 年移居苏联。1937 年参与西班牙内战，反对佛朗哥。1943 年被推选为“自由德国民族委员会”主席。1953 年 4 月病逝柏林。20 世纪 30 年代初写过同情中国革命的诗篇《帮助中国！》（1931 年）、《蒋介石》（1931 年）等。其前线日记《斯大林格勒回忆录》，是一部珍贵的历史文献。

适　夷　是的，Weinert，他常常把诗歌在群众的集合上朗诵，得到了热烈的欢迎，这就和过去不同了。

绀　弩　不错，唐诗是念给妓女听的。

端　木　如像李长吉。

适　夷　如像王昌龄。

乃　超　现在提倡朗诵诗，并不是复古。它是对于僵死了的语言的叛逆。过去的诗，很难念，谈人生哲学的也有，难念而且难懂，朗诵诗就是对于这种新诗的反动。因为这些诗只能藉象形文字刺激视觉，看看而已。字面美，排列得美，变成了无声的诗歌，朗诵诗一方面是对于这种诗的反动，而且也适合于目前要求。诗歌达到大众里面，不要象形文字这个媒介物，直接藉声浪刺激读者的感情。所以朗诵诗有这两种积极的意义。

艾　青　我看，朗诵诗的提倡已不是应该不应该的问题，而是应该怎样去发展的问题。

田　间　我就有一个问题。诗和歌应不应该分开？因为，歌已经深入到大众里面去了，并且有了很好的成绩，如像《义勇军进行曲》，几岁的小孩子都可以唱得出。

乃　超　当然应该分开的，歌是靠音乐的，就是没有词，歌谱也可以感动人。

田　间　要诗能够朗诵，一定要经过很长的时间，因为现在拿诗朗诵给大众听，大众一定是不懂的。

乃　超　现在提倡朗诵诗，只是开步走而已，还没有产生使一般人能够听得懂的诗，现在一方面是摆脱旧的传统，一方面开拓新的道路。至于创作，还狭隘得很，没有一诵出即达到大众心坎里的东西。

适　夷　这问题还有另外一方面：我们提倡朗诵诗，并不是把一切不能朗诵的诗都否定，我觉得胡风刚才的一句话仍然是有用的，我们提倡朗诵诗，并不否认或妨碍别的诗歌的存在，只要它能够写出对于现实的真实的情绪。

艾 青 我以为朗诵诗还需要发展，努力地汲取口语是不必说了，就是非朗诵诗（暂且叫它是纯粹诗吧），旧有的形式如十四行啦，四行诗啦，我们都已经冲破了，就是如像许多诗人的所谓自由诗或自然诗也给我们冲破了。因为，这些诗歌的形式都是从安闲的生活环境里面产生的。

三、作家与生活问题

胡 风 这个问题谈到这里为止吧。我们回到开始的时候东平所提出的作家与生活的问题。

绀 弩 东平的意思不是这样一般的，他是说跟着军队跑就没有时间写文章，不跟着军队跑就没有饭吃。我的意思和他相反，我宁可参加实际生活，不写文章，因为现在没有参加实际生活，所以文章也没有内容。

淑 明 我以为问题并不十分严重。如像《对马》和《铁流》的作者，他们的作品，都是在战争中片断的记下来，在战争后整理而成功的。

适 夷 我有一个深刻的感想。在过去，因为想写作品，所以跑到紧张生活里面去，在“一·二八”的时候，我就是这样的。初去的时候，觉得一切的东西都是新鲜的，都应该写，但茫然无头绪，不晓得从何写起，但过久了，又习以为常，淡下去了，要写也写不出。在监狱里的情形也是一样。这原因是因为把握不住，或者没有准备工作，像《对马》的作者那样没有准备工作，过去了印象就模糊起来。

艾　青　能够打进实际生活里面，对作者决没有害处。当时写不出东西来也是自然的。过去一个相当的时间，有了回忆和整理的机会，才会产生出好的作品来。像你的监狱生活，当时因为距离得太近，反而把握不住，如果时间久了，你就可以把它的全部关系看得更清楚，更有条理。我也是一样，在监狱里的时候，只有零碎的断片，如果现在来写，也许可以溶成一个有系统的东西。

萧　红　是的，这是因为给了你思索的时间。如像雷马克，打了仗，回到了家乡以后，朋友没有了，职业没有了，寂寞孤独了起来，于是回忆到从前的生活，《西线无战事》也就写成了。

绀　弩　我提的不是理论问题，而是一个非常实际的问题。现在我想走进实际生活里面去，但是不能够，成天飘来飘去，到底应该怎么办？

乃　超　萧红说的很清楚，你现在就是在实际生活里面，现在哪一个人的生活和抗战没有关系呢？问题是你抓不住。

胡　风　萧红说的很清楚，（大家笑）现在大家都是在抗战里面生活着。譬如你，你觉得要走进更紧张的生活里面去，实际上这一种感觉，这一种心境，就是抗战中生活的感觉心境了，你写不出作品来，像萧红所说的，是因为你抓不住，如果抓得住，我想可写的东西多得很。不过，我以为问题应该更推进一步：恐怕你根本没有想到去抓，所以只好飘来飘去的。

萧　红　譬如我们房东的姨娘，听见警报响，就骇得打抖，担心她的儿子，这不就是战时生活的现象吗？

艾　青　譬如我隔壁住的一个军官，昨天夜里打老婆，打得非常厉害。那军官把她从床上拖到门外，女人哭着说："我宁可死在家里，有一口棺材，两只箱子，想不到跟你逃到这里来受苦，死了也没有人理……”听他们的口音好像是宜兴人。——我以为这个时候不应该发生这样的事情。

胡　风　不，应该说在这个时候不应该还发生这样的事情。——随时随地都有材料，只因为你（对绀弩）不去抓，不去抓是因为心情不紧张，也就是和抗战结合得不紧。

绀　弩　心情不紧张，不就是生活不紧张吗？所以我想走进紧张的生活里面去。

胡　风　我看不是的，并不是走不进去，而是因为你自己主观的条件，有许多生活领域你不愿意走进去。只要是紧张的生活你就走进去，我看是不成问题的。得不到一个使你愿意走进去的紧张生活的环境，这里面有许多复杂的原因，如像整个后方工作没有系统地展开，前方和后方没有配合起来行动等等。

适　夷　还有一个原因，是作家对于文学的不忠实，可以不写就不写。当然，这是不可以一概而论的。（笑）

乃　超　还有，作家失掉了生活保障。在过去，把文学当做商品，这一点可能性现在没有了。过去是为生产而生产，被杂志逼着写，因为不能不卖钱。现在要为创作而创作，问题立刻来了。这反映出来的是作家的苦闷。

艾　青　我看问题可以结束一下。打进紧张生活里是必要的，如果不能，也应该随时随地抓住自己所能抓住的生活现象。

淑　明　不打进生活里面，情绪不高涨。

萧　红　不，是高涨了压不下去，所以宁静不下来。

乃　超　各人情形不同。

淑　明　单单情绪是不够的，需要跟生活联系起来。

乃　超　广大的民众在抗战里面生活着，为什么还有军官打老婆的事情呢？这当然有他的腐化的基础。（对艾青）你所看到的还不过是很小的一件罢了。

田　间　这是不是一件普通的现象呢？

艾　青　泛泛一看，是一个普通现象，深入地看，是一个特殊的现象。因为那个军官和他的老婆都是受了战争的刺激的。

胡　风　这个普通现象，在现在表现出来是一个特殊的现象。（对绀弩）不能因为希望走进紧张生活而放弃现在的努力。

适　夷　题材是到处都有的，但作家们总希望写出有前途的，新的性格的现实生活。

端　木　其实战争场面只是关于抗战生活的一方面，如果不懂得政治内部种种复杂情形，不懂得后方民众的各种变动的情形，那就不能够写出这个战争。不过，战争场面是抗战生活重重的一面，作家们也应该深入，了解，将来才能够描写这个战争。

艾　青　是的，我看应该把打进紧张生活去这个说法解释作参加一切社会活动里面去的意思。

端　木　对的，战争是一个外围，它里面包含着许多方面的活动，譬如说，不了解汉奸活动的因果关系，我们能够了解战争吗？

绀　弩　我提的是一个生活问题，一个中国人的问题，并不是作家的问题。我宁可不写文章，但非生活不可。东平说的是跟着军队跑写不出文章来的问题，和我恰恰相反。

适　夷　跟着军队跑，长篇大著虽然写不出来，但短篇仍然是可以写的。

胡　风　东平所指的是长篇。至于短篇，并不是不能写，他现在就写了一些。至于长篇，我看可能性很少，因为那需要相当的时间，和对于事件的适当距离。

端　木　是的，要写长篇，就需要对于事件的全体的把握，像现在，战争还在发展之中，要全体的描写它当然不可能。

艾　青　那会失掉批判的作用。

胡　风　除非学威尔斯……。

四、今后文艺工作方向的估计

艾　青　现在，我们分小说、诗歌、戏剧等。各方面谈一谈今后文学的工作方向，好不好？

适　夷　我想，顶好还是从总的方向谈谈吧。

胡　风　我看，这问题可以从两方面讲。一方面是怎样能够动员和团结一切文艺作家参加到抗战工作里面，另一方面是怎样保障现实主义底前途，这里面就包含了新作家底养成问题，民众底文艺教育问题，等等……

适　夷　自有新文学以来，总是跟大众隔离的。但现在有一个好的现象，抗战把这个隔离相当地消除了。因为大众想了解战争的情绪非常高，所以自自然然接近了反映战争的文艺，这是二十年来没有的机会。从前的大众化口号是空的，现在都开始实现了，这是对于文学运动的一个非常好的环境，我们不应该轻易地放过它。分开来说，有两方面。一方面是作家应该和大众接近，作品的大众化问题应该加强地提出。把看不起小型作品的倾向纠正过来。另一方面，现在参加战斗的青年，创作的要求非常高，就是不爱好文艺的人吧，也希望用文艺来表现自己的生活了，所以文艺上的新人一天天地多了起来，但这里面有一个问题：他们都写得比较幼稚，我以为作家们应该加强他们底文艺教育。

（几个人的声音：这问题谈不完的……，时间不早了，下次再谈吧……)

绀　弩　我提议这个座谈会每半个月举行一次。

(几个人的声音：好的，好的……赞成，赞成……)

适　夷　(对胡风) 那末，你总结一下散会好了。

胡　风　用不着总结，座谈会就是这样的，谈到哪里算到哪里。下次我们把这个问题提出来更具体地谈谈罢。

(几个人的声音：下次最好先准备一下)

胡　风　好的，下次先由大家提出问题来，综合整理出次序来，分送给大家，那讨论起来就更有头绪了，如果弄得到几块钱，大家吃一顿饭，精神也许还要好些。

(笑声中散会)

记录者附笔：这次座谈会，谈话时空气底活泼，和对于问题的深入，是出乎我们底希望之外的。但因为我们既没有纪录技术，又毫无经验，所以非常简略，不但谈话时的空气、语调，不能很好地传达出来，恐怕很珍贵的意见也给我们漏掉了不少。时间仓促，来不及送给各位看过付印，这是要希望诸位参加座谈的朋友原谅的。

萧红谈话录（二）*

现时文艺活动与《七月》
——座谈会纪录

时　间：五月二十九日下午

参加人：（以发言先后为序）

胡　风　端木蕻良　鹿地亘　冯乃超　奚　如
辛　人　萧　红　宋之的　适　夷　艾　青

“不肯让位”的精神

胡　风　今天是第三次座谈会，现在就开始罢。

首先要说明的，前些时和鹿地谈天的时候，谈到这次座谈会应该讨论什么，他提议批评一下《七月》，他以为如果谈得生动，可以成为一篇很好的文艺批评。我想了一想，觉得也可以，除了《七月》的工作需要得到批评以外，有些朋友还不明白《七月》的态度，我们也可以藉这机会作一点说明，但不晓诸位的意见怎样？如果觉得这太仄狭，另换一个题目谈谈也好。

* 该文1938年6月1日首刊于（武汉）《七月》（半月刊）第三集第三期。

端　木　就是这个罢。

（座谈的声音：好的，就这个罢！）

鹿　地　关于今天的讨论题目，我有一点说明。实际上，这是我向胡风君提议的。作为一个外来者，这未免过于冒昧，但请原谅罢。我是这么想就这么说了的。

抗战以来，已经十个月了，在那中间，中国文学界急速地造成了新的气运。那里面，《七月》有了大的功绩。但现在最要紧的工作是，把这个气运的特质明白地指出，把那成果集中并且展开，使它成为今天的文学界的普遍东西，对于将来的发展给以根据。好容易得到了的成果，如果分散或者埋没了那实在是可惜的事情。我曾经用了实在不客气的态度把这写了一封信给适夷君。我以为现在是应该这么做的时期。就是，把到现在为止的工作总决算一下，准备走向更高的一步。只要指出问题在什么地方，就够了。从那问题出发，我们可以探求，解决，并且展开工作。这是我提议的理由。

端　木　这样说来，是应该先抑后扬呢，还是后抑先扬呢？大概总应该捧一捧啰。（笑）

胡　风　不管是抑是扬，只要恰如其分都是好的，那么，请诸位发表意见。但这之前我要声明一下。我不想作什么报告，大家从自己的印象或者感想说起好了，碰着有说明的必要的时候，再随时补加说明。

乃　超　这么办，对我个人相当的不方便，因为我对于最近的文艺活动的情形十分隔膜，没有一个整个的报告就摸不着头脑。

胡　风　那倒不要紧。我们说现在的文艺活动，是只指和《七月》的关联说的，并不是作鸟瞰或概论。主意是检讨《七月》的工作，大家就自己见到的不客气地提出意见来就行。

适　夷　在《七月》的座谈会上，似乎不好说《七月》的坏话。(笑)

鹿　地　胡风听到坏话就要生气，但是，请说些坏话罢。我也是听到坏话就会生气的，但也请不客气地说坏话罢。

胡　风　不，反而是希望多说些“坏话”的。因为，好的地方被说坏了，事实上不会变坏，但如果坏的地方被指了出来，那是有希望变好的。那么（对适夷），就请你说些坏话罢。(座中发出笑声)

适　夷　最近在《宇宙风》上看见一位曾经宣言死抱住文学不放的先生的短文，题目叫做《纯文艺应该让位了》。说现在这个时代，不应再谈文学。我觉《七月》的一贯的态度正表现了文学不肯让位，当东战场败退，《烽火》停刊的时候，几乎没有一本文艺的刊物，表面上显出了文艺活动的极度的落退。而《七月》能在最艰苦的处境凛然屹立，这正是《七月》最大的功绩。

(座中的声音：这不是坏话呀！)

鹿　地　适夷君所说的“不肯让位”是名言。对于抗战工作里面的文学地位的确立，《七月》实在有了功劳。所以，通过这个工作，《七月》送出了一些非常好的工作家，例如曹白和东平。他们冲破了既成的型。尤其是曹白的工作暗示着作家对现实生活的态度，而且显示着那成果。东平的近作，对于作家在现在非到达不可的东西，以及作家为那而努力的态度和方法，都会有很多的示唆。这样的作家当然还有，大家把自己注意到了的列举出来，说一说意见好了。他们才能够把今天讨论的题目内容——这个期间的文学的成果明白地解答。

组织者和作家态度的形成

胡　风　在这里，我想插进一点说明。《七月》在上海出过三期周刊，那内容主要的是“报告”或“报告文学”。上海战争爆发了以后，不久文艺工作也复活了，但据我看，似乎作者们有些被既成的形式所拘束，举例说，在不能写成小说的条件下勉强写小说，于是写成了空虚的概念的东西，应该直接地写出对象的时候却不会想到动笔，倒是拼命地来些浮浅的情绪的叫喊，所以《七月》创刊的时候就提倡“民众活动特写”，“抗战英雄特写”，“汉奸特写”，“战地生活特写”，“通讯”……等，被包括在“报告”或“报告文学”这个说法里面的一些写作形式，而且鼓动一些朋友写，号召读者写，使作家的活动更直接地更具体地和对象结合。因为，在那样火热的空气下面，除了诗歌，这应该是最适宜于作家的工作方式。后来《七月》移到武汉来了，但在上海的最后一期上登了启事，说是将扩大篇幅，容纳较长的创作，“诱发在血泊里含苞的花朵”。这就是说，我们原来就是努力想从“报告”发展或提高到创作的。刚才鹿地提到曹白和东平，他们写的那些报告本身实际上就是很好的作品，最近的东平的小说，更建立了创作的一个到达点。所以，也许可以说罢，东平和曹白在某一意义上是说明了《七月》工作目标的实现路径的。

端　木　方才胡风说到《七月》在开初虽然只容纳报告形式的作品，但在移到汉口以后，便竭力的想来容纳创作了。这个倾向是时时的向外面号召着，虽然并没有怎样的宣言。但是，创作不止是要求的问题而是应该和客观的情形来配合，因为，在开初，创作的投稿似乎很少，到后来才比较多了。所以像《严玉邦》那样的作品也收进来了。那不啻是向读者说：“我们的要求创作，并不是十分苛求的！”所以我们的路子是想更向深沉的广泛的方面作去的。曹白和东平的出现，倘若如鹿地方才所说，由《七月》养育出来的，那么应该说是《七月》主观力量的一个光荣的确定。但是，这样的工作，才是一个开始，中国人是惯会在一开始就萎落下去了的，屠格涅夫说：“刚一开始就结束了”，那是一句描写感情的警句，希望《七月》不作到这样，那些被养育出来的作家也不作到这样。

鹿　地　端木君的担心是多余的。“是谁产生了曹白们的？”这，我也晓得。是谁产生了的呢？我敢说，是时代。我想谈一谈开始看到曹白的文章的时候的记忆。当我们在上海继续着逃来逃去的生活的时候，看到了文学界的绝望的贫困状态，“最后的胜利是我们的”，“打倒东洋鬼子”等等鼓励，是好的，但作为两足悬空了的无内容的结语，无论什么场合一定抱着这样的口号，那恰恰像是说明了作品的没有内容似的。这样的作品泛滥了一时。那时候我在《七月》上面发现了曹白的“报告文学”，高兴得很，抗战以后，他马上在难民收容所里开始了坚实的工作，在非常困难和悲惨当中用大的忍耐心工作着，从那里，代替“最后胜利……”。他把“困难将把这些幼儿们造成坚强的中国人罢”这一类的，他的生活所触到的一个一个活的问题写成了卓越的报告文学，充满了悲痛，但也充满了战斗着的中国的力量和内容，然而，如果没有给他以活动的地盘，把这样的作家介绍给社会的“组织者”，这样的作家也会被埋没的。当时正是充满了这样的危险的困难时期。那时候，《七月》是尽了组织者的任务的，发现了他，而且养育了他。《七月》把当时的风气置之不理，在一贯的编辑态度下面努力地发现这样的作家，正是没有忘记组织者的任务。把“定期刊物”叫做组织者的原因就在这里。换句话说，重视而且抚育这样的作家，就可以把这普遍化为一种作家的态度。最近，写了《颂徐州》的，素质很好的诗人庄涌，被诱发出来了。不仅是在《七月》上面，也可以在一般文学界诱发好的作家的风气。

胡　风　到这里，我再插一点说明罢。当开始工作的时候，不能不考虑到由文坛传统风气来的一些困难条件，这里可以提到两点。第一新文学为了开拓道路，不能不在观念形态上作坚强的斗争，然而，由于一些原因，对于具体作品的评价——引伸优点指摘弱点的工作，反而有忽视的倾向，这就使得文坛风气常常被不成熟的理论观点所困惑，使我感到倒不如优秀的作品反而能实际地生出的影响。第二，我自己做了一些所谓“批评”工作的，但经验使我积成了一个苦闷，那就是，如果用论理的言语说话，就是一个单纯的创作现象的理论的追求，也常常会遇到意外的麻烦和意外的误解。由于这，《七月》采取了用编辑态度和具体作品去诱发作者的方针。而且，在战争刚刚爆发后的那种火热的空气里面，作家都被生活的激流冲荡着，只要编辑态度和具体作品给以刺激给以暗示，就会从他们和生活的搏击声里面生出创作的欲求和创作的形式，抽象的理论指示，也许反而会显得不够力量。现在看来，这方针可以说是收了一些成果的。……（对乃超）你说一点吧。

乃　超　我的话也许不中听，你们要生气的话，尽量生气好了。《七月》在抗战中的文艺活动是有成绩的。但是，不够。我同意鹿地先生的说法，曹白、东平是时代养育的。的确，我们的民族解放战争，激发着丰富的民族感情，引诱了许多人提起笔来，即使是极生疏的笔，这是因为该写的题目太多了。实际上，如八百壮士，大战平型关，死守南口等等，《七月》并没有反映，但未熟的作品却大量产生了，这说明许多青年在写作着。这些人是需要指导诱发的。过去，有人以为我们只抓住时代忘了艺术，现在又有人主张抗战时期文艺应该让位，我们的意见倒不会这么动摇不定，始终有一贯恰如其分的理解。《七月》对于取消文艺的偏向作了斗争，这是对的。但二三同人似乎有急于要求伟大作品，而忘了抗战的另一偏向。以前我们几个朋友和胡风谈过，说《七月》应该成为抗战中文艺运动的指导杂志，他以《七月》为同人杂志，说不可能，但实际上不但是可能的，而且应该这样。我说忘了抗战当然并不是说曹白、东平不在战斗中，相反的，他们一个在难民收容所里，另一个在前线。正因为如此，才有这样好的作品。但伟大作品的要求，在第一次座谈会中，使我感到有逃避抗战，关起门来写作的欲望，这是一种偏向，虽则只发现为言论，但《七月》对此是应该负责的。

一个历史转换期的速写

鹿　地　奚如君先说罢。

奚　如　我就对这些问题来发表一点儿意见。首先我要声明的，是我的意见并非自己的创举，而是刚才各位所接触到了的问题的调整或者引伸。为了发言的便利，我将我的意见分作四点来说。第一点，是关于《七月》的，《七月》这刊物是在什么样的情形之下产生的呢？是在许多作家放下了笔不写与许多文学刊物纷纷停刊的情形之下产生的。为什么许多作家——这里所指的是过去的左翼作家——放下了笔不写或者写不出来呢？我以为应该从历史的演变上去求解释。我们都知道，过去我们许多有名气的作家所写出来的东西都是根据当时国内战争，阶级对立的观点出发的。但自从国内的和平统一告成，卢沟桥事变爆发以后，全中国起了空前的变化，那特点就在于各阶级的妥协，联合一致去反对共同的外来的敌人——日本帝国主义！因此，各阶级之间的关系起了大的变化，也就是说人与人之间的关系起了大的变化，过去熟悉阶级对立的社会生活的作家们，一下子还不能了解这新的时代，当然更不熟识这新的时代，于是，要继续过去的作风既不可以，要描写现在的事实又不可能。因此，大部分人都写不出东西来了。而另外有些作家，为了摄取新的文学滋养，跑上了前线，自然一时也还拿不出东西来。还有的简直认为在此抗战时期，大家去打仗好了，用不着了文学，机械地理解了“把一切都交给战争”的原则，有了这许多原因作家们必然会把笔搁下，没有什么作品了，这是第一。第二，为什么许多文学刊物都纷纷停刊了呢？理由很简单，就是没有了文章，编者不能像过去那样。集合一部分在亭子间或前楼里安心写得出稿子来的基本撰稿人。自然，当时书店老板在飞机炸弹之前受到恐怖，不敢再拿本钱出来干“文化事业”，与本问题也有着很大的关系。但正在这样苦闷的情况之下，《七月》却出面问世了。我不想作文学史家来评判《七月》，只认为《七月》的出现，实在是有着颇大的意义的。因为它的同人如胡风、东平、端木、萧军、萧红、绀弩、艾青、田间、曹白……柏山等，大约都感到了应该克服这苦闷，应该把新文学运动从过去迎接到现在，推进到（伟大的）将来，因而致了优秀与艰苦的努力的吧。他们本着革命的现实主义的立场，既未被新的时代所压倒，也未被“文学家可以散会了”的意见所吓退，反而大胆地接触了实生活，有的简直豪勇地透入了实生活，于是，写出了实在不坏的作品放在《七月》上面，安慰了读者的要求，多少尽了新时代的任务。因此，我或者可以放大一点儿胆子说：《七月》的作用，在于它给险要离散的新文学搭了一道桥梁，使它平安而阵容不乱地走了过来，虽然这道桥梁并非石砌铁铸的，还不能通过像装甲汽车或坦克车那样重量的东西，但是，它终于让文学的步兵一个一个地走了过来，却是真的。

第二点，是关于大家刚才所说到的，而我要以这样的小标题来发言的问题——为什么现在才有像东平的近作：《一个连长的战斗遭遇》这样完整的佳作，而过去则没有呢？我的回答是：因为过去的客观形势比现在混乱，不可能产生大的好的作品。当时是在第一期抗战的阶段，由于政治上军事上的缺点与错误，朋友们，我们实在打了些很悲惨的败仗！因此，当时社会一般人的心理状态，是颇为混乱的，因此，作家的主观也是颇为混乱的；因此，也就不能产生像东平的《一个连长的战斗遭遇》；因此，只能有一些非常片断的报告文学之类，而且还是带着观点不正确的报告文学之类，即过分的用了绝望，与无意的用了敌视的态度去暴露了各方面的黑暗。黑暗固然还是要暴露的，但应该抱着善意，希望和鼓励的心啊！自然，作家从过去那样阶级对立的观点写惯了文章，还难得一家伙就克服过来，于是，就有了过去那现象。实在，抗战后中国内部的情形，是非常曲折而不单纯的，因为既不是阶级对立，也不是阶级消灭，而主要的是各阶级要融洽而联合一致地抗战，但各阶级间却又还存在着矛盾。作家怎样从这里适当地去安置他的观点，去处理他的题材，那非从政治上进一步的学习与体验不可。

《七月》在开始时，只能登载许多短小的报告通信之类，那是必然的事，也可算是客观要求的严肃的工作。

然而，现在却不同了。现在登出像东平的《一个连长的战斗遭遇》，为什么呢？因为现在各方面的情形都有了进步，因而，使作家的心从混乱里解放了出来，一切都是如此的乐观，如此的兴奋，如此的健康，作家的创作力活跃了，完整了，因此才有了进一步的收获。

第三点，是怎样鼓励东平再前进与鼓励其他的作家赶上东平而且超过东平的成绩呢？我以为，第一，必须鼓励东平再进一步地渗入壮烈的民族革命战争里去！从东平最近的来信上看，他是已经自觉自动地做到了，他已经参加了新四军的先遣队，到敌人的后方打游击战去了！祝福他如他的来信上所表示的愿望："能够不死，那就是有更伟大的材料来写小说！"他的工作方向是一个好的模范。第二，必须鼓励别的作家去参加一下实生活。作品固然是经过想像而创造出来的，但不能说完全不走近实生活就可以创造出好的真实的作品。当然，我不是在主张着作家去打仗好了，放弃文学得了。

不，作家到前线去，社会上对于他的要求，决不是光为了打仗，而是为了理解战争，搜集战争的材料，有计划的写出作品来！

第四点，是想说一说《七月》的缺点。《七月》虽然表现了成绩和战斗的任务，但我还以为不够，主要的是未能明朗地提出自己的主张来，明朗地批判文坛的缺点。同时也还未将眼睛注意到《七月》以外的文艺活动上去，谦虚一点儿是好的，但不可纵容错误，需要斗争！当然，现在我们需要的是站在统一战线的立场上的理论的斗争，不是对立与仇视的打倒的斗争！与一切错误的倾向作斗争，这是过去新文学运动的优秀的历史传统，尤其是鲁迅伟大精神的所在，不可放弃的，因为既在还有矛盾根据的现社会里，文坛上一定还有进步与落后、正直与诡诈的现象，怎样从极其纷靡复杂的光波里射出一道鲜明强烈，确立不移的新文学的光来呢？那是今后《七月》所应该努力的方向！尤其是理论家如胡风等，更应该拿出勇气来啊！好。许多朋友要抢着要发言了，我的话就此结束。

同人杂志一席辩

胡　风　但是，对不起，让我先对乃超的意见解释几句。我所说的“同人杂志”是指编辑上有一定的态度，基本撰稿人在大体上倾向一致说的，这和网罗各方面作家的指导机关杂志不同。第一，我以为，用一个文艺态度号召作者读者，由这求发展的杂志，对于文学运动是有用的，第二，《七月》的工作如果不是采取这个方向，恐怕很难得开始，第三，《七月》也并不是少数人占领的杂志，相反地，它倒是尽量地团结而且号召倾向上能够共鸣的作家，尽量地寻求新的作家，例如开始没有写稿的作家现在写得很多，如东平、艾青等；许多新作家的出现更不必说了。这是一个方针或方向问题。我平常谈话的时候是使用“半同人杂志”这个说法的。

端　木　所以，由此观之，方才假设有人说《七月》是坐在屋子里写伟大的作品的一个同人的机关。那么，又怎样会养育出接触现实生活的作家了呢？这一个无可置辩的事实，便可回答这个矛盾的质问。可见倘是在行动里学习了的作家是《七月》养育出来的，那么，《七月》也必然是行动的艺术。否则，方才所到达的结论就有被推翻的危险。

胡　风　是的，东平提出过要求伟大的作品的意见。但他的意思并不是像乃超所说的，关在房子里写伟大的作品。第一，东平本人始终是战斗的，对于他的战斗行动，我们一向是取的对他自己鼓励，对一般作家和读者宣扬的态度。第二，在东平提出要求伟大的作品的论点里面，的确有许多不正确和混乱的地方，但有一点我们应该注意：他对于在十多年苦斗中培养出来的青年文学干部在抗战里面没有成绩表现的现象，表示了很大的不满，所以他“要求成熟的老作家不要腐化，幼稚的青年作家加紧努力”。从这个心境要求伟大的作品，我以为反而是值得同情的。第三，乃超说《七月》对于东平的意见应该负责，但其实，《七月》的工作态度当不会给人一个离开斗争去创造作品的印象罢，因为，《七月》上的作品，绝对的大多数是从战斗的意志战斗的生活产出来的。乃超之所以有了这样的意见，或者因为我们太熟了，看见我成天做着文字的工作，因而觉得我也许是主张闭门创作的罢。其实，只要能够我倒很希望到战场上去跑跑，那一定比现在的工作活泼得多，有趣得多。

（追注：关于东平底以及类似的意见，虽然不完全，周行和我曾经作过批判，就是在东平提出这意见的那次座谈会上，当时大家就批判过，乃超自己也是参加这批判的一人。东平后来还自己纠正了自己的论点的——胡风）

鹿　地　似乎提出了许多重要问题，先把“同人杂志”这个问题解决了再说罢。

乃　超　同人杂志的问题是我引起的。我先加以说明，免得发生枝节。记得我们从前和胡风谈到《七月》的问题时，希望《七月》成为抗战文艺活动的组织者，但胡风以为《七月》是同人杂志，负不起这个责任，所以我今天才提起这个问题。我今天的用语，不说同人杂志而用“同人杂志的姿态”，以前的我所理解的和今天胡风所说的“半同人杂志”是一样的，就是说，《七月》不该建立在少数同人身上，应该诱发多数的青年作家，并指导整个文学运动。

鹿　地　胡风君说开始的时候不得不采取同人杂志的形态，这情形我是懂的。然而，文学杂志为了守卫“立场”，半同人杂志的形态是必要的，对于这说法我不赞成。

事实上，《七月》不是一开始就不是同人杂志的性质么？说是同人杂志，是指的什么呢？是不是说那不是某文学团体的机关志？如果是这个意思，那我以为不能也不应该把《七月》做成什么机关杂志。因为，像苏联那样的，被一个文学方针所贯串的统一的文学团体都在中国并没有。统一的团体是有的，文艺界抗敌协会就是。然而，那不是被文学的方法所统一，而是在“抗敌”这个政治目的的一点上把种种倾向的作家群都团结起来了的团体。作为在那个意义上的团结的中心组织者，有杂志《抗敌文艺》。不用说，全国的文学工作在正确的方法下面得到统一和组织，是希望的，然而，那要怎样才能够达到？

第一，应该以《抗战文艺》为中心，发动讨论和研究，例如，作家在抗战里面应该怎样活动；在哪一点上有了成功或失败；哪个作家的工作，哪个地方分会的做法是正确的，等等，使得不但是政治的意见，连关于文学方法的意见都逐渐统一下去。另一方面，为了充分发挥各自的特质，使优秀的现实主义成长，以至克服坏的倾向，现在带有不同倾向的杂志应该互相竞争，斗争的。在这个竞争的过程上面，正确的倾向或为支配的，统一的气运就会渐渐地成熟罢。在各杂志的编辑者或代表者一类的会议席上，意见的交换和斗争也是必要的。我想应该准备，急忙地机械地去做，可不会成功，现在是向着那个统一方向进行组织的斗争过程。

同人杂志是什么？我把这解释为小集团体主义的杂志，仅仅是一定的同人的发表机关，是宗派性质的杂志，《七月》一开始就有一定的编辑同人，然而，那是撰稿者，并不是表示执笔者的限度。不仅如此，《七月》是为了好的工作而开放，努力地发现了那样的工作者。因此，现在逐渐开始和大众结合了。和这相反，甚至某一团体的机关志都有显出同人杂志的危险。仅仅被大作家或经常执笔者所独占，没有发展的杂志，就是的。

其次，以后编辑同人应该有的。那应该由少数的比方三四个有权威的人构成。太多了不行，太多了只会使工作混乱而已。只是，为了批评编辑上的成绩，和采取对于将来的意见，有一个把人数扩大的批判会议也好，杂志一出来，应该马上在那会议席上求得关于那结果的意见。

端　木　我以为这是个名实的问题，比如乃超说《七月》是同人杂志，而一般广泛的读者也承认《七月》是同人杂志，而后来如胡风所说，是作到了半同人杂志的地位，而现在好像又有判定《七月》为非同人杂志的倾向。其实，这还是个名实之争，《七月》的姿态不管是同人杂志也好，非同人杂志也好，他却是以同人的主观的力量来奠定的。因为有的人对于《七月》的要求不同，所以看法就有差异。

鹿　地　绝对不是名词的问题。名词虽然没有被鲜明地提出，但实际上做了卓越的组织者。如果不是这样，《七月》就不会有今天的发展，也没有诱发好的作家罢。我希望现在确认这个意义，使作好文学组织者的机能更加成长下去。

（附注：端木说的是名实之争，当时译者错听成名词之争，所以彼此的用语有一点不同。——记录整理者）

端　木　我以为还是个名实之事。从前王安石和司马君实争论的时候，他们有的说是名实之争，有的说不是，可是别人看得明白，而且可以指出实是属于哪方面的。我以为《七月》无论如何，以后仍然要以《七月》同人为基础，但是要更广泛的号召全国作家和养育更成熟的作品。而且，《七月》从前作的自然有不够的地方，就是在主观上我们也承认还储藏一部分力量没有发挥出来。当然，如鹿地所说：《七月》倘要不吸收更广泛的角度，只有灭亡。是的，因为一个有方向的杂志必须要和客观现实来配合。《七月》知道这一点，并不机械，所以它不会和现实背驰开去。

适　夷　《七月》虽然不是同人杂志，但乃超所说的有同人杂志的姿态，却是事实，这表示在作品倾向的一致上面。我想，作为整个文艺运动的一个岗位，这一种集合是必要的，但是，对于自己这一倾向，必须负起宣扬的责任，比方《七月》中所特别推荐的作品，事实上有很多还没有引起注意，这一介绍的工作还做得不充分。其次，对于《七月》以外的整个文艺的作品的活动，也不应该放弃批判的任务。对于不正确的倾向，仍应取斗争的态度，使《七月》和整个文运息息相关地配合，是必要的。这样的工作过去太缺乏了。

胡　风　我再声明几句罢，《七月》从开始到现在，态度并没有改变，因为最初就是希望能够像现在这样广泛地和读者大众结合的。在汉口出版的第一期上面，我们声明了愿意和读者在战争里面一同成长，希望读者来参加我们的工作。不过，为了保持基本的态度，第一，创作态度不同的作家我们不请他来参加，第二，即令创作态度我们是共鸣的，但如果彼此不熟悉，也不勉强地请他来参加。因为不熟悉就不能够不客气地决定稿子，所以，《七月》决不拉成名作家的稿子，从这方面恐怕受到了不少的误解，但是，《七月》决不是被少数人所独占，第一，它对于投稿者完全公开，许多新的作者在这上面出现了，第二，基本的撰稿者也是来来去去，经常流动的，有从前写得多的现在少写或者不写了，有从前少写或者没有写的现在却写得很多，所以《七月》的基本撰稿者实际上并没有一个明确的界限。担心《七月》会建立在少数同人身上，是不必的。

鹿　地　的确，我以为《七月》在发展的过程上并没有改变它的姿态。看起来好像改变了，那是因为开始还没有和大众结合好的时候，给了人一个只是编辑同人的作品的印象。所以我说过，问题是在于“方针”，非难说只是团集了某种倾向的作家，那也不当。不是倾向，应该说是守住了文学的方向。在这个意义上，杂志是应该明白地拿住方向的。

因为这，没有把成名作家和新作家区别的必要。没有特别去拉成名作家，这是对的。如果因为这理由，一部分成名作家说《七月》是“同人杂志”的，那是错的，这反而恰恰是非“同人杂志”的证据。不应该拒绝谁，但也用不着特别地去拉谁。就是编辑同人，也应该时常由更适当的人来补充，代替。总之，用不着拉个人，应该拉的是工作。谈到《七月》的现状，是好到不能说什么坏话的杂志。可以说是到了国际的水准。

但是，为了更大的成长，下面略略说点意见。要说不够的地方，那也是反映了现在中国文学界不够的地方。那就是，虽然《七月》正走向正确的现实主义的轨道，但一般地说，作品还显得狭小，打破了记述的文学的限度的，有分析的努力的作品，还没有见到。因而没有从分析产生的各种各样的现实主义的多面性。那原因是由于“还没有那样的作家”，现在不能马上有什么办法，但应该有奖励这样努力的理论的工作。

冯君说没有从文学上反映“八百壮士”“南口之战”等等英

雄的事件，但我却不希望有太草率的反映。大的纪录文学，是应该努力的，但那不是一朝一夕可以得到结果的罢。如果说的不是纪录文学，而是报告的意思，那就顶好把“通信”更组织化。为了时时刻刻把那些事实的姿态正确地普及，“七月社”应该逐渐地在各战区各地方寻求定期制的，负责的通信员。从到现在为止的受动性更进一步。把通信计划化，有机会能在汉口举行通信员会议那就更好了。

其次，多关心到好的宣传艺术，请介绍一些正确的宣传剧本，好的漫画讽刺诗……罢。

还有，最重要的是在文学界扇起批评精神，如像奚如君所说的，到现在为止，过于沉默的工作了。不仅《七月》把注意扩大到一般文学界，多来些文学评论。这正是分析文学界的成绩，把到达点集中，展开的工作。

奚如君刚才说的意见，已经是很好的“现状鸟瞰”的论文，指出了重要的问题，例如说停止了阶级斗争，进入到民族抗战期以后，对阶级文学努力了的作家们迷惑了。像这样的事实正暗示了过去的所谓“阶级文学”的方法本身应该加以反省的重要问题。希望奚如君马上把这写成文章。

东平断片

端　木　我现在提出一点疑问，是方才怕扰乱了论点没有提出来的。奚如说东平创作中所指出的方向，大概他是这样说的吧，希望《七月》的创作将来也按照这方向来发展。我认为这里应该先说明东平的作品所代表的方向的必要。

奚　如　我的意思是，东平现在获得的成绩决不是偶然的。

他是从不间断的实践生活里培养出来的，过去，他曾直接参加过海陆丰的土地革命，现在，他是直接参加了抗日战争，他的生活就是战斗着的，所以才能写出这样好的作品来。我是说，他对于生活的战斗的态度，可以作我们的模范，而且，他对于创作的不肯随便的态度也是可宝贵的。

鹿　地　对于奚如君的意见完全同意，在东平里面被我们看到的最好的地方是对于现实的拼命的肉搏，没有所谓小说家的随便的地方。他和作品里面的人物、自然、战争拼命地格斗。这是从什么地方产生的？是从作家对于生活的严肃的态度。

辛　人　东平的创作能够达到现在这样的水准，一方面固然是他的对于现实生活体验的丰富，因为他是很小的时候就不得不离乡背井，独个儿到外面流浪过活；另一方面，他对于艺术的执着的努力，也大有关系。他是连小学都没有读完的，六七年以前他做的文章，句子还要修改，但他此后一直的专心创作，在艺术的修养上用了很大的苦心。

抗战爆发以后，不单是文坛，就是社会上一切现象，都起了一种突然的变动与混乱。一般的青年们开始都有“报国无门”之感，当时东平气愤愤的要埋头创作，不管外事。这种态度很引起朋友们的指摘。

其实，他是一个无论在文字在行动上都爱用夸大的线条去表现一切的。他的本意仍然把实践和修养并重地列在一起。

去年十月他从济南回来时，谈起当时在韩复渠统治下的山东的政治与军队的黑暗腐败情形。对于这种情形，他不大敢下笔写出，因为怕被人说是“汉奸文学”。这证明我们的文艺批评对于创作的指导的不够。不过，看了《一个连长的战斗遭遇》后，我们觉得他是正确地站在动的新写实主义的立场上，能够批判地表现现实了。

胡　风　关于东平，我也说一点，他除了认真的一面之外，还有天真的一面。《七月》在汉口出版了以后，他从南京寄来了一篇文章，在附寄来的信上说，你大概不愿采用我的文章罢，我在回信里说，我愿意用你的文章，不过这一篇并不好，因为，虽然写的是抗日战争，但人物的感情和环境都是内战时代的情形，不过把内战时代的材料换上了些抗日的字面罢了。他回信承认了这事实，并且叙述他舍不得把过去的材料丢掉的心境。这以后，发表了我们都知道的那三篇有名的“阵地特写”。这次到东战场去，在南昌停了很久，中间又寄来了两万字左右的小说，信上说他自己非常满意，——他有一个有趣的癖气，当他把不能十分自信的文章寄给你的时候，往往反而说自己如何如何满意，恐吓一通，以为这样就会一定发表的。——但一看就晓得那依然是内战时期的材料，虽然他自己写得很用力，但人物的性格和环境依然是把握不定的。于是回信指出，劝他不要发表。他回信说，原来以为可以混过去的，但既是这样不能马虎一点，那就不要发表；希望以后一直对他保持这种态度云。从这里可以看到他的天真的一面。我想这天真也可以作为他的认真的一面的说明。——好，关于东平，到这里为止罢。（对萧红）你早想说话的，现在轮到你了。

其　他

萧　红　胡风对于他自己没有到战场上去的解释，是不是矛盾的？你的《七月》编的很好，而且养育了曹白和东平这样的作家，并且还希望再接着更多的养育下去。那么，你也丢下《七月》上战场，这样是不是说战场高于一切？还是为着应付抗战以来所听惯了的普通的口号，不得不说也要上战场呢？

关于奚如对于作家在抗战中的理解，我有意见的。他说抗战一发生，因为没有阶级存在了。他的意思或是说阶级的意识不鲜明了，写惯了阶级题材的作家们，对于这刚一开头的战争不能把握，所以在这期间没有好的作品产出来。也都成了一种逃难的形势。作家不是属于某个阶级的，作家是属于人类的。现在或是过去，作家们写作的出发点是对着人类的愚昧！那么，为什么在抗战之前写了很多文章的人而现在不写呢？我的解释是：一个题材必须要跟作者的情感熟习起来或者跟作者起着一种思恋的情绪。但这多少是需要一点时间才能够把握住的。

还有，下次座谈会一定要请记录人，这种不能成为座谈会，谈话是跟着声音继续的，这样的间隔法，只能容少数的人，或是完全庄严的理论和一篇文章一样的谈话才能够被发表，比方今天，有半数的人只得到了坐着的机会，而没听到他们的声音，我看他们感到寂寞的样子。这是对于同坐的人的不敬。

胡　风　是的。艾青和宋之的完全没有开口，几次想说话都被我们抢先了，这很不好。

（宋之的和艾青笑）

奚　如　我还要抢先说几句。萧红完全听错了我的意见，我并未说过去有阶级存在，现在没有了。现在阶级还是存在，不过阶级间的关系起了变化，即不是对立，而是协调，一致去反抗日本帝国主义。萧红所说的作家暂时不能把握这新的变化，以后能把握住了就可以写出作品来，这是对的，跟我的意见也是一致的，并不冲突。

胡　风　好了，两人的意见在这一点并不相差太远，不必延长下去了。——是再换一个项目谈下去呢，还是就此结束？

(座中的声音：不少了，可以结束罢！)

乃　超　恰好把今天的题目所要谈的几点谈到了。

胡　风　那么，今天的座谈会就此结束了，但我有几句最后的话。第一，今天着重地提出了曹白和东平，这是好的，但可不能给人一个《七月》只他们做了工作的印象，因为，《七月》上面还有一些作家努力写了优秀的作品，另外还出现了一些有希望的新的作者。只不过并没有他们两个的印象那么有力和鲜明罢了。其次，一向就希望朋友们对《七月》不客气地发表意见，使工作能够改造，但大家都是很客气，今天特别开座谈会，而且开始的时候还声明了请多说坏话，但结果还是过于客气。希望以后随时有意见就不客气地告诉我们。最后，希望能够尽力从今天的谈话里使工作更加改进。

(座中的声音："外交辞令来了！……"接着是一片笑声。)

端　木　你又可以在记录后面写上"在笑声中散会"了！

胡　风　不，你一说破我就不写了。

(又一片笑声)

长白山的血迹？*

雄壮的长白山蜿蜒在辽宁省的东北部，而其余脉则迤逦至吉林与黑龙江之领域；它那雄浑的姿势，真不愧称为北国天然的障屏。那儿有丰富的产物，肥沃的土地，繁茂的森林，还有人民因适应环境而特具有的强健的体魄，热烈奔放的情感。北地的风光虽不及南国的温柔，绮丽；然而它的伟大，雄浑，也足使它傲视一切的。

九一八早晨，敌人强暴的行为，轰动了全世界，群众的怒吼声也随着高潮的增长而潮漫了全国。有血性的勇敢的人民，不惜牺牲地用血与肉去渍染了敌人的炮弹，而那些无力抵抗的老孺的人民，也受了敌人铁蹄的蹂躏而填满了沟壑。长白山一集团的居民的安宁，无疑地也起了动播，然而他们为了生存，为了自由，岂肯束手待毙，让那些凶恶的猛兽任意吞噬吗？不！他们怒吼着，他们不甘屈服，他们要奋斗，要挣礼，除非高耸的山峰陷为平野，头颅与血肉化为灰烬！他们同心合力的要给敌人以重大的致命伤，为被残害的同胞复仇，要敌人知道神明华胄的子孙不是他们所想像那样懦弱。

---

* 本文1936年9月18日首刊于（上海）《大沪晚报》第三版。署名形式萧红。本文严重涉嫌托伪，故暂附集后。

一股像瀑布大的仇恨在燃烧，使他们为争自由求生存的热情更为腾沸；一集团不同的意志已熔冶成了一颗共同的不可磨灭复仇的心了！

他们为了避躲敌人的侦探及强烈武器的摧残而潜伏在山穴之中，也曾穿着草绿色的战衣出没于稻禾田中而时给以敌人不意的袭击；因此，残缺的山河，还留得这弹丸般的干净之土，灿烂的青天白日的国旗还能在太空中飘扬！

时光很快地逝去，变色的山河在敌人掌之下已是五年了，他们也在风雨飘摇四面楚歌的环境中渡过了这悠长的岁月。凶暴的敌人也渐渐感觉得这班青年的生存，是实现整个大陆政策美梦的掣肘，而且有无限的危机潜伏，于是下了一个残灭无余的决心。

敌人大量的兵力逼临了，然而经验过数年的战争经验陶冶的他们，是沉静着毫不惊惶，藉了天然的护障及沉着应战，更使敌人一筹莫展，最后的方法，也只有取包围的形式将整个长白山包围起来。又相持了八个月，他们用掠夺方式得来的军火，及储藏的食粮物已告罄，而他们所具有的：还是颗热烈的共同的复仇心，一腔慷慨激昂为民族求生存而奋斗的壮志！

在这个时候，敌人的总攻击令又下了，无疑地，是这一集团忠勇的战士们的末日到临，因为他们已失掉了战斗力了。敌人的大炮轰破了他们的根据地，坦克军冲溃了他们的阵线，漫天的飞机在投着巨量的炸弹，炮声弹影里，化石和头颅化成了灰烬在空中飞扬，嵯峨耸矗的长白山是陷落了，他们是坠灭了，永恒地安息了，他们的鲜血所渲染了的原野开遍了灿烂的鲜花，象征着他们为民族求生存而奋斗的精神彪炳尘寰！

女子装饰的心理 *

装饰本来不仅限于女子一方面的，古代氏族的社会，男子的装饰不但极讲究，且更较女子而过之。古代一切狩猎氏族，他们的装饰较衣服更为华丽，他们甘愿裸体，但对于装饰不肯忽视。所以装饰之于原始人，正如现在衣服之于我们一样重要。现在我们先讲讲原始人的装饰，然后由此推知女子装饰之由来。

原始人的装饰有两种，一种是固定的为黥创文身，穿耳，穿鼻，穿唇等；一种是活动的，就是连系在身体上暂时应用的，如带缨，钮子之类，他们装饰的颜色主要的是红色，他们身上的涂彩多半以赤色条绘饰，因为血是红的，红色表示热烈，具有高度的兴奋力。就是很多的动物，对于赤色，也和人类一样容易感觉。原始人的生活大多是狩猎和战争，于猎事及战争极兴奋的时候，往往可见到血，这足以使红色有直接感觉，有强烈的情绪的连系。其次是黄色，也有相当的美感，也为原始人所采用，再是白色和黑色，但较少采用。他们装饰所选用的颜色，颇受他们的皮肤的颜色所影响，如白色和赤色对于黑色的澳洲人颇为采用，他们所采用的颜色是要与他们皮肤的颜色有截然分别的。

---

* 本文1936年10月29、30日首刊于（上海）《大沪晚报》第三版。署名萧红。本文严重涉嫌托伪，故暂附集后。

至于原始人对于装饰的观念怎样呢？他们究竟为什么要装饰？又为什么要这样装饰呢？这就谈到了他们装饰的心理问题了。

我们大概会惊异于他们这种重视装饰的心理罢，但黥身是他们身体装饰中最痛苦的，用刀或铁箭在身上刺成各种花纹，有的且刺满全身，他们竟于忍受痛苦而为其人的勇敢毅力的表示。而这种忍受，大都是为了装饰美观，极少含有其他作用。少年男女到了相当年龄，便执行着这种苦刑，而以为荣，以为假如身上没能刺刻的花纹，则将来很难找到爱侣。至于活动的装饰，如各种环缨之类的佩戴物，则一方表示他们勇敢善战，不懦怯，一方面是引起异性的爱悦，因为他们都以勇敢善斗为荣。身上所佩戴的许多珍贵的装饰物，表示他们的富有，是以勇敢夺得或猎取来的。总之，原始人装饰的用意，一方是引起异性的爱悦，一方是引起他人的敬畏。事实上，各种装饰是兼具此两种意义的，这实在是生存竞争中不可少和有效的工具。由这种情形看来，在原始社会中男子的装饰较女子讲究，也是因为原始社会的人民，没有确定的婚姻制度，无恒久的配偶，而女子在任何情形中都有结婚的机会，男子要得到伴侣，比较困难，故必须用种种手段以满足其欲望。

—

但在文明社会中，男女关系与此完全相反，男子处处站在优越地位，社会上一切法律权利都握在男子手中，女子全居于被动地位。虽然近年来有男女平等的法律，但在父权制度之下，女子仍然是受动的。因此，男子可以行动自由，女子至少要受相当的约制。这样一来，女子为达到其获得伴侣的欲望，因此也要藉种种手段以取悦异性了。这种手段，便是装饰。

装饰主要的用意，大都是一方以取悦于男性，一方足以表示自己的高贵。脸上敷着白粉，红脂，口红，蔻丹等。刚才说过红色是原始人用作装饰的主要颜色，红白相称特别鲜明，不独引人注目，亦以表示其不亲劳动的身份。故牙齿既然是白的，口唇必须涂红。西洋妇女脸上涂桔黄色的粉，这是表示他们的富有，因为夏天海滨避暑为海风吹拂脸颊成黄色。白色最能显示脸部和身体的轮廓，原始人跳舞往往在夜间昏昏的灯光和月色之下，用白色把身体上涂成条纹，使身体轮廓显明，易为人注目。妇女用红白二色饰脸部，也是利用其颜色鲜明，且红色其热烈性，易使人感动。中国少女结婚时多穿红衣红裙，大概不外这个意义。

女子装饰亦随社会习惯而变迁。昔人的观念，以柔弱娇小为美，故女子束腰裹脚之风盛行，有“楚王好细腰，宫中多饿死”者的惨事。近来体育发达，国人观念改变，重健康，好运动，女子以体格壮健肤色红黑为美。现在一班新进的女子，大都不饰脂粉，以太阳光下的红黑色肤色的天然风致为美了。黑色太阳镜之盛行，不外表示其常常外出的习惯而已。

亚 丽 *

一

已经黄昏了，我从外面回来，身子感觉得一些疲倦。

很忽地走进自己的房里，脱掉外衣，伸了个懒腰，即刻就躺到床上去了。

同屋的那女人尖喉的咆哮是那么有力量地窜入了脑袋，很快的，没有头绪的烦闷在混乱地动摇了。“这男人是只怕再找不出的老实……”脑袋中浮起了一个懦怯的中年人底影子——蓬着的头，黄瘦的脑袋，两手放在裤子口袋里来回地拖着颓唐的脚步，沉默着，犹如他的喉咙给软木塞塞住了似的。

“没用的东西，原来你们的性根就是如此的，哼……”这泼辣的教训谁不相信是父亲责骂着他的儿子，这女人的生疏的中国话的声音是那么做着的勉强，听着时正如听锯齿子磨着听子地令人难过。

独自埋身在寂寞里，思想无涯岸地展开着。

忽然亚丽的影子闪入眼中，我惊奇地跳了起来。

---

* 本文 1936 年 11 月 16 日刊于（上海）《大沪晚报》第三版。署名萧红。本文严重涉嫌托伪，故暂附集后。

亚丽——老实的中年人的女儿，一个极静美的可爱的姑娘，两块醉人的红色的面颊，常常是带着不可捉摸的神秘的感伤，低着头，美丽的眼睛常常呆呆凝视着地上的灰尘。

亚丽站在我的面前犹如古庙的神女的塑像，她的脸上挂上泪珠，这美感悲哀折毁我忐忑的心灵破破碎。

“什么事，亚丽，不是……”我战颤地问她。

她的手冰冷，她的脸渐变为苍白。

她呆痴地如给魔鬼抓着了喉咙，然而，很机警地望望门外，她想走可又站住了，像在思索……

“我们明天搬家……”声音如钢锯的颤动。

这消息毁坏了我的脑袋，我木鸡似地呆住。

那泼悍的声音呼唤着亚丽，她犹豫地不安地站着，突然地，如猛醒过来惊慌地跑出去了。

二

亚丽他们搬出去了整整的有一个星期。

星期六的傍晚，亚丽来拜访我了，那力量给与了我生活的安慰，并不是一种普通的诱惑。

阳光忧郁地懒懒地射进窗子，清凉的微风殷殷地带来了黄昏的悲哀的暮气。

亚丽默默地低着头，几天来她的脸毕竟给与苍白毁灭了。然而，这愈增加了她的美丽——动人心地的感伤。虽然，我与她仅只同屋二月，平时极少交谈，也许正因此我们心里的感触是那老练的透明。

我爱亚丽的天赋的感伤，我爱她温柔的沉默；我们静静地默坐，犹如我们在欣赏几首悲哀的豪雄的大力的生活之赞美诗，我们中间永不会给与寂寞来进攻。

一只鸟在窗前掠过去，风飘着一片落叶。

夜幕慢慢伸展开来。

“飞鸟的生涯是美丽的，落叶又为什么给风飘着呢？”亚丽望着窗外缓缓地说，这是感伤的季节哟！

“我们为什么不是飞鸟呢？……”我感动地说着。

“精神在灵魂内会掘发出世界窄隘，简陋，寥寂，悲感。精神内才会埋伏着愤怒与力量；人生……”她的声音如同祈祷，如同背诵着美丽的诗句。

“亚丽！……”我疑惑着那泼辣的异国女人会生出亚丽，我失声地叫了出来，接着很犹豫地问：

“你的故乡是什么地方呢？……”

亚丽失常地凝视着我，她没有回答；慢慢地她掉下泪来，她面上的伤感简直将我撕成了碎片。

“亚丽！……你太伤感了！你要知道眼泪与悲哀毫无裨益，于生活是一种可恶的障碍……”

黑暗薄薄地笼罩了大地，夜已拖着轻快的步武。

亚丽走啦！我第一次握着她的手，心如同受伤的小兔在喘息与惊恐。

三

因为住在这房子里有种种不方便，我终久是搬了家。

虽然我已经找人暗暗地将我的新住址通知了亚丽，然而她已有一月未曾到我这里来！

每天的黄昏，我痛苦地等待着；焦灼，烦闷，恐惧，怀念，照例地来将我残酷地袭击；我费了极大的力量来抑制一切；这样，我的脑袋里才慢慢地淡了下来。

然而，一个美丽的影子在某时仍旧有大的魔力。

一个星期日的中午，我正在甜蜜地午睡；突然给肥胖的房东来叫醒——她有极小的脚，走起路来好像一只母鸭。

我擦着松惺的眼跑出去接见来访客人。这给与我了可怕的惊异——天知道！美丽的亚丽瘦得几乎使我都不认识了，她的面色苍白得如一张白纸，眼睛红红地肿了起来，黑色的头发在秋风里非常零乱，态度颓唐，而悲哀正如一只在战场受了重伤的骏马！我几乎感动得流下泪来。

“你怎样呀，亚丽！……”

“这没有什么的，请你不要躭心。同时这与我毫无关系，因为我的心始终如一……”

她咳嗽了几声，泪水很明显地在眼眶内打转。

“我极纯洁地爱着你，然而我更爱着我的前途的光明，我为了要追求生活的力量，为了精神的美丽与安宁，为了所有的我底可怜的人们，我得张开我的翅膀，我得牺牲我的私见，请你不要怀疑，我以灵魂保护着你，爱护着你，我要去了！……请你将那信接着。”她底声音悲痛地颤栗着，然而她的灵魂表现得很安定，精神犹如战场的勇士，热血在她细微的血管中将膨胀得破裂而流出……

亚丽果敢地去了，我木鸡似的立在门口好半天。

一页信纸里几十个有力的字使得我泪了我坚硬的黑发……

信上是：“好朋友！请不要惊奇，我的故乡是可怜的朝鲜，我的慈母如今仍旧住在那里；我底父亲是最激烈的 ×××，他被强迫与这凶狠的女人结了婚，又被逐在中国。现在他已由这毒恶的妇人宣布了秘密被捉而不知生死，然而他的灵魂是高超的。我费尽了力气逃出了黑暗的地狱，无论如何我底血要在我自己底国土上去洒泼……”

萧红生平和创作年表简编

1911年

宣统三年。辛亥革命爆发。

6月1日（农历五月初五端午节） 出生于黑龙江省呼兰县（今哈尔滨市呼兰区）龙王庙路南（今文化路29号）张家大院。乳名荣华，学名张秀环。后改名张廼莹。

张家祖籍山东东昌府莘县长兴社十甲杨皮营村（今山东省聊城市莘县董杜庄镇梁丕营村）。清乾隆年间，始祖张岱与章氏闯关东到达辽宁朝阳凤凰山，后到吉林省榆树县青山堡开荒。其后人于清嘉庆年间至清同治年间到阿城屯、宾县开荒；逐渐富裕。后家族田产涉及榆树、阿城、哈尔滨、宾县、海伦、呼兰、兰西等地。

清光绪初年，“挑着担子逃荒”的张氏家族在关东已传至第四代，且已成为吉林、黑龙江两省比较有名的汉族地主；第四代中的张维祯（萧红祖父）一支分得呼兰的40多垧土地、30多间房屋和一座烧锅，离开阿城县福昌号屯迁往呼兰。

父亲张庭举，是祖父的过继子，毕业于齐齐哈尔黑龙江省立优级师范学堂，因成绩优秀，被授师范科举人，当过农业学堂教员、小学校长、呼兰县教育局长、巴彦县教育局督学、黑龙江省教育厅秘书等职。

母亲姜玉兰，生于乡间绅士之家，粗通文字。

祖父张维祯，性情温和善良。

祖母范氏，精明强干，管理一切家务。

1912年（一岁）

蹒跚学步。老祖父对其疼爱有加。

1914年（三岁）

大弟富贵出生。

开始跟祖父在后花园玩耍。

1915年（四岁）

大弟富贵夭折。

1916年（五岁）

二弟连贵（张秀珂）出生。

随母回外祖父家省亲，二姨姜玉环得知外甥女学名张秀环，因与自己名字中的“环”字冲撞，坚持要父亲给其改名。外祖父姜文选遂将其学名改为“张迺莹”。

1917 年（六岁）

7 月 9 日（农历五月二十一） 祖母病故。其后搬至祖父房间，祖父早晚间口授《千家诗》等等，开始接受古典诗文启蒙。

1918 年（七岁）

开始对家中租户生活的疾苦与艰辛有所了解。

1919 年（八岁）

五四运动爆发。

1 月初 三弟连富出生。

8 月 26 日（农历闰七月初二） 母亲姜玉兰感染霍乱病故，年仅 34 岁。三弟被送阿城寄养。

12 月 15 日（农历十月十四日） 父亲续娶继母梁亚兰。

1920 年（九岁）

秋 作为首届女生，入呼兰乙种农业学校（龙王庙小学）一年级读书。

1921 年（十岁）

秋 升入初小二年级。三弟连富感染鼠疫夭折。

1922年（十一岁）

秋　升入初小三年级。弟弟张秀珂入龙王庙小学读书。

1923年（十二岁）

秋　升入初小四年级。

1924年（十三岁）

夏　初小毕业。

秋　入北关第一初高两级小学校女生部，读高小一年级。

1925年（十四岁）

秋　转入呼兰第一女子初高两级小学校，插班高小二年级。学习认真刻苦，语文成绩突出。

1926年（十五岁）

6月末　高小毕业，去哈尔滨读中学的愿望遭父亲、继母反对。以“冷战”方式抗争，父女矛盾加剧，关系紧张。这一年的升学风波为后来家庭关系的最终恶化埋下严重隐患。

秋　同班同学田慎如因抗婚而出家，入呼兰天主教堂（今呼兰区东府路五中院内）做修女。

1927 年（十六岁）

辍学在家，抗争近一年无果，扬言效仿田慎如出家当修女，加上老祖父的同情和支持，父亲被迫让步，勉强允许她到哈尔滨去读女中。

秋　入哈尔滨“东省特别区第一学区区立第一女子中学校”初中一年级就读。该校前身为私立“从德女子中学”；后来曾为哈尔滨市第六中学和第七中学；现为萧红中学。

这一年，家里已经有意为她订亲。

1928 年（十七岁）

年初　与哈尔滨顾乡屯汪恩甲订婚。汪从阿城吉林省省立第三师范学校毕业，当时任教于哈尔滨市道外区基督教会创立的三育小学。

5 月　“满蒙新五路”条约的签定，激起东北反日新潮。

6 月 4 日　奉系军阀首领张作霖乘坐专列由北京返回东北被炸身亡。

11 月 9 日　积极参加哈尔滨市学生维持路权联合会发起的反日护路罢课游行示威活动，担任宣传员。

在这所当时的名校里接受了一生中最重要的正规教育；绘画小组的课外活动，使她有了想做画家的梦，对美术的喜爱贯穿一生；国文教师指导下的对中外经典作品的广泛阅读，更使她如鱼得水。

1929 年（十八岁）

6 月 7 日（农历五月初一） 祖父病故。

中学阶段参加的活动拓宽了视野，结识了外校学生，萌生解除婚约的想法遭父亲严词拒绝，精神痛苦。

1930 年（十九岁）

春 随学校去吉林北山春游，归来在校刊上发表诗歌《吉林之游》，署名悄吟。

取此笔名，她对同窗好友解释说是“悄悄地吟咏”之意。这也是其日后特别是早期最常用的笔名。

暑假 初中毕业。

想去外地读高中，家里反对，矛盾升级；在同学和友人鼓动下做着“效法娜拉”的准备。

暑假后 不顾家庭反对出走北平，入北平大学女子师范学院附属女子中学读高中一年级。与远房表亲陆哲舜租住在二龙坑西巷一小院分室而居。这里距陆的学校“中国大学”（二龙路内）

和女师大附中（辟才胡同内）都不远。

陆家的“经济制裁”使他们的生活陷入困境，饥寒交迫难以为继。

1931 年（二十岁）

1 月　和陆哲舜一同返回呼兰，面对各种压力精神极度痛苦。

2 月—3 月　曾只身返回北平，试图靠朋友帮助继续读书，但不久就被汪恩甲找上门去，随后一同返回东北。

4 月前后　为防其再次出走，和继母、异母弟妹等一起被送到阿城县福昌号屯暂住。福昌号屯为张家发祥地和大本营，其父的继母和兄、弟、妹妹等一众人口都在那里居住。这样有人监视，不能与外界交往，又可避开呼兰的议论。

在福昌号屯待了近七个月，对这个地主家庭彻底失望。

9 月 18 日　日军进攻东北军驻地北大营，“九一八事变”爆发。

10 月 4 日　在姑姑、小婶和长工的帮助下，离开福昌号屯逃至阿城，又乘火车至哈尔滨。

到哈后，先在一个同学家暂避几天，生活无着，去找未婚夫汪恩甲。虽因逃婚并出走北平汪家已解除婚约，但汪本人对其尚有好感，所以带她一起住进道外十六道街东兴旅馆。

12月　曾到“东特女二中”去找堂妹，堂妹取得学监同意后允其在高中一年级插班读书；不久却不辞而别。

在福昌号屯被软禁期间，看到接触到很多穷人的生活疾苦。早期创作中反映乡间生活的作品，如《王阿嫂的死》《夜风》《看风筝》《生死场》等都取材于这一阶段生活。

1932年（二十一岁）

年初　发现自己怀了身孕，又回旅馆。

3月　日本扶持建立“满洲国”，定都新京（长春）。年号“大同”。

6月间　已是大腹便便；在东兴旅馆先后住了近7个月，赊欠食宿等费用400余元。汪恩甲回家商议并筹款一去不返。

汪走后被老板扣为人质，停止了饮食供应，天天索债，并扬言要把她卖入“圈儿楼”（低等妓院）抵债。

7月上旬　投书哈尔滨《国际协报》副刊寻求救助，引起副刊主编“老斐”（本名裴馨园）关注，随即与几位年轻人到旅馆探视。

7月12日晚　在《国际协报》副刊帮忙的青年作者“三郎”（即萧军）受老斐委托去旅馆送书，短暂的考察与交谈后被落难女子的困境和才情打动，改变了初衷并大胆示爱。

7月13日　萧军再访东兴旅馆，两人闪电订情。

“狂恋”中的萧红为此写下《春曲》等不乏越轨笔致的情诗。

7月30日　感受到萧军情感世界的游离不定难以琢磨，忧心自己的命运，在痛苦和迷茫中写作长诗《幻觉》，颇具宿命色彩。

8月上旬　在一个罕见的长长的雨季之后，年久失修的松花江大堤终于决堤，市区洪水泛滥，道外一片汪洋，旅馆被淹，老板和旅客纷纷逃生，绝境中的萧红得以乘此危机搭乘国民政府派遣的救生柴船冒险逃离，按照萧军留的地址去了道里中国四道街（今西四道街）裴馨园家暂住。

9月中　在哈尔滨市立医院（今友谊路儿童医院）生一女婴，因无力抚养几天后送人。

10月初　出院后在裴家暂住，不久与萧军搬入道里新城大街（今尚志大街）欧罗巴旅馆三楼棚顶下一个小房间。

11月　萧军找到一份家教，作为交换，授课不收学费，雇主不收房费，他们搬入道里区商市街（今红霞街）25号院内一个半地下偏厦小屋，首次有了属于自己的家。

被困旅馆期间，写下《可纪念的枫叶》《偶然想起》《静》《栽花》《公园》等诗和组诗《春曲》（六首）。

这十一首诗，除《春曲》（一）1933年10月收入（哈尔滨）

五画印刷社初版的与萧军诗文合集《跋涉》外，其他诗作生前均未公开发表；但有手抄稿留世。及至 1980 年 10 月，《中国现代文学研究丛刊》第三辑首次全文刊出。

1933 年（二十二岁）

年初　在萧军和朋友们的影响鼓励下，参加报纸征文。

4 月 18 日　完成作品《弃儿》。这篇用小说笔法写成的散文，是作者从旅馆落难、冒险出逃到产子送人、艰难出院困厄生活的实录。

5 月 6 日起到 5 月 17 日止　《弃儿》在当时很有影响的（长春）《大同报》副刊“大同俱乐部”分十期连载。署名悄吟。

这是她的作品首次在官方媒体上发表；信心大增，备受鼓舞。

5 月 21 日　完成反映乡村女性悲惨命运的短篇小说《王阿嫂的死》。

这两部作品的写作和发表，标志着作者在文学之路上的重要起步。

6 月 9 日　作短篇小说《看风筝》。

6 月 30 日　短篇小说《看风筝》由（哈尔滨）《哈尔滨公报》“公田”副刊登载。署名悄吟。

7 月 18 至 21 日　短篇小说《腿上的绷带》连载于（长春）

《大同报》“大同俱乐部”副刊，署名悄吟。

7月中　参加“星星剧社”相关活动，参与排演《小偷》《娘姨》等剧目。

8月1日　作散文《小黑狗》。

8月4日　短篇小说《太太与西瓜》在（长春）《大同报》“大同俱乐部”副刊发表，署名悄吟。

8月6日　（长春）《大同报》创办文艺周刊“夜哨”，遂成该刊主要撰稿人之一，发表了一系列作品。短篇小说《两个青蛙》在“夜哨”试刊号发表，署名悄吟。

8月13日　散文《小黑狗》和诗作《八月天》发表在（长春）《大同报》“夜哨”周刊第一期，均署名悄吟。

8月27日　作短篇小说《夜风》。

8月27日、9月3日　短篇小说《哑老人》载（长春）《大同报》“夜哨”周刊第三、四期，署名悄吟。

9月起　参加聚集在“牵牛房”的文艺活动和金剑啸发起的旨在救济水灾难民的“维纳斯画展”。

9月中　作散文《广告副手》。此篇取材于萧红为减轻经济压力，到电影院做朋友的广告副手却很快被辞退的真实经历。

9月20日　作短篇小说《叶子》。

9月24日、10月1日、10月8日　短篇小说《夜风》连载于（长春）《大同报》“夜哨”周刊第六、七、八期，署名悄吟。

10月中　“星星剧社”解散。

10月15日　短篇小说《叶子》发表在（长春）《大同报》

“夜哨”周刊第九期，署名悄吟。

10 月 29 日　散文《中秋节》刊登在（长春）《大同报》“夜哨”周刊第 11 期，署名玲玲。

10 月　与萧军的小说、诗歌、散文合集《跋涉》自费在哈尔滨“五画印刷社”出版，引起满洲文坛注意，二人被誉为“黑暗现实中两颗闪闪发亮的明星”。

《跋涉》共收作品十二篇，附萧军《书后》一篇。其中萧红作品：《春曲》（一）《王阿嫂的死》《广告副手》《小黑狗》《看风筝》《夜风》，署名悄吟。

《跋涉》的出版，初步奠定二萧在东北文坛的地位。

11 月 5 日、12 日　短篇小说《清晨的马路上》连载于（长春）《大同报》“夜哨”周刊第十二、十三期，署名悄吟。

11 月 15 日　作短篇小说《渺茫中》。

11 月 26 日　《渺茫中》刊于（长春）《大同报》“夜哨”周刊第十四期，署名悄吟。

12 月 8 日　作散文《烦扰的一日》。

12 月 17、24 日　《烦扰的一日》刊于（长春）《大同报》“夜哨”周刊第十七、十八期，署名悄吟。1936 年 11 月收入（上海）文化生活出版社初版作品集《桥》。1940 年 6 月收入（重庆）大时代书局发行的“文艺丛书”初版《萧红散文》，改篇名为《一天》。

12 月 27 日　作散文《破落之街》。1936 年 11 月收入（上海）文化生活出版社初版作品集《桥》。

12月底 《跋涉》遭查禁，周围不断有人失踪和被捕，哈尔滨的处境已非常不好；朋友们陆续离开，他们也准备乘船去上海。

1934年（二十三岁）

年初 “夜哨”停刊；转而又在白朗做编辑的（哈尔滨）《国际协报》副刊上创办“文艺”周刊，为避免有关方面看出仍是“夜哨”的班底，作者大都改换笔名，萧红署名田娣，萧军署名田倪。该副刊1月18日创刊，年底停刊；共印行48期。

2月21日 作散文《夏夜》。

3月1日 溥仪即位“满洲帝国”，年号“康德”。

3月3日 作短篇小说《离去》。

3月6日、7日 散文《夏夜》连载于（哈尔滨）《国际协报》“国际公园”副刊，署名悄吟。

3月8日至5月3日 短篇小说《患难中》发表于（哈尔滨）《国际协报》“文艺”周刊第五至十三期，署名田娣。该小说目前仅发现刊于5月3日的最后一部分。

3月8日 作短篇小说《出嫁》。

3月10日、11日 短篇小说《离去》刊于（哈尔滨）《国际协报》“国际公园”副刊，署名悄吟。1936年11月收入（上海）文化生活出版社初版作品集《桥》。

3月16 作散文《蹲在洋车上》。

3月20日 短篇小说《出嫁》刊出在（哈尔滨）《国际协

报》“国际公园”副刊，署名悄吟。

3月30、31日和4月1日　散文《蹲在洋车上》在（哈尔滨）《国际协报》“国际公园”副刊连载，署名悄吟。1936年11月收入（上海）文化生活出版社初版作品集《桥》。1940年6月收入（重庆）大时代书局发行的“文艺丛书”初版《萧红散文》，篇名改为《皮球》。

3月中　和组织失去联系离开哈尔滨去了青岛的舒群，来信邀两萧前去。

4月20日—5月17日　小说《麦场》（即《生死场》前两章“麦场”“菜圃”）刊于（哈尔滨）《国际协报》“国际公园”副刊。署名悄吟。

5月27日　长诗《幻觉》刊发于（哈尔滨）《国际协报》“国际公园”副刊，署名悄吟。

6月初　做着出走的准备，开始变卖家具物品。

6月11日　在朋友的资助下悄然离开商市街25号，晚在“天马广告社”（道里中国十五道街路北33号）和朋友们话别。

6月12日—15日　经由大连抵达青岛，舒群夫妇在码头迎接。

6月16日　端午节，萧红23岁生日，两对年轻夫妇在四方公园游玩并合影。

6月14、21、28日　散文《镀金的学说》在（哈尔滨）《国际协报》“文艺”周刊第十九、二十、二十一期连载，署名田娣。

端午节后　搬入观象一路一号；不久，舒群倪青华夫妇搬来同住。萧军接办《青岛晨报》副刊，萧红续写小说《麦场》。

9 月 9 日　完成《麦场》（即《生死场》）的写作。

9 月 24 日（中秋节）　去岳母家过节的舒群夫妇等人被捕；他们面临的局势逐渐恶化，不得不考虑离开的问题。

10 月初　在“荒岛书店”负责人孙乐文建议下，二萧以萧军的名义投书鲁迅；不日即得鲁迅回信并应允“可以看一看”他们的稿子。

10 月 22 日　萧军《八月的乡村》脱稿，他们相携来到海边并留影。

11 月 1 日　靠朋友资助与作家张梅林一起乘“共同丸”离开青岛，“同咸鱼包粉条杂货一道，席地而坐”，次日抵达上海。租住拉都路（今襄阳南路）283 号“永生泰”文具店后二楼亭子间。

11 月 3 日　给鲁迅去信。

11 月 4 日　得鲁迅回信并再次致信鲁迅。

11 月 5 日　得鲁迅复信，再次婉拒他们提出见面的请求。

11 月 13 日　因初到上海没有任何收入，生活陷入困窘，给鲁迅的信中提出找工作和借贷请求。

11 月 27 日　鲁迅致信两萧，约他们到内山书店会面。

11 月 30 日　二萧在内山书店初见鲁迅，随后到北四川路底一咖啡馆与许广平、海婴会合。分别时，鲁迅推过一个信封，里面有他们急需的二十元钱，此外，又给了他们返程坐车所需的零钱。

12月17日　鲁迅、许广平邀约两萧和另外几个“可以随便谈天的”朋友两天后共进晚餐。

12月18日　为赴鲁迅的宴会，从量体、买布到剪裁后的飞针走线，萧红为萧军连夜仿制一件高加索式新“礼服”。

12月19日傍晚　二萧寻到梁园豫菜馆，首赴鲁迅邀约的宴会，结识茅盾、叶紫、聂绀弩夫妇等人。

12月20日　得鲁迅函，云《生死场》已推荐给生活书店。

月底　搬到拉都路411弄福显坊22号。

1935年（二十四岁）

1月26日　作取材于青岛生活的散文《小六》。

2月5日　作散文《过夜》。

3月5日　鲁迅邀请两萧、叶紫、黄源和曹聚仁共进晚餐，席间商定以“奴隶社”之名自费出版《奴隶丛书》。同一天，因鲁迅推荐，散文《小六》发表于（上海）《太白》（半月刊）第一卷第十二期。署名悄吟。这是萧红首次在上海发表作品，该文1936年11月收入（上海）文化生活出版社初版作品集《桥》。1940年6月收入（重庆）大时代书局发行的“文艺丛书”初版《萧红散文》，改篇名为《搬家》。

3月中　已着手写作系列散文《商市街》。

4月初　搬家拉都路中段351号三楼。

5月2日　上午，鲁迅携全家光临拉都路351号，中午一同外出进餐；鲁迅此次到访还带走了萧红散文《饿》等稿子。

5月6日　搬家到萨坡赛路190号唐豪律师家。

5月15日　系列散文《商市街》脱稿。

6月1日　散文《饿》在（上海）《文学》（月刊）第四卷第六号刊出，署名悄吟。

6月12日　作散文《三个无聊人》。

其间，结识文艺理论家胡风。

7月16日　散文《祖父死的时候》初刊于（上海）《时事新报》“青光”副刊，署名悄吟。

7月28日　散文《祖父死的时候》以《祖父死了的时候》为题再刊于（长春）《大同报》“大同俱乐部”副刊，文字略有改动。

8月4日　散文《小事》刊于（上海）《时事新报》“青光”副刊，署名悄吟。

8月5日　散文《三个无聊人》刊于（上海）《太白》（半月刊）第二卷第十期，署名悄吟。本文1936年11月收入（上海）文化生活出版社初版作品集《桥》。1940年6月收入（重庆）大时代书局发行的“文艺丛书”初版《萧红散文》。

8月24日　鲁迅信中告知《生死场》被退稿。

8月31日　散文《雪天》刊于（上海）《时事新报》“青光”副刊，署名悄吟。

10 月 19 日　作短篇小说《桥》。

10 月中旬　因《麦场》公开出版无望，决心自费印行。书名最终由胡风改作《生死场》。

10 月 27 日　鲁迅全家访两萧未遇。

11 月 6 日　与萧军首访大陆新村九号，应邀赴鲁迅家“吃夜饭”。

11 月 14 日夜　鲁迅为《生死场》校稿并作序。

初冬　作散文《初冬》。

12 月中　《生死场》作为《奴隶丛书》（之三）以上海“容光书局”名义自费印行，署名萧红。该书收鲁迅《序言》、胡风《读后记》。

1936 年（二十五岁）

1 月 5 日　散文《初冬》发表于（上海）《生活知识》（半月刊）第一卷第七期，署名悄吟。当年 11 月收入（上海）文化生活出版社初版作品集《桥》。1940 年 6 月收入（重庆）大时代书局发行的“文艺丛书”初版《萧红散文》。

1 月 7 日　作散文《访问》。

1 月 19 日　鲁迅在梁园设宴请客，除了两萧还有另外九人，一来辞旧迎新，二来贺《海燕》创刊且当日售罄两千册。

1 月 20 日　散文《访问》刊于《海燕》（月刊）创刊号，署名萧红。当年 11 月收入（上海）文化生活出版社初版作品集

《桥》。1940 年 6 月收入（重庆）大时代书局发行的“文艺丛书”初版《萧红散文》。

2 月 1 日　散文《家庭教师》刊于（上海）《中学生》（月刊）第 62 号，署名悄吟。当年 8 月收入（上海）文化生活出版社初版散文集《商市街》。

2 月 20 日　散文《过夜》刊于（上海）《海燕》（月刊）第二期，署名萧红。当年 11 月收入（上海）文化生活出版社初版作品集《桥》。1940 年 6 月收入（重庆）大时代书局发行的“文艺丛书”初版《萧红散文》，改篇名为《黑夜》。

2 月 21 日　修订改写 1934 年 3 月（哈尔滨）《国际协报》“国际公园”副刊所刊散文《夏夜》。当年 11 月收入（上海）文化生活出版社初版作品集《桥》。1940 年 6 月收入（重庆）大时代书局发行的“文艺丛书”初版《萧红散文》。收入《桥》和《萧红散文》中的《夏夜》较之初刊文字已有较大改动。

2 月底前后　为离鲁迅所住大陆新村近一些，与萧军搬至北四川路底一带“丰乐里”。此后一段，过从较密，萧红常到大陆新村一展厨艺，制葱油饼、包水饺等等，和鲁迅一家其乐融融。

3 月 1 日　散文《广告员的梦想》载（上海）《中学生》（月刊）第 63 号。当年 8 月收入（上海）文化生活出版社初版散文集《商市街》。

3 月 15 日　短篇小说《桥》刊于（天津）《大公报》“文艺”副刊第一百一十期“星期特刊”。当年 11 月收入（上海）文化生活出版社初版作品集《桥》。

3 月　完成短篇小说《手》的写作。

3月23日午后　在鲁迅家结识美国记者史沫特莱。

4月1日　散文《同命运的小鱼》刊（上海）《中学生》（月刊）第64号，署名悄吟。当年8月收入（上海）文化生活出版社初版散文集《商市街》。

4月10日　散文《索非亚的愁苦》载（上海）《大公报》“文艺”副刊第一二五期，署名萧红。当年11月收入（上海）文化生活出版社初版作品集《桥》。1940年6月收入（重庆）大时代书局发行的“文艺丛书”初版《萧红散文》。

4月15日　短篇小说《手》刊登在《作家》（月刊）第一卷第一号（创刊号）。署名萧红。当年11月收入（上海）文化生活出版社初版作品集《桥》。

5月1日　散文《春意挂上了树梢》《公园》《夏夜》以“随笔三篇”为题刊于（上海）《中学生》（月刊）第65号，署名悄吟。当年8月收入（上海）文化生活出版社初版散文集《商市街》。

5月6日　作短篇小说《马房之夜》。

5月15日　《马房之夜》发表在（上海）《作家》（月刊）第一卷第二号，署名萧红。

5月初　与（上海）文化生活出版社吴朗西签订《商市街》和《桥》的出版契约，两书均入选巴金主编的《文学丛刊》。

6月1日　散文《册子》《剧团》《白面孔》以“随笔三篇”为题刊于（上海）《中学生》（月刊）第66号，署名悄吟。当年8月收入（上海）文化生活出版社初版散文集《商市街》。

6月15日　与鲁迅、茅盾、巴金作为首批联署人共同发表《中国文艺工作者宣言》。

上半年中　被萧军的绯闻所困扰，痛苦中写下失恋组诗《苦杯》（十一首），生前未公开发表；1980年10月首刊于《中国现代文学研究丛刊》第三辑。

逐步产生暂时离开上海的想法。因好友黄源的妻子许粤华在日本留学，遂决定去日本。

7月1日　散文《欧罗巴旅馆》载（上海）《文季月刊》第一卷第二期，署名悄吟。当年8月收入（上海）文化生活出版社初版散文集《商市街》。

7月15日晚　病中鲁迅设家宴为萧红饯行。

7月16日　黄源邀饭为萧红送行，饭后归家时三人合影留念。

7月17日　乘船赴日。

7月20日　抵达东京，与许粤华等会合，开始异国生活。

8月1日　散文《十三天》《最后的一星期》以“随笔两篇”为题刊于（上海）《文季月刊》第一卷第三期，署名悄吟。当年8月收入（上海）文化生活出版社初版散文集《商市街》。

8月9日　作散文《孤独的生活》。

8月14日　诗歌《异国》附在致萧军信后，生前未发表，1981年1月（哈尔滨）黑龙江人民出版社初版《萧红书简辑存注释录》收入。

8月20日　《孤独的生活》刊于（上海）《中流》（半月刊）

第一卷第一期，署名悄吟。次年 5 月收入（上海）文化生活出版社初版作品集《牛车上》。

8 月中　散文集《商市街》由（上海）文化生活出版社初版，列为巴金主编的《文学丛刊》第二集第十二册，内收散文 41 篇：《欧罗巴旅馆》《雪天》《他去追求职业》《家庭教师》《来客》《提篮者》《饿》《搬家》《最末的一块木柈》《黑列巴和白盐》《度日》《飞雪》《他的上唇挂霜了》《当铺》《借》《买皮帽》《广告员的梦想》《新识》《牵牛房》《十元钞票》《同命运的小鱼》《几个欢快的日子》《女教师》《春意挂上了树梢》《小偷车夫和老头》《公园》《夏夜》《家庭教师是强盗》《册子》《剧团》《白面孔》《又是冬天》《门前的黑影》《决意》《一个南方的姑娘》《生人》《又是春天》《患病》《十三天》《拍卖家具》《最后的一星期》，文末有萧军以“郎华”之名所作《读后记》。

9 月初　作短篇小说《红的果园》。

9 月 4 日　在东京完成短篇小说《家族以外的人》。

9 月 10 日　交学费买了教材，准备好去专为中国人开设的“东亚学校”补习日语。

9 月 12 日晨　遭日本“刑事”（便衣警察）入室盘查，情绪烦躁。

9 月 14 日　入“东亚学校”学习日语。

9 月 15 日　短篇小说《红的果园》刊于（上海）《作家》（月刊）第一卷第六号，署名萧红。1937 年 5 月收入（上海）文化生活出版社初版作品集《牛车上》。

9 月 20 日　短篇小说《王四的故事》刊于（上海）《中流》（半月刊）第一卷第二期，署名萧红。1937 年 5 月收入（上海）

文化生活出版社初版作品集《牛车上》。

9月中　散文集《商市街》由（上海）文化生活出版社再版。

10月1日　短篇小说《牛车上》刊于（上海）《文季月刊》第一卷第五期，署名萧红。次年5月收入（上海）文化生活出版社初版作品集《牛车上》。1940年收入日本东京东成社《现代支那女流作家集》。

10月13日　作散文《感情的碎片》。

10月15日、11月15日　短篇小说《家族以外的人》分别在（上海）《作家》（月刊）第二卷第一、第二号刊出，署名萧红。次年5月收入（上海）文化生活出版社初版作品集《牛车上》。

10月19日凌晨　鲁迅病逝于上海大陆新村九号。

10月24日　确知鲁迅病逝噩耗，致信萧军，要他代送一个花圈之类。

11月5日　致萧军信以《海外的悲悼》为题刊于（上海）《中流》（半月刊）第一卷第五期，署名萧红。同日，短篇小说《家族以外的人》（上）入选（上海）改造社出版的《每月文选》第一辑第二集。

11月19日　致信萧军，为《鲁迅全集》事，想找朋友们“立刻就商量起来”。

11月29日　散文《感情的碎片》刊于（上海）《大公报》十三版“文艺”副刊第二百五十七期，署名萧红。

11月中　散文、短篇小说合集《桥》由上海文化生活出版社初版，列为巴金主编的《文学丛刊》第三集第十二册。内收小说、散文计十三篇：《小六》《烦扰的一日》《桥》《夏夜》《过夜》《破落之街》《访问》《离去》《索非亚的愁苦》《蹲在洋车上》《初冬》《三个无聊人》《手》。

12月2日　在日华学会听郁达夫《现代中国文坛概况》之演讲。

12月12日　作自传体散文《永久的憧憬和追求》。

12月23日　基本结束在东亚学校的日语学习。

10至12月　陆续写作组诗《沙粒》。

另，本年中：

9月18日，有署名萧红的随笔《长白山的血迹？》，出现在（上海）《大沪晚报》第三版。

10月29日和30日，署名萧红的随笔《女子装饰的心理》在（上海）《大沪晚报》第三版连载。

11月16日，署名萧红的短篇小说《亚丽》载（上海）《大沪晚报》第三版。

此三篇作品有托伪假冒之嫌。

1937年（二十六岁）

1月3日　完成组诗《沙粒》。

1月9日　从东京乘“秩父丸”回国，船上巧遇哈尔滨时期的老朋友高原。

1月10日　自传体散文《永久的憧憬和追求》载（上海）

《报告》杂志创刊号。署名萧红。

1月13日　抵达上海汇山码头。与萧军住法租界吕班路（今重庆南路）256弄一处俄国人经营的家庭公寓。

1月31日　《商市街》中《提篮者》一文载大连《泰东日报》“辽水”周刊。署名悄吟。

2月15日　自传体散文《永久的憧憬和追求》被（上海）《月报》第一卷第二期转载。

回上海不久　拜谒鲁迅墓；3月8日作《拜墓》诗。

3月15日　组诗《沙粒》（三十四首）在（上海）纯文学月刊《文丛》创刊号发表。署名悄吟。

4月10日　散文《感情的碎片》被（上海）《好文章》（月刊）第7期转载。

4月中　因回避与萧军的感情困境尝试离家出走，去一家犹太人开办的寄宿画院准备学画，很快被萧军和朋友找回。

4月21日夜　在上海北站乘火车去北平。

4月23日　诗作《拜墓》载（上海）《大公报》第九版“文艺”副刊第三二七期，署名萧红。

4月23日　乘火车只身到达北平，找到长期失联的好友李洁吾；与出狱后在北平的舒群重逢。

4月26日　搬入北辰宫公寓暂住，打算自己出去观看、租住合适的民房。

5月1日　诗作《拜墓》被（长春）《大同报》“文艺”副刊

转载（略有删节）。

5月10日　短篇小说《两朋友》载（上海）《新少年》（半月刊）第三卷第九期，署名悄吟。

5月13日　与舒群同登长城；15日致信萧军，记述此行强烈感受。

5月下旬　离开北平回到上海。

5月中　短篇小说散文合集《牛车上》列为巴金主编的《文学丛刊》第五集第五册，由（上海）文化生活出版社出版，内收四篇短篇小说：《牛车上》《家族以外的人》《红的果园》《王四的故事》；一篇散文：《孤独的生活》。

6月10日　诗作《拜墓》被（上海）《好文章》（月刊）第九期“诗选”栏目转载。

6月20　为纪念好友金剑啸殉难周年写作诗歌《一粒土泥》。

7月7日　“卢沟桥事变”爆发。

7月17日　在华安大厦参加“鲁迅先生纪念委员会成立大会”，并参与《鲁迅先生纪念集》和《鲁迅先生纪念册》的资料收集、整理工作，主要负责丧仪新闻报道的剪辑和订正。

7月19日　收得北平友人李洁吾来信，记述“七七事变”后北平状况。

7月中　整理往日诗作，并将其中大部分作品重新手抄在从日本带回的“私の文集”中。

8月1日　诗作《一粒土泥》在（上海）夜哨丛书出版社初版《兴安岭的风雪》附录刊出。署名悄吟。后抄入自集诗稿中。

8月1日　作《八月之日记（一）》。

8月2日　作《八月之日记（二）》。

8月5日　将李洁吾北平来信以《来信》为题刊于（上海）《中流》（半月刊）第二卷第十期。署名萧红。

“八一三”淞沪抗战之初　不顾个人安危，积极帮助鹿地亘、池田幸子夫妇避难。

8月14日　作散文《天空的点缀》。

8月17日　作特写《窗边》。

8月22日　作散文《失眠之夜》。

8月底　在胡风召集商议筹办新杂志的聚会上，两萧初次见到另一位年轻的东北作家端木蕻良。因全面抗战在七月爆发，萧红提议新杂志以《七月》命名，得大家赞同。

9月11日　散文《天空的点缀》刊于（上海）《七月》（周刊）第一期，署名萧红。

9月18日　散文《失眠之夜》刊于（上海）《七月》（周刊）第二期，署名萧红。

9月25日　散文《窗边》刊于（上海）《七月》（周刊）第三期，署名萧红。

9月中　把包括手稿、影集、随身用品等不便带走的部分重要物件留给许广平。

9月29日　与部分文化人士从梵王渡车站乘火车撤离上海，沿沪杭线到嘉兴，从嘉兴到南京，再乘船赴武汉。

10月上旬　抵达战时首都武汉，经朋友帮助入住武昌水陆前街小金龙巷21号诗人蒋锡金寓所。

10月16日　散文《天空的点缀》刊于（上海）《抗战半月刊》第一、二期合刊“杂文”栏目。同日，散文《天空的点缀》《失眠之夜》《在东京》同时刊于（武汉）《七月》（半月刊）第一集第一期“鲁迅先生纪念专辑”，署名萧红。《在东京》1940年6月收入（重庆）大时代书局发行的“文艺丛书”初版《萧红散文》，改篇名为《鲁迅先生记（二）》。

10月17日　作散文《逝者已矣！》。

10月18日　散文《万年青》载（武汉）《战斗旬刊》第一卷第四期“鲁迅先生周年祭特辑”，署名萧红。此文1940年6月收入（重庆）大时代书局发行的“文艺丛书”初版《萧红散文》，改篇名为《鲁迅先生记（一）》。

10月20日　散文《逝者已矣！》载（汉口）《大公报》“战线”副刊第二十九号。

10月22日　完成特写《小生命和战士》。

10月28日　《八月之日记（一）》（上）刊于（汉口）《大公报》“战线”副刊第三十六号，署名萧红。

10月29日　《八月之日记（一）》（下）刊于（汉口）《大公报》“战线”副刊第三十七号，署名萧红。

10月下旬　端木蕻良应胡风、萧军之邀前来武汉，住进武昌水陆前街小金龙巷21号。

11月1日　散文《火线外二章（窗边、小生命和战士）》载（武汉）《七月》（半月刊）第一集第二期，署名萧红。

11月3日　《八月之日记（二）》刊于（汉口）《大公报》“战线”副刊第四十一号，署名萧红。

11月8日　太原失守。

11月12日　上海沦陷。

11月16日　作散文《两种感想》。

11月20日　散文《两种感想》刊于（汉口）《妇女前哨》（半月刊）第二期，署名萧红。

11月27日　作散文《一条铁路底完成》。

12月1日　《一条铁路底完成》载（武汉）《七月》（半月刊）第一集第四期，署名萧红。

12月13日　南京陷落。当日，作散文《一九二九年底愚昧》。

12月16日　《一九二九年底愚昧》载（武汉）《七月》（半月刊）第一集第五期，署名萧红。

本年末　到达武汉初步安顿之后，开始着手写作《呼兰河传》。

1938年（二十七岁）

1月3日　作书评《〈大地的女儿〉与〈动乱时代〉》。

1月8日　两萧和端木蕻良、艾青、李又然、田间等《七月》同仁参与武汉木刻展览的筹备。

1月16日　参加《七月》社胡风召集的“抗战以来的文艺活动动态与展望”座谈会，表达了自己关于抗战文艺的见解。当日，《〈大地的女儿〉与〈动乱时代〉》载（武汉）《七月》（半月刊）第二集第二期；同期刊出座谈会的发言纪要。

1月27日　与萧军、聂绀弩、艾青、田间、端木蕻良、塞克和李又然等一行离开武汉，应邀前往山西临汾民族革命大学。

2月6日，抵达临汾民族革命大学，挂职文艺指导。不久与“第十八集团军西北战地服务团”相遇，结识丁玲。

2月20日　完成散文《记鹿地夫妇》。

2月间　日军逼近临汾，局势紧张，民族革命大学决定撤退。萧军随学校撤往乡宁；萧红和聂绀弩、端木蕻良、塞克等随丁玲带领的“西北战地服务团”转移至运城民族革命大学第三分校。

2月24日　到达山西运城，给高原回信表示“一星期内”可到延安，但因“西北战地服务团”受命要先赴西安而未成行。前往西安的火车上，应丁玲之邀，与塞克、绀弩、端木蕻良创作剧本《突击》，后由塞克整理完成。

3月1日　离开运城前往风陵渡，乘木船过黄河到达陕西潼关。

3月4日　由潼关乘火车抵达西安，住进梁府街（现青年路东段）陕西女子中学（今青年路小学）。发现已有身孕找医生堕胎未果。

3月16日　三幕剧《突击》在西安武庙街（今西一路）易俗社公演，连演五天，轰动西安。

3月30日　致信胡风，谈及自己的情况和剧本《突击》在《七月》刊载等事，信和剧本都由从西安去武汉的艾青带去。

4月1日　剧本《突击》载（武汉）《七月》（半月刊）第二集第十二期。署名塞克、端木蕻良、萧红、聂绀弩。

4月7日　打游击未遂转道延安的萧军与回延安述职的丁玲

重逢，不久随丁玲、聂绀弩来到西安，也入住梁府街女子中学。

4 月中旬　经过一些冲突和激烈的争吵，与萧军正式分手，随后与端木蕻良确定关系。

5 月 1 日　散文《记鹿地夫妇》载《文艺阵地》（半月刊）第一卷第二期，署名萧红。

5 月 9 日　当局弃守徐州。

5 月上旬　和端木蕻良离开西安回到武汉，仍住小金龙巷 21 号。

5 月 15 日　作杂感《无题》。

5 月 16 日　《无题》载（武汉）《七月》（半月刊）第三集第二期，署名萧红。

5 月 29 月　参加胡风主持“七月社”的“现实文艺活动与七月”座谈会并直率表达自己的创作观。此次座谈会的纪要登在 6 月 1 日（武汉）《七月》（半月刊）第三集第三期。

6 月 4 日　《记鹿地夫妇》再刊于（上海）《华美》周报第一卷第七期。

6 月中　与端木蕻良在汉口大同酒家举办婚宴，胡风、艾青、池田幸子等出席。

7 月 26 日　九江失守后，日军大规模集结作战部队，准备进攻武汉。三镇告急。

8 月 6 日　在汉口完成短篇小说《黄河》。

8 月 20 日　作短篇小说《汾河的圆月》。

8月26日　《汾河的圆月》载（汉口）《大公报》“战线”副刊第一七七期，署名萧红。

8月中　日军开始轰炸武汉，因船票难筹，端木蕻良先期去了重庆；萧红从小金龙巷到汉口三教街“文协”住地找锡金和罗荪。

9月6日　《汾河的圆月》被（香港）《大公报》“文艺”副刊转载。

9月18日　散文《寄东北流亡者》载（汉口）《大公报》第六版，署名萧红。

9月下旬　艰难入川，辗转抵达重庆朝天门码头。

10月初　和端木蕻良租住歌乐山乡村建设社招待所二楼一间房子。

10月21日　日军占领广州。

10月25日　国民政府下令放弃武汉，汉口沦陷。

10月中　作短篇小说《孩子的讲演》。

10月31日　完成短篇小说《朦胧的期待》。

11月18日　《朦胧的期待》刊于（重庆）《文摘战时旬刊》第三十六期，署名萧红。1940年3月收入（重庆）上海杂志公司初版短篇小说集《旷野的呼喊》。

11月20日　国民政府发表宣言，正式宣布迁都重庆。

11月　临近产期，去江津住在罗烽白朗夫妇家。月底产一男婴三天后夭折。当时精神不佳，思想灰颓。未几离开江津。

12月初　返回重庆，与端木蕻良仍住歌乐山乡村建设社招待所二楼。

12月中　与池田幸子和绿川英子一起在米花街池田寓所小住。

12月22日　在枣子岚椏塔斯社重庆分社接受苏联记者罗果夫采访，当日的俄语翻译为萧红哈尔滨女中的校友张郁廉，采访前后两人曾在院中合影留念。

12月29日　散文《我之读世界语》载（重庆）《新华日报》副刊，署名萧红。

日军开始轰炸重庆。

1939年（二十八岁）

1月9日　作散文《牙粉医病法》。

1月15日　《牙粉医病法》初刊（重庆）《全民抗战》（五日刊）第四十八号，署名萧红。1940年6月收入（重庆）大时代书局发行的“文艺丛书”初版《萧红散文》。

1月21日　短篇小说《逃难》载（重庆）《文摘战时旬刊》第41、42期合刊，署名萧红。1940年3月收入（重庆）上海杂志公司初版短篇小说集《旷野的呼喊》。

1月30日　完成短篇小说《旷野的呼喊》。

2月1日　短篇小说《黄河》刊于（广州）《文艺阵地》（半月刊）第二卷第八期，署名萧红。2月7—16日再刊于（重庆）《国民公报》“文群”副刊。1940年3月收入（重庆）上海杂志公司初版短篇小说集《旷野的呼喊》。

3月5日　散文《滑杆》初刊于（重庆）《全民抗战》（五日刊）第五十七号，署名萧红。1940年6月收入（重庆）大时代书局发行的“文艺丛书”初版《萧红散文》。

3月14日　复信上海许广平，细说她正筹备一个叫《鲁迅》的刊物并有详细规划。

3月15日　短篇小说《孩子的讲演》载（上海）《大路》（综合图画月刊）第二号，署名萧红。1940年3月收入（重庆）上海杂志公司初版短篇小说集《旷野的呼喊》。

4月5日　致许广平信以《乱离中的作家书简——致×先生》为题，载（上海）《鲁迅风》（周刊）第十二期。发表时只刊出信的前半部分，其余略去。

4月5日　散文《林小二》初刊于（重庆）《全民抗战》（五日刊）第六十三号，署名萧红。1940年6月收入（重庆）大时代书局发行的“文艺丛书”初版《萧红散文》。

4月7日　《逃难》再刊于（上海）《文献》（月刊）附刊《妇女文献》。

4月17日至5月7日　小说《旷野的呼喊》在（香港）《星岛日报》副刊《星座》第二五二——二七二号分十九期连载，署名萧红。1940年3月收入（重庆）上海杂志公司初版短篇小说集《旷野的呼喊》。

4月中　作散文《长安寺》。浙江潮锋出版社出版了张鸿飞绘制的连环画《生死场》。

5月3日、4日　日军战机连续轰炸重庆市区，平民和商业区伤亡惨重。

5月12日 到市区遇险情，和市民一起在中央公园躲避轰炸。

5月16日 完成短篇小说《莲花池》。

5月中旬 与端木蕻良搬至北碚一带嘉陵江畔的黄桷树镇，住进位于下坝的复旦大学苗圃。

6月9日 作散文《放火者》。

7月20日 完成短篇小说《山下》。

7月21日 散文《放火者》刊于《文摘战时旬刊》第五十一、五十二、五十三期合刊号，署名萧红。后以《轰炸前后》为篇名，刊于1939年8月20日《鲁迅风》（半月刊）第十八期。1940年6月收入（重庆）大时代书局发行的“文艺丛书”初版《萧红散文》，篇名仍沿用《放火者》。

7月24日 作短篇小说《梧桐》。

8月5日 短篇小说《花狗》刊于（香港）《星岛日报》“星座”副刊第三七一号，署名萧红。

8月 复旦大学的教师宿舍“秉庄”竣工，萧红随端木蕻良搬到了“秉庄”一楼。

8月18日 短篇小说《梧桐》刊于（香港）《星岛日报》“星座”副刊第三七五期，署名萧红。

8月28日 写作散文《茶食店》。

9月5日 散文《长安寺》首刊于（上海）《鲁迅风》（半月

刊）第十九期，署名萧红。1940年6月收入（重庆）大时代书局发行的“文艺丛书”初版《萧红散文》；同年8月1日再刊于（上海）《天地间》（月刊）第二期。

9月10日　部分住在北碚的“中华全国抗敌协会”（简称“文协”）会员聚集黄桷树王家花园举行茶话会，决定成立“三峡区文协同人聚谈会”。萧红和端木蕻良等与会并跟大家合影。

在这前后，为配合鲁迅逝世三周年应邀写下多篇纪念文章，大半是在桥头公园黄桷树下的露天茶馆里，由她口述，复旦大学新闻系学生姚奔记录。

9月16日、10月16日、11月5日　短篇小说《莲花池》分三期连载于（重庆）《妇女生活》（月刊）第八卷第一、二、三期，署名萧红。1940年3月收入（重庆）上海杂志公司初版短篇小说集《旷野的呼喊》。

9月22日　整理完成《鲁迅先生生活散记——为纪念鲁迅先生三周祭而作》。

9月27日　和方令孺等一起，应邀参加学复旦大学生文艺团体“抗敌文艺习作会”在黄桷镇竹林边召开的篝火晚会。

10月1日　回忆散文《鲁迅先生生活散记——为纪念鲁迅先生三周祭而作》刊于（重庆）《中苏文化》第四卷第三期“鲁迅逝世三周年”纪念特辑，署名萧红。

10月2日　散文《茶食店》刊于（香港）《星岛日报》“星座”副刊第四一九号，署名萧红。

10月14—20日　《鲁迅先生生活散记》被（新加坡）《星洲日报》“晨星”副刊转载。署名萧红。

10月18日—28日　《记忆中的鲁迅先生》刊于（香港）《星

岛日报》“星座”副刊第四二七——四三二号，署名萧红。

10月19、21、24、26日 《忆鲁迅先生》分四期连载于（重庆）《国民公报》“文群”副刊，署名萧红。

10月20日 在《鲁迅先生生活散记》基础上改写的《记我们的导师——鲁迅先生生活的片段》刊于（桂林）《中学生》（战时半月刊）第十期，署名萧红。

10月下旬 将回忆鲁迅的有关文章归集成册，即为后来的《回忆鲁迅先生》。

11月1日 《鲁迅先生生活散记》（少部分内容）刊于（广州）《文艺阵地》（半月刊）第四卷第一期“鲁迅先生逝世三周年纪念特辑”，署名萧红。

11月7日 与端木蕻良应邀参加在枇杷山苏联驻中国大使馆举行的十月革命纪念节庆祝活动。

12月中 《忆鲁迅先生》以《鲁迅先生生活忆略》为题，刊于（上海）《文学集林》第二辑《望——》。

12月中 因不堪警报惊扰想离开重庆。平衡很久，决定去香港。

1940年（二十九岁）

1月7日 与作家老向一起，受邀到北碚“火焰山文艺社”座谈讲演，次日《嘉陵江日报》有报道“听众颇多，情况热烈”云云。

1 月 17 日　与端木蕻良离开重庆飞抵（香港）九龙启德机场，暂住九龙尖沙咀金巴利道纳士佛台三号孙寒冰寓所。

1 月 20—2 月 13 日　短篇小说《旷野的呼喊》分十期转载于（重庆）《国民公报》“文群”副刊，署名萧红。

2 月 5 日　“文协”香港分会在大东酒店聚餐，欢迎萧红、端木蕻良到港。

2 月 7—16 日　短篇小说《黄河》分五期转载于（重庆）《国民公报》“文群”副刊，署名萧红。

2 月 15 日　短篇小说《山下》刊于（重庆）《理论与现实》（季刊）第一卷第四期，署名萧红。当年 3 月收入（重庆）上海杂志公司初版短篇小说集《旷野的呼喊》。

2 月 16 日　浙江（永嘉）游击文化社出版的《游击》（半月刊）第三卷第四期“文艺专号”转载了《鲁迅先生生活忆略》部分内容。

3 月 3 日晚　在坚道养中女子中学参加座谈会，讨论“女学生与三八妇女节”。

3 月中　短篇小说集《旷野的呼喊》由迁至桂林的上海杂志公司初版，列郑伯奇主编的《每月文库》第一辑之十。该集收入短篇小说 7 篇：《黄河》《朦胧的期待》《旷野的呼喊》《逃难》《山下》《莲花池》《孩子的讲演》。1946 年 5 月再版，删去《黄河》。

4 月 10—25 日　短篇小说《后花园》连载于（香港）《大公报》“文艺”“学生界”“文艺综合”副刊，署名萧红。同年 9 月 20 日、10 月 5 日分两期连载于（桂林）《中学生》（战时半月刊）

第三十一期、第三十二期。

4月中　以“中华全国文艺界抗敌协会”会员身份，登记成为“文协”香港分会会员。

4月间　散文集《桥》刊印了第三版；散文小说作品集《牛车上》再版。

5月11日　与端木蕻良一起，应岭南大学“艺文社”之邀，出席该校学生组织的文艺座谈会。

5月12日　与端木蕻良一起，出席香港“文协”与“中国文化协进会”共同举办的“黄自纪念音乐欣赏会”。

6月10日　《鲁迅先生生活忆略》再次被（上海）《艺风》（月刊）第二期全文转载。

6月24日　致信华岗，关心其现状。

6月28日　作散文《〈大地的女儿〉——史沫特烈作》。

6月30日　散文《〈大地的女儿〉——史沫特烈作》刊于（香港）《大公报》“文艺综合”副刊第八七一期，署名萧红。

6月中　《萧红散文》列为“大时代文艺丛书”之一由（重庆）大时代书局初版。内收散文17篇：《一天》《皮球》《三个无聊人》《搬家》《黑夜》《初冬》《索非亚的愁苦》《访问》《夏夜》《鲁迅先生记（一）》《鲁迅先生记（二）》《一条铁路底完成》《牙粉医病法》《滑竿》《林小二》《放火者》《长安寺》。

7月前后　为鲁迅诞辰六十周年纪念活动，应邀写作哑剧剧本《民族魂鲁迅》。

7月　《回忆鲁迅先生》单行本由（重庆）妇女生活社初版。

署名萧红。该书后记由端木蕻良代笔，附录收许寿裳先生《鲁迅的生活》一文和景宋（许广平）女士的《鲁迅和青年们》。

大约在6、7月间　长篇小说《马伯乐》（第一部）脱稿。

8月3日下午3时　香港各界“纪念鲁迅先生六十生诞纪念会”在加路连山孔圣堂举行。萧红在会上报告鲁迅生平。晚在孔圣堂举行晚会，上演由萧红编剧经剧协改编的哑剧《民族魂鲁迅》。

9月1日起　长篇小说《呼兰河传》开始在《星岛日报》“星座”副刊连载。

10月19日，出席香港“文协”等团体联合举办的鲁迅先生逝世四周年纪念会。

10月21日—31日　哑剧剧本《民族魂鲁迅》由（香港）《大公报》“文艺”“学生界”副刊连载，署名萧红。

12月20日　《呼兰河传》杀青。

12月27日　《呼兰河传》连载完毕。

1941年（三十岁）

身体日渐衰弱，经常头痛、咳嗽、心悸、失眠，仍坚持操持家务和写作。

1月　长篇小说《马伯乐》（第一部）列为“大时代文艺丛书”之一，由（重庆）大时代书局初版。署名萧红。

2月1日起　长篇小说《马伯乐》（第二部）在（香港）《时代批评》（半月刊）第六十四期开始连载。

2月初　与端木蕻良搬家至九龙尖沙咀乐道八号二楼。

2月27日　“文协”香港分会等文化团体，在思豪酒店举办茶会欢迎史沫特莱、宋之的、夏衍、范长江等来港。萧红主持茶会，史沫特莱发表演讲。

3月初　史沫特莱到乐道探视，见萧红居住环境非常糟糕，执意邀她到灵隐台别墅同住近一个月。

得知茅盾来港，与史沫特莱一起前往拜访。

3月26日　完成短篇小说《北中国》。

3月中　单行本《回忆鲁迅先生》由（重庆）妇女生活社再版。

4月13—29日　短篇小说《北中国》首刊于（香港）《星岛日报》“星座”副刊第九〇一期—九一七期，署名萧红。

5月5日　散文《骨架与灵魂》刊于（香港）《华商报》“灯塔”副刊第二十一号，署名萧红。

5月初　史沫特莱返回美国，行前带走萧红、端木蕻良的部分作品，萧红托其将《生死场》一书转赠美国作家辛克莱。

5月30日　长篇小说《呼兰河传》单行本作为“每月文库”第二辑之六，由迁至桂林的上海杂志公司出版。

6月4日　收到辛克莱的回赠——新出版的小册子《合作

社》和表示感谢的电报。

6月16日　与在港的众多文化界人士在（香港）《时代批评》（半月刊）第七十三、七十四期合刊《人权运动专号》“人权运动题名录”上签名。

6月中　长篇小说《马伯乐》（第一部）由（重庆）大时代书局再版。

7月1日　短篇小说《小城三月》刊载于（香港）《时代文学》（月刊）第二期。

7月间　失眠，咳嗽加剧，再次住进玛丽医院。

8月4日　与端木蕻良应邀去香港大学讲学。下午得许地山病逝消息。

9月1日　散文《给流亡异地的东北同胞书》在（香港）《时代文学》（月刊）第四期刊出；该篇由《寄东北流亡者》一文改写，署名萧红。

9月中　美国女作家海伦·福斯特与他人合作将萧红的短篇小说《马房之夜》译出，发表在《亚细亚》（月刊）九月号。

萧红、于毅夫、端木蕻良、周鲸文等三百七十四人在《旅港东北人士九一八十周年宣言》签名。

9月20日　散文《九一八致弟弟书》首刊于（香港）《大公报》“文艺”副刊第一一八六期，署名萧红。

9月26日　《九一八致弟弟书》再刊于（桂林）《大公报》“文艺”副刊桂字第八十期，署名萧红。

11月初　出院回家，茅盾、巴人、杨刚、骆宾基、胡风等友人先后探望。

11月上旬　诗人柳亚子来访端木蕻良，与萧红相识。

11月中旬　再次住进玛丽医院。因不满医生护士的冷遇，急于出院。

11月下旬　于毅夫前来看望，萧红向其倾诉内心苦楚，于毅夫在没有办理出院手续的情况下将其接回。

11月中　长篇小说《马伯乐（第二部）》在（香港）《时代批评》（半月刊）第八十二期连载结束，因作者病重，只连载到第九章，篇末有注："全文未完"。

12月8日　日军偷袭珍珠港美军基地，太平洋战争爆发。日本对英美宣战并进攻九龙。柳亚子前来看望，骆宾基于电话中向端木蕻良辞行，在端木蕻良挽留下，应允留下帮助照料萧红。是夜，从九龙转移至香港。

12月9日　住进思豪大酒店。

12月18日　被迫转移至周鲸文家，后又转移到告罗士打酒店。

在日军占领酒店前，端木蕻良、骆宾基又将萧红转移出来，曾在何镜吾家落脚，后安置在中环一家裁缝铺。

12月24日　转至斯丹利街时代书店的书库安顿下来。

12月25日　港英当局投降，香港沦陷，日军进城。

1942年（三十一岁）

1月12日　住进养和医院，次日做喉瘤手术，术后发现是被误诊。

1月18日　转至玛丽医院。下午二时，安装了喉口呼吸铜管。因没有气流经过声带，已不能自主说话。

1月19日夜12时　写下“我将与蓝天碧水永处，留得半部‘红楼’给别人写了。……半生尽遭白眼、冷遇，身先死，不甘、不甘！”

1月22日晨　玛丽医院被日军接管，病人一律被赶出。萧红被转至一家法国医院；其后，法国医院亦被军管。随即又被送至法国医生在圣士提反女校设立的临时救护站。6时许陷于深度昏迷。

1月22日上午10时　在法国医院设在圣士提反女校的临时救护站病逝。端木蕻良请摄影师拍下遗容并剪下萧红的一缕遗发。

1月24日　遗体在香港跑马地背后的日本火葬场火化。

1月25日黄昏　部分骨灰埋在浅水湾一带丽都酒店前面花坛。

1月26日　另一部分骨灰埋在圣士提反女校后院土山坡下。

1957年（病逝十五年）

20世纪50年代中期，位于香港风景区的浅水湾面临开发，萧红墓因无人照管将被损毁。

1956年11月中，香港诗人陈凡撰写《萧红墓近况》投书《人民日报》，《人民日报》12月5日刊出此文，引发关注。

1957年2月　中国作家协会广州分会致函中国作家协会，建议从速将萧红骸骨迁葬国内，立碑为纪。中国作家协会批复作协广州分会：“请将萧红的骨灰搬回广州安葬于广州高干公墓。”“费用全部由我会负责。至于在广州安葬的工作，则仍由我会办理。”

3月1日　香港中英学会请作家叶灵凤讲《关于萧红女士的事情》，香港大学教授马季明主持，香港大学冯平山图书馆馆长陈君葆等到场。

4月9日　中英学会就迁葬萧红墓之事召开理事会议。

5月21日　中英学会致函端木蕻良，征求意见。

5月23日　马季明、陈君葆、李子诵、金尧如、陈凡等香港文化界人士商谈萧红迁墓之事。

6月26日　端木蕻良致信作协广州分会，同意萧红骨灰迁葬广州，并委托作协广州分会全权办理。他还解释了当年骨灰分葬两处的动机，要求暂不处理埋在圣士提反女校的骨灰。理由是“香港最终会收复的，等收复再说。”

7月9日　陈君葆、谭宝莲、叶灵凤等前往丽都饭店一带察看墓地，在逝者亲属无法到场申请迁墓执照的情况下，叶灵凤以“死者生前友好”身份签呈“迁葬申请书”，即获香港政府市政卫生局许可。

7月22日　香港政府市政卫生局代表和叶灵凤等人亲临浅水湾督办，下午3时许萧红骨灰挖掘出土。

香港文艺界和萧红生前好友组成“香港文艺界迁送萧红骨灰返穗委员会”，办理将萧红骨灰从香港迁返广州的有关事宜；广州文艺界和萧红生前好友组成“萧红遗骨迁葬委员会”，办理萧红骨灰在广州的安葬事宜。

8月3日　香港文艺界60多人在九龙红磡永别亭举行送别会。叶灵凤主祭，祭文出自曹聚仁之手。亭内墙壁悬挂萧红遗像，遗像下放着浅赭色骨灰木盒。遗像两旁挂着“香港文艺界迁送萧红骨灰返穗委员会”的挽联：

人赏奇文，证才气纵横，亦遭天妒；
魂归乐土，看山河壮丽，待与君同。

送别仪式后车队护送灵车到尖沙咀火车站，由叶灵凤、曹聚仁、阮朗等6名香港作家乘火车护送骨灰到深圳。作协广州分会黄谷柳、陈芦荻和王绍芬等到深圳迎灵。

双方代表在车站进行了简单的交接仪式。当天下午，萧红骨灰运抵广州。

8月15日下午　作家协会广州分会在别有天殡仪馆举行悼念仪式。仪式结束后，萧红骨灰安放广州东郊银河公墓。

1992年（病逝五十年）

11月6日　位于哈尔滨市呼兰区的西岗公园，萧红纪念碑和萧红墓落成。花岗岩制作的石棺中埋着萧红的一缕头发，系萧红病逝时由端木蕻良亲手剪下并保存了50年之久，并于修建青丝冢的当年捐献出来。

萧红作品篇目首字笔画索引

一画

二画

三画

四画

五画

六画

七画

八画

九画

十画

十一画

十二画

十三画

十四画

十七画

十九画